SONIA MARMEN

Dolch und Lilie

Buch

Neufrankreich, Mitte des 18. Jahrhunderts: Der Highlander Alexander Macdonald kämpfte noch bis vor kurzem in der englischen Armee um die Eroberung der französischen Gebiete in Kanada. Als er sich in die Französin Isabelle Lacroix, Tochter eines einflussreichen Geschäftsmannes aus Québec, verliebt, wissen beide, dass diese Liebe nicht sein darf. Verzweifelt flieht Alexander, wieder einmal, vor seinem Schicksal und schließt sich dem Stamm der Irokesen an. Obwohl er dort nach und nach eine neue Heimat findet, Freundschaften schließt und von einer jungen Indianerin angebetet wird, findet er keine Ruhe. Die Gedanken an Isabelle verzehren ihn. Doch warum sollte er zurückkehren, ist doch Isabelle längst an einen anderen Mann verheiratet worden. Zerrissen von widersprüchlichen Gefühlen – Loyalität und Liebe – und dem tief in seinem Herzen verborgenen Versprechen an Isabelle, ficht Alexander seinen schwersten Kampf aus – in dem es dieses Mal um alles oder nichts geht …

Autorin

Sonia Marmen wurde in Oakville, Kanada, geboren. Mit vier Jahren zog sie mit ihrer Familie nach Neuschottland, wo sie das erste Mal mit den Nachfahren von schottischen Highlandern und deren farbenprächtigen Tartans in Kontakt kam. Sonia Marmen hat englische Vorfahren und ist fasziniert von allem Keltischen. Sie lebt mit ihrem Mann und ihren zwei Kindern in der Provinz Québec.

Von Sonia Marmen bereits erschienen:

Schwert und Laute (36569)
Lanze und Rose (36570)
Schild und Harfe (36571)

Sonia Marmen

Dolch und Lilie

Highland-Saga

Ins Deutsche übertragen
von Barbara Röhl

blanvalet

Die kanadische Originalausgabe erschien 2005 unter dem Titel
»Cœur de Gaël: La Rivière des promesses«
bei Les éditions JCL inc., Chicoutimi, Québec, Kanada.

FSC
Mix
Produktgruppe aus vorbildlich bewirtschafteten Wäldern und anderen kontrollierten Herkünften
Zert.-Nr. SGS-COC-1940
www.fsc.org
© 1996 Forest Stewardship Council

Verlagsgruppe Random House FSC-DEU-0100
Das für dieses Buch verwendete FSC-zertifizierte Papier
Super Snowbright liefert Hellefoss AS, Hokksund, Norwegen.

1. Auflage
Deutsche Erstveröffentlichung August 2008 bei Blanvalet,
einem Unternehmen der Verlagsgruppe
Random House GmbH, München.

Dieses Werk wurde vermittelt durch die Agentur Editio Dialog,
Dr. Michael Wenzel, Lille, Frankreich.
Umschlaggestaltung: HildenDesign, München
Umschlagmotiv: Shutterstock / Gilmanshin
Redaktion: Beate Bücheleres-Rieppel
ES · Herstellung: Heidrun Nawrot
Satz: Uhl + Massopust, Aalen
Druck und Einband: GGP Media GmbH, Pößneck
Printed in Germany
ISBN: 978-3-442-36924-9

www.blanvalet.de

Für meine Eltern,
die mich mit dem richtigen Werkzeug ausgerüstet haben,
um mir mein eigenes Leben aufzubauen …

Allzu oft lernt man erst im Unglück, glücklich zu sein.

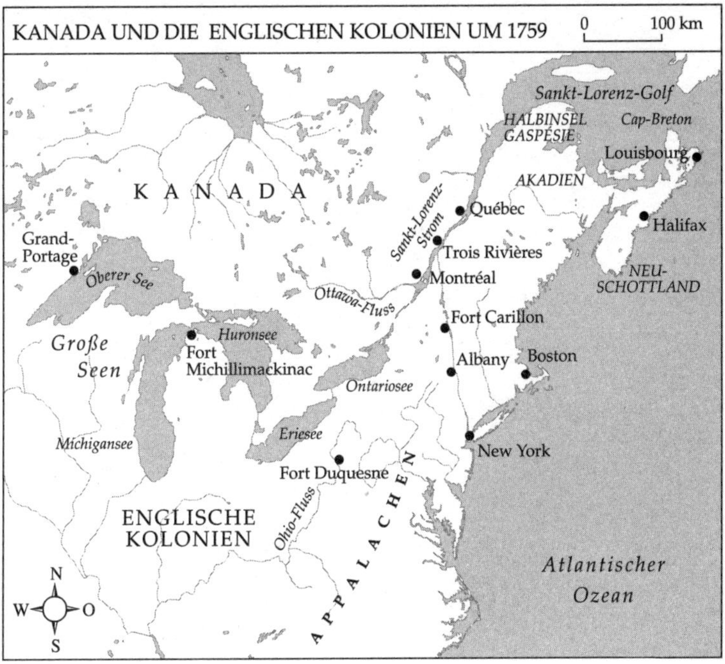
KANADA UND DIE ENGLISCHEN KOLONIEN UM 1759
0 100 km
Sankt-Lorenz-Golf
HALBINSEL GASPÉSIE
Cap-Breton
Louisbourg
AKADIEN
K A N A D A
Québec
Halifax
Sankt-Lorenz-Strom
Trois Rivières
Grand-Portage
Oberer See
Montréal
NEU-SCHOTTLAND
Ottawa-Fluss
Fort Carillon
Große Seen
Huronsee
Fort Michillimackinac
Albany
Boston
Ontariosee
Eriesee
Michigansee
New York
Fort Duquesne
ENGLISCHE KOLONIEN
Ohio-Fluss
APPALACHEN
Atlantischer Ozean
N
W
O
S

Stammbaum der M

Duncan Og Macdona

verh. mit Janet Macdo

Liam
(1668–1743)
verh. mit
Anna Macdonald im Jahre 1687
– Coll (1688–1692)
verh. mit
Caitlin Dunn im Jahre 1695
(1676–1745)

Ginny
(1670–1692)
verh. mit
Adam Cameron
im Jahre 1688

Duncan Coll
(1696–)
verh. mit
Marion Campbell im Jahre 1716
(1699–1748)

Duncan Og
(1717–)
verh. mit
Colleen MacNeil
im Jahre 1734
– Marcy
– Iain
– Aindrea
– Bessie
– Brian

Angus
(1719–)
verh. mit
Molly Macdonald
im Jahre 1739
– Niall
– Aggie
– Thomas

James
(1722–)

Margaret
(1725–1743)
verh. mit
Rory Johnston
im Jahre 1742
– Eibhlin

ıalds von Glencoe

ı Glencoe (1647–1692)

ı Keppoch (1651–1686)

Colin
(1671–1716)

Sàra
(1673–1724)
verh. mit
Patrick Dunn
im Jahre 1695

Ranald
(1697–1715)

Frances
(1698–1741)
verh. mit
Trevor Macdonald im Jahre 1715
verh. mit
Duglas MacPhail im Jahre 1731
– Munro (1733–)

Mary
(1728–)
verh. mit
Donald Macdonald
im Jahre 1745
– Griogair
– Ishobel

Sarah
(1730–1734)

Coll
(1731–)

John
(1732–)

Alexander
(1732–)

TEIL EINS

1764–1767

Die Wege des Vergessens

Ein paar Morgen Schnee gefällig, Monsieur Voltaire?
Die Autorin

Hass ist der Winter des Herzens
Victor Hugo

1

Ein neuer Aufbruch

Christina Gordon zündete eine Kerze an und stellte sie mitten auf den Tisch. Sie lächelte ihrem Mann Finlay zu, der aus dem Fässchen, das auf einem Holzbock stand, Bier in einen Krug zapfte. Der Regen hatte aufgehört, aber der Himmel war immer noch so grau, dass das Zimmer, in dem die ganze Familie lebte, im Halbdunkel lag. Mary, die älteste ihrer Töchter, begann zu schreien. Sie stand auf und stolperte über ihre Schwester Jane, die zu heulen begann. Ihre Mutter hatte sich soeben hingesetzt, um den großen Haufen Flickwäsche anzugehen, der auf sie wartete. Die junge Frau seufzte, schloss die Augen und rieb sich den kugelrunden Bauch.

»Lass nur, Christina«, meinte Finlay zärtlich und stellte den Krug vor seine Freunde, die um den Tisch saßen. »Für heute hast du genug getan. Ich kümmere mich darum.«

Der Anblick dieses Familienidylls versetzte Alexander einen Stich ins Herz, denn so etwas würde er nie erleben. Finlay und Christina waren glücklich miteinander. Arm, aber glücklich. Was konnten sie mehr vom Leben verlangen als diese beiden wunderbaren Töchter, das dritte Kind, das bald zur Welt kommen würde, und die Liebe, die sie vereinte? Er wandte sich ab und sah aus dem Fenster, das auf eine hölzerne Palisade hinausging. Im Raum wurde es wieder still. Finlay hatte den Streit zwischen den Schwestern beigelegt und setzte sich wieder. Er schnalzte mit der Zunge und klatschte in die Hände.

»So!«, verkündete er und schenkte allen Bier ein. »Worauf trinken wir dieses Mal?«

»Auf die Freiheit!«, schrie Munro und hob sein Glas.

»*Slàinte!*«, riefen alle.

Sie stießen an, und ein paar Spritzer Bier landeten auf dem Tisch. Finlay wischte sie mit dem Ärmel auf und füllte die schon wieder leeren Gläser ein weiteres Mal.

»Auf die Zukunft und das Glück, das dem Mutigen lächelt!«

»Auf das Glück!«, wiederholten alle im Chor.

»Und auf die Freundschaft«, ließ sich Munro erneut vernehmen.

»Auf die Freundschaft!«

»Möge sie lange währen, auch wenn …«

Finlay konnte nicht weitersprechen. Seine Kehle war wie zugeschnürt, und er hüstelte.

»Ja …«, sagte Alexander und klopfte ihm auf die Schultern. »Obwohl wir auseinandergehen.«

Ein langes Schweigen folgte. Man hörte nur von hinten das Geplapper der kleinen Mädchen. Christina wischte sich mit ihrem Umschlagtuch eine Träne ab, schniefte und stach erneut mit der Nadel in den Strumpf.

»Das Land ist riesig. Möge jeder sich sein neues Leben aufbauen!«, fuhr Alexander fort und versuchte, seine Stimme fest klingen zu lassen.

»Und auf Coll, der sich verdrückt«, bemerkte Munro ein wenig verdrossen. »Warum willst du zurück nach Schottland, mein Alter, obwohl es hier so viel zu tun gibt?«

»Komm schon, Coll!«, beharrte Finlay und schenkte seinem Freund noch einmal nach. »Was riskierst du schon? In ein paar Jahren bist du wohlhabend genug, um dir ein schönes Stückchen Land zu kaufen und, wer weiß, dir als Zugabe noch ein hübsches Frauchen anzuschaffen!«

»Ihr wisst doch, ich habe Peggy versprochen …«, murmelte Coll und schaute in sein Glas.

»*Fuich,* pfui!«, gab Alexander zurück. »Versprochen … Alles nur Unsinn, wenn du meine Meinung hören willst!«

Der andere schluckte die Hälfte seines Biers in einem Zug hinunter und knallte dann sein Glas auf den Tisch. Er sah seinem Bruder gerade ins Gesicht.

»Allerdings, warum willst du unbedingt nach Schottland zurückkehren? Glaubst du wirklich, deine Verlobte hat all die Jahre auf dich gewartet? Geh doch mit Munro und mir!«

»Sei nicht so verbittert, Alas, und verteufle nicht alle Frauen … Sie hat mir geschrieben, dass sie immer noch auf mich wartet.«

»Du wirst sie ja nicht einmal mehr erkennen!«

»Ich habe es ihr versprochen. Und außerdem … Ich möchte mich auf keinen Fall durch einen Vertrag binden, verstehst du? Ich möchte frei sein, tun, wozu ich Lust habe. Zwei Tage hintereinander schlafen, auf die Jagd gehen oder einfach nur die Zeit an mir vorüberfließen lassen … Herrgott, Alas! Wir haben sieben lange Jahre einen Vertrag einhalten müssen! Ich bin es leid! Ich will nichts mehr unterschreiben, nie wieder!«

»Hör schon auf, Coll! Du vergisst, dass die Ehe ebenfalls ein Kontrakt ist … für das ganze Leben! Die Wälder, das ist die wahre Freiheit! Ich habe Männern zugehört, die von ihren Abenteuern erzählt haben. Glaub mir, diese wilden Landstriche haben durchaus ihren Reiz. Und …«, setzte er augenzwinkernd hinzu, »man sagt, die Frauen der Indianerstämme seien sehr heißblütig. Diese Gelegenheit wirst du dir doch nicht entgehen lassen, oder?«

»Alas …«

»Meine Güte, du bist wirklich stur wie ein Esel! Hör mal … ich bitte dich doch nur, dich mit dem Pelzhändler zu treffen. Er stellt eine Expedition für das Frühjahr auf und sucht achtzig Männer, von denen er schon dreiundsechzig beisammen hat …«

Coll zog an seiner Pfeife, lehnte sich auf seinem Stuhl zurück und ließ den Blick durch das Zimmer schweifen. Zerstreut lauschte er seinem Bruder, der sich verzweifelt bemühte, ihn zu überzeugen. Vor fast zwei Monaten waren sie aus der Armee entlassen worden. Seitdem waren sie herumgezogen, hatten Gelegenheitsarbeiten verrichtet und sich meist von hartem Brot und fauligem Wasser ernährt. Nur Finlay hatte eine feste Arbeit gefunden und ging bei einem Schuster in der Oberstadt in die Lehre, übte also wieder denselben Beruf aus wie seinerzeit bei der Armee. Alexander und Munro hatten beschlossen, in dem unendlich weiten Land auf Abenteuer auszugehen. Aber ihm erschien diese Aussicht nicht besonders anziehend. Nach mehreren Jahren Krieg sehnte er sich nach ein wenig Ruhe und Frieden. Sein Bruder erging sich inzwischen über die lockeren Sitten der Indianerinnen. Coll unterbrach ihn schroff.

»Warum nimmst du nicht Maître Dumoulins Angebot an? Dann könntest du in Québec mit Émilie eine Familie gründen … Sie wartet doch nur darauf, dass du sie um ihre Hand bittest!«

Alexander verstummte und schaute auf das schäumende Nass hinunter, das in seinem Glas schwappte. Maître Dumoulin war Zimmermann und arbeitete am Wiederaufbau der großen Kathedrale von Québec mit. Die Ursulinen hatten ihm von seinem Talent als Holzschnitzer erzählt, und der Mann hatte ihm angeboten, die Ausschmückung der Bänke zu übernehmen. Die Arbeit wurde gut bezahlt, und er hätte das Handwerk von einem Meister lernen können. Aber ihm stand der Sinn nach Höherem. Der Pelzhandel bot so viel mehr Möglichkeiten …

Doch er hatte auch an Émilie zu denken. Die junge Frau erholte sich nur langsam von ihrer Fehlgeburt. Natürlich war er der Vater des Kindes gewesen, das sie verloren hatte. Doch er hatte sich seltsam erleichtert gefühlt, als er diese Rolle nicht antreten brauchte. Obwohl er praktisch mit Émilie zusammenlebte, konnte er sich nicht entscheiden, ihr Verhältnis zu legalisieren. Er liebte sie nicht wirklich und konnte sich unter diesen Umständen nicht vorstellen, sie zu heiraten. Ob er je in der Lage sein würde, eine andere Frau als Isabelle zu lieben …?

Es war Zeit, Québec zu verlassen. Coll kehrte mit den ersten Schiffen, welche die Soldaten in die Heimat zurückbrachten, nach Schottland zurück. Sein Bruder hatte ihn vergeblich zu überzeugen versucht, mit ihm zu gehen. Aber Alexander hatte sich geweigert. Sein Leben war jetzt hier. Außerdem brannte er darauf, John wiederzusehen. Sein Zwillingsbruder war Trapper, da hatte er eher Aussichten, ihm wieder zu begegnen, wenn er mit der Expedition des kanadischen Pelzhändlers ging. Zudem würde das Abenteuer ihn einige Zeit körperlich und geistig beschäftigen.

Munro hatte ihm den Mann vor zwei Wochen vorgestellt. Damals hatten sie in einer Taverne in der Unterstadt ein Glas miteinander getrunken. Am Tag nach Émilies Fehlgeburt war das gewesen. Die Erzählungen des Händlers waren derart spannend gewesen! Er behauptete, das »braune Gold«, wie man das Biberfell nannte, könne einen Mann, der sich nicht vor schwerer Arbeit scheue, wohlhabend machen. Alexander hatte nicht widerstehen können … obwohl er sich schämte, Émilie in einer für sie furchtbar schweren Zeit allein zu lassen. Zugleich hatte er immerhin einen ehrlichen Grund, Abstand von der jungen Frau zu gewinnen.

»Wer ist eigentlich dieser Händler?«, erkundigte sich Coll und blies einen Rauchring.

Ein Lächeln erhellte Munros Gesicht.

»Van der … den Rest weiß ich nicht mehr. Soweit ich weiß, stammt er aus Montréal.«

»Er arbeitet auf eigene Rechnung und stellt seine Expeditionen mit den Mitteln seiner Gesellschaft auf«, erklärte Alexander. »Er hat nichts mit der Hudson's Bay Company zu tun, die von den Engländern kontrolliert wird. Lieber arbeitet er mit den Amerikanern zusammen, die versuchen, sich die Routen der französischen Gesellschaften anzueignen und im Westen der Großen Seen neue zu öffnen. Er ist jetzt nach Montréal zurückgekehrt, aber wenn die Sache dich interessiert …«

»Nein«, murmelte Coll.

An der Tür klopfte es. Christina legte ihre Flickarbeit weg und öffnete. Eine junge Frau, die über das ganze Gesicht strahlte, reichte ihr ein Paket.

»Guten Abend, Mrs. Gordon! Da ist das Kleid von meiner kleinen Julie, von dem ich Euch erzählt habe.«

Sie bemerkte die Männer, die sie schweigend musterten, und wirkte ein wenig verlegen.

»Freunde«, erklärte Christina und öffnete die Tür ein wenig weiter. »Möchtet Ihr nicht einen Moment hereinkommen?«

»Ähem … nein danke. Sehr freundlich, aber meine Schwägerin erwartet mich. Ein andermal vielleicht.«

»Gut, dann ein andermal. Vielen Dank für das Kleid. Mit ein paar kleinen Änderungen müsste es Mary genau passen.«

Der Blick der rundwangigen jungen Frau war an Coll hängengeblieben, und ihr Lächeln wurde noch breiter. Dann grüßte sie in die Runde und ging.

Einen Moment lang starrte Coll auf die Tür, die sich hinter ihr geschlossen hatte. Ihr blondes Haar erinnerte ihn an die schöne Madeleine, der er gelegentlich auf dem Markt, wo sie ihre Marmeladen verkaufte, begegnete. Sie pflegte ihn kühl zu grüßen und sich rasch abzuwenden. Er wagte nicht, sich ihr zu nähern und erst recht nicht, sie anzusprechen, und konnte ihre Haltung verstehen. Und doch, ein einziges Lächeln von ihr hätte ausgereicht, damit er hierblieb … Nun ja …

Alexander, bei dem das goldblonde Haar schmerzliche Erinnerungen geweckt hatte, zog ein finsteres Gesicht. Er ließ den Kopf hängen, seufzte und warf Coll einen Seitenblick zu.

»Ich weiß, was du denkst.«

Coll wandte sich ihm stirnrunzelnd zu.

»Was meinst du?«

»Isabelles Cousine … Du hast ein wenig für sie geschwärmt, stimmt's?«

Coll zuckte die Achseln und führte sein Glas zum Mund. Alexander lächelte betrübt. Dann war Coll also insgeheim noch immer in diese abscheuliche Furie verliebt.

In den vier Jahren seit der Aufhebung seines Todesurteils hatte Alexander zweimal versucht, Isabelles Cousine anzusprechen. Beim ersten Mal hatte er seinen ganzen Mut zusammennehmen müssen, um auf sie zuzugehen. Doch dann hatte er sie geradezu bestürmt. Eigentlich hatte er sich zuvor geschworen, ihr keine Fragen zu stellen, aber gar nichts zu wissen, war schlimmer als alles andere. Aber Madeleine hatte sich geweigert, ihm zu antworten. Sie hatte behauptet, sie müsse dringend fort, und war gegangen. Er hatte nicht versucht, sie zurückzuhalten, denn er ahnte, dass ihr dabei genauso unwohl war wie ihm.

Beim zweiten Mal hatte ihn die Ungewissheit so gequält, dass er nicht umhinkonnte, sie ein wenig zu brüskieren, und sie war bereit gewesen, ihm ein paar Minuten ihrer Zeit zu schenken. Das war kurz nach seiner Demobilisierung gewesen. Aber sie hatte ihm nur ausweichende Antworten gegeben. Sie hatte ihm nur sagen wollen, dass es Isabelle gut gehe. Sie lebe glücklich in Montréal, und ihr Mann sei ein wohlhabender Notar. Das alles hatte er bereits gewusst.

»Ja, die Lacroix-Frauen …«, brummte Coll matt.

Der junge Mann rutschte verlegen herum und verzog verbittert das Gesicht.

»Warum heiratest du Émilie nicht?«, fuhr er dann fort. »Vielleicht würdest du …«

Alexanders Kopf fuhr hoch.

»Ich will keine Frau mehr! Nie wieder!«

»Das ist doch dumm! Du kannst dich nicht für alle Zeit in deinem Selbstmitleid suhlen …«

Alexander lachte sarkastisch auf, und die beiden anderen Männer runzelten die Stirn.

»Es ist nicht so, als täte ich mir selbst leid! Aber die Vergangenheit …«

Er war so aufgewühlt, dass er nicht mehr weitersprechen konnte. Die Zeit hatte seinen Kummer ein wenig gelindert, aber nicht vollständig geheilt. Alles andere als das. Die Erinnerungen stiegen nur noch stückweise, wie durch einen Nebel in ihm auf. Hier ein Duft, da ein gewisses Lächeln und dann wieder ihr leuchtendes Haar. Aber er spürte ständig diese unermessliche Leere, die er seit dem schrecklichen Tag empfand, an dem er erfahren hatte, dass Isabelle verheiratet war. Er lebte ganz einfach mit dieser Leere und beschäftigte sich, um sein Unglück zu vergessen. Er hatte die Liebe genauso überlebt wie den Krieg: Beide hatten ihn mit Narben gezeichnet. Er hatte seine Lektion gelernt: So etwas würde ihm nie wieder zustoßen.

Ein bleiernes Schweigen senkte sich über die vier Freunde. Munro leerte sein Glas, rülpste laut und reckte sich auf seinem Stuhl. Er sah den kleinen Mädchen zu, die sich mit einer Stoffpuppe, die Christina ihnen genäht hatte, amüsierten.

»Wann reist ihr ab?«, fragte Coll unvermittelt, um die Atmosphäre ein wenig zu entspannen.

»Die Expedition bricht Anfang Mai von Lachine aus auf. Wir sollen uns ein wenig früher mit dem Händler treffen. Da müssen wir wohl spätestens in zwei Wochen nach Montréal abreisen.«

»Hmmm ...«

Coll nickte und sah auf die Hand seines Bruders hinunter, an der ein Finger fehlte. Ihm blieben nur noch zwei kurze Wochen mit Alexander. Er hatte diesen Bruder, den er tot geglaubt und dann nach zwölf Jahren wiedergefunden hatte, kennen- und liebengelernt. Der Gedanke, dass er ihn vielleicht nie wiedersehen würde, wühlte ihn auf. Er konnte seine Betrübnis nicht verbergen, hüstelte und schaute in sein Bierglas. Er hätte sich so sehr gewünscht, er würde mit ihm nach Schottland zurückkehren, vor allem wegen ihres Vaters. Aber Alexander hatte sich zum Bleiben entschieden, um in Kanada seine Träume von Ruhm und Reichtum zu verwirklichen.

Coll beneidete ihn, weil er sich frei entscheiden konnte, aber vor allem bewunderte er seinen Mut und seine Hartnäckigkeit. Das Leben hatte ihn derart gebeutelt und ihm jedes Glück, das ihm je begegnet war, geraubt. Nach dem schrecklichen Tag, an dem er schon am Strick des Henkers gehangen hatte, hatte sich Alexander nach und nach verändert. Merkwürdigerweise hatte er wieder Gefallen am Leben gefunden. Er hielt sich beim Trinken zurück, spielte kaum noch und legte so viel Geld beiseite, wie er konnte. Alexander konzentrierte seine Kraft auf positive Dinge; das war seine ganz persönliche Gralssuche. In diesem Land, das zugleich mit ihm zu neuem Leben erwachte, würde er sich einen eigenen Weg bahnen und sich in der Einsamkeit der Wälder eine ganz neue Persönlichkeit schaffen. Wenn Peggy nicht auf ihn gewartet hätte, wäre Coll wohl ebenfalls geblieben.

Alexanders Berührung riss ihn aus seinen Überlegungen, und sein aufrichtiges Lächeln zerstreute die Spannung ein wenig. Er erwiderte es.

»Ich schicke Vater einen Umhang aus Biberpelz und dir einen Fuchskragen für deine Zukünftige.«

»Darauf verlasse ich mich, Alas. Der Fuchs wird wunderbar zu Peggys goldbraunem Haar und ihren Augen passen.«

Île d'Orléans
Montag, den 20. Februar im Jahre des Herrn 1764

Liebe Cousine,

auf der Insel schneit es, und durch das Unwetter kann ich wieder einmal nicht aus dem Hause. Ich nutze die Zeit, um dir ein paar Zeilen zu schreiben, die dich hoffentlich vor dem Ende des Winters erreichen. Das schlechte Wetter in den letzten Tagen hat die Arbeiten am Haus verlangsamt. Trotzdem habe ich mich gut eingerichtet. Nicht, dass ich Madame Pouliots Gastfreundschaft nicht zu schätzen gewusst hätte, aber ich freue mich doch sehr, wieder in meinen »eigenen vier Wänden« zu leben.

Wie du im kommenden Frühling selbst feststellen wirst, sieht das Haus wieder wie früher aus. Die Helfer, die mein freundlicher Grundherr, Monsieur Mauvide, mir wie vereinbart geschickt hat, haben gute Arbeit geleistet. Das obere Stockwerk ist trotzdem noch nicht bewohnbar, da das Dach vor dem ersten Schnee nicht mehr gedeckt werden konnte. Hier ist halt so viel zu tun, und im Herbst, wenn das Getreide reif ist, sind die Arbeitskräfte knapp. Doch es wäre undankbar, wollte ich mich beklagen. Ich habe mir den Salon als Schlafzimmer eingerichtet, und für den Übergang komme ich damit vollkommen zurecht.

Das war die erste gute Nachricht. Die zweite ist, dass Abbé Martel für mich eine Stellung als Haushälterin gefunden hat, und zwar bei Monsieur Audet am Maheu-Fluss. Der arme Mann hat im Oktober seine Frau verloren und steht mit seinen vier Kindern allein da. Bis jetzt hat seine Schwester sich um sie gekümmert. Da er nur eine Meile von mir entfernt lebt, kann ich jeden Tag nach Hause gehen, nachdem ich das Abendbrot gemacht und die Kinder ins Bett gebracht habe. Zusammen mit dem Verdienst aus der Zuckerhütte und meinen Marmeladen aus Erdbeeren, Himbeeren und Pflaumen werde ich mich gut durchbringen können. Aber ich höre schon, wie du fragst, wann ich mich wieder verheiraten werde! Von wegen! Damit habe ich es nicht eilig, liebe Cousine. Dazu ist Julien noch zu lebendig in meinem Herzen, verstehst du. Und außerdem waren die Partien, die sich mir bis jetzt geboten haben, nicht besonders aufregend. Wahrscheinlich wirkt eine arme Witwe von sechsundzwanzig Jahren nicht mehr anziehend genug.

Genug von mir geredet. Wie geht es dem kleinen Gaby? Hat mein Patenkind seit meinem Besuch im letzten Sommer schon wieder Dummheiten gemacht? Es tut mir schrecklich leid, dass ich nicht zu seinem dritten Geburtstag kommen konnte. Die Arbeiten am Haus … Ich grüße ihn ganz herzlich und verspreche ihm, dass er eine schöne Überraschung bekommt, wenn er mich im Mai zum ersten Mal auf der Insel besucht. Und du, meine schöne Isa? Wie geht es dir? Ich will dir nicht verhehlen, dass es mich freut, wie gut ihr euch versteht, Pierre und du. Doch es macht mich traurig, dass du noch kein weiteres Kind erwartest. Ich kann mich des Gedankens nicht erwehren, dass ich vielleicht zum Teil schuld daran bin: Weißt du noch, wie ich ihm am Tag deiner Hochzeit die Strumpfbänder verknotet habe? Dabei habe ich gar nicht an den Zauber geglaubt und wollte nur einen Scherz machen …

Zu den Neuigkeiten aus Québec: Bestimmt hast du von dieser schrecklichen Geschichte um die Frau gehört, die alle »die Hexe Corriveau« nennen. Das Ganze ist geschehen, als ich mich noch in Montréal befand, aber der Prozess begann genau, als ich auf die Insel zurückgekehrt bin. Jedenfalls ist die Frau zum Tod durch den Strang verurteilt worden. Nach der Hinrichtung hat man ihre Leiche in einen Käfig gelegt und am Kreuzweg von Pointe de Lévy aufgehängt, wo er Wind und Wetter ausgesetzt war. Am Ende waren nur noch ihre weißen Knochen übrig. Dann haben die Anwohner eine Bittschrift bei den Behörden eingereicht und gebeten, man möge die Leiche entfernen. Die Kinder bekamen Alpträume davon, und die Frauen waren es überdrüssig, das Knarren des Käfigs, der im Wind schwang, zu hören. Ich brauche dir wohl nicht zu sagen, dass dieser schreckliche Mordfall alle Gespräche beherrscht hat.

Im Dezember habe ich den Fluss überquert, um einige Bekannte in Québec zu besuchen. Ich habe die Gelegenheit genutzt, um im Hospital vorbeizuschauen. Seit dem Herbst geht es Guillaume besser. Man hat mir gesagt, seine Halluzinationen träten seltener auf, und er sei ruhiger geworden. Vielleicht können wir ja doch hoffen, ihn eines Tages dort herauszuholen … Einzelheiten über seine Lebensbedingungen erspare ich dir. Wahrscheinlich ahnst du ja ohnehin, wie es dort aussieht, denn du hast ja nach der Schlacht auf den Höhen den Schwestern bei der Pflege der Verwundeten geholfen. Guillaume scheint das allerdings nichts auszumachen.

Ich bin auch in die Rue Saint-Jean gegangen. Es kommt mir jedes Mal merkwürdig vor, dass ich das Haus, in dem du einmal gewohnt hast, nicht mehr betreten kann. Sicherlich weißt du schon, dass ein gewisser Mr. Smith es im Juni erworben hat, nachdem der alte Clément Vignau, der es deiner Mutter abgekauft hatte, gestorben ist. Zum Glück hat es sich gar nicht verändert.

Ich habe auch deinen Bruder in der Bäckerei besucht. Allen geht es gut, und sie schicken dir Küsse. Françoise hat versprochen, dass ein schönes Brioche, wie du sie so gern magst, auf dich wartet, wenn du sie besuchen kommst.

Seit der Unterzeichnung des Vertrags von Paris im vergangenen Februar strömen die englischen Kaufleute nur so nach Québec. Sie kaufen auf, was sie können, und das zu Spottpreisen. Die meisten Kanadier befinden sich in einer schwierigen, ja oft verzweifelten finanziellen Lage. Liebe Isa, das bereitet mir schreckliche Sorgen! Ich finde es abscheulich, dass eine Handvoll besserwisserischer Kaufleute sich im Handstreich unserer Ökonomie bemächtigt und die verdrängt, die dazu beigetragen haben, sie aufzubauen. Gouverneur Murray hat sich zwar mitfühlend gegenüber den Besiegten gezeigt, aber er ist natürlich Engländer und tritt für seine Heimat ein.

Eines noch zum Schluss. Vielleicht bin ich ja die Erste, von der du es hörst. Das Regiment der Fraser Highlanders ist im vergangenen Dezember aufgelöst worden. Ich weiß nur, dass mehrere Offiziere beschlossen haben, in Kanada zu bleiben und sich Landbesitz zuzulegen. Man hat mir geflüstert, ein gewisser Alexander Fraser habe im Juli das Gut La Martinière im Sprengel Beaumont gekauft. Er soll den Besitz in Beauchamp umgetauft haben. Die Schotten sind in dieser Gegend wegen ihrer enormen Großzügigkeit beliebt, seit sie einen ganzen

Wochensold für die vom Krieg ruinierten Einwohner gespendet haben. Mehrere Offiziere sollen auch Konzessionen in Neuschottland erhalten haben.

Bald beginnt das Frühlingszuckern, und dann werde ich viel zu tun haben. Ich hoffe trotzdem, dass die Post mir einen Brief von dir bringt. Dann hätte ich eine Ausrede, mich ein paar Minuten hinzusetzen und zu Atem zu kommen. Jetzt kehre ich zu meinem Plätzchenteig zurück, der noch auf dem Tisch liegt, und denke dabei an die schöne Zeit, als wir beide in Mamie Donies Küche so viel Spaß beim Backen hatten. Umarme deine Familie von mir, liebe Cousine, und danke besonders Pierre für alles, was er für mich getan hat. Ich schicke dir eine feste Umarmung und wünsche dir, dass du im neuen Jahr 1764 so glücklich wirst, wie du es verdienst.

Deine Cousine und Schwester
Madeleine Gosselin

Isabelle faltete den Brief zusammen und legte ihn auf ihren Frisiertisch, der von einem silbernen Kerzenhalter beleuchtet wurde. Sie strich über den wunderbaren moosgrünen Damaststoff ihres gerafften Ballkleides und schaute leeren Blickes auf das Papier hinunter.

»Nichts … immer noch keine Nachricht von ihm …«

Auf diese Weise fiel das Vergessen leichter. Sie argwöhnte, dass Madeleine wusste, wie es Alexander ging, ihr aber nichts davon sagte. Bestimmt versuchte ihre Cousine sie zu schützen, indem sie schwieg …

»Aber wovor eigentlich?«, murmelte sie, an ihr Spiegelbild gerichtet, bitter. »Er hat ja gar nicht versucht, mich zu finden, mir nicht einmal einen Brief geschickt. Als ob ich nicht mehr existierte … Warum sollte ich mir dann Sorgen um ihn machen?«

Mit einer mechanischen Bewegung zog sie die Schublade auf, legte den Brief zu den anderen und schob sie wieder zu. Dann ließ sie den Blick über die vielen Töpfchen und Fläschchen schweifen, die auf ihrem Frisiertisch standen. Darunter befand sich auch die bernsteinfarbene Phiole, die Nicolas des Méloizes ihr einst geschenkt hatte. Zufällig hatte sie in einem der Salons, die sie gelegentlich besuchte, gehört, dass ihr alter Verehrer inzwischen in Frankreich lebte und man ihm für seine Verdienste in der Schlacht von Sainte-Foy das Saint-Louis-Kreuz verliehen hatte. Manchmal versuchte sie sich vorzustellen, wie ihr Leben ausgesehen hätte, wenn sie ihn geheiratet hätte. Wäre sie glücklich? Ob sie schon mehrere Kinder hätte?

Ihre Hand krampfte sich über ihrem Leib zusammen, der hartnäckig flach blieb. War es möglich, dass sie keine Kinder mehr bekommen konnte? Sie hatte bei Gabriels Geburt so viel Blut verloren … Doch Doktor Larthigue hatte ihr versichert, sie brauche sich keine Sorgen zu machen, alles sei gut verheilt. Pierre liebte den kleinen Jungen wie seinen eigenen Sohn. Aber sie vermutete, dass er sich auch eigene Kinder wünschte. Sie selbst hatte es nicht so eilig mit weiteren Sprösslingen. Doch sie hatte das unbestimmte Gefühl, wenn sie auf kleinen Gesichtern etwas anderes sehen würde als Alexanders Züge, die sich mit den ihren mischten, würde ihr das irgendwie helfen, sich besser in ihr neues Leben einzufinden.

Sie schwankte zwischen Moschusessenz und Tuberosengeist und entschied sich dann für den zweiten Duft, der weniger schwer war. Sie verabscheute all diese kosmetischen Mittelchen, über die sich die Damen der guten Gesellschaft unablässig austauschten, diese auf Fett basierenden Cremes, die trotz der ätherischen Öle, die man in ihnen verarbeitete, ranzig wurden und stanken, diese Pomaden, in die man pulverisierte Metalloxyde gab und deren Namen sie ständig vergaß. Die Wirkung dieser Mittel überzeugte sie ebenso wenig. Madame Hertel hatte sich eine neue Salbe zubereiten lassen, die, wie sie sagte, »die Unregelmäßigkeiten ihres Teints ausgleichen« sollte. Nachdem sie sich eine Woche lang damit behandelt hatte, war tatsächlich eine bemerkenswerte Veränderung eingetreten: Ihre Haut war mit roten Flecken und Pusteln übersät gewesen! Die Arme war zwei Wochen nicht aus dem Haus gegangen, bis die Spuren vollständig verschwunden waren.

Isabel hasste es, diese verdächtigen Substanzen auf ihrer Haut zu spüren. Da ihr Teint von Natur aus blass war, benötigte sie kein Bleiweiß. Sie verzichtete auch auf Perücken, aus denen ihr ständig Puder auf die Schultern rieselte und unter denen sie schwitzte. Der einzige Kunstgriff, zu dem sie bereit war, bestand in ein wenig Zinnoberpulver auf ihren Wangenknochen und Lippen. Heute Abend konnte sie die Auffrischung gut gebrauchen.

Sie hörte, wie Schritte das Parkett knarren ließen, und spürte, dass jemand hinter ihr stand.

»Seid Ihr fertig, meine Schöne?«, flüsterte Pierre ihr leise ins Ohr.

Die Spitzenmanschetten ihres Gatten strichen über ihre Wange. Eine Männerhand legte sich auf ihren Hals, streichelte ihn zärtlich und glitt dann zu ihrem Nacken, den Élises geschickte Hochsteckfrisur enthüllte.

»Ihr seid heute Abend überwältigend schön! Élise hat sich selbst übertroffen. Ihr werdet die schönste Frau auf dem Frühlingsfest sein … Dabei ist das Wetter scheußlich. Es schneit immer noch …«

Isabelle betrachtete ihre Frisur im Spiegel.

»Hmmm …«

Sie musste zugeben, dass diese kleine dumme Gans Élise Talent zum Frisieren hatte. Pierre hatte das junge Mädchen eingestellt, als dieses ins heiratsfähige Alter kam, und einen Vertrag mit seinem Vater abgeschlossen: Für ihre Dienste würde Élise angemessen untergebracht und ernährt werden. Darüber hinaus musste Pierre sie mit einer vollständigen Aussteuer versehen und sie neu einkleiden.

Die junge Zofe war vor kurzem neunzehn geworden, und der Sohn des Schenkenwirts Tavernier machte ihr den Hof. Sie würde sie also bald verlassen, und Isabelle könnte sich jemanden aussuchen, mit dem man auch ein anregendes Gespräch führen konnte. Sie war es leid, sich den neuesten Klatsch vom Markt erzählen zu lassen, und interessierte sich nicht im Geringsten dafür, ob die Bleigewichte des Bäckers Gervaise nicht das königliche Siegel trugen.

Pierre löste die Perlenkette, die sie um den Hals trug.
»Was macht Ihr denn?«, rief sie aus und begegnete im Spiegel seinem verliebten Blick.
»Wartet … Ich glaube, das hier steht Euch besser.«
Das Schmuckstück war kalt und glitt sanft über ihre Haut. Als Isabelle das wunderbare Collier erblickte, riss sie die Augen auf: An einer Goldkette hingen drei goldene, mit Brillanten besetzte Schleifen, an denen jeweils ein Smaragd in der Form einer Träne baumelte. Pierre war glücklich über die Wirkung seiner Überraschung. Er küsste seine Frau hinters Ohr und dachte daran, wie sie ihm, sobald sie zurück waren, ihre Dankbarkeit erweisen könnte.
»Gefällt sie Euch?«
»Aber … Das ist ja viel zu viel. Sie muss ja ein Vermögen wert sein; das hättet Ihr nicht tun sollen, Pierre!«
»Ihr müsst die Schönste sein, meine Liebe. Aber ich hatte vergessen … Ihr seid ja ohnehin schon die Schönste, nicht wahr?«
»Ach, Pierre!«
Gerührt drehte Isabelle sich zu ihrem Mann um und lächelte ihm zu. Er kam näher und küsste sie zärtlich auf den Mund. Sie mochte Pierre gut leiden und überraschte sich oft selbst dabei, dass sie auf die Gelegenheiten wartete, bei denen sie allein bei einem Glas Wein saßen und über Gott und die Welt plauderten. Im Lauf der Zeit hatte sie ihn als charmanten, intelligenten Mann kennengelernt, der ehrlich verliebt in sie war. Sie wollte ihm nicht wehtun und hatte ihm nie vorgeworfen, dass man sie zu dieser Vernunftehe gezwungen hatte. Doch in all seinen Aufmerksamkeiten und seinen Geschenken erriet sie seine sinnlose Hoffnung, ihre Liebe zu ihm zu erwecken … genau wie ihr Vater vergeblich gehofft hatte, Justines Herz zu erobern. Eines Tages vielleicht, wenn sie geduldig war … würde sie ihn vielleicht so lieben können, wie er es verdiente.
»Mamaaa! Mamaaa!«, rief eine Kinderstimme, und auf dem Flur polterte jemand heran.
Der kleine Gabriel stand in der Tür. Seine Wangen glühten, und seine Augen waren feucht. Isabelle stürzte zu ihm.

»Was hast du denn, mein Schatz? Hast du dir etwas getan? Wo tut es denn weh?«

»Kein Aua, Mama. Aber Ma'ie hat …«, greinte der Kleine und drehte sich ängstlich zu der Indianerin um, die verlegen an ihrem Zopf nestelte.

Isabelle runzelte die Stirn und beugte sich mit einem leisen Rascheln von Stoff und Spitzen zu ihm hinunter.

»Was ist denn mit Marie?«

»Sie sagt, ich da'f die Maus nicht behalten …«

»Es heißt ›darf‹«, verbesserte Isabelle ihn ein wenig ungeduldig. »Was für eine Maus denn? Hier gibt es keine Mäuse, Gaby.«

»Na ja … die hier«, beharrte Gabriel und zeigte ihr eine Mausefalle, in der noch das Tierchen mit blutigem Kopf steckte.

»Igitt!«

»Ich habe versucht, ihm die Maus wegzunehmen, Madame, aber er hat mich gebissen.«

»Gabriel Larue! Ich verbiete dir, andere Leute zu beißen. Wo hast du solche Manieren gelernt?«

Mit diesen Worten ergriff Isabelle die kleine Hand, die das abscheuliche Spielzeug festhielt. Mit einem dumpfen Geräusch fiel die Maus auf den Boden, und Gabriel sah seine Mutter mit zitterndem Kinn und tränenerfüllten blauen Augen an. Pierre, der sich kaum das Lachen verbeißen konnte, hob den Nager auf.

»Ich glaube, es ist so weit. Wir brauchen eine Katze. Die wird die Mäuse jagen und fressen, damit du nicht mehr mit ihnen spielen kannst, kleiner Mann.«

Mit der freien Hand strich er über Gabriels feuerrotes Haar und verließ dann lächelnd das Zimmer. Marie sah, dass die Sache beigelegt war und bat, sich entschuldigen zu dürfen. Isabelle ließ sie gehen. Sie nahm ihren Sohn in die Arme und führte ihn zu einem Sessel. Genau in diesen Sessel hatte sie sich bei Nacht so oft mit ihm geflüchtet, um ihn zu stillen und später, wenn er einen Alptraum gehabt hatte, um ihn zu trösten, bis er wieder eingeschlafen war.

»Klettere hier drauf«, sagte sie mit sanfter Stimme, die den Kleinen beruhigte.

Er gehorchte und setzte sich auf die Röcke seiner Mutter, die inzwischen ganz verknittert waren. Als Isabelle bemerkte, in welchem Zustand sich ihre Abendrobe befand, seufzte sie, lächelte ihm aber trotzdem zu.

»Und jetzt, Gabriel, wirst du mir erklären, was du mit einer Maus zu schaffen hattest. Du weißt genau, dass diese Tiere schmutzig sind und dich beißen können …«

»Ja, Mama. Aber die Maus wa' tot … Wollte nu' spielen.«

»War. Sprich mir nach, Gabriel: war.«

»Wa'!«

»Herrgott! Das ist wohl dein schottisches Blut …«

Sie unterbrach sich und schlug die Hand vor den Mund. Die Worte waren ihr einfach so entschlüpft.

»Was ist mit meinem Blut?«

»Nichts, Gaby, gar nichts. Du hast sehr gutes Blut. Schön, Zeit ins Bett zu gehen.«

Sie setzte den kleinen Jungen auf den Boden. Dann nahm sie ihn an der Hand und ging mit ihm zur Tür.

»Was ist schottisches Blut, Mama?«

In diesem Moment tauchte Pierre, der wie immer lächelte, in der Tür auf. Sie errötete heftig, doch als sie bemerkte, dass er nichts gehört hatte, erwiderte sie mit pochendem Herzen sein Lächeln.

»Ich erkläre es dir an einem anderen Tag, Gaby«, flüsterte sie dem Knaben ins Ohr. »Seid Ihr so gut, ihn ins Bett zu bringen, Pierre? Ich muss mein Kleid ein wenig in Ordnung bringen.«

»Beeilt Euch, der Wagen wartet schon.«

Sie beugte sie zu Gabriel hinunter.

»Sei brav, mein Engel. Ich gebe dir gleich noch einen Kuss.«

Alles war aufgeboten worden, um das langsame, fast unmerkliche Eintreffen des Frühlings zu begehen. Das Fest schwelgte in einem Übermaß von Farben, Formen, köstlichen Speisen und Musik, das alle Sinne ansprach. In diesem Land, in dem der Adel sich aufgelöst hatte, befand sich die hedonistische bürgerliche Gesellschaft auf dem Weg zur Macht. Château Vaudreuil, wo Ralph Burton residierte, der Gouverneur von Montréal, lag in der Rue Saint-Paul, nur ein paar Schritte vom Haus der Larues entfernt. Trotzdem hatte Pierre lieber die Berline anspannen lassen, damit Isabelle sich nicht im Schnee und Schlamm der tief ausgefahrenen Straßen schmutzig machte.

Im Ballsaal glitzerten tausend Lichter. Das Orchester spielte eine Chaconne, und die Kleider der Damen schwangen wie schillernde Blütenkronen, die einen Schwarm von Bienen anzogen. Das Schauspiel faszinierte Isabelle, die des Gesprächs über die Lage der katholischen Kirche in der neuen *Province of Quebec* ein wenig überdrüssig war.

»Aber das ist skandalös! Die Engländer verstoßen gegen den Vertrag!«

»So etwas!«, rief Madame Berthelot aus und wedelte mit ihrem großen Fächer aus Perlmutt und zartrosa gefärbten Federn vor ihrem glänzenden, weiß und rot geschminkten Gesicht herum. »Gouverneur Murray wird uns sicher bald einen neuen Bischof suchen. Dieser Mann behandelt uns so freundlich und zuvorkommend ...«

Ihre kleinen Augen, die unter geschwärzten Augenbrauen lagen, huschten von einem Kleid zum anderen, wogen ab, verglichen und fällten ihr Urteil. Isabelle nippte an ihrem Punsch und wettete mit sich selbst darauf, wie viele Sekunden das samtene Schönheitspflästerchen, das am Mundwinkel der Dame hing, wohl noch halten würde.

»Artikel vier des Vertrags sichert uns nur zu, unsere Religion nach ihren Gesetzen auszuüben, nicht nach den unseren, Madame Berthelot. Aber er erlaubt uns nicht, zu tun, was wir wollen«, bemerkte Isabelle, die manchmal nicht begreifen konnte, welch einfachen Geistes manche ihrer Landsleute waren. »Daran kann auch der freundliche Murray bei allem guten Willen nichts ändern.«

Da! Das Schönheitspflästerchen fiel ins Glas der Dame. Isabelle starrte auf den kleinen schwarzen Fleck, der auf der bernsteinfarbenen Flüssigkeit schwamm, und klappte ihren Fächer auf, um dahinter ihr Lächeln zu verbergen.

Der kanadische Klerus, der seit dem Tod von Monseigneur Pontbriand im Jahre 1760 ohne Erzbischof dastand, lag im Streit mit den britischen Behörden, die den Papst nicht anerkannten und sich auf die britischen Gesetze beriefen, um ihnen die Ernennung eines neuen Oberhaupts zu verweigern. Die Sache hatte Wellen geschlagen. Mehr und mehr Ordensgeistliche traten zum Protestantismus über, und Kanadierinnen verheirateten sich mit protestantischen Engländern. Von den vielen Nonnen, die einst in der Kolonie gelebt hatten, waren nur die Kanadierinnen geblieben. Die anderen waren nach Frankreich zurückgekehrt. Die Sulpizianer waren sämtlich Franzosen, und die protestantischen Behörden vertrauten ihnen nicht. Genau wie bei den Augustinern oder Jesuiten sprach man davon, ihren ganzen Besitz zu enteignen. Es war dringend nötig, einen Modus Vivendi zu finden, um die Religion der Besiegten zu retten.

»Wusstet Ihr, teure Freundin«, fuhr Isabelle fort und klappte ihren Fächer zusammen, »dass nach der Unterzeichnung dieses berühmten Vertrags unser Klerus fast ein Drittel seiner Mitglieder verloren hat? Woher sollen denn in Zukunft unsere Priester kommen, wenn man die Seminare und Kollegs schließt? Die britische Regierung verhindert, dass neue französische Priester hierherkommen.«

Madame Berthelot schaute auf. Juliett Amyot hob ihr Frettchengesicht und meldete sich zu Wort.

»Es heißt, der Abbé de La Corne sei nach London gereist und wolle um eine Audienz beim König nachsuchen, um die Erlaubnis zu erhalten, den Bischof selbst zu ernennen, Madame Larue.«

»Seine britische Majestät wird meiner Meinung nach nicht viel von seiner Bitte halten. Der Umstand, dass er jetzt in Frankreich lebt, wird ihn in den Augen von König George verdächtig machen; und er wird ihn für einen Spion oder Aufrührer halten. Und der Eifer bezüglich des Bischofsamts sowie die antienglischen Tendenzen seiner Familie werden den Verdacht nur noch schüren, davon bin ich überzeugt. Man wird ihm nicht glauben, dass seine Bitte vollkommen ohne eigenes Interesse ist oder dass er eine objektive Wahl treffen wird.«

Der kanadische Klerus, der zu Recht der Überzeugung war, dass man versuchte, den Katholizismus aus Québec zu vertreiben, hatte seinerseits Ende Oktober den Deputierten Étienne Charest nach London geschickt, um dem König eine besondere Eingabe vorzulegen. Inzwischen begann Isabelle die Befürchtungen ihrer Cousine bezüglich der britischen Invasion zu teilen und beklagte die Laxheit der kanadischen Bevölkerung, die sich bei ihren neuen Herrn beliebt zu machen suchte und darüber ihre eigenen Traditionen nicht mehr pflegte.

Madame Berthelot musterte Isabelle gereizt und nahm einen Schluck Punsch, ehe sie antwortete.

»Aber wir sind mehr als zehntausend katholische Seelen gegen …«

»Zweihundert Protestanten? Meinetwegen! Das Problem ist nur, dass die Protestanten herrschen, meine Teure, und dafür sorgen werden, dass das auch so bleibt. Habt Ihr schon von dem neuen Gesetz über den Amtseid* gehört?«

»Aber … Monsieur Mounier ist Franzose und genießt trotzdem großes Ansehen bei der neuen Regierung.«

»Gewiss, und ich wäre die Erste, die sich darüber freuen würde, wenn Monsieur François Mounier nicht Hugenotte wäre. Wusstet Ihr das etwa nicht?«, versetzte Isabelle, ohne ihre Ungeduld zu verhehlen. »Und … ich glaube, Ihr habt soeben Euer Schönheitspflästerchen verschluckt, Madame Berthelot.«

»Oh!«

Hinter ihrem Rücken vernahm Isabelle Stimmen.

* Dieses 1673 vom englischen Parlament verabschiedete Gesetz untersagte es Katholiken, ein Amt in der Verwaltung oder der Armee auszuüben. Um auf bedeutende Posten aufsteigen zu können, mussten Katholiken einen Amtseid leisten, mit dem sie ihrem Glauben abschworen. In Kanada wurde die Verpflichtung zur Ablegung dieses Eids 1774 abgeschafft. Das Gesetz blieb aber noch bis 1829 in Kraft.

»Reden kann sie ja. Ihr Mann ist dabei, sich eine große Karriere aufzubauen.«

»Ist er Hugenotte?«

»Die Larues sind katholisch... im Moment noch. Aber es würde mich nicht erstaunen, wenn er insgeheim schon den Eid geleistet hätte, mit dem man seiner Religion abschwört. Er spricht schon ziemlich gut Englisch.«

Isabelle fuhr herum und starrte die Witwe Brodeur zornig an.

»Madame, der Platz, die Karriere, die sich mein Mann mit viel Arbeit schafft, ist ziemlich bescheiden, glaubt mir! Im Übrigen ist mein Mann in der Tat katholisch, und seid versichert, dass er das auch bleiben wird. Und sein Englisch muss er zwangsläufig vervollkommnen, allein, um zu verhindern, dass man uns betrügt.«

Die Witwe presste die Lippen zusammen und blinzelte. Ihre Wangen, die rot vor Schminke und Zorn waren, hoben sich unvorteilhaft von ihrem weiß geschminkten Teint ab, der durch das lebhafte Violett ihres Kleids noch betont wurde. Ohne auf eine Antwort zu warten, grüßte Isabelle die kleine Gruppe höflich und begab sich festen Schritts zu der Stelle, an der sie Pierre zuletzt gesehen hatte. Mit einem Mal hatte sie große Lust zu tanzen und sich zu amüsieren.

Das Orchester stimmte ein Menuett an. Die junge Frau sah sich nach ihrem Mann um, konnte ihn jedoch nicht entdecken. Dabei war er vor kaum zehn Minuten doch noch hier gewesen! Sie musterte die Menge und suchte nach seinem blonden Schopf, den er kaum gepudert hatte, weil er wusste, dass sie das hasste. Der Puder brachte sie zum Niesen.

Auf der anderen Seite des Saals erblickte sie ihren Bruder Étienne, der immer noch im Pelzhandel tätig war. Was mochte ausgerechnet ihn, der so patriotisch war, an einen Ort führen, an dem die meisten Kaufleute Namen wie Dunn, Walker oder Livingstone trugen? Er diskutierte mit zwei Herren. Der größere, der distinguiert und arrogant wirkte, war Sieur Luc de la Corne, ein Verwandter des Abbé de la Corne, ein Militär und

Pelzhändler. Sie kannte ihn, denn sie war ihm einmal bei einem Abendessen, an dem sie zusammen mit Nicolas des Méloizes teilgenommen hatte, begegnet. Der Mann hatte sich unter Montcalms Kommando bei dem siegreichen Angriff auf Fort William-Henry und bei der Belagerung von Carillon hervorgetan. Für seine Leistungen war er 1759 mit dem hochangesehenen Saint-Louis-Kreuz ausgezeichnet worden. Doch da er sich so gut mit den Sprachen und den Sitten der Eingeborenen auskannte, verdächtigten ihn die Engländer, den Aufstand an den Großen Seen zu schüren.

Er hatte einst zur Elite der Kolonialgesellschaft gehört, die von den Besatzern ermuntert wurde, nach Frankreich zurückzukehren, und war einer der wenigen Überlebenden des Schiffbruchs der *Auguste* vor der Küste von Cap Bréton im November 1761 gewesen. Bei dem Unglück hatte er seine zwei Kinder und seinen Bruder verloren. Nach einer langen, mühsamen Reise durch verschneite Wälder und über zugefrorene Flüsse war de la Corne nach Montréal zurückgekehrt und hatte seinen Plan, in die alte Heimat zurückzukehren, aufgegeben. Stattdessen hatte er beschlossen, sich auf Dauer in Kanada niederzulassen.

Der zweite Mann, mit dem sich ihr Bruder unterhielt, war ebenfalls im Pelzhandel tätig und hieß Maurice Blondeau. Étienne hatte seine letzte Expedition zusammen mit ihm unternommen. Sie waren Anfang Oktober aus Michillimackinac* zurückgekehrt und hatten die entsetzliche Nachricht von der Erhebung der Ojibwas und der Chippewas mitgebracht, deren Zeugen sie geworden waren: Die Eingeborenen hatten das Fort im Sturm genommen und die Garnison massakriert. Im Lauf des Jahres 1763 hatte es schon mehrere Angriffe dieser Art gegeben. Die Obrigkeit war darüber ernstlich beunruhigt und hatte in einer Verordnung allen Händlern verboten, die Indianer im Gebiet

* Ursprünglich war Michillimackinac eine Jesuitenmission in dem Landstreifen gewesen, der den Huronsee vom Michigansee trennt. Später wurde diese Mission zu einem der wichtigsten französischen Handelsposten im Gebiet der Großen Seen.

der Großen Seen mit Lebensmitteln, Waffen oder Munition zu versorgen. Ein sehr einflussreicher Häuptling der Odawa, Pontiac, bedrohte den Frieden in dieser Region. Natürlich hatten die Händler aus Montréal darauf Zeter und Mordio geschrien, denn sie sahen in der Verordnung einen Angriff auf die Freiheit des Handels.

Ihr Bruder sah sie, lächelte ihr zu und widmete sich dann wieder seinen Gesprächspartnern. Sie erwiderte sein Lächeln und kümmerte sich dann nicht weiter um ihn. Sie sahen sich nur sehr selten und sprachen kaum miteinander. Natürlich hatte Étienne sie schon in der Rue Saint-Gabriel besucht. Er hatte sich sogar mit Pierre angefreundet, der ihm freundlicherweise bei Gelegenheit mit seinem beruflichen Wissen unter die Arme griff. So begegnete sie ihm manchmal im Arbeitszimmer ihres Mannes und servierte ihm *Tea* und Gebäck. Er erkundigte sich dann höflich nach seinem Neffen, obwohl er nie versuchte, den Kleinen zu sehen. Étienne würde sich niemals ändern. Manchmal verstand sie, warum zwischen ihm und Justine solche Feindschaft herrschte. Sie besaßen beide die gleiche herrische Art und konnten sich daher gar nicht verstehen.

Die junge Frau erkannte in der bunt gemischten Gesellschaft einige bekannte Gesichter. Da war Francis Maseres, der mit dem Marquis Alain Chartier de Lotinière und seiner Frau Marie-Josephte sprach. Ein Stück weiter sah sie eine Gruppe Juristen, zu denen William Hey, Charles York und James Marriot gehörten. In ihrer Nähe schütteten sich einige Kaufleute, darunter der arrogante Thomas Walker, vor Lachen aus.

Die Gäste standen nach ihrer Herkunft zusammen: kanadische Milizhauptleute, Damen von adliger Abstammung, die Ehefrauen von Bürgerlichen, Offiziere … Ein ganzer Teil der britischen Armee war aus Québec gekommen. Inmitten dieser Menge fühlte sie sich fehl am Platze. Ganz entschieden, diese offiziellen Bälle und Essen waren nicht unterhaltsam.

Endlich entdeckte sie Pierre zusammen mit fünf Personen, von denen ihr drei unbekannt waren. Der erste Mann, der groß und schmal und schon mittleren Alters war, wirkte ziemlich nüchtern. Engländer, entschied sie. Zweifellos einer dieser neuen Kaufleute, die damit prahlten, alles in Gold verwandeln zu können. Die beiden anderen, die wesentlich jünger waren, hatten rote Gesichter, die darauf hinwiesen, dass sie dem guten Wein nicht abgeneigt waren. Zweifellos Brüder. Die Ähnlichkeit zwischen ihnen war frappierend.

Bei ihnen stand Edward Gray, ein Kaufmann aus der Stadt, der vor allem mit Versteigerungen zu tun hatte. Und der fünfte Mann schließlich, der Grundstücksspekulant Pierre Foretier, war ein alter Freund von Pierre, dessen Frau Thérèse ganz bezaubernd war.

Die Geschäfte gingen gut für diese Händler, die der englischen Armee gefolgt waren, um das, was von der kanadischen Wirtschaft noch übrig war, auszusaugen. Man musste sich wohl damit abfinden, denn diese Leute kamen regelmäßig in Pierres Kanzlei und füllten seine Schatullen. Unter einem sinnlichen Rascheln von Stoffen, nach dem sich manch einer umdrehte, schob sie sich zwischen den Menschen hindurch und erreichte schließlich ihren Mann.

»Ah!«, rief er aus und lächelte strahlend, als er sie erblickte. »Kommt, meine Liebe, ich will Euch drei Neuankömmlingen in unserer schönen *province of Quebec* vorstellen. John McCord und Joseph und Benjamin Frobisher. Meine Herren, das ist meine wunderbare Gattin Isabelle.«

Die Männer grüßten sie, und sie verneigte sich höflich und hielt den Fächer vors Gesicht, um die Grimasse, die sie nicht unterdrücken konnte, zu verbergen. Sie hasste es, wenn Pierre sich auf diese untertänige Art bemühte, Englisch zu sprechen. Joseph Frobisher bemächtigte sich ihrer Hand, die sie ihm widerwillig hinhielt, streifte sie mit den Lippen und grinste so breit, dass er aussah wie ein Hecht, der sich anschickt, in einen schönen Fischköder zu beißen.

»*Enchanté*«, murmelte er auf Französisch.

»Joseph und Benjamin Frobisher sind hergekommen, um im Pelzhandel tätig zu werden. Genau wie Monsieur McCord haben sie hier Großes vor!«

»Haben das nicht alle?«, gab Isabelle mit strahlendem Lächeln zurück.

Foretier zuckte leicht zusammen, und Pierre fasste seine Frau unter dem Ellbogen und drückte ihr warnend den Arm. Auf keinen Fall wollte er potenzielle Klienten verschrecken. Das wusste sie genau und hatte nicht vor, ihm diesen Abend zu verderben.

»Seid Ihr schon lange hier, Monsieur Cord?«

»Nein, aber lange genug, um zu … *notice,* dass der Winter hier *very cold* ist. *My wife, Margery,* gefällt es hier nicht so gut.«

»Aber der Winter ist noch nicht vorbei! Ich fürchte, da steht Euch noch einiges bevor, Monsieur McCord. Stammt Ihr aus Schottland?«

»*No, north of Ireland.*«

»Monsieur McCord hat dort einen Getränkehandel betrieben«, erklärte Pierre.

»*Beer.*«

»Und, habt Ihr Kinder?«

»*Yes.*«

»Fühlen sie sich hier wohl? Ähem … *Do your children like live in Canada?*«

»*Oh, yes! Do you speak English, madam?*«

»*Aye, a wee bit!*«, antwortete Isabelle und errötete leicht.

»*Oh, I see.* Und ich glaube, Ihr habt es von einem Schotten gelernt«, meinte der Ire in aller Unschuld. »Vielleicht kennt Ihr Lieutenant Alexander Fraser vom *Fraser's Highlanders Regiment*? *My daughter, Jane,* hat sich mit Lieutenant Fraser verlobt. Monsieur Fraser hat *just* … den Besitz La Martinière *of Beaumont* gekauft.«

»Ähem … ja. Ich glaube, ich habe davon gehört«, murmelte Isabelle, den Blick auf eine Gruppe von Männern gerichtet, die sich in einiger Entfernung unterhielten.

Das Herz der jungen Frau begann ihr so heftig in der Brust zu pochen, dass es ihr kurz die Luft verschlug. Pierre, der sie immer noch am Arm hielt, stützte sie.

»Geht es Euch nicht gut, Isabelle?«

»Ach … nur eine vorübergehende Schwäche.«

Eine Gigue drang an ihre Ohren. Ihr Korsett drückte. Ihr Hemd war schweißnass. Pierre beugte sich, das attraktive Gesicht sorgenvoll verzogen, über sie.

»Seid Ihr auch sicher, dass Ihr Euch wohlfühlt, meine Schöne? Ihr seid so blass. Vielleicht solltet Ihr Euch einen Moment setzen?«

»Nein«, gab sie ein wenig schroff zurück, »ich … Tanzt mit mir, Pierre, bitte.«

Der junge Joseph Frobisher trat herbei und verneigte sich, eine Hand ritterlich aufs Herz gelegt, so vor ihr, dass er eine entzückende Aussicht auf ihren Ausschnitt genoss.

»Wenn Madame mir gestatten … *the honour of this dance*?«

Die Kühnheit des jungen Engländers machte Isabelle einen Moment lang sprachlos. Sie wusste nicht, was sie sagen sollte, und sah Pierre, der die Lippen fest zusammenpresste, fragend an.

»Geht nur, meine Schöne«, murmelte er und mied ihren Blick. »Ich habe ohnehin mit diesen Herren zu reden. Monsieur McCord möchte wieder in den Getränkehandel einsteigen. Er würde sich gern in Québec niederlassen, wo die Garnison eine gute Kundschaft wäre, und ich möchte ihn gern umstimmen, bevor er nächste Woche dorthin reist. Seid mir nicht böse.«

Natürlich, Madame unterhält die Klienten, während man über Geschäfte spricht … Sie lächelte zuerst Pierre und dann dem jungen Mann zu, der immer noch mit der Hand auf seinem Rock dastand. Mit hocherhobenem Kopf ließ sie sich von seiner Hand, die, wie sie jetzt ein wenig angewidert feststellte, schweißnass war, davonführen. Sie passte ihren Schritt dem ihres Tanzpartners an, während sie die Gästeschar musterte und versuchte, ihre aufstörende Vision wiederzufinden. Dieses Haar mit den bronzefarbenen Reflexen, diese Adlernase … Der schwarz gekleidete Mann hatte ihr den Rücken zugewandt, aber sie hatte sein Profil gesehen, seine Haltung erkannt. *Das kann er nicht sein … Niemals würde er eine solche Gesellschaft besuchen!*, dachte sie aufgewühlt.

Mit seinem durchdringenden Blick musterte der Mann die Tänzer, die sich fröhlich wiegten. Ganz offenbar war Kiliaen van der Meer nicht hier.

»Da müssen wir wohl wieder gehen«, meinte er und beugte sich zu seinem Gefährten hinüber.

Gabriel Cotté zog die Augen zusammen und musterte die Gesichter der Menschen, die an ihnen vorbeizogen. Er sollte den Amerikaner in Kontakt zu dem Pelzhändler bringen, den alle den »Hollandais«, also den »Holländer« nannten.

»Blondeau sehe ich, aber van der Meer nicht. Tut mir leid, mein Freund. Man hatte mir versichert, er werde heute Abend hier sein.«

Ein dritter Mann, der im Takt zur Musik mit dem Fuß wippte, hatte noch nichts gesagt. Jetzt wandte er sich den beiden zu. Der Mund schien ihm in dem schmalen Gesicht fast bis zu den Ohren zu reichen. Mit seiner gewölbten, leicht vorstehenden Stirn und dem vorspringenden Kinn sah er im Profil wie ein trauriger Pierrot aus.

»Pech für den Hollandais, *I'll say*! All diese charmanten Damen … hmmm … *divine* …«

Cotté brach in schallendes Gelächter aus, das einen Moment lang die Aufmerksamkeit der Nachbarn auf sich zog, worüber der erste Mann offenbar verärgert war.

»Van der Meer ist in der Lage, die bezauberndsten Damen der Stadt aufzutun, Jacob. Macht Euch seinetwegen keine Gedanken. Wahrscheinlich hat ihn sogar genau das aufgehalten. Sieh mal einer an …«, meinte Cotté mit einem Mal und wies mit einer Kopfbewegung auf ein Paar, das über die Tanzfläche hüpfte. »Ist das nicht einer dieser neuen englischen Händler … Benjamin Frobisher?«

»Nein, das ist Joseph«, verbesserte Jacob Solomon und verfolgte die fließenden Bewegungen des schillernden moosgrünen Kleides.

»Joseph also! Meine Güte! Er hat nicht lange gebraucht, um im Revier unseres teuren Notars Larue zu wildern! Aber was für ein Köder auch. Bei einer solchen Frau braucht man nicht lange zu überlegen, warum er des Mézières alle Klienten ausspannt!«

»Wer ist die Dame?«, fragte der erste Mann, der von der strahlenden Schönheit der Frau fasziniert war.

»Madame Isabelle Larue, geborene Lacroix, l'Écossais. Aber wehe dem, der ihr zu nahe kommt! Der Notar hütet sie wie seinen Augapfel. Wenn Frobisher mit ihr tanzen darf, dann nur, weil Larue ein gutes Geschäft gerochen hat. Dieser Notar ist wirklich ein ganz schönes Schlitzohr! Er biedert sich bei den englischen Kaufleuten an, für die er Verträge, Testamente und so weiter aufsetzt ... Nun ja, wie sagt man so schön: Geld stinkt nicht!«

L'Écossais beobachtete die Frau schon eine ganze Weile. Genauer gesagt hatte er diese Schönheit, die sich in Gesellschaft der Gattinnen der Honoratioren von Montréal befand, schon bemerkt, als er den Ballsaal betreten hatte. Anschließend hatte er sie auf der Tanzfläche beobachtet, wo sie sich mit ihrem Kavalier, der ihr tief in die Augen sah, drehte. Ihre anmutigen Bewegungen drückten aus, was eine Frau aus guter Familie niemals mit Worten sagen würde. Diese Sinnlichkeit, die sie ausstrahlte ... Alle Männer drehten sich unauffällig nach ihr um, wenn sie vorüberging.

»Sagt mir, Cotté, ist dieser Larue nicht der Notar, der den Vertrag des Hollandais' aufgesetzt hat?«

Sein Gefährte beugte sich zu ihm herüber.

»Ja, genau der. Pierre Larue.«

»Er ist also ihr Mann? Jammerschade!«

»Hübsches Mädel, was? Hinter vorgehaltener Hand erzählt man sich, ihr dreijähriger Sohn sei ... von einem anderen«, flüsterte er, »und dass er feuerrotes Haar habe. Sie stammt aus Québec, versteht Ihr? Haben nicht Eure Regimenter dort nach der Kapitulation den Winter verbracht?«

»Hmmm.«

Ein Räuspern riss l'Écossais aus seinen Gedanken. Ignace Maurice Cadotte stand hinter ihnen. Seine Wangen waren von der Kälte gerötet, und auf seinem Haar klebten noch Schneeflocken.

»Ich habe den Hollandais gefunden«, erklärte er außer Atem. »Er ist im Gasthaus Dulong.«

»Was macht er denn da, verflixt?«, knurrte Cotté.

»Na ja, er feiert.«

»*Damn van der Meer*!«, rief Solomon aus. »Sollte er wirklich lieber mit Reisenden zusammen sein als mit den schönsten Frauen des Landes? *This guy*, er gibt mir Rätsel auf!«

L'Écossais lächelte. Er kannte Jacob Solomon erst seit drei Monaten. Aber der Mann hatte ihm mit seiner Einfachheit und seinem Elan gleich gefallen. Er stammte aus New York, war Soldat bei den amerikanischen Kolonialtruppen der Briten gewesen und nach Ende der Auseinandersetzungen entlassen worden. Der junge Jude war mit seiner Frau und seiner Tochter nach Montréal gezogen, um sein Glück im Pelzhandel zu versuchen. Sein Vater, ein Bankier, war ein Jahr zuvor gestorben und hatte ihm ein kleines Vermögen hinterlassen. Da er nicht das geringste Interesse für die Hochfinanz hegte, hatte er sich von seiner Abenteuerlust hierher locken lassen.

Solomon war mit ihm durch die Vermittlung von Philippe Durand in Kontakt getreten, dem Bruder von Marie-Anne, mit der l'Écossais zusammenlebte. Diese wiederum war die Witwe seines ehemaligen Arbeitgebers, des Händlers André Michaud. Solomon war ein reicher Geschäftsmann und suchte einen Partner, der sich im Land auskannte. Und der Amerikaner, der verbittert über seine Erfahrung mit der britischen Armee war und das auch keineswegs verbarg, zog einen kanadischen Händler, der die alten Routen der Franzosen kannte und bereit war, neue zu erkunden, einem britischen Partner vor.

Der Hollandais durchreiste seit Jahren das Land und kaufte Felle auf. Philippe, der mit ihm bekannt war, hätte ihn Solomon sofort vorgeschlagen. L'Écossais brauchte die beiden Männer nur noch zusammenzubringen. Wenn er sich mit van der Meer zusammentat, würde der Jude sicherlich bald dessen Anteile an der Gesellschaft aufkaufen können, denn der Händler wurde alt, und das Reisen wurde ihm beschwerlich. Er hatte schon davon gesprochen, sich bald zurückzuziehen.

L'Écossais vermutete, dass Philippe diese Verbindung aus ganz persönlichen Gründen begünstigte. Durand hatte ihm bald von dem Hollandais erzählt. Bei seiner letzten Reise hatte offenbar eine Gruppe von Händlern – zu denen Durand gehörte und die gegen die strengen Maßnahmen der englischen Regierung aufbegehrte –, dem Mann eine geheime Mission anvertraut. Anscheinend sträubte er sich jetzt, sie zu Ende zu führen und weigerte sich, die Gruppe vor seiner Rückkehr aus Grand Portage Ende kommenden Sommers zu treffen. Den ganzen Winter über hatten seine Auftraggeber mit den Zähnen geknirscht. Van der Meer musste auf jeden Fall Rechenschaft ablegen: Dem Pelzhandel ging es schlecht.

Die Unruhen im Gebiet der Großen Seen beschränkten das Handelsgebiet und hatten die Gruppe von Händlern dazu gebracht, sich zusammenzuschließen und die Stämme, die gegen die britische Obrigkeit rebellierten, zu unterstützen. Natürlich verfolgte jeder seine eigenen Interessen, die bei den einen politischer und bei den anderen geschäftlicher Natur waren. Aber sie hatten ein gemeinsames Ziel: die englischen Garnisonen aus dem Land zu vertreiben und sich das Land anzueignen.

Man hatte die Franzosen um Hilfe gebeten, die immer noch in Louisiana standen.* Doch die Verhandlungen hatten bisher nur gemischten Erfolg gezeitigt. In der Hoffnung, Unterstützung von ihm zu erhalten, hatte Pontiac Kontakt zu Hauptmann Neyon de Villiers aufgenommen, dem Kommandanten der Festung Chartres.** Doch dieser hatte ihm geraten, das Kriegsbeil

* Um Louisiana vor einer englischen Invasion zu schützen, hatte Frankreich 1762 den Teil des Territoriums, der auf dem rechten Ufer des Mississippi lag, an Spanien abgetreten. Bei der Unterzeichnung des Vertrags von Paris fiel demnach dieses Gebiet an die Krone in Madrid, wurde aber aus verschiedenen Gründen weiter von den Franzosen verwaltet.

** Aus Stein errichtete Festung am Ufer des Mississippi und das französische Hauptquartier in Illinois. Nachdem das Gebiet 1763 in englischen Besitz überging, wurde das Kommando der Festung 1765 durch das 42. Königliche Highlanderregiment seiner Funktionen enthoben.

zu begraben. Offensichtlich versuchte er, sich mit seinen neuen Herren gutzustellen, und war daher nicht daran interessiert, die Bewegung zu unterstützen. Allerdings hatte sich ihnen eine Handvoll Händler französischer Abstammung aus den Gebieten der Illinois und Delawares angeschlossen. Außerdem verdächtigte man einige amerikanische Händler, die sich gern den vielversprechenden Markt im Westen des Kontinents aneignen wollten, insgeheim an Pontiacs Rebellion teilzunehmen, wenn sich auch aus Furcht vor Repressalien niemand offen dazu bekannte.

Und so war im Sommer 1763, während die Indianer die befestigten Vorposten im Tal des Ohio und an den Großen Seen überrannten, eine Schatulle voller Louis d'Ors und spanischer Piaster den Mississippi hinauf und bis zum Oberen See gereist, wo der Hollandais sie in Empfang nehmen sollte. Das Geld sollte die Waffen und die Munition finanzieren, die die kanadischen Rebellen verlangten. Doch der Hollandais, von dem man wusste, dass er Ende September von dem Handelsposten Grand Portage zurückkehren musste, war unauffindbar geblieben. Erst einen Monat später hatte er sich wieder blicken lassen, um Männer für seine nächste Expedition zu rekrutieren. Als man ihn nach dem Geld fragte, hatte er behauptet, es befände sich in seinem Besitz, und er habe es aber an einem sicheren Ort versteckt. Die Tinte des Vertrags von Paris sei noch nicht getrocknet, daher sei es klüger, abzuwarten, was die Regierung bezüglich der Handelsgebiete beschließe, nachdem Pontiac momentan Ruhe gebe.

In der Tat schien seit dem Ende der Belagerung der Festung Detroit* die Rebellion der Eingeborenen erloschen zu sein. Die Mitglieder der Liga hatten sich also, wenngleich unwillig, dem Vorschlag des Hollandais' gebeugt. Doch ihr Groll schwelte weiter, und die Unstimmigkeiten hatten die Gruppe gespal-

* Diese von den Franzosen errichtete Festung, die ursprünglich den Namen Pontchartrain trug, lag am Nordufer des Detroit-Flusses, an derselben Stelle, an der sich heute in Michigan, USA, die gleichnamige Stadt befindet.

ten. Philippe Durand, der den Handel seines Schwagers André Michaud übernommen hatte, gehörte zu denen, die unbedingt die Schatulle in die Hände bekommen wollten. Da kam ihm Jacob Solomon wie gerufen, da sein Hass auf die englische Obrigkeit ihn zu einem idealen Partner machte, um seine Ziele zu erreichen.

L'Écossais wandte sich von dem Wirbel auf dem Tanzboden ab und sprach den Juden an, der in die Hände klatschte und einem hübschen Mädchen nachsah.

»Nun gut!«, erklärte er, indem er sich zum Gehen wandte. »Gabriel wird Euch morgen zu van der Meer bringen. Heute ist es zu spät. Ich muss heute Abend zurück nach La Batiscan zu Marie-Anne. Ohnehin dürfte der Hollandais zu dieser Uhrzeit nicht mehr in der Lage sein, über Geschäfte zu reden.«

Als er sich umwandte, um einen letzten Blick auf Larues schöne Gattin zu werfen, überraschte er sie dabei, wie sie ihn anstarrte. Sie war auf der Tanzfläche erstarrt, und ihr Gesicht war leichenblass geworden …

»*Madam? Madam? Are you …* Geht es Euch gut?«

Isabelles Herz pochte zum Zerspringen. Er war es wirklich. Da stand er, ein paar Fuß von ihr entfernt, und schaute sie mit undeutbarer Miene an. *Alex!* Doch der Mann verneigte sich nur knapp, wandte sich ab und ließ sie verdutzt mitten unter den Tanzenden stehen, die ihr ausweichen mussten. Wie erstarrt verharrte sie da, den Blick auf das dunkle Haar mit den bronzenen Reflexen geheftet, das in einem Meer von Perücken verschwand. Tränen verschleierten ihren Blick.

»*Madam!*«

Jemand drückte ihren Unterarm, und sie wandte den Kopf. Monsieur Frobisher beugte sich mit besorgter Miene über sie.

»Ich … weiß nicht, Monsieur«, stotterte sie und hielt nur mit Mühe das Schluchzen zurück, das ihr die Kehle zuschnürte. »Verzeiht, ich bin … ein wenig müde. Ich glaube, ich sollte mich einen Moment setzen. Seid doch bitte so freundlich, mir ein Glas Punsch zu holen; das würde mir sicher guttun.«

»Punch, yes! With great pleasure, madam!«

Seine Stimme ging in der lauten Musik unter, und Isabelle versank in ihren Erinnerungen.

»Herrgott! Da haben die Kanadier kaum Zeit gehabt, sich von den Schrecken des Krieges zu erholen, da will Thomas Gage schon wieder, dass sie in die Miliz eintreten, um gegen die Indianer zu kämpfen, die doch in der Vergangenheit ihre Verbündeten waren! Undenkbar, sage ich Euch!«, ereiferte sich Blondeau zornig.

»Es werden Freiwillige angeworben«, schaltete sich La Corne ein. »Ihr wisst genau, dass niemand gezwungen wird, ihnen beizutreten. Außerdem ist Burton entschieden dagegen. Er fürchtet, die Augustiner könnten die Soldaten der Miliz, die dann ja Waffen in den Händen hätten, zum Aufstand anstacheln. Und so unrecht hat er damit nicht. Aus demselben Grund haben sich mehrere englische Händler mit Murray überworfen, der den katholischen Klerus für die Rekrutierungen einspannt. Unter ihnen herrschen Zorn und Groll. Wir wissen ja alle, wie groß der Einfluss der Kirche bei der Bevölkerung ist ... Ich ahne nichts Gutes.«

»In Québec weht der Wind der Revolte nicht besonders stark«, meinte Étienne. »Die Rekrutierungslisten sind nicht lang. Aber hier in Montréal ist das etwas ganz anderes. Die kanadischen Händler fürchten die Konkurrenz der Engländer, und das zu Recht! Die Gebiete, die für den Handel zugelassen sind, geben nichts mehr her. Die Händler verlangen die Möglichkeit, neue Wege nach Westen zu öffnen.«

»Und dieser Wind, der über Montréal weht, seid Ihr ihm zufällig begegnet, Monsieur Lacroix?«, erkundigte sich La Corne mit spöttisch verzogenem Mund.

Mit rätselhafter Miene verzog Étienne die Mundwinkel und setzte zu einer Antwort an, während er den Blick über die lärmende Versammlung schweifen ließ. Mit einem Mal erstarrten seine Züge, und er zog die Augen zusammen, um das Gesicht des Mannes, der neben Gabriel Cotté, den er vorhin schon gesehen hatte, stand ...

»Aber, aber!«, lachte Blondeau, der Étiennes starre Miene falsch deutete. »Ich glaube, unser Freund Lacroix ist soeben von einer Fee verzaubert worden!«

Der Mann verließ den Saal. Étienne stotterte ein paar entschuldigende Worte und überquerte unter vorwurfsvollen Ausrufen und Blicken entschlossenen Schrittes die Tanzfläche. Isabelle stand da, totenbleich, und starrte immer noch auf die Stelle, wo der Unbekannte verschwunden war, was Étiennes Verdacht bestätigte. Der Mann trat zu Cotté, der sich ebenfalls anschickte, den Saal zu verlassen. Étienne packte ihn am Ellbogen und schob ihn in eine Ecke.

»Na, wenn das nicht mein guter Freund Étienne Lacroix ist? Was führt dich nach Montréal? Gehst du im Mai ins Oberland?«

»Guten Abend, Gabriel. Sag, wer war der Mann, mit dem du noch vor zwei Minuten gesprochen hast?«

Vor Nervosität klang Étiennes Stimme noch heiserer als sonst. Cotté runzelte die Stirn.

»Der Jude? Jacob Solomon. Er …«

»Nein, der andere. Schotte, glaube ich.«

»Ach, der Schotte. Jean l'Écossais. Er arbeitet für Philippe Durand. Warum, willst du Männer anwerben?«

Jean l'Écossais, wiederholte Étienne lautlos. Sollte er sich geirrt haben? Oder der Bursche gebrauchte einen falschen Namen … was sehr gut möglich war. Er drehte sich zu der Stelle um, an der Isabelle vorhin noch wie erstarrt gestanden hatte. Sie war verschwunden. Nein, er hatte sich nicht geirrt. Der Mann, den er gesehen hatte, war wirklich der ehemalige Liebhaber seiner Schwester. Er räusperte sich und trat von einem Fuß auf den anderen, um seiner wachsenden Unruhe Herr zu werden.

»Ähem … nein. Ich meine … vielleicht. Du sagst, er arbeitet für Durand?«

»Er ist sogar sein Vertrauensmann und lebt mit seiner Schwester zusammen, der schönen Marie-Anne. Michauds Witwe, erinnerst du dich?«

»Hmmm ... ja. Danke, Gabriel.«

»Ich wollte gerade gehen, um im Gasthaus Dulong ein letztes Glas mit dem Hollandais zu trinken. Willst du dich nicht anschließen?«

»Mit van der Meer?«

»Ja, ich muss ihn sehen. Ich habe jemanden an der Hand, der einen Partner sucht. Diesen Solomon, von dem ich dir erzählt habe.«

»Ein andermal vielleicht. Guten Abend, mein Freund.«

Einige Minuten später stand Étienne auf der dunklen Straße. Frisch gefallener Schnee bedeckte die schlammige Rue Saint-Paul und glitzerte wie ein Bett aus Sternen. Kurz untersuchte er die Spuren in der weißen Schicht. Der Schlamm an den Rändern war noch nicht gefroren. Er folgte ihnen.

In der Nähe des Saint-Martin-Tors, das in die Vorstadt Québec führte, wartete eine Kutsche. Drei Männer disputierten miteinander. Étienne beobachtete sie aus dem Schatten der Stadtmauern heraus. Er erkannte den Mann, der sich l'Écossais nennen ließ. Der Mann stieg in den Wagen. Ein anderer folgte ihm, während der dritte auf den Kutschbock stieg und die Zügel ergriff. Die Peitsche knallte auf die beschneiten Kruppen der Pferde, und man vernahm ein »Hüa!«. Knarrend setzte der Wagen sich in Bewegung, beschrieb eine halbe Drehung und fuhr in Richtung Osten in die Rue Sainte-Marie. Étienne sah dem dunklen Umriss des Wagens nach, bis er vollkommen von der Dunkelheit und den Schneewolken, die er aufwirbelte, verschlungen worden war. Immer noch hielt er das Messer in der verkrampften Hand.

»Wir werden uns wiedersehen, l'Écossais. Und dann werde ich Marcelline rächen.«

»Seid Ihr so weit, meine Liebe?«

Pierre hatte Isabelle, die sich kaum auf ihren schwachen Beinen halten konnte, untergefasst.

»Jaaa ...«

Das klang mehr nach einem Miauen denn nach einem Wort.

Die junge Frau schloss die Augen, um ihr Schwindelgefühl zu dämpfen, und hielt sich an der Wand fest, damit sie nicht auf die Nase fiel. Ihr Magen drehte sich um. Pierre sah, dass ihr Teint grau war, und ging schneller. Die Kutsche wartete. Ein wenig verwirrt vertrat sich Isabelle und rutschte ein paar Treppenstufen hinunter.

»Oooh!«, rief sie und hielt sich am Arm ihres Mannes fest. »Ich … bin …«

»Ein wenig betrunken, würde ich sagen«, beendete Pierre ihren Satz. »Der junge Frobisher hat Euch ja auch ständig aus der Punschschüssel bedient. Ich fürchte, Ihr habt ihn verhext. Aber ich bin Euch nicht böse … Wie könnte ein Mann auch Eurem Charme widerstehen, Madame Larue? Ihr seid die … göttlichste der Frühlingsfeen … Ihr seid eine Inspiration der Liebe. Psyche muss bleich vor Neid sein.«

Isabelle hickste und setzte eine ironische Miene auf.

»Wir … wirklich? Nun … wenn Ihr es sagt!«

Sie schüttete sich vor Lachen aus. Der Mann, den sie in Wirklichkeit gern bezaubert und inspiriert hätte, war verschwunden, als er sie gesehen hatte. Aber der Blick, den sie von ihm aufgefangen hatte, war bar jeder Feindseligkeit gewesen. Er war ihr sogar … heiter vorgekommen. Das hatte sie verblüfft und beunruhigt. Wenn er sie einmal geliebt hatte, würde er doch sicher einen Groll gegen sie hegen, die ihn so schändlich verraten hatte … Er hätte ihr wenigstens eine natürlich berechtigte Kälte entgegenbringen können. Das hätte sie verstanden und akzeptiert. Aber dass er … so ruhig war und lächelte … Sollte sie sich derart in seinen Gefühlen geirrt haben?

Ihr Fuß rutschte auf dem mit Schlamm überzogenen Stein aus, und ihr Lachen ging in einem leisen Schrei unter. Die schönste aller Feen? Im Moment machte die charmante Fee eine schlechte Figur und wäre lang in den Schnee geschlagen, wenn Pierre sie nicht mit fester Hand gestützt hätte. Sie fühlte, wie er sie auf den Sitz des Wagens schob.

»Basile!«

»Ja, Monsieur?«

»Fahr uns in Richtung Saint-Louis.«

»Sehr wohl, Monsieur.«

Isabelle sah ihren Mann, der die Tür schloss, aus glasigen Augen an.

»Nach Saint-Louis? Bei diesem Wetter? Ich möchte lieber schlafen gehen«, jammerte sie gähnend.

»Die frische Luft wird Euch außerordentlich guttun, meine Liebe, und bald geht auch die Sonne auf. Ihr werdet sehen, dort oben auf dem Berg ist der Sonnenaufgang wunderbar.«

»Wunderbar«, wiederholte Isabelle leise und kämpfte gegen den Schlaf und ihre Übelkeit.

Die frische Luft tat ihr tatsächlich gut, und der Anblick der Stadt unter dem heller werdenden Himmel mit seinen Pastelltönen beruhigte ihre aufgeregte Seele. Eine Vision ... Das war nichts als eine Vision gewesen, sagte sie sich, und ihr Blick verlor sich in den blauen Lichtstreifen über ihr. Vollkommen unmöglich, dass Alexander auf diesem Ball gewesen war. Das war ein Mann gewesen, der ihm ähnlich sah, nichts weiter. Dann sah sie wieder seine tiefblauen Augen und sein ganz eigentümliches Lächeln vor sich, und erneut stiegen Zweifel in ihrem aufgewühlten Geist auf.

Pierre, der neben ihr saß, legte das Kinn an ihre Schulter und schlang die Arme um sie. Sein Atem wärmte ihre Wange. Sie schloss die Augen und ließ sich von dem Gezwitscher der Vögel wiegen, die nach einer kalten Nacht erwachten. Was für eine Nacht! Was für ein Ball. Madame Larue hatte sich amüsiert, hatte getanzt und getrunken. Aber ihr Herz war schwer gewesen, und tief im Inneren hatte sie sich gelangweilt.

»Geht es Eurem Kopf besser?«

Der liebe Pierre, immer so freundlich und aufmerksam. Sie konnte ihm nicht erklären, warum sie so bestürzt war.

»Ein wenig.«

»Möchtet Ihr noch ein Stück gehen?«

»Basile wird sicher ungeduldig sein ... Vielleicht sollten wir zurückfahren.«

»Basile tut, was man ihm befiehlt, Isabelle«, flüsterte Pierre und drehte sie in seinen Armen um, sodass sie ihn ansah. »Er hat den ganzen Abend geschlafen. Und ich habe noch keine Lust, nach Hause zu fahren … jedenfalls nicht gleich. Oder ist Euch kalt?«

»Mir ist nicht kalt.«

Ganz in ihrer Nähe rutschte ein feuchtes Schneebrett ab. Die milde Luft entkleidete die Tannenzweige ihres makellos weißen Schmucks. Von hier aus konnten sie die Stadt und ihre Vororte bewundern. Südwestlich der Stadtmauern lag, ganz am Ende des gewundenen, steilen Wegs, der in die Berge führte, Saint-Joseph zu ihren Füßen. Von der Stadt aus gelangte man durch die Porte des Récollects dorthin. Wenn man gen Nordosten sah, konnte man die Ufer des Saint-Laurent mit ihren Obstgärten erkennen, deren Duft sich bald über die Landschaft verbreiten würde. Dann würde Isabelle mit Gabriel zum Picknicken hinausspazieren. Der kleine Junge liebte es, sich in der Natur aufzuhalten und den Schmetterlingen nachzulaufen.

Isabelles Blick folgte dem schmalen, vereisten Lauf des Petite Rivière, der an den Stadtmauern entlangfloss, und erreichte die Vorstadt Québec, die von kleinen Mooren und Feldern, die unter dem Schnee schliefen, umgeben war. Der Name erinnerte sie an ihre Heimatstadt, die sie so sehr vermisste, mit ihren Gezeiten, ihrem leicht salzig duftenden Wind und der großen Île d'Orléans. In ein paar Wochen würde sie endlich einen Besuch dort machen, zum ersten Mal seit über drei Jahren. Gabriel war jetzt groß genug, um eine so lange Reise zu verkraften.

Pierre schmiegte sich an sie und streichelte mit seiner behandschuhten Hand ihre Schultern und ihren Nacken. Sie spürte, wie sein warmer, fester Körper sich an sie presste. In den Salons von Montréal war Madame Larue Gegenstand des Neides, weil es ihr gelungen war, sich diesen Mann zu angeln. Sie wusste genau, dass man sich über die vergangenen Abenteuer des attraktiven Notars die Mäuler zerriss. So hatte sie erfahren, dass Pierre früher ein rechter Schürzenjäger gewesen war. Es verdross sie ein wenig, dass einige dieser Frauen ihren Mann genauso »intim«

kannten wie sie. Nicht, dass sie eifersüchtig gewesen wäre, aber es war ihr peinlich, dass sie den charmanten Damen der guten Gesellschaft ein Thema für ihre Scherze lieferte.

Mit lautem Gähnen tat sie ihr Bedürfnis nach Schlaf kund und sog zugleich die frische, nach Kiefernharz duftende Luft ein. Sie sah zu Pierre auf und begegnete seinem eindringlichen Blick. Seine Züge wirkten entspannt und sanft. Er legte die Lippen auf ihre Stirn und zog sie fest an sich.

»Ihr macht mich glücklich, Madame Larue. Ihr macht mich glücklich … Isabelle. Wusstet Ihr das? Habe ich Euch das schon gesagt?«

Der Klang seiner Stimme verriet ihr, dass er es ehrlich meinte.

»Nein … also, vielleicht …«, murmelte sie und schloss die brennenden Augen.

Sie hätte ihm gern auf die gleiche Weise geantwortet. Doch das gelang ihr nicht, sosehr sie sich auch bemühte.

»Ich liebe Euch, meine Süße, mein Engel … Ich liebe Euch wie die Morgendämmerung, mit der ein neuer Tag beginnt, oder wie eine Nacht voller Sterne. Ihr seid die Sonne meines Lebens, Isabelle …«

Unendlich sanft berührten seine Lippen Isabelles Mund. Rasch wurde sein zärtlicher Kuss fordernder. Verunsichert ließ die junge Frau sich von den Armen, die um ihre Taille lagen, davontragen. Pierres sinnliche Bewegungen riefen in ihr gegen ihren Willen Empfindungen hervor. Sie fühlte keine stürmische Liebe zu ihrem Mann, aber sie hasste ihn auch nicht. Obwohl sie sich dafür schämte, liebte sie seine Liebkosungen, das Gefühl seiner Hände auf ihrem Körper. Er verstand sich darauf, Begehren in ihr zu erwecken. Aber sie fühlte sich schuldig, weil sie bei einem anderen Mann als Alexander Lust empfand.

Trotz all ihrer Bemühungen gelang es ihr nicht, den Vater ihres Kindes zu vergessen. Aber liebte sie ihn wirklich immer noch? Oder pflegte sie insgeheim die Erinnerung an ihn, um ihren Groll zu nähren, weil man sie gezwungen hatte, ihn zu verlassen? In den Wochen nach ihrer Hochzeit mit Pierre Larue hatte sie gewartet, gehofft … Doch er hatte ihr kein Lebenszeichen gegeben und sie ihrem Schicksal überlassen. Sie begriff sein Verhalten nicht und war zutiefst betrübt darüber. Wenn er sie liebte, hätte er dann nicht versuchen müssen, sie wiederzusehen, sie zurückzuholen? Sie sagte sich, dass er es nicht wert war, dass angesichts ihrer Lage Pierre vielleicht das Beste gewesen war, was ihr passieren konnte. Bestimmt hatte Alexander von ihrer Heirat gehört und freute sich, dass er nicht eine Frau und ein Kind unterhalten musste. Dabei hatte sie ihn so sehr geliebt! Hatten die letzten Jahre die Wahrnehmung, die sie von diesem Mann hatte, verzerrt?

Pierre rückte ein Stück von ihr ab und sah ihr verliebt in die Augen.

»Zeit, dass wir zurückfahren. Kommt, mein Engel, und lasst uns die Wärme einer Umarmung teilen, ehe der Tag erwacht … und damit auch unser kleiner Mann.«

Und diese bedingungslose Liebe, die er Gabriel entgegenbrachte! All das erschütterte ihre Gleichgültigkeit.

Im Haus war es noch still. Das erste Tageslicht fiel durch das Fenster und spielte auf Isabelles Haar, das ihr auf die nackten, zitternden Schultern fiel. Mit geschlossenen Augen überließ die junge Frau es Pierre, die Bänder und Häkchen zu lösen, die ihre Kleidung zusammenhielten. Für gewöhnlich übernahm Élise die langwierige Aufgabe, sie auszuziehen. Aber Pierre verstand sich darauf. Seine Finger bewegten sich erstaunlich geschickt und sehr zart über den Seidenstoff. Man hätte meinen können, er entblätterte die zerbrechlichste aller Blumen, die er im Garten der Liebe gepflückt hatte.

»Ihr bringt mich um den Verstand, meine Allerschönste!«

Seine Liebkosungen und die Worte, die er ihr zuflüsterte, überwanden Isabelles letzte Zurückhaltung. Er stand hinter ihr und befreite sie endlich aus ihrem Korsett, sodass sie nur noch das herrliche Smaragdkollier trug, das er ihr geschenkt hatte. Dann ließ er die warmen Hände an ihren Flanken hinaufgleiten und legte sie um ihre Brüste. Sie wölbte den Rücken und seufzte leise.

In dem kalten Zimmer war es sehr angenehm, Pierres warmen Körper in ihrem Rücken zu spüren.

»Meine Göttin! Selbst Botticelli hätte Eurer Schönheit nicht gerecht werden können. Ihr seid so … so …«

Er küsste ihre Schultern und ließ seine Lippen auf ihrer Haut verweilen, als wolle er hineinbeißen. Dann drehte er sie, die Hände auf ihre Hüften gelegt, herum und kauerte vor ihr nieder. Isabelles Kopf drehte sich immer noch vom Alkohol, und sie konnte ihr Gleichgewicht nur halten, indem sie die Hände in Pierres Haar vergrub.

»So … was?«

»So …«

Er zog es vor, die süße Frucht selbst zu kosten, statt weiter nach Worten zu suchen. Isabelles Beine gaben nach, aber er hielt sie fest an seinen Mund gepresst. Ekstatische Schauer überliefen sie, während Erinnerungsfetzen in ihr aufstiegen und sie aufwühlten. Dann spürte sie, wie ihr Körper hochgehoben wurde und sie zugleich den Kontakt mit der Wirklichkeit verlor. Sie fand sich auf dem Bett wieder, und sein Mund glitt über ihre Haut, erforschte sie und ließ Bilder in ihr aufsteigen. Psyche, wie sie von Amor geliebt wird, dessen Gesicht sie nicht sehen darf, weil sie sonst ihre Seele verliert … Also hielt sie die Augen geschlossen und konzentrierte sich auf die Berührungen des Liebhabers ohne Gesicht, der sich ihres Willens, ihres Körpers und ihrer Sinne bemächtigte.

»Ich liebe Euch … mein Engel!«

Unter seinen nicht enden wollenden Küssen spürte sie, wie die Lust sie ergriff.

»Meine Liebste, mein Engel …«, wiederholte die Stimme, während ihr Geliebter sie mit seinem Körper bedeckte und in sie eindrang.

Nein, jetzt nur nicht die Augen öffnen, nicht in sein Gesicht sehen, sonst würde der Traum platzen. Bilder zogen vor ihrem inneren Auge vorüber und steigerten ihre Erregung. Die Liebe bemächtigte sich ihrer, nahm sie in Besitz und trug sie über sich selbst hinaus, trug sie auf einen wunderbaren Gipfel zu … wo sie einen Moment lang verharrte, ehe sie der heftige Lustschauer ergriff. Ihr Geliebter kam zusammen mit ihr zum Genuss. *Alexander … ich liebe dich …*

»Alex …«, murmelte sie leise.

Sie war sich vage bewusst, dass ihr die Worte entschlüpft waren, und öffnete die Augen.

Und Psyche sah ins Gesicht ihres Liebsten …

Ihr war, als höre die Welt auf, sich zu drehen. Die Sterne am Himmel standen still, und die Sonne stürzte auf sie hinunter. Psyche, die Unglückliche, die für ihre Schönheit bestraft worden war, indem sie einen Fremden heiraten musste. *Ihr Hochzeitskleid soll zugleich ihr Grabtuch sein,* hatte das Orakel gesagt. Psyche, die Leidgeprüfte, die nie die Hoffnung aufgegeben hatte, eines Tages ihren Liebsten wiederzufinden und so in der Lage gewesen war, Hindernisse zu überwinden und am Rande von Abgründen zu wandeln. Psyche, die nach all ihren Qualen belohnt worden war und, unsterblich geworden, für alle Zeit glücklich mit ihrem Liebsten lebte … Aber wann würde das geschehen? Im Jenseits? War das ihr Schicksal; würde Isabelle Alexander erst in der Ewigkeit wiedersehen? Oder auf der Suche nach ihrem Geliebten durch leere Weiten irren? Aber all das war ja nur ein Märchen, ein Mythos …

Pierre, dessen Atem sie an ihrem Hals spürte, bewegte sich und machte sich aus ihrer Umarmung frei. Das Bett knarrte. Isabelle wagte nicht, ihren Mann anzusehen. Sie fürchtete, in seinen Augen die tiefe Verletzung zu sehen, die sie ihm, ohne es zu wollen, zugefügt hatte. Aber sie konnte ihn auch nicht einfach so gehen lassen. Langsam schlug sie die Augen ganz auf und wandte sich ihm zu. Er saß im grellen Tageslicht auf der Bettkante, drehte ihr den Rücken zu und rührte sich nicht.

»Pierre …«, brachte sie heraus.

Eine seiner Schultern bewegte sich leicht.

»Es tut … mir leid …«, stammelte sie und erstickte ein Schluchzen in der Handfläche.

Doch was konnten Worte ausrichten? Sie krümmte sich zusammen und überließ sich ihrem Kummer.

»Es tut mir … leid … so leid …«, flüsterte sie in die Laken hinein.

Die Tür schlug zu, und sie blieb allein zurück, schrecklich allein.

Einige Tage vergingen in gedrückter Stimmung. Pierre kam nicht zum Essen und schloss sich in seinem Arbeitszimmer ein, wenn er nicht einfach ausging. Isabelle respektierte seinen Wunsch, sich zurückzuziehen. Sie nutzte die einsamen Tage, um ihr Gepäck für die bevorstehende Reise nach Québec vorzubereiten. Die Aussicht auf die Abreise besänftigte ihren Kummer. Die Trennung konnte ihnen nur guttun. Pierre würde Sehnsucht nach ihnen beiden haben, und die Zeit würde ihr Werk tun. Sie sollte in drei Wochen, am Tag nach ihrem Geburtstag, aufbrechen. Bald würde sie fünfundzwanzig sein, und mit einem Mal fühlte sie sich alt.

Die Verwirrung, die sie auf diesem Ball empfunden hatte, als sie dem Blick der saphirblauen Augen begegnet war, verließ sie nicht mehr. Und damit kehrten die Erinnerungen zurück, die sie nicht wegzuschieben vermochte. Sosehr sie sich auch bemühte, Alexander zu hassen, sie musste es sich eingestehen: Sie liebte ihn immer noch. Jede Erinnerung an seine Küsse brannte noch auf ihrer Haut; jede Erinnerung an seine Liebkosungen ließ ihr Herz erbeben. Zu ihrem … und zu Pierres großem Unglück.

Doch es war Pierre, den sie geheiratet hatte und mit dem sie ihr Leben teilen musste, bis der Tod sie einst scheiden würde. Die Aussicht auf dieses Leben erschien ihr furchtbar traurig … Wenn sie noch ein Kind bekäme, würden Pierre und sie sich gewiss wieder näherkommen. Aber dazu mussten sie sich erst einmal wieder in einem Bett begegnen.

In Gedanken versunken saß sie auf dem Schemel vor ihrem Frisiertisch und bürstete sich das Har. Langsam legte sie die Bürste auf der Platte ab und wischte mit dem Handrücken eine Träne weg, die ihr über die Wange lief. Sie musste sich zusammennehmen, wenigstens um des kleinen Gabriel willen, der nicht verstand, warum sein Papa nicht mehr mit ihnen aß.

»Ist Papa … böse auf mich?«

Nicht auf dich, mein Schatz, nicht auf dich …

»Natürlich nicht, mein Liebling. Dein Papa hat sehr viel mit all diesen Herren zu tun, für die er Verträge aufsetzt.«

»Den Männe'n, die Englisch sp'echen?«

»Sprrrechen, Gabriel.«

Niedergeschlagen verzog das Kind den Mund.

»Schon gut. Ich weiß genau, dass du es eines Tages richtig aussprechen wirst.«

Im Haus war es still. Isabelle konnte nicht schlafen und stand auf, um ein wenig zu lesen. Dann dachte sie an Pierre. Sie fand, es sei Zeit, mit ihm zu sprechen, auch wenn sie keine große Lust dazu verspürte. Sie mussten sich aussprechen und einen Kompromiss finden, der wieder so etwas wie ein Gleichgewicht in das Leben ihres Sohns hineinbringen würde. Entschlossen stand sie auf, zog ihren Morgenmantel an und huschte in den dunklen Flur. Sie trat um die knarrende Bodendiele vor der offenen Zimmertür ihres Mannes herum. Der Raum war leer; zweifellos war er noch in seinem Arbeitszimmer.

Sie zog ihren Morgenmantel um sich zusammen, stieg die Treppe hinunter und schlich auf Zehenspitzen durch den Salon. Das Cembalo, das in der Mitte des Raums stand, schimmerte im schwachen Mondlicht. Sie trat heran und strich darüber. Ihre Finger folgten dem Umriss der Rosen und des Laubwerks, das sie umgab. In ihrem Kopf hörte sie das Instrument. Die Musik war die Gefährtin ihrer Stimmungen gewesen. Es war so lange her, seit sie sich ihrem beruhigenden Einfluss hingegeben hatte.

Bevor Justine nach Frankreich abgereist war, hatte sie ihr das Cembalo geschickt, das einzige Erbteil ihres Vaters, das beim Verkauf des Hauses gerettet worden war. Pierre hatte ihm einen Ehrenplatz im Salon gegeben. Aber seit dem schrecklichen Tag, an dem Justine verkündet hatte, dass sie den Notar Larue heiraten würde, hatten Isabelles Finger die Elfenbeintasten kaum noch berührt.

Ein Bild trat vor das innere Auge der jungen Frau: ihre Mutter, wie sie vor diesem Instrument saß und ihre Finger über die Tasten gleiten, ja fliegen ließ und ein wunderbares Musikstück spielte. Ihre Mutter hatte also einmal auf dem Cembalo gespielt. Aber wann war das gewesen? Es musste ziemlich lange her sein, weil ihre Erinnerung so verschwommen war.

Sie schob die traurigen Reminiszenzen beiseite und ging in Richtung Arbeitszimmer, wo noch Licht brannte. Vorsichtig schob sie die Tür auf und steckte den Kopf durch den Rahmen. Niemand da. Wo steckte Pierre? Sie hörte ein ersticktes Murmeln, ein dumpfes Stöhnen, und wandte den Kopf zum hinteren Teil des Raums. Dort befand sich eine Kammer, die als eine Art Archiv diente. Sie hatte sie noch nie betreten, da sie nichts von Interesse für sie barg. Wahrscheinlich suchte Pierre dort nach einem Dokument. Vielleicht sollte sie lieber erst morgen mit ihm sprechen. Er war momentan so beschäftigt. Nein, morgen hätte sie bestimmt nicht mehr den Mut dazu. Sie schloss die Augen, holte tief Luft und ging zu der Kammer. Vorsichtig öffnete sie die Tür.

Pierre war tatsächlich dort, aber … aber … Die Hand vor den Mund geschlagen, um nicht zu schreien, klammerte sie sich am Türrahmen fest und betrachtete mit weit aufgerissenen Augen das Schauspiel, das sich ihr bot: Pierre lag auf dem Rücken und stieß mit heftigen Beckenbewegungen in Élise hinein, die jedes Mal aufstöhnte. Die junge Frau, die möglicherweise den Schatten ihrer Herrin gesehen hatte, wandte den Kopf und stieß einen leisen Schrei aus, der sich mit Pierres Luststöhnen mischte, als er zum Höhepunkt kam und mit durchgebogenem Rücken erstarrte.

Das Dienstmädchen starrte Isabelle aus großen Augen an und machte sich von ihrem Herrn los. Sie zog ihr Nachthemd herunter und kauerte sich in einer dunklen Ecke zusammen. Bei Pierre, der noch wie benommen von seiner ehebrecherischen Lust war, dauerte es länger, bis er reagierte. Einen Moment lang verharrte er noch, keuchend, mit zurückgeworfenem Kopf. Sein Körper erschlaffte, und das Corpus delicti bot sich Isabelles Blick dar.

Endlich bemerkte er Élises erschrockenes Gesicht, drehte sich langsam um und erblickte seine Frau, die mit entsetzter Miene dastand. Einen Moment lang schien die Zeit stillzustehen, und Isabelle spürte, wie das schwache Band, das sie mit ihm verband, unwiderruflich zerriss. Dann holte Pierre die Wirklichkeit ein, und er brach schluchzend auf dem Boden zusammen.

»Oh mein Gott! Vergebt mir …«

Vollkommen gefasst starrte Isabelle ihn kalt an. Sie warf dem Hausmädchen einen letzten bösen Blick zu, wandte sich ab und verließ die Kammer.

Die Arme um die Beine geschlungen, die sie bis unters Kinn hochgezogen hatte, saß sie auf dem Bett und wartete. Sie wusste, dass er kommen und an ihre Zimmertür klopfen würde. Es dauerte länger als eine Stunde, bis es so weit war. Sie hob den Kopf. Die Männergestalt blieb fluchtbereit auf der Türschwelle stehen. Keine Kerze erhellte den Raum. Während die Sekunden vergingen, suchte im Licht des Kaminfeuers jeder im Blick des anderen nach einem Zeichen von Zorn oder Reue. Pierre schaute als Erster weg.

»Isabelle … Ihr müsst verstehen …«

»Was verstehen? Dass Ihr nicht in der Lage seid, Eure niedrigen Instinkte zu beherrschen?«

»Ihr wisst, dass es nicht darum geht …«

»Dann sagt mir doch, worum es geht, mein teurer Ehemann! Das, was ich … gesehen habe …! Sie wird gleich morgen das Haus verlassen! Ausgeschlossen, dass Ihr das ganze weibliche Personal schwängert, während ich …«

»Schwängern? Ist das alles, was Euch schockiert und Sorgen macht? Dass ich das Hausmädchen schwängere?«

Das Gesicht in ungläubigem Zorn verzogen, musterte er sie einen Moment lang. Dann stieß er ein Gelächter aus, bei dem es Isabelle kalt den Rücken hinunterlief.

»Schwängern? Ha, ha, ha! Da macht Euch keine Gedanken, dazu wird es nicht kommen! Unmöglich! Ich bin …«

Als er sah, wie Isabelle die Stirn runzelte, unterbrach er sich abrupt.

»Und warum seid Ihr Euch da so sicher? Wisst Ihr da etwas über Élise? Oder ...«

Sie erforschte Pierres Züge, doch er hielt ihrer Musterung nicht lange stand und wandte sich dem Feuer zu.

»Pierre, da ist etwas, das ich nicht verstehe. Würdet Ihr es mir bitte erklären? Was wollt Ihr andeuten?«

»Ich ... ich kann keine ...«, stotterte er, stützte sich auf das Kaminsims und ließ den Kopf hängen. »Ich meine ... ich bin steril, da habt Ihr es!«

Bleiernes Schweigen senkte sich nach diesem schrecklichen Geständnis über den Raum. Langsam wurde Isabelle die Bedeutung seiner Worte klar. Die junge Frau spürte, wie sich ihr Magen schmerzhaft zusammenzog, und sie schlug die Hand vor den Mund, um einen Aufschrei zu ersticken.

Ich bin steril ... steril ... Pierres Stimme hallte in ihrem Kopf wider. Er hatte sie angelogen! Nein, nicht angelogen, denn sie hatten nie über gemeinsame Kinder gesprochen. Aber er hatte dieses Thema so sorgfältig vermieden, dass es in ihren Augen einer Lüge gleichkam. Zorn stieg in ihr auf, und sie hielt nur mit Mühe die Tränen zurück.

»Seit wann ... wisst Ihr das?«

»Mit dreizehn Jahren hatte ich Mumps«, erklärte Pierre, den Blick auf ein kleines Fayencedöschen für Schönheitspflästerchen auf dem Sims, an das er sich klammerte, gerichtet. »Der Arzt ... nun ja, Ihr wisst schon ... Wenn ein Knabe in diesem Alter Mumps bekommt ...«

»Dreizehn ... So lange wisst Ihr das schon ... und Ihr habt mir nichts davon gesagt«, murmelte sie bitter. »Ihr habt kein Wort darüber verloren!«

Jetzt erinnerte sie sich auch an die tadelnden Blicke, mit denen Pierres Geschwister sie bedacht hatten. Natürlich, seine Familie hatte gewusst, dass sie den Bastard eines anderen trug. Anders konnte es ja nicht sein, da Pierre zeugungsunfähig war!

»Verzeiht mir, Isabelle. Ich weiß, ich hätte es Euch sagen sollen.«

Sie gab keine Antwort, sondern starrte ins Dunkel und ahnte schon die Leere voraus, die sie in Zukunft erwartete. Instinktiv legte sie die Hand auf ihren flachen Bauch, der jetzt auch leer bleiben würde, und wusste nicht recht, was sie denken sollte. Würde Gabriel also ihr einziges Kind bleiben? Gabriel, der Alexanders Sohn war … Von Pierre würde sie niemals Kinder bekommen. Und dann wurde sie von Entsetzen ergriffen: Hatte Pierre sie etwa nur geheiratet, weil er gewusst hatte, dass sie schwanger war? Hatte er ihr Leben zerstört, um sich sein eigenes aufzubauen? Ein langgezogener Klagelaut stieg aus ihrer Brust auf, und sie ließ sich auf das zerwühlte Federbett fallen.

Pierre trat zu ihr, nahm ihre Hände und küsste sie. Sie spürte seinen alkoholisierten Atem und seine feuchten Wangen auf ihrer Haut, aber es ließ sie kalt.

»Isabelle, ich liebe Euch. Ich habe Euch niemals wehtun wollen, das müsst Ihr mir glauben!«

»Ihr habt mich angelogen!«

Sie entzog ihm ihre Hände, doch er gab nicht auf, sondern fasste ihre Schultern und schüttelte sie.

»Ich liebe Euch, Isabelle, und ich liebe Gabriel wie meinen eigenen Sohn, versteht Ihr? An dem Tag, an dem ich Euch zum ersten Mal gesehen habe … ich habe mich sofort in Euch verliebt. Ich schwöre, dass ich nichts von Eurem Zustand wusste! Eure Mutter hat es mir erst einige Zeit später gesagt. Zuerst war ich schockiert darüber, dass Ihr schon einen Liebhaber gehabt hattet. Aber … auf der anderen Seite habt Ihr mir das wunderbarste Geschenk gemacht, das ich sonst nie gekannt hätte. Ihr habt mich zum Vater gemacht, Isabelle …«

»Ich habe Euch zum Vater gemacht …«, wiederholte sie leise. »Aber dafür habe ich Gabriel seinen richtigen Vater genommen. Ich habe diesen Mann verraten! Ich habe ihn verraten … Und Ihr habt mich dazu gezwungen!«

»Ich habe Euch zu gar nichts gezwungen. Ihr habt meinen Heiratsantrag angenommen, Isabelle.«

»Nein!«, schrie sie und riss sich los. »Nein! Ich habe niemals zugestimmt. Das war meine Mutter… Meine Mutter! Sie… Oh! Sie hat mir gedroht. Ich wollte nicht…«

»Isabelle«, fuhr Pierre verwirrt fort, »sie hat mir versichert, dieser Mann habe Euch verlassen. Ich habe geglaubt…«

»Oh nein! Oh nein!«, jammerte sie und wiegte sich, die Augen geschlossen und die Hände über dem Nachthemd zusammengekrampft, rhythmisch vor und zurück.

Pierre schloss sie in die Arme und zog sie zärtlich an sich. Lange weinte sie um das, was man ihr geraubt hatte.

»Ich liebe Euch, Isabelle«, murmelte Pierre, die Nase in ihrem zerzausten Haar vergraben. »Ihr werdet ihn vergessen, ich helfe Euch, ihn zu vergessen…«

Er küsste die junge Frau auf die Stirn und suchte ihren Mund, während seine Hände den feinen Batiststoff streichelten. Isabelle erstarrte und wandte den Kopf zur Seite, um seinem Kuss auszuweichen.

»Nein, ich will nicht! Ich will ihn nicht vergessen!«

»Das müsst Ihr, mein Engel. Ihr seid im Angesicht der Kirche meine Frau. Ihr gehört mir.«

»Euch gehören?«, schluchzte sie und musterte ihn kalt. »Euch gehören? Ich war nie Euer Eigentum, Pierre Larue. Ich habe mein Herz einem anderen geschenkt, und Ihr wisst genau, dass ich das nicht vor Euch verbergen kann. Und es wird immer so bleiben, denn ich habe mich ihm vor Gott angelobt.«

»Unsinn, Ihr seid *meine* Frau!«, beharrte Pierre mit scharfer Stimme und zog sie an sich.

Isabelles Kehle fühlte sich trocken an, und ihr Magen krampfte sich zusammen. Was für eine absurde Situation! Sie zappelte und erstickte fast an ihren Schluchzern. Pierre ließ sie nicht los. In seinem Gefühlsüberschwang wollte er sie unbedingt davon überzeugen, dass sie ihn lieben musste. So rangen sie heftig auf dem Bett miteinander. Nach einigen Minuten gelang es ihm, sie festzuhalten, indem er ihre Schultern auf die Matratze presste und sie mit seinem ganzen Gewicht niederhielt. Sein blassblauer

Blick bohrte sich in ihre grünen, von goldenen Einsprengseln durchzogenen Augen, die ihn zornig anstarrten.

»Ihr seid *meine* Frau, Isabelle«, erklärte er ruhig, aber bestimmt, »ganz gleich, was Ihr sagt oder tut, versteht Ihr? Wir sind nach dem Ritus der römisch-katholischen apostolischen Kirche verheiratet. Dagegen könnt Ihr nichts ausrichten. Ihr schuldet mir Gehorsam und Loyalität, bis der Tod uns scheidet. Und glaubt mir, ich werde dafür sorgen, dass Ihr Euch entsprechend verhaltet.«

Langsam senkte er den Mund auf ihre vor Wut bebende Brust, die durch das Nachthemd zu ahnen war. Er legte die Lippen darauf, dann eine Hand. Die junge Frau warf sich hin und her, um sich zu befreien, doch er stieß sie grob zurück und machte weiter, wo er begonnen hatte. Er war entschlossen, ihr zu zeigen, dass er als ihr Ehemann mit ihr verfahren konnte, wie er wollte.

»Habt Ihr heute Nacht noch nicht genug?«, zischte Isabelle bissig. »Hat Élise Euch nicht gereicht?«

Er wurde langsamer, bis er, die Wange an ihre Brust gelegt, aufhörte, sich zu bewegen. Dann, einen Moment später, richtete er sich in eine kniende Haltung auf, schob ihr Nachthemd hoch und knöpfte seine Hose auf. Brutal nahm er sie in Besitz, hielt sie fest, sodass sie sich seinem Überfall nicht entziehen konnte, und erstickte ihren Protest, indem er den Mund fest auf ihre Lippen presste. Schließlich sank er über ihr zusammen. Sie war so überwältigt von ihrem Herzeleid, dass sie nicht einmal mehr versuchte, sich zu bewegen. Langsam stützte er sich auf einen Ellbogen auf und ließ sich, ohne sie anzusehen, neben ihr auf den Rücken fallen. Im Raum waren jetzt nur noch das Knistern des Feuers und ihrer beider Atem, der vor Erschöpfung und Zorn stoßweise ging, zu hören. Er streckte eine zitternde Hand nach ihr aus, die sie heftig zurückstieß. Ein Schluchzen entrang sich seiner Kehle.

»Ich … bitte Euch … um Verzeihung.«

»Ihr hoffe, Ihr hattet viel Vergnügen, mein Gatte«, versetzte Isabelle mit schneidender Stimme, »denn das war das letzte Mal, dass Ihr Euch meiner bedient habt.«

Er gab keine Antwort und rührte sich nicht. Aber sein Atem ging schneller.

»Élise verlässt morgen das Haus«, fuhr sie fort. »Ihr werdet ihr geben, was wir ihr schuldig sind, und sie zu ihrem Vater zurückschicken. Es liegt bei Euch, welche Erklärung Ihr ihm gebt. Wir werden weiterhin zusammenleben, so wie es der Ehevertrag, der mir aufgezwungen wurde, vorsieht; aber meine Zimmertür ist Euch von jetzt an verschlossen. Ihr werdet Eure Mätressen sorgfältig aussuchen und Euch diskret verhalten. Außerdem möchte ich Euch nie wieder unter unserem Dach ertappen. NIE WIEDER! Gabriel darf nicht unter dieser neuen Situation leiden, habt Ihr verstanden. Und sollte ich jemals hören, dass Ihr Marie anrührt… ich schwöre Euch, Pierre, dass ich dann um die Trennung ersuche und Ihr Gabriel nie…«

»Nein… nein…«, gab er schwach zurück und richtete sich auf. »Ihr könnt mir meinen Sohn nicht wegnehmen…«

»Er ist MEIN Sohn!«

»Isabelle, für Gabriel bin ich der einzige Vater, den er je gehabt hat, und ich liebe ihn. So, wie ich Euch liebe… Oh, mein Gott!«

Verzweifelt verstummte er und vergrub das Gesicht in den Händen. Sie sprach nicht weiter, denn ihr war klar, dass seine Gefühle ehrlich waren. Er hatte recht. Für Gabriel war er sein Vater, der ihn liebte und ihn beschützte.

»Das kommt einzig und allein auf Euch an, Pierre.«

Schleppenden Schrittes verließ er das Zimmer und schloss leise die Tür hinter sich. Isabelle blieb allein auf dem Bett zurück, über dem noch die Ausdünstungen von Alkohol und Wollust hingen, und starrte an die Decke. Ihr Blick umwölkte sich. Aber sie schloss die Augen und biss sich auf die Lippen, um das Schluchzen zu unterdrücken, das sie zu überwältigen drohte. Nein, sie würde nicht weinen. Um Gabriels willen würde sie stark sein… Für Gabriel, denn er war jetzt alles, was sie noch hatte.

2

Der Vertrag

An diesem Nachmittag war der Himmel blau, und eine angenehm milde Brise wehte durch die zum Lüften geöffneten Fenster. Marie legte Kekse auf einen Teller, den sie dann auf ein Tablett stellte. Élise hatte wie abgesprochen am Morgen nach den unglückseligen Ereignissen die Larues verlassen. Sie war in Tränen aufgelöst gewesen. Die kleine Indianerin hatte vorübergehend viel mehr Aufgaben als sonst zu erledigen, aber sie erhob keine Einwände dagegen.

»Lass nur«, meinte Isabelle, der die Kleine leidtat, und stand auf. »Geh lieber Gabriel holen und hilf ihm, sich vor dem Essen zu waschen. Ich bringe das Tablett selbst ins Arbeitszimmer meines Mannes. Wie viele Herren sind es?«

»Drei. Mit Monsieur Larue vier, Madame.«

»Gut«, gab Isabelle zurück und nahm vier Tassen aus dem Küchenbüffet.

Marie schenkte ihr ein dankbares Lächeln und ging zur Hoftür hinaus. Isabelle sah ihr nach. *Was für ein merkwürdiges Mädchen!*, sagte sie sich. Die Kleine war von Geburt Mohikanerin, aber man hatte sie aus ihrer Familie geholt, als sie fünf war. Ihr Vater war trunksüchtig und schlug seine Frau und seine älteren Töchter, die er wahrscheinlich auch missbraucht hatte. So hatte man Marie zu ihrem eigenen Schutz aus ihrer Umgebung entfernt und sie bei den Nonnen im Hospital von Montréal untergebracht.

Als das Mädchen neun gewesen war, hatte der Kaufmann Mercier sie in seine Dienste genommen, als Hilfe für seine Frau, die nach der Geburt ihres neunten Kindes erkrankt war. Marie redete nicht viel, aber sie konnte gut mit Kindern umgehen. Doch die Frau war gestorben, und der Witwer, der krank war und sich zudem ruiniert hatte, konnte sich nicht um seinen Nachwuchs kümmern. Widerstrebend hatte er die Kinder zu Verwandten gegeben und sein Hausmädchen entlassen. Der Zufall hatte gewollt, dass Pierre der Notar gewesen war, der den Besitz der Merciers inventarisierte. Er hatte Marie angestellt.

In den Tagen nach Élises Entlassung hatten sich alle auf die neue Situation eingestellt. Glücklicherweise ließ Gabriel sich durch die Ankunft eines neuen Hausdieners ablenken. Und Pierre brachte ihm, wie versprochen, eine große Katze mit. Das Tier aalte sich in diesem Moment auf einem Fensterbrett und hielt seinen weißen Bauch in die warmen Sonnenstrahlen. Gabriel hatte sie Arlequine getauft, weil ihr Fell mit seinen rötlichen, weißen und schwarzen Flecken an ein Harlekin-Kostüm erinnert hatte.

Erstaunlicherweise legte Pierre Isabelle gegenüber keinen Groll an den Tag. Wenn er zu Hause war, kam er zu allen Mahlzeiten und nahm wie immer an ihren Gesprächen teil. Gabriel bemerkte nichts. Er freute sich einfach darüber, dass er einen neuen Freund hatte und sein Vater wieder mit der Familie aß.

Laute Stimmen drangen aus dem Arbeitszimmer und holten Isabelle in die Wirklichkeit zurück. Die junge Frau schloss die Tür, durch die allzu grell die Sonne schien. Sie stellte die dampfende Teekanne auf das Tablett und ging dann schwer beladen in Richtung Arbeitszimmer.

Zerstreut lauschte Alexander dem Gespräch der anderen Männer, die sich mit ihm im Arbeitszimmer aufhielten, und dem Vogelgezwitscher, das durch das halb geöffnete Fenster von der Straße hereindrang. Er ließ einen wohlgefälligen Blick über die eleganten Holzregale schweifen, in denen der Notar seine Bücher und Dokumente aufbewahrte. Ledereinbände, Nippessachen aus Fayence, kostbare Gegenstände, die von gutem Geschmack und Reichtum zeugten… Alexander biss die Zähne zusammen und schwor sich, dass auch er eines Tages eine so bequeme und luxuriöse Wohnstatt besitzen würde. Sein Zusammentreffen mit van der Meer, dem kanadischen Händler, öffnete ihm die Türen zu einer vielversprechenden Zukunft.

Der Hollandais hatte den Vertrag gelesen, der ihn mit seinem neuen Partner Jacob Solomon verband. Zufrieden legte er das Dokument auf den großen Eichenschreibtisch und nahm die Feder, die ihm der Notar mit einer eleganten Geste hinhielt.

»Ich bin froh, dass Ihr Euch in der Lage gesehen habt, diesen neuen Vertrag aufzusetzen, und das innerhalb so kurzer Frist, Monsieur. Ich danke Euch dafür.«

»Keine Ursache, wirklich, Monsieur van der Meer. Für einen Klienten wie Euch ...«

Der Hollandais rückte sein Lorgnon zurecht und beugte seine korpulente Gestalt über die Tischplatte. Er tauchte die Feder ins Tintenfass und strich die Spitze am Rand ab. Dann kritzelte er sorgfältig seinen Namen unter Solomons Unterschrift. Alexander lehnte an einem Regal und sah ihm zu. Seit er nach Montréal gekommen war, hatte er bei Notar Martel bereits einen Vertrag als »engagé«* mit dem »bourgeois« van der Meer unterzeichnet, denn so nannte man diese fahrenden Händler und Leiter eines Handelspostens. Das Dokument bezeichnete ihn als »milieu«** und stellte ihn für drei Jahre an, wobei er im ersten Jahr nicht überwintern*** würde.

Ohne ihm einen Grund dafür zu nennen, hatte van der Meer darauf bestanden, dass er einen zweiten Vertrag unterschrieb, der ihn als Leibdiener an ihn band. Die beiden Männer kannten einander erst seit einem Monat. Aber van der Meer hatte vom ersten Augenblick an ein lebhaftes Interesse an seiner Person an

* Im Pelzhandel Bezeichnung für jemanden, der gegen ein vertraglich festgelegtes Gehalt die langen Boote rudert, mit denen die Handelsposten versorgt und die Pelze zurücktransportiert werden.

** Im Jargon der reisenden Händler ein Ruderer, der in der Mitte des Boots sitzt.

*** Überwintern bedeutete für einen solchen Ruderer, dass er den Winter über an dem Handelsposten blieb und Handel mit den Eingeborenen trieb.

den Tag gelegt. Der Umstand, dass er Englisch lesen und schreiben konnte, hatte etwas damit zu tun. Sein neuer Partner war Amerikaner und sprach nur ein paar Brocken Französisch, sodass der Händler jemanden brauchte, der für ihn aus dem Englischen übersetzte, das er selbst nur mühsam entziffern konnte. Dank Alexander würde er sich leichter mit Solomon verständigen können und konnte sich sicher sein, nicht über den Tisch gezogen zu werden. Natürlich hatte der Schotte sein Angebot nicht ablehnen können.

»So!«, verkündete der Hollandais und legte die Feder weg. »Wenn wir jetzt zu dem zweiten Vertrag mit Monsieur Macdonald kommen könnten…«

»Natürlich. Hier ist er«, erklärte der Notar und wies auf ein Dokument, das auf einer Ecke des penibel aufgeräumten Schreibtisches lag.

Laut las er vor:

»Vor Maître Pierre Larue, Notar der Provinz Québec in Montréal, wo ich mich vorübergehend aufhalte, erkläre ich, der Unterzeichner, mit meiner Unterschrift… Ihr müsst Euer Zeichen hier machen, Monsieur Macdonald«, erklärte der Notar Alexander, der näher getreten war, »… dass ich mich mit diesem Vertrag aus freien Stücken bereit erkläre, Monsieur Kiliaen van der Meer aus Montréal zu dienen…«

Alexander lauschte den Klauseln des Vertrags, die seinen Lohn festlegten, die Dauer seiner Dienstzeit, die Ausrüstung, die er erhalten würde sowie die Pflichten, die er während der angegebenen Zeit zu erfüllen hatte. Als der Notar zu Ende gelesen hatte, warf er einen Blick zur Tür, die sich einen Spaltbreit geöffnet hatte. Nachdem er unterschrieben hatte, reichte er die Feder van der Meer, und schließlich war Alexander an der Reihe.

Vom Flur aus drangen Stimmen zu ihnen. Zwei Frauen unterhielten sich im Flüsterton, wahrscheinlich die Frau des Notars und eine Dienstbotin. Alexander beugte sich über den Vertrag und warf einen neugierigen Blick in Richtung Tür. Betroffen verkrampfte er die Finger um die Feder und blinzelte, überzeugt, einer Halluzination erlegen zu sein. Nein, er hatte genau gesehen …

»Ihr könnt einfach ein Kreuz machen, Monsieur. Das halten fast alle so …«

Alexander biss die Zähne zusammen und atmete tief, um die Gefühle zu meistern, die seine Hand zittern ließen. Ihm war heiß, furchtbar heiß. Isabelle war die Frau des Notars Larue? Der Mann kam ihm vage bekannt vor. Bestimmt war er der Verehrer gewesen, den er eines Tages vor dem Haus in Québec, in der Rue Saint-Jean, angerempelt hatte. Diese Erkenntnis erfüllte ihn plötzlich mit Mordlust.

»Ich kann lesen und schreiben, *Monsieur*«, gab er in schneidendem Ton zurück. »Es fällt mir zwar oft noch schwer, das Französische zu entziffern, aber wenn Ihr nichts dagegen habt, würde ich gern in Ruhe durchgehen, was ich mich zu unterzeichnen anschicke.«

»Selbstverständlich«, murmelte Pierre Larue. »Nur zu. Nehmt Euch alle Zeit, die Ihr braucht. Meine Frau bringt uns den Tee. Ich stehe Euch gleich wieder zur Verfügung.«

Nachdem Alexander das Dokument rasch überflogen hatte, unterzeichnete er und legte die Feder zur Seite. Dann wandte er dem Zimmer den Rücken, tat ein paar Schritte in Richtung Fenster und verschränkte aufgewühlt die Arme. Er schloss die Augen. Isabelle hier zu begegnen, war wirklich das Letzte, mit dem er gerechnet hätte … Und das Letzte, was er sich wünschte.

Das Porzellan klirrte, als die junge Frau das Tablett abstellte, und er hörte ihre sanfte Stimme. Zu wissen, dass Isabelle einen anderen geheiratet hatte, war schon schlimm. Aber die beiden zusammen zu sehen, war mehr, als er ertragen konnte. Er wünschte, sie hätte das Zimmer sofort wieder verlassen.

»Guten Tag, Monsieur van der Meer. Bereitet Ihr eine neue Expedition vor?«, hörte er sie fröhlich fragen.

»Madame Larue, es ist mir immer ein Vergnügen, Euch zu sehen. Ich fürchte nur, das wird meine letzte Reise sein. Das Alter, versteht Ihr?«

»Aber Ihr sprüht doch vor Energie und scheint niemals krank zu sein!«

»Isabelle, ich stelle Euch Monsieur van der Meers neuen Partner vor, Jacob Solomon. Er ist Amerikaner… aus New York, glaube ich?«

»*Yes, New York, Sir.* Sehr erfreut, Madame *Laroue*.«

»Sehr erfreut, Monsieur.«

Alexander konnte erraten, dass sich ein Lächeln auf Isabelles Mund malte. Die junge Frau hatte es schon immer amüsant gefunden, wenn jemand ihren Namen verballhornte.

»Und das ist… Monsieur Macdonald«, fuhr Pierre fort. »Er tritt in den Dienst der beiden Herren.«

Alexander hatte keine andere Wahl. Er drehte sich um und sah der Realität ins Auge. Er entflocht seine Arme, hob den Kopf und hielt sich so gerade, wie er konnte. Sein Herz klopfte so heftig, dass er meinte, seine Brust müsse zerspringen. Seine Knie wankten ein wenig, sodass er sich auf die Lehne des Sessels, der links von ihm stand, stützen musste.

Isabelles Lächeln verflog, und ihr wich das Blut aus dem Gesicht. Die junge Frau schwankte, wich einen Schritt zurück und stieß gegen den Schreibtisch. Ihre Hand berührte das Tablett, und die Tassen klirrten auf den Untertassen.

»Madame Larue«, sagte Alexander und verneigte sich steif.

Panik ergriff Isabelle. Am liebsten wäre die junge Frau verschwunden, hätte die Beine in die Hand genommen und wäre von diesem Ort geflüchtet, an dem diese furchtbar eisigen blauen Augen sie musterten.

»Monsieur Macdonald…«, brachte sie nicht ohne Mühe heraus. Sie spürte den fragenden Blick ihres Mannes.

Sie kämpfte die Tränen nieder und streckte ihm die Hand entgegen, wie es der Anstand gebot. Alexander zögerte nur kurz, aber lange genug, um Pierres Argwohn zu erwecken. Als sich ihre Finger berührten, lief beiden ein Prickeln durch den Körper. Alexanders zitternde Lippen streiften die Hand der jungen Frau, und er sog ihren Duft ein. Dann ließ er sie los, als hätte er eine glühende Kohle berührt.

»Monsieur ... Macdonald hat soeben einen Vertrag für drei Jahre unterzeichnet«, erklärte Pierre gedehnt, wobei er den Zeitraum betonte.

»Drei Jahre ...«, murmelte Isabelle.

»Ein Vertrag ... ist doch nur ein Stück Papier, oder, Madame?«, versetzte Alexander und starrte die Frau hart an. »Ich habe ihn der Form halber unterschrieben, weil das Gesetz es so verlangt. Aber das Wort, das ich Monsieur van der Meer gegeben habe, ist viel mehr wert als ein Tintenklecks. Was meint Ihr dazu?«

Verwirrt sah Isabelle zwischen Pierre, der die Stirn runzelte und die Zähne zusammenbiss, und Alexander hin und her.

»Ich glaube, Monsieur, dass oft eine Unterschrift unsere Verpflichtungen deutlicher festhält als Worte, zumindest in den Augen des Gesetzes. Dies ist die einzige Möglichkeit, beide Parteien zu zwingen, ihre Pflichten zu erfüllen, auch wenn etwas ... Unvorhergesehenes geschehen sollte.«

»Etwas Unvorhergesehenes ... ja.«

Alexanders Blick richtete sich auf das Mieder aus feinem, blaugrünem Baumwollstoff, das Isabelles Haarfarbe vorteilhaft betonte. Dann ließ er ihn über ihre runden Hüften gleiten, die durch einen nicht allzu voluminösen Reifrock anmutig verbreitert wurden. Anschließend schweiften seine Augen zu ihrer zarten Taille und richteten sich fast unverschämt auf ihr Dekolleté. Der Stoff lag eng an und ließ die Rundung ihrer Brüste hervortreten ... die er so oft liebkost hatte. Endlich löste er den Blick von ihrer Brust und sah ihr ins Gesicht, das jetzt wieder rosiger geworden war, und verhielt bei ihren zitternden Lippen.

»Wann brecht Ihr auf?«, erkundigte sie sich nervös.

»Am ersten Mai, Madame Larue«, antwortete der Hollandais, der die angespannte Atmosphäre im Raum spürte.

»Am ersten Mai. Das ist ... schon bald.«

»In fünf Tagen, Madame«, erklärte Alexander überhöflich und lächelte.

»Drei Jahre, das ist eine lange Zeit ... sehr lang, wenn man sich unter Fremden in einem unbekannten Land aufhält.«

»Ich versichere Euch, Madame, dass ich schon schlimmere

Einsamkeit erlebt habe«, beharrte Alexander und zog die Augen zusammen, um festzustellen, wie Isabelle reagierte.

Pierre fasste die junge Frau um die Taille und zog sie an sich. Sie spannte sich gegen die besitzergreifende Geste an, die sie daran erinnerte, dass sie ihm immer noch gehörte. Sie reckte das Kinn und begegnete erneut Alexanders Blick. Seine Augen waren immer noch so tiefblau, doch es lag eine Kälte darin, die sie noch nie bei ihm gesehen hatte und die sie erschauern ließ. Ein Räuspern riss sie aus ihrer Betrachtung. Pierre ließ sie los, nahm die beiden Verträge und steckte sie in einen Aktendeckel aus Pappe, den er dann mit einem dumpfen Knall auf die Schreibtischplatte fallen ließ.

»Gut, ich glaube, damit ist alles erledigt«, schloss der Notar und trat auf den kanadischen Händler zu. »Darf ich den Herren noch eine Tasse Tee und etwas Gebäck anbieten?«

»Ähem … nein, vielen Dank«, lehnte der Hollandais höflich ab und nahm seinen Hut von dem Tischchen an der Tür, wo er ihn abgelegt hatte. »Ich muss mich um die letzten Vorbereitungen für die große Reise kümmern. Wenn Ihr noch etwas mit mir zu besprechen habt, schickt mir doch bitte eine Nachricht ins Gasthaus Dulong, wo wir abgestiegen sind.«

»Dulong … das kann man sich gut merken. Dann kann ich Euch nur noch viel Glück wünschen, Monsieur van der Meer. Möge Gott Euch schützen. Monsieur Solomon …«

»Danke, *Mr. Laroue.*«

»Monsieur Macdonald«, fuhr Pierre fort und streckte Alexander die Hand entgegen. »Es war mir ein Vergnügen …«

Alexander starrte auf die Hand, die Isabelles Körper berührt hatte. Er hob das Kinn, begegnete dem Blick aus den halbgeschlossenen Augen des Notars und erwiderte ihn. Schließlich nahm er die Hand und drückte sie.

»Gute Reise.«

Pierre Larues Haltung, seine honigsüße Stimme und sein leises, berechnendes Lächeln ließen Alexander vermuten, dass der Mann etwas ahnte. Aber wie viel genau wusste er?

Isabelle, die wie vor den Kopf geschlagen dastand, spürte,

wie sie von Panik ergriffen wurde, als Alexander sich zum Gehen wandte. Sollte sie ihn einfach so ziehen lassen? Aber was hätte sie sonst noch sagen oder tun können? Sie hätte schwören können, dass Pierre sie aus dem Augenwinkel beobachtete. Er hatte Gabriels Vater zwar nie gesehen, wusste aber im Großen und Ganzen, wer er war. Außerdem hatte er aus dem etwas rätselhaften Dialog zwischen Alexander und ihr ziemlich zutreffende Schlüsse darüber ziehen können, welche Verbindung einmal zwischen seiner Frau und diesem Klienten bestanden hatte.

Starr wie eine Statue ging Alexander an ihr vorüber und streifte sie beinahe mit seiner Hand. Diese Hand … Als sie sah, dass daran ein Finger fehlte, entfuhr ihr ein Stöhnen. Alle drehten sich zu ihr um. Alexander, der ihrem entsetzten Blick gefolgt war, hob den Arm und ballte die Hand zur Faust.

»Habt … habt Ihr Euch verletzt, Monsieur Macdonald?«

»Eine Erfrierung, Madame. Nichts weiter als eine Erfrierung. Es gibt Schlimmeres, als einen Finger zu verlieren, findet Ihr nicht?«

Sie sah ihn an, und in ihren feuchten Augen stand das Flehen, er möge das Unbegreifliche verstehen. Wie sollte sie ihm alles erklären? Wie ihn um Verzeihung bitten? Ob er ihr eines Tages vergeben würde?

»J … a, da habt Ihr wohl recht, Monsieur.«

Sie schlug die Hand vor den Mund und wandte sich ab. Die drei Männer traten auf den Flur; ihre Stimmen waren noch einen Moment lang aus dem Eingangsbereich zu hören. Die Vorstellung, Gabriel könnte in diesem Moment hereinkommen, machte ihr schreckliche Angst. Doch dann wurde die Tür geöffnet, sodass der Straßenlärm eindrang, und dann wieder geschlossen. Alexander war fort. Im Haus herrschte jetzt eine bleierne Stille. Sie rang ein Schluchzen nieder und wollte das Arbeitszimmer verlassen, als Pierre ihr den Weg vertrat.

»Ihr seid so blass, meine Gattin«, bemerkte er mit zynischem Unterton. »Sollte das wirklich an dem fehlenden Finger liegen? Unserem guten Freund Franchère fehlt ein Bein, und doch hat Euch das noch nie so bestürzt.«

Der Notar trat an seinen Schreibtisch, auf dem der Aktendeckel mit den Verträgen lag. Er zog das Dokument, das den Schotten betraf, heraus, überflog es und verhielt bei den Unterschriften.

»Mal sehen… Alexander Macdonald… Der Name sagt mir etwas.«

Ein langes Schweigen trat ein. Isabelle hatte sich keinen Zoll bewegt. Aber sie wartete und wünschte sich nur, auf ihr Zimmer zu laufen und sich dort einzuschließen. Pierre trat auf sie zu.

»Ein Vertrag ist ein Vertrag, Madame Larue«, erinnerte sie der Notar und wies auf das Dokument, das er herausgezogen hatte. »Wie Ihr es Monsieur Macdonald so schön erklärt habt, sind die Parteien nicht verpflichtet, eine Abmachung einzuhalten, die nicht schwarz auf weiß festgehalten ist. Was bei uns ja nicht der Fall ist, oder, meine teure Gattin?«

In ihren feuchten Augen stand ihr tiefer Kummer zu lesen. Einen Moment lang sah sie ihn an und wandte sich dann ab. Kurz darauf fiel die Tür ihres Zimmers ins Schloss. Pierre zuckte zusammen. Er ließ den Vertrag auf den Schreibtisch fallen und schaute noch einen Augenblick auf den Namen, der dort geschrieben stand. Dann steckte er das Blatt in die Akte und schlug sie mit einem Knall zu.

»Ich muss mit Étienne sprechen… so bald wie möglich«, murmelte er.

In den folgenden Tagen irrte Isabelle durch das Haus wie eine verlorene Seele. Sie hatte keinen Appetit mehr und konnte nicht mehr schlafen, wodurch ihre Züge schrecklich ausgehöhlt wirkten. Sie schützte Unwohlsein vor und verbrachte den größten Teil des Tages in ihrem Zimmer. Höchstens, um Gabriel zu sehen, kam sie kurz heraus. Doch der kleine Junge erinnerte sie nur noch schmerzlicher an den Mann, den sie einmal geliebt hatte. Wenn sie abends allein in ihrem Bett lag, brach sie unter ihrer Verzweiflung zusammen und weinte viele Stunden um das, was nicht mehr war.

Was für eine seltsame Verkehrung der Gefühle. Sie hasste ihn jetzt nicht mehr. Aber hatte sie ihn wirklich einmal gehasst? Sie hatte sich jedenfalls bemüht, es zu tun. Aber jetzt wurde ihr klar, dass sie wohl niemals aufgehört hatte, Alexander zu lieben. Und jetzt stellte sie fest, dass er sie nicht mehr liebte. Das verletzte sie noch grausamer als der Umstand, dass sie ihn nie mehr wiedersehen würde.

»Zwei Tage«, murmelte sie und strich über das Kästchen aus vergoldetem Silber, das auf ihren Knien stand. »Noch zwei Tage, dann reist er ab.«

Sie zögerte, den Deckel aufzuklappen. Eines Tages hatte sie dahinter einen Teil ihres Lebens verschlossen. Mit zitternden Fingern schob sie den Riegel auf und betrachtete ihren geheimen Schatz. Sie ließ den Ring über ihren Finger gleiten, bewunderte die feine Arbeit und stellte sich vor, wie herrlich das Motiv in Gold oder Silber aussehen müsste. Ein Meisterstück. Sie küsste den Ring, nahm ihn ab und vergoss eine Träne. Dann legte sie ihn an seinen Platz auf dem nachtblauen Samt. Gleich daneben lagen das Medaillon und eine eselsohrige Spielkarte, ein Herz-Ass. *Love you*, hatte Alexander in aller Eile darauf gekritzelt, an dem schicksalhaften Tag, als sein Regiment nach Montréal verlegt wurde.

»Alexander«, seufzte sie, »ich liebe dich auch. Du musst mir glauben, und du sollst wissen, dass ich dich niemals auf diese Weise verraten wollte. Du musst mich verstehen. Ja, du musst begreifen.«

Sie schloss die Schachtel, stand auf, um sie wegzuräumen, und nahm ihr Schreibzeug. Einige Minuten später rief sie nach Marie. Sie ließ das junge Mädchen ins Zimmer und schloss sorgfältig die Tür hinter ihr.

»Marie, ich habe einen Auftrag für dich. Dabei brauche ich deine ganze Diskretion und Ergebenheit. Kannst du mir schwören, dass du niemandem etwas davon sagen wirst?«

Maries große schwarze Augen wurden noch größer.

»Ein Auftrag? Madame, ich schwöre bei meinem Leben, dass ich Euch ergeben bin. Wenn Madame mich bittet, Monsieur nichts zu sagen, dann werde ich es nicht tun.«

Kurz stand Isabelle verdattert da, ein wenig erstaunt über den ungewohnten Redefluss der jungen Indianerin. Dann fiel ihr das sorgsam zusammengefaltete Blatt Papier wieder ein, das sie in der Hand hielt.

»Gut. Ich glaube, ich kann dir vertrauen. Ich möchte, dass du dies hier einem Herrn bringst. Er heißt Alexander Macdonald und hat ein Zimmer im Gasthaus Dulong gemietet. Weißt du, wo das ist?«

»Ja, es liegt ganz oben an der Rue Saint-Gabriel.«

»Schön. Wenn dieser Herr nicht da ist, erkundigst du dich, wann er wiederkommt, und wartest auf ihn. Du musst ihm diese Nachricht unbedingt persönlich übergeben.«

Marie nickte und setzte ein leises, gewitztes Lächeln auf.

»Gut. Sollte der Herr seine Rechnung schon bezahlt haben, gibst du mir Bescheid.«

»Ja, Madame. Macht Euch keine Sorgen. Ich werde diesen Brief erst aus der Hand geben, wenn ich diesen Monsieur Alexander Macdonald sehe. Könnt Ihr ihn mir beschreiben?«

»Beschreiben? Ach ja! Erinnerst du dich an die Männer, die vor ein paar Tagen zu meinem Gatten gekommen sind? Nun, er war der große Mann mit dem Haar, das fast schwarz ist, aber bronzene Reflexe hat.«

»So ähnlich wie das Gefieder von Amseln?«

»Amseln? Ja, so, genau so. Und seine Augen sind blau … ganz ähnlich wie die von Gabriel.«

»Die von Gabriel.«

Isabelle errötete heftig. Der Vergleich war ihr wie von selbst entschlüpft. Und der Blick, den Marie ihr jetzt zuwarf, zeigte ohne jeden Zweifel, dass sie begriffen hatte, wer der Mann war, den sie suchen sollte. Nun gut, dann sollte es eben so sein! Das junge Mädchen würde bei dieser kleinen Intrige ihre Komplizin sein. Aber sie zweifelte nicht daran, dass sie ihr treu ergeben war.

Étienne begegnete der Indianerin in der Eingangshalle.

»Guten Tag, Monsieur Lacroix!«, rief das junge Mädchen und rannte die Treppe hinunter.

»Guten Tag ... Marie«, gab Étienne zurück.

Aber sie war schon hinter einem Karren verschwunden, der in Richtung Rue Notre-Dame fuhr. Achselzuckend schloss Isabelles Bruder die Tür hinter sich und begab sich ins Arbeitszimmer des Notars. Als er eintrat, saß Pierre über einem Stapel Dokumente und bat ihn, sich zu setzen, ohne den Kopf zu heben. Aber Étienne blieb lieber stehen. Nach ein paar Minuten sah der Mann endlich auf.

»Er war hier.«

»Seid Ihr ganz sicher, dass ...«

»Sicher?«, brüllte Pierre.

Dann sprach er leiser weiter.

»Seit diesem Tag ist Eure Schwester nur noch ein Schatten ihrer selbst, Étienne! Kein Zweifel, er ist es. Außerdem hat er ihr Blicke zugeworfen ...«

»Isabelle ist sehr schön. Alle Männer sehen sie auf diese Weise an.«

»Nein, das ist es ja gerade. Macdonald hat sie mit kaum verhohlener Kälte angesehen.«

Étienne nickte und trommelte mit den Fingern auf seinem Schenkel herum.

»Schön, dann ist es wohl so. Und was erwartet Ihr jetzt von mir?«

»Sorgt dafür, dass dieser Macdonald nicht mehr hier herumschnüffelt. Wenn ich mich nicht irre, habt Ihr mir nach dem Frühlingsball deutlich zu verstehen gegeben, dass Ihr noch eine Rechnung mit ihm offen habt. Ich weiß auch, wo er wohnt, nämlich im Dulong.«

Étienne merkte sich den Namen und wartete ab, was jetzt kommen würde.

»Er hat sich für drei Jahre bei van der Meer verpflichtet. Er hat vor drei Tagen unterschrieben und mir einen Umschlag mit seinem Testament und einigen persönlichen Gegenständen hinterlassen, die ich seinem Bruder nach Schottland schicken soll, falls ihm, sollte das Pech es wollen ... ein Unglück zustößt.«

»Ja, das Pech ... Es kann immer etwas geschehen. Die Expeditionen zu den Großen Seen sind nicht immer sicher. Ihr sagt, er geht mit van der Meer?«

»Ja«, bekräftigte Pierre und lehnte sich mit neugieriger Miene auf seinem Sessel zurück. »Habt Ihr da eine Idee?«

»Vielleicht! Zufällig habe ich auch mit dem Hollandais noch eine Rechnung offen.«

Étiennes finstere Miene jagte Pierre Furcht ein.

»Ich möchte mich nicht in diese Sache einmischen, Étienne, aber ...«

»Wenn Ihr mir diesen Auftrag erteilt, Pierre, steckt Ihr ohnehin in der Sache, ob es Euch gefällt oder nicht. Außerdem könnt Ihr möglicherweise noch etwas daran verdienen ... So, ich muss noch Leute treffen, wir reden morgen weiter.«

Pierre presste die Lippen zusammen. Da er wusste, welche Angelegenheit Étienne mit dem Hollandais regeln wollte, schaute er nachdenklich auf die Akte, die die Verträge der fraglichen Männer enthielt und oben auf dem sorgfältig angelegten Stapel in einer Ecke des Schreibtisches lag. Er hielt nicht viel von den Methoden seines Schwagers und täuschte sich nicht über seine Absichten. Aber ... nun ja. Er schloss die Augen, atmete tief durch und ließ sich gegen die Rückenlehne des Sessels sinken.

Diese Geschichte war ihm die ganze Nacht im Kopf herumgegangen, sodass er kein Auge zugetan hatte. Van der Meer hatte sein Schicksal bereits besiegelt, als er sich geweigert hatte, den Rebellen das Geld zurückzugeben. Und was diesen Macdonald anging ... den Liebhaber seiner Frau und leiblichen Vater seines Sohnes ... Herrgott! Isabelle durfte auf keinen Fall etwas von seinem Plan erfahren! Dann würde sie bestimmt dafür sorgen, dass er Gabriel nie wiedersah, das einzige Kind, das er je haben würde.

Wenn er auf der anderen Seite Étienne freie Hand ließ, sicherte er sich einen gewissen inneren Frieden, denn dann konnte er gewiss sein, diesem Macdonald nie wieder zu begegnen, und das war alles, was er wollte. Isabelle liebte diesen Schotten immer noch, selbst van der Meer war das aufgefallen. Wenn seine

Frau, wie er vermutete, auf die Rückkehr dieses Macdonald wartete, wie sollte er hoffen, eines Tages ihr Herz zurückzugewinnen? Doch das war genau das, was er wollte: Die Frau, die er liebte, sollte seine Gefühle erwidern … Nie hätte er geglaubt, dass er in der Lage war, aus Liebe zu einer Frau etwas so Schändliches zu tun.

Langsam richtete er sich auf und erhob sich unter einem Rascheln von Stoff und Knarren von Leder. Étienne sah ihn aus seinen tiefliegenden dunklen Augen an, die in einem wettergegerbten, von Falten durchzogenen Gesicht lagen. Sein Schwager musste um die vierzig sein, doch er sah zehn Jahre älter aus. Ob der ständige Kontakt zu diesen ungläubigen Wilden seine Seele so schwarz gemacht hatte, oder kam er direkt aus der Hölle?

»Isabelle darf nie etwas davon erfahren«, murmelte der Notar und stützte sich auf die Rückenlehne des Sessels.

Ein seltsames, beinahe dämonisches Lachen ließ ihn erschauern. Er sah, dass Étiennes schwarze Augen vor Hass brannten. Ja, er kam aus der Hölle.

»Wünscht Ihr ein Erinnerungsstück?«

»Nicht sinnvoll. Ich möchte nicht, dass Isabelle mehr als nötig leidet.«

»Nein, natürlich nicht. Den Liebhaber zu beseitigen hat schließlich etwas ziemlich Banales, doch es dient Euren Interessen, Larue. Aber … wenn Isabelle keinen Beweis für sein … endgültiges Verschwinden hat, wozu soll es dann gut sein?«

»Ich will keine Skalps, abgeschnittenen Ohren oder sonstiges scheußliches Zeug.«

»Die Liebe kann einen Mann um den Verstand bringen, was? Findet Ihr nicht, Schwager?«

Pierre gab keine Antwort und fuhr sich mit der schweißnassen Hand durchs Haar.

Hinter den Stadtmauern ging die Sonne unter. Isabelle wandte ihr den Rücken zu. Sie schaute auf den Fluss hinaus und lauschte dem Plätschern der Wellen auf den Kieselsteinen und dem Lachen einiger Seeleute, die in der Ferne Waren von einem Schoner auf einen Kai am Markthafen abluden. Vom Hospital der grauen Schwestern in Pointe à Caillière und den Hütten der Indianer am Saint-Pierre-Fluss stiegen Rauchsäulen auf.

Die Mauern hinter ihr dämpften den Lärm der Stadt. Aber der Wind trug die Geräusche aus der Vorstadt Québec zu ihr. Ein Hund kläffte laut, und Kinder begannen zu weinen. Die Räder eines Karrens knarrten.

Doch lauter als alles andere hörte sie das Pochen ihres Herzens. Fast eine Stunde wartete sie schon hier.

»Und du hast ihm die Nachricht wirklich persönlich übergeben, Marie? Bist du dir ganz sicher, dass er es war?«

»Ja, Madame. Er hatte Gabriels Augen.«

»Gabriels Augen, ja. Hat er den Brief gelesen?«

»Während ich daneben stand, Madame. Er hat gesagt, nichts stünde dagegen, dass er komme.«

»Aber er hat nicht fest zugesagt, dass er kommt.«

»Nein«, antwortete das Dienstmädchen und schlug die Augen nieder, »zugesagt hat er es nicht.«

»Und wie war er? Ich meine … Wie hat er auf dich gewirkt? Meinst du, ich kann hoffen?«

»Er kam mir traurig vor, Madame, sehr traurig.«

Die leuchtenden Farben des Sonnenuntergangs spiegelten sich auf dem Wasser des Flusses. Vor der jungen Frau kam eine Pinasse über den Horizont und kehrte ruhig in den Hafen zurück. Boote verließen die Normand-Insel*. Alles war so ruhig … zumindest verglichen mit dem Aufruhr, der in ihrem Kopf herrschte. Am liebsten hätte sie geschrien und ihren Schmerz und ihre Verbitterung herausgekreischt. *Noch zehn Minuten, und dann gehe ich.* Das gelobte sie sich jetzt schon zum dritten Mal. Wenn Alexander nicht kam …

Gut versteckt in einer Mauernische beobachtete der Mann die

* Die Insel lag damals im Saint-Laurent-Fluss, an der Mündung des Saint-Pierre. Heute existiert sie nicht mehr.

Frauengestalt, die ihm den Rücken zudrehte. Wie oft hatte er das in Québec getan, wenn er darauf wartete, dass Isabelle zu einem ihrer heimlichen Rendezvous kam? Oft hatte er sich gefragt, warum sie sich für ihn interessierte, obwohl er ihr nichts als sein Herz zu bieten hatte. Was wollte sie jetzt noch von ihm, nachdem sie sein Herz zuerst genommen und dann von sich gewiesen hatte?

Er sah sie an und kämpfte gegen seinen Drang, zu ihr zu gehen. Wäre es nicht besser, alles zu lassen, wie es war? Vier Jahre hatte er gebraucht, bis seine Wunden geheilt waren. Und ausgerechnet jetzt, da er glaubte, es endlich geschafft zu haben, musste er sie wiedersehen … Seit dem Tag, an dem er den Vertrag unterschrieben hatte, stieg die Vergangenheit erneut in ihm auf und tat ihm weh. Erneut war er wie besessen von Isabelle. Sein ganzer Körper verkrampfte sich vor Hass und Abscheu. Er sah nur zu deutlich vor sich, wie die junge Frau in den Armen dieses Pierre Larue lag, der im Übrigen nicht unsympathisch war.

Alexander hasste sich dafür, dass er sie immer noch liebte. Er hasste sie dafür, dass sie diese Liebe beschmutzt hatte und so mit seinen Gefühlen spielte. Wusste sie denn nicht, welche Wirkung ihre Kleidung auf ihn hatte, die ihre schmale Taille betonte, diese Frisur, die so wunderschön ihren Nacken und ihre Schultern freiließ? Sie hatte sich gut vorbereitet, nachdem sie ihm die kleine Indianerin mit dem Briefchen geschickt hatte, das er seit dem Vormittag zwischen den Fingern zerknüllte. *Verdammt sollst du sein, Isabelle Lacroix!*

Die Frau richtete sich auf und sah sich um. Sie war ungeduldig. Alexanders Herz begann rascher zu schlagen. Er musste sich entscheiden. Endlich trat er aus dem Schatten und bewegte sich zögernden Schrittes voran. Sie warf einen Kieselstein, der durch die spiegelglatte Wasseroberfläche schlug. Er holte tief Luft, um sich Mut zu machen, und schloss kurz die Augen, um sich dieses letzte Bild von ihr einzuprägen. Sie bückte sich und nahm einen flachen Stein. Dann richtete sie sich geschmeidig auf und verhielt regungslos. Nur ein paar Schritte trennten ihn von ihr, aber mit einem Mal fürchtete er sich, sie zurückzulegen.

Das Papier knisterte in seiner Hand. Wieder sah er Isabelles Unterschrift vor sich. Direkt darunter hatte sie eine Lilie gezeichnet, die ihm wohl bedeuten sollte, dass der Brief keine Falle war, die ihm ein eifersüchtiger Ehemann stellte. Wenigstens … wünschte er, es wäre so.

Es knirschte im Sand, einmal, zweimal. Mit wehenden Röcken fuhr Isabelle herum. Die beiden hielten den Atem an und musterten sich in einem Schweigen, in dem aufgewühlte Gefühle schwangen. Der Stein, den sie in der Hand hielt, fiel zu Boden. Alexander stand vor ihr. Er trug Kniehosen aus grobem braunem Stoff, die an den Schenkeln und Knien abgeschabt waren, und ein Hemd, das an vielen Stellen Flecken hatte; dazu eine alte Weste aus grauem Wollstoff unter einem schwarzen Rock und einen verbeulten Dreispitz aus Filz. Er war glattrasiert und roch gut nach Seife.

Sie hielt sich zurück, um sich nicht in seine Arme zu werfen, diese Arme, von denen sie sich so oft vorgestellt hatte, wie sie sich um sie schlossen. Am liebsten hätte sie die Wange an seine Brust gelegt, sein Gesicht in die Hände genommen und ihm gesagt, wie leer ihr Leben ohne ihn war … Aber das alles unterließ sie, weil sie fürchtete, er könne von neuem verschwinden. Sie stand so still da, wie sie es angesichts des Sturms von Gefühlen, der in ihr tobte, vermochte.

»Du bist gekommen«, flüsterte sie.

»Madame Larue …«, sagte er und neigte leicht den Kopf, ohne sie aus den Augen zu lassen.

»Alex … Wir … müssen reden. Ich glaube … also … ich weiß, dass du böse auf mich bist.«

Ihr böse sein? Das war eine gelungene Untertreibung!

»Was wisst Ihr, Madame, von meinen Gefühlen?«

Sein schneidender Tonfall ließ sie zusammenzucken.

»Nicht so, Alex, ich bitte dich …«

Er musterte sie wortlos. Kurz meinte sie zu sehen, wie seine schönen Lippen sich zu einem Lächeln verzogen. Aber das war nur eine Illusion. Er legte weiter diese eisige Gelassenheit an den Tag, die sie verletzte wie ein Messerstich. Wie naiv von ihr zu glauben, dass er sie anhören, dass er verstehen würde, dass sie nicht selbst über ihr Leben bestimmen konnte. Eine Frau gehorchte und ordnete sich unter. Wusste er das etwa nicht? Sie reckte Schultern und Kinn und hielt seinem Blick stand. Wie er wollte. Dann würde sie es eben aushalten!

Isabelles plötzliche selbstbewusste Haltung verwirrte Alexander. Um gegen die Schwäche anzukämpfen, die ihn zu überwältigen drohte, setzte er sich in Bewegung. Er umkreiste sie wie ein Wolf seine Beute, beobachtete sie und suchte nach einer Schwachstelle, die er ausnutzen konnte, um ihr wehzutun. Gott, wie es schmerzte, sie wiederzusehen! Nach all diesen Jahren, in denen er sich mit diesem Zustand abgefunden und gelernt hatte, mit seinem Leid zu leben, hatten ein paar Sekunden ausgereicht, um seine Wunden erneut aufzureißen. Zorn gegen diese Frau, die ihm solche Qualen bereitete, stieg in ihm auf.

Isabelle erschien ihm noch schöner und begehrenswerter als früher. Sie hatte ihre jugendliche Frische bewahrt, aber ihre Schönheit war aufgeblüht. Mit ihrem runden Mund, der Brust, die sich rasch hob und senkte und ihrer samtweichen Haut strahlte sie eine aufstörende Sinnlichkeit aus. War es die Ehe, die ihr so gut bekam? Die Brise spielte in ihren goldblonden Locken, deren Schimmer durch das rötliche Licht der untergehenden Sonne noch verstärkt wurde. Ihr süßlicher, zuckriger Duft mischte sich mit den Gerüchen, die vom Fluss aufstiegen. Er schloss die Augen, um sich davon durchdringen zu lassen.

Bilder stiegen auf, von denen er geglaubt hatte, sie sicher in einem Winkel seiner Erinnerungen verschlossen zu haben. Er zog eine Grimasse, die seinen inneren Aufruhr verriet, fasste sich aber sofort wieder. Auf keinen Fall durfte er ihr enthüllen, was er empfand. Sie hatte ihn verraten, und ihre Gründe waren ihm völlig gleich. Und außerdem, warum hatte sie ihn kommen lassen, wenn sie nicht vorhatte, dieses Leid wieder zu schüren, das zu dämpfen ihn so lange Zeit gekostet hatte? Nein, er würde sie nicht gewähren lassen. Das konnte kein Wort, keine Tat wiedergutmachen. Nichts! Vor ihm stand Madame Larue. Isabelle Lacroix war tot, und er trug Trauer um sie.

»Was wollt Ihr von mir, Madame, das nicht warten kann und solche Diskretion erfordert? Ich glaube kaum, dass Euer … Mann Euch geschickt hat, weil noch einige Klauseln an meinem Vertrag geändert werden müssen …«

»Ich wollte … dir alles erklären … dir die Gründe nennen …«

»Gründe?«

Er baute sich vor ihr auf.

»Ja, für diese … Heirat. Man hat mir keine Wahl gelassen, Alex, du musst mir glauben! Ich schwöre dir, dass ich das nicht wollte!«

Mit einem zitternden Finger strich sie über ihren Anhänger, ein goldenes Netz, in das eine Perle eingeschlossen war und der an einem schmalen Band um ihren Hals hing. Er schaute auf das Schmuckstück und schätzte seine Qualität und seinen Wert ab. Dann lachte er schallend, um seine Verwirrung zu verbergen.

»Nein, natürlich nicht! Geld … ist Euch ja gleichgültig. Wie dumm ich bin! Allerdings, Madame Larue, ist Euer Gatte ein sehr ansehnlicher Mann … der Euch schön zu kleiden und zu schmücken versteht. Mit alldem lasst Ihr wohl keinen Mann kalt …«

»Schmuck und alles andere sind mir gleich, das weißt du doch, Alex.«

»Ja natürlich, Schmuck aus Horn oder Bronze jedenfalls!«

»Sei doch nicht so sarkastisch, Alex. Ich bin mir sicher, dass du nicht wirklich denkst, was du sagst. Ich verstehe, dass du den Wunsch hast, mich zu verletzen, aber das ist nicht anständig von dir …«

Isabelle war blass geworden. Sie sah Alexander mit einer Mischung aus Furcht und Verblüffung an.

»Anstand? Ha, ha, ha! Was ist schon Anstand? Wisst Ihr das vielleicht?«

Dass sie von dieser Eigenschaft sprach, brachte ihn außer sich. Er packte die junge Frau am Handgelenk und zerquetschte es fast, ohne es zu merken. Sie stöhnte und versuchte sich loszumachen. Aber er hielt sie fest und trat an sie heran, bis er ihren Atem auf seinem Hals spürte. Er roch an ihrem Haar, das unter der Spitzenhaube und einem Strohhut, den sie darüber trug, hervorquoll. Das Rosa ihres Mieders betonte ihre cremeweiße Haut mit den perlmuttfarben schimmernden Reflexen. In Gedanken streichelte er sie … Er schloss die Augen, um sich wieder zu fassen.

Seine Nase streifte ihre duftenden Locken, seine Lippen strichen über ihre samtige Stirn. Die Berührung durchfuhr ihn wie ein Blitz, und er spürte, wie sein ganzer Körper in Erregung geriet. Sie schluchzte auf und schlug die Augen nieder. Er spürte, wie sie unter seiner Hand, die um ihre Taille lag, erschauerte. Dieses Luder! Sie provozierte ihn! Aber sie hatte nicht das Recht, ihn so leiden zu lassen! Er sah eisigen Blickes auf sie hinunter und bemühte sich, arrogante Verachtung auszustrahlen.

»Was wollt Ihr von mir?«, zischte er. »Was erwartet Ihr heute von mir, nach dem, was Ihr getan habt? Ein schönes Spiel habt Ihr mit mir getrieben! Ihr habt dafür gesorgt, dass ich verrückt vor Liebe zu Euch war, um mich dann fortzuschicken wie einen Hund! Aber im Lauf der Zeit hat sich die Wunde geschlossen … Mein Leben hat einen anderen Gang genommen. Sinnlos, die Vergangenheit wiederzuerwecken. Glaubt Ihr, Ihr seid die einzige Frau, mit der ich eine kurze Leidenschaft geteilt habe?«

»Hör auf, Alex, ich bitte dich! Ich kann nicht glauben, dass deine Gefühle für mich so oberflächlich waren! Meine sind immer noch so tief …«

Was für ein Unsinn! Was für Gefühle konnten im Herzen dieser Verräterin wohnen? Oft verwechselte man Liebe und Begehren, und dabei waren die beiden doch so unterschiedlich. Liebe bedeutete, von sich zu geben, Selbstverleugnung, Geblendetsein, Vergebung und den anderen so zu nehmen, wie er war. Begehren, das waren Leidenschaft, fleischliche Bedürfnisse, Inbesitznahme und Zerrissenheit.

Er presste sie an sich und ließ die Finger an ihrer Wirbelsäule entlanggleiten. Seufzend warf Isabelle den Kopf zurück, und ihre Hand krallte sich in den Wollstoff seiner Weste. Die Liebe zur Wollust, fleischliches Begehren … Ah, natürlich! Aber hatte sie mit ihrem Mann denn nicht genug? Wünschte sich diese Schlange etwa ein leidenschaftliches Abenteuer mit jemandem, der für sie auf der Stufe eines Dienstboten stehen musste? Er sollte sie zurückstoßen und weglaufen. Aber er wurde von einem Strudel von Emotionen erschüttert und brachte es nicht fertig, sich von ihr zu lösen.

»Alex, ich liebe dich … Ich liebe dich für immer.«

Lüge oder Wahrheit? Er wusste nicht, was er davon halten sollte. Sie hatte ihn verraten. Trotz dem, was sie einander versprochen hatten, hatte sie einen anderen Mann geheiratet. Warum, wenn nicht um des gesicherten Wohlstands willen, den er ihr nie hätte bieten können? Der Duft weißer Blumen, den sie ausstrahlte, berauschte ihn und verdrängte die Gerüche nach feuchter Erde und verfaultem Fisch, die ihnen in die Nase stiegen. Oh Gott! War es möglich, dass sie ihn wirklich noch liebte?

Alexander begehrte sie genauso wie am ersten Tag, wie vor drei Tagen und wie er es auch in zehn Jahren tun würde. Er küsste ihre geschlossenen Augen und ließ seine Lippen dann zu ihrem Hals hinuntergleiten. Sie seufzte und erschlaffte in seinen Armen. Er konnte sie gleich hier nehmen, an der Mauer. Es war leicht zu erraten, dass sie sich ihm hingeben würde. Aber … warum hatte sie versucht, ihn wiederzusehen? Was erwartete sie von ihm, dem Exilierten, der weder Titel noch Vermögen besaß? Seit er ihre Nachricht erhalten hatte, ging ihm der Gedanke nicht aus dem Kopf, dass sie ihn nur ausnutzen und ein wenig Vergnügen mit ihm haben wollte. Was hätte er, abgesehen von der körperlichen Befriedigung, davon?

Isabelle klammerte sich an ihn und reckte sich. Er zog sie zu der Ecke, die ihm vorhin als Versteck gedient hatte, und drängte sie gegen die moosbewachsene Steinmauer. Dann schob er ein Knie zwischen ihre Beine, schlug ihre Röcke hoch und enthüllte ihre nackten Schenkel, die er heftig zu kneten begann. Sie bäumte sich auf und krallte die Finger in seine Schultern. Als

Alexanders Hand auf ihr Geschlecht zuglitt, überlief sie ein heftiger Ruck, und sie spürte, wie ihr Leib in Flammen stand. Es war so lange her …

»Alex … Oh, Alex!«

Sie suchte seine Lippen, schlug heftig die Zähne hinein und umarmte ihn stürmisch. Wie benommen von seiner Wärme und seiner Zärtlichkeit, vergaß sie jede Vorsicht. Sie war in Alexanders Armen, und nur das war wichtig. Genau wie früher zitterte sie unter den Händen ihres Liebsten vor Lust …

Schroff packte Alexander ihre Hand und legte sie auf sein Herz, das zum Zerspringen klopfte.

»Ist es dieser Teil von mir, den Ihr begehrt?«

Er starrte sie böse an und konnte seine Verbitterung kaum verbergen. Wieder küsste er sie, aber dieses Mal brutal. Er packte sie erneut, aber ohne Zärtlichkeit.

»Gefällt Euch das, Madame?«

Grob riss er an ihrem Mieder, enthüllte eine Brust und biss hinein, um diesen köstlichen Schmerz hervorzurufen, der sie seufzen ließ. Gierig und besitzergreifend glitten seine Lippen und Hände über ihre Haut.

»Gefällt Euch, was ich mit Euch mache? Mögt Ihr das?«

Seine Brutalität und sein kalter, schneidender Tonfall erschreckten Isabelle. Nein! Nein! Er hatte nicht verstanden. Sie musste mit ihm sprechen, ihm erklären … Leider konnte sie ihm noch nicht von Gabriel erzählen. Er würde verlangen, den Jungen zu sehen; entweder um sie unter seine Kontrolle zu bringen, oder aus echtem Interesse, ihn kennenzulernen. Doch das konnte sie nicht zulassen, wenn ihr das seelische Gleichgewicht ihres Sohnes lieb war. Das war zu früh … zu früh … Sie musste sich zuerst sicher sein, welche Gefühle er dem Kind entgegenbrachte.

Sie versuchte ihn zurückzustoßen. Da war sie kurz davor, sich einem Mann hinzugeben, der sie wahrscheinlich nicht mehr liebte und bestimmt nur ausnutzen wollte. Wie dumm sie war! Aber Alexander wurde jetzt von seiner Erregung überwältigt. Er hielt sie fest und schickte sich an, seine Hosen aufzuknöpfen.

»Nein, nein, Alex! Nicht so, nicht so! Du verstehst nicht! Wir müssen reden!«

»Ach, natürlich, Ihr fürchtet Euch, mit einem Bastard schwanger zu werden ... Aber da braucht Ihr doch nur heute Nacht Euren Mann in Euer Bett zu lassen, und er wird nichts merken!«

Die Ohrfeige überrumpelte ihn, und er spürte einen brennenden Schmerz auf der Wange. Er gab die junge Frau frei, tat einen Schritt zurück und legte die Hand auf die Wange, wohin sie ihn mit aller Kraft geschlagen hatte.

»Alexander Macdonald!«, stieß Isabelle scharf zwischen den Zähnen hervor. »Ich dachte, du wärest bereit, dir anzuhören, was ich dir zu sagen habe. Aber jetzt stelle ich fest, dass du ein Grobian bist, ein schmutziger Lüstling, der nur versucht, meine Schwäche auszunutzen! Vielleicht hast du ja nie etwas anderes gewollt. Bestimmt hast du mich aufregender gefunden als diese vor Ungeziefer wimmelnden Freudenmädchen, die du dir in Québec höchstens hättest leisten können! Ich habe mich in dir geirrt, Alexander ... Wenn einer von uns den anderen ausgenutzt hat, dann du mich. Ich habe dir das Kostbarste geschenkt, das ich besaß ... und jetzt ... Oh! War das also alles, was du von mir wolltest? Mein Vater hatte doch recht. Der Eroberer hat sich den Sieg versüßt, indem er der Tochter des Besiegten ihre Tugend geraubt hat!«

Die Heftigkeit ihrer Worte und ihre verzerrten Züge brachten Alexander plötzlich zu Bewusstsein, dass er sich geirrt hatte. Dann liebte sie ihn also wirklich noch! Und er hatte alles verdorben! Aber wahrscheinlich war das besser so. Welche Zukunft hätten sie schon? Besser, sie beließen alles so, wie es war.

Isabelle schnaubte vor Zorn. Sie hielt die Tränen zurück und ballte die Fäuste.

»Ich erkenne dich gar nicht mehr wieder, Alexander Macdonald. Du bist rüpelhaft und abstoßend. Und dein ›Madame‹ hier und ›Ihr‹ dort ist erbärmlich! Ich verstehe ja, dass du verbittert bist, aber du hast kein Recht, mich so zu behandeln. Man hat mich zu dieser Ehe gezwungen, verstehst du?! Ich schwöre dir, dass ich das nicht gewollt habe!«

»Gezwungen? Ach ja?«, schrie er. Erneut überwältigte ihn der Zorn. »Du hättest weglaufen können, *God damn*! Nach meiner Rückkehr wäre ich zu dir gekommen, und ...«

»Kannst du mir auch verraten, wohin ich hätte fliehen sollen? Ich war allein und hatte kein Geld. Es herrschte immer noch Krieg. Und ... ich ... ich konnte es nicht tun! Alex, meine Mutter ... wusste von uns. Sie hat gedroht, mich in ein Kloster zu sperren und ... oh Gott! Sie hätte mich doch gefunden! Sie wollte dich wegen Vergewaltigung und Verführung anzeigen!«

»Vergewaltigung und Verführung?! *Mo chreach!*«, rief er verblüfft aus und lachte dann laut. »Und mit welchen Beweisen? Hättest du gegen mich ausgesagt?«

»Lass diesen Unsinn! Sie hätte meine Aussage nicht gebraucht, Alex! Dafür hätte man dich gehängt ...«

»Mich gehängt?«

Mit einem Mal wurde er wieder ernst. Er sah sie betrübt an und schüttelte den Kopf. Wieder spürte er, wie der Strick ihm den Hals abdrückte und er keine Luft bekam, und er schluckte. Er hatte erlebt, wie es sich anfühlte, aufgehängt zu werden. Aber das brauchte sie nicht zu wissen.

»Alex, meine Mutter hat alles hinter meinem Rücken arrangiert: die Treffen mit Pierre, den Ehevertrag, den ich nur noch zu unterzeichnen hatte ...«

»Hinter deinem Rücken? Machst du dich lustig über mich? Ich habe deinen ›Verlobten‹ aus eurem Haus kommen sehen, und du hast mir versichert, ja geschworen, er sei nur ein ›Freund‹, der sich um die Erbschaft deines Vaters kümmere. Du hast mich angelogen, Isabelle!«

»Nein ... das war die Wahrheit! Pierre war nur ein Bekannter. Ich habe mich nicht für ihn interessiert, Alex. Aber er ... Ich dachte nicht ... ich meine ... Ich hätte nicht geglaubt, dass meine Mutter so weit gehen würde. Die beiden haben alles ohne meine Zustimmung arrangiert, und in ein paar Tagen war alles vorüber. Ich konnte nichts dagegen tun; ich hatte keine rechtliche Handhabe, mich gegen diese Heirat zu wehren.«

»Deine Mutter soll sich also ganz allein über deine Gefühle

hinweggesetzt haben? Aber warum hast du dann später nicht versucht, mich wiederzusehen und mir alles zu erklären? Wenn du dieses Schweigen gebrochen hättest, durch das du dich in meinen Augen schuldig gemacht hast, hätte ich deine Lage vielleicht verstanden. Wir hätten zusammen fliehen können, zum Beispiel in die englischen Kolonien oder sogar nach Schottland.«

Um die Wahrheit zu sagen, war dieser Gedanke auch Isabelle gekommen. Aber die junge Frau hatte wegen ihres Kindes Abstand davon genommen. Und dann war schließlich ihr verbissener Entschluss, Alexander zu hassen, stärker als ihre Gefühle gewesen. Betrübt sah sie den Schotten an.

»Was soll das jetzt, Alex? Du bist genauso stumm geblieben. Ich habe gehofft, du würdest zu mir kommen… vor allem, seit ich dich auf dem Ball gesehen habe…«

»Dem Ball?«

»Auf dem Frühlingsball beim Gouverneur. Ich weiß, dass du dort warst, Alex, ich habe dich gesehen.«

Er runzelte die Stirn. Wie hatte sie ihn auf einem Ball sehen können, bei dem er gar nicht gewesen war… War es möglich, dass sie John begegnet war? Hielt sich sein Zwillingsbruder etwa in Montréal auf?

»Warum hast du mir kein Lebenszeichen gegeben, Alex? Du brauchtest dich doch nur zu erkundigen, wo ich wohne, und…«

»Nicht ich war es, der zu dir kommen musste, denn nicht ich habe meinen Eid gebrochen, Isabelle. Aber es stimmt ja… was ist ein Eid wert, wenn er nicht auf Papier niedergelegt ist?«

»Was immer du auch denkst, Alex, ich habe meinen Eid nicht gebrochen! Ich stehe immer noch zu den Worten, die ich gesprochen habe!«

Skeptisch verzog Alexander die Mundwinkel.

»Du… du stehst zu ihnen? Tatsächlich? Und wie stellst du das an, während du im Bett eines anderen liegst?«, stieß er grollend hervor. »Erkläre es mir, denn ich kann dir nicht mehr folgen!«

»Ich habe nie jemand anderen als dich geliebt. In meinem Herzen wohnst du allein, für immer.«

»Das ist sehr tröstlich! Und sag mir, was soll ich jetzt mit dieser ›Liebe‹ anfangen?«

»Ich… ich…«

Um die Wahrheit zu sagen, wusste sie nicht, was sie ihm antworten sollte. Sie zuckte die Achseln. Wirklich, es war falsch gewesen, ihn wiederzusehen. Er wollte nichts von ihren Geständnissen wissen. Nichts! Sie wollte davonlaufen, aber er fasste ihren Arm und hielt sie grob zurück.

»Du hast meine Frage nicht beantwortet, Isabelle«, knurrte er. »Du hast mir immer noch nicht gesagt, was du von mir willst; warum du dich mit mir treffen wolltest.«

Schwer atmend schloss sie die Augen und lehnte sich an die Mauer.

»Ich weiß nicht, was ich dir darauf sagen soll, Alex. Ich weiß es nicht mehr. Wahrscheinlich hast du recht: Ich hätte nie versuchen sollen, dich wiederzusehen…«

Sie spürte, wie seine Finger sanft über ihre Wange strichen, den Umriss ihrer Lippen nachzogen und an ihrem Hals entlang zu ihrer Brust glitten, dorthin, wo eben noch sein zärtlicher Mund gelegen hatte. Sie drückte seine Hand auf ihr wild pochendes Herz und liebkoste den Stumpf, der von seinem amputierten Finger übrig war.

Nicht weit entfernt rumpelte ein Wagen heran. Dann, näher noch, ließen sich Kinderstimmen vernehmen. Als die kleinen Jungen die beiden sahen, kicherten sie und rannten dann weg. Alexander seufzte. Das war es also, dachte er bitter. Hierher hatten ihn seine übersteigerten Gefühle geführt, diese Augenblicke, die er einem Leben, das ganz anders als sein eigenes war, gestohlen hatte. Coll hatte es vorhergesehen: Dieses kleine Bürgermädchen würde ihm nie gehören. Aber er war blind vor Liebe gewesen und hatte nicht auf ihn gehört. Er hatte die zarten Seidenstoffe, die sie trug, nicht unter seinen Fingern gespürt; er hatte das Glitzern ihres Gold- und Silberschmucks nicht wahrgenommen; nicht gerochen, wie kostbar ihr Parfüm war. Taub und blind für alles hatte er sich in seinen Wahn verrannt.

»Isabelle ...«, murmelte er, »aus uns wäre ohnehin nichts geworden. Siehst du nicht, dass uns alles trennt? Die Welten, in denen wir leben, sind zu unterschiedlich, zu gegensätzlich. Du lebst im Überfluss, während ich mich mit ein paar Brosamen zufriedengeben muss ... Hast du überhaupt eine Ahnung, was es bedeutet, Hunger zu haben? Natürlich nicht! Aber genau das ist mein Leben. Du kannst dir nicht vorstellen, was ich schon alles gesehen habe ... Mein Leben unterscheidet sich viel zu sehr von deinem! Oh, Isabelle! Was ist von uns beiden übrig, von unserer Liebe? Erinnerungen ... Nichts als Erinnerungen, die mit der Zeit verblassen werden.«

Nein, es ist viel mehr als Erinnerungen, Alex, schrie sie innerlich. *Wir haben einen Sohn!* Aber das konnte sie ihm nicht gestehen. Jedenfalls noch nicht. Sie packte Alexander am Kragen seiner Jacke.

»Dann sei mein Geliebter! Liebe mich, ich brauche es ... ich brauche dich. Bleib hier ... Wir können uns doch wiedersehen. Erzähle mir dein Leben. Ich möchte dich besser kennenlernen und dich stärker lieben, immer stärker.«

Sie schmiegte sich an ihn, und als er diesen geschmeidigen Körper spürte, von dem er so viele Nächte geträumt hatte, fühlte er sich einen Moment lang vier Jahre zurückversetzt. Mit geschlossenen Augen stellte er sich das Ufer des Saint-Charles-Flusses vor. Er hörte das Plätschern des Wassers und das Klopfen von Isabelles Herz, das an seinem Ohr schlug. Erneut durchfuhr ihn glühendes Begehren. *Sei mein Geliebter ...*

Ihr Geliebter? Der Liebhaber von Madame Pierre Larue? Sein Magen krampfte sich zusammen. Natürlich könnte er das tun. Aber würde er damit zufrieden sein? Wäre er in der Lage, sie in Episoden zu lieben, die vom Tag, ihrer Laune und den Umständen abhingen? Würde sein Herz sich mit ein paar heimlichen Umarmungen zufriedengeben? Nein, er könnte nicht an ihrer Haut riechen und sie liebkosen, ohne daran zu denken, dass ein anderer Mann vor ihm das Gleiche getan hatte. Bei einer anderen Frau wäre er in der Lage dazu, aber nicht bei Isabelle… Nein. Sanft nahm er die Hände der jungen Frau und löste sie langsam von seinem Kragen. Dann sprach er sie mit ernster Stimme an, die zu gelassen war, um sie zu beruhigen.

»Nein. Niemals, Isabelle. Ich teile dich nicht. Bei mir gibt es nur alles oder nichts. Ich bin mit meinem Herzen und meinem Verstand davon überzeugt, dass du gut daran tust, mich zu vergessen.«

Mit einem Blick, der bis in die Tiefen ihrer aufgewühlten Seele drang, sah er sie aus seinen saphirblauen Augen an. Nein, sie wollte ihn kein zweites Mal verlieren! Noch eine Trennung ertrug sie einfach nicht! Ihr knickten die Beine weg, und sie hielt sich an ihm fest und vergrub ihr Gesicht an seinem Hemd. Ein Aufblitzen an seinem Hals zog ihren Blick auf sich und verschwand dann wieder unter dem Stoff. Sie zog ihn weg, fand den kleinen Gegenstand und betastete ihn: Er trug immer noch ihr silbernes Kreuz! Sie brach in Tränen aus.

»Sag mir, dass du mich nicht mehr liebst, Alex! Sprich es aus, sonst bringe ich es niemals fertig, dich zu vergessen!«

»Ich…«

»Nein!«, rief sie und hielt ihm den Mund zu. »Sag nichts…«

Er schloss die Augen, um die aufsteigenden Tränen zu unterdrücken.

»Du bist mit einem anderen verheiratet, Isabelle. Das ist Tatsache, und wir können nichts mehr dagegen tun. Ich… habe dich geliebt, von ganzem Herzen. Aber jetzt…«

»Du liebst mich nicht mehr? Ist es das?«

Sie schrie beinahe. Die Vorstellung, den Mann, den sie liebte und den sie gerade erst wiedergefunden hatte, nie wiederzusehen, versetzte sie in vollständige Panik.

»Sei mein Liebster, mein Geliebter, ich flehe dich an!«

»Das wäre nichts weiter als ein Abenteuer… Damit kann ich mich nicht zufriedengeben. Ich will dich ganz, für mich allein! Jedenfalls *wollte* ich das einmal…«

»Pierre wird nichts davon erfahren… Außerdem würde er nichts dagegen haben…«

»Isabelle, wie soll ich einen einzigen Moment lang glauben, dass dein Mann unsere Beziehung billigen würde? Das ist lächerlich!«

Beinahe hätte sie ihm von der Demütigung erzählt, die er ihr bereitet hatte, und von der Übereinkunft, die sie getroffen hatten, aber sie überlegte es sich anders. Dann hätte sie ihm auch von Gabriel berichten müssen, um dessentwillen sie diesen Pakt geschlossen hatten. Hatte sie das Recht, ihr Kind für ein Abenteuer zu opfern? Denn Alexander hatte ja recht: Es würde nichts weiter als ein Abenteuer sein ... Wollte sie das wirklich? Oder würde es sie nur noch unglücklicher machen? Außerdem, würde Alexander es akzeptieren, seinen Sohn bei Pierre aufwachsen zu sehen?

Er trat von ihr weg und rückte seine zerknitterte Kleidung zurecht.

»Zeit, dass ich packen gehe. Ich breche ... morgen auf.«

»Du kommst doch im Herbst zurück, Alex ... Vielleicht ...«

»Nein. Ich werde nicht zurückkehren, Isabelle. Sinnlos, auf mich zu warten. Ich wünsche ... dir viel Glück.«

»Alex!«, rief sie und streckte die Hand nach ihm aus.

Er sah sie an. Gott, wie schön sie war! Aber eine Beziehung zwischen ihnen konnte nur ein böses Ende nehmen. Wenn sie sich nicht irgendwann hassten, würden sie einander gleichgültig werden. So war es besser. Besser, sie lebte ihr eigenes Leben. Wenigstens würden sie schöne Erinnerungen an ihre Liebe bewahren, auch wenn das schwierig werden würde. Ihre Geschichte gehörte der Vergangenheit an.

Sanft nahm er ihre Hand und küsste sie. Dann verneigte er sich, schwenkte seinen Dreispitz, dass er über das Gras streifte, wandte sich ab und ging davon. Er hörte, wie sie nach ihm rief. Warum war er bereit gewesen, sie wiederzusehen? Ihr Treffen hatte ihm nur neue Qualen bereitet. Außerdem fand er es inzwischen lächerlich, dass er sich so kühl gegeben hatte, um sie zu verletzen. Eine Flut von Gefühlen stieg in ihm auf, und dieses Mal konnte er seine Tränen nicht zurückhalten. Er ließ sie über seine Wangen laufen und auf sein Hemd tropfen. Die feuchten

Kiesel knirschten unter seinen Füßen wie die schlecht geölten Angeln einer Tür, die man hinter einem Teil seines Lebens verschließt.

»Beannachd leibh, mo chridh' àghmhor …« Lebewohl, mein Herz voller Freude …

Wieder befand er sich allein auf seiner einsamen Irrfahrt.

In ihren Ohren dröhnte es. Als Isabelle die Hände hob, um das Geräusch zu vertreiben, erreichte sie nur, dass sie ein Schmerz durchfuhr. Sie stöhnte. Eine Hand legte sich sanft auf ihre Stirn. Sie nahm ihre Hände, löste sie aus ihrem Haar und legte sie vorsichtig über ihrer Brust auf die Bettdecke. Mühsam öffnete Isabelle die Augen. Pierre beugte sich über sie und schaute sie betrübt an.

»Was …?«

»Pssst! Ruht Euch aus, mein Engel …«

Der Notar legte einen Finger auf die blutleeren Lippen seiner Frau, damit sie schwieg. Aus ihren grüngoldenen Augen, die von tiefen Schatten umgeben waren, schaute sie ihn verstört an. Es hatte nur wenig gefehlt, so wenig …

Am Vortag war Isabelle in einem Zustand äußerster Aufregung nach Hause gekommen und hatte sich in ihrem Zimmer eingeschlossen. Sie hatte sich geweigert, jemanden zu sich zu lassen und nicht einmal den kleinen Gabriel sehen wollen, der den halben Abend geweint hatte, weil er seiner Mama nicht gute Nacht sagen durfte. Nachdem es Pierre gelungen war, seinen Sohn schlafen zu legen, war er zum Zimmer seiner Frau gegangen und hatte verlangt, dass sie ihm öffnete, doch vergeblich. Sie schrie ihm zu, er solle sie in Ruhe lassen. Währenddessen vernahm er zweimal ein Klirren von zerbrechendem Glas, und zweimal knallte eine Schranktür. Er hatte Marie gefragt, was sie denn so bestürzt haben könnte, aber das Hausmädchen war stumm geblieben. Sie hatte nur die Achseln gezuckt und war hinausgegangen. Ohnmächtig und besorgt hatte er darauf gewartet, dass Isabelle sich beruhigte, und sich unterdessen in sein Arbeitszimmer geflüchtet, um eine dringende Inventarliste aufzustellen.

Nach und nach war es im Haus Nacht geworden. Dem Notar fiel es schwer, sich auf seine Arbeit zu konzentrieren. Die Stille, die jetzt herrschte, kam ihm bleiern und beängstigend vor. Während er den Besitz des Ehepaars LeFrançois schätzte, grübelte er und versuchte, das merkwürdige, ungewöhnliche Verhalten seiner Frau zu verstehen … Schließlich kam ihm mit einem Mal ein Gedanke, bei dem ihm das Blut stockte: Sie hatte ihren einstigen Liebhaber wiedergesehen.

Verrückt vor Sorge war er zu Isabelles Zimmer gestürzt. Die Tür war abgeschlossen. Er lauschte: Immer noch war alles still. Da er sich vergewissern wollte, dass die junge Frau da war und es ihr gutging, beschloss er, seinen Dietrich zu benutzen.

»Isabelle?«

Ein übler Gestank nach Alkohol, in den sich etwas Beißenderes mischte, schlug ihm entgegen. Auf der Suche nach Isabelle ließ er den Blick durch den Raum schweifen, in dem ein unbeschreibliches Chaos herrschte: Kleider lagen auf dem Boden; der Frisiertisch war umgeworfen, und überall waren zerbrochene Flaschen und Schönheitsartikel verteilt. Der Duft des verschütteten Parfüms stieg ihm unangenehm in die Nase. All das sah Isabelle gar nicht ähnlich. Pierres Angst wuchs.

Er fand seine Frau schließlich in dem kleinen Bad, das neben dem Schlafzimmer lag. Im Nachthemd und mit zerzaustem Haar saß sie vor der kupfernen Badewanne, eine leere Flasche Tresterbranntwein neben sich. Ihr Hemd war mit Blut befleckt. Erschrocken nahm er sie hoch, um sie zum Bett zu tragen, und rief dabei um Hilfe.

Er untersuchte den feuchten Stoff, der an ihrer Haut klebte, und tastete auf der Suche nach der Verletzung, die Isabelle sich zugefügt hatte, verschiedene Körperteile ab. Schließlich entdeckte er eine tiefe Schnittwunde in ihrer Handfläche, in der noch die Glasscherbe steckte. Offenbar war das Glas, aus dem sie getrunken hatte, in ihrer Hand zersprungen. Er weinte vor Trauer, als er ihr die Wunde verband. Dann schluchzte er vor Erleichterung und wiegte sie in seinen Armen. Isabelle, seine süße Isabelle …

Einen kurzen Moment lang hatte er geglaubt, sie hätte das Unverzeihliche getan, sie hätte sich das angetan, was einen Menschen zur ewigen Verdammnis verurteilt. Das hätte er niemals hinnehmen können! Dieser Bastard von einem Schotten, dieser Macdonald! Er war schuld. Nachdem er Isabelle verlassen hatte, war er jetzt zurückgekehrt, um sie zu quälen. Dafür würde er bezahlen!

»Ruht Euch aus, mein Engel«, murmelte er und küsste die junge Frau auf die Wange.

Isabelle erwachte aus ihrem Dämmerschlaf, fuhr im Bett hoch und stieß einen Schrei aus. Pierre hielt sie in seinen Armen fest, um sie zu beruhigen. Einige Minuten vergingen, und sie entspannte sich ein wenig und atmete normal.

Sie krallte die Finger in Pierres Hemd, verzog vor Schmerz das Gesicht und ließ den linken Arm wieder auf die Bettdecke fallen. Ihr Mund schmeckte nach Galle. Sie sah auf den Verband an ihrer Hand hinunter, biss sich auf die Lippen und erinnerte sich: Sie hatte das Gleichgewicht verloren und war mit ihrem Glas gestürzt, das zwischen ihren Fingern zersprungen war. Die Scherben hatten sich in ihre Handfläche gebohrt... Da war ihr eine furchtbare Idee gekommen.

Sie hatte eine Glasscherbe genommen, sie über die zarte Haut an ihrem Handgelenk geführt und lange gezögert. *Du tust gut daran, mich zu vergessen ...* Aber wie sollte sie Alexander vergessen, solange sie jeden Tag seine Züge auf dem Gesicht ihres Sohnes sah? Vergessen? Sie kannte nur einen einzigen Weg, um das fertigzubringen...

Dann hatte sie Gabriel gehört, der weinend an ihre Tür klopfte. Ihr Sohn hatte sie daran gehindert, in einer Aufwallung von Wahn und Verzweiflung ihre düsteren Gedanken in die Tat umzusetzen. Was hatte sie getan?! Was hatte sie nur getan?!

»Das wird schon wieder, meine Liebste«, flüsterte Pierre mit leiser, mitfühlender Stimme. »Ich werde Euch helfen. Ihr werdet das überstehen. ... Niemand wird Euch mehr wehtun, mein Schatz. Ich liebe Euch, Isabelle. Glaubt mir, ich liebe Euch. Warum weist Ihr mich zurück, warum nur?«

Sie hörte die Worte ihres Mannes und schluchzte leise in seinen Armen. Er gestand ihr seine Liebe... obwohl sie fast etwas

Unverzeihliches getan hatte, obwohl sie ihn aus ihrem Bett gewiesen hatte! Und der Mann, den sie wirklich liebte, hatte sie endgültig aus seinem Leben verbannt, während der, vor dem sie floh, sie auffing und sie tröstete. Alexander liebte sie nicht mehr, und sie liebte Pierre nicht... Ihr blieb nur Gabriel, ihr Sohn und ihre einzige Liebe. Er allein hielt sie noch auf dieser Erde. Für ihn musste sie weiterleben.

»Verzeiht mir«, flüsterte sie.

3

Die Reise

Eine Hand auf den Kolben seiner Pistole gelegt, die in seinem Gürtel steckte, überwachte Kiliaen van der Meer, dessen Brust sich unter einem üppig mit Spitzen geschmückten Hemd wölbte, seine Männer, die mit den letzten Vorbereitungen für die große Reise beschäftigt waren.

Die Flottille des Hollandais', die an den Kais von Lachine vertäut lag, war beeindruckend: Vier große Kanus, die mehr als fünfunddreißig Fuß lang und fünf Fuß breit waren und drei Tonnen Waren sowie zehn bis zwölf Männer fassten, und sechs Kanus, die ein wenig kleiner waren und sechs Männern Platz boten.

Die Algonquin-Stämme hatten diese außerordentlichen leichten Boote aus Birkenrinde ersonnen, durch die die Wasserwege des Landes für die Weißen, die im Pelzhandel tätig waren, erst zugänglich geworden waren. Obwohl sie erstaunlich stabil waren, brachen sie leicht. Die Männer, die sie lenkten, mussten sehr darauf achten, Felsen, die den Rumpf aufreißen konnten, zu umfahren.

Alle Kanus der Flottille trugen einen roten Adler am Bug, das Emblem von van der Meers Gesellschaft. Mehrere jeweils neunzig Pfund schwere Ballen, die Gepäck und Ladung enthielten, waren sorgfältig über die Boote verteilt. Sie lagen auf Planken aus Zedernholz, damit sie nicht den dünnen Rumpf eindrückten und selbst vor Feuchtigkeit geschützt waren. Diese Pakete enthielten Waren, die sie unterwegs gegen Nahrungsmittel eintauschen würden. Die Reise sollte fünf Wochen dauern, in denen täglich zwölf bis vierzehn Stunden gerudert würde.

Eine bunt zusammengewürfelte Menge hatte sich eingefunden, um dem alljährlichen Abschiedszeremoniell beizuwohnen. Ehefrauen, Schwestern, Geliebte, Kinder und Freunde der Männer nahmen an dem Picknick teil, das der Pelzhändler ausgerichtet hatte. Sie drängten sich am Ufer und bestaunten, umarmten und segneten die Reisenden. Van der Meer verschlang ein Stück Räucherlachs, spülte mit Bordeaux nach und wies mit dem Finger auf ein zu locker geschnürtes Haltetau oder einen schlecht verstauten Ballen. Sofort sorgten die Männer für Abhilfe. Sie hatten schon kurz vor Sonnenaufgang mit dem Beladen begonnen, das eine langwierige, mühsame Arbeit war.

Wie in einem Traum befangen stand Alexander neben dem Boot, in dem er reisen würde, und betrachtete das Schauspiel. Das Stimmengewirr dröhnte in seinen Ohren. Der Geruch des gebratenen Fleisches, mit dem sich die zum Fest gekommenen Honoratioren vollstopften, stieg ihm in die Nase und ließ ihm das Wasser im Mund zusammenlaufen. Munro, der bereits auf einer der schmalen Ruderbänke saß, lächelte.

»In die Boote!«, rief jemand.

»Der große Tag ist da!«, krähte Munro und ergriff sein Paddel aus rotem Zedernholz, das er mit fröhlichen, lebhaften Farben bemalt hatte.

»Ja …«, brummte Alexander, riss sich aus seinen Gedanken und setzte vorsichtig den Fuß in das Boot, dessen Dollbord nur sechs Zoll über der Wasseroberfläche lag.

Der Steuermann stellte sich ans Heck und legte die schwielige Hand fest um das Ruder. Er trug den Beinamen la Grenouille, der Frosch, und als Alexander seine hervorquellenden Augen gesehen hatte, hatte er gewusst, warum. Am Bug saß bereits der Führer, der einen blauen, mit bunt gefärbten Gänsefedern geschmückten Kapuzenmantel trug. Sébastien Lemieux war ein recht schweigsamer Mann, der niemals von sich aus an Gesprächen teilnahm, aber in der Lage war, drei verschiedene Geschichten zugleich anzuhören.

Außer Alexander und Munro nahmen noch sechs weitere Ruderer in dem großen Kanu Platz. Diese Art Boot nannte man

»Montréaler Kanu«. Alle waren fröhlich gestimmt. Mit dem Paddel in der Hand warteten sie darauf, dass der Eigner das Signal für den Aufbruch gab. Jacob Solomon nahm vor Alexander Platz, den er im Vorbeigehen grüßte. Der Schotte antwortete mit einem Lächeln.

»*Ready?*«, fragte Solomon, an die ganze Mannschaft gerichtet.

»Herrje, schon wieder ein Bostoner!«, stöhnte ein Ruderer hinter Alexander. »Schaffen es ja nicht mal, Französisch zu lernen, meine Güte!«

Mathurin Joly hielt mit seiner Abneigung gegen die englischsprechenden Gesellschaftseigner nicht hinter dem Berg und hatte sich ohne Unterlass über die neue Partnerschaft des Hollandais' mit dem Amerikaner beschwert. Solomon, der seit seiner Ankunft in Montréal ein paar Worte Französisch gelernt hatte, drehte sich um und grinste ihn breit an.

»Ich bin kein Bostoner, sondern New Yorker, mein Freund.«

»Die Leute aus *Nouvelle York* und die Bostoner, das ist doch alles eins«, murrte der andere in seinen Bart.

Der immer heitere Munro zwinkerte Alexander zu. Ihre Ruder spiegelten sich im eisigen Wasser des Saint-Louis-Sees. Genau wie die anderen beugten sie die Rücken und hielten sich, den Blick auf den Führer gerichtet, der die Arme gehoben hatte, bereit. Die Kanus hatten sich einige Fuß vom Ufer entfernt gruppiert und den Bug nach Nordwest ausgerichtet. Es war Dienstag, der 1. Mai. Umgeben von Nebelsäulen warteten in der kühlen Luft alle gespannt auf das Zeichen. Alexander schloss die Augen und hörte nichts außer dem Wasser, das sanft gegen die Birkenrinde des Rumpfes plätscherte. Fast hätte er glauben können, allein zu sein.

»Vorwärts!«, brüllte schließlich der Führer mit lauter Stimme.

In einem Ballett leuchtender Farben tauchten die Voyageurs*

* Die Voyageurs wurden von den Pelzhandelsgesellschaften oder Handelsexpeditionen überwiegend für Transportaufgaben eingesetzt. Sie trieben die Lastboote und Kanus der Händler und Jäger an. (Anm. d. Übers.)

ihre Paddel vollkommen gleichzeitig ins Wasser. Freudengeschrei brandete auf, vom Land her und auch in den Kanus, die die glatte Oberfläche des Sees durchschnitten. Alexander hielt mit dem Takt von etwa fünfundvierzig Ruderschlägen pro Minute mit. Ihm war, als hätte er diesen Moment schon einmal erlebt, schon zuvor dieses Gefühl von Zerrissenheit gespürt, das sich in Aufregung verwandelte, je weiter sie sich vom Land entfernten. Den Blick auf die unendlichen Wälder an den Ufern gerichtet, erinnerte er sich daran, wie die irische Küste zwischen Himmel und Meer verschwunden war, während die *Martello* durch die grauen Wogen pflügte. Dann dachte er an Glencoe, sein majestätisches Tal, und sah seine unendlich vielen abgestuften Grüntöne vor sich … dann das Grün von Isabelles Augen, das er nie wiedersehen würde. All das lag jetzt hinter ihm und gehörte nur noch ins Reich der Erinnerung … Er legte noch mehr Kraft in seine Ruderschläge und atmete tief durch. Dann richtete er den Blick in die Ferne, auf das Unbekannte und die Zukunft.

Die Sonne begleitete sie. Über dem Wasser erhoben sich die Stimmen der Männer, die Lieder anstimmten. Vielleicht würden sie bis zu den wenigen Bewohnern dringen, die sie ab und zu am Ufer erblickten und die ihnen mit der Hand oder mit dem Hut zuwinkten. Zwischen zwei Pausen von wenigen Minuten, in denen sie sich ausruhten oder eine Pfeife rauchten, sah Alexander einige Häuser vorbeiziehen, von denen Rauchsäulen aufstiegen. Nachdem sie einen Blick auf den Kirchturm von La Présentation* erhascht hatten, durchquerten sie die Große Bucht. Der Kirchturm von Pointe-Claire erhob sich hoch und gerade wie ein Pfeil in den Himmel, und die Flügel der Windmühle begrüßten sie knarrend. Sie passierten die Saint-Geneviève-Insel und erreichten schließlich, etwa fünfzehn Meilen weiter, die ersten Stromschnellen auf ihrer Reise, die von Sainte-Anne. Dort würden sie die Nacht verbringen.

Nachdem Alexander seine Ballen ans Ufer geschleppt hatte,

* Diese Kirche liegt heute in der Stadt Dorval.

ließ er sich völlig erschöpft in den Sand fallen. Er spürte seine Arme nicht mehr und hatte schmerzhafte Krämpfe in den Beinen, die viele Stunden auf engem Raum eingezwängt gewesen waren. Sein Rücken machte ihm den Eindruck, als wäre eine Herde Kühe darüber getrampelt. Während er eine Stellung suchte, die ihm nicht allzu viele Schmerzen bereitete, beobachtete er zerstreut zwei Männer, die mit nacktem Oberkörper im See standen und sich fröhlich mit Wasser bespritzten. Nicht weit von ihnen füllte der junge Chabot einen Eimer. Der älteste von ihnen, der auf den Namen Dumais hörte, war von ziemlich beeindruckender Gestalt. Er war ebenso breit wie lang und trug Tätowierungen zur Schau, die dunkle Tiergestalten zeigten und durch seine dichte Brustbehaarung hindurchschienen. Lachend spritzte er den kleinen Burschen nass, der fluchend protestierte und hochfuhr. Chabot war kaum achtzehn Jahre alt, und obwohl er von kräftigem Körperbau war, ahnte Alexander plötzlich, dass seine Jugend und seine naive Kühnheit ihn zum Prügelknaben der Gruppe gemacht hatten.

»Elender fauler Hund!«, knurrte der kleine Bursche.

»Wie bitte?«, gab der Behaarte zurück. »Sag das noch einmal, und du spuckst deine Zähne aus!«

»Ich sagte … Au, au! Ich kann nicht schwimmen, du dreckiger …«

Der Rest seiner Proteste ging in einem Blubbern unter, das Alexander zum Lächeln brachte. Dumais hatte Chabot an einem Arm gepackt und dann seinen Kopf unter die Achsel geklemmt und sich mit ihm ins Wasser geworfen. Alexander spürte, dass jemand neben ihm stand, und drehte sich um. Ein kleiner, untersetzter Rothaariger, in dessen Gesicht an Stelle der Nase ein ungewöhnlicher Metallschnabel saß und der einen runden, zerbeulten Filzhut trug, lächelte ihm zu. Er trug eine Flasche in der Hand, die seine »Régale«* enthielt, und nahm einen kräftigen Schluck davon. Alexander erkannte den Mann, den man ihm

* Ein Maß Rum, das die neuen Männer beim Unterzeichnen ihres Vertrags als eine Art Prämie erhielten.

als Hébert Chamard bezeichnet hatte. Er trug den Beinamen »le Revenant«, also der »Wiedergänger«.

»Mit Dumais sollte man sich nicht anlegen!«, warnte ihn der Rothaarige lachend. »Hast du seine Schulter gesehen?«

Alexander hatte allerdings bemerkt, dass auf einer von Dumais' Schultern ein Bild prangte, das sich von den anderen unterschied und vage an eine französische Lilie erinnerte.

»Hmmm.«

»An seinem fünfzehnten Geburtstag ist er gebrandmarkt worden, weil er Papiergeld gefälscht hatte. Er rühmt sich, im Gefängnis großgeworden zu sein, und ist ein äußerst rauer Bursche. Am besten ist man bei ihm sehr vorsichtig und sagt vor allem nichts Dummes.«

»Ich werde es versuchen.«

Rot vor Zorn und triefend kam Chabot schimpfend aus dem Wasser. Er nahm seinen Eimer und entfernte sich unter dem Gelächter der Zuschauer.

»Da hat der kleine Bursche also seine Taufe bekommen. Alle Neuen müssen da durch, auf die eine oder andere Weise«, erklärte le Revenant mit wissender Miene. Er legte eine Pause ein und schaute träumerischen Blickes über den See hinaus.

»Und dann fahren wir wirklich los. Das heute war ja eher ein kleiner Spaziergang. Heute Abend genießen wir die gute Küche von Jo-mé und lassen uns dann in der Kapelle segnen. Das wird dir bestimmt gefallen«, meinte er mit einem leisen Lächeln.

»Jo-mé?«

»Joseph-Aimé Baby, unser oberster Koch! Wir nennen ihn Jo-mé, das ist kürzer. Hier hat jeder seinen Spitznamen. Ich bin ›le Revenant‹. Du … ›le Sauvage‹, der ›Wilde‹ würde gut zu dir passen, aber ›le Géant‹, der ›Riese‹ wäre auch nicht übel. Für einen Voyageur bist du ein wenig zu groß. Mit Stelzen, wie du sie hast, hat man im Kanu nicht besonders viel Platz. Aber wenn der Hollandais dich eingestellt hat, wird er wohl seine Gründe gehabt haben. Du siehst ziemlich zäh aus. Wahrscheinlich wirst du die Reise sogar überleben!«

»Hmmmpf...«

Alexander war in der Tat schon aufgefallen, dass die meisten Männer eher klein gewachsen waren und ihm der größte von ihnen nur bis ans Ohr reichte. Bei ihm stießen die Knie ständig an die Ruderbank vor ihm, sodass es ihm schwerfiel, sich zu bewegen. Munro, der kleiner als er war, hatte es leichter. Aber schließlich war erst ein Tag vorüber, und eintausendneunhundertvierundneunzig Tage lagen noch vor ihm... Da hatte er genug Zeit, sich daran zu gewöhnen. Er seufzte.

»Um ganz offen zu sein, mein Freund«, fuhr le Revenant fort, »Neue, die Däumchen drehen, halten sich bei uns nicht lange, wenn du verstehst, was ich meine! Und du darfst auf keinen Fall einen Kameraden einen ›faulen Hund‹ nennen; für einen Voyageur gibt es keine schlimmere Beleidigung.«

Er grüßte Alexander mit einem Lächeln und ging zu den anderen, die ihre Mokassins am Feuer trocknen ließen. Der berühmte Jo-mé machte sich an einem großen, dampfenden Kessel zu schaffen. Daniel Chabot ging ihm zur Hand. Er hatte sein Hemd ausgezogen, das an einem Haken über dem brodelnden Mahl hing. Alexander fiel auf, dass seine eigenen Rehleder-Mokassins ebenfalls durchnässt waren, und er zog sie aus. Er nahm auch die »mitasses« aus Baumwolle ab, eine Art Beinlinge, die er anstelle von Strümpfen trug. Zufrieden brummend wackelte er mit den Zehen und bohrte sie in den Sand. Er fühlte sich so schlaff wie ein mit Haferbrei gefüllter Schlauch! Verglichen mit dieser Reise waren die Feldzüge, die er miterlebt hatte, Spaziergänge gewesen. Er rieb sich die Schultern und ließ seinen Blick zwischen den Voyageurs umherschweifen. Die Boote, aus denen man die schweren Ballen entladen hatte, lagen umgekehrt am Ufer. Darüber waren große Bahnen Wachstuch gespannt, unter denen geschlafen wurde.

Ein Stück weiter unterhielt sich Munro wild gestikulierend mit Mathurin Joly, der ihm die Methoden zur Reparatur der Kanus erklärte. Obwohl sein Cousin nicht perfekt Französisch sprach, schlug er sich durch und schaffte es immer, sich mit denjenigen, die kein Englisch sprachen, zu verständigen. Außerdem trugen ihm sein Humor und seine gute Laune stets rasch die Sympathie der anderen ein. Er langweilte sich nie.

Unter einer Plane, die an den Ästen eines Baums befestigt war, diskutierte van der Meer mit Solomon. Er beugte sich über etwas, das auf dem Boden ausgebreitet lag, wahrscheinlich Karten. Alexander nahm einen Schluck von seiner Rumration und schaute über den Deux-Montagnes-See hinaus, der sich in Richtung Westen erstreckte.

Er zog die Augen zusammen und suchte nach der Mündung des Großen Flusses, den manche auch Ottawa oder Outaouais-Fluss nannten. Es hieß, dieser stellenweise gefährliche Wasserlauf sei auch ebenso majestätisch. Für jeden Voyageur war er das Eintrittsportal in die Freiheit der nördlichen Territorien. Die Holzkreuze an den Ufern erinnerten diejenigen, die sich auf diesen Weg wagten, daran, wie vergänglich das Leben war. Bei den Trinkgelagen in den Tagen, bevor sie auf die große Reise aufgebrochen waren, hatte Alexander Geschichten über Schiffbrüche in den Stromschnellen gehört: Die Männer waren mit gewaltiger Wucht gegen Felsen geschleudert worden, wenn sie das schäumende Wasser nicht einfach verschlungen hatte.

Man erzählte den neuen Männern viele derartige Geschichten, um die abzuschrecken, die nur Reichtum suchten und nicht für das Abenteuer geschaffen waren. Alexander hatte sich nicht beeindrucken lassen; er hatte die große Herausforderung, die diese Reise darstellte, eher noch reizvoller gefunden. Da lag ein ganz neues Leben vor ihm, in das er sich stürzte. Ja, er würde es mit diesem Fluss voller Verheißungen aufnehmen und ihn zähmen, und er würde lebend zurückkehren!

Ein ohrenbetäubender Lärm riss ihn aus seinen Gedanken. Jo-mé schlug mit seiner dicken eisernen Schöpfkelle auf den Deckel des Topfes. Das Essen war fertig. Rasch griffen die Männer zu ihrem Napf und ihrem Löffel und stellten sich in einer Warteschlange an. Sie hatten es eilig, ihre Portion gesalzenen Speck und Trockenerbsen in Empfang zu nehmen, die jeder aus seinem persönlichen Vorrat genommen und in den Topf geworfen hatte.

»Bitte schön, Herr Pastor!«, rief der junge Chabot und klatschte Rémi Aunay eine Kelle von dem dicken Püree, das beim Kochen entstanden war, in die Schale. »Guten Appetit!«

»Danke, Kleiner.«

»Betet Ihr heute Abend für mich?«

Der Mann, der aus einem Alexander unbekannten Grund den Spitznamen »Pastor« trug, musterte Daniel Chabot mit weit aufgerissenen Augen. Hinter ihm schütteten sich die Männer vor Lachen aus.

»Schön ... wenn du darauf bestehst, mein Junge ...«

»Komm schon, Aunay«, lachte Michel Perrault, »nicht nur die Damen brauchen Schutz vom lieben Gott, sondern auch weibische junge Herren! Ha, ha, ha! Chabot, du musst nicht zufällig auch noch zur Beichte?«

Der junge Helfer zuckte die Achseln.

»Auf gar keinen Fall, Monsieur Aunay!«

»Wenn du nicht lernst, den Mund zu halten, Perrault, dann verspreche ich dir, dass du mich eines Tages auf Knien bitten wirst, ein Gebet für dich zu sagen«, murmelte Aunay und ging davon.

»Nicht auf Knien, nein!«, protestierte Perrault und lachte noch lauter. »Vor allem nicht auf Knien, Herr Pastor!«

Alles lachte, während Alexander seinen Napf hinhielt. Der junge Chabot wirkte verlegen, als er ihm eine Kelle voll auftat.

»Hey, ›Sauvage‹!«

Alexander drehte sich um, um festzustellen, wer ihn gerufen hatte, traf aber nur auf Augenpaare, die ihn schweigend musterten. Ein leiser Aufschrei von Chabot, und er wandte sich wieder um. Der Junge zog eine Grimasse und sah in seinen dampfenden Napf. Der Koch warf seinem Gehilfen einen drohenden Blick zu. Unvermittelt drückte er ihm einen Eimer in die Hand und schickte ihn zum Wasserholen.

»Aber ...«

»Sei still, Milchbart! Wenn du nicht gehorchst, bekommst du kein Essen und spülst nachher ganz allein, verstanden?«

Das ließ sich Chabot nicht zweimal sagen. Er warf Alexander,

der nicht begriff, was der Bursche angestellt haben sollte, einen besorgten Blick zu.

»Das wird Euch munden!«, meinte der Koch lächelnd und reichte ihm ein Stück Brot. Mit einer Kopfbewegung deutete er höflich an, dass hinter ihm noch andere warteten.

Alexander zuckte die Achseln und setzte sich auf einen Baumstamm in der Nähe des Feuers, wo die Mücken weniger zahlreich waren. Er steckte den Löffel in die Masse, erstarrte dann und hob den Kopf. Alle sahen ihn mit offenem Mund und angehaltenem Löffel an, als warteten sie auf etwas.

»Gibt es ein Problem?«, fragte er gereizt.

Joly schüttelte den Kopf; andere taten es ihm nach. Dann steckten sie alle ihren Löffel in den Napf, ließen ihn jedoch weiter nicht aus den Augen.

»Lass es dir schmecken, Freund!«, sprach ihn le Revenant fast im Befehlston an und setzte sich zu ihm auf den Baumstamm.

»Habe ich etwas getan?«

»Nein. Du bist ein Neuer, das ist alles. Bei den Neuen stellen sie sich alle so an. Nur zu, mach dir keine Gedanken! Lass dich nicht ins Bockshorn jagen!«

Der Brei war fade, aber nahrhaft. Beim fünften Bissen knackte etwas zwischen Alexanders Zähnen. Er hob den Kopf und sah, dass Dutzende von Augenpaaren an ihm hingen, während er ausspuckte, was er im Mund hatte.

»Was in aller Welt …?«

Dann begriff er. Ein dicker Maikäfer paddelte in dem Brei herum, den er ausgespien hatte. Einen Moment lang sah er darauf hinunter, während er überlegte, wie er sich verhalten sollte. Niemand rührte sich; alles wartete auf seine Reaktion.

»*Hey, Munro! What do ye think? Ro bheag?*« Was meinst du, Munro. Ist er nicht zu klein?

Sein Cousin, der hinter ihm stand, beugte sich über das Insekt, das sich zappelnd von dem Nahrungsbrei, der an ihm klebte, zu befreien versuchte. Dann runzelte er die Stirn und verzog zweifelnd den Mund.

»*Hmmm ... Dinna know, Alas. Glé bheag ...* Also, ich weiß nicht, Alas. Ja, er ist ein wenig klein, oder? Bei uns sind sie viel größer.«

Alexander lächelte.

»Bei uns in Schottland werden sie zum Haferbrei serviert. Ganz ausgezeichnet für eine regelmäßige Verdauung.«

»*Aye!* Ganz vortrefflich, *aye*!«, prustete Munro.

»Hmmm ...«, meinte Alexander, nahm den Käfer mit Daumen und Zeigefinger auf und steckte ihn unter den verdutzten Blicken der Männer in den Mund.

Er kaute lange und schloss die Augen, um gegen den unbezwingbaren Ekel anzukämpfen, der in ihm aufstieg. Dann schluckte er und schnalzte zufrieden mit der Zunge.

»Nicht schlecht!«, erklärte er der sprachlosen Versammlung. »Ein wenig klein, aber sehr schmackhaft!«

Der junge Chabot, der mit seinem Wassereimer zurückgekehrt war, schlug eine Hand vor den Mund und rannte wieder zum See, wo er sich übergab. Seine Reaktion löste allgemeine Heiterkeit aus, und alle begannen wieder zu essen. Le Revenant beugte sich strahlend zu Alexander hinüber.

»Tja, le Sauvage, ich glaube, du bist in der Lage, bis zum Grand Portage mitzuhalten. Jetzt bist du offiziell ein ›Speckesser‹*, denn so nennt man uns.«

Der Turm der Kirche Sainte-Anne-du-Bout-de-l'Île** zeichnete sich schwach vor dem sich rasch verdunkelnden Himmel ab. Gleich nach dem Essen hatten sie sich in das Gotteshaus begeben, um der guten St. Anne, der Schutzpatronin der Voyageurs, ihre Gaben darzubringen. Ob Katholiken oder Protestanten, alle achteten ohne Ausnahme diese Tradition. Nachdem sie ins Lager

* Der niedrigste Rang unter den »Voyageurs«. Die »Speckesser« (mangeurs de lard) waren ausschließlich für das Rudern und den Transport zuständig und bezogen den niedrigsten Lohn und die einfachste Nahrung. (Anm. d. Übers.)

** Die Kirche heißt heute Sainte-Anne-de-Bellevue.

zurückgekehrt waren, hatte van der Meer die offizielle Taufe der Neuen vorgenommen, die darin bestand, dass man mittels eines Zedernastes mit dem eiskalten Wasser aus dem See bespritzt wurde.

Ein wenig abseits von den anderen hörte Alexander den Männern zu, die freundschaftlich plauderten, während um sie herum der Tabakrauch aufstieg. Sie erzählten sich Anekdoten von zurückliegenden Reisen, die für die Neuen sehr spannend waren. Besonderes Interesse fanden die Geschichten über die schönen Frauen der Ojibwas oder Chippewas, die man als ebenso hübsch und raffiniert wie die Damen aus Montréal beschrieb, wenn auch auf eine andere Weise.

»Ihr kommt mir sehr ruhig vor, mein Freund«, sagte jemand hinter Alexanders Rücken. »Rutscht das Abendessen etwa nicht?«

Alexander fuhr herum und sah in van der Meers helle Augen. Wie lange stand der Hollandais wohl schon da und beobachtete ihn?

»Das Abendessen rutscht ohne Probleme. Ich fühle mich wohl so, das ist alles.«

»Le Sauvage… Hmmm, ich verstehe, warum die Männer Euch diesen Beinamen verliehen haben. Darf ich Euch Gesellschaft leisten?«

»Nur zu, Monsieur.«

»Sagt ruhig Kiliaen… oder Killie, wenn Euch das lieber ist. So nennen mich meine Freunde.«

Lächelnd setzte sich der Hollandais auf den Boden. Dann schaute er zu den Männern, die um das Feuer saßen.

»Ihr habt Eure Aufnahmeprüfung ausgezeichnet bestanden, Alexander. Aber glaubt nicht, dass sie Euch so einfach davonkommen lassen. Die Männer sind nicht bösartig… Sie versuchen nur, sich auf Kosten der Neuen zu amüsieren, indem sie sie auf die Probe stellen. Seid also weiter wachsam! Wie geht es Euch nach diesem ersten Tag?«

»Es geht schon«, antwortete Alexander, verzog ein wenig den Mund und rollte die Schultern.

Der Hollandais lachte.

»Ja, so ist das nun einmal! Die erste Woche ist die Hölle. In der zweiten platzt die Haut an Händen und Füßen auf und schält sich. In der dritten röstet einen die Sonne, bis man gut durch ist. In der vierten könnt Ihr Euch nicht mehr auf den Beinen halten. Wenn Euch dann bis zur fünften Woche die Mücken nicht in den Wahnsinn getrieben haben, seid Ihr gerettet. Aber auf dem Rückweg fängt alles wieder von vorn an. Das kenne ich jetzt seit dreißig Jahren, versteht Ihr, und ich beginne gerade erst, mich daran zu gewöhnen. Ich kann Euch versichern, dass so etwas einen Mann hart macht!«, schloss er und schlug mit der Handfläche auf seinen muskulösen Oberschenkel.

Alexander nickte lächelnd. Der Pelzhändler seufzte und fuhr in einem ernsteren Tonfall fort.

»Ich bin nicht mehr besonders jung, und Ihr sollt wissen, dass diese Reise meine letzte sein wird … Dieses Leben ist zwar anstrengend, wird mir aber sehr fehlen. Aber es ist allerhöchste Zeit, dass ich mich um meine Frau kümmere. Sally hat zu viel Geduld mit mir. Habe ich sie Euch eigentlich schon vorgestellt?«

»Nein«, murmelte Alexander. Er erinnerte sich nur daran, die Frau des Hollandais' heute Morgen flüchtig erblickt zu haben. Sie war unter den vielen Menschen gewesen, die nach Lachine gekommen waren, um der Gruppe Glück zu wünschen.

»Die gute Sally … Sie ist der Stern, der mich mein ganzes Leben lang geführt hat. Sie hat mir niemals Kinder geschenkt, und ich weiß, dass ihr das großen Schmerz bereitet. Oft sage ich mir, wenn Gott so entschieden hat, wird er wohl seine Gründe haben. Ohnehin hätte ich sie nicht heranwachsen sehen, da ich stets so lange fort bin. Habt Ihr selbst Frau und Kinder?«

Interessiert musterte der Händler Alexander, der sich abwandte, um seine Bestürzung zu verbergen.

»Nein.«

»Hmmm … Wenn ein Mann keine Frau hat, liegt es daran, dass es zu viele davon um uns herum gibt.«

Kurz verstummte er und sprach dann weiter.

»Sally ist Irokesin, genauer gesagt eine Mohawk. Ich habe sie bei einer Expedition kennengelernt, die auf die andere Seite des Lac des Deux-Montagnes ging«, erklärte er und wies mit einer Bewegung seines von einem dichten weißen Bart bedeckten Kinns über die Wasseroberfläche. »Damals war sie erst dreizehn Jahre alt, und ich war neunzehn. Sie war noch ein Kind, aber sie besaß bereits eine geheimnisvolle Schönheit. Vor allem ihre schönen schwarzen Augen zogen mich unwiderstehlich an. Ich befand mich auf meiner ersten Reise zum süßen Meer*. Das war … 1723, wenn ich mich recht erinnere. Damals trug ich noch den Namen meiner Ziehmutter, Dupuis.«

Neugierig geworden, warf Alexander dem Hollandais einen erstaunten Blick zu. Der lächelte.

»Allerdings, ich bin ein angenommenes Kind … besser gesagt, ein gestohlenes.«

»Gestohlen?«

»Ich bin in Massachusetts geboren. Im spanischen Erbfolgekrieg haben die Franzosen die Dörfer in Neuengland verwüstet. Das war lange vor dem Vertrag von Paris, und auf dem Kontinent wurde ständig gekämpft. Die Amerikaner schielen begierig auf unsere Jagdgebiete, und der ständige Zustrom neuer Siedler verschiebt die Grenzen weiter nach Westen. Die Gefahren sind nicht unbedingt die gleichen wie in Europa. Die Amerikaner, die zwischen Louisiana und dem Atlantik eingesperrt waren, wollten einige Morgen unseres Landes, besonders im Ohio-Tal, an sich bringen. Aber die Franzosen haben sich erbittert verteidigt und einige Strafexpeditionen aufgestellt, um zu zeigen, dass man mit ihnen so nicht umspringen konnte. Wenn auf dem europäischen Kontinent ein Krieg ausbricht, weckt das hier alten Groll. Das war 1709. Natürlich war ich da noch sehr jung und erinnere mich nicht mehr genau an das, was geschehen ist. Aber die Bilder stehen mir noch oft vor Augen. Mein Vater ist von einem Schlag mit dem Tomahawk getötet worden, der ihn mitten in die Brust traf. Er hatte sich vor meine Mutter, meine

* Huron-See.

Schwestern, meinen kleinen Bruder, der noch ein Säugling war, und mich selbst gestellt, und auf der anderen Seite standen drei Indianer und ein Franzose, die in unser Haus eingedrungen waren. Es war Winter, und draußen tobte ein Sturm. Durch die Tür, die offen geblieben war, drangen Schnee und Kälte ein. Ich weiß noch, dass ich mir das Umschlagtuch einer meiner Schwestern um die Füße gewickelt hatte... Ich hatte drei: Rebecca, Catherine und Joana.«

Der Pelzhändler runzelte nachdenklich die Stirn. Alexander spürte, dass er plötzlich sehr aufgewühlt war.

»Eigenartig, ich kann mich nicht mehr an den Vornamen meiner Mutter erinnern... Ich habe sie *Mommy* genannt, so wie meine Geschwister. Mein Vater war tot, und uns hat man zusammen mit den überlebenden Dorfbewohnern – größtenteils Frauen und Kinder, da die meisten Männer umgebracht worden waren – mit Gewalt weggeführt. Tage und Tage sind wir durch die verschneiten Berge gewandert. Wir waren halb erfroren und litten Hunger. Wer zu schwach zum Weitergehen war und die Gruppe aufhielt, wurde auf der Stelle erschlagen. Entsetzlich war das, mein Freund, entsetzlich! Ich sehe noch vor mir, wie ein Indianer – ein Abenaqui, glaube ich – meine Schwester Rebecca, die nicht aufhörte, über ihre kalten Füße zu klagen, hinter ein Gebüsch zerrte... Ein paar Minuten später kehrte der Mann zu uns zurück, allein. Das sind die Bilder, die ich aus meiner frühesten Kindheit bewahre... Ich sehe das entsetzte Gesicht meiner Mutter, die angstvollen Augen meiner anderen Schwestern, und dann die starre Leiche meines Bruders Karel auf den Armen meiner Mutter. Am Ende dieser erbarmungslosen Reise erreichten wir ein Indianerdorf am Saint-François-Fluss, ein paar Meilen südlich von Trois-Rivières. Ich bin von einer Eingeborenenfamilie adoptiert worden. Meine Schwestern wurden an Nachbarstämme verkauft. Und meine Mutter... sie ist einige Monate später dort gestorben.«

»Habt Ihr Eure Schwestern denn nie wiedergesehen?«

»Nein, niemals. Ich kann mir vorstellen, dass sie Männer aus den Stämmen, die sie adoptiert hatten, geheiratet haben, so wie das üblich ist... falls sie nicht gestorben sind. Mich hat man ein Jahr später einer Gruppe von Franzosen mitgegeben, die ins Dorf kamen. Man hat mich bei meiner späteren Ziehmutter untergebracht, Marguerite Dupuis. Sie war die Witwe eines Pelzhändlers und hatte vier Töchter, die alle älter als ich waren, aber keinen Sohn. Ihr Mann hatte zu der Expedition gehört, bei der ich entführt worden war, und war getötet worden.«

Der Hollandais schloss die Augen und verstummte. In diesem Moment wusste Alexander, dass sie Freunde werden würden. Auch dieser alte Mann hatte in seinem Leben oft Kummer erlebt, so wie er.

»Ist van der Meer Euer Taufname?«

»Ja. Ich bin holländischer Abstammung und als Protestant geboren. Hier hat man mich gezwungen, meinem Glauben abzuschwören. Aber wenn Ihr meine Meinung hören wollt, hat das an meinem Leben nicht allzu viel geändert. Mein Vater kam aus einem holländischen Dorf in der Gegend von Den Helder an der Nordsee, und er war Zimmermann. Mehr weiß ich von ihm nicht. Als meine Ziehmutter starb, habe ich mit zwanzig meinen eigenen Namen wieder angenommen. Marguerite hat mich immer geliebt, als wäre ich ihr eigener Sohn gewesen, aber ich wollte nicht das Einzige verlieren, was mich noch mit meinen Ursprüngen verband. Versteht Ihr, Alexander, um zu wissen, wohin man geht, muss man wissen, woher man kommt. Vergesst das nicht. Ihr seid wohl Schotte, aber aus welcher Gegend stammt Ihr?«

»Aus dem Westen. Ich bin im Glencoe-Tal geboren, in der Grafschaft Argyle.«

»Ich kannte einmal einen Schotten mit Namen Smith. Er kam, glaube ich, aus Ayrshire.«

»Ein Lowlander«, murmelte Alexander.

»Und Ihr seid Highlander, stimmt's?«, meinte der Hollandais und lachte, aber ohne Boshaftigkeit. »Nun, eines ist sicher: Ihr Schotten besitzt alle diesen verfluchten Stolz und diesen Drang nach Unabhängigkeit, bei denen es den Engländern kalt über den Rücken läuft! Euer Freimut gefällt mir. Ihr geratet über

Kleinigkeiten in Rage … außer, Ihr seid bereit, auf die Stimme der Vernunft zu hören. War sie es, die Euch dazu gebracht hat, dieses Insekt zu essen, ohne etwas zu sagen?«

»Ich habe schon Schlimmeres verspeist, Monsieur.«

»Killie, bitte, Alexander. Schlimmeres verspeist …«

Der Händler musterte die Züge des Schotten.

»Ja … das glaube ich gern. Ihr seid mit der Armee hierher gekommen, das stimmt doch?«

»Ja, mit den Fraser Highlanders.«

»Könnt Ihr mir sagen, was Euch bewogen hat, in dieses Regiment einzutreten?«

Alexander wollte schon lügen und seine traurige Geschichte beschönigen. Aber da war etwas in den hellen Augen des Hollandais', das ihm sagte, dass der Mann ihn durchschauen würde. Außerdem wollte er sein neues Leben nicht auf einer Grundlage aus Lügen aufbauen.

»Ich wurde wegen des Mordes an einer Frau und drei Männern, wegen Viehdiebstahls und anderer kleiner Delikte gesucht«, erklärte er freimütig.

Der Hollandais zuckte nicht mit der Wimper. Seine schmalen Lippen verzogen sich zu einem Lächeln.

»Ich weiß Eure Offenheit zu schätzen. Habt Ihr getan, was man Euch vorwarf?«

»Nein. Die Frau habe ich geliebt, und die drei Männer waren meine Kameraden. Ich war einfach zur falschen Zeit am falschen Ort.«

»Wie uns das so oft zustößt. Und … Eure Familie? Ich nehme an, sie ist dort geblieben?«

»Ja …«, antwortete Alexander zögernd und schaute in die Flammen.

»Dann seid Ihr allein hier; abgesehen von Eurem Cousin Munro, oder?«

Der junge Mann schluckte schwer. Der Hollandais ließ ihn nicht aus den Augen und musterte ihn wie das seltene Exemplar einer besonderen Art.

»Ich habe einen Bruder.«

»Aha. Und wo ist Euer Bruder?«

Alexanders Nasenflügel bebten, so verärgert war er. Was bezweckte der Pelzhändler mit diesem Verhör?

»Ich weiß es nicht. Zuletzt habe ich ihn vor drei Jahren gesehen.«

»Jammerschade, wenn Zwillingsbrüder sich nicht verstehen.«

»Wie bitte?«, rief Alexander lebhaft aus und fuhr herum. »Woher …?«

»Ich weiß einiges über Euch, Alexander.«

Und was noch? Vor Zorn verkrampften sich seine schmerzenden Muskeln. Der Hollandais legte eine Hand auf seinen Schenkel, um ihn zur Ruhe zu mahnen.

»Solomon ist Eurem Bruder begegnet.«

»John?«

»Er lässt sich Jean l'Écossais nennen und arbeitet für einen Händler, den ich sehr gut kenne. Solomon fand es merkwürdig, dass Ihr in meine Dienste getreten seid, obwohl Ihr bereits Handlanger bei Durand wart, dem ich misstraue. Deswegen habe ich ein paar Nachforschungen angestellt.«

»Ihr habt was?!«

Alexander musste sich Gewalt antun, um dem Hollandais nicht ins Gesicht zu schlagen.

»Da ich wusste, dass Ihr früher einem schottischen Regiment angehört habt, habe ich mich an einen Offizier gewandt, Hauptmann Hugh Cameron, und der hat mir bestätigt, wer Ihr seid. Er hat mir auch mitgeteilt, Ihr hättet einen Zwillingsbruder, der seit kurz nach Eurer Ankunft in Québec 1759 als vermisst geführt wird. Da er noch lebt, ist er offensichtlich desertiert. Nehmt es mir nicht übel; das musste ich einfach überprüfen! Ihr müsst verstehen, dass ich vorsichtig sein muss. Wenn er die Absichten seines Dienstherren gekannt hätte, glaube ich nicht, dass Euer Bruder es gewagt hätte, bei mir einzutreten. Er war es, der versucht hat, Solomon in Verbindung zu mir zu bringen. Das wäre wirklich dumm von ihm gewesen; Solomon hätte ihn verraten können.«

»Ihn verraten? Aber warum? Wovon sprecht Ihr?«

»Das ist eine lange Geschichte, Alexander«, murmelte der Pelzhändler müde. »Und ehe ich sie Euch erzähle, wollte ich mich vergewissern, wer Ihr wirklich seid. Ich kennen Euren Bruder nicht... John oder l'Écossais... und kann mir nicht erlauben, ihm zu vertrauen. Er arbeitet für einen Mann, der mir zu schaden versucht, versteht Ihr? Aber ich brauche Euch und Eure ungeteilte Loyalität.«

»Mich? Aber... Ihr kennt mich doch gar nicht! Ich bin ein vollkommen Fremder für Euch!«

»Lasst mich ausreden. Einverstanden, ich kenne Euch nicht. Aber Ihr seid weder Franzose, Engländer oder Händler, und Ihr habt nicht das geringste Interesse an dem Konflikt, der die Handelsterritorien aufwühlt. Das ist wichtig für mich, denn es bedeutet, dass Ihr ein neutraler Beobachter seid und die Lage ganz objektiv einschätzen könnt. Ihr scheint mir ein intelligenter Mensch zu sein, der stets einen kühlen Kopf behält, und das gefällt mir. Ich habe Euch beobachtet, in Québec und in Montréal. Was ich da gesehen habe, hat mich davon überzeugt, dass Ihr die Rolle des Leibdieners, die ich Euch übertragen möchte, spielen könnt.«

»Ich bin aber nicht gerade der Mann, der sich als Diener eignet, Monsieur...«, gab Alexander, dessen Zorn langsam der Neugierde wich, zurück.

»Euch als Leibdiener zu bezeichnen, ist nur eine Ausrede, ein Vorwand, um zu erklären, warum Ihr stets an meiner Seite seid. Ihr habt doch Aufstand und Unterdrückung erlebt, oder, Alexander? Ich habe von dem Massaker von Culloden gehört. Wie alt wart Ihr damals?«

»Vierzehn.«

»Dann wisst Ihr also, wie weit Menschen gehen, die ein Volk unterwerfen wollen, stimmt's?«

Der Hollandais presste verbittert die Lippen zusammen, und Alexander wurde mit einem Mal von entsetzlichen Bildern der Gräueltaten überschwemmt, die der Herzog von Cumberland und seine Truppen begangen hatten. Wortlos nickte er.

»Ich habe eine gewisse Vorstellung davon, was Ihr vielleicht erlebt habt. Würdet Ihr mir helfen? Es geht dabei um das Überleben eines Volkes.«

»Wieso vertraut Ihr mir? Was garantiert Euch, dass ich Euch nicht verrate? Wer sagt Euch, dass ich nicht mit John unter einer Decke stecke? Dass ich nicht zu ihm gehen werde?«

Der Pelzhändler sah ihn lange aus halb geschlossenen Augen an.

»Ihr habt mir gerade gestanden, Euren Bruder seit drei Jahren nicht gesehen zu haben.«

Er schwieg kurz und sprach dann weiter.

»Als ich von ihm gesprochen habe, da habe ich in Eurem Blick erkannt, dass Ihr beide Rivalen seid. Ich bin kein Hellseher, aber bis heute habe ich mich noch nie in meinem Urteil über meine Männer geirrt. In dieser Angelegenheit kann ich mir auch keinen Irrtum erlauben. Daher habe ich, nachdem Ihr den ersten Vertrag unterzeichnet hattet, meine Nachforschungen über Euch angestellt. Hauptmann Hugh Cameron hat mir verraten, dass Ihr einen Onkel habt, der Offizier in Eurem Regiment war. Ich habe ihn aufgesucht. Wenn alles, was mir Hauptmann Archibald Cameron über Euch erzählt hat, wahr ist, kann ich Euch vertrauen. Wenn nicht, dann helfe mir Gott. Morgen müssten wir, wenn alles gutgeht, in Long Sault haltmachen. Dort sollt Ihr mir Unterricht im Lesen von englischen Texten geben, und ich werde Euch mein Problem genauer erklären.«

In dem Schweigen, das jetzt folgte, war nur das Stimmengemurmel der Voyageurs zu hören, die sich zum Schlafen bereit machten. Der Hollandais stand auf. Mit einer Bewegung, die freundschaftlich wirken sollte, fasste er Alexanders Schulter und klopfte sie behutsam. Dann ging er davon, nachdem er ihm eine gute Nacht gewünscht hatte.

Alexander, der immer noch bestürzt war, sah ihm bis zu seinem Unterstand nach. Er war nachdenklich geworden. Obwohl er seine Gründe verstehen konnte, verdross es ihn, dass sein Dienstherr Nachforschungen über ihn angestellt hatte. Aber noch mehr beunruhigte ihn der Umstand, dass van der Meer sich vor John fürchtete. Was für Intrigen mochte dieser Durand spinnen, dem der Hollandais so misstrauisch gegenüberstand? Der alte Händler war unter der Plane seines Unterstands verschwunden. Der Mann vertraute ihm, trotz allem, was er über ihn wusste… Ja, auch Alexander hatte gespürt, dass da eine Verbindung zwischen ihnen war, so als verstünde jeder die Geheimnisse, die der andere in einem dunklen Winkel seiner Erinnerungen bewahrte.

Long Sault lag etwa eine Meile westlich der Mündung des Rivière du Nord in den Grand Rivière. Nachdem sie in drei mühsamen Etappen die gesamte Ladung und die Boote an das obere Ende der Stromschnellen transportiert hatten, wo sie ihr Lager errichteten, war es Zeit zum Abendessen. Alexander nahm seine Portion diskret in Augenschein, bevor er aß. Dann streckte er sich erschöpft neben einem umgedrehten Kanu aus und zündete sich die Pfeife an, wie er es seit einigen Jahren nach jedem Essen gewöhnt war. Bald breitete sich ein glitzernder Sternenhimmel über ihm aus. Die Nacht würde schön werden, sodass er ohne eine Unterkunft auskam. Die Augen fielen ihm zu, und er sog tief die Luft ein, die durchdringend nach geschmolzenem *gomme de pin*, Kiefernharz, roch.

Er hatte kaum eine Minute die Augen geschlossen, als es im Gras raschelte und er sie wieder aufschlug. Eine Gestalt hob sich vor dem Sternenhimmel ab, und eine Laterne, die am Ende eines Arms hin- und herschwang, erhellte ein Gesicht, in dem über einem schneeweißen, struppigen Bart ein Lorgnon saß.

»Ich hoffe, Ihr wollt so früh noch nicht schlafen, mein Freund«, sprach ihn van der Meers tiefe Stimme freundlich an.

Rasch richtete Alexander sich auf, entschuldigte sich und lud den Pelzhändler ein, sich zu setzen. Der Mann stellte die Laterne auf den Boden, nahm Platz und hielt ihm lächelnd ein Buch hin.

»Das ist das einzige englische Buch, das ich besitze. Ich habe es von meiner Schwester Joana.«

Es war ein Kinderbuch, eine Sammlung von Abzählreimen, und schrecklich zerfleddert. Als Alexander es aufschlug, las er auf der ersten Seite eine handgeschriebene Widmung: *To my beloved brother Kiliaen. Love, Joana.* Für meinen geliebten Bruder Kiliaen. In Liebe, Joana.

»Ich trug es in der schrecklichen Nacht, als mein Vater getötet wurde, bei mir und habe es während meines gesamten Exils eifersüchtig gehütet. Es ist alles, was mir von meiner Vergangenheit geblieben ist. Meine Schwester hatte es mir geschenkt, um mich damit lesen zu lehren«, murmelte der Hollandais gerührt. »Am nächsten Tag wollte sie mir die erste Unterrichtsstunde geben… Ich brannte so sehr darauf, dass ich das Buch mit ins Bett genommen habe. Nun hat es fünfzig Jahre gedauert. Aber besser spät als nie, wie man so sagt, nicht wahr?«

»Allerdings«, stotterte Alexander.

»Gut, dann lasst uns beginnen!«

Fast eine Stunde lang spielte der Schotte den Schulmeister. Wie sich herausstellte, war sein Schüler außerordentlich begabt. Er hatte seine Muttersprache nicht vollständig vergessen, wodurch ihm das Lesen leichter fiel. Sie hatten schon die Geschichte von der Kuh, die über den Mond springt, und die von den drei Küchenjungen in der Tasse gelesen, als der Hollandais schließlich das Buch schloss und in die Tasche gleiten ließ.

»Für heute Abend soll das genügen!«, verkündete er und zog eine schöne Fayence-Pfeife hervor, die mit hübschen, bunten Motiven bemalt war.

Die Nacht war kühl und feucht. Jetzt lagen die Wälder hinter ihnen in tiefer Finsternis. Um sie herum stiegen eine Reihe seltsamer Geräusche auf, die Alexander inzwischen vertraut waren. Die Voyageurs saßen um das Lagerfeuer, von dem ab und zu eine Funkengarbe aufstieg und durch die Luft wirbelte wie ein Schwarm Leuchtkäfer. Die Stimmung war ruhiger als am Vorabend. Nur gelegentlich drangen ein Lachen oder Gesprächsfetzen zu ihnen herüber. Mehrmals schlug der Hollandais schimpfend sein Steinschlossfeuerzeug an, bis schließlich die Flamme aufsprang, sein Gesicht erhellte und Bart und Augenbrauen mit einem goldenen Schein übergoss. Er zündete seine Pfeife an und tat einen tiefen Zug, den er langsam wieder ausstieß.

»Die Zeiten ändern sich, aber der Mensch bleibt immer der gleiche. Der Mensch ... die schönste Schöpfung Gottes, findet Ihr nicht?«

»Nein, Monsieur, dieser Meinung bin ich nicht.«

»Killie, Alexander.«

»Im Moment würde ich lieber ›Monsieur‹ sagen, falls Ihr nichts dagegen habt.«

Der Hollandais sah ihn einen Augenblick lang an. Dann bebte sein Bart, und sein Schnurrbart zog sich in die Breite.

»Einverstanden. Dann habe ich also unrecht ... und Ihr habt recht. Der Mensch ist die furchteinflößendste Kreatur auf Erden. Natürlich gibt es Königstiger, Alligatoren, Klapperschlangen und Wölfe ... alles Tiere, vor denen sich Kinder bei Nacht fürchten. Aber diese Tiere werden von ihrem Instinkt geleitet. Sie töten, um zu fressen oder ihre Jungen zu schützen. Für sie geht es ums Überleben, nichts weiter. Sie fallen nur über Euch her, wenn Ihr ihnen im unrechten Moment begegnet. Beim Menschen ist das etwas anderes. Wenn sein Überleben gesichert ist, muss er sich um seine Seele kümmern. Er sucht nach einem gewissen Wohlbefinden. Aber manche Menschen, die enttäuscht worden sind, neigen leider zum Laster, zur Perversion und zur Grausamkeit. Schließlich finden sie ihr Glück darin, anderen Leid zuzufügen. Was macht Euch glücklich, mein Freund?«

Verwirrt schwieg Alexander. Was machte ihn glücklich? Wusste er es überhaupt? Er versuchte, sich an Augenblicke zu erinnern, in denen er glücklich gewesen war. Isabelles Gesicht tauchte vor ihm auf, doch er schob es sofort beiseite. Dann sah er einen Sternenhimmel, über den sich das luftige Band der Milchstraße zog. Er erblickte ein Haferfeld, das im Wind wogte, und eine Frau, die einen Korb unter dem Arm trug. Ein kleiner Hund sprang neben ihr umher: seine Mutter und sein Hund Branndaidh. Und schließlich John, wie er ihn im Loch nass spritzte, schallend lachte und sich in das eiskalte Wasser warf.

»Alles, was mich glücklich macht, ist unerreichbar für mich ...«, stammelte er und schlug die Augen nieder.

»Wir glauben, dass alles, was unerreichbar für uns ist, uns glücklich machen würde. Aber es muss doch auch Dinge geben, die Euch glücklich machen und die Euch zugänglich sind, oder?«

Der abgegriffene Schaft seines Dolchs blitzte auf und zog Alexanders Blick auf sich, und er dachte an den alten Priester O'Shea und seine weisen, lange vergessenen Worte: *Wir müssen unsere Gaben einsetzen, um Vollkommenheit zu schaffen und sie zu betrachten.* Eine Tätigkeit, die den Geist beschäftigt und alle Sorgen vertreibt, die das Auge dazu bringt, die Schönheit zu bewundern, die… ja, glücklich macht, und sei es nur einen Moment lang. Mit den Fingerspitzen strich der junge Mann über die verschlungenen Muster des Griffs, deren Details inzwischen durch den Gebrauch verblasst waren.

»Gelegentlich schnitze ich gern.«

»Das ist gut, das passt zu Euch. Und was ist mit Geld und Macht? Führen sie Euch nicht in Versuchung?«

»Was Geld angeht, so besitze ich kaum welches, Monsieur. Und Macht ist mir gleichgültig.«

»Aber was würdet Ihr tun, wenn ich Euch beides anbieten würde?«

Verblüfft runzelte Alexander die Stirn. War das eine Falle? Steckte ein verborgener Sinn in der Frage des Hollandais'?

»Um ehrlich zu sein, weiß ich es nicht, Monsieur. Ich glaube, ich würde mir ein Stück Land kaufen.«

»Und Ihr würdet ein schönes Haus darauf bauen, Euch Rassepferde und bequeme Kutschen kaufen und Dienstboten anstellen…«

Alexander fragte sich wirklich, worauf der Pelzhändler hinauswollte.

»Monsieur, ich habe in meinem Leben noch nie etwas besessen. Bis heute habe ich nur durch meinen Mut, meinen Stolz und… wenn ich das sagen darf, durch meine Intelligenz überlebt. Ich bitte Gott nur um Frieden. Alles, was ich will, ist, keine Waffe mehr führen zu brauchen, um den nächsten Tag zu erleben. Ich nehme, was man mir gibt, und versuche nichts zu erlangen, was das Schicksal mir nicht über den Weg schickt. Das ist die Lektion, die ich aus meinem Leben gezogen habe.«

»Sich dem Geschick zu unterwerfen und seine Endlichkeit zu erkennen. Darin steckt viel Weisheit. Wenn alle so wären wie Ihr, wäre das Leben viel einfacher, und es gäbe mehr Gerechtigkeit. Aber natürlich ist es nicht so. Zu viele Menschen fühlen sich vom Laster angezogen und verabscheuen das Gute. Auch ich habe zu verzichten gelernt, Alexander … auf Macht, Reichtum, Fleischeslust; auf all diese extremen Dinge, die letztendlich doch keine Garantie für das Glück sind. Im Lauf der Zeit habe ich gelernt, dass manche Vergnügungen nicht unbedingt Glück bedeuten, und dass die Wege, auf denen man sie verfolgt, meist unmoralisch sind und Seelenqualen verursachen. Seit ich darauf verzichte, fühle ich mich besser. Glaubt, was Ihr wollt … aber ich versuche, durch meine geistige Erneuerung göttliche Gnade vor dem Jüngsten Gericht zu erlangen. Vielleicht … nun ja. Doch eines bleibt mir noch zu tun, um kein schlechtes Gewissen mehr zu haben und mich frei zu fühlen. Und da kommt Ihr ins Spiel, denn Ihr seid von Grund auf ehrlich.«

»Was erwartet Ihr von mir, Monsieur?«

»Ich will Euch einen Schatz anvertrauen, mein Freund. Für manche Menschen, wie auch ich einmal einer war, stellt er Macht und Reichtum dar. Aber in meinen Augen steht er heute für das Leben von unschuldigen Männern, Frauen und Kindern. Das Überleben eines Volkes. Gewiss habt Ihr von der Erhebung der Völker um die Großen Seen gehört …«

»Die Massaker an englischen Garnisonen durch Pontiac, ja.«

»Kennt Ihr die Gründe, die Pontiac dazu gebracht haben, diese Gemetzel anzurichten?«

»Die Engländer hungern sein Volk aus und behandeln es mit Verachtung.«

»Wenn man so will. Es stimmt, dass General Amherst nicht entgegenkommend mit den Eingeborenen umgegangen ist. Er möchte sie vertreiben. Die Soldaten haben Befehl erhalten, keine Waffen mehr gegen Felle einzutauschen. Thomas Gage, Amhersts Nachfolger, kommt mir menschlicher vor. Aber leider ist die Saat des Hasses schon in die Herzen der eingeborenen Völker gesät worden und aufgegangen. Ich möchte der britischen Obrigkeit nicht die ganze Schuld geben, obwohl sie stark dazu beigetragen hat, diesen Hass zu nähren. Aber auf gewisse Weise haben die Franzosen in der Vergangenheit das Gleiche getan wie die Engländer heute. Die Methoden sind andere, doch das Ergebnis bleibt gleich. Die Indianer brauchen uns nicht, um zu überleben. Das haben sie wunderbar fertiggebracht, ehe der Erste von uns den Fuß hierher gesetzt hat. Doch leider kann man die Zeit nicht zurückdrehen … Ich habe lange genug unter diesen Menschen gelebt, um einige ihrer Sprachen und vieles über ihre Bräuche zu lernen, und um zumindest teilweise zu begreifen, wie sie die Welt sehen. Diese Männer und Frauen haben etwas begriffen, das wir Weißen nie verstehen werden: Nichts von allem, was diese Welt ausmacht, gehört uns oder wird uns jemals gehören. Das Land, die Tiere, die Pflanzen und auch unser Leben sind uns auf gewisse Weise nur geliehen. Die einzige Macht, die uns das Höchste Wesen verleiht, ist die, uns gemeinsam an allem, was uns die Erde schenkt, zu erfreuen. Man muss also teilen. Das Problem ist nur, dass der Weiße nicht teilt; er nimmt alles. Sein Bestreben, alles zu besitzen, hat ihn krank gemacht. Oh, natürlich! Die beiden Völker haben schließlich gelernt, nebeneinander zu existieren. Aber die Eingeborenen sind von der Krankheit des weißen Mannes angesteckt worden. Heute sind sie ohne Schießpulver und Gewehr nicht mehr in der Lage, auf die Jagd zu gehen; ohne Woll- oder Baumwollstoff können sie sich nicht mehr kleiden. Sie hören nicht mehr auf die Stimmen ihrer Vorfahren, sondern auf die der Männer, von denen sie abhängig sind und die sie brauchen. Sie haben ihre Seele verloren, mein Freund. Und ein Volk, das keine Seele mehr hat, ist kein Volk.«

Der Hollandais verstummte, und in der Stille vernahm Alexander eine ferne Stimme in seinem Kopf. *Lass dir nicht deine Seele stehlen* … Die Worte von Großmutter Caitlin … Der Tod eines Volkes, seiner Traditionen, seiner Seele … Würde er sein Versprechen halten? Ein dumpfes Geräusch holte Alexander in die

Gegenwart zurück. Der Pelzhändler klopfte die Pfeife an seinem Stiefel aus und steckte sie in seine Gürteltasche.

»Was habt Ihr vor? Wollt Ihr all diese Leute retten?«, erkundigte sich Alexander ein wenig sarkastisch.

Der Hollandais stieß einen langgezogenen Seufzer aus und zuckte die Achseln.

»Nein, das kann ein Mann allein wohl nicht. Aber ich weigere mich, weiter zu ihrem Untergang beizutragen. Im letzten Sommer hielt ich mich, gerade als die Massaker stattfanden, im Gebiet der Großen Seen auf. Ich habe das Gemetzel von Fort Miami* miterlebt. Kurz zuvor hatte ich den Indianern etwa fünfzig Gewehre mit Pulver und Munition überlassen. Vielleicht war ich naiv oder blind ... Ich glaubte, es sei meine Aufgabe, diesen rechtlosen Völkern zu helfen, die die Engländer nach Westen zu verdrängen versuchen, um sich ihr Land anzueignen. Doch an diesem Tag wurde der Kommandant des Forts, Robert Holmes, von seiner Geliebten – einer Indianerin – nach draußen gelockt. Einer der Männer, die ich mit Waffen versorgt hatte, hat ihn kaltblütig niedergestreckt. Seinem Adjutanten, der durch den Schuss alarmiert worden war und herbeistürzte, um ihm zu Hilfe zu kommen, erging es nicht anders. Die Eingeborenen haben Holmes den Kopf abgeschlagen und ihn über die Mauern des Forts geworfen. Dann haben sie mich gebeten, mit den Soldaten zu verhandeln. Wenn sie abzögen, würden sie ihnen das Leben lassen. Ich war so dumm, der Garnison dieses Angebot zu überbringen. Die verängstigten Soldaten haben sofort angenommen und die Tore geöffnet ... Nur sechs von ihnen sind entkommen, was aber nur ein Aufschub war. Ein paar Stunden später hat man sie lebendig verbrannt.«

Der alte Pelzhändler wandte Alexander sein gequältes Gesicht zu. Seine Augen waren feucht.

»In meiner Naivität habe ich diese Menschen bewaffnet, damit sie sich besser mit Nahrung versorgen konnten. Aber sie waren

* Fort Miami lag am Maumee-Fluss, unweit der heutigen Stadt Fort Wayne im Norden von Indiana, USA.

hinter einem ganz anderen Wild her, als ich dachte, Alexander! Ich bin für das Massaker an einer ganzen Garnison verantwortlich! Natürlich waren die einen und die anderen Krieger, aber ... Da habe ich mich gefragt, wo das alles enden soll. Ich habe Dinge gesehen, die mir seit einem Jahr Alpträume bereiten. Ich habe erlebt, wie ganze Dörfer durch die Seuche dezimiert wurden. Oberst Bouquet, der Kommandant von Fort Pitt, erklärte, er wolle einen Waffenstillstand, und ließ als Geschenke Metallkisten verteilen, in denen sich angeblich Medizin befand. Sie durften erst in den Dörfern geöffnet werden. Tatsächlich enthielten sie Fetzen von Decken, die mit Pocken verseucht waren. Die Epidemie wütet immer noch ... Seit die Senecas, die Odawas und die Chippewas an der Portage* bei den Niagarafällen einen Überraschungsangriff auf einen Armeekonvoi durchgeführt haben, greifen die Engländer auf alle möglichen Niederträchtigkeiten zurück, um die Indianer auszurotten. Der Befehl lautet, sofort zu schießen, wenn man eines Eingeborenen ansichtig wird. Auf Pontiacs Kopf ist eine Belohnung ausgesetzt. Aber es gibt auch Menschen wie die Paxton Boys. Diese Freiwilligenmiliz aus Pennsylvania hat im letzten Dezember eine friedliche Eingeborenengruppe in Canestoga massakriert. Die Mohawks, die mit den Engländern verbündet sind, haben auf einen ›Vorschlag‹ des Superintendenten für alle Indianerstämme, William Johnson, das Delaware-Dorf Kanhanghton verwüstet. Auf der anderen Seite gehen die aufständischen Eingeborenen auf Siedler los, die nur in Frieden mit ihnen zusammenleben wollen. Feige töten sie Frauen und Kinder. Dieser Krieg ist aus Verzweiflung geboren, und er wird verhängnisvoll für die Völker an den Großen Seen sein. Die Stämme leiden unter Hunger und Krankheiten. Kindersterblichkeit und Familienstreitigkeiten grassieren. Sie sind von allen Nachschubwegen im Osten abgeschnitten, und die Stämme im Westen, die uns feindlich gesinnt sind,

* Als Portage bezeichnete man das Tragen der Boote über Fußwege, um einen Wasserfall oder Stromschnellen zu umgehen, aber auch einen solchen Weg selbst. (Anm. d. Übers.)

wollen sich in die Angelegenheit nicht einmischen. Und so leben die armen Menschen im tiefsten Elend. Sie sind die Opfer der Gier von Raubtieren, die versuchen, sich ihres Lands und ihrer Schätze zu bemächtigen, um sie auszubeuten und sich zu bereichern, und die nur an sich denken. *Auri sacra fames!* Dieser entsetzliche Hunger nach Gold! Ich habe zu diesen Raubtieren gehört, mein Freund, und ich kann das nicht mehr hinnehmen! Hier geht es nicht mehr um Krieg oder Handel. Hier findet die Ausrottung eines Volkes statt! Je stärker die Eingeborenen gegen die Engländer rebellieren, umso unbedingter werden sie sie loswerden wollen. Das müssen sie begreifen … um zu überleben!«

»Um zu überleben …«, wiederholte Alexander mechanisch. »Aber sollen sie sich kampflos unterwerfen, um zu überleben? Ohne ihre Rechte einzufordern?«

Van der Meer nahm sein Lorgnon ab und rieb sich die müden Augen mit Daumen und Zeigefinger. Dann lächelte er, sichtlich zufrieden, weil Alexander sich persönlich betroffen fühlte.

»Habt Ihr in Culloden gekämpft, Alexander? Wenn nicht, dann habt Ihr wenigstens zugesehen, wie Eure Leute sich geschlagen haben. Was ist geschehen? Was ist dabei herausgekommen? Man hat Euch zerschmettert, nicht wahr? Mäuse greifen keine Elefanten an. Wenn sie klug sind, huschen sie zwischen ihren Beinen hindurch. Gegen die gut organisierten und ausgerüsteten Truppen der Briten hattet Ihr keine Chance. Nicht mehr als die Indianer. Ihr hättet warten sollen, bis Ihr besser bewaffnet wart. Ansonsten warten die Folgen, die Ihr kennt … Repressalien und Unterdrückung, die Euch nur noch mehr schwächen.«

Ein Bild stieg vor Alexander auf: die verdrehten und rauchenden Körper von Highlandern in den verkohlten Ruinen einer Kirche. Der junge Mann blinzelte, um es zu vertreiben.

»Ihr habt die Folgen gesehen und erlebt, mein Freund …«

»Ja.«

»Dann versteht Ihr, was ich Euch zu erklären versuche?«

»Ich glaube schon«, antwortete Alexander aufgewühlt. »Aber ich sehe noch nicht, wie ich Euch helfen könnte, Monsieur.«

»Ihr werdet es bald erfahren, wenn Ihr wirklich etwas tun wollt … für mich und diese Menschen, die genau wie Ihr von der Gesellschaft in Acht und Bann getan werden.«

»Aber … hier ist die Lage doch eine ganz andere. Wir haben einen Thron gefordert, und …«

»Und sie fordern ihr Land. Das weiß ich«, gestand van der Meer und sah dem Schotten unumwunden in die Augen. »Aber in vielerlei Hinsicht ähnelt sich Euer Kampf. In beiden Fällen geht es um die Wahrung der Identität, stimmt's? Und?«

»Ich weiß nicht, Monsieur … Ich kann Euch nicht meine Unterstützung zusagen, ohne zu wissen, wozu genau ich mich verpflichte.«

»Nein, natürlich nicht.«

Der alte Pelzhändler schwieg einen Moment lang.

»Ich bin der Hüter einer Truhe voller Gold«, erklärte er schließlich.

Alexander blinzelte und sperrte den Mund auf. Der Hollandais sah ihn durchdringend an und studierte seine Reaktion, als wäre er ein Tier, das sein Leben bedrohte.

»Es gibt da eine Gruppe von Händlern, die die Handelsgebiete erweitern wollen. Das Gold stellt den Gewinn aus Pelzen dar, die sie auf dem europäischen Markt verkauft haben. Es soll dazu dienen, Waffen für die Rebellen zu erwerben. Die Spanier, die einen Teil von Louisiana besetzt halten, können uns Waffen beschaffen.«

»Ich dachte, die Spanier wären in diesem Konflikt neutral …«

»Wer kann schon in einer Lage, von der er weiß, dass er Gewinn daraus schlagen kann, vollständig neutral bleiben? Und außerdem lässt Gold die Waage stets auf die Seite desjenigen ausschlagen, der es besitzt. Ich … ich möchte dieses Gold nicht mehr an die Händler zurückgeben, die mich beauftragt haben, es zu befördern, Alexander, denn ich stimme nicht mehr mit ihren Plänen überein. Aber ich glaube nicht, dass ich sie überzeugen kann, sich nur ihre Anfangsinvestition zurückzuholen und von dem Gewinn Medizin und Nahrung für die Völker zu kaufen, die durch die Auseinandersetzungen gelitten haben. Sie werden niemals bereit sein, die Liga aufzulösen, sondern sehen nur ihre eigenen Interessen und Ziele. Versteht Ihr, das Wohl der eingeborenen Völker steht nicht im Mittelpunkt dieser Vereinigung. Die Summe beträgt im Übrigen fast zehntausend Pfund in Louis d'Ors, spanischen Piastern und anderen Währungen ...«

Unwillkürlich stieß Alexander einen Pfiff aus, und sein Herz begann schneller zu schlagen. Zehntausend Pfund! Mit einem solchen Vermögen könnte man ... Der Hollandais schien seine Gedanken zu erraten und lachte spöttisch.

»Das ist viel Geld, nicht wahr? Mehr als ein Mann, der nichts als das Leben hat, jemals zu besitzen hoffen kann.«

Alexander wandte sich ab.

»Wohl wahr«, gestand er beschämt.

»Jetzt wisst Ihr Bescheid, mein Freund. Und?«

»Ich sehe da ein Problem, Monsieur. Mein Bruder ... Er arbeitet für Durand.«

»Ja, darüber habe ich auch schon nachgedacht. Aber Eure Zusage würde Euch mir nur bis zum Herbst verpflichten. Sobald ich wieder in Montréal bin, seid Ihr frei, denn dann kann ich mich selbst um die Angelegenheit kümmern. Die Aussichten, bis dahin Eurem Bruder zu begegnen, sind ... ziemlich gering. Durand treibt seinen Handel vom Posten Michillimackinac aus, der Hunderte von Meilen entfernt liegt.«

Alexander zögerte noch. Wenn er van der Meer sein Wort gab, brachte er sich in eine schwierige Lage. Natürlich nur vorübergehend, aber ...

»Einverstanden«, murmelte er. Doch er war sich nicht ganz sicher, ob er die richtige Entscheidung traf, indem er ihm seine Hilfe zusicherte.

»Das ist gut, sehr gut. Ich weiß, was das Ehrenwort eines Schotten, der sich selbst achtet, wert ist. Versprecht mir, dass Ihr für die Menschen tun werdet, was Ihr könnt, Alexander.«

»Ich verspreche es Euch, Monsieur, und ich gebe Euch mein Wort ... bis zu unserer Rückkehr nach Montréal.«

»Ich wünsche mir von ganzem Herzen, dass ich mich nicht in Euch getäuscht habe ... Wir müssen verhindern, dass ein neuer

Krieg ausbricht, denn der würde zur Ausrottung eines Volkes führen. Ich kann den Eingeborenen nicht zurückgeben, was sie verloren haben. Aber ich kann versuchen, etwas dafür zu tun, dass sie nicht das verlieren, was ihnen noch geblieben ist. Dieses Gold soll dazu verwendet werden, ihnen Nahrung, medizinische Versorgung und Kleidung zu verschaffen … versteht Ihr?«

»Aber warum gerade ich?«, verlangte Alexander zu wissen, der sich immer weniger vorstellen konnte, wie seine Hilfe aussehen sollte. »Ihr seid viel besser als ich in der Lage, dieses Gold so zu verwalten, wie Ihr es für richtig haltet!«

»Das ist keineswegs sicher. Seit meiner Rückkehr von den Großen Seen setzen mir all diese Händler von der Liga zu, ihnen zu verraten, wo ich das Gold versteckt habe. Nach der Unterzeichnung des Vertrags von Paris konnte ich sie noch überzeugen, dass es besser sei zu warten. Ich erklärte ihnen, dass sich der Winter in Windeseile nähere, und es besser sei, die Operation auf das Frühjahr zu verschieben. Jetzt aber haben wir Frühling. Ich weiß, dass sie versuchen werden, mich zu finden, wo immer ich bin. Pontiac wird ungeduldig. Die Franzosen in Louisiana sind zurückhaltender, aber er macht keinen Hehl daraus, dass er seine Krieger erneut aufstellen will, und versucht, die Illinois auf seine Seite zu ziehen. Außerdem weiß er, dass die Händler es eilig haben, die Handelsgebiete auszuweiten und unzufrieden mit den Erlassen sind, die ihnen den Handel mit den Eingeborenen in dieser Gegend untersagen. Das Problem ist, dass seit dem Beginn der letzten Auseinandersetzungen alles stagniert. Und nun, da England sich hier zum Herren aufgeschwungen hat, tun die englischen Händler alles, um sich die bereits gut ausgebauten und sehr effektiven Handelsnetze der Franzosen anzueignen. Wir, die französischen Pelzhändler, stehen jetzt vor dem Problem, dass wir unsere Tauschwaren nicht mehr aus der Heimat beziehen können. Heute müssen wir sie bei den Engländern oder den Amerikanern aus Albany oder New York einkaufen. Deswegen war ich auch zu der Partnerschaft mit Solomon bereit, obwohl er in Verbindung zu Philippe Durand steht.

Er scheint mir ein ehrlicher Mann zu sein. Aber ich weiß nicht, ob er für die Liga der Händler spioniert, daher muss ich bei ihm vorsichtig sein. Dies ist meine letzte Reise. Ich habe mehr als genug Geld, um die Jahre, die uns noch bleiben, mit Sally zu verleben. Auf dem Rückweg werde ich meinen Schatz an mich nehmen und mit dem Gold tun, was getan werden muss. Ich werde Solomon anbieten, ihm, wenn er will, meinen Anteil an der Gesellschaft zu verkaufen. Ansonsten werde ich ihn Alexander Henry überlassen, der mir bereits sein Interesse bekundet hat. Vielleicht habt Ihr Euch ja gefragt, warum ich in Eurem Vertrag festgelegt habe, dass Ihr nach der ersten Reise nach Montréal zurückkehren müsst?«

»Die Frage habe ich mir in der Tat gestellt. Mein Cousin Munro verbringt den Winter in Grand Portage.«

»Ja, wie die meisten anderen. Ich werde im September nur mit so wenig Männern wie möglich nach Montréal zurückkehren. Ihr gehört dazu; aus dem einfachen Grund, dass Ihr den Ort kennen müsst, an dem das Gold versteckt ist. Wenn mir etwas zustößt … dann muss jemand anderer das Gold nehmen und es so verteilen, wie es sich gehört. Für diese Aufgabe habe ich Euch auserkoren.«

»Aber wie soll ich das anstellen?«

»Die Namen der Liga-Mitglieder sowie die von jedem investierte Summe sind in einem Heft festgehalten, das sich zusammen mit dem Gold in der Truhe befindet. Es reicht, jedem zurückzugeben, was ihm gehört. Meine Frau Sally weiß, an wen sie den Rest zu schicken hat.«

»Also, ich weiß nicht, Monsieur … zehntausend Pfund!«

Der Hollandais sah ihn durchdringend an.

»Stellt Euch vor, dass die Indianer wie Euer Volk sind, Alexander. Was würdet Ihr für Eure Leute tun, wenn Ihr all dieses Gold in den Händen hättet? Überlegt.«

Dann kramte der Pelzhändler in einer Innentasche seines Kapuzenmantels und reichte dem Schotten ein zerknittertes Papier, das mit einem Gekritzel aus Zahlen und Buchstaben bedeckt war.

»Was ist das?«

»Ein Plan der Stelle, an der das Gold versteckt ist.«

Alexanders Herz pochte heftig, und seine Finger verkrampften sich. Langsam hob er den Kopf und begegnete dem forschenden Blick seines Dienstherrn.

»Hinter uns, zur Rechten dieses Birkenwäldchens, befindet sich ein Pfad, der unter Dornenranken und Farn verborgen ist. Wenn man ihn einschlägt, gelangt man an eine Art kleine Bucht am Nordufer. Eine Wegstrecke von ein paar Minuten. Von dort aus sieht man direkt gegenüber eine Insel. Wenn Ihr schwimmen könnt, dürftet Ihr keine Schwierigkeiten haben, sie zu erreichen. Der Fluss ist an dieser Stelle nicht breit. Am äußersten Nordende dieser Insel steht eine verlassene Holzhütte. Die Angaben auf diesem Papier führen zu dem Versteck. Die von Buchstaben gefolgten Zahlen geben die Anzahl der Schritte an, von denen jeder ungefähr drei Fuß lang ist, und die einzuschlagende Richtung. Schaut … hier«, fuhr er fort, zog die Laterne heran und wies mit dem Finger auf ein Zeichen. »8 S-N bedeutet ›acht Schritte gen Norden‹. Ein ziemlich einfacher Code. Aber um den richtigen Ort zu finden, muss man von der rechten Stelle ausgehen.«

»Und die wäre?«, fragte Alexander einfach, ohne den Blick von dem Papier zu wenden.

»Hinter der Hütte steht ein dicker, einzelner Ahorn. Ihr könnt ihn gar nicht verfehlen. Man braucht sich nur mit dem Rücken zum Stamm zu stellen und in Richtung der zweiten Flussinsel zu sehen, der Katzeninsel.«

»Katzeninsel. Ja, das ist wirklich einfach.«

»Ich führe eine Kopie dieser Wegbeschreibung mit mir«, erklärte der Hollandais leise. »Behaltet dieses Papier bei Euch. Falls mir etwas zustößt …«

Aufgeschreckt vertrieb Alexander die Gedanken, die ihm durch den Kopf gingen, und wandte sich dem Pelzhändler zu. Zehntausend Pfund … Wenn ihm etwas zustieß, hätte er dieses ganze Geld für sich. Eine geradezu beängstigende Vorstellung! Er konnte nicht leugnen, dass dieser Schatz ihn lockte. Herrgott, jedem anderen Menschen wäre das ebenso ergangen! Er seufzte laut und verfluchte den Hollandais, der ihm solche moralischen Qualen aufbürdete.

Alexander lag auf dem Rücken und sah zum Sternbild Kassiopeia auf, das vom Schleier der Milchstraße umflossen wurde. Er konnte nicht schlafen. Das Geheimnis, das van der Meer ihm anvertraut hatte, ließ ihm keine Ruhe. *Zehntausend Pfund… Zehntausend Pfund…* sagte er sich immer wieder lautlos. Mit der Wegbeschreibung, die er besaß, wäre es so einfach, sie zu stehlen… Auf der anderen Seite, würde er in der Lage sein, mit der Last einer solchen Tat zu leben? Und außerdem würde der Hollandais ihn bestimmt verfolgen. Er würde ihn töten müssen… Allmächtiger Gott! Er konnte nicht glauben, dass ihm solche Gedanken durch den Kopf gingen. Gewiss, er hatte in seinem Erwachsenenleben auch schon gestohlen, sogar getötet. Aber wirklich nur, wenn er keine andere Wahl gehabt hatte. Aber heute Nacht hatte er die Wahl. Und die Entscheidung, vor der er stand, war furchteinflößend.

Er drehte sich auf seinem Lager um, erschlug eine Mücke, die auf seinem Hals saß, und betrachtete Munros Rücken. Sollte er ihm davon erzählen? Was würde er dazu sagen? Sie könnten sich das Geld teilen… Er ballte die Fäuste, biss die Zähne zusammen und rollte sich gequält zusammen. Er fand einfach keinen Schlaf. Zehntausend Pfund… Mit einer solchen Summe könnte er nach Schottland zurückkehren, wieder vor seinen Vater treten… Sein Sohn, ein reicher Mann! Aber wo blieb bei alldem sein Stolz? Dieser Stolz war alles, was er noch besaß. Würde er ihn auch noch verspielen, indem er einen so schändlichen Diebstahl beging?

Mit unsicherer Hand zog er das Papier hervor, das er in sein Hemd gesteckt hatte, und rieb es zwischen den Fingern. Er hörte es knistern und wiederholte lautlos die Codes, die darauf standen. Dann setzte er sich auf.

Nächtliches Vogelzwitschern und das monotone Zirpen der Grillen umgaben ihn. Die Mücken surrten ohne Unterlass. Die

Wellen plätscherten leise ans Ufer. Laubwerk raschelte sanft. Da war der süßliche Duft des Mais*, der in einem Topf über der Glut köchelte und den es zum Frühstück geben würde. Alles um Alexander herum wirkte ruhig, doch in seinem Inneren tobte ein heftiger Sturm. Nicht weit von ihm hatten sich einige Schläfer unter die umgedrehten Boote geflüchtet. Etliche andere Voyageurs hatten es, genau wie er selbst, vorgezogen, unter freiem Himmel zu nächtigen. Ein paar Fuß vom Wasser entfernt lagen zwei Kanus, die nicht benutzt wurden. Wenn er wollte, könnte er eines davon nehmen und sich mit der Strömung treiben lassen.

Alexander rieb immer noch das Stück Papier in der Hand und sah zu der Stelle hinüber, an der van der Meer schlief. Im Mondlicht leuchtete die Plane. Es wäre so einfach, so einfach … Dann hörte er wieder die Stimme des alten Pelzhändlers: *Ich weiß, was das Ehrenwort eines Schotten, der sich selbst achtet, wert ist. Versprecht mir, dass Ihr für die Menschen tun werdet, was Ihr könnt, Alexander.* Er hatte ihm sein Ehrenwort gegeben. Aber was war sein Wort wert? Zehntausend Pfund? Nein, viel mehr … Seine Ehre war unbezahlbar.

Behutsam steckte er das Papier in seinen *Sporran***, der an seinem Gürtel hing. Als er sich ein letztes Mal zum Unterstand des Hollandais' wandte, meinte er, eine Bewegung wahrzunehmen. Beobachtete van der Meer ihn? Er wartete ein paar Sekunden, dann legte er sich wieder hin und schloss die schweren Augen.

Am nächsten Morgen brachen sie, so wie an jedem Tag, bis sie Grand Portage erreichen würden, eine Stunde vor Sonnenaufgang auf. Während das Kanu beladen wurde, hielt Alexander es an der vorderen Spitze fest. Da sah er den Hollandais auf sich zukommen. Der Mann musterte ihn lange.

* Der Mais wurde aus seiner harten Hülle befreit und mit Holzasche vorgekocht.

** Eine Art Beutel, oft aus Pelz gefertigt, den die Highlander am Gürtel trugen (oder auf der Vorderseite des Kilts).

»Gut geschlafen, mein Freund?«

»Einigermaßen, Monsieur.«

»Das ist gut, sehr gut.«

Dann lächelte er unmissverständlich, zog den Hut und wandte sich ab. Alexander spürte, wie sein Herz heftig klopfte. Der Mann wusste genau, welche Gedanken ihm den Schlaf geraubt hatten.

Die Tage vergingen zum Rhythmus der Lieder, die sie im Takt ihrer Ruderschläge sangen, und die majestätischen Landschaften, die vorüberzogen, erinnerten Alexander daran, wie klein doch der Mensch ist. Es war nicht leicht, diese wilde, gnadenlose Natur zu zähmen.

Bis Grande Chaudière trafen sie auf keine Hindernisse. Dort allerdings mussten sie eine Portage von sechshundertfünfundvierzig Schritten bewältigen, die an einem Wasserfall vorbeiführte, und sich nass spritzen lassen. Dann folgte die lange, beschwerliche Portage von Grand Calument, die nicht weniger als zweitausend Schritte lang war.

Sie passierten die Île aux Alumettes, erreichten die Stromschnellen von Joachims und paddelten in einem Höllentempo bis zur Flussgabelung des Mattawa, wo sie die Richtung zu den Großen Seen einschlugen. Nach zahlreichen Hindernissen, die sie im Mattawa-Fluss antrafen, lagen noch eine kleine Überfahrt über den Nipissing-See und ein Stück auf dem Rivière des Français vor ihnen.

Manchmal ruhig, manchmal stürmisch umfloss das Wasser ihre Ruder und trug sie an kleinen oder großen sandigen Buchten vorüber. Gelegentlich sah man die kleinen schwarzen Augen der Moschusratten blitzen. Der Fluss strömte zwischen Felswänden hindurch und folgte dem Weg, den vor Tausenden Jahren die Gletscher gegraben hatten. Als sie sich zurückzogen, hatten sie Felsen zurückgelassen, die mit dem Menschen verglichen oft gigantisch waren. Die spektakulären Landschaften erinnerten Alexander an seine schottische Heimat und versetzten ihn in nostalgische Stimmung.

Nicht weniger als sechsunddreißig Portagen, von denen einige relativ kurz, andere dagegen lang und mühselig waren, lagen zwischen Lachine und Grand Portage. Wenn sie an Stromschnellen kamen, mussten die Ruderer anhalten und vorsichtig ihre Fracht ausladen. Da sie dabei oft im Wasser standen, ließen sie ihre Beinlinge und Mokassins oft im Trockenen und arbeiteten nur in Brayet* und Hemd. Als er die halbnackten Männer beobachtete, ging es Alexander durch den Kopf, dass ein Kilt viel praktischer gewesen wäre; außerdem hätten sie damit besser ausgesehen als mit diesem Stofffetzen.

Für den Transport der Boote war dieser Aufzug praktisch, doch er setzte die Männer auch den Mücken aus. Unter den Attacken ganzer Schwärme dieser blutrünstigen Insekten schnappte sich Alexander einen oder zwei der Ballen, die jeder neunzig Pfund wogen, und lud sie sich auf den Rücken, wo sie mit Hilfe eines *tomlan* genannten Lederriemens, der über seine Stirn verlief, festgehalten wurden. Er beugte sich unter seiner schweren Last, als trüge er das ganze Unglück der Welt auf den Schultern, und schritt dann über mehr oder weniger begehbare Wege, die über steiles oder schlammiges Gelände führten, bis er die Stelle erreichte, an der man nach einer kurzen Inspektion die Kanus erneut zu Wasser ließ. Manchmal beluden sich die Voyageurs als Herausforderung oder um eine Wette zu gewinnen noch mit einem zusätzlichen Ballen. Sheldon Kilpretin, der den Beinamen »der Ire« trug, vollbrachte die Bestleistung der Mannschaft, indem er eine Last von mehr als zweihundertfünfzig Pfund über die ganze Länge der Portage von Grand Calumet trug.

Die unglaubliche Anstrengung, die es Alexander kostete, seine Last zu schleppen, verschaffte ihm die notwendige Wärme, die er bei der plötzlichen Kälte des Umladens gut gebrauchen konnte. Wenn er wieder im Kanu saß, hatte ihm das zwangsläufige Bad in dem eiskalten Wasser neue Kraft geschenkt, um

* Eine Art Unterhose aus einem Stück Stoff oder Leder, das zwischen den Schenkeln durchgezogen und in der Taille mit einem Gürtel gehalten wurde.

unter dem Absingen von *À la claire fontaine** oder *C'est l'aviron qui nous mène*** erneut sein Ruder ins Wasser zu tauchen.

Gelegentlich reichte es, die Kanus »à la cordelle« zu transportieren, was weniger mühsam war. Dabei wurden die Kanus mit Tauen die Stromschnellen hochgezogen. Man musste die Boote sehr vorsichtig zwischen den Felsen hindurchmanövrieren, und trotz allem rissen sie sich unfehlbar den Rumpf an den spitzen Steinen auf, die sich in den Wasserwirbeln verbargen. Dann musste man sich die Zeit nehmen, sie mit *Watap**** und Kiefernharz, das man mit Hilfe einer Fackel schmolz, zu reparieren.

Wenn die Stromschnellen nicht allzu wild waren, kam es vor, dass sie ihnen aus reinem Übermut trotzten. Nach einem kurzen Gebet stürzten sich die Männer, das Ruder fest in der Hand und die Muskeln angespannt, entschlossen hinein. Der entfesselte Fluss donnerte in seinem Bett und übertönte alle Naturgeräusche der Umgebung. Doch jeder hörte seinen eigenen Herzschlag fast genauso laut wie den lärmenden Pulsschlag des Flusses.

Das tobende Wasser ergoss sich über die Männer, spottete ihrer wirkungslosen Ruderschläge und machte sich über sie lustig, indem es sie bis auf die Knochen durchnässte. Es blendete sie mit weißer Gischt, die ihre Kanus heftig durchschüttelte und drohte, sie jeden Moment zu verschlingen. Doch die Männer steuerten ihre Boote geschickt, ritten hartnäckig diesen wütenden Strom und trugen schließlich die Oberhand über den Fluss davon, der sich für unbesiegbar hielt.

Der Wagemut, den sie an den Tag legten, um so rasch wie möglich gen Westen voranzukommen, wurde bei Einbruch der Nacht belohnt, wenn sie anhielten, um sich auszuruhen. Dann baute man rasch das Lager auf, zündete Fackeln an und überprüfte die Birkenrinden-Boote, um sie wenn nötig auszubessern.

* »Am klaren Brunnen«, französisches Kinderlied. (Anm. d. Übers.)
** »Wir folgen dem Ruder«, Volkslied aus Québec. (Anm. d. Übers.)
*** Algonquin-Wort für die Thuja-Wurzel. Mit diesen Pflanzenfasern wurden die Rindenboote genäht. (Anm. d. Übers.)

Bald wurde der Schweißgeruch der Männer von dem Duft des ewigen Erbsen- oder Maisbreis überlagert, der durch die Zugabe von Schweinespeck oder Schmalz genießbarer wurde.

Nach der Anstrengung schmerzten Rücken, Hals und Arme. Alexander ließ sich gegen einen Baumstamm sinken, rauchte seine Pfeife oder trank Rum. Oft gesellte der Hollandais sich auf eine Lesestunde zu ihm, die er immer häufiger abkürzte, um ein wenig zu plaudern. Doch keiner der beiden kam noch einmal auf den Schatz zu sprechen. Das war besser so. Später am Abend lauschte Alexander den Geschichten seiner Kameraden, die reihum von ihren Abenteuern berichteten oder Geschichten aus den Wäldern erzählten, bei denen einem das Blut gefrieren konnte.

»... Und seine Augen, die so schwarz wie Kohle waren, glühten auf, als er in das Fleisch biss!«

Aus dem Dunkel ließ sich die Stimme von le Revenant vernehmen, dem alle ehrfürchtig lauschten.

»Es war entsetzlich! Die Schreie der Wilden hallten durch die Nacht und klangen wie ein Rudel Wölfe. Sie waren wie vom Wahnsinn ergriffen, tanzten, folterten, sangen, aßen und trieben Unzucht. Eine Orgie, kann ich Euch sagen! Eine Vision aus der Hölle!«

»Ohhh!«

Der Mann, den sie »le Revenant«, den Wiedergänger, nannten, trug seinen Namen zu Recht. Inzwischen wusste Alexander, dass er Hébert Chamard hieß und mehr als fünfzehn Jahre Erfahrung als Voyageur hatte. Er war einmal in die Gefangenschaft der Onondaga-Irokesen geraten, einem Volk aus den Bergen, das sich selbst auch »Hüter des Feuers« nannte. Er hatte ihre Martern erlitten und trug noch immer die Narben.

»Oh ja! Das sind wirklich Teufel! Sie fressen Menschenfleisch«, verkündete er düster und zeigte seine rechte Hand vor, an der zwei Finger fehlten. »Sie haben mir die Finger einen nach dem anderen abgeschnitten, wohlgemerkt, nachdem sie mir zuvor die Nägel ausgerissen hatten. Dann haben sie sie vor meinen entsetzten Blicken gebraten und den Kindern zum Essen gegeben. Diese Wilden nähren ihre Sprösslinge mit Menschenfleisch, Freunde!«

Mit einer theatralischen Bewegung, die sein Publikum vor Entsetzen erstarren ließ, nahm er seine eiserne Nase ab und enthüllte eine düstere Öffnung an der Stelle, an der sich dieses Organ einmal befunden hatte. Um das makabere Schauspiel zu vervollständigen, zog er dann seinen verbeulten Hut herunter, und Alexander konnte sich eines Ekelschauers nicht erwehren, als er den skalpierten Schädel des Revenant erblickte. Zugleich empfand er Bewunderung für den Mann. Er hätte es nicht für möglich gehalten, dass jemand eine solche Marter überleben könnte.

Le Revenant bückte sich, damit alle gut sehen konnten, und machte die Runde unter seinen Gefährten. Manche wagten es sogar, einen Finger auf die dünne, glänzende Haut zu legen, unter der das zarte Netz der Blutgefäße zu erkennen war. Der junge Chabot, durch Dutzende von Insektenstichen entstellt, war kreidebleich geworden und schwankte auf seinem Platz gefährlich. Jo-mé, der seinen Zustand bemerkte, wies ihn an, den Kopf zwischen die Beine zu stecken, damit seine Übelkeit verging. Doch vergeblich, der arme junge Bursche gab sein Abendessen von sich, sodass der üble Gestank nach Erbrochenem sich mit allen anderen Gerüchen mischte, die sie bereits umschwebten.

»Warum bist du noch am Leben?«

»Eine Squaw hat mich aus meiner Not gerettet, mein Guter«, erklärte der Revenant und lächelte spöttisch. »Zweifellos war sie beeindruckt von meiner Männlichkeit, die man mir gerade abschneiden und in die Suppe werfen wollte, und hat verlangt, man solle mich freilassen.«

»Eine Squaw kann über das Leben eines Mannes entscheiden?«, fragte Josiah Corbin erstaunt.

Die dunkelgrauen Augen des Revenant richteten sich auf den hugenottischen Geistlichen.

»Ich muss feststellen, dass Ihr Euch nicht gut mit den Sitten und Gebräuchen der Wilden auskennt, mein Freund. Die Irokesen hören auf die klugen Worte der Frauen. Sie haben das Recht, über Leben und Tod eines Gefangenen zu entscheiden, der für den Tod ihres Ehemannes oder eines ihrer Söhne verantwortlich ist. Eines Sommerabends im Jahr 1756 sind zwei andere Voyageurs und ich, kurz nachdem wir Fort Presqu'Île* verlassen hatten, einigen Wilden begegnet. Einer meiner Kameraden wurde getötet und skalpiert, der andere konnte fliehen. Ich selbst hatte einen Messerstich in die Leiste abbekommen und stellte mich tot. Ich dachte, sie würden gehen, und ich käme auf diese Weise davon. Welch ein Irrtum! Sie haben mich am Schopf gepackt, und ich habe geschrien. Als sie sahen, dass ich noch lebte, haben sie mich auf einer Trage in ihr Dorf gebracht. Bevor ich verwundet worden war, hatte ich einen ihrer Leute getötet. Ihre Gesetze schreiben ihnen vor, Blutrache zu üben, und sie hatten vor, mich ihren abscheulichen Martern zu unterziehen und mich meinen Todesgesang singen zu lassen, damit mein Geist gen Himmel aufsteigen konnte. Und ob ich gesungen habe, meine Freunde! Was für ein Lied! Versucht euch vorzustellen, welche Schmerzensschreie ihr ausstoßen würdet, wenn man euch eine glühende Kohle auf die Fußsohle drückt oder euch mit einem weißglühenden Messer die Schenkel aufschneidet. Stellt euch vor, wie euch der Geruch eures eigenen bratenden Fleisches in die Nase steigt und sich euer Magen umdreht! Stellt euch diese halbnackten Wilden um euch herum vor, blutrünstig, wahnsinnig, die Freudentänze um euch veranstalten wie um ein saftiges Schwein, das sich am Bratspieß dreht. Ich war für sie wie ein Schwein, Freunde«, erklärte le Revenant mit tiefer, schauriger Stimme, »ich war ihr Abendessen.«

»Aber dank deines … prachtvollen Organs bist du nur von einer einzigen Squaw verschlungen worden!«, rief Aunay und schlug sich auf die Schenkel. »Was für ein schönes Ende!«

Alle brachen in Gelächter aus, die Stimmung entspannte sich, und die Fröhlichkeit kehrte zurück.

* Dieses Fort wurde 1753 am Ufer des Erie-Sees, in der Nähe von Mill Creek, von den Franzosen erbaut, die es 1759 niederbrannten, damit die Engländer es nicht übernehmen konnten.

»Das war's!«, verkündete le Revenant breit lächelnd.

Er setzte sich den Hut wieder auf den kahlen, von einem schmalen roten Haarsaum umgebenen Schädel, band die Lederschnur, die seine falsche Nase hielt, erneut fest und verabschiedete sich mit einer kleinen Verneigung von seinem Publikum.

Von diesem Abend an betrachtete Alexander seinen Kameraden mit dem allergrößten Respekt. Die schreckliche Geschichte hätte eigentlich seine Furcht vor den Eingeborenen noch verstärken müssen, aber sie stachelte seine Neugierde nur noch weiter an. Schon mehrmals waren sie unterwegs einigen Algonquins begegnet, doch die hatten sich in keiner Weise angriffslustig gezeigt. Im Gegenteil, sie fuhren oft ein Stück neben ihnen her, plauderten freundschaftlich und tauschten direkt auf dem Wasser ein paar Felle gegen kleinere Gegenstände. Waffen, Schießpulver und die größeren Handelswaren, die sie mitführten, waren allerdings für den Tauschhandel am Handelsposten Grand Portage vorgesehen. Dorthin kamen die Ojibwas, die Potawatomis und Indianer anderer Völker der Gegend, die den ganzen Winter hindurch gejagt hatten, um sich jetzt das Notwendige zur Ergänzung ihrer schmalen Kost zu verschaffen. Die Felle wurden dann sorgfältig ausgewählt und gewogen, und es wurde geschachert, um einen möglichst hohen Gewinn zu erzielen. Aber im Moment schien dieser Handelsposten sich noch am Ende der Welt zu befinden.

4

Der Weg der Einsamkeit

Am Morgen des 27. Mai lief van der Meers kleine Flottille, nachdem sie eine Reihe von Inseln aus Granitgestein umfahren und die gefährlichen Stromschnellen von Dallas hinter sich gelassen hatte, in die beeindruckende Baie Georgienne, von den Engländern Georgian Bay genannt, ein. Eine milde Brise wehte von achtern und überzog die Wasseroberfläche mit kleinen Wellen. »Der Wind ist günstig!«, schrien die Männer voller Freude. Das Wetter war perfekt. In jedem Boot befestigte man ein Paddel, an das man zuvor ein kleines Segel gebunden hatte, an der Ruderpinne. So kamen sie schneller vorwärts.

Die Landschaft hatte sich völlig verändert. Nach den engen Felskorridoren mit ihren schäumenden Wassern fuhren sie jetzt durch offene Weiten. Sie befanden sich auf einem Süßwassermeer mitten auf dem Kontinent. Dann waren die Geschichten, die Alexander gehört hatte, also wahr. So kreuzten sie zwischen Inseln hindurch, die das Archipel von Manitoulin bildeten; Tausende von Wasser umschäumte Felsbrocken, die oft von Nadelbäumen gekrönt waren, sodass man sie für riesige Blumentöpfe hätte halten können. Dann legten sie die letzte Portage zurück, die von Sault Sainte-Marie, die den Huron-See mit dem Oberen See verband und wo einmal eine Jesuitenmission gestanden hatte. Schließlich legten sie an der Pointe de Pins einen Halt ein. Wie gewohnt brachen sie vor Tagesanbruch wieder auf. Der große Obere See lag eingerahmt zwischen zwei düsteren Felsmassiven, die aus dem Nebel auftauchten, vor ihnen. Das Gros Cap und die Pointe Iroquois erhoben sich aus dem glitzernden Wasser, das sich erstreckte, so weit das Auge sehen konnte.

»Rauchpause!«, schrie der Führer.

In einer einzigen, inzwischen gut eingeschliffenen Bewegung wurden die Ruder in den Kanus verstaut, die weiter durch ein Seerosenbeet glitten. Jeder zog seine Pfeife und seinen Tabak aus seiner Gürteltasche. Sekunden später schwebte eine duftende Wolke über der Flottille, die still vor der majestätischen Landschaft vorüberglitt.

»Das soll ein See sein?«, murmelte Alexander in sich hinein.

»Beeindruckend, was?«, gab le Revenant zurück und zog in dem grellen Licht die Augen zusammen. »Ich bin mir sicher, dass es keinen größeren See auf der Welt gibt. Wenn ich mich irre, soll mich der Blitz treffen.«

Er sah nach oben, wandte die offenen Hände gen Himmel und wartete einen kurzen Moment. Dann lachte er.

»Das sage ich jetzt bestimmt zum zehnten Mal, und noch nie ist mir der Himmel auf den Kopf gefallen. Dann muss es ja wohl wahr sein!«

Munro schüttelte sein Haar, um den Mückenschwarm zu vertreiben, der sie eingeholt hatte.

»*Mac an diabhail!*«, fluchte er und klatschte auf seinen Hals. »*Damn midgets!*« Verfluchte Viecher!

»Was willst du, Cousin, die Mücken sind halt verrückt nach Rum!«, neckte ihn Alexander und zerquetschte selbst ein Insekt auf seinem Schenkel.

Die fantastische, ewige Landschaft wirkte kahl und zugleich seltsam freundlich. Das Blau des Wassers strahlte bis auf die felsigen Ufer aus. Diese Natur mit ihren steilen Felswänden und mächtigen Landzungen schien seit Anbeginn der Welt zu schlummern, als hätte die Zeit keine Macht über sie.

Zwei Reiher überflogen sie in Richtung Osten. Am Ufer kaute ein Elch sein Frühstück und warf den Kanus gelegentlich einen Blick zu. In der Stille schloss Alexander die Augen und lauschte seinem Herzen, das im Rhythmus der Wogen schlug. Heiter überließ er sich diesem magischen Moment und fühlte sich in vollkommener Harmonie mit der Natur… Einige Minuten später gab der Führer Befehl zum Weiterrudern. Mehrere Dutzend

Voyageurs wandten die Blicke von den hohen Felswänden ab, die den nördlichen Teil des Sees umgaben, und tauchten erneut die Ruder in das ruhige Wasser.

»*M'en revenant de la jolie Rochelle …*«, intonierte eine Stentorstimme fröhlich.

»*J'ai rencontré trois jolies demoiselles … C'est l'aviron qui nous mène, c'est l'aviron qui nous mène en haut!*«, fielen alle im Chor ein, und sie fuhren in die blaue Weite hinein, die sie endlich nach Grand Portage führen würde.

Einige Tage fuhr der Trupp an der Küste entlang. Um keine Zeit zu verlieren, reisten sie oft bei Nacht, wenn es weniger windig war und der Wellengang ruhiger. In der Nipigon-Bucht zwang sie ein sintflutartiger Regen, einen ganzen Tag an Land zu verbringen. Die Männer saßen unter ihren Öltuch-Planen, rauchten und murrten. Der Rauch der Feuer vertrieb weder die Mücken noch die anderen Insekten, die sie umschwirrten.

Von allen Übeln, die sie zu ertragen hatten, waren die Insekten eindeutig das allerschlimmste. Le Revenant erzählte die Geschichte eines Voyageur-Kameraden, den die summenden Schwärme, die ihnen bei Tag und Nacht zusetzten, in den Wahrsinn getrieben hatten. Er hatte sich in eine Stromschnelle gestürzt und war ertrunken.

Nachdem sie die Tonnerre-Bucht durchquert und die Île Royale passiert hatten, erreichten van der Meer und seine Männer am 13. Juni endlich ihr Ziel. Bärtig und verdreckt wie die Tiere landeten sie an der Chapeau-Landspitze, um sich ein wenig zurechtzumachen. Da die Voyageurs wussten, dass sich die Indianerinnen von haarigen Männern abgestoßen fühlten, nahmen sie sich die Zeit, sich zu rasieren, ehe sie sich in der Handelsstation vorstellten. Dann marschierten sie, zu einem ordentlichen Bataillon aufgestellt, in ihren besten Kleidern und oft sogar mit bunten Federn und Gürteln in bunten Farben geschmückt, die letzten Meilen bis nach Grand Portage, wo ihre Ankunft für großes Aufsehen sorgte.

Grand Portage war ein wichtiger Handelsposten, der bedeutendste Hafen der nördlichen Territorien und fast ein richtiges Dorf. Einige hundert Männer wohnten dort, geschützt durch eine Palisade aus Zedernholz. Abgesehen von den Behausungen bestand die Siedlung aus Lagerhäusern für die Tauschwaren und Magazinen für die Lebensmittel. Außerdem gab es einen Pavillon, in dem die Voyageurs aßen und feierten. Nur die Gesellschaftseigner, die Übersetzer, Führer und Kontoristen lebten im Inneren der Umfriedung. Die anderen Voyageurs und einige Indianer wohnten außerhalb des Zauns rund um die Siedlung herum, wo sich auch die Weiden für das Vieh befanden. Wer mit einer freundlichen Indianerin zusammenlebte, baute sich eine kleine Hütte, die seine Ehefrau auf Zeit unterhielt und oft mit Sprösslingen belebte.

Hier waren die Ruderer, während die Gesellschaftseigner über die Pelze verhandelten, die die Eingeborenen brachten, zu einem müßigen Leben verurteilt, während sie darauf warteten, dass es wieder auf die Rückreise ging. Sie strömten in die Kantine, veranstalteten ein gewaltiges Gelage und stopften sich mit gesalzenem Rindfleisch, Schinken, Butter, Brot, Zucker und Kaffee voll, kurz gesagt, mit allem, dessen Geschmack sie während der langen Wochen ihrer strapaziösen Reise fast vergessen hatten.

Um das Essen vor allem während der langen Winter zu ergänzen, kaufte man bei den Indianern, besonders den Völkern, die die großen Prärien bewohnten, Pemmikan. Das waren roh getrocknete Fleischstreifen, meist Bison, die äußerst schwer zu kauen waren, aber geröstet und zerstoßen mit Bären- oder Elchfett vermischt als Reiseproviant sehr nahrhaft und lange haltbar waren. Mit Maismehl und Wasser gekocht ergab es eine Art dicke, *Rababoo* genannte Suppe. Im Austausch für dieses Fleisch erhielten die eingeborenen Stämme Branntwein, der bei ihnen sehr begehrt war.

Wenn es Abend wurde, betranken sich die Männer in der Taverne oder gingen zu den Prostituierten, die ihnen ihre Dienste anboten. Diese Frauen waren Eingeborene aus den Algonquin-

Stämmen nördlich der Großen Seen, die man freundlich die »Hühner« nannte.

Fernab von der Zivilisation und ihren Umgangsformen regelten die Voyageurs ihre Meinungsverschiedenheiten durch heftige Raufereien, bei denen rasch auch Messer gezückt wurden. Nicht selten wurde jemandem ein Ohr abgeschnitten oder ein Auge ausgestochen.

Dennoch herrschte in der kleinen Gemeinschaft eine gewisse Ordnung. Jeder bekam eine Aufgabe übertragen. Das konnte die Instandhaltung der Gebäude sein, Holzhacken, Jagen, Fischen, die Pflege der Hunde, die im Winter die Schlitten zogen, oder die Errichtung neuer Blockhütten. Die Männer, die sich gern in der offenen Landschaft aufhielten, arbeiteten als Boten und hielten die Verbindung zu den benachbarten Handelsposten aufrecht. Und dann waren da noch diejenigen, die auf eigene Faust zu den Indianern gingen und versuchten, mit ihnen zu handeln.

Alexander teilte sich eine Hütte mit etwa zwanzig Männern, die auf übereinandergestellten Pritschen nächtigten. In der Mitte des einzigen Raums thronte ein eiserner Ofen. Das rustikale Mobiliar bestand aus einem Tisch und mehreren Bänken, die grob aus unbearbeiteten Baumstämmen zurechtgehauen waren. Der Hollandais hatte ihn, wahrscheinlich, weil er seinen Charakter kannte, mit der Jagd beauftragt, auf die er sich ausgezeichnet verstand. Durch diese Arbeit erlebte er kostbare Momente der Einsamkeit, in denen er dem lauten Treiben des Handelspostens entfliehen konnte. Während er auf das Wild lauerte, konnte er seinen Geist frei an andere Orte schweifen lassen. Gelegentlich führte ihn diese Reise sogar bis in die Berge von Glencoe. Merkwürdigerweise stellte er jedoch fest, dass die Sehnsucht, die er früher bei solchen Gedanken empfunden hatte, verblasste. Schottland schien ihm inzwischen eine so ferne Erinnerung zu sein …

Die Einsamkeit schenkte ihm Frieden, doch sie ließ auch schmerzliche Erinnerungen aufsteigen. Unweigerlich standen ihm irgendwann Isabelles Züge vor Augen. Um seine männlichen Triebe zu befriedigen und sich von dem Einfluss zu befreien, den die junge Frau immer noch auf ihn hatte, brauchte er dann eine heftige Begegnung mit einer Eingeborenen. Desillusioniert nahm er dann wieder sein Gewehr und ging in die Wälder, um wilde Tiere zu jagen und vor seinen Dämonen zu fliehen. So verlief sein Leben in Grand Portage während des Sommers 1764.

Anfang September begann die Handelsstation mit den Wintervorbereitungen. Für den, der keine ausreichenden Vorräte an Holz und Nahrung anlegte, würde die kalte Jahreszeit hart und lang werden. Außerdem mussten die Behausungen repariert und gegen die Kälte isoliert werden.

Wenn der Herbst begann, kehrten Gruppen von Voyageurs, die man »Männer des Nordens« nannte, von ihrer langen, gefährlichen und mehrere Monate dauernden Expedition zurück. Ihre Kanus waren besser an das feindliche Territorium im Norden angepasst als die größeren Boote, die die Wasserwege im Osten befuhren.

Von Grand Portage aus führte eine Route nach Nordwesten. Man fuhr zunächst den Pigeon-Fluss hinunter und gelangte dann in einem beschwerlichen Fußmarsch von neun Meilen zum Lac à la Pluie. Anschließend erreichte man, nachdem man ein Gebiet aus Nadelwäldern, kleinen Seen und Flüssen, die durch tief in Granit und Basalt eingegrabene Rinnen flossen, durchquert hatte, den Winnipeg-See und den Rivière Rouge.

Von dort aus eröffneten die Voyageurs neue Routen, an denen sie Handelsposten begründeten. Dies war der Anfang einer neuen Ära in dem florierenden Handel mit Pelzen. Die Hudson's Bay Company, die seit jeher praktisch ein Monopol auf die Waldgebiete gehabt hatte, musste mit einem Mal feststellen, dass »ihre« Territorien von einer neuen Generation Händler überrannt wurden, die zu allem bereit waren, um sich einen Teil dieses lukrativen Marktes anzueignen. So begann ein erbitterter Wettbewerb, ja ein Krieg, der Jahrzehnte dauern sollte.

Der Herbst gefiel sich darin, dem Wald täglich neue Farben überzuhauchen. In ein paar Wochen würden dann die leuchtenden, warmen Nuancen verschwunden sein, und ein weißes, kaltes Leichentuch würde die Natur bedecken. Nur ein paar Gruppen von Nadelbäumen würden ihr tiefgrünes Kleid bewahren. Alexander saß auf einem Felsbrocken und betrachtete die ungezähmte Landschaft, deren Schönheit ihm den Atem verschlug. Er ließ den Blick über die schroffen Berge und dann über die Oberfläche des gewaltigen Sees gleiten und seufzte. Warum nur stieg im Herbst immer diese Nostalgie in ihm auf?

Er dachte an Coll, der auf dem Heimweg in die Highlands war. In diesem Moment musste sich sein Bruder mitten auf dem Ozean befinden, zwischen Himmel und Meer, deren Grau und Blau sich vermischte. Die meisten Soldaten kehrten, so wie er, nach Hause zurück, in ihre Heimat und zu ihrer Familie. Geblieben waren meist die Offiziere, denen man ein schönes Stück Land oder einen günstigen Grundbesitz angeboten hatte.

Alexander konnte nicht anders, als Coll darum zu beneiden, dass er bald in ihre Heimat zurückkehren würde. Er würde Wurzeln schlagen und Nachkommen zeugen, die ihrerseits tief im Granitboden Schottlands Wurzeln schlagen würden. Auf diese Weise im Land ihrer Vorfahren verankert, würden sie den Angriffen der Zeit und der Menschen widerstehen können, sanft gewiegt von der milden Brise, die vom Loch Leven heranwehte und den Duft von Tang, Heide und Torf herantrug, die Gerüche seiner Kindheit.

Da sie wussten, woher sie kamen, würden sie Gewissheit über ihre Identität haben. *Um zu wissen, wohin man geht, muss man wissen, woher man kommt,* hatte van der Meer erklärt. Mit einem Mal spürte Alexander ein Gefühl von Leere: Wusste er überhaupt, woher er kam? Warum hatte er diese seltsame Empfindung, dass er nirgendwo herkam?

Alexander hatte keine Lust, sich in das Labyrinth existenzieller Fragen zu begeben, auf die er ohnehin nie eine Antwort finden würde, und widmete sich lieber wieder der Betrachtung der Landschaft. Die Wellen des Oberen Sees schlugen ans Ufer und zogen sich wieder zurück. Erneut gingen die schaumbedeckten Wogen zum Angriff über, klammerten sich mit ihren langen weißen Händen an dem goldenen Sand fest, um ihn zu verschlingen. Aber das Land leistete Widerstand, beharrte darauf, seine schwachen Grenzen zu schützen und gab nur ein paar Kiesel und Muschelschalen her. So formte der unablässige Kampf der Elemente die Landschaft. Alexander liebte dieses Land, seine rauen und seine sanften Seiten, die seine Stimmungen widerspiegelten. Ein Leben reichte nicht aus, um diese unendlichen Weiten zu erkunden …

Weit weg, in der Bucht, erklang der klagende Ruf eines Eistauchers. Perlendes Lachen übertönte das Rauschen der Wellen. Einige Ojibwa-Frauen amüsierten sich damit, einander nass zu spritzen, mit Sand zu bewerfen und ins Wasser zu springen. Das Licht der untergehenden Sonne vergoldete ihre nackte Haut, umriss ihre Muskeln und Rundungen und schimmerte auf ihrem langen, ebenholzschwarzen Haar. Alexander wandte sich ab und schloss die Augen.

Trotz der erstickenden Hitze beschleunigte er seinen Schritt, um sich nicht wieder ausschelten zu lassen. Diese Woche hatte er schon dreimal Torfballen stapeln müssen, nachdem sein Vater ihm die Sitzfläche mit dem Gürtel gewärmt hatte. Er durfte nicht schon wieder zu spät zum Abendessen kommen. Um Zeit zu sparen, schlug er den Pfad ein, der am Loch entlangführte. In der Ferne erblickte er eine Gruppe weißer Schwäne, die auf dem Wasser mit den Flügeln schlugen. Er hoffte, sie noch aus größerer Nähe bewundern zu können. Je näher er kam, umso deutlicher konnte er ihre Formen erkennen, und sein Herz schlug schneller. Doch kurz darauf wurde er langsamer und zögerte. Er wollte diese wunderschönen Schwäne nicht verscheuchen, die schönsten, die er je gesehen hatte …

Die Frauen lachten, wedelten mit den nackten Armen und bespritzten einander mit Wasser. Mit pochendem Herzen beschloss Alexander, näher heranzugehen, aber durch den Wald. Im Zickzack huschte er zwischen den Bäumen hindurch und stolperte über Wurzeln. Schließlich war er nur noch ein paar Fuß von den jungen Frauen entfernt und beobachtete sie aus seinem Versteck heraus glückselig. Ihre wunderschöne blasse Haut fing die Sonne ein und erinnerte ihn an die schöne Statuette bei seinem Großvater Campbell. Ihre Hemden wehten und verbargen einmal ihre Formen, um sich dann wieder eng an sie anzuschmiegen. Wunderschön …

Mit einem Mal sehnte Alexander sich nach einer Frau. Gewiss, da war auch ein körperliches Bedürfnis, aber vor allem verlangte es ihn nach Zuneigung, wie jedes menschliche Wesen. Er sehnte sich glühend und verzweifelt nach Isabelle.

Als die Rückreise näherrückte, konnte er sich der Gedanken an die junge Frau nicht mehr erwehren. Bei Nacht träumte er davon, ihren Körper in den Armen zu halten. Er spürte sie dann mit seinem ganzen Wesen und war hingerissen vor Glück. Aber wenn dann grau der Morgen heraufzog, kehrte die Wirklichkeit wieder, in Gestalt einer Decke und oft auch einer Frau, die ihm völlig gleichgültig war und die er am Vorabend in einer Taverne oder auf der Straße aufgelesen hatte.

Bald würde er nach Montréal zurückkehren. Würde er diesem quälenden Drang, sie wiederzusehen, widerstehen können? Alles wäre viel leichter gewesen, wenn er mit den anderen in Grand Portage hätte bleiben können. Er hätte wie ein Bär in seiner Höhle gelebt und während der Zeit, in der man wegen des Schnees nicht nach draußen konnte, vor dem Eisenofen gesessen und geschnitzt. Es verdross ihn, dass er nach Montréal zurückkehren musste, aber so legte es sein Vertrag fest. Ihm blieb nichts anderes übrig. Außerdem war da noch dieses Geheimnis, das er bewahrte, dieser Schatz, dessen Hüter er sein würde, falls dem Hollandais etwas zustieß …

Hinter ihm knirschten Kieselsteine, doch er löste den Blick nicht von dem üppigen Bild, das vor seinen Augen lag.

»Hey, Macdonald!«, rief ihn eine Falsettstimme an.

Es war der junge Chabot, den alle den »Milchbart« riefen.

»Der Hollandais will dich sofort sehen. Er ist im Hinterzimmer des Kontors.«

Im Kontor herrschte reges Treiben. Jeden Tag kamen Dutzende von Indianern hierher und brachten ihre Pelze, die irdischen Hüllen ungefähr jeder Tierart, die diesen Landstrich bewohnte. Alexander hatte schon mehrfach Gelegenheit gehabt, dem nicht enden wollenden Geschacher beizuwohnen, bei dem sich die Weißen ebenso hinterlistig wie die Eingeborenen geizig zeigten. Die Indianer tauschten kostbare Biberfelle ein, außerdem die Pelze von Schwarzbären, Füchsen in all ihren zahlreichen Farbschattierungen, Wölfen, Luchsen, Hermelinen und ihrer Verwandten, um verschiedene Waren aus den Regalen des Lagers zu erwerben: Hemden, Stoffe wie Serge oder Segeltuch, Wolldecken, Messer, Waffen und Schießpulver, Pfeifen und Tabak, Alkohol, Fallen, Äxte, Kochtöpfe, Essgeschirr, Löffel, Maultrommeln sowie eine Menge kleiner Gegenstände wie Glasperlen, Straußenfedern, Filzhüte und rote Röcke.

Jede Partei wollte einen möglichst großen Gewinn einstreichen, daher wurde erbittert um den Preis der Felle gerungen. Wenn zwei Eingeborene denselben Gegenstand erwerben wollten, dann bekam ihn derjenige, der zur großen Freude der Kontoristen ein oder zwei Pelze zugab.

Als Alexander in das verrauchte Gebäude trat, erblickte er drei Eingeborene, die mit dem Kontoristen diskutierten, William Long, einem Amerikaner aus Albany. Einen von ihnen kannte er, da er ihm schon mehrfach begegnet war. Das Gespräch wurde auf Algonquin geführt, sodass er nicht verstand, worum es ging. Allerdings entnahm er den Blicken und Gesten der Männer, die sich auf eine junge Indianerin richteten, die ruhig in ihrer Nähe wartete, dass sie im Mittelpunkt des Streits stand. Long schüttelte den Kopf und weigerte sich, dem Anliegen der Algonquins nachzukommen. Die Stimmen wurden lauter, und Neugierige sammelten sich, die den Männern zuhörten. Nach einer Weile trat van der Meer, der sichtlich verärgert über den Radau war, in den Raum.

»*Bezaan! Bezaan!*«, gebot er auf Algonquin Ruhe.

Der Hollandais wandte sich an den Kontoristen und verlangte eine Erklärung.

»Sie wollen eine Schuld aus dem letzten Winter bezahlen, indem sie uns diese Frau anbieten, Monsieur.«

Van der Meer betrachtete die Eingeborene prüfend, als wäre sie nur ein weiterer Pelz, den er einhandeln wollte. Brummend vor Ungeduld sah er Long an.

»Wie hoch ist diese Schuld?«

Der Kontorist fuhr mit dem Zeigefinger über die Seite eines alten, tintenbekleckсten Hauptbuchs.

»Ein Fässchen Branntwein, ein Pfund Schießpulver, zwei Pfund Blei und … ein Messer.«

Der Hollandais seufzte.

»Heilige Muttergottes! Willst du diese Frau verkaufen, Wemikwanit?«

Er hatte den kleinsten der drei Eingeborenen angesprochen, der wie ein Weißer gekleidet war: rotes Baumwollhemd und einen Flechtgürtel um die Taille, Beinlinge aus brauner Wolle, die sehr hübsch mit indianischen Mustern verziert waren. Der Mann reckte die Schultern und presste seine ohnehin schon schmalen Lippen empört zu einem schmalen Strich zusammen.

»Nein. Kaishpa will diese Frau anbieten … Er hat eine Schuld, *diba'amaage**.«

»Ist sie seine Frau?«

Schweigen. Der Hollandais verzog leicht die Mundwinkel.

»*Oshkiniigikwe! Gigishkaajige!*«, beharrte Kaishpa und wies auf die Frau. Sie ist jung und schwanger. »Guter Tausch. Sehr gut.«

Van der Meer ging um die junge Frau herum, die hocherhobenen Hauptes die Wand anstarrte.

»Kaishpa soll wissen, dass ich kein Sklavenhändler bin.«

»Das weiß Kaishpa, ich habe es ihm gesagt«, antwortete Wemikwanit, immer noch mürrisch. »Er hat gesagt, wenn Ihr Euch weigert, verkauft er sie anderswo und kommt dann mit dem Geld zurück. Aber er glaubt, dass sie es hier besser hat.«

»Ach ja? Das glaubt er?«

* Er zahlt.

»Ja«, gab Wemikwanit zurück und starrte dem Hollandais in die Augen. »Ich habe ihm versichert, dass *Wemitigoozhi*, der Franzose, immer Wort hält.«

»Ich halte immer Wort, das stimmt. Aber ich kann mich nicht erinnern, dass ich dir irgendwann mein Wort bezüglich der… guten Behandlung der Frauen hier gegeben hätte…«

»*Wemitigoozhi* sagt, er will uns vor der schlechten Behandlung durch die *Zhaaganaash*, die Engländer, beschützen. Diese Frau ist eine *Wiisaakodewikwe*, ein Mischling. Ihr Vater war ein französischer Soldat aus der Garnison von Fort Michillimackinac, und ihre Mutter ist im letzten Sommer an den Pocken gestorben. Die *Zhaaganaash* wollen sie nur zu ihrem Vergnügen. Sie hat bereits ein kleines Kind von einem von ihnen und erwartet wieder eines. Mikwanikwe arbeitet gut; sie versteht sich darauf, Leder zu kauen, und macht die schönsten *Makizins*, Mokassins.«

»Mikwanikwe? Ist das dein Name?«, fragte der Hollandais die junge Frau, die immer noch regungslos dastand. »Sprichst du Französisch?«

»*Gaawiin*.« Nein.

»Aber du verstehst es?«

»*Miinange*.« Ja.

»Das ist gut. Und du bist bereit, Teil dieses Handels zu sein, Mikwanikwe?«

Sie nickte mit kurzen, schnellen Bewegungen. Da sie ziemlich groß war, brauchte sie den Kopf nicht zu heben, um den Hollandais anzusehen. Letzterer runzelte die Stirn und kratzte sich den Bart.

»Nun gut«, murmelte er, an Wemikwanit gerichtet. »Ich bin bereit, das Branntweinfässchen zu streichen. Das ist alles. Das Pulver, das Blei und das Messer ist er mir noch schuldig.«

Wemikwanit sprach Kaishpa an und erklärte ihm, was der andere vorschlug. Der Eingeborene brummte.

»Er kann annehmen oder nicht«, meinte van der Meer warnend und verschränkte die Arme vor der Brust. »Wenn ich zu großzügig bin, macht er sich so etwas zur Gewohnheit.«

»*Odaapinige*.« Er ist einverstanden.

»Das ist gut. Ich weise dich darauf hin, Wemikwanit, dass dies das letzte Tauschgeschäft dieser Art ist, das ich mit euch mache. Nächstes Mal nehme ich nur *Pelus**. Auch da hält der *Wemitigoozhi*, der Franzose, Wort.«

»Sie haben verstanden.«

Der Hollandais wollte noch etwas hinzusetzen, doch da erblickte er Alexander, der sich ein wenig abseits hielt.

»Ah, da seid Ihr ja, mein Freund!«, rief er mit einem breiten Lächeln aus. »Kommt, ich möchte mich vor unserer Abreise noch unter vier Augen mit Euch unterhalten.«

Die drei Indianer drehten sich zu dem Schotten um. Wemikwanit, offenbar ein Mischling, ließ seinen abschätzenden Blick auf ihm verweilen und stieß dann Kaishpa, der die Augen zusammenzog, mit dem Ellbogen an. Verlegen bewegte Alexander die Schultern und folgte dem Hollandais. Als er an der Eingeborenen vorbeiging, hob sie abrupt den Kopf, sodass ihre langen, aus Glasperlen und Federn gefertigten Ohrringe klimperten. Sie schenkte ihm ein schüchternes Lächeln, das ihn anrührte. Er wusste, dass es in den Handelsniederlassungen üblich war, eingeborene Frauen an den Meistbietenden zu verkaufen, aber er fand diesen Brauch abstoßend. Durch den Alkohol verloren die Indianer jedes menschliche Gefühl.

Nervös bot van der Meer Alexander einen Platz an. Ein mit Papieren bedeckter Tisch und zwei reparaturbedürftige Stühle stellten die gesamte Einrichtung des Anbaus dar, der dem Händler als Büro diente. An der Hinterwand hing ein schönes Bärenfell, und darüber wurde ein prachtvolles Elchgeweih von zwei kleineren Hirschgeweihen flankiert.

»Bei Wemikwanit ist Vorsicht angebracht«, begann der Hollandais. »Er ist verschlagen. Und außerdem sollte man den eingeborenen Frauen misstrauen, denn sie korrumpieren unsere Männer. Ich meine … sie lenken sie von ihren Aufgaben ab. Diese indianischen Frauen bestimmen selbst über ihren Körper und

* Im Pelzhandel eine Tauscheinheit im Wert eines Biberfells von guter Qualität.

haben eine andere Vorstellung von Schamgefühl und Tugend als wir. Häufig führt das zu Ausschweifungen … Man muss also sorgsam wählen. Allerdings kommt Mikwanikwe mir sehr fügsam vor. Aber sie zögert nicht, einem offen in die Augen zu sehen. Eine indianische Frau ist stolz und wird nichts tun, was sie nicht will. Ich bezweifle, dass Kaishpa sie verkauft, weil ein Engländer sie ›besudelt‹ hat. Das ist einfach eine Methode, sich seiner Ehefrau zu entledigen, wie es auch andere tun. Vielleicht hat sich Mikwanikwe in einen Soldaten der Garnison von Michillimackinac verliebt, und ihr Mann missbilligt diese Beziehung. Sie ist hübsch und wird unter unseren Männern rasch jemanden finden, der gern bereit ist, sich um sie zu kümmern. Die Winter hier sind lang, und eine Frau schenkt Körper und Geist ein gewisses … Wohlbefinden. Die Indianerinnen lehren die Weißen, wie man in diesem rauen Land überlebt. Sie zeigen ihnen, wie man das Wild in Fallen fängt; sie bearbeiten Leder und stellen warme Kleidung her. Und schließlich führen solche Verbindungen dazu, dass ihre Familie einem eine gewisse Loyalität entgegenbringt, was den Handel erleichtert. Das Leben wird also angenehmer. Dennoch ist eine gewisse Disziplin vonnöten. Ansonsten nimmt das Laster – illegaler Handel, Zwangsprostitution und Gewalt – überhand, und niemand ist mehr sicher. Ohnehin ist der Abstand zwischen Zivilisation und Barbarei gering genug. Versteht Ihr, ich bin schon Zeuge so vieler Ausbrüche geworden. Trunksucht und Unwissenheit machen sich nicht bezahlt. Aber das wisst Ihr bestimmt schon, Alexander. Ihr besitzt eine gewisse Bildung … Hmmm … Wenn Ihr wollt, könntet Ihr eine bedeutendere Stellung in den Handelsposten ausfüllen. Ihr könnt rechnen und lesen. Bei einem Kontoristen in die Lehre zu gehen, würde gut zu Euch passen. Ich muss mit Solomon darüber sprechen … Also, in zwei Tagen brechen wir auf«, versetzte er unvermittelt und schenkte zwei Gläser von einem schottischen Whisky ein, den Alexander zuvor nur einmal zu kosten bekommen hatte. »Die Vorbereitungen sind im Gang.«

Während der Händler sprach, kramte er in seinen Papieren. Schließlich zog er ein etwas verknittertes Papier hervor.

»Hier habe ich die Namen der Männer, die mit uns nach Montréal zurückkehren. Ich habe sie den ganzen Sommer über aufmerksam beobachtet und glaube, ihnen vertrauen zu können. Aber wenn Ihr etwas über einen von ihnen wisst …«

Alexander nahm die Liste, die der Hollandais ihm reichte, und überflog sie: le Revenant, Chabot, Dumais, la Grenouille … Keiner der Namen ließ Alarmglocken bei ihm läuten.

»Von diesen Männern kommt mir keiner verdächtig vor, Monsieur.«

»Ich habe schließlich doch beschlossen, mit zwei Kanus nach Montréal zurückzufahren. Das ist sicherer. Ich nehme auch den kleinen Burschen mit. Er ist beherzt … aber ich fürchte, einen Winter in den Wäldern wird er nicht überleben.«

Alexander nickte und gab dem Pelzhändler das Blatt zurück. Der Hollandais steckte die Nase in sein Glas und wirkte plötzlich nachdenklich. Das Schweigen dauerte mehrere Minuten an.

»Aber das sind alles nur belanglose Einzelheiten … Ihr habt sicher erraten, dass der wahre Grund, aus dem ich Euch sprechen wollte, mit etwas Wichtigerem zu tun hat.«

»Mit Eurer Mission …«, murmelte Alexander vorsichtig und hob das Kinn.

»Ja, meine Mission … Ihr habt den Lageplan noch?«

»Ja.«

»Das ist gut, sehr gut.«

Van der Meer stellte sein Glas auf einem Stapel Blätter ab, die durch die feuchte Luft vergilbt waren und sich gewellt hatten. Er strich über seinen Bart und zupfte ein winziges Insekt heraus, das er auf der Ecke des Schreibtisches zerquetschte.

»Verfluchtes Ungeziefer! Kaum ist man zwei Tage hier, wird man schon von den Läusen aufgefressen. Die arme Sally wird mich zwei Wochen lang mit einem Staubkamm entlausen müssen. Nun ja … wo waren wir?«

»Eure Mission«, sagte Alexander, der mit einem Mal das Gefühl hatte, als liefen ihm Dutzende kleiner Tierchen über den Körper.

»Ja, meine Mission.«

Der Hollandais legte die Hand auf den Griff einer Schublade, zögerte aber. Dann warf er Alexander einen letzten Blick zu und riss heftig daran, um das Fach zu öffnen. Er zog ein Pergament hervor, das zum Schutz in ein Stück Leder gewickelt war.

»Ihr habt mein vollständiges Vertrauen gewonnen, Alexander. Ich muss Euch allerdings gestehen, dass es nicht gleich so war. In der Nacht, in der ich Euch mein Geheimnis anvertraut hatte, habt Ihr mir Euer Wort gegeben … Doch der Schatz war so nahe … Erzählt mir bitte nicht, dass Ihr nicht auf die Idee gekommen seid, ihn Euch zu holen.«

Aus seinen hellen Augen sah er ihn fest und durchdringend an. Verlegen rutschte Alexander auf dem knarrenden Stuhl herum.

»Da würde ich in der Tat lügen«, gestand er schließlich leise und ließ den Kopf hängen.

»Deswegen braucht Ihr Euch nicht zu schämen, mein Freund. Das ist nur menschlich. Ich würde Euch ebenfalls anlügen, wenn ich behauptete, ich hätte nie daran gedacht, das Gold für mich zu behalten. Aber für einen Mann mit Selbstachtung ist das Gewissen ein guter Berater. Euer Herz hat sich geweigert; und dessen musste ich mich vergewissern. Aus diesem Grund habe ich Euch auch heute kommen lassen. Ich will Euch nämlich verraten, wo die Truhe wirklich versteckt ist.«

Die frische Abendluft drang durch das Fenster und blähte den vergilbten Stoff, der als Vorhang diente. Von draußen drangen laute Stimmen zu ihnen: Die Leute bereiteten sich auf das Fest vor, das zu Ehren der Männer, die bald in die Zivilisation zurückkehren würden, gegeben wurde. Das Zirpen der Grillen und die Schreie der Eistaucher mischten sich in den fröhlichen Radau. Obwohl ihm Schweißtropfen den Rücken hinunterliefen, erschauerte Alexander. Sein Herz schlug schnell und kräftig. Der Hollandais hatte ihn also auf die Probe gestellt …

»Ihr müsst zugeben, dass ich keine andere Wahl hatte, mein Freund. Dazu ist diese Sache zu wichtig. Es tut mir leid, dass ich das tun musste, Alexander … Aber es war notwendig, und ich hoffe, Ihr werdet mir vergeben.«

Der alte Pelzhändler zog ein Taschentuch aus seinem Rock und wischte sich die Stirn ab. Er schien aufrichtig verlegen zu sein. Alexander konnte ihm nicht gram sein. Langsam schüttelte er den Kopf und trank von seinem Glas, das van der Meer ihm soeben zum zweiten Mal gefüllt hatte.

»Das ist gut, sehr gut«, murmelte der Hollandais.

Er räumte einen Teil der Tischplatte frei und rollte das Pergament aus, das er mit einer Pistole und einer Tabakbüchse aus Zinn beschwerte.

»Eigentlich sind die Anweisungen, die Ihr besitzt, genau richtig. Nur der Ort ist ein anderer. Kommt näher. Seht her, weniger als eine Meile von der Mündung des Rivière du Nord entfernt befindet sich der Petite Rivière Rouge, der im Nordosten entspringt. Nachdem man etwa eine halbe Meile auf diesem Fluss gefahren ist, erblickt man auf dem Südufer einen Weg, der einen Hügel hinaufführt. Auf diesem Pfad muss man noch eine weitere Meile bergauf gehen, bis man eine Lichtung erreicht, wo ich eine Holzhütte gebaut habe. Der Ort ist angenehm, leicht zugänglich und, soweit ich weiß, noch nicht bewohnt. Niemand kennt die Stelle. Ich habe vor, mich dort im kommenden Sommer zusammen mit Sally zur Ruhe zu setzen. Meine Frau hat sich in der Stadt und mit dem gesellschaftlichen Leben nie wohlgefühlt. Was mich angeht, muss ich wohl zugeben, dass all die Jahre in den Wäldern meinen Umgangsformen nicht gutgetan haben … Kurz gesagt, ich habe auf diesem Stück Land fünf Apfelbäume gepflanzt.«

»Fünf Apfelbäume«, wiederholte Alexander und suchte sich die Stelle auf dem Plan.

»Der Ausgangspunkt ist der fünfte Baum, der von der Hütte aus gesehen am weitesten östlich steht. Man wendet sich dem Pfad zu, der nach Osten hinunterführt und wo ein paar Klafter tiefer ein Bach fließt.«

»Das ist einfach«, meinte Alexander und prägte sich den sorgfältig auf das Pergament gezeichneten Plan ein.

»Glaubt Ihr, Ihr könnt Euch diese Angaben einprägen?«, fragte der Hollandais und rollte das Leder rasch wieder ein.

»Die Anweisungen, die Ihr mir damals, an jenem Abend gegeben habt, kenne ich auswendig …«

»Wunderbar.«

Der Pelzhändler räumte die Lederrolle wieder an ihren Platz. Dann schloss er die Schublade, wischte sich noch einmal die schweißglänzende Stirn und sah zu Alexander auf.

»Ich wünschte, ich bräuchte mir um nichts Sorgen zu machen, mein Freund. Das wünsche ich mir aufrichtig.«

»Ich ebenfalls, Monsieur.«

In dem verräucherten, mit Körpergerüchen geschwängerten Pavillon wimmelte eine lärmende Menschenmenge. Im Takt zu einer Gigue, die von den Saiten einer malträtierten Geige schallte, wurde schwungvoll mit den Hacken auf die Bodendielen gestampft. Hier und da stiegen, wie aus einer anderen Dimension, gedämpfte Stimmen auf. Immer wieder übertönten ein Schrei, ein Lachen oder das Weinen von Kindern den Radau. Die Kleinen drängten sich in den Ecken und schauten aus weit aufgerissenen, ängstlichen Augen zu, wie die Erwachsenen sich von der ausgelassenen Feststimmung mitreißen ließen. Auch die Hunde nahmen an dem Ereignis teil, schnappten sich jedes Stück Essen, das zu Boden fiel, schnüffelten unter den Röcken der Frauen und rieben sich an den Waden der Tanzenden. Einen Krug Bier in der Hand, bahnte sich Alexander einen Weg durch die Menge und trat um Hindernisse herum: Menschen, die sturzbetrunken auf dem Boden zusammengesackt waren und die niemand nach draußen brachte.

Er entdeckte Munro, der mit drei ihrer Reisegefährten zusammensaß, darunter le Revenant und Mathieu Picard, den alle »Piquette«, also »Bierpanscher« nannten. Die Haltung seines Cousins zeigte, in welchem Zustand er war, nämlich in keinem besseren oder schlechteren als alle anderen. Munro hatte sich mit Piquette angefreundet, der in der Handelsstation den Posten des Bierbrauers innehatte. Von ihm hatte er die Geheimnisse der

Dünnbier-Herstellung gelernt, bei der man eine gewisse Menge Schießpulver zum Gären in das Spundloch gab. Die zuletzt gebraute Partie schien sehr gut gelungen zu sein.

Alexander setzte sich zu der Gruppe und beobachtete die begeisterten Tänzer. Sein Cousin ergriff den Bierkrug und füllte die leeren Becher, die auf dem Tisch standen.

»Mein bester Tropfen, Alas«, trompetete er stolz und stieß mit Alexanders Becher an. »Glaube mir, es gibt nichts Besseres, als seinen Kopf von Sorgen zu befreien!«

»Ja, das stelle ich fest«, gab Alexander zurück und ließ seinen Blick durch den Raum schweifen. »Wenn du meine Meinung hören willst, verliert man dabei nicht nur seine Sorgen!«

Mit einer ungelenken Bewegung wischte sich Munro den Mund mit dem Handrücken ab und brach in dröhnendes Gelächter aus.

»Ha, ha, ha! Wohl wahr! Aber der Teufel wohnt immer in uns, Alas. Ha, ha, ha!«

Freiheit bedeutete hier Rausch und Ausschweifung. Rasch floss mehr Alkohol als Blut durch die Adern der Männer und Frauen, die wie Tiere nur noch ihrem Instinkt gehorchten. Hübsche, halbnackte junge Frauen mit kupferfarbener Haut wiegten sich sinnlich und aufreizend zur Musik und gingen so weit, dass sie sich sogar an den erregten Zuschauern rieben.

Angesichts dieser anregenden Zurschaustellung frischen Fleisches konnte Alexander sich der in ihm aufsteigenden Erregung nicht erwehren. Er musste an die Ojibwa-Frau denken, der er heute im Kontor begegnet war. Wie hatte sie noch geheißen? Mikwa… Genau erinnerte er sich nicht mehr, aber so fing ihr Name an. Ob sie noch hier war? Eine Tänzerin kam auf sie zu und hüpfte von einem Bein aufs andere, sodass ihr Bauch bebte. Sie trug einen mit Glasperlenstickereien und Fransen auf Kniehöhe geschmückten Lederrock; der Oberkörper war nur spärlich von ihrem Schmuck, ein Dutzend Ketten aus Perlen und Muscheln, bedeckt.

Sie lächelte Alexander im Vorbeigehen zu und streifte ihn mit ihren vor Schweiß glänzenden Brüsten. Dann beugte sie sich über Munro, um ihm seinen Bierbecher wegzunehmen. Er fasste sie um die Hüften und setzte sie lachend auf seine Oberschenkel. Glucksend leerte sie den Becher fast ganz, wobei sie einen ganzen Teil über sich schüttete. Die Flüssigkeit rann über ihren Hals und ihre Brust bis auf ihren Bauch. Alexander konnte es nicht länger mit ansehen und schaute in sein Bier. Munro war es ganz zufrieden, dass die tropfende junge Frau über ihm zappelte, und konnte der Versuchung nicht widerstehen, vor Vergnügen stöhnend nach ihren Brüsten zu greifen.

Das Lächeln der Ojibwa-Frau ließ Alexander jetzt keine Ruhe mehr. Bei dem Geschäft, bei dem sie anwesend gewesen war, hatte er Zeit gehabt, ihren perfekt proportionierten Körper zu betrachten. Er blickte in die tobende Menge, sah sie aber nicht. Natürlich hätte auch eine andere seine Gelüste befriedigen können. Aber merkwürdigerweise war sie es, die er wirklich begehrte. Sie hatte ihn so eigentümlich angesehen, dass sein Mund ganz trocken geworden war.

Ein Tumult am anderen Ende des Raums zog seine Aufmerksamkeit auf sich. Er leerte sein Glas und reckte den Hals. Über einer Gruppe von Männern tauchte der Kopf von jemandem auf, den er kannte: Kaishpa. Was wollte er hier? Ob die Ojibwa-Frau bei ihm war? Neugierig geworden stand Alexander auf und trat näher.

In diesem Moment gesellte sich eine Bombarde* zu der Geige und stimmte eine neue Melodie an. Ein kleines Mädchen von kaum zwölf Jahren, an dessen Ohren ein Schmuck aus glitzernden Metallteilen baumelte, fasste seinen Arm, um ihn auf die Tanzfläche zu ziehen.

»*Ambe! Ambe!*« Komm! Komm!

»Nein.«

»*Daga! Daga!*« Bitte! Bitte!

Sie stank nach Branntwein und Erbrochenem. Alexander versuchte sich zu befreien, als ein Schuss erscholl. Sofort ließ die Kleine ihn los und flüchtete sich unter einen Tisch, wo schon ein

* Holzblasinstrument (Anm. d. Übers.)

Betrunkener lag. Hochrufe und Lachen stiegen aus der Gruppe auf, die sich immer zahlreicher um Kaishpa drängte. Neugierig geworden bahnte Alexander sich einen Weg bis in ihre Mitte. Ein Mann saß umgeben von Glassplittern auf einem Stuhl. Sein Haar war durchnässt und klebte ihm am Schädel, aber er strahlte etwas dümmlich von einem Ohr zum anderen.

»Wer kommt jetzt an die Reihe? Wer will sich mit dem großen Kaishpa messen?«, schrie Wemikwanit und hob ein Glas Branntwein in Richtung der Menge. »Du, Dubé? Oder vielleicht du, Sinclair?«

»Ich!«

»Das ist Louis Baril«, wurde geflüstert.

Alle drehten die Köpfe nach einem kleinen Mann mit rotem Gesicht, der in die Mitte der Gruppe trat.

»Was bietest du mir?«, verlangte er mit herausfordernder Miene zu wissen.

»Ich lasse dir das Leben, Bruder«, spottete Wemikwanit und hielt ihm das Glas hin, dessen Inhalt ihm über die Finger schwappte.

»Du elender Bursche! Du machst dich lustig über mich!«, gab der kleine Mann lebhaft und mit einer obszönen Geste zurück. »Für ein paar Brosamen stelle ich mich deinem großen Affen nicht. Was bietest du mir?«

»Die Hälfte unseres Wettgewinns … wenn du dich nicht vom Stuhl fallen lässt, ehe Kaishpa schießt. Ansonsten behalten wir alles.«

»Ja, so seid ihr! Ich werde dem Schuss schon standhalten«, versicherte der Mann prahlerisch und nahm das Glas.

Während sich auf einem Tisch die Wetteinsätze häuften, lud Kaishpa seine Pistole nach, und Baril setzte sich auf den Stuhl und balancierte das Glas oben auf seinem Kopf. Es wurde still. Ein paar Töne stiegen von der Geige auf. Nach einer kleinen Demonstration seines Revolvers, die vor allem dazu diente, die Zuschauer zu beeindrucken, legte der große Kaishpa die Waffe an und kniff ein Auge zu.

»Hast du keine Angst?«

»Ja, er wird sich in die Hosen machen!«

»Hey, Louis! Er wird dir den Schädel sprengen, als wäre er eine Eierschale!«

Mit wachsendem Interesse verfolgte Alexander das makabere Spiel. Da sah man, wohin Langeweile und Müßiggang führten, wenn es kein Gesetz gab, das der Gewalttätigkeit des Menschen einen Riegel vorschob. Der Schuss ging los, das Glas zersprang, und Baril, der bleich wie ein Laken geworden war, leckte sich die vor Branntwein triefenden Lefzen und strahlte dann selig.

»Wer will noch mal?«, rief Wemikwanit und schenkte ein weiteres Glas ein, das er mit einem Zug leerte und dann noch einmal auffüllte.

Die Männer stießen einander in die Rippen, stachelten sich auf, an dem Spiel teilzunehmen, und beschimpften einander wüst, um sich in Rage zu bringen.

»Du da!«

Alexander wandte den Kopf in die Richtung, in die der Mischling wies, und sah einen jungen Burschen von höchstens achtzehn Jahren.

»Ja, Jean-Baptiste, mach schon!«

»Los doch, Leboef! Zeig uns, dass du kein Hasenfuß bist, ehe du weggehst!«

»Zeig uns, dass du Mumm im Leib hast! Aber mach dir die Hosen nicht allzu voll! Ha, ha, ha!«

Er wurde nach vorn geschoben. Um nicht das Gesicht zu verlieren – was in diesem Land jedenfalls schlimmer war als der Verlust des Lebens – trat der junge Mann vor und nahm das Glas, wobei er ein paar Tropfen von der Flüssigkeit über seine Finger vergoss. Wie der andere setzte er sich auf den Stuhl. Alexander sah, dass ihm alles Blut aus dem Gesicht gewichen war. Der arme Junge betete wahrscheinlich zum Himmel. Die Augen zusammengezogen, die weißen Finger um die Knie gekrampft, begann er zu zittern. Das Glas geriet ins Wanken, und der Schnaps rann über seine Stirn, wo bereits Schweißtropfen standen.

»Ich kann nicht … ich kann nicht … oh Herr Jesus! Ich will nicht sterben!«

Gerade als er nach dem Glas griff, das ihm vom Kopf glitt, ging der Schuss los. Ein entsetzlicher Schrei erscholl, und die Instrumente verstummten. Ein paar Männer lachten noch. Und dann hörte man nur noch das langgezogene Stöhnen des Jungen, der sich auf dem Boden wand, während die Blutlache unter ihm immer größer wurde.

»Einen Arzt, einen Arzt!«, schrie jemand.

»Den Pastor!«, meinte le Revenant, der zu Alexander getreten war. »Geh und such nach Aunay, Macdonald! Ich versuche, Kilpretin zu finden. Er brüstet sich, einmal Wundarzt gewesen zu sein.«

»Aber … er hat nur Schafe versorgt.«

»Ach, er kommt schon zurecht. Ich kann dir versichern, dass die Methoden des Pastors auch nicht besonders katholisch sind, und doch ist noch niemand daran gestorben. Zu zweit werden die beiden es schon schaffen, diesen Idioten zu verarzten, der die blöde Idee hatte, nach seinem Glas zu greifen!«

Alexander fuhr herum. Der Spielmeister war verschwunden, und sein großer Affe ebenfalls. Ein Stück weiter weg hatte Munro alle Hände voll damit zu tun, seine Indianerin zu begrapschen … Er stürzte aus dem Pavillon. Es dauerte ein paar Sekunden, bis seine Augen sich an die Dunkelheit gewöhnt hatten. Er ging um das Gebäude herum und stolperte dabei über schnarchende Gestalten, die an der Mauer zusammengesackt waren.

Nachdem er einen Anbau passiert hatte, stand er verblüfft vor einer sich bewegenden, stöhnenden Masse, die vom Mondlicht beschienen wurde. Ein Reiter schlug mit seiner Gerte auf sein Pferd ein. Betroffen stand er einen Moment lang da, bis Hilferufe zu ihm drangen und ihn daran erinnerten, warum er hier war. Er ließ die schaurige Szene hinter sich und ging zu der Hütte, die Rémi Aunay, der Pastor, bewohnte. Davor lag Joly sturzbetrunken auf einer Bank.

Licht fiel durch das Fenster und die angelehnte Tür nach draußen. Stimmen drangen aus dem Inneren. Alexander warf einen Blick hinein, um sich zu vergewissern, ob der Pastor wirklich da war. Zwei junge Mädchen knieten in andächtiger Haltung vor einem Mann, der eine Soutane trug und ihm den Rücken zuwandte. Alexander zögerte. Dann war Aunay also wirklich Priester? Sollte er warten, bis er diesen jungen Mädchen die Beichte abgenommen hatte?

»... und um Buße zu tun, meine kleinen Hühnchen, bitte ich Euch, großzügiger zu sein.«

Hühnchen? Alexander schaute noch einmal in die Hütte. Der »Pastor« hob seine Soutane, und eines seiner »Hühnchen« verschwand darunter. Verblüfft, mit offenem Mund, flüchtete Alexander sich in den Schatten. Ein unbändiges, unwiderstehliches Lachen stieg in seiner Kehle auf. Jetzt verstand er die Anspielungen seiner Kameraden, wenn es um Aunay ging.

Er kehrte in das Gebäude zurück, in dem der Ball stattgefunden hatte. Le Revenant traf im selben Moment ein. Er hatte Kilpretin im Schlepptau, der schimpfte, weil man ihn aus dem Schlaf gerissen hatte.

»Hast du den Pastor gefunden?«

»Er war gerade dabei, die Beichte abzunehmen ...«

»Oh!«, meinte le Revenant und lächelte leise. »Nun ja, dann muss sich der Kleine eben mit unserem Metzger zufriedengeben.«

»Ich fürchte ja.«

Als sie in den Saal traten, stellten sie fest, dass die Feier lauter als zuvor weiterging. Jean-Baptiste Leboeuf saß auf einem Stuhl. Seine verletzte Hand war verbunden, und in der anderen hielt er ein Glas Branntwein, das er jetzt mit einem Zug leerte. Eine Frau beugte sich über ihn und sprach mit dem Jungen, der immer noch so blass wie eben war. Er nickte und streckte sein Glas hin, das sie wieder vollschenkte. Ihr Lederrock war an einer Seite geschlitzt und ließ einen langen, wohlgeformten Schenkel erkennen.

»Anscheinend hat das Unglück des Burschen ihm das Mitleid einer Ojibwa-Prinzessin eingetragen«, meinte le Revenant lachend. »Er wird es überstehen. Aber ich bin mir sicher, dass er sein Paddel vor dem Frühjahr nicht wieder in die Hand nehmen kann.«

Als Kilpretin sah, dass man ihn für nichts und wieder nichts aus dem Bett geholt hatte, entfernte er sich laut fluchend. Der Zorn ließ seinen irischen Akzent durchschlagen. Die Indianerin hob den Kopf und sah in ihre Richtung. Ihre Augen, die schwarz wie Obsidian waren, schauten Alexander an, ergriffen ihn und erweckten seine männliche Begierde. Ihm war, als liefen Tausende kleiner, gefräßiger Tiere durch seinen ganzen Körper. Sie wusste genau, welche Wirkung sie auf ihn ausübte. Spöttisch lächelnd kam sie in einem sinnlich wiegenden Gang auf ihn zu. Vollkommen fasziniert stand er wie angewurzelt da und starrte ihr entgegen. Mit einer anmutigen Bewegung warf sie ihren langen Zopf auf den Rücken. Sie war wie eine bernsteinfarbene Sirene, die durch den Nebel dieses ekelhaften Raums auf ihn zugeschwebt kam.

»*Boozhoo*«, murmelte sie, als sie auf gleicher Höhe mit ihm war, und strich ihm zuerst über die Hand und dann über den Arm.

»Guten Abend«, stotterte er, während sie weiterging.

Seine Kehle war trocken. Er schluckte. Sie war verschwunden. Aufgewühlt und wie erstarrt stand er da und sah ins Leere.

»Hast du ein Problem, oder was?«, wollte le Revenant von ihm wissen.

»Ein Problem?«

Ja, er hatte ein Problem. Allerdings. Eines, das ihn buchstäblich fast aus den Nähten platzen ließ.

»Weißt du nicht, dass die Frauen der Wilden es als Beleidigung betrachten, wenn man ihre Annäherungsversuche zurückweist?«

»Annäherungsversuche?«, wiederholte Alexander, dem noch die Haut brannte, wo sie ihn berührt hatte.

»Meine Güte, du hast wirklich ein Problem!« Le Revenant schüttete sich vor Lachen aus und versetzte ihm einen Schubs in den Rücken. »Kannst du nicht in den Augen einer Frau lesen?«

Mit einem Mal begriff Alexander, stürzte davon und machte sich auf die Suche nach seiner Sirene wie ein schiffbrüchiger Seemann. Sie würde ihn retten … zumindest heute Nacht.

Die Sirene wartete unter den Kiefern geduldig auf ihn. Während er auf sie zulief, verschwand sie in der tintenschwarzen Nacht. Der berauschende Duft des Kiefernharzes mischte sich mit dem Alkohol, den er im Blut hatte, und ließ das Feuer, das seinen Leib verzehrte, noch heller lodern.

»Mikwa … Herrgott!«, knurrte er, weil er sich nicht an den Namen der Frau erinnern konnte.

Er schob einen Ast beiseite und erreichte die Stelle, an der er sie gesehen hatte. Ein kehliges Lachen, eilige Schritte. Ein Zweig peitschte durch die Luft. Sie lief weg. Lächelnd folgte er ihr durch den Wald.

Du willst dich auf meine Kosten amüsieren, kleine Sirene!

Dieses Spiel erregte ihn noch weiter. Seine Füße versanken in dem dicken Teppich aus Nadeln und Humus. Zwischen den Blättern eines Busches nahm er ein kupfernes Aufblitzen wahr. Ein provozierendes Lächeln, ein glühender Blick. Sie bedeutete ihm, ihr zu folgen. Ein Strahl Mondlicht ließ ihren pechschwarzen Zopf schimmern. Er blieb in einigen Schritten Entfernung stehen, weil er fürchtete, sie könne erneut fliehen. Schwer atmend sah er sie an und streckte den Arm aus. Mit einem gurrenden Lachen entwischte sie ihm, und er folgte ihr. Vor ihnen lagen im hellen Mondschein aus Rinde errichtete Wigwams. Durch die offenen Zeltklappen fiel schwaches Licht nach draußen. Er sah, dass sie in eines der Zelte ging, und folgte ihr.

Ein starker Geruch nach geräuchertem Fisch schlug ihm entgegen. Keuchend und schwitzend tastete er sich durch das Halbdunkel. Ein kleines Feuer erhellte die Mitte des Raums; ein Rauchfaden zog durch ein Loch an der Spitze des kegelförmigen Zeltes ab. Hier und da lagen schlafende Menschen auf Matten. Die meisten waren Frauen und Kinder. Endlich sah er sie. Sie saß im hinteren Teil des Wigwams und hatte die langen Beine unter den Körper gezogen. Ihre schwarzen Augen sahen ihn an und riefen ihn wortlos zu ihr. Vorsichtig trat er näher.

»*Ambe omaa*«, sagte sie und klopfte auf den Platz neben sich. »*Abin.*«

Alexander begriff nur ihre Geste. Er gehorchte und setzte sich auf die Matte, die sie ihm bezeichnet hatte.

»*Aaniin ezhinikaazoyan*?«, flüsterte sie.

»Ich verstehe nicht.«

Sie legte eine Hand auf ihr Herz.

»*Mikwanikwe nidijinikàz. Aaniin ezhinikaazoyan?*«

»Mikwanikwe ... Das ist dein Name, oder? Und du willst den meinen wissen?«

Sie nickte und schenkte ihm ein wunderbares Lächeln.

»Alexander.«

»Alexander«, wiederholte sie und sah ihn aus ihren geheimnisvollen Augen eindringlich an.

Dann wies sie auf einen aus Baumrinde gefertigten Korb, in dem sich Trockenfleisch und »bannique«* befanden.

»*Ginoondezgade na*?«

Alexander lehnte das Angebot mit einem Kopfschütteln ab. Er hungerte nach etwas anderem, und das wusste sie genau.

»*Ginoodeyaabaagwe na*?«, fragte sie und bot ihm eine Kürbisflasche an, die eine streng riechende Flüssigkeit enthielt. »*Ishgodewaaboo.*«

Das verstand er. Seine mageren Kenntnisse des Algonquin gestatteten ihm nicht, einem Gespräch zu folgen, doch immerhin erfasste er ab und zu ein Wort.

»*Miigwech*, danke«, antwortete er und nahm die Flasche.

Der Schnaps brannte in seiner Kehle. *Schlechter, gepanschter Alkohol*, dachte er und hoffte nur, sich nicht zu vergiften. Stolz reckte die junge Frau den Kopf, schüttelte ihren langen Zopf und legte die Hände auf die Knie, während sie wortlos darauf wartete, dass er zu Ende trank. Sie sah ihn an, und er trank in kleinen Schlucken und musterte sie dabei. Obwohl sie die typischen Merkmale ihrer Rasse aufwies, besaß sie auch feine Züge, die ihre gemischte Abstammung verrieten, eine lange, gerade Nase,

* Flaches indianisches Brot, das ohne Hefe gebacken wird.

eine schmale, gewölbte Stirn und einen zarten Knochenbau, so wie Isabelle …

Er setzte die Flasche ab und lächelte ihr zu. Das war es, was ihn angezogen hatte: ihre herablassende Anmut, die ihn an Isabelles Haltung erinnerte. Mit einem Mal überwältigte ihn der Drang, sie in Besitz zu nehmen. Er legte eine Hand auf ihren Arm und ließ seine Finger zu ihrer Schulter hinauf und dann in ihren Nacken gleiten. Fest zog er sie an sich, um sie zu küssen. Sein Leib glühte. Fieberhaft streichelte er ihren wohlgeformten Körper. Ohne Scheu ließ sie zu, dass er sein Bedürfnis, sie zu berühren und ihre Haut zu kosten, stillte, wiegte sich und schmiegte sich an ihn. Nach einer Weile rückten sie voneinander ab. Alexander wollte nicht, dass es zu schnell ging.

»Wohnst du hier?«

»*Miinange*.«

»Verstehst du, was ich sage?«

»*Miinange*«, antwortete sie noch einmal und nickte.

Ganz in ihrer Nähe raschelte es. Er wandte den Kopf zu einer Matte, auf der ein Kind schlief. Langes Haar, das ihm über das Gesicht fiel, und ein Kleid aus Elchleder, das mit wunderbaren Stickereien geschmückt war, lugten unter der Decke hervor. Das Mädchen konnte nicht älter als vier sein.

»*Otemin, nindaanis*.«

»*Otemin*. Ist das ihr Name? Deine Tochter?«

»*Miinange*«, gab die junge Frau zurück und legte eine Hand auf ihr Herz.

Dann schob sie zärtlich eine Haarsträhne zurück und befreite so das Gesicht der Kleinen. Die schien sich in ihren Träumen gestört zu fühlen, zappelte und wälzte sich auf den Rücken. Alexander fand sie hübsch.

»Sie sieht dir ähnlich«, meinte er nachdenklich.

Wenn Kaishpa wirklich Mikwanikwes Mann war, dann war er ein Idiot, weil er diese beiden verlassen hatte. Nein schlimmer noch! Er hatte sie für ein Fässchen Branntwein verkauft.

»*Amba omaa* …«

Leise vor sich hin murmelnd schob sich Mikwanikwe zwischen seine Schenkel. Während sie seine Schultern streichelte, kam ihm ein seltsamer Gedanke. Plötzlich wurde ihm bewusst, dass er keine Kinder hatte. Sicher, im Moment stand ihm der Sinn auch nicht danach, aber …

Der Mund der jungen Frau zog heiße Spuren an seinem Hals. Die zuckenden Flammen des kleinen Feuers warfen ihre bewegten Schatten über den Wigwam. Das Schnarchen der anderen erinnerte Alexander daran, dass sie nicht allein waren. Der Schotte kannte die Sitten der Indianer, für die Sexualität kein Tabu war, sondern frei und ohne Scham ausgelebt wurde, aber dennoch fühlte er sich von der Vorstellung eingeschüchtert, umgeben von Dutzenden Schläfern der Liebe zu huldigen.

Mikwanikwes Hände kneteten seine Oberarme und glitten über seine Brustmuskeln, die sich anspannten. Er zog sein Hemd aus, und sie legte ihr Kleid ab, das mit den gleichen bunten Stickereien geschmückt war wie das ihrer Tochter. Sie hatte Zauberfinger, oh ja! Die junge Frau wurde kühner, streichelte seine Bauchmuskeln und ließ die Hand unter sein Lendentuch gleiten. Als sie fand, was sie suchte, verzog sie leise gurrend den Mund. Er seufzte vor Behagen. Der Blick ihrer samtschwarzen, zu schmalen Schlitzen zusammengezogenen Augen überwand sein schamhaftes Zögern. Er schloss die Augen, ergab sich ihr und dachte, mit Mikwanikwe könne er vielleicht …

Viele Voyageurs nahmen sich Indianerinnen zur Frau und gründeten mit ihnen eine Familie. Diese Verbindungen zwischen zwei sehr unterschiedlichen Kulturen währten oft ebenso lange wie die Ehen zwischen Weißen. Hier, zusammen mit dieser Fremden, spürte Alexander die Last seiner Einsamkeit und sein Bedürfnis nach Gesellschaft. Isabelle war nur noch eine Erinnerung, und er musste weiterleben, an sich selbst und seine Zukunft denken. Mit einem Mal fühlte er neue Hoffnung und den Wunsch nach Kindern. Vielleicht, wenn Mikwanikwe bis zum nächsten Sommer auf ihn wartete …

Die junge Frau beugte sich über ihn und schob ihn sanft an, damit er sich auf die Matte legte.

»*Omaa zhingishinin* …«

Er verstand kein Wort. Nach wie vor war er nicht in der Lage, die Algonquin-Sprache zu erfassen, die wie die anderen Sprachen der amerikanischen Eingeborenen auf Bildern beruhte und, verglichen mit dem Englischen oder Französischen, keine genauen Zeitangaben kannte. Das verwirrte ihn hoffnungslos. Mikwanikwes erfindungsreicher, warmer und feuchter Mund schien entschlossen, ihn alle Schattierungen der Lust zu lehren. Er glitt über seinen Leib, erhitzte seine Sinne und schmiegte sich dann wie ein perfekt passendes Futteral um sein Geschlecht. Er unterdrückte ein Aufstöhnen, vergrub die Finger in ihrem seidigen, pechschwarzen Haar und rief den *Kije-Manito* an, den Großen Manitu. Mikwanikwe redete in einer universellen Sprache zu ihm, die er wunderbar verstand.

Er tauchte wie aus einem Nebel auf, und seine Träume zerstoben in einem Lärm, der ihn an einen Hühnerhof erinnerte. Nur, dass das Geschnatter in seinem Schädel widerhallte, der von stechenden Schmerzen geplagt wurde. Er wälzte sich herum und hielt sich den Kopf. Nach und nach erinnerte er sich an die Geschehnisse des Vorabends, an den gepanschten Alkohol, Mikwanikwe … ihre Augen, ihre Hände … ihren Mund … und ihr Geschlecht. Sie hatten sich die ganze Nacht geliebt. Er erinnerte sich dunkel, dass die kleine Otemin aufgewacht war und ihre Mutter ihr ein Schlaflied gesungen hatte. Dann hatten sie leise den Wigwam verlassen, um unter den Kiefern die Kürbisflasche vollständig zu leeren, und sich noch einmal leidenschaftlich geliebt.

»Mein Gott … *An donas ort, Alasdair!*«

Seine Hände sanken schwer auf die Matte. Er konnte sich eines starken Schuldgefühls nicht erwehren. Wie immer, wenn er nach einer stürmischen Nacht mit einer Frau erwachte, dachte er an Isabelle. Das Taufkreuz, das er immer trug, bohrte sich in die Haut an seinem Hals und erinnerte ihn an die Frau, der er geschworen hatte, sie sein ganzes Leben lang zu lieben. Isabelle war für immer seine Frau. Die anderen würden immer nur Mätressen sein, vorübergehende Liebschaften.

Da konnte er sich ruhig einreden, dass das vollkommen idiotisch war, dass Isabelle nie zu ihm zurückkehren würde, dass er sie endgültig aus seinem Gedächtnis verbannen musste. Aber …

Alexander hatte den Eindruck, von den Frauen, bei denen er Liebe suchte, stets mehr zu empfangen, als er selbst gab. Seit jeher verspürte er ein unstillbares Bedürfnis nach Liebe und nahm gierig und egoistisch, was sie ihm an Zärtlichkeiten und Liebkosungen schenkten. Wenn es gerade keine Frau in seinem Leben gab, stürzte er sich in Herausforderungen, damit er das Gefühl hatte, wirklich zu leben; wenn schon nicht für eine andere Person, dann doch wenigstens für eine Sache. Bei Isabelle war das etwas anderes. Ein neues Bedürfnis war in ihm erwacht, aber er hatte keine Zeit gehabt, sich damit vertraut zu machen …

Mühsam öffnete er ein Auge und schaute in fahles, trübes Licht. Es war ein regnerischer Morgen. Er hasste diesen Moment des Tages, an dem er seine Einsamkeit stärker als sonst empfand. Dagegen mochte er Regentage gern, obwohl dann alles feucht war. An solchen Tagen schien ihn ein Vorhang von der Welt, die ihn umgab, zu trennen, und das Leben lief im Schneckengang ab. Alles in allem fühlte er sich heute Morgen auch wie eines dieser Weichtiere, ebenso feucht und abstoßend. Er schloss die Augen wieder und versuchte, an nichts zu denken.

Nach einer Weile spürte er, dass eine Fliege um ihn herumflog. Bestimmt versuchte das Tier, sich auf ihn zu setzen. Gereizt fuhr Alexander hoch und schlug um sich. Jetzt war er vollkommen wach, zumal sein Kopf grauenvoll schmerzte. Als er sich mit beiden Händen den Schädel hielt, begegnete er dem Blick zweier hübscher schwarzer und schelmisch blitzender Augen, die ihn musterten. Das Mädchen lächelte strahlend.

»*Boozhoo*.«

»Ähem … *boozhoo*. Bist du … Otemin?«

Wieder kitzelte das Mädchen ihn mit der Gänsefeder.

»Ja«, bestätigte sie lachend.

Erneut vernahm er dieses Geschnatter, und dann wurde die Zeltklappe zurückgeschlagen, und mehrere Frauen, die mit Körben beladen waren, traten in den Wigwam. Mikwanikwe stellte ihren bei Alexander ab und kniete dann vor ihm nieder. Ihr langes, sorgfältig geflochtenes Haar hing auf ihre Brust, die sie mit mehreren Ketten geschmückt hatte. Sie strahlte einen leichten Duft nach Farn aus, der ihn an ihre rauschhafte Nacht erinnerte. Nachdem sie ihrer Tochter ein Stück von dem flachen Brot gegeben hatte, reichte sie ihm eine Schale wilden Reis, unter den Blaubeeren gemischt waren.

»*Pakwejigan*?«

»Nein, danke«, erklärte Alexander mit einer Grimasse, die ziemlich genau zum Ausdruck brachte, wie sich sein Magen anfühlte.

Mikwanikwe lachte leise und küsste ihn sanft auf die Wange. Dann nahm sie eine große Kürbisflasche von einem der Baumstämme, die das Gerüst des Wigwams bildeten, und bot sie ihm an.

»*Nibiiiwe*.«

»*Nibi* … Wasser?«

»Ja, Wasser.«

Ihr Lächeln wärmte ihm das Herz. Mikwanikwes einfache Art tat ihm gut. Der Gedanke ging ihm durch den Kopf, dass ein Leben mit ihr angenehm wäre und ihn die Vergangenheit vergessen machen könnte. Er nahm die Flasche, stellte sie auf den Boden und richtete sich in eine kniende Stellung auf, um dann auf die junge Frau zuzurücken und seine großen Hände um ihr Gesicht zu legen.

»Mikwanikwe, ich gehe morgen fort und … ich werde mit den Wildgänsen zurückkehren.«

Sie legte ihre Hände auf seine, drückte sie sanft, schloss die Augen und lächelte strahlend.

»Ich kann dir nichts versprechen. Aber wenn du möchtest … lehre ich dich meine Sprache, wenn ich zurück bin … Wir können zusammen zuschauen, wie der Mond und die Sonne im

Waban Aki, im Osten, aufgehen, um über das Land der *Anishnabek** zu herrschen …«

»*Miinange* … *Miinange* … Ja …«

Der Regen währte nicht lange, und am Vormittag brach die Sonne durch die Wolken. Um seine Verbindung zu Mikwanikwe zu bekräftigen, legte Alexander ihr bei Sonnenuntergang einen jungen Spießbock zu Füßen. Sie teilte ihre Abendmahlzeit mit ihm, und dann verbrachten sie ihre letzte gemeinsame Nacht auf ihrer Schlafmatte.

Bei Tagesanbruch versammelte der Hollandais seine Männer, um die Rückkehr in die Zivilisation anzutreten. Die Kanus waren beladen, und die Männer, die ihre Ruder in der Hand hielten, schickten sich an, sie zu besteigen. Sie umarmten einander und wünschten sich Glück und eine gute Reise. Munro und Alexander wechselten nur wenige Worte und umschlangen einander tief bewegt. In ein paar Monaten würden sie sich wiedersehen.

Rauchsäulen stiegen zu einem blauen Himmel auf, an dem weiße Schäfchenwolken standen. Das Dorf, das rund um den Handelsposten errichtet war, lag ruhig da. Alexander konnte die Wigwams erkennen, die die Blockhütten überragten. Suchend sah er sich unter den Indianerinnen, die sich vor der Palisade am Ufer versammelt hatten, nach Mikwanikwe um. Da war sie, und Otemin stand dicht neben ihr. Lächelnd ging er zu den beiden. Ihre schönen dunklen Augen waren gerötet, aber sie erwiderte sein Lächeln. Er nahm ihre Hände und küsste sie.

»Pass gut auf dich und deine Tochter auf, Mikwanikwe … und auf das Kleine«, setzte er hinzu, als ihm wieder einfiel, dass sie schwanger war.

Langsam nickte sie. Dann entzog sie ihm ihre Hände und kramte in dem Korb, der vor ihren Füßen stand. Sie nahm ein

* »Wahre Menschen«, Begriff, mit dem die Algonquin sich selbst bezeichnen.

Paar Mokassins heraus, die sie ihm mit niedergeschlagenen Augen reichte.

»*Makizin*.«

Sie waren wunderschön, mit Stachelschweinborsten geschmückt und sehr weich. Alexander war entzückt.

»*Miigwech*.«

»Alexander … *gizaagi'in* … *Badwadjigan*.«

Ihre sanfte, wohlklingende Stimme verriet, wie bewegt sie war. Die junge Frau küsste ihn und rannte dann davon, auf den Waldsaum zu. Otemin zupfte am Ärmel des Schotten, um ihn auf sich aufmerksam zu machen. Bedrückt schaute er in das kleine Gesichtchen, das ernst zu ihm aufsah. Das Mädchen hielt ihm ihre Gänsefeder hin. Er kauerte vor ihr nieder, nahm ihr Geschenk und streichelte ihre Wange.

»*Miigwech*, Otemin. Was heißt das, *gizaagi'in*?«

»*Gizaagi'in*«, sagte das Kind, schlang die Arme um seinen Hals und drückte ihn sehr fest.

»Ich glaube, ich verstehe«, murmelte er. »Und *Badwadjigan*?«

Sie zeigte mit ihrem kleinen Zeigefinger auf ihn und tippte auf seine Brust.

»Ich? *Badwadjigan*, das bin ich?«

Otemin nickte heftig, dass ihre Zöpfe nur so flogen, und lächelte. Alexander legte ihr die Hand auf den Kopf.

»Einverstanden. Und jetzt lauf zu deiner Mama und sei brav, Otemin.«

Das Mädchen rannte davon. Als er wieder an das Kanu trat, das seine Kameraden unterdessen bestiegen, begegnete Alexander dem interessierten Blick Wemikwanits, der den letzten Ballen einlud.

»Ob sie dir wohl treu bleibt, mein Freund?«, fragte der Mischling mit einem Lächeln, das voller Andeutungen war. »Ich sehe, dass Kaishpas Schwester noch immer eine Vorliebe für Weiße hat.«

»Sie ist seine Schwester?«

Wemikwanit gab keine Antwort, sondern ergriff sein Ruder

und stieg in das andere Kanu. Le Revenant, der die Szene beobachtet hatte, trat zu Alexander.

»Er ist der Ersatz für Leboeuf, der die Reise ja offensichtlich nicht machen kann. Der Arme ist ganz verzweifelt, weil er den Winter über hierbleiben muss ... Und? War die Prinzessin gnädig?«

»Kannst du mir sagen, was *Badwadjigan* bedeutet?«

»*Badwadjigan*? Also ... ganz sicher bin ich mir nicht, aber ich glaube, man könnte es so ungefähr mit ›Der-Mann-der-ein-Traum-ist‹ übersetzen.«

»Der-Mann-der-ein-Traum-ist ... Der-Mann-der-ein-Traum-ist ...«, wiederholte Alexander, und sein Blick verlor sich in dem tiefen Grün der Nadelbäume, von denen der Handelsposten umgeben war, dort, wo Mikwanikwe verschwunden war.

In den Wäldern prunkte das Herbstlaub in Gold- und Rottönen, und der Fluss schlängelte sich in reinem Blau dahin, bis er sich wütend und schäumend in die Stromschnellen von Sault de la Chaudière ergoss. In einer Woche würden sie in Lachine an Land gehen. Die Rückfahrt verlief schneller als die Hinreise, war aber nicht weniger anstrengend.

Da dieses Mal die Kanus von der Strömung getragen wurden, entschieden sich die Voyageurs öfter, durch Stromschnellen hindurchzufahren, was ihnen jedes Mal ein Bad im eiskalten Wasser bescherte. Mehrere von ihnen hatten inzwischen schwere Erkältungen und Fieber. Aber ihr Stolz verhinderte, dass sie sich beklagten, und erst recht waren sie nicht bereit auszuruhen, um sich zu erholen. Doch das Schicksal zwang sie, einen Halt einzulegen. Als sie umluden, um auf die andere Seite des Sault de la Chauière zu gelangen, schlug ein Manöver fehl, und ein Riff riss einem der Kanus den Rumpf auf. Der Schaden war erheblich: Die Rinde war über ein Drittel der Länge zerfetzt. Wenn die Männer nicht so rasch reagiert hätten und das Wasser an dieser Stelle nicht so flach gewesen wäre, hätten sie einen Teil ihrer Ladung verloren. So, wie die Dinge standen, mussten sie ein Lager aufschlagen und den Rest des Tages an Land bleiben.

Ungeduldig hielten die Voyageurs sich beschäftigt. Die einen reparierten die Kanus, andere schossen eine schöne Hirschkuh und zerlegten sie, oder sie hackten Holz und bereiteten das Essen zu. Da er ein wenig mehr Zeit als sonst hatte, briet Noël Paul, der Koch, Maiskuchen, indem er den Teig um Äste wickelte. Die Männer bekamen auch eine zusätzliche Ration Rum.

Alexander genoss ruhig seine Pfeife und sah zu, wie unter der untergehenden Sonne das Wasser durch sein Flussbett strömte. Zerstreut hörte er Wemikwanit zu, der mit den anderen sprach. Der Mischling stellte ihn vor ein Rätsel. Außerdem beobachtete van der Meer ihn oft. Allein schon deswegen war ihm klar, dass er ihm gegenüber misstrauisch sein musste, auch wenn der Mann bisher keine Probleme gemacht hatte.

»Wenn ich Irokese wäre, hätte ich dich jetzt schon skalpiert«, erklang Wemikwanits Stimme aus nächster Nähe.

Er hielt Alexanders Haar in einem eisenharten Griff und hatte ihm das Messer auf die Stirn gesetzt. Der junge Mann ließ seine Pfeife fallen und erstarrte. Lachend ließ der Mischling ihn los, hob seine Pfeife auf, gab sie ihm zurück und setzte sich neben ihn.

»Dir darf nichts entgehen. Deine Augen und Ohren müssen stets wachsam sein, immer, wo du auch bist. Vergiss nicht, dass dein Leben davon abhängt!«

»Vor allem, wenn man seine Begleiter nicht kennt…«

Wemikwanit lachte und warf Alexander einen Seitenblick zu.

»Dann besonders…«

Sie schwiegen. Die Männer, die um das Feuer saßen, erzählten ihre ewig gleichen Abenteuer. Wenn man ihnen glauben wollte, hatten sie heldenhaft gegen wütende Bären gekämpft, Fische aus dem Wasser gezogen, die länger waren als ein Mensch groß, und Frauen erobert, die so schön waren, dass Venus selbst vor Neid erblasst wäre. Sie schienen ihrer Geschichten niemals überdrüssig zu werden.

»Warum gehst du nach Montréal zurück?«, fragte Wemikwanit, nachdem er sich eine angeschlagene Fayence-Pfeife angezündet hatte. »Hat dir Mikwanikwe nicht gefallen?«

»Doch, sie gefällt mir. Aber ich muss meinen Vertrag einhalten, und darin steht, dass ich im ersten Jahr nicht überwintere.«

Der Mischling runzelte die Stirn.

»Tatsächlich? Dabei wäre ein Mann wie du sehr nützlich im Handelsposten. Du bist ein guter Jäger, und du kannst, glaube ich, lesen und schreiben.«

»Und was geht dich das an?«, fragte Alexander vorsichtig.

»Gar nichts. Ich habe mich nur nach dem Grund gefragt. Mikwanikwe war sehr traurig über deine Abreise.«

»Und du sorgst dich um die Gefühle dieser Frau?«

»Sie ist immerhin Kaishpas Halbschwester.«

»Ach ja, natürlich! Der Mann, der sie für ein Fässchen Branntwein verkauft hat!«

»Das war zu ihrem eigenen Besten. Das verstehst du nicht, Macdonald.«

»Nein, ich werde nie verstehen, wie ein Mann fähig sein kann, seine Schwester zu verschachern.«

»Sie hat den roten Hunden ihren Körper verkauft … das hat sie dir wohl nicht erzählt. Natürlich … So etwas erzählt eine Frau einem Mann nicht … während er mit ihr auf der Matte liegt.«

Die letzten Worte hatte er leise gemurmelt und dabei die Klinge seines Messers zwischen seinen Füßen in den Boden gestoßen. Alexander sah zu, wie der Griff aus Hirschhorn bebte.

»Vielleicht hatte sie sich einfach in einen Weißen verliebt. Das ist doch keine Prostitution.«

»Wenn sie für ihre besondere Gunst Mehl, Decken und gelegentlich auch Pulver und Munition erhält? Wenn das keine Prostitution ist, mein Freund, dann weiß ich es nicht. Zugestanden, sie ist nur mit einem Mann gegangen, dem Lagerverwalter des Forts. Sie war ihm treu, er dagegen war sich nicht zu schade, es mit jeder Frau zu treiben, die ihm gefiel. So ein verkommener Kerl! Die roten Hunde stinken! Wenn der Engländer lacht, enthüllt er sein Wolfsgebiss. Wenn er spricht, zeigt er seine gespaltene Zunge. Wenn er uns ansieht, sind seine Augen die eines Raubvogels.«

Der Mischling stampfte auf und verstummte. Dann sprach er in ruhigerem Ton weiter.

»Bevor sie ihre dreckigen Füße auf unser Land gesetzt haben, lebten wir in Frieden. Die Franzosen waren unsere Brüder. Sie haben ihr Blut mit unserem vermischt und unsere Frauen geheiratet. Wir haben Seite an Seite gejagt, und sie haben uns Waffen und Munition gegeben. Aber die Engländer, die roten Hunde, weigern sich, es ihnen nachzutun. Und unsere Krieger wissen nicht mehr, wie man mit dem Bogen jagt … Jetzt hungern unsere Kinder. Mit den Franzosen haben wir unser Land geteilt. Aber die Engländer verjagen uns von dem Land, das *Kije-Manito* uns geschenkt hat. Wir werden wie Sklaven behandelt, und unseren Frauen tut man Gewalt an.«

Er hatte mit großer Heftigkeit gesprochen, und Alexander versuchte, ihn zu verstehen. Er wollte keine Meinung abgeben, sondern versuchte herauszubekommen, was der Mischling von ihm wollte.

»Auf welcher Seite stehst du, Schotte?«, verlangte Wemikwanit zu wissen und zündete seine Pfeife, die ausgegangen war, wieder an. »Ich weiß, dass du dich entschieden hast, für einen Kanadier zu arbeiten. Aber vorher warst du britischer Soldat …«

»Warum ist dir das so wichtig? Ich tue, was man mir aufträgt, ohne mich in eure Auseinandersetzungen einzumischen.«

»Was man dir aufträgt? Und was genau hat der Hollandais dir aufgetragen? Er hält große Stücke auf dich … Niemand vertraut einem Unbekannten die Stelle eines Leibdieners an.«

Mit einer abrupten Bewegung wandte Alexander sich seinem Gesprächspartner zu. Auf dem scharfgeschnittenen Gesicht spiegelten sich die Rottöne der untergehenden Sonne, was seine unheimliche Ausstrahlung noch unterstrich.

»Ich kann lesen und schreiben.«

Wemikwanit lächelte leise und schloss die leicht schrägstehenden Augen zur Hälfte. Alexander begriff, dass er bezüglich seiner Sonderstellung bei dem Pelzhändler einen Verdacht hegte. Van der Meer war zu Recht besorgt. Aber was genau wusste der Mischling?

»Und was tust du, Wemikwanit, für dein Volk, von dem du sagst, es werde von den roten Hunden unterdrückt? Du bist hier unter Voyageurs, die eure Reichtümer zu ihren eigenen Zwecken ausbeuten, genau wie die Engländer. Warum bist du nicht bei deinen Leuten, jagst für den Winter und sorgst dafür, dass eure Kinder genug zu essen haben?«

Wemikwanit hob beide Hände mit den Handflächen voran zum Himmel und sah Alexander herausfordernd an.

»Wemikwanit gehört zu den Männern, die Federn tragen. Er ist Krieger, kein Jäger. Andere kümmern sich darum, den Stamm zu versorgen. Ich helfe meinem Volk auf andere Weise.«

»Indem du Krieg führst? Du hast doch erlebt, wozu das im Sommer 1763 geführt hat… War dir das noch nicht deutlich genug? Oder brauchst du dazu noch mehr Blut, noch mehr Tote?«

»Ich sehe, dass Wemitigoozhi dich gut unterwiesen hat. Aber sein englisches Blut hindert diesen Mann, richtig nachzudenken. Er behauptet, die Forderungen des großen Häuptlings Pontiac, der mit den Geistern gesprochen hat, anzuerkennen. Aber er ist ebenso hinterlistig wie die roten Hunde und füllt unsere Ohren mit Lügen. Du sprichst Französisch. Aber du bist kein Franzose, genau wie der Hollandais. Bist du von englischem Blut? Ich weiß, dass in deinem Land die Stämme aus den Nebelbergen ebenfalls die bittere Medizin der roten Hunde zu schmecken bekommen haben. Sehnst du dich nicht nach Rache?«

»Rache bedeutet Tod.«

»Nein, der Tod ruft nach Rache! Und was wünschst du dir für Mikwanikwe? Bist du wie dieser Thompson, der sie zu seinem eigenen Vergnügen missbraucht hat? Er hat unser Blut befleckt, indem er es mit seinem vermischt hat. In Mikwanikwes Bauch wächst das Kind dieses Bastards heran, und er kümmert sich nicht darum! Er vergiftet das Blut vieler Frauen, die durch das Böse entstellt werden.«

»Du sprichst von den Engländern, als wären sie der Teufel. Aber war nicht der erste weiße Mann, der euch Rum verkauft und Schießpulver gegeben hat, Franzose? Haben nicht auch die Franzosen den *Anishnabek* das Böse und den Tod gebracht?«

Der Mischling schwieg. Er verzog den Mund zu einer bitteren Grimasse, krauste die Nase und kniff die Augen zusammen. Langsam brach die Nacht herein und verschlang die Landschaft, die vor den beiden Männern lag.

»Schon …«, gestand Wemikwanit nach einer Weile ein. »Aber die Wurzeln des Bösen sind inzwischen so tief verankert, dass man sie nicht mehr aus unserem Land reißen kann … Rückgängig machen kann man das nicht mehr, nur seinen Fortschritt aufhalten … Es ist wahr, es gab eine Zeit, als unsere Väter in diesem Land, das unsere Mutter ist und das wir *Aki* nennen, in Freiheit lebten. Der *Kije-Manito* hat *Aki* für uns gemacht. Er hat auch den Bison, den Hirsch und das Karibu für uns geschaffen … damit wir zu essen haben. Den Biber und den Bären hat er geschickt, damit wir uns kleiden und warm halten können. *Aki* schenkt uns den Mais für unser Brot. Eines Tages sind Männer über das große Meer gekommen und haben dieses Land betreten, das ihnen nicht gehörte. Sie haben behauptet, unsere Freunde zu sein. Unsere Väter haben ihnen geglaubt, Platz für sie gemacht und ihnen zu essen gegeben. Zum Dank haben sie uns dieses Wasser geschenkt, das den Geist krank macht. Sie haben uns Brüder genannt, und dann wollten sie uns ihren Gott bringen. Unsere Väter haben begonnen, ihr Feuerwasser zu trinken, ihr Donnerpulver benutzt und zugehört, wenn sie von ihrem Gott gesprochen haben. Sie haben nicht mehr der Stimme von *Kije-Manito* gelauscht, obwohl er weiter zu ihnen redete. Sie haben die Augen geschlossen, sodass sie blind wurden und nicht gesehen haben, dass diese Männer mit ihren Metallwerkzeugen den Schoß unserer Mutter, *Aki*, zerrissen. Sie haben sich die Ohren zugehalten, sodass sie taub waren und nicht gehört haben, wie sie schrie, als sie sie aufgegraben und umgewühlt haben, um ihr die Bäume, die ihre Knochen sind, auszureißen. Sie haben den Mund verschlossen und sind stumm geblieben, als sie Tiere getötet haben, um ihnen ihr Fell abzuziehen, und das Fleisch verfaulen ließen. *Aki* hat vor Zorn gebebt, aber unsere Väter haben in ihrem Rausch geschwankt und es nicht unter ihren Füßen gespürt… Die Wahrheit ist, dass das Gift uns immer noch blind macht… Aber Pontiac hat die Stimme von *Kije-Manito* gehört und dem Delaware-Propheten Neolin gelauscht. Er hat die Augen geöffnet, damit es nicht irgendwann zu spät ist. Die Engländer wollen unseren Untergang; sie sind nicht wie unsere französischen Brüder. Sie weigern sich, unsere Sprache zu lernen und an unseren Spielen und Festen teilzunehmen. Sie sind überheblich und kalt. Sie verjagen uns von unserem Land und machen sich über uns lustig. Statt uns Medizin zu geben, um unsere Krankheiten zu heilen, geben sie uns ihre Seuchen, um uns zu vernichten. Selbst die Seneca wollen nichts mehr von dem Bündnis mit ihnen wissen, das seit hundert Jahren bestand. Ohnehin brauchen die Engländer sie nicht mehr, um Krieg gegen die Franzosen zu führen, und wollen sie loswerden. Wir müssen die roten Hunde aus *unserem* Land, dem Land der *Anishnabek*, vertreiben. Dieses Land hat nicht den Franzosen gehört, auch wenn sie selbst darüber anders gedacht haben. Wir haben es vielmehr mit ihnen geteilt, weil Onontio* gut zu uns gewesen ist. Aber die Franzosen haben uns im Stich gelassen. Jetzt müssen wir die Engländer loswerden, bevor sie uns den Garaus machen. Anschließend werden wir sehen, was wir mit den Franzosen anstellen.«

»Und du glaubst, dass ihr das schafft, indem ihr Krieg gegen sie führt?«

Wemikwanits Züge verhärteten sich, und ein beunruhigendes Licht blitzte in seinen Augen auf, während er mit dem Zeigefinger über das Heft seines Messers strich.

»Als ich Saginaw verließ, wo meine Familie lebt, erfuhr ich, dass Wasson, unser großer Häuptling, die Wyandot aus Sandusky, die Mississauga und mehrere Odawa-Stämme einen Friedensvertrag

* Gemeint ist der erste Gouverneur von Neu-Frankreich, Charles Huault de Montmagny. »Onontio« ist die irokesische Übersetzung seines Namens und bedeutet wörtlich »schöner Berg«.

mit den Engländern unterzeichnen wollten. Die Delaware und die Shanwni haben bereits einen mit Oberst Bouquet unterschrieben. Und trotzdem hat General Gage Strafexpeditionen in Ohio durchgeführt, bis nach Fort Detroit. Die Engländer wollen keinen Frieden! Das weiß Pontiac und bereitet seinen Gegenschlag vor. Die Kriegs-*Wampums** sind unterwegs.«

»Ich bin kein Franzose, und ich spreche Englisch. Warum erzählst du mir das?«

Langsam zog Wemikwanit sein Messer aus dem Boden und wischte es an seinen Beinlingen ab. Als Alexander die Klinge in den letzten Sonnenstrahlen aufleuchten sah, fiel ihm ein, dass heute Nacht Neumond war.

»Weil du uns helfen kannst, Macdonald.«

»Ich habe nicht vor, deswegen in den Kampf zu ziehen ...«

»Wer spricht denn vom Kämpfen? Aber Waffen kaufen, das ist etwas anderes ...«

»Ich verstehe nicht.«

Wemikwanit stieß ein leises, bedrohlich wirkendes Lachen aus und sah Alexander durchdringend in die Augen.

»Denk gut darüber nach, Macdonald. Ich finde es seltsam, dass ein Mann, der so oft erlebt hat, wie die roten Hunde ihn und seine Familie niedergeschmettert haben, gleichgültig bleibt, wenn sich die Gelegenheit ergibt, diese Hand abzuhacken. Waren die Gefängnisse in deinem Land dir nicht kalt und schrecklich genug?«

Alexander spürte, wie ihm das Blut aus dem Gesicht wich.

»Wer ...?«

»Das Land ist groß ... aber die, die für dieselbe Sache kämpfen, begegnen einander früher oder später.«

John! Er hatte John getroffen! Seinen Bruder, der für einen

* Mit Glasperlen oder Muscheln verzierte Gürtel, die als Mittel der Diplomatie eingesetzt wurden. Die indianischen Stämme tauschten sie zur Besiegelung eines Abkommens in offiziellen Zeremonien aus, oder überbrachten sie als Einladungen. Die Farben und Motive zeigten ihre Bedeutung an.

Händler arbeitete, der versuchte, sich das Gold anzueignen … Plötzlich fragte er sich, ob John wusste, dass er an dieser Expedition des Hollandais' teilnahm.

Wemikwanit stand auf und schüttelte seine Beinlinge aus. Er ließ seinen Blick um sich schweifen und erblickte den Hollandais, der beim Licht einer Lampe unter seinem Zeltdach saß und in seine Papiere vertieft war. Der Mischling beugte sich zu Alexander herunter.

»Die Nacht bringt Rat, mein Freund. Ich wünsche dir einen angenehmen Schlummer.«

Dann ging er davon. Alexander blieb zurück. Er war immer noch wie vor den Kopf geschlagen durch Wemikwanits letzte Enthüllung.

Die Nacht brachte Alexander keinen Rat, sondern quälte ihn mit alten Alpträumen. Wie van der Meer sagte, arbeitete John für einen Mann, der sich die verzweifelte Sache der Indianer zu eigen gemacht hatte. Isabelle hatte versichert, ihn im Frühjahr auf dem Ball des Gouverneurs gesehen zu haben. Wenn sein Bruder im Auftrag seines Dienstherrn den Hollandais beobachtet hatte, dann wusste er bestimmt, dass er sich für die Expedition des kanadischen Pelzhändlers verpflichtet hatte. Das komplizierte alles. Unter diesen Umständen musste er ihm bis zu seiner Rückkehr nach Montréal aus dem Weg gehen … wenn er nicht das Lager wechselte. In wenigen Tagen würde seine Verpflichtung enden.

In was für einer Zwangslage befand er sich! Wemikwanits Worte hatten Widerhall bei ihm gefunden … Die Art, wie der Indianer im Gegensatz zu dem Hollandais die Dinge sah, hatte Zweifel in ihm gesät …

Alexander spürte, wie sich ihm ein harter Gegenstand in die Schulter bohrte. Er fuhr zusammen, wälzte sich auf seiner Decke herum und stieß sich den Kopf an einem Stein. Fluchend öffnete er die Augen und erstarrte vor Schreck, als er in den schwarzen Rachen eines Gewehrlaufs sah. Der Hollandais starrte ihn kalt an. Aber in den Tiefen seiner Augen standen Verbitterung und Trauer.

»Was habt Ihr ihm erzählt, Alexander?«, verlangte der alte Händler nach langem Schweigen zu wissen. »Was habt Ihr Wemikwanit gesagt? Ich habe Euch vertraut…«

»Nichts habe ich gesagt! Warum?«

»Weil er während der Nacht verschwunden ist. Gestern Abend habe ich gesehen, wie Ihr Euch mit ihm unterhalten habt. Ich dachte mir schon, dass er versuchen würde, aus mir herauszubekommen, wo das Gold ist, aber ich hätte nie gedacht, dass er sich an Euch wenden würde.«

Er drückte ihm den Gewehrlauf auf die Brust. Der Schotte stieß den Lauf zu Boden.

»Ich schwöre Euch, dass ich nichts gesagt habe! Ich hatte Euch doch mein Wort gegeben!«

»Ich könnte Euch auf der Stelle töten, und niemand würde mir Fragen stellen, Alexander. Leider, oder zum Glück für Euch, habe ich bereits einen Ruderer verloren und kann es mir nicht leisten, noch einen zweiten einzubüßen.«

»Wemikwanit gehört zur Liga. Er weiß, dass ich über den Schatz im Bilde bin, so viel ist sicher. Er hat es mir deutlich zu verstehen gegeben. Aber ich glaube nicht, dass er vermutet, ich wüsste, wo genau er sich befindet… Sicher, er will ihn haben…«

»Das wollen sie alle, verflucht! Seit einem Jahr sitzen sie mir jetzt schon im Nacken! Diese verdammte Truhe wird noch einmal mein Tod sein, Alexander, und ich ertrage das nur, weil ich mich auf meine Überzeugungen stütze. Wemikwanit ist ein Fanatiker, der ohne zu zögern seine eigene Mutter erwürgen würde, wenn er dadurch die Engländer besiegen könnte. Ich kenne ihn seit seiner frühesten Kindheit. Sein Vater, der am Handelsposten Michillimackinac Handel trieb, war ein Freund von mir. Er hat in der Schlacht am Parent-Bach* auf der Seite

* Der Bach, an dessen Ufer diese Schlacht am 30. Juli 1763 stattfand, ist heute unter dem Namen »Bloody Run« (Blutiger Bach) bekannt, weil er sich von dem Blut der vielen englischen Soldaten, die in diesem Kampf fielen, rot färbte.

der Chippewa gekämpft und ist vor den Augen seines Sohnes von einem englischen Sergeanten getötet worden. Seitdem ist Wemikwanit blind vor Rachedurst. Er hat Gräueltaten an englischen Soldaten verübt, deren Einzelheiten ich Euch erspare. Dieser Mann kämpft nur für seine eigene Sache, nicht für die seines Volkes. Er weiß gar nicht mehr, was recht und unrecht ist. Mit welchem Argument hat er Euch zu überzeugen versucht?«

Der Gewehrlauf drückte fester zu.

»Rache… Er hat mir erklärt, so könnte ich meine Leute rächen…«, erwiderte Alexander, der sich entschieden hatte, ganz ehrlich zu sein.

Van der Meer trat ein wenig zurück.

»Das ist gut, sehr gut. Und… ist es ihm gelungen, dieses Gefühl in Euch zu erwecken?«

Alexander, dessen Herz heftig pochte, stützte sich auf die Ellbogen hoch. Der Hollandais musterte ihn aufmerksam und versuchte sich einen Eindruck davon zu machen, ob er eine ehrliche Antwort bekommen würde.

»Ich habe darüber nachgedacht, Monsieur. Aber ich habe beschlossen, mein Versprechen zu halten.«

»Ich hoffe, dass das wahr ist. Wenn nicht, wird Euch diese Sache Euer Leben lang auf dem Gewissen liegen, Alexander. Denkt doch an Mikwanikwe und ihre kleine Tochter. Es gibt Tausende wie sie, Frauen und Kinder, die nirgendwo wirklich hingehören, unschuldige Opfer dieses Krieges. Denkt an die beiden!«

Aufgewühlt wandte der Hollandais sich ab. Er überzeugte sich davon, dass alle Voyageurs sich zum Aufbruch bereit machten. Die Muskeln an seinem Unterkiefer arbeiteten und zeigten, wie nervös er war.

»Seht zu, dass Ihr keine Zeit verliert!«, versetzte er schließlich und entfernte sich.

Alexander, der den Atem angehalten hatte, stieß einen tiefen Seufzer aus und sah zu, wie der Mann zu seinem Unterstand ging, der soeben abgebaut wurde. In einigen Schritten Entfernung stand le Revenant und musterte ihn unter seinen buschigen Brauen.

Das Wetter war schlecht, und in der Ferne grollte Donner. Wenn das Gewitter losbrach, würden sie erneut Zuflucht am Ufer suchen müssen und noch mehr Zeit verlieren. Die Ruderer sangen, um ihren Rhythmus zu wahren. Alexander allerdings schwang energisch, aber schweigend sein Paddel und betrachtete die Blätter, die an der Wasseroberfläche trieben und in den Strudeln, die die Paddel aufwirbelten, untergingen.

Er rang mit seinem Gewissen. Hier bot sich ihm tatsächlich die Gelegenheit, das zu tun, wovon sein Vater, sein Clan und sein Volk immer geträumt hatten, nämlich den *Sassanachs* einen furchtbaren Schlag zu versetzen. Er hatte die Macht, die Hand abzuschlagen, die ihn und die seinen unterdrückt hatte. Hatte nicht van der Meer selbst diese Seite der Sache hervorgehoben, als er ihm sein gefährliches Geheimnis anvertraute? Der Händler hatte auf sein Mitgefühl gesetzt und das Banner der Ehre und der Klugheit geschwenkt, um ihn von seinem Anliegen zu überzeugen. In einem Punkt, das musste er zugeben, hatte er recht: Es gab keine Lösung für diesen Konflikt. Nach der Unterzeichnung des Vertrags von Paris hatten sich die meisten Franzosen, die auf dem linken Mississippiufer gelebt hatten, ins spanische Louisiana geflüchtet, wenn sie nicht gleich nach Frankreich zurückgekehrt waren. Aber ohne sie hatten Pontiac und seine Männer kaum Aussicht auf Erfolg, ganz gleich, welche kriegerischen Großtaten sie vollbrachten. Frankreich war ruiniert und würde ihnen nicht eine einzige Flinte schicken … Alexander war sich sicher, dass Wemikwanit erneut Verbindung zu ihm aufnehmen würde. Er musste eine Entscheidung treffen …

»Herrje, ein Schwein! Da hinten ist ein Schwein! Hey, Hollandais, dürfen wir uns das holen?«

Alexander wandte den Kopf zum Ufer, in die Richtung, in die der Mann gezeigt hatte, und erblickte ein riesiges Wildschwein, das im Farn herumwühlte. Genau wie den anderen lief ihm bei diesem Anblick das Wasser im Mund zusammen, weil er sich schon den köstlichen Braten vorstellte, den das Tier abgeben würde. Van der Meer, der nicht weniger ein Mensch war als seine Männer, ließ die Kanus an Land bringen. Er gab sechs seiner Leute ein paar Minuten Zeit, um das Tier zu erlegen; danach würden sie wieder aufbrechen, ob mit oder ohne Schwein. Sie durften nicht noch mehr Zeit verlieren. Montréal lag nur noch fünf oder sechs Tagesreisen entfernt, und die Nächte wurden immer kälter.

Die Jäger lachten und fluchten. Alexander saß auf einem Felsbrocken über dem schwarzen Wasser, wartete und blies Rauchringe. Mathruin Joly überprüfte, wie er es gewöhnt war, den Zustand der Boote. Milchbart Chabot und la Grenouille saßen auf Ballen und unterhielten sich mit einem indianischen Spiel. Dabei stürzte man eine Schale mit schwarzen Bohnen, die auf einer Seite weiß angemalt waren, auf den Boden. Wer mehr als fünf Bohnen in derselben Farbe erzielte, hatte einen Punkt gewonnen.

Nicht weit entfernt stand le Revenant allein am Wasser. Er riss Blätter von seiner Tabakkarotte ab und warf sie, indem er ein paar Worte dazu sprach, in das schäumende Nass. Alexander kannte diesen heidnischen Brauch, den sich die Voyageurs wie so vieles andere von den Indianern abgeschaut hatten. Dadurch, dass sie mit den Eingeborenen zusammenlebten, übernahmen die Weißen schließlich manche ihrer Vorstellungen. So griffen sie inzwischen nicht mehr nach einer Prise Salz, um sich vor dem Bösen zu schützen, sondern nach einer Handvoll Tabakblätter.

Während er die Blätter als Opfergabe in den Fluss warf, rief le Revenant den Großen Geist um seinen Schutz an. Der Mann fühlte sich beobachtet und drehte sich zu Alexander um. Er musterte ihn neugierig, wie er es seit ihrem Aufbruch vom Sault de la Chaudière heute Morgen schon mehrmals getan hatte. Was hatte le Revenant aus der Diskussion zwischen ihm und dem Pelzhändler geschlossen? Glaubte er, dass sein Gefährte für Wemikwanits Verschwinden verantwortlich war?

Alexander erriet, welche Fragen seinem Freund auf den Lippen brannten. Le Revenant kam auf ihn zugeschlurft, und die Kiesel knirschten unter seinen Mokassins. Das Geräusch war laut … merkwürdig laut. Alexander hob den Kopf. Da stimmte etwas nicht; er hörte die Jäger nicht mehr. Er suchte nach van der Meer und hörte dann hinter sich einen erstickten Schrei. Vorsichtig sah er sich um und erblickte einen Mann mit schwarzem, schimmerndem Haar. Er beugte sich über die Stelle, an der vor ein paar Sekunden noch Chabot gesessen hatte. *Merkwürdig, so dunkles Haar hat der Junge doch gar nicht …* Dann sah er, dass er über dem Ballen zusammengesunken war. Ihm gegenüber lag la Grenouille am Boden. Aus seinen weit aufgerissenen, hervortretenden Augen starrte er in den milchigen Himmel, und aus seiner durchschnittenen Kehle strömte Blut und durchnässte sein Hemd.

Im selben Moment, als der Indianer ihm sein rot bemaltes Gesicht zuwandte, begriff Alexander, was da los war. Le Revenant nahm seinen Arm und zerrte ihn auf die eiskalten Strudel des Flusses zu.

»Du willst doch wohl nicht da stehen bleiben und warten, bis du an die Reihe kommst, Schwachkopf! Herrgott, das sind Irokesen! Sie werden uns häuten wie die Hasen!«

Der Indianer schwenkte sein Messer und nahm schreiend die Verfolgung auf. Die Züge des Revenant waren vor Entsetzen verzerrt. Er hatte schon einmal die Folter der Irokesen erlebt und keineswegs den Wunsch, sie noch einmal zu erleiden. Alexander war ebenfalls von panischer Angst erfüllt. Ohne Widerrede folgte er ihm, und sie überließen die anderen Männer ihrem Schicksal.

Sie stürzten auf ein Erlendickicht zu und versteckten sich in dem Pflanzenwuchs. Der Irokese lief ein paar Schritte entfernt an ihnen vorbei, ohne sie zu entdecken und drang in den Wald ein. Von dort aus drangen Schreie zu ihnen, die ihnen das Blut gefrieren ließen. Dann wurde es wieder still. Da war ihnen klar, dass ihre Kameraden sämtlich massakriert worden waren. Ihre Gewehre befanden sich zusammen mit dem Gepäck am Ufer. Sie waren nur mit ihren Messern bewaffnet, die sie in der Hand hielten. Sie hatten sich in einem Dornengebüsch versteckt und sich die Haut zerkratzt. Immer noch war es still. Alexander versuchte, durch die dichte Vegetation hindurch etwas zu erkennen. Unwillkürlich musste er an van der Meer denken, und mit einem Mal wurde ihm klar, dass er, falls der Händler tot war, der Einzige sein würde, der wusste, wo sich der begehrte Schatz befand. Sein Atem beschleunigte sich. Zehntausend Pfund … Man würde erbarmungslos Jagd auf ihn machen.

»Da!«, flüsterte le Revenant und wies mit dem Messer auf etwas, das sich vor ihnen befand.

Drei Gestalten durchquerten ihr Sichtfeld; zwei Männer, die einen dritten mit ihren Gewehrläufen vor sich herstießen. Alexander erkannte den Gefangenen.

»Das ist doch Dumais!«

Germain Dumais gehörte zu den Männern, die auf Schweinejagd gegangen waren.

»Wir müssen ihn da herausholen«, murmelte le Revenant nervös und bahnte sich einen Weg durch die Dornenranken.

Alexander konnte nichts anderes tun, als ihm zu folgen. Die beiden liefen am Ufer entlang und versteckten sich hinter Büschen. Als sie den Ort des Gemetzels wieder erreicht hatten, wo sie sich weiter verborgen hielten, konnten sie nur noch die Tatsachen feststellen: Die Leichen ihrer Kameraden lagen im Gras. Rasch überschlug Alexander ihre Zahl: Es fehlten zwei Personen. Aber wer? Außerdem stellte er fest, dass er nirgends den weißen Haarschopf des Hollandais' sah. Lag der Pelzhändler irgendwo tot im Wald, oder hatte er entkommen können? Die Antwort auf seine Frage ließ nicht lange auf sich warten: Van der Meer und Jérome Barisson tauchten auf. Ein Mann, der einen breiten, runden Filzhut trug, stieß die beiden vor sich her. Der Händler hatte einen Schnitt auf der Stirn, aus dem ein Blutrinnsal lief.

»Verflucht! Wir können sie nicht im Stich lassen!«, flüsterte le Revenant. »Aber ich sehe nicht, wie wir sie aus dieser Klemme befreien sollen. Was für eine elende Bande von Wilden!«

Der Mann, der ihre beiden Kameraden in Schach hielt, drehte

sich um, und Alexander beschlich ein seltsames Déjà-vu-Gefühl, das ihn erschauern ließ. Aufmerksam studierte er die Züge des Mannes. Er war eindeutig ein Trapper und auf indianische Weise gekleidet. Wo könnte er ihm begegnet sein? In Grand Portage? Nein, diesen Eindruck hatte er nicht …

»Kennst du den Mann mit dem Hut?«, fragte er le Revenant.

»Nein, noch nie gesehen. Bestimmt ein Söldner der Hudson's Bay Company. Diese verfluchten Engländer setzen uns schon lange zu. Behaupten, dass wir uns auf ihrem Territorium befinden. Dabei würde ich sagen, dass eher das Gegenteil der Fall ist!«

Während er zusah, wie der Mann mit dem Hut heftig gestikulierend mit dem Hollandais diskutierte, versuchte sich Alexander darauf zu besinnen, wann er ihm begegnet sein könnte, und wer er war. Wenig später trat eine Gruppe von Indianern aus dem Wald, unter denen er Wemikwanit erkannte.

»Oh, der dreckige Hund!«, brummte le Revenant.

Dann wandte er sich Alexander zu und zog eine Grimasse, die durch seine Blechnase komisch wirkte. Alexander zuckte nicht mit der Wimper, sondern hielt dem forschenden Blick seiner grauen Augen stand.

»Sag mir, dass du nicht mit diesem Burschen unter einer Decke steckst, le Sauvage!«

»Nein, ganz bestimmt nicht. Ich erkläre dir alles später, Chamard. Im Moment siehst du doch, auf welcher Seite des Busches ich stehe.«

Le Revenant zögerte noch. Unbewusst hatte er sein Messer auf seinen Kameraden gerichtet.

»Der Hollandais hat dir heute Morgen aber nicht gerade den Hof gemacht, oder? Und was hattest du gestern Abend mit Wemikwanit zu schaffen?«

Der Unbekannte mit dem Hut, den Alexander nicht aus den Augen ließ, ging zwischen den Leichen umher, stieß sie mit der Stiefelspitze an und rollte sie auf den Rücken. Dann beugte er sich über sie und untersuchte sie genau. Er schien etwas zu suchen … oder jemanden.

»Hör zu, le Revenant, wenn du mir nicht vertraust, kannst du auch allein flüchten und nach Montréal zurückkehren. Aber wenn du den Hollandais da herausholen willst, wirst du es zusammen mit mir tun müssen…«

»Macdonald!«, brüllte eine Stimme, die den Schotten zusammenzucken ließ.

Der Unbekannte hatte sich aufgerichtet und meinte wahrscheinlich ihn. Diese Stimme… Aufgewühlt kniff Alexander die Augen zusammen. Mit einem Mal stieg eine Erinnerung in ihm auf: eine kalte Nacht, ein starker Wind in den kahlen Bäumen, ein Knabe, der in der Finsternis tanzt und die Ankunft des Teufels vorhersagt, eine Gestalt im Schatten einer Milchkammer, sein strahlend weißes Hemd, das er zu verstecken versucht hatte… und Isabelles Angstschrei.

Er spürte, wie ihm das Blut in den Adern stockte. Isabelle… Jetzt erinnerte er sich.

»*God damn!* Lacroix!«

»Wer?«

»Étienne Lacroix! Der Bursche mit dem Hut ist Étienne Lacroix!«

»Kenne ich nicht.«

»Ich schon!«

»Macdonald!«, rief Étienne noch einmal mit heiserer Stimme. Er hatte Barisson am Schopf gepackt. »Ich weiß, dass Ihr mich hört, Ihr dreckiger Bastard! Zeigt Euch, wenn Ihr nicht wollt, dass Eure Freunde wie die Hunde krepieren.«

»Dieser Dreckskerl!«

Le Revenant wollte seinem Kameraden zu Hilfe kommen, der unter der Klinge von Étiennes langem Jagdmesser keuchte. Aber Alexander hielt ihn energisch zurück.

»Nein! Er will mich! Bleib hier, wenn dir dein Leben lieb ist!«

»Aber was will er von dir? Was hat das alles zu bedeuten?«

»Keine Zeit für Erklärungen, mein Freund. Ich kann dir nur sagen, dass es um Rache für etwas geht, das schon lange zurückliegt.«

Erschrocken sah le Revenant zu, wie Alexander die Deckung

des Busches verließ. Van der Meer erblickte ihn und bewegte die Lippen. Aber Alexander konnte die Botschaft nicht deuten. Darauf schüttelte der Pelzhändler den Kopf, um ihm zu bedeuten, er solle sich nicht allzu weit nähern.

»Kommt schon, dreckiger Engländer! Hierher, sonst bringe ich Euren Kumpan um! Und dann ist der Hollandais an der Reihe!«

Ungeduldig hielt Étienne immer noch Barissons Haar gepackt und hatte ihm die Klinge an die Kehle gesetzt. Alexander überlegte. Hatte es wirklich Sinn, wenn er aus seinem Versteck kam? Ganz offensichtlich konnte er die etwa ein Dutzend Indianer nicht ausschalten, die dort standen und bereits fast alle seine Kameraden getötet hatten. Étienne Lacroix wollte seine persönlichen Rachegelüste befriedigen, da war er sich sicher. Aber Wemikwanit war ebenfalls dort, und das hieß, dass er noch etwas anderes wollte: das Gold des Hollandais'.

Mit einem Mal fühlte sein Mund sich trocken und klebrig an. Herrgott! Sollte sein Bruder John mit diesen Männern zusammenarbeiten? Er konnte es nicht glauben. Wenn John ihn hätte töten wollen, hätte er es bei ihrer letzten Begegnung im Winter 1761 getan. Dazu hätte er ihn nur im Schnee liegen zu lassen brauchen, wo er erfroren wäre. Stattdessen hatte er ihn gerettet. Aber John gehörte zum gegnerischen Lager …

»Das ist die letzte Warnung, Macdonald! Entweder kommt Ihr aus Eurem Versteck, oder ich schneide Eurem Freund die Kehle durch!«

Angesichts der beschwörenden Miene des Hollandais' zögerte Alexander immer noch, sich zu zeigen.

»Was hast du vor?«, flüsterte le Revenant, der ihm gefolgt war. »Du kannst nicht zulassen, dass er Barisson umbringt, Macdonald! Wenn du nicht gehst, dann ich, verflucht!«

»Nein, er wird dich auch umbringen! Mit einem weiteren Gefangenen kann er nichts anfangen. Er will mich!«

»Dann geh doch!«

»Schon gut, schon gut! Aber du bleibst in deinem Versteck, ganz gleich, was passiert!«

Langsam verließ Alexander seinen Unterschlupf. Der Hollandais wirkte verzweifelt. Das Knacken der Zweige alarmierte Étienne Lacroix, der, seine Geisel immer noch unter den Arm geklemmt, herumfuhr. Einen Moment lang starrte er Alexander, der, die offenen Hände vor sich ausgestreckt, auf ihn zukam, sprachlos an. Die Indianer schwärmten aus und bildeten einen schützenden Kreis um sie. Zwei von ihnen durchsuchten ihn, um sich davon zu überzeugen, dass er nicht bewaffnet war. Jetzt saß er in der Falle.

Alexander ließ den Blick über die Leichen seiner Kameraden schweifen: der junge Chabot, la Grenouille … Er konnte nicht glauben, dass Étienne sie alle massakriert hatte, nur um an ihn heranzukommen. Er begegnete dem kalten, berechnenden Blick aus Wemikwanits Augen und dann dem hellen, undeutbaren Blick des Hollandais', der von zwei Eingeborenen festgehalten wurde. Ein gehässiges Lachen durchbrach das drückende Schweigen.

»Endlich sehen wir uns wieder.«

»Lasst die Männer gehen.«

»Ich habe es nicht eilig, Macdonald. Ich habe eine Rechnung mit Euch zu begleichen, aber mit dem Hollandais ebenfalls.«

»Was wollt Ihr von mir?«

»Was ich von Euch will? Allerhand, l'Écossais! Denn so lasst Ihr Euch doch inzwischen nennen, oder? Marcelline … sagt Euch der Name etwas?«

Marcelline? Ja, das war doch das junge Mischlingsmädchen gewesen, dem er oft bei den Ursulinen begegnet war. Eine Freundin von Isabelle. Sie war von Soldaten aus einem der englischen Regimenter, die die Stadt Québec besetzt hatten, vergewaltigt worden und hatte sich danach aufgehängt. Aber … mit diesem schrecklichen Vorfall hatte er nichts zu tun.

»Es … tut mir wirklich leid um das Mädchen, aber ich …«

»Das Mädchen? Das Mädchen? Sie war MEINE TOCHTER! Elender Lump!«

Ein irres Glitzern leuchtete in seinen dunklen Augen auf. Étienne ließ Barisson abrupt los, sodass dieser, vor Entsetzen keuchend, schwer zu Boden fiel, und trat auf Alexander zu, der sich nicht rührte, denn die Klinge richtete sich jetzt drohend auf seine Brust.

»Ihr habt meine Tochter vergewaltigt und getötet!«

Alexander begriff, dass es nichts nützen würde, wenn er versuchte, sich zu verteidigen, und schwieg lieber. Étienne war blind vor Rachedurst und würde auf nichts hören, was er ihm sagen konnte. Er musste sehr vorsichtig sein.

Die Stahlspitze ritzte Alexanders Haut. Étienne zog die Augen zusammen und lächelte zuckersüß. Er nahm das silberne Kreuz, das am Hals des Schotten hing, und betrachtete es eingehend.

»Donnerwetter! Ist das etwa das Taufkreuz meiner Schwester? He, sag es mir, ist das Isabelles Kreuz?«

Alexander atmete schwer und schwieg zur Antwort nur. Étienne starrte ihn böse grinsend an und versuchte sich sichtlich zu beherrschen, um ihm nicht auf der Stelle sein Messer in den Leib zu stoßen.

»Und, war es nett, es mit meinem Schwesterchen zu treiben, l'Écossais? Ihr macht es doch gern, oder? Tja, heute treibt es ein anderer mit ihr! Was haltet Ihr davon?«

Alexander vermochte ein Zucken nicht zu unterdrücken und las die Befriedigung auf Étiennes Zügen. Aber der Mann war nervös. Er spielte mit dem Kreuz, das er zwischen den Fingern hielt, und riss es schließlich mit einem kurzen Ruck ab.

»Sie wird sich sicher freuen, es zurückzubekommen.«

Mit einer abrupten Bewegung steckte er das Schmuckstück in die Tasche, trat auf den Händler zu und packte ihn am Kragen.

»Jetzt zu Euch! Ihr wisst, was ich von Euch will, Hollandais! Ihr habt etwas gestohlen, was uns gehört!«

»Ich habe eine Vereinbarung mit den anderen getroffen …«

»Nun, offensichtlich gilt die nicht mehr! Sie wollen das Gold, das Ihr versteckt habt, also müsst Ihr es herausgeben!«

»Ihr werdet es nicht bekommen, Lacroix. Das kann ich Euch schwören!«

»Tsakuki!«

Der Indianer, den er gerufen hatte, trat auf den armen Barisson zu, der immer noch, vor Entsetzen gelähmt, am Boden lag. Er packte brutal in sein Haar, um seinen Kopf nach hinten zu reißen, und Barisson schrie ängstlich auf. Dann schnitt er ihm mit einer raschen Bewegung die Kehle durch. Mit einem grauenhaften Gurgeln schoss das Blut hervor. Wütend versuchte sich Dumais loszumachen, um sich auf Tsakuki zu stürzen. Aber ein anderer Indianer warf ihn rasch zu Boden und hielt ihn mit seinem Gewicht nieder. Der Hollandais stieß einen erstickten Schrei aus, fiel auf die Knie und schlug die Hände vors Gesicht.

»Ich werde Euer Gold bekommen! Wenn Ihr mir nicht sagt, wo es versteckt wird, dann eben Macdonald!«

»Er weiß nichts! Niemand weiß davon!«

»Wemikwanit glaubt da etwas anderes. Er sagt, Ihr hättet dem Schotten Euer Geheimnis anvertraut.«

Alexanders Hände wurden feucht. Er warf Wemikwanit einen wütenden Blick zu, doch der starrte ihn nur ausdruckslos an.

»Ich … ich habe ihm alles über das Gold erzählt, das stimmt«, gab van der Meer zu und wandte sich mit strenger Miene zu Alexander um. Er musste ihn preisgeben, wollte ihm aber gleichzeitig zu verstehen geben, dass er schweigen solle. »Es ist wahr, ich habe ihm sogar einen Plan von der Stelle gegeben, wo es sich befindet. Und der Schwachkopf ist gleich dorthin gerannt, kaum dass es Nacht geworden war! Natürlich hat er nichts gefunden. Ihr glaubt doch nicht, dass ich so treuherzig war, ihm zu sagen, wo das Gold wirklich versteckt ist?! Er hätte mir seinen Dolch zwischen die Rippen gestoßen und wäre damit geflüchtet! So dumm bin ich nun auch wieder nicht, Lacroix!«

Unentschlossen wandte Étienne sich Alexander zu. Was der Pelzhändler behauptete, klang logisch, trotzdem hatte er das Gefühl, angelogen zu werden. Diese beiden Männer verband mehr als ein einfacher Arbeitsvertrag, da war er sich sicher. Van der Meer hatte noch nie einen Leibdiener angestellt. Warum also ausgerechnet auf dieser Reise? Wenn man Wemikwanit glauben wollte, der sie in Grand Portage beobachtet hatte, bestand zwischen Alexander und seinem Dienstherren eine besondere Beziehung. Der Schotte wusste etwas, aber was? Es gab nur ein Mittel, die Wahrheit herauszufinden.

»Nun gut. Dann rede ich eben mit Macdonald.«

Mit diesen Worten stellte sich Étienne hinter den Händler, zwang ihn zum Aufstehen und bedrohte ihn mit seiner Klinge, die er ihm unter die Kehle hielt. Van der Meer rührte sich nicht und atmete tief, um sich zu beherrschen.

»Er sagt, dass du von nichts weißt. Ist das richtig, l'Écossais?«

Alexander erstickte fast vor Angst, mit einem einzigen Wort das Todesurteil für den alten Pelzhändler zu besiegeln. Er schloss die Augen zur Hälfte. Er wagte nicht zu antworten und kämpfte darum, seine Gefühle zu meistern und sich nicht zu verraten. In den hellen Augen des alten Mannes suchte er nach der Antwort, die er geben sollte, und las dort eine unerbittliche Entschlossenheit. Der Hollandais würde sein Leben hergeben, damit das Gold nicht diesen Halunken in die Hände fiel. Er, Alexander, hatte ihm sein Wort gegeben und versprochen, seinen Willen zu respektieren … Betrübt über den anscheinend unausweichlichen Ausgang, den diese Sache nehmen würde, bemühte er sich, gleichgültig zu erscheinen.

»Er sagt die Wahrheit. Er hat mir eine verfluchte Falle gestellt.«

Die Klinge drang in die knittrige Haut, und ein scharlachrotes Rinnsal sprang auf. Das Blut lief über den faltigen Hals des Hollandais', der die Zähne zusammenbiss. *Falsche Antwort!* Alexanders Herz klopfte zum Zerspringen. Er hatte es geschworen, gewiss! Aber wie sollte er es je wieder fertigbringen, in den Spiegel zu schauen und etwas anderes als van der Meers Tod zu sehen?

Étienne gab einen Befehl. Alexander wurde an den Armen und an den Haaren gepackt, und mit einem Mal saß eine Klinge an seinem Hals. Er erstarrte. Étienne, der den Händler losgelassen hatte und auf ihn zukam, hatte sich für eine andere Taktik entschieden.

»Na gut, Hollandais! Mal sehen, ob es dich kaltlässt, wenn ich diesem Kümmerling hier das Fell abziehe!«

Ein angespanntes Schweigen trat ein. Alexander hatte Gänsehaut. Sollte er jetzt genau wie all die anderen für diesen verfluchten Schatz geopfert werden, der ihm letztendlich völlig gleichgültig war? Durch die kahlen Äste fiel goldenes Sonnenlicht auf das Gesicht des Händlers, der immer noch die Lippen zusammenpresste und so gleichmütig wie eben wirkte. Doch er war sehr blass um den Mund geworden. Die Zeit schien stillzustehen.

»Ich habe verstanden! Jetzt weiß ich, was ich zu tun habe!«, rief Étienne endlich.

Als sich der Dolch in seine Haut bohrte, stieß Alexander dem Mann, der ihn festhielt, brüllend den Ellbogen in die Rippen.

Aus dessen Griff befreit, ging er unter einem Schmerz, der ihm den Atem verschlug, zu Boden. Er betastete seinen Hals, um festzustellen, wie schwer er verletzt war. Da war er mit knapper Not entkommen: Ein gerader Schnitt verlief von einem Ohr bis zum Kinn, war aber nicht tief genug, um eine Schlagader berührt zu haben. Aus den Büschen erscholl ein Wutschrei. Er sah ein Paar abgetretener, nasser Mokassins vor seiner Nase vorbeihuschen, und sein Dolch fiel mit einem dumpfen Geräusch vor ihm auf den Boden.

»Hast du vielleicht gedacht, da kommst du ganz allein heraus?«, rief le Revenant.

Ehe er mit einer Silbe darauf antworten konnte, kämpfte sein Kamerad schon mit einem Eingeborenen, und er selbst wurde von einem anderen angegriffen. Er hielt den Dolch fest gepackt und rammte ihn dem Mann in den Bauch. Der andere röchelte, und ein heißer Blutschwall rann Alexander über den Arm. Er stieß die Leiche beiseite, wälzte sich auf der Schicht aus totem Laub herum und stellte eine Bestandsaufnahme der Lage an. Le Revenant befand sich im Mittelpunkt eines wilden Scharmützels wie ein Lamm, das von einer Meute Wölfe attackiert wird. Was konnte er allein ausrichten? Die Indianer waren in der Überzahl und würden sie bald erneut ausgeschaltet haben!

Alexander nahm eine Bewegung zu seiner Rechten wahr, fuhr herum und wich mit knapper Not der Schneide eines Tomahawks aus, der hinter ihm in einen Baumstamm einschlug. Er stöhnte. *Keine Algonquin-Arbeit*, stellte Alexander reflexartig fest, und dann schlug ihn ein heftiger Hieb, der ihm den Schädel zu spalten schien, halb bewusstlos.

Ihm wurde schwindlig; in seinen Ohren dröhnte es. Er erhaschte einen Blick auf Étienne, der den Hollandais niederhielt und auf ihn einprügelte. Le Revenant lag unter einem mit einem Messer bewaffneten Eingeborenen, der auf ihm kniete, und spuckte Erde und Blut. Dahinter wurde Dumais von drei weiteren Eingeborenen mit bemalten Gesichtern angegriffen und wehrte sich brüllend, so gut er konnte. Die Lage war verzweifelt.

Der Schmerz wurde stärker, und der Blutgestank stieg ihm unangenehm in die Nase. Die Schreie verklangen. Alexander fuhr sich mit den Fingern durch das blutverklebte Haar. Er dachte an Mikwanikwe, die im nächsten Sommer vergeblich auf ihn warten würde, und an die kleine Otemin, die sie würde trösten müssen. Merkwürdigerweise entlockte ihm die Vorstellung, dass jemand ihn vermissen würde, ein Lächeln. Er stellte sich vor, wie Étienne Isabelle mitteilte, er habe endlich Rache für Marcelline genommen. Isabelle… hätte er dem Drang, sie wiederzusehen, widerstehen können, wenn er nach Montréal zurückgekehrt wäre?

Wortfetzen und laute Stimmen drangen noch zu ihm. Irgendwann meinte er, den Revenant Beleidigungen brüllen zu hören. Étienne hatte van der Meers reglosen Körper liegen lassen und kam auf ihn zu. Er sah alles doppelt. Zwischen den kleinen Metallteilen, die Étienne sich in die langen Haare gebunden hatte, zog ein goldenes, mit Edelsteinen besetztes Kreuz seine Aufmerksamkeit auf sich. Er kniff die Augen zusammen und starrte auf das glitzernde Schmuckstück. Dann fiel ein dunkler Schleier über alles. Er spürte, wie ihn eine angenehme Mattigkeit ergriff. Letztendlich war der Tod doch etwas Schönes.

5

Herzensregungen

Gabriel rannte lachend hinter einer Heuschrecke her, und sein rotes Haar umwehte sein Köpfchen, das stets voller Ideen steckte, wie ein Funkenregen.

Lächelnd kehrte Isabelle zu ihrer Lektüre zurück:

… ich weiß nicht, ob du schon davon gehört hast, aber auch Québec hat seit letztem Juni eine eigene Zeitung. Das Blättchen erscheint wöchentlich und in beiden Sprachen … jedenfalls im Moment noch. Monsieur Audet ist so freundlich, es mir auszuleihen, nachdem er es gelesen hat.

Da wir gerade von Monsieur Audet sprechen … Er hat endlich beschlossen, mir die Frage aller Fragen zu stellen, genau, wie du es bei deinem Besuch letzten Sommer vorhergesagt hast. Ich weiß nicht, Isa … Er ist sehr nett, aber ich liebe ihn nicht. Nun höre ich schon, wie du mir sagst, dass du auch einen Mann geheiratet hast, den du nicht liebtest, und dass du heute sehr glücklich mit ihm bist! Monsieur Audet ist freundlich und zuvorkommend, das stimmt. Seine Kinder beten mich an, und ich liebe sie ebenfalls. Aber ich fühle mich allein in meinem Haus sehr wohl und kümmere mich um meine kleinen Angelegenheiten, ohne dass mir jemand sagt, was ich zu tun hätte. Verstehst du? Da bin ich wohl so etwas geworden wie eine alte Jungfer! Ich habe ihm noch keine Antwort gegeben, sondern ihm gesagt, dass ich darüber nachdenken würde.

»Ich glaube, du bist schon zu einer Entscheidung gekommen, was, Mado?«, sagte Isabelle laut, lachte und nahm das nächste Blatt.

Vergangene Woche bin ich zu einem Ball eingeladen worden. Einem richtigen Ball mit schönen Kleidern und Kavalieren, die sich vor einem verbeugen! Ich zögere, dir diese Geschichte zu erzählen. Aber du hast bis zu deinem nächsten Besuch ja genug Zeit, sie wieder zu vergessen und wirst dann nicht mehr daran denken, mit mir zu schimpfen!

Du weißt ja, dass ich jede Woche meine Marmeladen auf dem Markt in der Unterstadt verkaufe. Nebenbei gesagt gehen die Geschäfte gut. Erinnerst du dich an diesen englischen Offizier, der mir regelmäßig zwei oder drei Töpfe abkaufte, Mr. Henry? Er war sehr freundlich, hat sich mit mir unterhalten und mich wie eine Dame behandelt. Außerdem war er ein ansehnlicher Mann. Sag jetzt nichts, du weißt ja, was ich im Allgemeinen von englischen Soldaten halte! Er hat mir den ganzen Sommer über den Hof gemacht und mir bei den letzten Malen zum Abschied sogar die Hand geküsst. Eines Tages hat er mich zu einem Spaziergang an Flussufer eingeladen. Ich versichere dir, dass seine Absichten ehrenhaft waren und er höflich geblieben ist. Er hat mich nun zu diesem Ball eingeladen, der von Gouverneur Murray gegeben wird. Ich war dermaßen verdutzt, Isabelle, dass ich mich erst einmal setzen musste. Dabei besitze ich weder die Garderobe noch den kostbaren Schmuck für einen gesellschaftlichen Auftritt. Aber im ersten Moment konnte ich dem Gedanken nicht widerstehen. Wenn allerdings Monsieur Audet erfährt, dass ich mit einem englischen Offizier zu einem Ball gegangen bin, während er noch auf meine Antwort auf seinen Antrag wartete, würde er mich sicherlich auf die Straße setzen, und die Geschichte wäre in Windeseile auf der ganzen Insel herum. Daher habe ich mir einen Vorwand einfallen lassen, um die Einladung auszuschlagen. Mr. Henry hat mir bestimmt nicht geglaubt.

Kurz nach meiner Ablehnung kam ein Reiter die Straße zu meinem Haus hinaufgaloppiert. Er hat einen großen Karton auf den Tisch gestellt und mir einen versiegelten Brief überreicht. Das Ganze kam von Mr. Henry. In der Schachtel befand sich ein wunderschönes Kleid aus dunkelblauer Seide, Isa. Das schönste, das ich je besessen habe! So, jetzt ist es heraus! Ich weiß, dass es verrückt ist, aber ich werde in zwei Tagen auf diesen Ball gehen. Ich konnte es gar nicht abwarten, dir davon zu erzählen. Jetzt verstehst du vielleicht besser, warum ich mir mit der Antwort an Monsieur Audet Zeit lasse. Ich habe keine

Ahnung, welche Absichten dieser Mr. Henry hegt, aber ich mag ihn gern und glaube, dass er mich ein wenig mit den Rotröcken versöhnt hat.

Bitte, verurteile mich nicht für mein wenig tugendhaftes Verhalten, Isabelle. Ich bin siebenundzwanzig, verstehst du. Julien fehlt mir immer noch, aber ein Gespenst wärmt einem nicht das Bett. So nutze ich die Gelegenheiten, die sich mir bieten, und versuche dabei, Umsicht walten zu lassen. Wünsche mir viel Glück!

»Dann Adieu, Monsieur Audet!«

Ehe ich schließe, noch ein paar Neuigkeiten von deiner Familie. Louis erholt sich von seinem schweren Sturz. Seinem Bein geht es besser, obwohl er noch mit einem Stock läuft. Seine treue Françoise ist ihm im Laden eine große Hilfe, zusammen mit Pierre. Ich wette mit dir, dass unser junger Lehrling in fünf Jahren seinen Meisterbrief erhält und sich eine eigene Bäckerei kaufen wird. Anne mit ihren vierzehn Jahren tritt ihr nächstes Jahr im Pensionat der Ursulinen an. Bestimmt ist Louis froh darüber, seine Tochter so gut untergebracht zu wissen. Sie ist so hübsch. Der kleine Luc geht bei den Augustinern zur Schule und legt ein Talent für alles, was mit Zahlen zu tun hat, an den Tag. Alles steht zum Besten.

Vor zwei Tagen habe ich zusammen mit Schwester Clotilde Chrysanthemen auf Guillaumes Grab gelegt. Ich habe auch einen Strauß von dir mitgenommen und ein Gebet gesprochen. Ein Jahr ist es jetzt her, dass er die ewige Ruhe gefunden hat. Möge Gott sich seiner annehmen, er hat es verdient.

»Ein Jahr schon!«, murmelte Isabelle.

Ihr Bruder Guillaume war einem tragischen Unfall erlegen. Bei einem Ausflug war er den wachsamen Nonnen kurz entwischt und im Saint-Charles-Fluss ertrunken. Niemand war Zeuge des Unfalls gewesen. Manch einer hatte angedeutet, er habe sich bestimmt freiwillig ins Wasser gestürzt, um den inneren Qualen zu entfliehen, die ihm keine Ruhe mehr ließen. Doch niemand hatte gewagt, das öffentlich zu erklären, da es keinen Beweis dafür gab. Und so hatte Guillaume in geweihter Erde bestattet werden können und war jetzt endlich erlöst von dem Übel, das ihn seit dem Krieg zerfressen hatte …

Schön, genug geschwatzt. Die Sonne geht auf, und ich muss mich fertigmachen und den Frühstückstisch für die Audet-Kinder decken. Sobald ich kann, schreibe ich dir wieder. Vergiss nicht, das Gleiche zu tun, liebe Cousine.

Mit meiner ganzen Liebe
Madeleine

Isabelle schaute auf und sah zu, wie Gabriel sich zusammen mit Marie unter dem Hartriegel zu schaffen machte. Sie dachte an Madeleine und machte sich Sorgen um ihre Cousine, die bereits zwei Heiratsanträge abgelehnt hatte und die sie nicht mehr recht verstand. Madeleine schien auf ihrer selbstgewählten Einsamkeit zu beharren, die sie dennoch mehr und mehr belastete. Nun ja … wenn dieser Mr. Henry, dem sie bei ihrem Besuch in Québec zweimal begegnet war, derjenige sein würde, der ihr den Ring an den Finger steckte, würde sie entzückt sein; englischer Offizier hin oder her. Sie wartete schon ungeduldig auf den nächsten Brief von ihrer Cousine.

Sorgsam faltete sie den Brief zusammen, steckte ihn in ihre Rocktasche und schaute erneut ihrem Sohn zu. Während andere kleine Jungen sich mit Holzspielzeug unterhielten, verbrachte Gabriel seine Zeit damit, den Hof zu erforschen und sich für kleine Tiere zu begeistern. So fand sie ertrunkene Schnecken in einem Glas auf dem Küchentisch, tote Spinnen, denen einige Beine fehlten, lagen sorgfältig aufgereiht auf der Kommode in seinem Zimmer, und an der Wand hingen aufgespießte Schmetterlinge. Sie musste zugeben, dass das ihren Alltag belastete.

Gestern hatten sie Jagd auf fünf Grillen machen müssen, die im Salon aus ihrem Topf entwischt waren. Arlequine hatte sich an dem Spiel beteiligt und drei von ihnen gefressen, worüber Gabriel in Tränen ausgebrochen war. Marie hatte versprochen, dass sie ihm helfen würde, neue zu fangen. Sie selbst war ebenfalls beteiligt gewesen und hatte den fest verschlossenen Topf auf den Knien gehalten, während sie zuschaute, wie ihr Sohn die ekelhaften Tierchen fing, die sie mit ihrem unablässigen Zirpen alle die ganze Nacht lang wach halten würden. Nun ja … es machte sie halt glücklich, wenn Gabriel froh war.

»Ich habe noch eine!«, rief Marie triumphierend aus und hielt die Hände fest geschlossen.

»Zeig mal, zeig mal! Ist sie g'oß? Ich will eine ganz dicke, Ma'ie.«

»Marrrie«, verbesserte das Dienstmädchen ihn lächelnd und zeigte dem kleinen Jungen rasch das Insekt. »Und, bist du zufrieden?«

»Oh ja! Die ist dick! Gib sie Mama, sie tut sie in den Topf.«

Isabelle verzog das Gesicht und hob den Deckel, und das schwarze, schimmernde Tier gesellte sich zu den anderen und dem Grasbüschel, das ihr Futter darstellen sollte. Dann hob sie den Behälter mit spitzen Fingern hoch.

»Ich glaube, du hast jetzt genug Grillen gefangen, Gaby. Zeit für dein Mittagsschläfchen.«

»Ich will abe' nicht schlafen, Mama«, murrte das Kind und verzog trotzig den Mund.

»Auf geht's, darüber diskutiere ich nicht. Das Spiel ist vorbei, und du musst dich ausruhen.«

»Ich will noch etwas essen. Will nicht sofo't schlafen.«

»Soforrrt, Gaby«, wiederholte Isabelle ungeduldig.

Der Sprachfehler ihres Sohnes hielt sich hartnäckig, und sie fragte sich, ob sie ihm im Winter nicht Stunden verordnen sollte. Gabriel, der bald vier wurde, konnte immer noch das »r« nicht richtig aussprechen. Pierre machte sich ebenfalls Sorgen und hatte sogar schon einen Lehrer für ihn gefunden, Monsieur Labonté.

»Komm, mein Engel«, ermunterte sie ihren Sohn und tätschelte ihm sanft den Kopf, »lauf und wasch dir Gesicht und Hände. Und dann zieh eine andere Jacke an, diese ist voller Erde. Wenn du dich beeilst, gibt Marie dir noch einen Keks.«

»Ja, ja«, gab der Kleine schmollend zurück.

Jedes Mal, wenn Gabriel seine Unzufriedenheit zum Ausdruck brachte, gab es ihr einen Stich ins Herz. Nicht, weil es ihm an Manieren gefehlt hätte, sondern weil er sie dann an seinen Vater erinnerte. Seufzend übergab sie Marie den Topf mit den Grillen, und die beiden gingen in die Küche. Isabelle begab sich ebenfalls nach drinnen, um sich einen Tee zu machen.

Louisette, die neue Haushälterin, bereitete in einer großen Fayence-Schale aus gemahlenen Bittermandeln, Honig und frischem Eigelb eine Enthaarungspaste vor. Isabelle zog diese Mischung den Rezepten vor, die gemahlene Kellerasseln oder zerstampfte Ameiseneier enthielten und sie anekelten. Daneben, auf dem Tisch, stand eine Abkochung aus Flockenblumen und Kamille zur Aufhellung ihres blonden Haars.

Der Anblick dieser Schönheitsmittel erinnerte die junge Frau daran, dass sie bei Apotheker Meloche vorbeischauen musste, der ihr das Bergamotte- und Jasminwasser nach seiner speziellen Rezeptur zubereitet hatte. Daher bat sie Basile, die schwarze Stute anzuspannen, und klopfte an die Tür von Pierres Arbeitszimmer. Sekunden später ließen sich Schritte vernehmen, und die Tür wurde geöffnet.

»Oh, tretet bitte ein, Madame Larue!«, sagte Jacques Guillot, Pierres neuer Angestellter, und trat beiseite, um sie vorbeizulassen.

»Ähem … ich wollte Euch nicht stören, Monsieur Guillot«, entschuldigte sie sich und errötete leicht. »Eigentlich wollte ich meinem Mann nur mitteilen, dass ich ein paar Besorgungen erledige … Ist er denn nicht da?«

»Nein, er ist ausgegangen, vor ein paar Minuten erst. Ein dringender Fall, hat er gesagt.«

»Aber nichts Schlimmes, oder?«

»Ich glaube nicht, Madame.«

Der junge Mann sah sich mit verlegener Miene um.

»Sucht Ihr etwas?«

»Den Vertrag eines Voyageurs und Händlers, der im Frühling dieses Jahres aufgebrochen ist. Ich wollte ihn herauslegen, ehe ich gehe, damit Monsieur Larue eher fertig ist.«

»Das ist nett von Euch, Monsieur Guillot. Habt Ihr im Archiv nachgesehen? Mir scheint, das ist der wahrscheinlichste Platz …«

»Das habe ich als Allererstes getan! Aber der Vertrag, den wir brauchen, ist nicht dort.«

»Und um welchen Händler geht es?«

»Kiliaen van der Meer.«

»Van der Meer?«, fragte Isabelle ein wenig beunruhigt. »Und das Dokument ist nicht bei den anderen?«

»Nein, Madame.«

Neugierig geworden trat Isabelle in die Kammer, in der sich Kisten mit Hunderten von Akten stapelten. Sie schlug einige Aktendeckel auf, die unter dem Buchstaben »V« abgelegt waren, und stellte fest, dass der Vertrag von Monsieur van der Meer in der Tat fehlte. Eigenartig. Pierre war doch sonst so ordentlich.

»Ich verstehe nicht … Also …«, murmelte sie und ging auch die Akten durch, die unter »M« lagen.

Vielleicht war der Vertrag ja zusammen mit dem von Alexander abgelegt worden. Doch auch von seinem Vertrag entdeckte sie keine Spur.

»Sehr merkwürdig …«

Nachdenklich richtete Isabelle sich auf und trat einen Schritt zurück. Da spürte sie etwas unter ihrem Absatz und hörte ein leises Aufstöhnen. Im selben Moment legten sich zwei Hände um ihre Taille, um sie wegzuschieben.

»Oh, das tut mir leid«, rief sie, rot vor Verwirrung, aus. »Ich bin wirklich …«

»Ach, das macht nichts«, versicherte ihr Monsieur Guillot. »Es tut nicht weh; Ihr seid ja leicht wie ein Vögelchen.«

Jacques Guillot war Anfang Juni in Pierres Dienste getreten, eine Woche, nachdem sie Montréal verlassen hatte, um nach Québec zu reisen. Daher hatte sie ihn erst bei ihrer Rückkehr im Juli kennengelernt. Er war als Lehrling angestellt und entlastete Pierre, der mit Arbeit überhäuft war. Er war freundlich, gepflegt und trotz seiner bescheidenen Herkunft gut erzogen und hatte Isabelle gleich gefallen.

Sie hatte die Blicke bemerkt, die der junge Mann ihr oft zuwarf, und die beinahe unschicklich waren. Pierre hatte sie nichts davon gesagt, weil sie die Sache harmlos und eher schmeichelhaft fand. Mehrmals hatte er sie sogar, wenn sie sich auf dem Korridor oder in einer Tür begegneten, mit den Fingerspitzen gestreift. Natürlich ermunterte sie ihn nicht. Aber sie unterband seine Versuche auch nicht und ertappte sich sogar dabei, dass sie lächelte, wenn so etwas vorkam.

Allerdings war Jacques Guillot auch wirklich angenehm anzusehen. Er besaß lockiges braunes Haar, das glänzte und sorgfältig um ein Gesicht frisiert war, das noch keine Zeichen des Alters zeigte. Seit Alexander war er der erste Mann, von dem sie sich angezogen fühlte. Sicher, auch Pierre war ein stattlicher Mann. Aber die Beziehung zwischen ihnen hatte sich nicht verbessert …

»Tut mir sehr leid, dass ich Euch nicht helfen konnte, Monsieur Guillot«, stotterte sie verlegen.

»Dann hinterlasse ich Monsieur Larue eine Nachricht. Ich muss in ein paar Minuten fort und kann nicht auf seine Rückkehr warten.«

»Ihr geht nach Hause?«

»Nein, ich muss bei Schneider Souart vorbeigehen und einen Anzug abholen, den ich letzten Monat bestellt habe. Anschließend gehe ich zum Abendessen zu meiner Mutter.«

»Souarts Werkstatt liegt auf meinem Weg. Wenn Ihr wollt, kann ich Euch dort absetzen.«

»Ich kann mir nichts Schöneres vorstellen, als Euch zu begleiten, Madame, und nehme Euer Angebot an. Ich brauche nur ein paar Minuten, um alles wegzuräumen.«

Angesichts seines strahlenden Lächelns fragte sich Isabelle plötzlich, ob sie richtig gehandelt hatte. Sie hatte nicht überlegt und ihren Vorschlag ganz spontan vorgebracht. Nun ging sie, um sich zurechtzumachen, und erklärte dem jungen Mann, sie werde in der Kutsche auf ihn warten.

Die Berline holperte über die Straße, die voller Schlaglöcher war, sodass die Insassen kräftig durchgeschüttelt wurden und nichts dagegen tun konnten, dass ihre Knie immer wieder zusammenstießen. Jacques Guillot hatte seit ihrer Abfahrt noch nichts gesagt, sah Isabelle aber unverwandt an. Er strömte einen diskreten Duft nach Anis und Pfefferminz aus, den die junge Frau angenehm fand. Sie fand sein Benehmen unschicklich, brachte es aber nicht fertig, ihn darauf anzusprechen.

Durch das offene Fenster drang die milde Luft des Spätherbstes herein. Eine der braunen Locken des jungen Mannes wehte im Wind, und Isabelle musste sich fast Gewalt antun, um sie nicht hinter sein Ohr zurückzustecken. Sie wandte sich ab.

Die Häuser der Rue Saint-Paul glitten an ihr vorüber. Auf dem Marktplatz liefen Kinder umher und spielten auf der schwarzen Erde, die sich an ihre Kleider hängte, Ball oder Himmel und Hölle. Frauen mit vorzeitig gealterten Gesichtern boten den Passanten selbstgeflochtene Gegenstände an, hier einen Korb und da einen Strohhut. Nachbarn zankten sich: Offenbar hatte die Ziege des einen die Kohlköpfe im Garten des anderen gefressen. Der Streit hatte einen ganzen Schwarm Neugieriger angelockt, die jetzt die Straße versperrten und sie einen Moment lang aufhielten. Die Klatschbasen waren sicher entzückt.

Der Wagen bog in die Rue Saint-François ein, fuhr hügelaufwärts bis zur Rue Saint-Sacrement und hielt vor einem Holzhaus, das vor kurzem frisch mit weißer Farbe gestrichen worden war. Über der rot lackierten Tür knarrte ein Schild im Wind.

»Vielen Dank«, sagte Jacques Guillot. »Dann sehen wir uns heute Abend?«

»Heute Abend? Ihr kommt heute noch einmal zur Arbeit?«, fragte Isabelle erstaunt und zog die Knie an, um den jungen Mann nicht zu berühren.

»Begleitet Ihr Euren Mann denn nicht zu den Sarrazins?«

»Den Sarrazins? Ach ja … natürlich. Aber ich wusste ja nicht, dass Ihr … also …«

Er schenkte ihr ein entzücktes Lächeln und ergriff dann ihre Hand, obwohl sie versuchte, sie unter ihren Röcken zu verstecken. Nachdem er ihr sanft die Fingerspitzen geküsst hatte, sprang er behände aus der Kutsche. Er zog den Hut und verneigte sich.

»Bis heute Abend, Madame.«

»Bis heute Abend, Monsieur Guillot.«

Verwirrt sah Isabelle dem Mann nach, der in die Schneiderwerkstatt trat. Was war nur mit ihr los? Sie liebte Alexander, war mit Pierre verheiratet und schmachtete nach Jacques! Obwohl ihr Gefühlsleben bedrückend trist war, hatte sie sich bis jetzt geweigert, sich einen Liebhaber zu nehmen. Doch je länger dieser Zustand andauerte, umso einsamer und unausgefüllter fühlte sie sich. Sie brauchte das Gefühl, von einem Mann begehrt zu werden. Pierre seinerseits hatte inzwischen eine Geliebte, das wusste sie. Oft kehrte er spät von einer »geschäftlichen Besprechung« zurück und wagte dann nicht, ihr in die Augen zu sehen. Aber das ließ sie kalt. Für sie war die Hauptsache, dass er sich nicht öffentlich mit dieser Frau zur Schau stellte. Diese Demütigung hätte sie nicht ertragen.

Die Berline machte einen Schlenker, und sie fiel gegen die Tür. Basile brüllte etwas, und Leute schrien. Noch ganz in ihre Überlegungen versunken setzte Isabelle sich zurecht und wartete darauf, dass die Kutsche sich wieder in Bewegung setzte. Doch der Wagen blieb stehen, und das Geschrei auf der Straße ging weiter.

»Was soll denn dieser Radau?«, murmelte sie und beugte sich aus dem Fenster.

Neugierige drängten sich um den Wagen.

»Das ist doch nur eine arme Bettlerin!«, rief jemand.

»Pah, eine Herumtreiberin weniger!«, meinte ein anderer.

Basile war kreidebleich und diskutierte heftig gestikulierend mit einem Mann. Eine Frau rief um Hilfe; eine andere begann zu weinen. Neugierig und besorgt stieg Isabelle aus, um festzustellen, was da los war.

»Oh mein Gott«, stieß sie dann entsetzt hervor, als sie die verkrümmte Gestalt auf der Straße liegen sah.

»Madame! Madame! Ich schwöre Euch, ich konnte nicht ausweichen!«, jammerte der arme Basile, der den Tränen nahe war. »Sie ist ganz plötzlich aufgetaucht, und ich konnte nicht rechtzeitig anhalten!«

Das junge Mädchen stöhnte leise. Ihr Kopf sank zur Seite, und

Blut rann aus ihrem Mund über ihre Wange. Isabelle beugte sich über sie und hob ihr Cape aus grobem Wollstoff hoch.

»Das Pferd ... das Pferd hat sie getreten«, erklärte eine tränenüberströmte Frau. »Die arme Kleine!«

»Kennt Ihr sie, Madame?«

»J ... ja, das ist die kleine Charlotte. Charlotte Sylvain, Madame.«

»Charlotte ... Kannst du mich hören, Charlotte?«

Das junge Mädchen stöhnte, runzelte die pechschwarzen Augenbrauen und öffnete die Augen einen Spaltbreit.

»Das Hospital, Basile! Wir müssen sie ins Hospital fahren!«

»Das Hospiz ist näher, Madame. Bringen wir sie dorthin!«

»Madame«, rief die Frau, die ihr den Namen des Mädchens genannt hatte. »Das hier ... gehört Charlotte.«

Sie reichte ihr ein schwarzes Kätzchen, das ängstlich miaute.

»Sie ist ihm nachgelaufen, damit es nicht unter eine Kutsche kommt«, erklärte die Frau und schniefte.

Isabelle biss sich auf die Lippen, dankte ihr und versprach, sich um das Tier zu kümmern, bis es dem jungen Mädchen besser ging.

»Kennt Ihr ihre Mutter? Ihr könntet ihr Bescheid geben ...«

»Sie hat keine Mutter, Madame. Charlotte ist eine Waise und lebt von dem, was andere ihr geben. Sie hat wohl einen älteren Bruder, Paul. Aber der hat sich jetzt schon seit sechs Monaten nicht mehr blicken lassen. Niemand weiß, was aus ihm geworden ist.«

»Ich verstehe ... Danke.«

Mit Hilfe von zwei Männern setzte Basile die Verletzte auf die freie Bank der Berline. Dann schlugen sie rasch den Weg zum Hospiz ein, das bekannt dafür war, auch Bettler aufzunehmen. Nachdem der Wagen in die Rue Saint-Pierre eingebogen war, fuhr er in Richtung des Lachine-Stadttors, überquerte die Brücke, die über den Fluss führte, und erreichte endlich das ehemalige Armenhospital der Gemeinschaft der Charron-Brüder. Jetzt hatte Marguerite d'Youville das Gebäude übernommen, um dort ihre Kongregation wohltätiger Damen aufzubauen. Isabelle war noch nie dort gewesen, hatte aber von dieser Frau und ihren guten Werken gehört.

Charlotte wurde in einen Saal getragen, in dem Dutzende von belegten Krankenbetten an den Wänden standen.

»Es war ein Unfall …«, stotterte Isabelle und unterdrückte ein Schluchzen. »Sie wollte ihr Kätzchen retten.«

»Kommt, Madame Larue«, flüsterte die Nonne neben ihr. »Kommt … Ihr könnt nichts mehr für sie tun. Meine Schwestern kümmern sich um sie.«

Isabelle warf dem jungen Mädchen, dessen sich zwei Nonnen angenommen hatten, einen letzten Blick zu und folgte der Frau in den dunklen Flur, der zum Ausgang führte. Ihr graues Kleid schien über das gewachste Parkett zu schweben. Nur das leise Knarren der Holzbohlen wies darauf hin, dass die Nonne wirklich ein Mensch war.

»Ich danke Euch für Eure Güte, Madame«, sagte die Nonne, drehte sich zu ihr um und nahm ihre Hand. »Mildtätige Seelen gibt es nie genug.«

Isabelle drückte das Kätzchen an ihre Brust, die vor Kummer ganz verkrampft war. Die Ordensfrau seufzte und schüttelte ihre schwarze Gazehaube, deren Bänder auf ihr Obergewand aus weißem Batist fielen. Sie trug weder Nonnentracht noch die typische gestärkte Haube, die beide im Alltag zu unpraktisch waren. Ein goldenes, mit einem flammenden Herzen und Lilienblüten geschmücktes Kruzifix hing an ihrem Hals.

»Ich fürchte, das Kind wird die Nacht nicht überleben, Madame. Sie scheint mir sehr schwer verwundet zu sein. Sicherlich hat der Tritt des Pferdehufs schwere innere Verletzungen verursacht.«

»Sie wird … nicht durchkommen?«

»Wir sollten uns nicht allzu große Hoffnungen machen, Madame. Es tut mir sehr leid. Aber Gott wird sich ihrer Seele annehmen, falls Er beschließt, sie zu sich zu holen.«

»Würdet Ihr mir Bescheid geben, wenn sie sich erholt? Und sollte sie … dann übernehme ich die Kosten für ihre Beisetzung.«

Die Nonne lächelte kaum wahrnehmbar, nickte und verließ den Raum. Das Kätzchen miaute und kratzte Isabelle, als es Zuflucht an ihrem warmen Hals suchte. Die junge Frau setzte sich wieder in die Berline und ließ zu, dass das Tierchen sich in ihr wollenes Umschlagtuch kuschelte.

»Da bist du jetzt wohl eine Waise, mein Kätzchen«, murmelte sie mit feuchten Augen und streichelte das ebenholzschwarze Fell. »Charlotte … möchtest du wohl bei uns wohnen? Du wirst dich gut mit Arlequine verstehen.«

Wie zur Antwort begann das Tierchen ihr die Finger zu lecken.

Der schreckliche Unfall hatte Isabelle aufgewühlt. Als sie das Hospiz verließ, befahl sie Basile, der ebenfalls noch erschüttert war, direkt in die Rue Saint-Gabriel zurückzufahren. Ihr Bergamotte- und Jasminöl konnte ruhig warten; es hätte den Gestank aus dem Krankensaal, der an ihr haftete, ohnehin nicht überdecken können.

Im Haus war es still. Sie setzte das Kätzchen auf die glänzenden Tonplatten des Küchenbodens. Wie immer rief der köstliche Duft der köchelnden Suppe, der im Raum hing, Kindheitserinnerungen in ihr wach. Wie oft hatte sie Sidonie zugesehen, wenn sie leckere kleine Gerichte oder knuspriges Gebäck zubereitete! Ihr jüngster Bruder Ti'Paul hatte sich gern zu ihnen gesellt. Er hatte sogar kleine Bissen gemaust, wenn die Dienerin ihnen den Rücken zuwandte. Aber die beiden Kinder ließen sich nichts vormachen; sie wussten genau, dass ihre »Mamie Donie« ihnen mit Absicht immer einen Rest Karamell oder Honigguss in einer Schüssel übrig ließ.

Ti'Paul schrieb Isabelle noch ab und zu und erzählte ihr von seinem Leben in Paris, wo er sich inzwischen gut eingelebt hatte. Die junge Frau lächelte bei dem Gedanken, dass sie ihn wahrscheinlich gar nicht mehr wiedererkennen würde, sollte sie ihm auf der Straße begegnen. Mit seinen achtzehn Jahren war Ti'Paul jetzt ein Mann. Er fehlte ihr sehr. Das Kätzchen miaute und rieb sich an ihrem Knöchel. Dann wagte es sich ein paar Schritte in die Küche hinein. Aber dann ließ ein Fauchen das Tier erstarren, und sein Fell sträubte sich.

»Arlequine«, schimpfte Isabelle und hob das verängstigte Kätzchen auf. »Was für eine ungehobelte Art, einen neuen Kameraden zu empfangen! Diesen Winter wird es schon genug Mäuse für euch beide geben!«

Unzufrieden sprang Arlequine vom Fensterbrett und huschte in den Korridor. Isabelle zögerte noch einen Moment und setzte das Kätzchen dann auf den Boden.

»Willkommen in deinem neuen Zuhause, Charlotte! Hast du Hunger?«

Sie gab Milch in eine Untertasse, stellte sie ihr hin und liebkoste das Tierchen.

»Oh, wie niedlich!«, rief Louisette aus, die mit einem Stapel Handtücher eintrat. »Wo habt Ihr denn das Kätzchen her?«

»Ich habe es auf der Straße gefunden … Ah!«, unterbrach sich Isabelle, als sie laute Stimmen aus Pierres Arbeitszimmer hörte. »Ist mein Mann zurück?«

»Er unterhält sich mit Monsieur Étienne«, erklärte die Haushälterin, und ein Glitzern trat in ihre Augen. »Eure Paste ist fertig. Wollt Ihr gleich nach oben gehen? Soll ich Euch Badewasser wärmen?«

»Ähem … ja. Ist gut. Ich gehe sofort hinauf.«

Isabelle hätte Pierre gern von ihrem traurigen Erlebnis berichtet. Aber in dem Zustand, in dem sie sich befand, hatte sie keine Lust, Étienne zu begegnen. Doch als sie durch den Korridor ging, öffnete sich die Tür des Arbeitszimmers einen Spaltbreit. Étienne, der erstaunt wirkte, sie zu sehen, schaute sie an und stotterte einen Gruß. Dann wandte er sich sichtlich verlegen zu Pierre um, der ebenfalls peinlich berührt wirkte.

»Seid Ihr schon lange zurück?«, erkundigte sich der Notar vorsichtig und sah seine Frau an, als versuche er, in ihren Zügen irgendein Geheimnis zu erraten.

»Ich wollte gerade nach oben gehen, um mich für heute Abend fertigzumachen, Pierre. Geht es Euch auch gut?«

»Ja …«

Étienne beobachtete die beiden schweigend aus seinen dunklen Augen.

»Ich wünsche euch einen schönen Abend.«

»Bleibst du nicht zum Essen, Étienne?«, fragte Isabelle mehr der Form halber, nicht weil sie es sich gewünscht hätte.

»Nein, ich werde erwartet. Vielleicht ein andermal. Danke, Isa.«

Er setzte den Hut auf seine staubige Mähne und ging hinaus. Ein leiser, enttäuschter Seufzer ließ sich vernehmen, und Louisette stieg mit ihren Handtüchern betrübt die Treppe hinauf.

Isabelle sah, wie Pierre zurück in sein Arbeitszimmer ging und sich matt die Augen rieb.

»Wenn Ihr zu müde seid, um zum Ball zu gehen, können wir auch zu Hause bleiben, Pierre.«

Dem Notar war in der Tat nicht danach, auszugehen und sich zu amüsieren. Étienne hatte ihm gerade einen entsetzlichen Bericht über seine Mission geliefert.

»Nein, meine Liebe«, gab er freundlich zurück. »Ein gutes Abendessen, und alles ist wieder im Lot. Ich habe seit heute Morgen nichts gegessen.«

»Das Essen wird um fünf aufgetragen.«

»Einverstanden. Ich räume noch auf. Soll ich mich dann mit einem Glas Wein zu Euch gesellen?«

Errötend wich Isabelle Pierres Blick, in dem eindeutiges Begehren stand, aus.

»Ich gehe mich fertigmachen und komme herunter, wenn ich wieder präsentabel bin.«

Pierre nickte und sah der anmutigen Gestalt nach, die die Treppe hinaufging. Er fragte sich, wie er seiner Frau sagen sollte, was er soeben erfahren hatte.

Seit dem Unfall am Nachmittag ging Isabelle die kleine Charlotte nicht mehr aus dem Kopf. Das Mädchen war Waise, und bis auf ein mageres Kätzchen würde niemand um sie trauern. Wie viele Mädchen wie sie, die in ihrem Leben nichts als Elend kennengelernt hatten, lebten auf den Straßen von Montréal oder Québec? Sicher, Isabelle war schon in Berührung mit dieser Welt gekommen, als sie in der besonders schwierigen Zeit während der langen Belagerung von 1759 den Notleidenden geholfen hatte. Aber wenn sie den zerlumpten Kindern auf der Straße begegnete, hatte sie sich immer vorgestellt, dass eine Mutter oder eine Tante sich um sie kümmerte. Wie naiv sie gewesen war! Alexander hatte recht: Sie kannte Hunger und Kälte nicht. Sie wusste nicht wirklich, was Furcht oder die Angst vor dem Tod waren, noch kannte sie die Gleichgültigkeit, die man entwickelt, wenn man täglich mit beidem umgehen muss. Was wusste sie schon vom wirklichen Leben, von der schwierigen Existenz der einfachen Leute?

Nur eine arme Bettlerin … eine Herumtreiberin weniger … So hatte sie es an der Unfallstelle gehört, und es hatte ihr übel in den Ohren geklungen. Aus Unwissenheit wurde Dummheit geboren, und die brachte Bösartigkeit hervor. Anscheinend hatten die Menschen das Bedürfnis, die Armut herablassend zu betrachten, damit sie sich selbst zu den Reicheren zählen konnten. Isabelle war überzeugt davon, dass nichts im Leben Zufall war: Gott hatte alles so eingerichtet. Also musste man sich damit arrangieren und alldem einen Sinn geben, um es zu rechtfertigen.

Aber welchen Sinn konnte sie Charlottes Tod geben, um ihr Gewissen zu erleichtern? Ob Charlotte wohl stahl, um zu überleben? Wie standen ihre Aussichten, diese Existenz hinter sich zu lassen und ein normales Leben zu führen? Sie wagte nicht, sich eine Antwort auf ihre Fragen zu geben. Sie stellte sich Charlotte unter den dick geschminkten Mädchen vor, die vor gewissen Schenken oder an den Stadtmauern spazieren gingen und ihren einzigen kostbaren Besitz, ihren Körper, verkauften, um etwas zu essen zu bekommen. Sie, Isabelle, ging an ihnen vorüber und wagte nicht, sie anders als von oben herab anzusehen, womit sie sie zum Bodensatz der Gesellschaft degradierte und nur noch weiter zu der Demütigung beitrug, der sie sich aussetzen mussten, um trotz allem ihr schwieriges Leben zu fristen.

Isabelle beobachtete eine junge Frau, deren Gesicht mit einer dicken, weißen Schicht Schminke bedeckt war, die riss, wenn sie ihr affektiertes Lächeln aufsetzte. Ihre knallroten Wangen leuchteten, und dicht neben den ebenso stark angemalten Lippen klebte ein Schönheitspflästerchen aus Samt. Doch sie war die Tochter eines Grundbesitzers aus Trois-Rivières, an dessen Namen Isabelle sich nicht mehr erinnerte. Blaues Blut floss in ihren zarten Adern, unter der Haut, die sie sorgsam vor der Sonne schützte, um ihren milchweißen Teint, das Zeichen ihrer Stellung, zu erhalten.

Ihr tiefer Ausschnitt verlockte alle Männer um sie herum, hineinzuschielen. Jedes Mal, wenn sie sich bewegte, hüpften ihre hübschen, vollen Brüste fröhlich. In ihrem gepuderten Haar trug sie diamantbesetzte Nadeln, dazu zwei Reihen Perlen am Hals und eine am Handgelenk und Granatohrringe in den Ohren … Diese Frau brauchte ganz offensichtlich nicht zu betteln, damit sie etwas zu essen hatte. Sie war die Mätresse eines reichen Kaufmanns aus Montréal. Und doch, verkaufte eine solche ausgehaltene Frau nicht auch ihre Gunst?

Und vor allem, warum zum Teufel sollten die Frauen ihre Schönheit auf diese Weise einsetzen? Wenn Gott sie nur geschaffen hatte, damit sie dem Manne untertan und ihm gehorsam waren, warum hatte Er sie dann zusätzlich zu ihrem Äußeren noch mit Verstand ausgestattet? Die Kirche reduzierte sie auf ihre Fähigkeit, Kinder zu gebären und warf ihnen vor, dem Bösen zu dienen; doch das diente nur dazu, das Verhalten der Männer zu rechtfertigen, die ihren Trieben gehorchten und zugunsten der Lust die Liebe vergaßen. Die Frau musste ihren Nutzen daraus ziehen.

Ob reich oder arm, Isabelle kam es vor, als könne eine Frau ihr Los nur verbessern, indem sie ihre Schönheit einsetzte. Sie dachte an die Marquise de Pompadour, die Mätresse des viel geliebten Königs Ludwig, von der es hieß, sie liege im Sterben. Sie erinnerte sich an die schöne Angélique Péan, die Intendant Bigot mit Gunstbeweisen überzeugt hatte. Worin unterschieden sich letztendlich solche Frauen von armen Mädchen wie Charlotte? Alle setzten ihre Verführungskraft ein, um von den Männern das zu bekommen, was sie brauchten. Nur ihre Ansprüche waren unterschiedlich.

Sie dachte an Pierre, dem sie jetzt schon seit sieben Monaten die ehelichen Rechte verweigerte. Ein einfaches Zwinkern, ein gewisses Lächeln wären genug … *Wenn du willst, kannst du von jedem Mann alles bekommen, was du dir wünschst. Verstehst du das? Ein Wimpernschlag, ein Lächeln, und er wirft sich vor dir in den Staub, Isabelle. Welch scharfe Waffen ihr Frauen doch besitzt, um die Herzen der Männer zu erobern und zu beherrschen!* Heute ging ihr die ganze Bedeutung von Alexanders Worten auf.

Isabelle wandte den Kopf und konzentrierte sich wieder auf das Gespräch zwischen Cécile Sarrazin und einigen Bekannten. Auf dem mit vergissmeinnichtblauem, grün gestreiftem Brokat bezogenen Sofa saß sie zwischen Françoise Rovray und der jungen Perrinne-Charles Cherrier, der Tochter des Notars Cherrier aus Saint-Denis, und übte sich in Zurückhaltung. Cécile Sarrazin verlieh ihrer Unzufriedenheit mit den Diensten ihrer Schneiderin Ausdruck, die jedes Mal mehr für die Anfertigung eines Kleides verlange. Sie musste allerdings zugestehen, dass die durchtriebene Person einen guten Geschmack bei Stoffen hatte und die Kleidungsstücke so zu schneidern verstand, dass sie ihre Figur vorteilhaft zur Geltung brachten …

»Wie schrecklich!«, rief Perrine-Charles plötzlich mit unangenehm schriller Stimme. »Habt Ihr Muriel Johnston gesehen, dahinten?«

»Also wirklich, diese Engländerinnen haben überhaupt keinen modischen Geschmack!«

Françoise neigte den Kopf, sodass ein feiner Schnee auf ihre fetten Schultern rieselte, und musterte die junge Frau mit fachmännischem Blick.

»Diese Schlichtheit … einfach vulgär!«

»Und ihre Frisur … Man könnte sie für einen Eichhörnchenschwanz halten.«

»Wohl eher für den eines Stachelschweins!«, spottete Perrine-Charles hinter vorgehaltener Hand.

Sie erstickten ihr unbändiges Lachen hinter ihren Fächern.

»Also, ich finde sie hübsch«, meinte Cécile und beäugte die fragliche Dame. »Schade, dass sie so unglücklich wirkt.«

»Hübsch? Pah! Na, vielleicht, wenn sie lächelt«, gestand Arielle zu und kniff über ihrem Glas die Augen zusammen. »Aber das kommt so selten vor. Ob sie schlechte Zähne hat? Was meint Ihr?«

»Nein, ich glaube, ihr Mann erlaubt ihr das Kokettieren nicht. Protestantische Strenge verpflichtet! Er selbst ist sich keineswegs zu schade, auf das Hinterteil von ...«

»Cécile!«, empörte sich Françoise, konnte sich aber ein Lächeln nicht verkneifen.

Cécile drehte sich um sich selbst und wedelte vielsagend mit ihren Reifröcken. Die anderen kicherten.

»Eine kleine Demonstration gefällig?«

»Bei einer so blassen und nichtssagenden Frau wie Muriel, meine liebe Cécile, bleibt Monsieur Johnston wohl nichts anderes übrig, als auf Euren Ihr-wißt-schon-was zu schauen, wenn Ihr ihm dieses Körperteil so freundlich unter die Nase haltet.«

Herrje, sagte sich Isabelle und sah zu dem unscheinbaren Wesen, auf dessen Kosten sich dieses mit scharfen Bemerkungen und vorgeschobenen christlichen Ansprüchen bewaffnete Amazonenregiment amüsierte. Diese Frauen kamen regelmäßig bei der einen oder der anderen zusammen, um zu sticken, einander ihre Kleider vorzuführen und sich in Neid und Eifersucht zu üben. Wortlos hörte Isabelle zu, wie sie sich mit heuchlerischer Miene Geständnisse machten, die sie dann im richtigen Moment als Waffe gebrauchten. Angewidert betrachtete sie ihr honigsüßes Lächeln, hinter dem sich Raubtierzähne verbargen, die immer bereit waren, zu beißen und zu zerreißen.

Isabelle langweilte sich unter diesen Frauen zu Tode. Sie beteiligte sich nur um Pierres willen an diesen Unterhaltungen, da es für die Geschäfte des Notars förderlich war, wenn sie gute Beziehungen zu den Gattinnen der Reichen pflegte. Aber sie hasste all das, sie hasste diese »gute Gesellschaft« mit ihrer hochgestochenen Art. Heute fühlte sie sich noch mehr als sonst fremd in dieser Welt, die ihr mit einem Mal schrecklich oberflächlich und sinnlos vorkam. War das der Spiegel ihres eigenen Lebens, der Frau, die sie war?

»Ich sage nur, umso besser, wenn Lady Johnston so reizlos aufgemacht hier auftaucht. Eine Sorge weniger für uns! Was man von dieser raffinierten Caroline de Rouville nicht behaupten kann!«, stöhnte Françoise. »Sie macht Jagd auf jeden Ehemann!«

Allerdings, und Euren, meine teure Françoise, hat sie bereits erlegt! Wusstet Ihr das?, spottete Isabelle lautlos, während sie eine schockierte Miene aufsetzte. Die Frauen seufzten, die einen vor Neid, die anderen vor Verdruss. Aber was die Schönheit der besagten Dame anging, waren sich alle einig.

»Es heißt, sie sei intim mit dem Seigneur de la Corne.«

»Unter anderem, meine liebe Arielle! Vergangene Woche habe ich sie in der Kutsche von Monsieur Cramahé gesehen ... und bei einer anderen Gelegenheit am Arm von Monsieur Caldwell. Genau, dieser zwielichtige Kaufmann! Wusstet Ihr, dass er zusammen mit William Grand öffentliche Mittel für seinen persönlichen Gebrauch abgezweigt hat? Es ist ein Skandal! Diese Engländer sind es nicht zufrieden, unsere Töchter zu heiraten, um dann mit deren Mitgift ihre Macht über uns zu vergrößern, sie tun alles, um uns in den Ruin zu treiben und uns auch noch den Rest unserer Würde zu nehmen!«

»Nicht nur die Engländer, meine Teure. Diese ungehobelten Schotten versuchen, den Seehandel an sich zu reißen.«

»Sind die Schotten nicht auch Engländer?«

»Nein. Sie sind Briten, aber keine Engländer«, erklärte Isabelle gereizt.

»Wirklich?«, gab Arielle zurück und riss in vorgespiegelter Treuherzigkeit die Augen auf. »Ihr seid aber gut informiert, liebe Freundin!«

Was danach kam, hörte Isabelle nicht mehr. Die respektlosen Reden und das spöttische Gelächter gingen für sie in dem allgemeinen Stimmengewirr des Saals unter. Sie hatte Pierre und Jacques erblickt, die sich zu der Gruppe, zu der die schöne Demoiselle de Rouville gehörte, gesellten. Enttäuscht verzog sie den Mund. Waren die beiden Männer etwa auch »intim« mit dieser Frau, vor der kein Ehemann sicher war? Es gab ihr einen

Stich ins Herz, als Pierre sich über die junge Schönheit beugte und ihren Arm berührte. Mit einem Mal war es still um sie geworden.

»Wie ich sehe, versucht unser lieber Freund Pierre, neue Geschäftsbeziehungen anzuknüpfen«, bemerkte die klatschsüchtige Françoise sarkastisch.

Tief getroffen wandte Isabelle sich der Frau zu und nahm sich leise lächelnd Zeit, sich eine gepfefferte Antwort auszudenken.

»Ich weiß zumindest, wo sich mein Mann aufhält, Françoise. Euch möchte ich ganz stark raten, einen Spaziergang durch den Garten zu unternehmen. Die Luft ist mild und süß, und der Mond hell genug, um gut zu sehen … Dann werdet auch Ihr endlich erfahren, mit wem Euer Mann seine ›Geschäfte‹ macht.«

Mit einem höflichen, aber süffisanten Lächeln stand Isabelle auf und verabschiedete sich von den anderen Frauen. Sie entschuldigte sich bei Cécile, die hinter vorgehaltener Hand lachte, und ging zu Pierre, ehe er diesem Haufen von Megären noch mehr Vorwände für ihren gehässigen Klatsch lieferte.

Die Gruppe debattierte heftig über den Krieg, den sich die englisch- und die französischsprechenden Kaufleute über Schmähschriften lieferten. Man begrüßte sie. Pierre zog rasch seine Hand, die auf Carolines Unterarm lag, zurück. Sie warf ihm einen kühlen Blick zu und trat auf Jacques Guillot und Marie-Charlotte Trottier Desrivières zu. Letztere trug, den Konventionen zum Trotz, stolz ihre erste Schwangerschaft zur Schau und gab nichts um die Missbilligung mancher anderer Frauen.

Von allen Frauen, mit denen Isabelle verkehrte, war Marie-Charlotte ihr die angenehmste. Die intelligente und scharfsinnige junge Frau, die seit inzwischen einem Jahr einen gut besuchten Salon pflegte, beschränkte ihre Wissbegier nicht auf den ewig gleichen Frauenklatsch. Viel mehr interessierten sie die politischen und militärischen Themen der Männer, um die bei ihren Abendgesellschaften das lebhafte Gespräch ging. Isabelle liebte sie aufrichtig. Sie teilte ihre Interessen und bewunderte die Freundlichkeit, die sie jedem erwies, ganz gleich, welche gesellschaftliche Stellung er einnahm. Daher lehnte sie eine Teeeinladung zu ihr niemals ab.

»Dieser Walker ist nichts als ein Intrigant!«, rief ihre Freundin gerade verächtlich aus. »Dieser englische Kaufmann aus Boston, der ein antikatholischer Protestant ist, erzählt jedem, der es hören will, sein König habe nicht hier gekämpft und gesiegt, damit Götzenanbeter auf den Plätzen im Parlament sitzen. Wenn man ihn hört, wird das Land in Kürze von Satan regiert werden!«

Als der Name des abscheulichen Thomas Walker fiel, verzog Isabelle das Gesicht, denn sie wusste, dass Pierre ihn gelegentlich traf. Wenn dieser Mann, der soeben zum Vorsitzenden Richter des Zivilgerichts ernannt worden war, die Kanadier derart hasste, wie man es sich erzählte, verstand sie nicht, warum ihr Mann Umgang mit ihm pflegte. Gelegentlich erzählte der Notar ihr von seinen Kontakten und den laufenden Verträgen, aber sie stellte ihm eigentlich keine Fragen über seine Geschäfte, da sie all das nicht im Geringsten interessierte. Doch was Walker anging, schätzte sie, dass er ihr ein paar Erklärungen schuldig war.

»Murray wird ihn schon in die Schranken weisen!«, tönte Pierre und nahm zwei Gläser Tokajer von einem Tablett, das ihm ein Lakai in dunkelroter Uniform hinhielt.

Mit einem etwas verkniffenen Lächeln nahm Isabelle das Glas, das er ihr reichte.

»Murray?«, meinte Jacques Guillot und runzelte die Stirn. »Ich fürchte, er befindet sich in einer schlechten Position. Die englischen Händler bestürmen ihn ohne Unterlass, die kanadischen Händler aus dem Land zu werfen. Selbst der ehemalige Gouverneur Burton erkennt seine Autorität nicht an. Er kann sich nur noch auf Gage verlassen, der sich in den amerikanischen Kolonien aufhält. All diesen Engländern missfällt es, dass er Québec als französische Kolonie und die Kanadier als eigenes Volk anerkennt, dass er begriffen hat, dass es niemandem dient, wenn er uns ein diktatorisches englisches Regime aufzwingt, und dass er mit diesem Ziel versucht, das Rechtssystem so zu lockern, dass wir das Pariser Recht bewahren können.«

»Das tut er aber vergeblich!«, entgegnete Marie-Charlotte. »Schließlich müssen unsere Männer ihrem Glauben abschwören, um ein wichtiges Amt überhaupt antreten zu können!«

»Vergesst das königliche Appelationsgericht*, Messieurs«, setzte Monsieur Denis Viger hinzu. »Wenn man nicht gerade Hugenotte ist und vielleicht auch dann… jedenfalls wird man, wenn man französisch spricht, gleich an die niedrigere Instanz verwiesen. Lakaien und Stallburschen, das wollen die Engländer aus uns machen! So kann das nicht weitergehen!«

»Worüber beklagt Ihr Euch eigentlich, lieber Freund?«, spottete Marie-Charlotte. »Man zwingt Euch freundlicherweise auch das Recht auf, Geschworener zu werden! Was für ein schönes Sahnehäubchen!«

»Mir schmeckt es eher bitter, wenn Ihr meine Meinung hören wollt. Ist Euch das eigentlich klar?! Eine Handvoll Protestanten schwingt sich zum Richter über mehr als achtzigtausend Kanadier auf! Diese Leute sprechen oder verstehen nicht einmal Französisch, und kennen unsere Sitten und Gebräuche nicht. Das ist untragbar! In Trois-Rivières haben sie nicht einmal ein Gericht eingesetzt, weil es dort nicht genug Protestanten gibt. Die dortigen Juristen müssen ihre Fälle entweder nach Montréal oder nach Québec tragen. Ein Skandal!«

»Und trotzdem ist Walker immer noch nicht zufrieden«, fiel Jacques Guillot ein. »Er und seine Clique weigern sich systematisch, mit unseren Juristen zusammenzuarbeiten, vor allem bei einem Rechtsstreit zwischen zwei Protestanten. Sie behaupten, wir wären eine Bedrohung für ihre Religion und ihre Macht.«

Ein lautes Lachen ertönte. Caroline de Rouville sah Jacques Guillot mit schelmischer Miene an.

»Und dabei wirkt Ihr auf mich furchtbar bedrohlich, Monsieur Guillot! Ihr lasst Euer Gegenüber erzittern… nun ja, zumindest die Frauen.«

Verblüfft runzelte Jacques Guillot die Stirn und lächelte.

* Damals das oberste Gericht der Provinz Québec.

»Ich nehme an, aus Eurem hübschen Mund, Mademoiselle de Rouville, muss ich diese Bekundung als Kompliment verstehen.«

»Wagt es nicht, das Gegenteil zu glauben. Ihr seid ein sehr charmanter Mann. Doch leider muss ich mich, da ich Euch kenne, auf die Seite der englischen Richter schlagen. Ihr sprecht zu laut, und das macht den Leuten Angst. Dabei sind die stillen Wasser die tiefsten.«

Dieses Mal hatte der Scherz den Mann wirklich getroffen. Mit einem gekünstelten Lächeln wandte er sich von der Demoiselle ab. Sie warf Pierre einen Seitenblick zu, der Isabelle nicht entging.

»Walker will Murray seines Amtes entheben. Ganz offensichtlich will er sich dafür rächen, dass er früher Probleme mit der Militärjustiz hatte. Dazu verbreitet er Petitionen, die dem König vorgelegt werden sollen. Die Beziehungen zwischen den englischen Zivilisten und den Militärs verschlechtern sich. Der kleinste Konflikt nimmt beunruhigende Ausmaße an. Es wird gefährlich, meine Freunde!«

»Es wäre schade, wenn man uns General Murray wegnehmen würde. Er ist der Einzige, der unsere Religion und unsere Sprache toleriert, um nicht zu sagen schützt«, meinte Caroline seufzend.

»Aber wie lange noch? Ihm sind die Hände gebunden, und man versucht ihm ständig Knüppel zwischen die Beine zu werfen, um seinen Sturz zu beschleunigen! Ich sage Euch, wir müssen uns diesen Despoten entgegenstellen und Widerstand gegen diese englischen Kaufleute leisten, die uns vernichten wollen! Sie drängen die englische Regierung, unsere religiösen Orden auszulöschen.«

»Ironischerweise gewinnt in Frankreich der Atheismus an Boden, und man redet davon, die Jesuiten zu verbieten«, merkte Viger an. »Wenn das geschieht, was bleibt uns dann noch?«

Jacques Guillot nickte.

»Das ist wahr. Und diese Philosophen, die versuchen, den Absolutismus zu stürzen, indem sie für das Volk die gleichen

Rechte und Freiheiten wie für den Adel verlangen, helfen uns nicht im Geringsten ... Dann sind da noch die Augustiner ... Nachdem die Engländer ihnen jede Korrespondenz mit ihrem Mutterhaus verweigert haben, weil sie fürchteten, sie könnten für Frankreich spionieren, hindern sie sie jetzt daran, neue Priester kommen zu lassen. Außerdem haben sie ihren gesamten Besitz konfisziert. Der Orden wird hier schließlich ganz verschwinden. Wer soll unsere Söhne unterrichten, nachdem nun das Kolleg geschlossen ist? Sie werden unwissend bleiben, und nur die Eroberer werden noch die freien Berufe ausüben!«

»Wir könnten doch moderne Schulen eröffnen«, hielt Pierre dagegen. »Es ist doch absolut nicht nötig, dass wir die Erziehung unserer Kinder den Orden überlassen. Ich akzeptiere gern, dass die Kirche sich um unsere christliche Moral kümmert. Aber ich sehe nicht, von welchem Nutzen es uns in Geschäftsdingen sein soll, wenn wir lernen, die andere Wange hinzuhalten, wenn uns jemand schlägt, oder beim Baden das Hemd anzubehalten ...«

Caroline unterbrach ihn mit einem kehligen Lachen und warf ihm einen vielsagenden Blick zu. Offenbar kannte sie seine Baderituale gut.

»Ihr habt da Petersilie zwischen den Zähnen, Mademoiselle Rouville«, versetzte Isabelle.

Die junge Frau hörte sofort zu lachen auf und hielt sich die Hand vors Gesicht. Die Umstehenden schmunzelten, und Pierre räusperte sich.

»Die Ursulinen erziehen immer noch die jungen Mädchen. Und außerdem, steht es uns nicht frei, unseren Glauben nach unserem eigenen Gutdünken auszuüben?«

»Damit die Engländer uns besser von den Wahlen fernhalten können?«, rief Jacques Guillot aus. »Die Katholiken haben kein Wahlrecht. Sehr liberal, allerdings! Öffnet die Augen, Monsieur, ehe es zu spät ist! Walker manipuliert und kontrolliert Euch!«

Pierre Larue riss die Augen auf und starrte seinen Gesprächspartner an. Anscheinend wollte er ihm gleich etwas entgegnen, doch es dauerte ein paar Sekunden, bis er antwortete.

»Eine Regierung durch das Volk für das Volk ... Das bieten uns die Engländer an.«

»Von welchem Volk redet Ihr da? Von den Kanadiern oder den Engländern?«

»Wir sind jetzt nur noch ein Volk. Ihr versteht das nicht! Es geht nicht darum, dass wir uns den Engländern gleichmachen, Jacques. Wir habe die Chance, eine Regierung einzusetzen, eine richtige ...«

»Aber auf unsere Kosten!«, fiel Isabelle ein, die nicht länger an sich halten konnte. »Um an der Regierung teilzuhaben, müssen wir werden wie sie. Keine Frage, wir sollen uns anpassen! Wollt Ihr warten, bis Eure Enkelkinder Euch mit *Hello, grandpa!* begrüßen, bis Ihr endlich begreift! Ihr seid ja schon davon angesteckt, Pierre.«

Pierre war bleich vor Zorn geworden und bedachte sie mit einem finsteren Blick. Sicher, er fragte sie oft nach ihrer Meinung über politische und gesellschaftliche Fragen und tolerierte es, wenn sie andere Ansichten äußerte als er. Aber sie in aller Öffentlichkeit auszusprechen und ihn vor seinen Freunden zu brüskieren, war eine ganz andere Sache! Sie war zu weit gegangen!

Ein verlegenes Schweigen senkte sich über die Gruppe. Isabelle erriet, was hinter der aufgebrachten Miene ihres Mannes steckte und begriff, dass sie besser geschwiegen hätte. Sie wandte sich ab und begegnete Jacques Guillots bernsteinfarbenen Augen. Nach einigem Räuspern wandte sich das Gespräch einem anderen Thema zu, und Isabelle zog sich diskret zurück. Sie ging zu den Türen, durch die man in den wunderschönen Garten der Sarrazins gelangte, und stieg die sechs Steinstufen hinunter, die auf den kiesbestreuten Weg führten, als eine feste Hand sie packte und herumriss.

»Wie könnt Ihr es wagen? Wie könnt Ihr die Stirn haben, mich derart zu demütigen?«

»Es tut mir leid, Pierre. Ich versichere Euch, das war nicht meine Absicht ...«

»Tatsächlich nicht?«

Vielleicht war ihr Anwurf ja doch eine kleine, spontane Rache gewesen? Er wusste, dass er sich mit Caroline nicht diskret genug verhalten hatte, wenngleich er keinen wirklich peinlichen Fauxpas begangen hatte. Aber welches Recht hatte sie, ihn zu kritisieren? Hatte sie ihm diese schwierige Situation nicht aufgezwungen?

»Es ist mir einfach so herausgerutscht. Verzeiht mir.«

Er gab ihren Arm frei, und sie rieb ihn sich und wandte sich ab. Am Himmel prangte ein wunderbares Farbenspiel. Die Violetttöne des Abendhimmels spiegelten sich auf ihrem cremefarbenen Taftkleid. Angesichts der Schönheit seiner Frau spürte Pierre, wie sein Zorn verflog und einem Gefühl von Bitterkeit Platz machte. Wie er sie begehrte! Caroline war nur ein blasser Abglanz von ihr.

»Frauen sollten sich nicht in die Politik einmischen. Das ist ein Thema, das …«

»Nichts im leeren Köpfchen eines Zierpüppchens zu suchen hat? Seht Ihr mich so, Pierre, eine hübsche kleine Schäferin aus Meissner Porzellan, die auf einer Kommode steht? Schön, aber nutzlos?«

War sie wirklich dazu geworden? Sollte das ihr ganzes Leben sein? Nur schweigend zusehen, beobachten und lauschen? Sie sah ganz genau, wie Pierre Bücklinge vor den Engländern machte, die ihm ihr Geld unter die Nase hielten. Aber sie glaubte nicht, dass er gierig genug war, um nicht auf die Bedrohung zu reagieren, die eine uneingeschränkte englische Regierung darstellte. Ein Lachen, das vom anderen Ende des Weges zu ihr drang, unterbrach ihren Gedankengang: Da kam ein Paar auf sie zu. Das Rascheln von Seidenstoff mischte sich mit den leisen Stimmen. Pierre wartete, bis die Verliebten wieder außer Hörweite waren.

»Das habe ich nicht gemeint.«

Um nichts auf der Welt wollte Pierre seine Beziehung zu Isabelle, die schon schwierig genug war, belasten. Er hob die Hand, um ihr zornig verzogenes Gesicht zu liebkosen, aber seine Frau wich ihm aus.

»Ich bitte Euch, Isabelle.«

»Pierre! Ihr als Kanadier lasst Euch mit englischen Kaufleuten ein, die nur die Gier kennen und nichts anderes als Blutsauger sind. Warum? Diese Leute wollen eine gewählte gesetzgebende Versammlung einsetzen und zugleich die Katholiken von der Wahl fernhalten. Ist das die Regierung, die Ihr so in den Himmel hebt? Was werdet Ihr tun, wenn es so weit ist, was? Welchem Volk werdet Ihr angehören? Werdet Ihr konvertieren? Ihr wisst, dass Monsieur Guillot recht hat.«

»Wir haben keine andere Wahl mehr, Isabelle. Wir müssen mit ihnen leben und sie mit uns, das müsst Ihr begreifen.«

»Ich fürchte, da verlangt Ihr zu viel von mir.«

»Isabelle!«

Pierre seufzte. Was sollte er noch sagen? Gegen die Worte seiner Frau gab es eigentlich nichts einzuwenden; aber zugleich dachte er daran, dass, wer gegen den Strom schwimmt, Gefahr läuft zu ertrinken. Einen Moment lang schauten die beiden einander schweigend an. Dann legte er eine Hand auf Isabelles nackte Schulter, ließ sie in die Spitze an ihrem Nacken gleiten und zog sie an sich. Sie schloss die Augen.

»Um den Wolf zu zähmen, muss man sich mit ihm vertraut machen, meine Kleine.«

»Was meint Ihr?«

»Natürlich hat Jacques recht. Aber ich führe diesen Kampf auf meine Weise. Es nützt uns gar nichts, wenn wir unsere Verachtung zur Schau tragen und lauthals unseren Hass bekunden. Unser Land steht auf festen Fundamenten, Isabelle. Das müssen wir sie spüren lassen. Sie müssen einsehen, dass sie die nicht einfach so schleifen können. Wir müssen dafür sorgen, dass sie auf dieser Grundlage eine neue Nation aufbauen. Aber dazu müssen wir das Eisen schmieden, solange es noch heiß ist. Ohne uns können sie dieses Land niemals regieren.«

»Oh!«, meinte Isabelle verwirrt und gerührt. »Pierre … vergebt mir mein mangelndes Urteilsvermögen. Ihr sucht also Verbündete und schließt Freundschaften, um an der Macht teilzuhaben?«

»Eure Argumentation ist ganz und gar nicht die eines Zierpüppchens, meine Schöne …«

Die letzten Worte hatte er mit leiser Stimme am Ohr der jungen Frau gemurmelt. Isabelle war zwar ein wenig vom Alkohol benebelt, doch sie hielt die Arme still und erstarrte.

»Isabelle, mein Engel, meine Süße …«

Pierre flüsterte flehend auf sie ein, drückte sie an sich und suchte ihren Mund. Sie stieß ihn energisch zurück. Er versuchte es nicht weiter, denn ihm war eingefallen, was er ihr mitteilen musste, sobald sie wieder zu Hause waren. Dann würde sie ihn brauchen. Ihre Blicke trafen sich, und was er in ihren Augen las, schenkte ihm Zuversicht. In ihr brannte ein Feuer, das er bald löschen würde. Ohne ein weiteres Wort bot er ihr den Arm, um sie wieder nach drinnen zu geleiten. Doch sie lehnte ab und behauptete, sie wolle noch ein wenig bleiben, um den Himmel zu bewundern.

»Euch wird kalt werden!«

»Ich bleibe doch nur ein paar Minuten.«

In einer von rötlichem Laub überwachsenen Laube regte sich etwas und zog Pierres Aufmerksamkeit auf sich. Diamantschmuck blitzte auf. Er hatte Caroline ganz vergessen und war schockiert darüber, dass sie Isabelle und ihn belauschte. Trotzdem beschloss er, zu ihr zu gehen.

»Ein paar Minuten? Gut … Ich muss mich wegen einer dringenden geschäftlichen Angelegenheit mit jemandem besprechen. Es wird nicht lange dauern. Wartet dann drinnen auf mich.«

Er wollte sie auf die Wange küssen, überlegte es sich jedoch beschämt anders. Dann lieber einen etwas steiferen Handkuss. Er verneigte sich und wandte sich ab. Isabelle schaute ihm nach und blickte dann zum Himmel auf, sodass sie nicht sah, wie er hineinging.

Beinahe hätte sie Pierre erlaubt, mit seinem Mund über ihren Hals zu streichen und sich an den seidenen Schleifen ihres Mieders zu schaffen zu machen. Es hatte sie danach verlangt, sich von ihm liebkosen zu lassen, ihn zu küssen …

Nachdem die junge Frau ein paar Schritte getan hatte und ihre Erregung verflogen war, bemerkte sie, dass es in der Tat frisch war, und rieb sich die Arme. Doch sie hatte noch keine Lust, wieder ins Haus zu gehen. Auf diesen Bällen, bei denen die Luft mit den Ausdünstungen vieler Menschen gesättigt war, hatte sie stets das Gefühl zu ersticken. Außerdem wusste sie, dass man sich nach ihrem Ausbruch jetzt die Mäuler über sie zerriss.

Die Abendluft war feucht. In der Mitte des Gartens, wo sich die Wege so kreuzten, dass sie wie in verstecktem Spott den britischen »Union Jack« nachbildeten, schimmerte eine Wasserfläche. Während sie langsam darauf zuging, dachte Isabelle über das nach, was Pierre ihr anvertraut hatte. Also verleugnete er seine Wurzeln nicht, ganz im Gegenteil. Plötzlich war sie sehr stolz auf ihn. Um seine Ziele zu erreichen, spielte ihr Mann den Engländern geschickt etwas vor. Diesen Charakterzug kannte sie gar nicht an ihm. *Stille Wasser sind tief*, hatte Caroline de Rouville gesagt. Isabelle verzog das Gesicht: Diese hübsche Dame schien sehr viel mehr über Pierre zu wissen als sie, seine Frau. Sie beugte sich über das Wasserbecken und bewunderte ihr verschwommenes, von einem tiefblauen Himmel umrahmtes Spiegelbild. Zwischen zwei Seerosen lächelte ihr die Mondsichel zu.

»Würdet Ihr mir ein paar Minuten Eurer angenehmen Gesellschaft gewähren, Madame?«

Isabelle zuckte zusammen, fuhr herum und fand sich Jacques Guillot gegenüber, der sie anlächelte. Er bemerkte ihre erschrockene Miene.

»Oder störe ich Euch?«

»Nein, Monsieur Guillot. Ich hatte nur … angesehen, wie sich der Mond im Wasser spiegelt.«

»Ah, der Mond, an den man seine Träume hängt und unter dem man vor Liebe seufzt! Besser als jeder andere kennt er die dunkle Seite des Menschen. Er ist Zeuge so vieler dunkler Komplotte, die im gelben Kerzenlicht ausgeheckt werden, so vieler Tränenströme und so vieler fieberhafter Umarmungen … Langweile ich Euch etwa?«

»Ganz und gar nicht, Monsieur Guillot. Fahrt nur fort. Ich finde Eure Worte bezaubernd!«

»Die Dame Mond, die Muse in ihrer silbernen Rüstung, die über die nächtliche Torheit der Menschen herrscht. Erhabene Königin in ihrem glitzernden Reich. Sie ruft die schlimmste Furcht oder die süßesten Gedanken hervor, erhellt mit ihrem Licht die Vollkommenheit dieser Welt oder wirft ihren Schatten über ihre übelsten Schurkereien. Wusstet Ihr, Madame, dass Euch in diesem Moment Mondstaub umschwebt?«

»Ihr sprecht so schön, Monsieur Guillot!«, rief Isabelle lachend aus, um ihre Verwirrung zu verbergen. »Dann wird also das Kleid, das ich trage, von jetzt an mein ›Mondstaub-Kleid‹ sein! Charmant! Wirklich, heute Abend ist der Himmel wunderschön und das Wetter für Oktober besonders mild.«

»Aber es wird kühl. Ihr solltet wieder hineingehen.«

»Nein, ich ziehe es vor, die letzten schönen Tage so weit wie möglich auszunutzen. Es wird so schnell Winter.«

Er zuckte zusammen. Lieber hätte er sie ins Haus geführt, weil er fürchtete, Pierre zu begegnen … Nun gut, der Garten war weitläufig, und sie würden eben die lauschigen Winkel, die hier und da eingerichtet waren, meiden.

»Wenn das so ist, lasst uns spazieren gehen … und hoffen, dass im Garten nicht der böse Wolf lauert!«

Er bot ihr seinen Arm, und sie nahm bereitwillig und lachend an. Schweigend gingen sie für einen Moment zwischen den großen Lavendel- und Schnittlauchbüscheln und sorgfältig gestutzten Buchsbaumreihen dahin und lauschten dem Knirschen der Kiesel unter ihren Füßen und dem fröhlichen, gedämpften Stimmengewirr des Balls irgendwo hinter ihnen. Der junge Mann bückte sich, um ein Pfefferminzblatt abzupflücken, dessen leichter Duft zu ihnen aufstieg.

»Schreibt Ihr eigentlich, Monsieur Guillot?«

»Schreiben?«

»Ich meine Verse, Sonette?«

»Oh nein, Gott bewahre! Niemals würde ich wagen, die Worte, die mir oft eine flüchtige Inspiration eingibt, in einem Heft niederzulegen. Dann und wann lege ich die Seele eines Poeten an den Tag, doch leider vermag ich die Feder nicht zu führen wie ein solcher, fürchte ich …«

»Wie schade! Und ich dachte immer, dass die Seele eines Dichters sich durch seine Feder verströmt …«

Jacques Guillot verhielt den Schritt, lächelte Isabelle zu und betrachtete sie amüsiert.

»Nur, wenn eine Muse diese Seele von den Konventionen einer bigotten, heuchlerischen Gesellschaft befreit, die ihm öffentliche poetische Ergüsse verbieten.«

»Eine Muse?«

Isabelle erstarrte.

»Natürlich! Jeder Dichter braucht eine Muse, wusstet Ihr das nicht? Sie ist es, die seiner Tinte die Farbe verleiht und seinen Worten ihren Duft.«

»Aha … So habt Ihr Eure Muse noch nicht gefunden, Monsieur Guillot?«

Der junge Mann ließ einige Sekunden verstreichen.

»Doch, ich habe sie gefunden«, murmelte er. »Aber ich warte noch darauf, dass sie zu mir kommt.«

Isabelles Hand glitt von Jacques Guillots Arm, aber er hielt sie gerade noch fest, ehe sie vollends herabfiel.

»Ihr zittert ja, Madame! Seid Ihr sicher, dass Ihr weitergehen wollt?«

»Ja«, antwortete Isabelle nach kurzem Zögern.

Ein bleiernes Schweigen senkte sich auf sie herab, dann wechselte sie das Thema.

»Der Herbst ist meine liebste Jahreszeit. Die Farben sind so schön, so rein. Das Licht hat einen goldenen, warmen Farbton, den man nur um diese Zeit des Jahres sieht. Und die Erde, die Bäume und die Pflanzen strahlen einen solchen Duft aus … mmmh … so, als würden sie uns eine letzte Gunst erweisen.«

»Ja«, nickte Jacques Guillot und tat, als sauge er die Luft ein und betrachte die Büsche. »Aber jede Jahreszeit hat ihre eigene Anziehungskraft, und indem sie vergeht, lässt sie uns auf die nächste warten und hoffen.«

»Das ist richtig«, murmelte Isabelle, die schon vom Winter träumte.

Bald würde eine dicke Schneedecke die Dächer von Montréal bedecken und die Einwohner bis zum nächsten Frühling auf die vier Wände ihrer Behausungen beschränken. Keine Picknicks mehr in den Obstpflanzungen und an den Ufern des Saint-Pierre-Flusses. Doch das gesellschaftliche Leben würde nicht zum Stillstand kommen. Die Abendessen und Bälle würden bis zur Fastenzeit weitergehen und sie in einen betäubenden Strudel reißen, der ihr kaum Zeit zum Atmen ließ.

Die junge Frau erinnerte sich an die letzte Predigt des Pfarrers zu diesem Thema. *Diese abscheulichen Lustbarkeiten, deren Zügellosigkeit und Ausschweifungen die reinen Seelen der jungen Mädchen, die von ihren unmoralischen Müttern dorthin geführt werden, vorzeitig altern lassen ...* Der Gottesmann war sich nicht zu schade gewesen, mit dem Finger auf Madame Dutellier zu zeigen; doch diese hatte angesichts dieses öffentlichen Affronts keineswegs die Augen niedergeschlagen. Anschließend hatte er ein paar – gar nicht so ungeschickte – Tanzschritte vollführt, um diese Gesten und Bewegungen des Teufels zu verdammen, die zu schändlichen Vergnügungen verlockten, nichts als abscheulich waren und nur zu Schande und Krankheiten führten. Sie fragte sich, wo er so gut tanzen gelernt hatte.

Aber eigentlich wartete Isabelle vor allem mit so fieberhafter Aufregung auf die kalte Jahreszeit, weil sie wusste, dass dann die Voyageurs aus dem Norden zurückkehrten, insbesondere van der Meer und seine Männer. Alexander würde zurückkommen. Natürlich, er hatte ihr deutlich genug erklärt, dass er sie nie wiederzusehen wünsche, aber sie hatte etwas anderes beschlossen. Sie würde ihn wiedersehen.

Jacques Guillots leise Stimme holte sie in die Gegenwart zurück.

»Ich habe von dem ... Unfall gehört, Madame. Das war sicher schrecklich für Euch.«

»Dem Unfall? Ah ... ja. Ich bin noch ganz erschüttert.«

»Wie geht es dem Kind?«

»Sehr schlecht. Man hat mir gesagt, ich dürfe mir nicht allzu große Hoffnungen machen.«

»Das ist traurig.«

»Ja, sehr.«

»Oh! Achtung!«

Der junge Mann fasste Isabelle um die Taille und hob sie seitlich in die Höhe, damit sie nicht in die Hinterlassenschaften der zwei Bichon-Hunde von Madame de Varennes trat. Die molligen Silhouetten der Dame und ihrer Schwiegertochter zeichneten sich in einigen Schritten Entfernung in der Dämmerung ab. Isabelle war von der Galanterie und dem Charme Jacques Guillots ebenso verwirrt wie von seinen Worten. Sie war sich bewusst, dass er sie zu beeindrucken versuchte, um sie zu erobern. Eilig nahm sie die Hände von seinem nagelneuen Samtrock und räusperte sich, um ihm ihre Verlegenheit zu bedeuten.

Der junge Mann lud sie lächelnd ein, ihren Spaziergang fortzusetzen. Seit dem Tag, an dem er sie hier, in demselben Garten, zum ersten Mal am Arm von Pierre Larue erblickt hatte, war er verliebt. Alles an Isabelles Bewegungen brachte eine natürliche, naive Sinnlichkeit zum Ausdruck, eine Anmut, die keiner nachhelfenden Kunstgriffe bedurfte. Damals hatte er noch für den Notar Mézières gearbeitet. Doch Amors vergifteter Pfeil hatte sein Herz durchbohrt. In den folgenden Wochen hatte er die junge Frau mehrfach, wenn auch nur kurz, wiedergesehen. Dann war das Glück ihm hold gewesen: Pierre Larue hatte einen Angestellten gesucht, der ihm zur Hand ging.

Eigentlich war es Jacques Guillot bestimmt gewesen, Maurer zu werden wie sein Vater; aber er konnte sich nicht vorstellen, sein ganzes Leben lang Ziegel und Steine aufzuhäufen. Das Maurerhandwerk war ein ehrenhafter Beruf, doch er strebte nach Höherem. Da er überdurchschnittlich intelligent war, hatte er mit der Hilfe eines Onkels früh lesen und schreiben gelernt. Dann hatte er, während er immer noch Mauern errichtete, begonnen, sich einen Weg in die gute Gesellschaft zu bahnen, indem er seine Dienste als Buchhalter oder Schreiber anbot. Erst später, nach dem Tod seines Vaters und vor der Kapitulation von Montréal, war in ihm der Wunsch gereift, Notar zu werden.

Monsieur Mézières hatte die Erbschaftsangelegenheiten seines Vaters erledigt. Der junge Mann hatte viele Stunden damit zugebracht, mit ihm über die Lage der Kanadier unter der neuen britischen Regierung zu diskutieren, die Vaudreuils Herrschaft abgelöst hatte, und über die katholischen Ratsherren, die jetzt beiseitegeschoben wurden. Da hatte er einen leidenschaftlichen Patriotismus in sich aufsteigen gespürt, der ihm Lust darauf machte, verbissen zu kämpfen und sich von den Engländern nicht seiner Rechte berauben zu lassen.

Er hatte begriffen, dass die gleiche Inbrunst – wenn auch durch Müßiggang ein wenig gedämpft – in Isabelles Herz wohnte, und er wünschte sich, dieses Gefühl zum Leben zu erwecken. Dieser Schwachkopf Larue kroch vor der britischen Elite, die nur auf den richtigen Moment wartete, um ihn in den Staub zu treten. Isabelle musste ihn aufrütteln, bevor es zu spät war, ehe die Kanadier endgültig nur noch auf Posten in der zweiten Reihe verwiesen wurden und nicht mehr an den wichtigen Entscheidungen, die ihr Land betrafen, teilhaben konnten.

»Hat mein Mann eigentlich den Vertrag des Händlers van der Meer wiedergefunden?«, fragte Isabelle, indem sie »mein Mann« betonte.

»Van der Meers Vertrag? Ähem … ja. Er hatte ihn bei sich.«

Sie gingen weiter, dieses Mal mit einem größeren Abstand.

»Ach ja? Dann ist Monsieur van der Meer wohl nach Montréal zurückgekehrt und wollte Änderungen vornehmen?«, fragte sie mit hoffnungsvoller Stimme.

Jacques Guillot blieb stehen und sah sie unsicher an.

»Hat Euer Mann Euch die traurige Nachricht nicht mitgeteilt?«

»Die traurige Nachricht? Monsieur van der Meer wird den Winter nicht in Montréal verbringen?«

Isabelle wurde das Herz schwer. Sie konnte nicht glauben, dass Alexander im Norden geblieben war, um dort zu überwintern. Angesichts ihrer offensichtlichen Aufregung zögerte der junge Mann.

»Aber so erklärt doch, was Ihr meint, Jacques!«, versetzte sie ungeduldig und nahm seinen Arm.

Sie hatte ihn beim Vornamen genannt! Er war entzückt!

»Monsieur van der Meer wird nicht wiederkommen. Eine schreckliche Geschichte, Madame. Der Händler und die wenigen Männer, die mit ihm zurückfuhren, sind alle massakriert worden. Von Wilden, wie es heißt.«

Einen Moment lang reagierte Isabelle nicht. Dann zog sich ihre Brust derart zusammen, dass sie keine Luft mehr bekam. Sie würde ohnmächtig werden. Zum Glück stützte der besorgte junge Mann sie mit fester Hand und half ihr, sich auf eine Steinbank zu setzen.

»Massakriert … von Indianern? Alle tot?«

»Ich … ich wusste gar nicht, dass Ihr dem Händler so sehr verbunden wart, Madame«, stotterte Jacques Guillot verlegen. »Ich hätte Euch das nicht sagen sollen; ich entschuldige mich … Es wäre besser gewesen, Euer Gatte …«

Isabelle starrte auf die glänzende Nadel, die die Krawatte des jungen Mannes schmückte. Alexander, tot? Getötet, umgebracht, massakriert von Indianern? Während Jacques Guillot mit sanfter Stimme versuchte, sie über einen Kummer zu trösten, dessen Ursprung er nicht kannte, dachte sie an Gabriel. Der kleine Junge war Halbwaise und wusste es nicht einmal. Er würde glücklich weiterleben, ohne jemals seinen leiblichen Vater kennenzulernen. Alexander … sie würde ihn nie wiedersehen …

»Madame, Madame, kann ich … etwas zu trinken holen? Euch … nach Hause fahren? Euren … Mann …?«

Verstört sah sie den jungen Mann an, ohne ihn wirklich zu sehen. Von seinen besorgten Worten drangen nur Fetzen zu ihr. Sie spürte, wie seine Hände sich von ihren Schultern lösten und hatte den Eindruck, wenn er sie jetzt losließe, würde sie in die Nacht davonschweben und für immer verloren sein.

»Nein.«

Sie klammerte sich an den Kragen seines Rocks. In seiner Verwirrung konnte er nur die Arme um sie legen und sie darin wiegen. Er begriff nicht, warum Isabelle so reagierte, und weigerte sich zu glauben, dass sie zärtliche Gefühle für den alten Händler gehegt hatte. Er konnte sich ihren jugendlich frischen Körper nicht in den knorrigen Armen des Alten vorstellen. Irgendetwas entging ihm hier. Aber trotzdem rührte ihn ihr Kummer. Isabelle war entzückend, ganz gleich in welchem Gemütszustand.

Er drückte den begehrenswerten Körper dieser Frau an sich. Nach und nach verstummte ihr Schluchzen, doch sie schmiegte sich weiter an ihn wie ein kleines, verwaistes Kätzchen. Am liebsten hätte er sie liebkost, aber das wagte er nicht. Die Situation war schon kompromittierend genug.

»Euch ist kalt, Madame. Kommt!«

»Wie viele waren es? Wisst Ihr die Namen der Männer, die zu der Gruppe gehörten?«, fragte sie schniefend und hoffte inbrünstig, dass Alexander nicht auf dem Weg nach Montréal gewesen war.

»Nein, über die Einzelheiten weiß nur Euer Mann Bescheid. Wenn ich mich nicht irre, ist Euer Bruder kurz nach dem Überfall am Ort des Verbrechens gewesen. Es hat keine Überlebenden gegeben. Monsieur Larue muss sich um die Testamente kümmern.«

Isabelle erinnerte sich an Étiennes verlegene Miene und Pierres ausweichenden Blick. Pierre wusste, dass Alexander Gabriels Vater war, und trotzdem hatte er ihr die Nachricht von der Tragödie nicht mitgeteilt! Wollte er sie dadurch manipulieren, oder hatte er es einfach vorgezogen, sie in Unkenntnis zu lassen? Jedenfalls würde sie ihm, sobald sie wieder zu Hause waren, zusetzen, bis er ihr die ganze Wahrheit sagte.

Isabelle konnte es nicht fassen. Alexander sollte tot sein? Sie versuchte sich an die Zeit mit dem Schotten in Québec zu erinnern. Aber sie konnte sich nur auf ein paar Bilder, ein paar Empfindungen besinnen. Wo waren die magischen und wunderbaren Momente geblieben? Sie versuchte, Alexanders Züge vor sich erstehen zu lassen. Aber ihre lebhafteste Erinnerung war die an ihre letzte Begegnung, bei der Hass und Verbitterung das Gesicht des jungen Mannes verzerrt hatten. Wie war es möglich, dass sie die so kostbaren Augenblicke vergaß und nur ein paar Bilder zurückbehielt, die die Zeit nach und nach auslöschen würde? Alexander hatte recht gehabt: Ihr blieben nur die Erinnerungen, im Grunde nichts weiter als Erinnerungsfetzen.

»Ja, ich möchte nun doch hineingehen, Monsieur Guillot. Es ist kalt, und ich bin müde.«

»Vor ein paar Minuten habt Ihr mich noch beim Vornamen genannt, Madame. Ich bitte Euch, tut das weiter.«

»Das wäre nicht schicklich …«

»Zum Teufel mit der Schicklichkeit! Sie erstickt einen!«

Schon, aber sie hindert einen auch, sich der Sünde hinzugeben, dachte Isabelle und sah tief in Jacques Guillots golden leuchtende Augen. Dieser junge Mann war wohlgestaltet und anziehend, eine große Versuchung. Und sie wusste nur zu gut, dass die Sünde einen nicht umbringt, man aber sehr teuer dafür bezahlt. Ihr Atem ging rascher, sie geriet in Panik und versuchte vergeblich, sich loszumachen.

»Madame, Madame«, flüsterte Jacques Guillot und fasste ihr Kinn, damit sie ihn ansehen musste. »Ich will Euch nichts Böses, glaubt mir. Dazu … schätze ich Euch viel zu sehr.«

Isabelle war verwirrt, sowohl geistig wie körperlich. Die Wärme seiner männlichen Arme tröstete sie, erweckte aber auch andere Empfindungen in ihr. Das erschreckte sie, denn sie liebte den jungen Mann nicht. Doch dieses schändliche Gefühl verschlang sie. Eine Frau konnte doch einen Mann, den sie nicht liebte, nicht begehren! Das war unvorstellbar und unmoralisch!

»Wenn mein Mann uns hier überrascht, steht Ihr ohne Arbeit da, Monsieur, und das täte mir schrecklich leid.«

Der junge Mann öffnete den Mund zum Sprechen, zögerte aber. *Madame, in diesem Moment ist es Eurem Gatten herzlich gleich, wer Euch Gesellschaft leistet,* dachte er. Sollte er ihr erzählen, was er gesehen hatte? Einer der Gäste hatte sich mit dem Notar über ein Problem beim Verkauf eines Grundstücks an der Rue Notre-Dame unterhalten wollen; und als Jacques Guillot sah, dass sein

Arbeitgeber aus dem Garten zurückkehrte, war er ihm entgegengegangen. Doch Pierre Larue hatte abrupt die Richtung geändert und den westlichen Weg eingeschlagen, der zum Rosengarten führte. Da er nicht wagte, ihm laut hinterherzurufen, war er ihm gefolgt. Der Notar war im Schatten einer Laube verschwunden. In dem Glauben, er sei mit seiner Frau zusammen, hatte Jacques sich auf den Rückweg gemacht. Und da hatte er Isabelle gesehen, die allein zum Teich ging.

Zunächst hatte er angenommen, das Ehepaar hätte sich gestritten, und hatte sich gesagt, Pierre wolle wohl vor Blicken geschützt seinen Zorn abreagieren. Nach Isabelles Äußerungen war er vollkommen außer sich gewesen. Doch als er auch Caroline de Rouville nirgendwo entdecken konnte, hatte Jacques begonnen, sich Gedanken zu machen. Pierre war sehr verschwiegen, was sein Privatleben anging, aber es war offensichtlich, dass er seine Frau anbetete. Die Neugier hatte den jungen Guillot überwältigt, und er war noch einmal zu der Laube gegangen ... In der Tat, Pierre gönnte sich ein kleines Schäferstündchen hinter der Hecke der Sarrazins.

»Monsieur Guillot, könntet Ihr bitte Pierre suchen und ihm sagen, dass ich nach Hause möchte?«

Der junge Mann erstarrte.

»Ich kann Euch auch fahren, Madame.«

»Nein, das könnt Ihr nicht! Was sollen die Leute denken? Unmöglich! Wo ist Pierre? Ich muss ihn finden.«

Isabelle machte sich von ihm los. Sie musste mit Pierre sprechen, erfahren, was mit Alexander war. Diese Ungewissheit ertrug sie nicht länger.

»Nein, Isabelle!«

Mit ein paar Schritten hatte Jacques Guillot sie eingeholt und hielt sie zurück.

»Lasst uns durch den Garten gehen. Es gibt ein Tor, das auf die Rue Saint-Vincent führt. Niemand wird Euch sehen.«

»Das ist doch völlig unsinnig! Ich kann doch nicht einfach gehen, ohne mich bei Cécile zu bedanken! Das gehört sich einfach nicht!«

»Ich beschwöre Euch! Hört auf mich! Es wäre vernünftiger, Euch von mir heimbringen zu lassen. Monsieur Larue ...«

Erneut hatte er die Hand der jungen Frau ergriffen und drückte sie fest. Isabelle musterte ihn. Sie fand es verdächtig, dass er so plötzlich verstummt war. Er war sich seines ungeschickten Verhaltens bewusst und schloss seufzend die Augen.

»Warum wollt Ihr nicht, dass ich Pierre suchen gehe? Was hat mein Mann denn so Wichtiges zu tun, das es mir verbietet, zu ihm zu gehen? Er hat mir gesagt, er müsse wegen einer dringenden geschäftlichen Angelegenheit mit jemandem sprechen. Sein Klient ... wird es mir sicher nicht übelnehmen ...«

Als sie sah, wie der junge Mann sich auf die Lippen biss, begann sie zu begreifen, um welche Art von dringendem Geschäft es sich handelte.

»Caroline de Rouville?«

»Ich ... ich kann nicht. Das dürft Ihr nicht von mir verlangen.«

»Antwortet!«

»Ich glaube es zumindest«, stotterte er schließlich und schlug die Augen nieder.

Wie um seine Worte zu bestätigen, drang über den verlassenen, stillen Weg aus einer Baumgruppe das Klingen von Gläsern und dann anzügliches Gelächter zu ihnen. Isabelle stockte das Blut. Sie fühlte, wie sie zu Eis erstarrte, sie spürte gar nichts mehr. Mit vorgetäuschter Ruhe löste sie sich von Jacques Guillot, der nicht mehr versuchte, sie zurückzuhalten.

»Holt mir bitte meinen Umhang. Ich warte am Teich auf Euch.«

Isabelle saß zusammengekauert im Dunkel und hörte, wie die Tür sich öffnete und wieder schloss. Charlotte, die auf ihren Knien döste, hob den Kopf, als sie aufhörte, sie zu streicheln. Pierre tat zögernd ein paar Schritte. Der schwache Schein der Lampe, die auf der Konsole in der Eingangshalle stand, warf seinen Schatten an das rötliche Holz der Tür, die sie halb offen gelassen hatte. Mehrere Sekunden vergingen, bis er wagte, in den

Salon zu treten. Er lehnte seine schlanke Gestalt an den Türpfosten. Sie konnte seine Züge nicht erkennen und wusste nicht, ob seine Miene zerknirscht oder verärgert war.

»Jacques hat mir gesagt, Ihr hättet Euch nicht wohlgefühlt …«

Seine Stimme klang kalt.

»Ja.«

»Hat er Euch hergefahren?«

»Ja.«

»Hat er sich korrekt verhalten?«

Jetzt verriet Pierres Stimme, dass er besorgt war. Sie schwieg und spürte, wie sie zornig wurde. Wie konnte er es wagen?

»Isabelle! Hat er sich korrekt verhalten?«

Gekränkt stand die junge Frau auf, das Kätzchen auf dem Arm. Sie baute sich vor ihrem Mann auf und musterte ihn wütend und verächtlich.

»Ganz bestimmt korrekter als Ihr!«

Er atmete schwer, stand aber reglos und stumm da.

»Ich weiß, wir haben ein Abkommen geschlossen. Doch ich erinnere mich genau, dass ich Euch gebeten habe, Diskretion zu wahren.«

Pierre wandte sich ab, und die Lichtquelle beschien seine beschämte Miene, die er in seinen Händen zu verbergen versuchte. Sie hatte mehr als eine Stunde auf ihn gewartet und Zeit zum Nachdenken gehabt. Doch immer liefen ihre Überlegungen auf dasselbe hinaus: Sie konnte die Trennung verlangen und verhindern, dass er Gabriel sah, wie sie ihm gedroht hatte. Aber sie wusste, dass ihr Sohn derjenige war, der am stärksten unter der Situation leiden würde. Und das war das Letzte, was sie sich wünschte. Pierre und sie hatten bereits getrennte Schlafzimmer, und sie sah keinen Sinn darin, ihren Mann sinnlos leiden zu lassen. Sie konnte nicht darüber hinwegsehen, dass sie zum Teil selbst für das Geschehene verantwortlich war.

»Ich werde Euch nicht um Vergebung für etwas bitten, das ich mir selbst nicht verzeihen kann, Isabelle. Ich liebe Euch. Trotz Eurer Kälte und der Strafe, die Ihr mir auferlegt, liebe ich Euch und werde Euch immer lieben. Aber Ihr könnt nicht erwarten, dass ich mein Verlangen nach Euch auf die gleiche Weise befriedige wie ein Mönch in seiner Zelle. Meine einzige Schuld ist, dass ich es an Diskretion habe mangeln lassen. Aber außer Jacques und Euch weiß niemand davon …«

Isabelle setzte das Kätzchen, das auf ihrem Arm unablässig zappelte, zu Boden. Sie schwieg. Als sie sich Pierre zuwandte, fiel ihr Blick auf die Tür des Arbeitszimmers, die auf der anderen Seite des Korridors lag.

»Heute hat Monsieur Guillot nach dem Vertrag des Pelzhändlers van der Meer gesucht«, versetzte sie unvermittelt.

Der Notar nickte.

»Ja … ich weiß. Er hat mir erzählt, dass Ihr ihm beim Suchen geholfen habt.«

Schweigen. Nach einer Weile reckte Pierre die Schultern und ging in Richtung Arbeitszimmer. Isabelle folgte ihm. Der Raum roch angenehm nach Tabak, Leder, Tinte und Papier. Diese Mischung von Gerüchen erinnerte Isabelle immer an das Arbeitszimmer ihres Vaters, dessen Atmosphäre sie früher als so beruhigend empfunden hatte. Doch heute Abend drückte eine unermessliche Angst sie nieder.

Pierre zündete eine Kerze an und griff nach einem dicken Umschlag, der auf dem penibel aufgeräumten Schreibtisch lag. Er ließ ihn zwischen seinen Fingern knistern und schaute unentschlossen darauf hinunter. Isabelle spürte, wie ihr ein Schauer über den Rücken lief, während ihr vor Verzweiflung die Knie weich wurden.

»Setzt Euch, Isabelle.«

Sie gehorchte und nahm in dem kleinen Sessel im englischen Stil Platz, der für gewöhnlich den Klienten vorbehalten war. Er wog den Umschlag in der Hand, sah sie schließlich an und hielt ihrem Blick stoisch stand.

»Hat Jacques Euch von … dem schrecklichen Unfall erzählt?«

Ihre Kehle war so zugeschnürt, dass sie nicht antworten konnte.

»Ja, er hat mit Euch gesprochen; er hat es mir eingestanden. Jacques war dermaßen niedergeschlagen … Er dachte, Ihr wäret im Bilde … nun ja. Es tut mir leid, dass ich Euch die Nachricht nicht früher überbracht habe. Aber ich konnte mich vor dem Ball nicht dazu überwinden. Ich fand, das wäre ein Mangel an Feingefühl gewesen.«

Sarkastisch dachte Isabelle, dass er heute ganz allgemein einen »Mangel an Feingefühl« gezeigt hatte. Aber sie verbiss sich die Bemerkung.

»Hier.«

Er reichte ihr den Umschlag, aber sie wagte ihn nicht zu nehmen, ihn nicht zu berühren, als bedeutete das, Alexander zu begraben, ihn endgültig ins Reich der Erinnerung zu verbannen. Als Pierre sah, dass sie reglos wie eine Statue dasaß, öffnete er den Umschlag und ließ den Inhalt auf die Schreibunterlage gleiten. Isabelle stockte der Atem: Da, vor ihren Augen, lagen ihr glitzerndes Taufkreuz und Alexanders Dolch, dessen Heft mit diesen unverwechselbaren Motiven geschmückt war.

»Neiiin … Oh mein Gott!«

Ihre Finger zitterten dermaßen, dass sie kaum in der Lage war, das Kreuz aufzuheben, das noch an seinem Lederband hing. Sie schloss die Hand darüber und führte sie an ihr Herz. Pierre schlug die Augen nieder. Unsagbare Trauer ergriff ihn, denn jetzt begriff er, dass Isabelles Liebe zu dem Schotten dessen Tod überdauern würde, ganz gleich, was er selbst tat.

Keuchend rang sie nach Luft, während ihr die Tränen in Strömen über das völlig aufgelöste Gesicht rannen. Ein langer Klageschrei stieg in ihr auf, füllte ihre Lungen zum Zerspringen und brach sich durch ihren ausgetrockneten Mund Bahn. Niedergeschmettert, von heftigem Schluchzen geschüttelt, rutschte sie vom Sessel und sank auf die Knie.

»Isabelle … Kommt. Kommt her.«

Pierre zog sie in die Arme und half ihr beim Aufstehen.

Der Geruch des Cognacs drehte ihr den Magen um. Trotzdem nahm sie einen Schluck von dem starken Alkohol. Dann stützte Pierre sie und half ihr die Treppe hinauf und in ihr Zimmer. Er zögerte, die Bänder ihres Kleides zu lösen. Aber Louisette und Marie schliefen schon. Also half er ihr sanft, sich auszukleiden, und berührte sie behutsam wie eine von vielen Sprüngen durchzogene Porzellanfigur. Dann zog er ihr das Nachthemd an, legte sie aufs Bett und streichelte zärtlich ihr Gesicht, bevor er hinausging.

Als sie allein war, weinte Isabelle, das Kreuz an ihren Mund gelegt, lange. Dann fiel sie erschöpft in einen tiefen Schlummer.

Sie warf den Kopf hin und her. Die Wilden bedrängten und verfolgten sie. Als sie sah, dass ein Tomahawk auf sie heruntersauste, stieß sie einen Schrei aus. Schweißüberströmt riss sie die Augen auf. Sie keuchte vor Entsetzen, klammerte sich an die Laken und schaute sich in dem halbdunklen Raum um. Langsam kam sie wieder zu Atem. Da waren weder Indianer noch ein Tomahawk. Dann erinnerte sie sich wieder an alles, die Erkenntnis traf sie wie ein schrecklicher Schlag, und sie wünschte sich, der verschwundene Tomahawk wäre Wirklichkeit gewesen. Panisch suchte sie zwischen den Laken nach dem Kreuz, das ihr aus den Händen gefallen war. Als sie es nicht fand, sprang sie aus dem Bett, stieß sich am Schemel und stöhnte.

Die Tür wurde aufgerissen. Als Pierre sie in äußerster Aufregung sah, stürzte er zu ihr.

»Ich finde es nicht mehr, ich kann es einfach nicht finden!«

Zuerst begriff er nicht und glaubte, sie spreche im Schlaf.

Dann, als er sah, wie sie die Laken auseinanderriss und überall herumwühlte, erriet er, was sie in solche Panik versetzte.

»Wartet, so beruhigt Euch doch. Ich suche danach. Setzt Euch, so … Hier, es war zwischen dem Bett und dem Nachttisch auf den Boden gefallen.«

Isabelles Herz klopfte zum Zerspringen. Sie ergriff das Schmuckstück und küsste es.

»Soll ich es Euch um den Hals hängen?«

Sie nickte langsam, wie ein Kind. Es gelang ihm, ihre verkrampften Finger aufzubiegen und das Kreuz zu nehmen. Das Metall glitt über ihre glühende Haut und fand seinen Platz zwischen ihren Brüsten, auf ihrem Herz.

»Danke«, flüsterte sie gerührt.

Pierre konnte den Blick nicht vom Hals seiner Frau losreißen. Dieser Alexander würde immer zwischen ihnen beiden stehen wie ein Schatten. Ihm blieb nichts anderes übrig, als sich damit abzufinden. Sein bedrücktes Schweigen zog sich in die Länge. Nach einer Weile bewegte sich Isabelle und zog die Beine unters Kinn hoch. Sie wirkte jetzt ruhiger. Das Schwanken der Matratze riss Pierre aus seinen düsteren Gedanken. Betrübt schaute er in die schönen Augen, die zu ihm aufsahen.

»Hat ... hat er gelitten?«

Nicht nötig, seinen Namen auszusprechen. Pierre wusste nicht, was er darauf antworten sollte. Étienne hatte ihm in allen entsetzlichen Einzelheiten von dem Überfall berichtet. Schweigend hatte er zugehört, abgestoßen von den Methoden seines Schwagers und angewidert von seiner eigenen Arglist. So tief war er also gesunken ... Und wozu das alles? Was hatte er jetzt gewonnen? Jedenfalls nicht die Liebe seiner Frau. Er konnte sich nur noch selbst verachten.

»Ich weiß es nicht, Isabelle, aber wahrscheinlich nicht. Er hat einen heftigen Schlag auf den Kopf erlitten. Étienne sagt, es sei ein Angriff aus dem Hinterhalt gewesen ... Ihr wisst ja, dass der alte Pelzhändler viele Feinde hatte.«

Ihre Augen glänzten vor Tränen, und sie nickte schweigend.

»Wo ist er? Hat man die Männer dort begraben?«

Da, wo er jetzt ist, möchte selbst der Teufel nicht sein, hatte ihm Étienne mit einem Lächeln auf den Lippen versichert. Pierre, der ohnehin schon entsetzt genug war, hatte nicht gewagt, weiter in ihn zu dringen. Er wollte so wenig wie möglich über dieses in doppelter Hinsicht abscheuliche Verbrechen wissen, denn all diese Männer waren umsonst gestorben. Étienne hatte von dem Hollandais nicht bekommen, was er wollte. Van der Meers Herz hatte unter der Folter versagt, und er war gestorben, ohne sein Geheimnis zu offenbaren.

»Ja, sie sind alle dort beigesetzt.«

Sie weinte immer noch still vor sich hin.

»Ich habe ihn geliebt, Pierre. Ich habe ihn geliebt, und man hat ihn mir weggenommen. Alles, was mir von ihm bleibt, ist jetzt Gabriel. Es tut mir leid, dass ich Euch damit das Leben vergälle. Aber so ist es nun einmal. Man hat mir keine Wahl gelassen.«

»Ich weiß, mein Engel, ich weiß.«

Mit zitternder Hand wischte Isabelle sich ihre nassen Wangen ab und zog die Nase hoch. Pierre war ihr nicht böse. Der Blick, den er jetzt auf sie richtete, während sie einen anderen Mann beweinte, erschütterte sie. Mit einem Mal sah sie wieder, wie ihr Vater ihre Mutter auf die gleiche Weise anschaute, und sie begriff, welche Qualen sie ihrem Mann bereitete. Pierre hatte Besseres verdient, mehr, als Charles-Hubert je bekommen hatte. Sie wollte nicht wie Justine werden. Nein, niemals!

»Ich glaube, jetzt geht es besser …«

Ein Schluchzen schüttelte sie, und ihr schmerzverzerrtes Gesicht strafte ihre Worte Lügen. Pierre breitete die Arme aus, und sie schmiegte sich an ihn und weinte in ihrem unermesslichen Kummer sein Hemd nass.

»Könnt Ihr nicht heute Nacht bei mir bleiben?«, fragte sie unter Tränen.

Pierre spürte, wie ihm das Herz vor Freude schwoll. Eng umschlungen streckten sie sich auf dem Bett aus. Doch dieser kleine Sieg hinterließ einen bitteren Geschmack in seinem Mund. Isabelle überließ sich ihm, erlaubte ihm, ihr seidiges Haar und ihren zitternden Rücken zu streicheln. Er drückte sie an sich, küsste ihre Lider und hoffte ganz einfach, eines Tages Gnade in ihren Augen zu finden.

Nach und nach schluchzte Isabelle weniger heftig, und als grau der Morgen anbrach, ging ihr Atem regelmäßiger. Pierre berührte ihre heiße, nasse Stirn, dann ihre Wangen, die kühler waren, in dem quälenden Bewusstsein, dass er selbst der Urheber der tiefen Verzweiflung seiner Frau war.

»Verzeiht mir, meine Liebste«, murmelte er in ihr duftendes Haar hinein.

Er zürnte sich furchtbar. Würde er sich jemals vergeben können?

6

Der Weg in die Hölle

Ein entsetzlicher Schrei bohrte sich in sein Hirn wie eine Messerklinge. Der unerträgliche Schmerz ließ ihm Tränen in die Augen steigen und entlockte ihm ein Stöhnen. Dann ließ die Pein kurz nach. Doch ein weiteres Aufheulen erklang, und alles begann wieder von vorn. Alexander wälzte sich auf die Seite. Ein starker Geruch nach feuchter Erde stieg ihm in die Nase, und dann ein anderer, ekelhafter, nach verbranntem Fleisch. Sein Magen zog sich krampfhaft zusammen, und ein Gallerinnsal floss über seine Wange und hinterließ einen bitteren Geschmack auf seiner Zunge. Er spuckte aus.

Er konzentrierte sich auf seinen Atem, um die Übelkeit zu vertreiben. Leise Stimmen zogen seine Aufmerksamkeit auf sich. Mühsam öffnete er ein verklebtes Auge und suchte nach ihrem Ursprung. Es war dunkel, aber durch das Astwerk hindurch erkannte er den Flammenschein eines Lagerfeuers. Wieder erscholl der graueneinflößende Schrei und ließ sein Blut gefrieren. Alexander erstarrte und glaubte, er hätte es mit einem wilden Tier zu tun.

»Wenn Er ihn doch endlich holen käme, der verfluchte liebe Gott!«, knurrte jemand.

»Bei den Wilden wartest du vergeblich auf den lieben Gott«, seufzte jemand anderes.

»Was wollen sie denn bloß von dem Hollandais?«

»Ich weiß es nicht, Dumais. Aber ich bete darum, dass sie nicht glauben, wir wären darin eingeweiht.«

Dann trat erneut Stille ein. Alexander versuchte, einen Sinn in das Gehörte zu bringen. Dumais? Ein Holländer?

»Du glaubst, er weiß etwas, was sie wissen wollen?«

»Keine Ahnung. Aber ich habe gesehen, wie er gestern und heute Morgen lange mit dem Mischling diskutiert hat, und der Hollandais wirkte nicht besonders glücklich …«

Ein neues Geheul brachte Alexanders Trommelfell fast zum Platzen, und er stöhnte. In seiner Nähe knackten Zweige, und dann tastete eine Hand ihn vorsichtig ab.

»Hey, Macdonald! Bist du wach? Kannst du mich hören?«

Macdonald …

»Hey, mein Alter, du kannst mich doch nicht im Stich lassen. Komm, wach auf!«

Macdonald … Alexander Colin Macdonald … Das war sein Name, ja, das passte. Die Hand drehte ihn sanft auf den Bauch, und er fand sich mit dem Gesicht im Gras wieder.

»Mmmh …«, fuhr die Stimme fort, während die Hand jetzt durch sein dichtes Haar fuhr, »man kann wohl behaupten, dass du einen harten Schädel hast, mein Freund!«

Wieder durchfuhr der Schmerz seinen Kopf und ließ ihn aufstöhnen. Er versuchte, der forschenden Hand zu entrinnen.

»Ein Schlag, wie du ihn abgekriegt hast, hätte dir eigentlich den Schädel zerschmettern müssen! Du hast eine Beule von der Größe einer Melone! Glück gehabt, die Wunde ist nicht besonders lang. Sie darf sich nur nicht allzu sehr entzünden.«

Zerschmettern … Beule … Melone … Wunde … Langsam drangen die Worte in Alexanders Bewusstsein, und er versuchte zu begreifen, was um ihn herum los war. Im Moment hatte der junge Mann das Gefühl, sein Kopf sei ein Vulkan, der kurz vor dem Ausbruch stand. Eine andere Stimme, die sich von den zwei ersten unterschied, redete in einer Sprache, die er nicht verstand.

»Ich wollte nur nachsehen, in welchen Zustand ihr ihn versetzt habt, Affengesicht!«, knurrte der Mann, der ihn untersucht hatte.

»Affengesicht« brummte wieder. Dann hörte er ein dumpfes Klatschen, gefolgt von einem Röcheln. Offenbar hatte Affengesicht den anderen Mann geschlagen.

»Drecksbande! Dem ziehe ich seinen Skalp ab!«

Skalp? Dieser Ausdruck ließ die Wörter »Indianer« und »Krieg« in Alexanders Kopf aufsteigen, und dann kamen Bilder voller Gewalt. Vor einem Hintergrund aus Rauch blitzte es rot und blau auf. Ein Schlachtfeld voller Leichen. Verstreute Kilts, entstellte Gesichter, verstümmelte Körper. Sein Kopf schmerzte höllisch, und er stöhnte, als er sich umdrehte, um besser Luft zu bekommen.

Neue Bilder. Teilweise zerstörte Festungsanlagen. Ein Regiment auf dem Marsch. Weinende Frauen. Gesichter, denen er einen Namen geben konnte, wechselten sich ab: Marion … Mama, Marcy, Mary, Margaret … Er ließ sich vom Strom seiner Erinnerungen tragen. Jetzt tauchten die Züge von Männern auf, die Leute aus seinem Clan: Glencoe.

Nach und nach konnte Alexander die Ereignisse und Orte einordnen: Louisbourg, Québec, die Höhen. Es war, als laufe sein ganzes Leben vor seinem inneren Auge ab. Isabelle, ihre grünen Augen. Die Mühle … und dann ihr Verrat. Die Reise nach Grand Portage. Der Hollandais. Ja, jetzt wusste er wieder alles. Der Angriff aus dem Hinterhalt durch Étienne Lacroix und seine Kumpane … Der Schlag auf den Kopf.

Der Gestank nach verbranntem Fleisch wurde stärker, während erneut ein grauenhafter Schrei erscholl. Schauer überliefen Alexander, und er spürte, wie seine Haare sich aufstellten. Männerstimmen wurden laut. Zwischen den Indianern und Étienne war ein Streit ausgebrochen, der ziemlich lange dauerte. Alexander wollte sich aufrichten, aber sein Kopfschmerz hielt ihn am Boden fest. Le Revenant murmelte ein Gebet. Er hörte Schritte. Da kam jemand.

»Da habt ihr euren Anführer!«

Das war Étiennes Stimme. Etwas Schlaffes klatschte schwer ins Gras.

»Oooh! Ihr Bastarde … Ihr …«

Le Revenant erbrach sich. Alexander nahm den faden Geruch von Blut wahr und öffnete die Augen, deren eines noch immer halb zugeklebt war. Zwei längliche Gegenstände lagen unmittelbar neben ihm. Als er genauer hinsah, erkannte er, dass es zwei

Beine waren, die sich vor dem vom Feuer erhellten Hintergrund abhoben. Ein großer Gegenstand, der im Gras lag, zog seine Aufmerksamkeit auf sich.

»Sieh dir das gut an, Macdonald-Hund!«, zischte Étienne und versetzte dem Gegenstand einen Fußtritt. Er rollte bis vor sein Gesicht. »Schau es dir gut an, und dann denk darüber nach, was dir geschieht, wenn du darauf bestehst, den Mund zu halten! Ich versichere dir, dass du das Gold des Hollandais' ausspucken wirst, bis auf die letzte Münze!«

Der Geruch von Blut und frischem Fleisch wurde stärker und überlagerte den Gestank nach Erbrochenem. Alexanders Augen richteten sich auf die längliche Form neben ihm und passten sich der Entfernung an. Er drehte den Kopf ein wenig, um besser zu erkennen, worum es sich handelte.

»Oh mein Gott!«, murmelte er, und dann warf Étienne ihm etwas zu.

Im Licht des Mondes rollte der runde Gegenstand wie ein silberner Ball und kam an der länglichen Form zum Liegen. Mit einem Mal starrte Alexander ein blickloses blaues Auge an. Nicht weit von dem klebrigen Organ zeugte ein grauenhaft verzerrter Mund von den erlittenen Folterqualen. Als dem jungen Mann endlich das Entsetzliche klar wurde, vermochte er einen heftigen Anfall von Übelkeit nicht zu unterdrücken, und zum zweiten Mal kam ihm die Galle hoch. Vor ihm lag die groteske Zurschaustellung der hervorstechendsten Eigenschaft des Hollandais': Der Mann trug im wahrsten Sinne des Wortes sein Herz auf der Zunge!

Im Rumpf des Kanus vergingen die Tage langsam. Zu Beginn hatte Alexander, der mit Händen und Füßen an ein Querbrett gefesselt war, viel geschlafen. Er konnte die Augen kaum offen halten und spürte immer noch die Nachwirkungen des schrecklichen Schlags auf den Kopf. Wenn es ihm gelang, wach zu bleiben, betrachtete er mit leerem Blick die Landschaft, die an ihm vorüberzog, und biss die Zähne zusammen, um seinen Kopfschmerz auszuhalten. Dumais und le Revenant, die ebenfalls gefesselt waren, befanden sich in zwei anderen Kanus, die von Irokesen gesteuert wurden. Die Boote, die keine lebende oder tote menschliche Last trugen – die Indianer führten auch die Leiche des Kriegers mit, den Alexander getötet hatte –, quollen von den Ballen über, die die Felle und Waren des Hollandais' enthielten. Étienne war nicht mehr bei ihnen: Er war nach Montréal zurückgekehrt.

Langsam waren sie den Rideau-Fluss hinaufgefahren. Dann, nach mehreren Tagen auf dem Wasser und mühsamen Portagen – Alexander konnte sie schon nicht mehr zählen –, waren sie einen Nebenfluss hinaufgerudert, und dann noch einen …

Alexander versuchte erst gar nicht zu erfahren, wohin sie in diesem unentwirrbaren Netz von Wasserwegen unterwegs waren. Ohnehin sprach man ihn nicht oder kaum an, und er verstand nur ihre Gesten. Er ging, wohin man es ihm befahl. Sinnlos, darauf zu hoffen, durch eine zufällige Begegnung gerettet zu werden. Ein Kanu fuhr ihnen voran, um sie in solchen Fällen zu warnen. Wenn Boote in Sicht kamen, knebelte man ihn und seine Kameraden fest und ging rasch an Land, um sich zu verstecken. Wenn das unmöglich war, stieß man ihn einfach auf den Boden des Kanus, warf ein Tuch über ihn und drohte ihm mit dem Gewehr. Die Botschaft war eindeutig.

Die drei Gefangenen wurden streng überwacht und konnten nur beim Essen miteinander sprechen. Bei Nacht trennte man sie, legte sie auf den feuchten Boden, spreizte ihnen die Gliedmaßen und band sie einzeln an Pfählen fest, damit sie nicht fliehen konnten.

»Siehst du, da?«, flüsterte Dumais ihm eines Tages zu und wies auf den Pflanzenwuchs am Flussufer. »Wenn ich nur diese Pflanze in die Hände bekommen könnte, und ihre Wurzeln …«

Alexander zog die müden Augen zusammen und sah ihn fragend an.

»Schierling«, erklärte le Revenant und kaute an einem Stück fast rohen Fleisches, dessen Saft ihm von den Lippen troff.

Mit den tiefen, fast violetten Augenringen, die seine Nase aus rostigem Blech umgaben, sah der Mann ziemlich unheimlich aus.

Alexander betrachtete die Giftpflanze aufmerksamer und sah dann seinen Kameraden an.

»Das würde ihnen aber gar nicht gefallen, wenn sie als einzige Beute ein paar Leichen heimbringen würden, was?«

Le Revenant lachte leise und nickte.

»Dafür muss das Gift dich erst einmal umbringen, Dumais!«

Dumais war bei dem Kampf schwer verwundet worden, und seine Wunde nässte. Doch er ertrug den Schmerz mit außergewöhnlicher Tapferkeit. Aber die drei Männer wussten auch, dass ihre Leiden nur ein schwaches Vorspiel dessen waren, was sie noch erwartete.

»Soll ich dich vielleicht mit meinen Fesseln erdrosseln? Diese verfluchten Teufel hätten wahrscheinlich solche Angst davor, dass dein gequälter Geist sie für alle Zeit verfolgt und in Ewigkeit mit Unglück schlägt, dass sie die Beine in die Hand nehmen und uns zurücklassen würden. Ich könnte sogar so tun, als wäre ich besessen!«

»Wie bitte?! Aber das bist du doch schon! Wenn du deinen verflixten Schnabel und deine teuflische Mütze abnimmst …«

»Ach, sei still!«

»Ist doch wahr! Mit deinem Gesicht könntest du sie glauben machen, dass du ein echter Wiedergänger bist!«

»Genau! Dann machen sie sich nicht die Mühe, mich umzubringen, sondern fressen mich gleich roh!«

»Und sterben alle an Fleischvergiftung, ha, ha, ha!«

»Pass nur auf, gleich spuckst du Blut, Dumais!«

»Nur keine Zurückhaltung, mein Freund. Ich habe wenig genug davon übrig …«

Dumais' Miene hatte sich verdüstert. Er verlor tatsächlich viel Blut. Da die Wunde an seinem Oberschenkel, die mehrere Zoll lang war, nicht versorgt wurde, brach sie jedes Mal, wenn sie marschieren mussten, wieder auf.

Alexander dagegen spürte, wie sein Zustand sich mehr und mehr verbesserte. Seine Kopfschmerzen traten seltener auf, und er konnte wieder besser sehen. An seinem Hinterkopf saß noch die dicke Beule, die Wemikwanit ihm beigebracht hatte.

Der Mischling, der im selben Kanu reiste wie er und am Ruder saß, sprach sehr wenig und gab vor allem Befehle. Aber in den schwarzen Augen, die sich ernst auf ihn richteten, bevor sie auf den ekelhaften Sack zu seinen Füßen weiterglitten, las Alexander, was ihm bevorstand, nämlich das gleiche Los wie seinem Freund. Der Hollandais hatte ihn vor den blutrünstigen Methoden der Chippewa gewarnt.

Am Tag, an dem sie endlich den St. Lorenz-Strom erreichten, geschah etwas, das ihm die finsteren Absichten ihrer Entführer bestätigte. Sie schickten sich gerade an, nach einer langen Portage wieder in die Boote zu steigen, als Dumais am Ufer vor Erschöpfung zusammenbrach. Der Mann, der, wie Alexander gehört hatte, Tsakuki genannt wurde, beugte sich über ihn und befahl ihm in seiner Sprache, er solle aufstehen. Aber Dumais rührte sich nicht. Tsakuki hatte es eilig weiterzukommen, und Dumais hielt die Gruppe auf. Die Irokesen berieten sich. Dann hoben zwei von ihnen Dumais, der leise stöhnte, auf und trugen ihn in den Wald am Flussufer. Ein paar Minuten später kehrten sie, einen Haarschopf in der Hand, ohne ihn zurück.

Le Revenant schrie und brüllte alle Verwünschungen, die er kannte.

»Halt's Maul!«, befahl ihm Wemikwanit und drohte ihm mit der Spitze seines Dolchs. »Er wäre sowieso gestorben, weil er zu schwach war, und hätte das Ende der Reise nicht erlebt. Du solltest zu deinem Gott für ihn beten, statt zu zetern wie ein Weib. Bewahre dir deinen Todesgesang für später auf!«

Le Revenant war kalkweiß geworden. Er verstummte sofort und schwieg von nun an wie ein Grab.

Da sie jetzt kaum noch Portagen zurücklegen mussten, wurde die Fahrt auf dem Fluss einfacher. Nachdem sie ein Archipel aus kleinen Inseln durchquert hatten, kamen sie auf einem See heraus, in dem le Revenant den Ontario-See erkannte. Sie fuhren an seinem Südufer entlang und passierten noch einige Tage lang Buchten und Landspitzen. Das Wetter wurde schlecht, und starker Wind kam auf. Die leichten Boote waren schwierig zu kontrollieren. Sie mussten einen ganzen Tag an Land verbringen.

Anschließend beschlossen die Eingeborenen, bei Nacht zu reisen, um die Verspätung aufzuholen.

Der riesige und vollkommen runde Mond war orangefarben und schien gleich über den Baumkronen zu hängen. Die Kanus waren ans Ufer gefahren, da eine weitere Portage zu bewältigen war. Alexander wurde brutal geweckt. Die beiden Männer, die sein Kanu lenkten, halfen ihm, in das eisige Wasser zu steigen, das ihm bis zu den Knien reichte. Nachdem sie seine Fesseln überprüft hatten, zerrten sie ihn an Stricken aus geflochtenem Leder, die um seinen Hals, seine Taille und beide Arme gebunden waren, voran wie ein Tier, das man zur Schlachtbank führt.

Alexander klapperte mit den Zähnen. Mit leerem Blick folgte er dem einschläfernd wirkenden Schaukeln der Skalps, die an einer von einem der Irokesen getragenen Stange hingen. Er konnte sich des ironischen Gedankens nicht erwehren, dass er wahrscheinlich am Fieber sterben würde, ehe sie ihn zu Tode foltern konnten. Was für ein Glück.

Der Zug folgte einem düsteren, von Astwerk überwölbtem Weg, der an eine Arkade erinnerte. Le Revenant klagte unablässig darüber, dass seine Fesseln zu eng säßen.

»Sie behindern meinen Blutkreislauf!«

Ein Irokese namens Tkotahe wollte sie lockern, aber Wemikwanit gebot ihm Einhalt, um selbst nachzusehen.

»Spiel mir nichts vor, mein Freund! Deine Seele ist vielleicht nicht allzu viel wert, aber sie könnte mir von Nutzen sein, und mir ist daran gelegen, sie noch einige Zeit zu behalten.«

Die Karawane machte sich erneut auf den Weg. Doch gerade, als sie den wieder schiffbaren Flussarm erreichten, blieben sie erneut stehen. Tiefes Schweigen herrschte. Alexander wurde zu Boden gestoßen. Jemand schlug ihm einen Gewehrkolben in die Rippen, und er stieß ein Stöhnen aus, das in ein bellendes Husten überging, und rollte über das feuchte Laub bis an einen Baumstamm. Einen Moment lang überlegte er, ob er seinen Entführern den Gehorsam verweigern sollte, damit dieser Alptraum endlich ein Ende hatte und sie ihm die Kehle aufschnitten wie dem armen Dumais. Dann erweckte ein merkwürdiger Laut seine Neugier. Er kam von einer Lichtung, die sie vom Flussufer trennte. Halb aufgerichtet hörte er das Klicken, mit dem Gewehre gespannt werden. Wurden sie etwa angegriffen?

Niyakwai, der für seine Bewachung zuständig war, zog an seinen Riemen, damit er aufstand und ihm folgte. Sie gingen querfeldein durch den Wald. Nach einigen Minuten vernahm er ein bösartig klingendes Knurren und begriff, dass sich vor ihnen ein Rudel Wölfe befand. Als sie den Waldsaum erreichten, erblickte er zunächst nur eine dunkle, sich bewegende Masse am Ufer. Dann erkannte er im Mondlicht silbrige Tiere, die in dem glitzernden Wasser wateten. Er hatte schon Wölfe gesehen, als Kind in Schottland. Aber der Mensch jagte sie gnadenlos und nahm ihnen durch die Rodung von Wäldern mehr und mehr ihren natürlichen Lebensraum, sodass sie rasch verschwanden.

Die Tiere taten sich an einem Hirschkadaver gütlich. Immer wieder knurrten sie und bleckten ihre schimmernden Fangzähne, um Respekt für ihren Rang einzufordern. Eines der Tiere musste sie gewittert haben, denn es wandte ihnen den Kopf zu und stieß ein langes, warnendes Grollen aus. Niemand rührte sich. Alexander war fasziniert und konnte den Blick nicht von dem Schauspiel losreißen. Wölfe griffen für gewöhnlich keine Menschen an; sie flohen sogar vor ihnen. Doch der, der sie ansah, kam kühn auf sie zu, um ihnen die Stirn zu bieten. Man legte die geladenen Gewehre an, bereit, im Fall eines Angriffs zu schießen.

Alexander war, als käme das Tier auf ihn zu. Der Wolf, der jetzt nur noch ein paar Fuß von ihnen entfernt war, blieb erneut stehen. Er hätte ihm von einer Sekunde auf die andere mit einem einzigen Satz an die Kehle springen können. Doch er sah ihn nur aus seinen glühenden Augen an, und sein langes Fell wogte sanft in der Brise. Alexander war wie gebannt. Gerade als er glaubte, jetzt müsse der unausweichliche Angriff kommen, geschah das Unerwartete: Das Tier krümmte den Rücken und lief mit eingezogenem Schwanz zu seinem Rudel zurück.

Drei Minuten später lag nur noch der zurückgelassene Kadaver im Wasser. Die Wölfe waren fort.

Die Männer standen noch eine Weile schweigend da. Dann kam leises Stimmengewirr auf. Alexander spürte, wie eine Hand sich auf seine Schulter legte; der Befehl zum Weitergehen. Als er sich umdrehte, begegnete er Niyakwais Blick, der ihn mit einem eigenartigen Ausdruck ansah. Der Indianer wies ihn mit einer Kopfbewegung an, welche Richtung er einzuschlagen hatte, ohne an seinen Sklavenfesseln zu zerren. Auch während des Rests ihrer Reise sollte er sich respektvoller verhalten.

Seit zwei Tagen fiel eiskalter Regen, durchnässte sie bis auf die Knochen und ließ die Kanus volllaufen, die sie in regelmäßigen Abständen ausschöpfen mussten. Seit einer Woche überzog der November die Appalachen mit allen Graunuancen von Perlgrau bis Anthrazit. Die kahlen Wälder, mit denen sie bewachsen waren, ließen sie aussehen wie seltsame Schädel, auf denen stoppliges Haar wuchs. Diese Berge bildeten die Grenze zwischen den englischen Kolonialgebieten und den Territorien, die man den eingeborenen Völkern Amerikas überließ.

Alexander hatte eine Halsentzündung und heftigen Husten. Er zitterte vor Kälte und Fieber, aber auch vor Angst. Obwohl die Irokesen ihn seit der Begegnung mit den Wölfen ein wenig besser behandelten, gefielen ihm Wemikwanits Haltung und sein Schweigen nicht. Er hatte eine vage Vorstellung von dem, was ihn erwartete, und konnte nicht umhin, sich die schlimmsten Martern vorzustellen, deren man ihn unterziehen würde. Seine Widerstandskraft erlahmte, genau wie der Verstand des Revenant. Sein Freund schlief fast nicht mehr. Und wenn er ein wenig Ruhe fand, wachte er schreiend auf, gequält von seinen grauenhaften Erinnerungen.

Alexander erwog die Möglichkeit, den Schatz gegen ihrer beider Freiheit einzutauschen. Welche Bedeutung hatte es nach dem Tod des Hollandais' noch, in welche Hände das Gold fiel? Doch leider würde es ihnen nicht unbedingt das Leben retten, wenn sie alles gestanden. Dazu wussten sie zu viel, viel zu viel…

Um sich zu trösten, dachte der Schotte an Mikwanikwe und die kleine Otemin. Es kam ihm merkwürdig vor, dass die schöne Ojibwa-Frau eine solche Rolle für ihn spielte, obwohl er nur zwei leidenschaftliche Nächte mit ihr verbracht hatte. Aber die Erinnerung war angenehm, und darauf kam es an.

Die Männer hatten die Boote am Ufer einen Flusses zurückgelassen. Er mündete in einen langgestreckten See, der vage an die schottischen Lochs erinnerte, den Seneca-See. Zwei Krieger übernahmen auf dem Pfad die Spitze. Sie stießen gellende Rufe aus und gaben Gewehrschüsse ab, um die Rückkehr der Gruppe anzukündigen. Endlich kam das von einer hohen Palisade aus angespitzten Pfählen umgebene Dorf in Sicht, das auf dem Gipfel eines gerodeten Hügels lag. Ein Netz von Wegen durchzog das offene Gelände, auf dem Nahrungsmittel angebaut wurden, und verlor sich dann in den tiefen Kiefernwäldern.

»Das ist Ganundasaga«, erklärte Wemikwanit Alexander, »das Dorf des großen Tsonnontouan*-Häuptlings vom Clan der Marter, Gayengwatha. Er hat sich uns angeschlossen und seine Krieger zum Portage-Pfad von Niagara geführt, wo wir einen englischen Konvoi massakriert haben. Also erwarte von ihm kein Mitgefühl! Er ist ein furchteinflößender Feind für einen entlaufenen roten Hund.«

Unter unbeschreiblichem, ohrenbetäubendem Lärm kamen ihnen die Dorfbewohner, begleitet von jaulenden, knurrenden Hunden, entgegen. Man bestürmte die Krieger mit Fragen und bot ihnen Erfrischungen an. Den beiden Gefangenen dagegen bereitete man einen äußerst feindseligen Empfang.

Eine mit einem Messer bewaffnete Frau packte den Bart des Revenant, schnitt ihn mit einem Ruck ab und nahm dabei noch ein Stück Haut mit. Dann stieß man die beiden Männer weiter. Frauen und Kinder schlugen schreiend auf sie ein, verhöhnten sie und zogen an ihren Kleidern und Haaren. Alexander, der

* Name der Franzosen für das Volk der Seneca, eine der fünf Nationen des Völkerbunds der Irokesen. Die anderen sind die Cayuga, Onondage, Oneida und Mohawk.

völlig erschlagen vor Müdigkeit und Fieber war, kostete es übermenschliche Anstrengung, nicht unter den Hieben, die auf ihn einprasselten, zusammenzubrechen. Mit ein paar groben Worten drängte Niyakwai die Menge zurück und führte die beiden Gefangenen ins Innere der Umfriedung.

Das Irokesendorf bot ein völlig anderes Bild als alles, was Alexander bisher gesehen hatte. Es bestand nicht aus Wigwams, sondern aus zweigeschossigen Konstruktionen, die auf fünfundzwanzig Fuß Breite bis zu einhundertfünfzig Fuß Länge messen konnten. Diese »Langhäuser« waren mit großen Stücken Ulmenrinde gedeckt, die einander überlappten, sodass die Dächer wasserdicht waren. Zwischen ihnen erhoben sich hier und dort Holzgestelle. Einige dienten zum Trocknen von Fisch oder Fleisch, auf anderen lagerten Mais oder Felle. Der Boden war mit Abfall und Tierkadavern übersät, die man für die Hunde liegen ließ.

Ein Mann kam auf sie zu. Er trug eine Art Kopfputz aus Fell, der mit einer Vielzahl von Federn geschmückt war. Ein Gefolge von Kriegern, die wie er in einen Lendenschurz gekleidet waren und Tätowierungen zur Schau stellten, begleitete ihn. Alexander erriet, dass dieser Mann, der so groß wie sein Bruder Coll war, Häuptling Gayengwatha sein musste. Wemikwanit trat vor und präsentierte ihm den Kopf des Hollandais', den er auf einen Pfahl spießte. Dann begann eine angeregte Diskussion.

»Ich wette mit dir, dass sie das Datum für den Festschmaus festlegen, mein Freund.«

Le Revenant klang seltsam distanziert. Er hatte ein zynisches Lächeln aufgesetzt und schaute unbestimmt in Alexanders Richtung, ohne ihn wirklich zu sehen.

»Dann werden sie uns ordentlich zu essen geben, damit wir wieder zu Kräften kommen und ihre Martern so lange wie möglich überleben, ha, ha, ha! Je länger du dem Tod widerstehst, umso stärker ist dein Geist, an dem sie sich zusammen mit deinem Fleisch ergötzen.«

Sein Ton war düster. Alexander wollte nichts mehr davon hören.

»Sei still, Chamard…«, brummte er und erstickte dann fast an einem Hustenanfall.

»Wenn du Glück hast, mein Freund, wird die Witwe des tapferen Kriegers, den du getötet hast, dich adoptieren, damit du ihr den Mann ersetzt. Das dient dem Überleben des Stamms, verstehst du? Sie können es sich nicht leisten, zu viele Krieger zu verlieren. Darin liegt ihre Kraft. Sollte die Witwe beschließen, dich zu behalten, dann kann niemand, nicht einmal Wemikwanit, etwas dagegen einwenden. Andernfalls jedoch…«

Ein gellender Schrei unterbrach die schaurigen Ausführungen des Revenant. Eine Frau rang krampfhaft die Hände und stürzte den beiden Irokesen entgegen, die die Trage mit dem durch Tannenharz konservierten Körper des fraglichen Kriegers trugen. Sie betete Litaneien herunter, in die andere Frauen, deren Kinder sich an ihre Lederröcke klammerten, weinend einfielen.

Alexander sah dem Leichenzug nach, der sich in eines der Langhäuser begab. Dann traf ein Gewehrkolben ihn in die Flanke und riss ihn aus seinen Betrachtungen. Niyakwai stieß ihn und den Revenant in die entgegengesetzte Richtung, sodass die Gefangenen ein weiteres Mal das Dorf durchqueren mussten und den zornigen Bewohnern ausgesetzt waren. Sie wurden wieder geschlagen, mit Exkrementen und Steinen beworfen und mit Beleidigungen überhäuft. Einige Kinder wagten sich bis zu ihnen vor und bissen sie in Arme und Beine.

Schließlich sperrte man sie in eine winzige Hütte, in der eine Schale Wasser und ein Napf mit klumpigen Maisbrei standen. Aber Alexander hatte nur den einen Wunsch, sich auf dem Boden auszustrecken und die verquollenen Augen zu schließen. Erschöpfung und Schmerz waren stärker als seine Ängste, und er sank rasch in einen tiefen Schlaf.

Quälend langsam verstrichen drei Tage, bis man sich herabließ, Notiz von ihnen zu nehmen. Um ihre Angst zu betäuben, die sie fast um den Verstand brachte, erzählten die Männer sich ihr Leben oder schliefen. Der einst rote Haarrest des Revenant war inzwischen fast vollständig weiß. »Die Wetten stehen immer schlechter für mich, Macdonald. Welchen Wert soll die Seele eines armen alten Mannes schon haben? Ohne zu berücksichtigen, dass ich meinen Skalp bereits dem Meistbietenden überlassen habe …« Le Revenant lachte und wurde dann von einem heiseren, erstickten Husten ergriffen. Von draußen drangen die Stimmen von Männern und Frauen herein, die schrien, klagten und Rache forderten.

Ihre einzige Besucherin war eine junge Indianerin, die ihnen zweimal täglich zu essen und zu trinken brachte. Die junge Frau verband ihre Wunden und bestrich sie mit einem duftenden Pflanzenbrei. Alexander fand sie mit ihren leicht schrägstehenden Augen ganz hübsch. Mit exakten und schnellen Bewegungen und in völligem Schweigen verrichtete sie ihre Aufgaben. Sie nötigte Alexander, herb schmeckende Tränke zu sich zu nehmen, die seinen Husten lindern und sein Fieber senken sollten. Rasch spürte er die Wirkung; innerhalb von zwei Tagen sank sein Fieber beträchtlich, und er hustete weniger.

»Lass dich nicht von diesen Höllenkreaturen in die Irre führen«, meinte le Revenant warnend. »Sie sind bezaubernd und liebenswürdig. Aber ich versichere dir, dass sie verderbter als der Teufel selbst sind, wenn es darum geht, jemanden zu foltern. Ihre Fantasie kennt keine Grenzen …«

Wemikwanit trat als Erster in die Hütte. Zwei Irokesen, darunter Niyakwai, begleiteten ihn. Der Chippewa schnaubte wie ein wütender Bär. Lange betrachtete er die beiden Gefangenen, ehe er auf Französisch das Wort ergriff.

»Ich habe lange mit Gayengwatha debattiert. In einem Punkt sind wir uns einig geworden: Das Leben seines getöteten Kriegers muss durch die Opferung eines anderen gerächt werden. Ich habe ihm das deine angeboten, Chamard«, erklärte er, an le Revenant gewandt, »aber er hat dich abgelehnt. Da die Witwe nicht verlangt hat, unseren Freund, den Schotten, zu adoptieren … fordert der Häuptling sein Leben. Er versichert, nur die Seele Macdonalds könne den Zorn des Großen Geistes lindern.«

Er schwieg, um festzustellen, welche Wirkung seine Mitteilung auf die beiden Männer ausübte. Dann richtete er seine schwarzen Augen auf Alexander, der sich nicht gerührt hatte.

»Ich kann mich nicht darauf verlassen, dass die Tsonnontouan die Information über das Gold aus dir herausholen. Ich habe gerade gehört, dass sie feige vor den Engländern kapituliert haben und nichts mehr gegen sie unternehmen wollen. Immerhin habe ich ihnen die Erlaubnis abgerungen, deiner Marter beizuwohnen, Macdonald. Du brauchst mir nur zu sagen, was ich wissen will, um dein Leiden abzukürzen. Dann wird dein Tod schneller kommen. Kein Weißer hat die Kraft, dem zu widerstehen, Schotte. Denk gut darüber nach.«

»Du wirst nichts aus mir herausbekommen, weil ich dir nichts zu sagen habe, Wemikwanit«, murmelte Alexander kalt. »Meine Zunge kann nichts preisgeben, was sie nicht weiß.«

Der Chippewa musterte ihn gelassen.

»Das werden wir sehen.«

Er stand auf.

»Für den Moment ist über Macdonalds Schicksal beschlossen. Was aus Chamard wird, muss der Rat noch entscheiden. Aber das wird nicht lange dauern. Ihr könnt euch schon als tote Männer betrachten.«

Die drei Indianer verließen die Gefängnis-Hütte.

»Weißt du, was sie mit dir machen, nachdem sie dir den Gnadenstoß gegeben haben, kurz, bevor du den Geist aufgibst, Macdonald?«, flüsterte le Revenant nach langem Schweigen.

Alexander wandte sich seinem Kameraden zu, der auf seiner Matte lag. Ein rätselhaftes Lächeln auf den Lippen, sah er zur Decke empor. Er war schrecklich abgemagert und sah mit seinem nackten, von einem schmalen Haarsaum umgebenen Schädel wie ein Skelett aus.

»Ich möchte es nicht wirklich wissen.«

»Diese Seelenfresser leeren das Hirn aus deinem Kopf, um sich deine Kraft anzueignen. Anschließend zerhacken sie deinen Körper oder das, was davon noch übrig ist, um ihn zu essen. Ich wette mit dir, dass die hübsche kleine Wilde, die jeden Tag kommt, sich das beste Stück holt und es langsam auskostet.«

»Du bist zynisch, Chamard. Sei still!«

»Gern ... wenn du mir erzählst, was du über diese Sache mit dem Gold weißt.«

»Einverstanden. Wahrscheinlich hast du ein Recht, es zu erfahren.«

Erst vier Tage später sollte le Revenant erfahren, welches Los ihm bestimmt war. Um den ruhelosen Geist des getöteten Kriegers zu besänftigen, würde man ihn gleichzeitig mit Alexander opfern. Er flehte Wemikwanit an, sich für ihn zu verwenden, zu bitten, man möge ihn als Sklaven adoptieren. Doch der Chippewa weigerte sich rundheraus und behauptete lächelnd, eine Ratsentscheidung sei unwiderruflich.

Die Moral der Gefangenen befand sich auf dem Tiefpunkt. Die junge Eingeborene brachte ihnen weiter regelmäßig zu essen, aber sie rührten immer weniger davon an. Mehrmals wurde sie von einer in alte Lumpen gekleideten Frau begleitet. Alexander begriff, dass sie die Witwe war. Ihr Haar war sehr kurz; sie hatte es sich zum Zeichen ihrer tiefen Trauer abgeschnitten. Sie baute sich vor ihm auf, musterte ihn herablassend und überschüttete ihn mit einer Flut von Beleidigungen, die er zu seiner großen Erleichterung nicht verstand.

»Lächle sie doch an, Macdonald!«, rief le Revenant eines Tages aus. »Sie interessiert sich für dich; lass dir diese Chance nicht entgehen, verflucht!«

Der Dezember kündigte sich mit einem leichten Schneefall an, der das Dorf mit einem dünnen, makellosen Leichentuch überzog. Alexander versuchte sich mit der Decke, die ihm die hübsche Indianerin gebracht hatte, mehr schlecht als recht zu wärmen, aber er war vor Kälte wie erstarrt. Er versuchte, die junge Frau anzusprechen, aber sie blieb stumm und sah ihn nur aus ihren schwarzen Augen mit einem seltsamen Blick an. Doch sie antwortete auf keine seiner Fragen, sondern tat ihre Arbeit und ging dann sofort. Nachdem ihre Verletzungen geheilt waren, erlaubte man den Gefangenen zweimal täglich, die Hütte zu verlassen, um frische Luft zu schnappen und sich die Beine zu vertreten. Den Rest der Zeit verbrachten sie in ihrem Gefängnis und warteten auf den Tod.

Schließlich war der gefürchtete Tag gekommen. An diesem Abend kam die Witwe zusammen mit einem unbekannten jungen Mädchen zu ihnen. Die hübsche Indianerin war nirgendwo zu sehen. Alexander war bedrückt, denn sonst schöpfte er aus ihrem Lächeln Kraft, um weiterzumachen. Aber es war auch gleich: Wenn die Sonne wieder aufging, würde seine Seele frei sein.

Die Witwe legte saubere Kleidung vor die beiden Männer hin und machte ihnen mit schroffen Gesten deutlich, sie sollten sich ausziehen. Als das geschehen war, trat sie auf Alexander zu und musterte ihn lange. In der Hoffnung, die Sympathie der Frau zu erwecken, rang sich der Schotte ein Lächeln ab.

»Bete zu Gott, dass sie dich begnadigen, Macdonald.«

Le Revenant ging hinter Alexander, der es riskierte, einen Blick über die Schulter zu werfen. Einer ihrer Wächter versetzte ihm einen Stoß.

»Wenn sie dir das Leben lassen, mein Freund, werden sie dich … entweder als Hund oder als einen der ihren betrachten. Aber wie es auch kommt, für die Gesellschaft bist du tot. Du wirst nicht mehr Alexander Macdonald sein, sondern bekommst einen neuen Namen und musst so leben wie sie.«

Le Revenant gab seine Bekundungen mit düsterer Stimme ab. Er stieß einen langen, tiefen Seufzer aus.

»Sie werden dir deine Identität nehmen und mit dir tun, was sie wollen. Möglich, dass du nichts als eine Tauschware oder ein einfacher Diener bist, aber denkbar ist auch, dass du ein geachteter Krieger wirst. Alles hängt von deinem Verhalten ab …«

Ein knapper Befehl, gefolgt von einem bedrohlichen Klacken mit den Zähnen machte seinen trüben Prophezeiungen ein Ende.

Der Schnee wirkte im Licht der untergehenden Sonne rötlich

und knirschte unter ihren Schritten. Überall standen auf Feuern dampfende Kessel aus Eisen oder Kupfer, in die Mais und Fleisch geworfen wurden. Ihre Eskorte führte die beiden Gefangenen bis an das Tor des Dorfes, das von mehreren schwarz bemalten Kriegern bewacht wurde, und stieß sie aus der Einfriedung. Auf- und abschwellendes, grelles Geschrei stieg in die kalte Luft auf. Die Todesnacht der Gefangenen war für diese Leute ein großes Freudenfest.

In der Mitte des Versammlungsplatzes standen zwei Plattformen auf in den Boden eingelassenen Pfählen, die man über Baumstämme, in die Stufen eingehauen waren, erreichte. Zwischen den beiden Podesten, vor denen man ihnen den Befehl zum Stehenbleiben gab, brannte ein großes Feuer, dessen Flammen zum rötlichen Himmel hinaufleckten. Ein rotglühendes Licht lag über der ganzen Szenerie und verlieh den Gesichtern einen diabolischen Ausdruck.

Die wichtigen Persönlichkeiten des Stammes, darunter auch Wemikwanit, zogen in einer langen Prozession vor den Gefangenen vorüber. Sie trugen lange Stöcke, an denen Skalps hingen. Le Revenant war verstummt. Aber seine Augen befanden sich in unablässiger Bewegung und drehten sich bei der kleinsten Bewegung, dem leisesten Geräusch in ihren Höhlen.

Eine unsägliche Furcht presste Alexander die Brust zusammen. Er sprach seinen Freund an.

»Dein Los liegt in deinen Händen.«

Le Revenant nickte und lachte dann höhnisch auf.

»Auf den, der seine Kronjuwelen am längsten behält, Macdonald!«

Man trennte die beiden Gefangenen und führte jeden auf eine Plattform.

»Die Sonne ist der Stern, der die Krieger leitet. Wie es der Brauch vorschreibt, wird sie Zeugin deines Todes sein, Macdonald«, murmelte eine Stimme. »Das Opfer wird in ihrem Namen und zu ihren Ehren vollzogen.«

Wemikwanit umkreiste Alexander, blieb dann vor ihm stehen und sah ihn ernst an.

»Du hast noch eine Chance, deine Haut zu retten, Schotte! Wenn du mir gibst, was ich will, lasse ich dir das Leben. Ich glaube, das ist ein mehr als ehrenhaftes Angebot... wenn ich bedenke, welchen Wert das Leben eines Engländers haben kann! Nur... da ich dich kenne, weiß ich, dass du dich weigern wirst zu reden, selbst wenn man dir mit Folter droht.«

Wemikwanits Mundwinkel zuckten leicht. Der Indianer sah zu dem Revenant, den man jetzt auszog.

»Ich bin zu einer Art Übereinkunft mit Gayengwatha und seinen Ratgebern gelangt...«

Hatte Wemikwanit den Stammesrat umgestimmt? Alexander, der keine Ahnung hatte, worauf der Chippewa hinauswollte, zog die Augen zusammen. Beunruhigt sah er zu seinem Freund, den man jetzt brutal gegen den Pfahl stieß.

»Ich habe noch ein letztes Ass im Ärmel, Macdonald: Dein Mitleid. Dein Freund Chamard... wird vor dir gemartert werden. So bekommst du eine zutreffendere Vorstellung davon, was dich erwartet. Außerdem wirst du leiden, wenn du siehst, wie er vor Schmerz jault, obwohl du sein Leiden auf so einfache Weise abkürzen könntest.«

Die Berührung mit dem Marterpfahl schien le Revenant plötzlich aus der Apathie zu reißen, in die er seit Tagen versunken war. Er begann zu zappeln und zu schreien. Alexander war entsetzt und platzte in furchtbarem Zorn heraus.

»Du dreckiger Bastard!«, brüllte er und stürzte sich auf Wemikwanit.

Aber das Sklavenhalsband zog sich zusammen, und es fiel den Indianern leicht, ihn zurückzuhalten. Sie hoben ihn hoch und zogen ihn ebenfalls aus. Die Rinde des Marterpfahls scheuerte ihm die Haut auf, während man ihn sorgfältig fesselte. Die Hände wurden ihm mit Lederriemen hinter dem Rücken gebunden, sodass er ein wenig Spielraum hatte und sich um den Pfahl drehen konnte.

»Chamard!«

Doch sein Freund hörte ihn nicht. Schon bohrte sich eine weißglühende Klinge in seinen Schenkel.

Vor Alexanders Augen lief ein entsetzliches, unbeschreibliches Schauspiel ab, ein Alptraum. Der weiße, zappelnde Körper des Revenant hob sich im Halbdunkel ab wie eine Marionette, die jemand zum frenetischen Rhythmus der *chichigouanes** und Trommeln tanzen ließ. Hunde und Kinder sprangen freudig rufend und bellend umher, während der Gefangene kreischte und Klageschreie ausstieß. Mit den Zähnen zermalmte man dem Opfer die Finger. Frauen rissen ihm die Nägel und büschelweise Haar aus. Ein Mann schnitt ihm zwei Finger ab und warf sie ins Feuer …

Mit einer grauenerregenden Akribie und Fantasie stürzten sich die Folterer auf ihr Opfer, verbrannten es mit glühenden Kohlen, um es dann mit einem Guss kalten Wassers zu »erfrischen«, wenn es ohnmächtig wurde. Ein ekelhafter Gestank nach verbranntem Fleisch lag in der Luft. Alexander, der den Qualen seines Freundes ohnmächtig zusah, drehte sich der Magen um.

Nachdem Alexander dem Revenant alles über den vielberufenen Schatz erzählt hatte, den Wemikwanit suchte, hatten die beiden Freunde lange darüber beratschlagt, wie sie sich verhalten sollten. Beide zweifelten nicht daran, dass sie ihr Leben an einem Marterpfahl aushauchen würden. Da kam es kaum darauf an, was sie sagten oder taten. Es war nur eine Frage der Zeit. Die Tsonnontouan würden sie bestimmt nicht lebend ziehen lassen.

»Heule und schreie wie ein Kind. Dann werden sie deiner überdrüssig und machen dir schneller den Garaus. Die Seele eines Feiglings hat für sie keinen Wert.«

»Du, ein Feigling?«, meinte Alexander erstaunt und sah zu seinem Freund auf.

Nachdenklich fuhr le Revenant mit einem Finger über seinen kahlen Schädel, bis zu der Stelle, an der sein Haar begann. Er lächelte leise.

* Musikinstrument, das aus einem mit Steinen gefüllten Schildkrötenpanzer besteht.

»Und du?«

Alexander tat, als wolle er nach seinen Hoden fassen.

»Nun ja … noch sind sie da. Ich bin also ein Mann.«

»Wird dein Mut ausreichen?«

»Und deiner?«

»Einmal habe ich das schon überstanden. Mein bestes Stück hat … hmmm … Erfahrungen auf verschiedenen Gebieten gesammelt!«

»Das bezweifle ich nicht.«

Obwohl sich alles in ihm vor Entsetzen zusammenzog, lächelte Alexander. Dann sah er seinen Freund ernst an.

»Die Entscheidung liegt bei dir, Chamard. Jetzt kennst du die Wahrheit. Mach damit, was du willst.«

»Der Hollandais hat durchgehalten und nichts verraten.«

»Hmmm … Jeder wie er mag und kann, mein Alter.«

»Ja. Auf den, der am längsten durchhält.«

Nun war jeder auf sich gestellt. Aber sie hatten nicht mit der erbarmungslosen Niedertracht des Chippewa gerechnet. Alexander hielt die Augen geschlossen, aber die Schreie seines Gefährten durchbohrten ihn wie Messer. Länger als eine Stunde marterten sie den Revenant jetzt schon, verbrannten ihn mit weißglühenden Metallgegenständen und brachten ihm tiefe Schnitte in die Gliedmaßen bei, in die sie dann glühende Kohlen steckten, um die Blutung zu stillen. Das Jaulen des Opfers brachte die übelriechende Luft zum Kochen und steigerte die freudige Erregung der Folterer, die ihm die Lippen und einen Teil der Zunge abschnitten. Alexander glaubte den Verstand zu verlieren.

Wemikwanit kam zurück und umschlich ihn wie ein blutrünstiges Raubtier. Branntweindunst umschwebte ihn. Alexanders Körper war noch unversehrt, aber sein Herz war bereits zerfetzt. Er hielt dem Blick der glänzenden schwarzen Augen stand, ohne mit der Wimper zu zucken und reckte sogar herausfordernd das Kinn.

»Chamard hat bestimmt mehr Mannesmut als du, Wemikwanit!«

Der Chippewa presste die Lippen zusammen. Dann ergriff er, ohne Alexander aus den Augen zu lassen, eine Lanze mit rotglühender Spitze und stieß sie in seinen Schenkel. Alexander vermochte ein langgezogenes Röcheln nicht zu unterdrücken.

»So viel für den Moment…«, knurrte Wemikwanit und zog die Lanze zurück.

Alexander war beinahe erleichtert darüber, dass er jetzt auch seinen Anteil an der Tortur abbekam. Obwohl die Schmerzen ihm den Atem verschlugen, brachte er es fertig, den Indianer trotzig anzugrinsen. Doch es war ein Kind, das die Herausforderung annahm und ihm die Füße mit glühenden Kohlen versengte. Der entsetzliche Schmerz lenkte ihn von dem Leiden des Revenant ab. Er schrie.

Er hatte nur noch vier Fingernägel an beiden Händen; seine Beine waren nichts weiter als offene, qualmende Wunden. Seine Kräfte verließen ihn; er konnte sich nicht mehr aufrecht halten. Doch jedes Mal, wenn er an dem Pfahl herabrutschte, kam eine neue Folter, die ihn zwang, sich wieder aufzurichten. Das Geheul seines Kameraden drang nur noch schwach zu ihm und ging in dem Gelächter der Wilden und seinen eigenen Schreien unter.

Die Zeit existierte nicht mehr. Die Welt stand still. Wirklichkeit und Traum, Schmerz und Erleichterung, Leben und Tod verschwammen miteinander, umschwebten und wiegten ihn. Manchmal schien sich sein Geist vom Körper zu lösen und über ihm zu schweben. Doch dann holte ihn ein Schwall eiskalten Wassers brutal und abrupt auf die Erde zurück und brachte ihn dazu, weiter die Töne seines *adonwé*, seines Todesgesangs, von sich zu geben, die aus seinem tiefsten Innern aufzusteigen schienen. Es gab nichts anderes mehr als dieses Entsetzen.

In der blutigen Fleischmasse, die sich an dem anderen Pfahl kaum noch regte, konnte er seinen Freund nicht mehr erkennen. Le Revenant schien kurz davor, den Geist aufzugeben. Nur seine sich hebende und senkende Brust verriet, dass noch ein Hauch

Leben in ihm war. Er hatte schon lange aufgehört zu schreien und stieß nur noch unmenschliche Töne aus. Wie konnte ein Mensch solche Foltern, so viel Schmerz ertragen? Alexander, der geglaubt hatte, im Tolbooth-Gefängnis von Inverness durch die Hölle gegangen zu sein, erkannte, dass er nur das Vorzimmer des Infernos kennengelernt hatte, und dass das Reich des Fürsten der Finsternis keine Grenzen besaß.

»Ich gebe dir eine letzte Chance, Macdonald.«

Das war die Stimme des Chippewa. Alexander, der keine Kraft mehr hatte, den Kopf zu heben, stöhnte leise. Eine Hand packte sein Haar und riss es nach hinten.

»Fahr … zur Hölle … Bastard …«

Alexander hatte den Eindruck, zwischen überscharfer Klarheit und Wahnsinn hin- und hergerissen zu werden. Er sah, wie eine Frau die teilweise verbrannten Geschlechtsteile seines Kameraden ergriff. Lachend betastete sie sie und gab Bemerkungen ab, worauf die anderen Indianerinnen in Kichern ausbrachen. Dann schnitt sie sie mit einem Messer ab. Le Revenant verdrehte die Augen, wurde von einem heftigen Krampf ergriffen und sackte dann leblos zusammen.

Alexander schloss die Augen und betete, der Tod möge seinen Freund holen, als sich abrupt eine Hand um seine eigenen Hoden legte und sie grob knetete. Er stöhnte vor Schmerz und wand sich, um loszukommen. Schließlich und gegen alle Erwartung wurde die Hand zurückgezogen. Jemand durchtrennte seine Fesseln, und er stürzte schwer auf die Bretter der Plattform.

Er hörte streitende Stimmen: Um ihn herum fand eine heftige Auseinandersetzung statt. Jemand wälzte ihn ohne viel Umstände auf den Rücken, und er stieß einen Schrei aus. Er öffnete ein zugeschwollenes Auge und erblickte direkt vor seiner Nase einen Mokassin, der mit einem Motiv, das vage an einen Vogel mit ausgebreiteten Flügeln erinnerte, verziert war. Er erhielt einen Tritt in die Rippen und krümmte sich zusammen. Dann ließ man ihn in Ruhe. Rasch sank er in einen unruhigen Schlummer.

Der Schmerz war unerträglich geworden. Vor seinen ungläubigen Blicken spielten sich grauenhafte Orgien ab, bei denen er und le Revenant die Hauptmahlzeit abgaben. Man zerstückelte sie und riss ihnen die Eingeweide aus dem Leib, um stattdessen knisternde heiße Steine hineinzugeben. Die Kinder hatten sich bluttriefende Gedärme um den Hals gehängt und tanzten. Frauen fuhren mit den Händen in die beiden Leiber und rissen halb gekochte Organe heraus, in die sie mit Appetit bissen. Alexander stieß ein entsetzliches Geheul aus.

Schweißüberströmt erwachte er und tastete sich Bauch, Schenkel und intime Teile ab. Sein Körper war ein einziger Schmerz, aber er war noch vollständig vorhanden. Gott sei Dank, sie hatten ihn nicht verstümmelt! Eine eigenartige Stille war an die Stelle der unheimlichen Schreie und des düsteren Hohngelächters getreten. Aber noch immer hing der Geruch nach Erbrochenem und verbranntem Fleisch in der Luft. Er versuchte sich auf die Seite zu wälzen, doch der Schmerz zwang ihn, auf dem Rücken liegen zu bleiben.

Hébert Chamards Foltertod war kein Traum gewesen. Die Bilder aus seinem Alptraum waren der Nachhall dessen gewesen, was er gesehen hatte. Le Revenant war so schwach gewesen, dass er nur noch auf den Tod gewartet hatte. Kurz vor Sonnenaufgang hatten die Irokesen, die sahen, in welchem Zustand er sich befand, ihm mit einer Axt den Kopf abgeschlagen. Die Dorfbewohner hatten seine Überreste untereinander aufgeteilt und sie gebraten oder gekocht, um sie zu essen. Dann hatten sie einen großen Radau veranstaltet, um seinen Geist aus dem Dorf zu jagen.

Alexander erinnerte sich auch, dass er gespürt hatte, wie kalter Schnee seine Brandwunden gekühlt hatte, und dass man ihn auf einer Trage aus Tannenzweigen weggebracht hatte. Wo war er, und was war geschehen? Warum war er noch am Leben? Würde er in den Kochtopf wandern, sobald er sich wieder auf den Beinen halten könnte?

Er vernahm eine flüsternde Stimme, die ihm wohlgesinnt

zu sein schien. Jemand tastete ihn vorsichtig ab und legte Umschläge auf seine Beine. Er konnte die Person im Dunkel nicht erkennen, aber er nahm den würzigen und leicht harzigen Geruch der kleinen Indianerin wahr, die ihm und dem Revenant täglich das Essen gebracht hatte. Mit einem Mal fiel ihm auf, dass er die junge Frau bei der Marterzeremonie nicht gesehen hatte.

»Ruht Euch aus.«

Ihre Lippen streiften sein Ohr, als sie diese Worte in stockendem Französisch murmelte. Wie vor den Kopf geschlagen starrte Alexander ihre Silhouette an. Sie sprach Französisch!

»Sagt mir …«

»Psst! *Satejahtha**.« Nur Mut.

Mit ihrer weichen Handfläche, die über seine Wange strich, vertrieb sie für einen Moment seine Sorgen.

»Die Witwe hat doch noch beschlossen, Euch zu adoptieren. *Saatawatsi*.« Du bist ein schöner Mann.

Adoptiert? Die Witwe hatte ihn adoptiert? Er rückte herum. Er wollte alles wissen. Doch die Frau drückte ihn sanft, aber bestimmt auf die Matte hinunter, gebot ihm Schweigen und deckte ihn mit einem Bärenfell zu. Irgendwo in der undurchdringlichen Dunkelheit schnarchte jemand. Im Moment würde er nichts weiter erfahren. Eine angenehme Mattigkeit überkam ihn. Zweifellos hatte man ihm eine Droge verabreicht, damit er schlief.

Immer wieder erschienen die Bilder der Foltern und Orgien Alexander in seinen Träumen, aus denen er unter herzzerreißenden Schreien erwachte. Dann legte sich eine sanfte, tröstliche Hand auf ihn, damit er schwieg. So fantasierte er tagelang, während sein verbundener Körper heilte.

In seinen wachen Stunden fiel ihm auf, dass die Indianerin nur Französisch mit ihm sprach, wenn sie allein waren. Von ihr erfuhr er, dass sie Tsorihia hieß, von Geburt Huronin und von der Witwe Godasiyo adoptiert worden war.

* Sie spricht Wendat, die Sprache der Huronen.

»Godasiyo hat befürchtet, der Geist ihres toten Mannes könne weder Ruhe noch den *astikein andahatey** finden, um wiedergeboren zu werden. Sie hat in Euch den *uttha'yoni* gesehen, den Wolf. In Euch hat sie die Seele ihres tapferen Kriegers erblickt, dessen Totem der Wolf war. Eure Augen haben zu ihr gesprochen, so wie sie zu dem Wolf gesprochen haben.«

Während sie Alexander diese Erklärungen gab und ihn die Tradition der Irokesen lehrte, mischte sie in einer Tonschale Maismehl mit Honig. Diese Paste strich sie dann auf Stoffbandagen, die sie auf die Beine des Verletzten legte. Es war jeden Tag das gleiche Ritual, das bald zur Routine wurde, und Alexander begann, ungeduldig auf die Besuche der jungen Frau zu warten.

»Wo steckt eigentlich der Chippewa?«, fragte er eines Tages, während sie ihre mit Honig verklebten Finger ableckte.

»Die Häuptlinge des Rates haben ihn davongejagt. Er wollte Euch zurückhaben und hat sogar Godasiyo bedroht. Aber Godasiyo ist die Anführerin ihres Langhauses, also eine Clanmutter, und hat großen Einfluss beim Rat. Niyakwai hat ihr erzählt, Ihr hättet während Eurer Reise mit dem Wolf gesprochen. Der Wolf hat Euch erwählt … und Godasiyo möchte Euch behalten.«

Alexander nickte und dachte an die Nacht zurück, als die Indianer und ihre beiden Gefangenen auf ein Wolfsrudel gestoßen waren, das am Flussufer dabei war, seine Beute zu fressen. Er hatte das Verhalten des Tieres merkwürdig gefunden und festgestellt, dass Niyakwai anschließend sein Verhalten ihm gegenüber geändert hatte. Also glaubte man, der Wolfsgeist schütze ihn.

Er verzog ein wenig das Gesicht, als Tsorihia seine alten Verbände abnahm. Inzwischen löste sich die Haut nicht mehr zusammen mit den Stoffstreifen ab, aber es tat immer noch weh, wenn die Stellen, die immer noch hochrot waren, in Berührung mit der Luft kamen. Nachdem sie ihn frisch verbunden hatte,

* Weg, auf dem die Seelen ins Land der Toten gelangen.

bot Tsorihia ihm einen mit Ahornsirup getränkten Maiskuchen an.

In dem Langhaus war es dunkel, und der Rauch der kleinen Feuer hing im Mittelgang. Der Rauch zog durch Öffnungen ab, die man mit Hilfe von Brettern, die unter dem Dach angebracht waren, mehr oder weniger fest schließen konnte. Alexander saß, die junge Indianerin neben sich, auf einer mit Bärenfellen bedeckten Plattform.

»Nach der Adoptionszeremonie werdet Ihr Godasiyos Mann sein«, meinte Tsorihia betrübt.

»Ihr Mann? Ich dachte, ich würde … ihr Sklave …«

Die junge Frau runzelte die Stirn.

»Sklaven essen mit den Hunden. Glaubt mir, es ist besser, Godasiyos Mann zu sein.«

Alexander schaute zu der Witwe, die mit anderen Frauen am Feuer saß und in einem hohlen Baumstamm mit einem Stein Mais stampfte. Nebenan unterhielten sich Kinder mit Puppen aus Maisstroh, die sie auf dem Rücken eines geduldigen Welpen reiten ließen. Tsorihias Miene verdüsterte sich, als sie sah, wie Alexander die Frau musterte, deren Lager er teilen musste, sobald er dazu imstande war. Nach dem kräftigen Körperbau des Mannes zu urteilen, würde das nicht mehr lange dauern, und das verbitterte sie.

Die junge Frau verscheuchte diese Gedanken, breitete die Pelzdecke über den Verletzten und kroch auf allen vieren zu seinem Kopf, den sie in die Hände nahm. Ohne ein Wort strich sie über sein Haar und untersuchte es sorgfältig. Fasziniert ließ Alexander zu, dass sie all die kleinen Tierchen, die sich in den letzten Monaten dort angesiedelt hatten, entfernte. Aufgewühlt schloss er dann die Augen. Andere Zeiten … andere Hände … Genauso hatte Isabelle ihn berührt …

»Vergesst niemals, dass Godasiyo immer noch die Macht über Euer Leben und Euren Tod hat.«

Alexander betrachtete das halb im Schatten liegende Gesicht, das sich über ihn neigte. Die wie Obsidian glänzenden Augen schauten ihn traurig an.

»Sie weiß, dass Ihr ein guter Krieger seid. Viele Zeichen an Eurem Körper verraten, dass Ihr einen starken Geist besitzt. Wenn Ihr Euch auch als guter Jäger und Liebhaber erweist, wird Godasiyo glücklich sein und Euch lange behalten.«

»Und wie kommt es, dass Ihr, Tsorihia, ihre Adoptivtochter seid?«

Alexander hatte die rechte Hand an ihre gerundete Wange gelegt und streichelte sie jetzt sanft mit dem Daumen, dessen Nagel nachzuwachsen begann. Die junge Frau senkte den Kopf.

»Die Seneca und die Huronen haben sich noch nie gut verstanden. Als ich fünf Jahre alt war, haben die Seneca mein Dorf angegriffen und mich entführt. Godasiyo, die kurz zuvor eine Tochter verloren hatte, hat mich gern angenommen.«

»Seid Ihr denn zufrieden hier? Habt Ihr niemals den Wunsch, nach Hause zurückzukehren?«, fragte Alexander nach kurzem Schweigen.

Die Züge der jungen Frau verhärteten sich.

»Godasiyo und ihre Enkelin Wennita sind jetzt meine Familie.«

»Aber diese Leute haben Euch Eurer richtigen Familie weggenommen! Ich nehme doch an, dass Ihr einen Vater und eine Mutter hattet.«

Alexander begriff nicht, wie die Huronin dachte. Einen Moment lang betrachtete Tsorihia nachdenklich das Haar, durch das sie mit den Fingern fuhr.

»Vielleicht möchte ich meine Familie eines Tages wiedersehen«, flüsterte sie mit einem nervösen Blick zu der Gruppe der Frauen, denn sie wusste genau, dass die Witwe sie beobachtete. »Aber ich muss mich mit dem abfinden, was ich nicht ändern kann.«

Erneut betrachtete sie Alexander aus ihren dunklen Augen, und ihre Finger kamen auf der Wunde an seinem Hinterkopf, die sich inzwischen geschlossen hatte, zur Ruhe. Mit diesem Tag wusste Alexander, dass er in Tsorihia eine Verbündete gefunden hatte.

Langsam erholte sich der weiße Mann von seinen Verletzungen, aber er schlief immer noch schlecht. Tsorihia tröstete und beruhigte ihn. Eines Tages schenkte sie ihm einen schönen Gegenstand, den sie einen Traumfänger nannte. Sie erklärte ihm, er müsse ihn über seinem Lager aufhängen. »Träume sind Botschaften, die uns böse oder gute Geister schicken, um unsere Seele zu nähren oder sie zu quälen. Manchmal muss man sie auslesen. Dieser Traumfänger wird Euch dabei helfen. Er fängt bei Nacht Eure bösen Träume ein, und am Morgen werden sie von den ersten Sonnenstrahlen ergriffen und verbrannt.«

Alexander hätte nicht gewusst, was er ohne die junge Huronin angefangen hätte. Sie lehrte ihn das Leben der Irokesen, eine Aufgabe, die zuerst Godasiyo übernommen und dann mehr und mehr vernachlässigt hatte. Tsorihia dagegen widmete sich ihr mit großem Vergnügen. Die Witwe war verärgert über ihren neuen Gefährten, weil er noch nicht ganz wiederhergestellt war und daher nicht mit den anderen Männern auf die Jagd gehen konnte. Im Moment musste sie sich mit den Brocken zufriedengeben, die für sie abfielen. »Godasiyos Mann war ein guter Jäger. Diese Frau war es gewöhnt, zu geben und nicht von anderen zu empfangen.« Doch Alexander machte sich darüber kaum Gedanken und nutzte die erzwungene Ruhe, um sich wieder seiner alten Leidenschaft, dem Schnitzen, zu widmen.

Ruhig saß er in einer Ecke, beschäftigte sich und beobachtete dabei das irokesische Gemeinwesen, das ihn umgab. Zu seinem Erstaunen stellte er fest, dass die Frauen dort, verglichen mit den weißen Frauen in ihrer Gesellschaft, einen wichtigen Platz einnahmen. Sie waren buchstäblich das Fundament ihrer Gemeinschaft. Genau wie bei den Völkern keltischen Ursprungs, denen er entstammte, unterteilten sich die Irokesen in Stämme, Phratrien und Clans.

Tsorihia erklärte ihm, wie sich im Großen und Ganzen die Regierung der Irokesen gestaltete. Im Großen Rat saßen zwar nur die Männer, doch die Frauen, die man Clanmütter nannte, ernannten die Sachems – die Friedenshäuptlinge – und die jungen Häuptlinge, die ihm angehörten, oder setzten sie wieder ab.

Sie besaßen also auf eine gewisse Weise ein stilles Wahlrecht, das ihnen allerhand Macht verlieh.

Die Tage vergingen, und das Leben verlief angenehm und ruhig. Doch Alexander empfand dieses Netz, das die Zeit um ihn wob, als Bedrohung, denn er wollte sich auf keinen Fall assimilieren lassen. Daher schmiedete er Fluchtpläne, die sich leider einer nach dem anderen als undurchführbar herausstellten. Aber eines Tages, ganz bestimmt, würde die Gelegenheit kommen…

Er hatte bemerkt, dass die Gefühle, die die junge Frau für ihn hegte, weit über eine einfache Freundschaft hinausgingen, und wollte sie daher um ihren Beistand bitten. Außerdem musste er sich eingestehen, dass Tsorihia ihn nicht gleichgültig ließ. Dagegen wirkte die Ehefrau, die man ihm aufgezwungen hatte, nicht besonders anziehend auf ihn. Wenn er mit ihr zusammen war, stellte er sich vor, dass auf der anderen Seite des Ledervorhangs die junge Indianerin mit ihren anmutigen Kurven lag. Die Glut und Leidenschaft, die er dann entwickelte, schienen die Witwe sehr zufriedenzustellen. Sie warf sogar den Frauen, die sich ein wenig zu lange in der Gegenwart von Weißer Wolf, ihrem neuen Mann, aufhielten, bitterböse Blicke zu. Dieser Umstand machte jede Annäherung an die junge Huronin schwierig und behinderte zugleich seine Fluchtpläne.

Der Nachmittag ging zu Ende. Immer wieder fiel graues Tageslicht in das Langhaus, wenn die Felle, die den Eingang bildeten, hochgeweht wurden. Von Westen blies ein heftiger Sturm, der blendende Schneeböen vor sich her trieb. Die Behausungen bebten. Godasiyo diskutierte wie gewohnt mit den anderen Frauen des Hauses, die die *sagamité** zubereiteten.

Inzwischen hatte Alexander sich so gut erholt, dass er die Männer auf die Jagd begleiten konnte; aber durch das schlechte Wetter war er erneut beschäftigungslos. Er lag auf seiner Bettstelle und sah Tsorihia zu, die auf den Knien lag und im Licht

* Bei den Indianern ein Brei auf der Grundlage von Maismehl, dem Fleischstücke zugegeben wurden.

einer Bärenfett-Lampe ein Elchfell schabte. Er versuchte zu erraten, wie alt die junge Frau war. Zwanzig? Auf jeden Fall nicht jünger als sechzehn. Ihr rundes, glattes Gesicht war mit Tätowierungen geschmückt: jeweils drei Perlen unter den Wangenknochen und drei vertikale Striche auf dem Kinn. Im Gegensatz zu den Männern trugen nur wenige Frauen Tätowierungen.

Die Huronin hatte bemerkt, dass der weiße Mann sie beobachtete. Sie lächelte, ohne aufzusehen, und konzentrierte sich auf das Messer, das sie behutsam führte, um das Leder nicht zu verletzen. Nach einer Weile legte sie ihr Werkzeug weg und nahm einen Behälter aus Rinde, den sie auf ihre Knie stellte. Dann steckte sie die Finger hinein und zog eine Paste hervor. Sorgfältig trug sie diese auf die Haare auf, die immer noch an dem Leder hingen. Ihre Hände arbeiteten flink.

Alexander hatte sich davon fesseln lassen und gar nicht bemerkt, dass sie ihn jetzt eindringlich ansah. Als er endlich zu ihr aufschaute, begegneten sich ihre Blicke. Er lugte zu Godasiyo, die ihnen keine Beachtung schenkte, und setzte sich neben Tsorihia im Schneidersitz auf den Boden.

»Darf ich es auch einmal versuchen?«, fragte er und wies auf ihr Messer, das im Moment vernachlässigt dalag.

»Das ist Frauenarbeit«, antwortete sie und schüttelte den Kopf. »Nichts für Euch. Weißer Wolf ist Jäger. Er wird mir schöne Felle bringen, die ich gewissenhaft abschaben werde.«

Sie nahm ihr Schabemesser und machte sich wieder an die Arbeit, wobei sie ihm ihr stolzes Profil bot.

»Was hast du auf die Haare getan?«

»Eine Mischung aus Asche und Hirschgehirn.«

Ihm war schon aufgefallen, dass die Indianerinnen ganz andere Methoden der Lederbearbeitung hatten als die Weißen. Die Tierhäute, die von Hand abgeschabt, lange weichgekaut und geräuchert wurden, um sie wasserdicht zu machen, waren von höchster Qualität. Sie waren unvergleichlich weich, ließen den Schweiß verdunsten, obwohl sie wasserabweisend waren, und man konnte sie waschen. Dagegen blieben die von den

Europäern gegerbten Häute starr und verdarben rasch, wenn sie nass wurden.

Außerdem nutzten die Irokesen im Gegensatz zu den weißen Trappern, die nur um der Pelze willen jagten, jedes Teil der Tiere, die sie töteten. Vor allem stellten sie aus dem Leder Kleidung her. Aber sie trockneten und ölten auch die »grüne«* Haut, um daraus widerstandsfähige Gegenstände wie Gürtel, Futterale, Sohlen für Mokassins und diverse Behälter anzufertigen.

Das Fleisch, das nicht sofort verzehrt wurde, trocknete man, um daraus Pemmikan herzustellen. Aus den Hufen schnitzte man Werkzeuge und Schmuckstücke. Durch Kochen gewann man aus ihnen eine Substanz, die als Klebstoff und zum Weichmachen der grünen Haut benutzt wurde. Auch die Gedärme fanden eine Verwendung: Sie wurden gereinigt, gestreckt, gedreht, getrocknet und geölt und dann als Nähfaden gebraucht. Nichts ging verloren. Selbst die Exkremente wurden noch als Brennmaterial genutzt. Und mit den Haaren, die Tsorihia so fleißig von der Haut abkratzte, würden, nachdem man sie gefärbt hatte, Kleidungsstücke bestickt; ebenso verfuhr man mit den Stacheln von Stachelschweinen.

Es beeindruckte ihn, wie die Indianer alles, was sie brauchten, selbst herstellten und von niemandem abhängig waren. Der Hollandais hatte die Wahrheit gesagt. Diese Leute hatten nichts gewonnen, als sie die Gewohnheiten der Weißen übernahmen. Sie kamen ausgezeichnet allein zurecht. Gewiss, mit ihren Gefangenen sprangen sie wie Barbaren um. Doch untereinander legten sie eine außerordentliche Großmut an den Tag, waren zärtlich zu ihren Kindern und hatten große Achtung für alles, was der Große Geist ihnen schenkte.

Die Indianer legten auch großen Wert auf den Umgang miteinander. Die Würde jedes Einzelnen war ihnen heilig. Offener Streit zwischen Mitgliedern eines Clans war selten, denn sie verurteilten die heftige Zurschaustellung von Gefühlen. Das hieß natürlich nicht, dass sie alle ein Herz und eine Seele waren. Aber

* Rohe, unbehandelte Haut.

Feindseligkeit drückte sich auf behutsame Art aus, und Missverständnisse wurden oft gütlich beigelegt. Mehr als ein Weißer hätte von dieser Kultur lernen können, in der Besitz und persönlicher Reichtum nicht den höchsten Wert hatten.

Tsorihia kratzte die Haut energisch ab, um alle Haare zu entfernen und sie zu glätten.

»Lebt Weißer Wolf gern mit Godasiyo?«, fragte sie plötzlich in einem Plauderton, der Alexander nicht täuschte.

»Ich lebe gern mit Godasiyo ... und mit ihrer bezaubernden Tochter Tsorihia«, antwortete er und streichelte mit den Fingerspitzen ihr Knie.

Sie unterbrach ihre Arbeit. Nach einigen Sekunden fuhr sie fort.

»Tsorihia mag Weißer Wolf gern«, murmelte sie. »Aber Weißer Wolf ist Godasiyos Mann.«

Wieder verharrte die Hand mit dem Schabemesser. Tsorihia wandte dem weißen Mann ihr sanftes Gesicht zu. In den Tiefen der schwarzen Augen, die ihn anschauten, sah Alexander eine Flamme brennen, die ihn auf merkwürdige Weise an Mikwanikwe erinnerte. Das Jaulen des Windes und das Knarren der Holzbehausung, die sie beherbergte, dämpften die Gespräche der Frauen, die im Hauptkorridor mit dem Kochen beschäftigt waren. Mit den Dampfsäulen, die an den Stützbalken aus Ulmenstämmen hochstiegen, drang der fade Geruch des Breis zu ihnen. Alexander richtete sich in eine kniende Stellung auf und wollte den Vorhang aus grobem Stoff zuziehen, der die Wohnabteile abtrennte.

»Nein«, gebot ihm die junge Frau Einhalt. »Godasiyo sieht alles ... Sie ist böse, wenn sie eifersüchtig ist.«

»Ist die Treue denn so wichtig bei den Irokesen? Ich habe gehört, wenn ein Mann eine andere Frau als seine Gattin begehrt und diese Frau einverstanden ist ...«

»Godasiyo teilt ihren Mann nicht gern.«

»Wird sie mich etwa schlagen?«, verlangte Alexander ungläubig lächelnd zu wissen. »Wird sie mich verstoßen oder an den Marterpfahl zurückschicken?«

Tsorihia legte ihr Werkzeug weg und wandte sich ihm zu. Mit den Fingern strich sie über die Narben an seinen Beinen, ließ sie zu seinen Knien und dann auf seine Schenkel hinaufgleiten. Zitternd vor Begehren näherte er sein Gesicht dem ihren. Ihr Atem hatte das süßliche Aroma des Thuja-Baums, aus dem man eine sehr wirkungsvolle Abkochung herstellte, um den Mangel an frischem Fleisch auszugleichen.

Die junge Frau schloss die Augen, legte sanft die Lippen auf Alexanders Mund und rückte dann wieder von ihm ab. Er spürte, wie sein Herz Feuer fing. Er legte eine Hand in Tsorihias Nacken und zog sie von Neuem an sich, um sich ihrer Lippen zu bemächtigen, die sehr weich waren und leicht süß schmeckten. Das Fieber überwältigte sie, und ihre Hände erforschten den Körper des anderen. Schwer atmend warf Alexander die junge Frau auf den Boden, und sie zog ihn mit derselben Bewegung auf sich.

»Oh Gott, Tsorihia!«, murmelte er leise ins Haar der Indianerin hinein.

Als er ihr vor Erregung feuchtes Geschlecht fand, stieß sie ein schwaches Stöhnen aus. Doch dann nahm sie abrupt die Schenkel zusammen und klemmte seine noch empfindlichen Finger ein. Ein wenig verblüfft stützte er sich auf einen Ellbogen. Tsorihia starrte aus entsetzt aufgerissenen Augen auf einen Punkt irgendwo hinter ihm. Er erstarrte, denn er ahnte schon, was sie so erschreckt hatte.

Widerwillig verließ Alexander seinen Platz zwischen den wohlig warmen Schenkeln der jungen Frau und drehte sich um. Godasiyo musterte die beiden mit einer unbewegten Miene, die nichts Gutes verhieß. Vorsichtig löste sich der weiße Mann von Tsorihia, um sich seiner Frau zu stellen. Die wenigen Worte Irokesisch, die er kannte, würden nicht ausreichen, um ihr die Situation zu erklären. Er würde es auf Englisch versuchen, einer Sprache, die manche Irokesen aufgrund ihres alten Bündnisses mit den Engländern in Neu-England verstanden. Der brutale Schlag fiel verblüffend schnell. Tsorihia stöhnte vor Schmerz und hielt sich mit einer Hand die Wange, während sie die andere ausstreckte, um den zweiten Schlag abzuwehren, der jedoch nicht kam.

Alexander fühlte sich überrumpelt und wusste nicht, was er tun sollte. Ehe er ein Wort sagen konnte, fuhr Godasiyo herum und ging wieder ans Feuer, zu den anderen Frauen, die sich immer noch unterhielten und sich gar nicht für das interessierten, was soeben geschehen war. In der Folge hielt Alexander sich von Tsorihia fern, um keinen Skandal hervorzurufen und seine Sicherheit und die der Huronin nicht zu gefährden.

Es war so kalt, dass ihr Atem in der Luft gefror. Die Jäger waren von einem Beutezug zurückgekehrt, hatten aber leider nicht genug frisches Fleisch mitgebracht, um den vielen Kranken wieder ein wenig Kraft zu spenden. Im Dorf wütete eine Grippeepidemie. Zwei kleine Kinder und vier alte Menschen waren ihr schon zum Opfer gefallen.

Wie viele andere Bewohner des Langhauses wurde auch Tsorihia krank und musste ihr Lager hüten. Als ihr Fieber am stärksten war, fantasierte sie und verlangte nach den Falschgesichtern*, die sie, wie sie sagte, im Traum gesehen habe. Godasiyo war ärgerlich, weil ihre Tochter nicht aufstehen konnte und sie ihre Aufgaben zusätzlich zu den ihren übernehmen musste, und beugte sich ihrer Bitte.

Ein Zug von Menschen, die fantastische, groteske Masken trugen, betrat das Langhaus. Besorgt und fasziniert zugleich drückte sich Alexander in eine Ecke, um die Zeremonie anzusehen, die zu seinem großen Erstaunen relativ kurz ausfiel. Die Eingeweihten schwenkten ihre mit Symbolen bemalten *chichigouanes,* intonierten geheimnisvolle Gesänge und tanzten um Tsorihia herum. Dann bliesen sie Asche, die sie zuvor von glühenden Kohlen abgenommen hatten, auf die Kranke und be-

* Der Bund der Falschgesichter war ein religiöser Bund der Irokesen, deren Hauptziel die Heilung von Kranken war. Die Heilungsrituale wurden mit ganz bestimmten Holzmasken durchgeführt. (Anm. d. Übers.)

rührten ihre Stirn. Nachdem das Ritual beendet war, bot Godasiyo den Falschgesichtern Tabak und *sagamité* an. Schweigend nahmen sie die Gaben entgegen und gingen.

Wie gebannt betrachtete Alexander die Huronin und wartete darauf, dass sie aufstand wie der Lahme aus der biblischen Geschichte. Aber nichts dergleichen geschah. Tsorihia begann erneut zu husten, blieb auf ihren Fellen liegen und drehte sich stöhnend um. Er machte sich Sorgen um sie. Während der Nacht war ein junger Bursche gestorben. Wenn die junge Frau auch starb, war jede Aussicht auf Flucht dahin. Doch es war nicht nur das. Beinahe gereizt erkannte er, dass noch etwas anderes ihn ängstigte … Er fürchtete sich wirklich davor, sie zu verlieren.

Am nächsten Tag fühlte die Huronin sich kräftig genug, um sich auf ihrem Lager aufzurichten und ein wenig Brühe zu trinken, in der man Kräuter eingeweicht hatte. Ihre Augen, unter denen bläuliche Schatten lagen, strahlten Alexander an, und er war zutiefst erleichtert.

Es musste inzwischen Februar geworden sein. Die Irokesen bereiteten sich eifrig auf ihr Mittwinterfest vor. Tsorihia erklärte Alexander, dass man den Kampf zwischen Teharonkiawako, dem Hüter den Paradieses, und Sawiskera, dem Bösen, feierte.

Die Feierlichkeiten begannen am ersten Tag mit dem Umzug der Großen Köpfe. Grotesk gekleidete Männer gingen von Haus zu Haus und verkündeten offiziell den Beginn des Festes, mit dem nach dem irokesischen Kalender das neue Jahr anfing. Sie rührten in allen Herdfeuern die Asche um; ein Symbol dafür, dass das Feuer des alten Jahres zerstreut und das des neuen Jahres angezündet wurde. Dann erwürgten sie einen weißen Hund, der für die Reinheit stand und rot bemalt und mit weißen *wampums* geschmückt war, und hängten ihn mitten im Dorf auf, wo ihn alle sehen konnten.

Der zweite Tag war der Erneuerung der Träume und den Visionen gewidmet, die eine besondere Bedeutung für die Heilung seelischer Krankheiten hatten. Die Menschen versammelten sich in der großen Ratshütte, wo man tanzte und Dankeslieder sang, ehe man sich dem Spiel des Großen Rätsels widmete.

Träume bestimmten hier das Leben. Die Irokesen glaubten, dass sie stets eine Botschaft bargen und man ihr nachkommen müsse, um die Kräfte des Bösen zu vertreiben. Die Teilnehmer am Spiel des Großen Rätsels erzählten einen Traum, den sie im Lauf des vergangenen Jahres gehabt hatten, und gaben ihn den Dorfbewohnern, die ihn deuten mussten, als Rätsel auf. Derjenige, der das Rätsel löste, musste die Botschaft des Traumes erfüllen und tun, was er verlangte, damit die kranke Seele geheilt werden konnte. So erriet ein junger Mann, dass eine Frau von einem Elch geträumt hatte, und schenkte ihr das schönste Elchfell, das er besaß. Es brachte Unglück, wenn man nicht tat, was der Traum verlangte.

Schweigend und respektvoll wohnte Alexander dieser Zeremonie bei, bei der die Menschen ihre Träume heraufbeschworen. Er verstand nicht allzu viel von dem, was sie erzählten. Doch ihm wurde klar, dass dieses Fest eine Gelegenheit war, bei der die Menschen auf eine besondere Weise gewisse Enttäuschungen oder Wünsche zum Ausdruck bringen konnten, die für gewöhnlich als inakzeptabel galten.

Als Tsorihia sich erhob und an die Zuhörer wandte, spürte Alexander, wie seine Neugierde und sein Interesse wuchsen. Die junge Frau erzählte ihren Traum mit lebhaften Gesten, die darstellten, wie ein Tier ihr die Hände leckte. Ein Hund, dachte er lächelnd. Wünschte sie sich einen Hund? Aber die Hunde liefen zu Dutzenden im Dorf herum. Ihr Wunsch war ein wenig eigenartig … Wenn sie einen Hund wollte, hätte Tsorihia sich nur bücken und eines der armen Tiere aufzuheben brauchen, die von eiligen Mokassins gleichgültig beiseitegeschoben wurden.

An diesem Abend war Godasiyo äußerst missgestimmt. Sie warf ihrem Mann finstere Blicke zu, deren Bedeutung er nicht begriff. Hatte er etwas getan, das ihr nicht gefallen hatte? Als es Schlafenszeit war, ging seine Frau zu ihrem gemeinsamen Lager, streckte sich darauf aus und murmelte Alexander etwas zu, wobei sie auf die Stelle zeigte, an der Tsorihia schlief. Alexander verstand ihre Worte nicht und wollte sich zu ihr auf die Felle legen. Aber sie sprang auf und zerrte ihn hinter sich her zum Lager der Huronin. Sie zeigte mit dem Finger auf die junge Frau, wandte sich ab und entfernte sich sichtlich unzufrieden. Verblüfft und ernst erkundigte Alexander sich bei Tsorihia.

»Was hat das zu bedeuten?«

»Ich hatte einen Traum…«

Sie bedeutete ihm, sich zu ihr herunterzubeugen und fuhr im Flüsterton fort.

»Der Geist des Großen Weißen Wolfes hat mich besucht und mit seinen Augen zu mir gesprochen. Er hat meine Wunden geleckt und mich von meiner Krankheit geheilt.«

Um zu beweisen, dass sie wahr gesprochen hatte, hob die junge Frau im flackernden Licht der übelriechenden Bärenfett-Lampe das Fell und enthüllte ihren nackten, schlanken, bronzefarbenen Körper. Sie schlang die Arme um Alexanders Hals und zog ihn glucksend auf sich, offensichtlich zufrieden mit ihrer List, die es ihr erlaubte, ein ansonsten unstatthaftes Begehren zu erfüllen.

»Und nur wegen dieses Traums ist Godasiyo jetzt bereit, mich mit dir zu teilen?«

»Es bringt Unglück, wenn man die Medizin, die eine Seele heilt, nicht hergibt. Godasiyo weiß das, und sie fürchtet sich vor dem bösen *oki**.«

»*Oki*?«

»*Oki*, der Geist, der Einfluss auf die Seele jedes Menschen hat…«

Sie ließ ihre Hände über Alexanders Hemd gleiten und zog begierig daran, um es ihm auszuziehen. Als er ihre warme, weiche Brust an seiner Haut spürte, seufzte er vor Behagen.

»Der Geist, der die Seele jedes Menschen beeinflusst…«,

* Die Irokesen glaubten, dass alles eine Seele und einen unsterblichen Geist besitzt. Ein *oki* ist ein Geist, der die Macht hat, menschliche Wesen zu beeinflussen.

murmelte er und suchte den süßen Duft in Tsorihias Atemhauch.

»... so wie der Geist eures Gottes, der Heilige Geist, der alle Menschen durchdringt.«

Er strich mit den Lippen über die Haut an ihrem Hals, die leicht nach Gewürzen schmeckte. Tsorihia wand sich unter ihm, um ihn von seinem Lendenschurz zu befreien.

»Als ich ganz klein war, habe ich oft gehört, wie der Priester in der schwarzen Robe davon gesprochen hat. Man muss auf *oki* hören, wie auf den Heiligen Geist, um seine Seele zu retten.«

»Dann hat also Godasiyo Angst vor dem bösen *oki*«, fasste Alexander zusammen und kämpfte mit dem Kleidungsstück, das sich im Gürtel verklemmt hatte. »Ist er denn so böse? Und du, Tsorihia, hast du keine Angst vor ihm?«

Er sah ihr tief in die nachtschwarzen Augen, die sich zusammenzogen, als sie ihm schelmisch zulächelte.

»Nein, denn es ist der gute *oki*, der mir zu Hilfe gekommen ist und Weißer Wolf zu mir geführt hat, um den Fluch, mit dem Godasiyo mich belegt hat, von mir zu nehmen.«

»Ein Fluch?«

Alexander, der sich erneut über sie beugte, um liebevoll in das zarte Fleisch zu beißen, hob den Kopf und sah dieses gewitzte Wesen an, das so geschickt manövrierte, um zu bekommen, was es wollte.

»Sie hat mich krank gemacht, um sich zu rächen. Wenn sie eifersüchtig ist, wird sie böse. Hexerei ist auch böse und wird streng bestraft. Wenn Godasiyo nicht will, dass ich sie beschuldige, muss sie mir Weißer Wolf geben, damit ich gesund werde ... Jetzt bin ich die *tsiwei**, die Gefährtin von Weißer Wolf.«

Zufrieden mit sich selbst, lächelte die junge Frau strahlend.

»Du bist eine furchterregende Gegnerin, Tsorihia, und schrecklich gewitzt!«, warf Alexander ihr lachend vor und bleckte sein Wolfsgebiss, mit dem er sie verschlingen würde, endlich.

* Auf Wendat: die Gefährtin.

7

Der-mit-den-Augen-spricht

Träge ließ Alexander sich vom ruhigen Strom der Zeit dahintragen, ohne sich Gedanken darüber zu machen, wohin er führte. Er war inzwischen einzig und allein Tsorihias Gefährte. Godasiyo hatte nach und nach das Interesse an ihm verloren. Er bezweifelte, dass die Macht des bösen *oki* allein verantwortlich dafür war. Merkwürdigerweise hatte Tsorihia jedes Mal, wenn Godasiyo ihren Wunsch zum Ausdruck brachte, ihren Mann für sich zu behalten und ihn nicht länger zu teilen, plötzlich einen Husten entwickelt und über Schmerzen in der Brust geklagt. Offensichtlich ließ sich niemand von ihrer kleinen Intrige täuschen, und es wurde hinter vorgehaltener Hand gelacht. Godasiyo ihrerseits war der ganzen Geschichte überdrüssig geworden und hatte ein Auge auf einen anderen Mann geworfen, der während des harten Winters Witwer geworden war.

Dann kam der Frühling, ließ seine milde Brise über die Appalachen wehen und schmolz den Schnee. Die Flüsse schwollen an und sprudelten über steile Felsklippen. Die Wildgänse kehrten zu Hunderten, ja Tausenden zurück, zogen über die blaue Himmelsweite dahin und schwammen auf dem spiegelglatten Seneca-See, während sie Kräfte sammelten, um ihren Weg fortzusetzen.

Die sonst langen Palaver im Rat fielen täglich kürzer aus. Die Männer waren nicht mehr zu halten. Fischerei und Jagd waren gut. Alexander, der inzwischen wieder weite Strecken laufen konnte, ohne dass seine Narben allzu sehr spannten, nahm an den Jagdausflügen teil. Er hatte sich mit Niyakwai und einigen anderen Kriegern, darunter Tekanoet, angefreundet und liebte diese Streifzüge, auf denen er ein gewisses Maß an Freiheit fand und sich die Überlebenstechniken der Eingeborenen aneignete, die er eines Tages brauchen würde. Zwar fühlte er sich wohl bei den Irokesen, aber er spürte, dass er nicht wirklich einer der ihren war und das auch niemals sein würde. Tief in seinem Inneren spürte er den Ruf der weißen Zivilisation, seiner eigenen Kultur. Aber im Moment wollte er sein Glück mit Tsorihia genießen.

Heute brachte er seiner Gefährtin stolz eine schöne Hirschkuh. Er legte das Tier vor dem Langhaus auf den Boden und schaute sich nach der jungen Huronin um. Die ausgespannten Häute, die sie abgekratzt hatte, trockneten im Schatten des Gebäudes. Er hörte Kinderlachen von der anderen Seite der Trennwand aus Baumrinde und trat näher: Tsorihia saß mit zwei kleinen Mädchen auf dem Boden, fertigte eine Muschelkette und erzählte eine Geschichte.

»... die alte Frau ging von einer Maispflanze zur anderen, riss die Kolben ab und legte sie in ihren Korb. Nachdem sie ihre Arbeit beendet hatte, wollte sie schon gehen, als sie eine leise Stimme hörte ...«

»Lass mich nicht zurück! Lass mich nicht zurück!«, rief eines der Mädchen aus.

»Das ist gut, Awogoh, du erinnerst dich noch an die Geschichte.«

»Erzähl weiter!«, schrie das andere kleine Mädchen ungeduldig.

»Die alte Frau war erstaunt. ›Welches Kind könnte sich hierher verirrt haben? Wie kann ein Kind in ein Maisfeld geraten?‹, fragte sie sich. Sie stellte ihren Korb ab und machte sich auf die Suche nach dem Kind, das sich verlaufen hatte. Als sie es nicht fand, nahm sie ihren Korb, um zu gehen. Da hörte sie das Stimmchen wieder: ›Oh, lass mich nicht zurück! Geh nicht weg, ohne mich mitzunehmen!‹ Lange suchte die Frau das Feld ab. Sie fand viele Mäuse, Hasen und Schlangen, aber kein Kind. Schließlich entdeckte sie unter einem Blatt einen ganz kleinen, weinenden Maiskolben. Er hatte sie also gerufen!

Deswegen sollen wir, bevor wir ein Feld verlassen, immer aufmerksam unter jedes Maisblatt schauen, um uns zu vergewissern, dass wir keinen einzigen Kolben vergessen haben, der sonst traurig zurückbleiben würde …«

Die Mädchen brachen in ein erfrischendes Gelächter aus. Die drei boten ein rührendes Bild. Mit einem Mal musste Alexander an Mikwanikwe und Otemin denken: Die schöne Ojibwa-Frau musste inzwischen ihr zweites Kind zur Welt gebracht haben. Als er die beiden Mädchen ansah, die jetzt die sorgfältige Arbeit Tsorihias in Augenschein nahmen, gab ihm der Gedanke, dass Mikwanikwe vielleicht auf ihn wartete, einen Stich ins Herz. Wenn alles anders gekommen wäre, hätte er für die beiden Kinder gesorgt und sich mit ihnen und der Ojibwa-Frau eine Familie aufgebaut, mit der er gern alt geworden wäre. Mit der Zeit hätte er die Kinder sicherlich als seine eigenen betrachtet. Jetzt war er schon über dreißig und hatte keine Nachkommen! War es nicht Zeit, dass er irgendwo Wurzeln schlug und ein Zeichen von sich hinterließ? Der Gedanke war ihm gekommen, als er mit Mikwanikwe zusammen war. Auch Tsorihia würde eine gute Mutter abgeben. Er lächelte bei der Vorstellung, dass ein Kind, das seinen Namen weitertrug, vielleicht Ushatu oder Tkatyanuwatha Macdonald heißen könnte. Vielleicht hätte er auch gern eine kleine Keteowitha verhätschelt.

Als Tsorihia ihn erblickte, reichte sie die Nadel, mit der sie die Kette aufgefädelt hatte, an eines der Mädchen weiter, sprang über die Schale mit den Muscheln und lief mit fröhlichen Schritten auf ihn zu.

»Das ist für dich«, erklärte er und wies auf das bereits ausgenommene Tier.

Strahlend küsste sie ihn, nahm ihn am Arm und zog ihn aus der Umfriedung hinaus und in die Maisfelder, die zu einem üppigen, smaragdgrünen Teppich heranwuchsen.

»Wohin gehen wir?«, fragte Alexander und folgte ihr auf dem Weg, der zum Fluss führte.

»Wir haben so schönes Wetter, und ich möchte gern baden!«, rief sie ihm lachend zu.

Sie verlangsamte ihren Schritt, damit er sie einholen konnte.

»Außerdem will ich dich …«

»Aber du weißt, dass ich noch unter Beobachtung stehe … Sie werden nach mir suchen.«

»Nur ein paar Minuten!«

»Und die Hirschkuh … Wer soll …«

»Ach, niemand nimmt etwas, das ihm nicht gehört«, unterbrach sie ihn und drückte die Lippen auf seinen Mund.

Ihr verführerisches Schmunzeln ließ ihn lächeln, ihr geheimnisvoller Blick rief ein Gefühl in ihm hervor, bei dem ihm heiß wurde, und ihre Hände stachelten sein Begehren an. Er folgte ihr, ohne sich länger bitten zu lassen.

Das Wasser war eiskalt, und sie bibberten. Alexander, der es eilig hatte, sich mit ihr im Farnkraut aufzuwärmen, folgte ihr ins Unterholz und legte sich auf sie. Die beiden hatten nur ein paar Minuten Zeit. Im Dorf konnte der weiße Mann sich mehr oder weniger nach Belieben bewegen, aber er musste immer in Sichtweite bleiben. Tsorihias Beine schlangen sich um seine Taille, und ihre Hände massierten sein angespanntes Hinterteil. Er nahm die junge Frau leidenschaftlich und kam rasch zum Höhepunkt.

»Alles in allem ist so ein Lendenschurz eine praktische Angelegenheit«, bemerkte er seufzend, während er das Stück Leder zwischen seinen Schenkeln zurechtrückte. »Man läuft jedenfalls nicht Gefahr, sich mit heruntergelassenen Hosen ertappen zu lassen!«

Er wälzte sich auf den Rücken, um wieder zu Atem zu kommen, und seine Gefährtin unterdrückte ihr Kichern und schmiegte sich an seine Brust. Schweigend lauschten sie dem Gezwitscher der Vögel und dem Plätschern der Wellen am Ufer.

Mit dem Finger zog Tsorihia den Umriss der Tätowierung nach, die sie ihm angefertigt hatte und die einen Wolfskopf darstellte. Um ihr Freude zu machen und sich den irokesischen Bräuchen anzupassen, war er bereit gewesen, sich ihren geschickten Händen zu überlassen. Die junge Frau hatte die geometrischen Muster zuerst mit der verkohlten Spitze eines Stocks vorgezeichnet und dann mit einem Stichel aus Weißdornholz die oberste Hautschicht aufgestochen. Dann hatte sie eine Paste aufgetragen, die aus Bärenfett bestand und manchmal mit Farbstoffen und dann wieder mit pulverisierter Kohle versetzt war. Indem sie die Stellen damit einrieb, an denen sie die Haut verletzt hatte, brachte sie die färbenden Stoffe in die untere Hautschicht. So waren die geometrischen Motive und Tierdarstellungen entstanden, die jetzt seine Waden und Unterarme zierten.

»Da habe ich doch eines vergessen!«, meinte sie lachend und zupfte an einem Haar, das sich mitten auf seiner Brust erhob. Ansonsten war sie jetzt haarlos wie bei den Indianern.

»Oh nein!«, rief Alexander aus und stieß sie weg, um sich dieser neuen Folter zu entziehen. »Genug! Einmal hat mir gereicht! Du musst mich eben mitsamt meinem Brusthaar nehmen, ansonsten …«

Abrupt verstummte er. Da waren Stimmen; jemand kam über den Fluss. Er hatte gerade noch Zeit, Tsorihia ins Buschwerk zu schieben. Jetzt schob sich ein Kanu in ihr Blickfeld. Zuerst glaubte er, die Krieger aus dem Dorf wären auf der Suche nach ihm. Doch das Boot fuhr auf das Dorf zu, statt von dort zu kommen. Besucher … Er betrachtete das Kanu genauer und stellte fest, dass es etwas anders gebaut war als die Boote der Seneca. Außerdem trug es am Bug nicht das Zeichen des Clans der Marter. Der Führer trug einen Filzhut nach französischer Art und hatte Federn in seine Zöpfe geflochten. Ein Eingeborener. Aber die drei anderen Insassen des Kanus waren Weiße.

Alexanders Herz pochte heftig, und er fühlte sich von widerstreitenden Gefühlen hin- und hergerissen. Er genoss das angenehme Leben, das ihm hier geboten wurde, und hatte seine Fluchtpläne zeitweilig zurückgestellt. Aber hier bot sich ihm eine Chance. Nirgendwo war ein irokesischer Krieger zu sehen. Er könnte sich ganz einfach zeigen, seine Lage erklären und zusammen mit diesen Besuchern verschwinden.

Während er mit diesen Gedanken rang, beobachtete ihn Tsorihia. Dann schaute sie wieder zu dem Kanu, das an ihnen vorbeizog. Der Mann, der im Bug saß, kam ihr vage bekannt vor. Sie zog die Augen zusammen, um die Züge des Eingeborenen besser mustern zu können. Da war diese Narbe auf seiner rechten Wange … Aus ihrer Erinnerung stiegen Bilder auf, die dieses Gesicht zeigten.

»Tsorihia?«

Das war die Stimme von Weißer Wolf. Sie blinzelte. Das Kanu war vorbeigefahren, und über dem Fluss war es wieder still. Alexander sah sie mit einem merkwürdigen Blick an.

»Geht es dir auch gut, Tsorihia?«

Sie nickte wortlos, aber ihre Hände zitterten. Alexander bemerkte es und schaute sie besorgt an.

»Kennst du diese Männer?«

»Ich … weiß nicht. Ich bin mir … nicht sicher«, murmelte sie.

»Waren sie schon einmal hier? Haben sie das Dorf angegriffen?«

Angegriffen … Andere Bilder huschten vor dem inneren Auge der jungen Frau vorüber: ein Massaker, Feuer, das Häuser verschlang, Leichen. Dann kam noch mehr: Frauen, die, ihre weinenden Kinder in den Armen, schreiend davonliefen. Tsorihia erinnerte sich, wie sie plötzlich ein Arm gepackt hatte. Sie hatte geglaubt, das sei Nonyacha, der sie vor dem Gemetzel retten wollte …

»Antworte mir doch, Tsorihia! Kann es sein, dass diese Männer das Dorf angreifen wollen? Sind sie Feinde der Seneca?«

»Feinde?«, stammelte sie apathisch und suchte in ihren Kindheitserinnerungen. »Ich weiß nicht … Ich weiß es einfach nicht!«, rief sie mit einem Mal panisch und sah zu ihm auf.

»Komm! Wir müssen zurück und Niyakwai und Gayengwahta warnen!«

Bei den Weißen handelte es sich in der Tat um Pelzhändler. Zwei von ihnen waren Franzosen aus Cahokia, und der dritte war Amerikaner. Der große irokesische Sachem war bereit gewesen, seinen Rat einzuberufen, um mit ihnen zu verhandeln. Alexander und Tsorihia wussten nicht, worum es ging, und warteten nun schon seit einer Stunde an der Tür des Hauses, in der die Versammlung stattfand. Die junge Huronin hatte den Führer zu erkennen geglaubt, der die drei Weißen begleitete, und Alexander wollte, dass sie ihn sich noch einmal ansah. Vielleicht konnte der Eingeborene ihm bei der Flucht behilflich sein …

Nach einiger Zeit verließen die Krieger das Gebäude, und es dauerte nicht lange, bis die Weißen ihnen folgten. Als der Indianer, der sie begleitete, ebenfalls aus dem Haus trat, erstarrte Tsorihia. Er hatte seinen Hut abgenommen. Da die Sonne jetzt rasch unterging, lag sein Gesicht zur Hälfte im Schatten. Trotzdem konnte sie seine Züge jetzt genauer betrachten. Als er sich zu einem der Franzosen umdrehte, um das Wort an ihn zu richten, kreuzten sich ihre Blicke. Der Eingeborene sah die beiden kurz an und wandte sich dann ab.

»Nonyacha …«, hauchte sie.

»Nonyacha?«

»Mein Bruder! Das ist mein Bruder!«

»Herrgott! Bist du dir sicher? Ich meine … wie viele Jahre ist das her?«

»Sechzehn Jahre. Aber ich erinnere mich genau … Nie werde ich das vergessen. Eine Gruppe von Huronen, die mit den Irokesen verbündet waren, kamen zusammen mit einigen Engländern den Detroit-Fluss herunter. Wir wohnten in der Mission von Bois-Blanc, die von Pater Poitier geleitet wurde. Sie haben uns angegriffen … und alles niedergebrannt. Ich weiß noch, wie Nonyacha versuchte, mich meinem Entführer zu entreißen«, stöhnte sie, eine Hand vor dem Mund und mit Tränen in den Augen. »Nie vergesse ich sein Gesicht … Seine Wange, ein Messer hatte ihm die Wange aufgeschlitzt.«

Alexanders Gedanken überschlugen sich schwindelerregend. Tsorihias Bruder … Er musste irgendetwas tun, eine solche Chance würde sich ihm bestimmt nicht wieder bieten. Die Besucher wirkten enttäuscht und schickten sich zum Aufbruch an.

»Warte auf mich, ich bin gleich zurück!«

Rasch umrundete Alexander das Langhaus und postierte sich

an einer Stelle, an der die Gruppe vorbeikommen musste. Er konnte den Besuchern nicht aus dem Dorf folgen, ohne aufzufallen. Daher musste er versuchen, sich im Schatten zu halten und von dort aus Tsorihias Bruder auf sich aufmerksam zu machen. Er hob ein paar Kieselsteine auf und wartete.

Ein paar Fuß vor ihm tauchten die Besucher auf. Nonyacha ging als Letzter und kam direkt vor ihm vorbei, ein unerhörtes Glück. Mit pochendem Herzen warf Alexander ihm einen Kiesel vor die Füße. Der Hurone erstarrte und blieb stehen.

»Dreht Euch nicht um, Nonyacha«, flüsterte Alexander.

»Wer seid Ihr?«, fragte der andere alarmiert zurück.

»Ein Freund von Tsorihia.«

»Tso ...«

Der Mann wirkte plötzlich sehr nervös, aber er nahm sich zusammen und sprach leiser weiter.

»Tsorihia? Wo ist sie? Wo ist meine Schwester?«

»Hier.«

»Hier? Wie geht es ihr?«

Tsakuki schaute in ihre Richtung. Alexander wusste, dass er ihn von seinem Standort aus nicht sehen konnte. Aber der Krieger wirkte trotzdem besorgt.

»Gut ... Wir können hier nicht weiterreden«, flüsterte er, während er den Irokesen im Auge behielt. »Wenn Ihr morgen zurückkehren könntet ... am Flussufer ... steht etwa eine halbe Meile vor der Mündung eine hohe Weide ...«

»Wer seid Ihr?«

»Vertraut mir, Nonyacha. Ich will nur das Beste für Eure Schwester.«

Der andere war aufgewühlt. Er bohrte den Absatz in den Boden, damit er sich nicht zu seinem geheimnisvollen Gesprächspartner umdrehte, denn er wusste, dass Adleraugen auf ihm und den drei Händlern, die immer noch diskutierten, ruhten.

»Morgen? Unmöglich. Da kommt ein Konvoi aus Fort Schenectady, der nach Niagara unterwegs ist, durch diese Gegend. Zu gefährlich.«

Er gehört zu den Rebellen, dachte Alexander.

»Gut, dann in zwei Tagen … bei Sonnenuntergang.«
»Übermorgen? Einverstanden. Ich werde da sein.«

Zerstreut spielte Alexander mit Tsorihias Haar. Er konnte nicht schlafen. Böse Vorahnungen quälten ihn, aber er wollte die junge Huronin, die sich freute, ihre Familie bald wiederzusehen, nicht belasten, indem er ihr davon erzählte. Ob Nonyacha ein Komplize von Wemikwanit war? Hatte er ihn etwa hergeschickt, um ihn gegen ein Tauschgeschäft zu holen? Wenn es sich so verhielt, dann war er geradewegs in die Höhle des Löwen gelaufen! Er konnte Tsorihia nicht daran hindern, sich mit ihrem Bruder zu treffen, also würde er sie gehen lassen und selbst eine andere Richtung einschlagen … Doch der Gedanke gefiel ihm nicht. Er umarmte seine Gefährtin fester, schloss die Augen und hoffte, dass ihn endlich der Schlaf übermannen würde.

»Wärest du auch ohne Tsorihia gegangen?«

»Was?«

Die junge Frau bewegte sich und drehte sich um, damit sie im schwachen Feuerschein sein Gesicht besser erkennen konnte.

»Du hast heute darüber nachgedacht. Ich habe es in deinen Augen gesehen. Du bist ›Der-mit-den-Augen-spricht‹.«

Alexander stieß einen langgezogenen Seufzer aus. Sie durchschaute ihn immer; er konnte sie nicht anlügen.

»Ja, ich habe daran gedacht.«

»Du wärest ohne mich fortgegangen? Bitte, verlass mich nicht!«

Sein Herz zog sich schmerzhaft zusammen. Er musste wieder an die Geschichte von dem vergessenen Maiskolben denken, die sie den Mädchen heute Nachmittag erzählt hatte. War das vielleicht ein Vorzeichen gewesen?

»Ich hätte es nicht fertiggebracht, ohne dich zu gehen«, flüsterte er zärtlich und küsste sie auf die Stirn.

Am nächsten Tag machte tatsächlich ein Nachschubkonvoi aus Fort Schenectady im Dorf Halt, mit dem auch ein Vertreter des Ministers für indianische Angelegenheiten reiste, George

Croghan. Auf seinem Weg nach Süden verteilte er Friedens-*wampums*. Gayengwatha empfing ihn respektvoll, aber kühl: Die schönen Worte der Engländer enthielten immer Gift. Pontiac wiegelte das Land der Illinois auf, und das machte die Engländer außerordentlich nervös. Genau das hatten die Franzosen aus Cahokia ihnen gestern mitteilen wollen.

Pontiac hetzte die Illinois auf: Wenn die Engländer ihr Land beträten, würden sie sich zum Herren darüber aufschwingen und die Völker im Süden gegen sie aufbringen. Indem sie die eingeborenen Völker gegeneinander ausspielten, wollten sie sie schwächen, sie vernichten, indem sie sie derart spalteten, dass sie sich nie wieder davon erholen würden. Anschließend könnten sie dann ihr Land in Besitz nehmen.

Obwohl der Gouverneur von Fort Chartres in Louisiana die Völker seines Territoriums zum Frieden aufgerufen hatte, gingen bei den Choctaws die Kriegsgürtel herum. Charlot Kasté, ein einflussreicher Shawni-Häuptling und glühender Anhänger Pontiacs, hatte die Franzosen um Hilfe gebeten, aber ohne Erfolg. Ein Gesandter der Engländer, Leutnant Alexander Fraser, hielt sich im Fort auf, um über einen Frieden zu verhandeln. Darauf wollte auch dieser Croghan hinaus.

Alexander, der die irokesische Sprache inzwischen gut genug verstand, um einem Gespräch folgen zu können, nahm an der Zeremonie teil, bei der Geschenke ausgetauscht wurden und man den *calumet*, die Friedenspfeife, teilte. Die Engländer boten Branntwein an. Gaeyengwatha war nicht dumm: Mit Schnaps wurde der Frieden im Land erkauft, aber er brachte den Krieg in die Dörfer. Daher lehnte er das Angebot zuerst ab. Aber einige unter seinen Ratgebern waren verärgert und wollten nicht zusehen, wie das kostbare Fass wieder verschwand. Es gelang ihnen, so viele Anführer auf ihre Seite zu bringen, dass er seine Meinung änderte. Nachdem die Abteilung endlich weitergereist war, öffnete man das Fass und debattierte noch lange. Die Frage war noch offen, ob man die Bitte der Engländer erfüllen sollte, sich ihren Soldaten anzuschließen, um die Illinois zur Vernunft zu bringen. Die Meinungen waren geteilt, und der Ton wurde schärfer. Irgendwann schwenkte einer der Ratgeber seine Axt, bereit, sie in den Kriegspfahl zu schlagen.

»Pontiac spricht mit gespaltener Zunge! Wir müssen sie ihm abschlagen! Er hat sein Gift in das Herz der Häuptlinge der Illinois-Konföderation geträufelt. Dieses Gift hat ihre Seele verschlungen, und der Geist des Bösen hat sich ihrer bemächtigt!«

»Aus deinem Mund kommt das heraus, was der weiße Mann dir eingeflößt hat«, knurrte Gayengwatha. »Mit ihren Kriegen vergiften die Weißen unsere Erde und wiegeln unsere Völker gegeneinander auf. Das muss aufhören!«

»Wir sind den Engländern immer treu gewesen. Die Mohawks sind es noch. Achten wir doch das Kainerekowa, das Große Gesetz des Friedens, das besagt, dass wir nicht gegen unsere Irokesen-Brüder kämpfen dürfen. Spricht Gayengwathas Stimme heute für die Franzosen, unsere alten Feinde?«

»Sie spricht für den, der sie achtet, Sononchiez. Die Engländer haben sie einst respektiert, aber heute tun sie es nicht mehr!«

»Gegen wen sollen wir also unsere Waffen erheben?«

»Die Tsonnontouan besitzen mächtige und gefährliche Waffen, die nicht gegen sie selbst geführt werden dürfen. Die Engländer sind Füchse. Sie säen Zwietracht und warten dann auf den richtigen Moment, um aus ihrem Schlupfwinkel zu kommen. Wir haben den Friedensvertrag unterzeichnet, und dabei soll es auch bleiben! Die Engländer sind raffgierig und wollen uns beherrschen. Sie lügen und intrigieren, um uns ins Verderben zu stürzen. Pontiac sollte klüger sein als sie und warten. Dann werden sie den schlafenden Bären vergessen … aber wenn er erwacht, werden sie zittern!«

Mit seiner Leidenschaft und seinen ausgreifenden Gesten hatte Gayengwatha die Versammlung, die im Kreis um ihn saß, in seinen Bann geschlagen. In allen Augen leuchtete dieses Feuer, das nur der Traum von der Freiheit entzünden kann.

»Und wenn wir dieses Gold suchen würden, von dem die Franzosen und der Chippewa gesprochen haben?«, ließ sich mit einem Mal Kanokareh vernehmen. »Damit wären die Tsonnontouan unbesiegbar. Sie könnten die Engländer bis auf den letzten ausrotten und ihr Land wieder in Besitz nehmen.«

Eine Woge zustimmenden Gemurmels lief durch die Reihen der Ratgeber, die im schwachen Schein des zentralen Feuers, das in den noch kühlen Nächten angezündet wurde, zusammensaßen. Stolz auf die Reaktion, die er ausgelöst hatte, warf sich Kanokareh in die Brust. Die Gesichter der Alten legten sich in tiefe Sorgenfalten, und die der feurigen Krieger nahmen einen drohenden Ausdruck an. Dann waren also die französischen Händler, so wie Alexander befürchtet hatte, auf der Suche nach dem Gold des Hollandais'. Der junge Mann hatte das Gefühl, inmitten der Eingeborenen zu ersticken.

»Aber Wemikwanit hat nichts über sein Versteck herausgebracht und es nicht gefunden …«, wandte Niyakwai ein, der Alexanders Erschrecken bemerkt hatte.

Er war aufgestanden, und es wurde still.

»Er hat dem Hollandais die Zunge herausgerissen, aber sie ist in seinen Händen stumm geblieben.«

»Weißer Wolf weiß es«, erklärte Tsakuku nachdrücklich. »Es steht in seinen Augen geschrieben. Er weiß es.«

»Und, willst du es jetzt wie Wemikwanit machen? Ihm die Augen herausreißen, damit auch sie in deinen Händen stumm bleiben? Wenn Weißer Wolf es wüsste, hätte er gesprochen. Weißer Wolf ist unser Bruder. Der *oki*, der ihn leitet, ist auch der, der den großen Krieger Tsourengouenon geführt hat. Er hat unsere Achtung verdient.«

»Aber wie sollen wir ihm vertrauen, Niyakwai? Weißer Wolf spricht die hinterhältige Sprache der Engländer und genießt den Schutz der Franzosen. Ich finde, wir sollten ihn zum Reden bringen.«

Alexander war bestürzt. Er hatte sich diskret in den Hintergrund des Raumes zurückgezogen und hörte zu, wie sie über sein Los debattierten, als wäre er gar nicht da. Am besten floh er. Hierzubleiben erschien ihm zu gefährlich. Die Indianer waren so mit ihrer Diskussion beschäftigt, dass sie nicht auf ihn achteten. Er nutzte die Gelegenheit, um sich zum Ausgang zu schleichen. Doch als er die Schwelle überschritt, wandte Niyakwai ihm das Gesicht zu. Ihm blieb fast das Herz stehen: Gewiss würde der Krieger ihn zurückrufen! Aber der andere sagte nichts.

Auf ihrem Lager schmiegte Tsorihia sich an Alexander. Beide waren zu besorgt, um an dem Festmahl teilzunehmen, zu dem das ganze Dorf zusammenkam. Nachdem die Ratsversammlung sich aufgelöst hatte, fand in der Tat etwas statt, das Alexander eine Orgie nannte. In Dutzenden von Kesseln kochte man Mais, Fisch und Fleisch und stellte das Branntweinfass in der Mitte des Dorfs auf. Die Wirkung des Alkohols ließ nicht lange auf sich warten. Alexander hätte sich nie vorgestellt, dass es zu solch einer Verwüstung kommen könnte. Die Eingeborenen prügelten sich, bissen einander bis Blut floss und bedrohten sich mit dem Messer. Eine Frau steckte sogar den Fuß ihres Säuglings in einen der brodelnden Kessel. Alle aßen, bis ihnen fast die Bäuche platzten, um sich dann zu erbrechen und weiter zu essen. Alexander sah, wie sechs Männer das Schlafabteil einer Frau betraten und es wieder verließen. Unter denen, die darauf warteten, an die Reihe zu kommen, kam es ebenfalls zu Handgreiflichkeiten.

Die letzten Geräusche der Orgie verklangen. Ein Hund bellte, und eine Frau stieß zur Antwort einen Schrei aus, der in einem gutturalen Lachen unterging. Draußen wimmerte ein Kind. In größerer Nähe vernahm Alexander Godasiyos dumpfes Schnarchen und das Knacken von Wennitas Matte. Sie schien nicht zu schlafen. Eine heute besonders misstönende Sinfonie von Fürzen und Rülpsern erfüllte die Nacht. Inmitten dieser Geräuschkulisse warf Alexander sich auf dem Lager hin und her und dachte an das, was Kanokareh und Tsakuki gesagt hatten. Ihm wurde klar, dass seine Haut nicht mehr wert war als an dem Tag, an dem er in das Dorf gekommen war. Aber er war sich auch vollständig des Umstands bewusst, dass sie bei Nonyacha nicht viel mehr wert war, falls dieser tatsächlich von Wemikwanit geschickt wurde. Er wusste nicht mehr, was er davon halten oder deswegen unternehmen sollte.

Tsorihias weicher, warmer Körper bewegte sich in seinen Armen und erinnerte ihn an das Versprechen, das er ihr gegeben oder, besser gesagt, das die junge Frau ihm abgerungen hatte, als er von der Ratsversammlung zurückgekehrt war, nämlich, dass er sie nicht verlassen würde. Er wünschte sich aufrichtig, Wort halten zu können und verließ sich darauf, dass sein guter *oki* ihm einen Weg zeigen und ihn beschützen würde … Er war es leid, über die Zukunft nachzugrübeln, schlang ein Bein um den Schenkel seiner Gefährtin und vergrub die Nase in ihrem Haar. Morgen war ein neuer Tag … selbst wenn er sein letzter sein konnte.

Durch das ruhige Wasser glitt das Kanu im rosigen Licht der untergehenden Sonne lautlos auf sie zu. In seinem Kielwasser verwirbelte das Spiegelbild der Bäume, die sich über dem Fluss wölbten. Tsorihia ging unruhig im Gras auf und ab. Alexander dagegen saß vollkommen ruhig auf einem Felsbrocken und wartete. Ihr Gepäck, ein paar persönliche Gegenstände und etwas Proviant, lag zu ihren Füßen.

In dem Boot saßen zwei Männer, Nonyacha und ein anderer Eingeborener – nicht Wemikwanit, zur großen Erleichterung des Schotten. Das Kanu wurde langsamer, näherte sich dem Ufer und hielt ein paar Fuß vom Wasserrand an. Alexander stand auf und nahm ihre Bündel. Die junge Frau rührte sich nicht, sondern starrte ihren Bruder an, der das Gleiche tat. Nonyachas von schrecklichen Narben durchzogenes Gesicht erinnerte Alexander an das seines Vaters, der bei der Schlacht von Sheriffmuir 1715 durch eine englische Klinge verletzt worden war. In letzter Zeit dachte der Schotte immer öfter an seine Familie. Seine Erinnerungen waren wie ein Anker, der verhinderte, dass er in dieses Land abdriftete, in dem er oft sogar seinen Namen vergaß. Wenn es Gott gefiel, ihn in die Provinz Québec zurückkehren zu lassen, gelobte er sich, seinem Vater zu schreiben …

»Schnell!«, flüsterte Nonyacha. »*Onkwahkwari!**« Steigt ein!

* Auch er spricht Wendat.

Tsorihia ging bis zu den Knien ins Wasser und trat auf ihren Bruder zu, der ihr die Hand entgegenstreckte. Als sie sich zu ihm umdrehte, stellte Alexander fest, dass zwischen den beiden eine frappierende Ähnlichkeit bestand. Die junge Frau bemerkte, dass sich hinter ihrem Gefährten ein Zweig bewegte, und wollte einen Schrei ausstoßen. Doch da saß dem weißen Mann schon eine Klinge an der Kehle.

»Niyakwai!«, schrie sie. »*Te-neh! Te-neh!*« Tu ihm nichts!

»Wohin geht Weißer Wolf?«, fragte Niyakwai an Alexanders Ohr. »Flieht er mit Tsorihia?«

»Hier ist nicht mein Platz, Niyakwai«, erklärte der Schotte mit heiserer Stimme. »Und ihrer ebenfalls nicht.«

»Tsorihia ist die Tochter der Clanmutter. Wenn Godasiyo nicht will, kann sie nicht gehen.«

»Tsorihia möchte dorthin zurückkehren, wo ihre Seele zurückgeblieben ist. Nonyacha ist ihr Bruder. Er wird sie zu ihrer Familie bringen, wo ihr Platz ist. Willst du ihn daran hindern, Niyakwai?«

Die Klinge wurde heruntergenommen.

»Und du, Weißer Wolf?«

Alexander trat von dem Krieger weg und fuhr herum, damit er ihn ansehen konnte.

»Ich gehe mit ihr.«

Der Irokese schüttelte den Kopf.

»Wir sind jetzt deine Brüder … und außerdem nimmst du dein Geheimnis mit.«

Alexander erstarrte. Sein Kamerad hatte vor dem Rat zu seiner Verteidigung gesprochen und versichert, er wisse nichts, denn der Chippewa habe ihm nicht einmal unter der Folter das Geringste entlocken können. Und nun erzählte er etwas ganz anderes.

»Bist du mir gefolgt, Niyakwai? Warum? Was wolltest du heute Abend von mir? Glaubst du, ich habe dieses Gold, von dem alle reden?«

Jetzt spannte sich der Krieger ebenfalls an und zog die Augen zusammen.

»Der Geist des Großen Wolfes würde nie die Schritte eines Verräters lenken. Wenn der Geist des Großen Weißen Wolfes dich leitet, muss ich seiner Weisheit vertrauen.«

So blieben sie einen Moment lang Auge in Auge stehen und maßen einander, bis Tsorihia, deren Beine im eisigen Wasser starr wurden, in das Kanu kletterte. Das Wasser plätscherte gegen den Rumpf und erinnerte Alexander daran, dass sie so rasch wie möglich fortmussten. Wenn Niyakwai sie nur fahren ließ …

»Meinst du denn, dass das Gold des Hollandais' ausreichen würde, um dein Volk vor den finsteren Plänen eines so mächtigen Reichs wie Großbritannien zu retten, Bruder? Ihr könnt eine ganze Armee massakrieren, es wird eine andere über den großen Salzsee kommen, um sie zu rächen. Wenn ihr die vernichtet, kommt eine weitere. Sei versichert, dass die Engländer durch ihre bloße Übermacht alles bekommen, was sie wollen. Glaube mir, ich weiß, wozu sie fähig sind. Sie werden weder vor eurer Unterdrückung noch vor irgendeiner anderen Abscheulichkeit zurückschrecken, um ihre Ziele zu erreichen. Hier geht es nicht um Kleinkriege zwischen Clans, sondern um die Vernichtung eines Volkes. Hört auf die Stimme der Vernunft. Momentan solltet ihr um einen Frieden verhandeln, bei dem jeder zu seinem Recht kommt.«

Niyakwai schwieg lange. Dann, nachdem er einen Blick auf das Kanu geworfen hatte, das sanft im Dämmerlicht schaukelte, maß er Alexander mit einem harten, kalten Blick.

»Die Engländer werden ihr Wort nicht halten.«

»Es stimmt, ich kann euch nicht versichern, dass sie zu ihrem Versprechen stehen. Aber leider kann ich euch sagen, dass sie hierher gekommen sind, um zu bleiben, und dass alles Gold der Welt nichts daran ändern wird. Genau wie eure Völker sind die Clans aus den Nebelbergen meiner Heimat nicht miteinander ausgekommen und haben sich oft untereinander bekriegt. Das hat die Engländer geärgert, die uns unsere Lebensweise nicht lassen wollten. Sie mögen uns nicht, weil wir ihre Sprache nicht sprechen, ganz anders leben und stolze Krieger sind, so wie ihr.

Das jagt ihnen Angst ein. Mein Volk hat ihrem Druck lange widerstanden. Es wollte sich nicht unterwerfen und hat lange gekämpft ...«

Er legte eine Pause ein, denn die Erinnerungen überwältigten ihn. *Sieg oder Tod!*, hörte er in seinem Kopf und sah ein Kind schreiend auf das Schlachtfeld rennen, ein jämmerliches verrostetes Schwert in der Hand.

»Die Engländer glauben, dass sie mein Volk besiegt haben, Niyakwai«, fuhr er mit vor Erregung bebender Stimme fort. »Sie nehmen uns unser Land fort und drängen uns, in andere Länder zu fliehen. Ihr Atem zerstreut unsere Clans in alle Winde wie die Samen des Löwenzahns. Aber die Früchte des Löwenzahns fallen immer irgendwo zu Boden, oder? Und dort, wo sie niederfallen, keimen sie. Und das ist es, was die Engländer uns niemals nehmen können: Die Saat unseres Volkes. Die müsst ihr bewahren, dann wird dies euer größter Sieg sein.«

Nachdenklich schaute Niyakwai auf sein Messer hinunter, das im hellen Abendlicht blitzte. Nach einer Weile steckte er die Waffe weg. Seine Miene drückte tiefe Achtung vor dem weißen Mann aus, der vor ihm stand.

»Dein Rücken trägt die Spuren des Marterpfahls der Engländer, und du sprichst mit der Stimme des Großen Geistes. Durch das Gold des Hollandais' wird das Blut der Engländer und das unsere vergossen werden. Nichts weiter. Davor müssen wir unsere Kinder schützen, die die Saat unseres Volkes sind.«

Mit einer weit ausholenden Handbewegung bedeutete er den beiden, sie sollten aufbrechen.

»Ich werde die Wachen erst rufen, wenn ihr am Horizont verschwunden seid und der Mond über meinem Kopf steht. Und nun wartet nicht länger!«

»Danke«, sagte Alexander und seufzte.

Über den Baumkronen begann es Tag zu werden, und der Horizont, an dem kein Irokese zu sehen war, färbte sich grau. Tsorihia lag, den Kopf bequem an seine Schenkel geschmiegt, auf dem Boden des Kanus und schlief fest. Alexander, der eine Hand auf seinem Dolch liegen hatte, kämpfte gegen den Schlaf. Immer wieder sackte ihm der Kopf weg, aber er wusste immer noch nicht genau, wer die Männer waren, mit denen er unterwegs war, und was sie mit ihm vorhatten, daher musste er wachsam bleiben.

Sie waren die ganze Nacht gefahren, ohne einen Halt einzulegen. Detroit lag mehrere Tagesreisen entfernt. Nonyacha und Tsorihia hatten stundenlang miteinander gesprochen und Erinnerungen aufgefrischt. Die junge Frau hatte viele Tränen um diejenigen vergossen, die sie verloren hatte, um die, die sie nie wiedersehen und die, die sie bald treffen würde. Doch man konnte sechzehn Jahre nicht in einer einzigen Nacht aufholen.

Immer noch wurde Alexander von seinen eigenen Worten umgetrieben, die er zu Niyakwai gesagt hatte: *Dort, wo sie niederfallen, keimen sie*. Und auch andere Worte aus den Tiefen seiner Erinnerungen stiegen in ihm auf.

»Alasdair, versprich mir, alles in deiner Macht Stehende zu tun, um das zu bewahren, was deine Vorfahren dir hinterlassen haben. Und wenn ein Tag kommt, an dem du spürst, dass dieses Erbe bedroht ist, dann geh fort. Lass nicht zu, dass sie es dir wegnehmen. Lass dir nicht deine Seele stehlen. Geh nach drüben, nach Amerika. Ich habe sagen hören, das Land sei riesig, und man sei dort frei.«

»Ich will aber Schottland nicht verlassen, Großmutter! Ich bin Schotte und …«

»Schottland ist nicht nur das Land, in dem du geboren bist. Es ist auch und vor allem die Seele seines Volkes, verstehst du? Seine Sprache, seine Traditionen sind in uns verwurzelt. Der Geist, Alasdair, ist das Wichtige, und das wird dich retten. Einmal hat ein Freund, ein Arzt, zu mir gesagt: ›Die einzige Freiheit des Menschen liegt in seinem Geist. Kein Gesetz, keine Drohung, keine Ketten können ihn bezwingen.‹ Er hatte recht: Du allein bist der Herr deiner Freiheit. Die Engländer können unser Feuer nicht einfach mit ihrem bösartigen Hauch löschen. Schottland wankt, aber es wird nicht fallen. Es wird überleben, an einem anderen Ort, wenn es sein muss. Unser gälisches Blut lässt sich nicht so leicht verdünnen. Gewiss, wir werden uns mit

anderen vermischen; das ist unvermeidlich und notwendig, damit wir überleben. Aber unser Blut ist stark und muss es bleiben. Der Geist, das Bewusstsein dessen, was wir sind, wird unser Volk retten. Kennst du die Devisen der Clans, die dir dieses kostbare Erbe hinterlassen haben? Per mare, per terras, ne obliviscaris; *das heißt so viel wie über Meere und Länder sollst du nicht vergessen, wer du bist … Verstehst du? Vergiss niemals, wer du bist! Ich weiß wohl, dass du noch etwas jung bist, um das alles zu erfassen. Aber du trägst das Erbe deines Volkes in dir. Es ist deine Aufgabe, es zu bewahren, es weiterzugeben, um unsere Traditionen zu erhalten. In gewisser Weise vertraue ich dir eine Mission an, Alasdair. Deine älteren Brüder haben sich schon eingerichtet, haben Frau und Kinder. Natürlich sind Coll und John auch noch da. Ich vertraue darauf, dass du ihnen diese Botschaft übermittelst. Aber dir vertraue ich die Aufgabe an, meinen Traum zu verwirklichen. Wenn diese Rebellion scheitert, dann bedeutet es das Ende der Clans in Schottland, in unseren Bergen. Und das darf nicht sein …«*

»Aber was sagst du da, Großmutter? Wir werden sie schlagen! Wir werfen sie aus unserem Land!«

»Also, ich weiß nicht … Ich will dir ein Geheimnis anvertrauen. Deine Mutter hatte eine ihrer Visionen. Darin waren unsere Täler leer. Niemand lebte mehr dort. Nur Ruinen waren noch übrig. Die Welt ist groß, Alasdair. Du musst unser Erbe in Sicherheit bringen. Es darf nicht verloren gehen. Nur wenn wir das schaffen, haben wir die Sassanachs *wirklich besiegt. Deinen Geist, deine Seele … das können sie dir nicht nehmen … Versprich mir, Alasdair …«*

»Ich … ich verspreche es …«

Eine Träne rollte über seine Wange und benetzte seine Lippen. Sie schmeckte ein wenig nach Bitterkeit. Damals war er ein Kind von dreizehn Jahren gewesen. Wie hätte er da die letzten Worte einer sterbenden alten Frau verstehen können? Seine Mutter Marion hatte nach der letzten Schlacht von Culloden, in der sie ihre Unabhängigkeit hatten zurückerobern wollen, eine Vision vom Exodus der Highlander gehabt. So hatte Großmutter Caitlin erraten, was geschehen würde, und versucht, es zu verhindern. Aber er hatte nichts verstanden. Es ging nicht darum, den Feind zurückzuschlagen, um ihr Volk zu retten. Der Kampf war sehr viel subtiler: Es ging um den Geist und die Erhaltung dessen, was ihr tiefstes Wesen ausmachte. *Die einzige Freiheit des Menschen liegt in seinem Geist. Kein Gesetz, keine Drohung, keine Ketten können ihn bezwingen.* Und auch das hatte seine Großmutter gesagt: *Aber du trägst das Erbe deines Volkes in dir. Es ist deine Aufgabe, es zu bewahren, es weiterzugeben, um unsere Traditionen zu erhalten.* Warum ging ihm erst jetzt der Sinn dieser Worte und des Versprechens, das er gegeben hatte, auf? Er trug einen indianischen Namen und befand sich zusammen mit drei Eingeborenen auf der Flucht in einem Kanu, mitten in einem Land, das nicht das seine war. Aber vielleicht hatte er das alles gerade erleben müssen, um zu begreifen.

Doch um Wort zu halten, musste er aufhören, davonzulaufen, wieder an seine Herkunft anknüpfen und herausfinden, wer er wirklich war. *Weißt du überhaupt, wer du bist?*, hatte Coll ihn einmal gefragt. Alexander Colin Macdonald … Ja, aber was weiter? Wer war dieser Alexander Colin Macdonald? *Ich bin das!*, hätte er antworten können. Diese Gewissheit des *ich bin* unterstützte die des *ich war* und des *ich werde sein*. Aber das war nicht genug.

Die Existenz konnte eine furchteinflößende, zeitlose Vorstellung sein. *Ich war, ich bin, ich werde sein*. Die Triade des Seins. Drei Formen, die einander unentwirrbar umschlingen, um ein Ganzes zu bilden, das sich in der Zeit entwickelt. Die Kelten hatten schon vor urdenklichen Zeiten begriffen, dass jeder Mensch ein Kettenglied eines Volkes ist, das von der Zeit rücksichtslos geformt und gebeutelt wird. Er, Alexander Macdonald, war ein schwaches Kettenglied aus dem Volk der Highlander, an dem die Kette zerbrechen konnte, wenn er nicht achtgab. Er hatte das Gefühl, aus dem Nichts zu kommen, nirgendwo hinzugehen und keine Geschichte zu haben. Aber jetzt wurde ihm klar, dass das falsch war.

Er war geflohen und verlor sich jetzt in einer Freiheit, die so unendlich war, dass er die Grenzen seines Wesens nicht mehr spürte. Mit einem Mal störte ihn das. In dieser Nacht, in der er zusammen mit Eingeborenen auf der Flucht war und einen indianischen Namen trug, überkam ihn mit einem Mal das Bedürfnis, an seine Wurzeln anzuknüpfen und Vater zu werden. Das Kind war eine Art Fortsetzung seiner selbst, das ihm auf gewisse Weise ein Leben nach dem Tod sichern würde. Holte ihn jetzt doch noch die Angst vor dem Tod ein?

Plötzlich wünschte er sich glühend ein Kind. Aber was wusste er schon darüber, wie die Beziehung zwischen einem Mann und seinem Kind aussah? Suchte er jetzt nach dem, wovor er so lange auf der Flucht gewesen war? Was hatte er einem kleinen Wesen zu bieten, das die Welt nach seinem eigenen Belieben formen würde? Was erwartete er von diesem kleinen Stück von sich … von diesem Teil seiner selbst, den er zeugen wollte? Ihm die Fackel weiterreichen, seinen Namen weitergeben, so wie sein Vater ihm? Ja, zweifellos, aber daran war auch viel mehr: Er spürte den Wunsch, ihm das unveränderliche Wesen seines Volkes weiterzugeben und dessen Seele, die es zu dem machte, was es war …

Noch ganz geschlagen von seinen Erkenntnissen schaute Alexander in die Ferne und ließ die Tränen kommen und über seine Wangen fließen, wie sie wollten. *Ise mise Alasdair Cailean MacDhòmhnuill.* Ich bin Alexander Colin Macdonald. Er sah, dass er in drei Zeiten existierte: ich bin, ich war, ich werde sein. *Ich bin*, das war er, ein Macdonald aus dem Clan Iain Abrach. *Ich war* benannte ihn als Sohn von Duncan Coll, Sohn von Liam Duncan, der wiederum der Sohn von Duncan Og war, Sohn des Cailean Mor, Sohn des Dunnchad Mor und immer so weiter, zurück bis in die Nacht der Zeiten. Und das *ich werde sein* bezeichnete ihn als Vater seines Sohns. Er stand für den gegenwärtigen Aspekt dieser Fortschreibung seines Volkes und war der Träger seines Blutes. Es war einzig und allein an ihm, das Versprechen, das er Caitlin Macdonald eines Tages gegeben hatte, einzulösen.

Er schaute zum Himmel auf, bewunderte die Milchstraße und dachte an seinen Großvater Liam. Ob er ihm seine Tat, durch die er zu Tode gekommen war, verziehen hatte? Eine Dummheit hatte er da begangen, eine schreckliche Dummheit, dachte er und biss die Zähne zusammen. Aber er war damals erst elf gewesen! Es änderte auch nichts mehr, wenn er sich das ganze Leben mit Schuldgefühlen quälte. Er musste endlich Frieden mit sich selbst und seiner Familie schließen …

Seit Tsorihia eingeschlafen war, schwieg Nonyacha und beobachtete den Mann, der seine Schwester begleitete. Als er zum ersten Mal in seine blauen Augen gesehen hatte, war ihm klar gewesen, dass er kein Tsonnontouan war. Der Mann mit der blassen Haut hatte ihn auf Französisch angesprochen, das jedoch einen Akzent hatte, und Irokesisch verstand er nicht. Ob er Engländer war? Der Indianer hätte dem Mann, den Tsorihia Weißer Wolf nannte, gern einige Fragen gestellt. Aber das konnte noch ein wenig warten …

Nonyacha dachte auch an dieses Gold, von dem die Franzosen aus Cahokia, deren Führer er gewesen war, erzählt hatten: Es war für Pontiac und seine Sache bestimmt gewesen, aber angeblich hatte ein kanadischer Händler es gestohlen. Seit er aus dem Kanu, in dem er wartete, das Gespräch zwischen Weißer Wolf und dem Tsonnontouan mit angehört hatte, war er überzeugt davon, dass der Mann, den er in seinem Boot aufgenommen hatte, den kanadischen Händler kannte und auch von dem Gold wusste. Ob er mit den Franzosen darüber sprechen sollte? Aber im Moment war es, eingedenk der Beziehung zwischen seiner Schwester und Weißer Wolf, besser, seinen Verdacht für sich zu behalten, ihn unter seinen Schutz zu nehmen und später mit Mathias Makons darüber zu sprechen.

Die langen Stunden im Kanu wurden zu Tagen. Sie hatten den Ontario-See überquert, in tiefster Nacht die Portage von Niagara zurückgelegt und den Erie-See erreicht. Jetzt näherten sie sich dem Detroit-Fluss. Die französischen Händler hatten zwei Tage Vorsprung vor ihnen; andererseits waren ihre Kanus schwer beladen, während sie mit leichtem Gepäck reisten.

Sie hatten sich darauf geeinigt, dass sie alle nach Fort Detroit fahren würden, falls Nonyacha die Franzosen nicht noch einholte. Dort würde Nonyacha Tsorihia in dem Dorf Pointe-à-Montréal zurücklassen, wo sich die Jesuitenmission nach der Zerstörung von Bois-Blanc eingerichtet hatte. Dann würde er zusammen mit den Franzosen nach Michillimackinac weiterreisen.

Sie hatten noch ungefähr eine Tagesreise vor sich. Die Dunkelheit hatte sie gezwungen, anzuhalten und auf einem Landstreifen namens Pointe aux Pins ein Lager aufzuschlagen. Tsorihia hatte ihr letztes Reisigbündel auf den Haufen am Feuer geworfen und ging zum See, der als lichterfüllte Fläche zwischen den Bäumen hindurchschien. Alexander betrachtete ihre schlanke Gestalt, bis sie hinter den Bäumen verschwunden war, dann kümmerte er sich um das Feuer. Der beißende Geruch von geschmolzenem Baumharz stieg ihm in die Nase. Mathias Makons und Nonyacha besserten das Rindenkanu aus.

Alexander hatte noch nicht entschieden, was er tun würde, sobald sie das Fort erreichten. Wie ihr Bruder Tsorihia berichtet hatte, lag ihr Vater krank in der katholischen Mission. Sie wollte ihren Gefährten bei sich haben und machte keinen Hehl aus ihrer Absicht, ihn zu heiraten. Gewiss, er wünschte sich auch, mit ihr zu leben und irgendwann eine Familie zu gründen. Aber er schwebte immer noch in Gefahr und wollte nicht, dass die junge Frau zu Schaden kam.

Die Flammen züngelten zum Himmel auf wie lange, grazile Arme, die die Nacht in eine feurige Umarmung zogen. Alexander dachte an Tsorihia, die zum See gegangen war. Er legte einen letzten Ast ins Feuer und sah die beiden Huronen von der Seite an. Er hatte bemerkt, dass Mathias Makons Tsorihia begehrliche Blicke zuwarf. Alexander biss die Zähne zusammen.

Der See war ruhig. Eine schmale Mondsichel am Himmelszelt warf ihr graues Licht über das unbewegte Wasser. Tsorihia watete durch das Wasser. Leise trat er ans Ufer und bewunderte ihre nackte Haut, auf der Tausende von Wassertropfen wie Diamanten glitzerten.

Tsorihia fühlte sich beobachtet, drehte sich um und winkte ihn heran. Er zog Hemd und Beinlinge aus und gesellte sich, nur mit seinem Lendenschurz bekleidet, zu ihr. Der Sand unter seinen Füßen fühlte sich weich an, und das Wasser war zwar ein wenig kalt, liebkoste ihm aber angenehm die Beine.

»Schau doch!«, rief die junge Frau aus und wies nach Norden.

Er fasste sie um die Taille und drehte sie so herum, dass ihr Gesäß gegen seine Schenkel gedrückt wurde. Dann schlang er die Arme um sie und legte das Kinn an ihre Schulter. So betrachtete er staunend das Schauspiel, das sich ihnen bot: Gleich über den Baumkronen schlängelte sich ein schimmerndes Band über den Himmel.

»Das Nordlicht …«, murmelte er fasziniert.

Er hatte selten Gelegenheit gehabt, dieses Naturphänomen zu sehen, genau drei Mal in seinem Leben. Beim ersten Mal war er acht oder neun Jahre alt gewesen. Am Samhain-Abend war das gewesen, zusammen mit seinen Brüdern John und Coll, irgendwo auf einer Bergflanke in Glencoe.

»Das ist er! Da ist er!«, schrie Alexander voller Panik und wollte schon flüchten. »Er kommt uns holen!«

Nervös versteckte Coll die Flasche Whisky, die er letzte Woche gemaust hatte, unter einem Busch, denn er glaubte, da käme jemand.

»Aber da ist doch niemand, Alas!«

»Doch! Die Seelen! Der Schleier, hinter dem die andere Welt liegt! Da ist er!«

John schüttete sich vor Lachen aus und wies zum Himmel.

»Da oben, Coll!«

Coll hatte sich seine Flasche wiedergeholt und schaute zum Sternenhimmel auf. Als er sah, was dort war, entspannte er sich seufzend.

»Ahhh! Und du glaubst wirklich, das ist der Schleier?«

»Heute ist doch Samhain, oder?«, meinte Alexander und ließ sich in das rosig überhauchte Gras sinken. »Was soll es denn sonst sein?«

»Es ist jedenfalls schön«, murmelte John, der nicht mehr lachte.

Die drei Brüder saßen eng zusammen und teilten sich den verbotenen Trank, der ihnen Kehle und Magen verbrannte und ihre Augen tränen ließ. Das Schauspiel zog sie in seinen Bann.

Seine Furcht verflog. Seit frühester Kindheit erzählte man ihnen von diesem Schleier, der die Welt der Toten von der der Lebenden trennte und den die Seelen in der Samhain-Nacht durchschreiten konnten. Alexander hatte ihn sich immer düster vorgestellt und für einen gewöhnlichen Sterblichen undurchdringlich. Er hatte ihn sich ein wenig wie ein Eisengitter gedacht, hinter dem Tausende von grotesken Dämonen mit skelettartigen Armen wimmelten, deren Klauen nach dem schlugen, der ihnen zu nahe kam. Aber das, was er jetzt sah, hatte damit nichts zu tun. Der Schleier besaß nichts von der Kälte und Starre, die er mit dem Tod in Verbindung brachte. Er wirkte eher wie Seide, die von den Atemzügen der Seelen der Verstorbenen bewegt wurde.

Der Knabe dachte an seine kleine Schwester Sarah und stellte sich vor, wie sie sich mit ihren kleinen weißen Händchen an dem Schleier festhielt, sich mit seinen sanften Bewegungen wiegte und dabei schallend lachte. Alexander schloss die Augen, um sich den Anblick des Schleiers einzuprägen, und streckte in der Hoffnung, ein imaginärer Talisman würde herabfallen, der seinem Leben eine Richtung gab, die offenen Hände gen Himmel …

Plötzlich spürte er etwas Hartes, Kaltes. Ungläubig schlug er die Augen auf und starrte die Whiskyflasche in seiner Hand an. Mit einem Mal war sein Traum, seine Hoffnung verflogen. Mit einem Mal fühlte er sich verbittert. Sollte das wirklich sein Leben sein?

»Woran denkst du?«, fragte Tsorihia leise.

»Eine Kindheitserinnerung«, flüsterte er und rieb seine Wange an ihrer. »Und du?«

»Eine Kindheitserinnerung!«, rief sie in spöttischem Ton aus. Dann wurde sie wieder ernst und erzählte.

»Ich weiß nur noch wenig von meinem Leben vor der Entführung. Eigentlich sind es nur verschwommene Bilder aus meiner frühesten Kindheit, wie die Schemen, die man auf der Wasseroberfläche sieht und die verschwinden, wenn man versucht, danach zu greifen. Aber als ich heute Abend den Himmel sah, habe ich an meine Großmutter gedacht, die ich lange Zeit vergessen hatte. Im Dorf haben sie alle die alte Ouaron genannt. Sie hat den Kindern Geschichten erzählt... Die über die Erschaffung der Welt habe ich sehr geliebt: Aataentsic, die Mutter der Menschheit, lebte einst im Himmel, bei den Geistern. Heute Abend habe ich mich gefragt, ob die Welt der Geister so aussieht wie diese Erscheinung am Himmel.«

»Hmmm... vielleicht«, gab Alexander zurück, umarmte sie fester und küsste die Schläfe der jungen Frau, wo er ihren Herzschlag spürte. »Ist sie noch dort?«

»Aataentsic? Nein... Eines Tages, als sie auf Bärenjagd war, fiel sie durch ein Loch im Himmel; eine Falle, die ihr die Geister gestellt hatten. Aataentsic war von ziemlich mürrischer Art, und die Geister hatten beschlossen, sie loszuwerden. Aber auf der Erde gab es damals nur das Urmeer, in dem die Große Schildkröte schwamm. Als die Große Schildkröte Aataentsic vom Himmel fallen sah, befahl sie dem Biber, tief ins Wasser zu tauchen und so viel Erde zu sammeln, wie er konnte, um sie auf ihren Rücken zu schütten. Dort ist Aataentsic hingefallen. Da erwartete sie schon ein Kind. Eigentlich waren es zwei, denn sie gebar Zwillinge: Iousheka, den Großen Geist, und Tawiscaron, den Bösen Geist. Während die Große Schildkröte und die Erde wuchsen, schuf der erste ihrer Söhne die Seen und Flüsse und baute in der Sonne Mais an. Schließlich erschuf er den Menschen, für den er aus einer Höhle die Tiere freiließ. Außerdem schenkte er ihm das Geheimnis des Feuers, damit er sich wärmen konnte. Der zweite Sohn aber, der den streitlustigen Charakter seiner Mutter geerbt hatte, säte Zwietracht, Zorn, Krieg und alles, was schlecht für den Menschen ist. Eines Tages forderte er seinen Bruder, mit dem er sich einfach nicht verstand, zum Duell. Er wurde verletzt und floh. Das Blut, das er verlor, als er dabei mehrmals hinfiel, verwandelte sich in Feuerstein, den die Menschen benutzten, um ihre Pfeilspitzen herzustellen. Seitdem ist er in die andere Welt verbannt und kehrt nie wieder zurück. Aber sein Zerstörungswerk ist in der Welt der Menschen geblieben.«

Alexander stellte eine seltsame Ähnlichkeit zwischen dieser Vorstellung von der Erschaffung der Welt und der, wie sie die biblische Schrift lehrte, fest. Eva ähnelte Aataentsic. Sie hatte zwei Söhne, Kain und Abel, die einander bekämpften, bis der eine den anderen erschlug ... Merkwürdigerweise musste er bei diesen feindlichen Zwillingsbrüdern an John und sich selbst denken; John war immer der Brave gewesen und Alexander der Rebell ...

Die junge Huronin bemerkte den Stimmungsumschwung ihres Gefährten, drehte sich in seinen Armen um und schlug die schwarzen Augen zu ihm auf.

»Ich weiß, dass du dir Sorgen um das Schicksal meines Volkes machst«, erklärte sie und legte die Lippen an seine Schulter, auf die Stelle, an der die Wolfstätowierung saß. »Allein können wir nichts erreichen, aber gemeinsam so vieles. Unglücklicherweise entzweit das Werk des Bösen Geistes die Menschen und stiftet sie an, einander umzubringen ...«

Ihr plötzliches Verstummen bereitete Alexander Sorgen. Die junge Frau trat ein Stück zurück. Ihre feuchte Haut schimmerte im Himmelslicht, und das Wasser, das ihr bis zu den Hüften reichte, umgab sie wie eine Blüte. Sie war eine Blume, und er hatte schreckliche Lust, sie zu pflücken. Er streckte die Hand aus, um sie zu berühren, aber sie hinderte ihn daran und wies mit dem Finger auf das Spiegelbild des Mondes auf dem leicht bewegten Wasser.

»Da! Das ist Aataentsic! Sie ist der Stern der Frauen, die Gefangene der Nacht. Iouskeha gehört wie die Sonne den Kriegern und erhellt unseren Tag. Beide sind die Quellen des Lebens und leiten unsere Seelen.«

Mit einer vielsagenden Geste legte sie die Hand um die zarte Mondsichel, die sich mit den Bewegungen der Wasseroberfläche verformte.

»Wie lautet dein christlicher Name?«, fragte sie unvermittelt.

»Alexander.«

Da wurde ihm klar, dass er ihr nie seinen richtigen Namen genannt hatte. Für sie war er von Anfang an Weißer Wolf gewesen.

»Alexander«, wiederholte sie leise. »Das ist der Name, den dir deine Mutter bei deiner Geburt gegeben hat. Für Godasiyo bist du Weißer Wolf. Aber für mich wirst du ›Der-mit-den-Augen-spricht‹ sein.«

Sie tauchte die hohlen Hände ins Wasser, fing den Mond darin ein und ließ es dann über Alexanders Stirn laufen. Er erschauerte.

»Vollziehen so nicht eure Priester die Taufe?«

»Ja, es fehlen nur einige Worte …«

»Worte …«, flüsterte sie zart. »Oft sind Worte nicht nötig, um auszudrücken, was das Herz bewegt. Die Augen, ganz besonders deine, drücken sehr viel aus …«

»Und was sagen dir meine Augen in diesem Moment, Tsorihia?«

Alexander fuhr mit dem Zeigefinger auf der Wirbelsäule der jungen Frau entlang, und sie erbebte. Sie verzog den Mund zu einem leisen, amüsierten Lächeln.

»Hmmm … *Yonnonweh* …«

»Das ist aber kein Irokesisch, oder? Was bedeutet es?«

»›Ich liebe dich‹ auf Wendat. Ich bin jetzt keine Tsonnontouan mehr.«

»Schön, dann musst du es mich lehren. Bei all diesen Dialekten bin ich mit meinem Latein am Ende!«

»Latein? Du sprichst die Sprache der Priester?«

»Ich kenne nur ein paar Gebete, das ist alles. Und du?«

Sie kam näher an ihn heran und schüttelte den Kopf.

»Ich bin nicht von einem Priester getauft worden. Mein Vater legte Wert darauf, uns die alte Religion zu lehren.«

»Aber Mathias Makons ist Christ.«

»Viele sind das heute, und aus freiem Willen. Ich finde, dein Gott sieht überall das Böse. Für ihn ist es eine Sünde, einen Mann zu lieben. Für mich ist Liebe etwas Gutes. Dein Gott sagt, es sei schlecht, das hier zu tun …«, flüsterte sie und biss ihn in den Hals.

»Fleischliche Sünde«, verbesserte sie Alexander, ließ die Hände über die Hüften und die Seiten der jungen Huronin hinaufgleiten, um auf ihren Brüsten zu verharren. »Ich würde sagen, das hier ist noch viel schlimmer.«

Das leise Gurren, das aus ihrer Kehle aufstieg, erregte ihn noch weiter. Er verließ die Wärme ihrer Brüste und bemächtigte sich ihres ebenso warmen Gesäßes.

»Und das hier … noch übler! Aber das ist noch nicht alles«, fuhr er fort und zog mit den Lippen einen Weg auf der feuchten, warmen Haut. »Noch nicht alles. Wenn ich das hier tue …«

Sie stieß einen leisen, verblüfften Schrei aus, als seine Hand zwischen ihre Schenkel glitt.

»Oh, Tsorihia! Ich glaube, wir kommen beide in die Hölle!«

Die junge Frau bäumte sich heftig auf, hielt sich an seinem Hals fest und bohrte ihm die Fingernägel in die feuchte Haut, während er eine Expedition zu den geheimen Höhlungen ihres Körpers unternahm. Von Zuckungen geschüttelt ergab sie sich stöhnend den lästerlichen Händen.

Nach einer Weile wurde die Huronin von einem langen Schauer ergriffen, ließ los und ließ sich mit einem Schrei, der im Wasser unterging, nach hinten fallen. Alexander griff ins Leere und sah sie verschwinden.

Mit einem Mal herrschte Stille. Unter den leisen Geräuschen der Amphibien suchte Alexander die Wasseroberfläche ab. Ein leichtes Plätschern, ein leises Glucksen … Er fuhr herum, erblickte jedoch nur eine Reihe konzentrischer, auseinanderlaufender Kreise. Eine leichte Berührung, eine Liebkosung …Ein Schauer überlief ihn. Wie ein Krake schlang sie sich um seine Beine und zog ihn zum Grund. Er widersetzte sich. Prustend brach sie durch die Wasseroberfläche. Er versuchte sie einzufangen, doch erneut entwischte sie ihm und sprang wieder in den See.

»Ich stelle fest, dass es in den kanadischen Seen ebenfalls böse Unterwasserwesen gibt, genau wie in den schottischen Lochs!«, lachte Alexander und suchte die Wasseroberfläche ab. »Oh ja! Dort gibt es Feen, die sehr … ah!«

Die junge Frau wusste, was sie wollte, und hatte es auch schon gefunden! Ihrem Gefährten wurden die Knie schwach, und fast wäre er ebenfalls untergegangen. Keuchend und fieberhaft suchte er nach einem Halt, während die Wasserfee ihm seine Kraft aussaugte. Dann, plötzlich, gab sie ihn frei. Er keuchte. Sein Begehren war noch ungestillt.

»Du Teufelin! Komm her!«, knurrte er, als sie ein Stück entfernt wieder hochkam.

Wie berauscht von diesem Spiel spritzte Tsorihia ihn nass und stand auf, um wegzulaufen. Erregt nahm Alexander die Verfolgung auf. Beinahe im Flug, wie eine Wildgans, die vom Wasser abhebt, hielt sie laut lachend auf den Strand zu. Wieder entkam sie ihm. Aber er war so behände wie ein junger Hirsch, tat einen Satz und packte sie. Beide fanden sich im Wasser wieder, wo sie miteinander rangelten.

»Hab … ich dich …«

Hier war das Wasser nur ein paar Zoll tief. Tsorihias Brüste und ihr lächelndes Gesicht bildeten bezaubernde Inseln, an denen wollüstig die Wellen leckten. Alexander streckte sich auf seiner Gefährtin aus, deren Körperwärme einen köstlichen Kontrast zu dem erfrischend kühlen See bot. Jetzt gab sich die junge Frau sanft und fügsam.

»Ich glaube, ich habe mein Wasserpferd gezähmt«, murmelte er, beugte sich über den keuchenden Mund und knabberte daran.

Plötzlich hörte er lautes Surren. Eine dieser verfluchten Mücken quälte ihn. Er schüttelte sich, um sie zu vertreiben. Vergebliche Mühe, denn das Insekt war fest entschlossen, sich an diesem Festmahl zu ergötzen und machte sich ans Werk, womit es dem Menschen, der seine Fee um nichts in der Welt loslassen wollte, ein Stöhnen entlockte.

Aufs Äußerste erregt ging auch Alexander zum Angriff über und bemächtigte sich seiner Beute, die einen leisen Seufzer ausstieß. Schon gesättigt gab Tsorihia sich hin und ließ ihren Gefährten seine Leidenschaft stillen. Vor Lust krampfte Alexander die Kiefer zusammen und sah zum Himmel auf, wo die letzten leuchtenden Partikel des Nordlichts mit den Leuchtkäfern tanzten. Sollte es möglich sein, dass er endlich sein Glück gefunden hatte?

8

Zufällige Begegnungen

Nach dem Rivière des Canards erreichten die Reisenden den Detroit-Fluss. Das Südufer war von schönen Häusern gesäumt; die französische Kolonie Petite Côte. Tsorihia war stumm vor Aufregung und riss die Augen weit auf. Nach sechzehn Jahren kehrte sie nach Hause zurück. Alexander wusste, was sie empfand.

Einige Einwohner führten von Ochsen gezogene Pflüge über die Felder. Einige von ihnen bauten auch Obst an. Äpfel, Birnen und Kirschen, hatte Nonyacha erklärt. Der Hurone hatte seiner Schwester auch berichtet, die Kolonie habe sich seit einigen Jahren vergrößert und ausgebreitet. Jetzt nahm sie das gesamte Südufer bis zum Rand des Odawa-Dorfes am Ufer des Saint-Clair-Sees ein.

Gleich gegenüber von Fort Detroit, dessen Palisaden auf dem Nordufer errichtet waren, lag eine Ansammlung von Holzhütten: die Mission von Assomption-de-la-Pointe-de-Montréal, die der Jesuitenpater Pierre Philippe Potier leitete. Die winzigen Holzhäuschen hatten so gar nichts mit den Langhäusern der Irokesen in Ganundasaga gemeinsam. Als Tsorihia die Frauen und Kinder erblickte, die zu dem gelandeten Kanu gelaufen kamen, trat ein verkrampftes Lächeln auf ihre Lippen, und sie suchte panisch nach Alexanders Hand. Man warf ihnen neugierige Blicke zu oder zupfte an ihrer Kleidung und ihrem Haar, um sie zu untersuchen. Waren diese Leute Gefangene? Nein, antwortete Nonyacha gereizt.

Mitsamt ihrer Eskorte begaben sich die Reisenden zu einer der Hütten. Der Lärm, den die Kinder veranstalteten, weckte den alten Hund, der auf der Treppe schlief. Der Hurone wollte schon die Tür öffnen, doch er zögerte auf der Schwelle.

»Ich sollte ihn lieber darauf vorbereiten, ehe du hineingehst, Tsorihia.«

Die junge Frau nickte und setzte sich beinahe erleichtert auf eine Bank. Einige Minuten später kam ihr Bruder heraus und lud sie lächelnd ein, ins Haus zu treten. Ihr Vater erwartete sie.

»Komm mit«, sagte Nonyacha dann zu Alexander, »wir müssen reden.«

An der Miene des Huronen erriet Alexander, worum es ging. Bestimmt hatten die französischen Händler ihrem Führer vom Gold des Hollandais' erzählt. Vielleicht gehörte ja Nonyacha ebenfalls zu denen, die auf der Suche danach waren. Sein Aufschub war zu Ende.

Als der Eingeborene sah, dass er zögerte, versuchte er ihn zu beruhigen.

»Wir müssen eine Schlafstelle für dich finden. Der Priester wird es nicht gern sehen, wenn du das Lager meiner Schwester teilst, weil ihr beide nicht verheiratet seid. Du könntest dich auf einer Farm verdingen. Es gibt hier genug Witwen auf der Suche nach kräftigen Männern, die auf ihren Feldern arbeiten.«

Sie hielten sich jetzt schon länger als eine Woche in der katholischen Mission auf. Jeden Morgen sagte sich Alexander, dass sein Leben zum Alptraum werden würde. Die beiden Huronen hatten ihm zwar keine Fragen gestellt, aber sie warfen ihm oft Blicke zu, die ihn zu der Meinung brachten, dass sie alles über ihn wussten. Bestimmt warteten sie auf den richtigen Augenblick, vielleicht sogar darauf, dass Wemikwanit kam. Er hatte daran gedacht, mit Tsorihia darüber zu sprechen, die Idee aber verworfen. Je weniger sie wusste, umso sicherer war sie. Außerdem dachte er daran, zusammen mit ihr zu fliehen. Warum sollte er nicht nach Québec zurückkehren? Dort wohnte immer noch Finlay Gordon.

Doch er konnte nicht von Tsorihia verlangen, dass sie ihren sterbenden Vater verließ, den sie gerade erst wiedergefunden hatte. Seit ihrer Ankunft hatte er sie nur drei Mal treffen können. Er musste also abwarten und hoffen, dass er sich irrte, was die Absichten der beiden Huronen anging. Aber dieser Mathias Makons … er umkreiste die junge Frau wie ein Adler ein Lamm.

Mit einem frustrierten Knurren versetzte Alexander dem Stein, an dem er sich die Pflugschar zerbrochen hatte, einen Tritt. Bauer war wirklich kein Beruf für ihn! Da war er empfänglicher für den Ruf der Wälder, die gleich hinter den Feldern begannen. Heute hatte Madame Pinceneau ihn gebeten, ein Dutzend zusätzliche Furchen auf einem bereits gepflügten Feld zu ziehen. Der Boden war gerodet worden, aber es waren noch genug Wurzelreste und Steine übrig, die ihm die Arbeit erschwerten. Gar nicht zu reden von dem Werkzeug, das nicht besonders stabil war und mit den Hindernissen nur schwer fertig wurde. Also wirklich … Er hätte sich nicht hier niedergelassen, wo der Boden relativ karg war … Die Siedler in dieser Gegend lebten dermaßen schlecht, dass man Petite Côte schon in Côte de la Misère, also Ufer des Elends, umgetauft hatte!

»Herrgott noch einmal!«, brummte er mit zusammengebissenen Zähnen und wühlte im Schlamm, um das zerbrochene Stück Eisen zu finden.

Da spürte er, wie sich eine Hand auf seine Schulter legte und sie freundschaftlich drückte. Er fuhr hoch, stieß einen erstickten Schrei aus und erblickte Mathias Makons, der ihn ernst ansah.

»Komm mit.«

Ein wenig verwirrt sah Alexander dem Eingeborenen zu, der sich in Richtung Straße, wo ein Ochsenkarren wartete, entfernte und hinaufkletterte. Alexander warf einen Seitenblick zum Haus der Witwe und zögerte. Wenn die Frau feststellte, dass er einfach seinen Arbeitsplatz verlassen hatte, würde sie ihm bestimmt sein Abendbrot verweigern. Aber vielleicht war ja Tsorihia etwas zugestoßen. Böse Vorahnungen zogen ihm den Magen zusammen, und er beschloss, Mathias zu folgen.

Die junge Frau saß, den Hund zu ihren Füßen, auf der Bank

vor dem Haus und starrte ins Leere. Ihre Augen waren trocken, aber es stand ein tiefer Kummer darin. Mathias hatte dem Schotten unterwegs erzählt, dass ihr Vater in der Nacht gestorben war.

Alexander setzte sich neben sie, aber er respektierte ihr Schweigen und sagte nichts. Menschen traten ins Haus und verließen es wieder. Pater Potier war gerade gegangen. Der alte Mann hatte sich wenige Stunden, bevor er seinen letzten Atemzug tat, noch taufen lassen und würde jetzt nach den Riten der katholischen Kirche bei der Kapelle Sainte-Anne, auf der anderen Seite des Detroit-Flusses, begraben werden. Das war die einzige Kapelle der Mission, aber die Gemeinde wuchs, sodass man bald eine weitere würde errichten müssen.

»Ich glaube, er ist glücklich gestorben«, murmelte Tsorihia.

Alexander nahm die Hand der jungen Frau und streichelte mit dem Daumen ihre Handfläche.

»Es tut mir leid. Ich verstehe deinen Kummer. Wenn du allein bleiben möchtest …«

Die Hand schloss sich fest um seine.

»Nein, bleib ruhig.«

Tsorihia sah aus ihren Obsidianaugen, die sich mit Tränen füllten, zu ihm auf. Alexander zog sie an seine Schulter, damit sie ihrer Trauer freien Lauf lassen konnte.

»Ich … ich weine um meinen Vater. Er war mein Vater, und ich kannte ihn nicht … Dieser Mann war ein Fremder für mich. Die einzigen Erinnerungen, die ich an ihn habe, sind ziemlich verschwommen und zeigen einen tapferen Krieger. Aber während der letzten Tage habe ich mit einem alten Mann gelebt, der halb blind und kaum noch bei Bewusstsein war. Ich weine um alles, was ich verpasst habe … Außerdem erkenne ich hier nichts wieder. Das ist nicht mein Dorf«, erklärte sie mit einer weit ausgreifenden Geste, »und die Einwohner sind nicht meine Freunde. Ich erkenne niemanden mehr wieder … Ich … ich hätte nicht zurückkommen sollen …«

»Sag das nicht, Tsorihia. Diese Menschen sind deine Verwandten. Und du hast noch deinen Bruder.«

Sie schniefte laut, nickte und sah ihn aus ihren geschwollenen Augen an.

»Ich weiß«, schluchzte sie. »Aber ich fühle mich hier nicht wohler als in Ganundasaga.«

»Dann komm doch mit mir, Tsorihia! Lass uns zusammen fortgehen! Ich kann dir nichts anderes bieten als meinen Schutz und meine Zuneigung, aber … das von ganzem Herzen.«

Die Huronin sah ihn eindringlich an, sodass er das bestürzende Gefühl hatte, sie erforsche seine Seele. Dann nickte sie langsam.

»Ich verdanke ›Der-mit-den-Augen-spricht‹ mein Leben, und ich werde ihm folgen. Ich verlange nichts außer ihm, und ich werde glücklich mit ihm sein, weil er meine Freude ist. Weisheit bedeutet zu wissen, dass das Glück in unsere hohle Hand passt. Größer ist es nicht, denn wir brauchen nicht mehr. Man soll nicht versuchen, mehr zu nehmen, als in unsere Hand passt, denn das Zuviel wird uns ohnehin entwischen und zu einem anderen gehen.«

»Du bist sehr weise«, sagte Alexander und küsste ihre Fingerspitzen. »Ich werde versuchen, mich dieser Hand, die mich festhält, würdig zu erweisen.«

Es gelang ihm, ihr ein leises Lächeln zu entlocken.

Nicht weit von ihnen entfernt lehnte Mathias Makons an der Wand und beobachtete die beiden; so wie jedes Mal, wenn er sie zusammen sah. Er war auch am Ufer des Erie-Sees in der Nähe gewesen, an dem Abend, als das Licht am Himmel getanzt hatte. Er begehrte Tsorihia mit einer Leidenschaft, die sich nur noch gesteigert hatte, seit er wusste, dass sie dem Engländer gehörte.

»Meine Schwester wählt selbst, mit welchem Mann sie geht«, hatte Nonyacha erklärt. Er hatte seine Gedanken erraten, ohne dass er sie in Worte zu fassen brauchte.

Er konnte Tsorihia nicht zwingen, ihn zu lieben. Doch er wusste, dass der Engländer ihrer eines Tages überdrüssig werden würde. Die weißen Voyageurs waren alle gleich. Am Ende überwältigte sie alle die Sehnsucht nach ihren großen Städten, und sie verließen ihre eingeborene Frau, um wieder zu der hellhäutigen Ehefrau zu laufen, die sie zurückgelassen hatten. Auf den Tag wartete er geduldig.

An diesem Morgen hingen die Wolken tief, schwer von dem Regen, auf den man so dringend wartete. Die Saat durfte nicht in der rissigen Erde sterben. Drei Wochen waren inzwischen verstrichen, und noch immer hatte man nichts von den französischen Händlern gehört, die Nonyacha nach Michillimacknac führten sollte. Alexander sagte sich, dass es besser so war. Sobald er seine Arbeit für die Witwe Pinceneau beendet hatte – er hatte noch drei Baumstümpfe auf dem Stück frisch gerodeten Landes auszugraben –, würde er fortgehen.

Auf der Straße ritt ein Reiter im gestreckten Galopp vorbei. Wahrscheinlich ein Bote aus einem benachbarten Fort. Alexander sah ihm einen Moment lang nach und kehrte dann zu seinem Ochsen zurück. Das Tier kaute an einem Grasbüschel und wartete geduldig, bis er die Knoten seines Geschirrs gelöst hatte. Ein Tropfen traf Alexander auf die Stirn. Als er zum Himmel aufschaute, fiel ein weiterer auf seine Wange und einer auf sein Kinn. Er stieß einen Seufzer der Erleichterung aus.

»Komm, mein Alter!«, murmelte er.

Er versetzte dem Tier einen Stockschlag aufs Hinterteil und schob es in Richtung Stall. Das Wasser lief in die ausgetrockneten Löcher auf dem Weg und bildete rasch riesige Pfützen, durch die sie waten mussten. Bis er den Ochsen ins Trockene gebracht hatte und ihm zur Belohnung Heu gab, war Alexander bis auf die Haut durchnässt. Er räumte das Werkzeug weg, vergewisserte sich, dass der Stall gut abgeschlossen war und schickte sich zum Gehen an. Doch die Landschaft verschwamm so in dem strömenden Regen, dass er das Haus der Witwe Pinceneau kaum erkennen konnte. Er beschloss zu warten, bis der Regen nachließ, und setzte sich auf den Hackklotz, der bei dem Brennholzvorrat stand, suchte sich ein Stück Holz aus und zog sein Taschenmesser hervor.

»John?«, fragte jemand durch das ohrenbetäubende Rauschen des Regens hindurch.

Alexander war vollkommen in seine Arbeit vertieft gewesen und hatte nicht gesehen, wie der Mann vom Pferd gestiegen war.

»John Macdonald?«

Er erstarrte. Dieses Mal hatte er richtig verstanden. Er legte das Holzstück weg und drehte sich um. Da stand ein Mann und starrte ihn schwer atmend an. Er triefte und war von Kopf bis Fuß mit Schlamm überzogen.

»Herrgott! Du bist es wirklich!«, rief er aus und kam mit ausgebreiteten Armen auf ihn zu. »Da will ich bei der Pinceneau um Asyl ersuchen, und wen sehe ich? Und ich glaubte dich in Trois-Rivières, bei deiner bezaubernden Frau … Marie-Anne? Ja, so heißt sie. Zu hübsch, um sie zu vergessen, was? Und wie geht es dem Kleinen?«

»Dem … Kleinen?«, stotterte Alexander unsicher. Ihm war klar, dass der andere ihn verwechselte.

»Hat deine Frau nicht für den Frühling ein Kind erwartet?«

»Ähem … ja. Ich … also …«

»Unser Freund John musste seine Frau verlassen, ehe sie das Kind bekam, Didier«, warf Nonyacha ein. Er trat aus dem Schatten und warf Alexander einen finsteren Blick zu.

Alexander war so überrascht über sein Auftauchen, dass er den Huronen mit offenem Mund anstarrte.

»Ähem …«, stotterte der Unbekannte verwirrt. »Ja, oft führen die Geschäfte uns fort. Ich wusste gar nicht, dass du hier wieder die Zügel des Handels in die Hand genommen hast. Man hatte mir erzählt, dass du keine Expeditionen mehr unternimmst …«

»Er hat eine Angelegenheit im Fort zu regeln«, schaltete sich Nonyacha ein.

»Mhhh …«, meinte der andere und rieb sich den Kiefer, um ein Schlammrinnsal, das ihm den Hals hinuntertropfte, wegzuwischen. »Ich hatte ja keine Ahnung, dass deine Geschäfte dich so weit weg führen …«

»Nun ja, die Geschäfte entwickeln sich eben, Didier!«, meinte der Hurone, der ungeduldig zu werden begann.

Alexander musterte Nonyacha stirnrunzelnd, und der wiederum zog die Augen zusammen und sprach ihn an.

»Wir müssen uns auf die Jagd vorbereiten. Komm mit, du brauchst ebenfalls ein neues Gewehr.«

»Ja, ja, ich muss auch auf die Jagd gehen«, fuhr der andere fort. »Ich war gerade auf dem Weg zum Kontor. Mein Zimmer ist inzwischen vermietet.«

Er versuchte immer noch, sich den Schlamm aus dem Gesicht zu wischen, erreichte aber nur, dass er ihn noch weiter verteilte. Als er feststellte, dass seine Bemühungen vergeblich waren, seufzte er enttäuscht, wischte sich die Finger an seinen Kniehosen ab und streckte Alexander die Hand entgegen. Ihm blieb nichts anderes übrig, als sie zu nehmen.

»Du erinnerst dich doch an mich, Macdonald? Didier Chartrand. Ich habe Touranjau begleitet, als wir uns vergangenen Sommer in Mackinac begegnet sind.«

»Ähem … Mackinac? Ja, ich glaube mich zu erinnern. Man trifft halt so viele Menschen … Und ich habe einfach kein Gedächtnis für Gesichter …«

»Hmmm … Ja, wenn man so viel Whisky schluckt, können die Erinnerungen schon mal etwas verschwommen sein. Aber du erinnerst dich doch an Julien Touranjau und Nicolas Beauvais?«

»Ist den Franzosen etwas zugestoßen?«, fragte Nonyacha sichtlich erstaunt.

»Ja, es ist schrecklich! Ich muss zu Langlade und ihm alles erzählen. Dann hört ihr ebenfalls, worum es geht.«

Sie hatten gerade das Handelskontor betreten und warteten auf den berühmten Langlade, als ein alter Mann, der krumm wie ein Weidenbaum war und geräuschvoll sein Holzbein über die wurmstichigen Bodendielen nachzog, hereinkam. Er ging an den Regalen vorbei und schlug mit seinem Stock gegen einen Topf, worauf zwei kleine Jungen, die um Kandiszucker gebettelt hatten, zusammenschreckten und davonrannten.

»Ja, guten Tag, mein Freund!«, krächzte er und verzog seinen breiten, zahnlosen Mund zu einem an Chartrand gerichteten Willkommenslächeln. »Welch guter Wind hat dich denn hergeweht?«

»Wohl eher der Regen, fürchte ich«, gab Chartrand zurück, wischte sich mit einem Taschentuch von zweifelhafter Reinlichkeit die letzten schwarzen Spuren aus dem Gesicht und stopfte es dann in seine Rocktasche. »Und eine unvorhergesehene Jagdpartie«, fuhr er fort, nahm ein Gewehr zur Hand und musterte es prüfend. »Wie viel verlangst du für dieses hier?«

»Hmmm... Du bist mir noch sechs Pelus schuldig«, erklärte Janisse und trat um die Theke herum. »Ich habe keine Lust mehr, dir schon wieder Kredit zu geben...«

»Ohnehin würde ein altes Tulle-Gewehr nicht einmal aus zwei Fuß Entfernung einen Elch töten«, murrte Chartrand. »Hast du nichts anderes?«

»Nein, nicht, wenn du nicht bar bezahlst, mein Freund.«

Nonyacha bat darum, ihm ein reguläres Militärmodell von 1754 herunterzugeben, dessen Lauf um einen halben Fuß kürzer war als der der anderen Waffen. Janisse griff zu einer speziellen Stange, die dazu diente, die Gewehre herunterzunehmen, die er so hoch gehängt hatte, dass Kunden, die ein wenig zu viel Branntwein genossen hatten, nicht herankamen, und gab ihm das verlangte Modell.

Nonyacha wog die Waffe ab, überprüfte die Mechanik und legte sie mit tadelnd verzogenem Mund auf die Theke. Vor ihm lagen bereits vier halbreguläre Tulle-Militärmodelle; acht Brown Bess, davon zwei alte Long Land-Modelle und zwei der neueren Short Land; sechs Saint-Étienne-Jagdgewehre und zwei Bukanier-Gewehre mit kurzem Lauf, die beliebt waren, weil sie sich rascher nachladen ließen als die Militärmodelle.

»Wie viel nimmst du für dein Vier-Fuß-Tulle?«

»Fünfzehn Pfund, Festpreis.«

»Und die zweiundvierzig Zoll Brown Bess?«, erkundigte sich Alexander.

»Nimm kein englisches Gewehr«, meinte Nonyacha grinsend. »Nach zehn Schuss hustet es dir ins Gesicht.«

»Nicht, wenn man damit umzugehen weiß«, hielt Alexander dagegen und nahm die Waffe, die Janisse ihm hinhielt. »Ich kenne dieses Modell sehr gut. Es ist robust und zuverlässig.«

»Um einem Franzosen eine Kugel in den Kopf zu schießen?«, versetzte eine heisere Stimme hinter ihnen zynisch.

Als Alexander sich mit vorgehaltener Waffe umdrehte, fand er sich einem braunhaarigen Mann mittleren Alters gegenüber, der ihn mit undeutbarer Miene ansah. Er trug einen blauen, wollenen Kapuzenumhang, an dem Knöpfe und ein Ringkragen aus Messing glänzten, und rot gefärbte, mit Fransen geschmückte Lederbeinlinge. Um die Waden hatte er sich je ein Messer geschnallt.

»Ich hatte schon mehrmals Gelegenheit, mich von der Güte der englischen Waffen zu überzeugen«, meinte er betont deutlich und strich das Haar von seiner linken Schläfe zurück, um ihnen eine Narbe zu zeigen. »Sehr zuverlässig, in der Tat… in den Händen eines guten Schützen. Doch der Mann, der mir dieses Erinnerungsstück verpasst hat, hätte ein wenig Übung gebrauchen können.«

Demonstrativ musterte er Alexander mit einem scharfen Blick, der von einem ironischen Lächeln begleitet wurde. Dann wandte er seine Aufmerksamkeit Chartrand zu, der mit verschränkten Armen in seiner Ecke wartete.

»Mein lieber Chartrand!«, trompetete er und lächelte noch breiter. »Wie sieht es in Fort Chartres aus? Belagern euch die Illinois immer noch, oder ist es dem großen Pontiac gelungen, die Wogen zu glätten?«

»Möge Gott Pontiac schützen, Langlade«, knurrte Chartrand und trat auf den Neuankömmling zu. »Der Wind dreht sich und weiß nicht mehr, wohin er wehen soll. Ich fürchte um seine Sicherheit.«

»Und dahin, wo der Wind weht, gehen auch die Menschen.«

»Hmmm… So ist es, sie zerstreuen sich.«

Chartrand blinzelte, und einer seiner Mundwinkel zuckte

krampfhaft. Er sah zuerst Nonyacha und dann Alexander an, der die Brown Bess wieder auf die Theke gelegt hatte.

»Ja, das ist unvermeidlich«, murmelte er mit einer Grimasse, die verriet, dass er diesen Umstand keineswegs billigte. »Wie man so sagt, reicht ein einziger Windstoß, der den Geruch des Geldes heranträgt, damit ein Mann sein Gewehr in die andere Richtung anlegt.«

»Könntest du dich etwas klarer ausdrücken?«, fragte Langlade und lehnte sich an den Rand eines Bleifasses.

»Touanjau und Beauvais... Man hat sie ermordet aufgefunden.«

Langlade schnitt eine Grimasse und warf Nonyacha, der unter seiner braunen Haut erbleicht war, einen Seitenblick zu.

»Wann hast du die Franzosen zum letzten Mal gesehen, Nonyacha?«

Der Indianer verzog das Gesicht und zögerte einen Moment.

»Am Tag nach ihrem Besuch bei den Tsonnontouan. Ich habe mich zwei Meilen vor dem Genesee-Fluss von ihnen getrennt.«

Chartrand wandte sich ihm zu und sah ihn einen Moment lang verblüfft an. Dann fuhr er sich langsam mit der Hand übers Gesicht, und seine Miene nahm einen offen boshaften Ausdruck an.

»Genau da hat man sie an Bäumen aufgehängt gefunden! Der Amerikaner, Casey, konnte entkommen. Als man ihn gefunden hat, war er in einem furchtbaren Zustand und versuchte, sich nach Fort Niagara durchzuschlagen.«

Ein bleiernes Schweigen senkte sich herab. Dem Huronen war alles Blut aus dem Gesicht gewichen.

»Aber wer...?«

»Genau das möchte ich gern von dir wissen, Nonyacha! Du warst doch ihr Führer, oder? Wie Zadoc Casey sagt, sind sie bei Nacht von drei Männern angegriffen worden, von denen einer gut Englisch sprach und wie ein Eingeborener gekleidet war.«

Chartrands düsterer Blick richtete sich jetzt auf Alexander, und es war leicht zu erraten, was er dachte.

»Du glaubst doch nicht, dass...? So etwas hätte ich nie getan.

Die beiden gehörten doch zu uns!«, verteidigte sich Nonyacha plötzlich.

»Ich weiß, dass du der Einzige warst, der wusste, wo sich die Franzosen in jener Nacht aufhielten… Und was ich weiß, das weiß ich. Außerdem verstehe ich nicht, was du mit diesem Macdonald zu schaffen hast, der eben nicht mehr zu uns gehört.«

Chartrand wandte Alexander sein vor Zorn kreidebleiches Gesicht zu und fuhr fort.

»Und du, Macdonald? Ich frage mich, was dich wirklich hierher führt. Ich dachte, du hättest dich nach eurem Streit im letzten Winter von Philippe Durand getrennt, und dass du nicht mehr für ihn arbeitest. Warum also bist du hierher zurückgekehrt? Was suchst du wirklich?«

Philippe Durand? Alexander wusste nicht, was er sagen sollte. Er lief Gefahr, sich in seinen Lügen zu verstricken… Für einen Augenblick hatte er vergessen, dass Didier Chartrand ihn mit seinem Bruder John verwechselte. Sein Instinkt sagte ihm, dass er dieses Spiel fortsetzen sollte, aber vorsichtig. Er hörte geradezu das Gold des Hollandais' unheilverkündend klingeln.

»In Zukunft gehe ich meinen eigenen Weg und versuche, mir selbst mein Netz aufzubauen, nichts weiter.«

Chartrand betrachtete den Schotten prüfend. Lange schaute er auf die Hand, an der ein Finger fehlte, und runzelte die Stirn. Alexander ließ die Musterung gelassen über sich ergehen.

»Willst du etwa andeuten, wir wären für den Tod der Franzosen verantwortlich?«, rief Nonyacha mit einem Mal aus, und seine Hand fuhr an seinen Dolch.

»Mein Freund, mein Freund!«, schaltete sich Langlade ein und hob seine Waffe, um dem Huronen Einhalt und Ruhe zu gebieten. »Chartrand hat keineswegs behauptet, du hättest etwas mit dem Mord an den beiden Männern zu tun. So ist es doch, Didier? Ich habe nämlich schon gehört, was passiert ist.«

Chartrand zuckte zusammen und sah Langlade verblüfft an.

»Ich komme vom Ontario-See«, erklärte dieser, »wo ich soeben Casey getroffen habe. Er hat mir versichert, die beiden Indianer seien Algonquin gewesen, keine Huronen. Der Engländer war zweifellos ein Händler, der sich einen Teil des Marktes aneignen wollte ... Aber du, Nonyacha«, fuhr er, an den Eingeborenen gerichtet, fort, »solltest doch als Führer für sie arbeiten. Warum warst du in jener Nacht nicht bei ihnen?«

»Ich habe meine Schwester Tsorihia geholt«, antwortete Nonyacha nervös. »Sie war von den Tsonnontouan, die wir besucht hatten, adoptiert worden ...«

Der Hurone wandte den Kopf zu Alexander und verstummte. Fast wäre ihm herausgerutscht, dass der Weiße ihm geholfen hatte, seine Schwester aus dem Dorf zu schmuggeln. Das hätte Chartrands Argwohn nur noch verstärkt.

»Aber ich hatte mich mit Touranjau darauf verständigt, dass er mit den anderen an der Mündung des Genesee auf mich warten sollte. Dort sollte ich zusammen mit meiner Schwester zu ihnen stoßen.«

»Und du hast sie nicht angetroffen?«

Noch immer verstört schüttelte der Indianer den Kopf, während Langlades Miene aufrichtige Sorge zeigte.

»Ich habe allerdings gehört, du hättest deine Schwester wiedergefunden, Nonyacha. Geht es ihr gut?«

»Ja, wenn man so will ... Unser Vater ist vor ein paar Tagen gestorben. Sie hatte ihn gerade erst wiedergesehen ...«

»Hmmm ... das tut mir leid. Ich hatte mich nur gefragt, ob du auf dem Rückweg nicht vielleicht den drei Männern begegnet bist, auf die die Beschreibung der Angreifer passt.«

»Nein.«

»Und als ihr bei Gayengwatha wart, habt ihr da im Dorf oder in der Umgebung Eingeborene bemerkt, die anderen Völkern angehörten?«

»Wir haben keine Algonquin gesehen, falls Ihr das meint. Aber warum sollten auch Algonquin etwas gegen die Franzosen haben?«

»Touranjau wollte sich von dem Plan für einen Gegenschlag gegen die Engländer zurückziehen«, erläuterte Chartrand mit verbitterter Stimme.

»Aber er hatte doch unterschrieben, oder?«

»Er hat das Dokument, das ihn mit der Liga der aufständischen Händler verband, ganz einfach zerrissen. Wollte sein Mäntelchen nach dem Wind hängen, wenn du verstehst, was ich meine… Viele betrachten ihn als Verräter. Genau wie van der Meer – möge Gott seiner Seele gnädig sein – hat er sein trauriges Schicksal selbst gewählt.«

»Die Sache zieht ja noch viel weitere Kreise«, murmelte Langlade und stand auf. »Die Engländer vertreiben die Franzosen aus Louisiana, weil allein ihre Anwesenheit auf diesem Gebiet sie in den Augen von Gage verdächtig macht. Allgemein vermutet man, dass sich da etwas vorbereitet. Was soll die Liga dann ausrichten? Und das Gold ist ohnehin unwiederbringlich verloren… Damit müssen wir uns abfinden.«

Alexander war in Schweiß gebadet. Wenn ein einziger dieser Männer den geringsten Verdacht schöpfte, dass er etwas über das verfluchte Gold wusste… Aber etwas sagte ihm, dass Étienne Lacroix und Wemikwanit unabhängig von dieser »Liga« handelten und niemand außer den beiden über seine Rolle in dieser Geschichte Bescheid wusste. Mit welcher Absicht wohl diese Halunken jetzt versuchten, sich den Schatz zu holen? Reine Geldgier? Bei Étienne war das durchaus möglich. Aber was Wemikwanit anging, zweifelte er daran.

Langlade rieb sich, sichtlich unzufrieden mit der Wendung der Ereignisse, die Augen. Alexander beobachtete diesen Mann, von dessen Großtaten er gehört hatte. Charles-Michel Mouet de Langlade war der Sohn eines französischen Pelzhändlers und einer Ojibwa. Er hatte in der französischen Kolonialarmee gedient und an mehr als einer Schlacht gegen verschiedene Indianervölker teilgenommen. Er hatte zu denen gehört, die bei der Verteidigung von Fort Duquesne gegen die Truppen von General Braddock gesiegt hatten. An der Spitze eines Kontingents aus Odawa und Ojibwa hatte er unter dem Befehl eines gewissen Beaujeu den englischen Soldaten am Monongahela-Fluss einen Hinterhalt gelegt. Anschließend hatte er unter dem Kommando von General Montcalm an mehreren siegreichen Schlachten gegen die Engländer teilgenommen, auch an der von Sault de

Montmorency, in der Alexander gekämpft und in der Wolfe einen so hohen Preis hatte entrichten müssen.

»Macdonald«, sprach Langlade nach einer Weile weiter, »ich habe gehört, Ihr hättet Euch nach dem … Massaker an van der Meer und seinen Männern mit Solomon getroffen. Was hat er Euch über diesen Schatz mitgeteilt, nach dem alle Welt sucht?«

Alexander wog die Tatsachen ab und dachte so schnell wie noch nie. Also hatte John nach dem schrecklichen Gemetzel Kontakt zu Jacob Solomon aufgenommen … Hatte er davon im Voraus gewusst, oder hatte er erst später erfahren, was geschehen war? Wusste sein Bruder von seiner Reise in die Hölle? Hatte er etwas mit dem Massaker zu tun gehabt? Alexander konnte sich nicht erinnern, ob Solomon von der Existenz der Truhe gewusst hatte. Besser, er war vorsichtig und täuschte Unwissenheit vor.

»Der Schatz? Solomon hat nicht davon gesprochen … Wahrscheinlich weiß er gar nicht, dass er existiert.«

»Das möchte er alle anderen vielleicht glauben machen … Aber van der Meer ist dieses Gold seit seiner Rückkehr aus Louisiana ständig im Kopf herumgegangen, sodass er bestimmt das Bedürfnis hatte, sein Geheimnis jemandem anzuvertrauen, für den Fall, dass …«

Und zu Recht, dachte Alexander, aber es wäre nicht klug von ihm gewesen, sich seinem Partner anzuvertrauen.

»Das wäre ein fataler Fehler gewesen«, fuhr Langlade fort, der in die gleiche Richtung zu denken schien wie der Schotte. »Das würde auch das Massaker erklären. Die Männer, die Touranjau, Beauvais und Casey überfallen haben, sind zweifellos dieselben, die den Hollandais und seine Mannschaft angegriffen haben. Algonquin … vielleicht auch Ojibwa aus Grand Portage. Möglich, dass Solomon jemanden beauftragt hat, van der Meer zu folgen und … nun ja, den Rest kennen wir.«

»Also, ich glaube immer noch, dass der Hollandais das Gold für sich behalten wollte und deswegen seinen Partner nicht in das Geheimnis eingeweiht hat«, meinte Chartrand gereizt.

»Ich habe van der Meer sehr gut gekannt und kann mir nicht

vorstellen, dass er dieses Gold nur behalten wollte, um sich zu bereichern. Wenn es so gewesen wäre, hätte er einen Teil genommen und den Rest an die ausgezahlt, die es beanspruchten. Da niemand genau weiß, wie groß der Schatz ist, hätte niemand etwas bemerkt, und er wäre die Bande von Meuchelmördern, die ihm auf den Fersen war, los gewesen. Aus welchem Grund er das Gold unbedingt behalten wollte, begreife ich einfach nicht, verflucht! Aber ganz bestimmt nicht aus Geldgier.«

Alexander dachte über die gesamte Lage nach und hörte nur noch mit halbem Ohr zu. Langlade und Chartrand wussten nicht, wer van der Meer und die Franzosen umgebracht hatte. Das stützte seine Vermutung, nach der Wemikwanit und Étienne auf eigene Faust handelten.

Als er aufschaute, begegnete er Nonyachas verständnislosem Blick. Er schien nicht mehr zu begreifen, wovon diese weißen Männer sprachen. Vorsichtig ergriff Alexander das Wort.

»Ich glaube, der Hollandais hat begriffen, dass dieses Gold die eingeborenen Völker um die Großen Seen nur in den Untergang reißen würde. Er hat gesehen, mit welchen Methoden die Engländer Aufständische unterwerfen. Ich glaube, er wollte den Frieden…«

»Frieden?!«, schrie Chartrand. »Dass ich nicht lache! Das ist eine Utopie! Frieden werden wir erst am Tag nach dem Jüngsten Gericht haben.«

»Macdonald liegt vielleicht richtig. Touranjau und Beauvais dachten genauso«, meinte Langlade und kratzte sich nachdenklich den Kopf. »Und ich finde… diese Männer hatten nicht so unrecht. Sicher, die Engländer werden versuchen, die eingeborenen Völker nach Westen zu verdrängen. Aber ich glaube, wenn man sie mit einigen wenigen Waffen bekämpft, wird das viele Menschenleben kosten und das Problem nicht lösen.«

»Ja… genau das war auch van der Meers Meinung«, murmelte Alexander zerstreut und dachte an den Abend zurück, an dem der alte Pelzhändler ihm seine Befürchtungen anvertraut hatte.

Er schloss die Augen und sagte sich, dass er den Hollandais nicht verraten hatte. Wenn der Alte ihn von dort, wo er jetzt war, sah, würde er erleichtert sein.

»Mir scheint, du hast diesen Montréaler Händler gut gekannt, John! Dabei hast du mir bei unserem letzten Zusammentreffen gesagt, du wärest ihm nie begegnet.«

Chartrands ernste, anklagende Stimme traf ihn wie ein Schlag. Er schlug die Augen auf und drehte sich zu dem Mann um, der ihn mit seltsamem Blick musterte. Mit einem Mal hatte er Angst. Zweifelte Chartrand an Johns Treue zur Liga? Glaubte er, er sei hier, um sich den Schatz zu holen? Oder dass er der Engländer war, der an dem Mord an den Franzosen beteiligt war und – warum auch nicht – an van der Meers Ermordung? Dann kam ihm ein Gedanke, bei dem es ihm kalt den Rücken hinunterlief: Möglicherweise steckte John mit Wemikwanit und Étienne unter einer Decke. Das hätte erklärt, warum er nicht mehr für Philippe Durand arbeitete.

»Ich kannte ihn«, begann er. »Ich bin ihm in Montréal kurz begegnet. Außerdem hat Solomon mir von ihm erzählt, und so habe ich indirekt viel über ihn erfahren … Ich kann mich nur respektvoll vor seinem Mut und seiner Rechtschaffenheit verneigen. Van der Meer war ein wohlhabender Händler, der wusste, wie er sein Vermögen vermehrt, oft auch zum Schaden anderer. Aber ich kann mir denken, dass er kein Mörder war und nicht so geldgierig, dass er dafür das Leben unschuldiger Frauen und Kinder geopfert hätte.«

Zu viele Völker haben schon den Preis für diese Rebellion gezahlt, und was ist dabei für sie herausgekommen? Sehr wenig … ganz bestimmt viel weniger, als Ihr, verehrte Händler, dabei verdient habt, schloss er lautlos.

»Ich verstehe«, sagte Chartrand einfach und zog seine dichten Brauen hoch. Seine grauen Augen blickten zornig.

Der Mann musterte Alexander von Kopf bis Fuß. Dann warf er zuerst Langlade, dann Nonyacha und schließlich Janisse einen gereizten Blick zu.

»Schön, ich muss mich mit dem Kommandanten des Forts

treffen. Er wird bestimmt nicht so viel Gewese darum machen, mir eine Waffe zu verkaufen.«

Er riss die Tür auf, stürmte hinaus und nahm Alexanders ganze Selbstsicherheit mit. Langlade trat nachdenklich auf den Schotten zu.

»Die Brown Bess ist sicher geeignet, um einem Franzosen ein Loch in den Kopf zu pusten, Monsieur Macdonald. Aber eine Tulle ist immer noch das Beste, wenn Ihr einem Engländer den Schädel wegschießen wollt, wenn Ihr versteht, was ich meine.«

In Langlades Augen stand keine Spur von Feindseligkeit. Ob der Mann einfach versuchte, ihn vor Didier Chartrand zu warnen? Mit großer Mühe beherrschte Alexander sein ungutes Gefühl und hielt dem Blick des Mischlings stand, der ihm zulächelte und dann seinem Gefährten in das Unwetter folgte.

Das Essen verlief in verlegenem Schweigen. Der eine sah auf, wenn ein Löffel auf Fayence klirrte, ein anderer schlug die Augen nieder, wenn ein Glas auf den Tisch geknallt wurde. Man bat mit einer Geste um etwas und erhielt zur Antwort ein Brummen. Nur der Wind, der pfiff und die Fensterläden zum Klappern brachte, wagte zu sagen, was er dachte. Alle schwiegen, um ihm zu lauschen.

Nonyacha hatte Tsorihia und Mathias Makons alles erzählt. Alexander konnte beinahe hören, wie in ihren Köpfen kleine Uhrwerke tickten und jeder seine eigenen Schlüsse zog. Ganz offensichtlich konnte er nicht für den Tod der Franzosen verantwortlich sein. Aber man konnte sich natürlich die Frage stellen, ob er nicht etwas mit der Sache zu tun hatte …

Tsorihia schien ihrem Gefährten nicht gram zu sein. Ob er nun John oder Alexander hieß, änderte nichts an ihren Gefühlen für ihn. Mathias brütete vor sich hin. Wahrscheinlich war er eher empört darüber, dass die Liebe der jungen Frau zu Alexander nicht geschmälert war, als dass er ihn für schuldig an einem scheußlichen Verbrechen gehalten hätte. Nonyacha brachte keinen offenen Groll zum Ausdruck, vermied es jedoch, das Wort an den weißen Mann zu richten.

Tsorihias Bruder schob seinen geleerten Teller zurück und stand auf. Mathias wollte es ihm nachtun, doch Nonyacha bedeutete ihm mit einer Handbewegung, ihm nicht zu folgen. Dann verließ er das Haus. Der Wind schlug die Tür hinter ihm so heftig zu, dass die drei anderen zusammenzuckten. Ein paar Minuten später ging Mathias ebenfalls.

»Ich glaube, für mich ist es Zeit, dass ich fortgehe, Tsorihia«, begann Alexander. »Ich will dich aber nicht zwingen …«

»Ich gehe mit dir«, erklärte sie mit entschlossener Miene und legte ihre warme Hand auf die seine. »Nonyacha kann mich nicht gegen meinen Willen zurückhalten.«

Sie saßen auf einem Bärenfell, das über den Boden gebreitet war. Die junge Frau schmiegte ihre Stirn an seine Schulter, und er streichelte ihr pechschwarzes Haar. Im Kamin loderte ein Feuer; seine glühenden Zungen leckten an den geschwärzten Steinen. Der Duft des gebratenen Fleisches hing noch in der Luft, aber er konnte den durchdringenden Gestank des Abfalls auf den Straßen, den niemand aufsammelte, nicht übertünchen. Von den Essensresten lebten die Hunde, aber sie lockten bei Nacht auch Ratten, Stinktiere und Waschbären an.

»Ich bin es dir schuldig, dir die Wahrheit zu sagen, Tsorihia … Wenn du dich entscheidest, mir zu folgen, musst du das wissen.«

Die junge Frau legte ihre warme, tröstliche Hand auf seine Brust.

»Ich weiß, dass du mich nicht angelogen hast. Das ist alles, worauf es für mich ankommt.«

»Ach, Tsorihia!«, seufzte Alexander und legte den Kopf in den Nacken. »Du musst das verstehen. Sie werden Jagd auf mich machen, bis sie entweder das Gold oder meine Haut haben. Wenn du bei mir bleibst, begibst du dich in Gefahr …«

Er legte eine Pause ein und lauschte dem Knistern des Feuers.

»… denn ich weiß, wo dieses Gold, das sie suchen, versteckt ist.«

»Ich weiß.«

Alexanders Kopf fuhr hoch. Tsorihia sah ihn mit ernster Miene an.

»Woher …?«

»In der Nacht nach deiner Marter hast du im Schlaf gesprochen.«

»Ich habe geredet? Und was habe ich gesagt?«

»Verschiedenes … Du hast geschworen, den Mann, dem du dein Wort gegeben hattest, niemals zu verraten.«

Verblüfft riss Alexander die Augen auf und saß mit offenem Mund da. Sie hatte es die ganze Zeit gewusst und nie etwas davon gesagt! Vielleicht hatte sie ja ihrem Bruder davon erzählt … und der hätte sehr gut alles an Chartrand weitertragen können. Möglicherweise befand sich Nonyacha ja gerade bei Chartrand!

»Ein Mann, der am Marterpfahl der Tsonnontouan Wort hält, hat seinen Mut von den Göttern. Sein Herz ist edel und verdient Achtung. Der Große Geist hat die Tsonnontouan geleitet, dass sie dich verschont haben.«

»Und Nonyacha weiß davon? Hast du ihm davon erzählt?«

»Deine Worte haben meinen Mund nie verlassen. Ich spreche niemals an deiner Stelle. Du entscheidest selbst, wann die richtige Zeit ist, die Stimme des Großen Mysteriums freizulassen.«

»Das Große Mysterium?«

»Das Schweigen. Es schenkt Geduld, stärkt den Mut und festigt die Würde.«

Ihre heitere Miene und ihr Lächeln verwirrten ihn.

»Glaubst du, dass dieser Moment gekommen ist, Tsorihia? Findest du, ich sollte das Große Mysterium freilassen?«

»Der Mord an den Franzosen hat Nonyacha erschüttert. Jetzt muss er entscheiden, in welchem Lager er steht. Unser Volk ist immer stolz darauf gewesen, gegen die Engländer zu kämpfen. Für ihn bedeutet es Feigheit, die Waffen niederzulegen. Mein Bruder weiß nicht, dass es oft mehr Mut erfordert, der Stimme der Vernunft zu folgen als seinem Instinkt.«

»Mein Gott!«, seufzte Alexander und zog die junge Frau an

sich, um sie zu küssen. »Weißt du, dass du die Stimme der Weisheit in Person bist?«

Sie lachte leise und löste sich dann von ihm, um sich auf dem Fell auszustrecken.

»Ich werde zu ihm gehen ... noch heute Abend.«

»Er wartet schon auf dich.«

Nachdenklich betrachtete Alexander Tsorihias Gesicht und konnte sich nicht dagegen wehren, dass sich Isabelles Züge darüber legten. Es störte ihn, dass er immer noch an Isabelle dachte, und er wünschte sich mehr als alles andere, sein Herz schlüge nur für die junge Huronin ... Er schickte sich zum Aufstehen an.

»Wo ist er?«

»Warte noch. Es hat keine Eile.«

Tsorihia umarmte ihren Gefährten und schlang die Arme um seinen Hals, um ihn an sich zu ziehen. Doch sie mochte ihm nicht in die Augen schauen, um dort nicht die Dinge zu lesen, die sie verletzen würden. Trotz allem, was sie über Alexander wusste, war sie entschlossen, ihm zu folgen. Die Nacht nach seiner Tortur hatte der weiße Mann vom Gold eines Holländers gesprochen. Aber er hatte auch von einem anderen Schatz gesprochen, der ihm über alles ging. Er hatte einen anderen Namen gemurmelt, den einer Frau. Er hatte nach ihr gerufen, in seinem unruhigen Schlaf nach ihr gesucht. Dann hatte er sich beruhigt: In seinen Träumen war er bei ihr, das zeigten seine Züge. Oder diese Träume waren eine Vision der Zukunft.

Tsorihia wusste, dass eines Tages die Stimme der Vernunft ihr befehlen würde, ihren ganzen Mut zusammenzunehmen, denn ›Der-mit-den-Augen-spricht‹ würde diese Frau wiederfinden, nach der er im Schlaf gerufen hatte, das war unvermeidlich. Sie hatte es von Anfang an gewusst und litt darunter. Aber aus dem Leid entspringt auch die Kraft. Also würde sie stark sein, weil sie hinnehmen musste, was nicht zu ändern war. Sie schüttelte den Kopf, um ihre trüben Gedanken zu verscheuchen, und umschlang ihren Gefährten fester.

»Nonyacha kann ruhig noch ein wenig warten ...«

Dann drückte sie Alexander sanft neben sich auf das Fell und zog ihr Kleid aus. Für den Moment wollte sie ausnutzen, was der Große Geist ihr geschickt hatte. Sie beugte sich über ihren Gefährten und ließ ihren warmen Atem über die Haut an seinem Hals streichen. Seine Härchen stellten sich auf.

»Hmmm…«

»Liebe mich wie der Wind, Alexander«, wisperte sie.

Zögernd und leise lächelnd zog er sie an sich, um sie zu küssen.

»Und wie liebt der Wind, Tsorihia?«

»Schließ die Augen und spüre den Wind auf deiner Haut. Lausche dem, was er dir zuflüstert…«

Alexander schloss die Augen und gab sich den Empfindungen hin, die der Windhauch, den sie über ihn blies, in ihm aufsteigen ließ. Er hörte, wie sein leises Sausen sich mit dem Knistern von Blättern vermischte und spürte seine Liebkosung auf seiner Haut. Wie oft hatte er schon im Gras gelegen und dem Atem des Himmels gelauscht? Er dachte an Schottland und seine Berge, an den Duft des Heidekrauts… Mit einem Mal stieg ihm der Duft einer Frau in die Nase. In seinen Ohren hallte das Knarren des Mühlrads, das Klirren von Porzellan, das Zwitschern der Vögel und das ferne Plätschern der Wellen. Dann spürte er den zuckrig-salzigen Geschmack eines Kusses auf seiner Zunge. Gänsehaut überlief ihn, als er spürte, wie Isabelles warme Finger zugleich mit Tsorihias Hand über sein Gesicht strichen.

»Möge ich wie der Wind sein…«

Zutiefst erschüttert von diesem Bild aus einer fernen Vergangenheit öffnete er die Augen einen Spalt breit und betrachtete Tsorihias hingebungsvollen Körper. Die junge Huronin machte ihm ein einzigartiges Geschenk. Er begehrte sie, aber er würde sie niemals lieben. Er hätte ihr so gern sein Herz geschenkt, so wie sie ihm das ihre gab, hätte ihr so gern mehr von sich gegeben…

Mit den Fingerspitzen strich er über die bronzefarbene Haut, die erschauerte. Sie bäumte sich auf wie eine Katze unter der Hand ihres Herrn und nahm die Zuneigung, die er ihr schenkte, ohne jemals mehr zu verlangen, als die Lust, die ihr das bereitete. Der Schein der Flammen spielte auf diesem Garten der Lüste mit ihm. Während das Licht ihre runden Brüste umfasste, ließ er die Hand zwischen sie gleiten. Als es ihren Bauch modellierte, strich er über ihre Hüften. Es übergoss ihre Schenkel mit Gold, und er drang in das dunkle Tal zwischen ihnen ein. Und der Wind, diese wunderbare Geliebte, ließ langsam die Blütenknospe der Lust aufsteigen, liebkoste sie und trug sie bis auf den Gipfel des Genusses, wo wie in einer Explosion die Blume der Wollust aufsprang.

»Tsorihia! Tsorihia!«, sagte er sich immer wieder, während er mit raschen Schritten zur Dorfschenke schritt. Nur an sie denken, an nichts anderes als sie. Er fluchte und trat zornig in eine Pfütze. Sein schlechtes Gewissen erstickte ihn fast. Wieder einmal hatte er Tsorihia geliebt und in Wirklichkeit Isabelle umarmt. Knurrend biss er die Zähne zusammen. *Die Zeit heilt alle Wunden …* Ja, aber Zeit war ein so relativer Begriff! Das alles lag jetzt mehrere Jahre zurück. Er war frei und ungebunden und trotzdem immer noch Isabelles Gefangener. Warum musste er immer mit seinem Gewissen ringen, wenn er sich erlaubte, eine andere Frau zu lieben? Warum? Er war dazu verdammt, sogar in seinem Bett noch mit dem Gespenst einer vergangenen Liebe zu leben!

»Soll es doch zum Teufel gehen, das kleine Bürgermädchen!«

Während er den Weg einschlug, der am Detroit-Fluss entlangführte, zogen die Lichter der Schenke, die sich auf der Wasserfläche spiegelten und dort hüpften, seine Aufmerksamkeit auf sich. Er betrachtete den Umriss der hohen Palisaden des Forts auf dem anderen Flussufer, das vor zwei Jahren der langen und beschwerlichen Belagerung durch Pontiac standgehalten hatte. Dann wandte er seinen Blick in die Richtung, in der der Saint-Clair-See lag. Das Wasser selbst konnte er nicht erkennen, aber über dem See war es heller, denn das Licht des Vollmondes spiegelte sich auf dem Wasser und wurde dann an den Himmel zurückgeworfen. Der Anblick erinnerte ihn an das Nordlicht und

Tsorihias nackten Körper im Wasser. Nach und nach verdrängte Isabelles Körper vor seinem inneren Auge den von Tsorihia.

»Verflucht!«

Nonyacha, er musste Nonyacha finden. Er beschleunigte seinen Schritt. Er musste mit Nonyacha reden und ihm alles sagen, was er über das begehrte Gold wusste. Tsorihia hatte recht. Vielleicht würde er die Gelegenheit nutzen und ein Glas mit ihm trinken, um alles andere zu vergessen …

Der Gestank nach Fäulnis und Exkrementen stieg ihm in die Nase, und er verzog angeekelt das Gesicht. Als er einen Spaziergänger passierte, erweckte im hellen Mondlicht ein Detail seine Beachtung, und er wandte den Kopf. Diese Mokassins … Er hatte diese Stickerei schon einmal gesehen … Er wurde langsamer und blieb schließlich ganz stehen. Vögel mit ausgebreiteten Schwingen … Wo hatte er das schon einmal gesehen? Er spürte, wie ihm ein heftiger Schauer übers Rückgrat lief, so als versuchten entsetzliche Bilder die sorgfältig verschlossene Tür einer dunklen Kammer in seinem Geist aufzubrechen. Schwer atmend fuhr er herum und hob den Kopf. Der Mann setzte unbekümmert seinen Weg fort.

Plötzlich schien er jedoch Alexanders Blick zu spüren, verhielt ebenfalls den Schritt und blieb stehen. Alexanders Herz setzte einen Schlag aus. Sein Überlebensinstinkt gewann die Oberhand über seinen durch den Schock betäubten Verstand. Seine Hand tastete über seinen Schenkel: Der Dolch steckte in seinem Futteral. Er war seine einzige Waffe. Seine zitternden Finger schlossen sich fest um den Griff. Der andere drehte sich langsam um und sah ihn an.

Die Zeit schien stehenzubleiben. Der fröhliche Radau, der in ein paar Fuß Entfernung aus der Schenke drang, verklang, und in Alexanders Kopf hallten nur noch die schaurigen Schreie des Revenant.

»Wemikwanit …«

Die beiden Männer standen, die Füße in den schlammigen Boden gestemmt, reglos wie eherne Statuen da. Der Wind ließ die Fransen an ihrer Kleidung flattern und wehte ihnen das

Haar ins Gesicht. Sekunden vergingen, die Alexander wie Minuten, Stunden vorkamen, eine Ewigkeit.

Wemikwanit bewegte sich als Erster und ließ langsam die Hand an seinen Gürtel gleiten. Ein metallisches Klicken alarmierte Alexander, der die Augen zusammenzog und erkannte, dass der Eingeborene mit einer Pistole bewaffnet war. Sein Dolch kam ihm plötzlich lächerlich vor.

Wemikwanit legte auf ihn an. Grausame Bilder zogen vor seinem inneren Auge vorüber. Er hatte nicht den Marterpfahl überlebt, um sich jetzt lammfromm erschießen zu lassen. Abrupt kam er zu sich und hetzte davon wie ein gejagtes Wild. Er sprang über einen Graben, lief um ein Gatter und kletterte einen Holzhaufen hinauf. Ohne nachzudenken, völlig außer Atem, rannte er. Erinnerungsfetzen und eine unsägliche Angst wühlten in ihm. Das Entsetzen einer Höllennacht, die von allen Dämonen der Finsternis bewohnt war, trieb ihn an.

Ein Schuss erscholl, und zwischen seinen Füßen explodierte der Boden. Alexander dachte an Tsorihia, die in der Hütte auf ihn wartete, und fragte sich, ob Wemikwanit über sie herfallen würde, wenn er das wüsste. Er lief zu den Feldern, die das Dorf umgaben. Er musste den Chippewa unbedingt abhängen. Keuchend lief er um die Ecke eines Schuppens und erstarrte. Vor ihm erhob sich ein mannshoher Holzzaun. Auf der Suche nach einer Öffnung lief er daran entlang.

Ein zweites Krachen, und ganz in seiner Nähe splitterte Holz. Alexander warf einen Blick über die Schulter. Das war ein Fehler. Er strauchelte und ging zu Boden. Als er aufzustehen versuchte, erhielt er einen Schlag in den Nacken, der ihm den Atem raubte. Er fand sich mit dem Gesicht in einer Schlammpfütze wieder, während ein Fuß sich in seine Nierengegend presste. Als er den heißen Pistolenlauf im Nacken spürte, gab er sich geschlagen. Schwer atmend schloss er die Augen und wartete. Zwischen zwei Herzschlägen vernahm er das Klicken, mit dem die Waffe gespannt wurde.

»Na, wen haben wir denn da?«, knurrte Wemikwanit düster. »Ich hätte nicht gedacht, dass ich heute Nacht noch auf

Wolfsjagd gehe! Endlich sehen wir uns wieder. Dann stimmt es also, was mir Touranjau und Beauvais verraten haben, ehe ich ihnen den Garaus gemacht habe! Der Mann, der mit der kleinen Huronin und ihrem Bruder geflohen ist, warst wirklich du. Mir war schon aufgefallen, welche Blicke sie dir zuwarf, und ich hatte vermutet, dass es nicht viele Monate dauern würde, bis du in ihrem Schlaflager landest. Deswegen bin ich auch hergekommen … Diese Tsorihia ist wirklich reizvoller als die Witwe! So heißt sie doch, wenn ich mich recht erinnere, oder? An ihre Rundungen erinnere ich mich besser als an ihren Namen …«

»Lass sie bloß in Ruhe, Bastard!«, knurrte Alexander mit der Nase im Schlamm.

»Mein guter Wille hängt von deinem ab, mein Freund.«

Der Zorn verlieh Alexander Kräfte. Er wälzte sich auf den Rücken und packte den Lauf der Pistole, um sie dem Chippewa zu entreißen. Der Schuss ging los; er verbrannte sich die Finger und spürte, wie die Kugel seine Schulter streifte. Er schrie und bäumte sich vor Schmerz auf. Dann nahm er seine ganze Kraft zusammen und trat seinen Angreifer vors Knie.

»Dreckiger Hund!«, brüllte er und packte Wemikwanit am Rocksaum.

Aber der Chippewa war gelenkig wie eine Katze und brauchte nicht lange, um sein Messer zu ziehen und es dem Schotten an die Kehle zu setzen. Seine schwarzen Augen glänzten dämonisch.

»Wie wäre es, wenn du dich beruhigst, Macdonald? Zu deinem eigenen Besten … und dem deiner Squaw.«

»Was treibst du denn da?«, schaltete sich eine bekannte Stimme ein.

Alexander versuchte das Dunkel zu durchdringen und erblickte zu seiner Linken, in einigen Schritten Entfernung, eine Gestalt. Wemikwanit rührte sich nicht und setzte nur die Klinge fester an.

»Eine falsche Bewegung, und ich schneide dir die Kehle durch, Schotte!«

Er hob den Kopf und sprach weiter.

»Du hättest mir ruhig sagen können, dass Macdonald hier ist, Chartrand. Dann hätte ich meine Zeit nicht zu vergeuden brauchen.«

»John ist doch auf unserer Seite, Herrgott! Er ist unser Kontaktmann bei Durand …«

»John? Schwachkopf! Dieser Mann ist nicht John, sondern Alexander Macdonald, sein Zwillingsbruder! Und wenn man genau hinsieht, ist die Ähnlichkeit gar nicht so groß«, setzte er hinzu und wies auf die Hand, an der ein Finger fehlte. »Mir ist es nicht allzu schwer gefallen, den Unterschied festzustellen.«

»Sein Zwillingsbruder? John hat mir nie erzählt, dass er einen Zwilling hat! Oh, dieser Verräter! Da hat er uns ja schön hereingelegt, der Bastard. Und der? Was hat er hier zu schaffen?«

»Wenn John wüsste, dass sein Bruder das Geheimnis des Goldes hütet, hätten wir die Truhe schon längst in Händen.«

»Also, so etwas!«, keuchte Chartrand verblüfft. »Du meinst, dieser Mann ist der Begleiter des Hollandais', und du … Bei allen Teufeln! Aber woher wusstest du das?«

»Eine einfache Schlussfolgerung. Ich habe mich lange genug in Grand Portage aufgehalten, um festzustellen, dass Macdonald und der alte Händler sich verdächtig nahestanden. Ich kannte van der Meer gut genug, um zu vermuten, dass er alles versuchen würde, damit sein Schatz in die richtigen Hände kam, falls … Ich habe mich ein wenig umgehört und meine Schlüsse gezogen. Dein Cousin Munro ist wirklich nicht besonders helle, Macdonald!«

Didier Chartrand war stumm vor Verblüffung. Währenddessen setzte Alexander sein Hirn in Gang. Dann hatte er also richtig vermutet: Durand hatte John beauftragt, das Gold des Hollandais' zurückzuholen, und diese beiden Männer waren, zusammen mit Étienne, seine Komplizen. Ein kalter Schauer lief ihm über den Rücken. Chartrand hatte überzeugend die Rolle des Gefährten gegeben, der entsetzt über den Mord an den französischen Händlern war. Ob er selbst an ihrer Ermordung teilgenommen hatte, war nicht so wichtig. Wirklich besorgniserregend war, wie tief der Graben war, der die Fraktionen der Rebellen inzwischen trennte.

Während die einen sich den Tatsachen beugten und sich die Sinnlosigkeit eines zum Scheitern verurteilten Kreuzzugs eingestanden, verrannten sich die anderen in einen solchen Starrsinn, dass sie völlig skrupellos jedes Hindernis zerschmetterten, das sich ihnen in den Weg stellte. Und derzeit war er, Alexander Macdonald, ihr größtes Hindernis. Nur mit dem Gold des Hollandais' konnte er sein Leben und vielleicht auch das von Tsorihia erkaufen. Doch im Moment kam es darauf an, Zeit zu schinden.

»Was glaubst du erreichen zu können, Wemikwanit, was Pontiac nicht tun konnte?«

Ein merkwürdiges Hohngelächter bestätigte ihn in seinem Verdacht, dass der Chippewa wahnsinnig war. Endlich verstummte der Mann. Er zögerte noch, seine machiavellistischen Pläne zu enthüllen. Doch dann setzte er eine selbstzufriedene und arrogante Miene auf und hob an.

»Wir müssen den Ursprung des Übels zerstören und Entsetzen und Zwietracht unter unseren Feinden säen. Ich bin nicht so verrückt zu glauben, dass wir unsere Ziele erreichen, indem wir uns nur ihre Armeen vornehmen, nein… Was haben sie denn getan? Haben sie sich damit zufriedengegeben, gegen unsere Krieger zu kämpfen? Nein, sie sind über unsere unbewaffneten Frauen und Kinder hergefallen! Diese feigen roten Hunde nehmen sich die Schwächsten vor! Mit ihren Krankheiten dezimieren sie unser Volk und lassen es hungern, um es besser ausrotten zu können. Wir müssen einfach genauso handeln wie sie. Diese Siedler nehmen ständig und auf illegale Weise das Land in Besitz, das an das uns im Vertrag von Paris ›zugestandene‹ Gebiet grenzt. Alles, was westlich der Appalachen liegt, gehört uns. Aber die englischen Siedler dringen immer weiter in unser Territorium ein. Sie wollen das Land unserer Väter und drängen uns immer weiter in die Prärie ab. Dem müssen wir unbedingt Einhalt gebieten. Und dazu gibt es nur ein Mittel… Wir sind mehrere Hundert und werden bald Tausende sein. Onondaga,

Tsonnontouan, Mohawk, Illinois, Shawni, Odawa … Tapfere Krieger aus allen betroffenen Völkern warten nur auf das Zeichen, um sich zusammenzuschließen und die Siedlungen entlang der durch den Vertrag festgelegten Grenze zu verwüsten. Wir müssen Angst und Grauen verbreiten, den Gegner abschrecken und ihn durch Furcht in Schach halten.«

»Du bist vollkommen verrückt, Wemikwanit«, murmelte Alexander, der jetzt begriff, welches Ausmaß der Wahn hatte, der aus seinen pechschwarzen Augen leuchtete. »Wenn du glaubst, dass ich dir geben werde, was du willst …«

»Das Gold ist dazu nicht unbedingt nötig«, schnitt der Chippewa ihm kalt das Wort ab. »Der Rachedurst, der die Krieger antreibt, reicht vollkommen aus. Natürlich könnten wir von dem Gold moderne Gewehre kaufen. Aber andererseits gibt es keine zuverlässigeren Waffen als einen guten Tomahawk oder einen exakt gezielten Pfeil, findest du nicht? Dennoch … Geld kann immer nützlich sein. Damit kann man die Seele gewisser Männer kaufen, die bereit sind, sie an den Teufel zu verschachern …«

»Dieser Teufel bist du, Wemikwanit!«, zischte Alexander.

Der Eingeborene stieß wieder sein Hohngelächter aus.

»Der wirkliche Teufel sind die roten Hunde, denn es sind ihre Methoden, die ich anwenden werde. Wie sagt ihr so schön: Auge um Auge und Zahn um Zahn? Dieser Sinnspruch gefällt mir.«

»Du wirst nur eines erreichen, Wemikwanit: dein Volk in einen blutigen Krieg zu stürzen, von dem es sich nie wieder erholen wird.«

»Das werden wir noch sehen«, murmelte der Chippewa und zog den Schotten am Kragen hoch. »Und jetzt statten wir der schönen Huronin einen Besuch ab, mein Freund!«

Alexander wehrte sich und leistete Widerstand. Aber Chartrand kam dem Chippewa zu Hilfe.

»Und du, Chartrand, gehörst du auch zu denen, die dem Teufel ihre Seele verkaufen?«

Verwirrt schwieg der Franzose. Mit einem Mal erscholl in der Stille ein markerschütternder Schrei. Sekunden später lag der

Mann mit dem Gesicht im Schlamm am Boden, so wie Alexander gerade eben noch. Letzterer erkannte gerade noch, dass sich eine Silhouette über ihn beugte und einen Dolch aus seinem Körper zog. Schon hatte eine zweite Gestalt Wemikwanit gepackt, der vor Verblüffung einen Moment lang reglos dagestanden hatte. Mondlicht blitzte auf dem Stahl einer Klinge auf, die dem Chippewa die Kehle durchschnitt. Ein Pfeifen entwich aus der klaffenden Wunde. Seine weit aufgerissenen pechschwarzen Augen wurden starr. Sein Körper schlug dumpf auf dem Boden auf. Keuchend, die blutige Waffe in der Hand, stand Nonyacha da und sah hasserfüllt auf den Chippewa hinunter, dessen Leiche Mathias Makons auf den Rücken wälzte.

»Wenn die Sonne aufgeht, werden die Raben sich an ihm gütlich tun.«

Der Hurone bemerkte Alexanders verdatterte Miene und klärte ihn auf.

»Ich bin dir gefolgt, Macdonald. Ich hatte im Dunkeln auf dich gewartet. Als du dem Chippewa begegnet bist, wollte ich gerade auf dich zugehen. Ich war neugierig, daher habe ich mich nicht gezeigt, sondern eurem Gespräch gelauscht. Auf keinen Fall konnte ich zulassen, dass dieser Wahnsinnige unsere Völker in den Tod führt…«

Düsteren Blickes atmete er schwer, und die Klinge bebte in seiner Hand.

»Außerdem war ich in Sorge um Tsorihias Sicherheit. Ich musste wissen, auf welcher Seite du wirklich stehst.«

Er wollte sich entfernen, doch Alexander griff nach seinem Arm und hielt ihn zurück.

»Dann… weißt du alles?«

»Über das Gold? Jetzt ja.«

Nonyacha schwieg einen Moment lang und sah den weißen Mann argwöhnisch an.

»Dieses Gold gehört uns nicht. Es macht die Menschen verrückt. Ich will es nicht haben. Aber du…«

»Ich ebenfalls nicht«, bekräftigte Alexander ohne zu zögern.

»Dann lassen wir es, wo es jetzt ist. Und nun müssen wir

fort. Ich habe keine Ahnung, auf welcher Seite Langlade wirklich steht und lege keinen besonderen Wert darauf, es herauszufinden. Da wir auch nicht wissen, wer hier noch die Wahrheit über dich kennt, Schotte, können wir nicht länger bleiben. Diese Leichen sollten wir allerdings besser in den Fluss werfen. Dann lasse ich die Kanus zu Wasser, während ihr beide Tsorihia holen geht und Proviant packt.«

Verschmitzt grinsend reichte der Hurone Alexander eine Brown Bess.

»Dieses Gewehr hat dir am besten gefallen, und du wirst es brauchen. Ich habe Janisse an eine alte Schuld erinnert, die er meinem Vater nie zurückgezahlt hat. Wir gehen nach Norden: Dort sind die Jagdgründe gut.«

Der Sommer verging, und der Herbst kam. Dann näherte sich der Winter. Sie hatten viel gejagt und begaben sich jetzt zum Handelsstützpunkt von Fort Michillimackinac. Für die ausgezeichneten Felle, die Tsorihia zugerichtet hatte, konnten sie fünf Hunde und einen Schlitten einhandeln sowie eine große Menge an Waren, mit deren Hilfe sie die kalte Jahreszeit besser überstehen würden. Nonyacha wollte sich nicht allzu lange in der Nähe des Forts aufhalten und schlug den anderen vor, in den Osten zu gehen und sich an den Ufern des Oberen Sees einzurichten. Also brachen sie auf und ließen sich an der Spitze des Sees in Hütten aus Baumrinde nieder, die der Schnee bald bedeckte.

Die Zeit verging in einem Nebel, in den sich Alexander ebenso stürzte wie in die Wälder, in denen er sich verausgabte. Einmal jagte er, dann wieder widmete er sich anderen Tätigkeiten, die zu ihrem Überleben und ihrer Bequemlichkeit beitrugen. Er bemerkte kaum, wie die Tage verstrichen. Wenn der Abend kam, warf er sich vollständig erschöpft auf sein Lager aus Tannenzweigen. Entweder sank er sofort in einen tiefen Schlummer, oder er sah zu, wie Tsorihia sich beim Flechten von Schneeschuhen und dem Fertigen von Wintermokassins die Augen verdarb. Damit ihnen die Füße nicht kalt wurden, nähte die junge Frau ein Futter hinein, das sie aus alten Wolldecken ausschnitt und mit Gänsedaunen ausstopfte. Mit ihren hübsch mit Stachelschweinborsten geschmückten Beinlingen, den neu gekauften Hemden, gefütterten Lederjacken und *tapabords** aus nach innen gewendetem Biberfell konnten sie dem Winter die Stirn bieten.

Im Sommer und Herbst war ihre Ernährung sehr vielfältig gewesen: Schildkröten, Schnecken, Frösche und Vogeleier, dazu reichlich frisches Fleisch. Im Winter bestand sie aus Fisch, den sie durch ein Loch im Eis fingen, den Tieren, die sie töten konnten, den gekauften Nahrungsmitteln und allem, was sie sorgfältig getrocknet oder geräuchert hatten, bevor es in einer Speisekammer, die sie in den Boden hineingegraben hatten, gelagert wurde. An den Tagen, an denen die Jagd weniger gut ausfiel, gaben sie sich mit anderen Dingen zufrieden, die ihnen die Natur bot. So lernte Alexander, dass Heuschrecken köstlich sein konnten, wenn man nur die Flügel und die Beine abtrennte, Schlangen wie Hühnchen schmeckten und die schönen dicken Larven, die man in faulen Bäumen fand und an denen sich die Bären ergötzten, gebraten gar nicht so übel waren.

Oft schweifte der Blick des Schotten abends über den Horizont. Er sehnte sich danach, seinen Cousin Munro wiederzusehen. Seit Étienne Lacroix' Überfall war mehr als ein Jahr vergangen, und ihm gefiel der Gedanke nicht, dass sein Cousin ihn immer noch für tot hielt. Er hatte vor, nach Grand Portage zu reisen, um ihn zu treffen. Aber nach dem, was er über John und dessen Umtriebe gehört hatte, fürchtete er, ihm zu begegnen.

Tsorihia beobachtete ihren Gefährten schweigend und ahnte, welche Gedanken ihn quälten. Er hatte ihr von seinem Cousin und dem Bruder, mit dem man ihn verwechselt hatte, erzählt. Sie wusste, dass John ihm oft im Traum erschien, genau wie diese andere Frau.

Im Morgengrauen stillte er, noch halb im Schlaf, sein Begehren an ihr. Sie sprach dann kein Wort und wartete ab, bis diese quä-

* Eine Art Pelzmütze mit herunterklappbarem Schirm und Ohrenklappen.

lenden Gefühle, die ihn zeitweilig von ihr entfernten, vergingen und er wieder in die Wirklichkeit zurückkehrte, in der auch sie lebte. ›Der mit den Augen spricht‹ gehörte ihr nicht und würde es niemals tun. Sie wusste es und litt umso stärker, weil sie jeden Tag die Kräuter einnahm, die verhinderten, dass sie schwanger wurde. Er wünschte sich ein Kind von ihr, das hatte er gesagt. Sie selbst könnte gerade noch den Schmerz ertragen, den sie fühlen würde, wenn er fortging. Aber einem kleinen Kind wollte sie diese Pein nicht aufbürden.

An einem verhangenen Morgen im März erlebten sie eine böse Überraschung: Ein Bär, den ein kurzer Temperaturanstieg aus seinem Winterschlaf geweckt hatte, war über ihre Speisekammer hergefallen. Ihre Vorräte waren beträchtlich dezimiert, und sie beschlossen, ein Ojibwa-Dorf aufzusuchen, das sie bei ihren Jagdzügen entdeckt hatten. Bis zu der kleinen Ansiedlung, die nördlich von ihnen am Ufer des großen Sees lag, waren es nur ein paar Meilen. Sie konnten mit dem Hundeschlitten hinfahren und ein paar schöne Felle und vielleicht das alte Reserve-Gewehr mitnehmen, um Maismehl einzutauschen.

Nachdem Alexander die Ladung auf dem Schlitten festgemacht hatte, schirrte er die Hunde an. Neben ihm füllte Mathias die Pulverhörner und verstaute die Munition. Sie hatten ausgelost, wer die Reise machen würde. In ein paar Minuten würden die beiden Männer aufbrechen. Tsorihia hatte gestern Abend ihre Schneeschuhe geflickt und Brillen hergestellt, die sie vor der Schneekrankheit* schützen sollten. Selbst unter den schlimmsten Bedingungen sollte die Reise nicht länger als ein paar Tage dauern.

Alexander und Tsorihia umarmten einander zum Abschied und versprachen einander, dass sie sich bald wiedersehen

* Gemeint ist die Schneeblindheit. Dabei verursacht das vom Schnee reflektierte Sonnenlicht Verbrennungen auf der Netzhaut, die von einer Entzündung des Auges und starken Schmerzen begleitet werden.

würden. Mathias beobachtete die beiden betrübt. Nonyacha wünschte seinen Kameraden viel Glück. Dann erscholl ein lautes *Marchez!*, und die aufgeregten Hunde rannten los.

Die beiden Männer brauchten einen ganzen Tag, um das Dorf zu erreichen. Durch die höheren Temperaturen war der Schnee weich, sodass der Schlitten unter seinem eigenen Gewicht einsank und sie häufig stecken blieben. Während sie auf die Hütten zuhielten, beschlich Alexander das Gefühl, dass hier etwas nicht stimmte. Nach einer Weile sprang es ihm ins Auge: Aus den Rindenhütten stieg kein Rauch auf. Das Dorf war verlassen.

Tiefe Niedergeschlagenheit ergriff sie. Sie biwakierten in einer der verlassenen Hütten und verzehrten die Hälfte ihrer Rationen. Dann rauchten sie ihre Pfeife und beratschlagten lange. Etwa dreißig Meilen trennten sie noch von Grand Portage. Wenn das Wetter so blieb, konnten sie mit ein wenig Glück darauf hoffen, den Posten in zwei Tagen zu erreichen. Die Hunde konnten unter guten Bedingungen etwa fünfundzwanzig Meilen pro Tag zurücklegen.

Am nächsten Morgen erwartete sie ein Sonnenaufgang voll herrlicher Pastellfarben. Das Wetter war gut, und frohen Mutes schirrten sie die Hunde vor den Schlitten, denn sie würden keine Wälder durchqueren müssen. So wie bei den Reisen im Kanu legten sie ungefähr alle drei Meilen eine Pause ein, damit sie eine Pfeife rauchen und die Tiere sich ausruhen konnten.

Beim vierten Halt bezog sich der Himmel. Beim sechsten fiel feiner Schnee, der das Licht aufsog. Beim siebten kam Nordwind auf und trug die Flocken, die sie blendeten, davon. Mit einem wütenden »*Whuu!*« brachte Mathias das Gespann zum Stehen. Wenn sie weiterfuhren, würden sie sich in den Weiten des Sees verirren.

Da sie keinerlei Unterschlupf hatten, richteten sie sich an einem Baum ein. Sie gruben ein tiefes Loch in den Schnee und benutzten Tannenzweige, um es abzudecken und den Eingang zu versperren. Dann banden sie drei der Hunde an einer Tanne an, die sie vor den Böen schützen sollte, und behielten die anderen zwei Tiere bei sich, damit sie ihnen Wärme spendeten.

Über ihren Köpfen heulte unablässig der Wind und brachte ihr schwaches Dach zum Beben. Die Stunden vergingen, und der Sturm heulte leiser. Alexander hatte sich zusammengerollt und die behandschuhten Hände unter die Achseln gesteckt. Er dachte an Tsorihia und sehnte sich nach ihrer angenehmen Wärme. Der Hund, der sich an seiner Seite ausgestreckt hatte, regte sich. Er schmiegte das Gesicht in das dichte Fell. Mathias Makons' Atem drang gedämpft und stoßweise zu ihm. Auch die Tiere waren unruhig. Um die Angst zu vertreiben, unterhielten die beiden Männer sich stundenlang über dieses und jenes. Schließlich verstummten sie.

Eine bleierne Stille umgab sie. Bestimmt waren sie vollständig eingeschneit. Merkwürdigerweise traten die Gesichter von Mikwanikwe und Otemin vor sein inneres Auge. Alexander fragte sich, ob Mutter und Tochter wohl noch in dem Handelsposten lebten. Die schöne Ojibwa-Frau hatte bestimmt wieder einen Mann gefunden, der für sie und ihre Kinder sorgte. Bis jetzt hatte er geglaubt, die beiden nie wiederzusehen, und bei dem Gedanken, sie möglicherweise bald zu treffen, wurde ihm mulmig zumute. Tsorihia war jetzt die Frau, mit der er sein Leben teilte. Wie sollte er Mikwanikwe das erklären? Und wenn sie niemals in Grand Portage ankamen? Wenn sie hier erfroren? Herrgott! Zwischen ihnen und dem Handelsposten konnten nur noch drei oder vier Meilen liegen!

Die Luft war feucht, und er zitterte. Er schloss die Augen und biss die Zähne zusammen, damit sie nicht klapperten. Am besten, er dachte an etwas anderes. Tsorihia. Er stellte sich vor, wie er in den Armen der Huronin lag und sich der Liebe hingab. Mathias' regelmäßiger Atem verriet ihm, dass ihn der Schlaf überwältigt hatte. Alexander wusste, dass sein Freund immer noch verliebt in Tsorihia war. Mathias hatte zwar nie versucht, sich auf das Lager der Huronin zu schleichen, aber die junge Frau schien ihm gegenüber auch nicht vollkommen gleichgültig zu sein … Wieder hörte er den Wind heulen und ließ sich seufzend vom Schlaf überwältigen.

Eine raue Zunge leckte über Alexanders Gesicht und weckte ihn. Immer noch herrschte undurchdringliche Finsternis. Steif und vor Kälte zitternd wälzte er sich auf den Rücken. Ein Knacken von Zweigen drang zu ihm.

»Mathias?«

Zur Antwort erhielt er ein schwaches Brummen. Sein Freund erwachte. Die Hunde scharrten ungeduldig auf den Tannennadeln. Alexander hob den Kopf. Wohin er auch sah, es war dunkel. Der Wind heulte nicht, und es herrschte vollkommene Stille. Entweder war der Sturm vorüber, oder die Schneeschicht über ihnen war so dick, dass sie jedes Geräusch verschluckte. Wie viele Stunden hatten sie geschlafen? Ob es Tag oder Nacht war? Er griff nach oben, zog sich einen Zweig herunter und begann zu graben. Sie mussten aus diesem Loch heraus, sonst würden sie ersticken. Der enge Raum, der gerade groß genug für sie und die Hunde war, enthielt nicht genug Luft, um sie längere Zeit am Leben zu erhalten. Ein leichtes Schwindelgefühl zeigte ihm bereits, dass die Luft knapp wurde.

»Hilf mir, Mathias.«

Sein Kamerad tastete herum, um festzustellen, wo er sich befand, und berührte dabei sein Knie.

»Glaubst du, die Hunde sind noch da?«

»Keine Ahnung, aber ich hoffe es. Andernfalls müssen wir einen Teil unserer Ladung zurücklassen. Komm, zuerst müssen wir hier heraus! Ich grabe, und du schiebst den Schnee unter dich. So können wir uns einen Weg an die Oberfläche bahnen.«

Der Schnee war kompakt. Alexanders Hände waren eiskalt, und er musste die Arbeit oft unterbrechen. Die beiden Männer lagen jetzt auf den Knien, und die Hunde strichen um ihre Schenkel. Wie lange gruben sie schon, eine Stunde, zwei, drei? Sie hatten in der Dunkelheit, die sie umgab, kein Zeitgefühl.

»Herrgott!«, stöhnte Alexander und lehnte sich an die eisige Wand, um wieder zu Atem zu kommen. »Kann es sein, dass sich über uns mehr als ein Klafter Schnee befindet?«

Ohne mit dem Graben aufzuhören, lachte Mathias.

»Ich habe schon zwei Klafter Schnee auf einer Hütte gesehen, mein Freund! Ich schlage vor, du gräbst weiter!«

»*God damn!* Was für ein scheußlicher Winter!«

»Gibt es so etwas in deinem Land nicht?«

»Das Wetter ist oft schlecht, aber so hart ist das Klima bei uns nicht! Übermaß kennen wir nur in unseren Taten!«, gab der Schotte zurück und machte sich wieder an die Arbeit.

»Warum bist du dann nach Amerika gekommen?«

»Die Armee ...«

»Hmmm ... Möchtest du irgendwann nach Hause zurückkehren?«

Ein großer Brocken Schnee löste sich. Alexander zermalmte ihn mit dem Knie. Er konnte das Gesicht des Huronen, der aufgehört hatte, sich zu bewegen, nicht erkennen.

»Nein ... Für mich gibt es dort nichts mehr.«

»Durch dein Geheimnis könntest du dir ein Landgut kaufen, vielleicht sogar mehr ...«

Alexander krallte die Finger in ein Stück Eis und verletzte sich die Spitze des Zeigefingers.

»Vielleicht ... Aber in meinem Land kann man den Frieden nicht kaufen, ebenso wenig wie in deinem. Der Mensch trägt einen Machthunger in sich, der ihn oft zu den schlimmsten Schändlichkeiten anstiftet und unvermeidlich in den Krieg führt, um den anderen zu unterwerfen.«

Der Eisblock löste sich plötzlich, fiel auf den Hund, der um ihn herumstrich, und entlockte ihm ein schrilles Jaulen.

»Entschuldigung«, murmelte Alexander und streichelte dem Tier den Kopf.

»In deinem Land gibt es also viele Kriege ...«

Der Schotte hatte keine Lust, von den Schlachten zu sprechen, an denen er während Prince Charlies Feldzug teilgenommen hatte. Die Bilder, die dann in seiner Erinnerung aufstiegen, gingen ihm anschließend tagelang nicht mehr aus dem Kopf, vor allem das von seinem Bruder John, wie er auf ihn anlegte.

»Wenn man so will«, brummte er und holte tief Luft. »Aber ist der Krieg nicht das Los aller Völker? Gewisse Menschen denken nur an ihren Ruhm und ihr Glück. Deswegen sind so viele meiner Landsleute in die Armee eingetreten. Die Engländer haben uns das Leben in Schottland vergällt … Wahrscheinlich sind sie jetzt froh darüber.«

»Du liebst den Krieg nicht, Macdonald? Dabei bist du doch Soldat und …«

Alexander unterbrach seine Arbeit und wandte sein Gesicht der Stelle zu, wo sich, wie er wusste, sein Kamerad befand.

»Und du?«

Er wartete nicht auf eine Antwort, sondern sprach gleich weiter.

»Ich bin Highlander, Mathias. Genau wie bei dir fließt in meinen Adern das Blut eines Kriegers. Wenn bei uns ein Kind in der Lage ist, eine Waffe zu halten, lehrt sein Vater es die Anfangsgründe des Kampfes. Das ist eine Frage des Überlebens. Ich habe in meinem Leben so viele Menschen getötet, dass ich aufgehört habe, sie zu zählen. Ohnehin schreibt Gott sie in seinem großen Buch auf … Und trotzdem sage ich dir: Nein, ich liebe den Krieg nicht, ebenso, wie ich alles verabscheue, was mit Macht zu tun hat und was unsere Welt zu dieser Hölle macht.«

Erneut senkte sich erstickendes Schweigen über ihre eisige Gefängniszelle. Doch merkwürdigerweise spürte Alexander, wie eine Last von ihm genommen wurde. Mit einem Mal spürte er das Bedürfnis, dem Huronen alles zu erzählen, denn inzwischen vertraute er ihm. Und so sprach er eine Stunde lang von seinen Unterhaltungen mit van der Meer und dem Versprechen, das er ihm gegeben hatte. Er schilderte ihm den schrecklichen Überfall durch Wemikwanit und Étienne Lacroix, seine Entführung durch die Tsonnontouan und den Foltertod des Revenant. Mathias lauschte ihm aufmerksam. Manchmal lehnte er an der Wand, dann wieder löste er ihn beim Graben ab, wenn er müde wurde. Da der Schotte sich einmal in Rage geredet hatte, sprach er auch über seine Kindheit und seine Erlebnisse nach Culloden. Noch nie hatte er sich jemandem so vollständig offenbart.

Schließlich verstummte Alexander und schwieg lange. Er lehnte die Stirn an den rauen Baumstamm. Der Geruch der

Rinde stieg ihm in die Nase und überdeckte kurz den Gestank ihres Urins und des Hundekots, der das wenige an Luft, das sie noch hatten, verpestete. Gefangen unter dieser Schneedecke sagte er sich, wenn er schon hier sterben müsste, dann würde er es wenigstens leichten Herzens tun. Die Luft wurde knapp, und der Schlaf begann ihn zu überwältigen.

»Und was erwartest du dir heute vom Leben?«, fragte Mathias.

»Keine Ahnung ... ich glaube, ich möchte einfach meinen Frieden haben. Aber ich fürchte, das ist unmöglich. Man wird Jagd auf mich machen, genau wie auf den Hollandais.«

»Hast du Kinder? Eine Frau?«

»Nein ... Aber ich wünsche mir Kinder.«

»Von Tsorihia?«

Sein Ton war ein wenig spröde. Alexander rieb sich die Stirn. Ihm drehte sich der Kopf, er musste sich hinlegen. Aber in dem engen Loch befand sich zu viel Schnee.

»Wenn sie das möchte«, murmelte er.

»Liebst du sie?«

Einen Moment lang herrschte Schweigen, während die Männer einander im Dunkel gegenüberstanden.

»Ja, Mathias. Ich liebe sie.«

Mit einem Wutschrei rammte der Hurone seine Faust in die Decke. Schnee fiel auf sie herunter, rutschte ihnen in den Kragen und schmolz zwischen ihren Schulterblättern zu einem langen, eisigen Rinnsal. Sie erschauerten. Wie spät mochte es sein? Welchen Tag hatten sie? Die Hunde wurden unruhig und sprangen kläffend gegen die glitschigen Wände ihres Gefängnisses. Was wohl aus den Hunden geworden war, die sie draußen gelassen hatten? Ob Tsorihia sich Sorgen machte, weil sie so lange ausblieben?

»Ich weiß, dass du Tsorihia liebst, Mathias. Und ... nun ja ... ich weiß, dass du hättest versuchen können ... sie zu verführen.«

»Ich bin Christ und achte die Gebote, die man mich gelehrt hat.«

Alexander lachte spöttisch.

»Aber ein Mann bist du trotzdem!«

»Erinnere mich nicht daran, Macdonald. Du könntest mich in Versuchung führen.«

Mathias atmete schwer, offenbar war er zornig. Wieder schlug er in den Schnee, worauf ihnen ein großes Stück auf die Schultern fiel. Alexander kam der Gedanke, wie leicht es seinem Kameraden fallen würde, in diesem Moment die Lage und seine zunehmende Schwäche auszunutzen und ihn zu erwürgen. Nachher könnte er erzählen, der Schotte sei einfach der Kälte erlegen. Dann würde er Tsorihia bestimmt näherkommen. Mit Hartnäckigkeit und viel Glück würde er vielleicht sogar das versteckte Gold finden.

Der Hurone reagierte seinen Zorn ab, indem er Schnee kratzte und ihn unter sich warf. Alexander lehnte an dem Baumstamm und hörte zu, wie er sich abmühte.

»Warum machst du nicht weiter, Macdonald?«, verlangte Mathias verächtlich zu wissen. »Willst du einfach abwarten, bis dieses Loch zu deinem Grab wird? Hast du keinen Grund zum Kämpfen? Ist Tsorihia der Mühe nicht wert? Oder möchtest du lieber, dass ihr dein letzter Gedanke gilt?«

Sein letzter Gedanke? Mit einem Mal fühlte Alexander sich furchtbar schlecht. Seine Kräfte schwanden, er verspürte quälenden Hunger, und die Kälte überwältigte ihn. Er ließ zu, dass ihm die Augen zufielen. Wie viel Zeit ihnen wohl noch blieb? Er konnte nicht einmal mehr denken.

»Mathias ... wenn ich das nicht überlebe ... versprich mir ... dich um Tsorihia zu kümmern.«

»Wenn du das hier nicht überstehst, Macdonald, dann fürchte ich sehr, dass ich es ebenfalls nicht schaffe! Und ich will dir nicht verhehlen, dass mein letzter Gedanke ihr gelten wird.«

Die Hunde kläfften noch lauter. Alexander hatte den Eindruck, noch ein anderes, schwaches Bellen zu hören. Er sah zu der Schneedecke auf und sah in ihrer Mitte ein schwaches Leuchten. Sein Herz schlug schneller.

»Licht. Da, schau doch!«

Jetzt hatte er wieder Hoffnung. Er richtete sich auf und grub fieberhaft. Schreie drangen zu ihnen. Das Loch über ihnen vergrößerte sich, und diffuses Licht fiel in ihre eisige Zelle. Dann, mit einem Mal, wurden sie geblendet. Unter großem Gebrüll wurden sie nach oben gezerrt. Dann lag Alexander im Schnee, sog frische Luft ein und atmete tief ein und aus. Neben ihm tat Mathias das Gleiche. Die Sonne glitzerte auf den verschneiten Bäumen und strahlte von der makellos weißen Landschaft wider.

Nach und nach gewöhnten ihre Augen sich an das helle Licht. Alexander sah Gestalten, die sich um sie herum zu schaffen machten. Zweifellos Männer, die von einem benachbarten Handelsposten kamen. Einer von ihnen beugte sich zu ihm hinunter. Er war bärtig und trug einen *tapabord* aus Biberfell sowie eine Schneebrille. Eine kräftige Hand tastete ihm Stirn, Hals und Rippen ab. Er stöhnte. Der Unbekannte fuhr hoch, nahm seine Brille ab und enthüllte grobe Züge, die ihm vage bekannt vorkamen. Dann erkannte er Munro.

»*Mac an diabhail* …«, murmelte die heisere Stimme seines Cousins. »John Macdonald?«

Er wollte schon antworten, als eine starke Faust ihn auf die Beine zog. Der andere Mann berührte die lange Narbe, die an seinem Kiefer entlanglief. Dann runzelte er die Stirn und riss ihm den linken Handschuh herunter. Alexander schwankte und sah in sein Gesicht, das jetzt kalkweiß geworden war.

»Bei allen Heiligen! Alas? Alas Macdonald? Bist du das wirklich, mein Alter?«

Mit einem Mal strahlte er vor Freude.

»Munro MacPhail … du alter Fettwanst!«

Alexander spürte, wie sein Cousin ihn fast an seiner breiten Brust erdrückte, sodass er seinen Atem als grelles Pfeifen ausstieß, und ihn dann vom Boden hochhob, als wöge er nicht mehr als eine Feder. Munro stieß einen Jubelschrei aus und setzte ihn wieder auf den Boden. Sein vor Vergnügen ganz rot angelaufenes Gesicht und seine feuchten Augen machten offenbar, wie glücklich er war, einen tot geglaubten geliebten Menschen wiedergefunden zu haben.

Die Reise war lang gewesen. Alexander ließ sich gegen die Lehne seines Stuhls sinken und streckte die Beine aus. Er hatte sich den Bauch mit drei dicken Scheiben Hirschbraten, ein paar Bechern Bier und einem letzten Glas Whisky vollgeschlagen. Die schmale Mondsichel war durch das schmutzige Fenster, das nie jemand zu putzen schien, kaum zu erkennen.

Die Gespräche waren nach und nach verstummt. Die Männer, die den ganzen Tag in der Kälte unterwegs gewesen waren, gingen schlafen. Munro war noch geblieben, trank sein letztes Bier und musterte seinen Cousin in glücklichem Schweigen. Eine unglaubliche Kette von Zufällen hatte ihn und seine Kameraden an die Stelle geführt, an der Alexander und Mathias Zuflucht gesucht hatten. Zunächst hatte ein Baum, der durch den Sturm umgestürzt war, ihren gewohnten Weg versperrt und sie zu einem Umweg gezwungen. Dann hatte Hundegebell ihre Aufmerksamkeit erweckt. Sie hatten geglaubt, es mit wilden Hunden zu tun zu haben, und die drei Tiere, die sich losgerissen hatten und in der Nähe eines jungen Tannengehölzes einen Schneehaufen umkreisten, eine Weile aus der Entfernung beobachtet. Neben ihnen befand sich in einem weiteren Schneehaufen ein vom Wind teilweise freigewehter Schlitten. Mehr hatten Munro und seine Kameraden nicht sehen müssen, um zu begreifen, dass dort Menschen eingeschneit waren. Eine Stunde später, und sie hätten sie erstickt vorgefunden.

Gleich, nachdem die Gruppe in Grand Portage eingetroffen war, hatte Alexander darauf bestanden, zu Jacob Solomon in dessen Schreibstube zu gehen. Der Amerikaner hatte ihn herzlich begrüßt und sich offenbar gefreut, ihn lebend wiederzusehen. Entweder wusste er nichts von dem Komplott zur Ermordung seines Geschäftspartners, oder er war ein überragender Schauspieler. Er berichtete ihm, von dem Moment an, in dem er die schreckliche Nachricht gehört habe, habe er Männer zu seinem Schutz eingestellt. Ob er von dem Gold wusste? Alexander, der es nicht hätte beurteilen können, erwähnte jedenfalls kein Wort davon. Er hatte gründlich genug von diesem Gold, das an ihm zu kleben schien und sein Leben in Gefahr brachte, und wünschte, es hätte nie existiert. Im Grund bedauerte er, dem Hollandais damals sein Wort gegeben zu haben. Solomon erzählte ihm auch, dass John eine Woche nach Alexanders Abreise hier gewesen sei.

Sein Bruder habe van der Meer dringend sprechen wollen. Als er feststellte, dass er zu spät kam, sei er bleich geworden und hatte etwas Gälisches hervorgestoßen, das Solomon für einen lästerlichen Fluch hielt. Er hatte seinen Männern Bescheid gegeben, dass sie im ersten Morgengrauen aufbrechen würden. Dann hatte Solomon ihm mitgeteilt, dass Alexander sich bei dem Händler aus Montréal befand. Sichtlich bestürzt hatte John gefragt, wovon er genau rede. Solomon hatte es ihm erklärt. Bleich wie der Tod und stumm hatte John seine Abreise vorverlegt. Innerhalb der folgenden Stunde hatte er Grand Portage verlassen, um nach Montréal zurückzukehren. Er hatte nicht einmal Munro getroffen, der an diesem Tag zum Holzholen eingeteilt war.

Einen Monat später hatte ein Bote die Nachricht von dem Massaker gebracht. Was sollte man jetzt aus alldem schließen? Eines war sicher: John hatte gewusst, dass jemand versuchte, van der Meer zu schaden, und dass sein Bruder sich bei dem Händler aufhielt. Konnte er aus seiner Reaktion schließen, dass er den Händler hatte warnen wollen?

»Und nun?«

Alexander riss den Blick vom Mond los und wandte sich seinem Cousin zu. Munro lächelte.

»Nun … was?«

»Na ja … Du wirst doch nicht einfach wieder aufbrechen, oder? Wir haben uns gerade erst wiedergefunden, und …«

»Ja … Solomon hat mich an den Vertrag erinnert, den ich unterschrieben habe. Ich weiß … ich habe mich verpflichtet. Aber … unter Berücksichtigung von allem, was ich erlebt habe, war er der Ansicht, ich hätte meinen Teil getan. Er hat mir vorgeschlagen, den Vertrag aufzulösen, wenn ich wollte.«

»Und?«

»Ich habe mir meinen Lohn auszahlen lassen.«

Mit einem Mal wirkte Munro betrübt.

»Verstehe … Was hast du vor?«

»Nachdem ich Vorräte eingekauft habe, kehre ich mit Mathias in unser Lager zurück.«

Plötzlich musste Alexander an die schöne Ojibwa-Frau denken. Bis jetzt war er so beschäftigt gewesen, dass er sie ganz vergessen hatte. Ob sie noch auf ihn wartete? Er schlug die Beine übereinander und beobachtete Munro, der nervös mit den Fingern auf den Tisch trommelte und ihn mit eigenartiger Miene ansah.

»Übrigens … wie geht es Mikwanikwe?«

»Gut.«

»Und ihren Kindern?«

»Otemin geht es gut«, antwortete sein Cousin und schlug die Augen nieder. »Sie ist groß geworden, seit …«

»Und das Kleine? Mikwanikwe war schwanger, als ich aufgebrochen bin …«

»Es … ist tot.«

»Oh, das tut mir … also …«

»Mach dir keine Gedanken, Alas. Es war eine Fehlgeburt, verstehst du? So etwas kommt vor.«

Munro, der nervös wirkte, stand auf und tat ein paar Schritte durch den Raum. Er sah zu Mathias, der auf einer Bank schlief, und kehrte dann zu Alexander zurück. Etwas schien ihn umzutreiben. Er wollte etwas sagen, zögerte aber.

»Bist du ihretwegen zurückgekehrt, oder …?«, fragte er schließlich.

»Ähem … um die Wahrheit zu sagen …«

Die Frage hatte Alexander überrumpelt, und er fühlte sich jetzt genauso unwohl wie sein Cousin. Er nahm seinen Mut zusammen und entschied sich, ohne Umschweife zu antworten.

»Ehrlich gesagt nicht.«

»Nicht? Du bist nicht ihretwegen zurückgekommen?«

»Du hast mich schon richtig verstanden.«

Munro stieß einen Seufzer aus und ließ sich schwer auf die

Bank fallen, die anklagend knarrte. Dann wischte er sich den Schweiß von der Stirn und lächelte schwach.

»Gut. So ist es besser.«

»Ach ja? Hat sie einen Mann gefunden, der für sie sorgt? So etwas dachte ich mir schon …«

»Ja, mehr oder weniger …«

Alexander runzelte die Stirn.

»Was hast du denn jetzt, Munro? Dachtest du, dass ich jetzt empört bin? Meine Güte! Soweit ich weiß, habe ich ihr nie irgendetwas versprochen. Ich habe nur zwei Nächte mit ihr verbracht. Ziemlich wilde Nächte, zugestanden«, setzte er lachend hinzu, »aber …«

»Ich weiß.« Munro wickelte eine Haarsträhne um seinen Zeigefinger. Als er klein gewesen war, hatte seine Mutter Frances ihm sein schönes Haar abgeschnitten, um ihm diese Unart abzugewöhnen. Seitdem hatte er den kurzen Haarschnitt beibehalten, bis er als Voyageur in die Dienste von van der Meer und Solomon getreten war. Langes Haar war ein guter Schutz vor den Mückenschwärmen.

»Munro, ich habe den eigenartigen Eindruck, dass du mir seit einiger Zeit etwas sagen willst. Oder schaust du nur so verkniffen drein, weil du morgens keinen Haferbrei mehr isst und dich deswegen die Gedärme quälen?«

»Mach dir keine Sorgen um mich, Alexander, das ist es nicht.«

»Dann bin ich ja beruhigt. Und was ist es dann?«

»Ähem … Nun ja …«

Munro holte tief Luft, leerte seinen Becher und rülpste laut. Dann verzog er den Mund zu einem betretenen Lächeln.

»Ich bin jetzt verheiratet.«

Einen Moment lang saß Alexander mit offenem Mund da, dann brach er in schallendes Gelächter aus.

»Verheiratet? Du, Munro? Nicht möglich … Ha, ha, ha!«

Ein wenig gekränkt und sehr gereizt erhob sich Munro und nahm seine Wanderung wieder auf. Als sein Cousin sich beruhigt hatte, trat er entschlossen vor ihn hin.

»Es stimmt, Alas. Ich bin verheiratet.«

»Sicher«, lachte Alexander weiter, »mit einer Indianerin … Man weiß ja, was für eine Art von Ehe das ist. Das kann ich natürlich verstehen!«

»Nein, Cousin, so ist das nicht. Ich bin richtig verheiratet, vor Gott und den Menschen, bis der Tod uns scheidet. Du kennst doch die Formel, oder?«

Schmerzliche Erinnerungen überfielen Alexander, und er wurde ernst und räusperte sich.

»Ja … hmmm. Tut mir leid … Vergib mir, ich wollte dir nicht zu nahe treten. Es ist nur … damit hätte ich nicht gerechnet. Herrje! Du, verheiratet?«

Er stand auf, trat ungläubig mit dem Kopf schüttelnd auf seinen Cousin zu und breitete die Arme aus. Nachdem er Munro umarmt und ihm auf die Schulter geklopft hatte, fuhr er fort.

»Das muss aber eine außerordentliche Frau sein, die es mit einem Original wie dir aushält!«

»Das ist sie auch.«

»Ist sie Indianerin? In dieser Weltgegend gibt es nicht allzu viele weiße Frauen.«

»Ja.«

»In diesem Fall ist es aber keine katholische Heirat. Ich meine … nicht nach unserem Ritus.«

»Doch. Sie hat sich kurz zuvor taufen lassen.«

»Nur für dich?«, fragte Alexander erstaunt und bewundernd zugleich.

»Nur für mich.«

»Ich freue mich für dich, lieber Cousin, ganz ehrlich! Wann kann ich denn diese bezaubernde Dame kennenlernen und ihr meine Glückwünsche aussprechen?«

Munros Miene verdüsterte sich erneut.

»Ja … Wahrscheinlich solltest du sie irgendwann treffen … Und du bist dir ganz sicher, dass du nicht wegen Mikwanikwe hierher zurückgekehrt bist?«

»Nein, ich wollte Lebensmittel kaufen. Und außerdem ist da jetzt Tsorihia …«

»Tsorihia? Wer ist das?«, erkundigte sich sein Cousin, der mit einem Mal wieder aufgeräumter wirkte.

»Eine Huronin, die ich bei den Tsonnon… touan…«

Alexander unterbrach sich. Ein Gedanke bahnte sich seinen Weg in seinen Kopf und wurde rasch zur Gewissheit: Mikwanikwe… und Munro? Mit offenem Mund ließ er sich auf seinen Stuhl fallen. Mikwanikwe und Munro waren verheiratet? Er schüttelte den Kopf und spürte, wie ihm bei der Erinnerung an die zwei wilden Nächte, die er mit der schönen Ojibwa-Frau verbracht hatte, das Blut in die Wangen stieg.

»Du und… Mikwanikwe?«

»Ich weiß, dass dir das lächerlich vorkommen muss«, erklärte sein Cousin und setzte sich ihm gegenüber hin. »Ich hatte auch gar nicht vor, sie zu verführen, aber… nun ja, wir hatten gerade die Nachricht von deinem Tod erhalten. Ich wusste, dass sie auf dich wartete und wollte sie trösten… Dann kam eines zum anderen. Was soll ich noch sagen?«

»Du wolltest sie trösten?«

Alexander hatte fast gebrüllt und beugte sich zu seinem Cousin hinüber, der instinktiv zurückwich. Dann hatte er sich wieder im Griff.

»Entschuldige… Ich habe kein Recht, so auf dich loszugehen. Es ist ja wahr, in euren Augen war ich tot. Zumindest…«

»Man hat es uns so gesagt, Alas.«

»Ja, natürlich.«

Alexander rieb sich die müden Augen und versuchte sich zu beruhigen, indem er sich auf seinen Atem konzentrierte. *Sie haben mich schließlich für tot gehalten!*, sagte er sich ein ums andere Mal. Trotzdem konnte er das Gefühl, betrogen worden zu sein, nicht vollständig abschütteln. Er hatte zwei Nächte mit Mikwanikwe verbracht und war dann in der Absicht abgereist, erst achtzehn Monate später zurückzukommen. Und er fragte sich, ob die schöne Ojibwa-Frau für ihn auch zum katholischen Glauben übergetreten wäre… Vielleicht war es ja besser so. Wenn Munro sie wirklich liebte und sie…

»Ich wusste nicht, wie ich es dir sagen sollte, verstehst du?«

»Mach dir keine Gedanken«, gab Alexander zurück und sah auf. »Das ist nur die Überraschung. Wird schon vergehen.«

»Ich habe mir gesagt, nach zwei Nächten könntest du sie unmöglich wirklich lieben. Es ist ja nicht, als hätte ich Isabelle geheiratet.«

»Ja, Munro. Alles in Ordnung, bestimmt!«

»Ihr Taufname ist Angélique. Hübsch, nicht wahr?«

»Angélique Mikwanikwe ... Angélique, die Federfrau ... Wie lange seid ihr schon verheiratet?«

»Drei Monate.«

Alexander fand, dass sie eine angemessene Trauerzeit eingehalten hatten. Lächelnd nickte er.

»Weiß sie, dass ich lebe und hier bin?«

»Ähem ... ja. Die Nachricht hat sie erschüttert.«

Alexander vermochte ein zynisches Auflachen nicht zu unterdrücken. Sofort entschuldigte er sich.

»Komm mit zu uns, Cousin. Wir haben ein Bett für dich, und für deinen Freund auch.«

Munro und Mikwanikwe lebten in einer alten, vielfach ausgebesserten Hütte, die sie aber zumindest für sich allein hatten. Mit einem Mal fühlte Alexander sich von dem Gedanken abgestoßen, in einem Raum mit dem Paar zu nächtigen. Eine äußerst peinliche Situation. Otemin begrüßte ihn als Erste. Dann nahm er den tröstlichen Duft des *sagamité* wahr, das in der Glut bis zum nächsten Morgen vor sich hin köcheln würde.

Als er sie endlich sah, wurde ihm das Herz schwer. Sie schaute ihn einen Moment lang mit halb geöffneten, zitternden Lippen an und lächelte dann verhalten. Wie sollte er sie ansehen, ohne sich zu erinnern? Ganz offensichtlich gab es nichts zu sagen. Sie trat auf ihn zu und strich zuerst über seinen Wangenknochen und dann über die lange, rosige Narbe unter seinem Kinn. Wie hätte er nicht erneut die Empfindungen spüren können, die ihm dieser Mund bereitet hatte?

»*Boozhoo*.«

»Guten Tag, Mikwanikwe.«

Er wollte lächeln und brachte es nicht fertig. Sie trat wieder zu Munro, der ihr demonstrativ den Arm um die Taille legte. *Sie ist meine Frau.* Nun gut, dann sollte es eben so sein. *Sei glücklich, Munro,* sagte das Lächeln, das er sich endlich abrang.

»In weniger als einer Stunde wird alles verladen sein.«

Alexander riss den Blick von Mikwanikwe los, fuhr herum und sah seinem Cousin entgegen, der gut gelaunt auf ihn zukam.

»Mathias schirrt gerade die Hunde an. Ich würde gern mit dir sprechen, Alexander.«

Munro schaute kurz zu seiner Frau und zog seinen Cousin dann zum Haus. Es herrschte strahlender Sonnenschein, und langsam erwachte die Natur wieder zum Leben. Ein Schwarm Meisen und das Ferkel, das Otemin jagte, veranstalteten einen fröhlichen Radau. Alexander setzte sich auf die Bank und sah seinen Cousin aufmerksam an.

»Ja.«

»Ich bin glücklich, Alas. Mit Mikwanikwe und Otemin. Und ich freue mich sehr darüber, dass du noch lebst … Das ist mehr, als ich mir je erhofft habe.«

Tief bewegt legte Munro die Hand auf sein Herz, als müsse er um Beherrschung ringen.

»Ich freue mich auch. Um nichts in der Welt würde ich dein Glück zerstören.«

Munro nickte. Er hatte verstanden, was Alexander ausdrücken wollte.

»Ich hoffe nur, dass diese merkwürdige Situation uns nicht auseinanderbringt«, stieß er nach kurzem Zögern hervor.

»Keine Sorge, ich werde mich schon daran gewöhnen.«

»Das ist mir ernst, Alas. Wie du weißt … läuft mein Vertrag in ein paar Monaten aus, und ich habe nicht vor, ihn zu erneuern. Tatsächlich … habe ich überlegt, ob wir beide möglicherweise … na ja, du weißt schon! Du bist Waldläufer und jagst Pelztiere. Ich verstehe mich gut auf das Fallenbauen und bringe es fertig, ganz annehmbaren Alkohol zu destillieren.

Könntest du vielleicht meine Dienste gebrauchen? Zusammen könnten wir …«

»Du meinst, wir sollten uns zusammentun?«

»Nun … ja!«

Das Ferkel flitzte zwischen Munros Beinen hindurch, und Otemin rannte lachend gegen ihn.

»Also! Ist das eine Art, seinen Vater zu behandeln?«, brummte er und setzte eine vorwurfsvolle Miene auf.

»Sie nennt dich *Vater*?«, fragte Alexander und versuchte seine aufgewühlte Miene hinter der vorgehaltenen Hand zu verbergen.

»Ja. Ich habe sie nicht darum gebeten. Das kam von ganz allein. Du kannst dir gar nicht vorstellen, wie es sich anfühlt, wenn ein Kind dich Papa ruft. Ich weiß ja, dass sie nicht wirklich meine Tochter ist, aber für mich ist sie es. Sie ist niedlich, nicht wahr? Wir sollten ihr noch ein Geschwisterchen schenken.«

»Ja«, murmelte Alexander. Sein Herz war schwer.

Zärtlich sah er dem kleinen Mädchen nach, das jetzt die Hühner scheuchte. Mit gebieterischer Stimme beendete Mikwanikwe die wilde Jagd und ging mit ihrer Tochter zur Kirche, in die Morgenmesse.

Alexander sagte sich, dass die beiden *seine* Familie hätten sein können. Davon hatte er nach den zwei Liebesnächten mit der schönen Ojibwa-Frau geträumt. Jetzt schmerzte ihn diese Erinnerung furchtbar. Wieder einmal hatte ihm das Schicksal den Rücken gewandt. Doch dann tröstete ihn der Gedanke, ein Kind mit Tsorihia zu zeugen. Er wandte sich wieder seinem Cousin zu.

»Also, was hältst du von meinem Angebot, Alas?«

»Ich komme in einem Monat zurück, damit du deinen Vertrag unterschreibst, ehe du es dir womöglich anders überlegst!«, erklärte Alexander und stand auf, da er Mathias auf sie zukommen sah.

Die beiden Cousins sahen einander einen Moment lang an und umarmten sich dann fest.

»Du kannst dir gar nicht vorstellen, wie gut es tut, dich zurückzuhaben.«

»Doch, Munro. Ich glaube, das kann ich mir vorstellen.«

9

Der Wind dreht sich

»Gaaaby! Komm, wir müssen fahren!«, rief Isabelle und reichte Basile ihren letzten Korb, der ihn auf den Sitz der Kutsche stellte. »Komm schon, Gabriel, beeil dich! Ich komme zu spät. Wo kann er denn bloß stecken? Marie!«

Das junge Mädchen, das einen Stapel Kleidungsstücke über dem Arm trug, trat auf seine Herrin zu.

»Hast du Gabriel gesehen? Ich rufe schon ein paar Minuten nach ihm, aber er gibt mir keine Antwort!«

»Eben hat er noch im Salon mit Arlequine gespielt.«

»Du meinst, er ist noch im Haus? Was hat er denn jetzt wieder angestellt?«, schimpfte Isabelle und ging eiligen Schrittes wieder nach drinnen.

»Gabriel! Komm sofort heraus, sonst komme ich noch zu spät! Ich habe nicht den ganzen Tag Zeit!«

Ein dumpfes Geräusch im ersten Stock zog ihre Aufmerksamkeit auf sich. Sie raffte ihre Röcke und stieg, immer ein paar Stufen auf einmal nehmend, die Treppe hinauf. Zuerst steckte sie den Kopf ins Zimmer ihres Sohnes. Niemand da.

»Wo hat er sich denn bloß versteckt? Gaby?«

Als sie zu dem Zimmer ging, das Pierre gelegentlich bewohnte, spürte sie, wie etwas ihr miauend zwischen den Füßen hindurchlief. Dann entdeckte sie die Puderspur.

»Was ist denn das? Gabriel, was machst du nur, verfl… Oh, gütiger Himmel!«

Mit weit aufgerissenen Augen erstarrte Isabelle auf der Schwelle ihres eigenen Zimmers und betrachtete wie erschlagen das Bild, das sich ihr bot: Mitten im Raum stand, von einer weißen Wolke umschwebt, ihr Sohn und trat, die Hände auf dem Rücken verschränkt, mit zerknirschter Miene von einem Fuß auf den anderen.

»Es ist nicht meine Schuld, Mama …«

Der kleine Junge war so weiß wie ein Schneemann, wodurch seine saphirblauen Augen seltsam hervorgehoben wurden. Isabelle wusste nicht gleich, wie sie reagieren sollte. Eigentlich war sie seit dem Morgen äußerst fröhlich gestimmt. Pierre hatte ihr mitgeteilt, dass er endlich damit einverstanden war, das kleine Landgut der Demers zu kaufen, das am Ufer des Saint-Laurent lag. Jetzt würde sie ihren Obstgarten bekommen, und einen Küchengarten, der so groß war, dass er genug Nahrung für die ganze Vorstadt Saint-Joseph hervorbringen konnte. »Und wi' können Ziegen und ein Pfe'dchen halten«, hatte Gabriel gemeint, der bei dem Gespräch zugegen gewesen war.

Angesichts ihrer guten Laune hatte Isabelle wirklich keine Lust, ihn zu bestrafen. Aber Gabriel war ungehorsam gewesen: Es war ihm verboten, das Zimmer ohne seine Eltern zu betreten. Sie konnte nicht so tun, als wäre nichts gewesen. Also rang sie ihr amüsiertes Lachen nieder und zeigte eine verärgerte Miene.

»Nicht deine Schuld? Und wer hat dich dann mit meinem Reispuder überschüttet? Arlequine vielleicht?«

»Also …«

»Soll ich dir jetzt das Abendessen streichen und dich heute Nacht draußen schlafen lassen?«

Gabriel verzog das Gesicht und wand sich verlegen. Wenn er die Wahrheit sagte, würde er bestimmt ausgescholten. Aber andererseits, würde seine Mutter ihm glauben, wenn er seine Katze beschuldigte? Durfte er zulassen, dass Arlequine an seiner Stelle bestraft wurde?

»Wenn ich sage, dass es nicht Arlequine war, bekomme ich dann trotzdem eine Strafe?«

Isabelle legte einen Finger an die Lippen und runzelte die Stirn, als überlege sie.

»Hmmm … Ich weiß nicht, das kommt darauf an. Wer ungehorsam ist, hat eine Strafe verdient, das findest du doch auch, oder? Aber wenn der wahre Schuldige so ehrlich ist, seinen Fehler zuzugeben, werde ich weniger streng sein.«

Der Kompromiss wirkte einladend. Doch Gabriel zögerte immer noch und beäugte seine Mutter argwöhnisch.

»Es war nicht Arlequine, stimmt's?«, fragte Isabelle und musste sich große Mühe geben, ihre ernste Miene zu wahren.

»Ähem …«

Er saß in der Falle. Seine Mutter hatte es erraten.

»Also … ja, ich wa' das, Mama. Ich wollte sehen, wie es ist, ganz weißes Haa' zu haben wie die Monsieurs.«

»Es heißt ›Messieurs‹, Gabriel. Dachte ich mir doch, dass du das warst!«

»Sag, Mama, muss ich jetzt immer noch d'außen schlafen?«, fragte der kleine Junge besorgt.

Die Hände in die Hüften gestemmt und den Kopf zur Seite geneigt überlegte Isabelle laut.

»Tja, wenn ich bedenke, dass du den Boden meines Zimmers ganz schmutzig gemacht und meine Puderdose fast vollständig geleert hast, dass du jetzt schrecklich aufhältst und, was das Schlimmste ist, mir ungehorsam gewesen bist … sollte ich dir eine Woche lang den Nachtisch streichen!«

»Eine Woche?«, wiederholte Gabriel, der kurz davor stand, in Tränen auszubrechen. »Abe' das ist zu lang! Du hast gesagt, wenn ich eh'lich wä'e …«

»In der Tat. Gehorsam ist eine wichtige Eigenschaft, und Ehrlichkeit ist eine Tugend, mein Gaby. Ehrliche kleine Jungen kommen in den Himmel. In diesem Fall wirst du als Strafe das hier saubermachen, sobald wir zurück sind, und bekommst heute keinen Nachtisch.«

»Nu' heute?«, rief Gabriel fröhlich hüpfend aus, wobei eine Puderwolke um ihn aufstieg. »P'ima! Ma'ie hat Eie'to'te gemacht, und die mag ich sowieso nicht!«

Isabelle seufzte. Das hatte sie ganz vergessen.

»Schön, mein kleines Gespenst, dann lauf jetzt zu Marie. Sie soll dir helfen, dich präsentabel herzurichten. Basile wartet zusammen mit Pauline, um dich zu Monsieur Senneville zu fahren, der bestimmt schon ungeduldig ist, und bringt mich dann ins Hospital.«

»Keine Geigenstunde!«, jammerte Gabriel, als er durch die Tür ging.

»Noch zwei Stunden, dann sind ja schon Ferien!«

»Ich mag nicht Geige spielen.«

»Komm schon, hinaus! Und beeil dich!«

Gabriel hatte sich den Geigenkasten zwischen die Knie geklemmt und unterhielt sich damit, ein langgezogenes »Aaah!« auszustoßen, das durch das Ruckeln der Kutsche zu einem schauderhaften Vibrato verzerrt wurde. Er ließ die kleinen Beinchen in den feinen grauen Wollstrümpfen baumeln und stieß mit den neuen Silberschnallen, mit denen seine Lederschuhe geschmückt waren, unablässig gegen die Sitzbänke. Der kleine Junge konnte einfach nicht stillsitzen.

Als der Knabe bemerkte, dass seine Mutter ihm zusah, schenkte er ihr sein schönstes Lächeln. Isabelle strich zärtlich mit der Fingerspitze über seine Wange und steckte ihm eine rote Haarsträhne, die sich aus dem blauen Seidenband gelöst hatte, hinters Ohr zurück.

»Tu einfach dein Bestes, Gaby, mehr verlange ich gar nicht. Einverstanden?«

Das Lächeln des Jungen wich einer unsicheren Miene, und er sah auf den schwarzen Geigenkasten hinunter, den Grund seiner Sorgen.

»Ich schaffe es nie, dieses Stück für Papas Gebu'tstag zu le'nen!«

»Doch, ganz bestimmt. Aber dazu musst du dich ein wenig anstrengen… Träum nicht so viel, hör auf das, was Monsieur Senneville dir sagt, und gib dir Mühe.«

Die Berline hielt an. Gabriel wollte schon aussteigen, aber seine Mutter hielt ihn am Arm fest, um ihm eine vergessene Spur Reispuder von der Wange zu wischen.

»Zeig mir noch einmal, wie du deinen Lehrer begrüßt, wenn du eintrittst.«

»Ich weiß, wie man sich verbeugt, Mama.«

»Lass das getrost mich beurteilen. Mit dem Hute in der Hand kommt man durch das ganze Land, vergiss das nicht.«

Der kleine Junge murrte, beugte aber dann den Kopf und tat, als grüße er.

»Sehr schön«, meinte Isabelle und nahm ihm seinen Dreispitz ab. »Du hast nur vergessen, deinen ... Gabriel!«

Zwei Korinthen-Plätzchen fielen ihr in den Schoß. Gabriel hielt den Kopf immer noch gesenkt und zog eine enttäuschte Miene.

»Du hast ja schon wieder Plätzchen aus der Küche gemaust!«

»Nicht gemaust!«

»Nein? Hattest du vielleicht vor, sie zurückzubringen?«

»Also ... nein.«

»Wenn das so ist, hast du sie doch gestohlen!«

Wortlos hob er die Plätzchen auf und streckte sie seiner Mutter hin.

»Ich will sie ga' nicht meh' ...«

Isabelle sah einen Moment lang auf das Gebäck hinunter und schob dann sanft seine Hand zurück.

»Schon gut, du kannst sie behalten. Schließlich haben sie eine halbe Stunde unter deinem Hut gesteckt! Aber versuch bitte, Monsieur Sennevilles Teppich nicht vollzukrümeln.«

Während sie sprach, entstaubte sie sein Haar und seine Hosen.

»Ja, Mama.«

Basile öffnete den Wagenschlag. Helles Licht fiel in die Berline und ließ Gabriels Haar aufleuchten. Mit bedrückter Miene stieg der Kleine aus der Kutsche. *Wie ähnlich du ihm siehst,* dachte Isabelle. Dann küsste sie ihn auf die Nasenspitze.

»Mama ... Dafü' bin ich jetzt zu g'oß.«

Basile, der sah, wie verlegen das Kind war, wandte sich, ein Lächeln auf den Lippen, ab. Gabriel zögerte und küsste seine Mutter dann kurz auf die Wange. Schließlich sprang er, den Geigenkasten unter den Arm geklemmt, aus dem Wagen.

»Wir kommen dich um vier Uhr abholen, Gabriel. Vergiss nicht, was ich dir gesagt habe.«

»Nein, Mama.«

Sie warteten, bis der kleine Junge im Haus des Musiklehrers verschwunden war, und fuhren dann weiter. Seit 1764 arbeitete Isabelle freiwillig im Hospital. Der Tod der kleinen Charlotte hatte ihr die Augen für eine Welt geöffnet, von der sie bis dahin getan hatte, als existiere sie nicht. Außerdem war sie die Nachmittagseinladungen bei diesen Damen leid, die sich für fromm hielten, aber die einfachen Leute erbarmungslos verurteilten. *Gott bestraft die Sünder für ihre Fehltritte. Wenn diese Leute gute Christen wären, würde Gott ihnen ihre Last schon erleichtern*, hieß es dann.

Aber Isabelle sah das anders. Sie wusste, dass die Armen nach bestem Vermögen zu überleben versuchten. Aber sie besaßen weder Bildung, Titel noch sonst etwas, das ihnen erlaubt hätte, sich eine würdigere Existenz zu schaffen. Sie beteten täglich zu Gott, wurden aber nie dafür belohnt! War es da nicht Aufgabe der Wohlhabenden, ihnen christliche Nächstenliebe zu erweisen, um ihnen das Leben ein wenig leichter zu machen?

Aus diesem Grund ging sie ein Mal pro Woche zu den Nonnen, die sich um verlassene Kinder kümmerten, und half bei ihnen aus. Oft, wenn die Schwestern zu beschäftigt damit waren, Kerzen, Schuhe, Hostien und andere nützliche Gegenstände herzustellen, griff sie zur Nadel und übernahm die Fertigstellung der bestellten Uniformen oder Segel für Fischerboote. Der Verkaufserlös reichte gerade aus, um den Wiederaufbau des Hospitals zu finanzieren. Es war vor zwei Jahren bei einer Feuersbrunst, die im Westen der Stadt einen großen Teil der Häuser ergriffen hatte, zerstört worden.

Heute brauchte Schwester Catherine Hilfe in der Küche. Zwei der Nonnen waren unpässlich. Isabelle arbeitete gern in diesem Raum, der sie an glückliche Stunden aus ihrer Kindheit erinnerte. Die Hände voller Erdbeersaft, die Nase gesättigt mit den süßen Düften der Konfitüren und den Geist beschäftigt durch die Gespräche der Schwestern bemerkte sie gar nicht, wie die zwei Stunden vergingen. Als sie sich säuberte, kam ihr der Gedanke, dass sie dem Hospital mehr Zeit schenken sollte: Sie fand es nicht nur befriedigend, den Schwestern zu helfen, sondern sie unterhielt sich dabei auch ausgezeichnet.

Auf dem Weg zum Ausgang kam sie an der Schreibstube vorbei. Letzte Woche hatte sie dort einen Rosenkranz holen wollen und hatte eine Frau ertappt, die gerade die Kassette mit den Tageseinnahmen stehlen wollte. Marie-Louison Gadbois, die höchstens sechsunddreißig oder siebenunddreißig Jahre alt war, aber viel älter wirkte, hatte sie angefleht, sie nicht zu verraten. Die Mutter von sechs Kindern kam regelmäßig ins Hospital und bat um Hilfe. Ihr Mann, ein Voyageur, war seit fünf Jahren nicht nach Hause gekommen und hatte seinen jüngsten Sohn noch nie gesehen. Man munkelte, er sei am Leben und lebe irgendwo im Oberland mit einer Indianerin zusammen. Der Frau blieb nichts anderes übrig, als ihren Körper zu verkaufen und gelegentlich zu stehlen. Unter der Bedingung, dass die arme Frau die Schwestern, die sie durchfütterten, nie wieder bestehlen würde, war Isabelle bereit gewesen, über den Vorfall zu schweigen.

Ermattet verließ sie das imposante Steinbauwerk, das seit 1693 mehrmals erweitert worden war. Soeben war es nach den neuesten Vergrößerungsplänen, die Monsieur de Montgolfier, der Abt der Sulpizianer, 1758 gezeichnet hatte, umgebaut worden. Das Hospital stand auf einem zehn Morgen großen Grundstück auf der »Pointe à Callière« genannten Landzunge vor den Toren von Montréal. Hinter dem Gebäude wurden auf einem weitläufigen Areal Gemüse und Obst angebaut, von denen die Schwestern lebten. Die Müdigkeit, die Isabelle empfand, wenn der Nachmittag vorüber war, wurde mehr als ausgeglichen durch das gute Gefühl, eine Pflicht erfüllt zu haben, und sie kehrte an diesen Tagen stets lächelnd nach Hause zurück.

Die feuchte Hitze drang auf sie ein. Basile war pünktlich vorgefahren und wartete mit der frisch polierten Berline auf sie, die in der herrlichen Sonne der letzten Maitage des Jahres 1767 glänzte. Marie, die ihrer Herrin bei ihren Besorgungen zur Hand gehen sollte, erwartete sie strahlend. Die Luft war vom Duft des Flieders und der Apfelblüten erfüllt. Er erinnerte Isabelle daran, dass am nächsten Tag bei Sieur d'Ailleboust ein ländlicher Ball stattfinden sollte, zu dem mehrere kanadische Honoratioren und ihre Familien zusammenkommen würden. Sie war entzückt von der Aussicht auf dieses Fest und hatte sich eifrig darauf vorbereitet. Zu diesem Anlass hatte sie sich ein Kleid aus grünem Musselin anfertigen lassen, das mit Knöpfen in Form rosafarbener Blüten und hübscher gelber Schmetterlinge besetzt war. Nun musste sie nur noch den Strohhut abholen, den sie bei Madame Cadieux bestellt hatte. Auf ihren alten hatte sich Gabriel gesetzt, und danach war er nicht mehr auszubessern gewesen.

Die Kutsche fuhr an den verkohlten Überresten des letzten Brandes vorbei, die verlassen und Wind und Wetter ausgesetzt dalagen. Sie musste wieder an den verbeulten Hut denken und daran, wie furchtbar zornig sie an diesem Tag gewesen war. Mit seinen ständigen Eskapaden brachte Gabriel sie oft außer sich. Doch er trieb sie nicht nur zur Weißglut, sondern erweckte auch die zärtlichsten Gefühle in ihr. Er war von einer solchen entwaffnenden Naivität! Eigentlich war es nur seine lebhafte Neugier, die ihn immer wieder in Schwierigkeiten brachte.

Isabelle fürchtete den Tag, an dem ihr einziger Sohn ihr vor der Haustür Lebewohl sagen würde, während Basile die Reisetruhe des Studenten in die Kutsche hievte. Sie erinnerte sich an ihren Bruder Guillaume, der am Tag seiner Abreise gezwungen gelächelt hatte, während seine Mutter still um ihn geweint hatte, und sie bedauerte, dass sie keine Kinder mehr bekommen würde … Im Haus würde es sehr still werden, wenn Gabriel in das Seminar von Québec eintrat.

Mit einer graziösen Handbewegung verscheuchte sie ihre düsteren Gedanken und konzentrierte sich lieber auf die immer noch andauernde Krise der Institutionen. Während der letzten drei Jahre hatten die Kanadier einen Sieg über Thomas Walker und seine Clique errungen, denn es war ihnen gelungen, die katholischen Knabenschulen wieder einzuführen. In seinem Bestreben, die katholischen Kanadier endgültig von der Macht fernzuhalten, war es dem Händler aus Boston gelungen, am Stuhl von Gouverneur Murray zu sägen und dafür zu sorgen, dass er in Ungnade fiel. Seiner Meinung nach stellte die Milde, die der Gouverneur gegenüber den Besiegten walten ließ, eine Gefahr für die protestantische, britische Regierung der Provinz dar. Murray hatte sich auf der *Petit Guillaume* nach England eingeschifft. Im Juni 1766 war das gewesen, kurz nachdem er den Kanadier Monseigneur Briand, der ausgerechnet aus London zurückkehrte, zum Bischof von Québec ernannt hatte.

Dieser Krieg zwischen Walker und Murray war durch einen eigentlich ganz banalen Vorfall ausgelöst worden. Im Spätherbst des Jahres 1764 weigerte sich ein englischer Bürger von Montréal, dem Einquartierungsbefehl, den ihm Hauptmann Payne vorlegte, Folge zu leisten. Der Krieg war zwar vorüber, aber in den Kasernen fehlte es an Platz, sodass die Bewohner gezwungen waren, die in Montréal verbliebene Garnison bei sich aufzunehmen. Der britische Militär war trotzdem eingezogen, und als sein Gastgeber ihn aus dem Haus wies, widersetzte er sich. Thomas Walker hatte als Richter in diesem Rechtsstreit zu entscheiden. Er steckte den Hauptmann kurzerhand ins Gefängnis. Einige Tage später wurde Payne gegen Kaution freigelassen.

Kurz danach brach eine Bande maskierter Männer bei Walker ein und schlug ihn brutal zusammen. Es kam zu Anklagen und einem Prozess. Obwohl die Angeklagten – Soldaten aus dem 28. Regiment von Gloucestershire – offensichtlich schuldig waren, sprach das Kriegsgericht sie frei. Walker, der von Murray seines Amts als Friedensrichter enthoben worden war, weil er sich über einen militärischen Befehl hinweggesetzt hatte, wurde tätig und vervielfachte die Anzahl seiner Petitionen, deren Ziel es war, den General seiner Stellung als Gouverneur zu entheben und eine zivile Regierung einzusetzen. Wie er erklärte, hatte die Militärherrschaft lange genug gedauert. Es war mehr als an der Zeit, dass Murray, der viel zu nachsichtig mit den Besiegten umging, nach London zurückkehrte. Walker reiste ab, um seine Forderung persönlich beim Kronrat vorzulegen.

Doch mit Murrays Absetzung war dieser eingeschworene Feind alles Französischen noch nicht zufrieden. Er wollte eine englischsprachige gewählte Versammlung und schien es sich zur Mission gemacht zu haben, die Kanadier zu bloßen Zuschauern bei der Regierung der Provinz zu machen. Murray war überzeugt davon gewesen, dass die Einwohner des Landes ein Wort mitzureden hatten, und hatte adligen Kanadiern die Bildung von Ratsversammlungen gestattet. Aber obwohl diese Versammlungen unter dem wachsamen Auge des jungen Mabane, eines Schotten, stattfanden, war Walker nicht beruhigt gewesen.

Der Bostoner sollte sich seines Sieges nicht lange erfreuen. Murray war zwar nach England zurückgekehrt, behielt aber sein Amt. Außerdem vertrat Guy Carleton, der neue Verwalter der Kolonie, die gleichen Ansichten wie sein Vorgänger. Er glaubte, dass man den Kanadiern gewisse Rechte zugestehen musste und wünschte sich, dass zwischen Siegern und Besiegten eine Art Harmonie eintrat.

Aber das alles schleppte sich dahin, und die Kanadier wurden ungeduldig. Der Chevalier d'Ailleboust ließ beim kanadischen Adel eine Petition herumgehen, die forderte, Katholiken zu öffentlichen Ämtern zuzulassen. Neununddreißig Seigneurs hatten bereits ihre Unterschrift darunter gesetzt. Währenddessen war auch Walker mit einer Petition unterwegs, in der er die Schaffung einer gesetzgebenden Versammlung forderte, die nur Protestanten offenstehen sollte. Der neue stellvertretende Gouverneur hatte viel zu tun. Immerhin sorgte diese ganze Aufregung hinter den Kulissen dafür, dass in den Salons die Gesprächsthemen nicht ausgingen.

Die Kutsche hielt an. Der kleine Gabriel kletterte hinein und ließ seine Geige auf den Sitz gegenüber den beiden Frauen, die ihm zulächelten, fallen. Isabelle schaute ihren Sohn an und glaubte mit einem Mal, Alexander zu sehen: der gleiche volle, leicht schmollende Mund, der sich aber auch zu einem betörenden Lächeln verziehen konnte; die gleichen geraden, strengen Augenbrauen, der gleiche freimütige Blick. Natürlich waren

Gabriels Züge die eines Kindes. Aber man konnte sich schon gut vorstellen, wie sein Gesicht später einmal aussehen würde.

»Und, wie war deine Stunde heute?«

»Nicht schlecht...«, gab Gabriel zurück und rutschte mit angestrengtem Gesicht auf dem Sitz herum. »Monsieur Senneville hat gesagt, ich b'inge meine Geige zum Weinen.«

»Deinem Vater werden auch die Tränen kommen, wenn er dich spielen hört!«, rief Isabelle lachend aus und kniff ihn in die Wange.

»Aber g'oße Monsieurs... ähem... Messieurs weinen doch nicht.«

»Es ist nichts Schlimmes daran, wenn man einmal eine Freudenträne vergießt, Gaby.«

Der Kleine zappelte immer noch und seufzte. Dann knatterte es auf dem Leder des Sitzes.

»Und das ist de' Fanfa'enstoß, de' die Ankunft von Gene'al Leb'un ankündigt!«, krähte er triumphierend.

»Gabriel!«, empörte sich Isabelle entsetzt. »Das gehört sich aber nicht!«

Marie tat, als hätte sie nichts gehört, und verbarg ihr Lächeln hinter vorgehaltener Hand.

»Aber Mama, bei meinem Geigenleh'e' konnte ich doch nicht pupsen!«

»Hmmm... nein, natürlich nicht. Aber du hättest es wenigstens diskreter tun und uns diesen Spruch ersparen können!«

Isabelle hielt den Atem an und kramte mit einer Hand in ihrem Korb, während sie mit der anderen ihren Fächer bewegte. Sie zog einen Apfel hervor, den sie dem Kleinen reichte. Wirklich, sie musste Louisette anweisen, nicht mehr so häufig Kohlsuppe zu kochen.

»Schön. Morgen ist Samstag, und du hast keinen Unterricht. Wir fahren aufs Land zum Fest von Sieur d'Ailleboust. Da triffst du alle deine Freunde.«

Gabriel biss in die Frucht, und seine Miene verschloss sich. »Hü, Pauline!«, drang Basiles Stimme zu ihnen, und die Berline setzte sich knarrend in Bewegung. Isabelle bemerkte den wenig erfreuten Gesichtsausdruck ihres Sohnes und wurde nachdenklich; normalerweise geriet ihr Sohn bei dem Gedanken an ein Picknick ganz aus dem Häuschen …

»Sophie wird kommen und ihr neues Hündchen mitbringen. Louis und Julien werden auch da sein! Sonst spielst du doch so gern mit ihnen!«

»Hmmm …«

Gabriel betrachtete die vorbeiziehenden Häuser und aß ein paar Minuten lang schweigend seinen Apfel.

»Was bedeutet eigentlich Basta'd, Mama?«

Als Isabelle begriff, welches Wort er meinte und auf wen gemünzt er es wahrscheinlich gehört hatte, blieb ihr der Mund offen stehen. Bastard. Ihr tat das Herz weh. Marie tat, als untersuche sie einen nicht vorhandenen Riss in ihrem Rock.

»Wo hast du das gehört, Gabriel?«

»Das wa' Julien. E' hat gesagt, ich wä'e ein Basta'd.«

»Julien weiß bestimmt nicht, was das Wort heißt und sagt es nur nach, um seine Freunde zum Lachen zu bringen.«

Sie versuchte nach bestem Vermögen, ihren Sohn zu beruhigen, aber das, was sie sagte, überzeugte sie nicht einmal selbst.

»Ist ein Basta'd dasselbe wie ein Schotte? Julien hat gesagt, ich hätte einen Schädel wie ein Schotte und ich wä'e ein englischer Ka'ottenkopf …«

»Englischer Karottenkopf?«

»… und dass die Fliegen auf die Englände' scheißen, weil sie Aas wä'en …«, schloss der Kleine, schlug die Augen nieder und wies auf seine Wangen, die sich jedes Frühjahr mit Sommersprossen überzogen.

»Mein Engel, du weißt doch genau, dass das kein … Oh! Du wirst schon sehen, wenn du älter wirst, vergehen die Sommersprossen. Ich finde sie außerdem hübsch.«

Mehr fiel ihr nicht ein, um Gabriel zu trösten. Angesichts von so viel Boshaftigkeit fühlte sie sich hilflos. Wie konnte sie ihren Sohn vor solchen Worten schützen, von denen sowohl ihr Sohn als auch sein kleiner Freund wussten, dass sie verletzend waren, wenn sie auch nicht ganz begriffen, was sie bedeuteten?

Mit einem Mal erinnerte sie sich an einen Tag, an dem er im Garten mit Julien gespielt hatte. Irgendwann war sein Kamerad weinend und mit aufgeschwollener, blutender Lippe im Salon aufgetaucht. Gabriel hatte ihn mit der Faust ins Gesicht geschlagen. Da ihr Sohn sich nicht bei Julien entschuldigen wollte, dem er vorwarf, ihn »dummer Affe« genannt zu haben, hatte Isabelle ihn bestraft und ihm für den Rest des Nachmittags Stubenarrest verordnet. Jetzt ahnte sie, was ihn wohl zu seiner Tat angestachelt hatte; bestimmt war »dummer Affe« nicht die einzige Beleidigung gewesen, die sein Freund ihm an den Kopf geworfen hatte. Wie lange musste ihr Junge schon solche Schmähungen über sich ergehen lassen?

Plötzlich wurde Isabelle klar, dass er nicht wirklich gleichaltrige Freunde hatte. Lieber spielte er mit Tieren und Insekten und misshandelte sie. Jetzt ging ihr auf, dass er keinen anderen Weg gewusst hatte, sich für die bösen Worte, die er ständig hörte, zu entschädigen. Und sie hatte ihn für seine Grausamkeit bestraft! Wie ahnungslos sie gewesen war! Sie musste darüber nachdenken und etwas verändern. Isabelle war zutiefst bekümmert und wandte sich kurz ab, damit der Kleine nicht sah, dass Tränen in ihren Augenwinkeln standen. Dann wechselte sie das Thema.

»Ehe wir nach Hause fahren, muss ich noch zur Hutmacherin. Marie erledigt währenddessen die Einkäufe auf dem Markt. Und du, mein Junge, kommst mit mir.«

Mit vollem Mund tat Gabriel, als bewundere er die Silberschnallen an seinen Schuhen, denn er wollte dem Blick seiner Mutter nicht begegnen: Er hatte keine Lust, sich wegen des verbeulten Huts erneut böse Blicke einzuhandeln. Sie hatte seine Frage nicht beantwortet, aber er würde sie ihr später noch einmal stellen.

Bei der Hutmacherin nestelte Gabriel gelangweilt am Saum seiner Weste. Er begleitete seine Mutter nicht gern in die Läden. Da waren nur Frauen … und kleine Mädchen wie das, das ihm gegenüber saß und sich mit Kuchen vollstopfte. Jetzt beobachtete er sie schon eine ganze Weile und zählte die Kuchenstücke, die in ihrem von klebrigem Guss verschmierten Mund verschwanden. Das Mädchen warf ihm ein Lächeln zu, auf das er mit einer Grimasse antwortete.

Müde beschloss der Knabe, seine Finger mit etwas anderem zu beschäftigen. Madame Dumas, eine weitere Kundin der Hutmacherin, sah ihn streng an.

»Ihr werdet entzückt sein«, meinte Madame Cadieux begeistert und schob Isabelle vor den Spiegel. »Habt Ihr bemerkt, wie fein die Arbeit ist? Das ist kein Stroh von irgendeinem Bauernhof! Diese Turcotte ist eine echte Perle! Ich habe sie vergangenes Jahr entdeckt. Sie hat wahre Feenfinger, und ihre Hüte sind genauso schön wie die, die wir früher aus Paris bekommen haben, und um die Hälfte billiger!«

»Oh, er ist wunderschön«, sprang ihr Françoise Rouvray bei.

Isabelle schlang das breite Band unter ihrem Kinn zu einer Schleife, bewunderte sich im Spiegel und drehte den Kopf von einer Seite auf die andere. Dann nickte sie.

»Und er stinkt nicht nach Heu!«, setzte die Hutmacherin hinzu. »Wie Ihr feststellen könnt, weicht die Turcotte ihr Stroh in parfümiertem Wasser ein.«

»Hmmm …«, meinte Isabelle zufrieden.

»Mama …«

»Warte doch, Gabriel. Siehst du nicht, dass ich beschäftigt bin?«

»Ist de' für das Picknick morgen?«

Madame Cadieux machte jetzt die Hutschachtel zurecht.

»Ja, beim Sieur d'Ailleboust.«

»Mama …«

Gereizt seufzend drehte Isabelle sich zu dem Störenfried. Gabriel lächelte ihr merkwürdig zu und hielt den Finger in die Höhe, an dem ein dicker Klumpen Nasenschleim hing.

»Mama«, flüsterte sein Stimmchen, »ich weiß nicht, wo ich das hintun soll.«

Als sie sah, was er da hatte, spürte Isabelle, wie sie bis an die Haarwurzeln errötete. Sie beugte sich über ihren Sohn, wobei sie froh über die Deckung war, die ihr die breite Hutkrempe bot.

»Gaby! In dein Taschentuch natürlich! Ich dachte, ich hätte dich gelehrt…«

»Ich weiß, abe' ich hab mein Taschentuch nicht…«

»Und wo ist es? Ich habe dir heute Morgen ein sauberes gegeben.«

»Ich hab mi' damit die Konfitü'e von den Finge'n abgewischt. Es wa' ganz schmutzig, da hab ich es auf dem Küchentisch liegen gelassen.«

Ärgerlich kramte Isabelle in ihrem Retikül und zog ein kleines, besticktes Taschentuch heraus, um das ekelhafte Ding, das immer noch auf seinem hoch erhobenen Zeigefinger thronte, rasch verschwinden zu lassen. Sie spürte die vorwurfsvollen Blicke der Frauen.

»Warte draußen auf mich, Gabriel, während ich mit Madame Cadieux spreche, ja? Marie wird auch bald zurück sein.«

Begeistert darüber, dass er sich endlich bewegen konnte, lief der kleine Junge zur Tür.

»Und geh nicht zu weit weg! Ich brauche nur noch ein paar Minuten.«

Wie jeden Freitag herrschte auf dem Markt lärmendes Treiben. Alexander war mit Jean Nanatish und Paul Anaraoui unterwegs, zwei befreundeten Algonquin. Er bahnte sich einen Weg durch die bunte Menge. Die Luft stank nach abgehangenem Fleisch und Mist. Er war nicht mehr an die Gerüche der Stadt gewöhnt, und sie hatten ihm während der drei Jahre, die er in den kühlen, duftenden Wäldern verbracht hatte, auch nicht gefehlt. Und dann noch diese erdrückende Hitze! Er war halb verdurstet und konnte es kaum abwarten, Munro in der Taverne zu treffen.

Vor den Augen von drei neugierigen Kindern, die sich an die Röcke ihrer Mutter klammerten, drehte ein Geflügelhändler einem seiner Schützlinge den Hals um. Ein kleines Mädchen tröstete ein dickes Schwein, das einen Fußtritt von einem ungeduldigen Passanten abbekommen hatte. Abgelenkt durch das

Treiben um ihn herum trat Alexander in einen Abfallhaufen und stöhnte auf. Anschließend entging er nur knapp dem Arm eines Polizeileutnants, den dieser gebieterisch gehoben hatte, um eine Auseinandersetzung zwischen einem Verkäufer und seinem Kunden zu schlichten. Offensichtlich hatten sie sich über ein angeblich falsches Gewicht gestritten und waren darüber beinahe handgreiflich geworden. Während ihm noch die Ohren von den Beschimpfungen der Streitenden klangen, verhielt er den Schritt, um zwei schwarze Sklaven in bunten Livreen vorbeizulassen. Die beiden trugen zahlreiche Pakete für eine Dame, die geschmückt war, als wolle sie zu einem Ball.

Mit gesenktem Kopf beschleunigte Alexander den Schritt und hielt den Blick auf den unebenen Boden gerichtet. Er wich einem ekelhaften Rinnsal aus, das ein halb verhungerter Hund abschlug, und trat um den Stand eines Metzgers herum, der seinen Besen schwenkte, um eine Armee von Fliegen zu verscheuchen. Nachdem er einer jungen Indianerin, die hübsche, mit Stachelschweinborsten geschmückte Körbe feilhielt, ein strahlendes Lächeln geschenkt hatte, hielt er auf die Hauptstraße zu, wo sich die Taverne befand.

Unterwegs dachte er an van der Meers Gold. Er kam soeben vom Haus seines einstigen Dienstherrn. Das Gebäude aus behauenen Steinquadern zeugte von Wohlstand. Es besaß drei Etagen und bildete die Ecke der Rue Saint-Nicolas und der Rue Saint-Sacrement. Ehe er geklopft hatte, hatte er einen Moment lang zögernd auf der *banquette** gestanden: Was sollte er der Witwe des Hollandais' erzählen? Dann hatte er sich gesagt, dass die Worte sich schon von selbst ergeben würden und er dieser Frau die Wahrheit über das schuldig war, was bei dem Massaker am Ufer des Grande Rivière wirklich geschehen war.

Doch vor allem hatte Alexander sich von der Last des Geheimnisses befreien wollen, das er bis jetzt hatte bewahren können. Er schätzte, dass es Zeit war, die Wünsche des Händlers zu

* Hölzerner Gehweg, den jeder Hausbesitzer vor seinem Domizil anlegen und unterhalten musste.

erfüllen, und hoffte dabei auf die Hilfe der Witwe. Aus diesem Grund war er zusammen mit Munro und zwei Freunden über den Grande Rivière nach Montréal gereist. Tsorihia hatte ihn in seinem Vorhaben unterstützt. Doch leider hatte er Sally van der Meer nicht angetroffen. Die Dienstbotin, die ihm die Tür geöffnet hatte, war sichtlich verärgert über die Störung gewesen. Sie hatte ihn gebeten zu warten, während sie zwei riesigen Männern Anweisungen gab, die einen gewaltigen, mit herrlichen Schnitzereien geschmückten Nussbaumschrank bewegten. An den Wänden hatten sich Holzkisten und Truhen gestapelt: ein Umzug. Vielleicht war der Witwe nach dem Tod ihres Mannes das Haus zu groß geworden.

Nach einer Weile hatte sich die Dienerin, eine Frau mittleren Alters mit faltigen Wangen und Hakennase, wieder an ihn erinnert. Ganz außer Atem war sie an die Tür gekommen und hatte eine weiße Haarsträhne zurückgeschoben, die ihr in die Stirn hing.

»Kommt Ihr wegen des Flügels, Monsieur?«, fragte sie und beäugte neugierig seine mit Fransen geschmückte Lederkleidung.

»Flügel? Ähem … nein. Ich wollte Madame van der Meer sprechen. Aber ich kann noch einmal wiederkommen, wenn …«

»Madame van der Meer? Sie ist verstorben, Monsieur.«

Wie vor den Kopf geschlagen starrte er die Frau an, die mit gerunzelter Stirn dastand und nur darauf zu warten schien, dass er ging, weil sie Dringenderes zu tun hatte.

»Aber … Wann war denn das?«

»Vergangene Woche. Genau gesagt am Donnerstag.«

»Letzte Woche …«

Als die Frau sah, wie erschüttert er war, fragte sie, ob sie ihm behilflich sein könne. Nein, gab er zurück, dankte ihr und ging.

»Au!«, rief ein helles Stimmchen.

Alexander war so in seine Gedanken versunken gewesen, dass er den kleinen Jungen nicht bemerkt hatte, der vor ihm vorbeilief, und den er umgeworfen hatte. Das Kind saß auf dem Hosenboden.

»Oh! Entschuldige, mein Junge!«

Der Kleine stand auf, nahm seinen Apfel wieder und musterte den Mann, der seinen Arm nahm, mit verwunderter Miene. Furchteinflößend sah er aus mit seiner indianischen Kleidung, dem langen, sehr dunklen Haar, aus dem zwei Federn herabhingen, und dem Bart, der seine Wangen und sein Kinn überwucherte. Er ähnelte den beiden Wilden, die ihn begleiteten und zu ihm herablächelten. Aber die Wilden hatten alle so schwarze Augen wie Marie und keinen Bart. Der Fremde war also keiner.

»Habe ich dir wehgetan?«, fragte Alexander und musste sich angesichts der beeindruckten Miene des Kleinen ein Lachen verbeißen.

»Nein …«

Plötzlich fiel Gabriel wieder ein, dass er von einem wütenden Obsthändler verfolgt wurde. Er sah in die Richtung, aus der er kommen würde, und beeilte sich, den Apfel unter seine Weste zu stecken. Da stürzte schon ein dicker Mann keuchend und hochrot angelaufen herbei und wies anklagend mit dem Finger auf ihn.

»Du da! Du, kleiner Strolch! Gib mir meinen Apfel zurück, du kleiner Dieb! Eine Schande ist das! Ein so gut gekleideter Knabe, und dann einen armen Händler zu bestehlen, der im Schweiße seines Angesichtes versucht, seine Kinder zu ernähren, die nicht einmal Holzpantinen an den Füßen haben?!«

Der Obsthändler wollte den Jungen packen, aber Alexander schob sich dazwischen. Er überragte den Mann um einiges.

»Heda! Mischt euch da nicht ein, ihr Wilden! Ich habe mit meinen eigenen Augen gesehen, wie der kleine Bengel meinen Apfel gestohlen hat.«

Der Mann versuchte an dem Schotten vorbeizukommen.

»Wie viel?«

»Was?«

»Ich sagte, wie viel wollt Ihr für den Apfel haben, Monsieur?«

»Glaubt Ihr, das lasse ich mit mir machen? Der Dieb muss bestraft werden, sonst tut er es wieder, das schwöre ich Euch!«

»Wie viel verlangt Ihr für den Apfel?«, beharrte Alexander drohend.

Der Händler erstarrte und musterte die drei Männer aus zusammengezogenen Augen: ein Trapper und seine Begleiter, die gekommen waren, um das Ergebnis ihrer winterlichen Jagd zu verkaufen und ihren Gewinn noch nicht in den Tavernen ausgegeben hatten.

»Na schön … Zehn Sol.«

»Zehn Sol für einen Apfel?«

»Sagen wir sechs.«

»Macht Ihr Euch über mich lustig, Monsieur? Ich frage mich, wer hier der Dieb ist. Ich gebe Euch zwei, nicht mehr.«

Alexander wühlte in dem Lederbeutel, der neben dem langen Messer an seinem Gürtel hing, und zog die Summe hervor. Der Mann steckte das Geld murrend ein und ging zu seinem Stand zurück. Der Kleine starrte Alexander mit offenem Mund an.

»Mach den Mund zu, *a bhalaich*, mein Junge, sonst gibt es heute zum Abendessen Fliegen.«

Alexander kauerte sich vor dem Jungen hin.

»Wie heißt du denn?«

»Ähem … Gab'iel …«

»Gabrrriel«, verbesserte ihn der Schotte. »Du musst spüren, wie deine Zunge an deinem Gaumen vibriert. Bist du ganz allein, oder sind deine Eltern in der Nähe?«

»Ma'ie und Mama sind bei mir. Mama kauft sich einen Hut, aber ich kann Läden nicht leiden.«

»Und deswegen bist du weggelaufen?«

»Nein … nicht ganz. Ich sollte d'außen wa'ten, bis sie mit Einkaufen fe'tig ist.«

Alexander lächelte und tätschelte ihm das leuchtend rote Haar.

»Hmmm, verstehe. Ich mag Läden auch nicht besonders gern. Ich muss allerdings ein paar aufsuchen, um ein Geschenk für eine Freundin auszusuchen … Und während du auf deine Mama wartest, stiehlst du Äpfel?«

Gabriel errötete heftig und ließ den Kopf hängen.

»Also … ich … Ich tue es auch nicht wiede', Monsieur.«

»Deine Mutter wird gewiss sehr traurig sein, wenn sie erfährt, dass du in ihrer Abwesenheit auf Raubzug gehst.«

Der Knabe sah die drei Männer aus großen, besorgten Augen an. Er hatte schreckliche Geschichten über Wilde gehört, die Weiße fraßen. Vielleicht würden sie ihn zur Strafe in einem Kessel kochen. War da der Zorn seiner Mutter nicht besser? Nicht unbedingt …

»Oh! Ih' sagt ih' doch nichts, ode'? Sie wi'd ganz böse auf mich sein, und dann muss ich zwei Stunden hinte'einande' Geige üben!«

Alexander lachte herzlich.

»*By God!* Bei Gott, deine Mutter ist aber streng! Zwei Stunden Geigespielen! *Och!*«

»Seid Ih' ein Englände' aus Schottland, Monsieur?«

»Ich bin ganz kurz nur Schotte, mein Junge.«

»Ganz kurz nur Schotte?«

Gabriel betrachtete den Mann, der ihm eher hochgewachsen als kurz vorkam. Doch er wies ihn lieber nicht darauf hin. Vielleicht würde er dann ärgerlich und nahm ihm den Apfel weg, den er dem Händler bezahlt hatte … Als hätte er seine Gedanken gelesen, meinte der Fremde, der wie ein Waldläufer aussah, jetzt könne er das Obst ja aus seinem Versteck holen. Gabriel tat wie ihm geheißen und biss rasch hinein, ehe man ihm den Apfel noch wegnahm. Alexander ließ sich nicht täuschen und dachte lächelnd, dieser kleine Mann werde sich im Leben schon durchzuschlagen wissen.

»Danke fürrr den Apfel.«

»Keine Ursache, Monsieur Gabriel. Denk beim nächsten Mal daran, die Ware zu bezahlen, ehe du sie mitnimmst.«

»Ich glaube, ich sollte gehen«, brummte der Junge und spähte auf die Hand, an der ein Finger fehlte.

»Bestimmt … wenn du nicht willst, dass deine Mutter dich zwei Stunden lang Geige üben lässt!«

Als Alexander sah, was Gabriels Neugier erweckte, schwenkte er seine Hand vor dem kleinen Gesicht.

»Es war sehr kalt, und meine Mutter hatte mich gebeten, meine Fäustlinge anzuziehen. Aber ich habe ihr nicht gehorcht, und schau, was geschehen ist. Deswegen soll man seinen Eltern immer gehorsam sein.«

Mit vollem Mund nickte der Kleine. Er wollte schon zu dem Laden zurückgehen, als eine Hand ihn am Arm packte und eine durchdringende Stimme auf ihn einschimpfte.

»Du hast mir eine Höllenangst eingejagt, kleiner Spitzbube!«

Marie wich den Blicken Alexanders und seiner Algonquin-Freunde aus, die sich auf sie richteten. Sie wandte den drei Männern den Rücken und zerrte an Gabriel, damit er mit ihr kam. Ein wenig verblüfft über ihre Grobheit sah Alexander der Indianerin und dem kleinen Jungen nach, die sich durch die Menge schlängelten. Ein merkwürdiges Gefühl ließ ihn die Stirn runzeln. Dieses Mädchen … ihm war, als hätte er sie schon einmal gesehen. Aber wo? Ach was! Wahrscheinlich ähnelte sie einfach nur einer Eingeborenen, die er kannte.

Er sah dem Duo noch einen Moment lang nach. Gerade wollte er weitergehen, als er eine Gestalt erblickte, die zu der Dienerin und dem kleinen Jungen trat. Die Dame reichte dem Mädchen eine große Pappschachtel und beugte sich zu dem Knaben hinunter. Die elegante Frau in dem sonnengelben Kleid war sicherlich Gabriels Mutter. Ihr Gesicht wurde vom Schatten ihrer Haube verborgen. Doch unter der Kopfbedeckung quoll ein schöner, seidiger Lockenschopf von der Farbe reifen Korns hervor und fiel auf die schmalen Schultern. Alexander bewunderte ihre blasse Haut, die in der Sonne schimmerte, ihre Kopfhaltung und die anmutigen, gestikulierenden Arme. Einen kurzen Augenblick lang fragte er sich, ob die Mutter wohl genauso blaue Augen hatte wie ihr Sohn.

Sichtlich ungehalten richtete die Frau sich auf und nahm die Hand des Jungen. Gabriel gestikulierte. Wahrscheinlich würde er am Ende doch die zwei Stunden Geige einstecken, überlegte Alexander lächelnd. Endlich drehte die Frau sich um, und er sah in ihr Gesicht und begegnete ihrem Blick. Die Erkenntnis traf ihn wie ein Schlag. Sie erstarrte. Ihm stockte der Atem, und er stand wie gelähmt da. Es war, als hätte die Zeit ihn eingeholt und schlüge ihm mitten ins Gesicht.

»Isabelle? *God damn*, Isabelle!«

Von Panik ergriffen wandte sie sich ab und entfernte sich. Dort, wo sie in der Menge gestanden hatte, blieb ein seltsam leerer Fleck zurück. Währenddessen begann Alexanders Hirn wieder zu arbeiten. Eine innere Stimme befahl ihm, ihr nachzulaufen. Er rannte los. Sein Herz schlug zum Zerspringen; seine weichen Beine stolperten; und seine Arme schoben Hindernisse beiseite, die er erst sah, nachdem er mit ihnen zusammengestoßen war. Während er sich noch einen Weg durch die Menschenmenge bahnte, wurde ihm vollständig bewusst, dass Isabelle … einen Sohn hatte!

»*Mo chreach!*«, knurrte er, als eine Frau mit einem Hühnerkäfig ihm den Weg versperrte.

Er schlug die Augen nieder und stammelte ein paar Entschuldigungen. Dann nahm er erneut die Verfolgung auf. Aber Isabelle war zusammen mit dem Kind und ihrer Dienerin endgültig verschwunden. Jetzt erinnerte er sich auch, wo er die Indianerin schon gesehen hatte. In der Pension Dulong war das gewesen, am Tag vor seiner Abreise nach Grand Portage. Sie hatte ihm eine Nachricht von ihrer Herrin gebracht.

»Isabelle!«

Um ihn herum fragten sich die Menschen, wer wohl dieser Mann war, der so panisch herumbrüllte. Auch seine Begleiter, die hinter ihm zurückgeblieben waren, begriffen nicht mehr, was geschah.

Endlich blieb Alexander mitten auf der staubigen Straße stehen und ignorierte die neugierigen Passanten, die sich nach ihm umdrehten. Das Kind … mit seinen tiefblauen Augen und dem hellroten Haar … Das Nachdenken fiel ihm schwer, er kam nicht darauf, wie alt der Knabe sein mochte. Fünf Jahre? Sechs? In welchem Jahr war er geboren? War es möglich, dass …? Er war wie vor den Kopf geschlagen von der Erkenntnis, die ihm langsam zur Gewissheit wurde, und vermochte nicht mehr normal zu denken. Isabelle hatte die Wahrheit vor ihm verborgen. Sie hatte ihm nicht nur seine Seele gestohlen, sondern auch seinen Sohn. Denn anders konnte es nicht sein: Gabriel war sein Sohn. SEIN SOHN!

»Da soll man mich doch hängen wie einen Hund, wenn ich mich irre«, brummte er laut und warf einer Frau, die ihn ansah, als wäre er ein Verrückter, der aus dem Hospiz ausgebrochen war, einen vernichtenden Blick zu.

Am liebsten hätte er laut gebrüllt, den jungen Mann erwürgt, der ihn fasziniert musterte, oder den Stand des Fischhändlers mit Tritten malträtiert… Er war voller Zerstörungswut und hatte das Bedürfnis, seinen Zorn an den anderen auszulassen. Er wollte seinen Sohn, er wollte Isabelle… Sein Leben, das man ihm weggenommen hatte!

»God damn!«

»Hey, Wilder! Geh weg und ärgere andere Leute! Du jagst meiner Kundschaft Angst ein!«

*»Pòg mo thòn!**«, gab er zurück und schlug sich mit der Hand aufs Gesäß.

Dann drehte er sich auf dem Absatz um und ging davon.

Isabelle war allein in Pierres Arbeitszimmer, in dem Halbdunkel herrschte. Mit kleinen Schlucken trank sie ihren Cognac, verzog das Gesicht und erstickte beinahe. Die Ausdünstungen des Branntweins ließen ihre bereits roten und angeschwollenen Augen tränen. Ihr drehte sich scheußlich der Kopf. Sie konnte es einfach nicht glauben: Alexander lebte! Er war nicht an einem düsteren Oktobertag von Indianern umgebracht worden. Er verfaulte nicht in einem Massengrab in den Wäldern, sondern war am Leben! Man hatte sie angelogen!

Ein weiterer Schluck verbrannte ihr Zunge und Hals. Sie hustete und hielt sich an der Rückenlehne des Ledersessels fest. Étienne – ihr eigener Bruder! – hatte Pierre berichtet, er habe seine Leiche gesehen und sogar persönliche Gegenstände von ihm vorgewiesen. Sie war sich ganz sicher, dass das Kreuz und der

* Unflätiger gälischer Ausdruck.

Dolch wirklich Alexander gehörten. Jetzt verstand sie rein gar nichts mehr. Hatte Étienne sich geirrt? Hatte er nicht richtig hingesehen? Oder … Wie eine hinterlistige Schlange beschlich sie der finsterste Verdacht und schnürte ihr die Luft ab.

Sie stellte ihr leeres Glas auf der makellos aufgeräumten Platte des Schreibtisches ab und ließ den Blick durch den Raum schweifen. Das Archiv … Vielleicht würde sie dort eine Antwort auf ihre Fragen finden … Wenn Pierre sie dabei überraschte, wie sie seine Dokumente durchwühlte, würde er ihr bestimmt eine heftige Szene machen. Aber das war nicht zu ändern. Sie musste es wissen, sie hatte ein Recht darauf.

Der Staub brachte sie zum Niesen. Sie öffnete eine Ablageschachtel. Sie enthielt so viele Papiere! Urkunden, Verträge, Testamente … Wo sollte sie suchen? Wie war gleich noch der Name dieses Hollandais gewesen? Van … Van irgendetwas … Herrje! Sie konnte sich nicht darauf besinnen, also überflog sie die Dokumente, die unter »V« abgelegt waren. Kein Name ähnelte dem, den sie suchte. Sie klappte die Schachtel zu und öffnete die mit der Aufschrift »M«. Weder Alexanders Vertrag noch sein Testament befanden sich darin. Dabei vernichtete Pierre für gewöhnlich keine juristischen Dokumente. Sie erschauerte und ahnte eine Verschwörung. Hatte Pierre ihr etwas vorgespielt, sie hinters Licht geführt? Nein … wahrscheinlicher war, dass man ihn getäuscht hatte, genau wie sie. Bestimmt steckte Étienne dahinter! Er hatte sie beide auf abscheuliche Weise hintergangen!

Ein wenig beruhigt über Pierres Rolle in der ganzen Geschichte wollte sie gerade die Kammer verlassen und ins Arbeitszimmer zurückkehren. Aber auf der anderen Seite der Tür erklang die Stimme ihres Mannes. Sie erstarrte und wartete. Dann knarrten die Treppenstufen. Klopfenden Herzens verließ sie auf Zehenspitzen das Arbeitszimmer und schlich in die Küche. Gabriel unterhielt sich damit, Arlequine mit einem Stück Wolle zu necken. Marie warf ihr einen besorgten Blick zu. Sie hatte Alexander entdeckt, als sie auf der Suche nach Gabriel gewesen war, und vergeblich versucht, ihre Herrin vom Marktplatz fernzuhalten.

»Monsieur ist nach Hause gekommen. Soll ich das Abendessen auftragen?«, fragte Louisette fröhlich und tauchte eine Suppenkelle in einen dampfenden Topf.

Bei dem Geruch des Schweineragouts drehte sich Isabelles Magen um. Das Abendessen … Sie musste Gabriel zu essen geben, sich um ihren Sohn kümmern. Nur an ihn denken, damit in ihrem Kopf kein Platz für etwas anderes war. Das war nur ein Alptraum, und Gespenster gab es nicht … Der Mann, den sie gesehen hatte, ähnelte Alexander, aber er war es nicht. Dazu hatte er zu breite Schultern, war zu gebräunt, zu muskulös, zu bärtig, zu … lebendig.

»Madame?«

»Du kannst für Gabriel auftragen, ich esse später. Ich habe keinen großen Hunger.«

»Und Monsieur?«

»Na, frag ihn doch!«

Ihr barscher Ton erschreckte ihren Sohn, dessen Kopf hochfuhr.

»Entschuldige, Louisette, ich bin müde. Es ist so heiß, und ich hatte einen harten Tag im Hospital.«

Louisette sagte nichts, sondern sah sie nur merkwürdig an und deckte dann für Gabriel. Isabelle erstickte fast in der heißen Küche und ging in den Garten hinaus. Sie wollte einen klaren Kopf bekommen, ehe sie Pierre gegenübertrat, und überlegen, wie sie das Thema am besten anschnitt.

Sie ging auf dem Rasen auf und ab. *Das war nur ein Zufall. Das kann nicht Alexander sein. Ich habe mich geirrt. Und Marie ebenfalls.* Als sie nach Hause kamen, hatte das Hausmädchen ihr erklärt, sie habe Monsieur Alexander Macdonald erkannt und Gabriel ausgescholten, weil sie ahnte, dass ihre Herrin es nicht billigen würde, wenn das Kind mit diesem Mann zu tun hatte. Ihre Schritte führten sie zum Küchengarten, wo alles für die Aussaat vorbereitet war. Sie starrte auf die schwarze, sorgfältig umgegrabene und mit Asche bedeckte Erde und den Misthaufen, dessen ekelhafter Gestank durch die Hitze noch verstärkt wurde.

In einem bunten Wirbel von Röcken fuhr sie herum und ging

raschen Schrittes in Richtung Stall. Sie würde Pauline striegeln; das würde ihr guttun und sie beruhigen. Dann würde sie Pierre gegenübertreten. Ihr Mann würde ihr bestimmt versichern, dass sie einer Halluzination erlegen war, dass Étienne wirklich Alexanders leblosen Körper gesehen und ihn begraben hatte.

Colombine, die weiße, grau gescheckte Ziege, begrüßte sie meckernd. Pauline stampfte in ihrer Box. Isabelle nahm den Striegel und trat auf die Stute zu. Ohne an ihre Garderobe zu denken, machte sie sich an die Arbeit. Das schimmernde Fell des Tieres erinnerte sie schmerzlich an Alexanders Haar.

»Aber … wie ist es möglich, dass dieser Mann meinen Namen kannte?«, dachte sie laut.

Sie hatte gehört, wie er nach ihr rief.

Isabelle biss sich auf die Lippen, um nicht zu weinen. Der Striegel glitt ihr aus den Händen. Warum es abstreiten, warum die Wahrheit leugnen? Der Mann, den sie heute Nachmittag gesehen hatte, war Alexander. Er lebte, er war aus Fleisch und Blut!

Der Schmerz, der in ihr wühlte, war stärker als ihr Bemühen, sich zusammenzunehmen. Erschöpft von all den widerstreitenden Empfindungen vergrub sie das Gesicht an Paulines warmem Hals und brach in lautes Schluchzen aus. Lange weinte sie so und beruhigte sich nur langsam. Die Stute schnaubte und riss Isabelle aus ihrer Benommenheit. Sie trocknete ihre Augen und putzte sich die Nase. Dann hob sie den Striegel auf, drehte sich um und streichelte die Stute zum Abschied.

»Du wirst niemandem etwas verraten, oder?«

Das Tier wieherte.

»Danke …«

Da sah Isabelle eine vertraute Gestalt aus dem Schatten treten. Sie erstarrte und ließ erneut den Striegel fallen. Alexander stand vor ihr, hochaufgerichtet wie eine Statue, blass und kalt wie Marmor. Entsetzt wollte sie schon die Beine in die Hand nehmen, ins Haus rennen und Pierre holen.

»*Dinna run, Iseabail. I winna hurt ye.*« Lauf nicht weg, Isabelle. Ich tue dir nichts.

Sie spürte, wie ihre Beine nachgaben, und stützte sich an der Wand der Pferdebox ab. Ihr Mund war schrecklich trocken und ihr Blick starr. Sie brachte kein Wort heraus. Vorsichtig kam der Mann auf sie zu. Seine Züge zeigten kein Gefühl. Schweigend und arrogant musterte er sie, was sie mehr als Worte verletzte. Sie reckte Schultern und Kopf und wandte sich ab.

Alexander gab sich große Mühe, sich zu beherrschen und seinen Atem unter Kontrolle zu behalten. In seinem Kopf purzelten die Worte durcheinander, aber er brachte keines davon über seine zusammengepressten Lippen. Am liebsten hätte er diese Frau, die ihn angelogen hatte, geschlagen, auf sie eingeprügelt, bis sie um Gnade flehte. Er wollte, dass sie litt, so wie er, und ihn bat, damit aufzuhören. Seine gewalttätigen Gedanken erschreckten ihn, und er erstarrte.

Ganz in der Nähe tanzten Staubteilchen in einem Sonnenstrahl. Das Schweigen war bleiern. Mehr als sieben Jahre trennten sie.

»Wie alt ist er?«, verlangte Alexander unvermittelt mit heiserer Stimme zu wissen.

Isabelle zuckte zusammen. Gabriel? Er sprach von Gabriel? Sie hätte nicht gedacht, dass er es erraten würde. Aber eigentlich konnte es nicht anders sein: Dem Kind stand das Erbe der Macdonalds ins Gesicht geschrieben.

»Antworte!«

Sie grub die Fingernägel in das Holz und lehnte die Stirn an die Trennwand. Als sie sprach, klang ihre Stimme leise und verzagt.

»Er ist … im Februar sechs geworden.«

Februar … Rasch überschlug Alexander die Zeit. Februar 1761 also. Neun Monate zurück … April 1760.

»Ist er mein Sohn?«

Die Frage durchfuhr Isabelles Herz wie ein Messerstich.

»*Answer, damn it!*« Antworte, verflucht!

»Ja.«

Ein langes Schweigen folgte auf ihr Geständnis. Sie hatte immer noch nicht aufgesehen und glaubte einen Moment lang, er hätte den Stall verlassen. Doch dann bedeutete ihr ein Rascheln, dass er noch da war. Sie nahm seinen Geruch wahr, diese Mischung aus Leder und Tabak, Schweiß und moschusartigem Körpergeruch. Erinnerungen stiegen in ihr auf, und sie konnte nicht mehr klar denken.

Alexander versuchte, den Zorn niederzuringen, der ihm fast den Atem verschlug. Als er beschlossen hatte, Isabelle gegenüberzutreten, hatte er nur die Wahrheit wissen wollen. Aber sie jetzt zu sehen, so nahe, dass er sie hätte berühren können, machte ihn verrückt vor Hass und Begehren!

Sein Blick liebkoste die Gestalt, die ihm den Rücken zuwandte, und er stellte fest, dass die verschmitzte, schmale junge Frau, die er in Québec geliebt hatte, sich verändert hatte. Vor sich sah er runde Hüften, einen üppigen Busen, mollige Arme … eine Frau, wie er sie sich erträumte. Und sie schlief im Bett eines anderen, der auch seinen Sohn großzog … Zorn stieg in ihm auf und brach sich in einer Flut galliger Worte Bahn, die er sich nicht zurechtgelegt hatte.

»Wer bist du eigentlich, Isabelle Lacroix? Ein Flittchen? Oder die bedauernswerte Tochter eines reichen Kaufmanns, die sich dummerweise von einem flüchtigen Liebhaber hat schwängern lassen? Jetzt verstehe ich besser, warum du so überstürzt geheiratet hast. Ganz offensichtlich wolltest du nicht gezwungen sein, einen britischen Soldaten zu ehelichen. Wie hättest du dann noch in der ›guten Gesellschaft‹ bestehen können? Deswegen hast du die Hochzeit mit diesem Larue eingefädelt. Und deine Unverschämtheit so weit getrieben, dass du von mir verlangt hast, dein Liebhaber zu werden …«

Eine kräftige Ohrfeige unterbrach ihn. Er wich einen Schritt zurück. Sein Herz trommelte in seiner Brust, die sich rasch hob und senkte.

»Wie kannst du es wagen? Ein Flittchen?! Was fällt dir ein? Du … du hast mich mit Gewalt genommen, damals, in der Mühle!«

Wie vor den Kopf geschlagen riss Alexander die Augen auf.

»Mit Gewalt? Du wirfst mir vor, dich vergewaltigt zu haben?«

»Du hast mich benutzt, deinen Vorteil aus meiner Trauer um meinen verstorbenen Vater gezogen, um zu bekommen, was du wolltest …«

»Du weißt ganz genau, dass das nicht stimmt, Isabelle! Bist nicht du es gewesen, von der das zweite Mal ausging? Dann war das erste Mal für dich so etwas wie eine Vergewaltigung, weil du Angst hattest?«

Sie schlug die Augen nieder und gab keine Antwort. Er packte sie an den Armen und schüttelte sie grob.

»Ich habe dich geliebt, Isabelle, und du hast dich über mich lustig gemacht.«

»Nein!«

Sie hatte beinahe geschrien. Besorgt sah Alexander zur Tür. Er wusste, dass ihr Mann im Haus war. Er hatte lange genug in diesem Winkel gestanden, um zu wissen, wer an diesem Spätnachmittag hineingegangen und herausgekommen war. Er wusste, dass er sich in große Gefahr begab, indem er herkam, aber er hatte nicht anders gekonnt. Inzwischen allerdings begann er es zu bereuen. Sein Blick glitt zu Isabelle, die sich zu befreien versuchte. Panisch starrte sie ihn an.

»Warum?«, fragte er leise.

Sie erschauerte. Er gab sie frei.

»Sag mir … warum ausgerechnet er? Du warst schwanger mit meinem Kind und hast einen anderen geheiratet. Erklär es mir, ich muss es verstehen.«

»Alexander …«

»Ich schwöre dir, deswegen nicht böse zu werden. Ich muss nur einfach die Wahrheit wissen. Dann gehe ich, versprochen. War ich dir nicht gut genug? Hast du ihn geliebt?«

»Pierre?«

»Wen sonst?«, gab er ein wenig trocken zurück.

Langsam drehte sie den Kopf und wandte ihm ihr Profil zu. Ihre Brust hob und senkte sich krampfhaft. Das Licht der untergehenden Sonne, das durch das Fenster einfiel, vergoldete ihre Haut, und mit einem Mal spürte er den Drang, sie zu kosten.

»Alex, ich... ich hatte keine andere Wahl! Das habe ich dir doch schon erklärt! Meine Mutter...«

»Hat dich Larues Geld interessiert? Dein Vater hatte sich ja ruiniert...«

Eine zweite Ohrfeige klatschte.

»Hör auf damit! Das ist lächerlich!«

Zorn und Tränen standen in ihren leuchtend grünen Augen. Plötzlich hörten sie Gabriels Stimme, der nach seiner Mutter rief, und verstummten sofort. Alexander hatte gerade noch Zeit, sich im Schatten einer leeren Box zu verstecken. Schon kam der kleine Junge in den Stall gerannt.

»Mama, Papa sucht dich übe'all. Du sollst essen kommen... Abe'... du weinst ja!«

Isabelle schniefte und trocknete ihre Augen. Alexander, der sich in eine Ecke drückte, rutschte ein wenig herum, damit er seinen Sohn anschauen konnte. Er hatte das Gefühl, sein Herz müsse platzen. Sein Sohn... er hatte einen Sohn!

»Es ist nichts, mein Schatz. Mir ist nur ein Staubkorn ins Auge geflogen. Sag deinem Papa, dass ich in einer Minute komme. Bist du mit dem Essen fertig?«

»Ja.«

»Das ist gut. Dann lauf ins Haus und wasch dich.«

Das Kind verschwand. Isabelle drehte sich um und wartete. Als Alexander aus dem Schatten trat, war seine Miene aufgewühlt. Das *sag deinem Papa* hallte immer noch in seinem Kopf wider und schmerzte ihn furchtbar.

»Weiß er... ich meine... dass dein Mann nicht sein richtiger Vater ist?«

»Für Gabriel ist Pierre der einzige Vater, den er hat, Alexander. So ist es besser.«

Er nickte. Merkwürdigerweise war sein Zorn verraucht und hatte nur eine seltsame Leere zurückgelassen. Ein freier Raum, den er gern mit Bildern seines Sohns gefüllt hätte, den er nie frei und offen würde lieben können. Er lehnte sich an die Trennwand und sprach Isabelle mit von Zärtlichkeit erfüllter Stimme an.

»Erzähl mir von ihm. Sprich mir von … seiner frühesten Kindheit, seinen Spielen, seinen Vorlieben … Zeichnet er gern?«

Sie bemerkte seinen Stimmungsumschwung und beruhigte sich ebenfalls.

»Ja, und er ist sehr gut darin. Dagegen ist er musikalisch nicht besonders begabt. Er liebt Hühnchen und hasst Blutwurst und Kalbsnieren. Als Säugling hat er sich Insekten in den Mund gestopft. Am liebsten mochte er Ameisen. Zum Glück hat er sich dann verdaulicheren Leckereien wie Marzipan und Nougat zugewandt. Er hat sich die schlechte Angewohnheit zugelegt, Kandiszucker zu mausen und unter seinem Kopfkissen zu verstecken.«

Alexander lächelte. Er erinnerte sich an einen Tag, an dem er einen Topf Honig gestohlen hatte. Sein Bruder James hatte ihn mit klebrigem Finger erwischt, und er war streng bestraft worden. Damals hatte Hungersnot geherrscht. Gabriel dagegen würde niemals Hunger oder Kälte kennenlernen.

Im Flüsterton fuhr Isabelle fort, ihm von den wichtigsten Ereignissen im Leben seines Sohns zu erzählen; von seinen ersten Schritten, einem Treppensturz, bei dem sein Schreck schlimmer als seine Verletzungen gewesen war; von seiner Liebe zu den Tieren und seiner unersättlichen Neugierde auf Insekten. Alexander prägte alles seinem Gedächtnis ein und fügte es dem Bild hinzu, das er von Gabriel und ihrer Begegnung auf dem Marktplatz hatte. Er versuchte ihn sich in den Armen seiner Mutter vorzustellen, wo er die Sicherheit suchte, die er ihm nicht hatte bieten können. Gestohlene, flüchtige Bilder …

»Hat er Alpträume?«

»Manchmal, wie wahrscheinlich alle Kinder seines Alters.«

»Hmmm … Ist er … glücklich?«

Isabelle spürte, wie ihr Herz sich zusammenzog. Sie erriet, welch schreckliche Leere Alexander erfüllen musste. Da war ein Teil von ihm, zu dem er keinen Zugang hatte. Plötzlich bedauerte sie, ihm an diesem traurigen Tag, an dem sie sich am Flussufer wiedergesehen hatten, nicht gesagt zu haben, dass er Vater war. Dann wäre heute sicher alles anders gewesen. Vielleicht wäre er gar nicht mit dem Hollandais gegangen, und sie beide wären … Aber seitdem waren drei Jahre vergangen. Gabriel war groß geworden, und ihr Zusammenleben mit Pierre war zwar kein Rosengarten, aber doch angenehm. Warum also jetzt alles auf den Kopf stellen? Wieso tauchte er einfach so in ihrem ruhigen Leben auf, um wieder einmal alles durcheinanderzubringen?

»Gabriel ist glücklich, Alex. Die Wahrheit würde ihn viel zu sehr bestürzen.«

Alexander senkte den Kopf und schloss die Augen, um das Bild des kleinen Jungen vor sich erstehen zu lassen und sich vorzustellen, wie er ihn umarmte. Isabelle nutzte die Gelegenheit, um ihn genau zu mustern. Er hatte sich verändert, war älter geworden. Die Züge, die sie hinter seinem dichten Bart erahnte, sprachen von einem harten Leben. Sein Gesicht war jetzt nicht mehr starr, nachdem die Ironie und die Arroganz daraus gewichen waren. Doch sein Mund hatte noch diese natürliche Krümmung, die ihn ein wenig widerspenstig wirken ließ. Trotz der Kraft, die er ausstrahlte, kam er ihr verletzlich vor. Am liebsten hätte sie ihn berührt und wäre mit den Fingern über die neuen Linien in seinem Gesicht gefahren … Sie seufzte. Da sie fürchtete, sie könnte sich dem in ihr aufsteigenden Begehren ergeben, trat sie ein wenig von ihm weg.

Das Rascheln ihrer Röcke ließ Alexander hochfahren. Er hob den Kopf und fuhr sich durch das zerzauste Haar.

»Ich muss nachdenken, Isabelle. Vielleicht … könnte ich ihn als Freund besuchen? Er hat schließlich noch Schulden bei mir.«

»Schulden?«

»Das ist etwas, das nur ihn und mich angeht. Es hat mit einem Apfel zu tun.«

Sie sahen einander an. So viele Dinge, so viele Worte gingen ihnen durch den Kopf. Ihnen war, als hätten sie einander außer ihrem Groll nichts mehr zu sagen. Einmal hatten diese beiden einander mit überschwänglicher Leidenschaft geliebt; aber jetzt waren sie Fremde, nur durch einen kleinen Jungen in alle Ewigkeit verbunden, was auch kommen mochte.

»Ich weiß nicht, Alexander. Du würdest nur unnötig leiden. Und falls Pierre dahinterkommen sollte …«

Sie wollte ihm schon sagen, dass ihr Mann ihn für tot hielt, so wie sie selbst noch bis eben, aber sie überlegte es sich anders. Was war passiert? Was war dem Hollandais und seiner Mannschaft wirklich zugestoßen? War es möglich, dass van der Meer ebenfalls noch lebte? Nein, seine Frau war vergangene Woche gestorben, und er war nicht zu ihrem Begräbnis gekommen.

Während Isabelle sich den Kopf zerbrach, musterte Alexander sie. Ob sie ihn noch liebte? War dieses Begehren, das er in sich aufsteigen fühlte, nichts als ein Relikt, eine Erinnerung an eine einst glühende Leidenschaft? Die weiße Hand der Frau nestelte an der Spitze, mit der ihr Ausschnitt eingefasst war. Er zog die Augenbrauen hoch und runzelte dann die Stirn, als er das Schmuckstück, das sie aus ihrem Mieder zog, erkannte.

Seine Erregung erlosch abrupt. Er trat auf sie zu und hob die Hand, um das silberne Kreuz zu ergreifen. Isabelle wurde sich plötzlich seiner Nähe bewusst und hörte zu atmen auf. Er betrachtete das Kreuz, das er mehr als vier Jahre auf dem Herzen getragen hatte. Dann sah er sie forschend an: Was genau wusste sie über das, was Étienne getan hatte?

»Wer hat dir das gegeben?«, fragte er mit einer Kälte, die Isabelle erschreckte.

»Étienne …«, flüsterte sie.

Er legte die Stirn in noch tiefere Falten.

»Er hat gesagt, du wärest … getötet worden.«

Sein sarkastisches Auflachen beruhigte sie nicht.

»Was hat er dir noch erzählt, Isabelle?«

»Ihr wäret von Wilden überfallen und alle massakriert worden.«

»Was mich angeht, so lebe ich noch, wie du siehst! Aber über die anderen hat er dir die Wahrheit gesagt. Allerdings nehme ich an, er hat sie ein wenig seinen Bedürfnissen angepasst …«

»Was meinst du? Étienne … hat versichert, er sei später an den

Ort des Überfalls gekommen und … Was war da wirklich, Alex? Hat Étienne gelogen?«

Sie schaute ihn entsetzt an, und er zog den Schluss, dass sie nichts wusste. Sollte er ihr davon erzählen? Ihr alle Einzelheiten des hinterhältigen Überfalls schildern, die sinnlosen Morde, die Folterqualen, denen Étienne und seine Männer den Hollandais unterzogen hatten und die sein Herz nicht ausgehalten hatte?

»Alex?«

»Ich war schwer verletzt … Ich erinnere mich nicht mehr genau … Bestimmt hat er mich für tot gehalten.«

Diese Sache ging nur Étienne und ihn an. Nicht nötig, Isabelle da hineinzuziehen. Ob sie die Wahrheit erfuhr oder nicht, das würde weder etwas an dem ändern, was er erlitten hatte, noch ihm das Verlorene zurückbringen. Er würde ihr sein Leben nicht erzählen; sie gingen verschiedene Wege.

Ein Knarren ließ die beiden zusammenfahren; dann fiel das purpurrote Licht des Sonnenuntergangs in den Stall.

»Wo bleibt Ihr so lange, Isabelle? Ich …«

Pierre blieb wie angewurzelt stehen und starrte den Fremden an, mit dem seine Frau zusammenstand. Isabelle entfuhr ein langgezogener Seufzer. Alexander ließ das Kreuz schwer in die Tiefen ihres Dekolletés zurückfallen und trat vorsichtig von ihr weg. Die Zeit schien stehenzubleiben.

Zuerst herrschte eine angespannte Stille, wie sie einem heftigen Gewitter vorausgeht. Dann wurde Pierre, dessen Augen sich an das Halbdunkel gewöhnten, totenbleich, und er stieß einen leisen Aufschrei aus.

»Gütiger Gott! Ihr? Ihr lebt?«

Der Notar glaubte, Alexanders Geist habe Gestalt angenommen, um ihn zu quälen und für das, was er getan hatte, zu bestrafen. Dann sah er, wie die Hand des Gespenstes zu seinem Dolch glitt und Angst in seinen Augen aufblitzte. Da begriff er, dass er es wirklich mit einem Menschen aus Fleisch und Blut zu tun hatte.

»Geht zurück ins Haus, Isabelle.«

»Was habt Ihr vor, Pierre?«

Panisch stürzte sie auf ihn zu. Grob stieß er sie zur Tür.

»Geht hinein!«, knurrte er, während sein Blick auf der Suche nach etwas, das er als Waffe benutzen konnte, durch den Stall schweifte.

Isabelle klammerte sich an seinen Arm und versuchte ihn wegzuziehen.

»Nein, Pierre! Tut das nicht, er geht gleich wieder! Ich schwöre Euch, dass er geht!«

Sie schluchzte vor Verzweiflung, denn sie war sich sicher, dass die beiden Männer sich gegenseitig umbringen würden, wenn sie ging.

»Ich will unter vier Augen mit ihm sprechen, Isabelle. Tut mir den Gefallen und geht ins Haus.«

Seine Stimme klang jetzt sanfter. Wieder trat ein Schweigen ein, das dieses Mal von Unsicherheit und aufkommender Eifersucht erfüllt war.

»Was habt Ihr hier mit *meiner Frau* zu schaffen?«, verlangte Pierre von Alexander zu wissen.

»Ich musste eine Angelegenheit aufklären, nichts weiter, Monsieur.«

»Eine Angelegenheit aufklären? Ihr macht Euch lustig über mich.«

Pierre wandte sich zu Isabelle um und bedachte sie mit einem finsteren Blick.

»Kommt er regelmäßig her? Wie lange geht das schon so?«

»Ihr irrt Euch, Pierre. Das ist das erste Mal …«

Von unsagbarer Wut gepackt hatte Pierre die Hand gehoben. Doch er beherrschte sich, hielt den Arm still und ballte die Faust.

»Ihr könnt Euch mir später erklären, Madame.«

Dann drehte er sich wieder zu Alexander um, der sich nicht gerührt hatte. Während dieser Bewegung hatte er die Heugabel erblickt und ergriff sie.

»Nein, Pierre! Geh weg, Alex! Um der Liebe zu deinem Sohn willen, geh, ich beschwöre dich!«

»Sein Sohn? Seid Ihr gekommen, um Gabriel zu belästigen?«

»Nein, er wollte nur wissen... Er hatte keine Ahnung, dass Gabriel... Ich erkläre Euch alles, Pierre, aber ich flehe Euch an, lasst ihn gehen! Er wird nicht zurückkommen.«

Isabelle war inzwischen in Tränen aufgelöst.

»Damit man sich Vater nennen kann, reicht es nicht, ein Kind zu zeugen. Ich werde mich vergewissern, dass er das begreift, Isabelle.«

Der Notar fuhr herum, um seine Frau zur Tür zu stoßen. Regungslos wohnte Alexander der Szene bei. Alles ging so schnell, dass er zu träumen glaubte. Er hörte Metall klirren. Pierre stolperte über eine Kette, die unter dem Stroh verborgen lag, und fiel in Colombines Streu. Die Ziege protestierte heftig. Dann war nichts mehr. Isabelle und Alexander warteten darauf, dass er sich bewegte und aufstand. Nach einer Weile rief Isabelle ihn besorgt an.

»Pierre? Pierre!«

Dann stürzte sie zu ihm, schüttelte ihn sanft und rief noch einmal seinen Namen. Nichts. Keine Regung. Von üblen Vorahnungen erfüllt wagte Alexander nicht, näher heranzutreten.

»Sprecht mit mir, Pierre! Wenn das ein Spiel ist, gefällt es mir nicht... Oh, gütiger Himmel!«

Sie sah Alexander aus entsetzt aufgerissenen Augen an und schlug eine Hand vor den offenen Mund. Er erwachte aus seiner Erstarrung, lief ebenfalls zu dem reglos Daliegenden und wälzte ihn auf den Rücken. Jetzt sah man eine tiefe Wunde an seiner Schläfe, in der eine Glasscherbe steckte wie eine scharfe Klinge. Zweifellos hatte Basile eine Flasche zerbrochen und dieses Stück im Heu übersehen. Pierres Augen waren gebrochen; es war eindeutig, dass für ihn keine Hoffnung mehr bestand. Isabelle stand unter Schock, bekam keine Luft mehr und zitterte.

»Ist... er tot? Ist er tot, Alex? Antworte mir! Sag mir, dass ich träume! Sag mir, dass das nicht wahr ist!«

Verzweifelt, von blinder Panik ergriffen, schrie sie.

»Ja, er muss sofort tot gewesen sein.«

Sie zog die Augen zusammen und schüttelte langsam den Kopf.

»Das ist doch nicht möglich … Nein!«

»Isabelle!«

Alexander sah, dass sie ohnmächtig wurde, kauerte sich hin und fing sie auf.

»Isabelle, *mo chreach!* Isabelle!«

Ein Krampf überlief sie, dann atmete sie tief durch, und die Tränen kamen. Er flüsterte ihr tröstende Worte zu, aber er war selbst zutiefst bestürzt über diese Wendung der Ereignisse. Das hatte er nicht gewollt. Er suchte keine Rache. Jetzt nicht mehr.

Eine Tür knallte. Sie hörten, wie Gabriel nach der Katze rief. Kurz darauf befahl Marie dem Knaben, ins Haus zu gehen und sich bettfertig zu machen. Die beiden erstarrten. Jeden Moment konnte Gabriel in den Stall kommen! Der Kleine murrte und wollte nicht gehorchen. Das Dienstmädchen wurde energischer und versprach ihm, seine Mutter werde ihm noch einen Kuss geben. Isabelle packte Alexanders Arm so fest, dass sich ihre Fingernägel in seine Haut bohrten.

»Och! I'm sae sorry, Iseabail …« Es tut mir so leid, Isabelle …

Er rückte herum, um sich in eine Stellung zu bringen, in der ihr toter Mann ihren Blicken entzogen war, und warf eine Handvoll Stroh über das blutüberströmte Gesicht. Sie hatte aufgehört zu weinen und wurde nur noch von einem sporadischen Schluchzen geschüttelt. Und was nun? Er konnte sie nicht in diesem Zustand zurücklassen, mit Pierres Leiche in den Armen!

»Geh ins Haus, Isabelle, ich kümmere mich um alles«, flüsterte er in ihr Haar hinein. »Los, geh schon!«

Er ließ seinen Worten die Tat folgen und half ihr auf. Dann schüttelte er ihre Röcke aus, um die Strohhalme zu entfernen und strich ihr die Haarsträhnen, die auf ihren Wangen klebten, aus dem Gesicht. Seine Berührungen wühlten sie auf, aber dennoch fühlte Isabelle sich getröstet und wagte es, tief in die saphirblauen Augen zu schauen, die sie unendlich traurig ansahen.

»Es war ein Unfall, Alex.«

»Was kann ich tun? Soll ich …«

»Nein«, schnitt sie ihm das Wort ab und legte die Hand auf seinen Mund. »Das geht nicht! Niemand darf wissen, dass du hier warst, Alex. Man würde dich des Mordes anklagen. Kannst du dir das vorstellen? Ein reicher, geachteter Notar, und du …«

»Der verschmähte Liebhaber, der keinen Sou besitzt«, beendete er ihren Satz verbittert. »Oh, Isabelle, es tut mir so leid. Ich hätte niemals herkommen sollen, ich … ich … *Oh, damn it!*«

»Pssst! Das konntest du nicht vorhersehen. Geh, Alex! Ich brauche ja nicht einmal zu lügen, wenn ich erkläre, was passiert ist.«

»Isabelle … Ich kann dich mit dieser Situation nicht alleinlassen!«

»Geh, schnell, ich flehe dich an!«

Abrupt machte sie sich von ihm los, drehte ihm den Rücken zu und sah mit leerem Blick auf Pierres Leiche hinunter, die zu ihren Füßen lag.

»Geh!«

Noch ein paar Sekunden vergingen, dann hörte sie die Schritte von Mokassins auf dem Boden und dann das Knarren der Tür. Gleichgültig gegenüber der Tragödie, die sich hier soeben abgespielt hatte, meckerte Colombine und steckte die Nase in ihr Futter. Ein frischer Luftzug drang in den Stall, in dem es jetzt dunkel wurde. Isabelle erschauerte und rieb sich die Arme. Sie kauerte sich neben Pierre, um sein Gesicht freizumachen und ihm die Augen zuzudrücken, und vergoss eine Träne. Zärtlich küsste sie den Mann, den sie nie so hatte lieben können, wie er es verdient hatte.

Sechs Jahre lang hatte sie ihr Leben mit Pierre geteilt. Er hatte ihr seine unerwiderte Liebe geschenkt. Er hatte sie mit Samt und Seide und Schmuck überhäuft und ihr ein angenehmes, respektables Leben ermöglicht. Gabriel hatte er geliebt wie einen eigenen Sohn und ihm eine glänzende Zukunft verheißen. Nun, da er nicht mehr war, wurde ihr klar, dass sie ihn vielleicht auf ihre eigene Weise doch geliebt hatte. Am meisten bedauerte sie, dass sie ihm das nie gesagt hatte. Aber jetzt war es zu spät. Trotz allem hatte sie Pierre nie wirklich hassen können.

Man kann ein Herz nicht zum Lieben zwingen, aber auch nicht zum Hassen.

Sie zitterte an allen Gliedern. Nun, da sie sich ein wenig von ihrem ersten Schrecken erholte, spürte sie, wie eine eisige Kälte Besitz von ihrem ganzen Körper ergriff. *Pierre ist tot! Pierre ist tot!*, gellte es in ihrem Kopf. Panik überwältigte sie. Was sollte jetzt aus Gabriel und ihr werden? Hatte Pierre Vorsorge für ihre Zukunft getroffen? Sie ließ sich zu Boden sinken und vergrub das Gesicht in den Händen.

»Alles ist meine Schuld«, ächzte sie. »Ich hätte ins Haus gehen sollen, wie Ihr es mir vorhin befohlen habt. Aber ich hatte solche Angst… um Alex. Ach, verflucht! Dieser verdammte Schotte! Warum besteht er so hartnäckig darauf, mir das Leben zu vergällen? Ich hatte gerade begonnen, darüber hinwegzukommen… Ich hasse dich, Alexander! Oh Gott, es tut mir leid, Pierre, es tut mir so leid!«

Mit einem Verzweiflungsschrei sank sie über Pierre zusammen, umarmte ihn und weinte so bitterlich, dass ihr Körper von ihrem Schluchzen geschüttelt wurde. So fand Marie sie ein paar Minuten später.

10

Geh, wohin dein Herz dich trägt

Schweigend saßen Alexander und Munro in der lärmenden Taverne vor dem vorerst letzten von vielen Bieren. Nicht weit entfernt von ihnen versuchten zwei Händler Voyageurs anzuwerben und spiegelten ihren Zuhörern ein aufregendes Leben vor, für das sie am Ende mit einem kleinen Vermögen belohnt würden. Munro, der es aufgegeben hatte, seinen Cousin aufheitern zu wollen, beobachtete sie. Alexander trank und knallte dann rülpsend seinen Bierkrug auf den Tisch.

»Ich habe heute Abend einen Mann getötet.«

Munro verschluckte sich und spie den Schluck Bier aus, den er gerade genommen hatte.

»Wie bitte?«, sagte er und wischte sich den Mund mit dem Ärmelaufschlag ab.

Alexander hielt seinen Krug mit beiden Händen fest, damit er nicht zitterte, und sah ihn an.

»Du hast mich schon richtig verstanden.«

Munros Miene erstarrte, und er rollte komisch mit den Augen.

»Ich verstehe nicht… Wen denn?«, fragte er nach einer Weile.

»Pierre Larue.«

»Larue? Wer ist das? Und warum hast du ihn getötet?«

»Der Notar Larue. Er hat den zweiten Vertrag aufgesetzt, den ich damals mit van der Meer geschlossen habe«, erklärte Alexander sehr nervös.

Munro verzog nachdenklich das Gesicht. Dann malte sich Verblüffung auf seinen Zügen.

»Pierre Larue? Der Notar? Den Mann… nun ja, den Isabelle…«

»Geheiratet hat«, beendete Alexander seinen Satz und steckte die Nase wieder in seinen Krug.

Munro stieß einen langgezogenen Pfiff aus, schüttelte ungläubig den Kopf und spielte mit seinem Glas, das er mit einem nervenaufreibenden Quietschen über den Tisch schob.

»Was ist geschehen, Alas? Bist du ihm zufällig begegnet, und hat er dich erkannt? Hat er dich zum Duell gefordert?«

»Ich bin zu ihm nach Hause gegangen.«

»Du hast ihn aufgesucht? Aber warum denn? Herrgott! Du weißt doch, dass diese Frau dir immer nur Unglück gebracht hat!«

»Ich habe einen Sohn, Munro… von Isabelle.«

Sein Mordgeständnis hatte Munro fassungslos gemacht, aber als er jetzt hörte, dass Alexander Vater war, fiel er vollkommen aus allen Wolken. Mit offenem Mund starrte er seinen Cousin an wie ein tumber Tor im Mondschein.

»Einen Sohn? Verflucht noch mal! Woher weißt du… ich meine… warum hat sie dir vorher nichts gesagt? Bist du dir sicher, dass er wirklich von dir ist? Verstehst du, vielleicht warst du nicht der Einzige…«

Alexanders drohender Blick brachte ihn zum Verstummen.

Auf einem Tisch wiegte sich eine Frau in einem sinnlichen Tanz und sang dazu ein anzügliches Lied. Um sie herum begleiteten halb betrunkene Männer ihre Darbietung händeklatschend… wenn sie ihr nicht einfach an die Schenkel griffen, die sie ab und zu entblößte. Alexander betrachtete das Spektakel leeren Blickes; er war mit den Gedanken anderswo. Er sah sich wieder in dem Stall und hatte Isabelles verzweifeltes Gesicht vor sich, wie sie ihn anflehte, er möge gehen. Ihre schönen, grünbraunen Augen schimmerten vor Kummer… echtem Gram. Sie weinte um Pierre. Dann hatte sie ihren Mann also geliebt. Diese Erkenntnis quälte ihn weit mehr als der Umstand, dass er den Tod des Notars verursacht hatte.

»Was ist denn genau geschehen? Wie ist Larue gestorben?«

Seufzend wandte Alexander seine Aufmerksamkeit wieder seinem Cousin zu. Dann berichtete er ihm alles. Bestürzt hörte Munro ihm schweigend zu und trommelte mit dem Zeigefinger auf die Tischplatte. Als er zu Ende war, brummte er und legte die flache Hand auf den Tisch.

»Was hast du jetzt vor? Du hast ihn ja nicht wirklich umgebracht. Das war ein Unfall! Damit hast du nichts zu tun.«

»Du verstehst nicht, Munro! Wenn ich nicht dort gestanden hätte, wäre nichts von alldem passiert. Ich bin schuld daran, dass Isabelle jetzt Witwe ist und Gabriel … Waise.«

Alexander verzog das Gesicht. In Wahrheit hatte der Kleine nicht seinen Vater verloren, aber das würde man ihn natürlich glauben machen. Doch Gabriel hatte einen Vater. Einen richtigen Vater, den man wegen seiner niedrigen gesellschaftlichen Stellung von ihm ferngehalten hatte.

Die Frau hatte ihr Lied beendet und verneigte sich unter dem Beifall ihres Hofstaats. Einer der Trunkenbolde fasste sie um die Taille und wirbelte sie herum, bevor er sie auf den Boden setzte. Dann sprang er zum schnellen Rhythmus der Fiedel, die eine Gigue spielte, mit ihr davon. Andere taten es den beiden nach. Die fröhliche Stimmung, die ihn umgab, verdross Alexander, und er wandte sich knurrend ab. Munro, der bemerkte, wie niedergeschlagen sein Cousin war, drückte ihm tröstend den Arm.

»Sie wird es schon schaffen. Larue war, scheint mir, ziemlich reich. Sie schlägt sich schon durch … bis sie einen neuen Mann findet.«

Einen neuen Ehemann? An diese Möglichkeit hatte Alexander gar nicht gedacht; sie war ihm einfach nicht in den Sinn gekommen. Das Herz wurde ihm schwer. Isabelle und eine zweite Ehe? Isabelle im Bett noch eines anderen Mannes? Nein, das war nicht möglich! Sie gehörte ihm! Man hatte sie ihm schon einmal weggenommen, zusammen mit seinem Sohn. Er würde nicht zulassen, dass man sie ihm noch einmal entriss. Niemals! Er war aufgewühlt und wäre am liebsten sofort gegangen.

»Ich muss zu ihr! Ich kann sie nicht im Stich lassen, Munro. Ich kann einfach nicht.«

»Vergiss sie, Alas! Sie ist nicht für dich bestimmt. Ihr beide gehört viel zu verschiedenen Welten an. Hör auf mich, du musst sie vergessen.«

»Das kann ich nicht. Ich weiß, dass du recht hast, aber das bringe ich nicht fertig. Herrgott! Ich liebe sie immer noch!«

»*A Thighearna mhór!* Lieber Gott, Alas! Sie hat dich schon einmal in den Untergang gerissen, und sie wird es wieder tun.«

»Dann soll es eben so sein!«

»*Fuich!* Pfui!«, brummte Munro ungeduldig und schlug mit der flachen Hand auf den Tisch. »Ich verstehe dich einfach nicht! Ich versuche es, aber … Diese Frau hat dein Leben zerstört, und du willst sie zurückhaben? Das ist verrückt! Du vergisst, dass eine andere Frau auf dich wartet. Hast du denn gar keine Gefühle für Tsorihia?«

»Das ist nicht das Gleiche! Tsorihia ist … Zugestanden, ich mag sie gern, aber … Hast du noch nie eine Frau so geliebt, dass du dir den Tod herbeigewünscht hast, weil es so wehtat? Hast du schon einmal eine Frau in den Armen gehalten und gefühlt, wie dein Herz vor Glück anschwoll, bis es fast platzte? Ich trage sie hier … und hier«, erklärte er und wies mit vor Erregung zitternder Hand zuerst auf sein Herz und dann auf seinen Kopf. »Was ich auch tue, sie ist in mir wie ein Teil meiner selbst …«

Abrupt unterbrach er sich, denn ihm wurde klar, dass er Tsorihia verlassen musste, wenn er wieder mit Isabelle zusammen sein wollte. Bedrückt griff er nach seinem Krug und leerte ihn in einem einzigen Zug.

»Du musst heute Abend auf andere Gedanken kommen«, verkündete Munro und stand auf. »Morgen wirst du alles klarer sehen. Komm! Wir wollen uns ein wenig amüsieren!«

»Dazu habe ich überhaupt keine Lust.«

»Lass uns das Lokal wechseln, Alas, komm schon! Stell dir vor, heute bin ich zufällig dem alten Cormack begegnet. Erinnerst du dich noch an ihn?«

»Hmmm … Er war der Schnapsbrenner im Feldlager von Monckton.«

»Genau! Nun, und er hat mir erzählt, er wüsste einen Ort,

an dem der beste schottische Whisky der ganzen Stadt ausgeschenkt wird. Es ist gar nicht weit. Sein Whisky, ich kann dir sagen!«

Wie ein Automat stand Alexander auf und folgte seinem Cousin auf die Straße. Kalter Wind schlug ihm ins Gesicht. Leichter Schwindel zeigte ihm an, dass er schon reichlich genug getrunken hatte. Vielleicht sollte er sich lieber schlafen legen. Doch die Vorstellung, einen guten Whisky zu kosten, gefiel ihm gut.

Er atmete tief durch, um einen klaren Kopf zu bekommen, und schlug den Kragen seiner Elchleder-Jacke hoch. Das weiche Leder erinnerte ihn an Tsorihias Haut. Die junge Indianerin hatte ihm das Kleidungsstück kurz vor seinem Aufbruch nach Montréal geschenkt. Er spürte eine tiefe Zerrissenheit. Sicherlich, er empfand eine tiefe Zuneigung für Tsorihia. Aber die hatte nichts gemeinsam mit der Leidenschaft, die Isabelle in ihm erweckte. Er wusste, dass er eine Entscheidung treffen musste. Und er würde leiden, ob er sich für die eine oder die andere Frau entschied. Das war unvermeidlich.

Die Hauptstraße, die aus Lagerschuppen und Trink- und Amüsieretablissements bestand, stank nach schlechtem Wein und war trotz der späten Stunde noch dicht bevölkert. Betrunkene, die einander die Arme um die Schultern gelegt hatten, schwankten singend hin und her. Zwei Eingeborene, die aus einer Weinschenke kamen, heulten wie Wölfe bei Vollmond und schütteten sich über die erschrockenen Mienen der Passanten vor Lachen aus. Munro entbot ihnen auf Algonquin einen guten Abend. Einer der beiden Männer verneigte sich so tief, dass er umfiel. Sein Kamerad brüllte vor Lachen und wollte ihm aufhelfen, fand sich aber Sekundenbruchteile später über ihm liegend wieder.

»Hier ist es«, erklärte Munro und schob Alexander ein paar Schritte später abrupt in den Eingang eines anscheinend verlassenen Hauses.

Er klopfte zweimal kurz an die Tür und wartete. Ein Zwerg, dessen Schädel so kahl wie eine Billardkugel war, öffnete ihnen.

»Welcher Vogel singt bei Nacht?«

»Die Lerche … Cormack schickt uns.«

»Seit wann singen Lerchen bei Nacht?«, flüsterte Alexander, während er seinem Cousin folgte. »Und überhaupt, wo sind wir hier?«

»In der Werkstatt eines sehr zuvorkommenden Segelmachers.«

»Und Whiskyliebhabers?«

»Unter anderem …«

Im Licht der Laterne, die der Zwerg trug, enthüllte Munro eine blitzende Zahnreihe. Fasziniert sah Alexander sich um. Kisten, aus denen Segel und Rollen quollen, standen an einer Wand aufgereiht. Ein Stapel von Holzkästen voller Papierrollen stand an einer anderen. An Pfosten waren Skizzen von Segeln aufgehängt. Alles war ruhig und dunkel. Doch wenn man die Ohren spitzte, vernahm man hinter einer der Wände leises Stimmengemurmel.

Mit schriller Stimme forderte der Zwerg sie auf, ihm in den hinteren Teil der Werkstatt zu folgen. Er schob ein Segel beiseite, das darauf wartete, geflickt zu werden. Eine Tür kam zum Vorschein, und er öffnete sie. Dann führte er die beiden durch einen dunklen, schmalen Gang zu einer zweiten Tür. Er klopfte zweimal kurz, dann noch dreimal.

»Die Lerche singt bei Nacht …«

Zuerst meinte Alexander, sie befänden sich in einem Privathaus, in das man sie durch den Dienstboteneingang eingelassen hatte. Ein Kronleuchter mit ungefähr dreißig Kerzen hing im Zentrum eines großen Salons und tauchte den Raum in ein goldfarbenes, unstetes Licht. Dieser Ort hatte nichts mit der Taverne gemeinsam, die sie gerade verlassen hatten. Keine Aufschneider, die leichten Mädchen den Hof machten, keine armen Soldaten, die in der Hoffnung, ein Vermögen zu gewinnen, ihre letzten Münzen verspielten, kein ohrenbetäubender Lärm … Stattdessen bewegte sich eine bunt zusammengewürfelte Menge aus elegant gekleideten Männern und Frauen in Negligés zu leiser Musik und unter gedämpften Gesprächen zwischen Tischchen hindurch, auf denen sich Gläser sammelten. Ein riesiger

Schwarzer in gelber Livree und rotem Fes ging mit einer Flasche von einem Grüppchen zum anderen. Er verneigte sich vor Alexander und Munro und musterte sie argwöhnisch. Dann bat er sie zu warten und ging zu einer Tür, durch die er verschwand.

Die Cousins standen am Fuß einer Treppe aus poliertem Holz, die in die erste Etage führte und auf der ebenfalls Menschen im Gespräch waren. In den dunklen Teilen des Raumes, in den sie gekommen waren, erkannte Alexander längliche, sich bewegende Schatten auf Polsterbänken. Munro hatte ihn in ein illegales Bordell geführt.

Über teilweise abgeschabten, mit nachtblauer Seide bezogenen Sesseln hingen Bilder mit freizügigen Darstellungen. Ein besonders obszönes Gemälde nahm den Ehrenplatz in der Mitte der hinteren Wand ein. Es zeigte eine junge Frau, die unter einem scharlachroten Cape einen perfekten Körper mit wohlgerundeten Brüsten enthüllte. Ihre Brustwarzen waren rot wie die schönsten Kirschen. Ein Wolf mit schimmernden Fangzähnen beäugte sie begehrlich. Ein amüsantes Detail war der Schweif des Tieres, der sich lüstern um einen Schenkel seiner Beute schlang und in ihrer dunklen Schambehaarung verschwand. Alles in allem eine schlüpfrige Version des Märchens vom Rotkäppchen.

»Großmutter, Großmutter, was hast du nur für große Zähne? Damit ich dich besser fressen kann … Interessant, nicht wahr, Monsieur?«

Der Duft eines schweren Parfüms umschwebte Alexander. Als er sich umdrehte, fand er sich dem tiefsten Dekolleté gegenüber, das ihm je unter die Augen gekommen war. Das Kleid – wenn man das Stück dunkelroten Samt, das den fleischigen Körper der Frau bedeckte, denn so nennen wollte – war bis zu dem mit einem Brillanten geschmückten Nabel ausgeschnitten. Es wurde auf der Vorderseite nur durch goldfarbene Bänder zusammengehalten, die den Ansatz üppiger Brüste erkennen ließen. Das dick geschminkte Gesicht verriet, dass sie nicht mehr ganz jung war. Die Dame verneigte sich leicht und lächelte strahlend, wobei sie gerade und gut gepflegte Zähne enthüllte. Alexander dachte, dass sie in ihrer Jugend bestimmt sehr schön gewesen war. Munro flüsterte ihr ein paar Worte ins Ohr, und sie nickte.

»Guten Abend, Messieurs«, sagte sie dann mit honigsüßer Stimme. »Ich bin Madame Lorraine und heiße Euch bei mir willkommen. Dann schickt Euch also ein gemeinsamer Freund, Monsieur Cormack? Ich werde versuchen, Euch nicht zu enttäuschen. Aber Ihr kennt Cormacks Whisky ja schon. Ein purer Genuss für die Sinne! Besuchen uns nicht all diese Herren um dieses Elixiers der Götter willen?«, meinte sie schelmisch und zwinkerte. »Meine Mädchen sind eigentlich nur da, um die Verkostung … angenehmer zu gestalten.«

Mit einer sinnlichen Bewegung, die an eine von der Strömung liebkoste Alge erinnerte, forderte Madame Lorraine die beiden Männer auf, ihr zu folgen.

»Ich verspreche dir, dass du den besten Whisky kosten wirst, den du seit Jahren getrunken hast! Und noch allerhand anderes!«, flüsterte sein Cousin Alexander fröhlich zu.

»Du möchtest mir doch nicht weismachen, dass du nur wegen des Whiskys hergekommen bist, oder?«

Munro lachte spöttisch auf und warf ihm einen Seitenblick zu.

»Vertrau mir, Alas. Du musst dringend auf andere Gedanken kommen.«

Während er noch sprach, musterte sein Cousin das wohlgerundete Hinterteil einer großen Rothaarigen, die in einem Musselin-Kleid, das nicht allzu viel verbarg, hüftschwingend am Arm eines jungen Offiziers einherging.

»Und was ist mit Mikwanikwe?«

Munro riss den Blick von der üppigen Schönheit los und sah Alexander grinsend an.

»Ich weiß, Mikwanikwe wartet auf mich. Aber … ich kann mich doch trotzdem ein wenig amüsieren, oder? Was ist Schlechtes daran? Und wer sollte ihr davon erzählen?«

»Mikwanikwe ist dir treu, das weißt du genau!«

Doch schwören hätte Alexander es nicht können. Er wusste, er hätte der Indianerin nur ein Zeichen zu geben brauchen, und sie hätte ihn mit offenen Armen empfangen. Munro hatte ein großes Herz und bemühte sich aufrichtig, ihn zu zerstreuen, damit er Isabelle vergaß. Aber da er sich noch nie so unsterblich in eine Frau verliebt hatte, dass er den Kopf verlor, konnte er nicht verstehen, warum Alexander von Schuldgefühlen gequält wurde.

Madame Lorraine führte sie in einen zweiten Salon, wo sie einige junge Frauen erwarteten, die aussahen, als wären sie direkt den abwegigsten Männerträumen entsprungen. Auf einem kleinen Sofa lag, auf dem Bauch ausgestreckt, eine korpulente Frau. Sie trug eine Art Toga, die an das alte Rom erinnerte. Ein alter Herr mit einem Lorbeerkranz auf dem Kopf legte ihr Marzipanstückchen auf die Zunge, die sie dann seufzend kaute, während er sie aufs Hinterteil schlug.

Auf einem anderen Bett umarmten zwei Frauen, die in Gewänder wie aus Tausendundeiner Nacht gekleidet waren, einander leidenschaftlich. Zwischen zwei Liebkosungen warfen sie ihnen aufreizende Blicke zu. Die eine konnte nicht älter als vierzehn oder fünfzehn sein; die andere war zwar noch ganz ansehnlich, aber bestimmt doppelt so alt. Ein Stück weiter weg saß in einem kleinen Sessel gelassen eine schwarze Frau. Als sie eintraten, reckte sie stolz die Schultern, um ihre spitzen, ebenholzfarbenen Brüste in Szene zu setzen. Ihre einzige Bekleidung bestand aus einem bunten Tuch, das sie nachlässig um die Hüften geschlungen hatte. Dafür waren ihre Hand- und Fußknöchel und ihr Hals mit mehreren Metallringen geschmückt.

»Munro …«, sagte Alexander leise. »Ich habe keine Lust auf so etwas. Lieber möchte ich zurück in die Taverne.«

»Auf ein Glas, Alas. Ein einziges Glas Whisky, und wir gehen wieder … falls du deine Meinung nicht doch noch änderst.«

Alexanders Kopf drehte sich schon jetzt, und er spürte, wie der Alkohol, der durch seine Adern kreiste, seine Sinne in Wallung brachte. Er warf noch einen Blick auf das Bett, wo sich die beiden Frauen aufreizend wiegten. Die jüngere, eine hübsche Brünette, sah ihn aus riesigen schwarzen Augen an und schenkte ihm ein erotisches Lächeln. Ihre Gefährtin, eine üppige

Blondine, begann ihr durch den feinen roten Gazestoff hindurch die kleinen Brüste zu streicheln. Sie seufzte tief und streckte sich mit kalkulierter Lüsternheit aus. Dann ergriff sie, ohne Alexander aus den Augen zu lassen, den blonden Kopf und zog ihn auf ihre Brust. Er hatte das Gefühl, dass sich ein Prickeln über seinen ganzen Körper ausbreitete, und wischte sich die feuchten Handflächen an den Schenkeln ab.

»Ein einziges Glas«, nickte er und setzte sich auf einen freien Sessel.

Alexander fuhr mit der Zunge in seinem trockenen, klebrigen Mund umher. Er war schrecklich durstig. Als er sich auf die andere Seite drehte, fand er sich mit der Nase in einem Berg Seide wieder, der ihn im Gesicht kitzelte. Er öffnete ein Auge. Es war dunkel und erstickend heiß, und ein starker Schweißgeruch, vermischt mit noch etwas anderem, hing in der Luft. Durch die Spalten in den Fensterläden fiel blassgraues Licht in den Raum. Der Seidenberg begann sich zu bewegen und seufzte leise. Mit leerem Kopf und verschwommenem Blick starrte Alexander die leuchtenden Punkte an, die über ihm tanzten.

Wie warm es hier war! Er befreite sein eingeschlafenes Bein von dem Gewicht, das darauf lag, was ihm ein Brummen eintrug. Seine feuchte Haut fühlte sich angenehm kühl an. Benommen streckte er den Arm aus und traf auf etwas Glattes, Warmes. Ein Glucksen erklang, dann regte sich der Seidenberg, und ein Gesicht tauchte auf. Er erinnerte sich nicht mehr genau … Nun ja, vielleicht doch, ein wenig. Oh ja! Jetzt wusste er wieder alles.

Zutiefst beschämt schlug er die Augen nieder. Er hatte Whisky getrunken, viel … zu viel! Befand er sich immer noch in dem Zimmer im Bordell? Die Blondine – Josette, soweit er sich erinnerte – schmiegte sich hingebungsvoll an ihn. Sie streichelte seinen Oberkörper und spielte mit seinem Brusthaar. Er spürte, wie ihre feuchten, warmen Lippen über seine Schulter strichen und sich dann einen Weg bis zu seinem Hals bahnten.

Er erinnerte sich noch, wie zwei Frauen ihm geholfen hatten, eine Treppe hinaufzugehen. Josette war gierig … Im Moment war sie übrigens dabei, ihn zu beißen. Die andere … die Brünette, hieß Gisèle. Sie war taubstumm, aber wie ihre Kameradin zu ihm gemeint hatte, verständigte sie sich eben auf ihre Weise mit den Männern, indem sie geschickt ihre Zunge und ihre Hände einsetzte! Die Kleine arbeitete in dieser Branche, seit sie zehn war.

Eine zweite Hand, die kleiner und dunkler war, gesellte sich auf seiner Brust zu der anderen. Jemand seufzte, und er wandte den Kopf. Zwei große schwarze Augen sahen ihn belustigt an. Gisèle lächelte ihm zu. Sie war erst fünfzehn, zwanzig Jahre jünger als er! Er hatte mit einem Kind geschlafen! Sicher, sie war eine Hure, aber trotzdem ein kleines Mädchen!

Josette lachte und veränderte ihre Stellung. Die Matratze wogte. Alexander spürte, wie er langsam schreckliche Kopfschmerzen bekam. Sie erschienen ihm wie eine Strafe für seinen Fehler, für seine lasterhafte Nacht, an die er sich kaum noch erinnerte. Er fluchte laut.

»Mach dir keine Gedanken, mein Hübscher, du bist vollständig auf der Höhe gewesen! Die arme Gisèle musste dich sogar um Gnade anflehen!«, säuselte Josette, die zu erraten glaubte, was ihm Sorgen bereitete. »Du bist unersättlich wie ein Raubtier!«

Das lange blonde Haar, das über seinen Unterleib fiel, erinnerte ihn plötzlich an einen anderen Blondschopf. Dann brach alles andere wie eine Lawine über ihn herein: Isabelle; Pierre, der mit durchbohrtem Schädel in seinem Blut lag. Stöhnend schlug er die Hände vors Gesicht. Was tat er hier, zusammen mit zwei Huren, während Isabelle um ihren Mann trauerte und Gabriel tröstete? Mit einem Mal hatte er das Bedürfnis, zu ihr zu gehen, sie in die Arme zu schließen und ihr zu sagen, dass er für sie und Gabriel sorgen würde …

Gisèle kletterte aus dem Bett, wobei ihre kleinen Brüste und ihr Gesäß bebten. Sie zog einen Hausmantel an, den sie an ihrer Wespentaille nachlässig schloss, und bedachte Josette mit einigen Grimassen und Gesten. Dann verabschiedete sie sich mit einem Luftkuss von Alexander und verließ auf leisen Sohlen das Zimmer.

Alexander blieb allein mit der Blondine zurück. Er schickte sich ebenfalls zum Aufstehen an, aber die Frau drückte ihn sanft wieder auf das Bett und schmiegte sich zwischen seine Beine.

»Nicht doch … Mademoiselle Josette«, protestierte er und schob sie behutsam weg, »ich glaube, du hast schon genug getan. Geh dich ausruhen.«

»Ich habe nicht oft Gelegenheit, ein solches Prachtstück in Händen zu halten, Monsieur Alexander«, säuselte sie. »Du kannst das … als kleine Zugabe betrachten.«

»Nein, hör auf. Ich … ich muss gehen.«

»Das Zimmer ist bis Mittag bezahlt. Das war alles schon geregelt, ehe du hinaufgegangen bist.«

»Geregelt? Ich kann mich gar nicht erinnern …«

»Dein Freund hat sich um alles gekümmert.«

»Mein Freund … Ach, Munro! Wo steckt er eigentlich?«

»Ist gegangen. Er hat sich vergewissert, dass du in guten Händen warst, und hat sich dann verabschiedet.«

»Ist er mit der Schwarzen gegangen?«

»Nein, nicht mit Thérèse. Er hat das Haus allein verlassen. Die Mädchen dürfen nicht mit den Kunden weggehen.«

Er knurrte. Sein Cousin hatte ihn hereingelegt! Er hatte ihn nur hierhergeführt, um ihn zu diesen Ausschweifungen zu verleiten. Und dann hatte er sich verdrückt!

»Sieht sie mir ähnlich?«

Josette musterte ihn lächelnd. Mit ihren blassgrauen Mandelaugen und ihren Sommersprossen war sie recht hübsch.

»Von wem sprichst du?«

»Von Isabelle. Du hast die ganze Nacht lang ihren Namen geflüstert. Ich dachte, das liegt vielleicht daran, dass ich ihr ähnlich sehe.«

»Isabelle …«, murmelte Alexander. »Dein Haar … Es hat die gleiche Farbe wie ihres.«

»Ziemlich übler Liebeskummer, was?«

Er zögerte.

»Wenn man so will.«

»Ich frage mich, wie eine Frau einen Liebhaber ziehen lassen kann, der so schöne Augen wie du hat und … so gut im Bett ist.«

Ihre Hand machte sich erneut ans Werk, während ihr Mund sich herabsenkte, um ihr Gesellschaft zu leisten.

»Du kannst mich ruhig weiter Isabelle nennen, Monsieur Alexander. Ich nehme es dir nicht übel.«

Er hatte nicht die Kraft, sie länger zurückzuweisen; daher schloss er die Augen und dachte an Isabelle.

Munro wartete auf der Straße, in der Nähe des Markteingangs, auf seinen Cousin und rauchte gelassen seine Pfeife. Als Alexander ihn erreichte, ignorierte er ihn und ging einfach weiter. Er zürnte ihm. Munro tat, als bemerke er seine abweisende Miene nicht und redete wie üblich auf ihn ein.

»Na, mein Alter, haben sie dich wenigstens eine oder zwei Stunden schlafen lassen?«

Alexander wandte ihm das Gesicht zu und bedachte ihn mit einem finsteren Blick.

»Hmmm! Offensichtlich nicht! Du siehst ja leichenblass aus!«

Alexander blieb abrupt stehen und baute sich vor seinem Cousin auf.

»Und du, Munro? Hast du heute Nacht geschlafen? Für einen Mann, der den Abend in einem … Bordell verbracht hat, wirkst du bemerkenswert frisch und ausgeruht!«

»Na ja, ich bin nun einmal ein treuer Ehemann, Alas«, erklärte Munro, der jetzt nicht mehr lächelte. »Ich dachte, du würdest mich besser kennen.«

»Du Dreckskerl! Du hast mich wie einen Idioten hinters Licht geführt! Warum? Glaubst du wirklich, zwei Huren, so geschickt sie auch sein mögen, könnten dafür sorgen, dass ich Isabelle vergesse? Du hast es immer noch nicht begriffen, Herrgott! Wenn sieben Jahre sie noch nicht aus meinem Gedächtnis gestrichen haben, dann wird das auch eine nächtliche Orgie nicht fertigbringen!«

Munro sah ihn einen Moment lang schweigend an.

»Und der Whisky? Hat der dir wenigstens ein wenig Vergessen geschenkt?«

»Ich erinnere mich an fast nichts mehr aus dieser Nacht«, antwortete Alexander und setzte sich steif in Bewegung. »Ja, um zu vergessen, ist dein Whisky fabelhaft. Aber er hat seine Grenzen. Leider kann ich mich noch ganz ausgezeichnet daran erinnern, was gestern geschehen ist, bevor ich den Salon von Madame Lorraine betreten habe.«

»Das bezweifle ich nicht. Ich wollte doch nur, dass du dich ein wenig amüsierst. Deswegen kannst du mir doch nicht böse sein, Alas! Fühlst du dich nicht doch ein wenig besser?«

Alexander blieb noch einmal stehen und wandte sich, die Lippen zusammengepresst und die Fäuste geballt, um sich zu beherrschen, seinem Cousin zu.

»Nein! Ich komme mir heute Morgen so schäbig vor, dass ich nicht mehr weiß, ob ich in der Lage bin, ihr gegenüberzutreten …«

»Ein guter Grund, es nicht zu tun.«

Munro sah zur Seite. Alexander musterte ihn argwöhnisch, dachte über seine letzten Worte nach und spürte, wie seine Empörung wuchs.

»War das etwa deine Absicht, Munro?«, zischte er zornig, mit zusammengebissenen Zähnen. »Hast du genau das gewollt? Dass ich mich dermaßen nichtsnutzig und beschämt fühle, dass ich nicht den Mut finde, zu Isabelle zu gehen? Also, du bist wirklich verrückt!«

Mit dem Fuß trat er einen trockenen Pferdeapfel weg. Dann ging er rasch weiter.

»Wenn du nicht mein Cousin wärest, würde ich dich umbringen, Munro MacPhail! Ich schwöre, dass ich dich töten würde!«

»Ich gebe ja zu, dass ich einen Fehler gemacht habe, Alas. Du hast recht. Das gestehe ich ein. Ich weiß, wie es ist, eine Frau zu lieben. Ich liebe Mikwanikwe, wie ich noch nie eine Frau geliebt habe. Aber ich kann dich einfach nicht leiden sehen. Und diese

Isabelle macht dich jedes Mal, wenn du sie wiedersiehst, von neuem unglücklich.«

Schockiert über das Geständnis seines Cousins blieb Alexander wie angewurzelt mitten auf der Straße stehen und versperrte einem Eselskarren, der von einem jungen Burschen gelenkt wurde, den Weg.

»Ich suche mir mein Kreuz selbst aus, Munro. Das ist die einzige Freiheit, die mir wirklich bleibt, und da hast du dich nicht einzumischen.«

»Was erwartest du denn von ihr? Was erhoffst du dir davon, wenn du wieder zu ihr gehst? Sie hat ihr Leben, und du hast deines bei Tsorihia. Diese Sache sollte ein für alle Mal zu Ende sein.«

Plötzlich erschien Alexander das hübsche Gesicht der Huronin, die in einem Algonquin-Dorf am Lièvre-Fluss auf ihn wartete. Doch rasch schob sich ein anderes Gesicht vor dieses Bild.

»Sie hat meinen Sohn, verflucht! Ich habe einen Sohn, Munro! Hast du das vielleicht vergessen?«

»Nein. Aber ich kann mir nicht vorstellen, dass sie so einfach bereit sein wird, ihm seinen Vater, den er gerade verloren hat, durch einen anderen zu ersetzen! Auch wenn du sein leiblicher Vater bist!«

»Herrgott, ich liebe sie immer noch, und ich möchte meinen Sohn wiedersehen! Kannst du das verstehen?«

»Heda! Geht zur Seite!«, brüllte der Karrenlenker, der langsam ungeduldig wurde, und drohte ihnen mit seiner Peitsche.

»Schlaf ein paar Stunden, und nimm dir Zeit, gut darüber nachzudenken, Alas.«

»Meine Güte, könnt Ihr denn nicht anderswo weiterdebattieren? Ich habe nicht den ganzen Tag Zeit!«

Alexander warf dem jungen Burschen einen bösen Blick zu und drückte sich dann an die Mauer, um ihn vorbeizulassen.

»Na gut!«, fuhr Munro mit niedergeschlagener Miene fort. »Heute kümmere ich mich um die Felle, die wir noch verkaufen müssen, und suche nach Geschenken für Mikwanikwe, Tsorihia und Otemin. Dir lasse ich Rasierzeug, ein heißes Bad und ein sauberes Hemd auf dein Zimmer bringen.«

»Wozu?«

»So, wie du jetzt aussiehst, kannst du dich ja wohl nicht bei ihr blicken lassen, oder?«

Das Klirren von zerschellendem Glas riss Isabelle aus ihren unruhigen Träumen und ließ sie hochfahren. Mit klopfendem Herzen und aufgerissenen Augen setzte sie sich im Bett auf. Der Platz neben ihr war leer und kalt. Im Halbdunkel des Schlafzimmers sah sie das Kleid, das Louisette ihr am Vortag gerichtet und an die Tür des Kleiderschranks gehängt hatte. Es war schwarz, und sie brauchte einen kurzen Moment, um zu sich zu kommen und sich klarzumachen, warum sie Trauer trug.

Dann traf die schreckliche Wahrheit sie wie ein Schlag, und sie sank langsam in die Kissen zurück. Sie hörte ein Kind weinen. Gabriel brauchte sie. Sie schloss die brennenden Augen und biss sich auf die Lippen. Jetzt musste sie stark sein und ihren Sohn trösten, der den Tod noch nicht erlebt hatte und nicht begriff, dass einem geliebte Menschen für immer entrissen werden konnten, dass einem das Leben von einem Tag auf den anderen zerstört und man in einen entsetzlichen Abgrund gestürzt werden konnte. Wie sollte man einem kleinen Jungen erklären, dass der Mann, den er als seinen Vater betrachtete, nie wiederkommen würde? Dass das wunderbare Buch über das Leben der Insekten, das er ihm vor zwei Tagen mitgebracht hatte, sein letztes Geschenk bleiben würde? Oder dass er nicht auf dem hübschen kleinen Gut am Ufer des Saint-Laurent auf seinem Pony mit ihm ausreiten würde, weil sie nicht dort wohnen würden? Zumindest würde sie ihren eigenen Kummer vergessen, während sie Gabriel tröstete. Das musste sein, denn sie selbst hatte niemanden, der ihr Trost schenken konnte.

An der Tür klopfte es diskret. Sie gab keine Antwort, aber die Tür öffnete sich trotzdem, und in dem Spalt erschien eine weiße Haube.

»Madame?«, rief Louisette leise.

Isabelle fragte sich, warum das Hausmädchen flüsterte, wenn sie die Absicht hatte, sie zu wecken. Sie drehte sich auf die Seite, sodass sie ihr den Rücken zuwandte, und schloss die Augen. Dennoch zog das Mädchen die Vorhänge auf, und helles Tageslicht fiel in den Raum.

»Madame … Ihr müsst aufstehen. Es ist schon nach Mittag.«

Louisette ging auf leisen Sohlen. Der schwarze Taft des Kleids raschelte. Heute würde sie offiziell die Rolle der Witwe des Notars Larue antreten.

»Madame … Der Pfarrer ist gekommen, und Monsieur Guillot ebenfalls. Gabriel fragt ohne Unterlass nach Euch. Bitte!«

Guillot? Jacques Guillot? Natürlich. Er war wie jeden Morgen zur Arbeit gekommen. Wusste er denn nicht, dass er keinen Kompagnon mehr hatte? Isabelle schlug die Augen auf. Sie hatte den Eindruck, dass Louisette ebenfalls geweint hatte. Das Dienstmädchen schenkte ihr ein leises Lächeln, um sie aufzumuntern. Dann nahm sie ihren Arm, um ihr beim Aufstehen zu helfen.

»Wo ist Gabriel?«

»In der Küche. Marie gibt ihm zu essen.«

Isabelle nickte.

»Er fragt nach seinem Papa. Wir wissen nicht, was wir ihm antworten sollen, Madame. Wir wagen nicht, ihm zu sagen, dass er tot ist … Auf gar keinen Fall darf er den Salon betreten, wo Monsieur aufgebahrt ist.«

»Aber er *ist* tot, Louisette. Was wollt ihr ihm denn sagen? Dass er sich mit einem Klienten trifft und zum Abendessen zurück ist?«

Verlegen zog sich das Dienstmädchen zurück.

»Tut mir leid, Madame.«

»Nein, mir tut es leid, Louisette«, entschuldigte sich Isabelle seufzend. »Es ist wohl meine Aufgabe, ihm das zu erklären. Hilf mir beim Anziehen und Frisieren. Ich will Monsieur Guillot nicht allzu lange warten lassen.«

Als Isabelle in das Arbeitszimmer trat, beugte sich Jacques Guillot, die Stirn in die Handfläche gestützt, über ein Papier. Er hörte sie nicht eintreten und las weiter. Wie so oft, wenn Pierre nicht da war, saß er in dessen Sessel. Mit einem Mal empfand sie das Bedürfnis, alles anzusehen, was zum Leben ihres Mannes gehört hatte, es aufzunehmen und sich einzuprägen, ehe Staub alles überzog. Sie ließ den Blick über die Bücher schweifen, von denen Dutzende hier standen. Pierre hatte sie so sehr geliebt. Dann konzentrierte sie sich auf die Möbel. Den kleinen Sekretär, in dem er Cognac und Gläser aufbewahrte, hatte er aus Frankreich kommen lassen. Dieses Meisterstück mit den langen, geschwungenen Beinen und den Intarsien aus Perlmutt, die stilisierte Palmwedel darstellten, und der Klappe, die ein von Blattwerk umgebenes Wappen zeigte, liebte er besonders. Die ganz und gar französische Eleganz hob das Möbel von den strengeren Linien des englischen Sessels und dem rustikalen großen Schreibtisch, den er von seinem Vater geerbt hatte, ab. Eine Mischung verschiedener Stile, die aber geschmackvoll kombiniert waren.

Pierre liebte es, wenn Gegenstände harmonierten und Ordnung herrschte. Jedes Buch, jede Schreibfeder, jede Nippesfigur hatten ihren Platz. Seine strikte Art schien in jedem Winkel seines Arbeitszimmers, aber auch in seinen Gewohnheiten durch. Er weigerte sich, seinen Tee zu trinken, wenn er nicht exakt die richtige Temperatur hatte, geriet außer sich, wenn ein Klient nicht pünktlich kam, und begann mit einem Schriftstück ganz von vorn, wenn ihm ein Tintenklecks unterlief. Bei ihr allerdings war er nicht so anspruchsvoll. Er wartete geduldig, wenn sie lange brauchte, um sich zum Ausgehen zurechtzumachen, und lächelte nur, wenn sie ein wenig Wein auf den Teppich schüttete.

Aufgewühlt von ihren Erinnerungen schloss sie die Augen, um die aufsteigenden Tränen zurückzuhalten. Der Ledersessel knarrte. Sie öffnete die Augen und wandte den Blick zum Schreibtisch. Jacques Guillot war aufgestanden. Seine bedrückte Miene rührte sie. Sie wusste, dass er Pierre sehr zugetan gewesen war, selbst wenn er heimlich eifersüchtig auf ihn war, weil er sie, Isabelle, zur Frau hatte.

Er trat um das Möbelstück herum und kam auf sie zu. Dann nahm er ihre Hände und zog sie an die Lippen.

»Madame … ich bin … zutiefst bestürzt. Was für eine Katastrophe! Ich habe erst spät in der Nacht davon gehört, durch Euren treuen Basile. Wie fühlt Ihr Euch heute?«

»Eure Anwesenheit ist mir ein Trost, Monsieur Guillot.«

Der forschende Blick seiner bernsteinfarbenen Augen war ihr unangenehm. Auch er bemerkte, dass er sich unschicklich verhielt. Er trat zurück, stotterte ein paar Entschuldigungen und bot ihr einen Platz an. Er selbst setzte sich wieder in den großen Sessel.

»Ähem … Als ich kam, waren ein paar Frauen aus der Gemeinde dabei, den Leichnam herzurichten. Ihr habt noch geschlafen, und ich habe nicht gewagt, Euch wecken zu lassen … Also habe ich mich schon einmal damit beschäftigt, Pierres Testament zu überfliegen. Ihr wisst doch, dass man die Gütergemeinschaft auflösen und eine Inventarliste aufstellen muss, sobald das Begräbnis vorüber ist, oder? Die Hälfte Eures gemeinsamen Besitzes wird Euch zufallen, und die andere Eurem einzigen Sohn. Jedenfalls … nach französischem Recht. Ich bin dabei, die Höhe der vorhandenen Schulden auszurechnen. Macht Euch keine Sorgen; ich vermute, dass sie weit niedriger sind als die Vermögenswerte. Dann muss ich eine Liste seines Grundbesitzes aufstellen: der am Batiscan-Fluss, der in Montréal … und dann ist da noch ein Stück Land, das Pierre, glaube ich, in der Gegend von Beaumont besaß.«

»Beaumont? Er hat mir nie etwas von einem Besitz in Beaumont erzählt.«

»Oh! Dann wird er ihn wohl verkauft haben …«

Verlegen begann Jacques Guillot in seinen Papieren zu blättern.

»Morgen schicke ich einen Kollegen nach La Batiscan, der ein Inventar des beweglichen Besitzes und der Gebäude dort aufstellen soll.«

»Einverstanden.«

»Das dürfte gut eine Woche dauern. Ich habe schon überlegt,

ob ich währenddessen hier ebenfalls damit beginnen soll … Was meint Ihr?«

In Erwartung ihrer Antwort sah er auf. Sie wirkte derart widerwillig, dass er sich entschuldigte.

»Vergebt mir, Madame … Ich sollte nicht davon sprechen …«

Isabelle ärgerte sich, weil er jetzt schon von den Erbschaftsangelegenheiten redete. Jacques Guillot brauchte sie nicht dazu; er brauchte einfach nur seine Arbeit zu tun. Allerdings vermutete sie, dass seine Juristereien nur ein Vorwand für ein Gespräch waren. Sie lächelte ihm zu.

»Das wäre nicht schlecht. Das Haus steht Euch offen, Monsieur Guillot. Eure Anwesenheit wärmt mir das Herz.«

»Danke, Madame … Ich will Euch nicht mit alldem belasten. Diese Dinge können ruhig noch ein paar Tage warten. Ich hatte nur deswegen begonnen, weil ich dachte, so könnte ich Euch ein wenig unterstützen. Wenn Ihr reden wollt, bin ich gern für Euch da.«

Der Mann hielt sich zwar inzwischen zurück, aber er hatte nie aufgehört, ihr seine Liebe zu erklären. Isabelle begriff nicht, warum er nicht ein hübsches Mädchen heiratete, ihr schöne Kinder schenkte und sie glücklich machte. Oft fragte sie sich, ob seine Anhänglichkeit nicht zu einer regelrechten Besessenheit wurde.

Isabelle sah keinen Grund, länger zu bleiben und zu diskutieren, und sie wollte zu Gabriel, daher wandte sie sich zum Gehen. Jacques Guillot erhob sich ebenfalls, doch er bewegte sich dabei so ungeschickt, dass er eine Tasse Tee über ein paar verstreute Blätter kippte. Sie stellte fest, dass die Ordnung keine Stärke des Partners ihres Mannes war. Jacques Guillot beeilte sich, die Dokumente wegzunehmen und sie auf einer Ecke des Schreibtisches aufzustapeln.

Erst in diesem Moment bemerkte Isabelle die Pastellzeichnung, die Gabriel für seinen Vater angefertigt hatte. Sie zeigte seine Katze Arlequine, die auf ihrem Lieblingsplatz lag, dem Fensterbrett in der Küche.

Sie erinnerte sich an den Regentag, an dem sie ihrem Sohn erlaubt hatte, ihre Malstifte zu nehmen, und daran, wie stolz sie gewesen war, als Pierre das Werk in sein Arbeitszimmer gehängt und bemerkt hatte, Leonardo da Vinci hätte es nicht besser machen können. Da fiel ihr ein, dass Gabriel ihm jetzt sein Geigenstück, an dem er so lange heimlich geübt hatte, nicht mehr vorspielen konnte … Der Gedanke schnürte ihr die Kehle zu. Sie entschuldigte sich bei Jacques Guillot, der dabei war, den Tee aufzuwischen, und ging hinaus.

Der Tag war unter einer langen Reihe von Beileidsbesuchen vergangen. Der letzte Gast hatte erst vor einer Stunde das Haus verlassen. Isabelle schloss die Tür hinter Jacques Guillot, der darauf bestanden hatte, noch ein wenig zu bleiben, um ihr Gesellschaft zu leisten. Endlich konnte sie einen Moment durchatmen. Gabriel wartete in seinem Bett darauf, dass sie ihn zudeckte. Mühsam stieg sie die Treppe hinauf und spürte plötzlich die schwere Last, die auf ihren Schultern lag.

Ihr Sohn, der sich unter seinen Decken zusammengerollt hatte, kam ihr so verletzlich vor. Erneut sah sie sein Gesicht vor sich, als er den Salon betreten und Pierre gesehen hatte, der dort in seinem besten Anzug aufgebahrt lag.

»Wa'um schläft Papa im Salon, Mama?«

Isabelle bespritzte den Leichnam mittels eines Tannenzweigs mit Weihwasser, wie es Brauch war.

In ihrer Nähe beteten Marie und zwei Besucherinnen monoton murmelnd den Rosenkranz.

»Papa schläft nicht, Gaby. Er wartet auf die Engel.«

»Die Engel? Abe' die wohnen doch im Himmel!«

»Ja, sie wohnen im Himmel, und dein Papa wird mit ihnen gehen.«

Gabriel musterte seinen Vater, der auf den mit einem schwarzen Tuch bedeckten Brettern bestimmt unbequem lag, zog die Augen zusammen und runzelte nachdenklich die Stirn.

»Wie lange bleibt Papa bei den Engeln?«

Isabelle biss sich auf die Lippen und verfluchte das Schicksal, weil es ihr eine so grausame Prüfung aufbürdete. Sie atmete tief durch, um sich Mut zu machen.

»Für alle Ewigkeit, mein kleiner Mann.«

»Alle Ewigkeit ... wie lange ist das?«

»Die Ewigkeit, das bedeutet für immer, Gabriel. Dein Vater wird nicht zurückkommen. Wenn man mit den Engeln in den Himmel aufsteigt, dann bleibt man dort. Verstehst du das?«

»So wie meine Cha'lotte?«

»Genau wie Charlotte.«

Aus seinen saphirblauen Augen sah er sie ernst an. Der ungewöhnliche Schnitt seiner Lippen trat stärker hervor, und sein Kinn begann zu zittern. Gabriel nickte und schlug dann die Augen nieder, um die Gefühle, die ihn aufwühlten, zu verbergen. Charlotte, seine Katze, war im letzten Sommer von einem Karren, der am Haus vorbeifuhr, überfahren worden. An diesem Tag hatte Isabelle sich gefragt, ob eigentlich allen Charlottes der Welt das gleiche Ende vorbestimmt war. Der kleine Junge, der seiner Katze nachgelaufen war, hatte die Tragödie ohnmächtig mit angesehen. Seitdem wusste er, was es hieß, »bei den Engeln« zu sein, denn Charlotte war nie mehr zurückgekommen, um in seinem Bett zu schlafen.

Isabelle glaubte, ihr Sohn sei eingeschlafen, trat ein und näherte sich auf Zehenspitzen seinem Bett. Gabriel hörte sie und drehte sich um. Er weinte nicht, aber in seinen geröteten Augen stand sein tiefer Schmerz zu lesen. Sie setzte sich auf seine Bettkante, streichelte ihm die Stirn und strich eine seiner schönen roten Locken zurück.

»Mama, muss Papa in den Himmel, weil ich böse gewesen bin?«

Einen Moment lang war Isabelle sprachlos.

»Aber nein, mein Schatz! Wie kommst du denn darauf?«

»Na ja ... ich hab' geste'n viele Dummheiten gemacht. Gott best'aft doch böse Kinde'. Bestimmt hat de' liebe Gott die Engel zu Papa geschickt ... um mich zu best'afen.«

Gabriels Augen füllten sich mit Tränen. So viel Schmerz und kindliche Unschuld erschütterten Isabelle zutiefst, und sie drückte ihren Sohn ganz fest an sich.

»Nein, mein Schatz, nein. Ich versichere dir, dass es nicht deine

Schuld ist. Das war ein Unfall, ein dummer Zufall. Gott bestraft keine Kinder, indem er ihnen den Papa wegnimmt. Die Kinder sind für ihn nämlich seine Lehrlinge, die den Unterschied zwischen Gut und Böse noch nicht so genau kennen. Gott bestraft nur die großen Leute, weil die Bescheid wissen.«

Isabelle blieb bei Gabriel, bis er sich beruhigte und einschlief. Dann ging sie hinunter und flüchtete sich in Pierres Arbeitszimmer. Sie schenkte sich ein Glas Cognac ein; das brauchte sie, bevor sie ins Bett ging.

Alexander wartete etliche lange Minuten, bis er aus dem Schatten trat. Der letzte Besucher war gegangen. Isabelle hatte noch eine Weile mit ihm auf der Türschwelle gestanden. Der Mann hatte ihre Hände gehalten und sie dann an die Lippen gezogen und geküsst. Es hätte nur wenig gefehlt, damit Alexander den Rückzug antrat. Dieser Besucher war nicht einfach ein Bekannter; das sprang einem ins Auge. Ob Isabelle einen Liebhaber hatte? Das würde natürlich alles ändern.

Munros Warnungen zum Trotz war er fest entschlossen, diesen Schritt zu tun. Er würde es sich nie verzeihen, wenn er es nicht wenigstens versuchte. Zumindest sollte sie ihm erlauben, seinen Sohn zu sehen. Das konnte sie ihm nicht verwehren. Er hatte lange überlegt, was er tun und was er zu ihr sagen sollte. Aufdrängen konnte er sich natürlich nicht: Isabelle trug schließlich Trauer um ihren Mann. Außerdem zog die Vorstellung, in einer Stadt wie Montréal zu leben, ihn nicht an. Er hatte daran gedacht, häufiger in diese Gegend zu kommen. Und dann war da noch Tsorihia. Er konnte Isabelle vorschlagen, mit ihm fortzugehen. Aber wohin? Da war ihm die Hütte, von der der Hollandais gesprochen hatte, eingefallen. Madame van der Meer war tot, niemand würde jetzt Anspruch darauf erheben.

Er klopfte dreimal an die Tür und hoffte, dass Isabelle noch wach war. Es war ein wenig spät, aber anders war es nicht möglich. Er hatte warten müssen, bis sie allein war und Gabriel schlief. Im Moment wollte er sich dem kleinen Jungen nicht zeigen. Die Tür wurde geöffnet, und eine junge Frau steckte den Kopf heraus.

»Ja. Ihr wünscht, Monsieur?«

»Ich möchte bitte gern Madame Larue sprechen, Mademoiselle.«

»Bedaure, um diese Uhrzeit empfängt Madame keine Besucher mehr. Ihr solltet morgen wiederkommen.«

Das Dienstmädchen wollte die Tür schon schließen. Klopfenden Herzens stellte Alexander einen Fuß in den Spalt. Er musste Isabelle unbedingt sehen!

»Bitte, Mademoiselle! Meldet mich bei ihr an! Wenn sie mich nicht sehen will, dann gehe ich, das schwöre ich Euch. Ich bin Alexander Macdonald ...«

Vom Flur aus drang ein Knarren von Holz zu ihm. Das Hausmädchen drehte sich um und ließ die Tür los, die sich ein Stück weiter öffnete. In dem Lichtstrahl stand Isabelle und sah ihn an.

»Madame, ich versuchte diesem Monsieur Macdonald gerade zu erklären, dass Ihr um diese Zeit niemanden mehr empfangt.«

»Ähem ... ist schon gut, Louisette. Ich werde den Herrn empfangen. Er ist ein alter Freund. Seid ihr in der Küche fertig?«

»Ja, Madame.«

»Dann geht jetzt schlafen. Morgen werden wir alle wieder einen langen Tag haben.«

»Danke, Madame.«

Die Dienerin verbeugte sich, fuhr dann mit wirbelnden Röcken herum und verschwand.

Alexander hatte sich nicht gerührt. Er sah Isabelle an. In ihrem schwarzen Kleid sah sie so blass aus, dass er den Eindruck hatte, sie hätte seit ihrem letzten Treffen am Flussufer die Sonne nicht mehr gesehen.

»Komm«, sagte sie kurz angebunden und zog ihn in Pierres Arbeitszimmer.

Der Raum lag im Halbdunkel, und die Möbel waren nur als unbestimmte Umrisse zu erkennen. Isabelle umging die Hindernisse und trat ans Fenster, wo der Mondschein einfiel. Ihre Gestalt schien inmitten dieses hellen Scheins zu schweben. Sie drehte sich zur Seite, reckte das Kinn und schickte sich zum Sprechen an. Stumm vor Erregung wartete er. Sie war sichtlich ebenso aufgewühlt wie er. Mit einer knappen Bewegung zog sie die Vorhänge zu.

»Guten Abend, Alex.«

Ihr Kleid raschelte; er roch ihren Duft, als sie an ihm vorüberging. Er hörte ein Klicken, dann leuchtete die Flamme eines Feuerzeugs auf. Mit dem Rücken zu ihm zündete sie eine Kerze an, die auf dem Schreibtisch stand, und legte das Feuerzeug daneben.

Das Licht hüllte sie ein und ließ das schwarze Kleid schimmern. Endlich drehte Isabelle sich um und sah Alexander kurz an. Dann senkte sie den Kopf. Wie immer, wenn sie verlegen war, trat sie die Flucht an.

Seine Kehle war schrecklich trocken, und er begann sich zu fragen, was er eigentlich bezweckte. Munro hatte vielleicht recht: Isabelle und er gehörten zwei viel zu verschiedenen Welten an. Wie konnte er sie erreichen? Glaubte er wirklich, sie werde annehmen, was er ihr zu bieten hatte? Dass sie dieses schöne Heim eintauschen würde gegen … ja, was? Er wusste es ja nicht einmal selbst. Eine alte Hütte in den Wäldern? Sie war mit einem silbernen Löffel im Mund geboren und hatte in Samt und Seide gelebt. Nein, er konnte nicht von ihr verlangen, dieses Leben hinter sich zu lassen oder ihren Sohn dem gefahrvollen Leben in den Wäldern auszusetzen. Aber vor allem wusste er jetzt, dass sie Pierre geliebt hatte. Zwischen ihnen lagen zu viele Jahre, zu viele verlorene Erinnerungen, zu viel Bitterkeit.

»Verzeih mir, Isabelle. Ich habe einen Fehler gemacht. Ich hätte heute Abend nicht herkommen dürfen. Ich … ich sollte lieber gehen.«

Wehen Herzens tat er einen Schritt rückwärts. Er wusste, wenn er aus diesem Lichtkreis trat, würde ihn die Dunkelheit für immer verschlingen.

»Nein, bleib doch!«, murmelte sie und sah plötzlich aus ihren grünen, goldgefleckten Augen zu ihm auf.

Sie setzte sich in Bewegung und kam ein paar Schritte auf ihn zu. Alexander fühlte sich verlegen und wusste nicht, was er sagen sollte, um bei ihr, im Licht, zu bleiben.

»Wie geht es Gabriel?«

»Er ist sehr traurig, aber er wird darüber hinwegkommen. Die Zeit heilt doch alle Wunden, oder?«

Sie sah ihn eindringlich an. Er biss die Zähne zusammen.

»Glaubst du das wirklich?«

Nein, die Zeit heilte gar nichts, davon konnte er ein Lied singen. Allerhöchstens dämpfte sie den Schmerz. Aber es blieb immer eine Narbe zurück. Deswegen war er gekommen und stand hier vor ihr. Er hielt es nicht mehr aus und beschloss, ins kalte Wasser zu springen und den Grund seines Besuchs anzusprechen.

»Isabelle ... ich reise morgen wieder ab«, begann er und suchte in ihrer Miene nach einer Reaktion, die ihm Hoffnung schenken könnte.

Sie blinzelte, sagte aber nichts.

»Ich komme Anfang Juli zurück. Bis dahin solltest du genug Zeit haben, deine Erbschaftsangelegenheiten zu regeln.«

Sie runzelte die Stirn. Er brannte darauf, sie zu berühren und trat unwillkürlich auf sie zu.

»Vielleicht, ja ... aber was hat das mit dir zu tun, Alex?«

»Dein Erbe geht mich gar nichts an. Ich will über dich sprechen.«

»Über mich? Und wieso? Du kehrst aus dem Land der Toten zurück und tauchst ohne Vorwarnung hier auf, um mein Leben zu zerstören ... Was willst du jetzt noch? Darüber befinden, was ich mit den Trümmern anfangen soll?«

»Wir haben uns einander angelobt, weißt du noch?«

»Das ist mehr als sechs Jahre her, Alex! Sechs Jahre! Dieser Eid gilt nicht mehr! Seitdem ist so viel geschehen!«

»Das finde ich nicht. Gabriel ist mein Sohn. Wer wird sich jetzt, nachdem sein ... dein Mann tot ist, um ihn kümmern? Wer soll für ihn sorgen?«

»Ich natürlich!«, empörte sie sich und reckte die Schultern. »Hältst du mich für eine dumme Gans, die nicht in der Lage ist, für ihren Sohn zu sorgen und ein Erbe zu verwalten?«

»Nein, entschuldige bitte, das wollte ich damit nicht sagen, Isabelle!«

»Dann erkläre mir doch endlich, was du willst! Ich vermute, du bist nicht hergekommen, um Pierre die Ehre zu erweisen, und du brauchtest auch nicht aus meinem eigenen Mund zu hören, dass Gabriel niedergeschmettert ist und ich …«

Sie unterbrach sich. Zorn stieg in ihr auf: Da stand er vor ihr, lebendig und gesund, während Pierre im Nebenzimmer starr auf seinem Totenbett lag! Sie verfluchte ihn für seine Dreistigkeit. Wie konnte er es wagen, herzukommen und sich nach ihrem Gemütszustand zu erkundigen! Aber sie wollte Louisette nicht durch einen lauten Streit in Aufregung versetzen.

»Und du?!«

Er trat ein wenig näher an sie heran. Sie wich zurück und stieß gegen den Schreibtisch. Er wirkte noch anziehender als früher auf sie, und auch deswegen war sie ihm gram. Er hatte sich rasiert und das Haar ordentlich gekämmt und im Nacken zusammengebunden. Über den mit Fransen besetzten Lederbeinlingen trug er ein sauberes Hemd. Er hatte nichts mehr von dem berockten Soldaten aus dem Highlander-Regiment, den sie einst gekannt hatte. Und er war auch nicht mehr der schlecht gekleidete Ruderer, der vor drei Jahren in ihr Haus gekommen war, um seinen Vertrag zu unterschreiben. Das Leben als Trapper hatte ihn vollkommen verändert. Von dem jungen Mann, dem sie vor Jahren begegnet war, waren nur noch diese wunderschönen Augen und dieser einzigartige Mund übrig … und sein vertrauter Geruch.

»Und du, Isabelle?«, wiederholte er und wagte es, ihre Wange zu berühren.

Sie schlug die Augen nieder und musste sich Gewalt antun, um diese Hand nicht zu beißen, damit sie sie nicht wieder berührte. Dann wandte sie sich abrupt ab. Sie wusste nicht mehr, woran sie war. Pierres Körper war kaum erkaltet, und sie ließ sich schon von einem anderen Mann verwirren.

Alexander spürte, dass sie unter seiner Hand erbebte, so wie einst, so wie immer, wenn er sie liebkoste. Einen Moment lang hatte er das Gefühl, dass all diese Jahre, die sie fern voneinander gelebt hatten, sich in nichts auflösten. Er ließ seine Hand auf ihrer Wange liegen. Sie rührte sich nicht. Dann fuhr er mit den Fingern in ihr Haar, das auf dem Hinterkopf hochgesteckt war und von Kämmen gehalten wurde. Ohne darüber nachzudenken, was er tat, zog er einen Kamm nach dem anderen heraus, und mit jeder lockigen Haarsträhne, die auf ihre Schultern fiel, wuchs seine Erregung.

Er fasste mit beiden Händen in Isabelles schimmerndes, seidiges Haar, zog sie bestimmt, aber zart, an sich und legte die Lippen auf ihre Stirn.

»Du brauchst mir nicht gleich eine Antwort zu geben«, flüsterte er. »Ich zwinge dich zu nichts. Ich möchte nur, dass du darüber nachdenkst. Das Leben schlägt manchmal unerwartete Umwege ein. Vielleicht sollten wir die Ereignisse als eine zweite Chance betrachten, die sich uns bietet, Isabelle. Ich … ich komme im Juli wieder, um Gabriel und dich zu holen.«

Gabriel und sie holen? Wovon redete er bloß? Das war ja vollkommen lächerlich! Glaubte er, dass sie einfach so mit ihm gehen würde? Und ihr Haus? Ihr Leben hier? Nein! Sie war nicht mehr das naive, kühne Mädchen, das er einst gekannt hatte. Nein! Jetzt war sie eine reife Frau und würde allein zurechtkommen! Sie versuchte, Alexander wegzuschieben, doch er presste sie nur noch leidenschaftlicher an sich, und sie erschrak vor den Empfindungen, die er damit in ihr auslöste. Das durfte sie nicht zulassen … Pierre lag gleich auf der anderen Seite der Wand, im Salon aufgebahrt!

»Hör auf! Fass mich nicht an! Nie wieder!«

Ihr Tonfall, der eisige Blick, ihr erstarrter Rücken schmerzten Alexander. Aber er weigerte sich, aufzugeben. Er würde es bis zum Schluss versuchen. Er sprach ihr ins Ohr.

»Isabelle, *mo chridh' àghmhor … Still love ye …*«

Er spürte, dass sie sich immer noch widersetzte. Doch sie kämpfte jetzt weniger heftig gegen ihn an. Er ließ die Lippen zu ihrer Schläfe gleiten, wo ein kleiner Puls schlug, dann zu ihren feuchten Lidern, auf denen er das Salz der Tränen schmeckte, die sie vergossen hatte. Dann strich er mit den Lippen an ihrem Nasenrücken entlang und küsste die Spitze zärtlich. Er öffnete die Augen einen Spaltbreit und suchte auf ihren Zügen nach einem Gefühl, das ihn zum Weitermachen ermunterte. Sie wirkte angespannt. Er ahnte, welcher Kampf in ihrem Innern zwischen ihrer Vernunft und ihrem Herzen tobte. Alexander wusste, das sie ihn immer noch genauso begehrte wie zuvor. Wenn sie auf ihr Herz hörte, würde sie mit ihm kommen. Als junges, unschuldiges Mädchen in Québec hatte sie wenig auf die Konventionen gegeben und war blind dem Drang ihres Herzens gefolgt. Wie wäre das wohl heute? Eine frisch verwitwete Frau musste bestimmte Regeln achten. Aber wenn Isabelle im Grunde ihrer Seele diesem Mädchen treu geblieben war… musste er sein Glück versuchen.

»Im Angesicht Gottes… bei dem Leben, das in meinem Blut fließt, und der Liebe, die in meinem Herzen wohnt, nehme ich, Alexander Colin Campbell Macdonald, dich, Isabelle Lacroix, zur Frau…«

»Nein, Alex«, schrie Isabelle und stieß ihn panikerfüllt zurück, »tu das nicht! All das ist vorbei! Es ist zu lange her!«

Aber er hatte beschlossen, dass sie ihn bis zum Ende anhören musste. Deswegen hielt er sie fest an sich gedrückt, während sie zappelte und ihn zu kratzen versuchte.

»Ich gelobe, dich aus freien Stücken zu lieben…«

»Nein! Nein! Sag… diese Worte nicht…«

Sie kämpfte mit einer Heftigkeit gegen ihn an, die sie an sich gar nicht kannte. Doch er sprach weiter und ignorierte die Faustschläge, die auf seine Brust prasselten.

»… in Gesundheit und Krankheit, in Wohlstand und Armut, in diesem Leben und im Jenseits…«

Sie traf seine Wange und fügte ihm tiefe Kratzer zu. Er packte ihr Handgelenk und gebot ihr Einhalt. Schwer atmend starrte sie auf die roten Striemen. Blut sickerte in dünnen Rinnsalen heraus wie Tränen, die direkt im Herzen entspringen.

Aus dem Korridor vernahmen sie eilige Schritte. Dann ließ sich Louisettes besorgte Stimme vernehmen, gefolgt von einem zaghaften Klopfen an der Tür. Zuerst wusste Isabelle nicht, wie sie reagieren sollte. Ihr Atem ging in Stößen. Alexander hielt sie immer noch fest und wartete mit zusammengebissenen Zähnen ab. In seinen Augen stand eine solche Verzweiflung …

»Es ist nichts, Louisette. Ich … bin gegen einen Stuhl gestoßen und habe wohl aufgeschrien.«

»Habt Ihr Euch verletzt, Madame?«

»Nein, ich habe mir nichts getan, ganz bestimmt nicht. Geh wieder schlafen.«

Kurz herrschte Stille, dann hörten sie, wie die Schritte des Hausmädchens sich entfernten. Isabelle sank stöhnend in Alexanders Armen zusammen.

»Hör auf damit, Alex! Oh! Warum tust du das nur?«

»Weil ich dich liebe und weiß, dass du mich noch liebst. Wegen Gabriel, und weil ich sein Vater bin. Weil ich euch bei mir haben möchte. Ich will meinen Sohn großwerden sehen, Isabelle.«

Sie brach an seiner Brust in Tränen aus und durchnässte sein Hemd, das gut nach Seife und Lavendelwasser roch.

»Das kannst du mir nicht antun … Verlange so etwas nicht von mir. Ich gehöre dir nicht mehr, Alex … Das musst du verstehen … Die Zeit …«

»Sieh mich an, Isabelle«, befahl er und umfasste ihr Kinn. »Sieh mich genau an. Weißt du noch, damals in der Mühle? Der ewige Kreislauf? Wir in alle Ewigkeit zusammen.«

»Schweig! Ich flehe dich an, sag nichts mehr«, schluchzte sie und schlug die Augen nieder.

»Nein, ich bin noch nicht fertig. Öffne die Augen. MACH DIE AUGEN AUF!«

Sie gehorchte nicht und leistete ihm Widerstand, während ganze Tränenströme über ihre Wangen rannen. Alexander fing sie mit den Lippen auf und bedeckte ihr Gesicht und ihren Mund mit Küssen. Ihre Reaktion war süß und unerwartet. Isabelle fuhr mit den Fingern in sein Haar, um ihn festzuhalten. Von heißer

Leidenschaft ergriffen umklammerten sie einander. Alexander fasste Isabelle um die Taille, setzte sie auf den Schreibtisch und drückte sie hinunter. Ihr langes blondes Haar fiel über den Papierwust.

»Ich habe es dir gesagt, an jenem Tag … Du machst dir keine Vorstellung davon, welche Macht du über mich hast, Isabelle. Ich liebe dich so sehr«, flüsterte er, als er sich über sie beugte. »Du hast mich getötet … zehn Mal, hundert Mal … jedes Mal, wenn ich an dich denke.«

Er presste den Mund auf ihre Lippen, und der Geschmack von Blut und Tränen vermischte sich. In diesem leidenschaftlichen Kuss, in dem sie einander ihren Atem einhauchten, erwachte ein Gefühl zu neuem Leben. Isabelle bekam Angst. Sie wollte nicht; sie wollte *ihn* nicht. Seufzend erstarrte sie. Das ging alles viel zu schnell. Diese Sache durfte ihr nicht entgleiten … um Gabriels willen und zu ihrem eigenen Schutz. Doch nun, da ihr Zorn verflogen war, gelang es ihr nicht mehr, sich zu wehren, und sie grollte sich ob dieser Schwäche.

Alexander entdeckte auf Isabelles Haut diesen Geschmack nach Honig und diesen Duft weißer Blüten, den er nie hatte vergessen können. Er sättigte sich daran, ließ den Mund darüber gleiten und murmelte Worte, die er nie für jemand anderen als sie ausgesprochen hatte. Er spürte, wie ihre zarten Finger in sein Haar fassten, unentschlossen losließen und wieder zugriffen. Unter seinen Küssen vernahm er im Schlag ihres Herzens den Widerhall ihrer vergangenen Liebe, und er sagte sich, dass er hoffen dürfe.

»*… love ye …*«

Mit der Wange streifte er eine Brust, die halb aus dem schwarzen Kleid hervorsprang. Er wusste, dass er innehalten musste. Aber sein ganzer Körper schrie danach, sein Begehren zu stillen.

»Alex …«

Das Feuer brannte in ihm und wurde durch Isabelles geschmeidigen Körper noch angefacht. Er presste sein Becken fest an ihre Schenkel. Sie widersetzte sich stöhnend. Er ließ nicht nach. Endlich riss sie sich aus ihrer Erstarrung und stieß ihn grob zurück.

»Nein, Pierre liegt nebenan! Du kannst nicht … Wir können nicht … Nein, Alex! Lass mich und geh! Genug! Du … hast schon genug getan!«

Keuchend trat er zurück. Isabelle richtete sich schwer atmend auf, richtete ihr Kleid und schniefte. Sie fühlte sich verloren. Sie begehrte ihn, und er wusste das und hatte versucht, das auszunutzen. Erneut stieg Zorn in ihr auf.

»Du bist abscheulich, Alexander Macdonald! Du hast mein Leben zerstört, und du wagst es herzukommen und trägst mir an, deine Mätresse zu werden, während mein Mann auf der Totenbahre liegt! Du versuchst mir den Kopf zu verdrehen und mich auszunutzen! Ich hasse dich!«

»Ja … genauso, wie du mich liebst. Und weißt du, warum du mich hasst, Isabelle?«, flüsterte er und legte die Hand unter ihr Kinn, um in ihre schönen grünen Augen zu sehen.

»Geh«, seufzte sie erschöpft.

»Du hasst mich, weil du mich nicht vergessen kannst, *a ghràidh mo chridhe* … genau wie ich dich nicht aus meinem Gedächtnis löschen kann. Ich habe dein Leben nicht zerstört, und du hast mich auch nicht wirklich getötet. Was uns umtreibt, ist die Erinnerung an das, was wir erlebt haben. Wie du siehst, vermag die Zeit gar nichts. NICHTS!«

»Aber … du hast mir doch gesagt, die Zeit lasse die Erinnerungen verblassen, Alex! Weißt du noch?«

Abrupt ließ er ihr Kinn los und trat ein Stück von ihr zurück, als wolle er sich von der Versuchung durch das Böse entfernen. Er wusste nicht mehr, ob er noch hoffen durfte. Er war zu weit gegangen, das wusste er. Aber er hatte nicht anders gekonnt. Mit zerwühltem Haar, angeschwollenen, halb geöffneten Lippen und keuchendem Atem, der ihr Mieder spannte, sah Isabelle ihn durchdringend an. Er konzentrierte sich, um sich zu fassen.

»Nun gut, dann habe ich mich eben geirrt. Ich komme im Juli zurück. Bis dahin hast du reichlich Zeit, um zu entscheiden, ob du mit mir kommen willst oder nicht. Wenn nicht, dann werden sich unsere Wege trennen und nie wieder kreuzen.«

Mit diesen Worten verneigte er sich und ging, ohne darauf zu warten, dass sie ihn hinausführte. Vor dem Haus lehnte er sich, an allen Gliedern zitternd, an die Wand. Eineinhalb Monate… Diesen kurzen Zeitraum brauchte er, um sich die Folgen dessen, was er da gesagt und getan hatte, klarzumachen. Er dachte an Tsorihia und verfluchte sich, weil er ihr unvermeidlich wehtun würde. Was war eigentlich mit ihm los? Warum wollte er, nachdem er endlich ein kleines Glück gefunden hatte, alles in den Wind schlagen für eine Frau, die ihn belogen und betrogen hatte? Weil er Isabelle immer noch so liebte wie früher. Aber auch, um eines Tages zu hören, wie sein Sohn ihn »Papa« rief. Jetzt konnte er nur noch hoffen, dass er all dies nicht umsonst tat…

Als Isabelle allein war, sank sie benommen zu Boden. In ihrem Kopf hallten Alexanders Worte wider, und ihre Haut brannte von seinen Küssen. *Still love you*… Ihre Mutter hatte gesagt, die Liebe sei ein vergängliches Gefühl, ein flatterhafter Schmetterling, der sich einem auf die Lippen setze und einen Sommer lang Nektar sammle. Dann fliege er in der milden Brise davon, nehme einem die Essenz des Herzens und ließe nur einen bitteren Geschmack zurück. Isabelle hatte ihr geglaubt… bis heute Abend. Die Schmetterlinge waren zurückgekehrt. Sie waren in ihrer Magengrube geflattert und hatten mit ihren zarten Flügeln ihr Herz gestreift. War es möglich, dass…?

Sie spürte, wie die Tränen aufstiegen, in ihren Augen brannten und über ihre Wangen liefen. Warum musste sie diesen Mann so sehr lieben, der immer ihr ganzes Leben auf den Kopf stellte? Aber es ging nicht mehr nur um sie, sondern auch um Gabriel. Hatte sie das Recht, ihm einen neuen Vater aufzunötigen, der für ihn ein Fremder war? Sein Leben war ohnehin schon durcheinandergeraten, und er würde einige Zeit brauchen, um sich davon zu erholen. Durfte sie ihn mitnehmen, ihn aus seiner vertrauten Umgebung reißen, dem Einzigen, was er noch hatte, und Alexander folgen? Von jetzt an würden ihre Bedürfnisse an zweiter Stelle stehen; ihr Sohn kam zuerst.

Still love you … Trotz allem liebte er sie noch. Die Liebe machte eben nicht immer alles möglich. Sie fühlte sich nicht bereit, die Konsequenzen eines Neuanfangs auf sich zu nehmen und wollte Gabriel kein neues Leben aufzwingen.

Sie dachte wieder an Pierre, der ganz in der Nähe auf seinem Totenbett lag, während sie in Alexanders Armen entflammt war. Die Scham drückte ihr das Herz zusammen, und sie weinte noch stärker. Lange ließ sie ihrem Kummer freien Lauf, bis die Erschöpfung sie überwältigte und sie in einen unruhigen Schlummer fiel. In ihrem Traum knarrte im Sonnenschein, der ein Paar saphirblaue Augen zum Strahlen brachte, ein Mühlrad, an das Dutzende blauer Schleifen gebunden waren.

TEIL ZWEI

1767–1768

Unter einem unsicheren Himmel

Man sagt, die Freude könne nicht schaden,
und darum bin ich hier ohne Vorbereitung eingetreten.
Ich komme zurück, und wir werden glücklich sein.
Alexandre Dumas

11

Variationen über ein Thema

Helles Licht strömte durch das Blätterdach der Wälder bis hinunter auf den Teppich aus smaragdgrünem Farn. Die Schönheit der Natur und die Stille wirkten beruhigend. Viele Male waren Mond und Sonne auf- und wieder untergegangen. Zwei Wochen war es jetzt her, dass er Isabelle wiedergesehen hatte. Alexander hatte es immer noch nicht fertiggebracht, Tsorihia zu sagen, dass er fortgehen würde. Doch es musste sein. Er hatte nur noch einen Monat Zeit, die Hütte des Hollandais' in Besitz zu nehmen – wenn sie denn wirklich existierte – und sie instandzusetzen. Munro hatte versprochen, ihm zu helfen. Er würde ihn begleiten, zusammen mit Mikwanikwe und Otemin, obwohl Erstere schwanger war.

Der Fluss sang plätschernd sein Lied. In der Strömung spielten Kinder. Alexander beobachtete sie eine Weile. Wie ausgelassene junge Hunde tollten sie herum, und ihre Mütter mit den breiten Hüften und kräftigen Schenkeln sahen ihnen zu. Bei einigen der Frauen, die oft einen Säugling auf den Armen trugen, war das Gesicht von Pockennarben verwüstet. Die von den Invasoren verbreitete Krankheit war über die Eingeborenen gekommen wie ein Hagelsturm.

Die eingeborenen Völker, die so großzügig und freundlich waren, hatten ein recht trauriges Schicksal. Seit mehr als einem Jahrhundert standen sie zwischen Engländern und Franzosen und wurden von ihnen ausgenutzt. Wenn die einen sie für ihre Treue mit einem Fass Branntwein belohnten, wurden sie von den anderen für ihren Widerstand bestraft. Und das kostete sie immer ihr Land, das die Weißen nach und nach in ihren Besitz brachten. Obwohl er zu den Invasoren gehörte, identifizierte sich Alexander mit diesen Menschen, die man bestahl und deren Kräfte man durch niederträchtige Intrigen erschöpfte. Das aufrührerische schottische Bergvolk mit seinen barbarischen Sitten und die unberechenbaren amerikanischen Eingeborenen mit ihren grausamen Bräuchen … zwei Völker, auf deren Blut das Fundament von Imperien errichtet wurde.

Oft sah der Schotte jetzt Bilder von Kindern und Greisen vor sich, die sich von Tal zu Tal schleppten. Man hatte ihnen verordnet, ihre Tartans einheitlich dunkel zu färben, damit ihre Clanzugehörigkeit verborgen blieb, die sie aber trotzdem tief im Herzen trugen. Der Niedergang eines Volkes. Die Rolle der Highlander in Großbritannien glich der der eingeborenen Amerikaner für die französischen und englischen Invasoren. Beide waren unterdrückte Völker. Nur eines unterschied sie. Die Highlander besaßen den Vorteil ihrer Hautfarbe … sie würden immer Weiße sein. Sie konnten sich ohne Probleme unter die Herrschenden mischen und sich mit Intelligenz und Entschlossenheit einen bequemen Platz in der angeblich zivilisierten Gesellschaft schaffen.

Gedämpft drangen die Geräusche des kleinen Algonquin-Dorfes, in dem sie Aufnahme gefunden hatten, zu ihm; und der Rauch, in dem die Felle gegerbt wurden*, duftete. Der Gedanke, diesen Ort, seine Bewohner und dieses Leben zu verlassen, bedrückte ihn mehr, als er für möglich gehalten hätte. Im vergangenen Spätherbst hatte Alexander das Gebiet der Großen Seen verlassen und sich zusammen mit Tsorihia, Munro und dessen kleiner Familie, Nonyacha sowie Mathias auf den Weg gemacht, um sich am Ufer des Grande Rivière anzusiedeln. Vielleicht hatte er unbewusst versucht, dem Gold des Hollandais' näher zu kommen, das ihm trotz allem immer noch im Kopf herumging.

* Die Indianer räucherten das Leder, um es zu gerben. Diese Methode stammt aus prähistorischer Zeit. Die Europäer dagegen gerbten Leder durch den Einsatz von Pflanzenstoffen: Es wurde zusammen mit Holzspänen, Rinden und Blättern in Wasser eingeweicht.

Der Schnee hatte sie überrascht, bevor sie sich einen Unterschlupf hatten bauen können. Daraufhin hatten sie sich mit einer kleinen Gruppe Weskarini zusammengetan, die sich zur großen Herbstjagd am Zusammenfluss des Rivière du Lièvre und des Grande Rivière eingefunden hatten. Sie waren Nomaden wie alle Algonquin, und wenn sie in einem Gebiet nicht mehr genug Wild fanden, zog der kleine Stamm eben weiter. Angesichts ihrer Armut und des Gesundheitszustands der kleinen Otemin, die unter einer schlimmen Grippe litt, hatte man ihnen angeboten, mit der Gruppe zu leben, ohne dafür mehr zu verlangen, als dass die Männer an den Jagdzügen teilnahmen.

Sie waren geblieben und hatten den Winter bei diesen Menschen verbracht, die sie aufgenommen hatten, und feste Freundschaften geschlossen. Dann war der Frühling gekommen, die Zeit, zu der man über den Grande Rivière zum Handelsposten fuhr, um die während des gesamten Winters erjagten Felle einzutauschen. Der nächste Handelsposten befand sich in der Mission der Sulpizianer in Deux-Montagnes. Aber Alexander hatte bis nach Montréal reisen wollen, um van der Meers Witwe zu treffen. Er war zusammen mit Munro und einigen Eingeborenen aufgebrochen. Und dort, in der großen Stadt, war sein friedliches Leben auf den Kopf gestellt worden, und jetzt gab es nichts mehr, dessen er gewiss war.

Alexander betrachtete seine Gefährtin, die halbnackt die Wärme der Sonne genoss. Blätter raschelten, und in dem Baum über ihnen erklang der melodische Gesang einer einsamen Drossel. Er konnte es nicht länger aufschieben. Er tat einen Schritt, atmete tief ein und versuchte, Kraft aus dem Duft des Humus und dem kräftigeren Geruch der hohen Kiefern zu schöpfen. Er trat gegen einen blühenden Hornstrauch, stampfte Moos in den Boden und stieß sich an Wurzeln … Er sah nichts mehr … nur noch die Frau, die ihn beobachtete und die widerstreitendsten Empfindungen in ihm erweckte.

Er liebte Tsorihia. Er liebte Isabelle. Er fühlte sich zwischen den beiden Frauen hin- und hergerissen. Warum wollte er die Frau verlassen, mit der er seit fast drei Jahren sein Leben teilte?

Er hätte nur schwer eine Antwort auf die Frage geben können. Die Vernunft riet ihm, bei Tsorihia zu bleiben, aber sein Herz wählte Isabelle. Ihm kam der Gedanke, dass das unsinnig war: Wahrscheinlich hatte Isabelle sein Angebot schon vergessen und war dabei, sich ein neues Leben aufzubauen, in dem für ihn kein Platz war. Dann dachte er an Gabriel, und alle logischen Argumente verflogen. All diese Fragen raubten ihm die Kraft. Seit seiner Rückkehr aus Montréal hatte er nach und nach aufgehört, Tsorihia zu begehren. Wenn er sich jetzt mit der Huronin der Liebe hingab, dachte er an das kleine Bürgermädchen. So hatte er ständig den Eindruck, beide Frauen zu betrügen, und fühlte sich dabei immer schäbiger.

Tsorihia stellte den Korb weg, den sie flocht. Alexander, der auf sie zuging, blieb am Waldsaum stehen. Das Licht vergoldete seine Haut und ließ sein Haar glänzen. An seinen Waden verschwanden die Tätowierungen unter dem dunklen Flaum, den zu enthaaren er sich weigerte. Seine weiße Abstammung gewann die Oberhand über die Lebensweise der Indianer, die er angenommen hatte. Wann hatte das begonnen? Mit seiner Rückkehr aus der Stadt. Sicher, es war ganz natürlich, dass der Kontakt mit der Zivilisation für einige Zeit gewisse Gewohnheiten in ihm wiedererweckte und ihn vielleicht nostalgisch machte. Doch sie hatte den Eindruck, dass er sie seit dieser letzten Reise anders ansah.

Doch jetzt gerade glaubte sie in den blauen Augen ein Licht zu erkennen, das sie erregte und in ihr den Wunsch erweckte, ihren Mann zurückzuerobern. Sie wusste genau, wie er zu verführen war. Während sie ihn aus dem Augenwinkel beobachtete, tat sie, als habe sie ihn nicht bemerkt, und rekelte sich sinnlich. Er zog die Augen zusammen und hob das Kinn. Dann tat er zwei Schritte in ihre Richtung. Sie ging auf alle viere, als suche sie etwas im Gras, und präsentierte ihm so ihr Hinterteil, um ihn anzuregen.

»Der-mit-den-Augen-spricht« war üblicherweise unersättlich, doch seit einigen Tagen schien er lustlos zu sein. Zuerst hatte sie geglaubt, der Zauber ihrer Anziehungskraft habe sich verflüchtigt. Um ihren Verdacht zu überprüfen, hatte sie den Umstand, dass Alexander wegen eines Jagdausflugs mit Munro einige Tage nicht da war, genutzt, um zu Mathias zu gehen. Sie hatte noch nie mit einem anderen gelegen, und es brach ihr das Herz. Aber sie musste es wissen. Mathias hatte ihr leidenschaftlich gehuldigt. Dann war das also nicht der Grund. Der Schamane, den sie aufgesucht hatte, um klarer zu sehen, hatte ihr geraten, die Antwort in ihren Träumen zu suchen.

Sie hatte ihre monatliche Blutung* zum Vorwand genommen und sich in die Wälder zurückgezogen, wo sie drei Tage gefastet hatte. In ihrem geschwächten Zustand hatte sie eine Vision gehabt: Eine hellhäutige Frau kraulte den Geist des Großen Weißen Wolfs zärtlich zwischen den Ohren. Sie hatte nicht gleich begriffen. Aber nach und nach hatte sie gespürt, wie Zweifel in ihrem Herzen aufstiegen …

Endlich trat Alexander aus dem Schatten und bewegte sich einige Schritte auf die Huronin zu. Sie rührte sich nicht, aber ihr Blick war wachsam, und ihre Nasenflügel bebten wie bei einem Tier, das auf der Lauer liegt. Der Wind wehte einen Rauchschleier heran, der sich zwischen sie legte. Als er sich aufgelöst hatte, war Tsorihia verschwunden. Nur noch der unvollendete Korb stand da. Auf der Suche nach ihr schaute Alexander sich nach rechts und links um. Er musterte den Fluss, wo die Kinder sich jetzt unter der Aufsicht von drei Frauen damit unterhielten, Frösche zu fangen. Tsorihia schwamm gern; vielleicht war sie ins Wasser gesprungen. Doch ihr Kopf tauchte nirgendwo auf. Dann sah Alexander, dass am Felsen das Gras niedergetreten war und beschloss, dieser Spur zu folgen.

Ein Lachen forderte ihn auf, in den Wald einzudringen. Er wusste, dass pechschwarze Augen ihn beobachteten. Er wühlte sich durch das spitzenzarte Farnkraut. Über ihm zwitscherten

* Während ihrer Periode zogen sich die Indianerinnen in besondere Hütten zurück, wo sie von den Männern getrennt waren. Man betrachtete sie in dieser Zeit als unrein und glaubte, sie könnten Unglück bringen.

die Vögel. Mit einem Mal krächzte eine Krähe, und er lächelte. Er wandte sich nach rechts, zu einer kleinen Anhöhe. Das Krächzen wiederholte sich. Endlich sah er sie: Sie saß im Schneidersitz auf einem Bett aus Kiefernnadeln, hoch aufgerichtet und von Licht umflossen.

Er kniete vor ihr nieder und sah sie ernst an. Ihre Augen glänzten und forderten ihn trotzig auf, ihr zu gestehen, was ihn umtrieb.

»Tsorihia …«

»Nein«, sagte sie und legte die Fingerspitzen auf seine Lippen. »Sprich nicht … Deine Augen sagen bereits alles.«

Sie richtete sich in eine kniende Haltung auf, rückte so nah an ihn heran, dass sie ihn berührte, und sah ihm betrübt in die Augen.

»Ich hatte einen Traum … Die Weisen behaupten, die Träume sagten die Wahrheit, denn sie seien Botschaften, die die Geister uns schicken.«

»Und was hast du gesehen, Tsorihia?«, fragte er, zog mit der Spitze des Zeigefingers den Umriss ihrer Schulter nach und ahnte mit einem Mal, dass sie sein Geheimnis erraten hatte.

Sie nahm seine Hand, drückte sie fest und presste sie an ihr Herz. Dann wartete sie, bis er sie wieder ansah, und fuhr fort.

»Eine Frau hat den Weißen Wolf gestreichelt …«

Erleichtert dachte er, sie wolle ihn auf diese Weise darauf hinweisen, dass er sie seit einigen Tagen vernachlässigte. Er lächelte leise und beugte sich zu ihr hinüber, um sie zu küssen.

»Tsorihia ist klug …«

Seufzend schloss er die Augen. Der warme Körper seiner Gefährtin schmiegte sich an ihn, und ein ungeduldiger Mund legte sich auf seinen Hals. Dann ergriffen ihre geschickten, zauberischen Hände Besitz von ihm.

Tsorihia wusste, wie man in einem Mann Begehren weckt. Aufgewühlt ließ Alexander sie gewähren. Er sah zwischen dem Astwerk hindurch zum Himmel auf und ergab sich in schuldbewusstem Schweigen ihren Liebkosungen. Warum sollte er dieses friedliche Leben aufgeben, um sich erneut zu quälen? Mit

Tsorihia hatte er zu einem gewissen Gleichgewicht gefunden. Die junge Frau gab ihm von ihrer Weisheit und erhellte sein Leben. Sie war wie ein kleines Leuchtfeuer, das ihn durch die düsteren Wälder dieses weiten Landes geleitete. Ohne sie wäre er dort untergegangen. Und doch fühlte er sich unwohl: Er fühlte nicht Lust, sondern Verwirrung, und seine Küsse schmeckten ihm bitter.

Lange hatte er darüber nachgedacht, was ihn wirklich zu Isabelle zog. War es Liebe? Oder der Wunsch, seinen Sohn kennenzulernen, Nachkommen zu zeugen? In letzter Zeit sehnte er sich so sehr nach einem Kind. Ob alles anders gekommen wäre, wenn Tsorihia ihm eines geschenkt hätte?

Er beugte sich über Tsorihia und sah sie betrübt an. In ihren schwarzen Augen war so viel Liebe, so viel Kraft, dass er es nicht ertrug. Er wandte sich ab, um die Zweifel, die sein Herz beherrschten, zu verbergen. Mit den Fingern fuhr er in ihr langes Haar, das ebenso pechschwarz und schimmernd war wie ihre Augen, und seufzte. Der Geruch der Huronin erinnerte ihn an den des Unterholzes, und ihre Haut war so weich und glatt wie das allerschönste Biberfell. Er ließ den Mund über ihren schlanken Körper gleiten, der nach Harz schmeckte, säuerlich und würzig zugleich … so ganz anders als Isabelles Körpergeruch. Völlig unerwartet spürte er Begehren und stand rasch in Flammen. Er drückte Tsorihia zu Boden und legte sich auf sie. Mit einem Mal verlangte ihn nach ihr.

Die junge Frau hatte das Gefühl, als dringe ein Tomahawk in ihr Fleisch ein, und sie stöhnte vor Schmerz. Seine Küsse hinterließen einen bitteren Nachgeschmack in ihrem Mund. In diesem Moment wusste sie genau, dass sie Alexander verloren hatte. Sie hatte es schon in den letzten Tagen geahnt, als er schweigsam gewesen war und sich ihr verweigert hatte. Während sie sich noch an ihren Mann klammerte und die Beine um seine Hüften schlang, spürte sie, wie zusammen mit der Lust ein Gefühl von Einsamkeit in ihr aufstieg.

Keuchend umschlang Alexander noch einen Moment lang Tsorihias glühenden Körper. Erst da begriff er: Auf dem Höhepunkt der Lust hatte er Isabelles Gesicht gesehen. Das kleine Bürgermädchen aus Québec hatte sich in seiner Seele niedergelassen und würde für alle Zeit dort wohnen; erst der Tod würde ihn von ihr befreien. Er wälzte sich auf den Rücken und lauschte den Geräuschen des Waldes.

»Ich liebe dich, Tsorihia …«

»Aber du musst fortgehen«, unterbrach sie ihn leise.

Sie schwiegen.

»Du liebst eine andere … die weiße Frau … die ich in meinem Traum gesehen habe.«

Alexander spürte, wie sein Herz einen Satz machte; er stützte sich auf einen Ellbogen. Tsorihia lächelte ihm sanft zu. Ihre Augen waren feucht.

»Die weiße Frau?«

»Ja. Ihre Haut, so blass wie der Mond, ist das Licht deiner Nächte. Sie wird die Mutter deiner Nachfahren sein, so wie Aataentsic unsere Mutter ist.«

Was genau wusste sie über Isabelle und Gabriel?

»Ich warte schon lange darauf, dass du mir dein Fortgehen ankündigst. Ich habe geahnt, dass du zu dieser Frau gehen würdest. Aber im Lauf der Zeit hatte ich es vergessen … besser gesagt, ich wollte ganz einfach nicht daran denken. Ich habe kein Recht, dir deswegen böse zu sein. Es ist dein Schicksal, das die Geister dir bestimmt haben. Ich muss mich mit dem abfinden, was ich nicht ändern kann, und du musst dem Weg folgen, der dir vorgezeichnet ist.«

»Aber … du hast nie etwas gesagt, Tsorihia … Warum?«

»Ich hatte gehofft … die Geister würden dich vergessen. Ich habe mir gewünscht …«

»Ich dachte selbst, ich hätte diese Frau aus meinem Gedächtnis gelöscht«, erklärte Alexander traurig. »Aber … sie verfolgt mich ständig. Glaube mir, das ist nicht deine Schuld. Wahrscheinlich ist es so, dass eine Liebe nicht einfach eine andere ersetzt. Der Zufall wollte, dass unsere Wege sich in Montréal erneut gekreuzt haben. Meine Liebe zu ihr ist wieder erwacht, und ich habe herausgefunden, dass …«

Eine dicke Träne rollte über Tsorihias Wange. Alexander wischte sie mit einer Liebkosung weg und küsste sie zärtlich.

»Ich … ich habe einen Sohn, Tsorihia. Diese Frau hat mir einen Sohn geschenkt, und …«

Die Huronin biss die Zähne zusammen, damit der Schmerzensschrei, der in ihr aufstieg, nicht hervorbrach. Von dem Kind wusste sie nichts; sie hatte es nicht gesehen!

»Du hast dir so sehr … ein Kind gewünscht. Kehrst du um seinetwillen zu ihr zurück?«

»Ich … ich liebe diese Frau immer noch, Tsorihia. Es … es tut mir leid.«

Sie stieß einen Seufzer aus und wandte sich ab, denn sie konnte nicht länger ertragen, was sie hörte und in den Augen ihres Gefährten las. Es schmerzte Alexander, sie so leiden zu sehen.

»Ich meine es ehrlich, wenn ich sage, dass ich dich liebe, Tsorihia.«

»Ich weiß«, schluchzte sie, »aber auch deine Augen sprechen zu mir …«

Zutiefst erschüttert streckte er sich wieder neben ihr aus und umarmte sie.

»Oh, Tsorihia! Verzeih mir!«

Und wenn er einen Fehler machte, indem er sie verließ? Wenn Isabelle sich weigerte, ihn wiederzusehen und ihm sogar den Umgang mit seinem Sohn verwehrte? Zu der Huronin konnte er dann nicht mehr zurück. War er dabei, alle Aussichten auf das Glück, auf das er schon so lange wartete, zu vergeuden? Jetzt konnte er ohnehin nicht mehr zurück. Es war zu spät.

Tsorihia hätte am liebsten laut geschrien. Sie schloss die Augen und gab sich der Wärme des Mannes hin, den sie liebte, und prägte sich seinen Geruch, die Beschaffenheit seiner Haut, das Geräusch seines Atems und die Weichheit seines Haars ein. Ihr Mann verließ sie. Sie hätte diese Kräuter nicht nehmen sollen. Das war die Strafe der Geister dafür, dass sie ihrem Mann seinen sehnlichsten Wunsch nicht hatte erfüllen wollen.

Das diffuse Licht des Vormittags erhellte den Raum, in dem es gut nach Kaffee duftete. Der Regen hatte aufgehört, aber der Wind heulte immer noch und peitschte das Geißblatt, das ans Fenster klopfte, als wolle es um Asyl bitten. Isabelle hob den Kopf, schaute einen Moment lang den schwankenden Ranken zu und wandte ihre Aufmerksamkeit dann wieder dem Dokument zu, das sie in den Händen hielt.

»Eine sechsjährige Stute, eine zweijährige Ziege, acht Hühner und einige Enten, eine Gans, drei Kaninchen … eine geschlossene Kalesche sowie das Geschirr dazu, eine Berline inklusive drei Rädern und einer Achse als Ersatz … drei Holzkübel, ein Butterfass, drei eiserne Krüge, zwei hölzerne Eimer und drei aus Leder, ein Ofen mit Abzugsrohr, ein Schürhaken …«

Sie schloss die Augen und unterbrach sich müde. Jacques Guillot hatte eine Liste aller Gegenstände aufgestellt, die sich auf dem Besitz in Beaumont befanden, und gewollt, dass sie ein Auge darauf warf. Sie legte die Liste weg, die alle Güter im Schuppen und im Stall aufführte, und nahm ein anderes Blatt zur Hand. Immer wieder fragte sie sich, warum Pierre diesen Besitz in aller Heimlichkeit erworben hatte. Hatte er vorgehabt, sie zu überraschen und aus Montréal wegzuziehen? Nein, das konnte sie nicht glauben! Seine Geschäfte hätten ihn hier festgehalten. Nachdem er so hart gearbeitet hatte, hätte er um nichts in der Welt seine Kanzlei aufgegeben, nur um seiner Frau eine Freude zu machen. Es blieb ein Rätsel. Sie überflog das Dokument, das jetzt vor ihr lag.

»Ein Grundstück auf dem ausgewiesenen Bauland der oben genannten Gemeinde Saint-Étienne, drei Morgen in der Breite und vierzig tief, das auf der Vorderseite an den Saint-Laurent-Fluss grenzt und auf der Rückseite auf der einen Seite an den Besitz von Joseph Forgues und auf der anderen an das Land von Charles Turgeon; mit einem Holzhaus, einer Scheune, einem Viehstall, einem Pferdestall, einem Schuppen, Nebengebäuden sowie weiteren …«

»Wünscht Ihr die Inventarliste des Besitzes in La Batiscan zu sehen, Madame?«, fragte Jacques Guillot und reichte ihr ein Blatt.

»Nein …«

Jacques Guillot bemerkte, dass Isabelle nachdenklich wirkte, legte seine Feder weg und hob den Kopf. Er konnte nicht bestreiten, dass ihn das Geheimnis, das den Besitz in Beaumont umgab, faszinierte. Pierre hatte beim Kauf des Landes eine vage Bemerkung zu ihm gemacht und das Land dann nie wieder erwähnt. Daher hatte er geglaubt, er habe es weiterverkauft. Doch dass sogar die Frau des Notars nichts davon wusste, kam ihm seltsam vor. Der Kauf lag immerhin drei Jahre zurück!

»Darf ich fragen, was Ihr mit dem Besitz in Beaumont vorhabt, Madame?«

»Ich weiß es nicht … Vielleicht sollte ich ihn behalten und mich mit Gabriel dorthin zurückziehen … Er wünscht sich so sehr ein eigenes Pony. Dort wäre Platz genug dafür. Und ich wäre meiner Cousine Madeleine ein wenig näher …«

Der Notar vermochte eine kleine Grimasse nicht zu unterdrücken. Die Vorstellung, Isabelle Larue könnte Montréal verlassen, gefiel ihm gar nicht. Er liebte diese Frau schon zu lange, um sie nun, da sie frei war, aufzugeben. Allerdings musste er die Trauerzeit abwarten, ehe er ihr nähertrat, und das verdross ihn.

»Habt Ihr den Besitz in La Batiscan Pierres Cousin angeboten, bevor Ihr ihn offiziell zum Verkauf gestellt habt?«

»Ähem … La Batiscan? Ja. Monsieur René Larue hat die festgesetzten Bedingungen akzeptiert. Ich bin dabei, die Dokumente für die Transaktion vorzubereiten. Der Verkauf dürfte bald abgeschlossen sein.«

»Das ist gut. Pierre hatte das Land in La Batiscan geerbt, und ich hielt es für eine gute Idee, es seiner Familie zurückzugeben. Ohnehin fühle ich mich nicht fähig, ganz allein mehrere Güter zu verwalten.«

Jacques Guillot räusperte sich.

»Aber … das könnte ich doch für Euch tun, Madame … Ich meine … wenn Ihr es wünscht.«

»Ihr habt mit der Kanzlei schon genug zu tun! Es kommen bereits Klagen. Ich finde, Ihr solltet Euch einen Partner suchen oder einen Teil Eurer Klienten weitergeben.«

»Ich versichere Euch, dass das nicht allzu viel zusätzliche Arbeit mit sich bringen würde, teure Freundin. Es würde mir sogar Freude bereiten.«

Isabelle legte die Hand auf die des Notars und drückte sie leicht.

»Ich weiß, Monsieur Guillot. Ich wollte Euch nicht kränken. Dennoch möchte ich mich von allem trennen, was ich nicht unbedingt brauche.«

»Ich verstehe. Dann biete ich Beaumont in der kommenden Woche zum Verkauf an …«

»Nein, wartet noch mit Beaumont …«

Rasch zog sie die Hand zurück und nestelte nervös an ihrer Spitzenmanschette. Jacques Guillot war ihrer Bewegung gefolgt und betrachtete die zarte, weiße Haut ihrer Armbeuge. Er holte tief Luft, um seine Beherrschung zu wahren. Dass man sich aber auch an diese verfluchten Konventionen halten musste! Mit großer Mühe lächelte er und lehnte sich im Sessel zurück.

»Wie Ihr wünscht, Madame.«

Sie erwiderte sein Lächeln, und mit einem Mal wurde ihm klar, dass er bereit wäre, die Kanzlei in Montréal zu verlassen, um dieser Frau zu folgen. Im Moment wollte er so lange wie möglich Nutzen aus der Vereinbarung ziehen, die er mit der Witwe seines Partners geschlossen hatte, nämlich Pierres Räume weiterzubenutzen, bis er etwas anderes gefunden hatte.

Schon jetzt wurde über die Witwe Larue und den Partner des verstorbenen Notars geredet. Jacques Guillot gefiel nicht, was er hörte. Isabelle Larue hatte es nicht verdient, durch verleumderisches und haltloses Geschwätz besudelt zu werden, das von eifersüchtigen Megären kolportiert wurde. Andererseits zögerte er noch, den Mietvertrag für eine bezaubernde kleine Kanzlei in der Rue Saint-Vincent zu unterschreiben. Es machte ihn derart glücklich, Isabelle Larue jeden Tag zu sehen. Außerdem wusste er, dass er in diesem Haus geschätzt wurde.

Die Tür des Arbeitszimmers öffnete sich, und Gabriel trat mit einem Teller heißer Plätzchen ein, die wunderbar nach Gewürzen dufteten.

»Oh! Danke, mein Schatz! Das ist aber nett!«

Rasch sprang Isabelle auf, um auf dem Schreibtisch ein wenig Platz zu schaffen. In ihrer Hast stieß sie einen Aktenstapel an, der sich auf den Boden ergoss.

»Ach, heiliger Himmel! Wie ungeschickt ich bin! Tut mir furchtbar leid, Monsieur Guillot. Ich … wartet, ich werde Euch helfen. Du kannst den Teller hierher stellen, Gabriel.«

Der Kleine sah zu, wie seine Mutter zusammen mit dem Notar hinter dem gewaltigen Schreibtisch verschwand, und runzelte die Stirn. Er hatte schon bemerkt, dass der Monsieur seiner Mama besondere Aufmerksamkeit entgegenbrachte. Und er hatte festgestellt, dass seine Mutter in seiner Gegenwart nicht so traurig war. Schon aus diesem Grund war er bereit, sie ein wenig zu teilen, aber … Dieser Monsieur nahm ihm inzwischen ein bisschen zu viel von seiner Mama weg.

Isabelles Kopf tauchte über der Schreibtischplatte auf.

»Du kannst jetzt wieder in die Küche gehen, Gabriel. Lass uns arbeiten.«

»Kann ich nicht noch ein bisschen bleiben?«, fragte Gabriel mit betrübter Stimme.

»Nein, das kannst du nicht. Wir haben noch viel zu tun. Würde es dir Freude machen, wenn ich dir erlaube, meine Schachtel mit den Malstiften zu benutzen?«

»Deine Malstifte?«, rief Gabriel hocherfreut aus. »Du leihst sie mi' wi'klich aus? Oh ja!«

Der Knabe drehte sich wie ein Kreisel und rannte dann hinaus.

»Sie sind in …«

»Ich weiß, wo sie sind, Mama!«

Schon war Gabriel auf dem Korridor verschwunden. Isabelle starrte noch einen Moment lang auf die Tür und fragte sich, ob sie nicht wirklich Montréal verlassen und nach Beaumont gehen sollte. Ihr Sohn langweilte sich hier. Das Landleben würde ihm bestimmt guttun. Vielleicht würde er dort Freunde finden …

Ein dumpfer Knall und ein Fluch rissen sie aus ihren Überlegungen. Sie wandte den Kopf.

»Oh! Habt Ihr Euch verletzt? Geht es wieder?«

Sie sah den Mann an, der das Gesicht verzogen hatte, und tastete mit den Fingerspitzen seinen Schädel ab. Auf seinem Hinterkopf bildete sich bereits eine kleine Beule, die sie kräftig massierte.

»Besser?«

Genüsslich gab sich Jacques Guillot ihren zarten Händen hin. Er schlug die Augen zu ihr auf und sah sie eindringlich an.

»Ja, der Schmerz vergeht schon ...«

Sie konnte nicht umhin zu argwöhnen, welche Gedanken ihm im Kopf herumgingen. Daher zog sie rasch die Hände zurück, worauf er ihr die Fingerspitzen küsste.

»Ich ... Was haltet Ihr von einem Zeichenatelier?«, fragte sie unvermittelt.

»Einem Zeichenatelier?«

»Für Gabriel. Ich hatte überlegt, was man mit diesem Raum anstellen könnte, wenn er nicht mehr gebraucht wird.«

»Ein ... Atelier? J ... ja, das ist eine gute Idee.«

Seine Antwort hatte ein wenig kühl geklungen. Er hatte genau begriffen, dass sie ihm zu verstehen gab, er solle das Zimmer so rasch wie möglich räumen.

»Er besitzt wirklich künstlerische Begabung, und ich finde, ein Atelier würde sie fördern.«

»Natürlich ... Wahrscheinlich habe ich Euch lange genug mit meiner Anwesenheit belästigt ... Gerade gestern habe ich einen Raum in der Rue Saint-Vincent aufgetan.«

»Es ist nicht so, dass Ihr mir lästig wäret, nur ... Bestimmt versteht Ihr, in welcher Lage ich mich befinde. Ihr könntet uns ja gelegentlich besuchen. Die Rue Saint-Vincent liegt doch ganz in der Nähe ...«

Verlegen unterbrach sie sich. Jacques Guillot schlang behutsam seinen Arm um ihre Taille.

»Wünscht Ihr das wirklich, Madame? Dass ich Euch besuche?«

Sie errötete heftig und hatte das Gefühl, in eine Falle gegangen zu sein.

»Natürlich, Ihr seid ein sehr guter Freund.«

»Ein Freund? Nichts weiter als ein Freund?«

Isabelle versuchte sich loszumachen.

»Monsieur Guillot! Ich trage erst seit einem Monat Trauer!«

»Ein Monat, ich weiß. Nicht nötig, mich daran zu erinnern. Oh, Madame! Ihr wisst, welche Gefühle ich für Euch hege! Soll ich wirklich so tun, als wäre nichts, wenn wir allein sind?«

»Ich habe Pierre geliebt und brauche Zeit, mich mit seinem Ableben abzufinden; und ich finde es nicht schicklich, dass Ihr mir so früh den Hof macht.«

Widerwillig ließ er sie los, trat jedoch nicht von ihr weg. Einen Moment lang sahen die beiden einander schweigend an. Dann wandte Isabelle sich ab.

»Vergebt mir, Madame.«

Als der Mann sich aufrichtete, zog ein metallisches Aufblitzen seine Aufmerksamkeit auf sich: Da glänzte ein Schloss aus Messing.

»Was ist denn das?«

Er ging näher heran und erblickte eine Art Kasten, der unter der Arbeitsplatte des Schreibtisches befestigt war. Isabelle wandte den Kopf.

»Eine Schublade vielleicht?«

»Das könnte man fast meinen. Merkwürdig! Davon war nie die Rede.«

»Ach ja?«

»Nein. Er muss das Fach erst kürzlich angebracht haben. Es ist nicht das gleiche Holz, aus dem das Möbel hergestellt ist, und das Schloss glänzt wie ein frischgeprägter Sou.«

»Könnt Ihr es öffnen?«

»Ich weiß nicht, ob ich das darf …«

»Pierre ist tot, Monsieur Guillot. Ich finde, wir sollten wissen, was sich in diesem Fach befindet.«

Das Gesicht der Frau befand sich nur ein paar Zoll von seinem entfernt, und ihr Parfüm umschwebte ihn köstlich. Ihre etwas unschickliche Stellung besorgte ihn ein wenig. Was würde das Hausmädchen sagen, wenn sie hereinkam und sie beide unter dem Schreibtisch entdeckte?

»Wie Ihr wünscht …«

Er versuchte die Schublade zu öffnen, doch ohne Erfolg.

»Sie ist abgeschlossen …«

»Ich frage mich, was dieses Fach enthalten könnte«, dachte Isabelle laut.

»Wichtige juristische Dokumente vielleicht?«

»Möglich … Oder ein Schmuckstück, ein Geschenk, das für mich bestimmt war? Briefe?«, fuhr sie leiser fort, denn ihr fielen die zahlreichen Mätressen ein, die ihr Mann gehabt hatte.

Jacques Guillot erriet, was sie dachte.

»Seid Ihr Euch wirklich sicher, dass Ihr wissen wollt, was in dieser Schublade ist?«

»Ja doch!«

»Der Schlüssel muss ja irgendwo sein … Wo hat Euer Mann für gewöhnlich seinen Schlüsselbund aufbewahrt?«

»Nun ja … Entweder er hatte ihn bei sich, oder er hat ihn in sein Zimmer gelegt. Er war jedenfalls nicht in der Kleidung, die er am Tag seines Todes getragen hat …«

Jacques Guillot steckte den Schlüssel ins Schloss und konnte ihn leicht umdrehen. Ein Klicken ließ sich vernehmen, dann war das Fach zu bewegen und löste sich mit einem metallischen Geräusch von dem Möbel. Der Notar stellte es auf den Boden und rückte dann beiseite, um Isabelle Platz zu machen.

»Diese Ehre gebührt Euch, Madame«, erklärte er ernst.

Isabelle nahm das Fach und stellte es auf den Schreibtisch. Es maß etwa zwölf mal acht Zoll und war drei Zoll hoch. Nach kurzem Zögern strich sie über den Deckel und nahm ihn langsam ab. Jacques Guillot leuchtete mit der Kerze, sodass man den Inhalt besser erkennen konnte: ein Dolch, eine alte Uhr, eine Miniatur, die eine Frau mit rotem Haar und hellen Augen darstellte; einige sorgsam gefaltete und mit Wachs versiegelte Dokumente sowie eine kleine Lederbörse, die zweifellos mit klingender Münze gefüllt war. Isabelle schlug die Hand vor den

Mund, um einen Schrei zu unterdrücken, und starrte mit aufgerissenen Augen auf die Waffe mit dem fein geschnitzten Heft.

»Oh, mein Gott!«

»Habt Ihr diese Gegenstände schon einmal gesehen, Madame? Wisst Ihr, wem sie gehören?«

Mit zitternder Hand strich Isabelle über den Griff des Dolchs. Dann nahm sie die Uhr, öffnete sie und las die Gravierung: *Iain Buidhe Campbell.*

»Madame?«

»J … ja. Sie gehören einem Mann, den ich vor Jahren kannte.«

Jacques Guillot nahm die Waffe und betrachtete sie. Dann legte er sie in den Kasten zurück und beugte sich über eines der Dokumente.

»Erlaubt Ihr mir, es zu öffnen?«

Stumm vor Erschütterung nickte Isabelle nur. Jacques Guillot brach das Siegel mit der Stahlspitze des Dolchs und überflog dann das Schreiben.

»Es handelt sich um ein Testament …«, erklärte er und sah zu ihr auf. »Das Testament eines Alexander Colin Macdonald. Ich glaube, Ihr kennt diesen Mann gut.«

»Ja, er ist ein Freund.«

Er sah forschend in ihre grüngoldenen Augen, wünschte sich, er werde dort nicht sehen, was er fürchtete, und wartete auf weitere Erklärungen, die jedoch nicht kamen.

»Euer Name steht auch darin, Madame«, erklärte er ein wenig kühl.

Mit zittrigen Händen nahm Isabelle das Dokument, das er ihr reichte, und versuchte es zu entziffern. Doch der Text war auf Englisch verfasst. Sie konnte nur erkennen, dass tatsächlich an zwei Stellen ihr Name auftauchte. Fragend schaute sie auf und bat den Partner ihres Mannes, ihr das Testament zu übersetzen. Verärgert nahm Jacques Guillot das Dokument und gehorchte mit spröder Stimme.

»Alles in allem legt dieser Macdonald fest, wie mit seinem Hab und Gut verfahren werden soll. Achtundsechzig Pfund sind an seinen Vater in Schottland zu schicken. Die Uhr und das Porträt sind für seinen Bruder John bestimmt, der in Kanada, irgendwo in der Nähe von La Batiscan, leben soll. Wenn er unauffindbar bleibt, sollen die Gegenstände nach Schottland geschickt werden. Euch hinterlässt er einen Brief… Nirgendwo steht etwas darüber, was mit diesem Dolch geschehen soll.«

Isabelle spürte, wie ihr bei dem Gedanken an Alexander das Herz schwer vor Kummer wurde. Sie war überzeugt gewesen, dass Pierre sich des Dolchs entledigt hatte. Warum hatte er ihn aufbewahrt? Wieso hatte er ihn in dieses Geheimfach gelegt? Der Anblick dieser Gegenstände ließ Erinnerungen aufsteigen und erschütterte sie noch einmal. Wieder sah sie den flehenden Blick der saphirblauen Augen. Alexander hatte gesagt, er werde im Juli wiederkommen… Heute war der 29. Juni.

»Darf ich Euch fragen, wer dieser Mann ist, Madame?«

Sie sah in Jacques Guillots gequälte Miene und erriet den Grund für seine Anspannung. Wahrscheinlich war sie es ihm schuldig, die Wahrheit zu sagen.

»Er ist der Vater meines Sohnes.«

Zunächst reagierte der junge Notar nicht und ließ keinerlei Emotion erkennen. Doch nach und nach drang das, was sie gesagt hatte, in seinen Verstand ein. Auf seinen Zügen malte sich zuerst Unglauben, und dann verzog er entsetzt das Gesicht. Ein Keuchen stieg aus seiner Kehle auf, während er sich schwer in den Sessel fallen ließ.

»Gabriels Vater?«

Jacques Guillot hatte immer leise Zweifel daran gehegt, dass Pierre tatsächlich Gabriels Vater sein sollte. Aber trotzdem war er wie vor den Kopf geschlagen. Dann hatte Isabelle Larue also einen Liebhaber gehabt… oder sie war missbraucht worden… Dieser Schotte war bestimmt Soldat gewesen, und jeder wusste, wie sich Soldaten in Kriegszeiten aufführten… War er selbst nicht Zeuge einer Vergewaltigung geworden, als er kurz nach der Kapitulation von Montréal durch eine dunkle Gasse gegangen war? Isabelle, vergewaltigt? Er spürte eine dumpfe Wut in sich aufsteigen und biss die Zähne zusammen, um sie zu bezähmen.

»Aber … dieser Mann … hat er Euch … ich meine …«

»Ich habe diesen Mann geliebt. Gabriel ist die Frucht dieser Liebe, deren Erfüllung man mir verweigert hat.«

Wie lange diese Geschichte wohl her sein mochte? Der Notar rieb sich die Augen und versuchte sich an das Datum ihrer Hochzeit zu erinnern. Andererseits, was interessierte ihn das? Pierre hatte zweifellos Gründe gehabt, aus denen er bereit gewesen war, das Kind eines anderen Mannes großzuziehen.

»Aha. Und Pierre …«

Er verstummte, weil er nicht wusste, was er sagen sollte und sie nicht verschrecken wollte. Eindringlich, ohne sich zu rühren, sah er sie an.

»Pierre wusste vor der Hochzeit, dass ich ein Kind erwartete«, erklärte Isabelle, die ihm nicht alles erzählen wollte. »Er war … steril, versteht Ihr? Aber … das habt Ihr doch gewusst, oder? Ich meine … dass Pierre nicht der leibliche Vater meines Sohnes war?«

»Nun ja … ich muss gestehen, dass ich den Verdacht hatte.«

»Ich weiß genau, was hinter meinem Rücken erzählt wird. Für viele Menschen ist Gabriel ein … Bastard. Aber mir ist im Grunde gleich, was andere denken. Das Wichtigste für mich war, dass Pierre meinem kleinen Jungen tiefe Zuneigung entgegenbrachte. Mein Sohn kennt die Wahrheit nicht. Es erschüttert mich, wenn Gabriel mir ganz traurig erzählt, welch verletzende Dinge die anderen Kinder zu ihm sagen. Was kann ich dagegen unternehmen? Sie sagen ja nur die Bosheiten der Erwachsenen nach. Deswegen denke ich ernstlich darüber nach, Montréal zu verlassen und nach Beaumont zu ziehen. Dort weiß niemand etwas davon, und er hätte bessere Aussichten, Freunde zu finden …«

Jacques Guillot streckte den Arm aus und legte Isabelle eine Hand auf die Schulter. Am liebsten hätte er diese Frau in die Arme geschlossen, und er träumte davon, wie er sie küssen würde, um sie zu trösten.

»Aber … Wenn Ihr diesen Mann so geliebt habt, warum habt Ihr dann Pierre geheiratet?«

Aufgewühlt schloss Isabelle die Augen, um die Tränen zurückzuhalten. Sie stützte sich auf den Schreibtisch, atmete tief durch und sah dann zu dem Notar auf. Sie wollte nicht, dass er ein Urteil über sie fällte, ohne die Wahrheit zu kennen. Sie begann ihre Geschichte damit, dass sie ihm von den ersten Tagen der Besetzung Québecs durch Murrays Truppen erzählte. Anschließend umriss sie die wichtigsten Ereignisse, wobei sie hier etwas abkürzte und dort etwas wegließ. Das, was sie nicht aussprach, verriet ihm mehr als ihre Worte. Mit gefasster Stimme sprach sie von der rücksichtslosen Einmischung ihrer Mutter Justine, Pierres Zugeständnissen und ihren eigenen Opfern. Dort hielt sie inne und überging ihre letzten Begegnungen mit Alexander in Montréal… Sie wollte dem Schotten keine Probleme bereiten. Wenn sie gestanden hätte, dass er am Tag des Unfalls, der Pierre das Leben gekostet hatte, hier war, dann hätte sie ihn einem schweren Verdacht ausgesetzt.

Jacques Guillot lauschte, schüttelte den Kopf oder runzelte die Stirn. Oft entlockte eine Einzelheit ihm ein Stöhnen, oder er biss die Zähne zusammen. Er spürte genau, dass Isabelle Lacroix diesen Mann noch liebte, und seine Hoffnung, sie eines Tages zu besitzen, löste sich in nichts auf. Hatte Pierre die gleiche Verzweiflung gespürt? Jetzt verstand er besser, warum sein Partner, der seine Frau aufrichtig liebte, so viele Mätressen gehabt hatte: Er hatte versucht, eine Leere auszufüllen. Wie ertrug ein Mann es nur, das Herz der Frau, die er über alles liebte, mit einem anderen zu teilen? Er lächelte. Er, der Isabelle seit ihrer ersten Begegnung liebte, konnte diese Frage leicht beantworten. Das Herz hörte auf keine Vernunft, sondern brachte sie im Gegenteil zum Schweigen.

»Habt Ihr ihn seitdem nie wiedergesehen?«

»Alexander? Doch…«, murmelte Isabelle und sah auf das Testament hinunter. »Zufällig, in ebendiesem Raum, als er gekommen war, um einen Vertrag mit van der Meer zu unterzeichnen.«

»Er gehörte zu der Expedition des kanadischen Händlers?«

»Ja.«

»Er war also einer der Begleiter von van der Meer!«

Mit einem Mal erinnerte Jacques Guillot sich an die Wirkung, die die Nachricht von dem Massaker an einem Teil der Expedition auf Isabelle gehabt hatte. Damals hatte er geglaubt, die junge Frau weine um den Händler. Und dabei hatte sie um Alexander Macdonald getrauert. Keine Überlebenden ... Er sah ihr unumwunden in die Augen und schöpfte neue Hoffnung.

In dem Fach lag nur noch ein Brief. Isabelle beschloss, ihn zu nehmen, brach das Siegel und breitete das Pergament auf der Schreibtischplatte aus. Sie war enttäuscht, denn das war nicht Alexanders Schrift. Doch rasch erwachte ihre Neugier, als sie Pierres flache, offene Schrift erkannte und die kleinere, zögerlichere ihres Bruders Étienne. Was hatte Étienne mit dieser Sache zu tun? Es hatte wieder zu regnen begonnen, und das Wasser klatschte heftig gegen die Fenster. In dem Raum war es ziemlich dunkel geworden. Isabelle zog die Augen zusammen und hielt das Blatt an die Kerze.

»Das ist ein Vertrag«, erklärte der Notar über ihre Schulter hinweg.

Fieberhaft übersprang sie die üblichen Einleitungsformeln und überflog die ersten Klauseln.

»Das verstehe ich nicht«, murmelte Jacques Guillot. »Zweitausend Pfund! So viel Geld hat Euer Bruder nie in eine Reise ins Oberland investiert ... Und Euer Mann hat nie etwas davon erwähnt, dass er seinem Schwager einen Vorschuss gegeben hätte ... Schaut«, fuhr er fort und wies mit dem Zeigefinger auf eine Zahl, »hier wird festgelegt, dass Pierre bei der Übergabe der Ware zehn Prozent des Gewinns erhalten soll. Obwohl nichts darauf hinweist, woraus diese Ware besteht, nehme ich an, dass es sich um Pelze handelt. Hier ... zehn Prozent für jeden der Partner. Merkwürdig, kein Name, nur Initialen. Außerdem haben nur Pierre und Étienne unterzeichnet. Ich finde das eigenartig. Vielleicht hat die Expedition gar nicht stattgefunden ... Bestimmt ist der Vertrag nie in Kraft getreten. Wartet ... Das Datum des Aufbruchs ist hier mit Juni 1764 angegeben. Und in diesem Jahr hat Euer Bruder tatsächlich eine Reise unternommen. Ich erinnere mich ganz genau, denn damals hatte ich gerade begonnen, für Pierre zu arbeiten. Wirklich merkwürdig … Und außerdem, warum ist dieser Vertrag zusammen mit den persönlichen Gegenständen von Monsieur Macdonald versteckt worden? Was haben diese beiden Reisen miteinander zu tun?«

Nachdenklich las Isabelle ein Wort nach dem anderen. Plötzlich blieb ihr Blick an dem Wort »Beaumont« hängen. Sie stieß einen erstaunten Ausruf aus: Da stand, dass der im Juni 1764 erworbene Besitz Beaumont für geleistete Dienste an Étienne Lacroix übereignet wurde. Geleistete Dienste?

»Da«, meinte sie und zeigte Jacques Guillot die Klausel. »Dort geht es um den Besitz in Beaumont. Ich frage mich wirklich, warum Pierre Étienne ein so großes Geschenk gemacht hat.«

»Beaumont, verschenkt? Und mit welcher Begründung?«

»Geleistete Dienste. Mehr steht hier nicht.«

Isabelle überließ den Vertrag dem Notar, der sich noch einige Minuten damit beschäftigte, und setzte sich in den Sessel, der noch warm war, nachdem Jacques Guillot darin gesessen hatte. Warum befand sich der Vertrag zusammen mit Alexanders persönlichen Gegenständen in diesem Geheimfach? Pierre hatte ihr nie von seiner Partnerschaft mit Étienne erzählt. Außerdem hatte Étienne, wenn sie sich recht erinnerte, von dieser Reise nicht mehr mitgebracht als ein paar Ballen Pelze. Seine »Beute« hatte nichts mit dem zu tun, was man von einer Expedition in den Norden erwartete, die eine Investition von zweitausend Pfund erforderte! Und was mochten diese »geleisteten Dienste« sein? Das war alles sehr mysteriös … Vielleicht sollte sie mit Étienne darüber sprechen. Er würde ihr alles erklären können, denn schließlich stand seine Unterschrift unter diesem Dokument.

»Glaubt Ihr, Euer Bruder wird Anspruch auf Beaumont erheben?«, fragte Jacques Guillot, faltete den Vertrag wieder zusammen und legte ihn zurück in das Fach.

»Im Moment gehört Beaumont mir, und dabei wird es auch bleiben, bis mir jemand das Gegenteil beweist. Dieser Vertrag ist schließlich schon drei Jahre alt! Wenn Étienne den Besitz wirklich wollte, dann hätte er schon längst die Rechte einfordern können, die ihm dieser geheimnisvolle Vertrag einräumt. Und außerdem, woher wollen wir wissen, ob er Pierre diesen Dienst, über dessen Art nichts hier steht, wirklich erwiesen hat? Das alles muss ich aufklären, ehe ich irgendeine Entscheidung treffe.«

Der Notar konnte sich eines Lächelns nicht erwehren.

»Dann darf ich daraus schließen, dass Ihr Eure Pläne, nach Beaumont zu ziehen, einstweilen aufschiebt, Madame?«

Verblüfft schaute Isabelle zu ihm auf. Da sie mit einer Antwort zögerte, kniete er vor ihr nieder und nahm ernst ihre Hände in die seinen.

»Ich habe Euch nie verborgen, was ich für Euch empfinde…«

»Monsieur Guillot… ich glaube nicht, dass das…«

»Lasst mich ausreden, Madame. Ich… ich liebe Euch. Ich kann nicht in Euer Herz hineinsehen, doch ich ahne, dass Ihr mir eine besondere Freundschaft entgegenbringt. Madame… ich werde so lange warten, wie es nötig ist. Nur würde ich gern wissen, ob ich hoffen darf.«

Sprachlos angesichts von so viel Kühnheit wusste Isabelle nicht, was sie darauf sagen sollte. Deutlicher hätte der Mann es nicht ausdrücken können: Er hatte vor, das Ende der Trauerzeit abzuwarten und ihr dann einen Heiratsantrag zu machen. Aber liebte sie ihn? Kannte sie ihn gut genug? Sie erinnerte sich an eine andere Liebeserklärung, die von Alexander, die ebenso unverfroren, aber viel zartfühlender gewesen war. Der Gedanke verstörte sie, denn sie hatte beschlossen, den Schotten zu vergessen und gedacht, ihr Platz sei hier. Doch angesichts der schimmernden Klinge seines Dolchs hörte sie wieder die Worte, die er an jenem Abend geflüstert hatte: *Du hasst mich, weil du mich nicht vergessen kannst,* a ghràidh mo chridhe*… genau wie ich dich nicht aus meinem Gedächtnis löschen kann…* Sie schlug die Augen nieder.

»Darüber muss ich nachdenken, Monsieur Guillot. Für mich geht das alles zu schnell, versteht Ihr? Ich stehe noch viel zu sehr unter dem Eindruck von Pierres Tod, um mir eine Zukunft mit einem anderen vorstellen zu können.«

»Ich verstehe, Madame, und ich werde warten«, flüsterte er.

Sie spürte wie zuerst sein Atem, dann seine Lippen über ihre Wange strichen, und dann hörte sie, wie er ihr etwas ins Ohr flüsterte.

»Ich liebe Euch, mein goldener Lichtstrahl.«

Er schob eine Haarsträhne zurück, die ihr in die Augen fiel, und suchte ihren Mund. Seine Lippen fühlten sich sanft an, tröstlich sogar. Verwirrt und von widerstreitenden Gedanken hin- und hergerissen leistete Isabelle keinen Widerstand. Endlich zog der Mann sich zurück, ließ sie bebend im Sessel sitzen und richtete sich auf. Sie mochte die Augen nicht öffnen und hörte, wie er den Raum verließ und die Tür schloss. Erst dann schaute sie sich um.

»Goldener Lichtstrahl …«

Der Ausdruck hallte in ihrem Kopf wider. Nach einer Weile nahm das Wort »Gold« einen anderen Klang an. Ihr Herz begann heftig zu pochen. Sie nahm den Vertrag zwischen Pierre und Étienne und las ihn noch einmal, während sie hoffte, zwischen den Zeilen keinen Hinweis zu finden, der ihren Verdacht bestätigte. Dieses Dokument war dermaßen eigenartig: zu viel Geld im Spiel, und zu viel Geheimnistuerei …

Isabelle hatte das Gefühl, dass sich der Raum um sie drehte, immer schneller. Das musste sie falsch verstehen! Ihr zartfühlender Ehemann konnte doch nicht mit einem so hinterhältigen Menschen wie Étienne unter einer Decke stecken! Nein, der andere musste ihn manipuliert haben! Niemals, wirklich niemals hätte Pierre auf eigene Faust bei einer solchen Geschichte mitgetan.

Van der Meer und seine Männer seien einem »Überfall aus dem Hinterhalt« zum Opfer gefallen, hatte Étienne bei seiner Rückkehr bekräftigt. Er hatte das Taufkreuz und Alexanders Dolch bei sich gehabt. War die Reise, auf der er Alexanders Weg gekreuzt hatte, nicht genau die gewesen, von der in diesem Vertrag die Rede war? Van der Meer hatte viele Feinde, hatte Pierre ihr versichert. Waren diese Feinde die kanadischen Händler, die während der Wochen vor dem Überfall regelmäßig im Arbeitszimmer ihres Mannes zusammengekommen waren? Merkwürdigerweise waren diese Männer nach dem Angriff nie wieder aufgetaucht ... Auch Étienne hatte sich seitdem nur zweimal blicken lassen.

Wenn sie darüber nachdachte, hatte ihr Bruder seit Pierres Tod ein eigenartiges Verhalten an den Tag gelegt. Sie hatte ihn sogar einmal beim Herumwühlen im Arbeitszimmer ertappt. Er hatte ihr eine vage Erklärung gegeben, die sie ihm in ihrer Naivität abgenommen hatte: Er suche nach einer Landkarte, die er angeblich bei seinem letzten Besuch bei seinem Schwager vergessen hatte.

Als Jacques Guillot sie seinen »goldenen Lichtstrahl« genannt hatte, hatte das Wort »Gold« sie an ein Gespräch zwischen Pierre und Étienne erinnert, von dem sie ein paar Wortfetzen aufgeschnappt hatte. Pierre hatte sich ereifert – was sie erstaunt hatte, weil das nur höchst selten vorkam – und Étienne gebeten, nicht mehr von dem verlorenen Gold zu sprechen ... Das verlorene Gold? Sollte es sich dabei um das Gold des Hollandais' handeln, über das so viel geredet wurde? Bis jetzt hatte sie dem Gerücht keinen Glauben geschenkt. Die Leute erzählten so viel! Aber nun ergab das alles einen neuen, erschreckenden Sinn.

Verstört las sie den Vertrag noch einmal konzentriert durch. Gewinne ... Jacques Guillot hatte etwas über irgendwelche Gewinne gesagt. Da war es: »Zehn Prozent des Gewinns bei der Übergabe der Ware«, und weiter: »zehn Prozent für jeden der Partner«. Die Ware ... Hier ging es nicht um Pelze, sondern um Gold! Wenn in diesem Vertrag von einer Expedition die Rede war, die zweitausend Pfund kostete, dann hätte sie ja ... wie viel einbringen müssen? Das Doppelte oder Dreifache in Edelmetall? So unerbittlich fügten sich jetzt die Teile des Rätsels zusammen, dass sie aufstöhnte: der Überfall ... das verlorene Gold ... erwiesene Dienste ... Und dann waren da die Daten ... Ende Juni 1764. Da war es zu spät gewesen, um nach Grand Portage zu reisen, aber nicht, um die Männer abzufangen, die sich auf dem Rückweg befanden … nicht, um van der Meer, den Hollandais, zu überfallen. Aber worin genau mochte dieser Dienst bestehen, den Étienne Pierre erwiesen hatte?

»Für erwiesene Dienste, für erwiesene Dienste … Aber was denn nun, Herrgott! Was hast du getan oder solltest du tun, Étienne Lacroix, das einen so wertvollen Lohn verdient hätte? Was wolltest du, Pierre, für zweitausend Pfund erkaufen?«

Als ihr die Wahrheit aufging, zerknüllte sie zornig den Vertrag und warf ihn quer durch den Raum. Pierre und Étienne … Komplizen bei einem Mord … Nein, Pierre war kein Mörder gewesen! An so etwas Abscheulichem hätte er sich nie beteiligt! Niemals! Wieder sah sie Alexanders Miene vor sich, als er das Taufkreuz erblickt hatte. Sie dachte daran, wie er ihrer Frage, was an dem Tag des Massakers geschehen sei, ausgewichen war. *Bestimmt hat er mich für tot gehalten …* Er hatte ihr die schreckliche Wahrheit nicht sagen wollen.

»Warst du das, Étienne? Hast du den Hollandais und seine Männer getötet? Hast du versucht, Alex zu ermorden? Oh mein Gott! Dass du in der Lage dazu wärest, weiß ich. Du bist ein Ungeheuer! Den Vater meines Sohnes … Du hast versucht, den Vater meines Kindes zu töten! Du hast Pierre gesagt, Alexander sei tot! Du hast ihm sogar erzählt, du hättest ihn begraben! Du bist ein Lügner! Möge der Himmel dich mit einem Blitz schlagen! Soll der Teufel dich holen!«, schrie sie und sank auf dem Fußboden zusammen. »Und du, Pierre«, schluchzte sie, »hast du gewusst, dass Alexander zu dieser Gruppe gehörte, oder war das alles nur eine bedauerliche Verkettung von Zufällen?«

»Mama, fah'en wi' heute auf das Landgut?«, fragte Gabriel und zupfte am Rock seiner Mama, die die Inventarliste des zweiteiligen Buffets überprüfte, während Louisette darauf wartete, mit dem Einpacken beginnen zu können.

»Nein, mein Schatz.«

»Aber wann fah'en wi' denn? Papa hat gesagt, e' wü'de es kaufen!«

Isabelle schloss die Augen, biss die Zähne zusammen und stieß einen langgezogenen Seufzer aus. Dann drehte sie sich zu ihrem Sohn um und kauerte sich vor ihn.

»Von dort aus, wo er jetzt ist, kann dein Papa das Landgut nicht kaufen.«

»E' hatte es ve'sp'ochen! Er hat mi' ein Pony ve'sp'ochen! Ich will mein Pony!«

»Eines Tages bekommst du es, Gabriel, das verspreche ich dir. Aber im Moment lass mich bitte mit dem Packen fertigwerden.«

»Wa'um fah'en wi' übe'haupt? Ich will nicht wegfah'en, wenn ich mein Pony nicht bekomme.«

Isabelle verlor die Geduld und schlug einen schärferen Ton an.

»Wenn du brav bist, bekommst du dein Pony … wenn wir erst in Beaumont leben.«

»Und wo ist das, Beaumont?«, erkundigte das Kind sich jetzt ruhiger.

»Erinnerst du dich noch an Madeleines Haus?«

»Tante Mado?«

»Ja. Also, Beaumont liegt gleich auf dem anderen Flussufer. Würdest du Madeleine gern öfter besuchen?«

»Oh ja!«

»Schön. Und jetzt lass mich noch ein bisschen arbeiten.«

Isabelle fasste ihren Sohn an den Schultern und drehte ihn um. Während sie ihn auf die Treppe zuschob, bemerkte sie etwas Merkwürdiges an seiner Kleidung.

»Gabriel, du hast ja deine Hose verkehrt herum an!«

»Ich weiß, Mama!«

»Und warum drehst du sie dann nicht auf die richtige Seite?«

»Weil ich de' gute König Dagobe't bin!«*

* Er meint ein französisches Kinderlied, das einen Dialog zwischen dem Merowingerkönig Dagobert I. (7. Jahrhundert) und dessen Ratgeber, dem Heiligen Eligius, darstellt. Die erste Strophe beginnt: *Le bon roi Dagobert / a mis sa culotte à l'envers*, der gute König Dagobert / hat die Hosen verkehrt herum an. (Anm. d. Übers.)

»Heiliger Himmel! Hast du die Zinnsoldaten aufgehoben, wie ich es dir gesagt habe?«

»Nein …«

»Dann geh sie jetzt wegräumen, sonst gibt es keine Vesper! Und vergiss nicht, deine Hose richtig herum anzuziehen, verstanden!«

»Ja, Mama.«

»Allez hopp!«

»Hopp, hopp, hopp!«

Von einer Stufe zur anderen hüpfend entfernte sich Gabriel.

»Wenn Ihr meine Meinung hören wollt, Madame, kommt der Kleine ziemlich gut zurecht«, bemerkte Louisette, die damit beschäftigt war, alte Lappen zu zerreißen, um die zarten Untertassen aus englischem Porzellan, Pierres letztes Geschenk, zu schützen.

Isabelle betrachtete eine Tasse und stellte sie auf den Tisch.

»Hmmm … Kinder haben diese wunderbare Gabe des Vergessens, über die wir Erwachsenen nicht verfügen.«

»Ich glaube eher, dass es ihnen leichter fällt, sich mit etwas abzufinden, das sie nicht ändern können, Madame.«

»Als könnte man sich mit dem Tod seines Vaters abfinden!«

»Das habe ich nicht gemeint …«

»Nein, natürlich nicht. Entschuldige, Louisette. Ich habe in den letzten Tagen eine fürchterliche Laune.«

»Ihr solltet es Gabriel nachtun und Euch ein wenig amüsieren.«

»Ja, ganz bestimmt. Ich komme sicher auf andere Gedanken, wenn ich ebenfalls meine Zinnsoldaten hervorhole!«

Das Dienstmädchen, das mit dieser Bemerkung nichts anfangen konnte, sah aus großen Augen zu seiner Herrin auf.

»Herrgott, ich habe einen Scherz gemacht, Louisette! Wenn wir das hier eingepackt haben, sind wir mit dem Esszimmer fertig. Dann sind nur noch die Küchensachen übrig, um die wir uns erst im letzten Moment kümmern können.«

»Habt Ihr schon ein Datum für die Abreise festgesetzt, Madame?«

»Nein … Wir haben ja keine Eile.«

»Wir müssen uns auf das unbedingt Nötige beschränken …«

»Für ein paar Tage wird das reichen. Übrigens, wann kommt Monsieur Moisan, um die größeren Möbel abzuholen?«

»Am zwanzigsten, Madame.«

»In fünf Tagen schon? Dann muss ich mich beeilen und meinen großen Kleiderschrank ausräumen!«

»Das kann ich doch heute Abend tun …«

»Nein, lass nur, Louisette. Darum kann ich mich sehr gut selbst kümmern. Hat Basile den großen Koffer hinaufgebracht?«

»Heute Morgen.«

»Wunderbar! Du kannst das Geschirr zu Ende einpacken und dann Marie helfen, das Abendessen zuzubereiten.«

Isabelle drehte sich um ihre Achse und schlängelte sich zwischen den Kisten, die sich auf dem Korridor stapelten, hindurch. Während sie die Treppe hinaufstieg, vernahm sie eine Reihe lautmalerischer Ausrufe, die wohl eine blutige Schlacht darstellen sollten. Oben blieb sie auf der Schwelle des Kinderzimmers stehen: Gabriel lag auf dem Bauch, bewegte seine Zinnsoldaten und rief dazu »bumm!«, »puff!« oder »aaagh!«. Das rührende Bild nahm ihr jede Lust, ihren Sohn zu bestrafen. Der Kleine spürte ihre Anwesenheit, unterbrach sein Spiel und wandte ihr errötend sein hübsches rotes Köpfchen zu.

»Oh! Ich sammle sie ein, Mama, ve'sp'ochen!«

»Schon gut, Gabriel. Da du dich so gut unterhältst, darfst du noch bis zum Abendessen spielen.«

»K'ieg ich denn t'otzdem meine Vespe'?«

»Ja, mach dir keine Sorgen.«

Der Junge schenkte ihr ein strahlendes Lächeln und enthüllte eine Lücke im Kiefer, in der schon die kleinen Zacken eines neuen Zahnes zu sehen waren. Sie verlieh ihm etwas Spitzbübisches. Dann widmete er sich wieder seinem Spiel.

Mit pochendem Herzen, die Hand vor den Mund geschlagen, rannte Isabelle davon und suchte Zuflucht in ihrem Schlafzimmer. Sie schloss die Augen und sah, wie Alexanders Züge sich vor Gabriels Gesicht schoben. Seit zwei Wochen geschah das immer wieder, und sie brach in Tränen aus.

Hör auf, ständig zu weinen, dumme Gans! Du heulst ja wie ein Schlosshund! Sogar Gabriel verhält sich erwachsener als du!

Wirklich, seit einigen Tagen war sie furchtbar empfindlich. Sie geriet wegen eines verschütteten Tropfens Milch aus der Fassung oder zerfloss vor Mitleid mit einer Maus, die in die Falle gegangen war. Was hatte sie nur? Gewiss, Erschöpfung hatte auch etwas damit zu tun. Von einem Tag auf den anderen allein dazustehen, war körperlich wie seelisch anstrengend. Sie hatte so viele Verpflichtungen geerbt! Aber vor allem erschreckte es sie, plötzlich Herrin ihres Geschicks zu sein. Jetzt war sie vollkommen frei und konnte über ihr Leben entscheiden.

Was willst du, Isabelle? Was sagt dir dein Herz? Es ist Zeit, eine Wahl zu treffen!

Sie streckte sich auf dem Bett aus, schaute an die Decke und wischte sich die Augen. Dann legte sie die Hände sanft um ihr Gesicht. Pierre pflegte ihre Tränen auf diese Weise zu trocknen. So hatte er sie in jener Nacht getröstet, als sie um Alexander getrauert hatte. Ja, welche Rolle mochte er bei diesem abscheulichen Verbrechen gespielt haben? Sie biss die Zähne zusammen und wies den Gedanken von sich, denn sie konnte einfach nicht glauben, dass ihr Mann für eine solche Schändlichkeit verantwortlich war. Sie legte sich auf die Seite, rollte sich zusammen und konzentrierte sich auf die glücklichen Erinnerungen an die schönen Zeiten, die sie zusammen mit Madeleine auf der Île d'Orléans erlebt hatte. Nach einer reichen Erdbeerernte hatten sich die beiden Frauen nebeneinander auf eine alte Bank gesetzt und sich die süßen Früchte schmecken lassen. Sie hatten über den Fluss geschaut und die langen grauen Rauchfahnen betrachtet, die aus den Häusern von Beaumont aufstiegen.

In dem letzten Brief an ihre Cousine hatte Isabelle nicht erwähnt, dass sie vorhatte, Montréal zu verlassen ... Jacques Guillot kümmerte sich um den Verkauf des Hauses. Der Notar hatte zwar seine Enttäuschung nicht verborgen, sich aber jede Bemerkung versagt, wofür Isabelle ihm dankbar war. Er hatte auch nicht gefragt, wohin sie reiste; sicherlich weil er vermutete, dass sie das Grundstück in Beaumont in Besitz nehmen wollte. Aber würde sie wirklich dorthin reisen? Warum fiel es ihr so schwer, sich zu entscheiden?

Weil du auf ihn wartest! Du willst es dir nicht eingestehen, aber du wartest auf ihn!

Sie hatte das Gefühl, auf einem Ozean der Einsamkeit zu segeln und Ausschau nach einer Erscheinung zu halten, die sie vor dem Untergang retten würde. Aber sie sah nichts. Der Juli war schon ziemlich weit fortgeschritten, aber Alexander hatte sich nicht blicken lassen. Sie setzte sich auf, rieb sich kräftig die Schläfen, um ihre Kopfschmerzen zu vertreiben, und schaute sich dabei im Zimmer um. Ärgerlich über ihre Stimmungsschwankungen und ihre Unentschlossenheit hieb sie mit der Faust auf die Matratze.

»Zinnsoldaten, genau, die bräuchte ich!«

Sie lachte höhnisch auf und erhob sich, um an den großen Kleiderschrank zu treten.

Das wird sehr schön in Beaumont! Mado wird sich freuen, mich zu sehen. Wir können zu unseren alten Gewohnheiten zurückkehren. Gabriel wird es dort gut gefallen! Und die Luft ist auch gesünder als in der Stadt …

Sie hatte den Schrank geöffnet und ergriff einen Stapel Strümpfe, die sie aufs Bett legte. Sie strich über das Woll- und Seidengewebe und hörte, wie Gabriel und Marie lachten. Louisette hatte recht: Ihr Sohn kam besser zurecht als sie. Wann hatte sie zum letzten Mal ausgelassen gelacht? Sie trat wieder an den Schrank, um dieses Mal die Unterhemden herauszunehmen, und dachte, dass sie die abgetragensten aussortieren und zu den Schwestern der Charité bringen sollte.

Vielleicht sollte sie auch ein oder zwei Kleider weggeben; in Beaumont würde es wenig gesellschaftliche Anlässe geben, zu denen sie sie tragen könnte …

Als sie die Hand unter einen zweiten Stapel Hemden steckte, spürte sie einen harten Gegenstand. Sie zog ihn hervor und stellte fest, dass es sich um eine Schatulle handelte. Einige Sekunden lang sah sie darauf hinunter. Dann stiegen ihr die Tränen in die Augen, und sie öffnete sie.

Während sie den Inhalt betrachtete, sank sie auf die Knie: Diese alte, vergilbte Spielkarte, dieses Medaillon aus angelaufener Bronze und diesen Hornring kannte sie gut ... Sie nahm den Ring und steckte ihn an ihren Finger, wo er ein wenig enger als früher saß. Leise begann sie zu sprechen.

»Im Angesicht Gottes ... bei dem Leben, das in meinem Blut fließt und der Liebe, die in meinem Herzen wohnt, nehme ich, Marie Isabelle Élisabeth Lacroix, dich, Alexander Colin Campbell Macdonald, zum Ehegatten ...«

Sie schluchzte auf und ballte die Hand zur Faust. Dann nahm sie das Medaillon, das an einem Seidenband hing, und hielt es an ihre heiße Wange. Es war kühl. Sie schloss die Augen, um sich zu erinnern.

»Schmuck und alles andere sind mir gleich, das weißt du doch, Alex.«

»Ja natürlich, Schmuck aus Horn oder Bronze jedenfalls!«

Fast genauso lebhaft wie damals spürte sie die Wunde, die Alexander ihr zugefügt hatte, als er diese zornigen Worte sprach; damals, als sie sich am Flussufer getroffen hatten, an dem Tag, bevor er ins Oberland abgereist war.

»Dieses Schmuckstück ist mir mehr wert als alle anderen, Alex!«

Sie verknotete das Seidenband an ihrem Hals und strich noch einmal mit den Fingerspitzen über das Medaillon. Schließlich nahm sie die Spielkarte; das Herzass. Mit ihrem abgebrochenen Fingernagel strich sie über die Worte *Love ye*, die darauf standen.

Das Leben ist ein Gewebe aus kleinen Stückchen Glück, Alex ... und die Trauer gibt den Schussfaden ab. Es braucht Mut ... und Herz ..., erneut das Weberschiffchen zur Hand zu nehmen. Ich weiß nicht, ob ich dazu in der Lage bin ... Du musst Verständnis dafür haben, dass ich zuerst an Gabriel zu denken habe.

Sie wandte den Kopf zu dem halboffenen Fenster und hörte das Knarren eines Karrens, der vor dem Haus vorbeifuhr, und die Stimme des Holzlieferanten, der sich beim Nachbarn über den schlechten Zustand der Straßen beklagte. Eine Meise setzte sich auf die Kante des Wagens, ein paar Sekunden nur. Dann nahm sie mit einem Satz ihren Flug wieder auf und verschwand in der azurblauen, strahlenden Unendlichkeit … Isabelle steckte die Karte in ihre Tasche und machte sich wieder an die Arbeit.

Das Kinn mit Zeichenkohle verschmiert, saß Isabelle in dem kürzlich eingerichteten Zeichenatelier, das jetzt schon wieder leer geräumt wurde, und betrachtete die Skizze, die sie beendet hatte. Die Züge wurden dem Modell gerecht, aber es fehlte ihnen ein wenig an Leben. Sie betonte die schmollende Lippe, zog einen Augenwinkel nach und verlängerte eine Braue. Ja, jetzt sah es ihm ähnlicher … Zufrieden mit sich selbst lächelte sie.

»Mama, Mama!«

Ihr Modell steckte sein Kinderköpfchen durch den Türspalt. *Nein, ich habe das Kinn zu rund gezeichnet …*, dachte sie. Sie griff nach ihrer Kohle und machte sich erneut ans Werk.

»Es gibt gleich Abendessen, Mama!«

»Ich bin noch nicht fertig … Marie soll meine Portion im Backofen warmhalten.«

»B'auchst du noch lange?«

»Nein, ich komme gleich, Gaby.«

Murrend verschwand der kleine Junge in den Korridor. Isabelle seufzte. Sie hatte keine Lust, sich den fragenden Blicken der Dienstboten auszusetzen, die immer noch darauf warteten, dass sie das Datum ihrer Abreise festlegte. Auch der derzeitige Bewohner des Hauses in Beaumont harrte ungeduldig darauf, dass sie ihm mitteilte, wann sie das Anwesen in Besitz zu nehmen gedachte. Sie hatte das Gefühl, der ganze Planet bedürfe ihrer, um sich weiterzudrehen.

Sie beugte sich über ihre Zeichnung und zog die Augen zusammen. Dieses Lächeln … mit der Spitze des Zeigefingers verwischte sie einen Schatten unter der Nase. Dann nahm sie ihren Kohlestift und verlängerte die geschwungene Linie des Mundes.

»Hmmm ...«

Sie fuhr fort und vergrößerte und schattierte die Wange, skizzierte eine leicht gewölbte Stirn, veränderte den Haaransatz, zeichnete eine gebrochene Nase und arbeitete die Wangenknochen stärker heraus ... Nach einer Weile legte sie die Kohle weg und betrachtete die Veränderungen, die sie vorgenommen hatte. Die Wirkung war atemberaubend ...

Schön, jetzt die Farben! Wohin hat Gabriel sie nur ... Ach ja!

Sie stellte die Schachtel mit den Pastellfarben auf ihre Knie und wählte das reinste, tiefste Blau. Die Augen ihres Porträts erwachten zum Leben.

»Was zeichnest du da, Mama?«

»Aaah!«

Verblüfft fuhr Isabelle zusammen. Die Schachtel fiel zu ihren Füßen nieder, und die zerbrochenen Pastellkreiden verteilten sich auf dem Boden. Gabriel wirkte aufrichtig zerknirscht.

»Entschuldige, Mama. Das habe ich nicht mit Absicht getan.«

Seine Mutter schloss die Augen und atmete tief ein und aus, um die Ruhe zu bewahren.

»Ich weiß, Gaby. Aber du hättest anklopfen können!«

»Ich habe geklopft! Dann bin ich einget'eten, weil du nicht geantwo'tet hast.«

»Hast du Marie gesagt, dass ich später esse?«

»Ja ...«

Der Knabe kam näher und erblickte die Zeichnung.

»Das ist ja der Mann!«

»Welcher Mann?«

»Na, der Mann mit dem Apfel!«

»Was für ein Apfel?«

»Na ja, ich hatte ihn genommen, und e' hat ihn bezahlt, damit ich nicht ins Gefängnis muss.«

»Es heißt ›errr‹. Aber was ist das für eine Geschichte von einem Apfel und dem Gefängnis?«

Gabriel runzelte die Stirn. Isabelle vermutete, dass er das Gesicht auf der Staffelei mit dem eines Markthändlers verwechselte.

»Schon gut. Ich sammle alles auf. Geh in die Küche und iss zu Ende. Ich komme in zwei Minuten.«

»Aber e' wa'tet, Mama.«

»Wer?«

»Na, e'.«

Der Junge wies mit dem Finger auf die Skizze.

»Die Zeichnung ist fertig. Sie kann ruhig ein wenig darauf warten, dass ich sie wegräume. Komm, hilf mir beim … Gaby! Wohin willst du?«

Der kleine Junge war im halbdunklen Korridor verschwunden. Isabelle spürte, wie ihre gute Laune sich verflüchtigte. Sie räumte die zerbrochenen Pastellkreiden eine nach der anderen in die Schachtel. Dann nahm sie den Karton und die Zeichenmappe, die auf der Staffelei stand, und betrachtete lange das Porträt, das sie verfertigt hatte.

»Hie' ist e' doch, Mama!«

Isabelle drehte sich um, stieß einen leisen, verblüfften Ausruf aus und ließ das Heft fallen, das mit einem trockenen Knall auf dem Boden landete. Gabriel sah, wie seiner Mutter das Blut aus dem Gesicht wich und die Pastellfarben sich erneut über den Boden ergossen.

»Deine Fa'ben, Mama!«

Als sie keine Antwort gab, trat er auf sie zu.

»Mama? De' Mann mit dem Apfel ist gekommen. E' will mit di' sp'echen.«

Die Stimme des Knaben schien ihr von ganz nah und aus großer Entfernung zugleich zu kommen. Isabelle riss den Blick von der Gestalt los, die im Türrahmen stand, und beugte sich mit schwerem Herzen über ihren Sohn, der sie ängstlich und betrübt zugleich ansah.

»Mama«, flüsterte Gabriel und warf einen Blick über die Schulter. »Du e'laubst doch nicht, dass e' mich mitnimmt, ode'? Ich will nicht ins Gefängnis. Sag ihm, ich gebe ihm seinen Apfel zu'ück.«

»Zurrrück …«

»Sag ich doch …«

»Der Herr wird dich nirgendwohin mitnehmen, Gaby … Lässt du uns jetzt bitte allein? Sag Louisette und Marie, dass ich unter keinen Umständen gestört werden möchte.«

»Und dein Abendessen?«

»Mein Essen … Ich habe keinen großen Hunger mehr. Marie soll … ach, sie soll es Arlequine geben.«

Sie legte beide Hände um den Kopf des Jungen und gab ihm einen Kuss auf die Stirn.

»Mama!«, knurrte der Knabe und lief puterrot an.

Sehnsuchtsvoll und traurig betrachtete Alexander, dem das Herz klopfte, das Bild, das Mutter und Sohn abgaben. Als Isabelle ihn losließ, rannte Gabriel zur Tür. Ein wenig verärgert bedeutete ihm der Knabe, dass er ihm den Weg versperre. Alexander entschuldigte sich und trat beiseite, und sein Sohn verschwand vor sich hin murrend.

Isabelle hob die zerbrochenen Kreiden auf und legte sie sorgfältig wieder in ihre Schachtel. Ihre Hände zitterten. Als sie sich aufrichtete, fand sie sich Alexander gegenüber, der stocksteif dastand. Nur sein ungleichmäßiger Atem und seine Blässe verrieten seine ängstliche Anspannung.

»Ich hatte dir doch gesagt … dass ich zurückkomme.«

»Ja, ich weiß.«

Isabelle stellte die Schachtel in ein Regal. Die Zeichenmappe lag noch auf der Erde; glücklicherweise so, dass das Porträt nicht zu erkennen war. Sie bückte sich, doch Alexander kam ihr zuvor.

»Nein!«

Panisch, weil sie nicht wollte, dass er die Skizze sah, riss sie ihm das Heft aus den Händen und klappte es hastig zu.

»Tut mir leid … Ich wollte dich nicht …«

Verwirrt suchte Alexander nach Worten. Seine Zukunft würde sich hier und jetzt entscheiden. Er knetete seinen Hut in den mit Blasen und Schnitten überzogenen Fingern und betete lautlos. Wenn Isabelle sein Angebot ablehnte … Er hatte so hart gearbeitet, um alles für ihre Ankunft vorzubereiten. Bei jedem Nagel, den er in ein Brett geschlagen, jeder Schindel, die er auf dem Dach befestigt hatte, war es ihm vorgekommen, als rücke die Wahrscheinlichkeit, dass sie mit ihm gehen würde, näher.

Doch während er jetzt vor ihr stand, war er sich überhaupt nicht mehr sicher; trotz der Holzkisten, die er in der Eingangshalle gesehen hatte. Aber er musste sich ins kalte Wasser stürzen.

»Zwei Monate habe ich dir jetzt Zeit zum Nachdenken gelassen. Ich finde, das ist ein vernünftiger Zeitraum …«

»Vernünftig? Glaubst du wirklich, dass zwei Monate ausreichen, um den Tod meines Mannes zu verwinden?«

Ganz schlechter Anfang! Alexander hob die offenen Hände; eine Bitte um Waffenstillstand.

»Nein, du hast natürlich recht, das ist nicht lange genug. Trotzdem ist es die Frist, die ich dir gesetzt hatte, und … ich habe sie eingehalten.«

»Du hattest von eineinhalb Monaten gesprochen!«

Dieser Vorwurf schenkte Alexander den Hauch einer Hoffnung. Um den Zorn von sich abzulenken, der in ihren grünen, goldgesprenkelten Augen stand, wechselte er das Thema.

»Wie geht es Gabriel?«

»Gabriel? Ähem … besser.«

»Und dir, Isabelle?«

Sie nickte und presste das Heft an ihre Brust. Die Schatten unter ihren Augen und die Blässe ihrer Haut sprachen allerdings vom Gegenteil. Er selbst sah nach der harten Arbeit der letzten Wochen wahrscheinlich auch nicht gesünder aus.

Da das Schweigen sich in die Länge zog, ließ Alexander seinen Blick durch das Zimmer schweifen, das sich so vollständig anders darbot als bei seinem letzten Besuch. Heute strömte das Licht in den Raum und ließ eine Vielzahl von Farben an den Wänden aufleuchten, an denen Kohleskizzen und Pastellzeichnungen hingen. Er trat heran und schaute einige Zeichnungen an, die Katzen, Schmetterlinge, Vögel und Käfer darstellten.

»Von Gabriel?«, fragte er gerührt.

»Ja.«

Isabelle, der er den Rücken zuwandte, beobachtete ihn, während er die Werke seines Sohns betrachtete. Als er sich bewegte, bemerkte sie die Silberfäden in seinem Haar. Jetzt schon? Wie alt war er eigentlich? Wenn sie richtig rechnete, musste er Mitte dreißig sein. Sie selbst ging auf die Dreißig zu. Die Jahre verstrichen. Mit einem Mal hatte sie das Gefühl, als läge die unbeschwerte Zeit, in der sie durch die Gassen von Québec gestreift war, unendlich weit zurück.

Plötzlich wurde ihr klar, dass die Jahre vergingen und sie beide unweigerlich älter wurden. Ein schwer zu beschreibendes Gefühl stieg in ihrem Herzen auf, als sie diesen Mann sah, dessen Rücken sich vielleicht eines Tages krümmen würde, ohne dass er seinen Sohn wirklich kennengelernt hätte. Hatte sie das Recht, ihm den Stolz, den ein Vater auf seinen Sohn empfindet, vorzuenthalten?

Alexander drehte sich um und versuchte nicht einmal, die Tränen zu verbergen, die ihm über die Wangen liefen. Isabelle spürte Scham in sich aufsteigen. War sie nicht ebenso für diese Situation verantwortlich wie Justine und Étienne? Hatte sie nicht selbst genug davon, dass andere an ihrer Stelle entschieden und die Konventionen, auf die sie früher kaum etwas gegeben hatte, ihr Leben diktierten?

»Ein Wort …«, stieß Alexander mühsam hervor. »Ein einziges Wort, und ich gehe.«

Er sah Isabelle, deren Wangen ebenfalls feucht waren, eindringlich an. Welche Gefühle bewegten sie? Ein einziges Wort aus ihrem Mund, und er würde es wissen. Er würde keine Fragen mehr stellen und nicht weiter in sie dringen, sondern einfach gehen. Wusste sie eigentlich, dass sein Leben in ihrer Hand lag?

»Ich …«

Sie stellte das Heft auf die Staffelei, trat auf ihn zu und sah ihm direkt in die Augen.

»Alex … Gabriel braucht stabile Verhältnisse, und ich auch.

Er kennt dich nicht… Und ich muss dir gestehen, dass es mir nicht anders geht. Wir sind heute wie Fremde füreinander. Wie sollen wir sieben Jahre Trennung aufholen?«

Bei jedem Schritt, den sie auf ihn zutat, bei jedem Wort, das sie sprach, beschlich Alexander immer stärker das Gefühl, dass der Boden sich unter ihm auftat. Er konnte sich nicht rühren und fuhr mit der Hand an sein Herz, das ihm den Dienst zu versagen drohte.

»Der Umstand, dass du der Vater meines Sohnes bist… verpflichtet mich dir gegenüber zu nichts. Deinetwegen ist ein Teil meines Lebens buchstäblich die Hölle gewesen.«

Alexander musste ein großes Maß an Gleichmut aufbringen, um den Schmerz, den ihre Worte ihm bereiteten, zu ertragen. Isabelle hatte die Stirn gerunzelt und wirkte verwirrt und hilflos.

»Du hattest recht, Alex… Ich habe dich gehasst, weil ich dich nicht vergessen konnte, und das hat mir wehgetan. Kannst du dir überhaupt vorstellen, wie sehr?«

»Ich weiß es.«

»Ja, du weißt es…«

Sie erstickte ihre Worte, indem sie die Hand vor den Mund schlug. Das Schweigen wurde drückend. Sie nahm sich zusammen, wischte sich mit einer nervösen Bewegung die Wangen ab und schniefte.

»Heute ist mir klar, dass ich dich wegen unserer Trennung hasste, und weil ich dich für mein Unglück verantwortlich gemacht habe… Ich fühlte mich verlassen, allein mit dem Kind… Und dennoch war es das schönste Geschenk, das du mir machen konntest, Alex. Er sieht dir so ähnlich… Jedes Mal, wenn ich ihn anschaue, sehe ich dich. Kannst du dir vorstellen, wie mir dann zumute ist? Es ist vernichtend und berauschend zugleich. Gabriel…«

Sie brachte kein Wort mehr heraus und presste die Lippen zusammen, damit sie nicht zitterten.

Alexander war verzweifelt und wusste nicht mehr, was er denken sollte. Isabelle stand jetzt direkt vor ihm; ihre Rocksäume streiften ihn. Sie nahm seine Hand, die er aufs Herz gelegt hatte, drückte sie, seufzte und unterdrückte ein Schluchzen. Erst in diesem Moment bemerkte er den Hornring an ihrem Finger.

»Durch Gabriel muss ich jeden Tag an dich denken ...«

Nachdem sie diese Worte geflüstert hatte, vergrub sie ihr Gesicht in seinem ledernen Rock und brach in heftiges Weinen aus.

Alexander war vollkommen verwirrt. Er hatte sie nur um ein einziges Wort gebeten, und sie hatte zu einer aufwühlenden Rede angehoben, die ihm das Gefühl vermittelte, auf Wolken zu schweben. Doch noch wartete er argwöhnisch auf das, was folgen würde. Stumm vor Unsicherheit zog er Isabelle in seine Arme, drückte sie an sich und liebkoste ihr Haar. Dann schlug sie ihre wunderbaren Augen zu ihm auf, in denen er sich verlor, hob den Mund zu ihm, den zu küssen er sich erträumte, diese Wangen mit den Grübchen, die er so gern mit den Lippen berührt hätte ... Zögernd noch beugte er sich über sie. Endlich stürzte er sich wie magnetisch angezogen in diese Seligkeit, die sie ihm darbot, und küsste sie. Aus Furcht, sein neues Glück könne ihm entgleiten, wagte er nicht, die Augen zu schließen.

Isabelle fühlte sich von ihren Empfindungen überwältigt. Sie klammerte sich an Alexander ... diese Insel, an deren Ufern sie endlich ihr Herz niederlegen konnte, das von den Ereignissen des Lebens zu stark erschüttert war. So wenig hatte gefehlt, und sie hätte, verirrt in einem grauen, undurchdringlichen Nebel, die Chance verpasst, das Glück wiederzufinden.

Nach einer Weile rückten sie ein wenig voneinander ab. So klein war der Abstand, den sie in diesem Moment tiefsten Glücks voneinander nahmen, und doch war die Kluft so groß. Illusionen waren fehl am Platz: Sieben Jahre, die sie fern voneinander verbracht hatten, trennten sie und wollten aufgeholt werden. Da war Groll zu verarbeiten, Kummer zu heilen und Hass zu vergessen. In dem Schweigen zwischen ihnen schwang diese Zurückhaltung.

»Ich liebe dich«, flüsterte Alexander und erlaubte sich endlich, die Augen zu schließen.

»Nur … wird die Liebe genug sein?«, fragte Isabelle und legte die Wange an seine Brust.

»Gott wird uns helfen …«

12

Darum freue dich nicht zu früh

Mit roten Wangen und schweißnasser Stirn setzte Isabelle sich vor die Tasse Kaffee, die Louisette ihr hingestellt hatte. Sie wusste nicht mehr, wo ihr der Kopf stand. Ihr war, als wäre ein Tornado in das Haus gefahren und hätte das Unterste nach oben gekehrt. Kisten wurden geleert und andere gepackt. Einmal waren die Laken verschwunden, dann wieder die Kerzen. »Wo fah'en wi' hin? Wo fah'en wi' hin?«, fragte Gabriel, der ohne Unterlass überall herumlief und jammerte, weil man sein Spielzeug zu rasch eingepackt hatte.

Isabelle hatte die Dienstboten gebeten, auf die Möbel achtzugeben, die sie zurücklassen würde. Wie lange würde sie fort sein? Sie wusste es nicht. Louisette schmollte, Basile ebenfalls, und Marie presste pikiert die Lippen zusammen. Man hatte den Umzug, der zuvor mit Monsieur Moisan abgesprochen war, abgesagt. Isabelle fragte sich, ob sie das Richtige getan hatte. In dem emotionalen Überschwang ihrer Versöhnung mit Alex hatte sie ganz vergessen zu fragen, wohin sie überhaupt gingen und was sie dort brauchen würde. Morgen bei Sonnenaufgang sollte ihr Gepäck fertig sein. Jetzt hatte sie noch eine heikle Aufgabe vor sich: Sie musste Jacques Guillot gestehen, dass sie abreiste.

Die Tür öffnete sich, und Basile betrat zusammen mit einem schüchternen Sonnenstrahl die Küche, wo Isabelle eine Pause einlegte. Er atmete schwer und wischte sich die Stirn mit einem zerknitterten Taschentuch. Louisette begrüßte ihn mit einem Lächeln und einem Augenzwinkern und schenkte ihm ein großes Glas mit Wasser verdünnten Melissensirup ein. *Zwischen diesen beiden ist etwas,* dachte Isabelle stirnrunzelnd.

»Monsieur Guillot ist nicht in seiner Kanzlei. Der Hausbesitzer hat mir gesagt, er sei heute Morgen nach La Batiscan abgereist.«

»Oh, wie dumm!«

Jetzt erinnerte sich Isabelle, dass der Notar vorgehabt hatte, auf den Landbesitz zu fahren und sich um die letzten Vorbereitungen für den Verkauf zu kümmern.

Der Kutscher leerte sein Glas, tupfte sich auch den Hals ab und wartete auf neue Anweisungen. Isabelle bedankte sich und entließ ihn. Dann rieb sie sich die müden Augen und überlegte: Sie würde also Jacques Guillot vor ihrer Abreise nicht mehr sehen. Vielleicht war das sogar besser so. Sie würde ihm einen Brief schreiben und ihm die Gründe für ihre überstürzte Abreise erklären. Er musste verstehen, dass sie einen Tapetenwechsel brauchte. Sie würde ihn bitten, sich keine Sorgen um sie zu machen, und ihn ihrer Freundschaft versichern. Außerdem würde sie ihn ersuchen, den Verkauf des Hauses in der Rue Saint-Gabriel für den Moment auszusetzen und dem Pächter des Besitzes in Beaumont mitzuteilen, er könne noch einige Zeit bleiben. Sie werde sich melden und ihn auf dem Laufenden halten.

Alles ging so schnell, wie im Traum. Die Dienstboten begriffen nicht, woher der plötzliche Umschwung bei ihrer Herrin kam. Sie gehorchten, schluckten aber ihre berechtigte Unzufriedenheit hinunter. Was sollte sie mit ihnen anfangen? Was waren Alexanders Pläne in dieser Hinsicht? Verärgert, weil sie im Dunkeln tappte, stellte sie die Tasse schroff auf dem Tisch ab.

»Meint Ihr, wir haben ausreichend Proviant, Madame?«

Das Dienstmädchen hatte die Töpfe mit den Konfitüren und den in Sirup eingekochten Äpfeln verpackt.

»Ich weiß es nicht ...«

»Und das Geschirr? Der englische Monsieur besitzt bestimmt welches, aber ... Es wäre trotzdem schade, Euer schönes Worester-Service zurückzulassen.«

»Worcester, Louisette.«

»Aber das sage ich doch!«

»Hmmm ...«

Nachdenklich schloss Isabelle die Augen, in denen der Schweiß brannte. Sie hatte den Dienstboten erzählt, sie wolle sich einige Zeit bei einem Freund der Familie erholen. Im Moment waren alle so mit den Reisevorbereitungen beschäftigt, dass sie noch niemand nach Einzelheiten gefragt hatte, und das war auch gut so. Sie hatte schon genug Sorgen mit Gabriel, der sich weigerte, anderswohin zu reisen als zu dem Landgut am Saint-Laurent und immer wieder nach dem versprochenen Pony quengelte.

Sie schlug die Augen wieder auf und meinte zu sehen, wie sich in einer Kiste ein Stapel Servietten bewegte. Das war bestimmt nur die Müdigkeit; eine Stunde Schlaf würde ihr guttun.

»So, fertig! Das Eingemachte ist verpackt. Jetzt befindet sich im Vorratskeller und im Eiskeller nur noch so viel, wie Basile und ich in den nächsten Monaten brauchen. Und da wir gerade davon sprechen, Madame…«

Louisette warf Isabelle, die immer noch auf die Kiste mit Tischwäsche starrte, einen Seitenblick zu.

»Wie lange werdet Ihr dort bleiben? Wir werden vielleicht einiges ersetzen müssen…«

»Ich weiß es nicht, Louisette.«

Wie oft hatte sie diese Antwort schon geben müssen? Der Stapel schien sich immer noch zu bewegen. Vielleicht eine Ratte! In der ganzen Aufregung hatte wahrscheinlich niemand bemerkt, wie sie durch die Tür, die ständig offen stand, in die Küche gehuscht war.

Isabelle wandte sich zu der Dienerin um, die auf ihre Erklärung wartete.

»Sobald ich genau Bescheid weiß, schreibe ich. Auf jeden Fall werde ich Monsieur Guillot anweisen, dafür zu sorgen, dass es euch an nichts fehlt. Bist du damit zufrieden?«

»Oh ja! Macht Euch keine Sorgen, Madame. Basile und ich werden uns während Eurer Abwesenheit gut um das Haus kümmern. Es wird glänzen wie ein frisch geprägter Sou.«

»Davon bin ich überzeugt.«

Isabelle lächelte, denn nun hatte sie keinen Zweifel mehr, dass die beiden Dienstboten eine Liebschaft unterhielten. Da sie Marie mitnahm, damit sie ihr half, sich einzurichten, würden die beiden Turteltauben eine Weile allein das Haus in Montréal hüten. Marie kannte als Einzige die Wahrheit über Alexander.

Sie wandte ihre Aufmerksamkeit wieder der Kiste und ihrem geheimnisvollen Bewohner zu. Dann, als sie sah, wie der Serviettenstapel sich hob und zu Boden fiel, stieß sie einen Schrei aus und sprang auf.

»Eine Ratte!«

»Eine Ratte? Wo? Wo ist sie?«

Panisch suchte das Dienstmädchen Zuflucht auf einem Stuhl.

»Da! In der Kiste!«

Basile stürzte, alarmiert durch ihr Geschrei, in die Küche zurück. Louisette war kreidebleich geworden und wies mit dem Finger auf den wogenden Wäschestapel. Der Kutscher ergriff eine lange Fleischgabel und trat vorsichtig heran. Zuerst versetzte er der Holzkiste einen Tritt. Sofort hörten die Bewegungen auf. Dann schob er die Gabel behutsam in die Wäsche, um sie hochzuheben. Jetzt zitterte der Stapel heftig.

»Was in aller Welt ist das?«

Basile rümpfte die Nase, stach mit der Gabel kräftig zwischen die Servietten, aus denen gedämpftes Maunzen aufstieg. Isabelle und Louisette sahen sich einen Moment lang an. Dann brachen sie in schallendes Gelächter aus, während der Kutscher die arme Arlequine befreite, die sich verstimmt maunzend entfernte.

»Madame! Madame! Der englische Monsieur ist gekommen!«

Die Stimme schien aus weiter Ferne zu dringen, wie in einem Traum. Isabelle regte sich und hob den Kopf. Sie war am Tisch eingeschlafen.

»Der englische Monsieur? Wovon redest du, Marie?«

Aber das junge Mädchen war schon wieder fort. Noch ganz verschlafen gähnte Isabelle und reckte sich auf dem Stuhl. Während sie sich kräftig das Gesicht rieb, um vollständig wach zu werden, kehrte sie ruckartig in die Wirklichkeit zurück, und ihr Magen verkrampfte sich schmerzhaft: Sie würde abreisen!

Oh! Ich muss verrückt sein, mich auf solch ein Abenteuer einzulassen!

Auf dem Tisch stapelten sich die Briefe, die sie bis kurz vor Mitternacht geschrieben und versiegelt hatte. Sie überflog noch einmal die Empfänger: Jacques Guillot, Madeleine Gosselin, Louis Lacroix, Cécile Sarrazin, ihr Bankier, das Kolleg in Québec sowie einige Bekannte, die sie über ihre Abwesenheit unterrichten wollte. Sie hoffte, niemanden vergessen zu haben … Sie hatte Basile gebeten, die Briefe zur Post zu tragen.

Alexander war auf der Türschwelle erstarrt, um sie anzusehen. Er wagte es kaum, an sein Glück zu glauben. Am liebsten wäre er eine Ewigkeit dort stehen geblieben und hätte ihrem Atem gelauscht und ihre Bewegungen betrachtet. Allerdings wartete Munro mit den anderen, und der Tag versprach lang zu werden. Daher trat er vor und räusperte sich, um Isabelle auf sich aufmerksam zu machen. Sie hob den Kopf und ließ die Briefe fallen, als sie ihn erblickte.

»Oh, Alex … Ist es schon so spät. Ich bin wohl eingenickt, während ich gewartet habe.«

»Es muss kurz vor sechs sein.«

»Sechs Uhr schon? Ach du meine Güte! Sind die Karren gekommen?«

»*Der* Karren, ja.«

Gabriel kam in die Küche gerannt und polterte dabei fast gegen Alexander.

»Ich will nicht fo't! Ich will nicht!«

Isabelle stand auf, und er warf sich schluchzend in ihre Arme.

»Was ist denn los, mein Schatz? Wir sind fertig, und Monsieur Alexander und seine Freunde sind gekommen, um uns …«

»Ich will nicht fo'tgehen! Und ich kann A'lequine nicht finden! Wir können sie doch nicht ganz allein lassen!«

»Katzen ziehen nicht gern um, Gaby. Aber weißt du, sie wird nicht ganz allein sein. Louisette und Basile bleiben bei ihr und kümmern sich um sie. Und außerdem können wir sie später holen kommen.«

Schniefend hob Gabriel den Kopf und wandte Alexander seine vom Weinen geröteten Augen zu.

»Wa'um kommt de' Mann uns holen, Mama? Ist es, weil ich den Apfel gestohlen habe?«

»Nein, Gaby. Monsieur Alexander ist ein Freund. Er nimmt uns mit zu sich nach Hause, damit wir eine Luftveränderung haben und einmal etwas anderes erleben können. Das ist doch schön, oder?«

»Wo ist das, bei ihm zu Hause?«

Isabelle zog ein Taschentuch aus dem Ärmel und putzte dem Kleinen die Nase, während sie über ihre Antwort nachdachte. Alexander hatte ihr gegenüber von einem Stück Land in der Domäne Argenteuil gesprochen, ohne genau zu sagen, wo es lag.

»Du wirst schon sehen. Das ist eine Überraschung.«

Sein Sohn richtete den Blick auf ihn, und Alexander fühlte sich unwohl. Die Hütte, in der er mit Isabelle und Gabriel zu leben gedachte, hielt keinen Vergleich mit diesem Anwesen aus. Doch etwas Besseres konnte er sich im Moment nicht leisten. Wenn die Jagd ein oder zwei Jahre gut sein würde, könnte er noch einmal darüber nachdenken.

»Schön. Jetzt müssen wir aufbrechen«, erklärte er und wandte sich zum Korridor.

Gabriel rannte zu ihm.

»Habt Ih' Ponys, Monsieur?«

»Ponys? Nein.«

»Oh!«

Sein enttäuschter Ausruf quälte Alexander. Er ging langsamer, damit das Kind ihn überholen konnte, und kauerte sich dann vor dem Kleinen hin. Wie gern hätte er ihn berührt und in die Arme genommen! Doch er musste sich zurückhalten. Sein Sohn sollte ihn zuerst kennenlernen.

»Magst du denn Tiere?«

»Ja. Ich habe eine Katze, und ich wollte auch ein Pony. Papa hat mi' eins ve'sp'ochen, abe' e' ist jetzt bei den Engeln, und Mama sagt, da oben kann man keines kaufen.«

Alexander lächelte und wagte es, dem Knaben flüchtig über die Wange zu streichen.

»Hmmm … Also, ich habe Hunde … und in den Wäldern leben viele Tiere.«

»Bei Euch sind Wälde'?«

»Ja.«

»Oh, toll! Dann gibt's bestimmt auch K'abbeltie'e und Mäuse!«

»Krabbeltiere?«

»Na kla', Spinnen und dicke, haa'ige 'aupen.«

»Ah! Ja, natürlich sind die Wälder voller Krabbeltiere.«

Alexander sah in das rundliche Gesicht des Knaben und dachte daran, wie sein Bruder John als kleines Kind ausgesehen hatte. Gabriel besaß ein wunderbares Lächeln. Der Junge schob sich an ihn heran.

»Davon dü'fen wi' Mama abe' nichts sagen«, erklärte er in verschwörerischem Ton. »Sie mag keine K'abbeltie'e.«

»Einverstanden. Das soll unser Geheimnis sein.«

»Was habt ihr beiden denn da zu tuscheln?«

Isabelle trat mit verschränkten Armen vor sie hin.

»Nichts, Mama.«

Mit diesen Worten rannte der Knabe aus der Haustür. Alexander stand auf und begegnete Louisettes verblüfftem Blick, der zwischen ihm und der Tür, durch die Gabriel verschwunden war, hin- und herhuschte. Das Dienstmädchen schlug die Augen nieder, murmelte Isabelle etwas über den Proviant zu und kehrte in die Küche zurück.

Isabelle und Alexander schwiegen. Er betrachtete ein Gemälde an der Wand, das ein Kind mit einer Geige zeigte.

»Er scheint dich schon jetzt gern zu haben. Was hast du zu ihm gesagt, dass seine Laune sich so schlagartig gebessert hat?«

»Dass ich Hunde besitze.«

»Hunde? Wunderbar! Wie viele sind es?«

»Fünf.«

»Fünf Hunde … Na schön … Ich bin an so viele Tiere nicht gewöhnt, aber ich werde mich hineinschicken, wenn er darüber nur sein Pony vergisst. Solange sie nicht im Haus wohnen… Übrigens, ich habe vergessen, dich zu fragen, ob du in der Nähe des Herrenhauses der Seigneurs d'Argenteuil lebst. Das wäre angenehm, und ich hätte Gelegenheit, Empfänge auszurichten…«

»In der Nähe des Herrenhauses?«

In diesem Moment kam Gabriel gestikulierend herbeigerannt.

»Mama! Mama! D'außen sind Wilde!«

»Wilde?«

Isabelle stürzte an die Tür und erblickte Munro und drei Algonquin, die vor einem kleinen, wackligen und mit Vogelkot überzogenen Karren warteten.

»Hast du vor, mehrmals zu fahren?«, erkundigte sie sich bei Alexander, der zu ihr getreten war. »Mit diesem Wägelchen werden wir Tage brauchen!«

»Nein, Isabelle… Ich will nur einmal fahren«, gab er leise lächelnd zurück, während sie sich ihm zuwandte. »Du kannst nur so viel mitnehmen, wie auf diesen Karren passt…«

Sie starrte ihn wie vor den Kopf geschlagen an, sodass er zögerte, ehe er weitersprach.

»Ich… schlage vor, dass du gut auswählst, was du behalten möchtest. Nur das unbedingt Notwendige.«

Ihre Handbewegung bedeutete ihm, dass sie schon verstanden hatte und nichts weiter über dieses Thema hören wollte.

Zwei Stunden später setzte sich der kleine Karren, der unter den Gepäckstücken ächzte, in Bewegung. Isabelle stand vor der Berline, die Basile angespannt hatte, und verabschiedete sich von Louisette. Die Dienstmagd hatte Tränen in den Augen. Sie war aufrichtig bestürzt darüber, dass ihre Herrin mit diesem großen Grobian mit dem starken Akzent wegfuhr, der eher einem Eingeborenen ähnelte als dem Gentleman, den sie sich vorgestellt hatte. Dabei hatte sie geglaubt, alle englischen Messieurs aus Montréal seien feine Herren. Isabelle, die mit einem

Mal selbst Trost hätte gebrauchen können, versuchte sie so gut sie konnte zu beruhigen.

»Ich schreibe euch, sobald wir uns eingerichtet haben, Louisette. Dann teile ich euch auch unsere Adresse mit, an die Monsieur Guillot mir die Post nachschicken soll.«

Die Dienerin, deren Gesicht staubverschmiert war, lächelte zaghaft.

»Ja, Madame…«

Dann warf sie einem der Indianer, der sie beäugte, einen unsicheren Blick zu und beugte sich zu ihrer Herrin hinüber.

»Seid Ihr sicher, dass alles gut gehen wird?«, flüsterte sie ihr zu. »Mir kommt es vor… also… ich bin mir nicht ganz sicher… Das kommt alles so plötzlich. Verzeiht, wenn ich Euch zu nahe trete, aber… dieser Mann, mit dem Ihr fortgeht, wirkt auf mich nicht sehr vertrauenswürdig.«

Nicht weit entfernt versuchte Gabriel unter dem wachsamen Blick seines Vaters auf einen der Ochsen zu klettern, die das Gefährt zogen.

»Mach dir keine Sorgen, Louisette. Ich glaube, diese… Luftveränderung wird Gabriel sehr guttun. Er muss auf andere Gedanken kommen!«

Die Reise begann nicht unter den besten Vorzeichen. Zunächst war die schwierige Wahl zwischen den Kisten zu treffen gewesen, die mitgenommen und die zurückgelassen werden sollten. Außerdem war der Himmel verhangen und die Luft schwer und feucht. Es war sehr heiß, und allen klebten die Kleider auf der Haut. Isabelle war erschöpft. Das Herz schwer von dunklen Vorahnungen, ließ sie sich auf den Sitz der Kutsche fallen, die sich in Bewegung setzte. Etwas Trost schenkte ihr nur der Gedanke, dass sie sich durchgesetzt hatte und Gabriel den Weg nicht auf dem Rücken eines Ochsen zurücklegen würde.

Unterwegs fühlte Isabelle, die in der Berline hin- und hergeschüttelt wurde, sich keineswegs beruhigt, als sie den Kirchturm von Lachine erblickte. Sie fuhren in Richtung Westen am Fluss entlang, was sie verwirrte, denn das schien ihr die falsche Richtung zu sein. Aber richtig erschrak sie erst, als sie von der Straße abfuhren: Da lagen am Flussufer zwei gewaltige Kanus, umgeben von einer Handvoll weiterer halbnackter Algonquin, die nur in Lendenschurze gekleidet waren. Kaum hatten die Wagen angehalten, kam eine Frau mit bronzefarbener Haut und langen pechschwarzen Zöpfen, die von einem kleinen Mädchen begleitet wurde, auf sie zu. Sie trug eine halblange Jacke aus dunklem, braun gestreiftem Stoff, die sie sicher hatte weiter machen müssen, um ihren runden Bauch unterzubringen, und dazu Hemd und Rock aus Leder, die mit schreiend bunten Motiven bestickt waren.

»Guten Tag, Mikwanikwe.«

Während Alexander auf die beiden zuging, fühlte Isabelle, wie sich schwarze Augen neugierig auf sie richteten. Wer war diese Frau? Die Ehegattin eines der Eingeborenen, die bei ihrem Umzug helfen sollten? Die dunklen Augen, die kalt blitzten, wenn sie Isabelle ansah, erfüllten sich mit einer verstörenden Wärme, als sie jetzt Alexander anschaute. Isabelle verspürte ein unangenehmes Gefühl in der Magengrube. Sie hatte den Eindruck, dass man sie ansah, wie man ein neues Hausmädchen daraufhin mustert, ob sie vielleicht den Ehemann verführen wird. Dieser Empfang wirkte wie eine Ohrfeige auf sie. Sie konnte nicht anders; sie musste das kleine Mädchen beobachten, um Ähnlichkeiten mit …

Der Wagenschlag wurde geöffnet und riss sie aus ihren Überlegungen. Ernst stand Alexander vor ihr. Er ließ ihr nicht einmal Zeit zu protestieren.

»Was machst du denn, Isabelle? Willst du etwa warten, bis es regnet? Wir dürfen keine Minute verlieren!«

Gabriel, dem all diese Eingeborenen nicht die geringste Angst einjagten, sprang aus der Berline und stieß Freudenschreie aus. Alexander, der Isabelles besorgte Miene sah, hatte das Bedürfnis, sie in ihrer Entscheidung zu bestätigen.

»Ihm scheint das Abenteuer zu gefallen.«

Isabelle saß mit offenem Mund da. Mit ihren runden Augen ähnelte sie einem Karpfen, der außerhalb seiner angestammten

Umgebung erstickte. Alexander nahm ihre Hand, die auf ihrem Knie lag und den schwarzen Stoff ihres Rocks knetete.

»Ist … es noch weit?«

»Nein, nur ein paar Stunden mit dem Kanu.«

»Heiliger Himmel, ein paar Stunden mit dem Kanu! Ich hätte ja mit vielem gerechnet, aber …«

Isabelle starrte die Eingeborenen an, die schon begonnen hatten, den Karren zu entladen, und rührte sich immer noch nicht. Eine goldblonde Haarsträhne fiel ihr in das staubbedeckte Gesicht. Alexander schob sie zärtlich hinter ihr Ohr zurück und strich mit einem Finger über ihre Wange. Sie schlug die Augen zu ihm auf, und zu seiner großen Erleichterung sah er keinen Groll in ihrem Blick, sondern nur Beklommenheit.

»Bist du bereit?«

»Wozu, Alex?«

»Nun ja … zu allem, für das Glück! Unser Sohn ist glücklich, und ich werde dafür sorgen, dass er es auch bleibt. Ich verspreche dir, dass es euch an nichts fehlen wird! Das ist allerdings alles, was ich dir im Moment versichern kann. Später sehen wir weiter … Gib unserem Glück eine Gelegenheit.«

»Eine Gelegenheit …«

Sie beobachtete Gabriel, der, vor Aufregung ganz aus dem Häuschen, Munro nachrannte und zwischen den Kanus und dem Karren hin- und herhüpfte.

»Ich habe dir gesagt, ich würde mit dir gehen, Alex. Und anders, als du glaubst, habe ich noch nie ein Versprechen gebrochen. Für das Glück unseres Sohnes bin ich bereit, mich mit vielem abzufinden. Aber du darfst auch nicht zu viel von mir verlangen! Du hast mir angekündigt, wir würden in die Domäne Argenteuil fahren! Denk nur nicht, dass ich in einem Zelt leben werde wie die Wilden …«

»Und dabei sind sie so bequem! Aber keine Angst, ich habe dich nicht angelogen! Und ich habe erraten, dass du dir sicherlich ein richtiges Dach über dem Kopf mit Wänden aus Holz und mit Glasfenstern wünschen würdest.«

Die Augen auf das sie umgebende Wasser gerichtet, das jeden Moment drohte, in das Kanu hineinzuschwappen, wiegte sich Isabelle im Rhythmus des Ruderschlags und hielt sich an dem gewachsten Tuch fest, mit dem ein Teil ihrer Habseligkeiten abgedeckt war. Der Himmel wurde immer dunkler und verschwamm mit der Weite des Sees. Die Geräuschkulisse der Zivilisation war immer weiter hinter ihnen zurückgeblieben und dann verstummt. Die Stille vermochte allerdings ihre Ängste nicht zu zerstreuen. Als erleichternd empfand sie allein, dass die erstickende Hitze, die in der Stadt herrschte, gewichen war. Hier atmete man freier.

Isabelle spürte, dass ihre Beine einschliefen, und streckte sie in dem engen Bootsraum aus, so gut sie konnte. Sie wollte Marie nicht wecken, der es gelungen war einzuschlafen. Argwöhnisch betrachtete sie ihre neuen Schuhe. Es waren *makizins*, ein Geschenk der Frau, die sie vorhin empfangen hatte. Munro hatte sie ihr als seine Ehefrau vorgestellt: Angélique Mikwanikwe. Isabelle hatte die Gabe mit einem höflichen Lächeln entgegengenommen. »Mit diesen *makizins* läufst du, anders als in deinen Schuhen mit den Holzabsätzen, nicht Gefahr, die Rinde zu zerreißen, aus denen die Kanus gefertigt sind«, hatte Alexander erklärt und darauf bestanden, dass sie die Mokassins sofort anzog.

Gabriel konnte sich an all dem Neuen nicht sattsehen und plapperte ohne Unterlass. Mit einem Fernrohr ausgerüstet, betrachtete der kleine »Kapitän« unter dem aufmerksamen Blick seines Vaters das Ufer, das sie passierten. Beharrlich stellte er Fragen: »Was ist das? Eine Ente oder ein Wasse'huhn? … Gibt es in den Wälde'n Kühe? Dahinten sehe ich nämlich eine. … Wann sind wi' da? … Ist es noch weit zu Eu'em Do'f? … Wohnen do't viele Kinde'? … Ich hoffe, Ih' habt keinen Musikleh'e' da … Haben die Hunde auch Junge?« Alexander war entzückt und versuchte ihm auf alles eine Antwort zu geben. Immer wieder musste er schallend lachen.

»Da! Da!«, schrie der Kleine plötzlich und versuchte aufzustehen.

Das Boot geriet ins Schaukeln, und Wasser schwappte herein. Dieses Mal runzelte Alexander die Stirn.

»Setzen!«, schimpfte er.

»Aber ich hab einen Vogel St'auß gesehen!«

»Hier gibt es keine Straußen, Gaby«, murmelte Isabelle.

»Abe' wenn ich doch einen gesehen habe, Mama! Da! Schau doch, de' lange Hals und die g'oßen Füße! Genau wie in meinem Tie'buch! Vielleicht gibt es hie' auch Löwen und Elefanten!«

Lautes Gelächter erschütterte das Boot. Endlich konnte Alexander wieder sprechen.

»Ich weiß nicht, was du einen ›Vogel Strauß‹ nennst, mein Junge, aber ich kann dir versichern, dass es in diesem Land ganz bestimmt keine Elefanten oder Löwen gibt.«

»St'außen sind g'oße Vögel, die nicht fliegen können.«

»Und wo hast du deinen Strauß gesehen?«, erkundigte sich einer der Indianer, Jean Nanatish, schmunzelnd.

»Na, da!«

Gabriel wies mit dem Fernglas auf den Sandstrand einer Bucht.

»Ach, das! Das ist ein Reiher, mein Freund.«

»Ein ›eihe‹?«

Gereizt über die fehlerhafte Aussprache ihres Sohns schaltete sich Isabelle ein.

»Rrreiher.«

Gekränkt warf Gabriel ihr einen finsteren Blick zu.

»Rrreiher!«

Dann wurde es wieder still … ein paar Minuten lang.

»Wann sind wi' da?«

»Geduld, mein Junge.«

»Ich habe Hunge', Mama. Hast du nichts zu essen dabei?«

»Gabriel … Würdest du bitte ruhig sitzen und endlich still sein?«

Alexander ließ den Ruderschlag beschleunigen. Die Luft roch nach Regen, und hinter ihnen grollte es bereits. Ungeduldig murrend suchte Isabelle in ihrer Stofftasche und zog ein Stück Käse hervor, das sie ihrem Sohn reichte. Leider war es viel zu schnell aufgegessen. Ein paar Sekunden lang war nur das Plätschern zu hören, mit dem die Ruder ins Wasser tauchten. Dann begann der kleine Junge hin- und herzurutschen.

»Mama …«

»Ja, Gabriel. Was ist jetzt wieder?«

Kurze Pause.

»Ich muss mal.«

»Ach, Herrgott! Kannst du es nicht noch ein bisschen einhalten?«

»Ich ve'such's.«

Aber fünf Minuten später zappelten die kleinen Beine schon wieder.

»Mama, ich mach gleich in die Hose.«

Alexander, der die Szene beobachtet, aber gezögert hatte, sich einzumischen, entschied: »Zieh die Hose aus.«

Gabriel riss die Augen auf.

»Aber dann sehen doch alle meinen kleinen Mann!«

»Ach, du lieber Gott!«, stöhnte Isabelle.

»Ja, und?«, gab Alexander mit begütigendem Lächeln zurück. »Alle anderen hier haben auch einen ›kleinen Mann‹.«

Zweifelnd musterte das Kind die Passagiere des Kanus.

»Mama und Ma'ie nicht.«

Gelächter und ein weiterer mütterlicher Tadel ließen sich vernehmen. Gabriel schlug die Augen nieder.

»Wohl wahr«, meinte Alexander und warf den betroffenen Damen einen schelmischen Blick zu. »Aber sie haben deinen kleinen Mann bestimmt schon tausendmal gesehen.«

Gabriel verzog das Gesicht und schaute an sich hinunter. Schließlich nickte er und knöpfte seine Hose auf. Alexander legte sein Ruder quer über das Kanu und zwinkerte Jean Nanatish zu, der einen Befehl auf Algonquin rief. Alle Männer hörten zu rudern auf. Ohne Vorwarnung griff Alexander unter Gabriels Achseln und hob ihn hoch. Verblüfft begann das Kind zu schreien und zu zappeln. Isabelle wollte aufstehen, um einzugreifen, doch eine Hand hielt sie am Boden des Kanus fest.

»Alex! Was machst du da?«

»Wenn der König sich erleichtern muss, soll man nicht warten, bis ihm die Blase platzt.«

Mit diesen Worten tauchte er seinen Sohn bis zur Taille ins Wasser. Überrascht hatte Gabriel zu schreien und zu gestikulieren aufgehört. Aber seine aufgerissenen Augen brachten seine Ungläubigkeit gegenüber diesem Ansinnen zum Ausdruck.

»Ich kann nicht«, quengelte er nach ein paar Sekunden.

»Schließ die Augen und stell dir das Plätschern eines Springbrunnens oder Bächleins vor«, empfahl Alexander, der die Wasseroberfläche genau im Auge behielt.

Gabriel gehorchte. Kurz darauf lächelte er erlöst: Die Mission war erfolgreich abgeschlossen. Zufrieden setzte Alexander ihn wieder auf den Boden des Kanus und reichte ihm eine Decke. Dann griff er erneut zu seinem Paddel.

»Können wir weiterfahren, Monsieur?«

»Ja …«

»Wunderbar! Auf geht's!«

Alle Paddel tauchten gleichzeitig ins Wasser, und das Boot gewann rasch an Fahrt. Als vor ihnen der Kirchturm der Mission auftauchte, die die Sulpizianer 1721 am Ufer des Deux-Montagnes-Sees erbaut hatten, seufzte Isabelle erleichtert. Einige Minuten später kam das steinerne Herrenhaus, das Marie-Louise Denys de la Ronde, die Gattin des Sieur Pierre d'Ailleboust d'Argenteuil, hatte errichten lassen, in Sicht. Stolz erhob es sich am Wasser, nicht weit von einer Anlegestelle. Endlich ging die Fahrt zu Ende. Aber … warum fuhren die beiden Kanus weiter, statt auf das Ufer zuzuhalten?

»Alex, ich dachte … Ist das nicht das Herrenhaus von Argenteuil?«

»Allerdings.«

»Und? Du hattest mir doch gesagt, dass …«

»Dass wir in die Domäne Argenteuil fahren. Ich habe nie behauptet, die Seigneurs wären unsere Nachbarn.«

Isabelle stieß einen enttäuschten Ausruf aus. Da grollte es am Himmel. Besorgt sah sie zu Alexander auf. Ein erster Regentropfen fiel, dann ein weiterer und noch einer.

»*God damn!*«, schrie Alexander und beäugte seine Gefährtin, die, aus zweierlei Grund verärgert, mit ihrem Sohn und ihrer Dienerin unter die Plane flüchtete.

Als sie endlich die beiden Inseln erreichten, welche die Mündung des Rivière du Nord bezeichneten, hatte der Regen aufgehört, aber sie waren bis auf die Haut durchnässt. Sie hielten ein paar Minuten an, um die Kanus auszuschöpfen, und schlugen dann den letzten Teil der Route in den Nebenfluss ein.

»Wann sind wi' da?«

»Bald!«

Je weiter sie in die Unendlichkeit der ungezähmten Natur eindrangen, umso niedergedrückter fühlte sich Isabelle. Sie umschifften ein paar Felsen und ruderten noch ein Stück, wobei sie zum Himmel beteten, er möge seinen Zorn noch ein wenig zurückhalten. Dann bogen sie in die rostroten Wasser des Petite Rivière Rouge ein. Schließlich gingen sie mit ein paar Paddelschlägen ans Ufer. Erneut stieß Isabelle einen Seufzer der Erleichterung aus.

»Jetzt müssen wir noch ein Drittel einer Meile zu Fuß zurücklegen«, erklärte Alexander. »Wegen der Klippen können wir uns mit dem Kanu nicht weiter nähern; es ist zu gefährlich.«

Isabelle war entsetzt, aber sie nahm ihren ganzen Mut zusammen und folgte gemeinsam mit ihrem Sohn Mikwanikwe, Otemin und Marie, die bereits den teilweise überwucherten Pfad einschlugen. Ihre Füße sanken tief in den vom Regen aufgeweichten Boden ein. Die schwer beladenen Männer traten auf Wurzeln und Steine, um nicht auszugleiten. Isabelle, die an solche Märsche nicht gewöhnt war, bereiteten ihre langen Röcke große Schwierigkeiten. Ohne die rettende Hand des Eingeborenen, der hinter ihr ging, wäre sie mehr als ein Mal lang in den Schlamm geschlagen. Wenn sie dann das Gleichgewicht wiedererlangte, fluchte sie mit zusammengebissenen Zähnen und beeilte sich, die Kinder einzuholen.

»*Aye, Alasdair! Ye wemen has the harshest tongue Isabelle've ever heard!*« He, Alexander! Deine Frau hat aber die schmutzigste Ausdrucksweise, die ich je gehört habe …

»*Dinna mind, Munro*«, gab Alexander lachend zurück, »*as long t'is as sweet as t'is harsh!*« Mach dir keine Gedanken, Munro. Solange ihr Mund ebenso zärtlich wie grob sein kann …

Mit drohender Miene drehte Isabelle sich um.

»Wenn die Herren Schotten doch bitte in einer Sprache reden könnten, die ich verstehe! Höflichkeit ist etwas, das … Verfluuucht!«

Alexander konnte sich sein Lachen, in das die anderen Männer einfielen, nicht verbeißen. Isabelle, die inmitten einer Matschpfütze saß, spürte, wie ein Schluchzen in ihre Kehle stieg, zwang sich aber, es zu unterdrücken. Wütend strich sie sich eine Haarsträhne aus dem Gesicht.

»Das zahle ich dir noch heim, Macdonald!«, murmelte sie.

Alexander beugte sich über sie und wollte ihr aufhelfen.

»Rühr mich nicht an!«

»Wie du willst.«

Langsam erhob sie sich aus dem klebrigen Tümpel und wischte sich die Hände an ihrem bereits ziemlich schmutzigen Rock ab. Es bedrückte sie, dass sie so zerzaust aussah. Mit einer gereizten Bewegung verscheuchte sie die Mücken, die sie umschwirrten, und bemerkte dann die erheiterten Mienen, die Otemin und Gabriel verzweifelt hinter ihren Kinderhänden zu verbergen versuchten.

»Was glotzt ihr mich so an, ihr zwei?«

Die Kinder wandten sich ab und liefen hinter Mikwanikwe her, die kein Wort gesagt hatte. Isabelle holte tief Luft, um sich zu beruhigen, und tat drei Schritte. Doch dann blieb sie vollkommen erschlagen stehen, als sie spürte, wie ihr eine heiße Flüssigkeit zwischen den Schenkeln hinunterlief. Sie bückte sich, tat, als wolle sie die Bänder ihrer Mokassins nachziehen und steckte unauffällig eine Hand unter ihre Röcke. Als sie sie wieder hervorzog, konnte sie das Aufschluchzen, das sie seit einigen Minuten mit großer Mühe niederrang, nicht mehr unterdrücken. Alexander stützte sie, damit sie nicht wieder fiel.

»Hast du dich verletzt?«, fragte er erschrocken, als er ihre blutige Hand sah.

Sie biss sich auf die Lippen, schüttelte den Kopf und machte sich ruckartig los. Alexander versuchte ihre Hand zu nehmen, doch sie schüttelte ihn ab.

»Isabelle! Das ist doch …«

»Ich bin nicht verletzt!!!«

»Aber …?«

Alexanders sorgenvoller Blick fiel auf ihre andere Hand, mit der sie sich den Unterleib rieb. Als er wieder in ihr Gesicht sah, auf dem sich Scham und Ratlosigkeit mischten, begriff er.

»Verstehe«, murmelte er mitfühlend. »Ich schicke dir Mikwanikwe, damit sie dir hilft.«

»Danke«, brachte Isabelle, von Schluchzen geschüttelt, heraus.

In den dichten Wäldern tat sich eine Lichtung auf. Endlich würden sie den Ort erreichen, an dem sie jetzt leben würden. Als sie ein Dickicht aus jungen Schwarzweiden umrundeten, erblickte sie ein halb gerodetes Areal, das mit verkohlten Baumstümpfen und Haufen von grauen Steinen übersät war. Ganz am Ende der in die schwarze Erde gezogenen Ackerfurchen stand eine Blockhütte mit zwei Fenstern und einer durch einen kleinen Vorbau geschützten Tür. In der Mitte des mit moosbewachsenen Schindeln gedeckten Daches erhob sich ein aus Stein gemauerter Kamin.

»Mama! Mama! Sieh doch, da!«

Gabriel wies mit dem Finger auf die Spitze eines Wigwams, das ein Dickicht von Essigbäumen überragte.

»We'den wi' da d'in wohnen? Sag, wohnen wir do't?«

»Ich fürchte, deine Mutter wird das Holzhaus bevorzugen, *a bhalaich*«, gab Alexander zurück und ging auf die Hütte zu.

Noch in dem Schrecken gefangen, mit dem sie der Anblick ihres neuen »Hauses« erfüllt hatte, krallte Isabelle krampfartig die Hände in ihre schlammüberzogenen Röcke und widerstand dem Drang, zu flüchten und schnurstracks nach Montréal zurückzukehren. Als sie eine Mücke erschlug, die sich auf ihren Hals gesetzt hatte, und ihrem Sohn zusah, der wie ein ausgelassener Welpe um Alexander herumsprang, drangen widerstreitende Gefühle auf sie ein. Auf der einen Seite beneidete sie Gabriel um seine Freude, die sie nicht teilen konnte. Doch auf der anderen machte es sie glücklich, dass Vater und Sohn sich so rasch anfreundeten.

»Was man nicht alles aus Liebe tut …«, murrte sie und ging mit zögernden Schritten weiter.

Aber was hatte sie eigentlich erwartet? Im Grunde ihres Herzens wusste sie genau, dass Alexander ihr nicht das Gleiche bieten konnte wie Pierre. Als sie das Haus erreichte, wo ihr der Mann, für den sie alles aufgegeben hatte, die Tür aufhielt, holte sie tief Luft und trat ein.

Alexander empfing sie mit einem Lächeln, das beruhigend wirken sollte, aber rasch verflog. Er setzte seine Traglast an der Tür ab und wartete.

Gabriel war losgelaufen, um sich das Indianerzelt anzuschauen, sodass es still war. Nur ein aufreizendes Tropfen von Wasser hallte in den frisch geweißten Wänden des einzigen Raums wider. Unsicher sah sich Isabelle um. Die Kochgerätschaften am Kamin waren sehr einfach. Die Küchenecke war mit einem wackligen Tisch, zwei langen Bänken sowie ein paar Regalbrettern an den Wänden möbliert. Auf der anderen Seite des Kamins bildete ein großes Bett mit einer mit trockenem Laub ausgestopften Matratze, die mit einem Laken aus Drillichstoff bedeckt war, das »Schlafzimmer«. Mit einem Mal fühlte sie sich verlegen: Sie hatte noch gar nicht richtig darüber nachgedacht, wie Alexander und sie als Mann und Frau zusammenleben würden. Sie runzelte die Stirn.

»Ich werde anderswo schlafen«, beeilte sich der Schotte zu erklären. Er war enttäuscht über die Reaktion der Frau, die er so gern umarmt hätte.

»Und Marie?«

»Ich baue ihr bis zum Abend ein Bett. Du brauchst mir nur zu sagen, wo ich es aufstellen soll.«

»Gut … Und der Rest meines Gepäcks?«

»Wir gehen sofort zurück und holen es.«

Ohne ihn anzusehen, trat sie kopfschüttelnd an das Bett und strich sorgfältig ihr völlig verschmutztes Kleid glatt. Als sie auf ihre nassen, schlammverkrusteten Füße hinuntersah, spürte sie eine unendliche Mattigkeit in sich aufsteigen und hätte am liebsten geweint.

»Ich … ich muss mich ausruhen.«

»Ja …«

Alexander ging zur Tür. Auf der Schwelle blieb er stehen und wandte sich mit betrübter Miene zu ihr um.

»Ich weiß, Isabelle. Es ist alles … sehr einfach.«

»Einfach ist es allerdings, das kann man wohl sagen!«, gab sie zurück.

Alexander hüstelte und trommelte mit den Fingern auf seine Schenkel. Hätte er sie bezüglich ihrer Lebensbedingungen vorwarnen sollen? Sie hatte ihm keine Fragen gestellt, daher hatte er angenommen, dass sie sich eine Vorstellung davon machen konnte. Doch offenbar hatte er sich geirrt.

»Das ist nur vorübergehend … Ich meine … So bald wie möglich werde ich Verbesserungen vornehmen.«

Isabelle ließ sich ohne eine Antwort auf das Bett fallen und streckte sich aus. Pochenden Herzens sah Alexander sie an und dachte an das Mädchen zurück, das sich eines Tages im Lazarett über ihn gebeugt und ihn in seinen Bann geschlagen hatte. Trotz des schmutzigen schwarzen Kleides, der schlammverkrusteten Mokassins und der schief sitzenden Haube, unter der tropfnasse blonde Strähnen hervorlugten, fand er sie immer noch so wunderschön wie bei ihrer ersten Begegnung.

Er ging hinaus, sah nach, wo sein Sohn war und warf einen Blick zum Dach, um festzustellen, wo das Wasser durchsickerte: Darum musste er sich rasch kümmern. Dann ging er noch einmal zu den Kanus, um den Rest des Gepäcks zu holen. Ihm kam der erschreckende Gedanke, dass er Isabelle bei seiner Rückkehr vielleicht nicht mehr vorfinden würde. Bestimmt konnte sie es nicht abwarten, wieder nach Hause zu fahren, in die Bequemlichkeit und Sicherheit ihres schönen Hauses in Montréal. Er hätte ihr etwas Besseres bieten können, aber er hatte sich geschworen, das Gold des Hollandais' unter keinen Umständen anzurühren. Dieser Schatz gehörte ihm nicht und konnte ihm nur Unglück bringen. Aber die Vorstellung war derart verführerisch. Würde er es schaffen, sein Versprechen nicht zu brechen und Isabelle trotzdem zu halten?

Als Isabelle die Augen aufschlug, lag der Raum im Halbdunkel. Ein schwaches Licht warf Schatten an die Wände: In dem Kamin in der Mitte des Zimmers brannte Feuer. Noch ganz verschlafen stützte Isabelle sich auf einen Ellbogen hoch. Gleichzeitig brachte ihr Magen sich unzufrieden in Erinnerung. Wie lange hatte sie geschlafen? Sie musste Louisette bitten …

»Oh, Herr im Himmel!«

Als ihr plötzlich aufging, wo sie sich befand, ließ sie sich auf das Lager zurücksinken. Von draußen klangen gedämpfte Männerstimmen zu ihr hinein, und ein köstlicher Duft nach gebratenem Fleisch und Harz stieg ihr in die Nase. Sie konzentrierte sich auf die Gerüche ihrer neuen Umgebung und versuchte sich Mut zu machen. Aber eine Mücke surrte an ihrem Ohr und erweckte ihre Ängste von neuem. Stöhnend zerquetschte sie das Tier auf ihrer Wange.

Vielleicht kann ich Alexander überreden, in die Stadt zu ziehen … Natürlich würden wir uns etwas anderes suchen als Pierres Haus …

Wieder rückte sie herum. Die Röcke klebten an ihren Schenkeln. Sie hatte einen Fehler begangen, indem sie mit Alexander gegangen war. Mit geschlossenen Augen ließ sie die strohgelben Wände ihres Schlafzimmers vor sich erstehen, ihr Bett, das Louisette für den Sommer mit indischen Stoffen geschmückt hatte … Dann hörte sie Maries Glucksen und Gabriels lautes Lachen: Die beiden schienen sich gut zu unterhalten. Verdrossen presste sie die Lippen zusammen.

Nein, Alexander wird nie bereit sein, nach Montréal zu gehen. Außerdem könnte ich mich gar nicht öffentlich mit ihm zeigen … Vielleicht können wir ja mit dem Geld, über das ich verfüge, diese … Baracke besser einrichten! Oder … Nein, Alex wird sich weigern. Er ist zu stolz, um sich von einer Frau aushalten zu lassen.

Draußen herrschte eine fröhliche Stimmung, während sie hier lag und sich selbst leidttat. Der Bratenduft weckte ihren Appetit, und sie setzte sich entschlossen auf.

Soll ich etwa hier sitzen und mein Schicksal beklagen, während die Menschen, die ich gezwungen habe, es zu teilen, sich prächtig unterhalten?

Sie sprang aus dem Bett und stellte fest, dass Maries Lager fertig war und jemand ihr Gepäck in einer Ecke ordentlich aufgestapelt hatte. Am besten, sie zog sich um und wusch sich ein wenig, damit sie präsentabler aussah. Gerade kramte sie in einer Kiste, als sich knarrend die Tür öffnete. Eine kleine Gestalt hob sich vor dem Hintergrund der grauen Landschaft ab.

»Bist du wach, Mama?«

»Ja, Gabriel. Hast du etwas gegessen?«

»Ja. Monsieur Alexande' hat ein komisches Tie'… Tierrr geb'aten.«

»Ach ja? Und was für eines?«

»Bibe'.«

»Biber? Aber wir haben Freitag, da isst man kein Fleisch!«

Der Kleine zuckte die Achseln, kam strahlend und mit leuchtenden Augen auf sie zu und zog einen Margeritenstrauß hinter seinem Rücken hervor.

»Fü' dich, Mama. Am Ende des Feldes, bei den Apfelbäumen, wachsen ganz viele. Ich habe Schmette'linge und Flede'mäuse gesehen. Und G'illen gibt es auch. Kannst du sie hö'en? Sie singen, um uns willkommen zu heißen.«

»Das ist sehr nett, mein Schatz. Aber die Grillen würden auch zirpen, wenn wir nicht hier wären.«

»Monsieur Alexande' hat das gesagt.«

Gabriel trat von einem Fuß auf den anderen. Laute Stimmen und das Kläffen von Hunden ließen sich vernehmen.

»Ach ja? Und was hat Monsieur Alexander dir sonst noch erzählt?«

»Dass e' uns nach Mont'éal zu'ückb'ingt, wenn es di' hie' nicht gefällt.«

»Wirklich?«

»Ja. Abe' mi' gefällt es hie' gut. Ich möchte nicht gleich wiede' zu'ück.«

Isabelle nahm den Strauß und steckte die Nase hinein, um ihre Gefühle zu verbergen. Das Wetter war abscheulich, und sie waren alle von Kopf bis Fuß verdreckt. Sie befanden sich, umgeben von Wilden, mitten im Nirgendwo und hatten nichts als Biberfleisch zu essen … Aber Gabriel war glücklich. Sie strich über die runde Wange ihres Sohnes und drückte einen Kuss darauf.

»Wenn das so ist, werde ich mein Bestes tun, damit er uns nicht nach Montréal zurückzubringen braucht.«

Die folgenden Tage verliefen keineswegs so erholsam, wie man sich eine Ruhepause für gewöhnlich vorstellt. Jean Nanatish und seine Gefährten kehrten bald mit den Kanus und einem Brief an den Notar Guillot zur Mission von Deux-Montagnes zurück. In dem Schreiben beruhigte die Witwe Larue ihn und teilte ihm mit, wohin er ihr die Post nachschicken solle.

Isabelle war entschlossen, die Hütte wohnlicher zu gestalten, und säuberte sie zusammen mit Marie und Gabriel von oben bis unten. Sie räumte die Küchenecke so um, dass sie praktischer zu benutzen war, und stellte einen Brotkasten auf … nun ja, eine Art Rindenschachtel, die als Brotkasten diente. Auf die Bitte der neuen Hausherrin brachte Alexander noch zwei Regale an, auf denen Kessel, Schüsseln, Kuchenformen mit Kupferboden, Tassen, Teller, Krüge, Trinkbecher sowie die Kaffeekanne und die Teekanne aus französischer Fayence Platz fanden, die Isabelle ausgewählt hatte, weil sie stabil waren. Nur das Service für vier Personen aus Worcester-Porzellan blieb eingepackt. Man konnte es hervorholen, wenn es galt, den Priester der Gemeinde angemessen zu empfangen – wenn es denn einen gab, was nicht ganz sicher schien.

Die einzigen Luxusgegenstände, die Isabelle mitgebracht

hatte, waren ihre Kerzenleuchter aus Messing, zwei Öllampen, etliche kleinere Ölfunzeln und drei eiserne Laternen. Eine der Letzteren wurde über den Tisch gehängt. Gabriels jetzt verstummte Geige prangte stolz an einer Wand, zwischen einem Spiegel, der auf der Reise einen unschönen Sprung bekommen hatte, und dem Fenster, das Isabelle mit einem Laken verhängt hatte. Sie beschloss, diesen bescheidenen Vorhang während des Winters mit Stickereien zu schmücken. Arbeiten könnte sie in der hellsten Ecke des Raumes, wo sie einen alten Stuhl und einen Flechtkorb aus Eschenzweigen aufgestellt hatte, den Mikwanikwe ihr geschenkt hatte und der ihr Nähzeug enthielt.

Als alles an seinem Platz war, bat Isabelle Alexander, den großen, gusseisernen Kessel am Kaminhaken aufzuhängen. Obwohl sie verkündet hatte, jede Vergeudung würde streng bestraft, ging Marie in der Hütte umher und verstreute nach altem Brauch überall eine Prise Salz, um das Böse zu bannen.

Während in den nächsten Tagen Munro ein neues, kleineres Kanu baute, leistete Alexander Isabelle im Haus Gesellschaft und half ihr bei den schwierigsten der dringenden Arbeiten. Keiner der beiden mochte von der Vergangenheit sprechen, und ihre Beziehung war gespannt.

Diese frustrierende Mischung aus Nähe und Distanz verdross Alexander, und er beschloss, dass es Zeit war, wieder auf die Jagd zu gehen. Regelmäßig brach er jetzt mit seinem Cousin im Morgengrauen auf und kehrte erst bei Einbruch der Dunkelheit zurück. Die getöteten Tiere wurden sofort gehäutet und zerlegt. Das Fleisch bereiteten sie entweder gleich zu oder schnitten es in feine Streifen, die sie in der Sonne auf Gitterrosten trockneten. Das Fett wurde in Behältern aus Rinde aufbewahrt und diente zum Kochen, aber auch zum Schutz vor den Mücken und um Leinwand wasserdicht zu machen. All diese Arbeit war anstrengend, aber sie hielt einen auch davon ab, allzu viel zu grübeln. Rasch sammelten sich die Felle an und verhießen gute Aussichten für den Verkauf und damit eine Verbesserung ihrer Lage.

Der Umstand, dass sie sich nicht mehr den ganzen Tag sahen, verbesserte die Beziehung zwischen Isabelle und Alexander beträchtlich. Nach einem harten Tag, den sie damit zugebracht hatte, auf die Insekten zu schimpfen, sich in dem von Unkraut überwucherten Küchengarten abzuplagen und Gabriel, der im Schlamm spielte, auszuschelten, stelle Isabelle fest, dass sie ihr Haar mit einem Band schmückte oder sich eine Blume ans Mieder steckte, wenn sie den Schotten zurückerwartete. Die Gewohnheit, die sich langsam einstellte, war wie Balsam für ihre Enttäuschung und Niedergeschlagenheit.

Alexander verschränkte die Arme über seinem gut gefüllten Bauch und streckte die Beine aus. Zufrieden ließ er sich von seiner Müdigkeit überwältigen. Der Hollandais hatte den Platz gut ausgesucht. Das Gelände lag auf dem westlichen Hügelhang und führte sanft geneigt zum Petite Rivière Rouge hinunter. In der Nähe floss ein Bach, der oben in den Bergen entsprang. Sie hatten ihn nur stromaufwärts stauen müssen, damit er einen See bildete. Heute waren er und Munro mit dem Ausheben eines Kanals fertig geworden, der das kostbare Nass bis zum Feld befördern und es bewässern würde. Die Erde war humusreich und verhieß eine gute Maisernte.

Alexander riss den Blick von dem grünenden Feld los und wandte seine Aufmerksamkeit den Gestalten zu, die sich vor dem Feuer abzeichneten. Die Flammen vertrieben die Mücken, die in der Abenddämmerung besonders blutgierig waren. Die Salbe, die Mikwanikwe dagegen zubereitete, reichte nicht aus, um die zarte, süß duftende Haut von Gabriel und Isabelle zu schützen.

Er beobachtete Isabelle, die Wäsche zum Trocknen ans Feuer hängte. Sie hatte sich recht gut eingelebt. Anders, als er befürchtet hatte, scheute sie nicht allzu sehr vor der Arbeit zurück. Er sah den beiden nach, während sie zur Hütte zurückgingen. Gabriel lief hinter Isabelle her und hatte sich den leeren Wäschekorb umgekehrt auf den Kopf gesetzt. Sie bückte sich, um einen Eimer hochzuheben, und bot ihm einen reizvollen Ausblick auf ihr Dekolleté. Alexander fiel auf, dass sie nicht mehr so viele

Röcke übereinander trug und ihr Mieder ein wenig gelockert hatte. Lächelnd stellte er sie sich in einem Lederkleid vor, wie es Tsorihia trug… und dann halbnackt, in seinen Armen.

An der Hütte angekommen, setzte Isabelle den Wassereimer auf den Boden, wischte sich die Hände an ihrer Schürze ab und blies eine Haarsträhne weg, die ihr ins Gesicht fiel. Als sie sich aufrichtete, begegnete sie dem Blick seiner saphirblauen Augen und wurde purpurrot. Aber sie rückte ihr Korsett, das immer noch schamlos ihr Dekolleté zur Schau stellte, nicht zurecht, sondern band nur lächelnd ihre Schürze ab. Nachdem sie die Hand ins Wasser getaucht und sich den Nacken erfrischt hatte, setzte sie sich zu Alexander auf die Bank.

»Sag mir, wohin verschwindet bloß die Sonne, wenn der Mond aufgeht? Es ist so heiß, dass man meinen möchte, sie versteckt sich hinter ihm, um uns weiter zu drangsalieren!«

Gabriel, der sich wand wie ein Aal, um sich zwischen die beiden zu quetschen, meinte sie aufklären zu müssen.

»Die Sonne schläft, Mama.«

»Da du meine kleine Sonne bist und der Mond aufgeht, finde ich, du solltest es ihr nachtun und schlafen gehen.«

»Abe' manchmal scheint die Sonne noch, wenn de' Mond schon am Himmel steht.«

Isabelle kniff ihren Sohn zärtlich in die Nase.

»Ach ja? Mein kleiner Kopernikus… Da es so warm ist, kann ich dir wohl noch ein paar Minuten zugestehen.«

Gabriels Gesicht, das vom Abendlicht golden angestrahlt wurde, verzog sich zu einem komischen Ausdruck, der Alexander zum Lachen brachte. Um sie herum flatterten noch einige Schmetterlinge. Eine Fledermaus auf Beutesuche streifte sie und entlockte Isabelle einen Angstschrei. Der Kleine schüttete sich vor Lachen aus und machte sich sofort auf die Jagd nach dem Tier.

Bald lagen die Hände von Alexander und Isabelle in dem Zwischenraum, der sie trennte, doch sie wagten einander nicht zu berühren. Vom Feld her stieg der Duft nach Muttererde auf. Das Tagesgestirn war versunken, überzog den Himmel über den

Baumkronen aber immer noch mit einem überwältigenden Farbenspiel.

»Ich hätte ihn so gern auf dem Arm getragen…«, begann Alexander nach einer Weile mit heiserer Stimme.

Er sah seinen Sohn, der versuchte, die Insekten mit bloßen Händen einzufangen, damit sie sich nichts ins Feuer stürzten.

»Ich wäre gern bei seiner Geburt dabei gewesen… hätte ihn bei seinem ersten Sturz aufgefangen, ihn lachen gehört. Ich hätte…«

»Ich weiß.«

Isabelle sah auf ihrer beider Hände hinunter. Doch dann nahm er seine schroff weg, um durch sein zerzaustes Haar zu streichen. Mit einem Mal hielt er inne.

»Er hat das gleiche Haar wie meine Mutter.«

»Ach ja? Das wusste ich gar nicht.«

»Sie hieß Marion. Habe ich dir das schon einmal gesagt?«

»Du hast mir nie richtig von ihr erzählt.«

»Hmmm…«

»Fehlt sie dir?«

Mit einer Bewegung, die sowohl körperlichen als auch seelischen Überdruss ausdrückte, verscheuchte er eine Mücke.

»Sie ist tot…«, erklärte er dann nach kurzem Schweigen. »Sie ist 1748 gestorben, und… ach, das ist Vergangenheit.«

»Willst du mir von ihr erzählen?«

Er schwieg und dachte an seine Mutter, die zwei Jahre auf ihn gewartet hatte. Dann hatte sie jede Hoffnung aufgegeben, ihn noch wiederzusehen, und sich dem Tod ergeben. Er konnte sich nichts als Vorwürfe machen. Die Erinnerung betrübte ihn. Nein, er wollte nicht von ihr sprechen, nicht heute Abend.

»Ein andermal vielleicht…«

Isabelle nickte und schaute über die Landschaft hinaus. Sie ahnte, dass seine Familie ein Tabuthema für Alexander war, und fragte sich, welches – möglicherweise schreckliche – Geheimnis er verbarg. Dann stand sie auf.

Alexander spürte, wie die Bank sich bewegte, doch er war so in seine Erinnerungen versunken, dass er nicht versuchte, seine

Gefährtin zurückzuhalten. Als sie einige Minuten später zurückkehrte, fuhr er sich hastig mit der Hand übers Gesicht, um eine Träne wegzuwischen. Sie setzte sich wieder neben ihn und stellte ihm eine Schatulle auf den Schoß.

»Das hier gehört dir, Alex. Ich hätte es dir schon längst geben sollen, aber … ich habe auf den richtigen Moment gewartet.«

»Was ist das?«

»Mach es auf …«

In dem zunehmenden Dunkel war nur ein Teil des Inhalts zu sehen. Aber das rötliche Licht, das noch am Himmel stand, ließ die Metallgegenstände aufblitzen, und die erkannte er. Einen Moment lang schaute er gleichgültig auf seine mageren Besitztümer hinunter. Doch dann, als ihm aufging, unter welchen Umständen sein Eigentum in diese Schatulle gekommen sein musste, fühlte er Zorn in sich aufsteigen.

»Wie … wie kommt das hierher …?«

»Ich habe es zufällig entdeckt, Alex, in einem Geheimfach unter Pierres Schreibtisch. Darin befanden sich dein Testament, dein Dolch und die Uhr deines Großvaters … Dein Brief an mich, von dem in deinem Testament die Rede ist, bleibt verschwunden. Ich fürchte, Pierre …«

Alexander biss die Zähne so fest zusammen, dass sie beinahe brachen. Er nahm das von John gemalte Porträt und strich mit der Fingerspitze darüber.

»Ist das deine Mutter?«

»Ja.«

»Du siehst ihr sehr ähnlich … Warum bist du nicht nach Schottland zurückgekehrt, zu deiner Familie, Alex?«

»Ich war dreizehn, als ich von dort fortgegangen bin. Meine Mutter ist zwei Jahre darauf gestorben … Nichts zieht mich dorthin zurück.«

»Und dein Vater und Coll? Hast du mir nicht erzählt, sie seien nach dem Krieg heimgekehrt? Dabei schienst du dich doch gut mit Coll zu verstehen …«

Alexander war die Kehle wie zugeschnürt, und er konnte nicht antworten. Er legte das Porträt zurück in die Schatulle, strich über das Heft seines Dolchs und nahm die Uhr zur Hand.

»Sie geht noch. Ich habe mich davon überzeugt.«

Er nickte und steckte die Uhr in seine Gürteltasche. Seufzend nahm er dann den Beutel mit den Münzen und ließ ihn auf Isabelles Knie fallen.

»Darin müsste genug Geld sein, um in der Mission eine Ziege und ein Schwein zu kaufen.«

»Das ist doch alles, was du besitzt, Alex. Wir kommen auch ohne Schwein aus. Obwohl… wenn du wirklich gern ein Schwein zum Schlachten möchtest, könnte ich mich auch daran beteiligen…«

Als der eisige Blick der blauen Augen sie traf, unterbrach sie sich abrupt und biss sich auf die Zunge.

»Tut mir leid, Alex… Ich wollte nicht…«

»Glaub nicht, dass das hier mein einziger Besitz ist, Isabelle *Larue*! Ich versichere dir, dass ich sehr wohl in der Lage bin, uns ein Mastschwein zu kaufen, ohne mich zu ruinieren, falls dir das Sorgen bereitet! Nur über meine Leiche werde ich zulassen, dass du das Geld deines Mannes ausgibst. Niemand soll mir vorwerfen, mich am Erbe einer wohlhabenden Witwe zu bereichern. Ich hoffe, das ist jetzt klar zwischen uns!«

Erschrocken sah Isabelle zu, wie Alexander aufstand, zu dem Unterstand ging, in dem sie das Fleisch abhängen ließen, und dahinter verschwand. Kurz sah sie zu Gabriel, der sich zusammen mit Otemin und Marie damit unterhielt, die letzten Schmetterlinge, die in der Abenddämmerung noch umherflatterten, zu fangen, erhob sich dann ebenfalls und ging Alexander nach. Unterwegs begegnete sie Munro, der eine Flasche Branntwein aus eigener Herstellung bei sich trug und sie neugierig ansah.

Alexander hörte Isabelle kommen; er hatte schon auf sie gewartet. Er wusste, dass er mit seinen Worten zu weit gegangen war. Aber der Zorn hatte ihn überwältigt. Der Anblick seines Dolchs hatte den Verdacht bestätigt, den er schon seit einiger Zeit hegte; genauer gesagt seit jenem tragischen Tag, an dem er Pierre Larue in dem Stall gegenübergestanden hatte. Der Notar hatte derart verärgert darüber gewirkt, dass er lebte! Mit ziemlicher Sicherheit war der Mordbefehl an Étienne von ihm gekommen. Folglich musste er auch Mitglied der Liga gewesen sein und, da er sich um van der Meers Angelegenheiten kümmerte, über das Gold Bescheid gewusst haben. Mit dem Überfall durch die Irokesen hatte er geglaubt, zwei Fliegen mit einer Klappe zu schlagen!

Isabelles Duft hüllte ihn ein, und ihre Finger berührten ihn leicht an der Schulter.

»Alex … ich möchte nicht, dass wir uns darüber streiten.«

»Worüber?«

Ihm ging immer noch Étiennes abscheuliches Verbrechen im Kopf herum.

»Nun ja … über Geld. Ich wollte dich nicht verletzen … Ich …«

Er drehte sich um und sah sie argwöhnisch an. Von welchem Geld sprach sie da? Von dem Gold, hinter dem ihr Bruder und ihr Mann her gewesen waren, oder von ihrem persönlichen Vermögen? Nach langem Überlegen hatte er entschieden, Isabelle nichts über Étiennes wahre Rolle und seinen Verrat zu sagen. Er war ihr Bruder, aber sie hatte mit dieser Geschichte nichts zu tun. Außerdem, was geschehen war, war geschehen. Nichts, was er sagte oder tat, konnte den Hollandais oder die anderen zurückholen. Nichts würde die entsetzlichen Bilder von Hébert Chamards Foltertod aus seinem Gedächtnis tilgen können.

»Mach dir keine Gedanken wegen des Geldes, Isabelle. Glaubst du, ich hätte dich hergeholt, wenn ich nicht in der Lage wäre, euch beide zu unterhalten?«

»Nein … ich meine …«

Lieber würde er das Versprechen, das er van der Meer gegeben hatte, brechen, als einen einzigen Sou von Larues Geld anzurühren. Doch er hoffte, dass das nicht nötig sein würde. Was Isabelle und Gabriel brauchten, würde er sich im Schweiße seines Angesichts erarbeiten, statt Geld zu nehmen, an dem das Blut anderer Menschen klebte. Isabelles Hand umfasste sanft seine Schultern und glitt in seinen Nacken. Er erschauerte.

»Sprich mit mir, Alex. Ich weiß, dass es dich erschüttert hat, diese Gegenstände wiederzusehen, und ich möchte …«

»Ich habe wirklich keine Lust, über das, was geschehen ist, zu reden! Und erst recht nicht über Pierre Larue und dein Leben mit ihm!«, versetzte er und verschwand erneut im Dunkel.

»Warte, Alex!«

Isabelle nahm die Verfolgung auf und stolperte über die unsichtbaren Unebenheiten im Boden.

»Alex, es geht doch gar nicht um … Au!«

»Isabelle! *God damn!* Wo steckst du?«

»Hier.«

Die Stimme kam von unten. Ein Schritt weiter, und er wäre auf sie getreten. Er kauerte sich nieder und tastete blind nach ihr.

»Hast du dir etwas getan?«

»Schon gut, es ist nichts.«

Alexanders Herz klopfte. Einen Moment lang blieb er stumm. Mit einem Mal hatte er große Angst: Munro hatte vor drei Tagen einen Bären gesehen. Nur Mikwanikwe wusste sonst noch Bescheid. Sie sollte darauf achten, dass Isabelle und die Kinder sich nicht zu weit entfernten.

»Ich sagte doch, mir geht es gut! Ich bin in ein Loch getreten, das ist alles. Es ist nichts gebrochen.«

»Hmmm …«

Ohne etwas auf ihre Beteuerungen zu geben, wühlte er sich unter ihre Röcke, fand den fraglichen Fuß und tastete ihn vorsichtig ab. Wie durch einen Zauber fand er sich in eine Gasse in Québec zurückversetzt und fühlte den Knöchel einer koketten, errötenden jungen Frau ab, die sich angeblich verletzt hatte. Seine Finger umspannten das zarte Gelenk und fuhren dann an der Wade hinauf. Gott, wie er sie begehrte! Er hatte es gründlich satt, in Munros Zelt zu schlafen und Nacht für Nacht das Stöhnen des Paares zu hören. Das war unerquicklich für alle Beteiligten und konnte so nicht mehr lange weitergehen.

»Wir müssen reden«, murmelte Isabelle und hielt seine Hand fest, damit sie nicht höher glitt.

»Über Geld?«

»Nein. Das ist mir im Moment nicht so wichtig. Außerdem glaube ich nicht, dass dieses Thema uns hilft, einander näherzukommen. Nein, ich möchte, dass wir über dich und mich sprechen … über uns beide. Was weiß ich schon von dir, abgesehen von den Erinnerungen aus Québec und Montréal, von denen ich einige lieber vergessen möchte? Nichts. Und was weißt du von mir?«

»Was ich weiß, ist mir genug. Und genauso sollte es für dich sein, Isabelle.«

»Nein!«

Sie fasste seine Hand fester und zog ihn unerwartet heftig an sich. Er fiel auf sie und erdrückte sie fast mit seinem Gewicht. So blieben sie reglos liegen und kosteten die Berührung und die Wärme des anderen aus.

»Nein«, wiederholte sie sanfter. »Wir können nicht einfach da weitermachen, wo wir in Québec waren, als man uns getrennt hat, Alex. Die Liebe, die wir damals füreinander empfunden haben, existiert nicht mehr, verstehst du das denn nicht?«

»Sag so etwas nicht«, stöhnte Alexander und suchte in ihren Augen nach dem Spiegelbild des Mondes.

»Diese Liebe ist nicht mehr. Wir sind nicht mehr dieselben Menschen. Unsere Erlebnisse haben uns verändert, Alex, alle beide. Dagegen sind wir machtlos.«

»Gabriel vereint uns in alle Ewigkeit, Isabelle, das kannst du nicht leugnen.«

»Das ist wahr.«

Er näherte seine Lippen ihrem Mund und sog ihren Atem ein. Dann ergab er sich dem Begehren, das ihn ergriff, und begann sie zu streicheln. Doch sie geriet in Panik und zappelte, um ihm zu entrinnen.

»Nein! Zuerst müssen wir einander wiederfinden, Alex … Und so wird uns das nicht gelingen, das kann ich dir versichern.«

»Das ist lächerlich, Isabelle. Erinnere dich doch an das, was wir erlebt haben.«

»Ich werde es nie vergessen! Aber trotzdem ist das sehr lange her. Ich war so schrecklich jung und naiv … Ach, Alex! Ich versuche dir doch nur zu erklären, dass wir trotz allem, was uns vereint, von vorn anfangen müssen. Verstehst du? Wir müssen ein neues Fundament erbauen, stark und wahrhaftig. Das wacklige Gerüst unserer Erinnerungen wird nicht einmal dem ersten Sturm standhalten.«

»Was erwartest du also von mir? Um dich glücklich zu machen, bin ich zu allem bereit!«

»Ich will nichts, was man mit Geld kaufen kann. Was ich will … Alex … Ich hege Gefühle für dich, aber … ich bin mir nicht mehr sicher, was ich empfinde. Es unterscheidet sich jedenfalls von dem, was ich damals in Québec für dich gefühlt habe. Ich begehre dich schon, oh ja! Aber Begehren und Liebe sind zwei verschiedene …«

»*Dinna say nothing, Iseabail. Dinna* …« Sag nichts, Isabelle. Nicht …

»Nein, lass mich weitersprechen! Begehren ist nicht alles! Es gibt auch Vertrauen und …«

»Warum warst du dann bereit, mit mir fortzugehen?«, knurrte er und richtete sich auf.

»Um ehrlich zu sein, weiß ich es nicht genau. Sicherlich, weil ich ein wenig von dem wiederfinden wollte, was wir erlebt haben und was man uns weggenommen hat. Auch um Gabriels willen. Und was ihn angeht, weiß ich, dass ich die richtige Entscheidung getroffen habe: Er ist glücklich. Aber das mit uns beiden ist ein wenig komplizierter. Mir ist klar, dass Québec lange her ist, zu lange. Ich kann dich nicht mehr so lieben wie damals, Alexander, verstehst du das? Die Liebe verändert sich, wie alles andere auf der Welt. Aber ich möchte dich trotz allem lieben. Bring mein Herz zum Pochen und schenke ihm Flügel.«

»Und wie? Ich bin nun einmal so, wie ich bin, Isabelle. Was soll ich denn tun? Mich in einen Liebesgott verwandeln, der mit Pfeil und Bogen hinter dir herläuft? *Mo chreach!*«

»Warum nicht?«

Er musterte sie, um herauszufinden, ob sie ihre Worte spöttisch oder zynisch gemeint hatte. Sie richtete sich auf die Knie auf, damit sie ihm ins Gesicht sehen konnte, und fuhr fort.

»Ja, warum nicht? Verführe mich, gewinne mein Herz, so wie in Québec!«

Ungläubig starrte Alexander sie an. Er hatte beinahe Lust, laut zu lachen.

»Soll ich dir etwa den Hof machen?! Möchtest du, dass ich dich mit Gürkchen und Konfitüre füttere?«

»Auf gewisse Weise schon.«

»Aber das ist albern! Wir sind nicht mehr in Québec, Isabelle! Picknicks, Spaziergänge am Flussufer … all das ist vorbei! Herrgott, du hast meinen Sohn zur Welt gebracht! Wir haben …«

»Es gibt nicht nur Picknicks und Gürkchen …«

»Was willst du dann, Blumen, Liebesbriefe? Ein Ständchen im Mondschein vielleicht? Bedaure, aber zu so etwas fehlt mir die Begabung.«

»Nein!«

»Ja, was denn?«

»Dich! Ich will Alasdair Macdonald. Den Mann, den ich kurz vor der Kapitulation Neu-Frankreichs kennengelernt habe und der seither in diesem gequälten Körper schlummert. Alex, du bist nicht mehr derselbe Mensch. Du bist bitter geworden … Über eine Grimasse von Gabriel kannst du lachen, bis dir die Tränen kommen, und im nächsten Moment verdüstert sich deine Miene, und du gehst fort. Ich habe die Verletzungen … an deinen Beinen gesehen, aber ich weiß nicht, woher sie stammen. Ich sehe auch, wie bedrückt du manchmal dreinschaust. Du kannst mir natürlich erzählen, der Tag sei hart gewesen, und du wärest müde. Aber ich weiß, dass dahinter noch vieles andere steckt. Deine Augen lügen nicht, Alex.«

»Soll ich dir etwa meine traurige Lebensgeschichte erzählen, Isabelle? Was könnte dich schon an meiner jämmerlichen Vergangenheit interessieren?«

»Alles, Herrgott! Das Leben eines Paares findet nicht nur im Bett statt! Du bist mir ein Buch mit sieben Siegeln, Alex! Hast du denn kein Vertrauen zu mir? Ich möchte dich besser verstehen, dir helfen. Ich verlange doch nur, den Mann, mit dem ich mein Bett *und* mein Leben teilen werde, besser zu kennen. Ist das denn so schwer zu verstehen?«

»Früher warst du nicht so prinzipientreu!«

»Da war alles anders …«

»Soweit ich weiß, kanntest du auch Pierre Larue nicht, als du ihn geheiratet hast! Hast du ihn ebenfalls einem Verhör unterzogen, ehe du ihn in dein Bett gelassen hast?«

Isabelles Atem ging schneller. Die Dunkelheit schien dichter, erstickender zu werden. Alexander schloss die Augen, ballte die Fäuste und verfluchte sich für seine Dummheit.

»Entschuldige«, murmelte er kurz darauf. »Verzeih mir. Das ist mir so herausgerutscht.«

Sie rührte sich nicht. Obwohl er fürchtete, sie könne flüchten, berührte er sie behutsam. Irgendwo, tief in den Wäldern, rief eine Eule. Isabelle erschauerte. Erschüttert umfasste er ihre Schultern und zog sie an sich wie eine sehr zerbrechliche Blume. Da begann sie in seinen Armen zu zittern.

»Isabelle, *I'm sae sorry* … Ich wollte nicht …«

Sie brach in Tränen aus, zappelte und versuchte zu schlagen und zu kratzen. Doch er fasste ihre Handgelenke und hielt sie auf dem Boden fest, damit sie sich nicht bewegen konnte.

»*Cum air do làimh!*« Hör auf damit … »*Stop it!*«

Die Wirkung trat augenblicklich ein: Sie weinte noch, gab aber jeden Widerstand auf.

»W … willst du mir das … jetzt mein ganzes … Leben lang vorwerfen?«

»Nein, nein … mein Gott, nein!«

»Du wirst damit leben müssen, Alex.«

»Ich weiß. Aber das ist manchmal so schwierig. Ich brauche noch Zeit dazu.«

Ja, er würde damit leben müssen, und genau das war sein Problem. Es stand ihm nicht zu, Isabelle Vorwürfe zu machen; genau, wie es nicht anging, dass er sie verantwortlich für die unverzeihlichen Taten ihres Mannes und ihres Bruders machte. Sie hatte recht. Das ging alles nicht so, wie er sich das vorgestellt hatte. Wie oft hatte er von diesem Augenblick geträumt, davon, sie so in den Armen zu halten? Doch die Fantasie ist nicht die Wirklichkeit; sie ist nur das Abbild eines Wunsches. Die Vergangenheit war die größte Hürde zwischen ihnen. Das Leben und die Ereignisse hatten sie beide verändert, und sie mussten sich einander von neuem annähern. Von vorne beginnen …

Alexander hörte Isabelle leise weinen. Er vergrub das Gesicht in ihrem Haar und spürte, wie ihr Duft ihn tröstete. Der Groll, den er so viele Jahre in sich getragen hatte, verflog. Nach einer Weile beruhigte sich seine Gefährtin. Gabriels Stimme, der nach seiner Mutter rief, übertönte das Zirpen der Grillen. Wieder rief die Eule, und ihr Sohn ahmte sie nach. Unwillkürlich lächelten beide.

13

Sag mir, wer du bist, und ich sage dir, ob ich dich liebe

Das Wetter war herrlich. Am unendlichen azurblauen Himmel zogen gemächlich kleine Schäfchenwolken dahin, und eine strahlende Sonne schien wärmend auf die Natur herunter. Heute Morgen waren die Männer zur Jagd aufgebrochen, und Isabelle beschloss, Beeren sammeln zu gehen. Sie hängte sich den Henkel ihres Korbs, in den sie einen Imbiss gepackt hatte, über den Arm und rief Marie und die Kinder. Im Vorübergehen begrüßte sie Mikwanikwe, die so hochschwanger war, dass sie nicht mehr mitgehen konnte. Die Indianerin, die das Räuchern der Felle beaufsichtigte, gestikulierte heftig und rief ihnen in ihrem gebrochenen Französisch zu:

»Nicht zu weit gehen; *makwa* auch essen *miskominag*.«

»Was ist denn ein *makwa*?«, wollte Isabelle von Otemin wissen, während sie den Weg, der zum Bach führte, einschlug.

»*Makwa* machen grrr!«, antwortete das kleine Mädchen, indem es ein wildes Tier nachahmte. »*Makwa* sein Bär und lieben *miskominag*, genau wie wir. Himbeeren gut für alle Wesen.«

»In den Wälde'n gibt es Bä'en?«, fragte Gabriel entzückt.

»Oh ja!«

»Bären laufen aber vor Menschen davon«, beeilte Isabelle sich zu erklären und warf einen unsicheren Blick über die Schulter.

Die Gruppe ging am Gemüsegarten entlang. Isabelle bemerkte, dass der Zaun schon wieder eingedrückt war. Alexander musste ihn rasch ausbessern, sonst würden sich an ihrer Stelle die Hirsche an der Ernte gütlich tun. Als sie die Lichtung erreichten, auf der die Margeriten wuchsen, sog Isabelle die Luft ein, die vom Duft der wilden Blumen gesättigt war. Durch das Blattwerk hindurch fiel die Sonne in Myriaden heller Strahlen ein. Der Gedanke an einen gefährlichen Bären verflog. Seidenpflanzen, Zichorien, Disteln und Ackersenf bildeten einen schillernden Teppich, über dem Dutzende großer, orangefarben und schwarz gemusterter Schmetterlinge flatterten. Die warme, trockene Luft trug das Gezwitscher der Vögel heran, die die Schönheit der Natur besangen. Hier knarrten keine Wagenräder, brüllten keine Betrunkenen, und es gab weder Kirchenglocken, die die Zeit markierten, noch das Geschrei der Ausrufer, die eine Proklamation bekannt machten. Nein, hier herrschte Stille …

»Mama!«, rief Gabriel angesichts des bunten Teppichs mit einem Mal aus. »Schau, das sieht aus wie ein 'egenbogen, de' auf die E'de gefallen ist!«

»Ein Regenbogen bringt Glück, Gaby. Obwohl, auf dem Boden … das weiß ich nicht genau.«

»Ganz bestimmt finden wi' jetzt ganz viele Himbee'en!«

Mit diesen Worten stürzte der Knabe sich in das Meer der Farben. Mit seinem hellroten Haar, das über seinen Schultern wehte, ähnelte er selbst einem Schmetterling. Die reizende kleine Otemin folgte ihm, fröhlich hüpfend wie ein Rehkitz, auf dem Fuß. Isabelle sah zu, wie die beiden Kinder in dem in allen Farben schillernden Pflanzenwerk verschwanden und, die Gesichter rot vor Aufregung und Hitze, gleich darauf wieder auftauchten. Was für ein herrliches Bild, und was für ein Glück für ihren Sohn! Mit einem Lächeln auf den Lippen sah Isabelle zum Himmel auf, dessen Blau sie an Alexanders Augen erinnerte. Sie fragte sich, wem sie für diesen wunderbaren Moment zu danken hatte.

»Ich wusste es! Ich wusste es!«, schrie Gabriel und kam zu seiner Mutter zurückgerannt.

»Was denn, mein Herz? Hast du viele Himbeeren gefunden?«

»Ich wusste, dass es hier St'außen gibt! Keiner wollte mi' glauben. Abe' ich habe ein Ei gefunden. Komm schauen, Mama! Es ist 'iesengroß!«

Isabelle und Marie folgten Gabriel durch den Farbenteppich bis zum Rand des Wassers, das plätschernd über Steine sprang. Dort befand sich, in ein Grasbüschel geschmiegt, tatsächlich etwas, das einem riesigen Ei zum Verwechseln ähnlich sah. Isabelle bückte sich und berührte es vorsichtig. Die weiche, matte Oberfläche war zu weich, um eine Eierschale darzustellen.

»Das ist kein Ei, Gaby, sondern ein Pilz.«

»Ein Pilz? Aber er hat gar keinen Hut!«

»Erinnerst du dich an die kleinen Kugeln, die du so gern zertreten hast? Dabei stieg immer ein brauner Staub aus ihnen auf, der dir die Strümpfe schmutzig gemacht hat. Nun, dieser Pilz gehört zur selben Familie, aber er ist größer. Ein Riesenbovist.«

Ungläubig runzelte der Kleine die Stirn.

»Das soll ein Pilz sein?«

»Ja.«

Behutsam pflückte sie ihn ab.

»Das gibt bestimmt einen lauten Knall, wenn ich da'aufsp'inge!«

Marie und Otemin brachen angesichts der verzückten Miene Gabriels in Gelächter aus.

»Das würde er bestimmt tun, wenn er reif wäre. Ich nehme ihn mit nach Hause. Er schmeckt ausgezeichnet, wenn man ihn mit Zwiebeln brät.«

»Aber Mama! Ich will ihn nicht essen, sonde'n platzen lassen!«

Isabelle ignorierte den Protest ihres Sohns und legte den eigenartigen Pilz in ihren Korb. Dann richtete sie sich auf und musterte forschend das Unterholz.

»Hier müssen doch noch andere essbare Pilze wachsen. Da kochen wir uns ein köstliches Ragout.«

»Igitt!«, stieß Gabriel mit einer vielsagenden Grimasse hervor.

»Es gehört sich nicht, am Essen zu mäkeln, wenn die Nahrung so schwer aufzutreiben ist, Gaby! Ein paar Röhrlinge, Pfifferlinge oder Riesenschirmlinge in deiner Suppe werden dich schon nicht umbringen! Kommt, schaut euch um! Danach suchen wir Himbeeren und Blaubeeren.«

Die Sonne stand schon hoch am Himmel, als Isabelle den letzten, aus Rinde geformten Behälter, der vor Haselnüssen und winzigen Beeren überquoll, in ihren Korb setzte. Zufrieden betrachtete sie ihre Ausbeute und legte ein Tuch darüber. Marie hob den Korb hoch, als sich ein Knacken von Ästen vernehmen ließ.

»Bestimmt ein Hase.«

Nicht weit entfernt spielte Gabriel mit Otemin. Die Kinder hatten ein Vogelküken gefunden, das auf den Boden gefallen war, und bastelten ihm ein provisorisches Nest. Achselzuckend wollte Isabelle schon zu ihnen gehen, als sie ein Knacken hörte, bei dem ihr die Haare zu Berge standen. Sie hatte das merkwürdige Gefühl, beobachtet zu werden. Während sie sich prüfend umsah, rief sie ihren Sohn.

»Gabriel, Zeit, nach Hause zu gehen!«

»Ja, Mama. Dü'fen wir den kleinen Vogel mitnehmen?«

War es möglich, dass in diesem Wald tatsächlich ein *makwa* hauste?

»Ähem … ja.«

Ein Ast vibrierte. Isabelle blieb fast das Herz stehen. Sie hatte wirklich keine Lust, sich noch länger hier aufzuhalten.

»Beeilt euch, Kinder!«

Gabriel und Otemin kamen lachend auf sie zugerannt. Sie schob ihren Sohn in die Richtung, aus der sie gekommen waren. *Der gespaltene Baum*, dachte sie und schaute sich fieberhaft nach ihrer Landmarke um.

»Wo ist er nur?«

Mit einem Mal war ihr, als sähen alle Bäume gleich aus, und Dutzende von Wegen schienen in alle Richtungen zu führen. Sie geriet in Panik.

»Marie! Marie! Ich weiß nicht mehr … Wir haben uns verlaufen!«

»Nein, Madame«, stotterte das Mädchen, das jetzt ebenfalls Angst bekam. »Ich bin mir sicher, dass es hier entlang geht …«

»Mama!«

»Gaby! Bleib nicht zurück!«

Als Isabelle sich zu ihrem Sohn umwandte, sah sie, dass er sie merkwürdig anschaute und auf einen Punkt hinter ihrer Schulter starrte. Sie fuhr herum, ließ den Korb fallen und schrie vor Furcht auf.

»Aaah!«

Vor ihr stand ein gewaltiges, haariges und schmutzverkrustetes Wesen, das aus dem Schatten der Wälder aufgetaucht war.

»Verzeihung, Madame. Ich wollte Euch keine Angst einjagen.«

»Ihr wolltet mir keine … Also wirklich!«

Entsetzt starrte sie auf das Jagdgewehr, das auf sie gerichtet war. Der Unbekannte senkte die Waffe und räusperte sich. Dann stieß er einen Pfiff aus, und ein zweiter Mann kam herbei. Er war größer und schlanker als sein Kamerad, hatte sehr dunkle Haut und goldfarbene Augen, die ständig von links nach rechts huschten. Er schenkte ihr ein Lächeln, das wohl jovial wirken sollte. Die Kinder hatten sich an sie gedrängt, und sie hielt ihre kleinen Hände fest in ihren. Sie war bereit, die Flucht zu ergreifen.

»Wer seid Ihr, und was habt Ihr hier zu suchen?«

»Ich bin Stewart MacInnis«, erklärte der erste Mann, »und das hier ist mein Bruder Francis.«

»MacInnis? Ihr wollt Schotten sein? Wenn man Euch hört, möchte man es nicht glauben.«

»Ich bin in Schottland geboren, aber großgeworden bin ich auf Antigua.«

»Antigua?«

Das hätte seinen merkwürdigen Akzent und die dunkle Haut des Mannes, den er als seinen Bruder bezeichnete, erklärt.

»Mir will scheinen, dass Ihr sehr weit von zu Hause entfernt seid, Monsieur MacInnis!«, meinte sie zynisch. »Habt Ihr Euch etwa verlaufen?«

»Wir sind erst vor zwei Monaten hier angekommen. Unsere Mutter ist vergangenen Sommer an Gelbfieber gestorben, und da haben wir die erste Gelegenheit ergriffen, um unserem Sklavendasein zu entkommen. Wir hatten gehofft, in Québec…«

Die Mienen der jungen Männer brachten ihre Enttäuschung deutlicher zum Ausdruck als Worte. Eine Dreckschicht und lange Bärte verbargen ihre Gesichter. Isabelle war sich nicht sicher, mit was für Menschen sie es zu tun hatte. Sie tat, als wolle sie ihren Korb aufheben, steckte die Hand unter die Serviette und ergriff das Messer. Dann zog sie es deutlich sichtbar hervor.

»Geh mit den Kindern vor, Marie! Sag Alexander und Munro, dass wir auf sehr merkwürdige… *makwas* getroffen sind.«

»Aber die beiden sind doch…«

»Geh, mach schon!«

Die junge Mohawk-Frau sah die Miene ihrer Herrin, gehorchte sofort und zerrte die Kinder hinter sich her. Erleichtert wartete Isabelle, bis sich das Protestgeschrei ihres Sohnes entfernt hatte, und wagte dann, sich zu rühren. In einem, wie sie hoffte, selbstbewussten Ton wandte sie sich erneut an die Unbekannten.

»Macht Euch davon! Geht weg und lasst uns in Ruhe!«

»Ich versichere Euch, Madame, dass wir Euch nichts Böses wollen.«

Belustigt musterte Stewart das kleine Küchenmesser. Er setzte sein Gewehr mit dem Lauf nach unten zwischen seine Füße, stützte sich auf den Kolben und enthüllte eine Zahnreihe, die in seinem grauen Gesicht erstaunlich weiß wirkte. Isabelle wurde plötzlich bewusst, wie nutzlos ihre Waffe gegenüber den beiden Männern war, und wich zwei Schritte zurück.

»Ähem… ja. Ich verbiete Euch, mir zu folgen!«

Francis brach in Gelächter aus. Stewart warf ihm einen finsteren Blick zu, der ihn verstummen ließ, dann zwinkerte er ihm zu.

»Wir versprechen es Euch. Wir wollten Euch nur warnen…«

In diesem Moment erscholl ein entsetzlicher Schrei, der ihnen das Blut in den Adern gefrieren ließ. Stewart stürzte den

Weg entlang, den die Indianerin mit den Kindern eingeschlagen hatte.

»Das kann nur der Bär sein! Heilige Muttergottes, mach, dass wir nicht zu spät kommen.«

Isabelle rannte ihm nach, zusammen mit Francis, der sie mit seinen langen Beinen überholte.

»Gabriel! Ich komme, Gaby!«

Maries Schrei hatte sie vor Entsetzen zittern lassen, aber das Knurren, das sie jetzt empfing, ließ sie erstarren, und ihr Herz setzte aus. Ein Bär! Das Tier befand sich zwischen ihnen und Marie und den Kindern, die sich vor Angst nicht rühren konnten. Es stand auf den Hinterbeinen, knurrte und zeigte seine Fangzähne und Klauen.

Der Bär ließ sich wieder auf alle viere fallen, schnüffelte mit seiner langgestreckten Nase über den Boden und hielt auf den Korb zu, der vor Marie stand.

»Madame ...«, schluchzte das Dienstmädchen.

»Bleib ruhig, Marie«, flüsterte Isabelle.

Das Tier knurrte und sah nach rechts und links.

»Mama ... der *makwa* will uns f'essen ...«, stöhnte Gabriel mit vor Grauen aufgerissenen Augen.

»Nicht bewegen, Gaby, ich beschwöre dich! Nicht bewegen ... Gaby, neiiin!«

Der Kleine rannte auf seine Mutter zu. Aufgeregt nahm der Bär die Verfolgung auf. Dann donnerten zwei Schüsse durch die friedliche Natur. Ein lauter, dumpfer Knall, und dann herrschte Stille. Das Tier lag vor Gabriels Füßen, der es fasziniert anstarrte. Das Rot seines Haars stach seltsam von dem kalkweißen kleinen Gesicht ab. Otemin verkroch sich schluchzend in Maries Röcken. Mit zitternder Hand strich das junge Mädchen ihr über das schwarze, mit Kiefernnadeln übersäte Haar.

»Ich hatte doch gesagt, du sollst dich nicht bewegen«, kreischte Isabelle mit einem Mal und stürzte sich auf ihren Sohn.

Der Kleine, der immer noch wie versteinert vor dem schwarzen, haarigen Berg stand, stürzte sich ohne ein Wort in die Arme seiner Mutter.

»Geht es dir gut, mein Kleiner?«, fragte Francis und beugte sich über ihn.

»Ja, es… geht ihm gut. Ich… danke Euch… Ich weiß nicht, wie ich… Möchtet Ihr nicht zum Abendessen bleiben?«

»Keine Ursache. Und die Einladung nehmen wir mit Vergnügen an, Madame«, antwortete Stewart und stieß mit dem Gewehrlauf vorsichtig in die Flanke des Bären. »Wir verfolgen das Tier schon seit zwei Tagen. Ihr hattet Glück, dass Ihr uns zuerst begegnet seid.«

»Ja, da habt Ihr wohl recht«, murmelte sie und wagte kaum zu atmen, denn der Gestank des Tieres und der nicht weniger unangenehme Körpergeruch der Männer umwaberten sie.

»Ihr solltet nicht ohne Feuerwaffe spazieren gehen, wenn ich mir die Bemerkung erlauben darf. Mit Eurem kleinen Messer hättet Ihr dem Jungen nicht das Leben gerettet. Und überhaupt, was habt Ihr in dieser gottverlassenen Gegend gesucht?«

»Wir wohnen ganz in der Nähe.«

Isabelle spürte, wie sich eine neue Überzeugung in ihr verfestigte: Sie musste Alexander überreden, in die Stadt zu ziehen. In den Wäldern war es wirklich nicht sicher!

Nachdem sich die Männer einer gründlichen Reinigung unterzogen hatten, stellte Isabelle fest, dass Stewart schönes glänzendes Braunhaar und Sommersprossen auf der Nase hatte. Das rosige, pausbäckige Gesicht des Zwanzigjährigen war angenehm anzusehen. Sie fragte sich, ob er den Bart nur trug, um sich ein wenig älter zu machen.

Der junge Mann saß, ein Glas von Munros bestem Hausgebrannten in der Hand, auf einem Baumstamm und erzählte in einem mit englischen Brocken durchsetzten Französisch seine Geschichte. Er stammte aus einer Bauernfamilie und war in den verarmten Highlands zur Welt gekommen, genauer gesagt in Morvern. Sein Vater war 1746, noch vor seiner Geburt, zusammen mit Hunderten seiner Landsleute in der Schlacht von Culloden gefallen. Seine Mutter, Jane MacInnis, war zusammen mit anderen Gefangenen auf ein Schiff gebracht und in die amerikanischen Kolonien deportiert worden.

Nach einer langen, beschwerlichen Überfahrt hatte man die halbtote menschliche Fracht auf der Karibikinsel Antigua an Land gebracht und an den Meistbietenden versteigert. Stewart, der damals ein Säugling gewesen war, hatte wie durch ein Wunder überlebt. Der Besitzer einer Zuckerrohrplantage hatte seine Mutter gekauft. Sie hatte dort zuerst als Schneiderin und dann als Köchin gearbeitet, und sie hatte sich in einen Sklaven verliebt, mit dem sie sieben weitere Kinder bekommen hatte. Aber nur Francis hatte bis ins Erwachsenenalter überlebt.

Isabelle lauschte der Erzählung interessiert und stellte zwei Teller auf den Tisch. Aus dem Augenwinkel beobachtete sie Alexander, der eine gelassene Miene zur Schau trug, um zu verbergen, welche Gefühle die Erwähnung von Culloden wirklich in ihm ausgelöst hatte. Die Männer nahmen ihre Gabeln und begannen von dem Ragout zu essen. Dabei sprachen sie weiter. Marie trug Gabriel und Francis das Essen auf und schenkte Letzterem ein Lächeln, das Isabelle nicht entging. Obwohl er genauso groß wie Alexander war, konnte der junge Mann aus Antigua nicht älter als sechzehn oder siebzehn sein. Er besaß das gleiche Lächeln wie sein Halbbruder, aber ein feiner geschnittenes Gesicht, in dem die Knochen unter der glatten, sehr dunklen Haut deutlich hervortraten.

»Igitt!«, stieß Gabriel hervor und spuckte den Bissen wieder auf seinen Teller. »Das will ich nicht essen! Es schmeckt nicht.«

»Das ist Bär«, erklärte Alexander und schwenkte sein Messer, auf dessen Spitze ein Stück Fleisch steckte. »Bär ist etwas Gutes. Hör auf zu jammern, und iss deinen Teller leer.«

Isabelle gefiel sein Ton nicht, und sie runzelte die Stirn und stieß ihn mit dem Fuß an, um seine Aufmerksamkeit zu wecken.

»Was ist?«, fragte er achselzuckend, gleichgültig gegenüber den Blicken, die sich ihnen zuwandten. »Das ist doch nicht das erste Mal, dass er Bärenfleisch zu essen bekommt, *God damn!* Er muss lernen, dass man isst, was auf den Tisch kommt!«

Mit diesen Worten führte er ein Stück zum Mund, dann noch ein anderes. Während er kaute, sah er auf das Gericht auf seinem Teller hinunter und rührte ein paar Sekunden lang darin herum.

»*Dé a tha seo?*« Was ist das?

»Das ist Bärenragout, Alex!«

Stewart schluckte seinen Bissen hinunter und unterdrückte aus Höflichkeit eine Grimasse.

»Ich hab di' doch gesagt, das schmeckt nicht, Mama!«

Gabriel schob einen mit Soße überzogenen Brocken an den Rand seines Tellers und wandte sich an die Männer.

»Das ist de' … Bo … bovist, de' nicht gut ist.«

»*What?*«

»Das ist ein ganz g'oße' Pilz, ve'stehst du? Ich wollte ihn behalten und damit spielen, abe' Mama wollte ihn unbedingt kochen.«

»Heiliger Himmel, Gaby! Ein Bovist ist ein Pilz wie ein Champignon, und Champignons schmecken doch gut!«

Mit diesen Worten setzte sich Isabelle.

»Ja, für Hexen sind Pilze etwas Gutes, allerdings!«, brüllte Alexander. »Versuchst du etwa, uns zu vergiften und unsere Gäste zu vertreiben?«

Sie biss ein Stück von dem fraglichen Nahrungsmittel ab, schluckte ihre zornige Erwiderung zusammen mit dem Stück Pilz herunter und unterdrückte einen Anflug von Übelkeit.

»Nun, *a ghràidh*«, erkundigte sich Alexander breit lächelnd, »wie schmeckt dir dein Ragout?«

»Da ich nichts anderes gefunden habe, abgesehen von wilden Tieren, die uns fressen wollten, bin ich damit sehr zufrieden! Ich finde sogar den Pilz … ganz gut.«

Sie kaute ein weiteres Stück und bemühte sich, eine zu ihren Worten passende Miene aufzusetzen.

»Nun gut! Ich kann das für mich nicht behaupten! Aber ich habe im Leben schon allerhand Übles gegessen … Heute Abend schmeckt mir dieser Bastard von einem Bären besser, der beinahe *meinen Sohn* gefressen hätte, nur weil du auf die Idee gekommen bist, zu weit in den Wald zu gehen.«

Die vor Soße triefende Gabel blieb vor Isabelles erschrocken aufgerissenem Mund in der Luft hängen. Das Stück, das sie aufgespießt hatte, fiel mit einem leisen *Plop* auf den Teller zurück. Sie warf einen Blick zu Gabriel, der viel zu beschäftigt damit war, den Inhalt seines Tellers zu sortieren, um etwas gehört zu haben. Sie wurde zuerst blass und lief dann rot an. Die anderen, die keinen Grund hatten, Anstoß an Alexanders Äußerung zu nehmen, reagierten nicht. Keiner der Gäste hatte daran gezweifelt, dass der Schotte und das Kind, das ihm so ähnlich sah, Vater und Sohn waren. Nur Marie riss die Augen auf. Als Alexander sein Schnitzer bewusst wurde, stand er auf und ging hinaus.

»Er soll es nicht wissen, Alex! Du musst lernen, auf deine Worte zu achten!«

Alexander stemmte seine vor Zorn bebenden Fäuste in die Hüften und fuhr zu Isabelle herum.

»Willst du die Wahrheit sein ganzes Leben lang vor ihm verheimlichen, Isabelle?«

»Nein! Aber er ist noch zu jung. Er würde es nicht verstehen. Für ihn ist Pierre sein Vater. Ich möchte nicht anfangen, ihm zu erklären, warum du sein leiblicher Vater bist … jedenfalls … jetzt noch nicht.«

»ICH bin sein Vater! Gabriel ist MEIN Sohn, verdammt!«

»Er wird es noch früh genug erfahren. Unterdessen bitte ich dich, auf deine Worte zu achten … Und außerdem … Warum hast du mich nicht davor gewarnt, dass hier ein Bär herumstreift? Wie kannst du es wagen, mir Leichtsinn vorzuwerfen, obwohl du es gewusst und nichts gesagt hast? Und streite es nicht ab! Mikwanikwe hat es mir erzählt.«

»Sie sollte dich nur vor Gefahren warnen. Du hattest keinen Grund, dich so weit vom Haus zu entfernen!«

»Ich hätte es nicht getan, wenn du mir die Wahrheit gesagt hättest. Siehst du, du vertraust mir nicht, Alex! Glaubst du, ich bin dumm und ignoriere die Gefahren, in die ich mich begeben habe, indem ich hierher kam? Da irrst du dich aber! Und jetzt lass dir eines von mir sagen: Diese Situation ist nur ein Übergang. Ich bin nicht die Frau eines Siedlers und werde es nie sein. Um Gabriels willen war ich bereit, dir blindlings zu folgen. Ich habe dir vertraut. Natürlich hatte ich mit einem etwas kultivierteren Ort gerechnet, wo mein Sohn und ich andere Gesellschaft gehabt hatten als Wilde …«

»Mikwanikwe ist sehr gut zu dir! Und vor allem ist sie sehr geduldig. Deine herablassende Art verletzt sie.«

»Ah, sie vertraut sich dir also an und weint sich an deiner Schulter aus!«

»Hör auf! Mikwanikwe ist vor Gott Munros Frau!«

»Denkst du vielleicht, ich kenne die Bräuche der Wilden nicht?! Führe mich nicht mit deinen Behauptungen von Treue hinters Licht! Diese Frau verschlingt dich mit den Augen, und du …!«

Zu zornig, um Alexanders verblüfften Blick zu bemerken, drehte sich Isabelle um und ging zurück zur Hütte. Ein lastendes Schweigen blieb zurück. Der Schotte wiederholte sich die letzten Worte, die sie gesagt hatte, noch einmal und fragte sich, ob sein Cousin bemerkt hatte, dass Mikwanikwe ihm tatsächlich unablässig schöne Augen machte.

Alexander erinnerte sich an eine heiße Nacht, in der er den Wigwam verlassen hatte, weil er nicht schlafen konnte und etwas Kühle suchte. Zwei Wochen war das erst her. Die Indianerin war ihm rasch auf den Erdhügel am Feld nachgekommen, von dem aus man auf die Hütte und die Nebengebäude sah. Wie eine Schlange hatte sie sich lautlos genähert, ihn umschlungen und ihre Wange an seinen Oberkörper gelegt.

»Badwadjigan …«

Der-Mann-der-ein-Traum-ist … *Sie schmiegte ihren gewaltigen Bauch an ihn, und das Kind bewegte sich. Alexander, der das an seinem Unterleib spürte, rückte von ihr ab. Doch rasch drückte sie sich wieder an ihn.*

»Du unglücklich. Ich dir ein wenig Freude schenken.«

Während sie noch sprach, ließ sie die Hände über seine Flanken und sein Gesäß gleiten. Unwillkürlich geriet er in Erregung. Er fühlte sich aufgewühlt und hin- und hergerissen zwischen dem Wunsch, sie gewähren zu lassen, und dem Drang, die Beine in die Hand zu nehmen und zu flüchten.

»Nein. Du bist die Frau meines Cousins und trägst sein Kind in dir. Außerdem … liebe ich Isabelle.«

»Aber deine weiße Frau will dich nicht lieben.«

Ihre Hand tastete sich immer weiter vor, doch er gebot ihr schroff Einhalt.

»Mikwanikwe, ich kann und ich will nie wieder mit dir schlafen. Ich hoffe, das ist deutlich genug!«

Die Ojibwa-Frau sah ihn aus ihren Samtaugen an, verzog enttäuscht den Mund und reckte dann hochmütig das Kinn. Ohne ein Wort ging sie zu ihrem Mann zurück. Alexander blieb noch einen Moment allein und betrachtete das bläuliche Licht, das die Hütte umfloss. Die Frau, die er begehrte, war Isabelle. Doch er wollte nicht nur ihren Körper, sondern vor allem ihr Herz. Also würde er sich in Geduld üben.

Bei dem Gedanken, dass sich Eifersucht in dieses Herz schlich, das er begehrte, lächelte er. Er fühlte sich leichter. Nach einem letzten Blick zur Hütte ging er zu den Männern, die um das Feuer, das Munro auf der Anhöhe errichtet hatte, saßen.

Die Nadel, die ihr zu Boden gefallen war, blieb unauffindbar. Isabelle kramte in ihrem Nähkorb, um sich eine andere zu nehmen. Sie griff nach einem Kinderhemd und dachte an seinen Besitzer. Gabriel gewöhnte sich besser ein, als sie erwartet hatte. Außerdem machte seine Aussprache große Fortschritte, weil er Alexanders und Munros Akzent nachzuahmen versuchte. Langsam wurden Vater und Sohn immer vertrauter. Isabelle allerdings empfand ein seltsames Gefühl, wenn sie die beiden miteinander sprechen sah: Es fiel ihr noch schwer, die Liebe ihres Sohnes mit jemand anderem zu teilen.

Mit Pierre hatte sie das gleiche Problem gehabt. Da der Notar nicht der leibliche Vater ihres Kindes gewesen war, hatte sie zu verhindern versucht, dass er sich an ihn anschloss. Damals hatte sie das normal gefunden. Doch jetzt wurde ihr klar, dass sie Gabriel für sich allein hatte haben wollen. Man hatte ihr den Geliebten geraubt, da sollte man ihr den Sohn nicht auch noch nehmen! Daher hatte sie Gabriel eifersüchtig gehütet wie eine Henne ihr Küken. Daraufhin hatte Pierre ihm Spielzeug und Bücher gekauft, die seine Spielkameraden blass vor Neid werden ließen. So war es ihm gelungen, trotz ihres Widerstands Gabriels Aufmerksamkeit zu erlangen und seine Liebe zu gewinnen.

Den Blick ins Leere gerichtet und mit müßiger Hand dachte Isabelle, dass Pierre mit allen Menschen so umgegangen war. Hatte er sich ihr gegenüber nicht genauso verhalten? Ihm war jedes Mittel recht gewesen: Er hatte sie mit Schmuck überhäuft und mit schönen Dingen umgeben. Was seine ehebrecherischen Beziehungen anging, so hatte er sicherlich gehofft, sie eifersüchtig zu machen und zurück in sein Bett zu holen … Und als er sein Ziel nicht erreichte und sich gedemütigt fühlte, da hatte er noch Schlimmeres getan …

Hatte er sie wirklich geliebt? Oder war sie für ihn einzig und allein das Objekt seiner Verführungskünste gewesen? Hatte er nicht einfach die Macht erleben wollen, ihre Liebe zu erwecken? Doch sie konnte nicht leugnen, dass er sie auf seine Weise geliebt hatte. Jeder Mensch hatte eben einen bestimmten Grund, aus dem er einen anderen liebte … Nur Gott liebte gänzlich uneigennützig.

Kopfschüttelnd konzentrierte sie sich auf den Gegenstand ihrer Suche und griff von neuem in das Wirrwarr aus Bändern und Garnsträngen.

»Verflixt, wo sind meine Nadeln? Gaaabriel! Komm her! Wo steckt denn der kleine Strolch wieder? Wenn ich den in die Finger bekomme …«

Sie ließ ihre Flickarbeit auf dem Tisch liegen und trat aus der Hütte. In der unmittelbaren Umgebung schien ihr Sohn nicht zu sein. Mit raschen Schritten ging sie zum Feld, wo die Männer sich bemühten, einen Baumstumpf auszugraben. Die MacInnis-Brüder waren mit von der Partie. Alexander war es zufrieden, dass sie geblieben waren. Die beiden jungen Männer halfen nicht nur bei der Jagd und der schweren Arbeit, sondern er hatte auch das Gefühl, dass durch ihre Anwesenheit die Frauen und Kinder sicherer waren. Doch Isabelle hatte bemerkt, welche Blicke Francis Marie zuwarf, die inzwischen eine Frau war. Wenn das »Sicherheit« sein sollte …

»Alex!«

Die Männer stöhnten vor Anstrengung. Isabelle verschränkte die Arme und tippte nervös mit dem Fuß auf. Alexander wandte ihr den Rücken zu, und seine Narben glänzten vor Schweiß. Sie erinnerte sich an Gabriels verblüffte, faszinierte Miene, als er zum ersten Mal das Netz aus durcheinanderlaufenden Wülsten erblickt hatte.

Alexander hatte sein Hemd ausgezogen, um sich mit Wasser zu bespritzen. Gabriel war zu neugierig gewesen, um höflich zu sein. »Wa'um hast du so viele Na'ben auf dem 'ücken?«, hatte er gefragt. Alexander war erschrocken gewesen; er hatte ganz vergessen, dass sein Sohn seinen Rücken noch nie gesehen hatte. Dann hatte er in ungezwungenem Ton geantwortet. »Weil ich ungehorsam war, mein Junge.«

»Au! Das muss abe' eine sch'ecklich g'oße Dummheit gewesen sein!«

»Groß? Nun ja, für den, der mich bestraft hat, war sie das wohl.«

»Hat das wehgetan?« Alexander hatte mit ernster Miene genickt.

»So weh, dass ich mich immer daran erinnere und es nicht wieder tue«, hatte er erklärt.

»Was gibt's?«, fragte er jetzt.

Alexander stützte sich auf den Stiel einer Forke, die zwischen seinen Füßen im Boden steckte, und lächelte sie mit seinem von Schlamm und Schweiß triefenden Gesicht freundlich an.

»Also, was ist? Ich habe nicht den ganzen Tag Zeit! Hast du die dicken Wolken gesehen?«

»Wo ist Gabriel?«

Er seufzte. Isabelle betrachtete seine gebräunte, muskulöse Brust, die von einem dunklen Flaum bedeckt war. Geschmeichelt durch so viel Aufmerksamkeit spannte er die Arme an und ließ seine tätowierten Muskeln spielen. Ein ziemlich einfältiges Imponiergehabe, aber es erzielte immer Wirkung.

»Wenn er nicht in seinem Unterstand unter den Tannen ist, dann ist er mit Otemin zum Teich gegangen, um zu fischen.«

»Ähem … gut, ich gehe nachsehen.«

Angesichts dieser Zurschaustellung von Männlichkeit fühlte Isabelle sich leicht verlegen. Sie dankte Alexander und ging zu der Stelle, an die sich die Kinder oft zurückzogen, einem Unterstand aus Ästen, den die Männer beim Bau der neuen Hütte für Munro und Mikwanikwe angelegt und stehen gelassen hatten. Gabriel nannte ihn die »Räuberhöhle«. Im Moment war sie leer.

Gabriel hatte ihr ausdrücklich verboten, den Unterstand zu betreten. Ein wenig beschämt nutzte Isabelle jetzt die Gelegenheit, den Raum zu inspizieren. Während ihre Augen sich an die Dunkelheit gewöhnten, verzog sie angeekelt das Gesicht, als die Ergebnisse von Gabriels und Otemins Spielen vor ihr Gestalt annahmen. Verschiedene Insekten und kleine Tiere waren mit Nadeln auf mehreren Rindenstücken aufgespießt; es war eine ganze Sammlung von Marienkäfern, Spinnen, Amphibien und Nagern, die mit einer Substanz, die stark nach Kiefernholz roch, erstaunlich gut konserviert waren …

»Igitt!«

Sie entdeckte sogar das Fell einer Bisamratte. Es war auf einen grob aus kleinen Zweigen gefertigten Rahmen gespannt, der den von Mikwanikwe zu diesem Zweck verfertigten ähnelte. Gabriel war dermaßen wissbegierig und erpicht darauf, neue Dinge zu lernen, dass er vergnügt seine Umgebung erforschte und alle möglichen Experimente durchführte. Sollte es möglich sein, dass er sogar jagte?

»Dieses Leben unter Wilden wird ihn noch völlig verderben!«, murrte sie und hob die Schachtel mit ihren Nadeln vom Boden auf.

Eine frische Brise war aufgekommen. Isabelle schnürte ihr Mieder ein wenig lockerer, um sich die feuchte Haut kühlen zu lassen. Das tat gut. Dann erblickte sie Mikwanikwe, die im Gemüsegarten auf allen vieren Unkraut jätete. Die junge Frau hatte ihren Rock geschürzt und bot einen erstaunlichen Blick auf ihre langen, bronzefarbenen Beine. Sie schien sich gar nicht zu schämen, sich so vor den Männern zu zeigen. Isabelle erinnerte sich genau an einige Blicke, mit denen Alexander die goldfarbene Haut bedacht hatte, und konnte sich nicht verhehlen, dass sie darüber gereizt war. Sie musterte ihre eigene Kleidung und musste zugeben, dass das schwarze Kleid nicht das reizvollste unter den fünfen war, die sie mitgenommen hatte, und dass es wahrscheinlich normal war, wenn Alexander sich stärker für Mikwanikwe interessierte.

Ein lautes Stöhnen, das aus dem Küchengarten drang, riss sie abrupt aus ihren Überlegungen. Mikwanikwe presste eine Hand, in der sie noch Quecken hielt, zwischen ihre Beine und hielt sich mit der anderen den kugelrunden Bauch. Marie wedelte mit den Armen und rief die Männer zu Hilfe. Isabelle erbleichte. Sie rannte die Anhöhe hinauf und lief dann durch den Kanal, in dem nur ein dünnes Wasserrinnsal floss, um der Indianerin zu Hilfe zu kommen.

»Isabelle, *dinna*!« Nicht, Isabelle …

Alexander stürzte brüllend und gestikulierend auf sie zu. Jetzt sprang er ebenfalls in den Graben. Verwirrt über sein seltsames Benehmen war Isabelle stehengeblieben und musterte ihn verblüfft.

»Aber nicht ich habe geschrien …«

»Hinter dir!«

Während sie sich umdrehte, spürte sie, wie der Boden unter ihren Füßen wegrutschte und sie davongerissen wurde wie ein Halm. Eine Faust packte sie fest am Rock und zog daran, um sie aus dem schlammigen, strudelnden Wasser zu ziehen, das ihr in den Mund und die Nase drang. Spuckend und hustend klammerte sie sich, so gut sie konnte, an Alexanders Hosen fest.

»Halt dich!«

Der Schotte stieß einen Schrei aus, der aus seinem tiefsten Inneren aufzusteigen schien, und hievte sie dann grob auf trockenen Boden, ehe er sich keuchend neben ihr niederfallen ließ. Sekunden später begriff er, was da geschehen sein musste, und wurde leichenblass.

»Der Damm … *God damn!* Der Damm! Gabriel!«

Immer wieder wegrutschend kletterte er den Erdhügel hinauf und rannte am Kanal entlang, zu der Quelle des Wassers, das sich durch die Rinne ergoss.

»Der Damm? Neiiin! Gaby!«

Isabelle wälzte sich herum, verfing sich mit den Füßen in ihren Röcken und kam endlich auf die Beine. Munro, der seiner sich vor Schmerzen krümmenden Frau Beistand leistete, wandte den Kopf in die Richtung, in die Alexander verschwunden war. Dann begegnete er Isabelles Blick und bemerkte den ungewöhnlich hohen Wasserstand im Kanal. Als ihm der Ernst der Lage klar wurde, überließ er seine Frau Marie. Gefolgt von den MacInnis-Brüdern rannte er zum Wehr. Offenbar hatte es dem beträchtlichen Druck des Wassers nicht standgehalten, das sich bei den starken Regenfällen Anfang September aufgestaut hatte.

»Gabriel! Gabriel!«

Alexander fürchtete das Schlimmste. Er folgte dem wütend strudelnden Wasser und kletterte den Hügel hinauf.

»Gabriel!«

Weder sein Sohn noch das kleine Mädchen waren zu sehen. Er versuchte sich mit dem Gedanken zu beruhigen, dass er sie bestimmt gesehen hätte, wenn sie von der Strömung mitgerissen worden wären.

»Gabriel! *A Thighearna mhór! Mo bhalach!*« Großer Gott! Mein Junge!

Sein panischer Blick schweifte über den Teich, der sich leerte und dabei Baumstämme und Pflanzenwuchs mitnahm, die eine Barriere vor dem Damm bildeten. Wenn sie ertrunken waren, würden die Körper ohnehin erst nach mehreren Stunden an die Oberfläche kommen … Heftig schüttelte er den Kopf, um den Gedanken zu verscheuchen. Mit einem Mal zog ein metallisches Aufblitzen im Gras seine Aufmerksamkeit auf sich. Er trat heran: eine Axt … Er hob das Werkzeug auf, untersuchte es und runzelte die Stirn. Es gehörte ihm.

»Gabriel …«, murmelte er.

Er hob den Kopf und sah gerade noch einen roten Haarschopf durch sein Blickfeld huschen. Zornig und erleichtert zugleich stürzte er schreiend auf den Kleinen zu.

»Gaby!«

Als er ihn erreichte, kauerte Gabriel sich am Fuß einer Birke zusammen und brach in Tränen aus.

»Das … wa' ein Ve'sehen. Ich wusste ja nicht, dass die Schnu' den Schiebe' geschlossen hält … Ich hab das nicht mit Absicht getan …«

Der Junge war sich nur zu bewusst, was für eine große Dummheit er begangen hatte. Vor Angst erstarrt sah er in Monsieur Alexanders tiefblaue Augen auf. Er hörte, wie dieser schimpfte und fluchte und dabei auf seine eigentümliche Art das »r« rollte. Dann wurde es still, und er glaubte schon, wieder allein zu sein. Doch da spürte er, wie zwei Arme ihn umschlangen und ihn so fest drückten, dass er keine Luft bekam.

»Sei mir nie wieder ungehorsam, mein Junge. Nie wieder! Hast du verstanden?«

»Ich wa' nicht ungeho'sam.«

»Die Axt … Ich hatte dir ausdrücklich verboten, sie anzurühren.«

»Die hat Otemin genommen … um den Fischen den Kopf abzuschlagen.«

»Und wer hat nun die Schnur durchtrennt, die den Schieber der Schleuse geschlossen hielt?«

Ein langes Schweigen trat ein. Gabriel schaute immer noch zu Boden.

»Das wa' ich … Ich wollte eine längere Angelschnur. Otemin hatte schon zwei Fische gefangen und ich noch keine. Ich dachte, meine Schnur wäre zu kurz.«

»Herrgott! Und wo ist Otemin jetzt?«

Alexander nahm seinen laut schniefenden Sohn in die Arme.

»Sie hat sich versteckt, weil sie Angst hat, dass Munro sie ausschimpft. Ich bin zurückgekommen, um die Axt zu holen, die ich vergessen hatte... Damit ich nicht auch deswegen gescholten werde...«

Alexander war gerührt von Gabriel Geständnis und dem Umstand, dass er sich so große Mühe gab, die »r«s richtig auszusprechen, um ihn milder zu stimmen.

»Die Axt ist nicht so wichtig... Ist dir eigentlich klar, dass du den Damm zerstört und das Lager überschwemmt hast und um ein Haar deine Mutter ertränkt hättest...? Du hast mir eine Höllenangst eingejagt, Gabriel! Ich werde dich bestrafen müssen.«

»Ich weiß...«

Voller Gewissensbisse schmiegte sich das Kind an Alexander, der den Rückweg zur Hütte antrat. Unterwegs begegneten sie den drei anderen Männern, die erleichtert wirkten. Ein Teil der Ernte war verloren, und sie würden härter arbeiten müssen, um den fehlenden Mais zu ersetzen. Aber Gabriel und Otemin waren heil und gesund, und das war die Hauptsache.

Mit einem kräftigen »Plonk!«, das von einem Wutschrei begleitet wurde, spaltete die Axt das Holz. Alexander hob die Stücke auf und warf sie heftig auf den Haufen mit den Scheiten, die er schon gespalten hatte. Dann nahm er ein weiteres Stück, setzte es auf den Hackklotz und begann knurrend von neuem. Ein Schweißtropfen kitzelte ihn an der Schläfe und lief bis zum Kinn hinunter. Mit einer schroffen Bewegung wischte er ihn weg. Unaufhörlich hallten Gabriels Worte in seinem Kopf wider: »Mein 'ichtige' Vate' hat mich nie geschlagen!«

Das hatte ihm so wehgetan, dass der Zorn in ihm aufgestiegen war, und er hatte viel heftiger, als er das vorgehabt hatte, mit dem Ledergürtel auf das nackte Hinterteil seines Sohns eingeschlagen, der vor Schmerz schrie und zappelte.

»Ich bin dein richtiger Vater, Gabriel. Ob es dir nun gefällt oder nicht, du bist zur Hälfte Schotte.«

»Du lügst doch. Papa war mein 'ichtige' Vate', und du hast kein 'echt …«

»Mo chreach! Ich habe jedes Recht! Du bist mein Sohn von meinem Blut, und ich werde dich bestrafen, damit du dich daran erinnerst. Glaub nur nicht, dass mir das Freude bereitet …«

»Plonk!« machte die Axt von neuem. Wieder sah Alexander die von Hass verzerrten Züge seines Sohns, der sich hinter eine Holzkiste geflüchtet hatte. Alexander schrie auf und warf die Axt weg. Plötzlich rührte sich sein Gewissen.

»Bist du eigentlich verrückt geworden?«

Das war Isabelle, und sie war zornig.

»Mit welchem Recht hast du Gabriel geschlagen? Er ist noch nie auf diese Art bestraft worden, und ich werde heute nicht damit anfangen, das zu erlauben!«

»Dieses Kind ist bis auf die Knochen verzogen. Er war ungehorsam und musste bestraft werden.«

»Wirfst du mir das etwa vor? Ich habe getan, was ich konnte! Aber ich weise dich darauf hin, dass er genauso sturköpfig ist wie … du. Es ist nicht einfach, ein Kind allein großzuziehen.«

»Und der Mann, den er seinen richtigen Vater nennt? Dein Mann? Wo war der?«

»Pierre hat sich nicht direkt in Gabriels Erziehung eingemischt. Er hat dafür gesorgt, dass er zu essen und zum Anziehen hatte und sich vergewissert, dass es ihm an nichts fehlte. Der Rest war meine Aufgabe. Glaubst du, dass man für Geld alles kaufen kann, Alex? Meinst du, ich habe es mir gut gehen lassen? Du weißt ja gar nichts über uns, über mich.«

»Ich weiß nichts, weil ich nicht wollte …«

»Allerdings, du wolltest es nicht wissen! Und außerdem, warum hast du Gabriel nicht einfach durch ein Verbot gestraft, statt wie ein Barbar auf ihn loszugehen? Er wird für immer gezeichnet davon sein!«

»Es gibt Dinge, die einen schlimmer zeichnen als ein einfacher Schlag mit einem Gürtel.«

»Oh ja, natürlich! Die Peitsche und …«

Mit einem Mal biss sich Isabelle auf die Zunge und sah Alexander an, dessen Nasenflügel vor unterdrücktem Zorn bebten.

»Es tut mir leid. Das sollte keine Anspielung auf …«

»Ich meinte keine körperlichen Züchtigungen, Isabelle … sondern andere Dinge, von denen du nicht den geringsten Begriff hast!«

Er trat nach einem Stück Holz und wandte sich zum Gehen.

»Alex!«, stammelte sie. »Ich weiß … ich kenne deine ganze Geschichte nicht. Wenn du dir nur die Mühe machen würdest, sie mir zu erzählen …«

»Ich gehe auf die Jagd!«

»Genau! Lauf doch weg! Verkriech dich in den Wäldern. Wie soll ich denn die ›Dinge, von denen ich keinen Begriff habe‹, verstehen, wenn du mir nichts erklärst und ständig davonläufst?«

Doch Alexander war schon weit fort. Ihre letzten Worte gingen im Heulen des Windes unter, der ihr die Röcke um die Beine wirbelte. Isabelle stand reglos da. Sie zögerte, ihm nachzulaufen. Dann rief Marie nach ihr, und sie ging ins Haus, um zusammen mit ihr das Abendessen zuzubereiten.

Das Gewitter brach mitten in der Nacht mit einer solchen Wucht los, dass Isabelle, die sich für gewöhnlich nicht vor den Wetterunbilden fürchtete, unter ihren Laken zitterte. Gabriel hatte sich an sie geschmiegt und schlief erstaunlicherweise tief und fest. Marie dagegen ächzte ohne Unterlass.

Isabelle machte sich Sorgen um Mikwanikwe. Nachdem Munro sich, als der Unfall geschehen war, auf die Suche nach den Kindern gemacht hatte, war die Indianerin trotz Maries Bitten in die Wälder gelaufen. Munro hatte erklärt, dass die Eingeborenenfrauen, sobald die ersten Wehen einsetzten, traditionell Zuflucht in einem Unterschlupf suchten, den sie speziell zu diesem Zweck einrichteten. Dort brachten sie allein und ohne einen einzigen Schrei auszustoßen ihr Kind zur Welt. *Ohne einen ein-*

zigen Schrei ... das würde ich gern sehen, um es glauben zu können!, dachte Isabelle, die sich an ihre entsetzlichen Qualen bei der Geburt Gabriels erinnerte.

Bei Einbruch der Nacht war die Indianerin immer noch nicht zurückgekehrt, und Alexander ebenfalls nicht. »*Dinna worry*«, hatte Munro sie zwischen zwei Schlucken Branntwein beruhigt, »nicht sorgen, sie bald zurückkommen.« Aber der arme Mann, der seiner Frau versprochen hatte, ihre Traditionen zu achten, konnte seine Unruhe selbst kaum beherrschen. Er ging auf und ab und beobachtete aus geröteten Augen den Waldsaum.

»Sie bald zurückkommen ...«, murmelte sie, indem sie das gebrochene Französisch des Schotten nachahmte. *Nein, sie nicht bald zurückkommen, mein armer Freund. Und Alex darf gerne bleiben, wo er ist!*

Sie zog das Laken bis unters Kinn hoch und spürte, wie sich ihre Magengrube verkrampfte. Und wenn sich noch ein Bär im Wald herumtrieb? Oder Wölfe ... Alexander war nur mit seinem Dolch bewaffnet. Und was Mikwanikwe anging ... Sie wagte sich gar nicht vorzustellen, was alles geschehen könnte. Wenn die Geburt nicht gut vonstatten ging? Oder das Kind falsch herum lag? Herrgott! Aber wie hätte sie der Indianerin helfen können?

Ein weiterer Blitz riss sie aus ihren Gedanken und erfüllte das Innere der Hütte mit grellem Licht. Der Donnerschlag, der fast augenblicklich darauf folgte, war so heftig, dass die Erde zu beben schien. Gabriel wachte schreiend auf und klammerte sich am Nachthemd seiner Mutter fest. Marie, die mit weit aufgerissenen Augen auf ihrem Bett saß, kreischte vor Angst.

»Es ist nichts, der Blitz ist in einiger Entfernung eingeschlagen«, sagte Isabelle, um die anderen zu beruhigen. »Wir sollten uns glücklich schätzen, dass er nicht direkt über uns war.«

Marie, die sich jetzt unter ihrer Decke verkrochen hatte, quiekte weiter wie ein Ferkel, das geschlachtet wird. Gabriel riss die Augen auf.

»Mama, das ist de' liebe Gott, de' böse auf mich ist ... weil ich heute eine g'oße Dummheit gemacht habe.«

»Nein, Gaby, das ist bloß ein Gewitter. In den Wäldern sind die Gewitter oft heftiger als in der Stadt.«

»Aber Monsieur Alexande' ist weggegangen. Bestimmt kommt e' nicht wiede'.«

»Wie kommst du denn darauf?«, fragte Isabelle und umfasste das Kinn ihres Sohns, um ihm in die feuchten Augen zu sehen. »Monsieur Alexander ist gegangen, um die Fallen zu überprüfen und …«

»E' hat gesagt, e' wä'e mein 'ichtiger Papa … E' wi'd ste'ben … so wie mein Papa Pierre.«

»Was? Wann hast du denn das gehört?«

»Als e' mich best'aft hat. E' hat gesagt, mein Blut …«

An der Tür klopfte es laut. Der Radau unterbrach Gabriel, der sich noch fester an seine Mutter klammerte und an allen Gliedern zitterte.

»Mama! Das sind die We'wölfe! Das Heulen kommt von ihnen. Sie wollen he'einkommen, um mich zu f'essen. Der böse Teufel schickt sie.«

»Das ist doch dummes Zeug, Gaby. Und außerdem hat Marie so viel Salz im Haus verstreut, dass sich nicht das kleinste Irrlicht zu uns hineinwagen wird. Das muss Munro sein. Gewiss will er uns sagen, dass Otemin ein kleines Geschwisterchen bekommen hat …«

Das Hämmern begann von neuem.

»Isabelle! Isabelle! *Dè tha 'dol? Fosgail an doras!*« Was ist los? Mach die Tür auf …

»Alex?«

Isabelle war erleichtert und zornig zugleich. Sie deckte Gabriel zu, lief zur Tür und öffnete. Zusammen mit Alexander drangen ein Schwall Regen und das Jaulen des Windes in die Hütte. Er war bis auf die Knochen durchnässt und schwankte. Mit seinen tropfenden Kleidern und den am Schädel klebenden Haaren sah er tatsächlich wie ein Werwolf aus. Panisch ließ er den Blick durch den Raum schweifen und sah die Dienerin, die sich unter ihrem Laken zusammengerollt hatte, und das rote Gesicht seines Sohnes, das unter der Decke hervorschaute. Seufzend ließ er sich gegen die Wand sinken und schloss die Augen.

»Was ist los, Alex? Wo kommst du her? Du siehst ja schrecklich aus. Und außerdem tropfst du meinen Fußboden voll. Zieh deine Sachen aus. Ich gebe dir etwas Trockenes zum Anziehen und mache dir Wasser für einen Tee heiß.«

»*Chan eil*… Lass den Tee… Ich will nicht… Keinen Tee… nein.«

»Was hast du denn nur?«

Isabelle trat zu ihm, um festzustellen, ob er verletzt war. Erst in diesem Moment roch sie den Alkohol.

»*Cha bhi mi fada*…«, erklärte er. Ich bleibe nicht lange… »Ich wollte nur… nachsehen… *heard screaming*. Der Blitz… Ich dachte… Schön, ich gehe wieder. Gute Nacht.«

»Hast du etwa getrunken? Kommst du von deinem Cousin? Wie geht es Mikwanikwe? Weißt du etwas Neues?«

Er stieß einen langgezogenen Seufzer aus und zuckte zur Antwort nur die Achseln. Er hatte keine Lust, sich zu erklären. Nicht jetzt.

»Hast du Mikwanikwe gesehen, Alex?«

»*Chan eil mi a'tuigsinn*.« Ich verstehe nicht… »Mikwanikwe? Ich war nicht… mit ihr zusammen.«

Er drehte sich um seine Achse, geriet aus dem Gleichgewicht und hielt sich am Türgriff fest. Die Tür flog auf, und er schlug der Länge nach hin, sodass sich seine Füße im Trockenen und sein Kopf im Regen befanden. Wütend beugte sich Isabelle über ihn, um ihn zu schütteln.

»Oh nein! Wenn du glaubst, du kannst da liegenbleiben, während der Regen mein Haus überschwemmt, dann irrst du dich!«

»*An taigh agam*… *an taigh agam*…« Mein Haus… mein Haus…

»Los, aufstehen! Was für ein armseliges Beispiel du deinem Sohn gibst! Sein Vater, ein Trunkenbold…!«

Deinem Sohn… Sein Vater, ein Trunkenbold… Die Worte drangen in Alexanders umnebeltes Hirn und trafen ihn wie ein Schlag.

Der Donner grollte. Er wälzte sich auf die Seite. Der Regen rann über sein Gesicht und lief ihm in den Mund. Er leckte sich die Lippen und schluckte.

»*Dh'òlainn deoch … a làimh mo rùin …*«, summte er leise. Ich werde aus der Hand meiner Liebsten trinken … Er lachte auf und begann dann zu stöhnen. »Ich wollte das nicht … Ich habe das nicht gewollt, aber es musste sein. Er muss verstehen … dass Ungehorsam … Folgen hat … Es musste sein, obwohl ich das nicht gewollt habe. Isabelle … verzeih mir.«

Er schlug die Hände vors Gesicht.

»Mama, was hat denn Monsieur Alexande'? E' sieht nicht gut aus, und e' sp'icht komisch. E' wi'd ste'ben, e' wi'd ste'ben! Ich we'de b'av sein, ich ve'sp'eche es! Nie wiede' will ich ungeho'sam sein. Ich will nicht, dass e' meinetwegen sti'bt.«

»*Bluidy rainy day …*« Verfluchter Regentag …

Alexander wiegte den Kopf hin und her und rollte mit den Augen. Isabelle presste vorwurfsvoll die Lippen zusammen und weigerte sich, Mitleid aufkommen zu lassen. Schließlich hatte er Gabriel geschlagen! Das konnte sie nicht hinnehmen! Sie beugte sich über ihn und nahm sich vor, ihm ordentlich die Leviten zu lesen, sobald er wieder nüchtern war. Dann fasste sie nach seinen schlammüberzogenen Knöcheln und richtete sich auf. Sie wandte den Kopf zu ihrem Sohn und setzte eine beruhigende Miene auf.

»Monsieur Alexander wird nicht sterben, mein Schatz. Er ist nur … ein wenig müde, weil er einen langen Tag hatte.«

Sie zog an Alexanders Beinen und drehte sich dann zu dem Dienstmädchen um, das unter seiner Decke immer noch wie Espenlaub zitterte.

»Hilf mir, ihn hereinzuholen, Marie«, befahl sie in gebieterischem Ton, »und hör auf zu jammern, ja?«

Gabriel setzte sich auf eine Bank und betrachtete Alexander besorgt. Mit Maries Hilfe gelang es Isabelle nicht ohne Mühe, den Schotten ins Trockene zu ziehen und die Tür zu schließen, ehe der ganze Fußboden unter Wasser stand. Was sollte sie jetzt mit ihm anfangen? Ganz offensichtlich würden sie die Nacht unter demselben Dach verbringen … Marie warf ihrer Herrin, die dabei war, den fantasierenden Mann auf dem Boden auszuziehen, einen fragenden Blick zu.

»Gut. Geh wieder schlafen, Marie. Den Rest schaffe ich schon allein … Würde es dich stören, in deinem Bett ein Plätzchen für Gabriel freizumachen? Ich habe hier noch eine Weile zu tun, und er möchte bestimmt nicht allein einschlafen.«

»Ganz und gar nicht, Madame!«, rief die junge Frau, überglücklich darüber, Gesellschaft zu haben.

Nachdem sie ihren Sohn zu Bett gebracht und ihm einen Gute-Nacht-Kuss gegeben hatte, kehrte Isabelle mit einer Decke in die Küchenecke zurück. Sie kniete nieder und betrachtete Alexander, der jetzt schnarchte. Im Schlaf wirkten die Züge des Schotten entspannt. Sie versuchte sich vorzustellen, wie er als Kind ausgesehen hatte, und erkannte Gabriels Gesicht. War er ebenso neugierig gewesen wie er? So erfinderisch und mit einer lebhaften Intelligenz begabt, die ihn dazu trieb, sich über alle Regeln hinwegzusetzen? Welche glücklichen oder unglücklichen Augenblicke hatten seinen Charakter geformt?

Wer bist du, Alasdair Macdonald? Mein ehemaliger Liebhaber? Der Vater meines Sohnes? Welche inneren Qualen treiben dich um?

Mit einer zärtlichen Berührung schob sie eine tropfnasse Haarsträhne beiseite, um sein Gesicht freizumachen. In seinem halb geöffneten Mund sah sie ein gesundes und offenbar vollständiges Gebiss. Das erinnerte sie daran, dass Pierre, der sehr auf sein Aussehen bedacht gewesen war, zwei verlorene Schneidezähne durch falsche Zähne aus Elfenbein ersetzt hatte, die er mit Goldfäden an den benachbarten Zähnen befestigte.

Sie wollte Alexander zudecken, doch dann hielt sie inne, um seinen Körper anzusehen. Mit dem Finger fuhr sie sanft die Konturen des Wolfskopfes nach, der seine Schulter schmückte und ihn wie einen Eingeborenen aussehen ließ. Dann betrachtete sie seine Schenkel, die sich unter dem abgetragenen Stoff seiner Kniehosen wölbten, und ließ den Blick an seinen Beinen hinabgleiten. Seine nackten, schlammbespritzten Waden faszinierten und beunruhigten sie. Die Tätowierungen ähnelten denen an seinen Oberarmen und stellten seltsame geometrische Motive dar; Streifen, die sich um etwas schlangen, in dem sie eine Schildkröte zu erkennen glaubte. Sie wusste, dass die Voyageurs, die die Kanus ruderten, sich für gewöhnlich die Haut mit solchen Ornamenten schmückten. Étienne und mehrere Händler, die sie damals in Pierres Kanzlei gesehen hatte, trugen stolz ihre Tätowierungen zur Schau. Ihr Mann hatte behauptet, manche schmückten auf diese Weise sogar ihre intimen Körperteile.

Doch was sie am meisten störte, waren nicht diese Muster, sondern die entsetzlichen Narben, mit denen die Beine des Schotten übersät waren. Sie waren glatt, rosig und unbehaart. Im Hospital hatte sie einst zahlreiche Brandwunden gesehen, aber sie hatte nie gewagt, Alexander zu fragen, unter welchen Umständen er sich diese Verletzungen zugezogen hatte. *Es gibt Dinge, die einen schlimmer zeichnen als ein einfacher Schlag mit einem Gürtel … Ich meinte keine körperlichen Züchtigungen, Isabelle … sondern andere Dinge, von denen du nicht den geringsten Begriff hast!* Seine Worte hallten in ihrem Kopf wider, und sie erriet, dass sich unter jeder seiner Narben eine noch tiefere Wunde verbarg, die sich niemals vollständig schließen würde.

»Was hast du nur gemeint, Alex? Ich kann es nicht erraten. Du musst es mir sagen …«, flüsterte sie, während sie die Decke über ihn breitete.

Es zerriss ihr das Herz, die entsetzlichen Spuren auf seinem Körper zu sehen. Warum hatte sie sich in diesen Mann verliebt? Merkwürdig, sie hatte noch nie über diese Frage nachgedacht. Seit sie ihn als Soldaten kennengelernt hatte, war der Schotte immer undurchschaubar und distanziert gewesen. Doch jedes Mal, wenn sie sich geliebt hatten, hatte er sich so hingegeben, dass sie das Gefühl gehabt hatte, sein Herz in der Hand zu halten. Alles in allem hatte sie, obwohl sie sich etwas anderes glauben machen wollte, nie bedauert, sich ihm hingegeben zu haben. Doch sie war tief betrübt darüber, ihn nicht besser zu kennen. Wo sie wohl heute stünden, wenn ihre Mutter sie nicht gezwungen hätte, Pierre Larue zu heiraten? Würden sie einander noch lieben? Hatte Gott sie getrennt, um sie unter besseren Vorzeichen wieder zusammenzuführen? Hatten diese verzweifelten Tage und durchweinten Nächte doch einen Sinn gehabt? Was für Fragen!

»Was bleibt von uns, Alex? Und was soll aus uns werden?«

Ein weiterer Blitz erhellte das Innere der Hütte. Dann versank alles wieder in Finsternis. Alexander schnarchte immer noch. Isabelle blies die Kerze aus und schloss seufzend die müden Augen.

»Gute Nacht, Alasdair.«

14

Erntedank

Im Traum hörte Isabelle fröhliches Gezwitscher. Ein Vogel flog über sie hinweg und zeichnete mit den Flügelspitzen einen Regenbogen an den Himmel. Dann ließ sich ein Kinderlachen vernehmen, und Gabriel tauchte aus den bunten Lichtfluten auf. Ein Hund begann zu bellen, und sein Kläffen übertönte bald das zarte Vogelgezwitscher und das Lachen des kleinen Jungen. Mühsam öffnete Isabelle die Augen und starrte einen Moment lang an die Deckenbalken. Merkwürdigerweise waren der Vogel und Gabriel verstummt, aber der Hund kläffte weiter.

»Bring diesen Hund zum Schweigen, Gaby!«, brummte sie.

Drückende Hitze setzte ihr zu, und das Hemd klebte an ihrer feuchten Haut. Sie wandte den Kopf zur Seite und sah zu Maries Bett. Leer.

»Gaby?« Als sie den Kopf auf die andere Seite drehte, fand sie sich mit der Nase in einem Haargestrüpp wieder. Sie schlug die Hand vor den Mund, um einen Schrei zu ersticken: Alexander schlief in ihrem Bett!

»Aber was …?«

Nach ein paar Sekunden fielen ihr die Ereignisse des gestrigen Abends wieder ein. Hatten sie …? Heiliger Himmel! Nein, Gott sei Dank nicht! Alexander war wohl ganz einfach im Schlaf zu ihr gekrochen. Aber was für ein Leichtsinn! Was hätte Gabriel gedacht, wenn er aufgewacht wäre und einen Mann im Bett seiner Mutter gesehen hätte? Und Marie? Hatte sie geglaubt …?

»Mama«, flüsterte Gabriels Stimme ihr ins Ohr, »kann ich mit Otemin und den Hunden spielen?«

Isabelle fuhr hoch und vergewisserte sich, dass der Mann, der neben ihr lag, anständig bedeckt war. Als sie seine noch feuchten Hosen sah, die sie ihm nicht hatte ausziehen wollen, seufzte sie erleichtert. Gabriel strahlte über das ganze Gesicht und schien sich überhaupt nichts daraus zu machen, dass Alexander im Bett seiner Mutter lag, so als wäre das ganz normal und selbstverständlich.

»Da'f ich nach d'außen? Es ist so schön heute. Ich habe mich ganz allein angezogen.«

»Wo ist Marie?«

Ein wenig verlegen sah sich Isabelle im Raum um.

»Zu Mikwanikwe gegangen, um ih' zu helfen.«

»Mikwanikwe? Ist sie schon zurück?«

»Na kla'. Sie hat im Gewitte' ein Kind im Wald gefunden.«

»Oh! Willst du es dir anschauen?«

»Nein, ich habe keine Zeit. Ich gehe aufs Feld, F'ancis und Stewa't helfen.«

»Aufs Feld?«

»Hast du das ve'gessen? Heute ist doch das Maisfest. Wir e'nten die Kolben und schälen sie.«

»Wie spät ist es? Wo steht die Sonne?«

»Genau über der g'oßen Eiche.«

»Was, schon so spät?«

»Kann ich jetzt hinausgehen?«

»Ja, lauf zu.«

Sie ließ sich wieder auf die Matratze sinken und schloss die Augen. Die Tür knarrte und wurde behutsam zugezogen. Sieh an! Für gewöhnlich knallte Gabriel sie hinter sich zu, wenn er es eilig hatte ...

Ihre geflüsterte Unterhaltung und das Auf und Ab der Matratze hatten Alexander geweckt, und er regte sich leicht. Entzückt nahm er den Geruch nach Frau in seiner Nähe wahr und sog ihn ein.

»*A ghràidh mo chridhe ... Och, ma heid!*« Oh, mein Kopf ...

Er hielt sich den Schädel.

»Wenn du Kopfschmerzen hast, geschieht dir das nur recht, Alexander Macdonald!«

»*Dinna be sae harsh, wemen …*« Sei nicht so hart, Frau …

»Ich weise darauf hin, dass ich dich nicht eingeladen habe, in mein Bett zu kommen!«

»Auf dem Fußboden ist es ziemlich unbequem. Da erschien mir dein Bett gemütlicher. Außerdem schlief Gabriel bei Marie, und ich hatte den Eindruck, dass Platz genug für zwei wäre …«

»Da habe ich ja noch Glück gehabt, dass du nicht auf die Idee gekommen bist, über mich herzufallen!«

Er stieß ein kurzes Gelächter aus, das in ein Stöhnen überging.

»Da … irrst du dich! Du kannst dir gar nicht vorstellen, was mir alles durch den Kopf gegangen ist.«

»Du ekelhafter … Lüstling! Wenn das so war, was hat dich zurückgehalten?«

»Meine Kopfschmerzen.«

Er verzog das Gesicht.

»Ach ja?«, rief sie laut aus. »Dann hast du auch nichts Besseres verdient! Ist es möglich, dass du beinahe … Also wirklich! In meinem Bett? Ich sollte dich ohrfeigen und dich …«

Er wartete auf den Rest, doch es kam nichts mehr. Oh ja, trotz seiner Kopfschmerzen hatte es ihn übermenschliche Kraft gekostet, sich nicht über sie zu beugen und … Doch da er sich nun einmal damit abgefunden hatte, noch zu warten, hatte er sich damit zufriedengegeben, sie anzusehen, ihren Duft zu atmen, ihrem ruhigen Atem zu lauschen und von ihr zu träumen.

Ein Sonnenstrahl brach durch die Schmutzschicht auf den Fensterscheiben, strich über Alexanders zerrauftes Haar, das sich über das Kissen aus Entenfedern breitete, und ließ es aufschimmern. Geblendet rückte er in den Schatten. Isabelle betrachtete sein ungewöhnliches Haar, das im Zwielicht so dunkel und in der Sonne so strahlend wirkte. *Genau wie du, Alexander …*, dachte sie betrübt. *Hast du nicht genug davon, im Dunkel zu leben?*

»Isabelle«, brachte Alexander mühsam heraus, während er sich langsam mit den Daumen über die Augenlider rieb, »es fällt mir ein wenig schwer, mich an die Ereignisse von gestern

Abend zu erinnern … Habe ich dich in Verlegenheit gebracht? Ich meine … Habe ich etwas getan, das dich schockiert hat?«

»Hmmm … abgesehen von den Prügeln, die du Gabriel verpasst hast, deinem stundenlangen Verschwinden und dem Umstand, dass du mitten in der Nacht sturzbetrunken bei mir eingedrungen bist … eigentlich nicht.«

Alexander stieß ein Stöhnen aus, das in seinem entzündeten, trockenen Hals schmerzte, und setzte eine zerknirschte Miene auf.

»Hör auf, mich so anzuschauen! Bereitet es dir solches Vergnügen, mich leiden zu sehen?«

»Im Moment ja. Ach, ich vergaß! Du hast dich auch äußerst bußfertig gezeigt.«

»Hmmm. Ist das alles?«

»Pah! Zum Schluss hast du dich artig auf meinen Fußboden gelegt und unzusammenhängendes Zeug über Regentage gemurmelt … und dann bist du eingeschlafen. Meine Güte, was kannst du schnarchen!«

»Hmpf …«

Er brummte. Aber er würde ihr nicht gestehen, dass er sich erbärmlich elend fühlte! Bleiernes Schweigen senkte sich auf sie herab, in dem nur die Geräusche, die von draußen in die Hütte drangen, zu hören waren. Dann öffnete Alexander die Augen erneut und drehte sich zu der Frau um, die neben ihm lag. Sie starrte mit zusammengebissenen Zähnen an die Decke. Offenbar quälte sie etwas.

»Du hättest es verdient, dass ich dir ebenfalls eine Tracht Prügel verpasse, alter Trunkenbold!«

»Tu dir keinen Zwang an. Ich bin nicht wirklich in der Lage, mich zu wehren.«

»Genau wie Gabriel.«

»*Och!* Jetzt ist es aber genug, Isabelle.«

»Nein! Du hattest kein Recht, meinen Sohn zu schlagen!«

»Darf ich dich daran erinnern, dass er auch mein Sohn ist? *Och! God damn heid!* Gabriel musste begreifen … Er muss lernen, dass seine Handlungen Folgen nach sich ziehen.«

Isabelle ballte die Fäuste und bohrte die Fingernägel in ihre Handflächen, bis es schmerzte.

»Durch Schläge mit dem Gürtel? Ist das für dich die beste Methode? Ich schätze, du hast sie selbst mehr als einmal zu spüren bekommen, und jetzt wendest du dieses Rezept an, um …«

»Stop it!«

Alexander stützte sich auf einen Ellbogen und starrte Isabelle finster an. Sie hielt seinem Blick stand, bis sie spürte, dass ihr Herz schneller schlug. Dann wandte sie ihm schroff den Rücken zu. Der Umstand, dass er in ihrem Bett lag, wühlte sie weit mehr auf als ihr Streit. Fröhliches Geschrei und Hundegekläff drangen von draußen herein und verminderten die Spannung zwischen ihnen.

»Wie geht es ihm?«, fragte Alexander nach erneutem langen Schweigen.

»Unter den Umständen erstaunlich gut«, gab sie bissig zurück.

»Die Umstände … *aye*!«

»Es ist doch niemand zu Schaden gekommen, Alex«, setzte sie weniger schroff hinzu.

Alexander versuchte sich wieder hinzulegen, ohne seinen Kopf allzu stark zu bewegen. Eine Flut von Erinnerungen stieg in ihm auf, die gleichen, die ihn am Vorabend so aufgewühlt hatten, nachdem er seinen Sohn bestraft hatte. Am Ufer des Loch Leven war das gewesen, an einem Regentag wie diesem, einem Gewittertag, an dem er seiner Familie großen Kummer bereitet hatte, und es war der erste Tag in seinem Leben, den er am liebsten rückgängig gemacht hätte.

»Als ich elf war«, begann er bedächtig, »hat mein Vater mir die schlimmsten Prügel meines Lebens verpasst, weil ich ihm ungehorsam gewesen war. Ich erinnere mich noch genau … Die ganze Nacht hatte es geregnet, aber kurz vor Sonnenaufgang hatte der Regen aufgehört. Der Himmel war immer noch grau und verhangen. Mein Freund Tim und ich wollten fischen gehen. Andrew, Tims Bruder, der ein wenig älter war als wir, wollte nicht mitkommen. Uns war es ausdrücklich verboten, auf den

See hinauszufahren, wenn ein Unwetter drohte. Aber ich habe Tim so lange zugesetzt, bis er nachgab. Meine Nichte Marcy, die Älteste meines Bruders Duncan Og, und der kleine Brian, ihr jüngster Bruder, hatten sich in den Kopf gesetzt, mit uns zu kommen. Marcy drohte, uns zu verpetzen, wenn wir sie nicht mitnähmen. Sie verstand sich gut aufs Fischen und kannte die besten Stellen … Also haben wir heimlich ein Boot genommen. Nach einer Weile … kam Wind auf, und unser Boot begann gefährlich zu schwanken. Tim hatte Angst; der kleine Brian weinte. Marcy versuchte ihn zu beruhigen und gleichzeitig zum Ufer zu rudern. Ich wollte meinen Neffen auch trösten, doch das gelang mir nicht. Brian begann panisch zu zappeln und nach seiner Mutter zu rufen … Ich bin aufgestanden, um ihn in den Arm zu nehmen, und das Wasser ist ins Boot geschwappt. Ich glaube … mit meiner Bewegung … habe ich das Boot zum Kentern gebracht. Dann ging alles ganz schnell. Ich weiß noch, wie mir das Wasser in den Mund und in die Nase drang … es brannte mir im Hals, in den Lungen und in den Augen. In diesem Alter konnte ich noch nicht besonders gut schwimmen … Ich suchte hektisch nach einem Halt. Marcy war ganz in meiner Nähe, und sie war eine gute Schwimmerin. Ich habe mich an sie geklammert, aber sie hielt schon den kleinen Brian fest …«

Vor seinem inneren Auge sah Alexander wieder, wie seine Nichte und sein Neffe am Strand gelegen hatten, die Gesichter von schleimigem Tang umgeben, und mit leerem Blick zum Himmel aufsahen, wo sich bereits ihre Seelen befanden. Er rang um Fassung und räusperte sich.

»Tim, Andrew und ich wurden von unseren Eltern öffentlich gezüchtigt: je dreißig Stockschläge für meine Freunde und fünfzig für mich, weil ich die anderen zu diesem Ausflug angestiftet und sie zum Ungehorsam angestachelt hatte. Noch nie hatte mein Vater mich derart brutal geschlagen. Herrgott, tat das weh! Ich hatte das Gefühl, er hätte mir alle Knochen gebrochen. Dann, am Abend, kam mein Vater zu mir. Nachdem er sich vergewissert hatte, dass ich keine schwerwiegenden Verletzungen hatte, fragte er mich, was meine Lieblingsbeschäftigung sei. Ich war etwas verwirrt über diese Frage in einem so traurigen Moment, aber ich dachte zunächst, er habe Gewissensbisse und wolle mir eine Freude bereiten, damit ich meine Strafe vergaß. Naiv habe ich ihm geantwortet, ich ginge schrecklich gern zur Jagd in die Berge. Da sah er mir in die Augen und sagte: ›Fünfzig Stockschläge sind ein lächerlich geringer Preis für zwei Leben, findest du nicht auch?‹ Unsicher, was jetzt kommen würde, nickte ich. Lange schwieg er, und dann fällte er sein Urteil: Ich durfte ein Jahr lang nicht auf die Jagd gehen.«

Alexander erinnerte sich noch Wort für Wort daran, was sein Vater gesagt hatte: *Deine Mutter hat recht. Körperliche Züchtigungen rufen nur Groll hervor. Der Schmerz bringt einen nicht dazu, darüber nachzudenken, was man getan hat. Es gibt mehrere Arten, jemanden zu bestrafen. Du musst für deinen Fehler büßen, mein Sohn, und eine Lehre daraus ziehen. Ungehorsam ist eine Schande für den Clan, verstehst du? Es bedeutet, dass du es deinem Vater und dem Chief gegenüber an Loyalität mangeln lässt. Die Folgen … können furchtbar sein … wie du festgestellt hast. Üblicherweise erlangt man Vergebung, indem man Wiedergutmachung leistet. Aber hier gibt es nichts gutzumachen. Doch du sollst zumindest etwas aus dieser Tragödie lernen. Daher ist es dir von heute an für ein Jahr ausdrücklich verboten, auf die Jagd zu gehen. So hast du Zeit, darüber nachzudenken, was du getan hast. Glaube nicht, dass mir das Freude bereitet, Alasdair. Ich tue es, weil ich dich liebe, mein Sohn …*

Die Strafe war entsetzlich hart gewesen. Ein Jahr war eine lange Zeit! Aber andererseits, was war das im Vergleich zum Tod Marcys und des kleinen Brian? Natürlich verstand er das heute alles. Aber mit elf Jahren … Dieser Vorfall hatte sich einige Monate vor dem schicksalhaften Ereignis begeben, das zum Tod seines Großvaters Liam geführt hatte. Das Jahr war noch nicht einmal herum gewesen, und er war wieder ungehorsam gewesen … und erneut waren die Folgen schrecklich gewesen.

»Die Folgen unserer Taten … können Leben zerstören«, erklärte er laut. »Sie können unsere Existenz in einen Alptraum verwandeln. Ich weiß das, und ich wünsche mir das nicht für

Gabriel! Du hättest … ertrinken können! Und er hätte sein ganzes Leben lang die Last deines Todes getragen!«

Alexander setzte sich im Bett auf und fuhr mit der Hand über sein Gesicht, um sich verstohlen die Augen zu trocknen. Er hatte sein Herz ein wenig erleichtert; das war ein Anfang. Gerührt streckte Isabelle eine Hand nach ihm aus und streifte ihn an der Hüfte. Er erschauerte und krümmte die Schultern noch weiter.

»Du hast natürlich recht, genau wie meine Mutter. Körperliche Züchtigungen führen nur zu Groll und Verachtung«, murmelte er. »Aber etwas anderes ist mir nicht eingefallen … Nachdem Marcy und Brian ertrunken waren, hat mein Vater nie wieder die Hand gegen mich erhoben, obwohl ich es so manches Mal verdient gehabt hätte. Und ich … Herrgott! Was habe ich getan!?«

Er schluckte mühsam, holte tief Luft und schlug fluchend mit der Faust auf die Matratze.

»Wenn mein Sohn mich so hasst, wie ich mich selbst verachte …«

»Das glaube ich nicht, Alex. Gabriel ist dir nicht böse. Er ist nur noch nie so schwer bestraft worden … und so merkwürdig das auch erscheinen mag, er scheint zu glauben, dass er die Strafe verdient hat.«

»Ich werde es nie wieder tun, *mo chreach* … nie mehr! Das schwöre ich dir!«, setzte er hinzu und wandte Isabelle sein vor Kummer verzerrtes Gesicht zu.

»Gut, Alex … Ich glaube dir.«

»Du musst verstehen, dass ich mich bisher nur um mich selbst kümmern musste. Ich brauche Zeit, um mich daran zu gewöhnen. Das Leben zu dritt ist so vollkommen anders … Es ist nicht leicht, von einem Tag auf den anderen Vater zu werden. Ich musste so viel überspringen. Aber ich habe es ja genauso gewollt … *A Dhia!* Ich wollte euch beide in meinem Leben haben … denn ohne euch … ist es … leer!«

Alexanders Stimme brach. Isabelle richtete sich auf die Knie auf, legte sanft die Hände um den Kopf ihres Gefährten und lehnte die Stirn an seine. Tief schaute sie in seine vom Sturm der Gefühle aufgewühlten Augen. Sie war dem Schotten immer noch böse, auch wenn sie ihn jetzt besser verstand. Betrübt machte sie sich klar, dass er sich nur auf diese gewalttätige Weise ein Stück weit von der Last, die seine Seele niederdrückte, hatte befreien können. Ihr fielen keine Argumente mehr ein, und so schüttelte sie den Kopf, um ihm zu bedeuten, dass das Thema für sie abgeschlossen war.

»Ich brauche dich, Isabelle, und ich brauche Gabriel. Ihr seid alles, was ich habe. Offenbar weiß ich nicht, wie sich ein Vater zu verhalten hat, *a ghràidh*. Aber ich weiß, dass mein Sohn mir so kostbar ist wie mein eigenes Leben. Als mir klar wurde, dass der Damm geborsten war und Gabriel am Teich war … *Mo chreach!* Ich dachte, ich müsste sterben! Mir war, als würde ich in Stücke gerissen … Dieser Schmerz … *A Thigearna mhór!* Nicht einmal die Folter bei den Irokesen …«

Abrupt verstummte er. Entsetzen ergriff Isabelle: Alexander war von den Irokesen gefoltert worden? Sie schloss die Augen, um die Tränen zurückzuhalten.

»Weißt du«, fuhr er fort, »ich hatte schon immer den Eindruck, dass Gott mich für alles, was er mir schenkt, teuer bezahlen lässt. Und da … da dachte ich …«

Isabelle war zutiefst gerührt und wagte nicht, Alexander nach dem zu fragen, was ihm herausgerutscht war. Stattdessen versuchte sie ihn zu beruhigen.

»Gabriel ist heil und gesund, Alex. Sicher, er hat uns allen einen ordentlichen Schrecken eingejagt. Aber ihm ist nichts geschehen. Und schau mich an … Ich bin hier, bei dir … weil du mich gerettet hast.«

»Ja, du bist hier … Oh, Isabelle! Wie oft habe ich geglaubt, du wärest nur ein Traum und unsere Liebe nichts als ein Hirngespinst!«

Der Zorn der beiden schwand und machte mehr und mehr einem anderen Gefühl Platz, das ebenso mächtig, aber süßer für die Seele war. Alexander strich mit den Fingern über Isabelles Schenkel. Dann, kühn geworden, ließ er sie über ihre Hüften und Flanken gleiten, streifte unterwegs ihre Brüste und umfasste schließlich ihre Schultern.

»Ich kann dich berühren«, flüsterte er. »Du bist wirklich da.«

Isabelle hatte die Augen geschlossen und ergab sich nach und nach dem Mann in ihrem Bett. Seine Finger lösten sich von ihren Schultern und fuhren in ihr Haar. Sie spürte seinen heißen Atem auf ihrer Wange. Sein Haar kitzelte sie am Hals, und sie nahm seinen moschusartigen, ein wenig erdigen Körpergeruch wahr.

Einen kurzen Moment lang spürte sie, wie sie von Panik ergriffen wurde. Pierres Tod schien schon so lange zurückzuliegen, doch fragte sie sich, ob sie nicht Alexanders Berührungen mit denen ihres verstorbenen Ehemanns verwechselte. Der Gedanke wühlte sie auf und rief Ängste hervor, die sie daran hinderten, sich vollständig gehen zu lassen. Wenn sich nun Alexanders Küsse mit denen Pierres mischten, wenn es ihnen nicht mehr gelang, die Musik von einst in ihren Köpfen erstehen zu lassen? Oder wenn sie in einem Moment der Ekstase Pierres Namen sagte? Sie wusste nur zu gut, was das Alexander antun würde. Was sollte dann aus ihnen, aus ihrer Liebe werden?

Alexander strich ihr mit den Lippen zärtlich über die Schläfe.

»Denk zurück an die Mühle«, flüsterte er ihr ins Ohr. »Möchtest du nicht wiederfinden, was wir damals hatten?«

»Ja …«

Das Wort war ihr fast ohne ihr Zutun über die Lippen gekommen. Verblüfft über ihren eigenen Wagemut legte sie die Hände auf Alexanders Gesäß, und er presste sein Becken gegen sie, damit sie spürte, wie er sie begehrte.

»Denk an diese Nacht auf der Lichtung, im Mondschein … Erinnere dich an unseren Eid.«

»Ja …«

»Merkwürdigerweise, Isabelle, sage ich mir oft, wenn du nicht fortgegangen wärest, wäre ich gestorben, ohne je zu erfahren, wie sehr du mir fehlst, wenn du fern von mir bist. *A ghràidh … Tha gaol agam ort, nis agus daonnan …*« Liebste, ich liebe dich jetzt und in alle Ewigkeit … »Du bist der weiße Vogel, der nach einer langen Reise über einen entfesselten Ozean das Grau des Himmels zerstreut. Du bist eine samtweiche Lilie zwischen Dornenranken. Du bist ... mir fehlen die Worte ... immer noch finde ich keine Worte ...«

»Pssst!«

Sanft legte Isabelle einen Finger auf Alexanders Lippen. Sie wollte nichts mehr hören, wollte das Gefühl dieses Augenblicks schweigend auskosten. Warum sich dagegen wehren? Die Liebe war da, ließ sie erbeben und pulsieren. Schmetterlinge flatterten in ihrem Leib. Sie spürte es, und er ebenfalls. Eine süße Arie erklang in ihrem Kopf, ließ wie durch Zauber alle Knoten in ihrem Herzen aufspringen und zerstreute allen Groll und alle Bitterkeit. Sie reinigte ihre Seele und läuterte ihren Geist.

Wie magnetisch angezogen fanden ihre Lippen zueinander und streiften sich. Sie trockneten die Tränen und vertrieben ihre Qualen. Begierig bemächtigten sie sich einander. Fordernd ließen sie alle Worte verstummen. Gemeinsam kosteten sie ihr neu gefundenes Glück.

»Mama?«

Mit einem Mal war die Musik fort und die Schmetterlinge flohen.

»Aaah!«

Brüsk rückte sie von Alexander weg, nahm die Decke und zog sie verlegen bis zum Hals hoch.

»Herrgott, Gaby! Was hast du da zu suchen? Kannst du nicht anklopfen, bevor du hereinkommst? Wo sind nur deine Manieren geblieben?«

Der Kleine sah zuerst seine Mutter und dann Monsieur Alexander aus weit aufgerissenen Augen neugierig an. Er wusste, dass es nicht höflich war, Erwachsene zu unterbrechen, wenn sie sich unterhielten ... oder etwas anderes taten. Das hatte er eines Tages gelernt, als er ohne Vorankündigung ins Zimmer seiner Eltern gestürmt war und seinen Vater dabei angetroffen hatte, wie er unter den Röcken seiner Mutter nach einer Krawattennadel suchte. Was für ein komischer Platz, um eine Krawattennadel zu verlieren! Aber das war nun einmal die Erklärung, die sein Papa Pierre ihm gegeben hatte. Merkwürdigerweise hatte an jenem Tag das Gesicht seines Papas den gleichen dunklen Rotton angenommen wie das von Monsieur Alexander jetzt. Gabriel runzelte die Stirn. Hatte er ebenfalls eine Krawattennadel verloren? Aber die Männer hier trugen doch gar keine Krawatten. Der Knabe schlug die Augen nieder.

»Ich habe geklopft.«

»Dann … habe ich es nicht gehört. Also … was gibt es denn nun so Eiliges?«

Isabelle war schamrot geworden.

»Mun'o schickt mich … Ich soll euch sagen, dass es Mikwanikwe gut geht und das Kind ein Junge ist. E' wollte auch wissen … ob sich Monsieur Alexande' gut fühlt.«

»Ob sich Alex gut fühlt? Natürlich geht es ihm gut!«

Isabelle war so verlegen, dass sie nicht wusste, was sie sagen sollte. Alexander konnte sich nicht mehr zurückhalten und lachte laut heraus. Ein paar Minuten später, und Gabriel hätte sie in einer noch … interessanteren Lage angetroffen!

»Sag Munro, ich komme gleich.«

Der kleine Junge wusste nicht, was er von dem Ganzen halten sollte und biss sich nachdenklich auf die Lippen. Er warf Alexander einen verstohlenen Blick zu.

»Best'afst du mich jetzt wiede'?«

Alexander erstickte fast. Er räusperte sich und antwortete ihm in ernstem Ton.

»Ein Mal ist genug, wenn du deine Lektion gelernt hast.«

»Das habe ich. Ich schwö'e, ich we'de nie wiede' ungeho'sam sein!«

»Schwöre lieber nicht, mein Junge. So etwas wird bestimmt wieder vorkommen. Du bist schließlich noch ein Kind. Aber vergiss nicht, dass es einen Unterschied macht, ob man irgendwo hereinplatzt, oder ob man eine Überschwemmung verursacht.«

Alexander zauste dem Kleinen das Haar. Seine blauen Augen, in denen das schlechte Gewissen geschrieben stand, sahen ihn durchdringend an. Diese Augen … sein Sohn. Ein Macdonald. In seinen Adern floss sein Blut. Mit einem Mal überkam ihn der

Drang, das vor aller Welt laut zu verkünden. Das war sein Junge, und er würde einmal seinen Namen tragen.

»Hast du mich denn noch lieb, obwohl ich so etwas Schlimmes getan habe?«

Alexander öffnete den Mund … doch er war so gerührt, dass er keinen Ton herausbrachte. Er krallte die Finger in das Laken, das er in einem Reflex hochgezogen hatte, um die Wölbung in seiner Hose zu verbergen, stieß einen erstickten Laut aus und nickte. Der Kleine war außer sich vor Freude und schenkte ihm ein strahlendes Lächeln, das seine zwei neuen Schneidezähne enthüllte und Grübchen in seinen Wangen auftauchen ließ. Dann war er in einem Wirbel feuerroter Locken verschwunden.

»Gaby! Dein Finger!«

Der Junge zog den beanstandeten Finger aus der Nase und steckte ihn in die Tasche, wo er eine ausgetrocknete tote Heuschrecke betastete.

»Iss deine Suppe auf, dann darfst du weiter Mais abschälen … Doch nicht austrinken, nimm den Löffel! Du vergisst deine guten Manieren, Gabriel!«

»Monsieur Alexande' hat auch keine, und ihn schimpfst du nicht die ganze Zeit aus!«

Sprachlos wandte Isabelle sich zu Alexander um, der den Kopf gesenkt hielt, um nicht zu lachen.

»Das liegt sicher daran … dass seine Mutter ihn nicht oft genug gescholten hat.«

»Doch, meine Mutter hat mich wegen meiner Manieren getadelt«, schaltete sich der Schotte ein und bemühte sich, seinen Löffel richtig zu gebrauchen. »Ich habe sogar eines Tages die Suppenkelle auf den Hinterkopf bekommen, weil ich direkt aus der Schale getrunken habe. Meine Mutter stammte aus einer Familie, in der gute Umgangsformen selbstverständlich waren. Sie war die Tochter eines Clan-Chiefs.«

»Dann erkläre uns doch einmal, warum du keine guten Manieren besitzt, *Sir*!«, verlangte Isabelle zu wissen und sah ihn spöttisch und neugierig zugleich an.

»Das liegt an den Bohnen.«

»Bohnen?«, wiederholte Gabriel und zog die Nase kraus.

»Kennst du den Trick mit den Bohnen nicht?«

»Nein, wie geht de'?«

Alexander winkte Gabriel zu sich heran. Der Kleine warf seiner Mutter einen Blick zu.

»Du steckst sie dir in die Ohren, dann hörst du die Vorhaltungen deiner Mutter nicht mehr.«

»Alex!«, ereiferte sich Isabelle und drohte ihm mit der Suppenkelle. »Erzähl ihm nicht solchen Unsinn! Und du, mein Junge, sei gewarnt: Wenn ich dich auch nur ein Mal mit Bohnen erwische, schneide ich dir die Ohren ab und gebe sie in deine Suppe.«

»Au!«

Gabriel lachte und wendete sich wieder Alexander zu.

»Stecken sich alle schottischen Kinde' Bohnen in die Oh'en?«

»Nein, nur die aus meinem Clan.«

»Was ist das, ein Clan? So etwas Ähnliches wie ein Indiane'stamm?«

Alexander tunkte ein Stück Brot in seine Suppe.

»Nicht ganz. In Schottland ist ein Clan so etwas wie eine große Familie, in der alle den gleichen Namen tragen. Meine Mutter gehörte dem Clan der Campbells von Glenlyon an.«

»Und dein Vate'?«

»Den Macdonalds von Glencoe.«

»Das ist ja wie bei den Cha'tiers *de* Lotbinière oder den Saint-Lucs *de* La Co'ne! Du bist ein Edelmann, Monsieur Alexande'!«

»Hmmm … nicht ganz. Verstehst du, Gabriel, in Schottland gibt es so viele Alexander Macdonalds, John Campbells, Robert Macgregors oder Angus Mackenzies, dass man, um sie nicht zu verwechseln, stets den Namen des Dorfes oder der Gegend, aus denen sie stammen, hinzusetzt.«

»Dann bist du nicht von Adel?«

Enttäuscht verzog der Knabe den Mund.

»Adel ist vor allem eine Eigenschaft des Herzens, Gaby«, bemerkte Isabelle, die den Tisch abräumte. »Titel kann man kaufen, Ehre jedoch nicht …«

Lächelnd warf sie Alexander einen Blick zu und wandte sich dann dem Korb voller Mais zu, der an der Tür stand.

»Auf geht's! Wenn wir vor dem Abend die Ernte, die uns Gott erhalten hat, kosten wollen, haben wir noch eine Menge Arbeit vor uns!«

Die Überschwemmung hatte mehr Schrecken verbreitet als wirklichen Schaden angerichtet. Nur ein kleiner Teil des Feldes war vom Wasser weggerissen worden, und die meisten Maispflanzen hatten sie bergen können. Im strahlenden Sonnenschein, der die letzten Wasserpfützen trocknete, widmeten sich alle eifrig den Festvorbereitungen.

Alexander, Isabelle und Gabriel saßen auf einem Steinhaufen, enthülsten die Kolben und lachten wie die Kinder. Sie wetteiferten darum, wer die meisten Maiskolben schälte. An diesem Nachmittag war die fröhliche Stimmung ansteckend. Munro, der auf dem Feld zusammen mit Mikwanikwe die Pflanzen ausriss, lachte laut und ohne Unterlass. Otemin gab sich große Mühe und betrachtete strahlend ihren neuen kleinen Bruder, der, bequem auf den Rücken seiner Mutter gebunden, schlief. Marie liebäugelte mit Francis und Stewart, die herumalberten, während sie die Kolben schälten.

»Weißt du, warum man Würmer auf den Angelhaken steckt?«, wollte Alexander mit tiefernster Miene von Gabriel wissen.

»Nein.«

»Weil sie nicht schwatzen, wenn man sie mit zum Angeln nimmt!«

»Ich we'de nicht die ganze Zeit schwatzen!«, murrte Gabriel und warf einen abgeschälten Kolben auf den Haufen.

»Und ob! Du plapperst ja ohne Unterlass. Ganz bestimmt beißen deswegen die Fische lieber an Otemins Angelschnur an!«, neckte ihn seine Mutter zärtlich.

»Ich muss sie wi'klich f'agen, wie sie das macht! Und auße'dem wollte sie den Wu'm nicht auf meinen Angelhaken stecken. Ich hatte nämlich keine Lust dazu!«

»Und warum? So schwierig ist das doch nicht!«

»Ich weiß. Also… ich habe mir gedacht, das müsste den Wü'mern doch wehtun, wenn man ihnen in den Bauch pikt…«

»Deswegen sind sie ja stumm!«, lachte Alexander. »So hört man sie nicht schreien!«

»Das ist nicht komisch!«, gab Gabriel gekränkt zurück und schlug die Augen nieder, sodass seine langen, goldenen Wimpern auf den von der Sonne geröteten Wangen lagen.

»Hmmm… Ich glaube, es wird Zeit, dass ich deine Erziehung in die Hand nehme, mein Junge. Wie man einen Wurm auf einen Angelhaken steckt, gehört zu den Grundkenntnissen im Leben eines Mannes. Ich könnte dir auch zeigen, wie du die Würmer zubereitest, falls der Fischzug nicht gut gewesen ist.«

»Igitt! Wü'me' isst man doch nicht!«

»Aber ja! Ich habe schon Dutzende Male welche gegessen! Gebacken, gebraten, in *sagamité* gekocht… Ich muss sagen, dass ich sie am liebsten schön knusprig gebraten mag.«

Isabelle und Gabriel musterten Alexander und zogen Grimassen, die deutlich zeigten, was sie von seinem kulinarischen Geschmack hielten. Isabelle lud geschälte Maiskolben in ihre Schürze.

»Otemin sollte Gabriel vielleicht wirklich die Grundbegriffe des Fischens lehren«, meinte sie dann nach kurzem Überlegen.

Alexander runzelte die Stirn.

»Warum das denn? Auf diesem Gebiet habe ich bestimmt dreißig Jahre mehr Erfahrung als sie!«

»Pah! Wenn du schon Dutzende Male Regenwürmer gegessen hast, dann bedeutet das ja wohl, dass du ein schlechter Fischer bist!«

»Hmmm… Ich nehme dich demnächst einmal zum Fischen mit, *a ghràidh*, dann wirst du schon sehen!«

»Da werde ich wohl eher auf deine beiden Hände achtgeben müssen!«

Isabelle stand auf und schenkte ihrem Gefährten ein strahlendes Lächeln. Der Blick, den sie ihm zuwarf, ehe sie sich abwandte, schürte die Flammen, die ihn seit dem Morgen innerlich verzehrten. Mit glühenden Wangen sah er ihr nach, wie sie auf die Anhöhe stieg, wo sich Holz und Maiskolben, die später gekocht werden sollten, stapelten.

»Bist du oft fischen gegangen, als du noch in Schottland gewohnt hast?«

Gabriels Stimme riss ihn aus seinen wollüstigen Gedanken.

»Ähem … ja«, brummte er und dachte an die Tragödie auf dem Loch, von dem er Isabelle gerade heute Morgen erzählt hatte. »Aber deine Mutter hat schon recht, Gabriel. Ich bin ein besserer Jäger als Fischer.«

»Das weiß ich. Du wa'st bestimmt de' beste Jäge' deine' Familie.«

Alexander sah auf die goldenen Körner hinunter, strich zerstreut mit seinen Fingern darüber und gab keine Antwort. In Gedanken befand er sich in der Berglandschaft des Tals von Glencoe. Wenn Isabelles Augen vor Glück aufleuchteten, nahmen sie eigenartigerweise genau das Grün der heimatlichen Weiden im Frühling an.

»Wie ist es da in Schottland?«

Als Gabriel sah, dass er nicht antwortete, wiederholte er seine Frage ein wenig lauter und berührte seinen Arm.

»Wie ist es in Schottland, Monsieur Alexande'?«

»Ach, Schottland? Das ist ein Land auf der anderen Seite des Meeres. Es ist viel kleiner als Kanada.«

»Ist es do't genauso schön wie in Kanada?«

»Sagen wir einmal … es ist anders. Aber ebenso schön. Es gibt viele Berge und schöne Ebenen, auf denen das Heidekraut wächst. Früher gab es auch große Wälder, so wie hier. Aber leider haben reiche Männer die Bäume abgeholzt, um sie an die Leute im Süden zu verkaufen.«

»Und wie hieß die Stadt, in de' du gewohnt hast?«

»Ich habe in … einem kleinen Dorf in einem Tal namens Glencoe gelebt.«

»Wie sieht dieses Tal aus?«

Alexander unterbrach seine Arbeit und beobachtete den gleichmäßigen Hüftschwung Isabelles, die jetzt auf die Hütte zuging.

»Ebenso schön und grün wie die Augen deiner Mutter ...«

Gabriel dachte einen Moment lang über seine Worte nach.

»Monsieur Alexande'?«, fragte er dann.

»Hmmm?«

»Hast du meine Mama lieb?«

Überrumpelt zog Alexander die Augenbrauen hoch. Argwöhnte der Junge, was Isabelle und er heute Morgen im Bett getan hatten?

»Deine Mutter?«

Feierlich nickte der Kleine. Alexander seufzte und zögerte einen Moment lang.

»Deine Mutter ... natürlich habe ich sie lieb.«

»Wenn das so ist, dann gehst du doch nicht nach Schottland zu'ück, ode'?«

»Ähem ... nein.«

Gabriels Gesicht entspannte sich zu einem strahlenden Lächeln.

»Kann ich dann Papa Alexande' zu di' sagen?«

Verblüfft ließ der Schotte den Maiskolben, den er gerade geschält hatte, aus der Hand fallen und erstarrte. Gabriel hob den Mais auf, wischte ihn sorgfältig an seinen Hosen ab und gab ihn Alexander zurück. Diesen kostete es enorme Mühe, sich zusammenzunehmen. Er krallte die Hände in den Maiskolben, spürte, wie die Körner unter seinen Fingern platzten, und atmete tief durch, bevor er antwortete.

»Das ... brauchst du aber nicht zu tun.«

»Wenn du meine Mama lieb hast und in ih'em Bett schläfst, dann bist du doch ein Papa, ode'? Das machen nämlich die Papas. Und ich ... habe keinen Papa meh'. Und da habe ich gedacht, du könntest vielleicht ... wenn es dich nicht allzu seh' stö't ...«

»Mich stören? Ähem ... nein.«

»Jaaa! Ich habe einen neuen Papa, genau wie Otemin!«

Von seinen Gefühlen überwältigt, räusperte sich Alexander und wollte aufstehen. Doch seine Knie gaben nach, und er plumpste zurück.

»Vielleicht wä'e … Papa Alex ja kü'zer«, überlegte der Junge unbekümmert und zog die Nase kraus, während er laut nachdachte.

Alexander wandte sich ab, um seine Rührung zu verbergen. Er hob ein paar Maiskolben auf und reichte sie dem Kleinen.

»Hier … ähem … Bring die zu Munro. Ich glaube, jetzt haben wir genug. Du kannst mit Otemin spielen gehen.«

Erleichtert und von unaussprechlicher Freude erfüllt sah Alexander seinem Sohn durch einen Tränenschleier hindurch nach.

»Nach einem Regentag scheint auch wieder die Sonne …«

Mehr konnte er sich nicht wünschen. Er hatte Isabelle und Gabriel nur ein erbärmliches Leben zu bieten. Und dennoch wurden ihm Freude und Liebe geschenkt. Er wandte den Blick von der Anhöhe mit dem Holzstapel für das Feuer ab und sah zu dem kleinen Obstgarten, der ganz am Ende des Brachlands lag. Irgendwo dort befand sich das Gold des Hollandais', eine Verheißung von Macht und Ruhm. Er erinnerte sich genau an den Plan, den er jedes Mal, wenn er Holz hackte, vor seinem inneren Auge erstehen ließ. Nein, er hatte recht gehabt, es nicht anzurühren. Mit all diesem Gold hätte er sich diese reine Lebensfreude, die ihm endlich zuteil wurde, nicht kaufen können.

Girlanden aus Blättern und Blumen schmückten die Hausfassade und den Tisch, der sich unter üppigen Speisen nur so bog. Die Flammen des Freudenfeuers stiegen hoch zum Himmel auf, und die Funken gesellten sich zu den Sternen. Der gekochte Mais, die gebratene Gans, der unter der Asche gegarte Kürbis und die mit Zwiebeln braun gebratenen Kartoffeln waren rasch verzehrt. Nach dem Essen unterhielten Stewart und Munro die Gesellschaft. Der eine sang, der andere spielte Geige. Da Gabriel sein Instrument nur noch selten benutzte, hatte Isabelle es zu dieser Gelegenheit ausgeliehen.

Stewart war gerührt gewesen. »Ich behaupte ja nicht, große Musik wie von diesem *Vlivladi* spielen zu können«, hatte er der jungen Frau erklärt, »aber es heißt, ich könnte eine schöne Gigue aufspielen.« Und so hatten sich Francis, Marie, Otemin, Gabriel, Isabelle und Alexander stundenlang zur Musik gedreht, den Körper von Freude und den Geist von Frieden erfüllt.

Das Fest ging bis Mitternacht weiter. Die erschöpften Kinder waren auf Decken, die man im Gras ausgebreitet hatte, bereits eingeschlafen. Munro führte seine kleine Familie in ihre neue Hütte. Alexander trug Gabriel in Maries Bett. Das Dienstmädchen sagte kein Wort, lächelte aber verstohlen: Für gewöhnlich schlief Gabriel im Bett seiner Mutter. Als der Schotte gegangen war, weigerte sich Gabriel, Maries Bett zu verlassen, und behauptete, sie habe doch sonst niemanden, der sie bei Nacht beschütze. Isabelle erhob keine Einwände und ließ ihn sein Gebet sprechen. Dann deckte sie ihn zu und ging wieder hinaus. Das junge Mädchen war zu müde und blieb bei dem Knaben.

Steward lehnte an einem auf dem Boden liegenden Baumstamm und summte halblaut eine romantische gälische Ballade, die ihn seine Mutter gelehrt hatte. Grillen und ein Ziegenmelker oder eine Eule begleiteten ihn. In seiner Nähe döste Francis. Der erdige Duft der Nacht lag über allem.

Isabelle zupfte ein wenig an ihrem Mieder, das an ihrer Haut klebte, und sah sich nach Alexander um. Da sie ihn nirgendwo entdeckte, vermutete sie mit einem kleinen Stich im Herzen, dass er zu müde gewesen war, um noch länger aufzubleiben, und sich in dem Wigwam, das er jetzt mit den MacInnis-Brüdern teilte, schlafen gelegt hatte. Sicherlich dachte er, sie werde das Gleiche tun.

Sie seufzte. Nach dem, was heute Morgen geschehen war, hatte sie damit gerechnet, dass er sie bitten würde, in dieser Nacht das Bett mit ihm zu teilen. Eigentlich sollte sie sich erleichtert fühlen. Und doch … sie fühlte sich ein wenig enttäuscht.

Eine Mücke summte um sie herum. Sie schlug nach ihr, drehte sich um und ging zum Haus. Die Sonne war schon vor Stunden untergegangen, aber trotzdem war es noch sehr heiß. Sie hätte viel darum gegeben, sich vor dem Schlafengehen im Fluss zu erfrischen und wieder einen klaren Kopf zu bekommen. Im Gehen dachte sie noch einmal an die Worte ihres Sohnes.

Während sie ihn zugedeckt und ihm einen Kuss gegeben hatte, hatte Gabriel sie mit einem eigenartigen Ausdruck angeschaut.

»Möchtest du noch etwas, Gaby? Du siehst mich so merkwürdig an. Habe ich vielleicht etwas im Gesicht?«

Dabei hatte sie ihm zärtlich über die Wangen gestreichelt. Er aber hatte den Kopf geschüttelt und die Stirn gerunzelt.

»Ich suche nach dem schottischen Tal in deinen Augen. Papa Alex sagt, sein Tal …«

»Du nennst Monsieur Alexander ›Papa Alex‹?«

Sie hatte gespürt, wie sich ihre Kehle zuschnürte.

»Du bist doch nicht böse deswegen?«

»Oh nein, mein Schatz! Ganz und gar nicht! Ganz bestimmt … macht ihn das sehr glücklich …«

Ich suche nach dem schottischen Tal in deinen Augen … Sie war so aufgewühlt über den Namen »Papa Alex« gewesen, dass sie ganz vergessen hatte, was die Aufmerksamkeit ihres Sohns auf sich gezogen hatte. Was genau hatte Alexander Gabriel erzählt?

Während Isabelle sich auskleidete, dachte sie an ihre Umarmung von heute Morgen und schloss die Augen, um die Empfindungen, die sie erschüttert hatten und immer noch beben ließen, auszukosten. Als sie in ihr Bett kletterte, in dem noch Alexanders Geruch haftete, fühlte sie sich merkwürdig allein.

Wir haben Zeit. Bestimmt ist es besser so … Sie legte den Kopf auf ihr Kissen und sank fast sofort in einen tiefen Schlummer.

Es war heiß. Die Luft war schwer und mit Feuchtigkeit gesättigt. Isabelle warf sich schweißüberströmt in ihrem Bett hin und her und verwickelte sich mit den Beinen in den Laken. In ihrem Nachthemd erstickte sie fast. Nach einer Weile ertrug sie es nicht mehr, setzte sich auf und versuchte sich von dem Stoff zu befreien. Der Mond schien blass durch das halb offene Fenster, durch das die Mücken eindrangen und sie mit ihrem Surren quälten.

Sie wandte sich dem Stückchen Sternenhimmel zu und überlegte, wer wohl das Fenster geöffnet hatte, denn sie hatte es vor dem Schlafengehen geschlossen. Vielleicht Marie … Es war so heiß … Da konnte man sich nur entscheiden, ob man lieber erstickte oder sich von diesen elenden Insekten auffressen ließ. Hatte Alexander nicht versichert, dass die Mücken blasse, parfümierte Haut vorzogen? Sie schniefte und verzog angewidert das Gesicht: Bestimmt irrte er sich!

Isabelle sprang aus dem Bett und warf einen Blick zu Marie und Gabriel, die friedlich schliefen. Sie hatten ihre Decke ans Fußende geschoben, und auf den weißen Laken vermischten sich das rote Haar des kleinen Jungen und die langen, dunklen Strähnen des Mohawk-Mädchens. Die beiden atmeten langsam und regelmäßig. Sie entfernte sich, um sich einen Becher Wasser einzuschenken, und trat um den aus Stein gemauerten Kamin herum, als sie das Holz der Eingangstreppe knarren hörte und erstarrte. Ein Bär, ein Wolf? Sie wartete ein paar Sekunden, doch es kam nichts mehr.

Mit wild pochendem Herzen stürzte sie ans Fenster und bedauerte, dass Alexander nicht bei ihr war. Sie sah sich in der Dunkelheit um und erkannte die Silhouetten vertrauter Gegenstände. Nichts Verdächtiges war zu erkennen. Das Feuer auf der Anhöhe war jetzt heruntergebrannt. In diesem Moment erblickte sie ihn. Er stand da wie der große Manitu, der über sein Königreich hinwegschaut.

Lächelnd legte sie die Finger an die Lippen und dachte über den vergangenen Tag nach. Sie hatten so viel getanzt und gelacht, dass ihr ganz schwindlig geworden war. Alles war so perfekt, so wunderbar gewesen. Vollkommen sogar. Sie hatte ganz vergessen, dass sie in Trauer war. Doch sie empfand nicht die geringsten Gewissensbisse …

Sie seufzte und erschauerte. Immer noch spürte sie Alexanders große Hände, die sich um ihre Taille legten, und seine Lippen, die über ihren Nacken strichen. Wieder sah sie seinen Blick, den sie mehrmals aufgefangen hatte; leuchtend vor Begehren und Liebe … ja, Liebe.

»Ach, Alex … Ich weiß nicht mehr, woran ich bin.«

Alexander starrte in die Glut. Sein Körper stand in Flammen. Er hatte sich nicht entschließen können, die Hütte zu betreten. Der bloße Gedanke, sich möglicherweise eine Abfuhr einzuhandeln, hatte ihn auf der Eingangstreppe umkehren lassen. Seit mehr als zwei Monaten lebte Isabelle jetzt hier. Einmal abgesehen von den Ereignissen des heutigen Morgens fand er, dass sich ihre Beziehung im Schneckentempo entwickelte.

Auf der anderen Seite machte das Verhältnis zu seinem Sohn enorme Fortschritte. Gabriel nannte ihn jetzt »Papa Alex«. Dadurch wurde Pierre nicht vollständig aus seiner Erinnerung gestrichen, aber … was konnte er verlangen? So schwer es ihm auch fiel, sich das einzugestehen, Pierre war der Ziehvater des kleinen Jungen gewesen. Der Mann hatte ihm zu essen gegeben, ihn beschützt und … sicher auch geliebt, so wie er selbst es getan hätte. Er konnte das nicht einfach mit einem Fingerschnippen abtun und laut den Platz einfordern, der ihm von Rechts wegen zustand! Genauso wenig wie er verlangen konnte, dass Isabelle ihn in ihr Bett aufnahm … Doch er konnte sich ihre Zurückhaltung nicht erklären. War sie ihm nicht aus freien Stücken und unter Missachtung sämtlicher Konventionen hierher gefolgt?

Zweige knackten, und er spitzte die Ohren. Sofort bückte er sich nach dem Gewehr, das neben ihm auf dem Boden lag. Seit dem Vorfall mit dem Bären legte er die Waffe praktisch nicht mehr aus der Hand. Doch als er sich wieder aufrichtete und umdrehte, war er wie vor den Kopf geschlagen und ließ die Waffe fahren: Da stand Isabelle und schien in ihrem Nachthemd im Dunkel zu leuchten.

»Wir haben einander gar nicht gute Nacht gesagt. Du schläfst noch nicht?«

Fasziniert von dieser Vision brachte er kein Wort heraus und schüttelte nur den Kopf.

»Kann ich ein wenig bei dir bleiben? Drinnen ist es so heiß …«

Wie ein Schwachsinniger nickte er erneut. Lächelnd ließ Isabelle sich zu seinen Füßen nieder. Er schaute auf ihren Kopf hinunter, auf dem ausnahmsweise nicht die ewige Haube saß. Das durch ihren unruhigen Schlaf zerzauste Haar stand in alle Richtungen ab.

Isabelles Herz pochte, und sie wagte nicht, zu ihm aufzusehen. Der Anblick dieses mächtigen, tief gebräunten Körpers, der nur mit einem einfachen Lendenschurz aus Elchleder bekleidet war, hatte sie zugleich angerührt und erschreckt. Er strahlte eine rohe Kraft aus, die seine Muskeln schwellen ließ, sodass sie kurz vor dem Platzen zu stehen schienen.

Endlich beschloss Alexander, sich zu ihr auf den Boden zu setzen. Ein langes Schweigen trat ein.

»Warst du das eben, auf der Vortreppe?«

»Ja. Tut mir leid, ich wollte dich nicht wecken.«

»Ich habe nicht geschlafen.«

»Die Hitze?«

»Ja … und die verfluchten Mücken!«

Sie schlug kräftig auf eines ihrer Knie, das unter ihrem Nachthemd hervorschaute. Alexander schlug die Augen nieder und bewunderte die Kniescheibe und das Schienbein, die von dem goldenen Feuerschein sanft umrissen wurden. Isabelle befreite das Bein, das sie unter den Körper gezogen hatte, und streckte es aus, wobei sie die Rundung ihrer Wade, einen zarten Knöchel und einen schmalen Fuß zur Schau stellte … Er musste sich Gewalt antun, um sich nicht darüber zu beugen und ihr Bein zu küssen, zu liebkosen … Ein köstlicher Schwindel stieg in ihm auf. Er sah in ihr lächelndes Gesicht, das sich ihm zuwandte.

»Das war ein schönes Fest!«

»Ähem … ja. Gabriel ist sicher sofort eingeschlafen.«

»Ja. Er war erschöpft, aber überglücklich.«

»Und du?«

Sie ließ die Ereignisse des Tages noch einmal an sich vorüberziehen, lächelte und seufzte dann. Es war einer der schönsten Tage ihres Lebens gewesen.

»Ich glaube, ich habe mich schon lange nicht mehr so gut unterhalten.«

»Eure Lebensfreude steht Euch sehr gut zu Gesicht, Madame.«

Ehrerbietig neigte er den Kopf.

»Ihr seid sehr liebenswürdig, Monsieur.«

»Um eine so schöne Frau wie Euch zu erfreuen, wäre ich sogar freundlich zum Teufel in Person.«

»Alex! Ich sehe doch aus wie eine Vogelscheuche!«

Sie versetzte ihm einen Rippenstoß, zog dann eine Grimasse und streckte die Arme aus, um eine Vogelscheuche nachzuahmen.

»Das war mir ernst.«

Verwirrt lächelte sie, schaute zu dem niedergebrannten Feuer und gab keine Antwort.

»Wohin bist du gegangen, als ich Gabriel ins Bett gebracht habe? Als ich wieder nach draußen kam, habe ich dich nicht gefunden.«

»Ich war am Fluss, um mich zu erfrischen.«

In Wahrheit war er verschwunden, um ihnen beiden die Verlegenheit zu ersparen, einander eine gute Nacht zu wünschen, wenn sie zurückkam. Obwohl der Tag so gut verlaufen war, hatte er bezweifelt, dass sie ihn noch einmal in ihr Bett eingeladen hätte, nicht einmal, um keusch neben ihr zu nächtigen. Doch er wollte die versöhnliche Stimmung, die im Moment zwischen ihnen herrschte, nicht zerstören, und enthielt sich jeder zusätzlichen Erklärung. Lieber lenkte er das Gespräch darauf, dass Stewart und Francis Marie ganz offen den Hof machten und Munro seinem neugeborenen Sohn keinen Moment von der Seite wich.

Schließlich verstummten sie, und das von unheimlichen Geräuschen erfüllte Schweigen der Wälder hüllte sie ein. Eine Bewegung im Gras ließ Isabelle zusammenfahren, sodass sie hastig die Beine unter den Körper zog. Eine fette Kröte tauchte auf und flüchtete sogleich ins taufeuchte Unterholz. Sie brachen in Gelächter aus. Einen Augenblick lang sah Alexander wieder die Frau vor sich, die er in Québec gekannt hatte.

Während des Festes hatte er zugesehen, wie sie mit Appetit gegessen und getrunken und begeistert getanzt und gesungen hatte. Er hatte gehört, wie sie zusammen mit den anderen lachte, und festgestellt, dass Isabelle immer noch so begierig auf das Leben war und sich daran erfreute. Diese Haltung spiegelte sich auch in ihren sinnlichen Bewegungen, den anmutigen Tanzschritten, dem erotischen Hüftschwung und dem leichten Gang… Wenn sie in einen Apfel biss, die Augen schloss, um den Geschmack auszukosten und sich die Lippen abschleckte, um nur ja nichts von dem Saft zu verlieren, wünschte man sich, an der Stelle der Frucht zu sein.

Er sah zu, wie sie den feinen Batiststoff ihres Nachthemdes auf ihren Schenkeln glattstrich und eine ihrer goldenen Haarsträhnen ergriff, um sie nervös um die Zeigefinger zu wickeln. Ungeschminkt, mit ihren müden Zügen, ihrem verknitterten Hemd und dem zu Berge stehenden Haar ähnelte Isabelle kaum noch der Dame aus der guten Gesellschaft, die sie war. Doch er fand sie so unendlich viel schöner. Sein Herz zog sich zusammen, und er fühlte sich vollkommen verzaubert. Sie war eine *leannan-sìth*, eine verführerische Fee.

»Du bist so schön, wenn du glücklich bist…«, flüsterte er.

»Du bist auch nicht übel!«, gab sie zurück und lachte, um ihre Verlegenheit zu überspielen.

Sie neigte den Kopf und musterte ihn jetzt ebenfalls. Der Mondschein erhellte die eine Hälfte seines Gesichts, während die andere im Schatten lag. Seine Züge waren gereift und wirkten kantiger. *Wie eine Göttergestalt der Wilden,* dachte sie und betrachtete die Linie der gebrochenen Nase, die sie zu schätzen gelernt hatte. Im Laufe der Jahre war sein Blick eindringlicher geworden. Durch sein hartes Leben hatte sich seine Muskulatur entwickelt. Es war ihr sogar, als habe sich der arrogant wirkende Schwung seiner Lippen verstärkt. Aber wenn er sie anlächelte… Wie konnte eine Frau diesem Lächeln widerstehen? Sie spürte, wie Bitterkeit in ihr aufstieg und wandte sich schroff ab, damit er es nicht sah. Genau, wie viele Frauen hatten ihm wohl nicht widerstehen können?

Alexander, der neben ihr saß und sie in ihrem dünnen Hemd ansah, beschäftigte sich mit ähnlichen Gedanken. Das Nachthemd ließ ihre Brüste ahnen, die durch Mutterschaft und Alter schwerer geworden waren. Er konnte sich leicht vorstellen, wie Pierre Larues Blicke auf ihnen geruht und seine Hände die samtigen, reifen Früchte betastet hatten, wie sein Mund lüstern hineingebissen hatte. Er konnte erraten, in welche Erregung sie ihn versetzt hatte … genau wie bei diesem anderen Mann, den er am Abend nach dem Tod ihres Mannes bei ihr gesehen hatte. Er fragte sich, ob sie diese Gefühle erwidert hatte. Gewiss hatte sie unter anderen Küssen als den seinen geseufzt, bei anderen Liebkosungen als seinen vor Lust geschrien …

Um die Eifersucht abzuschütteln, die ihn ergriffen hatte und zu überwältigen drohte, sah er zum Himmel auf. Er konzentrierte sich auf das herrliche Sternenzelt, um seinen Geist zur Ruhe zu bringen. Doch trotz seiner Mühe gelang es ihm nicht, die Bilder von Isabelle, die in fremden Armen lag, zu verscheuchen, diesen alten Groll, den zu vergessen er sich geschworen hatte.

Isabelle hob die Arme, um ihr Haar im Nacken zusammenzufassen, wobei sich ihre Brust wölbte und den dünnen Stoff ihres Hemdes straffte. Mit Alexanders guten Vorsätzen war es vorüber.

»Hast du ihn geliebt?«

Überrumpelt fragte sie sich einen Moment lang, von wem er sprach. Doch als sie seine zerknirschte Miene sah, war ihr klar, dass er Pierre meinte. Mit einem Mal erstarrte sie und presste die Lippen zusammen.

»Ich möchte nicht darüber reden … nicht heute Abend. Bitte, Alex … Pierre ist tot und liegt viele Meilen von hier begraben, und ich bin hier, bei dir. Ist das denn nicht genug?«

Er hatte den Zeitpunkt schlecht gewählt. Aber jetzt war es für einen Rückzug zu spät. Alexander versuchte, seinen inneren Aufruhr hinter einem unwirschen Ton zu verbergen.

»Die Liebe stirbt nicht, das weißt du. Der ewige Kreislauf … Weißt du noch, was ich dir erklärt habe? Die Spiralen? Das Rad des Lebens dreht sich ohne Unterlass. Körperlich kann man getrennt werden, aber die Seelen finden einander in der anderen Welt wieder. Deswegen möchte ich wissen, ob du ihn geliebt hast.«

»Du hast kein Recht, Alex…«, begann sie, erschrocken über seinen Mangel an Taktgefühl.

Dann überlegte sie es sich anders. Sie mochte nicht noch mehr Öl ins Feuer gießen und antwortete ihm ruhig.

»Was ich für Pierre empfunden habe, ändert nichts an meinen Gefühlen für dich.«

»Nun gut«, gab Alexander zurück und zügelte ebenfalls seine Stimme und sein Temperament. »Zugestanden, das war eine egoistische Frage. Aber so bin ich nun einmal. Du warst mehrere Jahre mit ihm verheiratet, und da…«

»Und vergiss nicht, dass ich seit kurzer Zeit seine Witwe bin.«

»Seit zwei Monaten erinnert die Farbe deines Kleides mich unablässig daran, Isabelle. Führst du mir das eigentlich mit Absicht ständig vor Augen? Aber heute Morgen, in der Hütte…«

Isabelle sah ihn neugierig an. Seine blauen Augen verrieten, was er andeuten wollte, und sie spürte, wie ihr unwohl wurde. Plötzlich bedauerte sie, in die Nacht hinausgelaufen zu sein.

»Es hat so wenig gefehlt…«

»Ja. Dem Himmel sei Dank dafür, dass er Gabriel geschickt und uns daran gehindert hat, eine Dummheit zu begehen.«

»Eine Dummheit? Wenn ich dich recht verstehe, meinst du, dass es ein Fehler wäre, wenn du mit mir dein Lager teilst?«

»Nein. Aber nicht… nicht so.«

Alexander lachte nervös auf.

»Jetzt verstehe ich gar nichts mehr. Ich fürchte, das musst du mir erklären.«

»Was ist mit meiner Trauerzeit?«

»Trauerzeit? *Och!* Isabelle, du ziehst nur wenige Monate nach dem Tod deines Mannes zu einem anderen, und an diesem Punkt pochst du darauf, dass ich deine Trauer respektiere? Willst du mich das wirklich glauben machen? Manchmal frage ich mich, ob du dich nicht hinter deinem Gott versteckst, um…«

»*Mein* Gott?! Was soll das heißen, *mein* Gott? Glaubst du etwa nicht an Gott, Alex?«

»An Gott glauben? Dann sag mir doch, an welchen Gott! Im

Gegensatz zu dir hat mir das Leben nichts geschenkt. Ich habe Dinge gesehen und erlebt … wenn ich dir davon erzählen würde, würden sie dir solches Entsetzen einflößen, dass du mich einen Lügner nennen würdest. Ich habe den Kerker kennengelernt. Ich habe unter Leichen geschlafen und davon geträumt, dass ich im Morgengrauen wie sie ende. Ich habe tatsächlich von Regenwürmern gelebt, und zwar mehr als ein Mal! Lass dir von mir sagen, dass ich mich schon vor langer Zeit von gewissen Lehren der Kirche verabschiedet habe! Der Kampf ums Überleben hat mich gezwungen, die Grundlagen der Religion in Frage zu stellen. Lange Zeit war das einzige Kreuz, zu dem ich gebetet habe, jenes, das den Griff meines Dolches bildet.«

»Aber … aber … bist du Atheist? Du … du glaubst nicht an Gott? Bist du ebenso ein Heide wie all diese Wilden, mit denen du als Waldläufer unterwegs warst?«

»Sie sind keine Heiden, sondern haben einen Gott, an den sie glauben. Doch zu ihrem Pech trägt dieser Gott nicht denselben Namen wie der christliche. Bedeutet an Gott zu glauben, dass man blindlings den Regeln folgt, die uns von Menschen, die genauso sterblich sind wie wir, aufgezwungen werden, um nur ja nicht der ewigen Verdammnis anheimzufallen? Heuchlerisch jeden Tag zur Messe zu gehen, um dort Männern zu lauschen – unter denen es, das kann ich dir versichern, welche gibt, deren Seele ebenso schwarz ist wie ihre Soutane –, die öffentlich die Schwachen herabwürdigen und den Starken huldigen, und das ohne Ansehen ihrer moralischen Werte? Oh nein, Isabelle! So etwas tue ich nicht. Doch ich glaube an einen Gott, und an die Gerechtigkeit. Ist es so wichtig, welchen Namen ich ihm gebe? Mein ganz eigener Gott will keine Kriege, Massaker an Kindern oder Vergewaltigungen. Er will nicht, dass ich stehle, um mich aus Gier zu bereichern, sondern dass ich teile, selbst wenn alles, was ich besitze, die Luft ist, die mich umgibt. Mein Gott will, dass die Menschen in Frieden und Liebe leben.«

Wieder trat ein schwer auf ihnen lastendes Schweigen ein. Angesichts der Wendung, die ihr Gespräch genommen hatte, wusste Isabelle nicht mehr, was sie tun oder denken sollte.

Hatte sie Alexander nicht selbst aufgefordert, sie zu verführen, ihr Herz zu gewinnen? Hatte sie ihn heute Morgen in ihrem Bett nicht noch leidenschaftlich geküsst und war zu allem bereit gewesen? Später hatte sie sich sogar enttäuscht gefühlt, weil er sie nicht gebeten hatte, ihr Bett teilen zu dürfen. Und nun saß sie halb nackt vor ihm und benahm sich wie ein verängstigtes Schaf gegenüber einem großen bösen Wolf, der es fressen wollte, und versteckte sich hinter religiösen Geboten! Was wollte sie nun wirklich? Das wusste sie genau, das war gar nicht die Frage. Aber sie hatte schreckliche Angst davor, wieder mit Alexander zu liegen, und jeder Vorwand war ihr recht, um diesen Moment hinauszuschieben.

Alexander bewegte sich schroff. Auch er wusste nicht, wie er sich verhalten sollte. Dieser Tag war so vollkommen gewesen, und er wollte ihn nicht verderben. Aber Isabelles Widerstand verletzte ihn. Was hatte sie sich denn dabei gedacht, als sie mit nichts als einem dünnen Hemd, das nichts verbarg, zu ihm herausgekommen war? Er begriff ihr Benehmen überhaupt nicht mehr.

»Isabelle«, flüsterte er und wagte es, flüchtig ihren Kiefer zu berühren, »ich begehre dich … Es ist doch nicht, als wären wir einander vollständig fremd. Wir haben ein Kind zusammen …«

»Du könntest auch in den Wald gehen, um dich zu erleichtern!«, stieß sie scharf hervor und machte sich abrupt von ihm los.

Die Worte waren ihr herausgerutscht. Sofort hasste sie sich dafür und biss sich so heftig auf die Zunge, dass der Geschmack des Bluts sich mit der Bitterkeit mischte, die sie im Mund spürte. Schockiert ließ Alexander seine Hand noch einen Moment im Leeren schweben.

»Mich erleichtern? Glaubst du, alles, was ich von dir will, ist …? *Mo chreach!* Wenn das so wäre … Eine willige Frau, die sich bezahlen lässt, finde ich überall, Herrgott!«

»Das Gefühl habe ich allerdings auch, Alex! Es müssen doch zahllose Frauen durch dein Bett gegangen sein!«

»*What? God damn!* Wovon redest du? Natürlich bin ich nicht aus Holz!«

Während er sich empört vor ihr aufrichtete, sah sie, wie Gesichter vor seinem inneren Auge vorbeizogen: das des hübschen Schankmädchens in der Weinstube, in der er sich in Québec gern amüsiert hatte und mit der sie ihn an einem Abend, an dem sie ein wenig Trost gesucht hatte, unter einem Tisch ertappt hatte; und auch Mikwanikwes Gesicht… Die Eifersucht war stärker als sie, und sie vermochte sich nicht zurückzuhalten.

»Das weiß ich allerdings! Ich habe genau gesehen, welche Blicke du Mikwanikwe zuwirfst. Und so, wie sie sich verhält, vermute ich, dass sie sich bereits erboten hat, deine Laken zu wärmen… falls es nicht schon geschehen ist. Hast du mit ihr zusammengelegen, Alex?«

Alexander blieb vor Verblüffung der Mund offen stehen, und er vermochte nicht gleich zu antworten. Wenn er ihr die Wahrheit gestand, würde Isabelle ihn endgültig verurteilen.

»Antworte mir, Alex! Ich habe von den Pelzhändlern genug anzügliche Geschichten gehört, um zu wissen, dass die Indianerinnen da sehr entgegenkommend sind. Es heißt, sie seien besonders verständnisvoll, wenn es um eure männlichen ›Bedürfnisse‹ geht… und auch sehr fantasievoll.«

»Diese Bemerkung passt nicht zu dir, Isabelle, sie ist unter deiner Würde!«

»Hast du mit ihr geschlafen? Sicher bezahlt man bei diesen Frauen auch mit Tand und Flitterkram, stimmt's?«

Völlig außer sich explodierte er.

»Ja, ich habe mit Mikwanikwe geschlafen. Aber ich untersage dir, in diesem Ton von ihr zu sprechen!«

Isabelle riss Mund und Augen auf. Sie hatte eine Ahnung gehabt… aber dass er ihr das so unumwunden gestand… Das fühlte sich an wie ein Dolchstoß mitten ins Herz. Es dauerte ein paar Sekunden, bis sie wieder sprechen konnte.

»Du elender Lüstling! Du schläfst direkt vor meiner Nase mit der Frau deines Cousins? Und dann wagst du, mich über meine Gefühle für Pierre zu verhören, der immerhin tot ist? Du… du… Also, ich fasse es nicht!«

Ihr Atem ging rasch und keuchend. Mit einem Mal wurde sie

von Zorn überwältigt, ging mit den Fäusten auf Alexander los und überschüttete ihn mit Beleidigungen. Sie verpasste ihm einen so kräftigen rechten Haken, dass sie beide verblüfft waren, und nutzte dann den Moment, in dem sie wie erstarrt dastanden, um in die Nacht zu flüchten. Mit einem Gefühl, als breche ihr das Herz, rannte sie blindlings davon, strauchelte und fiel.

»*Nighean an diabhail!*« Teufelstochter …

Er konnte sie nicht einfach davonlaufen lassen. Mit einer Hand rieb sich Alexander das schmerzende Kinn, mit der anderen ergriff er sein Gewehr und nahm die Verfolgung auf. Ihr Nachthemd schwebte vor ihm und flatterte in der pechschwarzen Nacht wie ein leuchtendes Taschentuch im Wind. Doch plötzlich war der weiße Fleck verschwunden. Keuchend und niedergeschlagen durchforschte er die Dunkelheit und spitzte die Ohren. So leicht würde sie ihm, dem erfahrenen Jäger, nicht entkommen. Da, ein Knacken. Die Angst fuhr ihm in die Magengrube, und er rannte zum Kanal. Der Wasserstand war immer noch relativ hoch. Wenn sie da hineinstürzte …

»Isabelle!«

Mit einem Mal tauchte sie aus einem Busch auf und flüchtete in Richtung Obstgarten. Es fiel ihm nicht besonders schwer, sie einzuholen. Er packte sie und riss sie zurück. Sie stöhnte. Er ließ ihr keine Zeit, gegen ihn anzukämpfen, sondern stieß sie grob zu Boden und hielt sie mit den Händen fest. Sie zappelte, traktierte ihn mit Tritten und überschüttete ihn mit einer ganzen Litanei von Beschimpfungen. Als es ihm endlich gelang, ihre Beine mit seinen festzuklemmen, hielt er sie unbeweglich fest und starrte keuchend in ihre Augen. Eine mörderische Wut brannte darin, die nicht einmal ihre Tränenströme löschen konnte.

»*Sguir deth! Dinjna bed Mikwa … Och!*« Hör auf! Ich habe nicht mit Mikwanikwe geschlafen! Au …

Er holte tief Luft, um sich ein wenig zu beruhigen, und sprach dann weiter.

»Doch, aber das war lange, bevor Mikwanikwe und Munro geheiratet haben. Seitdem war ich nie wieder mit ihr zusammen. Du kennst mich schlecht …«

»Genau! Ich habe nicht die geringste Ahnung, wer du bist, Alexander Macdonald. Lass mich gehen. Ich bin müde und möchte zurück ins ...«

Sie zappelte, um sich loszumachen, doch er stieß sie schroff auf den Boden zurück.

»Nein, du gehst nirgendwo hin. Dieses Mal wirst du mich bis zu Ende anhören!«

Plötzlich hörte sie auf, sich zu winden. Langsam, bereit sie wieder festzuhalten, falls es nötig sein sollte, gab Alexander sie nach einer Weile frei und ließ sich neben ihr auf den Rücken fallen. Heftig rieb er sich über das Gesicht und begann dann mit seiner Geschichte.

»Ich habe Mikwanikwe im Handelsposten Grand Portage kennengelernt ... Ihr Bruder hatte sie soeben für ein Fässchen Branntwein verkauft ...«

Er schilderte ihr sein Leben als Voyageur, wobei er einige Einzelheiten ausließ, die Isabelle unnötig verletzt hätten. So kam er im Lauf der Erzählung ganz von selbst auf die Umstände des hinterhältigen Überfalls durch Étienne, dessen Namen er jedoch nicht erwähnte.

Isabelle lauschte der schrecklichen Beschreibung und konnte sich ganz genau vorstellen, wie ihr Bruder Alexander mit dem Dolch bedroht hatte. Sie biss sich auf die Lippen. Fast hätte sie zugegeben, dass sie alles wusste, doch sie schwieg lieber. Alexander war zweifellos davon überzeugt, dass Étienne nur hinter den Waren her gewesen war, die die Gruppe mit sich führte ... Was hätte es genützt, ihm zu erklären, dass die Montréaler Händler das Massaker um des Goldes willen in Auftrag gegeben hatten? Pierre war tot, die Rebellion war niedergeschlagen, und der Pelzhandel war wieder in Gang gekommen. Damit war diese Sache beendet, erledigt.

Anschließend hörte sie tränenüberströmt von seinen entsetzlichen Erlebnissen während der Gefangenschaft bei den Irokesen, der Entführung und dem Foltertod seines le Revenant genannten Kameraden, und war immer wieder kurz davor, sich die Ohren zuzuhalten. Stöhnend lauschte sie ihm, als er erklärte, woher die furchtbaren Brandwunden an seinen Beinen stammten, und ihr wurde ganz schwindlig und übel. Sie wälzte sich auf den Bauch und legte nachdenklich die Hand auf seine tätowierte Schulter. Deswegen also hatte Étienne Pierre versichert, Alexander sei zusammen mit den anderen getötet worden: Er hatte zugelassen, dass die Irokesen ihn verschleppten, und war überzeugt davon gewesen, dass er unter der Marter, die die Eingeborenen sicherlich für ihn bereithielten, gestorben war.

Alexander las Isabelle ihre Gefühle vom Gesicht ab. Sie betrachtete den Wolfskopf auf seiner Schulter.

»Eine Indianerin hat ihn mir tätowiert, genau wie die Schildkröte und alles andere.«

»Was bedeuten diese Tiere?«

»Wenn ein Stamm einen adoptiert, wird man mit dem Symbol des Clans gezeichnet. Das heißt dann, dass man Mitglied des Clans und bei allen Völkern, die zu ihm gehören, willkommen ist und Schutz genießt. Die Schildkröte ist das Emblem der Tsonnnontouan, bei denen ich gelebt habe.«

»Und der Wolf?«

»Ist mein Totem.«

Er erzählte ihr sein Abenteuer mit dem Wolfsrudel, das sich an einem Kadaver gütlich getan hatte.

»Warum bist du vor diesem Volk, das dich aufgenommen hatte, geflohen?«

»Ich gehörte nicht wirklich zu ihnen … und Tsorihia ebenfalls nicht. Sie war die Ziehtochter von … nun ja … der Frau, die beschlossen hatte, mich bei sich zu behalten.«

Prompt zog sie den Finger zurück, mit dem sie zerstreut die Konturen des Wolfskopfes nachgefahren war.

»Tsorihia? Ist das die Frau, die das gemalt hat?«

»Tätowiert, Isabelle.«

Alexander seufzte. Der Name der schönen Huronin war ihm herausgerutscht. Aber er konnte die Rolle, die Tsorihia in seinem Leben gespielt hatte, ohnehin nicht übergehen. Also erzählte er, was weiter geschehen war; von seiner Flucht und seinen Irrfahrten im Gebiet der Großen Seen, und betonte besonders, dass er ohne diese Frau mit Sicherheit gestorben wäre, entweder bei den Tsonnontouan oder in den Wäldern.

»Sie hat mich alles gelehrt, Isabelle. Das Überleben und …«

Das Leben ohne dich …, hätte er beinahe hinzugesetzt, verstummte aber. Isabelle gab sich immer noch kühl.

»Hast du sie geliebt?«

Er fühlte sich in die Enge getrieben und schlug die Augen nieder. Jetzt begriff er auch, warum sie so heftig reagiert hatte, als er ihr die gleiche Frage stellte. Was für ein Schwachkopf er war!

»Das … was ich für sie empfunden habe … ähnelte wahrscheinlich deinen Gefühlen für Pierre.«

Sie antwortete nicht gleich. In dem Schweigen, das sich in die Länge zog, war nur das Zirpen der Grillen zu hören.

»Vielleicht …«

Während ihre Atemzüge sich aufeinander einstimmten, ließen sie die Blicke über das Himmelsgewölbe schweifen. Kurz zog ein Stern eine feurige Spur, und Isabelle lächelte. Als Kind hatte sie sich zusammen mit Madeleine damit unterhalten, Sternschnuppen zu zählen. Dazu hatten die beiden Cousinen sich Geschichten ausgedacht, in denen sie auf diesen feurigen Rossen ritten und eine wundersame Welt besuchten, in der in einem Meer aus Konfitüre von Schlagsahne gekrönte Kucheninseln lagen.

»Isabelle … Ich kann nicht abstreiten, dass andere Frauen außer dir mein Bett geteilt haben. Doch keine von ihnen hat deinen Platz in meinem Herzen eingenommen. *Mo chreach!* Dort wohnst du, und für immer … Auf meine Seele und mein Gewissen, Gott ist mein Zeuge, dass ich dir die Wahrheit sage.«

Sie nickte nur und zog die Nase hoch.

»Du … warst immer noch mit ihr zusammen, als du im vergangenen Frühjahr nach Montréal gekommen bist?«, fragte sie dann ein paar Sekunden später zögernd.

»Ja …«

»Ich verstehe. Du hast sie also verlassen und bist dann gekommen, um mich zu holen, obwohl du nicht wusstest, wie ich mich entschieden hatte?«

»Mehr oder weniger war das so.«

Betrübt dachte er an die schöne Huronin zurück. Er bereute nichts, aber dennoch machte es ihn traurig, dass er nicht anders hatte handeln können und sie verletzt hatte.

»Vermisst du dieses Leben noch oft, Alex?«

Sie wandte ihm das Gesicht zu.

»Ich bin gern durch ferne Landstriche gezogen. Die ungezähmte Natur gefiel mir und hat meinen Geist getröstet. Aber ...«

Stirnrunzelnd sah er sie an.

»Ich habe mich nie vollständig frei gefühlt. Da war etwas, das mich noch mit der Zivilisation verband.«

»Und was war das?«

»Was das war?!«

Er wälzte sich auf die Seite, sodass er sie ansah, und musterte sie lange.

»Muss ich darauf wirklich etwas sagen? Wirst du es nicht langsam überdrüssig, immer wieder die gleiche Antwort zu hören?«

Sie lächelte leise, und ein Grübchen zeigte sich in ihrer perlmuttschimmernden, vom Mondlicht beschienenen Wange. Er konnte nicht widerstehen, zog sie an sich und küsste sie. Mit einem Mal war ihr das Herz leichter, und sie schmiegte sich an ihn.

»Ich muss dir etwas gestehen ... Bevor du in dem Zeichenatelier vor mir standest, hatte ich beschlossen ...«

»Ich weiß ...«, unterbrach er sie und drückte sie an sich. »Du hattest beschlossen, nicht mit mir zu gehen.«

»Wie hast du das erraten?!«

»An deiner Haltung, deiner Stimme ... Du hast zu lange gezögert. Und dennoch standen die Kisten im Flur. Du wolltest fort, aber wohin?«

»Nach Beaumont.«

»Beaumont? Wolltest du ... zu jemand Bestimmtem?«

»Nein. Ich besitze dort ein Grundstück. Ich wollte Montréal verlassen, Gabriel in die frische Landluft bringen und ihm ein Pony kaufen.«

»Ja, sein Pony. Du hast mir davon erzählt.«

»Beaumont kann warten, und das Pony auch … im Moment jedenfalls. Gabriel scheint hier so glücklich zu sein. Er hat Otemin und viele kleine Tiere, mit denen er sich amüsieren kann.«

»Das kann man wohl sagen!«

Alexander lachte und verscheuchte eine hartnäckige Mücke, die ihn umschwirrte.

»Heute bei seinem Nachtgebet hat er das Jesuskind gebeten, seinen neuen ›Papa Alex‹ zu beschützen.«

»Das … hat er gesagt?«

»Ja.«

Alexander räusperte sich, um seinen inneren Aufruhr zu überspielen, und wandte sich ab.

»Er hat sich schnell an dich angeschlossen, Alex.«

»Ich weiß … Aber ich mache mir da nicht allzu viele Illusionen … Nun ja … Gabriel hat einfach seinen verstorbenen Vater durch einen anderen ersetzt, mit dem er sich gut unterhält und der ihm Sicherheit gibt.«

»Und den er liebt! Gaby geht sonst nicht so freigebig mit seiner Zuneigung um. Du hast in kaum zwei Monaten erreicht, was Jacques Guillot in mehreren Jahren nicht gelungen ist.«

»Wer ist Jacques Guillot?«

»Pierres Geschäftspartner.«

»Pierres Partner … ach ja.«

Alexander runzelte die Stirn. Bestimmt war das dieser Geck gewesen, den er auf der Schwelle des Hauses in der Rue Saint-Gabriel gesehen hatte, wie er der Witwe überschwänglich die Hände küsste. Er verscheuchte die Erinnerung, die Gefahr lief, den empfindlichen Frieden zwischen ihnen zu stören. Ein paar Minuten lang dachte er nach.

»Dein Haus, die Stadt, deine Freunde …«, fragte er dann. »Vermisst du das alles eigentlich?«

Isabelle gab keine Antwort. Er erforschte die Dunkelheit und sah ihre Augen im Mondlicht glänzen.

»Isabelle?«

»Nein … also, nicht wirklich. Es gefällt mir hier recht gut, vor allem, weil ich weiß, dass diese Situation nur ein Übergang ist. Denn das hast du doch gesagt, oder? Du weißt doch, dass Gabriel aufs Kolleg gehen muss! Ich möchte, dass er eine respektable Erziehung erhält und… Zugestanden, für ein Kind sind die Wälder ein unterhaltsamer Aufenthaltsort! Aber Gabriel muss lernen, in einer kultivierten Welt zu leben, zusammen mit anderen Kindern.«

»Ich weiß«, gab er ein wenig barsch zurück. »Im Frühjahr werden wir ja sehen, wie viele Felle ich zusammengebracht habe.«

»Im Frühjahr? Gut, einverstanden. Bis dahin kann ich warten.«

Unvermittelt legte Alexander die Hand über Isabelles Mund. Ängstlich riss sie die Augen auf.

»Tuch!«

Ein Schnüffeln verriet ihnen, dass in der Nähe ein Tier herumschlich. Vorsichtig griff der Schotte nach seinem Gewehr und machte es schussbereit. Mit einer Handbewegung gebot er seiner Gefährtin, sich nicht zu rühren, ging auf die Knie und zog die Augen zusammen, um die Umgebung prüfend zu mustern. Ganz in der Nähe des Tisches, an dem ihr Festmahl stattgefunden hatte, wühlten drei oder vier Tiere von der Größe eines Hundes lautstark herum. Eines von ihnen lief durch einen Strahl des gleißenden Mondlichts, und er erkannte ein schwarzes Gesicht und einen helldunkel gestreiften Schwanz. Erleichtert legte er das Gewehr weg, richtete sich auf alle viere auf und beobachtete die Besucher noch einen Moment lang. Ein weiteres Tier wollte sich zu der diebischen Bande gesellen, worauf heftig geknurrt wurde.

»Waschbären«, meinte Isabelle.

Dann brach große Aufregung aus. Der Neuankömmling, der offenbar nicht dazugehörte, wurde von einem großen, besonders angriffslustigen Exemplar verscheucht. Sein Knurren und Zähneknirschen jagten Isabelle einen kalten Schauer über den Rücken, und sie schmiegte sich fest an Alexander. Der Kampf dauerte einige Minuten. Dann stürzten sich die durch den Radau alarmierten Hunde unter wildem Kläffen und Knurren ins Getümmel. Augenblicklich verschwanden die Waschbären, nicht ohne noch schnell einige abgegessene Maiskolben mitzunehmen. Mit pochendem Herzen und aufgestelltem Haar hörte Isabelle noch, wie Munro und Stewart die Hunde schreiend zum Schweigen brachten. Dann herrschte im Wald wieder Stille.

»Es ist vorüber«, erklärte Alexander lachend und sah seine Gefährtin an. »*By God!* Du siehst aus wie ein Kätzchen, das einen großen Wolf gesehen hat!«

Gekränkt stieß sie ihm den Ellbogen in den Magen.

»Mach dich nicht über mich lustig, Alex! Ich hatte eben Angst! Das ist kein Grund zu lachen.«

»Nein …«

Mit einem strahlenden Lächeln beugte er sich über sie und drückte sie mit seinem ganzen Gewicht zu Boden. Sie wehrte sich und stieß dabei gegen seinen Kiefer.

»Nein … Au! Vorsichtig!«

»Oh, tut mir leid …«

»Wusstest du, dass du eine beeindruckende Rechte schlägst?«

»Du hattest es verdient!«

Jetzt lächelten sie nicht mehr. Alexander spürte die Rundungen von Isabelles Busen unter seiner Brust. Der bebende Mund der jungen Frau befand sich nur ein paar Zoll von seinen Lippen entfernt. Kurz sah er darauf hinunter und richtete seinen Blick dann wieder auf ihre Augen.

»Die Tsonnontouan haben mich Weißer Wolf genannt«, sagte er und enthüllte seine schimmernden Eckzähne.

»Ich habe keine Angst vor Wölfen!«

»Nein? Nur vor Waschbären?«

Ohne ihr Zeit für eine Antwort zu lassen, begrub er ihre Lippen unter seinem Mund. Er stöhnte zufrieden, als sie die Finger in seine Rippen bohrte, um ihn zurückzuschieben, und sich zugleich an ihn klammerte. Abrupt zog er sich ein wenig zurück, um zu Atem zu kommen.

»Isabelle … ich weiß, wegen der Trauerzeit … Ich verstehe schon, dass du … *Mo chreach!* Ich wollte das alles nicht überstürzen, aber … *A Dhia!*«

»Ich rieche schlecht, Alex! Die Hitze, verstehst du …«, klagte sie naiv.

»Hast du schon einmal gesehen, dass sich ein Hirsch durch den Duft seines Weibchens vertrieben fühlt?«

»Wie bitte?! Jetzt fehlt nur noch, dass ich das Fell einer Hirschkuh tragen soll!«

Sie lachten. Dann verstummten sie und sahen einander tief in die Augen. Langsam näherten sich Alexanders Lippen den ihren und strichen sanft darüber. Seufzend öffnete sich der eben noch widerstrebende Mund. Zuerst küsste er ihn zurückhaltend, doch als er spürte, wie ihr Körper unter ihm weicher wurde, begann er von neuem und erkundete ihren Mund länger, tiefer.

»Iseabail …«

Mit berechnender Langsamkeit schob er ihr Nachthemd über den Schenkeln hoch und legte eine Pause ein, als er ihre feuchte Leistenbeuge erreichte. Er wollte alle Liebe, die er empfand, in seine Berührungen legen. Nichts überstürzen und jede Sekunde ihrer Wiedervereinigung auskosten. So lange hatte er gewartet und verzweifelt befürchtet, diesen Moment nie wieder zu erleben, dass er nicht alles durch seinen Egoismus verderben wollte.

Er setzte sich auf, legte die Hände auf ihren gewölbten Rücken, hob sie hoch und setzte sie rittlings auf seine Schenkel. Isabelle wurde schwindlig; sie schloss die Augen und schlang die Arme um seinen Hals. Sie stieß ein Stöhnen aus, das aus ihren durch den Aufruhr ihrer Sinne kurzzeitig zugeschnürten Lungen aufstieg, warf den Kopf nach hinten und schlug die Augen auf. In den unendlichen Weiten des Himmels glitzerten wunderbar die Sterne.

Der Stoff seines Hemdes strich über ihren Leib. Sie erschauerte bei der leichten Berührung. Leise seufzend klammerte sie sich noch fester an Alexander. Es war so lange her, so lange …

»Alex …«

»*Tuch! A bhean mo rùin, dinna say nothing.*« Psst! Sag nichts, meine Liebste …

Er sah sie eindringlich an. Vor Angst und Erregung ging ihr

Atem rasch. Ihre zerzausten goldenen Locken fielen ihr über die schimmernden Schultern. Er befreite ihre Brüste, die im Mondlicht seidig glänzten, aus dem zerknautschten Hemd und umschloss eine der aufgerichteten Spitzen mit dem Mund. Dann gab er sie frei, strich mit den Lippen über ihre feuchte Haut und bemächtigte sich der anderen. Sie kämpfte gegen ihre letzten Widerstände und griff in sein dunkles Haar. Eine feste Hand legte sich in ihr Kreuz, während die andere gebieterisch ihre Schenkel spreizte und sich einen Weg zu ihrer Weiblichkeit bahnte, die in heißen Flammen stand.

Sie ließ sein Haar los und bohrte ihre Fingernägel in seine kräftigen Schultern. Ihre zunächst sanften Liebkosungen wurden heftiger. Ein Strudel von Empfindungen betäubte ihren Verstand. Der Schutzwall, den sie um sich aufgebaut hatte, flog nach und nach davon wie Herbstlaub.

»Oh ja!«

Sie bäumte sich heftig auf und öffnete die Schenkel noch weiter. Mehr bedurfte es für Alexander nicht. Behutsam bettete er sie ins Gras und bemächtigte sich ihres Mundes und ihres ganzen Körpers. Er streichelte sie zärtlich und liebkoste sie leidenschaftlich, ließ sie in Flammen aufgehen und trug sie in schwindelerregende Höhen. Dann hielt er im letzten Moment inne, um von neuem zu beginnen und die köstliche Qual zu verlängern, die die Lust bis an die Grenzen des Erträglichen verstärkte.

Endlich nahm er sie in Besitz, und sie seufzte zufrieden. Er bog den Oberkörper nach hinten und drang tief in sie ein. Dann bewegte er sich genüsslich in ihrer feuchten Hitze. Sie keuchte und klammerte sich an ihn. Das Bedürfnis, vollständig Besitz vom jeweils anderen zu ergreifen, jede Spur einer fremden Zärtlichkeit auszulöschen, ergriff beide und riss sie wie im Fieber davon. In ihre leidenschaftlichen Bewegungen mischte sich immer wieder ein zärtliches Wort oder ein liebevoller Blick.

Als sie hörte, wie ihr Name über Alexanders Lippen drang, stieß Isabelle ein langgezogenes Stöhnen aus und zog ihren Gefährten noch tiefer in sich hinein, um die Leere auszufüllen, die viel zu lange in ihr gewesen war. Da explodierten Orgelklänge in ihrem Kopf, die jede Faser ihres Körpers mitschwingen ließen und ihren Geist mit blendendem Licht erfüllten. Himmlische Betörung … Isabelle war vollständig hingerissen. Musik und Liebe … *Das Ende der Welt wird kommen, aber die Liebe und die Musik werden überdauern …*

Während seine Gefährtin noch von den Schauern der Erfüllung geschüttelt wurde, erfasste auch Alexander die Ekstase. Sein Schrei, der Röcheln und Schluchzen zugleich war, erstickte in seiner Kehle. In diesem Moment, in dem er sein Leben in sie verströmte, gab er sich selbst vollständig auf, und die Welt verschwand und ließ nur noch zwei in der Liebe, die sie in ihrer ganzen Verletzlichkeit einte, verschmolzene Körper übrig.

Erschöpft ließ er sich schwer auf sie hinuntersinken. Sein Atem streifte ihr Ohr. »*I love you*«, flüsterte er hinein und vergrub dann sein Gesicht in ihrem Haar. Sie standen immer noch unter dem Eindruck dieses Taumels und konnten kaum fassen, wie heftig der Hurrikan gewesen war, der ihre Seelen und ihre Körper durchtobt und das Grau endgültig herausgewirbelt hatte, um es in alle Winde zu zerstreuen. Wie betäubt schmiegten sie sich in diesem neuen Licht zusammen, das jetzt in ihnen wohnte, atmeten im selben Rhythmus und trieben in diesem ruhigen Meer des Glücks, das sie trug.

»Ich wünsche mir noch ein Kind«, murmelte Alexander lange nachdem er sich sanft aus ihr zurückgezogen hatte.

»Ein Kind?«

Isabelle erwachte langsam aus ihrer süßen Mattigkeit.

»Einen Bruder oder eine Schwester für Gabriel.«

Er unterbrach sich in plötzlicher Verlegenheit. Merkwürdigerweise wurde ihm erst jetzt bewusst, dass Gabriel keine Geschwister hatte, und was das bedeuten konnte: Nach einer schweren Geburt war es oft nicht mehr möglich … Er spürte, wie sie in seinen Armen erstarrte, und küsste sie zärtlich auf die Stirn. Aber er war enttäuscht.

»Nein! Vergiss, was ich gerade gesagt habe! Mir war nicht klar … ich meine … es ist nicht schlimm, wenn du kein Kind mehr …«

»Pierre war steril«, erklärte Isabelle.

»Pierre? Steril? Du meinst, dass er …«

»Ja, er war zeugungsunfähig.«

»Oh!«

»Er … er hat es gewusst, Alex. Er hat es von Anfang an gewusst und vor mir verborgen. Gabriel … war für ihn der Sohn, den er sonst nie bekommen hätte. Er wusste über meinen Zustand Bescheid, als wir geheiratet haben und …«

»*Dinna, Iseabail … No more …*« Nicht, Isabelle … Ich will nichts mehr hören …

Er legte die Lippen an ihre Wange und kostete ihre bitteren Tränen.

»Nur eines noch … Hat er dich misshandelt?«

Sie schüttelte den Kopf.

»Nein … Pierre war gut zu mir. Sicher, wir hatten unsere Probleme, aber er hat immer versucht, mich glücklich zu machen.«

»Und … ist ihm das gelungen?«

Isabelle sah Alexander an und überlegte. Glücklich? Nicht im eigentlichen Sinn. Mit Pierre hatte sie nie empfunden, was sie in diesem Moment fühlte; diesen Eindruck, einer der Sterne zu sein, die am unendlichen Himmel strahlten.

»Ich kann nicht bestreiten, dass er mir Ausgeglichenheit geschenkt hat … Auch eine Art von Glück … Ich dachte, du wärest tot, daher …«

»Hmmm …«

Alexander betrachtete den Polarstern, dessen Licht sich in einem schillernden Halo brach, und biss die Zähne zusammen. Pierre Larue hatte ihm einen wichtigen Teil seines Lebens geraubt, den er nie zurückbekommen würde. Damit würde er sich abfinden müssen. Er wischte seine Tränen ab, die in Isabelles Haar liefen, und drückte sie fest an sich. Die Frau, die er seit Québec geliebt hatte, war mit Körper und Seele zu ihm zurückgekehrt. Endlich ließ Gott ihm Gerechtigkeit widerfahren. Sein schmerzendes Kinn und der Nachhall der Ekstase in seinem ganzen Körper bewiesen ihm, dass er nicht träumte. Er nahm Isabelles Hand, die schlaff auf seiner Brust ruhte, und küsste die Fingerglieder, die sich um seine schlossen. Dann strich er über den Ring aus Horn, den er schon zu Beginn des Festes an ihrer Hand bemerkt hatte. Das war das Symbol ihrer Zusammengehörigkeit: die Lilie und die Distel, für alle Ewigkeit ineinander verschlungen.

Er dachte an Gott, der, wie er überzeugt gewesen war, ihn endgültig verlassen hatte. Wie oft hatte er Ihn in seiner tiefen Enttäuschung und Mutlosigkeit geleugnet und geschmäht? Wie oft hatte er Ihn gelästert? Bestimmt oft genug, um die Hölle zu verdienen! Doch Gott hatte ihm diesen Augenblick höchsten Glückes gewährt. Würde Er ihm auch endlich die Ruhe des Kriegers schenken? Oder war diese Freude nur ein Trugbild, ehe der nächste Schwerthieb sein Herz treffen würde? Alexander vermochte sich seiner Zweifel nicht zu erwehren und konnte nur schwer glauben, dass dieses Glück von Dauer sein würde. Dazu hatte er zu viele Enttäuschungen erlebt. Der Augenblick war alles, an dem er sich festhalten konnte: *carpe diem …*

In der Ferne rief ein Eistaucher. Die heraufziehende Morgendämmerung ließ den Himmel verblassen und warf einen schimmernden Schleier über die Sterne, die einer nach dem anderen verschwanden. Der Anblick erinnerte ihn an einen anderen Morgen, den sie auf einer Lichtung erlebt hatten. Er sah die gleichen wunderbaren Farbschattierungen und hätte sie am liebsten in alle Ewigkeit so bewahrt, um sie vor dem Schicksal zu bewahren, vor der Zeit, die alles trübt.

15

Gefahr im Verzug

Die Natur erglühte in leuchtenden Farben: flammendes Rubinrot, warme Bernsteintöne, tiefes Granatrot und strahlende Gelbnuancen. Der Herbst war ein Fest. Die letzte sommerliche Wärme hielt noch einige Tage an, um dann von *Kiwetin*, dem Nordwind, verjagt zu werden. Anschließend fiel in den Wäldern das Laub, und die Flüsse erstarrten zu Eis.

Das Land der *Anishnabek* schlummerte ein. Der Winter bedeckte die Hügellandschaft mit einem herrlichen, schneeweißen Mantel. Die mit schweren, leuchtenden Kleidern herausgeputzten Tannen konnten nicht umhin, sich vor *Nanabozos** großer Kunst zu verneigen.

Vor diesem herrlichen Hintergrund vergaß Isabelle in der warmen, gemütlichen Hütte ihre Einsamkeit. Oft wurde ihr noch nostalgisch zumute, wenn sie an Madeleine dachte, die ihr schrecklich fehlte. Aber sie hatte ihren Platz gefunden. In der Hütte stapelten sich die Strohhüte und Puppen aus Maisstroh, die darauf warteten, im Frühling in der Mission am Deux-Montagnes-See verkauft zu werden. Sie wurde immer geschickter und schneller bei diesen Arbeiten. Bald würde sie es mit Rindenkörben versuchen.

Während die Männer die Runde bei den Fallen machten, im Eis fischten oder Holz hackten, lehrte Mikwanikwe sie die Kunst des Stickens mit Stachelschweinborsten. Isabelle gab die weich gewalkten Borsten in flüssige Farben, deren Rezepte nur

* Für die Algonquin ist Nanabozo der Schöpfer der Welt. Er ist der Sohn eines Himmelsgeists (Kije-Manito) und einer irdischen Frau.

die Ojibwa-Frau kannte, und stach sie dann durch die feine, weiße Birkenrinde, wobei sie exakt den vorgezeichneten Motiven – Schildkröten, Erdbeeren, Vögel oder Blumen – folgte. So schmückten sie die Deckel von Schachteln, die ebenfalls zum Verkauf bestimmt waren.

Wenn das Wetter es zuließ, gingen die Frauen mit den Kindern ins Freie, um Schneemänner zu bauen, mit Schneeschuhen den nächstliegenden Hügel zu erkunden oder auf dem Schlitten, den Munro ihnen zum Neuen Jahr gebaut hatte, zu rodeln.

Wenn es Nacht wurde und in der Hütte nur noch das Knistern des Feuers und der regelmäßige Atem von Gabriel und Marie zu hören war, flüchteten Isabelle und Alexander sich hinter Ledervorhänge und umarmten einander unter ihren dicken Woll- und Pelzdecken. Was für ein Glück, aus dem Kelch einer solchen Seligkeit zu trinken, die sie berauschte und einen langen Nachgeschmack hinterließ wie der allerbeste Wein! Zufrieden schlummerten sie anschließend ein, in der Gewissheit, dass nichts vergebens gewesen war und alles seinen Grund gehabt hatte.

Seit einigen Tagen liebkoste *Sawaniyottin*, der Südwind, das Astwerk, das es jetzt müde war, sein schweres Gewand zu tragen. Sein milder Atemhauch brachte die Meisen und Seidenschwänze zum Singen. Vor Freude darüber schmolz der dicke weiße Mantel, der über der Landschaft lag. Doch noch mochte der Winter das Land der *Anishnabek* nicht freigeben, und der *Kiwetin* ließ Eiszapfen an Ästen und Felssimsen wachsen. Aber dann trug, wie jedes Jahr und wie es *Nanabozos* Wille war, *Sawaniyottin* den Sieg davon. Mit seinem warmen Hauch befreite er die Flüsse, damit sie wieder fröhlich plätschern konnten. Sein sanfter Gesang weckte die Tiere aus ihrem Winterschlaf. So zärtlich drang er in die Erde, dass sie jeden Tag ein wenig mehr auftaute. Die Natur ließ sich vom Frühling erobern, erwachte zu neuem Leben und frohlockte.

Der Dampf schlug sich auf den Ästen der Bäume nieder, die rund um die Zuckerhütte standen, sodass sie aussahen wie eine

Auslage mit gewaltigen Kandiszuckerlutschern. Die Ausdünstungen ließen Gabriel das Wasser im Mund zusammenlaufen. Das kleine Schleckermaul vermochte den Blick nicht von den Tüten aus Rinde zu wenden, die Mikwanikwe mit einer bernsteingelben, zähflüssigen Substanz füllte. Der Knabe warf seiner Mutter einen Blick zu, aber die saß an dem einzigen Fenster der Hütte und war in die Betrachtung der Landschaft versunken. Doch die Ojibwa-Frau erwischte ihn, als er die Hand nach dem flüssigen Ahornsirup ausstreckte, und schalt ihn aus.

»Du wartest bis nach der Fastenzeit, *Mushkemush kemit**! Und außerdem ist das zu heiß. Du verbrennst dir die Zunge.«

Gabriel ließ sich neben Otemin, die genau wie er den abkühlenden dicken Sirup beäugte, schwer auf die Bank fallen und brummte. Mikwanikwe setzte sich ihnen gegenüber auf eine andere Bank und lächelte.

»Ich erzähle euch eine Geschichte …«

Die Ojibwa-Frau schaute kurz zu ihrem Sohn Duglas, der, behaglich in Felle gehüllt, in der Wiege schlief, die Munro zu Beginn des Winters für ihn angefertigt hatte. Dann strich sie das Bärenfell glatt, das auf ihren Knien lag, und begann.

»Dies ist die Geschichte über die Lektion, die Große Kiefer Kleiner Birke erteilte … Vor sehr langer Zeit konnten die Bäume noch miteinander sprechen. Wenn eine milde Brise wehte, plauderten sie ruhig. Wenn der heftige Wind sie schüttelte, sprachen sie von ihrer Angst und ihrem Mut. Große Kiefer ist gebieterisch, Ahorn ist köstlich, Ulme ist ein Riese, Eiche ist fest, Thuja ist biegsam und Birke wunderschön. Alle sind nützlich für die *Anishnabek*, die von ihrem Saft und ihren Früchten essen, unter ihren Zweigen oder ihrer Rinde Zuflucht suchen und ihr totes Holz gebrauchen, um sich zu wärmen und zu kochen. Eines Sommertags, als der Wald in der Sonne sang, fand Birke sich in seinem schneeweißen Kleid so wunderschön, dass er darüber eitel wurde. Er beschloss, sich von den Lustbarkeiten fernzuhalten, und wollte nicht zusammen mit den anderen Bäumen fröhlich

* Kleine weiße Moschusratte.

mit seinen Ästen wedeln. Besorgt fragte Ahorn ihn, ob er krank sei. ›Oh nein!‹«, rief Mikwanikwe und ahmte Birkes herablassenden Ton so gut nach, dass die Kinder lachen mussten, »›mir geht es sehr gut. Aber ich will meine schöne weiße Rinde nicht beschmutzen. Nur zu, ihr mit eurer gewöhnlichen Rinde, unterhaltet euch ruhig ohne mich!‹ Ahorn gefielen Birkes Worte nicht. Er dachte, Große Kiefer würde sicher sehr ärgerlich sein, sie zu hören … Große Kiefer ist der König des Waldes. Alle schulden ihm Achtung und müssen seinen Befehlen gehorchen, damit im Wald das Gleichgewicht nicht gefährdet ist. Rasch sprachen sich Birkes Worte im Wald herum, und alle Bäume taten sich gegen ihn zusammen. ›Du bist eingebildet!‹, sagte Ulme zu ihm. ›Wenn Große Kiefer dich hören würde, wäre er sehr unzufrieden!‹, rief Thuja aus. ›Was Große Kiefer denkt, ist mir ganz gleich‹, erklärte Birke mit hochmütiger Miene und wedelte barsch mit seinen schönen dunkelroten Ästen und spitzenfeinen Blättern. ›Ich bin der Schönste und brauche mich vor dem König nicht zu beugen!‹ Aber Große Kiefer hatte einen leichten Schlaf. Als er seinen Namen hörte, erwachte er, und seine langen Nadeln erbebten ungehalten. ›Was höre ich da?‹«, fragte Mikwanikwe und ließ ihre Stimme tief und ernst klingen. »Alle Bäume begannen zu zittern; ein großer Radau war das. ›Ich bin schöner als Ihr, daher brauche ich Euch nicht zu grüßen, Große Kiefer.‹ Wie es Ahorn vorhergesagt hatte, wurde der König des Waldes ärgerlich. ›Birke, du wirst zu stolz!‹, schrie er laut, damit alle es hörten. ›Du musst lernen, demütig zu sein!‹ Dann holte er mit einem Ast kräftig aus und schlug gegen Birkes schöne Rinde. Die Nadeln rissen seine weiße Haut an Tausenden von Stellen auf. Große Kiefer war zufrieden. ›Alle sollen dich ansehen und sich daran erinnern, dass Eitelkeit etwas Schlechtes ist‹, erklärte er noch.«

»Haben deswegen die Birken diese schwarzen Stellen, die wie Narben aussehen?«, fragte Gabriel, der die Behälter mit Ahornsirup ganz vergessen hatte.

»Hat Große Kiefer auch deinen Vater geschlagen?«, erkundigte sich Otemin.

»Otemin! Bezaan!«

Mikwanikwe warf ihrer Tochter einen drohenden Blick zu.

»Aber Gabys Papa hat einen ganz zerkratzten Rücken, wie die Rinde einer Birke.«

»Bezaan!«

Gabriel, der puterrot angelaufen war, sprang auf.

»Mein Papa ist nicht eitel! Das war keine Strafe, die ihn De… de…«

»Demut«, fiel Isabelle seufzend ein. »Kommt, Kinder! Lauft nach draußen und holt noch mehr Behälter mit Baumsaft.«

»Er hat mir gesagt, das sei eine mutige Tat gewesen…«, fuhr sein Sohn fort und öffnete die Tür der kleinen Schutzhütte.

Seine Worte gingen in dem Geschrei eines Schwarms Wildgänse unter, die über den Himmel zogen. Isabelle stand auf, reckte ihre eingeschlafenen Beine und steckte zusammen mit dem süß duftenden Dampfschwall, der nach draußen zog, den Kopf durch die Tür. Sie bewunderte die schönen Vögel mit dem schneeweißen Bauch, die laut flatternd über die Baumkronen hinwegzogen. Dann musterte sie den Waldrand.

»Eigentlich müssten sie bald zurück sein…«

Alexander und Stewart waren vor drei Tagen aufgebrochen, um die Fallen zu überprüfen. Üblicherweise war dies die Zeit, die sie für ihre Runde benötigten, je nachdem, was sie gefangen hatten. Am anderen Ende des Lagers mühten Francis und Munro sich mit dem Entasten eines Baumstammes ab. Der Kamin der Blockhütte rauchte. Marie litt seit zwei Tagen unter starkem Fieber und hütete mit einem Breiumschlag aus Zwiebeln das Bett.

»Wie geht es dem Kind heute?«

Isabelle hatte Mikwanikwe nicht kommen hören und fuhr herum.

»Dem Kind? Ach, dem geht es gut.«

Die Indianerin betastete behutsam Isabelles dicken Bauch und nickte zufrieden.

»Es wird ein Mädchen.«

»Das sagt Alexander auch!«, rief Isabelle lachend aus.

Mikwanikwe kehrte zu ihrer Bank zurück, wo sie die Korkschachtel stehengelassen hatte, die sie mit *watap* zusammennähte, während sie das Kochen des Ahornsirups überwachte. Isabelle strich über ihren straff gespannten Bauch und ließ den Blick zu den Bäumen schweifen, wo die Kinder den Baumsaft in einem Ledereimer sammelten. Als sie entdeckt hatte, dass sie zum zweiten Mal schwanger war, hatte sie das zunächst in Panik versetzt. Mit Grauen erinnerte sie sich an die Niederkunft ihrer Schwägerin Françoise, bei der man den kleinen Maurice hatte zerstückeln müssen, und an ihre eigene Entbindung, die so lang und schwer gewesen war. Außerdem bereitete ihr die Vorstellung, ihr Kind an einem so abgelegenen Ort zur Welt bringen zu müssen, große Sorgen. Was würde geschehen, wenn es Schwierigkeiten gab?

Mikwanikwe hatte versucht, sie zu beruhigen, indem sie ihr erklärt hatte, welche Körperhaltungen die Geburt leichter vonstatten gehen ließen. Ihre Worte widersprachen allem, was die Hebammen im Zimmer einer Gebärenden zu empfehlen pflegten. Aber die Indianerin hatte ihr Kind allein zur Welt gebracht, mitten in einem heftigen Gewitter, und ihr Sohn war vollkommen gesund. Sie musste ihr vertrauen. Etwas anderes blieb ihr ohnehin nicht übrig.

Während ihre Freundin sich wieder an die Arbeit machte, lächelte Isabelle. Sie musste es zugeben: Mikwanikwe und sie waren einander nähergekommen. Den ganzen Winter über hatte die Eingeborene ihr geduldig gezeigt, wie man die feindselige Natur zähmt und das anscheinend Unmögliche vollbringt. Sie hatte sie gelehrt, dass man in den Wäldern nicht gefangen, sondern zu Gast war. Man brauchte nur nach ihrem Rhythmus zu leben und ihre Regeln zu achten, dann konnte man dafür alle Reichtümer ernten, die sie boten. Im Gegenzug hatte Isabelle Mikwanikwes Horizont erweitert und ihr von der christlichen Religion erzählt. Die Ojibwa-Frau hatte ein ungewöhnliches Interesse an den Katechismus-Stunden entwickelt, die sie ihr am Sonntagnachmittag, wenn Duglas schlief, gab. Gleichzeitig hatte ihr Französisch große Fortschritte gemacht, während ihre Freundin einige Worte Algonquin gelernt hatte.

Isabelle lief ein Schauer über die Schultern, und sie zog ihr Cape, das sie über ihrem Leib nicht mehr schließen konnte, so gut sie konnte zusammen. Das Letzte, was sie gebrauchen konnte, wäre, sich an Maries üblem Schnupfen anzustecken. Alexander hatte ihr zwar empfohlen, sich so weit wie möglich von der Kranken fernzuhalten, aber trotzdem beschloss sie, ins Warme zu gehen. Wenn Marie sie nicht mit ihrer Krankheit ansteckte, dann würde sie sich bestimmt hier erkälten, wo sie mit den Füßen im eisigen Schlamm stand. Ehe sie ging, lächelte sie Mikwanikwe zu, die soeben einen Behälter mit eingekochtem Baumsaft in einen Krug leerte.

»Ich gehe ins Haus und koche Marie einen Kräutertee gegen ihren Husten.«

»Das hier wird Marie helfen …«

Mikwanikwe griff in die Tasche, die sie immer mit sich trug, und zog ein Säckchen hervor, das sie Isabelle reichte.

»Zum Trinken.«

»Danke … *Miigwech*, Mikwanikwe.«

Isabelle war gerührt. Während die Ojibwa-Frau lächelnd ihre Aufmerksamkeit erneut auf den köchelnden Sirup richtete, ging sie hinaus. Ihre Mokassins versanken im Schlamm, und sie geriet aus dem Gleichgewicht. Schimpfend legte sie eine Pause ein, um zu Atem zu kommen. Die Wolken waren grau und hingen tief. Es war, als wolle der Himmel die Landschaft erdrücken.

»Was für ein elendes Land!«, stieß sie zwischen den Zähnen hervor, als ihr ein paar Tropfen auf die Nase fielen. »Ich schwöre, im kommenden Winter werde ich nicht mehr …«

»Madame Larue?«

»Ah! Heiliger Himmel!«

Eine kräftige Hand fing sie auf und hinderte sie daran, in den Matsch zu fallen. Sie schaute auf und erstarrte, als sie in unstete graue Augen sah, die tief in einem ihr unbekannten, verschlagen wirkenden Gesicht lagen. Mit einem zweiten, verblüfften Schrei machte sie sich los und trat von dem Mann weg. Der Fremde roch … nein, er stank nach ranzigem Bärenfett, gekochtem Kohl und Urin.

»Wer … wer seid Ihr?«

»Léopold Ouellet, genannt Lavigueur«, antwortete der Unbekannte mit näselnder Stimme. »Ein Freund, Madame Larue.«

Sie runzelte die Stirn.

»Ein Freund? Aber ich kenne Euch nicht! Und außerdem, woher wisst Ihr, dass ich hier lebe? Außer Monsieur Guillot hat niemand eine Ahnung, wo ich bin.«

»Ich komme aus der Mission von Deux-Montagnes«, erklärte Monsieur Ouellet nervös. »Ich glaube, Euer Gatte holt Eure Post an der Handelsstation ab …«

Während er sprach, musterte er die Umgebung.

»Er hat dort einige Freunde, die wissen, wo sein Land liegt. Ich habe mit einem gewissen Paul Anaouari gesprochen.«

»Anaraoui«, verbesserte Isabelle ihn leicht gereizt. »Aber … was wollt Ihr von … meinem Mann?«

Der Mann lächelte, wobei er schlechte Zähne enthüllte, und kramte in seiner ledernen Umhängetasche. Dann zog er ein Päckchen heraus, das er ihr reichte.

»Eigentlich suche ich nicht nach Eurem Mann, sondern nach Euch, Madame. Dies hier ist für Euch beim Posten angekommen. Und da ich ohnehin in Richtung Westen unterwegs war, habe ich mich erboten, es Euch zu überbringen … Und gehofft, für meine Mühe mit einem Nachtlager und einer Mahlzeit entlohnt zu werden«, setzte er leiser hinzu.

»Ein Nachtlager und eine Mahlzeit …«

Isabelle sah auf das Päckchen hinunter und erkannte Jacques Guillots Schrift. Die Bemerkung »Eilpost« war in großen Buchstaben auf das feuchte Papier gekritzelt. Das Wasser hatte einen Teil ihres Namens verlaufen lassen, der aber immer noch leserlich war: Madame Isabelle Larue. Die schwarzen Buchstaben sprangen ihr ins Gesicht und ließen sie erzittern, denn sie erinnerten sie daran, dass sie in erster Linie Pierre Larues Witwe war. Unvermittelt wurde sie aus ihrer kleinen, abgeschlossenen Welt gerissen.

»Ja … gut … für eine Nacht. Danke … ähem … Mein Mann müsste bald zurück sein.«

Sie klemmte sich das kleine Päckchen unter den Arm, fasste sich und machte sich auf den Rückweg zur Hütte. Doch beinahe sofort wandte sie sich zu dem seltsamen Boten um, den sie einfach stehengelassen hatte.

»Möchtet Ihr einen Tee, Monsieur Ouellet?«

»Meine Freunde nennen mich Lavigueur, Madame. Danke, das wäre sehr freundlich. Mit einem Tröpfchen Rum, falls Ihr welchen habt.«

»Mit Rum … ja, natürlich.«

Im Inneren begrüßte sie Géraldine, das Schwein, das Alexander im Herbst vom Handelsposten mitgebracht hatte, mit lautem Quieken. Das Tier, das eigentlich die Weihnachtstafel hätte schmücken sollen, hatte einen Aufschub bis Ostern erhalten. Isabelle hatte sich nicht entschließen können, es zu schlachten: Sie erinnerte sich noch zu gut an den Tränenausbruch ihres Bruders Ti'Paul, als er damals in Québec seinen Spielkameraden Blaise als Mittelpunkt eines Silvestermahls entdeckt hatte, auf einem Bett aus Kartoffeln und mit einer Aspikschicht überzogen. Sie wollte Gabriel, der sich mit Géraldine angefreundet hatte, den gleichen Kummer ersparen und hatte Alexander überzeugt, dass ein Braten aus dem Reh, das er erlegt hatte, ebenso gut wäre und sie mehr davon hätten, das Schwein bis zum Frühjahr zu mästen.

Mit dem Fuß stieß sie das Tier beiseite, das daraufhin ein schrilles Quietschen ausstieß, bezeichnete dem Gast eine Bank und ging zu Marie, die sich bei ihrem Eintreten auf einen Ellbogen hochgestützt hatte. Ihr Blick wirkte glasig, und ihre Haut war wachsbleich. Ihre Stirn war immer noch heiß, aber das Fieber war gesunken.

»Sieht aus, als ginge es dir ein wenig besser.«

Sie war erleichtert. Zur Antwort erhielt sie ein Stöhnen und einen Hustenanfall, während sie den Breiumschlag vom Fußboden aufhob. Das Dienstmädchen legte sich wieder hin und schloss die angeschwollenen Augen.

»Ich mache dir einen Kräutertee.«

Isabelle legte ein Scheit aufs Feuer und goss Wasser in den

Kessel, der auf dem Rost darüber stand. Ein paar verstohlene Blicke bestätigten ihr, dass der schweigend dasitzende Mann jede ihrer Bewegungen verfolgte.

»Ist Euer Gatte Trapper?«

Sie steckte das Messer in den Zucker, der zu einer festen Masse zusammengeklebt war, und hackte darauf ein, um kleine Stücke abzulösen.

»Ähem … ja. Ich dachte, Ihr kennt ihn?«

»Das habe ich nie behauptet«, entgegnete der Mann lächelnd. »Ich sagte nur, dass einige Männer am Handelsposten ihn kennen. Ich selbst bin nur auf der Durchreise und hatte nie das Vergnügen, ihm zu begegnen. Doch man hat mir erzählt, er sei dabei, mit seinen Pelzen ein hübsches kleines Vermögen zusammenzutragen …«

»Ein Vermögen?«

Unsicher hob Isabelle den Kopf. Das hohlwangige Gesicht des Mannes mit seinem ewigen Grinsen nahm einen verschlagenen Ausdruck an, der ihr nichts Gutes verhieß. Mit einer weit ausholenden Bewegung umfasste sie die einräumige Hütte.

»Wie Ihr sehen könnt, ersticken wir geradezu im Luxus!«

Lavigueur zuckte die knochigen Schultern. Mit den langen, aufgesprungenen Fingern trommelte er auf den Tisch und ließ die grauen Augen im Raum umherschweifen.

»Nun … jedenfalls erzählt man sich das, Madame.«

Nervös ließ Isabelle eine Handvoll Teeblätter in die Fayence-Kanne fallen. Mit klopfendem Herzen schloss sie den Deckel der Blechdose wieder und legte das Kräutersäckchen zum Ziehen in eine Schale. Dann ging sie zum Kamin, um den dampfenden Kessel mit Hilfe eines Geschirrtuchs hochzuheben. Dabei musste sie über Géraldine hinwegtreten, die den Rüssel in ihren leeren Trog steckte und vorwurfsvoll grunzte.

»Hat dieses Haus nicht früher einem Holländer gehört? Einem Pelzhändler, glaube ich …«

Einem Holländer? Reglos stand Isabelle da, während diese Information in ihr Hirn einsickerte und unangenehme Erinnerungen erweckte. Sie fühlte sich immer unwohler in ihrer Haut. Sie trat zurück an den Tisch und goss zuerst Wasser in die Teekanne, dann in die Schale, wobei sie dem Blick des Mannes auswich.

Lavigueur musterte die Frau. Er fand sie hübsch und hätte sich gern mit ihrem weichen, goldblonden Haar beschäftigt, dessen Duft er gerochen hatte, als er ihr über den Weg gefolgt war. Schade, dass sie schwanger war und bald niederkommen würde. Er hätte sie gern auf diesem Tisch genommen… Der Schotte hatte wirklich nicht lange gebraucht, um sie in sein Bett zu bekommen, der Glückspilz.

»Es heißt, dieser Hollandais habe ein enormes Vermögen besessen. In Gold, behauptet man.«

Isabelle hielt mitten in der Bewegung inne und starrte auf die Teekanne, die sie fest umklammert hielt. Warum erzählte dieser Mann ihr von van der Meer? Und was sollte diese Andeutung, dieses Haus habe einmal ihm gehört? Da irrte der Fremde sich sicherlich. Mit gereizter Miene stellte sie die Kanne vor ihn hin.

»Man muss nicht jedem Gerücht Glauben schenken, Monsieur Lavigueur! Dieses Haus hat mein Mann gebaut. Was wir besitzen, hat er im Schweiße seines Angesichts und mit harter körperlicher Arbeit verdient. Was das Gold dieses van der… wie auch immer angeht, so kann ich Euch versichern, dass mein Mann keine einzige Münze davon besitzt. Wenn dem so wäre, dann wäre ich nicht hier, sondern in einem hübschen Haus an einer baumbestandenen Allee, wo ich nicht bis zu den Knien im Schlamm zu waten bräuchte.«

Van der… wie auch immer…, dachte Lavigueur lächelnd. *Diese Frau weiß, wovon ich spreche.*

»Ja, natürlich. Ihr habt ganz recht, Madame. Man soll nicht alles glauben, was man so hört. Deswegen bin ich es auch gewöhnt, Gerüchte zu überprüfen, ehe ich sie verbreite. Ach, ganz nebenbei… Ich erinnere mich gar nicht, Euch gegenüber den Namen des Holländers erwähnt zu haben.«

Verwirrt trat Isabelle mit dem Kessel wieder ans Feuer und füllte ihn auf. Was wurde da über Alexander erzählt? Was wusste dieser Mann über das Gold des Hollandais'? Gehörte er zu diesen Händlern, die das Massaker in Auftrag gegeben hatten? Dachte er, Alexander sei im Besitz des Goldes, das man für verloren hielt? Wenn das so wäre, hätte er ihr doch davon erzählt... jedenfalls glaubte sie das. Bestimmt hätte er sie nicht zu sich in eine Holzhütte geholt, wenn er ihr auch ein Haus hätte bieten können, das diesen Namen verdiente!

Während sie sich aufrichtete, erblickte sie das Päckchen, das vergessen an einer Ecke der Tischplatte lag. »Eilpost«, stand darauf geschrieben. Ob es schlechte Nachrichten enthielt? Vielleicht war ja einem Familienmitglied etwas zugestoßen. Sollte ihr Haus in Montréal abgebrannt sein? Oder das in Beaumont? Die Handschrift gehörte eindeutig Jacques Guillot. Dem Notar fehlte also nichts. Marie hustete heftig, was sie aus ihren sorgenvollen Gedanken riss.

»Madame... Der Rum... ob Ihr wohl für meine Mühe ein Tröpfchen hättet?«

»Für Eure Mühe, ja...«

Am liebsten hätte sie Lavigueur entgegnet, sie befänden sich mitten in der Fastenzeit und Alkohol sei verboten, doch sie hielt sich zurück. Sie griff nach dem Krug, den Alexander auf einem Regal aufbewahrte, und bot ihm davon an. Dann machte sie den Kräutertee fertig und brachte ihn Marie. Als sie wieder an den Tisch trat, nahm sie endlich das Päckchen zur Hand.

»Ihr erlaubt?«

Der Mann, der sich soeben einen großzügigen Schluck Branntwein einschenkte, nickte, ohne sein unterwürfiges Lächeln abzulegen, das sie inzwischen wirklich aufreizend fand. Dann steckte er die Nase in den Becher, aus dem Alkoholdünste aufstiegen, ohne auch nur einen Tropfen Tee hinzuzugeben.

Isabelle wandte ihm den Rücken zu und setzte sich auf den Stuhl, der vor dem Fenster stand. Jetzt, Anfang April, drang nur wenig Licht in den Raum. Vor Aufregung zitternd öffnete sie den äußeren Umschlag. Drei Briefe befanden sich darin. Der erste war von dem Notar unterzeichnet. Die beiden anderen stammten von Madeleine; einer trug den Vermerk »Empfänger unbekannt«. Dies war das zweite Päckchen des Notars, das sie erreichte, seit sie hergekommen war. Das erste hatte sie erst im Herbst erhalten, als Alexander zum Handelsposten gereist war, um Vorräte für den Winter zu besorgen. Jacques Guillot hatte keinen Hehl aus seinem Erstaunen und seiner Unzufriedenheit über ihre überstürzte Abreise gemacht. Er war sogar so weit gegangen, dass er angedeutet hatte, sie müsse kurzzeitig verwirrt gewesen sein. Dann hatte er erklärt, er werde Étienne und die Behörden benachrichtigen, damit sie nach ihr suchten und den Mann verhafteten, der sie »gezwungen« hätte, sich auf dieses verrückte Abenteuer einzulassen.

Da sie wusste, dass Pierres ehemaliger Partner sie liebte, hatte sie Verständnis für seine heftige Reaktion gehabt. Jacques Guillot war zutiefst verletzt. Aber mit welchem Recht mischte er sich in ihr Leben ein? Sie war enttäuscht gewesen und hatte beschlossen, ihm ihren genauen Aufenthaltsort nicht mitzuteilen. Doch da der Notar ihren Besitz verwaltete, musste sie in Verbindung mit ihm bleiben. Daher hatte sie ihm sofort geantwortet, um ihn zu beruhigen: Gabriel und ihr gehe es sehr gut; sie genössen die gute Landluft. Sie hatte erklärt, im Moment hege sie keinerlei Absicht, nach Montréal zurückzukehren; und wenn ihr Bruder sich hierher wagen sollte, werde sie ihm sowohl ihre Zuneigung als auch die Verwaltung ihres Besitzes entziehen.

In dem zweiten Brief, den sie jetzt las, hatte sich Jacques Guillot bemüht, deutlich mehr Verständnis aufzubringen. Er versprach, geduldig und nachsichtig gegenüber ihrem *Verhalten, das ihrer gesellschaftlichen Stellung unwürdig sei*, zu sein, und hoffe auf ihre Rückkehr, sobald das Wetter dies erlaube. Isabelle lächelte: Was der Mann wohl für ein Gesicht ziehen würde, wenn er ihren dicken Bauch sähe?

Isabelle legte den Brief des Notars beiseite und nahm die beiden Schreiben von ihrer Cousine zur Hand. In dem ersten berichtete Madeleine einfach das Neueste aus Québec und kündigte ihr für den August teilnahmsvoll ihren Besuch an. Ihr Dienstherr, Monsieur Audet, hatte ihr zwei Wochen Sonderurlaub gewährt, und sie wollte nach Montréal kommen, um sie nach

Pierres Tod moralisch zu unterstützen. Der zweite Brief war in einem vollständig anderen Ton gehalten.

Nachdem ich auf meinen letzten Brief keine Antwort erhalten hatte und sehr besorgt war, habe ich deinen Bruder Louis über dein langes Schweigen in Kenntnis gesetzt. Er hat die Bäckerei in der Obhut seines ältesten Sohnes gelassen und die Reise nach Montréal angetreten – nur um vor einem abgeschlossenen Haus zu stehen. Der Notar Guillot, den er getroffen hat, gab zu, nicht genau zu wissen, wo du dich aufhältst. Ich beschwöre dich, Isa, antworte auf diesen Brief! Du musst verstehen, dass dein Verschwinden uns aufs Höchste beunruhigt. Louisette behauptet, du seiest mit einem Cousin abgereist und erklärt, der Mann habe wie ein Wilder ausgesehen, aber blaue Augen wie Gabriel gehabt. Hast du eigentlich den Verstand verloren, Isa? Ist dir klar, dass du den armen kleinen Gabriel mit ins Unglück stürzt, indem du mit dem erstbesten Fremden, der Alexander ähnlich sieht, durchbrennst? Ich ersticke fast vor Zorn und Enttäuschung, und ich verlange eine Erklärung.

»Deine Cousine Madeleine Gosselin«, murmelte Isabelle und biss sich auf die Lippen.

Voller Gewissensbisse knüllte sie das Blatt zusammen. Sie hätte ihrer Cousine schon lange schreiben und ihr erklären sollen, wie sich alles verhielt. Außer der kurzen Mitteilung über ihre vorübergehende Abwesenheit an ihrem Abreisetag hatte sie Madeleine keinerlei Nachrichten zukommen lassen. Da war es keine Entschuldigung, sich damit herauszureden, dass die Tinte im Tintenfass gefroren war … Madeleine hatte Besseres verdient.

Laute Stimmen rissen sie aus ihren Überlegungen. Sie schaute zu Lavigueur: Der Mann hatte seine Pfeife angezündet und sich bequem auf der Bank ausgestreckt. *Was für ein Rüpel!*, dachte sie. Die dampfende Teekanne stand immer noch genau an derselben Stelle, an der sie sie auf den Tisch gestellt hatte.

Absätze trampelten über die Vortreppe, und dann wurde die Tür aufgerissen. Gabriel stürmte, dicht gefolgt von Otemin, herein. Géraldine begann zu quieken, trippelte herum und warf dabei Körbe und einen Schemel um.

»Willst du wohl die Tür schließen, Gabriel!«, rief Isabelle und steckte die Briefe in ihre Rocktasche.

»Schau mal, Mama! Ein kleiner Waschbär! Kann ich ihn behalten? Ja? Sieh doch, er ist ganz winzig!«

Ein Pelzknäuel bewegte sich zwischen den Fausthandschuhen des kleinen Jungen, der aufgeregt auf der Stelle hüpfte.

»Hör auf, so herumzuzappeln, Gaby! Sonst erschreckst du das Tier noch, und es könnte dich beißen!«

Als er den Fremden entdeckte, der sich auf der Bank hochgesetzt hatte und ihn ansah, erstarrte der Kleine.

»Wo hast du es denn gefunden, mein Junge?«

Lavigueur blies einen Rauchring zur Decke, stand dann auf und trat auf Gabriel zu. Er kauerte nieder, um das Tier zu betrachten, das an dem Fell der kleinen Fäustlinge schnüffelte.

»Es lag am Fuß eines Baumes im Schnee. Ganz allein. Ich dachte, es würde erfrieren, wenn ich es dort lasse.«

»Es hat Glück, dass du es gefunden hast, bevor ein Luchs oder ein Fuchs gekommen ist. Dein *racoune* ist possierlich und noch ziemlich jung. Bestimmt ist seine Mutter in eine Falle gegangen, und es ist ganz allein aus seinem Bau gekommen. Du wirst ihm zu essen geben und es entwöhnen müssen, sonst stirbt es.«

»Ich zeige dir, wie das geht«, schaltete sich Isabelle ein und schob ihren Sohn auf die Tür zu. »Haben wir nicht eine Hündin, die kürzlich geworfen hat?«

»Ja, Lourag! Francis hat sie und ihre Welpen bei sich untergebracht, unter seinem Bett.«

»Hmmm … vielleicht wäre sie ja bereit, deinen neuen Freund anzunehmen. Lauf doch einmal hinüber. Ist Francis schon vom Holzschlagen zurück?«

»Ich suche ihn!«, erbot sich Otemin und rannte schon nach draußen.

»Warte auf mich! Ich kann mit meinem Waschbären nicht so schnell laufen wie du!«

»Euer Sohn?«, fragte Lavigueur hinter Isabelle. Sie fuhr herum.

»Ja.«

Der Mann nickte, und seine dunkelgrauen Augen folgten dem Kind, das durch den Schlamm rannte. Mit einem Mal fühlte Isabelle sich von diesem Fremden abgestoßen, der wie aus dem Nichts aufgetaucht war. Ein Unglücksbote, dachte sie. Ein böser Geist, der gekommen war, um ihr gemütliches Nest ins Wanken zu bringen, damit sie herausfiel. Glühend hoffte sie, dass Alexander vor dem Dunkelwerden zurückkehrte, denn sie fürchtete instinktiv um Gabriels und ihre eigene Sicherheit.

Sie wurde grob angerempelt und schaute nach unten: Géraldine hatte gesehen, dass die Tür offen stand, und stürzte freudig quiekend ins Freie. Das Tier schlidderte über die feuchten Bretter, rannte die Stufen hinunter und landete in dem schmutzigen Schnee.

»Verflixt! Das Schwein ist ausgerückt!«

Lavigueur nahm die Verfolgung auf. Mikwanikwe, Munro, Francis und die Kinder kamen, angezogen von dem Lärm, herbei und gesellten sich lachend zu ihm. Sie rutschten aus, fielen in den Schlamm und schrien vor Freude, als es ihnen gelang, das Tier in die Enge zu treiben. Aber die wendige Géraldine glitt ihnen durch die Finger wie ein Aal, wenn sie versuchten, sie festzuhalten. Nach einer halben Stunde stellten Lavigueur und Francis ihr auf Munros Vorschlag hin an der Ecke der Zuckerhütte mit einem Fischernetz eine Falle, fingen das arme Tier ein und brachten es zurück in die Hütte.

»Das wirst du mir noch büßen!«, schimpfte Isabelle und verpasste dem Tier mit dem Geschirrtuch ein paar Schläge aufs Hinterteil. »Bald haben wir Ostern, und du wirst auch noch ruhiger werden, wenn du erst im Kochtopf liegst. Jetzt ist mein Fußboden ganz voller Schlamm! Und baden muss ich dich wohl auch noch!«

Das Schwein flüchtete quiekend unter den Tisch. Als sie aufsah, standen Lavigueur und Munro vor der Tür und sahen ebenso verdreckt aus wie das Tier.

»Jedenfalls …«, fuhr Isabelle fort, »nachdem sich die Herren gewaschen haben. Munro, hol mir doch den großen Holzkübel aus dem Schuppen. Ich mache Wasser heiß, damit ihr euch säubern könnt.«

Die beiden schlammverkrusteten Gesichter verzogen sich zu einem breiten Lächeln, über dem zwei Augenpaare strahlten. Lavigueur dankte Isabelle und ging hinaus. Sie hielt Munro kurz zurück.

»Ich mache mir Sorgen wegen dieses Mannes, Munro«, gestand sie ihm kaum hörbar. »Er stellt Fragen über diesen holländischen Händler, für den ihr gearbeitet habt, Alex und du. Könntest du ihn im Auge behalten? Alex ist noch nicht zurück, und …«

»*Aye! Winna loose sicht aff him.* Ich auf ihn aufpassen. *Cha tàinig eun glan ieamh à nead a'chlamhain.*«

»Danke, Munro … Ähem … Der gälische Satz, was bedeutet er?«

»Aus einem Adlernest fallen kein sauberer Vogel.«

»So ist es wohl …«

Bei diesen Worten warf Isabelle einen Blick über Munros Schulter. Lavigueur, der von Kopf bis Fuß mit Matsch überzogen war, wartete gelassen vor der Tür.

Wie so oft hatten sich alle Bewohner der kleinen Siedlung in der Hütte zum Abendessen versammelt, obwohl der Hausherr noch nicht zurückgekehrt war. Die Mahlzeit verlief ohne Zwischenfälle. Der Gast spürte, dass Munro ihn nicht aus den Augen ließ, und stellte keine peinlichen Fragen mehr. Isabelle stellte einen dritten Teller Pfannkuchen auf den Tisch und setzte sich endlich ebenfalls zum Essen. Das Püree aus Räucherfisch und Kartoffeln war nicht besonders appetitlich, hatte jedoch den Vorteil, sehr nahrhaft zu sein. Oft gab sie noch Mais oder Erbsen dazu. Mit ein wenig Butter hätte das Ganze vielleicht sogar … Aber die Butter mussten sie vergessen. Unmöglich, eine Kuh hierher zu transportieren. Da mussten sie sich eben mit Biberfett zufriedengeben …

»Kann ich noch einen Biberschwanz haben, Mama?«

»Einen … was? Heute ist Samstag, Gaby, also Fastentag. Da isst man keinen Biber …«

»Ich will einen Pfannkuchen«, erklärte der Knabe und wies auf die Maiskuchen. »Der schmeckt genau wie ein Biber und hat sogar dieselbe Form wie sein Schwanz. Also … darf ich?«

»Aha! Natürlich kannst du dir noch einen nehmen!«

»Warum soll man samstags keinen Biber essen?«, schaltete sich Otemin ein. »Papa sagt, er ist mehr ein Fisch als ein Tier, weil er im Wasser lebt und auf seinem Schwanz Schupfen wachsen.«

»Schuppen, Otemin«, verbesserte Isabelle. »Und außerdem ist der Biber wirklich ein Tier.«

»Er ist ein Säugetier, Mama, genau wie die Hunde«, bekräftigte Gabriel kauend, nachdem er sich einen großen Bissen in den Mund geschoben hatte.

Erstaunt und stolz riss Isabelle die Augen auf und fragte ihren Sohn, woher er diese Kenntnisse habe.

»Nun ja, kürzlich hat Papa Alex zwei Kleine im Bauch eines Bibers gefunden. Und in einem von meinen Tierbüchern steht, dass Säugetiere ihre Jungen im Bauch tragen. Das heißt, sie müssen ihre Kinder genauso machen wie die Hunde!«

»Oh!«, rief Isabelle errötend aus, während die Männer in Gelächter ausbrachen. »Und … woher weißt du, dass die Hunde ihre Jungen im Bauch tragen?«

»Aber Mama!«, seufzte Gabriel und verdrehte die Augen. »Du weißt schon, Lourag! Ich habe doch gesehen, wie ihre Kleinen aus ihrem … Popo gerutscht sind. Und vorher waren sie in ihrem Bauch, also weiß ich, woher sie kommen.«

»Ach so … ja.«

»Und außerdem weiß ich, wie sie in ihren Bauch hineingekommen sind.«

Marie hatte sich stark genug gefühlt, um sich an den Tisch zu setzen. Jetzt steckte sie die Nase in ihren Teller, nachdem sie Francis' verliebten Blick und den gierigen von Lavigueur aufgefangen hatte, der sie seit Beginn der Mahlzeit anglotzte.

»Hmmm … Wer bringt dir denn solche spannenden Dinge bei, Gaby?«

Isabelle stellte eine unbekümmerte Miene zur Schau, die niemanden täuschte.

»Otemin. Neulich haben wir zugesehen, wie einer der Hunde auf eine Hündin gestiegen ist. Ich habe sie gefragt, und sie hat mir erklärt, dass sie es genau wie unsere Mamas und Papas machen, wenn sie ein Baby wollen. Tut das eigentlich weh, wenn der Papa die Kleinen in den Bauch der Mama setzt? Weil die Hündin nämlich gejault hat und …«

»Gaby!«

Munro lachte laut heraus, und die anderen Männer fielen ein.

»Ganz der Sohn vom Vater, was?«

»Munro MacPhail! Nimm bitte zur Kenntnis, dass deine Tochter ihn diese schmutzigen … Dinge gelehrt hat! Du solltest dich darum kümmern! Bald wird sie … ach! Verflixt!«

Der Schotte lachte noch lauter, was Gabriel, der glücklich darüber war, im Mittelpunkt der Aufmerksamkeit zu stehen, bestätigte.

»Nun ja, manchmal … macht ihr so komische Geräusche, Papa Alex und du … und du hast ein Baby im Bauch, also …«

»Gabriel Larue! Das sind keine Themen …«

Isabelle sprang auf und stellte dabei zwangsläufig die Frucht dieser Umarmungen zur Schau. Munro und Francis krümmten sich vor Lachen. Am liebsten hätte sie die beiden verprügelt.

»Hört auf, ihr beiden! *Stop it!* Wollt ihr vielleicht meine Kelle zu spüren bekommen?«

Genau in dem Moment, als sie die Kelle ergriff, die in der Püreeschüssel steckte, und sie über Francis' Kopf hob, flog die Tür auf, und ein eisiger Windstoß fuhr ins Innere der Hütte. Der Brei, der noch an der Kelle klebte, klatschte herunter. Francis stieß ein dumpfes Stöhnen aus.

»Offenbar unterhaltet ihr euch ohne mich auch ganz ausgezeichnet«, rief Alexander aus, der strahlend ins Haus trat. Stewart ließ seinen Ballen auf der Vortreppe und folgte ihm.

Tiefes Schweigen war eingetreten. Sogar Géraldine, die sich in eine Ecke in der Küche geflüchtet hatte, wagte nicht zu quieken. Mit ihren von Eis überzogenen Kapuzenmänteln und Pelzmützen wirkten die beiden wie Barbaren, die sich anschickten, sie auszuplündern und zu massakrieren.

»Herrgott! Ein Wetter ist das; da möchte man keinen Hund vor die Tür jagen!«

Alexander legte seine Oberbekleidung ab, als er das Püreehäufchen erblickte, das merkwürdigerweise Francis' Schädel krönte. Verblüfft runzelte er die Stirn.

»Habe ich etwas verpasst, *a ghràidh*?«

Ein allgemeiner Heiterkeitsausbruch quittierte seine Frage. Gabriel stürzte sich in die Arme seines Vaters. Isabelle war so erleichtert über die Rückkehr ihres Gefährten, dass sie ihren Zorn vergaß, das Püree zurück in die Schüssel schaufelte und den Kopf des armen Francis mit ihrer Schürze abwischte.

»Ihr kommt gerade recht!«, erklärte sie und nahm zwei Teller aus dem Regal. »Ein wenig später, und es wäre nichts mehr übrig gewesen …«

Alexander, der feuchte Flecken auf dem Fußboden zurückließ, trat auf sie zu und umarmte sie zärtlich, ohne etwas auf die amüsierten Mienen der anderen zu geben.

»Wie geht es meinen beiden Mädchen?«, flüsterte er ihr ins Ohr und liebkoste ihren Bauch.

»Du bist ja eiskalt, Alex!«, schrie Isabelle peinlich berührt und versuchte sich loszumachen.

»Hmmm … das liegt daran, dass ich zu lange von dir getrennt war und …«

Er unterbrach sich und musterte die Tischgesellschaft, die offenbar kurz davor stand, erneut in schallendes Gelächter auszubrechen.

»Was ist? Wovon habt ihr gesprochen? Kannst du es mir vielleicht erzählen, Gabriel?«

Der Junge war puterrot angelaufen. Er steckte sich ein Stück fetttriefenden Pfannkuchen in den Mund und zuckte die Achseln. Munro erklärte die Situation auf seine Weise.

»Wir gerade bemerken, wie ähnlich Gabriel und du aussehen, Alas!«

»Wirklich?«, rief der Vater erfreut aus.

»Wirklich!«, bekräftigte Isabelle. »Kommt, nun esst, ehe es ganz kalt ist. Wir haben übrigens einen Gast. Das ist Monsieur Ouellet, genannt Lavigueur.«

Sie hatte sich zu dem Fremden gewandt, der seit dem Eintreffen der beiden Trapper kein Wort gesagt hatte. Alexander streckte ihm lächelnd die Hand hin, und er stand auf und ergriff sie.

»Ich danke Euch für Eure Gastfreundschaft, Monsieur … Larue.«

Alexanders Miene verhärtete sich, und langsam wich das Lächeln von seinem Gesicht, während sich auf Lavigueurs Zügen eine gewisse Befriedigung zeigte. Isabelle erstarrte unmerklich. Verstohlen legte sie die Hand auf Alexanders Schenkel, um ihm zu bedeuten, er solle die letzten Worte des Unbekannten ignorieren. Der Schotte ließ die Hand Lavigueurs los, der ihn durchdringend musterte.

»Aufrichtigen Männern steht meine Tür stets offen.«

»Das werde ich mir merken, Monsieur, das werde ich mir merken. Danke.«

Die Tischgesellschaft beendete schweigend ihr Mahl.

Alexander wartete, bis das Scheit, das er aufgelegt hatte, richtig brannte, und legte sich dann wieder hin. Als er an dem Bett vorbeikam, in dem Marie und Gabriel schliefen, blieb er stehen, um seinen Sohn mit einem zärtlichen Blick zu betrachten. Isabelle hatte ihm berichtet, was der Knabe über den Ursprung der kleinen Hunde erzählt hatte, und er hatte herzlich gelacht. Er dankte Gott – welchem auch immer – dafür, dass sein Sohn so aufgeweckt war.

Er kehrte zum Bett zurück und schob die Vorhänge beiseite. Isabelle hatte sich in die warme Kuhle, die er zurückgelassen hatte, geschmiegt. Er zögerte, sie zu wecken, um seinen Platz wieder einzunehmen. Das schwache Licht der ersten Morgendämmerung beschien das goldene Haar, das sich über das Kissen ergoss und Isabelles Gesicht zum Teil verbarg. Er streckte die Hand aus und ließ sie über das schöne Haar hinweggleiten, ohne dass er gewagt hätte, es zu berühren.

»Ich liebe euch so sehr …«, flüsterte er bedrückt und traurig.

Er machte sich Sorgen um sie, um Gabriel und um das Kind, das bald geboren werden würde. Isabelle hatte ihm erzählt, was dieser Lavigueur, bei dessen Blick es einem kalt über den Rücken lief, gesagt hatte. Der Mann hatte ihn mit voller Absicht als »Monsieur Larue« angesprochen. Sein Lächeln hatte ihm bedeutet, dass er genau wusste, wer er war. Seine Fragen nach dem Gold van der Meers machten deutlich, was der wirkliche Grund seines Besuchs war. Das Päckchen war nur ein Vorwand gewesen: Louis-Josephe, der Kontorist des Handelspostens in der Mission von Deux-Montagnes, hätte nie erlaubt, dass jemand anderer als Paul Anaraoui Isabelle die Post brachte. Daher hatte man ihn mit Sicherheit dazu gezwungen, was wiederum bedeutete, dass dieser Lavigueur entweder gut informiert war oder für jemanden arbeitete, der es war. Außerdem wusste jedermann im Handelsposten, dass Isabelle Witwe und nicht seine gesetzmäßige Ehefrau war, sondern nur mit ihm zusammenlebte.

Er wurde also immer noch gejagt … Die Händler der aufständischen Liga wussten, dass er noch lebte, und wollten den verschwundenen Schatz in die Hand bekommen. Isabelle und Gabriel, die jetzt sein Leben teilten, waren in Gefahr. Gut möglich, dass man ihnen zusetzte, um an ihn heranzukommen. Er hatte keine andere Wahl: Er musste sich diesen Lavigueur vornehmen und ihn dazu bringen, die Namen derjenigen, die ihn verfolgten, herauszurücken, auch auf die Gefahr hin, dass er ihn würde töten müssen.

»Niemand wird euch ein Leid antun …«, flüsterte er und strich über Isabelles Wange. Für ihn war sie seine Frau.

Er ließ den Vorhang zufallen und zog sich leise an. Dann nahm er sein Gewehr vom Haken, füllte seine Patronentasche nach und glitt lautlos in den grauen Nebel hinaus. Einer der Hunde, die auf dem Vorbau schliefen, hob den Kopf. Als er seinen Herrn erkannte, wedelte er und kam zu ihm, um eine Liebkosung zu erbetteln.

»*Tuch! Suidh, a Cheannaird!*« Psst! Sitz, Kapitän...

Der Südwestwind wehte durch die kahlen Äste der Ahorne und Birken, ließ die Zweige der großen Tannen erbeben und trug den Schnee davon, der dem heranrückenden Frühling immer noch Widerstand leistete. Ein wenig weiter gurgelte das Wasser im Kanal, und man hörte, wie gleichmäßige Tropfen vom Dach ins Regenfass fielen. Ein paar Raben lieferten sich ein Rededuell. Alexander schloss die Augen und holte tief Luft. Ceannard schmiegte die Schnauze an seine Hand, hechelte begeistert und schlug ihm mit dem Schwanz gegen die Beine.

»Na schön, du Dickkopf! Du kannst mitkommen, aber nur unter der Bedingung, dass du nicht dem ersten Hasen, den du witterst, nachrennst, verstanden?«

Die Siedlung, die ihre Bewohner jetzt Red River Hill nannten, lag noch in tiefem Schlaf. Genau die richtige Zeit, um Lavigueur zu suchen und ihn zum Sprechen zu bringen. Alexander näherte sich der Unterkunft der MacInnis-Brüder und spitzte die Ohren. Schnarchgeräusche drangen zu ihm. Mit griffbereitem Gewehr schob er vorsichtig die Tür auf und steckte den Kopf ins Innere. Im Halbdunkel konnte er die Gesichter der Schläfer nicht erkennen. Doch er sah, dass ein Lager aus hastig auf den Boden gehäuften Tannenzweigen in der Nähe des heruntergebrannten Feuers verlassen war. Er schloss die Tür und biss die Zähne zusammen. Lavigueur hatte bestimmt bemerkt, dass er beobachtet wurde, und sich davongemacht.

»Schön, dann kann ich hier nichts mehr ausrichten!«

Enttäuscht trat er den Rückweg zur Hütte an und musterte den Waldrand, der langsam aus dem Nebel auftauchte. Die Kronen der Apfelbäume, die am anderen Ende des Feldes standen, zogen seinen Blick auf sich, und er verhielt den Schritt. Ein Gedanke schoss ihm durch den Kopf. Wenn der Schatz gar nicht an der Stelle lag, die ihm der alte Händler bezeichnet hatte? Wenn van der Meer ihn auch bei dieser Beschreibung seines Verstecks angelogen hatte? Und wenn jemand anderes, vielleicht die Frau des Hollandais', das Geheimnis gekannt und nach dem Tod des Pelzhändlers die Truhe an sich genommen hatte? Was, wenn … wenn er seine Familie völlig umsonst in Gefahr brachte?

Lange blieb er reglos stehen, betrachtete die sich leise wiegenden Äste und überlegte, dass er dieses verfluchte Gold nie mit eigenen Augen gesehen hatte. Und dann dieser geheimnisvolle Lavigueur … Kannte er die Stelle, an der das Gold versteckt war, ebenfalls? Schon möglich … Er hätte durchaus herkommen können, um es in der Nacht, wenn alles schlief, zu holen, oder? Alexander ging erneut auf die Hütte zu und blieb dann wieder stehen. Er zögerte. Alles in allem war es besser, wenn er nachsah. Anschließend würde er wenigstens schlafen können. Er sah sich nach rechts und links um und schlug dann, Ceannard auf den Fersen, entschlossenen Schrittes den Weg ein, der zum Feld führte. Er musste ein für alle Mal Bescheid wissen.

»Der fünfte Apfelbaum«, erinnerte er sich laut und marschierte über den schlammigen Untergrund. »Der Baum, der der Hütte am nächsten steht …«

Er machte den fraglichen Baum aus und trat, die Hand fest um sein Gewehr gelegt, ohne Zögern darauf zu. Aber dann ging er mit klopfendem Herzen noch einen Moment um ihn herum, ehe er sich schließlich mit dem Rücken an den Stamm lehnte und den Weg, der zum Bach hinunterführte, entlangsah. Zum ersten Mal setzte er van der Meers Anweisungen in die Tat um.

»Fünfzehn Schritte nach Osten …«

Er sah auf seine Mokassins hinunter, konzentrierte sich und zählte die Schritte. Dann blieb er vor einer Gruppe junger Birken stehen. Dort wandte er sich gen Norden und tat noch acht Schritte. Als er aufschaute, sah er, dass er sich vor einer Felsgruppe befand, die von trockenen Stängeln von Goldruten und Seidenpflanzen umgeben war. Er schloss die Augen und erblickte die nächste Anweisung, die sich ihm unauslöschlich eingeprägt hatte. Langsam wandte er sich zur Hütte um. Er dachte an Isabelle, die ruhig in den warmen Laken schlief, und wünschte, er wäre schon wieder bei ihr.

»Zehn Schritte auf die Hütte zu …«

Ceannard knurrte, und Alexander blieb stocksteif stehen. Reglos bleckte der Hund die Lefzen und schaute in die Richtung, aus der Alexander gekommen war.

»Hast du einen Hasen gesehen, *a charaid*?«

Nein, wenn das ein Hase gewesen wäre, wäre er schon wie ein Pfeil davongeschossen. Bestimmt war es etwas anderes. Ein Wolf, oder vielleicht ein Bär? Mit einem unguten Gefühl fasste Alexander sein Gewehr fester. War es möglich, dass … Lavigueur ihn verfolgte? Der Schotte drehte sich um, zog die Augen zusammen und musterte den Waldsaum. Aber über dem Unterholz lag dichter Nebel. Wenn Lavigueur sich dort versteckte, würde er ihn nicht sehen können. Außerdem war es sinnlos, ihm nachzusetzen, sogar mit dem Hund: Der Mann würde ihn mit Leichtigkeit abhängen und war ohnehin bewaffnet. Doch er konnte sich darauf verlassen, dass der Fremde zurückkehren und Verstärkung mitbringen würde.

Alexander wartete ein paar Minuten, ohne sich zu rühren. Der Hund hatte sich gesetzt und war jetzt still. Was immer er gewittert hatte, musste sich entfernt haben. Der Schotte wandte den Blick vom Waldsaum ab und musterte den Boden zu seinen Füßen. Die Erde war nicht bewegt worden.

»Zurück!«, befahl er dem Hund.

Lavigueur, der sich hinter einer Gruppe junger Ulmen zusammenkauerte, wagte sich erst zu rühren, als der Schotte nicht mehr zu sehen war. Auf diese Entfernung würde der Hund weder seine Bewegungen noch seinen Geruch wahrnehmen. Er hob seine Tasche auf, hängte sich das Gewehr um und ging in Richtung Westen davon. Er hatte alles erfahren, was er wissen wollte, und frohlockte bei dem Gedanken an die Belohnung, die er dafür von seinem Herrn bekommen würde.

Isabelle reckte sich und tastete über die erkalteten Laken. Als ihr klar wurde, dass Alexander nicht mehr im Bett lag, riss sie die Augen auf und setzte sich. Mit einem Mal überkam sie eine düstere Vorahnung.

»Alex?«

Keine Antwort.

Wo steckte er nur? Sie wand sich aus ihrem warmen Nest, huschte durch das Halbdunkel und griff zitternd nach ihrem Cape, das neben der Tür hing, um sich damit zu bedecken. Dann zog sie ihre Mokassins an und stürzte nach draußen.

»Alex?«

Wohin mochte er gegangen sein? Ein düsteres Hohngelächter ließ sie erstarren. Zwei Gestalten tauchten aus dem Nebel auf. Einer hatte den anderen am Schopf gepackt und zerrte seinen Kopf nach hinten.

»Alex … Was ist denn los? … Oh nein, mein Gott!«

Isabelle verstummte entsetzt, als sie die Klinge erblickte, die an der Kehle ihres Gefährten saß. Langsam wandte der Mann mit dem Messer ihr das Gesicht zu, und ihr Herz hörte zu schlagen auf: Étienne sah sie tückisch grinsend an. Sie wollte ihm zuschreien, er solle Alexander loslassen, aber sie hatte keine Zeit dazu. Schon durchschnitt die Klinge seine Kehle wie weiche Butter. Heftige Übelkeit überkam sie, und sie krümmte sich. Étiennes Lachen hallte in ihren Ohren wider, während das Blut ihres Liebsten hervorschoss und eine scharlachrote Pfütze auf dem schmutzigen Schnee bildete.

»Neiiin!«

Sie rannte auf die beiden zu, doch der Nebel verschlang alles, und bald konnte sie gar nichts mehr erkennen.

»Isabelle … Isabelle …«

Eine feste Hand zog sie hoch und drückte sie an eine warme Brust.

»Isabelle, *'tis over. Dinna fear, 'tis over … Tuch! Tuch!*«

Mit pochendem Herzen schlug sie die Augen auf. Kein Nebel mehr, kein Blut … Sie erkannte den vertrauten Geruch und brach in Tränen aus.

»Alex … ich dachte … ich habe geträumt …«

Dass Étienne dich getötet hätte … Sie verbiss sich die Worte gerade noch.

»Schon gut«, murmelte er und strich ihr übers Haar. »*'tis over.*«

Als er ins Haus getreten war, hatte er gehört, wie Isabelle sich im Bett wälzte und im Schlaf sprach. In dem Moment, als er den Vorhang erreichte, hatte sie seinen Namen gerufen. Erschrocken hatte Marie ein Auge geöffnet, doch er hatte ihr mit einer Geste bedeutet, sich zu beruhigen und weiterzuschlafen. Immer noch ängstlich hatte das Dienstmädchen steif genickt, Gabriels Schultern zugedeckt und sich wieder hingelegt.

»Es ist vorbei. Das war nur ein Alptraum.«

Er trocknete die vor Kummer überfließenden grünen Augen. Sie war nicht wirklich beruhigt. Ihr Traum hatte ihr bewusst gemacht, dass Étienne durchaus in der Lage war, sie zu finden. Doch davon wollte sie Alexander nichts sagen.

»Ich hatte nach dir gesucht …«

»Tut mir leid, ich war nach draußen gegangen … Ich … konnte nicht mehr schlafen.«

»Wegen Lavigueur?«

»Wenn man so will … Er hat sich während der Nacht davongemacht.«

»Er ist fort? Bist du dir sicher?«

»Ja«, log er mit einem unguten Gefühl. Er fühlte sich immer noch beobachtet.

Er legte sich neben sie, umfasste sie von hinten und küsste sie auf den Kopf.

»Du bist ja eiskalt!«

»Hmmm …«

Sie schwiegen wieder. Beide waren verunsichert und versuchten, ihre Schlüsse aus den Ereignissen zu ziehen. Die Luft war kühl. Aber unter den Pelzdecken herrschte eine angenehme, einschläfernde Wärme. Alexander schlummerte langsam ein. Isabelle spürte, wie seine Hände, die auf ihrem Bauch lagen, erschlafften und sein Atem einen langsameren Rhythmus annahm.

Sie selbst vermochte sich noch nicht zu beruhigen. Vor Beklemmung und Furcht erstickte sie beinahe. Dieser Traum hatte so real gewirkt … und das Schreckliche war, dass er durchaus Wirklichkeit werden könnte! Wusste Étienne, dass Alexander noch lebte? Wenn ja, würde er erneut versuchen, ihn umzubringen? Was genau wusste Alexander über das Massaker und das Gold? Lavigueur schien zu glauben, dass er von dem Schatz wusste … Als sie ihrem Gefährten erzählte, was der Fremde über dieses angebliche Gold des Hollandais' gesagt hatte, da hatte sie seine Miene genau beobachtet. Sie war gleichmütig geblieben, zu ruhig vielleicht. Auf seinen Zügen hatte sich weder Neugierde noch Erstaunen gemalt, obwohl sie gemeint hatte, dass er blass geworden war.

Das Kind in ihrem Leib bewegte sich. Alexander verschob seine Hand und umfasste sie fester. Sie spürte, wie sein Atem ihr den Nacken wärmte und seine Handflächen unter ihrem wollenen Hemd über ihre Haut glitten.

»Woran denkst du?«, fragte sie ihn leise.

»An dich, an das Kind …«

Er verstummte wieder. Sie legte die Hände auf seine.

»Und an alles, was das Leben mir geraubt hat und immer noch wegnehmen kann … an alles, was du getan hast, von diesem verfluchten Tag, an dem ich dich in Québec verlassen habe, bis zu dem, an dem ich dir in Lachine geholfen habe, aus der Kutsche zu steigen … Das muss ein merkwürdiges Gefühl sein, wenn sich das Kind in einem bewegt. War das bei Gabriel genauso?«

»Ja … aber er war abends munterer. Dieses Kind ist es am Morgen. Es heißt, keine zwei Schwangerschaften verliefen gleich, genau wie es keine zwei Kinder gibt, die vollkommen identisch sind. Hast du dir schon einen Namen überlegt?«

»Hmmm … Ich wäre für … William.«

»William? Hieß jemand aus deiner Familie so?«

»Mein Großvater väterlicherseits. Genau gesagt hieß er Liam, die irische Form von William.«

»Und William ist die englische Version von Guillaume, des Namens meines verstorbenen Bruders«, erklärte Isabelle traurig. »William gefällt mir. Und wenn es ein Mädchen wird?«

»Ich habe den Jungennamen ausgesucht. Dir überlasse ich die Ehre, den Namen für ein Mädchen zu wählen.«

Isabelle tat, als müsse sie überlegen.

»Élisabeth.«

»Élisabeth Macdonald... Ich wäre auch erstaunt gewesen, wenn du den Namen deiner Mutter genannt hättest. Aber auf wen geht der Name zurück?«

»Élisabeth ist mein Taufname, den ich zu Ehren von Marie-Élisabeth Bourdon erhalten habe. Sie war die Frau meines Urgroßvaters Louis, der Soldat im Regiment von Cargnan-Salière war. Es heißt, sie sei schön wie ein Engel, aber gewitzt wie der Teufel gewesen. Mein Vater erzählte mir, sie habe einmal ganz allein fünf Irokesen abgewehrt, die eines Tages, als ihr Mann nicht zu Hause war, über sie herfallen wollten. Sie hat Schierling in den Branntwein gegeben, den sie stehlen wollten.«

»Hmmm... einverstanden! Wenn das Kind ein Mädchen wird, dann wird es bestimmt so schön wie ein Engel sein. Ich werde es dennoch riskieren, von ihren Tränken zu kosten.«

Er lachte leise.

»Marie-Élisabeth war eine Heilerin, keine Hexe.«

»Eine Frau, die so schön wie ein Engel ist, kann nur eine Hexe sein. Bei uns nennen wir eine Hexe, die die Männer mit ihrem Liebreiz bezaubert, eine *leannan-sìth*.«

Zärtlich küsste er ihre Schulter. Sie schob ihn sanft zurück.

»Alex... Marie schläft vielleicht nicht.«

»Mach dir um sie keine Gedanken«, meinte er leise lachend und drückte sie an sich. »Dank Gabriel weiß sie ja jetzt, wie die Welpen in den Bauch der Hündin kommen.«

»Fang nur nicht wieder davon an!«

»Wenn man sich ansieht, wie Francis ihr schöne Augen macht, dann finde ich, es ist höchste Zeit, dass sie es lernt...«

»Alex!«

»Wahrscheinlich hat sie schon eine ziemlich genaue Vorstellung davon!«

»Du denkst wohl, alle Menschen sind so lüstern wie du?«

»Was soll ich dagegen tun, *mo leannan-sìth*? Seit ich dich zum ersten Mal gesehen habe, kann ich einfach an nichts anderes denken... Erinnerst du dich noch an jenen Tag im Hospital?«

»Ja … nach der Schlacht … Glücklicherweise hat dein Zustand dir damals nicht erlaubt, mich so unzüchtig anzufassen, wie du das jetzt gerade tust!«, schimpfte sie und stieß die Hände zurück, die sich über ihre Schenkel und Hüften hermachten. »Hör auf, Alex!« Sie kicherte leise. »Gabriel wird jeden Moment aufwachen … Au! Meinetwegen soll er wissen, wo die kleinen Hunde herkommen; aber ich lege keinen Wert darauf, ihm vorzuführen, wie man kleine Brüder und Schwestern macht!«

Alexander seufzte enttäuscht, dämpfte seine Leidenschaft und gab sich damit zufrieden, sie zu küssen. Kurz darauf brach Isabelle das Schweigen und damit den Zauber ihrer Umarmung.

»Glaubst du, er wird zurückkommen?«

»Wer?«

»Lavigueur.«

Er erstarrte, und Isabelle wurde klar, dass er besorgt war, auch wenn er es nicht zeigen wollte.

»Warum sollte er zurückkommen? Was er sucht, haben wir nicht.«

»Alex … Sag mir die Wahrheit, hast du dieses Haus gebaut?«

Wieder bewegte sich das Kind und lenkte Alexander kurz ab. Er seufzte.

»Ja und nein. Eigentlich habe ich es wieder aufgebaut. Es standen praktisch nur noch die Fundamente.«

»Und früher hat es diesem Händler gehört, von dem Lavigueur gesprochen hat?«

»Ja.«

»Hat er dir selbst gesagt, wo seine Hütte steht?«

»Ja.«

Er rückte von ihr ab, drehte sich auf den Rücken und schlug die Hände vors Gesicht.

»Und das Gold? Du wusstest doch von seiner Existenz, ehe ich dir erzählt habe, was Lavigueur gesagt hat, oder?«

Das Schweigen, das jetzt folgte, zerstreute jeden Zweifel, den Isabelle noch gehegt hatte. Dennoch traf die Wahrheit sie wie ein Schlag in die Magengrube.

»Ich weiß, wo es sich befindet, Isabelle.«

Einen Moment lang sprach keiner der beiden. Dann drehte Alexander sich mit zerknirschter Miene zu seiner Gefährtin um.

»Ich wollte dir nicht davon erzählen. Du solltest nichts darüber wissen. Dieses Gold gehört mir nicht, und …«

»Aber es ist der Grund, aus dem man van der … jedenfalls diesen Händler aus Montréal ermordet hat.«

»Van der Meer, ja. Er hat sich geweigert, es den anderen Händlern zurückzugeben. Mit diesem Gold sollten die Rebellen in Pontiacs Krieg bewaffnet werden.«

»Sie wollten die Indianer bewaffnen?«

Isabelle fragte sich wieder einmal, warum Pierre bei dieser Geschichte mitgemacht hatte. Sicher, als Notar hatte er für diese Händler gearbeitet. Und dann war da noch dieses Dokument, das sie zusammen mit Alexanders Testament in dem Geheimfach gefunden hatte … Doch sie konnte sich nicht erinnern, dass er jemals persönlich mit einer Expedition zu tun gehabt hätte. Welches Interesse konnte er also daran gehabt haben, sich mit diesen gierigen Händlern gemein zu machen? Unbestreitbar hatte er versucht, einen Teil dieses Schatzes in die Hand zu bekommen. Aber warum? Um noch reicher zu werden? Oder hatte er sich aus patriotischen Beweggründen Pontiacs Sache zu eigen gemacht? Sie würde es nie erfahren.

»Die Männer … die euch damals angegriffen haben … wussten sie, dass du in die Sache mit dem Gold eingeweiht warst?«

»Ja. Ein Chippewa-Mischling namens Wemikwanit hat mich im Handelsposten Grand Portage lange ausgespäht und vermutete, dass van der Meer sich mir anvertraut hatte. Aber ich habe alles abgestritten. Ich hatte versprochen, das Geheimnis zu wahren.«

Sie drehte sich um, sodass sie ihn ansah, und legte die Hand auf seine Brust. Er hatte die Augen geschlossen.

»Alex … Ich weiß, dass Étienne hinter diesem Massaker gesteckt hat. Und … ich vermute … dass er auch dafür gesorgt hat, dass diese Wilden dich gefoltert haben. Oh mein Gott, Alex! Ich hasse ihn so sehr für das, was er getan hat, dass ich ihn umbringen könnte! Als er Pierre deinen Dolch und mein Taufkreuz gebracht hat, da hat er versichert … er habe dich begraben.«

Sie konnte ein lautes Schluchzen nicht unterdrücken.

»*Tuch! Tuch!* Denk nicht mehr daran, *a ghràidh.*«

»Wie soll das denn gehen, wie? Sie suchen immer noch nach diesem Gold! Warum? Und wie bist du da hineingeraten?«

Sie sah zu ihm auf und wartete. Er überlegte ein paar Minuten und erzählte ihr dann seine ganze Geschichte.

»Zehntausend Pfund, Isabelle … Ist dir klar, was das bedeuten könnte? Und ich bin der Einzige, der das Versteck kennt. Allerdings habe ich nie nachgesehen …«

Sie hatte ihm schweigend zugehört, dabei zerstreut über sein Hemd gestrichen und seinen Herzschlag unter ihren Fingern gespürt. Eine Träne war auf den Stoff getropft und hatte einen kleinen feuchten Fleck gebildet. Zunächst war sie entsetzt darüber gewesen, dass er derart hartnäckig darauf beharrte, sie zu einer so ärmlichen Existenz zu zwingen, obwohl dieses große Vermögen zum Greifen nahe war. Warum gebrauchte er dieses ungenutzte Geld nicht, um ihnen eine bessere Unterbringung und ein angenehmeres Leben zu bieten? Doch während er ihr erklärte, aus welchen Gründen er sein Versprechen gehalten hatte, machte sie sich betrübt klar, welche Qualen er ausgestanden hatte, um dieses Geheimnis zu wahren. Alexander war ein Mann, der zu seinem Versprechen stand; und mit einem Mal ermaß sie den unschätzbaren Wert dieses Worts.

»Ich kann dieses Gold einfach nicht anrühren«, flüsterte er und sah ihr in die Augen. »Ich wäre nicht in der Lage, es ruhigen Gewissens für meine persönlichen Belange auszugeben … denn ich weiß, was van der Meer damit vorhatte, Isabelle. Ich habe erlebt, was eine Regierung tut, um ihre Ziele zu erreichen. In Schottland haben die Engländer nach der Schlacht von Culloden 1746 die Highlands mit Feuer und Schwert unterworfen. Sie wollten ein Volk ausrotten, das sie als unrein und gefährlich betrachteten. Sie haben uns gejagt, unseren Frauen Gewalt angetan, uns hungern lassen … Aber wir haben ihnen widerstanden. Dann haben sie zu anderen Mitteln gegriffen. Eine interessante

Methode war, uns zu drängen, in ihre Armee einzutreten. So haben sie Schottland nicht nur Tausende von Männern genommen, sondern bekamen Soldaten, die zum Ruhme *ihres* Imperiums kämpften. Nun hat man die, die überlebt haben, nach Hause geschickt, und sie können nur noch vom Schmuggel und Viehdiebstahl leben. Aber die Clanchiefs murren über die geringen Einkünfte, die sie daraus beziehen. Die Gier zerreißt die Bande des Vertrauens.«

»Aber sag mir, was hat das alles mit Pontiacs Krieg zu tun? Darin warst du doch nicht verwickelt?«

»Nein, aber van der Meer wusste, dass sein Leben in Gefahr war, und wollte sein Geheimnis an jemanden weitergeben, dem er vertraute. Mich hat er ausgesucht, weil er über meine Herkunft Bescheid wusste, denn er wusste, ich würde diejenigen nicht unterstützen, die den Indianern zur falschen Zeit bei ihrem Aufstand helfen wollten. Das hätte nur dazu geführt, dass sie genauso massakriert worden wären wie wir in den Highlands. Die Eingeborenen hier erleben das Gleiche wie die Highlander, und sie leisten ebenso standhaft Widerstand wie wir. Aber glaube mir, so leicht werden die Engländer nicht nachgeben. Sie werden erbittert kämpfen, bis sie die Oberhand haben, und wenn sie dazu ein ganzes Volk ausrotten müssen. Sie wollen dieses Land um jeden Preis, um ihre Kolonisten darauf anzusiedeln. Was sie in Akadien getan haben, zeigt, dass sie vor nichts zurückschrecken. Das will ich hier nicht zulassen. Sie würden die Eingeborenen abschlachten, und das kann ich mir nicht aufs Gewissen laden. Außerdem haben sich mehrere Mitglieder der Liga bereits von diesem Plan zurückgezogen. Die noch verbliebenen sind Männer, die nur ihre eigenen Interessen verfolgen, und denen werde ich das Gold nicht geben, Isabelle, und wenn ich dafür mein Leben lassen müsste. Aber ich werde es auch niemals für mich selbst nehmen, denn dann wäre ich nicht besser als sie. Allerdings …«, setzte er hinzu und schlug die Augen nieder, »van der Meer wollte, dass ich das Gold für das Überleben der Indianer einsetze, und ich muss zu meiner Schande eingestehen, dass ich diesen Teil der Übereinkunft nicht eingehalten habe.«

Isabelle dachte an all die kostbaren Pelze von Bibern, Wölfen, Füchsen, Mardern und Hermelinen, die Alexander an einem geheimen Platz in den Wäldern hortete, nur um ihnen ein richtiges Haus zu kaufen. Er hatte die Wahl zwischen Stolz und Gier und ehrenhafter Bescheidenheit. Und da zog er es vor, sich selbst im Spiegel ansehen zu können, ohne sich zu verachten. In seinen Augen, die sie eindringlich ansahen, las sie die Bitte um Unterstützung, um die Bestätigung, dass er die richtige Wahl getroffen hatte.

»Ich verstehe«, flüsterte sie und strich über seine Wangenknochen.

Er nickte und stieß einen Seufzer der Erleichterung aus. Ihm war, als hätte man ihm ein gewaltiges Gewicht von den Schultern genommen, das ihn erdrückt hatte, sodass er nicht mehr atmen konnte. Dann dachte er wieder an Lavigueur und spürte, wie sich eine neue Last auf ihn legte. Er musste noch eine bedeutsame Entscheidung treffen, und dieses Mal stand die Sicherheit seiner Familie auf dem Spiel.

»Glaubst du, Lavigueur wird zurückkommen?«, fragte Isabelle noch einmal nachdenklich.

»Ich bin mir sicher. Und bestimmt wird er dann nicht allein sein.«

»Was hast du vor?«

Ja, was sollte er tun? Isabelle überzeugen, diesem Mann auf keinen Fall das Gold zu übergeben? Sich selbst einreden, dass er seine Ehre für das Glück seiner Familie opfern musste? Aber wie sollte er anschließend damit leben?

»Isabelle … ich weiß es nicht mehr … Sag du es mir.«

»Er könnte dich töten.«

»Und über dich und Gabriel herfallen … und das Kind.«

Er legte die Hand auf ihren runden Bauch, der ein Leben beherbergte … ein Leben, das sie gemeinsam hervorgebracht hatten.

»Könnten wir denn sicher sein, dass er uns in Ruhe lässt, wenn wir ihm das Gold geben? Du weißt Dinge, die … nun ja, die andere gern geheim halten wollen. Und diese Leute würden immer fürchten, du könntest versuchen, dich an ihnen zu rächen. Eine Möglichkeit wäre, das Gold zu holen und fortzugehen.«

»Um den Rest unseres Lebens auf der Flucht zu verbringen? Sie werden mich jagen, bis sie bekommen, was sie wollen.«

»Da sind wir wirklich in einer schrecklichen Zwangslage.«

Isabelle legte die Wange an Alexanders Brust, schloss die Augen und biss die Zähne zusammen. Sie begriff, dass es in dieser Sache keine Hintertür gab, durch die sie hätten fliehen können. Würde man sie erneut der Liebe und des Glücks berauben, nach denen sie sich sehnte und die sie nur so kurz hatte genießen können? Sie rang den Drang nieder, ob dieser Ungerechtigkeit aufzuschreien, beugte sich über den Oberkörper ihres Gefährten und legte die Hände um sein gequältes Gesicht. Tief sah sie ihm in die saphirblauen Augen.

»Wie immer du entscheidest, ich werde Angst um dich haben, um uns. Aber hör auf dein Herz, Alex. Das wird mein einziger Trost sein.«

»Mein Herz, das bist du, Isabelle! Und ich weiß nicht, was es will!«

»Dein Herz will das Wort halten, das du einem Mann gegeben hast, der daran geglaubt und sein Leben für seine Überzeugungen geopfert hat.«

Alexander war zu aufgewühlt, um sprechen zu können und nickte matt. Er legte seine Hände auf Isabelles Schulterblätter, ließ sie dann in ihren Nacken gleiten und fuhr mit den Händen in ihr seidiges Haar. Die grüngoldenen Augen, die ihn ansahen, schimmerten feucht. Er trocknete ihre Tränen mit seinen Lippen.

»Ich liebe dich …«

In der Stille ließ sich plötzlich das Krächzen von Raben vernehmen. Unglücksvögel hatte seine Großmutter Caitlin sie immer genannt. Müde schloss er die Augen. Wann würde er endlich ein wenig Frieden finden, wann?

16

Unerwartetes Wiedersehen

»Wer will meine schönen Haxen? Hier gibt's leckere Haxen!«, rief die Frau den Passanten zu. »Wer kauft meine Kalbshaxen? He, Monsieur, wären die schönen Haxen nichts für Eure Gattin?«

Der Mann betrachtete den Metzgerstand, und angesichts der großen Fleischstücke, die dort hingen, lief ihm das Wasser im Mund zusammen. Er konnte sich schon vorstellen, wie sie in einer dampfenden, ordentlich fetten Brühe kochten. Die Frau hielt ihm ein prächtiges Stück unter die Nase. Als sie sah, dass sie ihre Zeit vergeudete, wandte sie ihm den Rücken zu und versuchte, jemand anderen für ihre Ware zu interessieren.

Er überzeugte sich davon, dass der alte Mann ihm immer noch folgte, und ruckte dann an dem Tau. Die Kiste, die er daran hinter sich herzog, bewegte sich knirschend. Die junge Frau, die ihn begleitete, war schon ein Stück vorgegangen und überquerte den Marktplatz der Unterstadt. Das Kind, das sie in einer Stoffschlinge auf der Brust trug, weinte seit einigen Minuten. Es hatte Hunger, wie sie alle.

Die junge Frau blieb vor einem hohen Steinhaus stehen, das unmittelbar an dem öffentlichen Platz lag, und überprüfte die Adresse an einem fettigen Stück Papier, das sie aus ihrer Tasche gezogen hatte. Sie nickte, reichte den Säugling dann dem Mann und stieg die zwei Stufen hinauf.

»Besser, Ihr bleibt hier, während ich der Dame meine Referenzen vorlege«, meinte sie und klopfte an die schwere, in einem leuchtenden Blau gestrichene Tür.

Ein paar Sekunden vergingen, dann öffnete eine alte Frau. Ihr

Hals war so kurz, dass der Kopf gleich auf den Schultern zu sitzen schien. Sie zog die Augen zusammen und musterte die Besucherin argwöhnisch.

»Ja?«, fragte sie mit knarrender Stimme.

»Miss Maggie Abbott, Madam«, antwortete die junge Frau in einem Englisch, in dem trotz ihrer Bemühungen ein starker schottischer Akzent durchklang.

»Abbott? Ah, das Mädchen aus Glasgow? Ihr kommt gerade …«

Das Kind stieß einen schrillen Schrei aus. Neugierig steckte die Alte die Nase aus der Tür und erblickte zwei Männer und einen Säugling, die draußen warteten. Sie runzelte die Stirn und bedachte Maggie mit einem düsteren, strengen Blick.

»Weder Kind noch Ehemann. Der Vertrag legt fest, dass …«

»Ich kenne die Bestimmungen des Vertrags auswendig, Mrs. Smith. Dieses Kind ist nicht meines und der Herr nicht mein Ehemann. Wir sind auf demselben Schiff gereist. Die Mutter des Kindes ist bei der Geburt gestorben, und ich habe mich …«

Die junge Frau unterbrach sich und sah auf ihre Hände hinunter, die nervös mit dem Umschlag, der ihre Referenzen enthielt, spielten.

»… als Amme angeboten«, schloss sie, leiser jetzt.

»Als Amme? Kein Kind! Ich denke nicht daran, meine Bedingungen zu ändern. Meine Güte! Als ich meiner Schwester geschrieben habe, sie möge mir ein junges Dienstmädchen suchen, da habe ich doch deutlich genug gemacht, dass ich ein ehrliches Mädchen ohne Anhang wünsche!«

»Ich habe doch niemanden! Und ich bin ehrlich. Noch nie habe ich gestohlen oder gelogen. Eure Schwester kannte meine … Lage, Madam. Ich habe ihr nichts verheimlicht. Das wäre auch … gar nicht möglich gewesen.«

»Wollt Ihr mir erzählen, meine Schwester Gracie habe mich angelogen?«

Die alte Frau war vor Zorn rot angelaufen.

»Ich will nichts behaupten, Mrs. Smith. Ich sagte nur, dass Mrs. Lewis wusste, dass ich einen kleinen Jungen hatte, Jonathan. Sie hat meine Fahrkarte bezahlt, aber für seine wollte sie nicht aufkommen… Leider ist mein Sohn während der Überfahrt gestorben…«

Erschrocken wich Mrs. Smith einen Schritt zurück.

»Woran?«, verlangte sie schroff zu wissen.

Maggie reckte selbstbewusst das Kinn.

»An Durchfall und…«

»Keine Einzelheiten! Solange es nicht die Pocken waren!«

»Während der Überfahrt ist an Bord kein einziger Fall von Pocken aufgetreten. Ihr könnt Euch bei Kapitän Lansing erkundigen.«

»Das ist gut.«

Mrs. Smith musterte die junge Frau herablassend und warf einen Blick auf das Kind, ehe sie Maggie erneut ansprach.

»Ist das Euer Gepäck? Der Mann soll es auf Euer Zimmer tragen.«

»Kann ich das Kind währenddessen noch einmal stillen?«

»Mir kommt kein Kind ins Haus!«, beharrte die Alte herrisch.

Maggie ballte die Fäuste und presste die Lippen zusammen.

»Das Kind ist hungrig, Mrs. Smith.«

Der Mann trat auf Maggie zu, die sichtlich mit den Tränen kämpfte.

»Ist schon gut, wir werden schon zurechtkommen. Es muss in der Stadt schließlich noch andere Ammen geben.«

»Kommt gar nicht in Frage!«

Maggie nahm dem Mann das schreiende Kind ab, baute sich vor der alten Dame auf und hielt ihr den Säugling unter die Nase.

»Wollt Ihr mir wirklich verbieten, dieses arme Kind zu stillen, und es hungern lassen?«

Mrs. Smith schaute auf den Säugling hinunter, der in seinen Tüchern zappelte, und verstummte einen Moment lang. Jetzt ließ sich das Lärmen des gut besuchten Marktplatzes vernehmen.

»Ist gut. Aber sobald das Kind satt ist, muss es fort.«

Mit schwerem Herzen drückte Maggie das Kind an ihre Brust, die sie ebenso schmerzte wie die Aussicht, sich von dem kleinen Mädchen trennen zu müssen. Ihr kleiner Jonathan fehlte ihr schrecklich. Sich um die Kleine zu kümmern, hatte sie ein wenig in ihrem unermesslichen Kummer getröstet. Sie hatte eine Zuneigung zu der Kleinen entwickelt, obwohl ihr bewusst gewesen war, dass sie sich nach ihrer Ankunft in Québec von ihr trennen musste.

»Ja, Mrs. Smith. Versprochen. Ich danke Euch.«

Sie drehte sich zu dem Vater des kleinen Mädchens um. Schwach lächelnd sprach sie ihn auf Gälisch an.

»Es wird eine Stunde dauern. Danach habt Ihr einige Zeit Ruhe.«

Der Mann nickte.

»Danke, Maggie. So war es ja auch vereinbart. Ich habe hier noch Freunde. Wenn ich Pech habe und sie nicht finde, dann gibt es, glaube ich, ein Hospital am Ufer des Saint-Charles-Flusses, das Waisen aufnimmt. Dorthin könnte ich das Kind bringen. Die Nonnen werden sich darum kümmern, bis ich eine Arbeit gefunden habe, von der ich eine Amme bezahlen kann.«

Die junge Frau nickte. Ihre Kehle war wie zugeschnürt. Sie wollte schon ins Haus treten, rief ihn aber noch einmal an.

»Coll?«

»Ja?«

»Ich … ich mag Eure Tochter sehr gern, versteht Ihr. Es wäre so schön gewesen … Tut mir leid.«

»Wenn Euch das Freude macht, komme ich Euch zusammen mit ihr besuchen, sobald ich mich eingerichtet habe …«

»Oh ja!«

»Dann ist das abgemacht. Ich bringe jetzt Euer Gepäck nach oben, und in einer Stunde komme ich und hole die Kleine ab.«

Maggie trat mit dem Kind hinter Mrs. Smith ins Haus und war verschwunden. Coll seufzte. Die strahlende Sonne tauchte die Häuserfassaden in ein so grelles Licht, dass er die müden Augen halb schloss. Er ließ den Blick über den Marktplatz schweifen und betrachtete die Landmarken, zwischen denen er sich einst bewegt hatte; die Kirche Notre-Dame-des-Victoires, die Apotheke von Monsieur Fornel, die Werkstatt des Segelmacher-Meisters Charest … Er erforschte Québec, das aus seiner Asche auferstanden war, und immer mehr Erinnerungen stiegen in ihm auf. Peggy hätte es hier gut gefallen. Sie hätte gelernt, diese Stadt zu lieben, die er nie wirklich verlassen hatte. Fünf Jahre waren seit Kriegsende vergangen, und endlich war er zurück …

Zwei englische Offiziere passierten ihn und rempelten den alten Mann an, der ihn begleitete. Dieser begann zu schimpfen und bückte sich nach seinem Stock, der ihm aus der Hand gefallen war. Coll stürzte zu ihm.

»Vater? Geht es dir gut?«

»Ja doch! Aber diese Schwachköpfe schauen nicht, wohin sie gehen!«

Zornig biss Duncan Coll die Zähne zusammen und sah den beiden Offizieren mit finsterem Blick nach, bis sie um eine Straßenecke verschwanden.

»Ich habe Hunger!«

Wie zur Antwort knurrte im gleichen Moment Colls Magen.

»Beeil dich, mein Junge! Erledige deine Arbeit, und dann lass uns einen Ort suchen, an dem wir uns den Magen füllen können. In einer Stunde müssen wir schon wieder zurück sein. Ich bin mir sicher, dass Mrs. Smith, dieser Drache, die Kleine auf ihrer Vordertreppe aussetzen wird, sobald Maggie sie gestillt hat. Was für eine Welt! In den Highlands wäre so etwas nicht passiert.«

»Andere Länder, andere Sitten, Vater …«

»Aber die Frau ist doch Schottin, oder?«

»Hier zählt nur der Geldbeutel. Ob Schotte, Engländer oder Franzose, darauf achtet niemand. Man interessiert sich mehr dafür, was der Mensch in der Tasche hat. Wir sind in Amerika, Vater.«

Duncan setzte sich auf die Treppe und verzog das Gesicht. Sein Bein schmerzte scheußlich. Die Feuchtigkeit und die schlechten Bedingungen an Bord der *Shelley* hatten seiner Gesundheit sehr zugesetzt. Er würde mehrere Monate brauchen, um sich davon zu erholen. Ach, was sollte es! Er hatte sein Ziel heil und gesund erreicht. Was sollte er sich beklagen?

Duncan bewunderte die Stadt und ihre Bewohner, die an ihm vorbeigingen, und vermochte ein Lächeln nicht zu unterdrücken. Es erfüllte ihn mit Hoffnung, dass er die lange, anstrengende Überfahrt trotz der Krankheit, die ihn schwächte, überlebt hatte. Wenn Gott entschieden hatte, ihn zu verschonen, musste es einen Grund dafür geben. Sein Wunsch würde erfüllt werden. Er strich über seine Weste, in der er den schon mehrere Jahre alten Brief von John verbarg. Das Geständnis seines Sohnes hatte ihn erschüttert. Und außerdem ließen ihm seit Culloden seine eigenen Gewissensbisse keine Ruhe. Er würde erst Frieden finden, wenn er mit Alexander gesprochen hatte… und wenn es an seinem Grab sein würde. Er musste ihm die Wahrheit sagen; ihm sagen, dass er nie aufgehört hatte ihn zu lieben und ihn bis zu seinem letzten Atemzug lieben würde. Im Moment bekam er allerdings so schlecht Luft, dass er fast meinte, es wäre schon so weit.

Madeleine steckte die drei Shilling von Madame Rivest ein und lächelte zufrieden. Es war erst früher Nachmittag, und sie hatte schon ihre letzten Töpfe Erdbeerkonfitüre verkauft. So brauchte sie kein Geld für Essen auszugeben, bevor sie auf die Insel zurückkehrte. Während sie ihren Marktstand saubermachte, überlegte sie, was noch in der Speisekammer lagerte und was sie sich kochen könnte. Dann kam ihr der Gedanke, kurz bei der Bäckerei ihres Cousins vorbeizuschauen. Sie hatte schon lange nichts mehr von Louis und Françoise gehört. Vielleicht hatte der Bäcker ja sogar Nachrichten von seiner Schwester… Das plötzliche Verschwinden Isabelles, die sich seitdem nicht einmal herabgelassen hatte, auf ihre Briefe zu antworten, hatte alle verblüfft und betrübt.

Zu Beginn war Madeleine sehr zornig auf ihre Cousine gewesen. Aber mit der Zeit hatte sich dieses Gefühl in Sorge gewandelt. Louis war unverrichteter Dinge aus Montréal zurückgekehrt. Isabelle hatte das Haus geschlossen und war, wie ihre Dienerin erklärte, mit einem Verwandten abgereist. Jacques Guillot wusste auch nicht mehr über die Identität des Mannes, der Isabelle und Gabriel abgeholt hatte. Immerhin hatte sie zwei beruhigende Briefe erhalten, die im Handelsposten Deux-Montagnes aufgegeben worden waren und in denen Isabelle ihr versicherte, alles sei in Ordnung. Vieles blieb jedoch rätselhaft.

Madeleine nahm ihre Tasche und ihren Korb und schaute nach oben. Der Himmel war strahlend blau und die Luft trocken und mild. Ein herrlicher Tag. Sie schickte sich an, den Marktplatz zu überqueren, der wie immer am Freitag vor Menschen wimmelte. Während sie ihr Mieder und ihr Schultertuch zurechtrückte, sah sie schon das Schild der Bäckerei Lacroix vor sich und versprach sich ein schönes Brioche, das sie auf dem Rückweg knabbern würde.

»Einen wunderschönen guten Tag, Madame Gosselin!«, wünschte ihr eine alte Frau, die einige Stück Geflügel schleppte.

»Guten Tag, meine liebe Roseline. Hähnchen zum Abendessen, wie ich sehe?«

»Vor Euch kann man wirklich nichts verbergen! Der Herr hat zehn Gäste eingeladen, und die kleine Catherine Michel hütet das Bett. Merkwürdigerweise wird dieses kleine Luder immer krank, wenn es besonders viel Arbeit in der Küche gibt. Schade, dass Ihr die Stelle nicht wollt!«

»Ich möchte meine Insel nicht verlassen, Roseline«, erklärte Madeleine zum tausendsten Mal, obwohl sie wusste, dass die alte Frau sie nur aufziehen wollte. »Macht Euch keine Sorgen! Wenn ich einen reichen Mann habe, verspreche ich, Euch zu mir zu nehmen und Euch bei der Arbeit zu helfen!«

»Dann beeilt Euch aber, meine Schöne! Ich werde alt, und bald wird man mich mit dem Löffel füttern müssen!«

»Ihr und alt? Also, so etwas! Ihr …«

Madeleine unterbrach sich abrupt und zog die Augen zusammen. Ganz bestimmt hatte sie sich getäuscht.

»Fühlt Ihr Euch nicht wohl, Madame Gosselin?«

»Ähem … doch«, gab sie zurück, ohne den roten Haarschopf

aus den Augen zu lassen. »Ich wünsche Euch viel Glück mit Euren Hühnern.«

Die Abschiedsworte Roselines, die von der Menge davongetragen wurde, gingen in dem lärmenden Treiben unter. Madeleine stand wie angewurzelt da und starrte die vertraute Gestalt an. Nein, sie träumte nicht. Er war es wirklich. Sie verstand nicht warum, aber ihr Herz begann schneller zu schlagen. Vergangene Ereignisse stiegen in ihr auf. Die schmerzliche Erinnerung an Juliens Tod und das Bild ihres zerstörten Hauses versetzten sie in kalten Zorn; sie hatte damals alles verloren und bei ihrem Onkel Charles-Hubert unterkriechen müssen …

Sie ignorierte die Passanten, die sie anstießen, und stand regungslos da, während der hochgewachsene Mann in ihre Richtung kam. Ihre Tasche glitt ihr aus der Hand und fiel vor ihren Füßen zu Boden. Sie bückte sich, um sie aufzuheben, als jemand darauf trat. Lebhaft fuhr sie hoch.

»He, könnt Ihr nicht schauen, wohin Ihr tretet?«

»Sorry, Ma'am. I was distracted … May I help?«

»Verfluchter Engländer! *No, Sir. Thank you.«*

Ihre kurze Beziehung zu Mr. Henry war ihr zumindest in einer Hinsicht nützlich gewesen: Sie hatte Englisch gelernt und sprach es inzwischen einigermaßen gut. Doch über alles andere war sie verbittert. Nach dem Ball im Château Saint-Louis hatte der junge englische Offizier sie in seine Wohnung eingeladen. Wie er sagte, wollte er ihr seine neuen Bände über die Tierwelt Afrikas zeigen, die er frisch aus England erhalten hatte. Er hatte ihr von den Elefanten erzählt und ihr die Unterschiede zwischen den Arten, die in Afrika und die in Asien lebten, erklärt, und dann von den Löwen gesprochen …

Sie war ein wenig angetrunken und melancholisch gewesen und hatte sich ins Schlafzimmer ziehen lassen. Während sie in dem Buch blätterte, hatte er ihr über die Schulter gesehen und Bemerkungen über die Bildtafeln abgegeben. Seine Hände waren über ihre Taille, ihre Lippen, ihren Nacken geglitten. Sie war erschauert. In diesem Moment hätte sie ihm Einhalt gebieten müssen, aber sie hatte nicht die Kraft dazu gehabt. Während er sie auf die merkwürdige Ähnlichkeit zwischen dem Schimpansen und Leutnant Miller hinwies, hatte Mr. Henry den seidigen Stoff ihres Kleides liebkost und sich bis an ihre Brust vorgewagt. Dann hatte er erläutert, dass eine Schlange ein ganzes Schaf verschlingen konnte, ohne auch nur zu kauen, und langsam ihr Mieder aufgeschnürt. Empfindungen, die sie lange zurückgedrängt hatte, waren in ihr aufgestiegen und hatten sie davongetragen.

Gedemütigt hatte sie sich am frühen Morgen davongeschlichen, ehe er erwachte. Er hatte mehrmals versucht, sie wiederzusehen, und ihr Liebesbriefe, exotische Früchte und aus England importierte Süßigkeiten geschickt. Aber sie hatte nie darauf geantwortet. Er wollte sie doch nur zu seiner Geliebten machen! Was sollte er sonst von einer Frau wollen, die sich beim ersten Rendezvous so leicht ergab? Und was konnte sie, eine einfache Witwe, die unter bescheidenen Umständen lebte, auch anderes von ihm erwarten? Der Gipfel wäre noch gewesen, wenn sie schwanger geworden wäre … Doch in den zwei Jahren, die sie mit Julien verheiratet gewesen war, hatte sich nicht ein einziges Mal ein Kind angekündigt, obwohl sie täglich zur heiligen Anna gebetet hatte …

Der Mann, der auf ihre Tasche getreten war, verbeugte sich freundlich lächelnd und verschwand in der Menge, durch die sich gelegentlich auch ein Reiter oder ein Wagen schoben. Madeleine warf einen Blick in ihre Tasche, um sich davon zu überzeugen, dass nichts zu Schaden gekommen war. Zufrieden schaute sie auf und begegnete Colls blauen Augen, aus denen er sie in einigen Schritten Entfernung verblüfft anstarrte.

»*Madam* Madeleine?«

Sie erbleichte, dann schoss ihr das Blut in die Wangen. Sie vollführte einen kleinen Knicks.

»Monsieur Macdonald. Was führt Euch nach Québec? Ich dachte … also … Wart Ihr nicht nach Schottland zurückgekehrt?«

Coll stand immer noch unter Schock und vermochte den Blick nicht von der Frau loszureißen, die direkt aus einem seiner Träume entsprungen zu sein schien.

»*Aye! Came back* … Bin zurück in Québec.«

»Um Euch hier niederzulassen?«

»*Aye!*«

Bei dem Gesichtsausdruck des Schotten fühlte sich Madeleine immer unwohler.

»Schön … ich meine … ich wünsche Euch viel Glück, Monsieur Macdonald!«

»Alexander? *Mo bhrathair*, habt Ihr etwas von ihm gehört?«

»Alexander? Ich … ähem … Nein.«

Madeleine wollte nicht diejenige sein, die ihm die traurige Nachricht überbrachte. Das war nicht ihre Aufgabe. Als sie Colls zutiefst enttäuschte Miene sah, stieg ein Gefühl von Mitleid in ihr auf, doch sie gab sich Mühe, es zu unterdrücken. Sie tat einen Schritt, um sich zu entfernen, aber der Schotte hielt sie am Ellbogen fest.

»*Maybe Finlay Gordon?* Ihr ihn kennen? Er arbeiten für … *shoemaker … Och! Dinna remember the name!*«

»Gordon, der Schuhmacher Gordon? Ja, den kenne ich. Jedenfalls …«

Coll schöpfte neue Hoffnung.

»Wo wohnt er?«

»Das kann ich Euch nicht sagen, Monsieur Macdonald. Ich weiß nur, dass der Laden, in dem er arbeitet, in der Côte de la Fabrique liegt.«

»Côte de la Fabrique, *aye! Tapadh leat, Madam* Madeleine.«

Er knetete nervös den Hut in den Händen und lächelte ihr zu. Sie wusste nicht mehr, wo sie sich lassen sollte, und schlug die Augen nieder. Er musterte sie genauso glühend wie in ihren Erinnerungen.

»Ich wünsche Euch … dass Ihr Euren Freund findet, Monsieur Macdonald«, brachte sie heraus, als sie endlich aufschaute.

Er verbeugte sich, setzte seinen Hut wieder auf und ging. Kurz sah sie ihm nach und wollte sich schon wieder abwenden, als sie sah, wie er vor einem weißhaarigen Mann stehenblieb, der auf einer Kiste saß und ein Bündel in den Armen trug. Coll sprach mit ihm und wies mit dem ausgestreckten Arm in die

Richtung, die sie einschlagen mussten. Dann nahm er das Paket und beugte sich darüber. Madeleine zog die Augenbrauen hoch, als sie sah, wie er die Nase in das Stoffbündel steckte. Auf einen Stock gestützt erhob sich der alte Mann und verzog das Gesicht. Coll bewegte das Bündel ein wenig, und eine Decke glitt herunter, sodass ein Büschel Haar, das so rot wie sein eigenes war, zum Vorschein kam. Verblüfft riss Madeleine die Augen auf.

»Aber … Das ist ja ein Säugling!«

Sie musterte die Menge und sah dann wieder zu den beiden Männern, die sich mit ihrem Bündel und ihrem Gepäck erneut auf den Weg machten. Irgendetwas stimmte nicht: Keine Frau war bei ihnen.

»Meine Güte! Wahrscheinlich hat er sie irgendwo zurückgelassen, damit sie sich ausruht …«

Aber dann wären der alte Mann und das Kind sicher bei ihr geblieben, oder? Mit einem lauten Ruf rannte sie zu der kleinen Gruppe.

»Monsieur Macdonald!«

Duncan drehte sich um und erblickte die junge Frau, mit der Coll gerade noch gesprochen hatte. Er tippte seinen Sohn auf die Schulter.

»Man verlangt nach dir, mein Junge.«

»Monsieur Macdonald, ich …«

Madeleine hatte sie erreicht und sah zögernd zu dem Bündel. *Was mache ich eigentlich hier, verflixt?*

»Kann ich Euch irgendwie behilflich … Ist das Euer Kind?«

»Aye, Madam.«

Sie schaute nach rechts und links, offenbar auf der Suche nach jemandem oder etwas.

»Die Mutter … ich meine, die Mutter des Kindes?«

»Die Mutter … *she's deid*. Tot.«

»Oh! Das tut mir … leid. Habt Ihr jemanden, der sich um das Kind kümmert?«

Coll sah sie an und antwortete nicht, als habe er den Sinn der Frage nicht verstanden.

»*Help*, avec *baby*?«

»*Nay*. Ich sorge für das Kind.«

Als wolle es ihr seine Not vor Augen führen, begann das Kind auf den Armen seines Vaters, der offenbar nicht allzu viel mit ihm anfangen konnte, zu schreien und zu zappeln. Madeleine stellte ihre Tasche ab und streckte die Hände aus.

»Darf ich?«

Sie schmiegte das fest gewickelte Kind in ihre Ellenbeuge und betrachtete es lächelnd. Coll spürte, wie ihm bei diesem Lächeln das Herz aufging: Er wusste, dass es nicht für ihn bestimmt war und es auch niemals sein würde; aber er war entzückt darüber, dass seine Tochter es erwecken konnte.

»Wie heißt es?«, fragte sie, ohne den Blick von dem kleinen Gesicht zu heben, dessen Augen den Bewegungen ihrer Locken folgten.

»Es ist ein Mädchen. Und ... *her name* ...«

Er zögerte. Bei seinem Erstgeborenen, Duncan, hatte die Frage sich gar nicht gestellt. Peggy war einfach der Tradition gefolgt, dem ältesten Sohn den Namen des Vaters oder Großvaters väterlicherseits zu geben. Bei seiner Tochter war das etwas anderes gewesen. Peggy war nach der Geburt nicht wieder zu Bewusstsein gekommen ... Dann hatte Maggie sich um die Kleine gekümmert und sie Joan gerufen, weil sie der Name an ihren verstorbenen Sohn erinnerte.

»Eure Tochter hat keinen Namen?«

Madeleine sah Coll mit einem seltsamen Blick an.

»*Not yet*«, beeilte er sich verlegen zu erklären. »Ich habe noch nicht darüber nachgedacht.«

Madeleine bewunderte die zarten Züge und die feine Haut des Säuglings. Mit dem Zeigefinger strich sie über eine rundliche Wange.

»Und sie ist so hübsch! Anne würde gut zu ihr passen. Das ist ein Name, den man auf Englisch und Französisch gut aussprechen kann. Und da Ihr Euch hier niederlassen wollt ... Außerdem wäre das ein Tribut an die Heilige Anna, die Schutzpatronin der Reisenden, die während Eurer Überfahrt über sie gewacht hat.«

»Anne«, wiederholte Coll. »Anna Macdonald. Das ist schön.«
»Coll!«, ließ sich Duncans ungeduldige Stimme vernehmen.
»Oh! *Madam* Madeleine, das ist mein Vater, Duncan Coll.«
Madeleine sah auf und schaute in das schwermütige, betrübte Gesicht des alten Mannes, das von einer langen Narbe gezeichnet war. Er grüßte sie mit einem leichten Nicken. Sie hätte Anstoß an seiner kalten Miene nehmen können, doch sie vermutete, dass sie großes Leid verbarg. Eine kleine Weile schauten die beiden sich an und schätzten einander ab. Dann lächelte Madeleine, und auch die Lippen des Alten verzogen sich kaum wahrnehmbar, sodass seine Züge weicher wirkten.

Im Gehen lauschte Coll der sanften Stimme Madeleines, die das Kind wiegte und ihm leise vorsang. Hinter der Truhe, die laut über die Pflastersteine knirschte, ging sein Vater. Coll war aufgewühlt. Nie hatte er geglaubt, dass es ihn derart bestürzen würde, diese Frau wiederzusehen. Er gab sich Mühe, an Peggy zu denken, an die letzten Stunden ihres Lebens und die Schmerzen, die ihr schönes Gesicht verzerrt hatten, während sie zwischen zwei Essigfässern, in den übelriechenden Ausdünstungen eines dunklen Schiffsrumpfs, ihre Tochter zur Welt gebracht hatte. Die Wehen und die vom Rollen des Schiffs hervorgerufene Übelkeit hatten seiner Frau so zugesetzt, dass sie stundenlang gestöhnt und fantasiert hatte. In der Nacht nach diesem Martyrium war sie dann gestorben. Aber das Kind war gesund gewesen. Frauen hatten sich sofort um den Säugling gekümmert, ihn so gut wie möglich gesäubert und in ein Laken gewickelt.

Coll biss die Zähne zusammen: So hatte es eigentlich nicht kommen sollen… Peggy hatte ihm versichert, das Kind werde erst nach der Überfahrt zur Welt kommen. Sie war schwanger geworden, als sie Glencoe verlassen hatten und nach Glasgow gegangen waren. Dort hatten sie vorübergehend bei seiner Schwester Mary gewohnt, während er versuchte, sich das Geld für die Schiffspassage zu verdienen. Er hatte eine Stelle als Lagerarbeiter bei dem Tabakhändler, für den sein Schwager arbeitete, gefunden. Entweder hatte Peggy ihn belogen, um ihre

Abreise nicht länger hinauszuzögern, oder das Kind war zu früh zur Welt gekommen. Wie auch immer, im Ergebnis hatte er sich zwei Wochen, bevor sie ihr Ziel erreichten, als Witwer mit einer kleinen Tochter, die er ernähren und versorgen musste, wiedergefunden. Eine entsetzliche Lage.

Da war zu seinem und seiner Tochter Glück die freundliche Maggie gewesen. Die junge Frau trauerte seit zwei Wochen um ihren Sohn; und da sie auch körperlich darunter litt, nicht mehr stillen zu können, hatte sie ganz selbstverständlich das kleine Mädchen unter ihre Fittiche genommen. Obwohl er zwanzig Jahre älter war als sie, hatte Coll vorgehabt, sie nach ihrer Landung bei sich zu behalten. Doch sie hatte bereits einen Vertrag unterzeichnet, der sie verpflichtete, für die Schwester ihrer ehemaligen Dienstherrin zu arbeiten. Als ältestes von elf Kindern brauchte sie diese Stelle unbedingt, um ihre Familie zu unterstützen, die in Paisley, einem Vorort von Glasgow, zurückgeblieben war. Ihr Vater war vor zwei Jahren bei einem Unfall in einem Kohlebergwerk umgekommen, und ihre Mutter konnte nicht für alle sorgen.

Bei Gracie Lewis hatte sie einigermaßen gut verdient … abgesehen davon, dass sie sehr schwer hatte arbeiten müssen. Nur hatte sie sich leider zu ihrem großen Unglück in den Sohn des Hauses verliebt und war bald schwanger geworden. Angesichts dieser Tatsache hatte ihre Dienstherrin, die noch den letzten Brief ihrer Schwester in Händen hielt, die perfekte Gelegenheit gesehen, sie fortzuschicken, ehe ihr Sohn noch auf die Idee kam, sie zu heiraten. In ihrer schwierigen Lage hatte Maggie keine andere Wahl gehabt, als das Angebot anzunehmen. Sie hatte ihr Kind zur Welt gebracht und sich dann zusammen mit dem kleinen Jonathan nach Québec eingeschifft.

»Hier ist es.«

Madeleine schüttelte seinen Unterarm. Coll sah auf ihre Hand hinunter, deren Wärme er spürte.

»Monsieur Macdonald! Hier arbeitet Euer Freund.«

Der schmale Schusterladen quetschte sich zwischen die Werkstatt eines Schneiders und das Kabinett eines Wundarztes. Er lag an der Grande Place, wo soeben unter den aufmerksamen Blicken einiger Spaziergänger und Hunde ein Regiment Rotröcke exerzierte.

Coll beobachtete Madeleine, die mit dem Kind spielte und ihm ein fröhliches Glucksen entlockte. Die Frau, die ihm einst wie eine Furie vorgekommen war, hatte sich verändert. Im Lauf der Jahre hatten sich ein wenig mehr Fleisch auf ihre Knochen und ein paar Krähenfüße in die Winkel ihrer schönen Augen geschlichen. Wenn sie lächelte, erschienen kleine Fältchen neben ihren Mundwinkeln, und ihr Haar war nicht mehr ganz so dunkel wie früher. Aber er fand sie immer noch sehr schön, vielleicht sogar bezaubernder als früher.

Eine Hand legte sich auf seine Schulter, und er drehte sich um. Sein Vater, auf dessen Gesicht ein merkwürdiger Ausdruck lag, sprach ihn auf Gälisch an.

»Kennst du diese Frau gut, mein Sohn?«

»Vater … Sie steht gleich neben uns.«

Duncan lächelte. Seufzend tat Coll, als erkläre er ihm die militärischen Manöver, und wies mit dem Finger auf das Regiment.

»Ja … Sie ist die Cousine der Frau, der … Alasdair den Hof gemacht hat, als wir hier in der Garnison lagen.«

»Jetzt verstehe ich, warum du unbedingt zurückkehren wolltest.«

»Vater! Ich habe nie daran gedacht, diese Frau wiederzusehen! Peggy war doch bei mir und … Herrgott!«

»Das weiß ich doch. Trotzdem hatte ich immer den Eindruck, dass du einen kleinen Teil deines Herzens hiergelassen hast.«

»Erzähl doch keinen Unsinn! Ich war nie verliebt in … sie. Sie hat uns gehasst und sich strikt geweigert, auch nur das Wort an uns zu richten.«

»Hmmm …«

Duncan drückte die Schulter seines Sohns. Coll und Peggy hatten sich gut verstanden, doch er hatte immer vermutet, dass sie weniger Liebe geeint hatte als Freundschaft und der Wunsch, das Versprechen einzuhalten, das sie einander mit ihrer Verlobung gegeben hatten.

»Aber das ist ja gerade die Herausforderung! Eine solche Eroberung birgt großen Reiz. Ich weiß, wovon ich rede. Vergiss nicht, dass deine Mutter mich, bevor sie mich geheiratet hat, am liebsten umbringen wollte. Und es ist mir gelungen, sie dreißig Jahre lang zu halten, bis Gott uns getrennt hat.«

Der Alte lächelte versonnen wie so oft, wenn er an seine Frau dachte. Selbst nach all den Jahren vermisste er Marion noch schrecklich, zumal seine alten Knochen gerade jetzt die Sorge und die Zärtlichkeit einer Frau hätten gebrauchen können... Seit er Witwer geworden war, hatte er mehrere Geliebte gehabt. Eine von ihnen hatte sogar acht Jahre lang sein Leben geteilt. Doch nach Marion hatte er nie wieder jemandem sein Herz geschenkt... Er räusperte sich und versetzte seinem Sohn einen Stoß in den Rücken.

»Geh hinein zu deinem Freund. Vielleicht kann er uns ja auch mit deiner Tochter helfen ...«

»Ich hoffe es, Vater. Sonst muss ich mich wirklich an die Nonnen wenden ...«

Coll nickte und schob die Ladentür auf. Ein Glöckchen klingelte. Als er zehn Minuten später herauskam, wirkte seine Miene betrübt.

»War er nicht da?«, erkundigte sich Madeleine.

»Finlay arbeitet nicht mehr hier. Er hat... ähem... vor einem Monat seine Stelle gekündigt. Sein ehemaliger Dienstherr sagt, er wisse nicht, wo er ist.«

»Oh! Kennt Ihr noch jemand anderen in dieser Stadt?«

»Meinen Cousin Munro ...«

»Euer Cousin ist zusammen mit Eurem Bruder Alexander fortgegangen und nicht zurückgekehrt... Jedenfalls habe ich ihn nie wiedergesehen.«

Coll seufzte lautstark, fuhr mit der Hand durch seinen dichten Haarschopf und schloss müde die Augen. Er dachte an diese Witwe, die ihm Französischstunden gegeben hatte; doch er sagte sich, es sei geschmacklos, einfach so mit Vater und Tochter bei einer ehemaligen Geliebten aufzutauchen.

»*Ochone! Dinna have any choice*. Da kann ich mich wohl nur

noch an das Hospital wenden, damit die Nonnen sich um das Kind kümmern. Danke für Eure Hilfe.«

Er trat auf sie zu, um das Kind zu nehmen, das jetzt friedlich schlief. Unbewusst fasste Madeleine das Bündel fester, doch Colls Hände glitten unter die Decken und hoben die kleine Anna hoch. Madeleine stand mit leeren Armen da und spürte, wie ihr Herz schneller schlug.

»*Tuch! Tuch! Mo nighean* …«, flüsterte der Vater dem Säugling zu, der im Schlaf gestört worden war und leise wimmerte.

»Monsieur Macdonald?«

Coll, der den Kopf des kleinen Mädchens liebkoste, sah sie aus seinen blauen Augen an. Madeleine war gerührt. Sie konnte in diesem Mann nicht mehr den Soldaten sehen, dem sie während der Besatzung in den Straßen der Stadt stets aus dem Weg gegangen war. Er wirkte jetzt so … anders auf sie. So menschlich.

»Danke, *Madam* Madeleine.«

»Es … tut mir leid.«

Er zuckte die Achseln. Das Kind wirkte in seinen kräftigen Armen so winzig, dass sie den Eindruck hatte, er könne es erdrücken, ohne es überhaupt zu merken.

»Kann ich Euch vielleicht helfen, eine Unterkunft zu finden?«

»Wir kommen schon zurecht …«

Coll bedeutete seinem Vater, dass sie weitergehen würden. Ein letztes Mal drehte er sich zu Madeleine um und lächelte ihr zu. Doch in seinen Augen stand eine tiefe Trauer. Das Kind begann zu weinen. Er band sich die Stoffschlinge fest um den Hals, klopfte auf das kleine Hinterteil und murmelte beruhigende Worte in seiner eigentümlichen Sprache. Mit einem Mal spürte Madeleine das Bedürfnis, diese Worte zu hören und sie zu lernen, um sie Anna vorzusprechen, einem kleinen Mädchen, wie sie es nie haben würde.

Was ist denn nur mit mir los? Ich muss vollkommen verrückt sein! Dieser Mann hat der Armee angehört, die meinen Julien getötet hat! Das lange rote Haar des Schotten wogte in der warmen Brise des Junitages. Fast neun Jahre waren vergangen, immer ein Tag nach dem anderen, seit Wolfes Truppen auf der Insel gelandet waren … *ihrer* Insel … um sie anzuzünden und zu verwüsten. Drei Jahre hatte sie gebraucht, um wieder aufzubauen, was die Soldaten in wenigen Stunden vernichtet hatten. Und ihr Julien, der zu den Kämpfern gehört hatte, war nie zurückgekommen …

Sie hörte, wie das Weinen der Kleinen sich entfernte und die Truhe über das Pflaster schabte, und verzog das Gesicht. Das Herz tat ihr weh. Warum waren ihr ausgerechnet heute dieser Mann und dieses Kind über den Weg gelaufen? Die Sekunden verstrichen, und mehr und mehr überkam sie das Gefühl, einen Fehler zu machen, wenn sie die drei gehen ließ.

»Wartet! *Wait! Wait!* Ich habe … vielleicht einen Vorschlag.«

Sie rannte auf das Trio zu und konnte ihre Kühnheit selbst kaum fassen. Coll drehte sich um. Er wirkte so verzweifelt, dass er bestimmt einverstanden gewesen wäre, im Stall zu schlafen, wenn sie ihm das anbot.

»Mein Haus ist groß, und ich wohne ganz allein darin. Ich könnte Euch ein Zimmer überlassen, wenn Ihr dafür ein paar Arbeiten übernehmt … solange, bis Ihr eine Stellung und eine Unterkunft gefunden habt. Was haltet Ihr davon? Außerdem könnte ich mich um Anna kümmern.«

»But … the bairn needs to be breastfed!«, rief Coll ohne zu überlegen aus. Das Kind muss die Brust bekommen …

»Wie meint Ihr?«

»Kind … Milch …«, erklärte er und wies mit der freien Hand auf seine Brust.

»Ah ja, die Milch!«

Madeleine begriff, dass sie in diesem Punkt nicht helfen konnte, und kam sich plötzlich sehr dumm vor.

»*General Hospital* ist gut. Sie haben Ammen dort.«

»Aber … die Nonnen werden Euch das Kind wegnehmen, Monsieur Macdonald. Sie werden Euch überreden, die Kleine wegzugeben, damit sie adoptiert wird, zu ihrem eigenen Besten. Ihr seid Witwer, habt keine Arbeit und steht auf der Straße … Vergebt mir meine Offenheit, aber … so sind nun einmal die Tatsachen.«

Wegnehmen. Adoptieren. Coll war, als hallten die Worte schmerzhaft in seinem Kopf wider. Er erbleichte. Nie war ihm in den Sinn gekommen, dass er sich von seiner Tochter trennen müsste. Aber Madeleine tat, als sei das unumgänglich. Er verzog das Gesicht und schaute auf das kleine, rosige Päckchen hinunter, das in das Tuch gehüllt an seiner Brust lag. Da schwor er bei der Seele seines kleinen Duncan, der im Alter von nur einem Jahr gestorben war, dass er seine Tochter mit Gottes Hilfe nie verlassen würde.

Das Heu duftete und verhieß einen gut gefüllten Heuboden. Die Farben des bereits weit fortgeschrittenen Sommers schillerten in der Sonne. Madeleine drehte den Apfel, den sie in der hohlen Hand hielt, und nickte zufrieden. Die Ernte würde dieses Jahr gut ausfallen, und der Apfelwein würde nur so fließen. Sie ließ den Blick über ihre Obstpflanzung schweifen. Die Kirschbäume waren bereits abgeerntet, und die Pflaumenbäume bogen sich unter ihrer Last. Sie hatte immer noch Konfitüren zu kochen, und Kompott ebenso. Die Engländer liebten es, Pflaumenmus zu ihrem Rinderbraten zu essen.

Auf dem Weg zum Stall kam Madeleine an ihrem Küchengarten vorbei, in dem noch reichlich Zwiebeln und Lauch standen. Sie musste daran denken, etwas Gemüse für die Suppe zu pflücken. Coll mochte Zwiebeln gern. Bei dem Gedanken an ihn verhielt sie den Schritt. Sie schaute zurück zum Haus, wo er damit beschäftigt war, auf dem Dach ein paar Schindeln auszutauschen. Sein geröteter Rücken glänzte vor Schweiß, und sein Haar schimmerte in der Sonne.

Längst war die neue Situation zum Alltag geworden. Im Lauf der Tage hatte sie sich an die Anwesenheit der beiden Männer und der kleinen Anna gewöhnt. Das Kind füllte eine Leere in ihrem Leben aus. Natürlich war das alles nicht ohne kleinere Zusammenstöße abgegangen. Jeder hatte sich an die Lebensgewohnheiten des anderen anpassen müssen. Doch alle hatten guten Willen bewiesen. Wenn sie ehrlich war, fürchtete Madeleine inzwischen den Tag, an dem Coll ihr mitteilen würde, dass er eine Arbeit und eine Unterkunft in Québec gefunden habe. Wer hätte das gedacht?

Der Schotte arbeitete hart und legte nur eine Pause ein, um zu essen und zu schlafen. Er hatte die Zäune repariert, im Stall sechs Bretter ersetzt, alles geölt, was sich auf Angeln drehte, zwei neue Bänke für die Küche und außerdem eine Wiege für die Kleine gebaut und an den ersten Erntearbeiten teilgenommen … Fleißig verrichtete er sein Tagwerk und klagte nie. Wenn er abends sein Werkzeug im Schuppen verstaut hatte, schlang er seine Mahlzeit hinunter, rauchte eine Pfeife und ging dann, vor Müdigkeit taumelnd, schlafen.

Zu Beginn hatten sich ihre Unterhaltungen auf kurze Gespräche beschränkt, die sich auf die im Gang befindlichen und zukünftigen Arbeiten bezogen. Coll war schweigsam und zog sich oft allein hinter die Scheune zurück, um über die Landschaft hinauszusehen und nachzudenken. Madeleine vermutete, dass es ihm unangenehm war, unter einem Dach mit ihr zu leben. Um die einförmigen Abende aufzulockern und ihm zu zeigen, dass sie ihm vertraute, schlug sie ihm häufig ein Kartenspiel vor. Eines Abends hatte sie ihn gesucht, um Whist mit ihm zu spielen, und hatte ihn in seine Grübeleien versunken angetroffen. Sie wollte sich schon zurückziehen, als er sie, ohne sich umzudrehen, einlud, sich zu ihm zu setzen.

Ein paar Minuten lang hatten sie geschwiegen. Dann hatte Coll zu sprechen begonnen, als habe er mit einem Mal das Bedürfnis verspürt, sich mitzuteilen. Er hatte ihr von seiner Rückkehr nach Schottland erzählt, von dem Elend, das in den Highlands herrschte und das seiner Meinung nach keine Besserung erfahren würde, von seiner Frau Peggy und dem viel zu frühen Tod seines Sohns Duncan … Verbittert hatte er ihr die bestürzende Geschichte der Überfahrt nach Kanada geschildert. Während sie ihm lauschte, hatte Madeleine nach und nach einen warmherzigen Menschen in ihm entdeckt. Gleichzeitig war ihr klar geworden, dass trotz der sprachlichen und räumlichen Grenzen die Menschen überall die gleichen Hoffnungen hegten. Doch eines wühlte sie mehr als alles andere auf: Endlich hatte sie begriffen, warum sie vor acht Jahren in den Straßen von Québec so panisch vor dem Schotten geflohen war.

Die Hammerschläge drangen bis zum Haus, weckten den alten Macdonald jedoch nicht aus seinem Schlummer. Er saß im Schaukelstuhl und hatte den Kopf auf die Brust sinken lassen, die sich langsam und pfeifend hob und senkte. Der arme Mann! Nur der Schlaf befreite ihn von seinem Leid.

Der alte Herr sprach sehr wenig Französisch, verstand es jedoch recht gut. Schweigend verfolgte er die Unterhaltungen zwischen Madeleine und seinem Sohn. Er bemühte sich, ein paar Brocken zu erlernen, aber wenn er etwas Bestimmtes sagen wollte, zog er seine eigene Sprache vor. Coll übersetzte dann. Oft traf sie die beiden Männer tief ins Gespräch versunken an. Da sie auf Gälisch diskutierten, konnte sie nur am Ton ihrer Stimmen und an dem Namen Alasdair, der häufig vorkam, erraten, worum es ging. Coll hatte ihr erklärt, dass sein Vater die beschwerliche Reise unternommen habe, um seinen Sohn Alexander wiederzusehen.

Madeleine fühlte sich immer schuldiger. Eines Tages hatte sie ihren ganzen Mut zusammengenommen und den beiden die traurige Wahrheit gesagt. Der Vater war aufgestanden, hatte seinen Stock genommen und war ohne ein Wort hinausgegangen. Wenn sie an diesen Abend zurückdachte, erstickte sie fast vor Scham.

»Er muss trauern. Als meine Mutter starb, war es genauso. Er wird zurückkommen.«

»Er ist mir böse, weil ich es Euch nicht früher gesagt habe, stimmt's? Ich weiß, ich hätte es tun sollen, aber … ich habe es einfach nicht fertiggebracht.«

Coll antwortete nicht gleich.

»Schon möglich. Wie auch immer, er weiß, dass es auf dasselbe hinausläuft: Er wird Alasdair nie mehr wiedersehen.«

Er verstummte und ließ ihnen Zeit, ihre Gedanken zu ordnen.

»Wisst Ihr«, fuhr er dann fort, »letztendlich hätte es meinen Vater

umbringen können, wenn er die Nachricht vom Tod meines Bruders an dem Tag bekommen hätte, als ich Euch nach ihm gefragt habe… Jetzt hat er Zeit gehabt, sich ein wenig von der Reise zu erholen, und kann besser damit fertig werden. Vielleicht sollte ich Euch dafür danken, dass Ihr… gewartet habt. Es wäre so einfach gewesen… Ich meine, Ihr habt ja gewusst, was für ein Schlag diese furchtbare Nachricht für mich sein würde, und es wäre ja denkbar gewesen, dass Ihr Euch… schadlos halten wolltet.«

Verblüfft sah Madeleine zu Coll auf, der sie eindringlich und ohne jede Feindseligkeit ansah.

»Da Ihr Euch nicht direkt an dem Soldaten rächen konntet, der Euren Mann getötet hat…«

»Nein! Das ist es nicht…«

»Tuch! Madam *Madeleine*, dinna lie to spare my feelings.« *Lügt nicht, um meine Gefühle zu schonen… »Eure Lüge würde mich tiefer verletzen als die Wahrheit. Glaubt Ihr, ich hätte nie diesen Durst nach Rache empfunden? Und nie versucht, mein Mütchen am Nächstbesten zu kühlen?* Mo chreach! Many times I did! Too many!« Oft habe ich das getan, zu oft…

Die Tage vergingen. Der alte Macdonald blieb schweigsam und öffnete den Mund nur zum Sprechen, wenn es nicht anders ging. Da sie seine Gedanken nicht lesen konnte, setzte sich bei Madeleine der Eindruck fest, dass er ihr immer noch gram war. Allein seine Enkelin konnte ihm ein Lächeln entlocken.

Anna Morag Macdonald, die am dritten Sonntag nach ihrer Ankunft in Québec getauft worden war, machte alle glücklich. Mit der Hilfe einer Nachbarin lernte Madeleine, sich um den Säugling zu kümmern. Sie gab sich Mühe, das Fläschchen aus Fayence zurechtzumachen, versicherte sich, dass der Sauger aus Stoff gut mit Milch getränkt war und die Flüssigkeit die richtige Temperatur hatte. Sorgfältig wusch sie die Windeln und wickelte das Kind gut. Sie erwies sich als begabte Schülerin, aber Anna war auch ein ganz entzückendes kleines Mädchen.

Die Kleine begann, durch die Speichelbläschen, die sie hervorbrachte, zu brabbeln und verteilte freigebig ihr Lächeln. Ihre seidigen Locken, die in der Sonne schimmerten, wurden so lang, dass man sie um den Finger wickeln konnte. Coll schenkte ihr stets ein paar Minuten seiner Zeit und sang ihr Lieder aus seiner Heimat vor, die auch Madeleines Herz mit Frieden erfüllten. Das war inzwischen zum Abendritual geworden. So schlummerte die kleine Prinzessin ein und bedurfte ihres Hofstaats erst bei Sonnenaufgang wieder.

Madeleines Leben hatte sich durch dieses wunderbare kleine Wesen verändert. Doch jede Medaille hat zwei Seiten: Die Kleine war zwar Balsam für das Leid ihrer weiblichen Seele, aber zugleich war Anna ein Stachel in ihrem Herzen, denn sie würde sie unvermeidlich eines Tages hergeben müssen, und das schmerzte sie sehr.

Ein wenig betrübt gab Madeleine dem kleinen Mädchen zu trinken, dessen Fingerchen sich in ihr Umschlagtuch krallten und ihr den Hals zerkratzten. Mit einem Mal roch sie etwas Verbranntes und zuckte zusammen, als ihr einfiel, dass das Essen noch im Ofen war.

»Verflixt!«

Sie wischte das milchverschmierte Mündchen ab und drückte das Kind seinem Vater in den Arm, der gerade in den Raum trat. Dann stürzte sie zum Ofen. Gerade noch rechtzeitig! Um den alten Macdonald ein wenig aufzuheitern und zu feiern, dass die Schotten jetzt schon zwei Monate auf der Île d'Orléans lebten, hatte sie ein Essen auf Highland-Art zubereitet. Auf der Speisekarte standen eine Suppe mit Lauch und Zwiebeln, gewürzter Lammfuß, da sie keinen Schafsmagen für das berühmte, aber nicht besonders appetitliche Haggis hatte auftreiben können, im Ofen karamellisierte Zwiebeln und kleine Sandkuchen mit frischer Sahne. Zwei Bleche mit ihrer persönlichen Version von Scones waren leider nicht geraten.

»Wo wart Ihr, Coll Macdonald? Ich brauchte Holz für die Küche!«

Regungslos stand Coll da und beobachtete Madeleine, die sich bemühte, das qualmende Gebäck aus dem Ofen zu ziehen. Das Kind zappelte in seinen großen, zerschrammten Händen.

Beißender Brandgeruch mischte sich unter den süßlichen Duft der gebackenen Zwiebeln. Verblüfft ließ er den Blick durch den Raum schweifen. Auf dem Tisch lag eine makellos weiße, hübsch bestickte Decke. Sein Vater saß in seiner Ecke und trug wie immer seine undeutbare Miene zur Schau. Doch seine Mundwinkel zuckten leicht, während er zusah, wie Madeleine zwischen dem Arbeitstisch und dem Büffet und dann zwischen dem Backofen und dem Herd hin- und hersprang. Was war hier los? Erwartete sie Gäste zum Abendessen?

»Ihr habt mir noch nicht geantwortet!«

»Ich habe einen Rundgang durch das Dorf gemacht.«

Anna hatte zu zappeln aufgehört und verzog das puterrot angelaufene Gesichtchen zu einer angestrengten Grimasse. Coll runzelte die Stirn. Er vermutete, dass Madeleine ihm eine Szene machen würde, weil er sie nicht über seine Abwesenheit unterrichtet hatte, und wartete auf das Gewitter, das jetzt kommen musste. Aber sie machte sich wortlos wieder an die Arbeit. Daher sprach er weiter, ohne seine Tochter aus den Augen zu lassen.

»Ich habe Arbeit gefunden.«

Madeleine hielt einen winzigen Moment lang inne. Sie schaute auf und sah aus dem Fenster, wo sich über den Baumwipfeln der Turm der Saint-Laurent-Kirche erhob. Dann nahm sie eine Kelle, um die Suppe umzurühren, damit sie nicht auf dem Topfboden ansetzte.

»Ach ja? Und wo?«

»Ähem … Ich habe mit dem Müller gesprochen, und er hat mir gesagt, einer seiner Kollegen könnte jemanden brauchen, der Mehl ausliefert. Einer seiner Männer hat sich vergangene Woche den Arm gebrochen.«

»Das ist gut! In der Mühle der Gosselins?«

»Nein …«

Anna grunzte, und ein merkwürdiger Ton drang aus ihren Windeln. Coll rümpfte die Nase. Ein unangenehmer Geruch stieg ihm entgegen.

»Es ist die Mühle in Vincennes.«

Die Kelle hielt mitten im Topf an. Anna stieß einen volltönenden Rülpser aus, und ein Milchrinnsal sickerte über ihr Kinn.

»*Mo chreach!*«

»Aber … ist das nicht auf dem Südufer? Ihr könnt nicht jeden Tag übersetzen … Da müsstet Ihr …«

»*Aye!* Ich weiß. Ein gewisser Antoine Guérette wäre bereit, mich aufzunehmen, bis ich dort eine Unterkunft finde.«

»Oh! Und wann fangt Ihr an?«

»In zwei Tagen.«

Ein zweiter Rülpser erklang, gefolgt von einem weiteren beunruhigenden Geräusch und schließlich einem zufriedenen Glucksen. Coll sah argwöhnisch auf seine Tochter hinunter. Was sollte er tun? Der Geruch war unzweifelhaft. Aber Madeleine war beschäftigt, und er wagte sie nicht zu unterbrechen. Duncan, der die ganze Szene schweigend verfolgt hatte, begann zu kichern.

»*Aye! A mhic, a bheil thu a'faireachdainn ceart gu leòr?*« He, mein Sohn, fühlst du dich gut?

»*'Tis Anna.*« Es ist Anna …

»*Fhioscam, chuala mi na pìoba-móra. Déan do dhicheall.*« Ich weiß, ich habe die Dudelsackmusik gehört. Tu dein Bestes …

»*Och! Winna do wemen's work!*« Herrje! Ich werde doch keine Frauenarbeit tun …

Madeleine sah die ratlose Miene des Schotten. Niemand brauchte ihr das Gespräch zwischen Vater und Sohn zu übersetzen; sie erriet, worum es ging, und trat auf ihn zu.

»Gebt sie mir. Ihr könnt die Teller und Bestecke herauslegen, ja?«

Sie nahm ihm seine kleine, stinkende Last ab und verschwand im angrenzenden Zimmer. Als Duncan den verstörten Gesichtsausdruck seines Sohnes sah, lachte er laut.

»So, du tust also keine Frauenarbeit, mein Sohn? Sie hat dich gebeten, das Geschirr herauszulegen. Wirst du dich jetzt hinsetzen und nichts tun?«

Coll warf ihm einen finsteren Blick zu, trat ans Küchenbüffet und öffnete es. Er zählte drei Teller ab und wollte den Schrank schon wieder schließen, als er auf dem obersten Brett das gute Geschirr erblickte. Zögernd betrachtete er die Steingut-Teller, die er in der Hand hielt, und dann die Tischdecke. Schließlich entschied er sich für das Porzellanservice mit dem chinesischen Muster. Aber plötzlich fragte er sich, wie viele Gedecke er auflegen sollte.

»Sie gefällt dir, oder?«

Duncan setzte den Schaukelstuhl wieder in Bewegung, und Holz knarrte.

»Vater …«

»Ich habe dich niemals danach gefragt, Coll. Aber ich hatte immer den Eindruck, dass du diese Frau nie vergessen hast.«

»Herrgott, Vater! Sie könnte uns hören!«

»Wieso, versteht sie inzwischen Gälisch?«

»Nur ein paar Wörter, die ich ihr beigebracht habe, aber … Wenn es nicht um Annas willen wäre, hätten wir nichts zu beißen. Sie hat uns aus reiner christlicher Nächstenliebe gastlich aufgenommen. Das heißt aber nicht … also, schon der Gedanke! Das ist lächerlich!«

»Hmmm …«, meinte Duncan und zog die Augen zusammen, die immer noch so durchdringend wie früher dreinschauten, obwohl seine Sehkraft in den letzten Jahren beträchtlich nachgelassen hatte. »Schön, sie liebt deine Tochter und kümmert sich um sie, als wäre sie ihr eigenes Kind. Aber ich habe sie beobachtet: Sie richtet ihre Frisur und ihre Kleidung, wenn sie abends, kurz bevor du zum Essen kommst, hört, wie sich die Tür des Schuppens schließt.«

»Natürlich, sie ist eine Frau. Sie achtet auf ihr Äußeres, das ist alles.«

»Und dieses Essen, das sie seit dem frühen Morgen zubereitet, sodass mir schon seit Stunden das Wasser im Mund zusammenläuft? Ist das vielleicht für Anna?«

Coll hatte die Schatulle hervorgeholt, in der Madeleine die Bestecke aufbewahrte. Ohne sie wirklich zu sehen, schaute er auf die Messer, die er in der Hand hielt, hinunter. Sein Vater schien sehr viel beobachtet und nachgedacht zu haben. War es möglich, dass er recht hatte?

»Ich habe eine Arbeit gefunden, die mir helfen wird, meine Familie zu unterhalten. So war es abgemacht. In zwei Tagen gehe ich fort. Ihr beide, Anna und du, könnt noch so lange bleiben, bis ich eine Amme und eine Wohnung gefunden habe. Und dann ist Madeleine ihre lästigen Gäste endlich los.«

»Hast du sie denn auch nach ihrer Meinung dazu gefragt? Vielleicht fällst du ihr gar nicht so lästig, wie du glaubst, Coll! Sie lebt allein und kann offenbar nicht alle Arbeiten erledigen, die auf ihrem Besitz anfallen.«

»All die Jahre ist sie anscheinend ganz gut zurechtgekommen. Sie braucht mich nicht.«

»Wirklich?«

»Vater! Was soll ich denn tun?«

»Heirate sie.«

»Wie bitte?!«

Duncan sagte nichts mehr. Coll war wie vor den Kopf geschlagen, und die Messer fielen ihm klappernd auf die Teller. Madeleine tauchte mit der Kleinen auf dem Arm im Türrahmen auf.

»Alles in Ordnung?«

Sie wirkte besorgt, beruhigte sich aber rasch, als sie sah, dass nichts zerbrochen war. Coll musterte sie und nickte langsam, ohne ein Wort. Mit einem Mal wühlte ihn der Anblick dieser Frau, die sein Kind auf dem Arm hatte, auf. Sein Herz begann heftig zu pochen. Und wenn sein Vater tatsächlich recht hatte?

Auf der Tischdecke mit den kostbaren Stickereien, die Madeleine von ihrer Mutter geerbt hatte, glänzten herrliche Silberleuchter; ein Hochzeitsgeschenk von ihrem Onkel Charles-Hubert. Auch eine prächtige Suppenterrine aus französischer Fayence, die eine riesige Artischocke darstellte – ein Geschenk von Isabelle – war anlässlich des Festmahls entstaubt worden und thronte elegant in der Mitte der Tafel. Schließlich war da noch eine Fayence-Schale aus Moustiers, die mit blauen Tiermotiven geschmückt war und die mühsam zerstampftes graues Salz enthielt, denn das weiße war zu teuer. Früher hatte dieses Erbstück von ihrer Großmutter mütterlicherseits einen Deckel besessen und diente für gewöhnlich dazu, alle möglichen Kleinigkeiten aufzubewahren.

Madeleine saß vor ihrem Teller, den sie soeben mit einem Stück Brot ausgewischt hatte, und leerte ihr Weinglas. Duncan Macdonald hatte seine Bank zurückgeschoben, zog die Pfeife aus der Tasche und nahm eine Portion Tabak aus seinem Tabaksbeutel. Die Kruste der Pastete war ein wenig zu gar gewesen, doch die Mahlzeit hatte köstlich geschmeckt, und die Männer hatten kräftig zugelangt. Nervös schob Madeleine eine goldblonde Haarsträhne unter ihre Haube zurück und fragte, ob jemand Kaffee wünsche. Ob sie Branntwein habe? Selbstverständlich …

Sie stand auf und schwankte ein wenig. Doch das Gefühl von Leichtigkeit war eher angenehm. Als sie sich umdrehte, wurde ihr schwindlig, und sie musste sich an der Tischkante festhalten. Coll kam ihr zur Hilfe und umfasste ihren Ellbogen. Einen Moment lang standen sie so da. Dann gab er sie sanft frei und ließ behutsam die Hand über ihren Unterarm gleiten. Sie erschauerte, und eine eigenartige Empfindung stieg in ihr auf.

Duncan musterte ihr Gesicht und versuchte ihre Reaktion abzuschätzen. Dann schaute er seinen Sohn an, den er schon während des ganzen Essens beobachtet hatte. Unmöglich, dass er sich irrte. Nachdem er seine Pfeife gestopft hatte, nahm er seinen Stock und stand auf.

»Spazieren draußen … rauchen … hmmm?«, verkündete er in seinem noch stockenden Französisch.

»Und Euer Branntwein?«

»*Dinna mind it, a laochag*«, gab er zurück und wedelte mit dem Stock, um den Sinn seines Satzes zu unterstreichen. Lieber doch nicht, meine Tochter …

Dann wandte er sich an Coll.

»*Cha mhise cho dall ri damh anns a' cheo, a mhic. 'S e deagh bhoireannach a th'innte. 'S deagh bhean-taighe a bhiois innte.*« Ich bin nicht blind wie ein Ochse im Nebel, mein Sohn. Sie ist eine brave Frau und wird eine gute Ehegattin sein.

»*Seadh, seadh! Tha mi tuigsinn!*« Schon gut, ich habe verstanden…

»*Bidh mi fadalach, gun téid math leat!*« Ich komme spät zurück; viel Glück…

»Sollen wir Euch begleiten, Monsieur Macdonald?«

»Nein, danke.«

Duncan ging hinaus und zog die Tür hinter sich zu. Die jungen Leute schwiegen verlegen. Madeleine glaubte schon, etwas gesagt zu haben, das den alten Macdonald verletzt und ihn vertrieben haben könnte, und wandte sich zu Coll um. Der Schotte wirkte peinlich berührt und sorgenvoll.

»Was hat er? Habe ich etwas Falsches gesagt oder getan?«

»Nein! Er hat… wohl zu viel gegessen. Ein wenig frische Luft wird ihm guttun. Er kommt später wieder.«

»Ah! Einen Moment lang dachte ich schon… Ich wollte Euch nur eine Freude machen…«

Plötzlich verwirrte sie der Blick der blauen Augen, und sie verstummte.

»Wir danken Euch dafür. Das Essen war köstlich. Macht Euch keine Gedanken. Mein Vater schätzt Euch sehr.«

Coll spielte mit den Krümeln auf der Tischdecke und sah Madeleine lange an. Das Herz pochte ihm in der Brust. Wie sollte er das Thema anschneiden, ohne dass sie die Beine in die Hand nahm und flüchtete? Tausend Worte stiegen in ihm auf, vermischten sich in seinem Mund und erstarben auf seinen Lippen. Er brachte es nicht fertig. In ihrem Bedürfnis, der zunehmend verlegenen Stimmung ein Ende zu bereiten, lächelte Madeleine ihm zu.

»Er mag mich gern?! Und ich dachte schon… Und Ihr?«

Sofort tat ihr die Frage leid, und sie errötete heftig und bückte sich, um die schmutzigen Teller abzuräumen.

»Oh! Ich meinte nicht…«

Colls große, raue Hand legte sich über ihre, in der sie eine Gabel hielt.

»*Sae do I, Madam* Madeleine«, antwortete er ernst. »Auch ich ... wünsche mir, dass Ihr ebenso von mir denkt.«

Madeleine sah auf ihre vereinten Hände hinunter und stieß ein leises Stöhnen aus. Er verminderte den Druck, und die Gabel klimperte auf die Tischdecke. Sie hätte stundenlang so verharren und die Wärme von Colls Hand auskosten mögen. Ihr Herz wurde von Gefühlen aufgewühlt, und in ihrem Kopf purzelten die Worte durcheinander. Sollte sie die Tugendsame spielen und weglaufen, oder lieber ihren Empfindungen, die sie zu ihm zogen, freien Lauf lassen?

»Sie sah Euch ein wenig ähnlich ...«

»Wer?«

Sie sah zu ihm auf.

»Meine Frau, Peggy.«

Sie schaute ihn an und nickte leicht, ohne etwas darauf zu sagen.

»Verzeiht, dass ich von ihr spreche. Peggy war eine bezaubernde, empfindsame Frau ... *Madam* Madeleine ... so wie Ihr. Das klingt dumm, ich weiß ... Eigentlich wollte ich Euch sagen ... dass ich Euch auch nach meiner Rückkehr nach Schottland nie vollständig vergessen konnte.«

Madeleine blieb stumm, und er zögerte weiterzusprechen. Aus dem Augenwinkel beobachtete er sie, versuchte jede Änderung ihrer Miene zu deuten und wartete. Auf jeden Fall konnte er jetzt nicht mehr zurück. Entweder machte er ihr einen Antrag, oder er ging für immer fort. Endlich sprach sie.

»Mich? Aber ich habe mir doch immer die größte Mühe gegeben, unfreundlich zu Euch zu sein!«

»Ihr habt gelitten ... und dafür hatte ich Verständnis.«

»Oh ja! Gelitten habe ich.«

Seufzend schlug sie die Augen nieder. Ein diffuser Schmerz, der im Lauf der Jahre nachgelassen hatte, erwachte in ihr erneut zum Leben. Oft dachte sie, dass dieser Schmerz nur in ihr wohnte, um sie daran zu erinnern, dass sie einmal geliebt hatte. Die Erinnerungen an ihre verlorene Liebe tauchten ab und zu auf, schemenhaft. Wenn es ihr nicht gelang, sich eine Tatsache oder einen bestimmten Moment ins Gedächtnis zu rufen, wurde sie von Panik ergriffen. Ihr wurde klar, dass sie sich nach und nach von ihrem Julien entfernte, und das machte ihr Angst.

Das Auftauchen der Macdonalds bei ihr, in ihrem Leben, hatte ihre Erinnerungen schlagartig wieder hochkommen lassen. Die Bilder überfielen sie ohne Vorwarnung, wenn sie zur Milchkammer ging oder aus dem Stall trat, wenn Coll sich durch ihr Blickfeld bewegte … Verwirrt und zornig über dieses Gefühl, das in ihr aufstieg und ihre alte Liebe begrub, stürzte sie sich dann auf Anna und überschüttete sie mit ihrer Zuneigung. Andere Gefühle als Zärtlichkeit konnte und wollte sie nicht in ihrem Herzen zulassen.

»Gelitten habe ich allerdings! Und zwar lange. Um ganz ehrlich zu sein, hat unser Wiedersehen auf dem Markt den Schmerz erneut geweckt … und die Erinnerungen an den Krieg und den Tod meines Mannes wieder lebendig gemacht.«

»Und heute Abend, *Madam*? Wie sind Eure Gefühle da? Bin ich in Euren Augen immer noch schuld an Euren Qualen?«

»Nein«, murmelte sie, »nicht mehr, Coll. Wie könnte ich Euch etwas vorwerfen, das acht Jahre her ist? Eigentlich hätte ich das auch damals nicht gedurft. Auf die eine oder andere Art sind wir alle Opfer des Krieges gewesen …«

Hoffnung stieg in Colls Brust auf und schnürte ihm die Kehle zu. Er fasste ihre Hand, die er immer noch hielt, fester und ließ den Blick über die goldschimmernden Locken schweifen, die unter ihrer gestärkten Haube hervorschauten. Er hätte schwören können, dass Madeleine ihre besten Kleider trug. Gerade jetzt passte der scharlachrote Halbleinenstoff ihres Mieders wunderbar zu der Farbe ihrer Wangen. Sie trug kein Umschlagtuch. Er erlaubte sich einen Blick auf ihr Dekolleté.

Das Fenster stand an diesem warmen Augustabend offen, und eine Brise trug den süßlichen Duft des Gartens in den Raum. Man hörte das Rascheln der Clematis, die am Zaun rankte, und das beruhigende, melodische Zirpen der Grillen. Die Schaukel auf der Veranda knarrte leicht.

Coll erstickte fast. Was sollte er sagen? Ein Heiratsantrag erschien ihm ein wenig überstürzt. Aber wenn es nur nach ihm gegangen wäre … schon allein zum Wohle seiner Tochter …

»Danke. Ich hatte mich gefragt … ob Ihr nicht doch möchtet, dass ich …«

»Bleibe?«

Sie sahen einander an und sagten nichts mehr. Ihre Berührungen sagten mehr als Worte. Zuerst strich Coll flüchtig über ihren zitternden Handrücken, ließ den Finger dann über den Unterarm bis zu ihrer Ellenbeuge gleiten und erkundete Madeleines samtweiche Haut. Welches Gefühl trieb ihn wirklich an? Begierde? Sicherlich. Aber was noch? Liebe? Dazu war es noch ein wenig zu früh. Mit der Zeit würde das Gefühl schon klarer werden …

Erschreckt rückte Madeleine ihren Arm weg, um sich der Hand zu entziehen, die sie dennoch vor Erregung erbeben ließ. Sie wünschte fast, die Kleine würde aufwachen und nach ihr verlangen. Aber sie wusste, dass sie bis zum Morgen durchschlafen würde. Sie wartete darauf, dass der alte Macdonald zurückkehrte, doch hatte sie das seltsame Gefühl, dass er so bald nicht auftauchen würde.

Kühn geworden legte Coll seine Hand wieder auf ihre Haut. Verwirrt sah Madeleine in die blauen Augen, die sie anschauten. Schon lange hatte sie keinen Mann mehr so anziehend gefunden. Gerührt sah sie, wie seine Wangen rosig anliefen, und hätte sie plötzlich am liebsten gestreichelt, hätte die Lippen gerne darauf gelegt, um die goldblonden Stoppeln, die sie bedeckten, zu spüren.

»Wenn Ihr das wollt, *Madam* Madeleine, werde ich nicht nach Vincennes gehen.«

Schweigend nickte sie. Ohne dass sie wusste, wie es dazu gekommen war, hatten ihre Hände einander gefunden, und ihre Finger verschlangen sich. Behutsam, langsam zog Coll sie an sich. Er wollte sie nicht verschrecken. Sie standen einander jetzt gegenüber. Er beugte sich zu ihr herunter, und sie senkte den Kopf, um vor dem Mund, der ihre Lippen suchte, zu fliehen. So bot sie ihm ihren Nacken dar. Zart und cremeweiß lag er unter den widerspenstigen Strähnen, die über die Haut fielen. Zärtlich küsste er ihn, strich mit den Lippen darüber. Sie seufzte leise.

Als sie endlich das Gesicht zu ihm hob, war sie so bleich, dass er fürchtete, sie könne gleich in Ohmmacht fallen. Tränen glänzten in ihren schönen grünen Augen, die ein wenig verwirrt dreinblickten.

»Verzeihung …«

Er trat zurück. Doch sie ließ seine Hand nicht los, und ihr Blick verbarg nicht, welcher Sturm in ihrem Inneren tobte.

»*Madam* Madeleine …«

»Alle nennen mich Mado.«

»Dann werde ich Maddy sagen …«

Ihr sanftes Lächeln schenkte ihm neuen Mut. Da stieg ein Bild tief aus Colls Erinnerungen auf: Eine Furie, die ihn mit Schlägen überzog, mit Beleidigungen überschüttete und ihm ihren Hass ins Gesicht spie … An einem Winterabend im Jahr 1760 war das gewesen. Hätte ihm damals jemand vorhergesagt, dass er irgendwann diese Frau in den Armen halten würde, hätte er laut gelacht. Als er sich jetzt über das Gesicht beugte, das sich ihm entgegenhob und ein ganz neues Gefühl ausdrückte, fühlte er sich so berauscht, dass es ihm den Atem verschlug. Dieses Mal entzog Madeleine sich ihm nicht, sondern hieß seine Lippen, die sich zärtlich auf ihren Mund legten, mit unsäglichem Genuss willkommen. All ihr alter Kummer flog mit dem Sturm davon, der sie davonriss, alle beide.

17

Versprochen ist versprochen …

Blätter raschelten, und Isabelle hob den Kopf. Sie wartete ab, ob das Geräusch sich wiederholte. Dann huschte ihr Blick zu der Stelle, von der es, wie sie meinte, gekommen war. Pochenden Herzens schwang sie die Schaufel über den Kopf. Wieder bebte der Busch. Sie wartete. Aber kein Tier huschte heraus. So ging das schon seit Tagen. Sie legte das Werkzeug weg und griff nach dem Jagdgewehr, das sie seit Lavigueurs Besuch immer mit sich trug. Man hatte den Mann nicht wieder in Red River Hill herumstreichen sehen, und auch in der Mission von Deux-Montagnes war er nicht mehr aufgetaucht. Aber Isabelle hielt Augen und Ohren offen. In den Wäldern hatte sie ständig das Gefühl, als beobachte jemand sie auf Schritt und Tritt.

Noch fünf lange Minuten verstrichen, ohne dass etwas geschah. Sie hörte nur das Gackern der Hühner und Vogelgezwitscher. Schließlich ließ sie die Arme sinken, legte die Waffe vorsichtig zu ihren Füßen ab und nahm stattdessen wieder die Schaufel. Das wurde langsam zur Gewohnheit …

»Mama! Mama!«

»Gaby! Gaaaby! Wo steckst du?«

Wieder erfasste sie die Panik, und sie riss das Gewehr hoch und fuhr herum.

»Hier, Mama.«

Gabriel kam aus dem Busch gekrochen, der sich vorhin bewegt hatte. Isabelle hatte den Atem angehalten; jetzt stieß sie erleichtert die Luft aus.

»Komm her. Was hast du dort gemacht? Du hast mir einen

Höllenschrecken eingejagt! Ich hätte auf dich schießen können! Mach so etwas nie wieder! NIE WIEDER!«

Ihr Sohn verzog zerknirscht die Lippen. Er wagte sich nicht zu rühren und schaute auf das Gewehr.

»Mama …«

Isabelle wurde bewusst, dass sie mit der Waffe auf ihren Sohn zielte, und sie ließ die Flinte zu Boden fallen. Dann tat sie einen Schritt auf Gabriel zu und nahm ihn in die Arme.

»Tut mir leid, mein Gaby. Ich hatte Angst … ein Bär …«

»Aber Mama, du weißt doch genau, dass Bären sich bei Tag nicht in die Nähe der Hütte wagen!«

»Ich weiß, sicher! Aber … Trotzdem. Nun sag, warum hast du gerufen?«

»Ich habe Bandit gefunden. Er benimmt sich ganz komisch.«

»Was hat er denn jetzt schon wieder, dein Waschbär?«

»Er will nicht mehr mit uns spielen, sondern versteckt sich unter dem dicken Baumstumpf und knurrt, wenn man ihm nahe kommt.«

»Vielleicht hat er Hunger … Seit mehr als einer Woche lässt er sich kaum noch sehen.«

»Ich habe ihm ein Stück Apfel und Möhren gegeben, aber er mag nicht.«

»Dann muss er krank sein. Lass ihn in Ruhe, damit er sich ausruhen kann. In ein paar Tagen geht es ihm besser. Ähem … wo ist eigentlich Otemin?«

»Sie ist bei Bandit geblieben. Wir haben ein Ameisennest voller Reis gefunden. Wusstest du, dass Ameisen Reis essen? Er schmeckt aber ziemlich merkwürdig …«

»Reis?«

»Na klar! Du weißt schon, diese weißen Samen, die wie kleine Maiskörner aussehen, aber kribbeln und in den Ländern wachsen, wo die Leute *solche* Augen haben.«

Er zog seine äußeren Augenwinkel zu den Schläfen und markierte Schlitzaugen.

»Ameisen fressen keinen Reis, Gaby … Oh, heiliger Himmel! Ich hoffe, du hast keine Ameiseneier gegessen!«, rief Isabelle.

»Ei... eier? Du meinst, diese weißen Körner, das war kein Reis? Ich habe Ameiseneier gegessen? Ameisenbabys?«

Gabriel war kreidebleich geworden, führte eine Hand an den Magen und die andere an seinen Mund und starrte seine Mutter entsetzt an. Dann riss er verstört die Augen auf.

»Ich bekomme kleine Ameisen in meinen Bauch! Mama! Die Ameisen in meinem Bauch werden mich fressen! Hol sie aus mir heraus, ehe sie mich auffressen, Mama!«

Isabelle strich ihrem Sohn, dem die Tränen in die Augen traten, über den Kopf.

»Schon gut, Gabriel, du wirst keine Ameisen im Bauch haben. Du hast sogar schon Ameisen gegessen, als du ganz klein warst, und wie du siehst, bist du vollkommen gesund! Ameisen sind nicht giftig. Ich muss dir allerdings sagen, dass ich sie nicht besonders appetitlich finde.«

Skeptisch zog der Kleine die Nase kraus und schniefte.

»Bist du dir sicher, dass sie mich nicht fressen werden? Ich habe das Gefühl, sie krabbeln in meinem Bauch herum. Das kitzelt!«

»Das ist nur Einbildung, nichts weiter. Ich schwöre es dir.«

»Versprochen ist versprochen...?«

»... und wird auch nicht gebrochen. Reicht dir das?«

Gabriel nickte, horchte aber weiter in seine Eingeweide hinein. Isabelle musste wieder an Lavigueur denken und sah sich um.

»Hast du hier heute Fremde herumlungern sehen, Gaby?«

»Nein. Ich habe nur einen Skunk gesehen, der dort, wo wir den Abfall verbrennen, herumgeschnüffelt hat. Aber ich bin nicht näher herangegangen, wie Papa Alex es mir gesagt hat.«

»Diese elenden Aasfresser!«

Sie hatte gründlich genug von diesen schmutzigen, stinkenden Tieren. Letzte Woche hatten sie einen der Hunde kräftig parfümiert, und sie fürchtete immer, dass sie einmal Gabriel, Alexander oder sie selbst überraschen und begießen würden.

»Was ist ein Aasfresser?«

»Das ist ein Tier, das sich von verdorbenem Fleisch und Abfällen ernährt.«

Nachdenklich runzelte Gabriel die Stirn.

»Ist Bandit dann auch ein Aasfresser, weil er die Abfälle vom Tisch frisst?«

»Nun … gewissermaßen schon.«

»Igitt! Er wird krank werden, wenn er verpestetes Fleisch isst. Deswegen will er sich nicht mehr bewegen!«

»Man sagt ›verdorben‹, nicht ›verpestet‹.«

»Otemin sagt immer ›verpestet‹, und ihre Mama schimpft sie trotzdem nicht aus.«

Isabelle seufzte gereizt, richtete sich auf und trocknete ihre schweißnasse Stirn.

»Bandit frisst aber keine verfaulenden Reste. Dazu füttern wir ihn zu gut. Du brauchst dir keine Sorgen um seine Gesundheit zu machen.«

»Aber du hast doch eben gesagt, er wäre krank!«

»Das war nur eine Vermutung … Bleib bitte in der Nähe des Hauses!«

»Ist gut!«

Der kleine Junge zog sich die Hosen zurecht, eine Nachahmung seines Vaters. In dem Moment, als er sich abwandte, rief seine Mutter ihn noch einmal an.

»Wenn du etwas brauchst, geh zu Mikwanikwe. Ich muss deine Schwester stillen und habe noch viel in der Küche zu tun.«

»Gut, Mama!«

Er sprang davon und hüpfte wie ein Rehkitz zwischen den Kohlköpfen und dem zarten Grün der Karotten davon. Doch plötzlich hielt er an und sprang in eine Ackerfurche.

»Sag doch, Mama, wann ist Zabeth groß genug, um mit Otemin und mir zu spielen?«

»Oh!«, rief Isabelle lachend aus. »Da müsst ihr noch viele Tage und Wochen warten, bis sie euch nachlaufen kann! Im Moment muss sie noch schlafen und essen, damit sie wächst. Und dann, später, lernt sie laufen und sprechen.«

»Und ihre Haare? Wann kriegt sie welche?«

»Aber sie hat doch schon viele, findest du nicht? Sie sind ganz kraus, so wie deine, als du gerade geboren warst.«

»Aber ich bin ein Junge. Mädchen haben lange Haare! Zabeth … na ja … sieht nicht wie ein Mädchen aus.«

»Findest du sie nicht hübsch?«

Einen Moment lang schwieg Gabriel.

»Sie ist ganz runzlig und hat einen dicken Kopf.«

»Sie ist eben ein Säugling. Weißt du noch, wie es bei Duglas war? Bei seiner Geburt sah er auch so aus, und nun schau, wie er sich verändert hat! Er wird immer größer, genau wie du.«

»Hmmm …«

Der Kleine zuckte die Achseln und machte sich wieder auf den Weg. Isabelle hob ihre Schaufel auf, sah ihm zärtlich nach und machte sich wieder an die Arbeit. Nachdem sie mit dem Lauch fertig war, nahm sie das Gewehr und ging zur Hütte zurück.

»*… dein Herz lacht und meines möchte weinen …*«, summte Isabelle und schälte ihre dritte Zwiebel. »*Ich habe meinen Liebsten verloren und hab's doch nicht verdient …*«

Beim Duft des Brots lief ihr das Wasser im Mund zusammen. Die Männer hatten im Frühsommer hinter der Hütte einen Backofen gebaut. So konnten sie etwas anderes als das Fladenbrot der Indianer oder Pfannkuchen herstellen. Sie legte ihr Messer weg, wischte sich die Hände an der Schürze ab und schniefte. Dann schloss sie die Augen, um das Brennen in ihren Augen zu lindern.

»Ich hasse Zwiebelschälen!«, murrte sie und schaute auf Alexanders Uhr, die auf dem Küchentisch lag. »Das Brot müsste eigentlich fertig sein.«

Ehe sie die Laibe herausnahm, beugte sie sich noch über die Wiege, in der ihre kleine Élisabeth schlief.

»Weißt du, dass du wie ein Engel aussiehst, wenn du schläfst?«

Isabelle bewunderte das krause Haar der Kleinen und dachte an ihre Geburt zurück. Gabriel hatte sich geradezu in ihr festgeklammert und ihr ein Martyrium bereitet; Élisabeth dagegen hatte es offenbar nicht abwarten können, die Welt und ihre Wunder zu erforschen. Die ersten Wehen hatte Isabelle bei einem Spaziergang am Teich, bei dem die Kinder Kaulquappen gesammelt hatten, verspürt. Bis sie Mikwanikwes Hütte, die näher als ihre eigene lag, erreicht hatte, war das Fruchtwasser abgegangen. Und vier Stunden später war die Kleine schon auf der Welt gewesen und hatte geschrien.

»Hmmm ... Ich kann mir schon vorstellen, was dieses hübsche kleine Köpfchen alles aushecken wird! Mit dir werde ich sicher allerhand zu tun bekommen!«

Die Tür flog auf, und Alexanders hochgewachsene Gestalt stand in dem einfallenden Licht. Isabelle stürzte zu ihm.

»Ah, ihr seid schon von der Mission zurück! Was ist denn das?«

Alexander hielt ihr ein dickes, in Wachstuch gewickeltes Paket hin und lächelte mit merkwürdiger Miene.

»Lauter Kostbarkeiten!«

»Kostbarkeiten?«

Verblüfft, aber erfreut betastete sie das Paket.

»Vorsicht, du zerdrückst noch etwas! Darin sind Butter, Zucker, Zimt ...«

»Oh, Butter! Und das hier? Fühlt sich hart an, fast wie ein Flaschenhals ...«

»Ich habe eine Flasche Wein für uns aufgetrieben.«

»Einen Bordeaux?«

»Nein, keinen französischen Wein, *a ghràidh*, aber einen spanischen, über den ich gehört habe, er sei so göttlich wie ein Kuss von Émeline.«

»Ein Kuss von Émeline?«

Mit spöttischer Miene beugte sich Alexander zu seiner Gefährtin hinunter.

»Nun ja, ich kann nur wiedergeben, was man mir gesagt hat! Und nachdem ich die fragliche Émeline gesehen habe ... Allerdings bin ich mir sicher, dass ihre Küsse keinen Vergleich mit deinen aushalten ...«

Er umarmte sie zärtlich, trat dann ein Stück zurück und sog die duftende Luft ein.

»Was bäckst du denn da Gutes?«

»Brot«, gab sie zurück, während sie das Paket auspackte. »Gerade hatte ich Lust bekommen, in ein dick mit Butter beschmiertes Brot zu beißen!«

Sie nahm das kleine Stück Butter heraus und berührte es so ehrfürchtig wie einen Barren puren Goldes. Als Alexander sah, wie ihr Gesicht aufleuchtete, fiel ihm wieder ein, dass Isabelle sich wie ein Kind über eine Kleinigkeit freuen konnte ... Nun ja, eine Kleinigkeit war ein Stück Butter auch wieder nicht.

Anders, als er befürchtet hatte, war das unschuldige Herz, das er einst in Québec kennengelernt hatte, nicht durch den Luxus verdorben worden. Die Prüfungen des Lebens hatten Isabelle reifer gemacht, aber nicht verbittert oder verhärtet. Sie stand staunend vor einer Schar auffliegender Wildgänse, konnte schallend über Élisabeths Grimassen lachen und war gerührt, wenn Gabriel ihr einen schillernden Käfer schenkte, damit sie ihn als Schmuck an ihre Haube steckte ... Aber schließlich waren all diese kleinen Freuden auch kostbare Geschenke.

Strahlend vor Glück bedachte Alexander sie mit einem zärtlichen Blick und trat auf sie zu. Sie hatte ihren Zeigefinger in die Butter gesteckt und führte ihn zum Mund.

»Hmmm ...«, meinte sie und schloss die Augen. »Sie ist ganz frisch! Es ist so lange her ...«

»Hmmm ...«, flüsterte er ihr ins Ohr und umschlang sie von hinten. »Es ist auch lange her ... dass wir beide ein paar Minuten ganz für uns hatten. In diesem Haus geht es zu wie in einem Taubenschlag ... Aber jetzt sind wir ganz allein, bringt dich das nicht auf Ideen?«

»Alex! Zabeth liegt in ihrer Wiege, und ...«

»Sie schläft. Gabriel spielt mit Otemin und hat, wie er mir sagte, strenge Order, dich nicht zu stören. Er hat mich gewarnt, dass ich vielleicht eins mit dem Besen überbekommen würde, wenn ich die Nase in die Hütte stecke.«

Isabelle drehte sich in Alexanders Armen um und schaute zu ihm auf.

»Und mein Abendessen?«, murmelte sie leise lächelnd.

»Wie wäre es, wenn wir mit dem Dessert beginnen?«

Er legte die Butter weg und drückte Isabelle auf den Tisch nieder.

»Du Frechdachs!«

»Hmmm...«, brummte er und schob die Nase in ihren Ausschnitt. »Was gibt es denn zu essen, *a ghràidh*?«

»Nun ja... die Hühner haben heute Morgen zwei Eier gelegt... Zusammen mit denen, die ich von Anfang der Woche noch habe... müsste ich einen Karamellpudding hinbekommen... Oh!«, rief sie aus, als sie spürte, wie Alexanders Lippen zwischen ihre Brüste glitten. »Ich könnte auch... Kekse mit Blaubeeren und Nüssen backen... Marie ist mit Francis zum Beerenpflücken gegangen... Dann könnten wir die Eier morgen zum Frühstück essen.«

»Eine zarte... samtige Keule... das möchte ich...«, erklärte er, indem er ihre Brust küsste und die Lippen dann ihren Hals hinauf und zu ihrem Mund wandern ließ. »Wenn Francis mit Marie unterwegs ist... könnte die Ernte ziemlich mager ausfallen...«

»Ja...«, flüsterte sie, »da hast du wahrscheinlich recht. Aber für einen Pudding... bräuchte ich... acht Eier...«

»Dann tu doch weniger Milch hinein...«, murmelte er an ihrem Ohr.

»Vielleicht, aber... Alex«, seufzte sie, während seine Zunge auf Entdeckungsreise ging.

Isabelle atmete schwer. Alexander ließ die Hand unter ihre Röcke gleiten und fuhr an ihren Beinen hinauf. Sie erschauerte, als die Hand sich kühn zwischen ihre Schenkel schob, und bäumte sich wollüstig auf.

»Dann wird aber...«, fuhr sie fort und klammerte sich an den Hemdkragen ihres Gefährten, »nicht genug für alle da sein.«

»Hmmm... so ist es.«

Isabelle stieß einen erstickten Schrei aus. Entschlossen nahm Alexander sie ohne Umschweife auf dem Tisch in Besitz. Ein paar Sekunden später sackte er über ihr zusammen.

»Mach dir keine Gedanken wegen des Desserts, *a ghràidh*«,

flüsterte er ihr ins Ohr. »Den besten Teil habe ich schon abbekommen.«

Isabelles Haube saß schief, ihr Mieder stand offen, und ihre Röcke waren hochgeschoben. Sie lachte laut und stieß ihn zurück.

»Du gefräßiger Gierschlund!«

»Seid Ihr nicht selbst ziemlich gierig, Madame Macdonald?«

»Ich, gierig?«, schrie sie, während sich Alexanders letzte Worte ihren Weg in ihr noch vom Sinnenrausch betäubtes Hirn bahnten. »Das bin ich nicht ... Aber ... was hast du da gerade gesagt?«

»Dass du gierig bist!«

»Nein, danach! Wie hast du mich genannt?«

Sie stützte sich auf die Ellbogen, um ihn besser ansehen zu können.

»Madame Macdonald!«

Sie runzelte die Stirn und musterte sein strahlendes Gesicht. Machte er sich über sie lustig, oder sollte das wirklich ein Heiratsantrag sein? Seit mehreren Monaten lebten sie schon als Mann und Frau zusammen, aber in den Augen ihrer Umwelt waren sie nicht verheiratet. Um der Kinder willen ... Sie wartete, doch leider fuhr er nicht fort. Sie war zutiefst enttäuscht.

»Für dich bin ich das zweifellos. Aber ich mache dich darauf aufmerksam, dass Schottland ziemlich weit weg ist. Hier muss das Ehegelübde, um gültig zu sein ...«

»... in einem Dokument niedergelegt werden, das von beiden Parteien unterzeichnet werden muss! Ich habe deine Lektion nicht vergessen!«

»Das ist nicht komisch! Du machst dich lustig über mich, Alex!«

Sie machte sich von ihm los, aber er umfasste ihre Schultern und hielt sie fest.

»Es ist mir ernst, Isabelle.«

»Ja, natürlich! Soll Munro wieder die Trauung vornehmen? Wahrscheinlich hast du ja schon einen Termin festgelegt?«

»In der Tat. Ich hatte an den 23. September gedacht.«

Er durchwühlte seine Tasche und hielt ihr dann einen zerknitterten Umschlag hin.

»Was ist das?«

»Eine Kopie des Ehevertrags ... er gilt aber erst, wenn du ihn unterschreibst. Ich habe den Juristen des Handelspostens gebeten, einen rechtsgültigen Text aufzusetzen. Es fehlen nur noch deine Unterschrift und die unserer Trauzeugen. Wenn du möchtest, ist das alles, was du zu tun brauchst! Ich wollte eigentlich bis nach dem Essen warten ... Aber dieser Moment ist auch nicht übel.«

Die Idee zu heiraten war ihm einfach so gekommen, als er an der Kapelle vorbeigekommen war, aus der gerade zwei Frischvermählte traten. Isabelles Trauerzeit war vorüber, und Élisabeth hatte offiziell keinen Vater ... Außerdem könnte er sonst Gabriel nicht adoptieren.

Isabelle sah aus feuchten Augen zu ihm auf.

»Oh, Alex! Natürlich möchte ich! Warum hast du nicht früher etwas gesagt? Weiß sonst noch jemand davon?«

»Nein. Ich wollte erst deine Entscheidung kennen, ehe ich etwas sage. Und ich wusste nicht, ob dir die kleine Kapelle in der Mission recht sein würde ...«

»Der 23. September ... Aber das ist ja schon in drei Wochen! Ich habe kein passendes Kleid und ... Herrgott, Alex! Ich habe seit Montréal keinen Fuß mehr in eine Kirche gesetzt! Gabriel ist alt genug für die Erstkommunion, und Élisabeth muss getauft werden! Wir haben damit schon viel zu lange gewartet! Ich muss zur Beichte gehen und ...«

Panik überwältigte Isabelle mit einem Mal. Alexander versuchte, sie ein wenig zu beruhigen.

»Schon gut, schon gut! Mach dir keine Sorgen! Du kannst vor der Trauung mit dem Priester sprechen, und wir lassen die Kleine taufen. Aber vielleicht können wir ja mit Gabriels Erstkommunion noch ein wenig warten.«

»Aber nicht länger als bis Weihnachten, Alex. Und ich möchte, dass er in Notre-Dame zur Kommunion geht.«

Alexanders Miene verdüsterte sich, und er nickte schweigend.

Er hatte keine Lust, jetzt das heikle Thema ihres Abschieds von Red River Hill anzuschneiden. Die Aussicht, die Ansiedlung verlassen zu müssen, bedrückte ihn zutiefst, sodass er nicht das geringste Bedürfnis spürte, das Versprechen zu halten, das er gegeben hatte. Nachdem er so viele Jahre in der Wildnis gelebt hatte, wo nur das Gesetz des Überlebens galt, fragte er sich, wie er es fertigbringen sollte, sich in die Zivilisation einzufügen, die Isabelles Welt war.

Sie war bereit gewesen, noch einen Sommer vergehen zu lassen, damit Alexander so viele Pelze wie möglich zusammenbringen konnte. Dann würden sie nach Montréal zurückkehren und vorübergehend in das Haus in der Rue Saint-Gabriel ziehen, bis sie etwas anderes gefunden hatten. So war es abgemacht. Nun hatten sie Anfang September. Isabelle hatte gewartet, wie sie es vereinbart hatten. Jetzt war er an der Reihe, sein Wort zu halten.

»Ich fürchte, ich werde gewinnen und du verlieren«, flüsterte sie ihm scherzhaft ins Ohr und stellte sich auf die Zehenspitzen, um ihn zu küssen.

»Ja … möge das Glück des einen das Unglück des anderen lindern«, gab er zurück und schlang einen Arm um ihre Taille.

Élisabeths Gewimmer setzte ihrem Gespräch ein Ende. Eilig löste Isabelle sich aus Alexanders Armen und ging zu der heftig schwankenden Wiege, als ihr Brandgeruch in die Nase stieg. Während sie ihre Tochter hochnahm, überlegte sie, dass Munro das abendliche Feuer ziemlich früh angezündet hatte. Dann schwebte ein grauer Rauchfaden durch das Fenster und erinnerte sie plötzlich daran, dass sie den Backofen angeheizt hatte.

»Mein Brot!«

Erschreckt von ihrem Ausruf begann das Kind zu weinen. Panisch drückte Isabelle die Kleine ihrem Vater in die Arme und rannte aus der Hütte. Sie zog das Brett weg, mit dem die Tür des Backofens geschlossen wurde, und fuhr mit dem hölzernen Schieber in den Qualm, der herausquoll, um ihre Brote zu retten. Der erste Laib war schwarz wie Kohle, und auch der zweite schien kaum noch genießbar zu sein. Wenigstens der dritte war nur leicht verbrannt, sodass man ihn noch essen konnte, wenn man die Kruste abkratzte. Ein geringer Trost.

»Verflixt!«

Alexander stand vor der Hütte und wiegte die kleine Élisabeth, die jetzt mit einem ledernen, mit trockenen Erbsen gefüllten Beißring spielte. Er biss die Zähne zusammen und seufzte, als er sah, wie Isabelles gute Laune in dem Rauch aufging, der in der Abenddämmerung aus dem Backofen quoll. Der Brief, den er ihr aus der Mission mitgebracht hatte, konnte ruhig bis morgen warten. Nachrichten aus der Zivilisation versetzten sie immer in mürrische Stimmung … Er mochte nicht noch weiter zu ihrer Ernüchterung beitragen.

Alexander schaute nach Osten, wo der Himmel in Flammen stand, und ließ einen Moment lang die Schönheit der Landschaft auf sich wirken. Er wollte sich schon abwenden, um zurück in die Hütte zu gehen, als er eine Gestalt aus dem Wald treten sah. Instinktiv dachte er an sein Gewehr, aber er wagte nicht, Élisabeth auf der Erde abzulegen. Nervös beobachtete er den Mann, der auf ihn zukam. Nach seiner Statur und seinem Gang zu urteilen, war es nicht Lavigueur. Er zog die Augen zusammen.

»Nonyacha?«

Bei dem Essen, das sie zusammen mit Alexanders huronischem Freund einnahmen, war die Stimmung angeregt und fröhlich. Doch Nonyacha war ein geheimnisvoller und wenig redseliger Mensch. Mehrmals hatte Isabelle den finsteren Blick aufgefangen, mit dem er sie kühl musterte. Sie ging zwar ganz in ihrem neuen Glück auf und dachte nur daran, wie sie ihr schönstes Kleid für ihre Hochzeit ändern würde, und was sie ihren Kindern anziehen sollte, aber so empfindsam war sie nun doch.

In der Mitte der Tafel thronten auf einem Teller nebeneinander die Gerippe zweier gebratener Rebhühner. Während sie ihr drittes Butterbrot genoss, betrachtete Isabelle das Muster des Worchester-Porzellans und träumte. Die beiden Männer neben ihr diskutierten über den Tauschwert von Pelzen und den Kurs der verschiedenen Währungen.

»… die Engländer versuchen, die französischen Werte zu vernichten, das ist offensichtlich«, erklärte Nonyacha, die Ellbogen auf den Tisch gestützt. »Warum sollten sie sie sonst überbewerten?«

»Das wird nicht lange dauern«, meinte Alexander und rieb sich nachdenklich das Kinn.

Isabelle bemerkte das Aufleuchten in seinem Blick. Neugierig geworden riss sie sich aus ihren Träumereien und lauschte dem Gespräch diskret.

»Es wird so lange weitergehen, wie an den Börsen noch Kronen und Dollars des alten Regimes kursieren. Doch da die Krone eineinviertel Penny über ihrem wirklichen Wert gehandelt wird, verschwindet sie sicher bald in den Geldbeuteln unserer englischen Herren. Der Louis d'Or wird sogar um zweieinhalb Pence überbewertet!«

»Du irrst dich, Nonyacha. Wenn die Engländer die französischen Devisen von den Börsen verdrängen wollen, in dem sie sie zu hoch bewerten, dann sicherlich, um ein neues Währungssystem aufzubauen. Was sollen sie auf dem europäischen Markt, wo ihr Wert geringer ist, mit all diesen Talern, Kronen und Louis d'Ors anfangen? Nein, ich glaube, sie wollen der Ökonomie neuen Atem einhauchen. Angesichts der dreizehn Kolonien im Süden, die sich immer weiter ausbreiten, und des Aufblühens von Louisiana brauchen sie dringend liquide Mittel. Die Armee kostet Großbritannien viel Geld. Finanziell ein Fass ohne Boden …«

Alexander verstummte. Mit einem Mal bekam er Nonyachas letzte Information nicht mehr aus dem Kopf: Der Louis d'Or war zweieinhalb Pence mehr wert als die englische Guinee* … Lieber Gott, um wie viel mochte der Schatz des Hollandais' im Wert gestiegen sein? Seit einigen Tagen musste er ständig daran denken, dass er dieses Gold vielleicht doch benutzen könnte, um Isabelle nach der Hochzeit den Komfort zu bieten, auf den

* Alte englische Währungseinheit im Wert von 21 Shilling oder einem Pfund und einem Shilling.

sie bis jetzt bei ihm hatte verzichten müssen… Sicher, er hatte im Laufe der letzten Jahre fast eintausendzweihundert Pfund zusammengebracht und würde mit seiner nächsten Lieferung Pelze bestimmt weitere dreihundert verdienen. Doch die Summe war immer noch weit entfernt von den fünftausend Pfund, die er brauchte. Der quälende Wunsch, dieses Geld zu nehmen, das ihm nicht gehörte, erfasste ihn und erstickte schleichend seine Rechtschaffenheit.

Schroff griff er nach der Weinflasche und wollte sich nachschenken. Doch dann knallte er sie stöhnend auf den Tisch.

»*Och! Already empty!* Komm mit mir, mein Freund! Munro hat bestimmt noch einen guten Tropfen für uns. Wir müssen doch unser Wiedersehen feiern, oder?«

Er schob seine Bank zurück. Dann wandte er sich Isabelle zu, die sich zugleich mit Nonyacha und ihm erhoben hatte.

»Ich komme nicht so spät zurück, *a ghràidh*«, sagte er in einem Ton, der verriet, dass er gewisse Hoffnungen für die Nacht hegte.

Seine Gefährtin schenkte ihm ein verschwörerisches Lächeln.

»Ich muss ohnehin abräumen und mich dann um Élisabeth kümmern, die bestimmt bald nach mir verlangen wird. Schickst du mir Gaby, damit ich ihn ins Bett stecken kann?«

Alexander bückte sich, um sie auf die Wange zu küssen, was sie merkwürdig berührte. Die Hand auf seine noch feuchte Haut gelegt, runzelte sie verblüfft die Stirn. Eigenartig! Für gewöhnlich setzte Alexander sich vor Fremden nicht so über die Konventionen hinweg. Während die beiden Männer hinausgingen, stapelte sie nachdenklich die Teller aufeinander.

Nachdem sie ihrer Tochter die Windeln gewechselt, sie wieder fest eingewickelt und in ihre Wiege gelegt hatte, nahm sie ihre Schürze ab und säuberte sich. Als sie das Seifenstück, das aus dem Fett der armen Géraldine gekocht war, genauer anschaute, stellte sie fest, dass eine Ecke angeknabbert war.

»Diese verflixten Mäuse! Wenn die glauben, ich unterhalte hier eine Nagerpension, haben sie sich aber geirrt!«

Sie räumte die Seife in ihre Blechschachtel und gelobte sich, morgen Fallen aufzustellen. Dann füllte sie Wasser in den Kessel und stellte ihn auf den Kaminrost. Sie hatte wirklich einen Kräutertee verdient, um sich zu entspannen. In Gedanken ging sie die getrockneten Kräuter aus dem Garten durch, die sie vorrätig hatte: Thymian, Salbei, Majoran, Pfefferminze, Kamille … Kamille war genau das Richtige für ihren Gemütszustand. Aber sie würde auch Melisse hineintun; sie liebte den zitronenartigen Geschmack.

Sie gab eine Handvoll getrockneter Kamillenblüten auf den Boden der Teekanne aus Fayence. Dann, nachdem sie einen Blick auf die Wiege geworfen hatte, in der die kleine Élisabeth friedlich schlief, ging sie hinaus, um im Garten Melisse zu pflücken. Es war schnell dunkel geworden, und sie musste sich den Weg nach ihrer Erinnerung tastend suchen. Sie strich über die Pflanzen, roch daran und fand schließlich das Kraut, das sie für ihre Teezubereitung brauchte. Sie sog den Duft der Melisse ein und stand auf.

»Wunderbar!«

Sie trat über die Bohnenreihe hinweg und wollte sich auf den Rückweg machen, als ein Geräusch sie erstarren ließ. Ihr Herz begann heftig zu pochen. Automatisch bückte sie sich, um das Gewehr aufzuheben, doch dann wurde ihr klar, dass sie es in der Hütte gelassen hatte.

»Wer da?«, verlangte sie zu wissen, kurz davor, schreiend Reißaus zu nehmen.

»Ich bin's …«, antwortete ihr eine Kinderstimme aus dem Dunkel.

Sie stieß einen tiefen Seufzer der Erleichterung aus, und ihre Angst verflog. Die kleine Gestalt bewegte sich.

»Heiliger Himmel, du bist es, Gaby! Du hast aber lange gebraucht! Ich habe schon auf dich gewartet. Zeit für dich, ins Bett zu gehen.«

»Das wollte ich gerade, Mama.«

»Wo ist Papa Alex?«

»Als ich losgegangen bin, war er direkt hinter mir, zusammen mit Nonyacha.«

Der Kleine schlug um sich, und ein dumpfes Knurren war zu hören.

»Warst du das, Gaby?«

»Nein, das ist Bandit. Ich habe es geschafft, ihn aus seinem Loch zu holen.«

»Ich habe dir ja gesagt, dass es ihm bald besser gehen wird. So, und nun ins Haus! Und versuch, dir die Ohren und die Füße gut zu waschen, ehe du ins Bett gehst. Marie beklagt sich über den Sand zwischen den Laken.«

»Ja, Mama …«

Gabriel lief zur Hütte und verschwand im Inneren. Isabelle trat an das Regenfass, um sich die mit Erde beklebten Hände abzuspülen, ehe sie ebenfalls zurückging. Mit einem Mal hörte sie Alexanders Stimme und war erleichtert darüber, dass die beiden Männer, die in ruhigem Ton miteinander sprachen, doch früh nach Hause kamen.

»… in drei Tagen kehre ich an den Rivière du Lièvre zurück«, erklärte Nonyacha gerade.

»Verstehe … Ihr seid also nicht wieder nach Detroit zurückgekehrt?«

»Nein. Tsorihia gefällt es dort gut, und Mathias hat sich mit einigen Jägern angefreundet …«

»Geht … es ihr gut?«

Isabelles Herz tat einen Satz, und ihr erstarrte das Blut: Dieser Mann war ein Bekannter der Indianerin, die Alexander tätowiert hatte! Da sie nicht wollte, dass die Männer sie sahen, kauerte sie sich ins Gras und spitzte die Ohren.

»Ihr geht es gut.«

In dem Schweigen, das jetzt folgte, fühlte Isabelle, wie eine Mischung aus Angst und Eifersucht sie ergriff. Die Männer taten noch ein paar Schritte und blieben dann vor der Latrine stehen. Alexander schlug sein Feuerzeug an. Eine Flamme leuchtete auf und erhellte die Gesichter der Männer, die ihr wie Verschwörer vorkamen. Jeder zog an seiner Pfeife. Dann ließ sich die Stimme des Gastes wieder vernehmen. Sie klang zögerlich.

»Sie hat ein Kind, Alexander … einen kleinen Jungen, den sie

Joseph Saonaresti genannt haben. Joseph war der christliche Vorname, den unser Vater bei seiner Taufe, kurz vor seinem Tod, angenommen hatte. Wie du dir denken kannst, hat Mathias darauf bestanden, dass das Kind ebenfalls getauft wurde.«

»Oh! Ich freue mich ... für die beiden.«

Alexander räusperte sich. Ganz offenbar fühlte er sich unwohl.

»Er muss ungefähr so alt wie meine Tochter sein«, meinte er dann.

»Als die Glocken eurer Kirchtürme nach eurem Kalender das Neue Jahr eingeläutet haben, ist er ein Jahr alt geworden.«

»Sieh mal an, ein Neujahrsgeschenk ... *Och!* Ein Jahr? Bist du dir sicher?«

»Er hat einen Rotschimmer im Haar, Alexander. Ich dachte, das solltest du wissen, mein Freund.«

»Und ... was sagt Mathias dazu?«

»Tsorihia hat ihm die Wahrheit nie verschwiegen. Er ist Joseph ein guter Vater.«

»Oh, mein Gott!«

Ein bleiernes Schweigen senkte sich herab. Isabelle spürte sein ganzes Gewicht und bekam kaum noch Luft. Am liebsten hätte sie sich die Ohren zugehalten und wäre davongerannt, um nicht zu hören, was jetzt folgen musste und was sie erriet. Aber sie blieb wie gelähmt in dem feuchten Gras hocken, das ihren Rock durchnässte.

Die Glut von Alexanders Pfeife bewegte sich hin und her, hielt an und nahm dann ihre Wanderung wieder auf. Die beiden Männer schwiegen mehrere Minuten lang. Schließlich sprach der Schotte weiter. Seine Worte brachen Isabelle fast das Herz.

»Was soll ich tun, Nonyacha? Ich meine, wenn Joseph ... mein Sohn ist.«

»Zweifelst du daran?«

»Nun ja ... Wenn er im Januar ein Jahr alt geworden ist ... Nein. Aber ich kann es nicht glauben! Ich meine ... wir waren drei Jahre zusammen!«

»Meine Schwester hat dafür gesorgt, dass sie nicht schwanger wurde. Doch diese Kräuter sind nicht unfehlbar.«

»Wie bitte? Aber warum? Sie wusste genau, wie sehr ich mir ein Kind wünschte!«

»Tsorihia hat geahnt, dass du sie irgendwann verlassen würdest.«

»Das hat sie dir gesagt? Aber das ist ja lächerlich!«

»Wirklich? Aber du hast es doch getan, oder?«

»Aber wenn sie schwanger war... ich meine... ich weiß nicht... vielleicht... Warum hat sie mir nichts davon gesagt? Sie muss doch von ihrem Zustand gewusst haben, als ich im letzten Frühjahr aus Montréal zurückgekehrt bin, oder?«

Alexanders Pfeife war ein paar Schritte von Nonyacha entfernt zum Halten gekommen. In der tiefen Dunkelheit hüpften die beiden Glutpünktchen wie Leuchtkäfer.

»Keine Ahnung! Ich selbst habe nur gesehen, wie ihre Gestalt sich gewandelt hat. Zu diesem Zeitpunkt hat Mathias um ihre Hand angehalten.«

Noch ein paar Minuten vergingen, dann erklang erneut die ernste Stimme des Schotten. Was er sagte, traf Isabelle wie ein Schlag.

»Ich breche morgen mit dir zum Rivière de la Lièvre auf.«

»Ich glaube nicht, dass... deine Frau...«

»Nein, ich gehe mit dir! Ich *muss* mit Tsorihia sprechen. Ich muss... Oh mein Gott! Ich muss diesen Jungen sehen!«

»Einverstanden. Vergiss nur nicht, dass Joseph jetzt der Sohn von Mathias Makons ist.«

»Mathias... sein Vater...«

Isabelle vermochte Alexanders Gedanken nicht zu erraten. Das Lichtpünktchen, das den Schotten bezeichnete, entfernte sich, gefolgt von dem des Huronen, in Richtung Maisfeld. Isabelle starrte auf das glitzernde Netz von Tautropfen, das die gezahnten Blätter einer Fingerkraut-Pflanze überzog, und dachte völlig zusammenhanglos, dass dieses Bild, wenn man es abstickte und mit Glasperlen besetzte, einen wunderbaren Schmuck für das Kleid abgeben würde, das sie an ihrem Hochzeitstag tragen wollte. Niedergeschmettert von dem, was sie soeben gehört hatte, stand sie auf und ging langsam und immer wieder strauchelnd zur Hütte zurück.

Als sie die Tür hinter sich schloss, begegnete sie Gabriels Blick. Er wartete in seinem Bett auf sie. Der Kleine hatte inzwischen gelernt, allein einzuschlafen. Marie ging am Abend oft mit Francis spazieren und kehrte immer später zurück. Isabelle gab sich Mühe, ein Lächeln aufzusetzen, trat an das Bett und sah die Ohren und die Füße ihres Sohns nach, bevor sie die Decken um ihn feststeckte und ihm einen Kuss gab. Mit einem Mal wurde ihr klar, dass Gabriel einen Halbbruder hatte. Ein Schluchzen stieg in ihr auf, das sie verbarg, indem sie ein Niesen vortäuschte.

»Gesundheit, Mama«, sagte der Junge verschlafen.

»Gute Nacht, meine Sonne«, flüsterte Isabelle und streichelte seine Locken, die über das Kopfkissen fielen. »Und schöne Träume.«

»Hmmm …«

Sie ging in die Küchenecke der Hütte. Dort löste sie ihre zusammengekrampften Finger und sah mit leerem Blick auf die zerknautschten Melissenzweige hinunter.

»Joseph … Morgen taucht ein Antoine auf, dann ein Charles und … wie viele noch? Wie viele Kinder hast du landauf, landab gezeugt, Alexander Macdonald? Wie viele?«

Ihre Benommenheit wich einer kalten Wut, die in ihr aufstieg und sie überwältigte. Am liebsten hätte sie geschrien und alles um sich herum zerschlagen. Sie ließ die Melissenzweige auf den Boden fallen, packte in ihrem Zorn die Teekanne und schleuderte sie gegen die Wand. Mit einem ohrenbetäubenden Getöse zerplatzte die Fayencekanne in tausend Stücke. Gabriel in seinem Bett schrie auf.

»Mama! Was war das?«

Sofort nahm sie sich zusammen und stürzte zu ihrem weinenden Sohn.

»Tut mir leid, wenn ich dir einen Schrecken eingejagt habe, mein Herz. Mir ist die Teekanne aus den Händen gerutscht …«

»Ist sie zerbrochen?«

»Ja. Ich fürchte, man kann sie nicht mehr reparieren.«

»Oh! Dann müssen wir wohl eine neue kaufen. Du hattest ja nur die eine.«

»Ich weiß … Mach dir deswegen keine Gedanken. Schlaf, meine Sonne.«

Sie drückte ihren Sohn an ihr Herz, das vor Kummer bersten wollte, und wiegte sich mit ihm hin und her.

Als Alexander die Tür der Hütte aufschob, hatte der Mond schon einen großen Teil seines Weges am Himmel zurückgelegt. Alles war still. Er trat zögerlich ein, denn er fürchtete, Isabelle noch wach anzutreffen. Heute Nacht hatte er keine Lust auf eine Auseinandersetzung mit ihr. Vorsichtig zog er die Tür zu und sah sich müde im Raum um. Auf einer Ecke des Tisches stand eine Kerze und erhellte das sorgfältig aufgeräumte Zimmer mit schwachem Licht. Isabelle legte großen Wert auf Ordnung. Er selbst hatte auch bemerkt, dass er diese äußere Stabilität brauchte, um sich sicher zu fühlen … vor allem in Zeiten, in denen er das Gefühl hatte, dass ihm alles aus den Händen glitt …

Er tat ein paar Schritte auf die Lichtquelle zu. Die Flamme flackerte. Nachdenklich spielte er ein wenig damit herum. Als er die Hand hinter die Kerze legte, um sie auszublasen, fiel sein Blick auf seine Handfläche. Neugierig musterte er einen Moment lang das komplizierte Netz von Linien. Eines Tages, in einem Weiler in der Umgegend von Glasgow, hatte er sich von einer Zigeunerin aus der Hand lesen lassen. Es hatte geheißen, die Frau aus dem fahrenden Volk könne die Zukunft vorhersagen, und was hatte er schon zu verlieren gehabt außer einer Kupfermünze?

Lange hatte die Frau seine Handfläche liebkost, wie es eine Mutter getan hätte. Mit den Spitzen ihrer langen Fingernägel war sie an seiner Lebenslinie entlanggefahren. »Die Hand eines Menschen ist ein Buch, in dem sein Schicksal geschrieben steht«, hatte sie erklärt. Er hatte gelacht, war aber verstummt, als er ihre ernste, verärgerte Miene sah. Im schwachen Kerzenlicht hatte sie die müden Augen zusammengezogen, sich über dieses Schicksalsbuch gebeugt und es eingehend studiert.

»Sehr eigentümliche Hand … Ein langes, aber sehr kompliziertes Leben.« Er hatte sie um Aufklärung gebeten, Einzelheiten, doch sie hatte zu ihm aufgeschaut und den Kopf geschüttelt. »Zu verwickelt.« Er hatte weitergebohrt. »Ich gebe Euch drei Farthings* mehr, wenn Ihr mir meine Zukunft sagt.« Sie hatte gezögert. Dann hatte sie aus ihren schwarzen Augen noch einmal auf das geheimnisvolle Abbild seines Schicksals hinuntergeschaut. »Wenn ein Mensch das Ende eines Romans schon kennt, warum sollte er ihn dann lesen wollen?«, hatte sie gemurmelt.

Merkwürdigerweise verspürte Alexander in dieser Nacht den Wunsch, das nächste Kapitel seines schrecklich verwickelten Lebensromans zu überschlagen. Ein dumpfes Geräusch bewog ihn, zur Decke hochzusehen. Er vernahm ein leises Kratzen und dann ein paar tappende Schritte. *Sieh an, offenbar ziehen die neuen Mieter schon vor dem Winter ein*, dachte er und verzog zynisch den Mund.

»Kommst du jetzt sehr spät heim, oder eher ziemlich früh?«

Er fuhr zusammen und stieß mit der Hand gegen den Kerzenleuchter, der fast auf den Boden fiel. Nachdem er ihn wieder fest hingestellt hatte, drehte er sich um. Ein Schatten tauchte auf, wie im Traum. Er blinzelte. Eine heftige Bewegung, und das Kleidungsstück blähte sich um die Frauengestalt wie der Blütenkelch einer Lilie. Er spürte, wie ihm das Herz leichter wurde. Wie schön sie in diesem Moment war! Lebten nicht die Nymphen tief im Wald, fern von den Menschen, in einer unwirklichen Welt, die nur die kennen, die daran glauben?

»Wo warst du?«

Ihre ausdruckslose, kalte Stimme holte ihn in die Realität zurück.

»Im Obstgarten.«

* Farthing: Alte englische Münze im ungefähren Wert eines Viertelpenny.

»Um dein Wiedersehen mit Nonyacha mit einem Zechgelage zu begehen?«

Langsam schüttelte er den Kopf und sah zur Decke auf. Das Trappeln schien lauter geworden zu sein. Wie viele Mäuse mochten sie beherbergen? Hoffentlich waren es keine Ratten. Auf jeden Fall mussten sie die Tiere so rasch wie möglich vertreiben, wenn sie nicht wollten, dass sie ihre Vorräte plünderten.

»Du hast getrunken, Alex! Hast du etwa die Absolution in einer Flasche gesucht? Glaubst du, das wird dir helfen? Hast du denn einen Ausweg gefunden?«

»Absolution? Einen… Ausweg? Habe ich etwas getan… *a ghràidh*?«

Isabelle trat auf ihn zu. Die Bodendielen knarrten. Das Geräusch machte ihm klar, dass sie keine Traumgestalt war, sondern eine reale und empfindsame Frau, die er verletzen konnte, obwohl er das nicht wollte. Der Gedanke quälte ihn, dass er ihr unvermeidlich wehtun musste.

»Ob du… etwas getan hast? Wäre es nicht an dir, mir das zu sagen?«

Er sah ihre roten, angeschwollenen Augen und die noch vor Tränen glänzenden Wangen. Als er sie so aufgelöst erblickte, überlegte er, ob Nonyacha ihr etwa noch einen Besuch abgestattet hatte, nachdem er ihn mit dem Rest der Flasche Branntwein am Fuß des fünften Apfelbaums zurückgelassen hatte. Sie wusste etwas, aber was genau?

»Vielleicht überlegst du ja noch, wie du es mir mitteilen und mir alles erklären willst?«

Er erbleichte. Jetzt war er sicher, dass sie es wusste. Er überlegte schon seit Stunden, wie er ihr sagen sollte, dass er mit Nonyacha zum Rivière du Lièvre gehen würde. Würde sie Verständnis für ihn haben?

»Ist Marie schon zurück?«, fragte er überflüssigerweise, weil ihm nichts Besseres einfiel.

»Ja, sie schläft schon lange. Offenbar stören die verflixten Mäuse sie dabei nicht! Wir müssen wirklich etwas tun, um diese Biester loszuwerden!«

Sie hob den Kopf zu dem immer stärker werdenden Lärm, der ihr eine neue Furcht einflößte. Ein lautes Krachen ließ beide zusammenfahren. Alexander, der erleichtert über die Ablenkung war, ging zu der schmalen Leiter.

»Ich gehe nachsehen!«

Die Leiterstufen knarrten. Der Schotte schob die Platte weg, die die Luke zum Dachboden versperrte. Isabelle reichte ihm die Kerze und die drei Mausefallen, die sie aus den Ecken der Küche geholt hatte. Er steckte den Kopf durch die Öffnung und ließ das goldfarbene Kerzenlicht durch den Raum schweifen. Dann erstarrte er, als ein Paar schwarze Knopfaugen ihn ansahen.

»Aber das ist ja ...«

Er verstummte abrupt.

»Was ist?«, fragte Isabelle, neugierig geworden durch sein plötzliches Schweigen.

Ein Bild der Verwüstung, wohin Alexander auch sah: Mehl- und Maissäcke waren aufgerissen und ihr Inhalt über den Boden verteilt. Eine unbeschreibliche Unordnung herrschte, und mittendrin saß das Tier und schaute ihn leicht verwirrt an. Plötzlich begann es zu knurren, hob die Lefzen und bleckte seine kleinen Reißzähne. Schaumiger Speichel troff ihm aus dem Maul. Entsetzen ergriff Alexander.

»Mo chreach!«

»Was ist, Alex?«

Bandit richtete sich auf die Hinterpfoten auf und tat ein paar Schritte auf Alexander zu. Aber er verlor das Gleichgewicht; sein Gesäß rutschte zur Seite, und er sackte schlaff zusammen.

»Hol mir mein Gewehr, Isabelle!«

»Alex?«

Sein fester Ton erweckte ihre Neugierde. Er wiederholte seinen Befehl energischer.

»Ich sagte, hol mir mein Gewehr! Weck Gabriel und Marie vorsichtig und bring sie nach draußen.«

Alexander ließ den Waschbär nicht aus den Augen. Er hörte, wie Isabelle in die Küche lief und zurückkam. Der Gewehrkolben berührte seinen Oberschenkel, und er griff langsam danach. Isabelles Stimme drang zu ihm; sie weckte die beiden anderen Bewohner der Hütte. Marie antwortete ihr mit hellerer Stimme, und dann stellte Gabriel die unvermeidliche Frage. Seinem Vater schnürte es die Kehle zu. Isabelle trat wieder zur Leiter.

»Kannst du mir erklären, was du da oben mit deinem Gewehr willst, Alex?«

»Was macht Papa Alex da, Mama? Er wird doch Bandit nicht töten, oder?«

»Ist das Bandit da oben?«

Der Waschbär knurrte immer noch. Sein Blick flatterte, Schaum stand vor seinem Maul, und seine Hinterpfoten gehorchten ihm nicht. Er konnte sich nicht mehr aufrichten. Schweren Herzens legte Alexander sein Gewehr an.

»Bring ihn nach draußen, Isabelle!«

Sie verstand gar nichts mehr und geriet zunehmend in Aufregung.

»Ist das Bandit da oben? Herrgott, was hast du vor? Alex!«

»Mama! Mama! Er wird Bandit erschießen! Es ist nicht seine Schuld! Ich habe ihn auf den Dachboden gesteckt! Ich bringe auch alles in Ordnung, was er kaputt gemacht hat!«

»Du? Aber wieso denn nur?«

»Ich wollte nicht, dass er die ganze Nacht draußen unter dem Baumstumpf bleibt. Er ist krank, und die Bären hätten ihn gefressen …«

Isabelle fasste nach Alexanders Fußknöchel.

»Alex, du willst doch dieses arme Tier nicht umbringen, nur weil es …«

»Der Waschbär hat die Tollwut.«

Mit einem Mal wurde es totenstill. Dann ließ sich in der Hütte ein verzweifeltes Aufstöhnen vernehmen. Ungläubig starrte Isabelle auf Alexanders Mokassins, während ihr langsam klar wurde, was das bedeutete. Bilder von wilden Hunden, die Kinder bissen, stiegen vor ihrem inneren Auge auf.

Sie drehte sich zu Gabriel um, der sich weinend an ihr Nachthemd klammerte, und bückte sich, um ihn genau anzusehen.

»Hat der Waschbär dich gebissen, Gaby?«

»Bandit? Nein, Mama.«

Sie drehte und wendete seine kleinen Gliedmaßen.

»Bist du dir sicher?«

»Ja, Mama.«

»Hat er Otemin gebissen?«

»Nein ...«

»Du musst mir die Wahrheit sagen, Gaby. Du kannst Bandit nicht retten, indem du lügst. Verloren ist er ohnehin.«

Der Knabe begann erneut zu schluchzen.

»Mama ... Bandit hat nichts Böses getan.«

»*God damn*, Isabelle! Bring ihn nach draußen, oder ... *Get out of here!*«

Isabelle unterbrach ihr Verhör, packte ihren Sohn am Arm und schob ihn nach draußen. Marie folgte ihr mit Élisabeth.

Als Alexander ganz sicher war, dass alle die Hütte verlassen hatten, seufzte er. Er sah das arme Tier noch einmal an, ehe er sich entschied, den Abzug zu drücken. Kein Zweifel: Das waren die Symptome der Tollwut. Er zielte, schloss dann die Augen und drückte ab. Unter den Dachbalken knallte der Schuss ohrenbetäubend laut. Mit pochendem Herzen lauschte Alexander dem Donnerschlag und Gabriels Geschrei, die in seinem Kopf widerhallten. Vor ihm lag Bandit. Seine Kehle war aufgerissen, und seine glasigen Augen starrten ins Leere.

Irgendwann hörte das Kind auf zu weinen. Immer noch hing der Gestank des Schießpulvers in der Luft. Isabelle ließ sich vor dem Kamin schwer auf eine Bank sinken. Aufgeschreckt durch den Schuss waren Munro, die MacInnis-Brüder und der Hurone herbeigelaufen. Sie hatten ihnen beim Saubermachen und Aufräumen geholfen und waren dann wieder gegangen. Marie hatte ihre Tasse ausgespült und stellte sie weg.

»Das ist zu viel, es ist zu viel ...«

Isabelle konnte nicht mehr. Sie hatte mehr freudige und schmerzliche Momente erlebt, als sie an einem einzigen Tag verkraften konnte.

»Soll ich Euren Tee noch einmal aufwärmen, Madame?«

»Wie bitte?«

Sie schaute auf. Die Indianerin hielt Wasserkessel und Geschirrtuch in der Hand und wies mit dem Finger auf die Tasse, die immer noch auf dem Tisch stand.

»Euer Kräutertee. Er ist kalt geworden, Madame.«

»Nein danke, Marie. Du kannst dich wieder hinlegen.«

Das Dienstmädchen nickte. Nachdem sie die schwere Kanne auf dem flachen Stein an der Feuerstelle abgestellt hatte, verschwand sie auf die andere Seite des Kamins. Schritte verrieten, dass Alexander zurückkehrte. Er hatte seine Mission erfüllt und den armen Bandit auf dem kleinen, von Gabriel provisorisch angelegten Friedhof begraben, wo Tiere, die in Gefangenschaft starben, ihre ewige Ruhe finden sollten.

Isabelle wandte den Kopf zur Tür, die sich langsam öffnete. Mit nacktem Oberkörper, das zusammengerollte Hemd unter den Arm geklemmt, trat Alexander ein. Er fuhr mit den Fingern durch sein feuchtes Haar und sah sie mit undeutbarer Miene an. Sie hatte die Knie unters Kinn gezogen, wiegte sich vor und zurück und biss sich auf die Lippen.

Alexander schaute zu den Betten und sah, wie Marie sich neben Gabriel legte. Der Kleine stöhnte. Dann wurde es wieder still in der Hütte. Die Sache mit Bandit war erledigt; blieb jetzt, ihr so plötzlich unterbrochenes Gespräch weiterzuführen. Als er in Isabelles ernste Miene sah, wurde ihm klar, dass er sich dieser Diskussion nicht entziehen konnte.

»Gehen wir nach draußen«, schlug er daher leise vor.

Sie kämpfte sichtlich mit den Tränen und sah ihn wortlos an. Ihre nackten Zehen krümmten sich auf der Bank, und mit den Armen hatte sie die Knie fest umschlungen. Er wartete. Wenn nötig, würde er bis Sonnenaufgang ausharren. Sie mussten miteinander reden. Endlich beschloss Isabelle, sich zu rühren. Nachdem sie die Kerze in eine eiserne Laterne gestellt und sich ihr Umschlagtuch übergeworfen hatte, ging sie mit dem Licht vor ihm her und ließ ihn im Dunkel stehen. Er folgte ihr und schloss die Tür der Hütte hinter sich.

Er schritt bis zur Anhöhe hinter Isabelle her. Dort stellte sie die Lampe auf die Bank, auf die sie sich im Sommer, wenn es abends dämmerte, zu setzen pflegten, um ihre kleine Welt zu bestaunen. Sie wandte ihm den Rücken zu und sprach ihn mit beherrschter Stimme an.

»Es wird Gabriel schwerfallen, darüber hinwegzukommen.«

»Aber er wird es schaffen.«

»Ist dir eigentlich klar, dass er um Haaresbreite …«

»Er ist aber nicht gebissen worden.«

Alexander hatte keine Lust, sich über dieses Thema zu äußern und erst recht nicht, sich die Schuld am Unglück seines Sohnes zuweisen zu lassen.

»In den Wäldern ist es zu gefährlich, Alex. Du hattest mir versprochen, dass wir diesen Ort noch vor dem Winter verlassen.«

»Auch in der Umgebung der Städte können Tiere sich mit der Tollwut anstecken, das weißt du ganz genau, Isabelle.«

»Darum geht es überhaupt nicht.«

Sie drehte sich um und sah ihn an. Ihre Miene drückte ihren Ärger aus.

»Es geht darum, dass du mir versprochen hast, wir würden in eine zivilisierte Umgebung zurückkehren.«

»Ich erinnere mich …«

»Gut. Dann werden wir morgen beginnen, unsere Sachen zu packen«, erklärte sie, um ihn unter Zugzwang zu bringen.

»Morgen nicht … Nein, ich – da kann ich nicht.«

»Morgen nicht? Und wieso? Gehst du vielleicht irgendwo hin?«

Sie klang jetzt ironisch. Er sah sie betrübt an und gab keine Antwort. Dann schaute er auf das Licht hinunter.

»Ich warne dich, Alex, ich will keine Halbwahrheiten hören.«

»Nun gut. Aber ich habe den Eindruck, dass du bereits weißt, was ich dir zu sagen habe.«

Isabelle wurde von einem heftigen Schluchzen geschüttelt, vergrub das Gesicht im Stoff ihres Umschlagtuchs und unterdrückte den Ton, der in ihr aufstieg. Dann nahm sie sich zusammen und reckte die Brust.

»Dann rede!«

»Nonyacha ist Tsorihias Bruder. Ich hatte es nicht für nötig gehalten, dir das zu erklären, da ich diesen Mann vor allem anderen als meinen Freund betrachte.«

»Und erst in zweiter Linie als Schwager?«

»Ich habe Tsorihia nicht geheiratet, Isabelle. Das hätte ich niemals fertiggebracht.«

Sie stieß einen sarkastischen Ausruf aus. Kurz wandte sich Isabelle ab, um ihm fast sofort wieder die Stirn zu bieten.

»Und wenn sie dir das Kind geschenkt hätte, das du dir so sehr gewünscht hast, Alex? Hättest du es dann auch nicht gekonnt?«

Alexander seufzte. Er hatte richtig vermutet; sie wusste es. Mit zusammengepressten Lippen sah Isabelle ihn schweigend an. Er beherrschte sich mühsam.

»Hat Nonyacha mit dir gesprochen?«, fragte er ruhig.

»Nein. Ich habe euer Gespräch in der Nähe der Latrine mit angehört«, gestand sie leiser.

»Aha ... Tut mir leid.«

Sie kaute an ihrem Daumennagel und starrte in die Kerzenflamme, die sie mit tanzenden Schatten umgab. Mit einem Mal brach es aus ihr heraus.

»Du gehst zurück zu deiner Squaw, und glaubst, nachher kannst du so einfach wieder in mein Bett kriechen?«

»Wie bitte?«

»Diese Tsorihia ... diese Squaw ...«

»Tsorihia ist Huronin. Ich möchte nie wieder hören, dass du sie als Squaw bezeichnest, hast du verstanden?«

»Ich werde diese Frau nennen, wie es mir gefällt! Schwachkopf von einem Schotten! Genau das bist du, Alexander Macdonald! Seit dem Tag, an dem du mich mit Gürkchen und Konfitüre gefüttert hast, habe ich nicht aufgehört, dich zu lieben. Sogar, nachdem man mich zur Ehe gezwungen hat, sogar, als ich dich tot glaubte. Ich habe alles aufgegeben und meinen guten Ruf geopfert, um dir zusammen mit unserem Sohn in dieses elende Loch im Nirgendwo zu folgen. Sieh dir meine Hände an:

Sie sind zerkratzt und rau. Das kann ich alles ertragen, oh ja! Aber es ist nichts im Vergleich zu der Angst, die mich zerfrisst, Alex. Wenn du tagelang fort bist, um deine Runde bei den Fallen zu machen, kann ich ohne mein Gewehr keine drei Schritte tun, weil ich nicht weiß, ob dieser Lavigueur wiederkommt. Doch ich ertrage es, weil ich mich entschieden habe, dieses Leben mit dir zu teilen. Aber ich werde nicht zulassen, dass du wieder zu dieser Frau gehst. NIEMALS! Hast du verstanden? Wenn du das tust, schwöre ich dir, dass ich diesen Ort zusammen mit den Kindern verlasse … und du uns vergessen kannst!«

Alexander nahm die Drohung hin, ohne mit der Wimper zu zucken. Von ihrer Frustration überwältigt holte sie mit der Faust aus. Er hielt sie am Handgelenk fest und entlockte ihr einen Schmerzensschrei. Dann verzerrten sich seine Züge, und er gab sie schroff frei. Er wandte sich ab und schwieg lange.

»Isabelle …«, murmelte er schließlich, »ist dir eigentlich klar … was du da von mir verlangst?«

»Ich will, dass du dich entscheidest.«

»Entscheiden?«

»Zwischen mir und dieser … Tsorihia.«

»Ich hege nicht die geringste Absicht, wieder mit ihr zusammenzuleben, Isabelle!«

»Lüg mich nicht an, Alex. Was hat dich denn wieder zu mir gezogen? War es nicht Gabriel? Wärest du zurückgekommen, wenn er nicht gewesen wäre? Und wenn nun deine … Indianerin dir diesen Sohn geschenkt hätte, ehe du von Gabriels Existenz gewusst hättest?«

Er schüttelte sein zerzaustes Haar, schloss die müden Augen und rieb sich übers Gesicht. Dann ließ er die Arme schlaff herunterhängen und seufzte tief.

»Ehrlich gesagt kann ich dir darauf keine Antwort geben, und ich werde es auch niemals können. Aber eines weiß ich ganz sicher: Ich liebe dich, Isabelle. Gabriel, Élisabeth und du, ihr seid meine Gegenwart … und meine Zukunft. Ich kann mir ein Leben ohne euch nicht mehr vorstellen.«

Den Blick in die Ferne gerichtet, hielt sie den Stoff ihres Umschlagtuchs unter dem Kinn zusammen. Sie zitterte, und Tränen liefen ihr über die Wangen. Vorsichtig rückte er auf sie zu. Sie rührte sich nicht.

»Isabelle, ich möchte Tsorihia nur wiedersehen, um mich zu vergewissern, dass es Joseph gut geht und es den beiden an nichts fehlt.«

Seufzend sah sie zu ihm auf.

»Ich habe Angst, Alex … Angst davor, ohne dich leben zu müssen. Ich fürchte mich davor, dass du nicht mehr zu mir zurückkommst, dass du bei ihr bleibst und dich für dieses freie Leben entscheidest … Glaubst du, ich merke nicht, dass du Vorbehalte dagegen hast, mit mir in die Zivilisation zurückzukehren? Denkst du, ich verstehe deine Befürchtungen nicht? Du hast sie genauso geliebt, wie du mich liebst. Genau wie ich hat sie dir einen Sohn geschenkt. Aber anders als ich wird sie dich niemals zu etwas zwingen. Doch ich kann nichts dagegen tun, Alex. Ich kann nicht mehr so leben, sosehr ich mich auch bemühe. Das geht über meine Kräfte. Ich werde keinen weiteren Winter hier verbringen.«

Er schloss sie in die Arme und zog sie zärtlich an sich. Sie hielt sich an seinem Hemd fest.

»Ich brauche dich, Alex … Ich muss die Gewissheit haben, dass du dieselbe Luft wie ich atmest, dass du mein Bett wärmst und immer in meinem Leben bist. Dich noch einmal zu verlieren, könnte ich nicht ertragen …«

Er beugte sich über sie, trocknete ihre Tränen und küsste sie.

»*I love ye, Iseabail, never doubt that.*« Ich liebe dich, Isabelle, daran darfst du niemals zweifeln … »Ich werde doch nur zwei Wochen fort sein. Zu unserer Hochzeit bin ich wieder zurück. Munro und die MacInnis-Brüder werden auf euch aufpassen.«

Er legte die Hände um ihr vor Angst und Sorge verzerrtes Gesicht und sah sie so voller Liebe an, dass sie wieder zu weinen anfing.

»*Dinna cry, a ghràidh.* Während ich fort bin, bitte doch Mikwanikwe darum, dass sie dir hilft, das Kleid zu nähen, das du am 23. September tragen wirst. Pack unsere Sachen. Stewart soll zur

Mission gehen und einen Brief an den Notar aufgeben. Guillot soll den Dienstboten Bescheid geben, dass sie das Haus in der Rue Saint-Gabriel vorbereiten. Diesen Winter sollt ihr nicht frieren, und Gabriel wird seine Erstkommunion in der Kathedrale feiern.«

»Mit dir ist mir niemals kalt… Oh, Alex! Halt mich ganz fest! Versprich mir, dass du rasch zurückkommst!«

»Ich verspreche es dir, Isabelle, bei allem, was mir auf der Welt am teuersten ist. Und damit du mir auch glaubst… Wie sagt man bei euch? Versprochen ist versprochen …«

»… und wird auch nicht gebrochen.«

Er lachte leise in das seidige Haar hinein und drückte sie so fest, dass sie protestierte. Es gefiel ihm, dass jemand ihn brauchte und sich so an ihn klammerte. In seinem Leben hatte er viele Frauen gekannt – seine Mutter, seine Schwestern, Geliebte –, die ihn jede auf ihre Weise geleitet und getröstet hatten. Doch merkwürdigerweise war das bei Isabelle anders. Zum ersten Mal gab eine Frau sich ihm gegenüber verwundbar und zeigte ihm ihre Schwächen, und das verlieh ihm einen machtvollen Willen, der alles andere überwand und ihn vorwärtstrieb.

18

Feindseligkeiten

Sie näherten sich dem Dorf. Alexander wurde von einer Woge von Erinnerungen überrollt und spürte, wie ihm das Herz schwer wurde. Entschlossen tauchte er wieder und wieder sein Ruder ins Wasser und sah den Wirbeln nach, die er damit auf dem Grande Rivière erzeugte. Ein Schwarm Enten zog über sie hinweg. Ihr Quaken riss ihn aus seinen düsteren Gedanken.

Nonyacha drehte sich um, sah ihn einen Moment lang an und ruderte dann weiter. Alexander wurde von Zweifeln umgetrieben und fragte sich, ob er das Richtige tat. Tsorihia erwartete ihn nicht. Wie würde sie ihn empfangen? Und Mathias? Der Mann würde es bestimmt nicht schätzen, wenn er jetzt so plötzlich wieder auftauchte. Er stellte eine Gefahr für das Einvernehmen des Paares dar. Er musste sich vorsehen, Abstand wahren und nur in seiner Gegenwart mit Tsorihia sprechen.

»Da sind wir«, verkündete Nonyacha und wies auf die Mündung des Rivière du Lièvre.

Während das Kanu den Wasserlauf hinauffuhr, musterte der Hurone die Ufer und hoffte, ein paar Dorfbewohner zu entdecken. Er kehrte von einer gefährlichen Reise zurück, die ihn bis nach Montréal geführt und drei Wochen gedauert hatte, und rechnete mit einer lebhaften Begrüßung. Doch an diesem Morgen machte sich niemand am Ufer zu schaffen. Eine merkwürdige Stille herrschte.

»Bist du dir sicher, dass es hier ist?«

Nonyacha hatte zu rudern aufgehört, nahm das Ufer in Augenschein und lauschte. Plötzlich entdeckte er drei Kanus, die zur Hälfte unter Astwerk verborgen waren.

»Dort!«

Sie befanden sich auf der Höhe des Dorfs. Nachdem sie das Kanu ein paar Schritte vom Ufer entfernt angehalten hatten, sprangen sie ins Wasser und zogen das Boot aufs trockene Land. Dann entluden sie alles, drehten den Rumpf um und schoben ihre Ruder und ihr Gepäck darunter.

Mit dem Gewehr in der Hand schlugen sie den Weg ein. Die Stille drückte sie nieder. Das war nicht normal. Es war, als wäre die Zeit stehen geblieben. Nichts bewegte sich im Unterholz; man hörte weder Kinderlachen noch Rufe. Alles wirkte vollkommen verlassen. Je weiter sie vordrangen, umso stärker krampfte sich Alexanders Magen zusammen. Jetzt stieg ihnen ein fader Geruch in die Nase. Über ihren krächzte laut ein Schwarm Raben.

Während sie auf das Dorf zugingen, überlegte der Schotte, dass die Algonquin wohl weitergezogen waren; zweifellos, weil das Wild nach einigen Jahren, in denen sie im selben Gebiet gejagt hatten, knapp geworden war. Aber als sie über Alltagsgegenstände hinwegsteigen mussten, wurde ihm klar, dass etwas anderes geschehen war: Die Menschen waren geflohen und hatten in ihrer Eile alles zurückgelassen …

Nonyacha ging immer langsamer, bis er ganz stehen blieb. Alexander tat es ihm nach. Ein Hund lag quer über dem Weg; ein Schwarm Fliegen summte um ihn herum. Der Geruch, der sie empfangen hatte, wurde stärker und schnürte ihnen die Kehle zu. Der Hurone beugte sich über den Kadaver und stöhnte auf: Das Tier war von einer Kugel getötet worden, die in seine Brust eingedrungen war. Mit einem Mal ging den Männern die Lage in ihrem ganzen Grauen auf, und sie stürzten mit gezücktem Dolch den Weg entlang, obwohl ihnen die Waffen wahrscheinlich nichts nützen würden. Sie entdeckten die Leiche eines Mannes, der bäuchlings auf dem Boden lag und skalpiert worden war. Die beiden waren kalkweiß geworden. Sie ließen ihre Blicke zu der Gruppe von Rindenhütten schweifen, die sich in die Biegung des Tales schmiegten. Vor Zorn und Schmerz brüllend stürmte Nonyacha den Abhang hinunter. Alexander folgte ihm.

»Tsorihia!«

Unten erwartete sie eine entsetzliche Szene. Und dieser Gestank … Seit seiner Kerkerhaft im Tolbooth-Gefängnis von Inverness hatte Alexander ihn nicht vergessen können. Er lief zur ersten Hütte, wo er drei Leichen fand, eine Frau und zwei Kinder. Alle waren skalpiert worden.

»Neiiin! Tsorihia! Tsorihia!«

Instinktiv rannte er zu der kleinen Hütte, die er einst bewohnt hatte. Er musste sich davon überzeugen …

»Tsorihia! Mathias!«, schrie Nonyacha, der in eine andere Richtung gelaufen war.

Alexander wollte in die Hütte treten, als ein schrecklicher Schrei erscholl, bei dem ihm die Haare zu Berge standen. Dann kam nichts mehr. Die Behausung war leer. Er ahnte schon, was der Hurone gefunden hatte. Niedergeschmettert ging er zu ihm. Er fand seinen Freund auf Knien liegend und wie ein Kind schluchzend vor. Es war Tsorihia. Sie lag auf dem Rücken, die Arme ausgebreitet und die Beine gespreizt. Man konnte leicht erraten, was sie noch hatte erdulden müssen, ehe man sie grausam ermordet hatte.

»Oh, Tsorihia!«

Im Gegensatz zu den meisten anderen Toten besaß die junge Frau ihr Haar noch. Ihr langer Zopf lag auf ihrer Brust. Schluchzend wandte sich Alexander von dem Frauenkörper ab, den er einst zärtlich berührt und geliebt hatte. Da erblickte er durch seinen Tränenschleier hindurch einen bronzenen Reflex im Farnkraut. In dem Glauben, schlimmer könne es nicht mehr kommen, bog er argwöhnisch die Pflanzen auseinander. Dann brach ein Schrei aus seiner Brust. Ein Kind. Sein Schädel war zerschlagen, und das Blut war in dem kurzen, hellrot schimmernden Haar angetrocknet. Joseph, sein Sohn … Er hatte keine Kraft zum Schreien mehr und stöhnte seinen Schmerz heraus. Dann nahm er den kleinen Körper und legte ihn auf den Bauch seiner Mutter.

Als er aufstand, zog ein glitzernder Gegenstand, den Tsorihias Finger umklammerten, seine Aufmerksamkeit auf sich; sicher etwas von dem Tand, den die Eingeborenen liebten. Doch dieses Stück war etwas Besonderes: ein goldenes, mit Edelsteinen besetztes Kreuz. Er hatte es schon einmal gesehen, aber nicht bei der Huronin. Eine braune Haarsträhne hing daran. Tsorihia musste es aus dem Haar des Mannes, der sie überfallen hatte, gerissen haben. Er schloss die Hand um das Schmuckstück und schwor sich, denjenigen zu finden, der dieses scheußliche Verbrechen begangen hatte, und den oder die Schuldigen zu töten.

Neben ihm schluchzte Nonyacha. Die Raben krächzten unablässig und flatterten von einer Leiche zur anderen, wo sie sich das Festmahl mit den Fliegen streitig machten. Mit einem Mal wurde Alexander von unbändigem Zorn ergriffen. Er sprang auf und nahm einen Ast. Brüllend rannte er los und drosch damit auf die Luft ein. Die Vögel flatterten lärmend davon und warteten in den Bäumen darauf, dass er sich wieder entfernte.

Plötzlich vernahm der Schotte ein leises Stöhnen. Mit pochendem Herzen wandte er den Kopf und hörte zu atmen auf. Da seufzte jemand; es gab einen Überlebenden! Er schrie, durchsuchte die Hütten, erforschte Gesichter, die ihm vertraut waren, und suchte in den leeren Augen nach einem Funken von Leben. Endlich kam er zu einer Hütte am Dorfrand, von der die unheimlichen Laute ausgingen. Keuchend drang er in die Hütte ein, und da verstummte das Stöhnen abrupt.

Im Halbdunkel erkannte er eine alte Frau, die zusammengekauert auf einer Decke saß. Die Ahnfrau des Dorfes. Sie rührte sich nicht und schien ihn anzusehen. Langsam trat er auf sie zu. Die Luft war erfüllt vom Summen der Fliegen und dem Geruch des Todes. Auf einer Matte lag die Leiche eines jungen Mädchens. Alexander beugte sich zu der Alten hinunter und bemerkte eine stark blutende Bauchwunde. Er grub in seinen Erinnerungen und sprach sie mit den paar Worten ihrer Sprache, die er kannte, an.

Ihr Gesicht war gefurcht wie die Rinde eines Ahorns, und langes weißes Haar, das fein und leicht war, lag auf ihren zerbrechlichen Schultern. Ihr Blick, in dem das ganze Unglück ihres Volkes lag, glitt über ihn hinweg und schien sich auf etwas zu konzentrieren, das in großer Ferne lag. Alexander begriff, dass die Greisin seine Gedanken las, und Gänsehaut überlief ihn. Er verstand, warum man sie eine Hexe nannte. Alle wandten sich an sie, damit sie ihnen mit ihrer Weisheit und ihrem Wissen half. In den Highlands hätte man sie eine *bean-sìth* gerufen … Schwach atmend umklammerte sie mit ihren knotigen, blutüberströmten Fingern seine Hand.

»Der Mann, der mit den Wölfen spricht … Ihr seid zurückgekommen.«

»Ja, und ich habe alles gesehen, Ishkadaikwe. Sagt mir, was geschehen ist.«

»Sie sind zu der Stunde gekommen, in der die Eule jagt. Sie haben meiner Enkelin Gewalt angetan und sie getötet …«

Sie wiegte sich beim Sprechen vor und zurück.

»Wer war das?«

Stöhnend schüttelte die Greisin den Kopf. Tränen rannen durch die Furchen, die Müdigkeit und Alter in ihre Wangen gegraben hatten.

»Sie sind gekommen … Sie haben getötet … Ahhh! Ahhh! Wer nicht fliehen konnte, ist umgebracht worden!«

»Wer? Wisst Ihr, wer das getan hat? Sagt es mir! Ich werde sie rächen, Tsorihia und die anderen, ich räche sie.«

»Irokesen und ein Mann aus deinem Volk. Ich habe … ihn gerochen.«

»Engländer?«

»Nein, kein Engländer …«

Sie schloss die Augen, ließ seinen Hemdkragen los und sank gegen die Rindenwand. Das Schmuckstück … Alexander öffnete die Hand und betrachtete den Gegenstand, durchforschte seine Erinnerungen danach, wo er ihn schon einmal gesehen hatte … oder an wem. Er hielt ihn sich vors Gesicht und starrte auf die Haarsträhne, die noch daran hing. Dunkles Haar … dunkle, bösartig blickende Augen … Herrgott, Étienne! Er hatte dieses Kreuz an Étienne Lacroix gesehen! Die Erkenntnis fuhr ihm schmerzlich durchs Herz.

Die alte Frau starb einige Stunden später. Alexander und

Nonyacha trugen die Leichen zusammen und begruben sie. In einiger Entfernung vom Dorf fanden sie auch Mathias, eine Kugel im Rücken und skalpiert. Ihre grauenhafte Arbeit beschäftigte sie zwei Tage lang.

Nonyacha entschied sich, nach Detroit zurückzukehren. Im Morgennebel nahmen die beiden Männer am Flussufer Abschied. Unter einem verhangenen Himmel trat Alexander den Rückweg zu Fuß an. Der Schotte war aufgewühlt und wurde von gemischten Gefühlen heimgesucht, manchmal von Trauer und oft von Empörung und Hass. Als es Nacht wurde, baute er sich einen Unterschlupf aus Tannenzweigen. Aber es dauerte lange, bis ihn endlich die Erschöpfung überwältigte und er einschlafen konnte. Bei Sonnenaufgang erwachte er mit verquollenen Augen. Die Landschaft zog an ihm vorüber; einmal als ein Teppich zarter Farnwedel und dann wieder als Dornengestrüpp. Er ließ sich von seinem Instinkt leiten und kletterte gleichmütig über alle Hindernisse. Nach und nach verfestigte sich sein Vorsatz: Étienne Lacroix würde dafür büßen.

Am fünften Tag zeigte sich endlich die Sonne und ließ das Laubwerk, das sich rot färbte, aufleuchten. Der Herbst drang in jeden Winkel von Mutter Natur, liebkoste sie mit seinem milden Atem und machte sie langsam schläfrig. Irgendwo in den Bäumen sang eine Drossel. Bienen summten über den wolligen Blütenständen der Königskerzen und den flaumigen Blüten der weißen Spiersträucher. Allein inmitten dieser melancholischen Stimmung gewann Alexander nach und nach etwas Abstand von dem Erlebten und suchte nach Antworten.

Wozu hatte Étienne in dem kleinen, abgelegenen Algonquin-Dorf so viele Männer, Frauen und Kinder abgeschlachtet? Was hatten diese Menschen Wertvolles besessen, dass er so viele, schreckliche Verbrechen begangen hatte, um es zu bekommen? Pelze? Sicher, die Algonquin hatten bestimmt während des Sommers eine ganze Menge zusammengebracht. Aber rechtfertigte das ein Massaker an einem Dutzend Unschuldiger? Waren diese Pelze mehrere Menschenleben wert? Je länger Alexander nachdachte, umso weniger konnte er sich des Verdachts erwehren, der ihn immer wieder überfiel: Étienne wollte etwas anderes. Aber was?

Er saß auf einem Felsen, kaute angestrengt an einem Stück Trockenfleisch und betrachtete eine Goldrute, die sich in der Brise wiegte. Mit einem Mal fiel ihm die Kinnlade herunter.

»Das Gold … natürlich. Das Gold des Hollandais'!«

Hatte Étienne etwa elf Seelen geopfert, um an den Schatz heranzukommen? Wenn er richtig riet, dann war dieser Lacroix wahrhaftig ein Ungeheuer, ein infamer Mensch! Er wusste, dass Alexander lebte und hatte zweifellos erfahren, dass er bei den Algonquin dieses entlegenen kleinen Weilers gelebt hatte, die sich weigerten, die Gesetze der Weißen anzuerkennen. Er musste geglaubt haben, einige der Bewohner wüssten etwas über das Geheimnis des Hollandais' … Mühsam schluckte Alexander seinen Bissen hinunter. Dann krampfte sich sein Magen zusammen, und er stöhnte. Mathias hatte sein Geheimnis gekannt …

Er sprang auf und ergriff seine Schultertasche und sein Gewehr. Was hatte Mathias Étienne verraten? Sein Herz schlug schnell wie das eines gehetzten Tieres. Trotzdem nahm er sich die Zeit, die Position der Sonne zu studieren und die ungefähre Uhrzeit zu bestimmen. Wie viele Stunden mochten ihn noch von Red River Hill trennen? Zwei, drei oder viel mehr? Wenn Mathias versucht hatte, Tsorihia und Joseph zu retten, indem er das Versteck des Schatzes verriet, dann war Étienne mit Sicherheit schon unterwegs. Vielleicht war er sogar schon dort. Nach dem Zustand der Leichen zu urteilen, war das Massaker etwa zwei Tage her gewesen, als er und Nonyacha das Dorf erreicht hatten.

Jetzt bedauerte Alexander, dass er nicht eines der verlassenen Kanus genommen hatte, die am Ufer lagen. Aber er hatte die mehrtägige Wanderung nutzen wollen, um das Entsetzen zu verdauen. Doch in diesem Moment kam es ihm vor, als läge Red River Hill am anderen Ende der Welt! Er würde es nicht rechtzeitig erreichen … Er sah zum Himmel auf und betete.

Trotz seiner fieberhaften Anstrengungen kam er in der Dunkelheit nicht schnell genug voran. Er suchte sich seinen Weg zwischen den Bäumen, die ihm wie die Gitterstäbe eines Kerkers vorkamen, und spürte, wie seine Beine vor Ermattung nachgaben. Nachdem er sich in den Büschen am Flussufer verheddert hatte, beschloss er, im Wasser zu gehen. Er rutschte aus und verletzte sich auf den Steinen. Aber seine Angst war so groß, dass er sich mit der Kraft der Verzweiflung vorankämpfte. Würde Étienne Isabelle und die Kinder angreifen? Er wusste gar nichts mehr und wagte nicht, sich die Tragödie vorzustellen.

Seit Stunden rief die Eule, zumindest kam es ihm so vor. Seine Beine trugen ihn nicht mehr. Er ließ sich schwer ins Gras fallen. Seine Knie landeten im kalten Wasser, und der Griff seines Dolchs bohrte sich in seine Flanke, sodass er sich auf den Rücken wälzte. Bald verschwand der sternenübersäte Himmel hinter seinen zufallenden Lidern. Er musste anhalten... nur ein wenig... Als er in den Schlaf glitt, sah er sich auf einer riesigen Biene reiten, deren langer, spitzer Stachel einen Teufel mit Étienne Lacroix' Zügen durchbohrte.

Seine Zehen prickelten, und er bewegte sich. In seinem Traum befangen, stöhnte er. Er hatte immer noch den Eindruck, von etwas gebissen zu werden. Langsam hob er ein Augenlid und betrachtete seine Unterschenkel. Seltsamerweise dachte er zuerst an Mausefallen: Er musste welche auf dem Dachboden aufstellen. Ein Zwicken am großen Zeh ließ ihn hochfahren. Verstörten Blickes und keuchend sah er dem kleinen Fischschwarm nach, der vor der Welle, die er erzeugt hatte, flüchtete.

Erst in diesem Moment wurde ihm klar, wo er sich befand. Seine Ängste überfielen ihn erneut, und er sah entsetzliche Bilder vor sich. Rasch stand er auf, trocknete seine tauben, aufgequollenen Füße ab und zog seine Mokassins an. Seine Beinlinge würden in der Sonne trocknen. Er durchwühlte seine Schultertasche und zog eines seiner letzten Stücke Trockenfleisch hervor, das er unterwegs essen konnte. Ergänzen würde er die magere Mahlzeit, indem er die Nüsse pflückte, die die Bewohner der Wälder ihm übriggelassen hatten.

Als er sich wieder auf den Weg machte, ging im Osten, am Horizont, die Sonne auf. Er wanderte querfeldein, hielt sich aber an das Rauschen des Flusses, der seine einzige Wasserquelle und sein Wegweiser war. Er marschierte, kletterte über Hindernisse, glitt aus, sprang und strauchelte. Ein einziger Gedanke beherrschte ihn: Red River Hill so rasch wie möglich zu erreichen. Er nahm sich keine Zeit zum Essen, sondern schob sich immer wieder im Gehen einen Bissen aus seinem Vorrat in den Mund. Gelegentlich riss er die Früchte von Ebereschen und Vogelkirschen ab oder hob ein paar Bucheckern und Eicheln vom Boden auf.

Die Sonne war ebenfalls weitergezogen, allerdings auf ihn zu. Als ihre Wege sich kreuzten, befand er sich am Ufer eines Nebenflusses. Er nutzte die Gelegenheit, um seinen Wasserschlauch zu füllen, und hielt dann Ausschau nach einer Furt, um den Fluss zu überqueren. Er beugte sich über sein Spiegelbild, das furchterregend aussah, und warf den Lederschlauch ins Wasser. Ungeduldig wartete er darauf, dass er sich aufblähte, als laute Stimmen zu ihm drangen. Er hob den Kopf und lauschte.

Alexander stand auf, ohne auf den Wasserschlauch zu achten, der auf seinen Füßen auslief. Die Stimmen kamen vom Grand Rivière. Er hörte Lachen und Plätschern. Dort, wo er sich befand, war der Fluss so breit und tief, dass er einige Zeit brauchen würde, um ihn zu durchschwimmen. Wenn die Kanus in der Mündung auftauchten, ehe er das andere Ufer erreichte, dann war es um ihn geschehen; jedenfalls wenn es sich um Lacroix und seine Männer handelte. Doch wenn das Voyageurs waren, die aus Montréal zurückkehrten, könnte er sie vielleicht bitten, ihn auf das Nordufer überzusetzen … Es gab nur eine Möglichkeit, das herauszufinden.

Er lag bäuchlings unter den tief hängenden Zweigen einer großen Kiefer und beobachtete die Gruppe, die inzwischen an Land gegangen war. Es waren sechs Männer mit einem einzigen Kanu. Das Boot lag umgekehrt auf dem Sandufer. Zwei Männer besserten es aus, während die anderen auf Ballen saßen oder auf dem Boden lagen und faulenzten. Alexander zog die Augen zusammen und versuchte unter den Gesichtern Étienne auszumachen, als er hinter sich ein metallisches Schnappen vernahm. Kalt lief es ihm über den Rücken, und seine Finger krampften sich um seinen Dolch. Er wollte die Klinge ziehen, aber ein zweites Klicken ließ ihn erstarren.

»Wenn ich du wäre, würde ich das schön bleiben lassen! Leg deine Waffe weg, und sei artig, mein Freund!«

Alexander war überrumpelt. Er rührte sich nicht und sagte kein Wort. Ein Paar alter, vielfach geflickter Mokassins tauchte vor seiner Nase auf. Einer davon trat auf die Klinge seines Dolchs. Alexander ließ die Waffe los, und der Fuß schob ihn beiseite.

»So ist es recht! Hey, le Chrétien! Such den Patron, und sag ihm, wir haben Gesellschaft!«

»Sofort!«

Zweige knackten; der zweite Mann entfernte sich.

»Leg die Hände flach auf den Boden!«

Alexander gehorchte. Der vertraute Geruch geschmolzenen Harzes stach ihm in die Nase, und die Stimmen der Männer am Strand hallten in seinen Ohren. Er war sich sicher, dass er nur noch Minuten zu leben hatte. Nach einer Zeit, die ihm ziemlich lang vorkam, näherten sich Stimmen. Da kam der Anführer der Gruppe. Bald würde alles vorbei sein. Kurz dachte er an Gabriel, Élisabeth und Isabelle und sah ihre Gesichter vor sich …

»Wer ist das?«

Der Akzent des Mannes verriet Alexander, dass er Schotte war. Merkwürdig, die Stimme kam ihm vage bekannt vor …

»Ich habe ihn nicht gefragt. Ich dachte, das wollt Ihr vielleicht selbst tun, Patron.«

»Hmmm …«

»Er hat uns beobachtet. Ich bin mir sicher, dass er uns bestehlen wollte.«

Kaltes Metall presste sich in Alexanders Kreuz und zwang ihn, sich flach auf den Boden zu legen. Die Stiefel des Anführers nahmen den Platz der Mokassins ein.

»Wie heißt du?«

»Vielleicht spricht er ja kein Französisch.«

»Durchsuch ihn!«

Alexander hielt den Blick auf seinen Dolch gerichtet, der nur eine Armeslänge entfernt war, und suchte in seinen Erinnerungen, um die Stimme des Anführers mit einem Gesicht zu verbinden. Doch vergeblich. Zwei Hände durchsuchten ihn, und er sah, wie der Inhalt seiner Schultertasche auf den Boden geleert wurde.

»Da ist nichts!«

Alexander sah sich nach seinem Gewehr um, von dem er wusste, dass es geladen war. Wenn er es nur in die Hand bekommen könnte … Endlich entdeckte er zu seiner Linken, im Gras, etwas Blitzendes: den Messingbeschlag des Kolbens. Er prägte sich die Lage der Waffe ein und überlegte, wie er es ergreifen könnte, um sofort zum Schuss zu kommen. Seine Erfolgsaussichten waren minimal. Aber er konnte sich nicht einfach mit dem Tod abfinden, ohne etwas zu unternehmen.

Neben ihm stand der Anführer und musterte seinen Gefangenen schweigend. Die Statur des Mannes, seine Haarfarbe kamen ihm vertraut vor … Ja, das war jemand, den er kannte … War es möglich, dass der Mann, auf den er die Waffe richtete … Sein Atem ging schneller. Er musste sich vergewissern.

Die Stiefel traten ein Stück nach rechts. Alexander schöpfte ein wenig Hoffnung. Die Augen immer noch auf seine Waffe gerichtet, spreizte er die Finger, streckte den linken Arm ein wenig aus und stemmte sich unmerklich hoch, damit er rascher vorschnellen konnte.

Der Anführer, der ihn beobachtete, musterte die Hand des Gefangenen: Ihm fehlte der kleine Finger! Aber man hatte ihm doch versichert, Alexander sei tot … Er musste falsch gesehen haben! Und doch … diese Hand, dieses Haar, das genauso dunkel war wie sein eigenes … Er spürte, wie sich seine Kehle zuschnürte.

Das Schweigen zog sich in die Länge. Der Gewehrlauf, der in seinen Rücken stieß, wurde weggenommen. Alexander hörte, wie das Gras knisterte: Die Stiefel zogen sich zurück. Diese Möglichkeit musste er nutzen… Blitzschnell packte er sein Gewehr, wälzte sich herum, packte die Waffe fester und legte den Finger an den Abzug. Innerhalb einer Sekunde zogen der Himmel, das grelle Sonnenlicht, das zwischen dem Astwerk hindurchschien, und die Zweige der großen Kiefer, unter der er sich versteckt hatte, vor seinen Augen vorüber. Dann hatte er die Gestalt eines Mannes im Schussfeld.

Nach und nach gewöhnten seine Augen sich an das Licht, und sein Finger war bereit zum Abdrücken… Als das wachsbleiche Gesicht des Mannes, den die anderen Patron nannten, vor ihm Konturen annahm, gefror ihm das Blut in den Adern. Ein Stöhnen stieg aus seiner Brust auf. Er zögerte. Eine Flut von Erinnerungen überwältigte ihn. Seine Muskeln waren bis aufs Äußerste angespannt und schmerzten furchtbar.

Der Mann warf sein Gewehr weg.

»Aber… was macht Ihr denn, Patron?«

»Lasst uns allein, Cabanac…«

Sprachlos sah Cabanac jetzt Alexander an. Plötzlich riss er die Augen auf, als er die Züge des Gefangenen erkannte. Er senkte die Waffe.

»Jessas, Maria und Joseph!«

»Lasst uns allein! Und seht zu, dass niemand hierherkommt!«

»Aber Jean…«

»Das ist ein Befehl!«

Wortlos verschwanden Cabanac und le Chrétien auf dem im Halbdunkel liegenden Pfad. Alexander hatte sich keinen Zoll bewegt. Nur sein Finger, der am Abzug lag, zitterte. Er biss die Zähne zusammen, um die Panik, die in ihm aufstieg, zu beherrschen.

»Los, schieß doch!«, forderte John ihn gelassen auf. »Du brennst doch darauf, oder? Hier ist deine Chance. Ich bin unbewaffnet, und meine Männer sind fort.«

Alexander war immer noch erschüttert von seiner Entdeckung und von den Gefühlen, die sie in ihm aufgewühlt hatte. Er konnte nicht mehr klar denken. In seinem Inneren hallten Detonationen wider, die ihn zusammenzucken ließen, unheimliche Schreie, bei denen er erschauerte, und das Pfeifen von Geschossen, das sein Herz schneller schlagen ließ. Ihm war kalt, genau wie an jenem Tag im Schneeregen auf dem Moor von Drummossie. Er sah, wie die Dragoner auf die Highlander eindrangen und mit ihren Schwertern wahllos Köpfe und Arme abschlugen. Er sah seinen Vater im Getümmel verschwinden … und schaute dann in die schwarze Mündung eines Laufs, der sich auf ihn richtete … Nach und nach fasste er sich und schaute wieder seinen Bruder an.

»Nun, wie fühlt man sich, wenn ein Gewehr auf einen gerichtet ist, John?«

John sah zuerst auf die Waffe und dann zu Alexander.

»Das hängt davon ab, wer die Waffe in Händen hält und aus welchem Grund diese Person schießen will.«

Zorn stieg in Alexander auf.

»Und was fühlst du jetzt, in diesem Augenblick?«, knurrte er.

John war kreidebleich geworden und stand reglos wie eine Statue da.

»Ich glaube … ich würde mich besser fühlen, wenn du endlich diesen verdammten Abzug drücken würdest.«

Alexander fasste sein Gewehr fester und lachte zynisch auf.

»Das hättest du wohl gern, was? Ich weiß genau, wie das ist, John. Zweiundzwanzig Jahre … Seit zweiundzwanzig verfluchten Jahren trage ich diese Erinnerung schon mit mir herum!«

Verblüfft neigte John den Kopf zur Seite.

»Was?! Du erinnerst dich nicht einmal?«

»Wovon redest du, Alas?«

»Herrgott! Von Drummossie Moor, Culloden!«

»Culloden …«

John wurde grau im Gesicht und schüttelte seinen dunklen Haarschopf. Alexander bemerkte die eigentümlichen kupferfarbenen Reflexe, die darin aufleuchteten, und erinnerte sich an eine Bemerkung, die Tsorihia einmal über sein Haar gemacht hatte.

»Glaubst … glaubst du etwa, dass ich an diesem Tag auf dich geschossen habe, Alas?«

John schüttelte immer noch hektisch den Kopf. Er reckte die Arme zum Himmel und schlug dann die Hände vors Gesicht. Mit einem langgezogenen Stöhnen fiel er auf die Knie.

»*Ochone!* Alas! Hast du das wirklich all die Jahre geglaubt?!«

Das Verhalten seines Bruders verunsicherte Alexander, und er senkte die Waffe ein wenig. Aber dann stand ihm wieder das Bild des feuerspuckenden Laufs vor Augen, und erneut stieg Groll in ihm auf. Zornig warf er das Gewehr weg, stürzte sich auf seinen Bruder und versetzte ihm einen Kinnhaken. John, der noch unter dem Eindruck seiner Enthüllung stand, hatte keine Zeit, ihm auszuweichen und fand sich unter ihm am Boden wieder. Keuchend holte Alexander aus. Sekunden vergingen. Plötzlich fuhr seine Faust nur ein paar Zoll von Johns Kopf entfernt ins Gras nieder.

Grob gab Alexander seinen Bruder frei, trat von ihm weg und zerrte seinen Hemdkragen herunter, um ihm die verblasste Narbe an seiner Schulter zu zeigen, die ihn für immer zeichnen würde.

»Und das? Bilde ich mir das vielleicht auch ein?«

Langsam stand John auf.

»Nein … Aber du irrst dich, Alas! Herrgott, nicht ich habe auf dich geschossen, sondern ein Soldat aus Pulteneys Regiment.«

»Pulteney … Du lügst doch, John! Wie soll ich einem Mann glauben, der seinen Clan entehrt hat und desertiert ist?«

»Das eine hat mit dem andern gar nichts zu tun!«

»Oh doch!«

»Das war nicht *mein* Krieg, Alas!«

»Meiner auch nicht! Trotzdem bin ich geblieben … und Coll und Munro ebenfalls …«

»Ich wollte diesen Menschen nicht das Gleiche antun, was man uns angetan hat, Alas. Das konnte ich einfach nicht! Also habe ich gewählt, auf welcher Seite ich stehen wollte.«

»Wir sind hier weit entfernt von den Schlachten für den Ruhm der Stuarts! Denkst du, wir hätten für das gekämpft, woran wir glauben? Nein! Es ging um englische und französische Interessen! Das wussten wir alle! Wir, die einfachen Soldaten, waren nur Schachfiguren, genau wie die kanadischen Bauern. Wir haben Lebensmittel und Informationen ausgetauscht… Wir haben versucht zu überleben, nichts weiter! Ehre, Moral und Loyalität sind wichtig, sicherlich! Aber erst, wenn der Bauch gefüllt ist, John! Warum gibst du nicht einfach zu, dass du vor mir weggelaufen bist?!«

»Wovon redest du? Zugestanden, ich konnte deine Gleichgültigkeit nicht länger ertragen. Kannst du dir vielleicht einen Augenblick lang vorstellen, wie ich all diese Jahre gelebt habe? Unablässig habe ich mich gefragt, was wohl aus dir geworden sein mochte. Dann treffe ich dich lebend wieder, auf demselben Schiff, aber ich suche vergeblich deinen Blick und verstehe dein Verhalten nicht. Das war zu viel! Außerdem dachte ich, wenn ich nicht mehr da wäre, würdest du vielleicht Coll näherkommen…«

»Oh! Natürlich hatte die Erinnerung an deine abscheuliche Tat nicht das Geringste damit zu tun, oder?«

»Welche abscheuliche Tat? Ich habe nicht auf dich geschossen, Alas!«

»Das ist eine Lüge! Kurz bevor du abgedrückt hast, da hast du mir direkt in die Augen gesehen. Du hast es gewusst, und deswegen hast du auf mich geschossen! Du hast geschossen, weil du die Wahrheit kanntest!«

»Welche Wahrheit?«

»Du weißt genau, wovon ich rede, John! Am Tag, als Großvater Liam gestorben ist… Du weißt genau, was damals geschehen ist! Und in der Schlacht von Culloden hast du die allgemeine Verwirrung ausgenutzt, um Rache für ihn zu nehmen!«

»Das war eine Dummheit, Alas… Ich weiß, das hätte ich nicht tun sollen…«

»Auf mich zu schießen war nur eine Dummheit?«

»Nein, auf die Schwarze Garde!«

»Aber ich war derjenige, der auf die Schwarze Garde geschossen hat, Schwachkopf! Weißt du nicht mehr? Du hast dich an der Muskete verbrannt, die ich auf meiner Flucht fallengelassen hatte. Ich habe dich angelogen und dir gesagt, ich hätte einen Schuss gehört und die Waffe gefunden, und dabei …«

»Ich weiß doch, dass du die Muskete nicht einfach so gefunden hast, du Einfaltspinsel! Am Morgen hatte ich gesehen, dass du sie bei dir hattest, und ich bin dir bis in die Berge gefolgt. Denkst du, ich wusste nicht, dass du Vaters Abwesenheit ausgenutzt hast, um trotz seines Verbots auf die Jagd zu gehen? Du warst wirklich ein ziemlich aufmüpfiger Knabe, Alas! An diesem Tag hatte ich Lust, dich zu begleiten. Aber bevor ich zu dir stoßen konnte, habe ich die Abteilung der Garde entdeckt …«

John unterbrach sich. Alexander wartete darauf, was jetzt kommen würde. Als er sah, dass sein Bruder zögerte, ergriff er selbst das Wort.

»Du hast gesehen, wie ich auf die Soldaten geschossen habe, stimmt's?«

»Ich sage dir doch, dass ich geschossen habe, Idiot!«

»Aber … aber ich habe auch geschossen!«, beharrte Alexander, der jetzt gar nichts mehr verstand. »Herrgott! Diese ganze Geschichte ergibt keinen Sinn! Es ist nur ein Schuss gefallen …«

»Und sein Echo …«, setzte John gedankenverloren hinzu.

Erneut schwiegen die beiden, und jeder ließ die letzten Sätze auf sich wirken, die sie ausgetauscht hatten. Auf der Suche nach Aufschlüssen erforschte Alexander die Züge seines Bruders.

»Nun gut«, sprach er schließlich weiter, ruhiger jetzt, »wir haben beide geschossen. Damit sind wir gleichermaßen schuld an Großvater Liams Tod. Dann erkläre mir doch einmal, warum du auf dem Moor von Drummossie auf mich geschossen hast.«

John seufzte bedrückt.

»Das habe ich nicht, Alas!«

»Doch!«

»Das stimmt nicht! Ich habe den Soldaten aus Pulteneys Regiment erschossen, der dich verletzt hat!«

Erschüttert schloss Alexander die Augen, um sich zu konzentrieren. Die Erinnerungen waren bruchstückhaft, aber schrecklich lebhaft: Verletzte, die sich an seinen Kilt klammerten, eine Kanonenkugel, die ganz in der Nähe einschlug, sodass die Druckwelle ihn durch die Luft schleuderte, der Gestank nach Blut und Schießpulver, von dem ihm übel wurde …

»Da waren Kanonen … ein höllischer Radau … Ich bin auf das Schlachtfeld gerannt, und du hast mir schreiend nachgesetzt.«

»Vater hatte uns das ausdrücklich verboten!«

»Ja, ich weiß. Aber ich konnte doch nicht tatenlos zusehen, wie die Unsrigen gegen die verdammten *Sassanachs* kämpften!«

Alexander kniete auf dem Boden und starrte auf seine Handflächen, als könne er die Wahrheit in seinen Handlinien lesen. John lachte sarkastisch auf.

»Das war wieder einmal typisch für dich! Du hattest niemals Angst vor etwas und hast dich stets jeder Autorität widersetzt!«

Alexander schlug die Hände vors Gesicht und versuchte sich an die darauf folgenden Ereignisse zu erinnern. Sein Bruder hatte ihn über das Schlachtfeld verfolgt, nach ihm gerufen und ihn angefleht, er möge sofort zurückkommen. Er selbst hatte sich umgedreht und geschrien, er solle ihn in Ruhe lassen … Und da hatte er gesehen, wie sich der Musketenlauf seines Bruders auf ihn richtete. Panisch war er weitergerannt.

John rief immer noch nach ihm. Der Schuss war losgegangen, und er hörte ihn immer noch über den Schlachtenlärm hinweg. Er war in die linke Schulter getroffen worden und zu Boden gestürzt, auf den Rücken … Auf den Rücken! Er war *auf den Rücken* gefallen, als er sich von John *entfernte*! Jetzt sah er die Szene klarer vor sich … In dem Moment, als er gespürt hatte, wie die Kugel in seine Schulter einschlug, in diesem Sekundenbruchteil, in dem er gestürzt war, hatte er das entsetzte Gesicht seines Vaters hinter dem des Feindes gesehen. Der gegnerische Soldat … helle Augen hatten ihn aus einem rußgeschwärzten Gesicht durchdringend angestarrt …

»Der Soldat aus Pulteneys Regiment! Es war der Soldat!«

Sein Bruder hatte recht. Er hatte alles miteinander vermischt: O'Sheas blaue Augen mit denen des Soldaten aus Pulteneys

Regiment, die Richtung, die Musketen ... Dann hatte er sein ganzes Leben auf falschen Vorstellungen gegründet? Wie geschickt hatte er sich in sein eigenes Gefängnis eingemauert und sein Unglück selbst geschmiedet! Das ganze Gerüst der Ereignisse, die er sich zurechtgelegt hatte, brach mit einem Mal zusammen, und er blieb vollständig verwirrt zurück.

»Bist ... bist du deswegen nie zurückgekommen?«, fragte John mit verblüffter, leiser Stimme. »Du bist nicht wieder nach Hause gekommen, weil du glaubtest ... ich hätte dir etwas nachgetragen? ... Herrgott! Und ich dachte, du wärest weggeblieben, weil ich für Großvaters Tod verantwortlich war!«

Die ganze Wahrheit traf Alexander wie ein Schlag, raubte ihm den Atem und durchbohrte sein Herz wie ein Messerstich. Er krümmte sich und hielt sich mit beiden Händen den Leib. Kein Hass mehr, keine Angst, keine Gewissensbisse ... Da waren nur noch die Verbitterung, die ihn erstickte, und dieser Schmerz, der immer stärker wurde, bis er sich in einem Aufschrei Bahn brach.

»Oh, allmächtiger Gott! Neiiin!«

Niedergeschmettert brach er in Tränen aus. John, der ebenso bestürzt war wie er, trat zu ihm und legte eine Hand auf seine Schulter. Alexander sah zu seinem Zwilling auf, dieser anderen Hälfte seiner selbst. Mit einem Mal wurde ihm bewusst, dass John sein ganzes Leben lang die gleiche Last getragen hatte wie er. Zwei blaue Augenpaare fanden sich und schauten tief ineinander hinein. Was für ein seltsames Gefühl, in Augen zu blicken, die identisch mit den eigenen waren, in denen aber eine andere Seele wohnte! Worte waren jetzt überflüssig, und die Brüder umarmten einander fest.

»... und wenn der Priester dir die Hostie auf die Zunge legt, lässt du sie zergehen. Nicht kauen, verstanden?«

»Aber Mama! Ich will nicht von Jesu Körper essen! Das ist ... das ist ... Ich bin doch kein Kannibale!«

Isabelle schloss die zweite Kiste, die sie fertig gepackt hatte, und lachte amüsiert.

»Das tut man doch nicht wirklich, Gaby! Die Hostie ist nur ein Symbol für den Körper Christi.«

»Was ist ein Symbol?«

»Etwas, das für eine andere Sache steht ...«

»Dann soll ich also nur so tun, als wäre ich ein Kannibale?«

»Gaby! Wie auch immer ... bis Weihnachten hast du noch genug Zeit, das zu begreifen ... Wo habe ich denn nur mein Tintenfass hingetan?«

Gabriel sprang von seiner Bank.

»In die erste Kiste, Mama. Kann ich mit Otemin und Duglas spielen gehen?«

Isabelle erinnerte sich, dass sie das Reisepult tatsächlich ganz unten in eine Kiste gepackt hatte. Sie war entmutigt.

»Oh, so etwas Dummes! Ich brauche meine Tinte, um an Monsieur Guillot zu schreiben!«

»Darf ich jetzt, Mama?«

»Ähem ... ja. Versuch aber, nicht allzu weit wegzulaufen. Ich brauche dich nachher, um dein Spielzeug zu verpacken ... In Ordnung, Gaby?«

Der Junge war schon davongesprungen und hatte die Tür weit offen gelassen.

»Schön, ich habe verstanden! Dann mache ich mich eben selbst auf die Suche nach Marie, nachdem ich diesen Brief geschrieben habe. Die Liebe ist ja etwas Wunderbares. Aber wir haben auch zu packen!«

Nachdem sie ihr Reisepult gefunden hatte, klappte sie es auf. Madeleines letzter Brief lag sorgfältig verstaut auf dem Stapel Korrespondenz, die sie seit ihrer Ankunft in Red River Hill erhalten hatte. Alexander hatte ihn ihr an dem Morgen, an dem er mit Nonyacha aufgebrochen war, gegeben. Fieberhaft griff sie danach und breitete das Blatt auf ihren Knien aus, um es noch einmal zu lesen. Das Leben ging manchmal erstaunliche Wege ... Rasch überflog sie die üblichen Höflichkeitsfloskeln, sprang von einer Zeile zur anderen und fand endlich die Passage, die sie in Aufregung versetzt hatte:

Ehe ich diesen Brief beende, möchte ich dir noch etwas mitteilen, meine liebe Isa. Das ist alles so überraschend geschehen … Doch nun, da ich es aufschreibe, wird mir klar, dass ich nicht geträumt habe …

Isabelle übersprang noch ein paar Sätze.

Seit sie hier sind, ist das Haus so lebendig! Coll scheut vor keiner Arbeit zurück, und Vater Macdonald ist hinter seiner mürrischen Miene ein ganz bezaubernder alter Herr. Man muss ihn verstehen … Er ist krank und hat oft starke Schmerzen. Er hat die lange Reise gemacht, um Alexander wiederzusehen.

Coll ist so ganz anders, als ich dachte; jedenfalls sehe ich ihn jetzt mit völlig anderen Augen. Seine kleine Tochter Anna ist ganz allerliebst, Isa. Mitleid, höre ich dich schon sagen. Zu Beginn glaubte ich das auch. Sicher, dieser verwitwete Vater, der allein mit einem Säugling und einem Greis dasteht, hat mich schon gerührt. Aber wenn ich ihn heute ansehe, weiß ich, dass nicht mehr Mitgefühl mich zu ihm zieht. Ob ich ihn liebe? Ich könnte nicht genau sagen, wie sehr. Die Gefühle, die ich für ihn hege, sind so ganz anders als das, was ich für Julien empfunden habe. Aber ich weiß auch, dass Liebe unterschiedliche Formen annehmen kann. Nun gut! Ich liebe ihn.

Wir heiraten am Montag, dem 24. Oktober, in der Saint-Laurent-Kirche, gleich nach der Ernte. Ich bin vor Freude ganz außer mir. Aber überglücklich wäre ich, wenn ich in den Kirchenbänken dein Lächeln und den Rotschopf meines kleinen Gaby sehen würde. Ihr fehlt mir ganz schrecklich. Aber ich werde dich nicht zu meiner Hochzeit einladen, damit du nicht abzulehnen brauchst …

Eine Träne trat in ihren Augenwinkel. Sie wischte sie mit dem Handrücken ab und räumte den Brief weg.

»Ich werde da sein, liebe Mado, ich komme bestimmt! Und dann wirst du eine große Überraschung erleben! Du hast ja keine Ahnung, wie sehr ich dir dein wohlverdientes Glück gönne …«

Leichten Herzens bewaffnete sie sich mit der Schreibfeder,

überzeugte sich davon, dass sie angespitzt war, und zog ein Blatt Papier hervor. Sie stellte sich schon vor, wie Alexander sich freuen würde, wenn er davon hörte.

Isabelle zögerte, ihr Dienstmädchen holen zu gehen. Sie hatte gesehen, wie die junge Frau zusammen mit Francis in den Wald gegangen war; und es wäre sowohl für die beiden als auch für sie selbst unerquicklich gewesen, wenn sie die jungen Leute im unrechten Moment überraschte. Auf der anderen Seite waren noch mehrere Kisten zu packen. Daher beschloss sie, ihnen nachzugehen, schritt zwischen den Bäumen hindurch und rief dabei laut ihre Namen, damit sie, wenn nötig, ihre Kleidung richten konnten.

Das Laub knisterte unter ihren Schritten, und der säuerliche Geruch des feuchten Bodens stieg ihr in die Nase. Sie dachte an den Besitz in Beaumont und stellte sich den Wald vor, der die Kornfelder säumen musste, und die ruhigen Wasser des Flusses. Das Haus war in den Jahren seit der Eroberung durch die Engländer instand gesetzt worden. Außerdem lieferte das Land inzwischen ausgezeichnete Erträge. Die Scheunen von »Petit Bonheur«, wie der Vorbesitzer Jean Couture das Gut getauft hatte, waren immer gut gefüllt. Madame Couture hatte den Besitz nach dem Tod ihres Mannes, der keinen Erben hinterlassen hatte, verkauft und war zu ihrer Schwester gezogen, die am Saumon-Fluss lebte.

Isabelle dachte immer öfter an den Besitz, den Pierre einst erworben und dann verpachtet hatte. Natürlich musste man abwarten, bis der Pächter etwas anderes gefunden hatte … Aber wenn Alexander einverstanden war … vielleicht könnten sie ja schon im nächsten Sommer vor dem Beginn der Aussaat dort einziehen. Mit einem Mal riss ein Rascheln sie aus ihren Überlegungen.

»Marie?«

Eine Hand legte sich über ihren Mund und erstickte ihren Schrei. Entsetzt riss sie die Augen auf und zappelte heftig, aber es war nutzlos.

»Beruhige dich, Isa! Ich will dir kein Leid antun. Und ich möchte auch nicht, dass deine Freunde zu Schaden kommen, wenn du verstehst, was ich meine!«

Isabelle erstarrte. Sie hatte die Stimme ihres Bruders erkannt, der ihr ins Ohr flüsterte. Vorsichtig nahm er die Hand weg und ließ sie los. Sie nahm sich die Zeit für einen tiefen Atemzug. Dann fuhr sie herum und holte aus, um ihn zu ohrfeigen. Doch er war darauf gefasst und fing ihren Arm ab. Er verdrehte ihr das Handgelenk und warf ihr einen hasserfüllten Blick zu, der ihr klarmachte, dass sie besser jede Gegenwehr aufgab. Schroff gab er sie frei und spuckte einen schwarzen Klumpen auf den Boden.

»Étienne … Was machst du hier? Woher wusstest du …«

Ihr Bruder stieß ein Hohngelächter aus, bei dem es ihr kalt über den Rücken lief. Er zog die Augen zusammen und neigte den Kopf zur Seite.

»Also wirklich, Isa. Woher ich das wusste? Hast du etwa geglaubt, hier würde dich niemand finden?«

»Hat Jacques Guillot …?«

»Der Ärmste kommt um vor Liebe zu meiner lasterhaften Schwester! Ich brauchte ihm nur zu versprechen, dich zurückzuholen, und schon hat er mir verraten, wohin er dir die Post nachschickt.«

»Was willst du von mir? Warum hast du nach mir gesucht? Wenn es dir um den Besitz in …«

»Der Besitz in Beaumont interessiert mich schon lange nicht mehr!«

Er hielt ihr seinen Zeigefinger mit einem abstoßenden langen, schwarzen Nagel unter die Nase.

»Du weißt ganz genau, was ich suche, Schwesterherz! Und jetzt wirst du mir sagen, wo ich es finde!«

»Aber … was denn? Wovon redest du? Ich verstehe dich nicht!«

Isabelle spürte, dass sie beide nicht allein waren. Als sie sich umdrehte, stand sie drei rot und schwarz bemalten Eingeborenen gegenüber. Mitten auf ihrem glattrasierten Schädel prangte eine einzige, lange Haarsträhne. Regungslos, den Tomahawk in der Hand und das Skalpiermesser um den Hals gehängt, musterten sie die junge Frau mit unbewegter Miene. Erschrocken fuhr sie mit wild pochendem Herzen erneut herum.

»Was willst du, Étienne?«

»Das Gold!«

»Ich weiß nicht, wo es ist!«

Étiennes Miene wirkte zufrieden.

»Aber anscheinend weißt du von seiner Existenz! Lavigueur hatte recht.«

»Dann hast du ihn hergeschickt?«

»Guillot hat mich gewarnt und gemeint, ihr würdet mir keinen freundlichen Empfang bereiten … Lavigueur glaubt, dass das Gold sich hier befindet. Ich selbst habe ebenfalls meine Nachforschungen angestellt und bin überzeugt davon, dass es irgendwo hier ist. Den größten Teil des Winters habe ich euch ausgespäht und gehofft, dein Schotte würde das Geheimnis des Verstecks ausplaudern … Aber das hat er nicht getan. Lavigueur glaubt, dass es im Obstgarten liegt. Da ich meine Nächte nicht mit Graben verbringen konnte, habe ich allerhand Leute befragt und ihre Loyalität gegenüber Alexander auf eine harte Probe gestellt. Aber ich habe nichts erfahren, was ich nicht bereits gewusst hätte. Also muss ich jetzt wohl zu stärkeren Mitteln greifen!«

»Ich weiß nicht, wo es ist, Étienne! Ich schwöre es beim Leben von Gabriel und Élisabeth!«

»Élisabeth, hmmm … So hast du sie genannt? Schämst du dich eigentlich nicht, deinem zweiten Bastard den Namen unserer Ahnfrau zu geben?«

Die Ohrfeige klatschte. Ebenso verblüfft wie Étienne, schlug Isabelle ihre schmerzende Hand vor den Mund. Der Blick ihres Bruders traf sie wie ein Schwall eiskalten Wassers, und ihr entfuhr ein kleiner Schreckensschrei.

»Du bist genau wie deine Mutter! Eine Hure!«

Dass er von Justine sprach, half ihr, die Fassung zurückzugewinnen.

»Merkwürdigerweise finde ich, dass du ihr mit deinem harten Herzen weit mehr ähnelst als ich, Étienne, auch wenn sie nicht deine leibliche Mutter ist.«

Doch ihr Bruder sprang nicht darauf an, sondern verzog nur zynisch die Mundwinkel. Die Zeit drängte. Er wollte diesen Ort so rasch wie möglich wieder verlassen.

»Nun gut, dann weißt du eben nicht, wo das Gold versteckt ist. Aber dein Schotte weiß es mit Sicherheit. Also werde ich hier auf ihn warten. Ich hatte gehofft, das würde nicht nötig sein, aber ich habe keine andere Wahl.«

Isabelle stürzte sich auf ihren Bruder.

»Du bist ein elender Schurke, Étienne Lacroix! Ich hasse dich! Ich weiß, dass du den Hollandais und seine Begleiter getötet hast! Und ich weiß, dass du Alex deinen verfluchten Wilden zur Folter überlassen hast!«

Étienne packte ihre Handgelenke mit eisenhartem Griff und starrte boshaft in ihre tränenumwölkten Augen.

»Weißt du auch, dass Pierre sich bei mir ein Souvenir von deinem Schotten erbeten hat, Isa? Das hat er dir nicht erzählt, stimmt's?«

Verblüfft öffnete sie den Mund, aber kein Ton kam über ihre Lippen. Ihre Beine gaben nach. Hätte Étienne sie nicht festgehalten, wäre sie zu seinen Füßen zusammengesackt.

»Jetzt hör mir gut zu! Wenn du jemandem hiervon erzählst, werde ich mich an deinen Freunden schadlos halten! Die Squaw, die mit dem anderen Schotten zusammenlebt, ist ganz hübsch. Aber ihre Bälger sind so schwächlich, dass ihnen leicht etwas zustoßen könnte, wenn du verstehst, was ich meine.«

Isabelle war so bestürzt darüber, dass ihr eigener Bruder solche Bosheit an den Tag legte, dass sie kein einziges Wort herausbrachte. Sie nickte einfach. Étienne ließ sie los und schaute sich ein letztes Mal um. Dann hielt er sich nicht länger auf und verschwand zusammen mit seinen Handlangern in den Tiefen der Wälder.

Isabelle sank auf die Knie und verharrte eine Weile in dieser Stellung. Erneut hatte sie das bedrückende Gefühl, aus dem

Wald heraus beobachtet zu werden. Aber jetzt wusste sie, wer dahintersteckte.

Das Kanu entfernte sich vom Ufer und kräuselte das Wasser der kleinen Bucht, über der ein orangefarbener Dunstschleier hing. Die Ruderer stimmten ein Lied an. Zwei Reiher, die sich durch den Lärm gestört fühlten, flogen auf und breiteten ihre Schwingen aus, deren Spitzen lange Spuren auf der ruhigen Wasseroberfläche zogen. Alexander suchte sein Gepäck zusammen, und John tat es ihm nach. Dann drangen die beiden Männer in das sumpfige Uferdickicht ein. Bei Einbruch der Nacht würden sie ihr Ziel erreichen.

Je näher sie kamen, umso unruhiger wurde Alexander. Er schlug einen Weg ein, den er gut kannte, da er ihn oft benutzte, wenn er mit Munro Gänse oder Enten jagte. Jetzt lagen nur noch etwa zwei Meilen vor ihnen, die sie querfeldein zurücklegen mussten.

Die letzten Sonnenstrahlen schimmerten auf Johns Haar, der neben ihm ging. Was für ein merkwürdiges Gefühl, wieder an der Seite seines Zwillings zu sein! Eigenartig, aber zutiefst anrührend …

»Diese Frau, Isabelle …«, begann John und warf ihm einen Seitenblick zu, »weiß sie von meiner Existenz? Ich meine … dass du einen Zwillingsbruder hast?«

»Nein«, gestand Alexander leise, »ich habe ihr nicht von dir erzählt.«

Angesichts der Dringlichkeit der Lage hatte er seinem Bruder nur kurz von Isabelle und seinen Kindern berichtet. Mit dem Rest wollte er noch warten. Er musste erst lernen, John wieder zu vertrauen. So hatte keiner der beiden von dem Hollandais und seiner letzten Reise gesprochen. Um seine überstürzte Rückkehr nach Red River Hill zu rechtfertigen, hatte er John erzählt, in der Umgebung sei eine Gruppe feindlicher Indianer gesehen worden, und er wolle seine Familie schützen.

»Hmmm …«, meinte John und nickte nachdenklich. »Ich wette, sie ist sehr hübsch.«

»Erinnerst du dich noch an unsere ärgerliche Angewohnheit, unser Augenmerk immer auf das gleiche Mädchen zu werfen?«

»Ha, ha, ha! Und ob ich mich erinnere. Die kleine Lilidh wusste ja nicht mehr, wo ihr der Kopf stand! Sie hat geschworen, wir hätten uns hinter der Scheune geküsst. Das warst du, nicht wahr?«

Ein Lächeln ließ Alexanders Gesicht aufleuchten. Er prustete laut heraus und verstummte dann wieder.

»Und du …? Wie ich gehört habe, bist du verheiratet. Mit Marie-Anne, stimmt's?«

Er war langsamer geworden. John warf ihm verstohlene Blicke zu.

»Ich weiß davon, Alas«, gestand er dann plötzlich. »Marie-Anne hat mir alles erzählt.«

Alexander spürte, wie ihm das Blut ins Gesicht schoss, und senkte den Kopf.

»Ich weiß nicht, was ich sagen soll, John. Sie … also, ich war …«

Sein Bruder legte ihm begütigend die Hand auf den Arm.

»Ich weiß. Damals waren Marie-Anne und ich noch nicht verheiratet. Außerdem … das klingt jetzt vielleicht etwas töricht, aber … als ich gehört habe, dass du bei ihr gelegen hast, da hat mir das die Augen geöffnet. Eifersucht, verstehst du? Mir ist klar geworden, dass mir wirklich an dieser Frau lag und ich sie nicht verlieren wollte.«

Alexander dachte an Isabelle und beschleunigte seinen Schritt.

»Ich weise dich ausdrücklich darauf hin, dass ich keine solche ›Medizin‹ brauche, um mir über meine Gefühle klar zu werden, John!«

Lachend schloss sein Bruder zu ihm auf.

»Ich werde es mir merken, Alas.«

Mit einem Mal alarmierte sie ein Knacken, das aus den Büschen kam. Sie schulterten ihre Gewehre und gingen hinter einer Gruppe Goldruten in Deckung, die in der Abendbrise wogten.

Alexander musterte die Umgebung und erblickte einen Schatten zwischen den blassen Birkenstämmen. Er legte sein Gewehr an, schloss ein Auge und visierte mit dem anderen die Gestalt an, während er wartete, dass sich der Eindringling zeigte. Einige Sekunden vergingen, dann kam eine Hirschkuh zum Vorschein. Seufzend, mit pochendem Herzen ließ Alexander die Waffe sinken und zeigte John, was ihn erschreckt hatte. Die beiden Männer machten sich erneut auf den Weg.

»Wir haben jetzt eine kleine Tochter, Marguerite!«, erklärte John stolz. »Sie sieht ihrer Mutter ähnlich. Du musst unbedingt demnächst mit deiner Familie nach La Batiscan kommen. Marguerite wird entzückt darüber sein, einen Cousin und eine Cousine zu bekommen.«

»Weißt du, dass Munro auch zwei Kinder hat?«

»Munro ist Vater? Du machst wohl Witze!«

»Er hat in Grand Portage eine Ojibwa-Frau geheiratet.«

Sie verstummten und drangen weiter in den dunklen Wald ein.

Mit verliebtem Blick sah Francis zu, wie Marie ihr Kleid wieder richtete. Scherzhaft streckte der junge Mann die Hand aus, um das Band ihres Mieders aufzuziehen. Sie stieß ihn lachend zurück.

»Oh nein, du Frechdachs! Ich muss zurück und Madame Larue … ähem … Macdonald helfen.«

»Bleib bei mir, Marie, meine süße, schöne Marie!«

»Wenn ich nicht sofort gehe, kommt sie her, um mich zu suchen. Und ich möchte nicht, dass sie uns zusammen sieht … nicht so.«

»Nein, das meine ich nicht, Marie. Bleib bei mir in Red River Hill! Musst du wirklich mit ihnen gehen? Sie werden schon jemand anderen finden, der sich um die Kinder kümmert und …«

Die junge Mohawk-Frau beugte sich über ihren Liebsten, der neben ihr lag, um ihn auf die Nasenspitze zu küssen.

»Ich kann Madame Macdonald nicht mit ihren zwei Kindern allein lassen, Francis. Ich kümmere mich um Gabriel, seit er auf der Welt ist. Und wenn du mit uns kommen würdest? Bestimmt brauchen sie in der Stadt eine Art Mädchen für alles. Wenn Basile … Was hast du denn, Francis?«

Angesichts der verdutzten Miene des jungen Mannes fuhr Marie herum, bereit, eine Entschuldigung zu stottern, um ihre Verspätung zu erklären. Doch Francis' starke Arme schlossen sich um sie und hoben sie hoch. Er stieß sie auf die Hütte zu. Sie schrie.

»Francis!«

»Los, rette dich, Marie! Sag Stewart und Munro Bescheid!«

Mit angstvoll aufgerissenen Augen starrte sie den Irokesen an, der auf sie zukam, und kreischte vor Angst. Francis zog seinen Dolch, den er immer bei sich führte.

»Lauf, Marie!«, befahl er ihr brüllend.

Die junge Frau gehorchte und stürzte Hals über Kopf davon. Der Indianer nahm die Verfolgung auf, und Francis rannte hinter ihm her.

Isabelle hatte soeben Élisabeth gewickelt, die zufrieden lächelnd vor sich hin plapperte.

»Wasch dir die Füße, bevor du schlafen gehst, Gaby!«

»Habe ich doch!«

»Das Wasser in der Waschschüssel ist noch sauber. Du willst mir doch nicht weismachen, dass dein Waschwasser so sauber bleibt, nachdem du den ganzen Tag lang mit nackten Füßen im Maisfeld Schlangen gesucht hast?«

»Ich mach ja schon!«

»Versuch dir die Nägel sauberzumachen. Und dann schüttest du die Schüssel draußen aus.«

»Ja, Mama.«

Murrend ließ Gabriel seine Zeichnung auf dem Tisch liegen, auf dem eine Kerze brannte. Isabelle beobachtete ihn. Als sie sich vergewissert hatte, dass er tatsächlich nach der Schachtel mit der Seife griff, wandte sie sich erneut ihrer Tochter zu. Die Kleine hatte so gezappelt, dass die Windel wieder aufgegangen war.

»Meine Güte! Was soll das erst werden, wenn du laufen kannst? Du kannst ja keinen Moment stillhalten, Herrje!«

In diesem Moment vernahm sie Maries gellenden Schrei. Zuerst glaubte sie, Francis renne der jungen Frau nach, um ihr wie so oft Angst einzujagen. Aber dann erscholl ein zweiter, durchdringender Schrei, bei dem ihr die Haare zu Berge standen. Das war ganz gewiss kein Spiel.

»Was hat denn Marie, Mama?«, fragte Gabriel besorgt.

Hastig rückte Isabelle die Windel zurecht, wickelte Élisabeth in ihre Decke und legte sie in die Wiege.

»Gaby, du bleibst hier bei deiner Schwester und passt auf sie auf«, befahl sie. »Lass sie keinen Moment aus den Augen, sonst ziehe ich dir die Ohren lang, wenn ich zurückkomme.«

Sie ließ ihrem Sohn keine Zeit für eine Antwort und stürzte schon aus der Hütte. Doch dann kam sie noch einmal herein, nahm das Gewehr vom Haken und schloss die Tür hinter sich. Gabriel blieb verängstigt zurück.

Der aufkommende Wind raschelte in den Blättern, brachte die Äste zum Knarren und dämpfte ihre Schritte, aber auch die eventueller Verfolger. Alexander fuhr beim leisesten Knacken oder dem Ruf eines Tieres zusammen. Er kannte die Indianer gut genug, um zu wissen, dass sie oft Tierlaute nachahmten, um sich unauffällig zu verständigen. Als er den Ruf eines Ziegenmelkers hörte, blieb er regungslos stehen und wartete auf eine Antwort. Nichts. Erleichtert bedeutete er John, dass sie weitergehen konnten.

Es wurde Nacht. Büsche, Löcher und Abhänge lagen in der Dunkelheit verborgen, die jedem, der den beiden Männern vielleicht auflauerte, zahlreiche Verstecke boten. Zugleich wurde es fast völlig still. Bis auf ein paar nächtliche Vögel und Insekten wagten die Tiere sich nicht zu Wort zu melden. Über ihnen, hinter dem Astgewirr, wurde der Himmel immer finsterer. Heute Nacht schien kein Mond.

Einen Moment lang hörte Alexander das Klicken ihrer Waffen, das Schleifen ihrer Ledertaschen, das Rascheln ihrer Schritte und das Zischen ihres Atems. Sie hatten Red River Hill jetzt fast erreicht. Alles war still. War es zu ruhig oder nicht ruhig genug? Er wusste es nicht mehr. Mit dem Fuß stieß er gegen eine Baumwurzel und machte fluchend einen Satz. Seine Ängste und düsteren Gedanken hatten ihn abgelenkt. Dabei kannte er diesen Ort doch wie seine Westentasche.

»Geht es?«

»Ja …«

Er musste seine Furcht bezähmen und auf der Hut bleiben. Um sich von seiner Angst abzulenken, begann er ein Gespräch.

»Die Männer, die dich begleitet haben … arbeiten sie für dich?«

»Ja. Ich arbeite seit drei Jahren auf eigene Rechnung.«

»Hmmm … Ich hatte schon gehört, du hättest deine geschäftlichen Beziehungen zu deinem Schwager abgebrochen.«

»Philippe Durand? Wenn man so will. Sagen wir, dass ich manche seiner Methoden nicht billigte. Da habe ich mich lieber selbstständig gemacht. Einige seiner Männer haben sich entschieden, mir zu folgen. Cabanac und le Chrétien gehören dazu. Cabanac würde ich mein Leben anvertrauen. Er ist mir treuer ergeben als ein Hund.«

»Cabanac? Ist das nicht derjenige, der mir den Finger abgeschnitten hat?«

John, der hinter seinem Bruder ging, seufzte.

»Bist du mir deswegen böse, Alas?«

»Du hast getan, was du tun musstest. Hättest du mich verstümmeln wollen, hättest du mir ja wohl die ganze Hand abgehackt! Marie-Anne hat dafür gesorgt, dass alles vollständig verheilt war, ehe sie mich nach Québec zurückkehren ließ.«

»Bist du eigentlich auch desertiert?«

»Nein … Das war eine merkwürdige Geschichte, die ich dir aber lieber ein andermal erzähle.«

»Ja … Wir werden ein ganzes Fass Whisky brauchen, um einander unser Leben zu erzählen.«

»Ein Fass wird da wohl nicht ausreichen, wenn du meine Meinung hören willst.«

Alexander wich einem Baumstamm aus, der quer über den Weg gestürzt war.

»Obacht!«

»Danke.«

Sie gingen noch ein paar Schritte, ohne etwas zu sehen.

»Alas …«

»Ja?«

»Bist du glücklich?«

»Glücklich?«

Alexander fühlte sich in diesem Moment nicht besonders froh.

»Ich meine … Du wirst diese Frau heiraten, und in ihren Kindern fließt dein Blut. An der Vergangenheit kann man ja wohl nichts ändern. Aber wie wird die Zukunft aussehen?«

»Nun ja … Doch, ich glaube, ich bin glücklich.«

»Gut. Das hätte sich nämlich Mutter gewünscht. Sie war überzeugt davon, dass du noch lebst, wusstest du das?«

»Ja, man hat mir davon erzählt.«

»Hmmm … Wenn du glücklich bist, dann bin ich es ebenfalls.«

Alexander verhielt den Schritt und wandte sich zu John um, der fast gegen ihn stieß. Sie sahen einander an, jeder ein Spiegelbild des anderen, und überlegten, wie das Leben des Bruders wohl verlaufen war. Zwei parallele Leben, einander ähnlich und doch wieder so unterschiedlich … Alexander wurde klar, dass John genau wie er eine schwere Last getragen hatte.

»Weißt du noch, die Uhr von Großvater Campbell?«, sagte John plötzlich.

»Die, die Coll mir zurückgegeben hat? Ich habe sie immer noch. Warum?«

»Als ich aus Culloden zurückgekehrt bin, habe ich danach gesucht.«

»Ich hatte sie versteckt, um zu verhindern, dass dieser Dummkopf Iain MacKendrick sie mir stehlen konnte.«

John lachte leise. »So dumm war dieser MacKendrick auch wieder nicht, denn er hat dein Versteck gefunden. Coll hat mir Bescheid gesagt, und ich bin zu ihm gegangen, ehe er sie am Ende noch verkaufte. Ich habe ihm zwei Zähne ausgeschlagen und ihm ein blaues Auge verpasst, das so dick wie ein Gänseei war. Dann habe ich ihn höflich gefragt, ob er nicht zufällig deine Uhr gefunden hätte. Der Arme ist sie sofort holen gegangen. Von diesem Tag an habe ich sie immer bei mir getragen … bis zur Belagerung von Louisbourg.«

»Danke, John.«

Alexander war zutiefst aufgewühlt, und seine Kehle fühlte sich wie zugeschnürt an. Das Kind, das er einmal gewesen war, wütete in seinem Inneren und verlangte, man solle ihm diese Hälfte seiner selbst wiedergeben, die ihm genommen worden war. Er holte tief Luft. John legte die Hand auf seine Schulter, und er tat das Gleiche bei ihm. Dann wurden beide von ihren Gefühlen überwältigt und umarmten einander.

»Es ist schön, dass wir uns wiedergefunden haben«, erklärte John mit belegter Stimme.

»Ja«, pflichtete Alexander ihm bei.

»Er wird ihn umbringen! Tut doch etwas! Der Wilde wird Francis töten!«

Munro war zu Marie gelaufen, die vor Entsetzen kreischte, und rief Stewart zu, er solle ihre Waffen holen. Als Isabelle dazukam, brach das junge Dienstmädchen schluchzend zu ihren Füßen zusammen.

»Wie viele waren es, Marie?«

»Ich weiß nicht … ich habe nur einen gesehen … Francis, oh Francis!«

»Nur ein Indianer?«

Das unglückliche Mädchen nickte und vergrub das Gesicht in den Händen. Munro und Stewart verschwanden im Wald. Isabelle fasste Marie um die Schultern und zwang sie zum Aufstehen.

»Komm, du darfst nicht hierbleiben. Geh zurück in die Hütte.«

»Aber was wird aus Francis, Madame?«

Die junge Frau sah aus ihren weit aufgerissenen, feuchten schwarzen Augen zu ihr auf.

»Munro und Stewart bringen ihn schon heil und gesund zurück, mach dir keine Sorgen.«

Isabelle sah wieder die finsteren Gesichter der drei Indianer vor sich, die ihren Bruder begleitet hatten, und versuchte sich – nicht besonders erfolgreich – einzureden, dass die beiden Schotten schon tun würden, was getan werden musste.

»Dieser Teufel!«

Da kam ihr die Idee, dass die vier Männer möglicherweise Alexander abgefangen hatten. Der Gedanke traf sie wie ein Messerstich ins Herz, und sie seufzte. Plötzlich wurde sie zornig, und sie spannte das Gewehr, wie Alexander es sie gelehrt hatte.

»Geh nach drinnen, Marie!«

Die Waffe war schwer und sperrig. Aber Alexander hatte ihr gezeigt, wie man sie hielt, damit sie einen beim Gehen nicht allzu sehr behinderte. Sie sprach ein kurzes Gebet und versuchte, in der Dunkelheit etwas zu erkennen. Zwei Gestalten tauchten an der Mündung des Weges auf. Mit pochendem Herzen legte Isabelle das Gewehr an und hielt einen zitternden Finger über den Abzug. Die junge Dienerin, die auf dem Weg zur Hütte war, hatte die Bewegung ebenfalls bemerkt und drehte sich um.

»Francis!«

Sie stürzte auf die beiden Männer zu. Die jungen Liebenden umarmten einander heftig. Munro trat mit ernster Miene auf Isabelle zu.

»Stewart verfolgt ihn. Bestimmt nur ein Indianer auf der Flucht, der etwas zu essen sucht. Der *bastard* wird nicht weit kommen.«

»Der Indianer war nicht allein, Munro. Sie waren zu dritt…«

Verständnislos zog der Schotte die Augenbrauen hoch. Daraufhin erzählte sie ihm von ihrer heutigen Begegnung. Empört schüttelte er den Haarschopf und strich sich nachdenklich den Bart. Doch plötzlich rannte er zu seiner Hütte und brüllte ihr noch etwas zu.

»*Greas ort! Dinna stay footering here, wemen! Be aff and fetch the bairns!*« Beeilt Euch! Steht nicht tatenlos herum, Frau! Lauft los, und holt die Kinder …

Isabelle starrte auf seinen Rücken und fragte sich, was seine Worte wohl bedeuten sollten. Als er verschwunden war, wandte sie sich um und wollte in ihre Hütte zurückkehren. Das Kläffen der Hunde, die durch die angespannte Stimmung überreizt waren, breitete sich in den Wäldern aus. Munro hatte die Meute losgelassen.

»Marie!«

Die junge Frau beugte sich über Francis und untersuchte die Wunde an seinem Arm. Isabelle ließ die beiden lieber allein und ging auf die Hütte zu. Doch in dem Moment, als sie die Tür erreichte, versetzte ihr jemand einen so heftigen Stoß, dass sie zu Boden schlug. Die Waffe rutschte ihr aus den Händen, und sie riss sich den Zeigefinger am Abzugsbügel auf. Panisch robbte sie über die Erde, um das Gewehr zu erreichen. Doch ein Fuß setzte sich auf ihr Handgelenk und zerquetschte es fast. Sie stöhnte vor Schmerz.

»Du hast es nicht geschafft, den Schnabel zu halten, stimmt's?«

»Ich schwöre dir, ich habe nichts gesagt, Étienne! Nicht ich habe Alarm geschlagen! Marie … kam schreiend angelaufen. Einer deiner Wilden hat sie angegriffen.«

Étienne fluchte. Dann fiel ihm ein Lichtstrahl ins Gesicht.

»Mama?«

Isabelle geriet in Panik. Vergeblich versuchte sie, ihr Handgelenk zu befreien.

»Geh wieder hinein, Gaby! Ich hatte dir doch gesagt, du sollst bei deiner Schwester bleiben!«

»Aber sie kann doch nicht laufen … Was machst du da, Mama? Onkel Étienne?«

»Hör auf deine Mutter, Gabriel. Geh nach drinnen!«

Aufschluchzend gehorchte der Knabe. Das merkwürdige Verhalten seiner Mutter und der Ton seines Onkels jagten ihm Angst ein. Wieder wurde es stockfinster. Isabelle ging mit den Fingernägeln auf den Fußknöchel ihres Bruders los. Schließlich gab Étienne sie stöhnend frei. Verzweifelt packte sie mit beiden Händen den Gewehrkolben und riss die Waffe mit aller Kraft nach oben. Dann wälzte sie sich auf den Rücken. Der Schuss ging los, und der Rückstoß traf ihre Schulter. Fluchend tastete Étienne seinen Kiefer ab, über den Blut floss.

»Ich hatte dich gewarnt, Isa!«

Aus der Hütte drang ein fürchterlicher Radau. Élisabeth schrie und Gabriel weinte laut. Voller Angst stand Isabelle auf, um ihren Kindern zu Hilfe zu eilen. Aber sie verhedderte sich in ihren Röcken. Das Gewehr glitt ihr aus den Händen. Sie hob es auf und tastete nach dem Abzug. Doch plötzlich packte Étienne sie um die Taille. Die Luft wurde ihr aus den Lungen gepresst, und wieder ließ sie das Gewehr fallen, das auf ihrem Fuß landete.

»Lass mich! Die Kinder! Lass mich los, Étienne!«

»Ich will das Gold! Und du wirst mir helfen, es zu finden! Ich weiß, dass es hier irgendwo ist. Wenn du mitmachst, wird niemand deinen Gören etwas tun, verstanden?«

Verzweifelt gab sie ihre sinnlose Gegenwehr auf und begann zu schluchzen. Étienne zog sie zum Waldsaum. Sie zitterte und stolperte ein ums andere Mal, aber er hielt sie fest. Durch einen Tränenschleier hindurch sah sie zu den schwach erhellten Fenstern der Hütte, die in der Dunkelheit immer kleiner wurden.

Schüsse waren zu hören. Nervös zerrte Étienne sie immer gröber weiter. Mit einem Mal tauchte ein Indianer aus dem Dunkel des Waldes auf. Aus einer Schnittwunde auf der Stirn floss Blut über seine Wange. Er schrie etwas, das Isabelle nicht verstand, und Étienne antwortete ihm in derselben Lautstärke und der gleichen fremdartigen Sprache.

Isabelle ließ die Hütte nicht aus den Augen. Immer noch hörte sie ihre Tochter schreien, wenn auch immer leiser. Merkwürdigerweise schien es hinter einem der Fenster zunehmend heller zu werden. Sie hörte zu weinen auf. Entsetzt und wie erstarrt vergaß sie ihre eigenen Probleme und dachte nur noch an ihre Kinder.

»Neiiin!«

Als sie begriff, was da vor sich ging, wurde sie von Grauen überwältigt. Ihr Herz klopfte zum Zerspringen.

»Neiiin! Gabriel! Gabriel!«

Fieberhaft versuchte sie sich aus Étiennes Griff zu befreien. Als er die ersten Flammen hinter dem kleinen Fenster auflodern sah, ließ er sie augenblicklich los.

Die Schüsse und Schreie erfüllten Alexander mit Bestürzung. Der Schotte begann zu rennen; John war ihm dicht auf den Fersen. Aber ihm war, als komme er gar nicht vorwärts. Er hatte den Eindruck, der Boden sacke unter seinen Füßen weg, und die Äste schienen sich an ihn zu klammern und ihn aufzuhalten. Die herzzerreißenden Schreie brachten ihn schier um den Verstand. Wieder sah er Tsorihia vor sich, wie sie mit ausgebreiteten Armen auf dem Boden lag, das Gesicht noch zu einer Maske des Entsetzens verzogen; und den kleinen Joseph, der aus den warmen Armen seiner Mutter gerissen worden war und jetzt mit seinem kleinen, eingeschlagenen Schädel einsam im Farnkraut lag … und die anderen, all die anderen …

Nein! Nicht seine Familie! Mit einem Mal sah Alexander Licht aufflammen. Dann wurde das merkwürdige Licht heller. Ein rötlicher Schein stieg vom Boden auf. Halb verrückt vor Angst stieß er ein entsetzliches Geheul aus, das in seiner Kehle schmerzte.

»Feuer! Es brennt!«

Wie ein Mann stürzten die Brüder voran und näherten sich trotz der Hindernisse und Unebenheiten des Bodens ihrem Ziel. Plötzlich tauchten Gestalten vor ihnen auf, als kämen sie aus dem Höllenfeuer, auf das sie zurannten. Sie sahen das Aufblitzen von Klingen, das Schimmern nackter Haut und den glühenden Hass in den schwarzen Augen.

Ohne dass sie sich zu verständigen brauchten, trennten sich die Zwillinge und lockten die Irokesen hinter sich her. Einer lief nach rechts, der andere nach links. Aus verschiedenen Richtungen näherten sie sich jetzt dem brennenden Haus, als einer von ihnen mit großer Wucht gegen einen Ast stieß. Er verlor das Gleichgewicht und rutschte einen schlammigen Abhang hinunter. Ein Stück weiter unten verhakte sein Fuß sich zwischen zwei Steinen. Er stieß einen Schrei aus und versuchte sich an den Büschen festzuhalten. Aber die Zweige gaben nach. Er polterte vorwärts und schlug sich kräftig den Kopf an. In einem dichten Dickicht am Fuß des Abhangs kam er zum Halten und verlor das Bewusstsein.

Isabelle stürzte voran, um ihren Kindern, deren Stimmen jetzt nicht mehr zu hören waren, zu Hilfe zu kommen. Aber der glühende Hauch des Feuers trieb sie zurück. Marie war vollkommen hysterisch und rannte auf der Suche nach einem anderen Fluchtweg um das Haus herum. Die gierigen Flammen ergriffen die Vorhänge, leckten an den Fensterscheiben, fraßen das Werg, mit dem die Fenster abgedichtet waren, und schlugen durch die Spalten in den Wänden. Mit erstaunlicher Geschwindigkeit verschlang das Feuer das aus Holz und Baumrinde errichtete Gebäude.

Ohnmächtig wohnte Isabelle dem unheimlichen Schauspiel bei und erstickte fast vor Schmerz. Nervös, schreiend und weinend lief sie in dem Funkenregen auf und ab, der um sie niederging wie Sterne, die vom Himmel fallen. Die Männer tauchten Eimer in die Regentonne. Aber die kleinen Wasserpfützen, die sie ins Feuer kippten, verdampften sofort mit einem Zischen. Isabelle lief zu ihnen, nahm einen Eimer Wasser und kippte ihn über sich.

»Was macht Ihr da?«

Stewart riss ihr den Eimer aus den Händen, doch sie schnappte sich ihn erneut, füllte ihn noch einmal und durchnässte ihre Röcke. Unter den verblüfften Blicken von Francis und Munro rannte sie dann die Vordertreppe hoch.

»Madame! Nein, Madame!«, schrie Marie.

Da vernahm Isabelle hinter sich einen Schrei und erstarrte auf der Türschwelle. Sie wandte sich um und erblickte zwischen den Rauchwolken die vertraute Gestalt eines Mannes, der auf sie zurannte.

»Alex! Alex! Die Kinder! Sie sind noch in der Hütte!«

Étienne, der in der Deckung der Bäume geblieben war, wandte sich ebenfalls in die Richtung, aus der dieser neue Schrei gekommen war. Da erblickte er den Mann, der herbeigerannt kam, sah die bronzefarbenen Reflexe in seinem Haar und erkannte die Gestalt und die geschmeidigen Bewegungen. Überwältigt von Hass und Wahn griff er nach seiner Pistole, die in seinem Gürtel steckte, und pfiff nach seinen Handlangern.

»Ich habe noch eine Fahrkarte in die Hölle für dich, Macdonald!«

Isabelle stürzte die Stufen hinunter und auf Alexander zu. Ihre Blicke trafen sich; ein großer Schmerz stand darin.

»Die Kinder ... sie sind noch in der Hütte!«

Kurz musterte er die Frau, dann drückte er ihre Hände.

»Warte hier.«

Er sah sich um, entdeckte seinen Bruder aber nirgends. Doch er konnte nicht länger warten. Vielleicht war es jetzt schon zu spät. Rauch und Hitze brannten auf seiner Haut und in seinen Lungen. Während die Zuschauer ihn verzweifelt und entsetzt ansahen, zog er sich das Hemd über die Nase und trat durch den brennenden Türrahmen.

Langsam verstrichen zwei, drei, vier Minuten. Mit pochendem Herzen starrte Isabelle auf die Tür. Dann erklang ein unheimliches Knarren, und sie sah zum Dach hinauf, das in dem dichten schwarzen Rauch kaum mehr zu erkennen war. Das Geräusch wurde lauter und wandelte sich rasch zu einem entsetzlichen Krachen. Mit einem fürchterlichen Lärm zerplatzten die Fenster und spuckten Funkengarben; und dann brach in einem Flammenmeer das Dach zusammen. Es war vorbei.

»Alex! NEIIIN! Gaby, Zabeth!«

»Madame, Madame!«

Marie rief leise nach ihr. *Ein Traum ...* Isabelle hielt die Augen geschlossen. Sie weigerte sich, den Schleier zu zerreißen, der sie von der Wirklichkeit trennte.

»Schaut doch, Madame!«

Nein, ich will ihre Leichen nicht sehen! Stöhnend krümmte sie sich auf dem Gras zusammen und brach in Tränen aus. Aber Marie schüttelte sie beharrlich.

»Lasst mich…«

Von dem Rauchgestank wurde ihr übel. Ein heftiger Krampf schüttelte sie, und sie wälzte sich auf den Bauch. Hundegekläff und Kinderweinen näherten sich. Sie hörte zuerst Mikwanikwes und dann Munros kummervolle Stimmen. Der Schotte erklärte seiner Frau, welches Unglück über sie gekommen war.

Die Kinder weinten immer noch. Isabelle hielt sich die Ohren zu. Was für eine dumme Idee von Mikwanikwe, ihre Kinder hierher mitzubringen! Sie drehte sich auf die Seite und spürte durch ihre nassen Röcke, die an ihren Beinen klebten, die Kälte dieser grausamen Septembernacht, die sie daran erinnerte, dass sie noch am Leben war.

Maries Hände ließen nicht locker. Sie strichen über ihre Wangen und schoben das Haar aus ihrem Gesicht. Merkwürdig, ihre Hände waren so klein…

»Mama… Mama… wach doch auf!«

Ein warmer Atemhauch strich über ihre Stirn. Der Rauch war erstickend. Um sie herum wurde gehustet.

»Mama, Mama!«

Die kleinen Hände schüttelten sie weiter, und die Kinderstimme brach in Schluchzen aus, als sie reglos liegen blieb und kein Wort sprach. Isabelle ließ den Kopf zur Seite sinken und schlug langsam die Augen auf. Eine kleine Gestalt beugte sich über sie, und in der Nähe weinte ein Säugling.

»Madame, sie sind in Sicherheit! Die Kinder leben!«

»Gaby? Bist du das wirklich, mein Herz?«

»Mama…«

Isabelle wagte kaum daran zu glauben. Sie öffnete die Augen ein Stück weiter: Das waren wirklich ihre Kinder! Sie setzte sich auf und zog ihren Sohn an sich, um seine Wärme zu spüren. Marie bückte sich und zeigte ihr die kleine Élisabeth, die mit schlammverschmiertem Gesichtchen in ihren Armen zappelte. Es war unglaublich! Alexander hatte es geschafft! Mit pochendem Herzen sah sie sich um. Stewart und Francis schleppten Wassereimer, die sie über das immer noch brennende Skelett der Hütte ausgossen. In einiger Entfernung sah sie Mikwanikwe, die ihre Kinder an sich drückte und Munro, der die Hände vors Gesicht geschlagen hatte, den Kopf streichelte. Eine entsetzliche Angst ergriff Isabelle.

»Alex?«

Maries Züge verzerrten sich. Um Isabelle abzulenken, reichte die junge Dienstmagd ihr Élisabeth. Das kleine Mädchen packte eine ihrer Haarsträhnen und zog daran, als wolle es ihr bedeuten, dass es auch noch da sei. Gabriel schmiegte sich stumm an sie. Da begriff sie. Alexander war kaum zurückgekehrt, da hatten sie ihn schon wieder verloren. Den Blick in die Flammen gerichtet, die ihr einen Teil ihrer Seele geraubt hatten, drückte sie ihre Kinder an sich und weinte.

Der Morgen war grau. Feiner Regen fiel auf die rauchenden Überreste der Hütte des Hollandais'. Ihr Haus. Niedergeschlagen saß Isabelle auf der Bank, die Munro unter dem Weißdorn aufgestellt hatte, und sah auf das Holzkreuz. Ein Stück weiter standen die Kinder und Mikwanikwe und warteten geduldig. Zähneklappernd stand Isabelle schließlich langsam auf. Munro hatte die Inschrift in das Kreuz geschnitzt: *Alasdair Colin Campbell Macdonald of Glencoe 1732–1768.*

»Sechsunddreißig bist du geworden… Weißt du, dass ich nicht einmal dein genaues Geburtsdatum kenne, Liebster?«

Ihre Stimme brach, und Tränen stiegen ihr in die Augen. Sie wischte sich das Gesicht mit ihrem rußverschmierten Ärmel ab und wandte sich den Menschen zu, die auf sie warteten. Gabriel saß artig auf Francis' Knien und ließ den Kopf hängen. Was für einen mutigen kleinen Jungen sie hatte! Wirklich, genau wie sein Vater! Sie beugte sich über das Kreuz und liebkoste das raue Holz.

»Du wärest stolz auf deinen Sohn… Weißt du, dass er unserer kleinen Zabeth das Leben gerettet hat? Er hatte sich im Haus eingesperrt, wie ich es ihm befohlen hatte, und dann begann die Kleine zu weinen. Bei der ganzen Aufregung hatte ich vergessen, sie zu stillen … Gabriel hatte die Idee, etwas Wasser zu wärmen und es ihr zu trinken zu geben. Er hat den Kessel aufs Feuer gestellt und ein Geschirrtuch genommen, um ihn hochzuheben, so wie ich es immer mache. Das Tuch muss die Glut berührt haben, denn es begann zu brennen. Gabriel ist in Panik geraten und hat es quer durch den Raum geworfen. Es ist in einer offenen Reisetruhe gelandet, in die ich Kleidung gelegt hatte. Das Feuer hat sich sofort ausgebreitet. Aber Gabriel, der spürte, dass mit seinem Onkel Étienne etwas nicht stimmte, hat sich nicht getraut, um Hilfe zu rufen. Er hat seine Schwester in ein Laken gewickelt und ist durch ein Loch im Boden gekrochen. Erinnerst du dich an den losen Stein im Fundament? Ich hatte dich ständig gebeten, ihn auszubessern, damit uns nicht eines Tages Stinktiere überfallen würden. Nun ja, dieses eine Mal bin ich dankbar dafür, dass du nicht auf mich gehört hast. Gabriel kannte die Stelle und wusste, dass unter dem Haus ein niedriger Gang nach draußen führte. Er hat ihn manchmal benutzt, wenn er mit Otemin Verstecken spielte. Für einen Erwachsenen ist der Schacht zu eng … aber nicht für einen kleinen Jungen von sechs Jahren. Sobald er im Freien war, ist dein Sohn gleich zu Munro gelaufen, um zusammen mit seiner Schwester bei ihm Zuflucht zu suchen.«

Isabelle holte tief Luft und schloss die brennenden Augen.

»Wir gehen fort, Alex. Munro und die MacInnis-Brüder begleiten uns bis nach Montréal, wo wir den Winter verbringen werden, so wie wir es vorhatten. Im Frühjahr werde ich die Stadt verlassen und nach Beaumont ziehen. Ich glaube, das wird uns allen guttun. Ich habe Munro vorgeschlagen, mit uns zu kommen … Er denkt noch darüber nach. Ich werde deinen Vater und Coll besuchen. Ich bin sehr traurig, dass du sie nicht mehr wiedergesehen hast … Das Leben ist so grausam! Nie fragt es uns nach unserer Meinung! Es geschieht einfach. Aber du hast immer gesagt, alles geschieht aus einem bestimmten Grund … Ach, Alex!«

Sie schniefte und nahm ihre Kraft zusammen. Als sie eine Hand an ihr Herz führte, streifte sie ihr Taufkreuz, und Erinnerungen stiegen in ihr auf. Sie löste das Band, küsste das Schmuckstück und drückte es in den weichen Boden.

»Auf diese Weise hast du etwas von mir. Möge Gott dich beschützen, Alex! Du wirst immer ein Teil von mir sein!«

Noch ein paar Sekunden verharrte sie schweigend. Dann stand sie auf, ohne einen Blick auf das andere Grab am Waldrand zu werfen, wo sie einen der Indianer bestattet hatten, und ging zu den beiden Menschen, die ihr von ihrer Liebe noch geblieben waren, Gabriel und Élisabeth.

TEIL DREI

1768–1769

Die Rast des Kriegers

Wenn man die Ruhe nicht in sich selbst findet,
ist es sinnlos, andernorts danach zu suchen.
La Rochefoucauld

Die Kraft der Seele ist der Schönheit der Tränen vorzuziehen
Euripides

19

Rückkehr zu den Wurzeln

Isabelle ließ den Blick durch ihre Umgebung schweifen und lauschte Gabriel, der im Nebenzimmer sein Alphabet aufsagte. Der Raum diente inzwischen nicht nur als Zeichenatelier, sondern auch als Studierzimmer. Obwohl Monsieur Labontés Terminbuch voll war, hatte er sich freundlicherweise bereitgefunden, den Knaben über den Winter als Schüler anzunehmen und ihn die Grundlagen des Lesens und Schreibens zu lehren. Aber Isabelle verzweifelte beinahe und konnte kaum noch glauben, dass ihr Sohn bis zum Frühjahr in der Lage sein würde, seinen Namen zu schreiben. Ständig stolperte er über die Buchstaben *m* und *n*, die er verwechselte, und vergaß fast immer den Buchstaben *y*. Er war dermaßen zerstreut!

Sie zupfte an ihrem Umschlagtuch und versuchte, sich erneut ihrer Lektüre zu widmen. Die Buchstaben zogen in dem grauen Licht des Februarvormittags an ihr vorüber. Es fiel ihr schwer, sich zu konzentrieren. Unablässig musste sie zurückblättern, um den Sinn zu erfassen. Nach einer Weile schlug sie das Buch mit einem dumpfen Knall zu.

»Ach, mein teurer Rousseau!«, murmelte sie. »Bedaure, aber ich bin heute keine gute Gesellschaft. Ihr seid selbst einsam und unverstanden gewesen und habt darunter gelitten. Da habt Ihr sicher Verständnis für meinen Gemütszustand und vergebt mir.«

Sie legte die *Nouvelle Héloïse* auf die Truhe, die immer noch das Tafelsilber barg. Bis jetzt hatte sie es noch nicht für nötig befunden, es auszupacken. Wozu auch? Ihre Umgebung drückte sie ohnehin schon genug nieder … Sie tat ein paar Schritte durch den Salon und rieb sich die Arme. Das Klappern ihrer Absätze hallte von dem eiskalten Parkett wider. Der Winter war hart. Sie hatten nicht genug Brennholz und mussten sparsam mit dem Vorrat umgehen, den Basile im Herbst gekauft hatte. Die beiden Dienstboten hatten während Isabelles Abwesenheit nur drei Räume des Hauses benutzt und daher keine großen Reserven angelegt. Ach, dann war es jetzt eben so! In Red River Hill hatte man den eiskalten Wind sogar durch die schlecht abgedichteten Fenster der Hütte pfeifen hören!

Isabelle blieb vor dem Cembalo stehen, das mit einem alten Laken abgedeckt war. Sie legte einen Finger darauf, schloss die Augen und ergab sich der melancholischen Erinnerung an das kleine Stück Land auf dem Hügel am Petite Rivière Rouge.

»e, f, g, h, i, j, k, l, n, m, o …«

»Monsieur Larue!«

Die laute Stimme des Hauslehrers riss Isabelle aus ihren traurigen Gedanken, und sie lächelte verhalten, als sie sich vorstellte, wie ihr Sohn gereizt das Gesicht verzog.

»M, N, O, P!«

»Schon besser! Und jetzt beginnt noch einmal von vorn, und versucht bitte, Euch nicht wieder zu vertun.«

»Och!«

Es gab ihr einen Stich ins Herz, wenn Gabriel Ausdrücke gebrauchte, die er seinem Vater abgehört hatte. Sie krallte die Finger in das Laken. Eine Ecke des dunkel glänzenden Instruments lugte hervor. Einen Moment lang schaute sie auf eine zwischen zwei goldene Ranken gemalte Rose hinunter. Es war lange her, dass sie ein Musikinstrument angerührt hatte …

Energisch zog sie an dem Stoff, der zu ihren Füßen niedersank, und enthüllte das Cembalo, das sie lange betrachtete. Seine Form erinnerte an den ausgebreiteten Flügel eines Vogels. Sie erinnerte sich, wie sie als Kind behauptet hatte, deswegen sänge das Cembalo. »Dann soll es singen, meiner Treu!«, hatte ihr Vater damals ausgerufen. »Du spielst so wunderbar darauf, mein Schatz, dass es gar nicht anders kann, als himmlische Töne von sich zu geben!«

Sie ging um das Instrument herum und fuhr mit den Fingern die Arabesken nach, mit denen es geschmückt war. Als sie mit dem Fuß gegen den Schemel stieß, schaute sie darauf herunter und stellte fest, dass der Lack an einigen Stellen aufgeplatzt war. Sie runzelte leicht die Stirn.

»Ja, auch du wirst älter!«

Sie zog den Schemel zurück und nahm nachdenklich darauf Platz. Seit Jahren hatte sie ihr Cembalo nicht mehr angerührt. Trotzdem legte sie die Finger auf die Tasten, um ein paar Töne anzuschlagen. Dazu brauchte sie nicht unbedingt den Deckel hochzustellen. Mit einer fließenden Bewegung begann sie ein Konzert von Bach zu spielen.

»Nanu! Da lässt mich wohl einer der Kiele im Stich!«

Enttäuscht schlug sie nun eine Reihe aufsteigender Töne an und bemerkte, dass sogar mehrere Tasten hintereinander stumm blieben. Neugierig hob sie den Deckel des Instruments an und stellte fest, dass ein Umschlag darin lag. Sie nahm ihn und setzte sich wieder. *Für Isabelle* stand darauf.

Sie erkannte die gestochen scharfe Handschrift ihrer Mutter und wurde von gemischten Empfindungen überwältigt. Im Spätsommer hatte sie mit dem letzten Schiff aus Frankreich einen Brief von ihrem Bruder Ti'Paul erhalten. Darin hatte der junge Mann ihr eine wichtige Mitteilung gemacht: Er würde den großen Schritt tun und heiraten. Seine zukünftige Frau, Julienne Maufils, war die Tochter eines Unterleutnants bei der leichten Kavallerie von Orléans. Der arme Paul! Sein großer Traum war es gewesen, zum Militär zu gehen und Abenteuer zu erleben! Nun ja … so weit hatte er sich auch wieder nicht von seinem ehrgeizigen Ziel entfernt! Er stand kurz davor, sein Ingenieursstudium an der Militärschule von Mézières abzuschließen, und man hatte ihm bereits eine Stellung auf den Antillen angeboten, wo er am Wiederaufbau von Fort Bourbon mitwirken sollte. Nach den guten Nachrichten war die schlechte gekommen: Am 8. Juni war ihre Mutter im Alter von vierundfünfzig Jahren hinter den feuchtkalten Mauern eines Klosters in der Nähe von La Rochelle verstorben.

Den Blick auf das vergilbte Papier gerichtet, legte Isabelle den Kopf zur Seite und sah vor ihrem inneren Auge die Züge ihrer Mutter. Das letzte Bild, das sie von ihr hatte, war das der schönen, kalten Frau, die sie immer gewesen war. Damals hatte Justine hoch aufgerichtet im Nieselregen neben dem mit Kisten beladenen Wagen gestanden, der gleich nach Québec abfahren würde. Sie hatte sie zum letzten Mal geküsst, und ihre Wangen, auf denen sich die ersten Falten zeigten, waren feucht gewesen. Isabelle hatte gemeint, eine Träne zwischen den Regentropfen zu bemerken. Hatte ihre Mutter geweint, weil sie wusste, dass sie für immer auseinandergingen und sie ihren Enkelsohn niemals sehen würde? Doch die tiefe Abneigung, die sie diesem Land gegenüber empfand, hatte die Oberhand über die Familienbande gewonnen. Nein. Undenkbar, dass Justine geweint haben sollte …

Das vergilbte Papier brach, als sie es auseinanderfaltete. Oben stand das Datum: 18. Juli 1761. Isabelle ließ den Blick über die gleichmäßige Schrift gleiten. An einigen Stellen war sie verschwommen, und viele Wörter waren von hellen Flecken umgeben, an denen das Papier wellig war. Tränenspuren? Isabelle trat ans Fenster, um besser zu sehen, und zog die Augen zusammen.

Meine liebste Tochter,

wenn du diese Worte liest, befinde ich mich bereits auf dem Schiff, das mich in die alte Heimat trägt. Die Reisevorbereitungen sind fast völlig abgeschlossen; es sind nur noch die Dinge übrig, die man in letzter Minute einpackt. Seit vielen Jahren warte ich darauf, nach Frankreich zurückkehren zu können. Doch ich muss dir gestehen, dass mich heute, da ich kurz davor stehe, mich einzuschiffen, auch eine gewisse Trauer bewegt.

Das ist das Alter, sage ich mir. Aber nein, im Grunde meiner selbst weiß ich, dass es einen anderen Grund gibt … Mit schwerem Herzen …

An dieser Stelle wurde die Schrift unleserlich. Eine Zeile weiter wirkte sie von neuem exakt und flüssig. Offenbar hatte Justine erst einige Zeit später weitergeschrieben.

Seit meiner Rückkehr nach Québec hatte ich Zeit, eine Bilanz meines Lebens zu ziehen … Und mit einem Mal fand ich mich einer beängstigenden Leere gegenüber, an der ich mir nur selbst die Schuld geben kann. Ich weiß, dass ich mein Unglück selbst verschuldet habe. Seit dem Tod deines Vaters ist mir klar geworden, was dieser arme Mann alles getan hat, um mich glücklich zu machen. Ich bin undankbar gewesen. Ja, Isabelle, ich gestehe es: Ich bin undankbar und egoistisch. Stets habe ich mich geweigert, die Liebe, die Charles-Hubert mir entgegenbrachte, anzunehmen … Erst jetzt erkenne ich, dass er ein Herz aus Gold besaß.

»Und er ist vor Kummer darüber gestorben …«, murrte Isabelle.

Mein ganzes Leben lang habe ich meinen Schmerz und Groll genährt. Jeden Tag habe ich so den Schutzpanzer um mich herum verstärkt und mich weiter isoliert. Ich war böse auf meinen Vater, auf Charles-Hubert und auch auf dich, Isabelle, weil du ein Spiegelbild dessen warst, was ich war und nie mehr sein werde, ein junges Mädchen, glücklich, sorglos und verliebt. Es wird dir sicherlich schwerfallen, das zu glauben, aber ich bin nicht immer so gewesen, wie du mich kennst. Dein Vater hat sich in eine lebensfrohe Frau verliebt. Doch zu seinem Unglück ist dieses fröhliche junge Mädchen in der kalten Morgensonne eines Februartags im Jahr 1739 am Kai von La Rochelle zurückgeblieben. Oft sage ich mir, dass ich diese beschwerliche Schiffsreise nach Frankreich nur unternehme, um sie wiederzusehen und Frieden mit ihr zu schließen.

Sie hieß Justine Lahaye und war in einen anderen verliebt, Peter Sheridan, ein irischer Hauptmann im Dienst des Königs von Frankreich und der Verfasser der Briefe, die du auf dem Dachboden gefunden hast. Gestatte mir, dir ein wenig über diese Liebe zu erzählen …

Peter und Justine begegneten einander zufällig im Mai 1738 bei einem Fest, das zu Ehren des neuen Präfekten von La Rochelle gegeben wurde. An diesem Tag ging über dem Platz ein Unwetter nieder, und alles rannte und flüchtete sich in die wenigen benachbarten Läden und Herbergen. Das Gedränge war so groß, dass Justine sich zwischen einer Theke, die sich unter Gebäck bog, und einem Soldaten wiederfand, der mit seinem ganzen Gewicht auf ihrem Fuß stand. Wütend stieß sie ihn weg und wollte ihn auf ihre unangenehme Lage aufmerksam machen, als sich ihr ein attraktives, lächelndes Gesicht zuwandte. Sie fiel fast in Ohnmacht und blieb still. »Verzeihung, Mademoiselle«, sagte der Mann, »darf ich mich vorstellen? Peter Sheridan, Unterleutnant bei der französischen Garde. Ich bin … außerordentlich bestürzt.« Sie kam ein wenig zu sich und brachte es fertig, ihm zu antworten. »Mademoiselle Justine Lahaye, außerordentlich erfreut.« Dann standen die beiden da, ohne sich zu rühren und ohne ein weiteres Wort, sahen einander tief in die Augen und ließen nur ihre Blicke von ihren Empfindungen sprechen.

Nachdem sie einander häufig, doch stets im Rahmen des Anstands, getroffen hatten, wurde Peter Ende Juli 1738 in die Bretagne versetzt und musste die Stadt verlassen. Doch zuvor versprach er Justine, zu Beginn des kommenden Winters zurückzukehren und um ihre Hand anzuhalten. Zuerst wollte er seinen Vater um ein Darlehen bitten, um ein schönes Haus in Lorient zu kaufen. Den ganzen Herbst hindurch bereitete das junge Mädchen mit Hilfe seiner Mutter und seiner Amme die Aussteuer vor. Doch Peter kehrte nicht zurück. Weihnachten kam und ging, und ein neues Jahr begann. Justine verlor nicht die Hoffnung. Sie sagte sich, er müsse ins Ausland versetzt worden sein, und wahrscheinlich habe sein Brief sie noch nicht erreicht. Und da trat Charles-Hubert auf den Plan …

Mit seinen sechsunddreißig Jahren war dein Vater noch immer eine stattliche Erscheinung. Ich schätzte seine Gesellschaft wegen der unzähligen Geschichten über seine Reisen, die er mir erzählte. Dabei vergaß ich meine Sorgen wegen Peters Schweigen. Oft ging ich mit Charles-Hubert am Meer oder im Garten spazieren. Aber mein Herz zog mich nicht zu ihm. Für mich war er einer der Geschäftsfreunde meines Vaters, nichts weiter. Ich bemühte mich, freundlich zu ihm zu sein, während er darauf wartete, dass der große Fluss in Kanada auftaute und er wieder nach Québec zurückkehren konnte, in sein fernes Neu-Frankreich. Wenn ich ihn anlächelte, dann, weil ich an meine bevorstehende Hochzeit dachte.

Eines Tages rief mein Vater mich in sein Arbeitszimmer und legte mir einen Ehevertrag vor. Ich war mir sicher, dass Peter endlich um meine Hand angehalten hatte. Da ich nichts von juristischen Vorgängen verstand, unterzeichnete ich hocherfreut, ohne den Vertrag bewusst zu lesen. Ich achtete gar nicht auf den Namen des Mannes, der mein Ehemann sein würde. Wusste Charles-Hubert in diesem Moment, dass mein Herz einem anderen gehörte? Ich werde es nie erfahren. Wie es auch gewesen sein mag, Peter ließ weiterhin nichts von sich hören. Also schiffte ich mich nach Kanada ein, gebrochenen Herzens und einem Mann angetraut, den ich nicht liebte.

Diese Geschichte erinnert dich an eine andere, nicht wahr? Nachdem du jetzt weißt, wie sehr ich unter dieser erzwungenen Ehe gelitten habe, fragst du dich sicherlich, warum ich so grausam war, dir das gleiche tragische Los aufzubürden. Ich hatte geglaubt, mein schreckliches Geheimnis nie enthüllen zu müssen … Aber ich glaube, es ist Zeit, dass du die Wahrheit erfährst, so schwer es für dich auch sein mag, sie zu hören.

»Versuchst du etwa, dein Gewissen zu beruhigen, Mutter? Du hattest kein Recht, mir zu nehmen, was man dir vorenthalten hat!«

Isabelle nahm das nächste Blatt zur Hand.

Ich wusste von Anfang an, dass du dich in diesen schottischen Soldaten verliebt hattest, Tochter. Ich verschloss die Augen davor, ich schützte Unwissenheit vor; aber ich würde lügen, wenn ich sagte, diese Beziehung hätte mich gleichgültig gelassen. Dieser Mann besaß weder Rang noch Vermögen, und ich konnte bezüglich seiner Absichten nur argwöhnisch sein. Ich hätte einschreiten müssen, diesem Idyll rasch ein Ende bereiten, um uns allen diesen Kummer zu ersparen. Doch ich habe nicht früh genug gehandelt, und das war ein schrecklicher Fehler. Ich dachte nicht, dass es so weit kommen würde … Ich habe nicht bedacht, dass Leidenschaft und Liebesrausch uns dazu bringen, jede Vernunft in den Wind zu schlagen und Dinge zu tun, die für uns Frauen schreckliche Folgen haben können.

Mir fällt es schwer, über dieses unangenehme Thema zu sprechen. Doch ich bin es dir schuldig. Ich erhoffe mir nicht, dass ich mit die-

sem Geständnis deine Vergebung erlange. Nein, was du erfahren wirst, wird dich derart bestürzen, dass du mich sicherlich noch mehr hassen wirst. Doch ich schulde dir die Wahrheit, Tochter. Ich möchte, dass du weißt, warum ich so gehandelt habe, als ich begriff, in welchem traurigen Zustand du wegen dieses Monsieur Macdonald warst.

Zuerst muss ich dir sagen, dass das wirkliche Datum meiner Eheschließung mit Charles-Hubert der 30. Januar 1739 ist und nicht der 2. Juli 1938, wie es im Vertrag steht. Da Charles-Hubert im Mai 1738 in La Rochelle vor Anker gegangen ist, konnte niemand die Richtigkeit des Dokuments bestreiten. Das Ziel dieser »Lüge« war es, dich vor der gesellschaftlichen Ächtung zu schützen, die dich hier in Québec unvermeidlich getroffen hätte, wenn die Wahrheit bekannt geworden wäre. Verstehst du, Isabelle … Ich war bereits mit dir schwanger, als ich den Mann geheiratet habe, den du immer als deinen Vater betrachtet hast. Peter hatte mich verlassen, nachdem er mir das Blaue vom Himmel versprochen und ich ihm mein kostbarstes Gut geschenkt hatte. Deswegen wollte ich rasch handeln, nachdem mir klar wurde, dass du den gleichen schrecklichen Fehler begangen hattest wie ich. Wie hätte ich ahnen können, dass ein einfacher englischer Soldat, der tief unter deinem Rang stand, sich anständiger verhalten könnte als ein Leutnant?

Erst später wurde mir klar, dass mich Hass und Verbitterung verblendet und ich mich geirrt hatte, denn Monsieur Alexander Macdonald ist zurückgekommen.

Isabelle wischte sich die Tränen ab und zog die Nase hoch.

»Oh ja, Mutter, du kannst dir gar nicht vorstellen, wie sehr du dich geirrt hast! Möge dich die Reue ersticken, wo immer du jetzt bist!«

Erinnerst du dich noch an den auf Englisch geschriebenen Brief, den Charles-Hubert vor mir versteckt hatte? Angesichts seines Inhalts frage ich mich, warum er ihn nie vernichtet hat. Denn darin warf Peter mir vor, ihm das Herz gebrochen zu haben. Er beleidigte mich, hielt mir Verrat vor und versprach, das nächste Schiff nach Neu-Frankreich zu nehmen und nach mir zu suchen. Er hoffe, in der Schlacht zu fallen, um mich zu vergessen. Verstehst du, Isabelle, Peter hatte sich ganz einfach beim Exerzieren eine Verletzung zugezogen, deswegen hatte er nicht nach La Rochelle reisen können. Er versicherte, mir zwei Briefe geschrieben zu haben, in denen er mir seine Verspätung erklärt habe. Aber mein Vater hat sie bestimmt verbrannt, als er mit Entsetzen feststellte, dass mein Bauch immer runder wurde. Da wollte er die letzte Chance ergreifen, diese für ihn sehr vorteilhafte Verbindung mit Charles-Hubert einzugehen.

Jetzt weißt du alles. Dass Charles-Hubert nicht dein leiblicher Vater war, ist nicht so wichtig. Er ist dir der beste Vater gewesen, den man sich vorstellen kann. Dafür zumindest werde ich ihm ewig dankbar sein. Bei meinem letzten Besuch in Montréal bin ich zu der Überzeugung gekommen, dass Pierre ebenso an eurem kleinen Gabriel handeln wird, den ich mein Leben lang lieben werde, obwohl ich nicht miterleben kann, wie er aufwächst. Küsse ihn von mir, meine liebe Isabelle, und bitte ihn, für meine gequälte Seele zu beten, wenn du ihn abends zu Bett bringst.

In Frankreich wird meine Cousine Isabella Paul und mich aufnehmen. Dein Bruder wird gleich nach Paris weiterreisen, wo er bei einem Verwandten unterkommt. Ich werde ins Kloster gehen …

»Ich bin schon immer der Meinung gewesen, dass du dort am ehesten am Platz wärest …«

… wo ich den Rest meiner Tage damit zubringen werde, all das Böse, das ich dir angetan habe, zu bereuen. Ich weiß, dass ich dir nicht die liebende Mutter war, die du verdient gehabt hättest. Du hast mich so sehr an diesen Mann erinnert, den ich geliebt habe, die junge Frau, die ich gewesen bin, und die Liebe, die ich verloren hatte. Wenn ich dich nur ansah, fühlte ich mich in meiner tiefsten Seele verletzt. Ich möchte nicht, dass du so verbittert wirst wie ich. Der Groll verhindert nur, dass man sieht, was das Leben trotz allem zu bieten hat. Ich weiß, für das Glück einer Liebesheirat ist es jetzt zu spät, und das ist meine Schuld, weil ich mich so eifrig bemüht habe, dich zu retten. Doch nun, da ich diesen Brief schreibe, hoffe ich von ganzem Herzen, dass du ein wenig Ruhe und Glück findest. Pierre ist ein guter Mensch, so wie es

Charles-Hubert war. Wenn du ihn schon nicht lieben kannst, dann schätze ihn um seines Charakters willen.

Ehe ich die Feder niederlege, möchte ich dich inständig um etwas bitten. Paul wird dir schreiben, um dir über die Reise zu berichten und dir die Adresse mitzuteilen, unter der du ihn erreichst. Ich vermute, du wirst nicht den Wunsch verspüren, mir zu schreiben. Nur eins hätte ich gern, nämlich dass du mir ein Porträt von Gabriel schickst, wenn er ein Jahr alt wird, und dann an jedem seiner Geburtstage ein weiteres. Ich komme für alle Ausgaben auf, die dir dadurch entstehen.

So, nun ist alles gesagt. Ich verlasse dieses Land mit einem etwas ruhigeren Herzen.

Lebewohl!

Deine dich von ganzem Herzen liebende Mutter

Justine

Isabelle ließ die Blätter auf den Boden fallen, schlug die Hände vors Gesicht und brach in Tränen aus. So verharrte sie einen Moment lang, wie vor den Kopf geschlagen von dem, was sie gelesen hatte, während sich einige Tatsachen schmerzhaft den Weg in ihre Gedanken bahnten.

Charles-Hubert sollte nicht ihr richtiger Vater gewesen sein? Aber das war absurd, völlig undenkbar! Das war nur der letzte Schlag ihrer Mutter, die ihr in ihrem Leben schon so viel Böses angetan hatte! In einem heftigen Anflug von Zorn und Kummer richtete sie sich auf und trampelte stöhnend auf den Seiten herum. Wieder kamen ihr die Tränen.

»Nein, du lügst mich an, Mutter! Ich bin kein Bastard! All das ist nichts als ein Lügengespinst! Charles-Hubert war mein Vater … Du hast kein Recht, mir das anzutun! Du … du … Herrgott! Die Hölle ist noch eine zu geringe Strafe für alles, was du mir zugefügt hast! Du hast mir alles genommen! Meinen Vater, meine Liebe, mein Leben!«

Der scharfe Schmerz verschlug ihr den Atem, und sie sank auf dem Sessel zusammen. Gedämpft drangen die Stimmen Gabriels und des Hauslehrers zu ihr. Ein unwilliger Ausruf, Gelächter … Sie hörte auch das metallische Klirren aus der Küche und Louisettes Stimme, die mit Arlequine schimpfte. All diese vertrauten Geräusche beruhigten und trösteten sie. Ihr Zorn verflog und machte neuen Empfindungen Platz.

Sie starrte auf das schreckliche Geständnis hinunter, das sie hatte zertreten und aus der Welt schaffen wollen, und stellte sich vor, wie ihre Mutter sich, von Reue umgetrieben, über die weißen Blätter beugte und versuchte, ihr alles zu erklären. Dann erinnerte sie sich an den Tag, an dem Gabriel sie, das Gesicht verzerrt vor Unverständnis und Leid, gefragt hatte, was denn ein Bastard sei. Damals hätte sie alles gegeben, um ihren Sohn vor dem Gift dieser Natternzungen zu schützen, die seine Unschuld bedrohten. Hatte sie nicht versucht, ihm die Wahrheit über seinen leiblichen Vater zu verheimlichen, um ihn zu beschützen, genau wie ihre eigene Mutter das bei ihr getan hatte? Und außerdem, wie sollte denn ein Kind das Liebesleid Erwachsener begreifen, für das es den Preis entrichtete? Mit einem Mal wurde ihr klar, dass sie für ihre Mutter dieses Kind gewesen war und sie ebenfalls entschieden hatte, ihm nichts zu sagen.

Wieder spürte sie auf ihren Lippen den Geschmack der Tränen, die ihrer Mutter über die Wangen gelaufen waren und die sie bemerkt hatte, als sie einander geküsst hatten, an dem Tag, an dem sie für immer auseinandergegangen waren. Jetzt verstand sie. Diese Tränen waren aus dem Herz ihrer Mutter aufgestiegen, und sie konnte sich leicht vorstellen, warum danach nichts mehr von ihr übrig gewesen war.

»Mein Gott, Mama!«

Fieberhaft suchte sie unter den zerwühlten Seiten nach dem letzten Blatt. Endlich fand sie es und las noch einmal die letzte Zeile: *Deine dich von ganzem Herzen liebende Mutter …* Ihr Leben lang hatte sie darauf gewartet, diese Worte aus ihrem Mund zu hören. Dann hatte ihre Mutter sie also geliebt? Ihre Mutter hatte um sie geweint? Leider erfuhr sie das erst heute, nachdem sie lange tot war … ohne dass Justine noch einmal Gabriels Gesicht gesehen hätte. Sie hatte den Brief sieben Jahre zu spät gefunden! Sie brach zusammen und schluchzte lange, vergoss ganze

Tränenströme über dieses letzte Stück ihres zerstörten Lebens, das ihr durch die Finger geronnen war.

Als sie die Augen wieder aufschlug, war es dunkel. Sie bemühte sich, an nichts zu denken, und betrachtete die flackernde Flamme einer Kerze, die jemand auf den Spieltisch gestellt hatte, während sie schlief. Aus der Küche drang Gabriels Lachen zu ihr. Der Unterricht war zu Ende. Wahrscheinlich half der kleine Junge Marie, Élisabeth zu füttern, die mit durchdringendem Geschrei ihrer Freude darüber Ausdruck verlieh, dass sie im Mittelpunkt der Aufmerksamkeit stand.

Die Kinder erinnerten sie an ihre mütterlichen Pflichten, und sie begann sich aufzusetzen. Doch ein Rascheln ließ sie erstarren, und sie hielt den Atem an. Warum hatte sie mit einem Mal das merkwürdige Gefühl, Alexander sei hier und beobachte sie? Dabei glaubte sie nicht an Gespenster. Das gedämpfte Geräusch wiederholte sich. Mit pochendem Herzen richtete sie sich auf und legte die Hände auf die Sessellehnen. Da befand sich wirklich jemand bei ihr im Raum.

»Seid Ihr erwacht?«

Das war die tiefe, freundliche Stimme von Jacques Guillot. Er stand hinter ihr und berührte zärtlich ihre Schulter. Verstört musterte sie seine Hand und rührte sich nicht. Seit sie nach Montréal zurückgekehrt war, legte er oft schützend den Arm um sie.

»Isabelle?«

»Ihr habt mir Angst gemacht!«

»Es… tut mir leid. Als ich hereingekommen war, habe ich Euch hier vorgefunden, umgeben von all diesen Papieren, die auf dem Boden liegen.«

»Ein Brief von meiner Mutter, den ich im Cembalo gefunden habe.«

»Ah!«, meinte er sichtlich erleichtert. »Ich hatte den Eindruck, Eure Augen seien gerötet. Da mir klar war, dass Ihr geweint habt, wollte ich Euch nicht aufwecken. Es heißt, man solle dem Kummer Ruhe gönnen, dann könne man ihn besser überwinden. So erscheine er einem weniger hart.«

»Wer hat das gesagt?«, fragte sie und schenkte ihm endlich ein schmales Lächeln. »Dieses Sprichwort, wenn es denn eines ist, höre ich zum ersten Mal.«

»Es ist von mir.«

Seufzend stand sie auf und strich ihr Kleid glatt. Währenddessen bückte sich Jacques, um die Blätter aufzusammeln.

»Ihr habt diesen Brief im Cembalo gefunden? Soll das heißen, Ihr habt nicht mehr gespielt, seit…«

»Seit sieben Jahren, allerdings!«

Sie nahm ihm die Blätter aus der Hand und legte sie auf das Instrument, das immer noch aufgeklappt war. Ihr Blick glitt über die Elfenbeintasten. *Liebe und Musik werden immer überdauern…* Zögernd setzte sie sich auf den Schemel und legte dann langsam die Finger auf das Manual.

Während sie zu spielen begann, betrachtete Jacques sie mit verliebtem Blick. Hatte er den richtigen Moment gewählt? Sie wirkte so aufgewühlt. Aber war sie das nicht immer, seit diese verrückte Eskapade mit dem Schotten hinter ihr lag? Als sie, niedergeschmettert von ihrem Unglück, zurückgekehrt war, hatte er sich eingestehen müssen, dass er sie trotz allem noch liebte. Selbst die Geburt der kleinen Élisabeth hatte nichts an seinen Gefühlen für diese Frau geändert. Fünf Monate waren jetzt ins Land gegangen, und er hatte gewartet und sich in die Arbeit gestürzt, um sich abzulenken. Doch heute Morgen hatte er beschlossen, dass der richtige Zeitpunkt gekommen war.

Isabelles Hände flogen, leicht wie zwei kleine Taubenflügel, über das Manual und ließen eine fröhliche, muntere Melodie aufsteigen, die im Gehäuse des Cembalos widerhallte und den Raum erfüllte. Jacques vermochte den Blick nicht von ihnen zu wenden. Er betrachtete sie noch einige Sekunden lang, um sich Mut zu machen. Dann fasste er nach diesen weißen Schwingen und hielt sie fest, damit sie ihm nicht entfleuchten. Isabelle fuhr zusammen. Die letzten Noten klangen noch einen Moment lang nach.

»Ich muss mit Euch sprechen«, begann er sanft und beugte sich über sie, bis seine Lippen ihre Wange streiften.

Isabelle krümmte sich leicht. Sie hatte gewusst, dass dieser Augenblick, den sie fürchtete, früher oder später kommen musste.

»Worüber?«, fragte sie, indem sie Ahnungslosigkeit vortäuschte.

Er umschlang ihre Hände fester und führte sie an die Lippen, um sie zu küssen. Dann setzte er sich neben sie.

Kaum in die Stadt zurückgekehrt, hatte Isabelle sich mit den Damen der besseren Gesellschaft auseinandersetzen müssen, einer spitzzüngigen Horde, die sie voller heuchlerischem Wohlwollen mit Fragen überhäuft hatte. Entzückt hatten die Frauen die kleine Élisabeth bewundert und sich die Bemerkung nicht versagt, wie ähnlich sie ihrem Bruder sehe, der mit einem Mal anscheinend gar nichts mehr von Pierre hatte.

Jacques Guillot hatte sie in dieser schwierigen Lage unterstützt und sich schützend vor sie gestellt, um sie vor dem bösartigen Klatsch zu schützen. Hinter ihrem Rücken hieß es, die »Hure aus Edinburgh« oder die »schottische Squaw« sei in die Stadt zurückgekehrt… Der junge Notar hatte ihr seine starke Schulter angeboten, und sie hatte sich bei ihm angelehnt, wenn der Kummer und die Bosheit der anderen sie überwältigten.

Isabelle kannte seine Gefühle schon zu lange, um sich über seine Absichten zu täuschen. Sie ermutigte ihn nicht, wies ihn aber auch nicht ab. Obwohl sie noch sehr unter dem Tod Alexanders litt, ohne den sie sich ihre Zukunft nicht vorstellen konnte, fand sie die Gesellschaft des Notars tröstlich.

»Isabelle… Ich… habe Euch meine Gefühle schon gestanden, das könnt Ihr nicht vergessen haben…«

»Nein, ich habe es nicht vergessen, Jacques.«

Sie schlug die Augen nieder.

»Sie haben sich kaum verändert. Und nun, da Ihr allein mit zwei Kindern dasteht…«

Sie fühlte sich angegriffen und entzog ihm ihre Hände.

»Sie haben alles, was sie brauchen!«

Seufzend nahm er erneut ihre Hand und streichelte sie.

»Ich weiß, Isabelle. Aber … sie benötigen auch eine gewisse Sicherheit. Ihr müsst an ihre Zukunft denken.«

Bedrückt nickte sie langsam. Sie musterte sein Gesicht. Es strahlte vor Liebe, drückte Verständnis aus und wirkte vertrauenswürdig. Guillot besaß die Art von Schönheit, die man in Marmor unsterblich machen möchte. Aber er war nicht der Mann, für den ihr Herz schlug …

»Und Ihr seid auch noch da …«, fuhr Jacques fort.

»Ja, ich.«

»Ihr seid so allein … und so … begehrenswert.«

Seine bernsteinfarbenen Augen begegneten ihrem Blick. Jetzt floh sie nicht mehr vor ihm. Doch er entdeckte in ihren grünen Augen nicht diesen Funken, der ihn mit Freude erfüllt hätte. Er ließ die Finger über ihre Wange gleiten. Oft, wenn er sie jetzt tröstete, wagte er es, sie zu berühren. Jedes Mal entzog sie sich ihm sanft. Dann entschuldigte er sich der Form halber. Doch er sehnte sich verzweifelt danach, alles Trennende zwischen ihnen zu überwinden und sie endlich zu besitzen. Wie gut konnte er jetzt Pierre verstehen und sich in seine Verzweiflung und Einsamkeit hineinversetzen!

Doch in diesem Moment war Jacques entschlossener denn je, endlich sein Anliegen vorzubringen. Daher entschuldigte er sich nicht, sondern setzte seine Liebkosung sogar an ihrem Hals fort.

»Ich liebe Euch, Isabelle. Ich sehne mich so sehr danach, für Euch zu sorgen … Euch die Lebensfreude zurückzugeben, die Euch so gut zu Gesicht steht.«

»Ich brauche Zeit, Jacques … Zeit, um darüber hinwegzukommen.«

»Gestattet mir, Euer Herz zu umhegen, bis es gesundet. Erlaubt mir, Euch mit Zärtlichkeit zu umgeben.«

Mit diesen Worten trat er auf sie zu und legte kühn die Lippen auf die ihren. Sie wich nicht zurück, und er schöpfte Hoffnung. Er umarmte sie, zog sie an sich und küsste sie noch leidenschaftlicher.

Isabelle spürte, wie ihr Herz in tausend Stücke zersprang.

Doch so schwer es ihr auch fiel, sie musste sich der unerbittlichen Wirklichkeit stellen, die Jacques ihr in Erinnerung gerufen hatte. Sie hatte nicht mehr die Stärke, allein weiterzumachen. Die Mühe, die sie die einfachsten alltäglichen Verrichtungen kosteten, verschlang ihre ganze Energie. Bald würde sie keine Kraft mehr für ihre Kinder übrig haben.

»Heiratet mich, Isabelle«, bat Jacques schließlich und gab sie frei. »Werdet meine Frau. Wir werden in die Domäne Beaumont ziehen, wie Ihr es gewünscht habt. Es wird Euch bestimmt außerordentlich guttun, aus Montréal fortzukommen.«

»Man muss dem Pächter Bescheid geben«, erklärte Isabelle zur Antwort, als hinge von dem Manne alles ab.

»Ich lasse ihm morgen durch einen Kurier einen Brief überbringen.«

»Es wird einige Zeit dauern, bis er eine neue Bleibe findet.«

»Das ist schon so gut wie erledigt, Isabelle. Macht Euch seinetwegen keine Gedanken. Ihr braucht Euch um nichts mehr Sorgen zu machen. Ich kümmere mich um Euch. Oh, Isabelle!«, flüsterte er und drückte sie fest an seine Brust. »Ich liebe Euch! Ich liebe Euch!«

Alex!, rief Isabelles Herz aufgewühlt. *Komm zurück! Ich schaffe es nicht! Nein, nie werde ich einen anderen lieben können!* Aber sie musste sich den Tatsachen beugen: Alexander war nicht mehr; sie hatte gesehen, wie man seine Leiche aus den rauchenden Trümmern gezogen hatte. Das entsetzliche Bild würde sie ihr ganzes Leben lang verfolgen. Oh ja, dieses Mal war er wirklich und wahrhaftig tot. Sie war allein mit den Kindern zurückgeblieben, obwohl sie eigentlich nichts mehr mit diesem Leben verband. Sie musste sich der Realität stellen. Jacques würde ein guter Vater und ein liebevoller Ehemann sein.

»Sieh doch einmal nach, wo Munro bleibt!«, rief Isabelle Gabriel zu.

Der Kleine ging dicht hinter ihr. Isabelle blies eine Haarsträhne weg, die ihr in die vom Schweiß brennenden Augen fiel, und ließ sich schwer auf den Sitz des Karrens fallen. In einem

Anflug von Ungeduld fluchte sie. Dann wurde es wieder still. Die Luft, die von der grellen Sonne aufgeheizt wurde, stand.

Ein Kolibri surrte direkt neben ihrem Kopf, und Bellotte, die herrliche Apfelschimmel-Stute, die Jacques ihr geschenkt hatte, stellte die Ohren auf. Das Tier schnaubte und schüttelte sich, sodass die Deichsel und seine Passagierin ins Wanken gerieten, und steckte die Nase dann wieder ins Gras. Das Donnern des Maillou-Wasserfalls übertönte die Kinderstimmen und das Knarren des Mühlrads. Isabelle richtete den Blick auf die Île d'Orléans, die ihr gegenüber lag, und sinnierte.

»Noch zwei Tage … Am 5. Mai werde ich Madame Jacques Guillot sein.«

Ihr Verlobter war vor drei Tagen aus Montréal zurückgekommen und gleich wieder nach Québec aufgebrochen, von wo er erst am Morgen ihres Hochzeitstags zurückkehren würde. Er unterstützte den Notar Saillant bei einer schwierigen Angelegenheit, bei der es um die Berechnung der Abgaben für die wahlberechtigten Bürger der Domäne Beaumont ging. Außerdem musste noch die Erbfolge von Sieur Charles-Marie Couillard geregelt werden, des vor sechzehn Jahren verstorbenen Besitzers von Beaumont, die immer noch nicht geklärt war. Isabelle freute sich darüber, dass Madeleine heute kommen würde, um ihr das Hochzeitskleid zu bringen. Die Anwesenheit ihrer Cousine würde ihr ein großer Trost sein. Sie musste zugeben, dass Madame Fortin, die Schneiderin, großartige Arbeit geleistet hatte. Doch die zahlreichen Anproben hatten ihr kein Vergnügen bereitet, im Gegenteil. Sie ließ den Blick über den Horizont schweifen, der im feuchten Dunst verschwamm. Auf dem Fluss tanzten helle Lichtflecken.

»Zwei Tage noch …«

Isabelle seufzte niedergeschlagen, sprang vom Wagen und ging am Bachufer auf und ab. Hier rauschte das Wasser einhundertfünfzig Fuß tief hinab, stürzte auf die Felsen und trieb das Schaufelrad der Mühle von Péan an. Dieses an den felsigen Flussufern errichtete Gebäude hatte zu dem Netz der im Volksmund »Friponne«* genannten Lagerstätten der Clique um Intendant Bigot gehört, zu der auch Seigneur Michel Jean Hugues Péan gezählt hatte. Inzwischen lebte der Sieur de Livaudière, der die Mühle dem Sieur Couillard, einem ruinierten Mann, abgekauft hatte, mit seinem in der Kolonie auf skandalöse Weise angehäuften Vermögen in Frankreich und hatte die Nutzung an seinen ehemaligen Partner Joseph Brassard Deschenaux übertragen.

Im Schatten der Bäume war es nur wenig kühler. Isabelle zog ein Taschentuch hervor und benetzte es im Wasser, um sich den Nacken abzutupfen. Eine sanfte, vom Meer herkommende Brise strich über ihre feuchte Haut. Sie schloss die Augen, um den leichten Schauer auszukosten. Dann fand sie, dass sie lange genug gewartet hatte, und beschloss, selbst den steilen Pfad zur Mühle einzuschlagen. Doch da erschienen endlich drei Männer, die mit schweren Mehlsäcken beladen waren. Sie erkannte Patry, den Müller, der von Munro und einem weiteren kräftigen jungen Mann begleitet wurde.

»Das wurde aber auch Zeit!«

»Vergebung, Madame Larue! Ich musste dringend meinen Helfer nach Hause bringen. Der Arme hat sich schon wieder den Rücken verrenkt! Das hat mich bei der Arbeit aufgehalten. Das Korn mahlt sich eben nicht von allein! Aber jetzt ist Eure Bestellung fertig!«

Die Kinder liefen den Männern nach; eine fröhliche, lärmende Bande, die sich zwischen ihnen hindurchdrängte und lachend auf den Karren kletterte, der jetzt unter großem Ächzen und Stöhnen beladen wurde.

»Danke«, stammelte Isabelle, die sich schämte, weil sie derart aufgebraust war.

* Friponne – etwa »unverschämter Betrug« – hatte der Volksmund zunächst das berüchtigte Lagerhaus in Québec genannt, in dem die Clique um den Intendanten Bigot 1758 die Vorräte, die aus Frankreich für die hungernde Bevölkerung geschickt wurden, hortete und mit horrenden Gewinnen weiterverkaufte. (Anm. d. Übers.)

Seit einiger Zeit brachte sie alles gleich aus der Ruhe. Sie war gereizt, und ihre Stimmungen wechselten ständig. Bestimmt würde alles in Ordnung kommen, sobald die Trauung vorüber war. Zumindest hoffte sie das.

Nachdem sie die üblichen Höflichkeitsfloskeln ausgetauscht hatten, kletterte sie mit Munros Hilfe auf den Wagen. Dann nahm der Schotte ebenfalls Platz. Er stimmte ein selbst erdachtes Lied an und ließ die Peitsche auf Bellottes schimmernde Kruppe knallen. Die Fröhlichkeit der Kinder war ansteckend, und Isabelle schaffte es, sich ein Lächeln abzuringen. Sie sollte sich wirklich an dem freuen, was sie hatte, statt dem nachzutrauern, was ihr fehlte.

Mit einem beunruhigenden Knarren ruckte der hölzerne Karren an und schlug den holprigen Weg nach Petit Bonheur ein. Das Haus erhob sich hinter einer Einfriedung aus soliden Ahornbäumen, die von den Vorbesitzern liebevoll gepflegt worden war. Das Holzgebäude war 1765 an derselben Stelle am Fluss errichtet worden, an der zuvor das alte, 1759 von den englischen Soldaten angezündete Haus gestanden hatte. Das spitze Zeltdach war mit Schindeln aus Zedernholz gedeckt.

Die Eingangstür lag in der Mitte der Südfassade und wurde von vier Fenstern eingerahmt. Über den vier Dachluken erhob sich nur ein einziger Kamin. Isabelle hatte vor, an der nach Westen liegenden Wand einen weiteren errichten zu lassen. Aber das musste bis zum kommenden Sommer warten. Der Brunnen, den sie kürzlich im Keller hatten graben lassen, und das Verputzen der Innenwände hatten ihre Ersparnisse schon genug geschmälert. Die dringendsten Reparaturen waren noch nicht erledigt. Seit einem Monat lebte sie mit den Kindern praktisch auf einer Baustelle. Aber dafür war die Aussicht einfach herrlich! Wenn sie sich nostalgisch fühlte, konnte sie stundenlang über die Landschaft hinausschauen.

Der Karren kam zum Halten, und Freudenschreie erschollen. Die Kinder sprangen hinunter und rannten zum Haus, wo ein Imbiss und Erfrischungen auf sie warteten.

»Tante Mado ist gekommen!«, schrie Gabriel, als er die vertraute Gestalt aus der Tür treten sah. »Da freut sich Zabeth sicher, Anna zu sehen!«

»Und du bist bestimmt froh, dass sie einmal jemand anderen an den Haaren zieht!«

Sie verabschiedete sich von Munro und folgte dann den Kindern. Aufrichtig froh umarmte sie Madeleine. Sie schaute auf den Bauch ihrer Cousine hinunter, der ihren Zustand nicht mehr verbarg.

»Hattest du eine gute Überfahrt?«, erkundigte sie sich.

»Sehr gut, Isa. Im Augenblick ist der Fluss ganz ruhig.«

Ihre Cousine strahlte nur so. In ihren Augen malte sich ein großes Glück. »Wer lange genug wartet, wird am Ende belohnt«, meinte sie. Isabelle lachte mit ihr; aber sie konnte nicht anders, als bei ihren Worten Verbitterung zu empfinden. Sie freute sich für Madeleine. Nach zehn einsam verbrachten Jahren hatte ihre Cousine das verdient. Allerdings half der Umstand, dass sie mit Alexanders Bruder und seinem Vater zusammenlebte, Isabelle nicht eben, ihr eigenes Unglück zu vergessen.

Aufgeregt zog Madeleine sie ins Haus. Das Kleid hing mitten in der Küche. Es war aus einem kostbaren Stoff gefertigt, aber der Schnitt war einfach. So hatte es Isabelle gewollt, die inzwischen Bänder und Spitzen verabscheute. Das weit ausgestellte, stoffreiche Gewand aus blassgrünem Taft sprang an der Vorderseite über einem Rock aus elfenbeinfarbener Seide auf, der Ton in Ton mit Rosengirlanden bestickt war. Das enge Mieder war der Mode entsprechend weit ausgeschnitten. Eine schmale Rüsche fasste das Dekolleté ein, zum großen Verdruss der Schneiderin die einzige Extravaganz, die sich Isabelle gestattet hatte. Auf Reifröcke hatte sie verzichtet; nur ein kleines Polster betonte ihre rückwärtige Silhouette.

Es würde eine schlichte Hochzeit werden. Nach der Trauung sollte ein kleines, formloses Picknick auf der Wiese, die zum Fluss hinunterführte, stattfinden. Wortlos ging Isabelle um ihr Hochzeitskleid herum und wagte es nicht zu berühren.

»Es ist… wunderbar. Madame Fortin arbeitet wirklich gut.«

»An dir wird es noch viel schöner aussehen, Isa!«

»Ob ich es überhaupt fertigbringe zu lächeln, Mado? Manchmal habe ich das Gefühl, einen Fehler zu machen. Das geht mir alles viel zu schnell! Ich finde … ach, ich weiß nicht.«

»Das schaffst du schon, glaube mir!«

Ihre Cousine versuchte, sie zu beruhigen und ihr Mut zu machen, aber Isabelles Herz war schwer. Sie wandte dem Kleid den Rücken und biss sich auf die Lippen, um die Verzweiflung zu unterdrücken, die unbezähmbar in ihr aufstieg.

»In diesem Kleid hätte ich eigentlich …«

Sie vermochte ihren Kummer nicht mehr zu beherrschen, schluchzte auf und brach in Tränen aus. Madeleine nahm sie in die Arme und sprach begütigend auf sie ein.

»Ich weiß ja, meine liebe Isa. Weine nur, mein Schatz, wein dich aus.«

»Ich k … kann das nicht! Es ist zu früh! Ich kann Ja … Jacques nicht heiraten!«

»Die Hochzeit findet übermorgen statt, Isa. Denk an die Kinder. Sie brauchen einen Vater, sie brauchen ihre Sicherheit. Und Jacques liebt dich über alles. Du kannst jetzt nicht mehr zurück.«

Isabelle trocknete ihre Wangen und schniefte. Lange schwieg sie, den Blick auf die Häuschen gerichtet, die am Ufer der Île d'Orléans standen. Je stärker sie sich bemühte, nicht an Alexander zu denken, umso mehr Raum nahm er in ihrem Kopf ein. Trotz aller Zuneigung, die sie Jacques entgegenbrachte, wurde sie den Gedanken nicht los, dass es ein schrecklicher Fehler war, ihn zu heiraten. Aber sie hatte auch an die Kinder zu denken, wie ihr jedermann ständig vorhielt.

Sie sah auf ihre Finger hinunter, die sie nervös verschlang, stieß einen langgezogenen Seufzer aus und schluckte die ganze Bitterkeit hinunter, die einen Kloß in ihrer Kehle bildete.

»Ja, du hast recht. Ich kann nicht mehr zurück. Schon wegen der Kinder.«

Sie nickte, als müsse sie sich selbst überzeugen, und drehte sich zu Madeleine um.

»Weißt du noch … als du während der Belagerung bei uns gewohnt hast … Damals war ich verliebt in Nicolas des Méloizes und träumte von einer prachtvollen Hochzeit. Ich habe mir ein großes Fest vorgestellt … und ich würde die Ballkönigin sein.«

»Ja, ich kann mich sehr gut an deinen schönen Hauptmann erinnern«, antwortete Madeleine und ignorierte in voller Absicht Isabelles Bemerkungen über die Hochzeit. »Weißt du, wie viele andere Mädchen dich beneidet haben, Isa? Ein so gut aussehender und bedeutender Mann war verliebt in dich … Du hattest Glück!«

Isabelle verzog skeptisch den Mund.

»Findest du? Sicher, Monsieur des Méloizes war charmant. Mit ihm hätte ich ein angenehmes Leben geführt … Aber heute weiß ich, dass mich das nicht glücklich gemacht hätte. Damals war ich ja so naiv! Ich habe nur davon geträumt, irgendjemanden zu heiraten und die Glocken der Kathedrale für mich läuten zu hören.«

»Das ist doch ganz normal! So sind alle jungen Mädchen!«

»Bestimmt. Aber ich bin kein junges Mädchen mehr, Mado. Solche Träume sind für mich vergangen. Ich habe ein Leben in Bequemlichkeit und Luxus geführt, in dem die Liebe fehlte, und dann die Armut kennengelernt, in der ich alle Reichtümer des Herzens gefunden habe. Jetzt weiß ich, was ich wirklich will. Aber Träume, Liebe … Das ist für mich vorüber! Ich heirate jetzt zum zweiten Mal, und wie beim ersten habe ich das Gefühl, zu meiner eigenen Beerdigung zu gehen.«

»Sag so etwas nicht! Du bist immer noch jung und schön, Herrgott!«

»Das ist nicht unbedingt eine Hilfe, wenn man sich wünscht, nie mehr zu lieben.«

»Isa! Du wirst nächste Woche erst dreißig!«

»Du kannst dir nicht vorstellen, wie eilig ich es habe, fünfzig zu sein.«

»Weil du glaubst, eine alte Frau sehne sich nicht mehr nach Liebe? Liebe kann unterschiedliche Gestalten annehmen, Isa. Schau mich an. Ich habe geglaubt, nie wieder einen anderen Mann als meinen Julien lieben zu können. Und siehe da, jetzt bin ich mit einem dieser ›verfluchten‹ Engländer verheiratet!«

»Du hattest neun lange Jahre Zeit, deinen Julien zu vergessen!«

»Und neun Jahre, um mich an ihn zu erinnern! Gewiss, die Erinnerungen verblassen. Aber ich habe ihn nicht vergessen, so wie du deinen Alexander niemals vergessen wirst. Allerdings wirst du ihn nun einmal nicht wiedersehen! So einfach ist das! Mach es so wie ich, Isa.«

»Ich weiß ja, Herr im Himmel! Ich habe nur noch keine Zeit gehabt, mich damit abzufinden. Außerdem liebe ich im Gegensatz zu dir meinen Verlobten nicht … nun ja, jedenfalls nicht auf dieselbe Weise. Verstehst du denn nicht, dass bei mir alles anders ist?«

»Du darfst dich nicht lebendig mit deinen Erinnerungen begraben. Das ist nicht gesund. Und die Kinder …«

»Die Kinder! Ja, ich weiß schon, die Kinder!«

Isabelle holte tief Luft, um sich zu beruhigen. Sie wollte sich nicht zwei Tage vor ihrer Hochzeit mit ihrer Cousine streiten. Daher zog sie es vor, das Thema zu wechseln.

»Wie geht es eigentlich Vater Macdonald?«

»Mal so, mal so. Wenn du mich fragst, wird er den Johannistag nicht erleben. Coll ist auf das andere Ufer übergesetzt, um einen Arzt aus Québec zu holen. Er kehrt heute Abend auf die Insel zurück. Daher kann er nicht zur Hochzeit kommen. Aber er hofft, dass du Verständnis dafür hast.«

»Das kann ich gut verstehen … Sicher ist das besser so«, setzte Isabelle leise hinzu und dachte bei sich, Colls Anwesenheit hätte sie nur noch mehr bedrückt.

Unterdessen kehrten Louisette und Mikwanikwe mit leeren Tellern ins Haus zurück. Die Kinder folgten ihnen auf dem Fuß und verlangten laut nach noch mehr Kuchen. Einen Moment lang herrschte Schweigen, das jedoch bald von bewundernden Ausrufen unterbrochen wurde. Louisette war mit vor Vergnügen rosig angelaufenen Wangen vor dem Kleid stehen geblieben. Isabelle hatte versprochen, ihr das Wunderwerk auszuleihen, denn Basile und sie würden nach der Ernte heiraten. Der Kutscher war in Montréal geblieben, um Jacques' Sachen zu packen. Er würde morgen nachkommen, rechtzeitig zur Hochzeit.

Auch Otemin stand vor dem Kleid und riss staunend die Augen auf. Gabriel dagegen zog unsicher die Nase kraus. Isabelle beobachtete ihn. Ihr Sohn hatte ihr seine Meinung zu ihrer Heirat mit Jacques auf seine Weise kundgetan: Er wolle keinen neuen Papa mehr, hatte er erklärt. Folglich würde er seinen zukünftigen Stiefvater, ganz der perfekte kleine Mann von Welt, mit »Monsieur« ansprechen.

Kleinkindergeschrei riss die Gruppe aus ihrer Betrachtung. Marie trat ein und trug Élisabeth und Anna auf dem Arm, die laut brüllend nach ihren Müttern verlangten. Isabelle nahm ihre Tochter, die verstummte, als sie des merkwürdigen Gegenstands, der da mitten in der Küche hing, ansichtig wurde. Auch die junge Mohawk-Frau bewunderte das Gewand. Mit den Fingern strich sie über den kostbaren Stoff und die Stickereien. Ihre geröteten Wangen verrieten Isabelle, was sie dachte. Indes fand sie, dass Francis und Marie noch etwas Zeit hatten. Der junge Mann lebte inzwischen mit seinem Bruder in der Domäne Saint-Vallier, wo die beiden als Stallburschen bei den Barmherzigen Schwestern arbeiteten. So wurde Francis' Leidenschaft ein wenig gebremst, und er konnte zugleich einen kleinen Notgroschen beiseitelegen.

Mikwanikwe schob die älteren Kinder nach draußen, wo es für Anfang Mai ungewöhnlich heiß war. Dass die Ojibwa-Frau und Munro bei ihr waren, bedeutete einen Trost für Isabelle. Der raubeinig wirkende Schotte hatte ihren beständigen Bitten, er möge doch mit seiner Familie nach Beaumont ziehen, nicht lange widerstehen können. Jetzt lebte er mit Mikwanikwe ganz in der Nähe in einem Nebengebäude, das einst die Böttcherei beherbergt hatte. Jacques hatte ihn eingestellt, um das Land zu bebauen, um das er sich nicht selbst kümmern konnte. So wurden die Kinder, die in der letzten Zeit wie Geschwister aufgewachsen waren, nicht getrennt.

Maries Einwurf riss Isabelle aus ihren Gedanken.

»Habt Ihr eigentlich an die Blumen gedacht, Madame?«

»Blumen?«

»Für die Hochzeit!«, erklärte Marie.

»Oh!«, rief Louisette aus.

In der Tat hatte sich niemand Gedanken über die Blumen gemacht.

»Ich werde keine Blumen haben, Mado!«

Bestürzt sahen die vier Frauen einander an.

20

Der Hüter des Goldes

Eine diffuse Sonnenscheibe schien schwach durch den Nebelschleier wie ein Auge, das ihn beobachtete. Dem Mann ging durch den Kopf, dass dies der unerbittliche, schonungslose Blick Gottes sein musste, der in der Stunde des Jüngsten Gerichts auf ihn herabsah …

Er bewegte sich und wälzte sich auf den Rücken. Etwas bohrte sich in sein Kreuz und bereitete ihm einen stechenden Schmerz. Er wollte das Bein bewegen, um seine Stellung zu verändern, doch rasch gebot ihm ein noch stärkerer Schmerz Einhalt und entlockte ihm ein dumpfes Stöhnen. Mit vor Kälte zitternder Hand betastete er seine Beinlinge. Sie waren durchnässt und steif. Dann versuchte er mühsam, sich auf einen Ellbogen hochzustützen. Doch schließlich ließ er sich auf das Laub sinken, das sein Lager bildete.

Da er keine Kraft zum Kämpfen mehr hatte, ergab er sich seiner Qual.

Er trieb auf einem ruhigen Meer, irgendwo zwischen den Grenzen seiner eigenen Person und der Unendlichkeit. Gedämpfte Laute drangen zu ihm, und er nahm Gerüche wahr. Bilder stiegen daraufhin in seinem Kopf auf, doch ehe er sie festmachen konnte, zerfielen sie und lösten sich auf.

Die Geräusche wurden deutlicher und kamen näher. Stimmen. Er versuchte sich zu bewegen. Dann wurde er leicht angestoßen, und heftige Schmerzen durchfuhren seinen Körper. Es war grauenhaft, unerträglich. Er schrie und versuchte die Hände, die ihn betasteten, wegzustoßen.

Als er die Augen öffnete, sah er in zwei Gesichter. Einer der Männer trug einen schwarzen, runden Filzhut, unter dem feines Silberhaar hervorschaute. Er sprach ihn auf Algonquin an. Aber er erfasste nur Wortfetzen. Sein Bein? Was war damit?

Weitere Hände machten sich an ihm zu schaffen. Er stieß ein langgezogenes Stöhnen aus, das ignoriert wurde. Er wurde befühlt, hochgehoben, weggetragen. Bilder von Folter, Zerstückelung und Körperteilen, die ins Feuer geworfen wurden, schossen ihm durch den Kopf. Dann ein Marterpfahl. Er brüllte. Sie rissen ihm das Bein ab! Diese verfluchten Wilden wollten sein Bein! Er bäumte sich auf und versuchte, sich den Händen zu entwinden. Doch eine starke Hand drückte ihn nieder, zwei ebenholzschwarze Augen, die unter faltigen Lidern lagen, sahen ihn an, und eine Stimme befahl ihm, sich nicht zu rühren.

Die Luft roch gut nach Baumharz. Er spürte, wie weiche Tannennadeln seinen Nacken kitzelten. Während er angesichts des gebieterischen Blickes wie gelähmt auf der Schleiftrage lag, zurrten zwei andere Indianer ihn mit Lederriemen fest.

Also gaben sie sich nicht mit seinem Bein zufrieden, dachte der Verletzte ironisch, sondern sie wollten seinen ganzen Körper. Zumindest würden sie nichts anderes bekommen … Was hatten sie schon von dieser elenden fleischlichen Hülle? In seinem Kopf befand sich nichts als eine große Leere. Er wusste nichts mehr, erinnerte sich an nichts.

Die Schleiftrage wurde angehoben und bildete einen steilen Winkel zum Boden, sodass er seine Begleiter sehen konnte. Er erblickte unbekannte Gesichter. Einige wirkten verschlossen, andere warfen ihm mitfühlende Blicke zu. Er bemerkte zwei weitere Schleiftragen. Die erste bog sich unter einem Rehkadaver, die zweite unter Pelzballen. Jäger … Diese Männer waren Jäger, und er war das Wild, das sie gefangen hatten.

Unter Stimmengemurmel und dem Geräusch, mit dem Äste über den Boden schleiften, setzte der Zug sich in Bewegung. Der Verletzte erwachte aus seiner Erstarrung. Sein Bein schmerzte entsetzlich. Er sah zu dem blauen Himmel auf, der durch die Lücken im Astwerk der hohen Rotulmen und Schwarzeschen schien. Darauf konzentrierte er sich und versuchte, alles andere zu vergessen.

Stöhnend fuhr er mit der Zunge über seine aufgesprungenen Lippen. Etwas angenehm Warmes strich über seine Wange und riss ihn aus seinem Dämmerzustand. Neben ihm ging eine alte Frau, die ihn zärtlich und mitfühlend betrachtete. Sie hielt ihm eine Kürbisflasche an die Lippen. Gierig trank er von dem Wasser.

»*Miigwech* …«, murmelte er.

Ohne ein Wort schüttelte die Frau ihre von Grau durchzogenen Zöpfe und verzog die schmalen Lippen zu einem freundlichen Lächeln, das einen Moment lang die Falten auf ihren Wangen zum Verschwinden brachte.

Ein Sonnenstrahl blendete ihn, und er schloss die Augen. Er genoss die Wärme, die er auf dem Gesicht spürte, ließ seine vom Fieber glühenden Lider zufallen und zog sich in die Welt in seinem Inneren zurück. Er hatte große Schmerzen. Der durchdringende Schrei eines Seeadlers ließ einen Schwarm schwatzhafter Zedernseidenschwänze verstummen. An seinem Ohr brummte eine Fliege. Er ließ sich von den Bewegungen der Schleiftrage wiegen und schlief langsam ein.

Mai 1769

Auf seinen Stock gestützt, beobachtete der Mann den Himmel, der sich mit glühenden Farben überzog, und sog die frische Luft ein. Sie trug den Geruch des Tangs heran, der sich in langen, dunklen Girlanden auf den Ufern türmte. Bald würde der süße Duft blühender Apfelbäume sich über der Stadt verbreiten. In seinem Rücken konnte er beinahe das Gewicht der Steine spüren, aus denen die Häuser errichtet waren, die sich um einen kleinen Platz auf dem Kap aus Schiefergestein zusammendrängten. Québec, die Herrliche. Québec, die Königin auf ihrem kolonialen Thron, das Alexandria Französisch-Amerikas. Die eroberte Stadt hatte die Spuren des Krieges und ihre Maske aus Ruß abgestreift und war als Schönheit wiedererstanden.

Durch den florierenden Handel wuchsen die Vorstädte, in denen Handwerker und Seeleute lebten, gewaltig an, und wacklige Holzhütten, in denen es vor Kindern nur so wimmelte, schossen wie Pilze aus dem Boden. Kühl und berechnend beobachteten die englischen Herren aus ihren Fenstern, die auf die äußerst elegante Rue Saint-Louis hinausgingen, die Geburt dieser neuen Vielvölkergesellschaft, deren Hierarchie auf der Sprache beruhte. Die Eroberten, Adlige und Bauern gleichermaßen, passten sich der englischen Oberschicht an und veränderten zugleich ihre Sprechweise ein wenig.

Gewiss, der Pulverdampf hatte sich verzogen. Doch die Kanadier, die mit ihrem honigsüßen Lächeln so unterwürfig wirkten, trugen insgeheim schwer an ihrer Demütigung. Zwar hatten die Engländer in Neu-Frankreich kein so furchtbares Exempel statuiert wie in Akadien oder den Highlands, aber dennoch hatten sie dem Land einen schweren Schlag versetzt, der bestimmt lange nicht in Vergessenheit geraten würde... Aber tief verankerte Wurzeln widerstehen jedem Sturm.

Das Läuten einer Glocke hallte über die glatte Wasseroberfläche und übertönte das dumpfe Lärmen des Hafens. Wachwechsel, dachte Alexander und ließ den Blick über die nackten, sich leicht wiegenden Masten schweifen, ein veritabler Wald, der zum Reisen einlud.

Sechs flache, mit Menschen, Vieh, Reisetruhen und Fässern beladene Kähne näherten sich. Vor einer knappen Stunde war eine Brigg aus Southampton, die ihren Fockmast verloren hatte, vor Anker gegangen. Soeben hatte der Hafenmeister das Schiff verlassen: Offenbar war auf der Reise kein Fieber ausgebrochen. Bald würde es auf dem Pier vor eiligen Seeleuten und verstörten Passagieren wimmeln. Alles musste vor dem Dunkelwerden ausgeladen werden, denn dann stellten sich unvermeidlich die Diebe ein.

Die Menschen, die von Bord gingen, und die Waren, die man auf die Kais hievte, wurden noch vom muffigen Geruch aus dem Inneren des Schiffsrumpfes umschwebt. Die Einwanderer drängten sich zusammen, als scheuten sie sich, die vertraute Umgebung der engen Zwischendecks zu verlassen, auf denen sie mehrere endlose Wochen lang dicht zusammengedrängt gelebt hatten. Im Gegensatz dazu wirkte die enorme Weite dieses unbekannten Landes furchteinflößend. Die sorgenvollen, aschfahlen Gesichter wandten sich hin und her, und die während der rauen Überfahrt verkrümmten Körper streckten sich unter Schmerzen.

Ein paar Schritte von Alexander entfernt ging ein Mann von Bord. Seine dünne, von bräunlichen Flecken und Flohbissen übersäte Gesichtshaut spannte sich über den Knochen und verlieh ihm ein asketisches Aussehen. Seine dunkle Kleidung kennzeichnete ihn als presbyterianischen Pastor. Eine Frau und zwei kleine Kinder folgten ihm. Kaum standen sie auf dem Kai, bedeutete der Familienvater ihnen mit einer gebieterischen Geste, vor ihm niederzuknien.

Die magere Frau mit dem aschfahlen Gesicht und den verklebten Augen erstickte einen trockenen Husten in ihrer schmutzigen Schürze. Der Knabe, der ebenfalls von kümmerlicher Gestalt war, drückte sein kleines Bündel an sich und lauschte zerstreut dem väterlichen Segen. Bestimmt hatte er den Kopf voller abenteuerlicher Träume, denn er ließ bereits den Blick über die Straßen der Unterstadt schweifen. Als er bemerkte, dass der Schotte ihn beobachtete, warf der rothaarige Knabe ihm ein schüchternes Lächeln zu. Hinter ihm stand seine kleine Schwester.

Alexander schnürte es die Kehle zu, und er wandte sich schroff von diesen Kindern ab, die ihm schmerzlich die Leere in seinem Leben zu Bewusstsein brachten. Sieben Monate waren jetzt vergangen, seit die Algonquin ihn aufgelesen und einer Siedlerfamilie anvertraut hatten, die am Ufer des Rivière du Chêne lebte. An die ersten Wochen, in denen er viel geschlafen und fantasiert hatte, konnte er sich kaum erinnern. Oft kam es vor, dass er mitten in der Nacht nassgeschwitzt aus unruhigen Träumen aufschreckte und entsetzliche Bilder im Kopf hatte. Doch sobald er die Augen aufschlug, waren sie verflogen. Er schloss die Augen und erinnerte sich an die vergangenen Monate …

September 1768

»Ihr habt einen heftigen Schlag auf den Kopf abbekommen«, erklärte ihm Dumont, der Siedler. »Der Arzt meint, dass Eure Erinnerung nach und nach zurückkehren wird. Immerhin wisst Ihr schon Euren Namen und die einiger Eurer Familienangehörigen. Und Ihr erinnert Euch, dass Ihr nach Kanada gekommen seid, um es uns ordentlich zu zeigen! Ihr sprecht die Sprache der Indianer. Nein, Euer Kopf ist nicht allzu sehr beschädigt. Von Eurem Bein kann man das allerdings nicht behaupten. Möglicherweise werden wir es amputieren müssen …«

Das Los seiner Gliedmaßen war Alexander momentan gleichgültig. Er fuhr sich durchs Haar, seufzte dann und ließ die Hand kraftlos auf sein Lager sinken. Wenn er dafür sein Gedächtnis vollständig wiederbekam, würde er sich das Bein sogar mit einer Fleischeraxt abhacken lassen.

Tag für Tag stiegen neue Erinnerungen in ihm auf. Immer wieder trat darin ein rundwangiges Frauengesicht mit zwei wunderhübschen Grübchen auf. Eine Frau beugte sich mit gelockertem Mieder über ein Gemüsebeet. Ein kleiner Junge lief auf sie zu. Aber Alexander konnte keine Namen mit diesen Menschen verbinden. Andere Szenen und Gesichter tauchten vor seinem inneren Auge auf, wühlten ihn auf und verunsicherten ihn. Als dann die Winterkälte hereinbrach und die Flüsse zufroren, sodass man sie überqueren konnte, fuhr der Siedler mit seiner Familie zur Mission am Deux-Montagnes-See, um vor Weihnachten zur Beichte zu gehen. Als die Familie zurückkehrte, wurde sie von drei Indianern begleitet, die in der Mission lebten.

Jean Nanatish hatte zufällig gehört, wie der Siedler von diesem Fremden erzählte, den ein Jagdtrupp der Algonquin zu Beginn des Herbstes zu ihm gebracht hatte. Er hatte sich nach dem Namen des Mannes erkundigt, ihn sich beschreiben lassen und dann gebeten, man möge ihn zu ihm bringen. Er sei ein Freund von ihm, hatte er Dumont versichert, und der Siedler, der seine christliche Nächstenliebe seiner Meinung nach ausreichend unter Beweis gestellt hatte, war erleichtert gewesen, ihm seinen schweigsamen Gast zu überlassen.

Nanatish hatte Alexander auch die Namen verraten, auf die er nicht kam, sodass er sie jetzt mit den Gesichtern, die ihn verfolgten, verbinden konnte. Sein Besuch löste gleichsam einen Erdrutsch aus, und Alexander wurde von einer Flut von Erinnerungen aus neuerer Zeit überschwemmt, die ihren Platz neben den anderen fanden und das gesamte Bild vervollständigten.

Jetzt erinnerte Alexander sich an Nonyachas Besuch, das entsetzliche Massaker, dem auch Tsorihia und der kleine Joseph zum Opfer gefallen waren, sein Wiedersehen mit John … und an das Feuer, das Red River Hill verwüstet hatte. Er war niedergeschmettert, und die Unruhe zerfraß ihn innerlich. Was war geschehen? Wo war seine Familie geblieben? Warum suchte niemand nach ihm? Was war aus Isabelle und den Kindern geworden? Und aus John und Munro? All diese Fragen, auf die er keine Antwort fand, brachten ihn beinahe um den Verstand.

Die Menschen um ihn herum flüsterten. Sie zuckten die Achseln, murmelten etwas und räusperten sich verlegen, um sich dann abzuwenden. Nein … seit dem Spätherbst hatte man keinen der Bewohner von Red River Hill gesehen. Alexander wusste, dass man ihm nicht alles sagte.

Als er die Ungewissheit nicht länger ertrug, flehte der Schotte Jean Nanatish an, ihn aufs Nordufer zu bringen. Er musste sich Klarheit verschaffen. Da verdüsterte sich die Miene des Algonquin. Er wandte die dunklen Augen ab und richtete den Blick auf das Feuer, das im Kamin des kleinen Holzhauses brannte.

»Mein Freund«, begann er, »seit Anfang September hatte ich nichts von Euch gehört, und nachdem niemand aus Red River Hill gekommen war, um Wintervorräte einzukaufen, habe ich mir Sorgen gemacht und bin Ende November, vor den ersten schweren Schneefällen, dorthin gegangen … Alles war verlassen«, erklärte Nanatish mit bedrückter Stimme. »Die Hütten, in denen Munro und die MacInnis-Brüder gewohnt hatten, waren ausgeräumt und der Witterung überlassen.«

Der Schotte packte seinen Freund am Arm.

»Und meine?«

»Bis auf die Fundamente niedergebrannt.«

Alexander bekam keine Luft mehr. Er stieß einen verzweifelten Schrei aus.

»Wo ist Isabelle? Wo sind meine Frau und meine Kinder?«

Nanatish rief um Hilfe, und zu mehreren Männern beruhigten sie den Verletzten und hielten ihn nieder. Auf keinen Fall durfte die Wunde, die endlich zu heilen begonnen hatte, wieder aufreißen. Das Bein hatte sich entzündet, und es würde noch einige Zeit dauern, bis er es wieder gebrauchen konnte. Alexander hatte versteckt in einem Erlendickicht, in der Nähe eines Bachs, gelegen und großes Glück gehabt, dass die Hunde der Algonquin ihn gewittert hatten. Er war in einem furchtbaren Zustand gewesen, halb verhungert und erfroren, und hatte sich einen bösen Bruch zugezogen.

Mit ernstem Gesicht beugte der Indianer sich über den Schotten und legte ihm mitfühlend eine Hand auf die Schulter. Als guter Freund hatte er die schwierige Aufgabe, ihm die Wahrheit zu sagen.

»Ich habe Gräber gesehen, Alexander«, sagte er langsam. »Zwei, genau gesagt.«

»Zwei?«

Zwei Gräber ... zwei Gräber ... Alexander war, als hallten die Worte im Rhythmus seines Herzschlags in seinem Schädel wider. *Zwei Gräber ... zwei Gräber ...* Das war unerträglich. In dem verrauchten Raum, in dem er das Krankenlager hütete, vermeinte er zu ersticken. Nach und nach entfalteten die Worte ihre ganze Wirkung und trafen ihn mit unerhörter Wucht. Mühsam holte er Luft und stieß einen langgezogenen Klagelaut aus.

Er spürte, wie sein Geist sich von ihm löste und nach Red River Hill reiste. Unermesslich bekümmert schloss er die Augen und besuchte sein bescheidenes Reich. Er sah das Maisfeld, ein grünes Band auf der schwarzen Erde. Inmitten der Pflanzen, die sich im heißen Sommerwind wiegten, erblickte er Gabriels Karottenschopf. Der Junge, dessen Gesicht von der Sonne und der Aufregung rot angelaufen war, hatte eine Schlange um sein

Handgelenk gewickelt. Hinter ihm kicherte Otemin und versuchte, den Schwanz des Reptils zu fassen.

Er sah Munro und die MacInnis-Brüder. Ihre Hemden waren schweißnass, und sie versuchten, den Strunk einer Rotfichte aus dem Boden zu hebeln. Munro sang aus vollem Halse, um die Gruppe anzufeuern und den Rhythmus vorzugeben. Nicht weit entfernt war Mikwanikwe, die Duglas in einem selbst gebauten Gestell auf dem Rücken trug, damit beschäftigt, eine Birke zu entrinden, und löste große Rechtecke ab, die sie vorsichtig zusammenrollte und dann auf einen Schlitten legte, vor dem Lourag angespannt war.

Mit klopfendem Herzen und von seinen Gefühlen überwältigt sah er dann, wie Isabelle sich mit einer anmutigen Bewegung, die ihre Röcke aufblähte, zu ihm umwandte. Sie hielt ihre kleine Tochter auf den Armen und lächelte ihm durch ihre Haarsträhnen, die wie goldene Wimpel im Wind flatterten, zu.

Abrupt riss er sich aus seinen Visionen und stieß ein Schmerzensgeheul aus.

»Ich muss dorthin!«

Wie von Sinnen schlug er um sich, um den festen Griff der Männer abzuwehren, die ihn auf seinem Lager hielten.

»Das geht nicht; du musst noch ein paar Wochen liegen. Und außerdem sind die Wege noch zu stark verschneit, um sie zu begehen, Alexander. Ich werde mein Möglichstes tun, um Erkundigungen darüber einzuholen, was dort geschehen ist.«

Doch Jean Nanatish ahnte schon, dass er nichts weiter herausbringen würde, ehe der Deux-Montagnes-See vollständig eisfrei war. Im Moment war er mit Eisschollen bedeckt, sodass man ihn nicht mehr mit dem Hundeschlitten überqueren, aber auch noch nicht mit dem Kanu befahren konnte. Sie mussten warten.

Drei nicht enden wollende, anstrengende Wochen verstrichen. Alexander war an seinen Strohsack gefesselt und verfluchte alle Götter im Himmel für das Leid, das er ertragen musste. Endlich dämmerte grau und kalt das Licht des ebenso ersehnten wie gefürchteten Tages herauf. Feiner Nieselregen fiel, und Nebel lag über der Landschaft. Er schlüpfte in seine Mokassins, obwohl sein Bein sein Gewicht noch nicht lange tragen konnte, und machte sich in Begleitung von vier weiteren Männern auf den Marsch nach Red River Hill.

Die Reise war beschwerlich. Seine Verletzung war noch zu frisch und zwang Alexander häufig zum Anhalten. An manchen Stellen waren die Pfade noch unwegsam. Mehrmals mussten sie sogar die Schneeschuhe anziehen. Schließlich erreichte die Gruppe den Obstgarten, den das Wild zerstört hatte. Langsam ging der Schotte den Weg entlang, der zur Hütte führte. Ihm stockte der Atem, als er die Verwüstung betrachtete, die nur das Werk von Étienne Lacroix sein konnte …

Der Nordwestwind pfiff um die Gerippe der Gebäude. Die Tür von Munros Hütte knarrte in ihren verrosteten Angeln. Von den Fenstern der einfachen Behausung der MacInnis-Brüder war nicht mehr viel übrig, und das Dach war an einer Stelle eingestürzt, sodass der milchweiße Himmel hereinschien. Vom Blockhaus des Hollandais' waren nur noch die geschwärzten Steinfundamente zu sehen, über denen ein paar Balken lagen. Wie in Trance trat Alexander über die Stelle, an der sich einmal die Tür befunden hatte. Auf der Suche nach einem Gegenstand, der den Brand überstanden hatte, oder einer Spur, die darauf hinwies, was wirklich geschehen war, schob er mit der Fußspitze verkohlte Holzstücke umher. Vergeblich; er stieß nur auf kalte Asche.

Gegenüber dem Kamin blieb er stehen. An dem verrosteten Haken hing noch der Kessel, in dem Isabelle ihre Suppen gekocht hatte. Ihm war, als sähe er seine Frau – denn das war sie in seinen Augen –, wie sie sich darüber beugte, um den duftenden Dampf einzusaugen, und sich dann aufrichtete. »Die Suppe ist fertig!«, hatte sie dann gerufen. »Wer nicht gleich mit sauberen Händen an den Tisch kommt, geht mit leerem Magen schlafen!« Gabriel hatte zu seinem eigenen Schaden feststellen müssen, dass man den Anordnungen seiner Mutter nicht ungestraft zuwiderhandelte. Eines Abends hatte er hungrig zu Bett gehen müssen, weil er sich erst auf die Bank gesetzt hatte, als alle Suppenschalen schon gefüllt waren.

Doch von diesem Glück, das Alexander erlebt hatte, waren nur noch verlassene Ruinen und ein hartnäckiger Rußgestank übrig. Der Schotte drehte sich zu Jean Nanatish um, der auf der Bank, die gegenüber dem Backofen stand, auf ihn wartete.

»Wo sind die Gräber?«

Der Algonquin wies mit dem Finger zuerst in Richtung Latrine und dann zum Waldrand.

»Eines befindet sich dort, ein paar Schritte von dem Nebengebäude entfernt unter dem Weißdorn. Das andere liegt weiter weg, in der Nähe des Weges.«

Es erstaunte Alexander, dass die Gräber so weit auseinanderlagen. Unsicheren Schrittes und von dunklen Vorahnungen erfüllt ging er zuerst zu der Stelle am Waldrand. Nur ein Holzkreuz, auf dem nichts geschrieben stand, bezeichnete das Grab. Er kauerte nieder. Nach der Größe des Erdhügels zu urteilen lag darin ein Erwachsener, kein Kind. Er war erleichtert, aber nicht vollständig beruhigt. Wer mochte dort begraben sein? Wo waren die Überlebenden von Red River Hill geblieben? Isabelle und die Kinder mussten nach Montréal zurückgekehrt sein. Aber warum hatte niemand nach ihm gesucht? Was war geschehen?

Er wandte sich von dem ersten Grab ab und suchte das andere auf. Unter dem Weißdorn, in dessen Schatten die Latrine lag, befand sich ein kleiner Erdhügel, der etwa so lang war wie ein Mensch groß. Er kniete nieder.

»Hier stand ebenfalls ein Kreuz«, erklärte Jean Nanatish, der ihm gefolgt war. »Ein Tier muss es weggeschleppt haben.«

»Stand darauf auch ein Name?«

Die Miene des Algonquin verdüsterte sich, und er presste die Lippen zusammen.

»Ich kann nicht lesen.«

»Oh, tut mir leid.«

Enttäuscht stand Alexander auf, zückte seinen Dolch und schnitt einen Zweig von dem Weißdorn ab. Dann zog er ein

Lederband aus seiner Tasche und stellte aus dem Zweig ein neues Kreuz her.

»So!«

Als er das Holz in den Boden steckte und die Erde wieder glättete, streifte seine Handfläche über etwas Hartes. Neugierig geworden, legte er es vorsichtig frei. Er zögerte, den Gegenstand an sich zu nehmen, denn er vermutete, dass jemand ihn absichtlich hier zurückgelassen hatte. Doch seine Form kam ihm bekannt vor, sodass er nicht lange widerstehen konnte und ihn aufhob. Tränen schossen ihm in die Augen: Er hielt Isabelles Taufkreuz in der Hand.

Er schloss die Finger über dem Schmuckstück. Daran hing noch das Band, das einmal blau gewesen war. Isabelle trug ihr Kreuz immer an einem blauen Band. »Das ist die Farbe des Himmels und der Fahne von Neu-Frankreich… Aber auch die deiner Augen«, hatte sie ihm einmal erklärt. Schmerzlich bohrten sich die Kanten des Kreuzes in seine Handfläche, während er daran dachte, wie von jetzt an sein Leben aussehen würde: Ohne Isabelle würde er wieder ziellos durch die Welt irren.

Herrgott! Er vergrub das Gesicht in den Händen. Konnte es wirklich sein, dass Étienne seine eigene Schwester für dieses verfluchte Gold geopfert hatte? Genug traurige Beispiele dafür, dass es Menschen ohne jegliches Gewissen gab, bot das Leben ja…

Alexander war verzweifelt, doch er rang seine Tränen nieder. Er wollte den Indianern, die ihn schweigend ansahen, kein Schauspiel liefern. Nanatish, der erriet, was in ihm vorging, drückte ihm sanft die Schulter und ging dann mit den anderen davon. Da endlich stieß er ein Stöhnen aus. Er fiel vor dem Grab auf die Knie und weinte wie noch nie in seinem Leben.

In dieser Nacht schlief er nicht. Der Schlummer wollte sich einfach nicht einstellen. Er stand an Munros Hütte und lauschte dem Schnarchen seiner Begleiter. Sie hatten sich auf dem Boden ausgestreckt, den sie zuvor mit Tannenzweigen bedeckt hatten. Er überlegte, was er jetzt anfangen sollte. Isabelle hatte er für immer verloren, aber da waren noch seine Kinder … jedenfalls hoffte er das. Er musste sie finden. Und er wollte ebenfalls herausbekommen, was aus John und den anderen geworden war. Wer mochte in dem Grab am Waldrand liegen?

Er sah zu der Krone des Weißdorns auf, die in dem schwachen Licht des frühen Morgens zu erkennen war, und stieß einen tief empfundenen Seufzer aus. Wenn der Tag anbrach, würde er von hier fortgehen, um nie wieder zurückzukehren. Doch zuvor musste er noch eine schwierige Entscheidung treffen. Sein Blick wandte sich gen Osten, zum Obstgarten …

»Du musst dir Klarheit verschaffen, Alasdair Macdonald.«

Er bewaffnete sich mit seinem Gehstock und einer Schaufel und schlug entschlossen den Pfad ein. Jetzt, im März, waren die Nächte noch kalt, und glitzernder Raureif überzog den Boden.

Er musste an vier unterschiedlichen Stellen graben und jedes Mal den Weg aus dem Plan erneut abgehen, bis seine Schaufel auf etwas anderes als Stein traf. Als er den hohlen Widerhall hörte, ließ er sich auf die Knie fallen und schloss erschöpft die Augen. Dann steckte er den Arm in das etwa eine Viertelelle tiefe Loch, das er gegraben hatte. Da war es, das verfluchte Gold! Vor Anstrengung stöhnend hievte er die schwere Truhe hoch. Zorn ergriff ihn, und er schlug mit der Schaufel auf das Vorhängeschloss ein, bis es zerbarst. Keuchend starrte er dann auf die Schatulle, als warte er darauf, dass sie von allein aufsprang.

Ein Nachtvogel rief ein letztes Mal, ehe er sich in sein Nest zurückzog. Unter dem matten, grauen Himmel lag der Obstgarten jetzt in einem aschfarbenen Licht. Mit zitternden Händen machte Alexander sich an dem Deckel zu schaffen, doch der war verrostet und öffnete sich immer noch nicht. Er musste seinen Dolch zu Hilfe nehmen. Schließlich kam ein Ledersack zum Vorschein. Der Schotte löste die Bänder, mit denen er verschlossen war, und zog ihn auf. Wie vor den Kopf geschlagen starrte er auf den Schatz. Er hatte noch nie so viele Münzen auf einem Haufen gesehen. Dieses Vermögen hatte unter seinen Füßen geschlummert, ganz in seiner Nähe. Es wäre so einfach gewesen …

Er fuhr mit der Hand in den Sack und zog Moidores*, Pistolen** und Louis d'Ors hervor. Die Münzen waren schwer ... Ihretwegen waren Menschen gestorben.

»Du lieber Gott! Wie viel Geld mag das sein?«

Er ließ die Goldmünzen durch seine Finger gleiten. Mit einem Mal verdüsterte sich seine Miene. Leeren Blickes starrte er auf das schimmernde Edelmetall und überlegte, was er damit anfangen sollte.

Auri sacra fames ... Die Gier nach Gold trieb Menschen zu den abscheulichsten Verbrechen. Alexander fuhr mit der Hand durch die Münzen, die metallisch klimperten. Jede von ihnen schien ihm für ein Menschenleben zu stehen ... Ein Louis d'Or für Chamard? Einer für »Milchbart« Chabot? Ein dritter für Touranjau? Oder Isabelle? Aber andererseits, wie viele Leben waren gerettet worden, weil diese Münzen in ihrer Truhe geblieben waren? Er würde es nie erfahren ... Jetzt ließ ihn das gleichgültig.

Das Klimpern von Münzen, von dem er einst geträumt hatte, klang ihm jetzt unheimlich in den Ohren und ließ ihn vor Abscheu erschauern. Er hatte sein Ehrenwort gegeben ... Doch hatte sich sein Wunsch, sein Versprechen zu halten, nicht in verstockten Stolz verwandelt, der ihn an den Punkt gebracht hatte, an dem er heute stand? Er wusste nicht mehr, ob er das Richtige getan hatte.

Du hast den Preis deines Wortes falsch eingeschätzt. Es hat dich viel mehr gekostet, als all dieses Gold wert ist ...

Diese ganze Truhe voller Gold konnte ihn nicht für das entschädigen, was er verloren hatte.

Sie waren wieder in die Mission zurückgekehrt. Alexander und Jean Nanatish saßen friedlich vor ihren Bierkrügen und

* Portugiesische Goldmünze, die in der Neuen Welt im 18. Jahrhundert sehr verbreitet war. Das Wort »Moidore« ist aus dem portugiesischen *moeda de ouro*, Goldmünze, zusammengezogen.

** Bezeichnung des unter Philipp II. von Spanien (1556–1598) ausgegebenen doppelten spanischen escudo (Goldmünze); von spanisch pistola, Metallplättchen. (Anm. d. Übers.)

tranken. Ihre Wege würden sich trennen. Alexander ging nach Montréal, wo er nach seinen Kindern suchen und herausfinden wollte, was aus den anderen geworden war …

Der Schotte sah in die verschlossene Miene seines Freundes und sagte sich, dass er ihm fehlen würde. Der ungefähr gleichaltrige Algonquin war ihm ein idealer Gefährte im Unglück gewesen. Er war barsch und schweigsam, stellte niemals Fragen und redete nur, wenn man ihn ansprach. Seine bloße Anwesenheit war ihm ein Trost. Sein Blick verriet, dass er ihn verstand und mit ihm fühlte. Vor vier Jahren waren seine Frau und seine drei Kinder bei einem Unfall im Grande Rivière ertrunken.

»Gehst du im Morgengrauen auf die Jagd?«, fragte Alexander schließlich, um das lange Schweigen zu brechen.

»Hmmm … sobald die Sonne sich am Horizont zeigt.«

»Hmmm …«

Der Schotte griff in seine Westentasche, zog einen schweren Geldbeutel hervor und ließ ihn vor dem Algonquin auf den Tisch fallen.

»Hier, für dich.«

Nanatish sah auf das Geschenk hinunter, presste die Lippen zusammen und reckte das Kinn.

»Das kann ich nicht annehmen.«

»Warum nicht? Ich gebe es dir, um dir für deine Hilfe zu danken.«

»Für einen Dienst, den man einem Freund erweist, lässt man sich nicht bezahlen.«

Einen Moment lang war Alexander sprachlos. Er wollte das Geld schon wieder an sich nehmen, besann sich aber anders.

»Nun gut, Jean. Wenn du diese Münzen nicht für dich behalten willst, dann gib sie doch denen unter deinen Leuten, die das Geld nötig haben. Denk doch an Marie-Catherine Ouabanangokwe. Sie hat acht Kinder … Ich bin mir sicher, dass sie es gut gebrauchen kann.«

Der Algonquin sah aus seinen dunklen Augen aufmerksam zu dem Schotten auf.

»Ist dies das Geld, das dem Händler gestohlen wurde?«

»Dem Händler? Von welchem Händler sprichst du?«

»Dem, den alle den Hollandais nennen.«

»Wer hat dir von Geld erzählt, das dem Hollandais gestohlen worden sein soll?«

»Du.«

Alexander zog die Augenbrauen hoch.

»Ich?«

»In deinen Träumen.«

»In meinen Träumen … Ja, das hätte ich mir auch denken können.«

Das war nicht das erste Mal, dass er im Traum Dinge aus seinem Leben erzählt und preisgegeben hatte. Der Algonquin beäugte den gut gefüllten Geldbeutel.

»Ist dies das Geld, das dem Händler gestohlen wurde?«, beharrte er.

»Nein, Jean, ich habe dieses Geld nicht gestohlen. Der Händler hat es mir anvertraut, damit es nicht in die Hände skrupelloser Männer fiel, die damit Böses getan hätten.«

»Und dieser Étienne Lacroix, von dem du mir erzählt hast, ist auf der Suche danach?«

»Ja. Er und viele andere, so wie Lavigueur.«

»Ja, viele Männer haben von diesem Schatz gesprochen. Aber alle glaubten, die Geschichte sei erfunden …«

Der Algonquin streckte die Hand aus, um den Geldbeutel an sich zu nehmen.

»Schön. Für Marie-Catherine und ihre Kinder.«

»Du bist ein guter Mensch, Jean Nanatish, und ein Freund, den ich nie vergessen werde.«

Nachdem Nanatish den Geldbeutel in seine Schultertasche gesteckt hatte, rückte er nervös auf seinem Stuhl herum. Alexander konnte sich eines Lächelns nicht erwehren, als er sah, wie sehr er sich bemühte, seine Gefühle zu verbergen.

»Das Gleiche gilt für dich, Alexander«, sagte sein Freund schließlich. »Ich habe gesehen, wie du die Schatulle ausgegraben hast. Heute Morgen in Red River Hill habe ich dich gehört und bin dir gefolgt …«

»Oh!«

»Ich war besorgt. Ein Mann, dessen Herz tot ist, tut sich oft schwer damit, dass sein Körper noch lebt.«

Der Algonquin sah ihn aus seinen schwarzen Augen forschend an. Aber er sagte nichts mehr, als verspüre er nicht den Wunsch, sich weiter über die dunklen Vorahnungen auszulassen, die ihn überfallen hatten, denn möglicherweise hätte er den Stolz seines Freundes verletzt.

Alexander konnte ihm nur recht geben. Es stimmte, dass er an diesem Tag nicht übel Lust gehabt hätte, zu kapitulieren und seinem Leben ein Ende zu setzen. Hatte er nicht schon einmal versucht, das Unwiderrufliche zu tun? Damals, als er geglaubt hatte, Isabelle hätte ihn verraten, hatte Coll ihm Einhalt geboten. In Red River Hill hatte ihn eine unsichtbare Hand zurückgehalten: Er hatte sich daran erinnert, dass seine Aufgabe auf Erden noch nicht beendet war, so schwer sie ihm auch fallen mochte. Gottes Hand konnte das allerdings nicht gewesen sein. Schließlich hatte er Ihm stets den Rücken gekehrt.

»Du hast recht, Jean. Aber sag mir, an wem versündigt man sich schon, wenn man sterben will und nicht mehr an einen Gott glaubt, der in dieser Welt so viele Grausamkeiten zulässt?«

»Gott hat die Menschen geschaffen und ihnen Werkzeuge gegeben. Es ist an ihnen, sich ihrer zu bedienen und ihr Herz gut zu bestellen.«

»Und was ist mit denen, die den Preis für eine Missernte bezahlen, Jean?«

»Gott schenkt ihnen ewigen Frieden. Die Gerechtigkeit ist nicht von dieser Welt. Aber sie existiert …«

»Hoffen wir es.«

»Was hast du vor, nachdem du deine Kinder gefunden hast?«

Alexander schaute in sein Glas und schwieg einen Moment lang. Er hatte noch keine Zeit gehabt, darüber nachzudenken, wie sein Leben von jetzt an aussehen sollte. Von einem Gedanken allerdings war er besessen: Er wollte Étienne Lacroix finden und ihn töten. Aber das hatte keine Eile.

»Ich möchte mich vergewissern, dass es meinem Sohn und meiner Tochter gut geht.«

»Und danach?«

»Danach … kehre ich nach Schottland zurück.«

Alexander hatte gestern lange gegrübelt, bevor er diese schwierige Entscheidung getroffen hatte. Er wurde älter, und es wurde Zeit, dass er seine irdischen Angelegenheiten in Ordnung brachte. Daher würde er nach La Batiscan gehen und sich mit John aussprechen. Dann würde er nach Schottland reisen. Und wenn er zurück war, würde er diesem infamen Lacroix das Handwerk legen. Dann würde er ruhigen Herzens zusehen können, wie seine Kinder groß wurden … aus der Ferne. Bei dem Gedanken an Gabriel und Élisabeth war ihm aufgegangen, dass er nicht den geringsten Anspruch auf sie geltend machen konnte, weil er nicht mit ihrer Mutter verheiratet gewesen war. Eine schwere Last legte sich auf sein Herz. Das kleine Mädchen würde sich nicht einmal mehr an ihn erinnern. Was den Knaben anging, konnte er sich höchstens erhoffen, dass er ihn als guten Freund betrachtete …

Alexanders Finger krampften sich um sein Glas. Dem Algonquin entging das nicht, und er runzelte die Stirn.

»Du hast genug Zeit zum Überlegen …«

»Ja … Ich muss über all das nachdenken …«

Der Schotte schob sein Glas zurück und stand auf.

»Vielleicht wird es dir guttun, für einige Zeit in dein Heimatland zurückzukehren. Deine Kinder werden immer noch hier sein, falls du dich entscheidest, wiederzukommen. Deine Seele muss Rat bei deinen Ältesten suchen, bei ihrer Weisheit.«

»Meine Ältesten …«

Alexander dachte an seine Großmutter Caitlin, die immer Rat für ihn gewusst hatte. Nanatish erhob sich ebenfalls, um Abschied von ihm zu nehmen, und umarmte ihn rasch. Sie brauchten keine Worte.

»Wenn ich zurückkomme, besuche ich dich, Jean.«

»Mein Haus steht dir immer offen, mein Freund. Gib auf dein Bein acht.«

Der Schotte lachte, um seine Rührung zu verbergen.

»Ich werde es versuchen … Und … was den Rest des Goldes angeht …«

»Davon habe ich nichts gesehen. Ich habe mich wieder schlafen gelegt.«

Das verschwörerische Lächeln des Algonquin wich mit einem Mal einer sorgenvollen Miene. Alexander wusste, dass er seine eigenen Probleme hatte. Die Eingeborenen, die in der Mission lebten, kämpften darum, dass man ihre Jahrhunderte zurückreichenden Ansprüche auf das Land ihrer Väter anerkannte. Seit einigen Jahren verschlechterte sich ihre ökonomische Lage zusehends. Aber die Sulpizianer schlossen sie vom wirtschaftlichen Leben der Domäne aus und machten es ihnen unmöglich, eine würdige Existenz zu führen.

Die Irokesen und Algonquin hatten bereits begonnen, ihre Rechte lautstark und nicht immer auf legalem Weg einzufordern. Sie erklärten, dieses Land, von dem die Sulpizianer behaupteten, es sei ihr Eigentum, gehöre in Wahrheit einzig Gott und solle gerecht unter allen Menschen aufgeteilt werden. Ein Indianer, der von seinem Recht überzeugt war, mit seinem Besitz nach eigenem Gutdünken verfahren zu können, hatte sich der kirchlichen Obrigkeit widersetzt und sein Haus an einen englischen Händler verkauft. Darüber hatten die Sulpizianer sich bei der englischen Regierung heftig beschwert, und diese hatte ihnen recht gegeben: Sie seien – nach Gott und offensichtlich in Seinem Namen – in der Tat die alleinigen Besitzer des Landes, das die Domäne Deux-Montagnes bilde und daher als Einzige berechtigt, dieses zu nutzen, ebenso wie sie allein die Mission betrieben, die sich auf ihrem Gebiet befand. So hatte man die legitimen Forderungen der eingeborenen Völker mit Füßen getreten. Seitdem herrschte in der Mission eine feindselige Stimmung. Alexander konnte leicht erraten, dass Jean Nanatish das gar nicht gefiel.

Alexander verließ die Taverne. Ein Kanu, das ihn nach Lachine bringen sollte, wartete auf ihn.

In Montréal erfuhr er als Erstes, dass das Haus in der Rue

Saint-Gabriel seit dem Ende des Winters dem Gastwirt Dulong gehörte. Der Notar Guillot war abgereist, um auf dem Südufer eine neue Kanzlei zu eröffnen. Über den Verbleib von Gabriel und Élisabeth konnte Alexander nichts herausfinden. Und auch über Munro und die MacInnis-Brüder brachte er weder in den Tavernen noch in den Herbergen etwas heraus. Sie waren wie vom Erdboden verschluckt. Doch es gab noch einen Menschen, der ihm, wie er glaubte, helfen konnte: sein Bruder John in La Batiscan.

Ein Passant stieß Alexander an und riss ihn aus seinen schmerzlichen Überlegungen. Ohne etwas auf die Entschuldigungen des Mannes zu geben, schlug er die Augen auf und wandte seine Aufmerksamkeit wieder dem Treiben im Hafen zu. Der englische Pastor hatte sein Gebet beendet und lud sich ein Gepäckstück auf. Seine Frau und seine Kinder taten es ihm nach. Dann entfernten sie sich und wurden von einer von zwei livrierten Lakaien eskortierten Sänfte verdeckt. Ein dunkelhaariges junges Mädchen tauchte daneben auf und klopfte an das kleine Fenster, worauf dort ein geschminktes Gesicht erschien. Es war von einer eleganten, gepuderten Lockenmähne umgeben, auf der keck ein kleiner Dreispitz saß. Die Frau schimpfte auf das Mädchen ein, das nichts sagte, aber nervös seine Hände knetete.

Alexander ließ den Blick über den Hafen schweifen, in dem es geschäftig wie in einem Bienenstock zuging. Bald jedoch würde es Nacht werden, und dann würden auf den Kais nur noch ein paar Seeleute, Nachtschwärmer und Wachposten unterwegs sein. Mit einem Mal bekam der Schotte Lust auf eine abendliche Runde, so wie früher, kurz bevor er sich eingeschifft hatte.

Er betastete die Tasche seiner neuen Weste aus schwarzem Stoff, um sich zu vergewissern, dass seine Schiffspassage noch dort steckte, und warf einen Blick zur Reede. Der Abendwind pfiff durch die Takelage und den Wald nackter Masten. Zwischen einer Brigantine und einer Brigg entdeckte er die *Suzanna* und verzog verbittert das Gesicht. Fünf Tage zuvor hatte er beim Mittagessen zufällig in der Québecer *Gazette* gelesen, dass der Schoner nach Portsmouth auslaufen würde. … *einige Plätze für Passagiere noch verfügbar. Für weitere Auskünfte bitte an Kapitän Henry Mure wenden*. Er wusste, dass die Reise beschwerlich werden würde. Erst heute Morgen hatte er sich entschieden und seine Fahrkarte gekauft.

John war verschwunden, höchstwahrscheinlich tot. Wie Marie-Anne sagte – seine Frau, der Alexander einen Besuch abgestattet hatte –, war Jean l'Écossais nie wieder nach La Batiscan zurückgekehrt, nachdem er im Frühjahr 1768 mit seinen Männern nach Michilimackinac aufgebrochen war. Nur der Mann mit dem Beinamen Cabanac war noch einmal aufgetaucht. Er hatte seinen Bericht vorgelegt und Verträge für Ruderer erneuert. War es möglich, dass es sich bei dem Unbekannten, der in Red River Hill am Waldrand begraben lag, um seinen Bruder handelte? Erfahren würde er das erst, wenn er Munro fand. Da waren noch so viele Fragen, auf die es keine Antwort gab.

Alexander war drei Tage in La Batiscan geblieben. Er hatte der untröstlichen Marie-Anne von seiner zufälligen Begegnung mit John erzählt. Und er hatte seine kleine Nichte Marguerite Macdonald kennengelernt. Die hellen Augen und der fröhliche Blick des Kindes hatten ihn sehr an ihre Mutter Marion erinnert. Dann hatte er sich auf die Rückreise nach Québec gemacht. Unterwegs hatte er unablässig an die letzten Gespräche mit seinem Zwillingsbruder denken müssen und immer stärker den Wunsch empfunden, endlich nach Schottland, in das Tal seiner Vorfahren, zurückzukehren. Die Ereignisse der letzten Monate hatten ihn sehr verändert. Er verspürte das Bedürfnis, wieder an seine Wurzeln anzuknüpfen, um seinen Weg zu finden.

Bis jetzt hatte er seine Kinder noch nicht finden können. Doch er hatte Finlay Gordon wiedergesehen. Er hatte ihn zufällig auf der Straße getroffen, als er vor einem Laden wartete, in dem seine Frau und ihre vier Töchter ihre Einkäufe tätigten. Er hatte im Viertel Saint-Roch seine eigene Schusterwerkstatt eröffnet, und da er den günstigsten Preis geboten hatte, durfte er als einziger Schuhmacher Reparaturen für die Armee vornehmen.

Finlay hatte ihm versprochen, dass er alles tun würde, um seine Kinder und Munro zu finden, ehe er im kommenden Frühjahr ebenfalls nach Schottland zurückkehrte.

Alexander drang in die Straßen der Unterstadt ein, die von den Gerüchen des Hafens erfüllt waren. Langsam wurde es dunkel. Die Menschen flüchteten sich nach Hause und schlossen die Fensterläden, um bei dem dicht gedrängten Zusammenleben, zu dem der knappe Raum sie zwang, ihre Privatsphäre zu wahren. Die Farben verblassten und machten den Schatten Platz.

Als er die Rue Saint-Pierre entlangging, bemerkte Alexander eine neue Erdaufschüttung. So entriss man dem Ufergestade Klafter um Klafter, um eine Verbindung zur Rue du Sault-au-Matelot zu schaffen, die am Fuß des Steilhangs verlief. Ohne darüber nachzudenken, ging er nach Westen, in Richtung Oberstadt. Da er den Blick auf den Boden richtete, um nicht in eines der unzähligen Schlaglöcher zu treten, stieß er einen jungen Burschen an, der versuchte, das restliche Brennholz von seinem kleinen, von einem Hund gezogenen Karren zu verkaufen. Dann erblickte er eine Kutsche, die direkt auf ihn zukam, und versuchte, über eine besonders tief ausgefahrene, schlammige Wagenspur zu springen. Er stürzte beinahe und zog eine Grimasse, als er auf seinem schlimmen Bein landete. Der Wagen streifte ihn, und sein Stock fiel ihm aus den Händen, und als er sich an die Wand drückte, trat er in einen Hundehaufen. Er fluchte. Also wirklich, auf den Straßen von Québec begab man sich ja in größere Gefahr als auf einem Schlachtfeld!

Während er sich noch bückte, um seinen Stock aufzuheben, rempelte ihn ein Fußgänger an und zwang ihn, ein weiteres Mal das Gewicht auf sein gerade eben genesenes Bein zu verlagern. Murrend richtete er sich auf und wollte ihm schon eine Grobheit nachrufen. Doch dann verstummte er mit erhobener Faust und schaute dem bäuerlich gekleideten Mann nach, der sich entfernte. Dieses rote Haar, das unter dem zerbeulten Hut hervorschaute, diese hochgewachsene Gestalt, der selbstsichere Gang… Wäre dies Glasgow oder Edinburgh gewesen, hätte er geschworen, Coll gesehen zu haben.

Der kräftige Bursche verschwand um die Ecke der Côte de la Montagne. Die Dunkelheit verbarg sein Gesicht. Alexander, der neugierig geworden war, hätte am liebsten die Verfolgung aufgenommen. Doch das Ziehen in seinem Bein belehrte ihn eines Besseren. Er sah auf seinen Stock hinunter und stellte bestürzt fest, in welchem Zustand er war, nämlich in keinem besseren als seine Knochen! Hinkend ging er in dieselbe Richtung weiter, die der Passant eingeschlagen hatte. Vielleicht würde er ja auf demselben Weg zurückkommen.

Als er das in eine Kaserne umgewandelte ehemalige Jesuitenkolleg passierte, war es ganz dunkel geworden. Vor einer Taverne verhielt er den Schritt. Ihm war, als spüre er wieder die lärmende Stimmung, in die er sich einst nach seinem abendlichen Patrouillengang gestürzt hatte, und er dachte an die Weinstube zum Rennenden Hasen. Was wohl aus Émilie geworden war? Warmes, goldfarbenes Licht fiel durch das Fenster des Lokals und lud ihn zum Eintreten ein. Warum sollte er nicht ein Glas trinken? Außerdem musste er sein Bein ausruhen. Ehe er die Überfahrt antrat, sollte er sich einen neuen Stock besorgen.

In der verrauchten Taverne zum Blauen Hund herrschte fröhliches Stimmengewirr. Der Trubel wirkte auf ihn so vertraut wie in seinen Erinnerungen. Allerdings waren keine Rotröcke mehr zu sehen. Das Lokal wurde nur von Kanadiern besucht. Alexander setzte sich an die Theke und bestellte sich einen Whisky.

Während er in aller Ruhe sein drittes Glas trank, beobachtete er die Gäste. Sein Blick blieb an den Rundungen der Schankmagd hängen, die sich zu einem Kunden hinunterbeugte. Braune Haarsträhnen schauten unter der Haube hervor und kringelten sich in ihrem zarten Nacken. Sie kam ihm bekannt vor. Dann sagte der Mann etwas, und sie lachte laut. Als sie sich aufrichtete und umdrehte, stieß Alexander einen leisen Seufzer der Erleichterung aus: Es war nicht Émilie.

Alexander fand, dass er genug getrunken hatte. Er leerte sein Glas in einem Zug und wandte sich zum Gehen. Ein Mann, der an einem benachbarten Tisch saß, erhob sich gleichzeitig mit ihm und stieß ihn an.

»Verzeiht mir mein Ungeschick, Monsieur ...«

Der Unbekannte sah ihn mit merkwürdiger Miene an.

»Nichts geschehen.«

Alexander fing den Blick des Mannes auf und fühlte sich unangenehm berührt.

»Kennen wir uns?«

»Schon möglich. Seid Ihr nicht Monsieur Alexander Macdonald, einstmals Soldat im Regiment der Fraser Highlanders?«

»Nun ja ... kommt darauf an, was Ihr von diesem Mann wollt.«

»Dann erinnert Ihr Euch nicht an mich, Monsieur Macdonald?«

Dieser Kanadier mit den pechschwarzen Augen, der ihn ohne jede Feindseligkeit musterte, faszinierte Alexander. Er trat einen Schritt zurück und betrachtete ihn. Nach seiner Kleidung zu urteilen, war er zweifellos von Adel. Höflich zog der Mann seinen mit einer Feder geschmückten Filzdreispitz, wobei langes braunes Haar zum Vorschein kam, das im Nacken ordentlich mit einem Band zusammengehalten wurde.

»Nein ...«

Sein Gegenüber strahlte eine aristokratische Arroganz aus, die allerdings nicht ganz über seine etwas provinziellen Manieren hinwegtäuschte. Seine gleichmäßigen, angenehmen Züge kamen Alexander vage bekannt vor, nichts weiter.

»Fähnrich Michel Gauthier de Sainte-Hélène Varennes aus der Kompanie von Deschaillons de Saint-Ours«, erklärte der Unbekannte und knallte die Hacken zusammen. »Ich bin der Offizier, dem Ihr bei der Schlacht auf den Höhen das Leben gerettet habt. Erinnert Ihr Euch jetzt?«

Verblüfft sperrte Alexander den Mund auf. Der Mann lachte schallend, klopfte ihm freundschaftlich auf die Schulter und lud ihn ein, sich an seinen Tisch zu setzen.

»Ich stelle erfreut fest, dass Eure Verletzung nicht allzu schwer war und Ihr Eure Stimme noch besitzt. Ihr sprecht ein außerordentlich gutes Französisch.«

»Ja ... also ...«

»Demnach seid Ihr nicht in Eure Heimat zurückgekehrt, mein Freund? Ähem … Ich darf doch ›mein Freund‹ zu Euch sagen?«

»Wenn Ihr wünscht, Monsieur.«

»Ich betrachte Euch nämlich als meinen Freund … und ich würde gern der Eure sein.«

»Ähem … ja, sicher …«

Alexander ließ sich auf einen Stuhl hinunterdrücken. Michel Gauthier, der den Schotten schon eine Weile beobachtet hatte, hatte bemerkt, was er trank. Er bestellte eine Flasche von dem besten Whisky, den das Lokal zu bieten hatte, und schenkte seinem Freund einen großzügigen Schluck ein.

»Erzählt doch, was Ihr in den vergangenen Jahren so getrieben habt!«

Die beiden plauderten freundschaftlich. Nach drei Gläsern Whisky war Alexander entspannt und wurde gesprächiger. Michel interessierte sich sehr für die Schachzüge Murrays und Amhersts, die zur Kapitulation der Kolonie geführt hatten. Er kommentierte die Fehler, die beide Seiten begangen hatten, und kritisierte Montcalms Laschheit, Lévis' Starrköpfigkeit und Bougainvilles unverzeihlichen Fehler. Dieses unerwartete Zusammentreffen mit dem Kanadier, der mit ihm redete, als seien sie beide alte Freunde, tat Alexander gut und hinderte ihn daran, in die Melancholie zu verfallen, die man stets vor Antritt einer Reise empfindet.

So vergingen zwei Stunden. Schließlich gingen den beiden die Gesprächsthemen aus, und Pausen traten ein. Der Kanadier wurde immer schweigsamer und verstummte schließlich ganz. Er trommelte mit den Fingern auf den Tisch, runzelte die Stirn und betrachtete Alexander mit der Miene eines Mannes, der einen Gegner abschätzt, um die Strategie für seinen Angriff auszuarbeiten. Dann holte er tief Luft und stürzte sich ins kalte Wasser.

»War der Feldzug mit Wolfe Euer erster?«

»Ähem … nein. Unter Waffen habe ich zum ersten Mal in Louisbourg an Kämpfen teilgenommen.«

»Und ohne Waffen?«

»Nun ja, etliche Jahre zuvor bin ich in Schottland mit den jakobitischen Regimentern gezogen … Damals war ich noch ein halbes Kind.«

»Hmmm … Der Feldzug des jungen Stuart-Prinzen? Ja, ich habe in Frankreich davon gehört. In Paris habe ich einen Offizier getroffen … MacNeil of Barra, wenn ich mich recht erinnere. Er war nach Eurer Niederlage aus Schottland geflohen. Die Insel Barra war von Caroline Scott und seiner Kompanie verwüstet worden. Nach dem, was er mir erzählt hat … hat dieser Mann besonders Katholiken gegenüber eine außerordentliche Brutalität an den Tag gelegt.«

»Ich hatte mehrfach Gelegenheit, das Werk von Hauptmann Scott zu betrachten«, meinte Alexander und nahm einen Schluck aus seinem Glas, um zu verbergen, wie aufgewühlt er war. »Dieser Whisky ist wirklich ausgezeichnet.«

»Ja«, gab Michel zurück und ließ die bernsteinfarbene Flüssigkeit in seinem Glas kreisen. »Ihr habt recht, er ist ziemlich gut.«

Alexander hegte nicht den Wunsch, länger über Hauptmann Caroline Frederick Scott zu sprechen. Dieser Mann hatte die Strafexpeditionen in Glencoe und dem gesamten Westen der Highlands angeführt. Seine Methoden als brutal zu bezeichnen, war bei weitem untertrieben! Alexander war auf der Suche nach etwas zu essen gewesen, als Scotts Kompanie in Glen Nevis einfiel. Die Soldaten waren zu Alexander Cameron geritten, besser bekannt unter dem Namen MacSorley. Der Mann, der gar nicht an dem Aufstand teilgenommen hatte, empfing den Hauptmann überrascht. Er begriff erst recht nicht, was vor sich ging, als er sich plötzlich mit einer Schlinge um den Hals unter einer großen Eiche wiederfand. Scotts Soldaten fielen auch über seine Frau und seinen kleinen Sohn her und zündeten sein Haus an. Die Frau und das Kind, die nichts mehr besaßen, nicht einmal mehr Kleider auf dem Leib, mussten sich den kommenden Winter über in eine Höhle flüchten.

»Viele Schotten haben sich nach der Kapitulation hier niedergelassen. Nach und nach verdrängt der Whisky den Rum von den französischen Inseln. Aber ich muss sagen, auch ich schätze Euren … wie nennt Ihr ihn in Eurer Sprache?«

»*Usquebaugh.*«

»Genau, so heißt er.«

Der Kanadier hob sein Glas, um die Farbe des Getränks zu begutachten. Dann trank er einen Schluck und schnalzte zufrieden mit der Zunge.

»Ich habe Euch nie wirklich danken können, wie sich das gehört. Deswegen freue ich mich darüber, dass Gott mir heute die Gelegenheit gibt, das nachzuholen und die Ehrenschuld einzulösen, die ich Euch gegenüber habe, Monsieur Macdonald.«

»Eine Schuld? Aber nein, Monsieur, Ihr schuldet mir gar nichts …«

»Und ob! Ihr müsst zugeben, dass es auf einem Schlachtfeld nicht üblich ist, einen seiner Landsleute zu töten, um einem feindlichen Soldaten das Leben zu retten. Außerdem war dieser Mann Euer Vorgesetzter, nicht wahr?«

»Sergeant Campbell war ein Mann ohne jegliche Moral.«

»Die haben Militärs nicht immer«, meinte Michel und lächelte wissend.

Mit einem Mal musste Alexander an das verwüstete Red River Hill und an das Massaker in dem kleinen Algonquin-Dorf am Rivière du Lièvre denken.

»Das trifft auch auf andere Menschen zu«, meinte er und sah dem Kanadier in die Augen.

»Allerdings … Aber ich danke dem Himmel dafür, dass es noch Männer von Ehre gibt. Ihr habt mir das Leben gerettet, Monsieur Macdonald. Erlaubt mir, ruhigen Herzens nach Frankreich zurückzukehren, in dem Bewusstsein, dass ich meine Pflicht erfüllt habe.«

»Ich versichere Euch noch einmal, dass Ihr mir nichts schuldig seid. Es war einfach die Ehre, die an diesem Tag auf dem Schlachtfeld mein Handeln bestimmt hat.«

»Aber Ehre hättet Ihr auch auf andere Weise und glanzvoller erwerben können, wenn Ihr Euch meiner Fahne bemächtigt hättet.«

»Ich achte … gewisse moralische Prinzipien und handle nicht mit dem einzigen Ziel, die Menschen, die mich umgeben, zu blenden.«

»Aber genau das meine ich ja! Aus diesem Grund gebührt Euch meine ganze Wertschätzung und Bewunderung! Ich habe außerdem gesehen, wie Ihr Euer Leben aufs Spiel gesetzt habt, um einem unschuldigen Knaben das Leben zu retten.«

»Ti'Paul?«, fragte Alexander und erinnerte sich mit einem Mal wieder.

»Ti'Paul? Ihr kennt ihn?«

»Nein … Das heißt … Ich habe ihn später kennengelernt, während der Besatzungszeit.«

»Und seine bezaubernde Schwester … Wie hieß sie noch? Ah, Isabelle! Wie konnte ich nur diesen Namen vergessen, der so gut zu ihr passt! Die schöne Isabelle … Habt Ihr sie ebenfalls wiedergesehen?«

Alexander wurde von seinen Gefühlen überwältigt. Er senkte den Kopf und antwortete mit großer Mühe.

»Ja.«

»Ich habe sie damals gebeten, Euren Dolch aus der Leiche des Sergeanten zu ziehen, und sie hat es getan. Eine mutige Frau, die das Herz am rechten Fleck hatte.«

»Das … wusste ich nicht. Sie hat ihn mir zurückgebracht … aber sie hat mir nie gesagt, wie sie zu der Waffe gekommen ist …«

Alexander war ein wenig betrunken und versank in seinen Erinnerungen. Doch dann sah er aus seinen von Rauch und Alkohol geröteten Augen zu dem Kanadier auf.

»Isabelle is' tot …«

»Oh! Ich … Wann ist das geschehen?«

Alexander nahm einen bitteren Geschmack in seinem Mund wahr. Er hob sein Glas, stellte fest, dass es leer war und stellte es wieder auf den Tisch, um es anzustarren. Michel bemerkte, wie bedrückt er war, wusste aber nicht, warum. Daher schenkte er ihm den Rest des Whiskys ein und ließ eine neue Flasche kommen.

»Dann habt Ihr sie gut gekannt …«

»Sie war … meine Frau.«

Michel sagte kein Wort. Er trank in kleinen Schlucken und lauschte mit zusammengebissenen Zähnen Alexanders trauriger Erzählung. Dann schwieg er lange, die Ellbogen fest auf den Tisch gestützt, um nicht zu schwanken. Dieser Schotte, der ihm gegenübersaß, trug die tief eingeschnittenen Züge und die Miene eines Menschen, der zu viel gesehen hatte. Er war an Körper und Seele schwer verwundet. Was konnte er tun, um ihm zu helfen? Nicht allzu viel, ihm höchstens ein wenig Trost spenden.

»Gott hat Euch Eure Kinder erhalten«, nuschelte er leise.

Aus seinen düsteren Gedanken gerissen, hob Alexander den Kopf und begegnete dem mitfühlenden Blick des anderen. Verbittert verzog er das Gesicht.

»Ich weiß aber leider nich', wo Gott sie gelassen hat.«

»Vielleicht kann ich Eusch helfen, sie zu finden. Ich kenn' viele wichtige …«

»Selbst wennich beweisen könnte, dass sie wirklich meine Kinder sind, könnte ich sie nich' zu mir holen. Schaut mich doch an, Herrgott! Ich bin ein verkrüppelter Veteran der britischen Armee! Ihr wiss' genau, dass man mir nie erlauben wird, mich um meine Kinder zu kümmern!«

Während der Kanadier noch nickte, schoss Alexander trotz seiner Trunkenheit ein Gedanke durch den Kopf: das Gold! Vielleicht könnte er … Doch sofort besann er sich wieder. Nein, er würde seine Kinder nicht mit Gold kaufen können.

Michel sah in sein Glas. Der Schotte hatte recht. Larue hatte den Knaben rechtmäßig adoptiert. Aber das kleine Mädchen …

»Ihr sagt, Eure kleine Tochter sei dort … in den Wäldern geboren. Is' sie … offiziell getauft worden? Dann müssste doch Euer Name auf …«

»Nein. Wir ham Élisabeth nur symbolisch im Fluss getauft. Das Sakrament sollte sie in der Kirche der Mission erhalt'n, Ende September, an … unserm Hochzeitstag.«

Niedergeschlagen schüttelte Michel den Kopf, als ihm klar

wurde, dass seine gut gemeinten Vorschläge sinnlos waren. Dann tat er zwei große Schlucke. Noch war das letzte Wort nicht gesprochen. Wie auch immer er das anstellen würde, er wollte versuchen, seinem Freund zu helfen, um seine Schuld abzutragen.

»Ihr … logiert also … in der Stadt, bis das Schiff den Anker lichtet?«

»Ja. Wenn das Wetter sich hält, legt es übermorgen ab.«

Bei dem Gedanken meinte Alexander, schon das Stampfen des Schiffes unter seinen Füßen zu spüren.

»Hmmm … jammerschade! Ich muss Québec im Morgengrau'n verlassen, um nach Montréal zu reisen. Ich hätte gern … das Vergnügen gehabt … Eusch noch einmal zu treffen.«

Michel presste die Lippen zusammen, richtete den Blick in die Ferne und trommelte mit den Fingern auf die Tischplatte. Dann, mit einem Mal, stieß er auf, und seine Hände kamen zur Ruhe. Aus blutunterlaufenen Augen sah er Alexander an und setzte ein eigentümliches Lächeln auf.

»Da Ihr noch einen Tag länger bleibt … k … könnte ich Eusch um einen … Ge … Gefallen bitten? Nichts Schlimmes, keine Sorge! Ich hab leider vergessen, einem a … alten Freund eine wichtige Nachricht su schicken … Könntet Ihr sie ihm an meiner Stelle überbringen? Er heiß' … Charles-Louis Tarieu de la Naudière und is' der Sohn des Seigneur de la Pérade, eines Freundes meines Vaters. Ich hab misch im Krieg mit ihm angefreundet. Er war am Tag dieser schrecklichen Schlacht auch auf den Höhen. Ein energischer, talentierter und … äußerst mutiger junger Mann. Er ist 1760 in Sainte-Foy verwundet worden. Nach der Kapitulation ham wir uns in Frankreich wiedergetroffen. Und dann … in der Folge einer kleinen Es … Eskapade in London, bei unsern neuen englischen Freunden, ist Charles-Louis im letzten Frühjahr nach Kanada zurückgekehrt. Der Glückliche! Hat die Tochter des Sieur de la Corne geheiratet, die bezauuubernde Genivième-Élisabeth. Ein paar Wochen ist das erst her. Im Moment hält er sich in Québec auf.«

»Ich werde Eure Nachricht überbringen, Monsieur.«

»Die Wahrheit is' … in dem Brief entschuldige ich mich … Ich konnte nich' zu seiner Hochzeit kommen. Eine delikate Angelegenheit, versteht Ihr? Deswegen möcht' ich gern, dass Ihr ihm den Brief persönlich übergebt.«

»Ihr könnt auf mich zähl'n.«

Jedenfalls … wenn er sich morgen früh noch an den Namen erinnern konnte: Torieu de la Paudière … Nein, eher Tanieu de la Pérade …

»Dann is' das also abgemacht!«

Mit einem zufriedenen Lächeln auf den Lippen stand Michel Gauthier auf. Alexander tat es ihm nach. Beide Männer schwankten, warfen ihre Gläser um und mussten sich am Tisch festhalten.

»Oh! Ich glaube … ich lasse mir … mein Bett lieber hierherbringen! Soll ich vielleicht auch Eures holen lassen, Monsieur Macdonald? Coutil muss doch noch eine oder zwei Flaschen von diesem herrlichen Whisky in Reserve haben! Maaarie-Sophie!«

Die hübsche Schankmagd, die Alexander früher am Abend angesehen hatte, kam herbei, wobei sie ganz bezaubernd die Hüften schwenkte.

»Tinte, Papier und Siegelwachs, Maaarie-Sooophie! Und zwar richtige Tinte, keinen Rote-Rüben-Saft bitte! Ich muss … einen sehr wichtigen Brief … schreiben … Herrje, bin betrunken, mein Freund!«

Mit einem »Uff!« ließ der Kanadier sich auf den Stuhl fallen. Er legte die Hand auf seinen Unterleib und verzog das Gesicht.

»Au! Ich hätt' Marie-Sophie gleich bitten sollen, mir den Nachttopf zu bringen … Ich glaub', meine Blase platzt gleich!«

Er schüttete sich vor Lachen aus und teilte den Rest des Whiskys auf. Dann hob er sein Glas und prostete Alexander zu, der die Augen zusammenkniff, damit er nicht schielte.

»Auf unsere neue Freundschaft, mein Freund! Und auf Euer Wohl!«

»*Slàinte!*«

»Hmmm …«, meinte Charles-Louis Tarieu mit seiner warmen, tiefen Stimme und legte den Brief weg, den er gelesen hatte. »Kann ich Euch einen Cognac oder ein Glas Wein anbieten?«

Sein Ton war höflich, nichts weiter. Alexander saß auf einem Stuhl und knetete nervös die Krempe seines Huts. Der argwöhnische Blick, mit dem der junge Edelmann seine ziemlich verknitterte Kleidung und seine Bartstoppeln gemustert hatte, verriet ihm einigermaßen genau, was er von ihm hielt.

»Nein, danke. Wenn Monsieur mich nicht mehr brauchen …«

»Oh doch, und ob ich Euch brauche!«

Alexander, der immer noch den Whisky durch seine Adern rinnen fühlte, hatte nur den einen Wunsch, in sein Zimmer zurückzukehren und sich hinzulegen. Doch der junge Charles-Louis war zwar sichtlich gereizt, schien es aber nicht eilig zu haben, ihn zu entlassen. Er lehnte sich auf seinem lederbezogenen Sessel zurück und rieb sich nachdenklich die Nasenspitze. Nach einer Weile wedelte er mit den feingliedrigen Fingern über der vollkommen leeren Platte seines Schreibtisches herum.

»Eine Schuld zu begleichen, indem man eine andere eintreibt … also, darauf muss man erst einmal kommen!«

»Pardon?«

»Monsieur Gauthier des Sainte-Hélène Varennes schuldet Euch sein Leben, Monsieur Macdonald. Und ich bin ihm … eine gewisse Summe schuldig … Das Pariser Leben, was soll man tun …!«

Charles-Louis sprang auf, trat an einen Schrank, zog eine Schublade auf und kramte darin herum. Papier knisterte. Verständnislos starrte Alexander auf den gebeugten Rücken des Mannes. Was sollte dieses Gerede über die Rückzahlung von Schulden? Außerdem, wann hatte Michel Gauthier Gelegenheit gehabt, mit Monsieur Tarieu über ihn zu sprechen? Hatte er etwa in seinem Brief …

Alexander presste die Lippen zusammen und warf einen ungeduldigen Blick zu der Standuhr, deren regelmäßiges Ticken den Raum erfüllte und in seinem Schädel widerzuhallen schien. Er hatte den Brief überbracht; was sollte er jetzt noch hier?

»Nun, da ich Euch den Brief mit Monsieur Gauthiers Entschuldigung gegeben habe, würde ich gern …«

»Entschuldigung?«

Der junge Herr, der ein dickes Hauptbuch in den Händen hielt, drehte sich um und sah ihn erstaunt an. Alexander gab das Ganze immer mehr Rätsel auf.

»Weil er nicht zu Eurer Hochzeit kommen konnte, Monsieur.«

Ein paar Sekunden lang schaute Charles-Louis ausdruckslos drein und fragte sich wahrscheinlich, ob sein Besucher geistig etwas zurückgeblieben sei. Dann, mit einem Mal, brach er in schallendes Gelächter aus und stürzte Alexander damit vollends in Verwirrung.

»Vielleicht sollte ich erklären, dass Monsieur Gauthier allerdings bei meiner Hochzeit war, Monsieur Macdonald! Und da ich ihn kenne, weiß ich, dass kein noch so guter Wein Einfluss auf sein leider unfehlbares Gedächtnis haben kann!« Er lachte wieder herzhaft. »Der gute Michel! Immer listig, wenn er ein Ziel erreichen will! Nach Eurem Gesichtsausdruck zu urteilen, habt Ihr nicht die geringste Ahnung, was wirklich in dem Brief steht, den Ihr mir gebracht habt.«

»Monsieur Gauthier hat gesagt …«

»Dass er sich darin entschuldigt, weil er nicht zu meiner Hochzeit kommen konnte?«

»Ja …«

Mit einem Mal war Alexander sich nicht mehr sicher, ob er Michel am Vorabend richtig verstanden hatte. Ihm brach der kalte Schweiß aus, und er spürte, wie ihm Whisky und Galle in die Kehle stiegen. Charles-Louis legte das schwere Hauptbuch auf den Schreibtisch und beugte sich zu ihm herüber.

»Geht es Euch auch gut, Monsieur Macdonald? Ihr seid ja … ganz blass geworden.«

»Mir geht es gut … Ich bin nur ein wenig müde.«

»Hmmm … natürlich.«

Der junge Mann nahm den Brief und hielt ihn Alexander unter die Nase.

»Hier, lest selbst ... Oh!«, unterbrach er sich plötzlich, als er bemerkte, wie Alexander die Stirn runzelte. »Ihr müsst entschuldigen, vielleicht könnt Ihr ja nicht ...«

»Ich kann sehr wohl lesen, Monsieur! Allerdings fällt mir das Französische schwerer als das Englische.«

Alexander fühlte sich gekränkt. Aber Michels Schrift war praktisch unleserlich, und wenn er sich zu lange auf die Wörter konzentrierte, wurde ihm schwindlig. Charles-Louis nahm den Brief wieder an sich.

»Nun gut, dann werde ich Euch kurz zusammenfassen, was darin steht. Im Grunde geht es darum, dass er mich bittet, ihm eine Schuld zurückzuzahlen. Der Brief ist ordnungsgemäß unterschrieben und von einem Zeugen gegengezeichnet worden, und zwar von Monsieur Coutil, dem Wirt des Blauen Hunds.«

Ungläubig starrte Alexander den jungen Tarieu an. Er begriff, dass Michel Gauthier ihn gewaltig hinters Licht geführt hatte, und wurde immer zorniger. Wie sein Gegenüber erklärte, verlangte Michel von seinem Schuldner, Charles-Louis Tarieu, die Rückzahlung seines Kredits einschließlich Zinsen. Das Geld war an den Überbringer dieses Dokuments auszuzahlen, Monsieur Alexander Macdonald von Glencoe, ehemaliger Soldat der Kompanie Campbell von Glenlyon im Regiment der Fraser Highlanders, und zwar in Form eines Wechsels. Michel schrieb in seinem Brief, er sei sich vollständig bewusst, dass die Rettung eines Lebens nicht mit einer bestimmten Summe aufzuwiegen sei, und dass sich schon gar nicht die Zinsen berechnen ließen, die sich in den folgenden Jahren angesammelt hätten. Doch er wolle zumindest dafür sorgen, dass sein Gläubiger in Zukunft einigermaßen versorgt sei.

»Michel Gauthier hält immer Wort, Monsieur Macdonald. Und ich muss das meine halten, was *meine* Schulden angeht.«

Der junge Tarieu wirkte halb amüsiert und halb verärgert.

»Aber ich will dieses Geld nicht! Ich will nichts von ihm!«

Charles-Louis ignorierte Alexanders Proteste und studierte den Brief erneut.

»Meine Schulden belaufen sich auf ... Ach, herrje! Dreitausendsechshundertzweiundachtzig Pfund, zwölf Sols und acht Deniers, um genau zu sein. Tatsächlich doch so viel?«

Mit dem Zeigefinger fuhr er die Spalten des Hauptbuchs nach, um die Summe zu überprüfen, kritzelte dann seufzend ein paar Zahlen auf die Schreibunterlage und stellte rasch eine Rechnung an.

»Hmmm … Ich fürchte, Monsieur Gauthier führt seine Bücher gut.«

»Das kann ich nicht annehmen!«

Alexander fuhr von seinem Platz hoch, setzte sich aber sofort wieder und biss die Zähne zusammen, um seine aufsteigende Übelkeit zu bezähmen.

»So, wie ich ihn kenne, bin ich mir sicher, dass er in ein paar Tagen hier auftauchen wird, um sich zu vergewissern, dass ich seine Anweisungen buchstabengetreu ausgeführt habe. Nein, ich kann mich dem nicht entziehen, ohne mich mit Schande zu bedecken und eine schöne, langjährige Freundschaft aufs Spiel zu setzen! Ich vermute, dass Monsieur Gauthier vorhergesehen hat, dass Ihr so reagieren würdet, denn hier schreibt er … ich zitiere: ›In dem Fall, dass Monsieur Macdonald auf seiner Ablehnung beharrt, sehe ich mich gezwungen … diese Weigerung als eine empfindliche Beleidigung meiner Ehre als Edelmann zu betrachten. Wenn dem so ist, werde ich Satisfaktion suchen und ihm den Fehdehandschuh hinwerfen müssen.‹«

»Das ist einfach lächerlich!«

»›Doch mich drängt die Zeit. Ich beauftrage also meinen teuren Freund, Charles-Louis Tarieu de la Naudière, meine Ehre im Duell zu verteidigen.‹ Er setzt noch hinzu, nachdem er sich ein Urteil über Eure Fechtkünste erlauben könne, zöge er es vor … nun ja, wenn Ihr das Geld nehmen würdet.«

Der junge Edelmann musterte ihn schmunzelnd, und Alexander errötete.

»Ihr wollt mit Eurer Weigerung hoffentlich nicht zum Ausdruck bringen, dass Ihr den Wert des Lebens und des Worts eines Ehrenmannes geringer schätzt als die angebotene Summe?«

Ein leises Klopfen an der Tür enthob Alexander einer Antwort. Charles-Louis warf einen Blick auf die Standuhr, verzog das Gesicht und bat den Urheber laut herein. Daraufhin traten zwei Männer in den Raum. Der erste war blond und gedrungen, und seine gerundete Mitte sprach von einer gewissen Neigung zu gutem Essen. Er schleppte schwere Hauptbücher, die er auf einem kleinen Tisch ablud. Der zweite war ein kräftiger Bursche mit braunem Haar, das er glatt und zu einem Pferdeschwanz zusammengefasst trug. Er war mit zwei fast zum Platzen mit Papieren vollgestopften Koffern beladen. Der junge Tarieu trat auf sie zu.

»Ha, Louis-Antoine! Fast hätte ich Euch vergessen. Vergebt mir, ich habe noch eine dringende Angelegenheit zu erledigen …«

Er wandte sich an Alexander, der aufgestanden war.

»Monsieur Macdonald«, fuhr er fort, »erlaubt mir, Euch zwei junge, vielversprechende Notare vorzustellen. Das sind Monsieur Louis-Antoine Saillant aus Lévis und Monsieur Jacques Guillot aus Montréal.«

Alexander drückte die Hände, die sich ihm entgegenstreckten. *Guillot* … Der Name rief eine unbestimmte Erinnerung wach.

»Monsieur Guillot hat soeben die Kanzlei geschlossen, die er zusammen mit dem verstorbenen Pierre Larue geführt hat, und möchte die des armen Deslauriers in Saint-Michel übernehmen, der im letzten Winter verblichen ist. Mit nur achtunddreißig Jahren … welch ein Missgeschick!«

Alexander spürte, wie sein Blut gefror: Jacques Guillot! Pierre Larues Partner! Schmunzelnd kehrte Charles-Louis an seinen Schreibtisch zurück.

»Ich persönlich danke ja Gott dafür, dass er mich vor dem Notariat bewahrt hat. Dieser Beruf scheint ein gefährlicher zu sein. Nehmt doch bitte Platz, Messieurs.«

Während der junge Herr den beiden Notaren erklärte, er brauche nur noch ein paar Minuten, musterte Alexander Guillot mit klopfendem Herzen. Ja, das war tatsächlich der Mann, den er am Morgen nach Pierres Tod an Isabelles Tür gesehen und der so inbrünstig ihre Hände gehalten hatte. Er spürte einen Anflug von Hoffnung in sich aufsteigen. Vielleicht wusste er ja, wo sich Gabriel und Élisabeth befanden. Er musste um jeden Preis mit ihm sprechen, bevor er an Bord des Schiffes ging. Aber wie sollte er das anstellen?

»Monsieur Macdonald?«

Alexander blinzelte und wandte seine Aufmerksamkeit wieder Charles-Louis zu, der ihm ein Papier hinhielt. Zögernd schaute er darauf hinunter.

»Möchtet Ihr lieber … dass die beiden Herren unser Gespräch mit anhören?«

Die beiden Notare, die nicht die geringste Ahnung hatten, worum es ging, sahen einander an. Dann warfen sie Alexander einen argwöhnischen Blick zu. Offenbar fragten sie sich, ob er vielleicht ein Steuerinspektor war, der Unregelmäßigkeiten entdeckt hatte und sich jetzt für sein Schweigen bezahlen ließ. Da der Schotte nicht den Wunsch hegte, vor den beiden Männern einen Disput über diese Angelegenheit zu führen, beschloss er, den Wechsel zu nehmen. Was er damit anfangen würde, konnte er später noch entscheiden. Er stand auf, verabschiedete sich von Seigneur Tarieu de la Naudière und den beiden Notaren und ging.

Er war bei seinem vierten Kaffee angelangt, als er endlich die beiden Männer aus dem Haus kommen sah. Jacques Guillot stand ruhig auf der Straße und unterhielt sich angeregt mit Louis-Antoine Saillant. Eilig warf Alexander ein paar Münzen auf den Tisch und verließ die Schenke gerade, als die beiden Männer auseinandergingen. Guillot überquerte den Marktplatz und schlängelte sich wie ein Aal durch die Menschenmenge. Alexander, der das Bein nachzog, hatte Schwierigkeiten, ihm zu folgen, ließ ihn aber nicht aus den Augen. Als der Notar an einem Stand stehen blieb, rief er ihn an. Er drehte sich um und musterte ihn verblüfft.

»Monsieur Macdonald?«

»Monsieur Guillot? Jacques Guillot, der ehemalige Partner des Notars Pierre Larue?«

»Ja, der bin ich.«

»Ich muss mit Euch sprechen ... Es ist wichtig.«

»Aber ich habe es eilig, Monsieur, ich werde erwartet. Ich heirate morgen und ...«

»Nur ein paar Minuten ...«

Gereizt fragte sich Jacques Guillot, was dieser merkwürdige Mensch von ihm wollte. Er bemerkte die Panik in seinem Blick und war besorgt: Sein Gegenüber schien ein echtes Problem zu haben ... Ihm fiel wieder ein, dass Tarieu ihm einen Wechsel übergeben hatte, und er fühlte sich keineswegs beruhigt, ganz im Gegenteil. Vielleicht war es eher der Seigneur Tarieu, der Schwierigkeiten hatte ... womöglich mit der Justiz? Was hatte der ungestüme Sohn des großen Seigneur Tarieu de la Naudière de la Pérade und Enkel der legendären, unerschrockenen Madeleine de Verchères* jetzt schon wieder angestellt?

»Worum geht es denn?«, fragte er argwöhnisch.

»Um Madame Isabelle Larue«, erklärte Alexander mit leiser, vor Aufregung gepresst klingender Stimme.

»Isabelle?«

Misstrauisch sah Guillot den anderen an. Der Mann sprach perfekt Französisch, aber sein Akzent verriet seine englische Abstammung. Und nach den rauen Untertönen seiner Rede zweifelte er nicht daran, dass er Schotte war.

»Wer seid Ihr?«

Nervös sah Alexander sich um. Lieber hätte er anderswo weitergeredet, an einem ruhigen Ort. Aber er fürchtete, Guillot könne sich weigern und ihn einfach stehen lassen. Deswegen kam er ohne Umschweife auf sein Anliegen zu sprechen.

»Ich bin der Vater von Gabriel und Élisabeth. Ich möchte ... ich muss wissen, ob es ihnen gut geht. Ich will sie nicht belästigen. Versteht Ihr, ich reise morgen ab und kehre nach Schottland zurück. Ich will nur beruhigt sein, was die Kinder angeht. Wer kümmert sich um sie? Wo sind sie?«

* Kanadische Nationalheldin, die als junges Mädchen ganz allein einen Angriff durch Irokesen abgewehrt hat. (Anm. d. Übers.)

Jacques Guillot wich alles Blut aus dem Gesicht.

»Die Kinder?! Aber Isabelle ist …«

»Tot, ich weiß! Sie haben ihre Mutter verloren, Monsieur, aber sie haben immer noch einen Vater! Ich möchte … mich vergewissern … Oh, mein Gott!«

Alexander war zu aufgewühlt, um weiterzusprechen, und verstummte mit einem Aufschluchzen. Mit zitternder Hand zog er den Wechsel aus seiner Weste und hielt ihn dem verblüfften Notar hin, der einer Ohnmacht nahe war.

»Im Moment ist das alles, was ich Euch anbieten kann, um … für ihre … Bedürfnisse aufzukommen.«

Jacques starrte auf das Papier, als wäre es sein Todesurteil.

»Ich … weiß nicht, wo sie sind, Monsieur«, erklärte er dann, ohne aufzusehen.

Alexander war überzeugt davon, dass der Mann log, und fühlte, wie Zorn in ihm aufstieg. Hätten sie sich nicht auf einem öffentlichen Platz befunden, wäre er dem Notar an die Gurgel gegangen und hätte ihn gezwungen, die Wahrheit auszuspucken. Aber er beherrschte sich und überlegte ein paar Sekunden lang. Dann griff er in seine Westentasche und zog dieses Mal einen Lederbeutel hervor, den er mühsam, mit zitternder Hand, öffnete. *Auri sacra fames …*

»Ich will wissen, wo meine Kinder sind, Monsieur Guillot …«

Er nahm mehrere Münzen heraus, hielt sie ihm hin und ließ sie in der Sonne funkeln. Das Gold schenkte ihm Selbstbewusstsein.

»Ihr seid ein Mann des Gesetzes. Wie viel verlangt Ihr dafür, dass Ihr mir helft, sie wiederzubekommen? Isabelle hätte das so gewollt …«

»Gütiger Himmel!«

Der Koffer entglitt Jacques Guillots Händen und knallte auf die Straße. Er war kalkweiß geworden und musterte den lebenden Toten, der vor ihm stand. Diese blauen Augen … genau das gleiche Blau wie bei Gabriel. Er hatte ein Gefühl, als tue sich der Boden zu seinen Füßen auf und um ihn herum bräche alles zusammen. Das war das Ende seiner Träume.

Nicht weit entfernt musterte ein anderer Mann wie vom Donner gerührt die gebeugte Gestalt des Schotten. Reglos stand er da, rang nach Luft und fragte sich, ob er träumte. Dann hob der Schotte den Koffer auf und reichte ihn Guillot zurück, der ganz bleich geworden war. Dabei wandte er sich ein wenig zur Seite. Er war es wirklich!

Er wirkte weniger kräftig, als in seiner Erinnerung, und sein Haar war grauer. Aber der gebrochene Nasenrücken, das energische Kinn, die eigentümliche Form des Mundes und die verstümmelte Hand ... all das bewies, dass er Alexander Macdonald vor sich hatte. Unmöglich, dass er sich irrte.

Doch er vermochte sich nicht zu erklären, wie es dazu gekommen war. Er hatte mit eigenen Augen gesehen, wie er in die brennende Hütte gelaufen war. Er hatte gesehen, wie die anderen seine Leiche aus den noch rauchenden Trümmern gezogen hatten. Und er war Zeuge gewesen, wie Isabelle an seinem Grab weinte. Was sollte er davon halten? Ein Entsetzensschauer lief ihm über den Rücken. Wer war dieser Mann, der nur starb, um wieder aufzuerstehen? Étienne schüttelte seinen dunklen Haarschopf und zog die Augen zusammen. Dann trat ein irres Glitzern in seinen Blick; er hatte das Gold schimmern gesehen.

»Ob du aus der Hölle zurückkehrst, Macdonald, oder von anderswo, dieses Mal entkommst du mir nicht!«

21

Das Opfer

Unter lautem metallischen Knirschen und hölzernem Knarren kam der Karren zum Halten. Ein Rotschulterstärling, der auf einem Zaun saß, begrüßte ihn mit langgezogenem Trillern. Ein Stück weiter weg, in einem von dem Morgennebel, der noch über den Korn- und Maisfeldern hing, umflossenen Birkenwäldchen, stritten sich lautstark zwei Zeisige.

»Hier ist es!«

Jacques Guillot atmete tief durch. Von hier aus konnte er das Dach des Hauses erkennen, das die Einfriedung aus Ahornbäumen überragte. Eine graue Rauchsäule stieg aus dem Kamin auf, und ein köstlicher Duft nach gebratenem Fleisch verriet, dass die Frauen schon das Festmahl zubereiteten, das beim Empfang aufgetischt werden sollte. Er seufzte.

In der Ferne strömte ruhig der Saint-Laurent dahin. Mit einem Mal kam ihm eine Kindheitserinnerung in den Sinn. Er musste damals in Gabriels Alter gewesen sein und hatte mit seinem Vater auf dem Fluss geangelt. Als er von der Schaluppe aus, die mit der Strömung dahintrieb, beobachtet hatte, wie die Île de Montréal vorüberzog, hatte er gemeint, die Erde bewege sich und das Wasser verharre an seinem Platz. »Mein Junge«, hatte sein Vater ihm lachend erklärt, »die Erde ist so unwandelbar wie das Schicksal. Das Wasser dagegen befindet sich in Bewegung, so wie das Leben. Das Wasser passt sich der Erde an, so wie das Leben sich dem Schicksal unterwirft.«

An diesem Morgen spürte Jacques Guillot die ganze Macht dieses Schicksals. Trotz des ständigen Angriffs durch Wogen und Gezeiten hielt es stand und überdauerte. Aller Erosion zum Trotz blieb es unwandelbar. In der Ferne brüllte träge eine Kuh, und ein Hund kläffte zur Antwort energisch. Dann wurde es wieder still. Jacques schloss die Augen. Er war so aufgewühlt, dass sein Herz raste. Ob er seine Handlungsweise später bereuen würde? Oh, ganz bestimmt! Sein ganzes Leben lang … Aber wenn er jetzt nichts unternahm, würde er sich erst recht zürnen.

Er schaute zur Straße und erblickte in dem Staub, den der Karren aufgewirbelt hatte, in der Ferne die Silhouette eines Mannes. Eine Weile beobachtete er ihn und dachte dabei an Isabelle. Er stellte sich vor, wie seine Muse, in zartes Grün gekleidet, im halbdunklen Gang zum Altar auf ihn zutrat. In diesem Moment saß sie sicher in ihrem Lieblingssessel an einem der Fenster im Salon, um auf den Fluss hinauszusehen, der gemächlich in Richtung Ozean floss. Bald würde ein Schiff durch die Landschaft ziehen …

Die Brise liebkoste seine glattrasierten Wangen, beruhigte die Haut, die noch von der scharfen Klinge brannte, und tröstete ihn ein wenig über seine Ängste hinweg. Unterwegs hatte er am Pfarrhaus von Saint-Étienne-de-Beaumont angehalten, um dort die Dokumente, die er am Vortag aufgesetzt hatte, zur Unterschrift abzugeben. Pfarrer Parent hatte ihm ein Glas Kirschbrand angeboten, das er trotz der frühen Stunde gern angenommen hatte. Herrgott! Am liebsten hätte er die ganze Flasche hinuntergekippt!

Eine Tür knarrte, und eine Kinderstimme hallte durch die Stille der Natur und zerstreute seine trüben Gedanken. Dann hörte er den Ruf einer Frau und das metallische Scheppern von Kesseln. Es wurde wieder still. Jacques öffnete die Augen und erblickte leuchtende Segel. Ein Schoner glitt lautlos über die stahlgrauen Wasser des Flussarms, der zwischen dem Südufer und der Île d'Orléans lag. Er stellte sich vor, wie der kleine Gabriel auf den Hang lief und das Fernglas herauszog, das er ihm geschenkt hatte, um das vorbeifahrende Schiff zu beobachten, das die gefährliche Reise nach England antrat. Zur gleichen Zeit, als er Québec verlassen hatte, war auch die *Suzanna* ausgelaufen.

Schweren Herzens wandte er den Blick von den in der Sonne

strahlenden Segeln ab und ließ die Zügel auf die Kruppe des Pferdes knallen. Der Karren ruckte an und schlug den Weg ein, der zum Haus führte.

Isabelle saß vor dem Fenster, durch das man auf den Fluss hinaussah, und versuchte sich mit einer heißen Schokolade aufzuheitern. Den Blick in die Ferne gerichtet, sah sie das Schiff, das Gabriel durch sein Fernglas bewunderte, nicht wirklich. Otemin und der kleine Duglas rannten von einem Zelt zum anderen und zupften an den Hemdärmeln von Louis Lacroix, Basile und einigen Neffen und Cousins, die damit beschäftigt waren, Pflöcke in den Boden zu schlagen.

Auch in der Küche herrschte lautes, geschäftiges Treiben. Françoise und Madeleine stritten freundschaftlich darüber, wer das Sagen hatte. Doch all diese Aufregung ließ Isabelle in ihrer Ecke des Salons gleichgültig.

Plötzlich bemerkte sie, wie etwas ihre Nasenspitze streifte, und sah in ihre Tasse hinunter. Ein Veilchen schwamm auf der kalt gewordenen Schokolade. Ein zweites gesellte sich hinzu, dann ein drittes… Neugierig schaute sie auf und sah in ein bernsteinfarbenes Augenpaar. Sie fuhr zusammen und sprang so schnell auf, dass sie beinahe die Schokolade über ihren Morgenrock schüttete.

»Was habt Ihr hier zu suchen, Jacques? Ihr dürftet nicht hier sein… Das schickt sich nicht! Wisst Ihr nicht, dass es Unglück bringt, wenn der Bräutigam die Braut am Morgen vor der Hochzeit sieht?«

Jacques setzte eine zerknirschte Miene auf, um seine Verzweiflung zu verbergen: Ohnehin konnte ihm kein schlimmeres Unglück zustoßen als das, was bereits geschehen war. Er lächelte sanft.

»Ich wusste ja gar nicht, dass Ihr abergläubisch seid, teure Freundin. Und was die Konventionen angeht… gebt doch zu, dass Ihr Euch für gewöhnlich nicht darum schert.«

Isabelle gab keine Antwort, sondern zog es vor, in die dunkle Flüssigkeit in ihrer Tasse zu sehen, die sie fest in ihren zitternden

Händen hielt. Jacques stieß einen tiefen Seufzer aus und trat auf sie zu. Ein erfrischender Pfefferminzduft ging von ihm aus. Behutsam nahm er die Tasse und stellte sie neben sich auf den Spieltisch.

»Bedaure, dass mein Besuch Euch so sehr erzürnt, meine Liebste. Ich weiß, ich hätte Euch vor dem Altar erwarten sollen. Aber ich habe heute Nacht kein Auge zugetan und …«

Sie schaute auf und stellte fest, dass seine Züge von Müdigkeit gezeichnet waren.

»Heute Nacht könnt Ihr Euren Schlaf nachholen«, gab sie ein wenig zu kühl zurück.

»Glaubt Ihr, das bringe ich fertig?«, entgegnete er mit einem zynischen Unterton, der ihm sofort leidtat.

Er strich mit den Händen über Isabelles Taille, legte sie in ihr Kreuz und ließ sie dann über ihren Rücken gleiten. Unendlich zart zog er sie an sich und legte die Lippen auf ihre Stirn. So verharrte er einige Sekunden.

»Oh, Isabelle!«, seufzte er in ihr zerzaustes Haar hinein. »Gott, wie ich Euch liebe!«

»Ich weiß … dass Eure Gefühle ehrlich sind, Jacques.«

»Aber könnt Ihr Euch vorstellen, dass sie jedes Maß überschreiten?«

Isabelle legte die Handflächen auf seine Brust und sah aus ihren smaragdgrünen Augen zu ihm auf.

»Ihr habt Eure Kanzlei in Montréal aufgegeben, um mit mir hierherzuziehen. Immer seid Ihr so geduldig mit mir gewesen, Jacques.«

»Ich versichere Euch, das war nichts Besonderes, Liebste.«

Er versuchte, ihre honigsüßen Lippen zu kosten. Sie leistete keinen Widerstand, erwiderte seinen Kuss aber nur zurückhaltend. Er trat ein Stück von ihr weg und sog ihren Atem, ihre Wärme und ihren Duft ein. Noch einmal gestattete er seinen Händen, kühn über ihre Hüften und ihren Rücken zu fahren, wo er durch den dünnen Stoff hindurch ihre Wirbelsäule liebkoste. Er stellte sich vor, welche Schauer seine Berührungen auslösen würden, hätten die Hände dem Schotten gehört.

»Isabelle … Ich bin heute Morgen hergekommen, weil ich vor … der Zeremonie noch mit Euch reden muss.«

Er hatte sich schroff von ihr losgemacht, sodass sie verdutzt und mit in der Luft hängenden Händen dastand. Der Anblick zerriss ihm das Herz, sodass er sich abwenden musste. Vor dem Fenster machten sich viele Menschen rund um die Zelte zu schaffen, die mit Girlanden aus Ähren und buntem Laub geschmückt waren.

»Ich wollte … Gewissheit über etwas erlangen. Zwar bin ich mir bewusst, dass Ihr aus freien Stücken zugestimmt habt, mich zu heiraten, Isabelle … Aber … ich habe mich gefragt …«

Vor Verzweiflung verschlug es ihm die Sprache. Die Worte steckten in seiner zugeschnürten Kehle fest und wollten ihm einfach nicht über die Lippen. Er hörte Isabelles Kleider rascheln und spürte die Wärme ihrer Finger auf seinem Hals und seiner Wange. Doch er konnte ihr nicht ins Gesicht sehen.

»Ich weiß, dass Euch das jetzt lächerlich vorkommen mag … Aber ich habe überlegt, ob …«

»Was?«

Plötzlich drehte er sich zu ihr um und sah ihr in die Augen.

»Wenn eines Tages … der Vater Eurer Kinder auftauchen würde und Euch zurückholen wollte, würdet Ihr mich dann verlassen, um mit ihm zu gehen?«

Ein paar Sekunden lang wahrte Isabelle ihre gleichmütige Miene. Dann runzelte sie verwirrt und verlegen die Stirn.

»Das ist allerdings lächerlich! Er ist tot, Jacques! Wie könnt Ihr es wagen, auf diese Weise mit mir zu spielen? Das … das sieht Euch gar nicht ähnlich!«

»Es tut mir aufrichtig leid … Aber ich muss es wissen. Seht über meine Taktlosigkeit hinweg, und antwortet ganz einfach nur auf meine Frage.«

»Über Eure Taktlosigkeit hinwegsehen? Heiliger Himmel! Heute ist unser Hochzeitstag, und Ihr kommt hierher, während ich noch gar nicht präsentabel bin, um mit mir über Alexander zu sprechen! Aber er ist tot, Jacques! Er wird nicht zurückkommen! Lasst diese Spielchen!«

Sie stand kurz davor, in Tränen auszubrechen.

»War er das nicht schon einmal? Er ist schon einmal von den Toten auferstanden, also warum nicht auch ein zweites Mal?«

Fassungslos schluchzte sie auf und schlug die Hand vor den offenen Mund.

»Jacques Guillot!«

»Antwortet mir, Isabelle.«

Er umfasste ihre Schultern und schaute in ihre tränenfeuchten Augen. Obwohl er bereits wusste, was er dort sehen würde, traf ihn die Erkenntnis wie ein Schlag. Er gab sie frei und ließ die Hände an ihren Armen hinabgleiten.

»Ihr liebt ihn also immer noch so sehr … Und Ihr werdet ihn immer lieben …«

»Das habe ich Euch nie verschwiegen, Jacques.«

Er nickte.

»Wohl wahr.«

Er gab sie endgültig frei und trat mit betrübter Miene einen Schritt zurück. Als sie sah, wie aufgewühlt er war, fühlte sie sich gedrängt, sich zu erklären, ihm auseinanderzusetzen, wie sie ihre Worte gemeint hatte.

»Was ich für Euch empfinde, Jacques, ist auf jeden Fall mehr als Freundschaft. Heute Morgen könnte ich sogar behaupten, dass ich Euch … liebe.«

»Doch Eure Gefühle sind nicht so tief wie meine.«

»Bitte, verderbt uns doch diesen Tag nicht. Die Sonne scheint. Die Kinder sind fröhlich …«

Jacques lachte höhnisch auf und schüttelte den Kopf. Den Tag nicht verderben? Die Sonne schien, gewiss, aber nicht für ihn.

»Ihr habt recht, Isabelle. Ich habe mich lächerlich gemacht. Vergebt mir.«

Er griff nach seinem Hut, den er beim Eintreten auf einen Sessel gelegt hatte, und nahm Isabelles Hand, um sie unendlich behutsam zu küssen. Sie lächelte, um ihn aufzumuntern. Er setzte seine Kopfbedeckung auf und verneigte sich tief.

»Isabelle, Ihr seid die Muse meiner Nächte, die die wunderbarste aller Liebesgeschichten in mein Herz geschrieben hat.

Ihr seid die Inspiration meiner Tage, die ich mit jedem meiner Gedanken liebkose. Doch eine Muse ist, so wie die Grazien der Anmut, ein launisches Ding und nicht zu erfassen für den, der es nicht zu entziffern versteht. Ich bin nicht Euer Poet, Isabelle. Gewiss, Ihr habt mir Euer Herz geöffnet, und ich habe darin etwas Erhabenes erblickt, den Traum jedes Mannes … Aber die Worte, die darin stehen … hat eine andere Hand als die meine hineingeschrieben.«

Er verstummte, schloss die Augen und holte tief Luft. Dann fuhr er herum und ging hinaus. Isabelle blieb verdutzt zurück.

»Was mag ihm nur heute Morgen über die Leber gelaufen sein?«

Sie trat wieder ans Fenster, um sich noch ein wenig an der Landschaft zu erbauen und ihren inneren Aufruhr zu beruhigen. Schwere Gewürzdüfte zogen durch die Luft und erinnerten sie an ihre Kindheit. Sie sah dem Schoner nach, der sich entfernte. Zwei Fischerboote liefen aus. Gabriel sah sie, winkte ihr zu und wandte den Kopf dann in eine andere Richtung. Wahrscheinlich hatte irgendein Tier seine Aufmerksamkeit auf sich gezogen, und er verschwand. Merkwürdigerweise ließen Louis und die anderen ihre Arbeit liegen und liefen ihm nach.

Isabelle setzte sich wieder in ihren Sessel. Sie sah ihre Schokolade, von der sie noch nicht gekostet hatte, und griff nach der Tasse. Die Veilchen, die auf dem Getränk schwammen, sahen aus wie Schmetterlinge, die in einem schlammigen Tümpel klebten. Nicht besonders appetitlich. Trotzdem tauchte sie aus purer Naschlust den Finger hinein und steckte ihn dann in den Mund. Zu süß. Sie dachte an Jacques und fragte sich, was sein seltsames Benehmen wohl zu bedeuten hatte. Warum nur war er gekommen, um ausgerechnet an ihrem Hochzeitstag mit ihr über Alexander zu sprechen? Hatte er Angst, er könne mitten in ihrer Hochzeitsnacht als Gespenst in ihrem Schlafzimmer stehen? Sie fand sein Verhalten vollkommen deplatziert … und kindisch noch dazu.

Die Haustür ging; Stimmen waren zu hören. Dann erscholl ein Schrei, und Porzellan ging zu Bruch. Isabelle erstarrte.

»Wenn das nur nicht mein englisches Service war!«

Es wurde wieder still, ein schuldbewusstes Schweigen. Ein paar Sekunden vergingen. Sie vernahm schnelle Schritte und laute Ausrufe, die ihre Vermutung bestätigten. Enttäuscht seufzte sie.

»Oh nein! Nicht ausgerechnet an meinem Hochzeitstag!«

Das Worcester-Service hatte die Ehrentafel schmücken sollen. Jedenfalls der Teil, der nicht in Red River Hill verloren gegangen war. Sie spürte, wie ihr ein Schluchzen in die Kehle stieg. Warum zum Teufel hatte Jacques ausgerechnet heute von Alexander sprechen müssen?

»Isa …«

Genau, jetzt würde man ihr erklären, dass ihr englisches Service nicht mehr existierte. Wie sollte sie sich unter diesen Umständen beruhigen? Wütend stand sie auf und fuhr auf dem Absatz herum. Madeleines Bauch füllte fast den ganzen Türrahmen aus.

»Und, wie viele Teller sind es?«

»Wie viele Teller?«

»Ich habe doch gehört, dass Geschirr zerbrochen ist. Mein Worcester-Service …«

Eine zweite Gestalt stand hinter Madeleine im dunklen Flur. Madeleine, die einen äußerst merkwürdigen Gesichtsausdruck trug, gab ihr den Weg frei.

»Ich hoffe, Ihr seid zurückgekommen, um Euch zu entschuldigen, Jacques. Ihr habt mir die Laune verdorben und …«

Isabelle unterbrach sich und zog die Augen zusammen, um den Mann, der in den Raum trat, anzusehen. Ihr stockte das Blut, und ihr Herz setzte einen Schlag aus. Fassungslos riss sie Mund und Augen auf, und aus ihrer Kehle stieg ein leises Stöhnen.

Ein Lichtstrahl fiel auf eine silberne Haarsträhne, die vor einem Auge von einem ganz speziellen Blau baumelte. Der Mann sah sie so eindringlich an, dass es sie verstörte. Isabelle öffnete den Mund, brachte aber keinen Laut über die Lippen. Sie meinte zu erkennen, wie er unsicher lächelte. Die Kehle war ihr so zugeschnürt, dass sie keine Luft mehr bekam. Sie war so aufgewühlt, dass sie schwankte und sich an der Sessellehne festhalten musste.

»Heiliger Himmel!«

Der Boden kippte weg, und der Raum drehte sich um sie.

»Isa!«

Alexander und Madeleine stürzten auf Isabelle zu, die im Fallen den Tisch streifte. Der Schotte schloss die Ohnmächtige in die Arme, drückte sie an sich und vergrub das Gesicht in den goldblonden Locken, deren Duft er gerührt einsog.

»Mo chridh' aghmhor ...«

Um sie herum machten sich Menschen zu schaffen. Eilige Schritte kamen und gingen. Laute Rufe und Flüstern waren zu vernehmen. Aber Alexander hörte nichts. Er sah nur Isabelle, die langsam wieder zu sich kam.

Sie klammerte sich an seinen Rock, wagte aber noch nicht, die Augen zu öffnen. Hatte ihr nicht einfach ihre Nervosität einen Streich gespielt und diese Vision hervorgerufen? Doch die großen Hände, die sie zärtlich an ihn zogen, waren vollkommen wirklich. Das Herz, das unter ihren Handflächen heftig pochte, hätte nicht lebendiger sein können. Und diese Stimme, diese Worte ... Endlich schlug sie langsam die Lider auf, um Alexander anzusehen. Er war abgemagert, und sein Haar war jetzt fast vollständig ergraut.

»Alexander? Wie ... Wie ist das möglich? Bist das wirklich du?«

»*Tuch! Tuch!* Später, *a ghràidh ...*«

Isabelle wurde wieder ohnmächtig. Die männlichen Arme, die sie umfingen, zitterten zwar, schenkten ihr aber von ihrer Kraft und Vitalität. Sie hörte, wie sich um sie herum Menschen bewegten, hörte ihr Stimmengemurmel. Jemand legte ihr ein feuchtes Handtuch in den Nacken. Dann kam Madeleines Stimme näher, und ein Glas huschte durch ihr Blickfeld. Der Alkoholdunst weckte sie endgültig. Sie musste husten, als die Flüssigkeit brennend durch ihre Kehle rann.

Alexander hob sie hoch, legte sie auf das Kanapee und setzte sich neben sie. Gabriel begann zu weinen, weil man ihn nicht in den Salon ließ. Dann wurde die Tür geschlossen, und die helle Aufregung, die Alexanders Erscheinen im ganzen Haus erzeugt hatte, blieb dahinter zurück.

Endlich waren sie allein. Lange sprachen Alexander und Isabelle kein Wort. Vor allem mussten sie jetzt spüren, dass sie beieinander und am Leben waren. Ohnehin waren sie so von ihren Gefühlen überwältigt, dass sie außer in ihren Gedanken keinen zusammenhängenden Satz über die Lippen gebracht hätten.

Das Geschrei und das Weinen von Kindern, der Geruch nach Gipsstaub, der Duft der Braten und des Gebäcks, die Küchengeräusche … Langsam drang die Wirklichkeit wieder auf sie ein und ließ sie aus ihrem Wachtraum zurückkehren.

»Wie oft … willst du eigentlich noch sterben und von den Toten auferstehen, Alex? Wie oft?«, murmelte Isabelle.

»So oft, wie es nötig ist, um zu dir zurückzukehren, *a ghràidh*«, flüsterte Alexander und drückte sie an sich.

Der lange Fußmarsch hatte sein Bein ermüdet und den Schmerz erneut aufflammen lassen. Da er Guillot genug Zeit lassen wollte, um sich mit Isabelle auszusprechen, und irgendwie seine Ungeduld bezähmen musste, hatte er den Notar gebeten, ihn an der Straße abzusetzen. Alexander bewegte sich zuerst. Er rückte ein Stück von Isabelle ab, lehnte sie behutsam gegen die mit Samt bezogene Rückenlehne und sah sie an. In dem grellen Sonnenlicht schwebten weiße Staubteilchen, sodass sie aussah wie von einer hellen Aureole umgeben. Gott, wie schön sie war!

Sie legte die vor Glück ganz zittrigen Hände um sein Gesicht. Dann fuhr sie mit den Fingern sanft über die Linien, die sich durch das Leid tief in seine Züge eingegraben hatten.

»Isabelle … Wir müssen reden …«

»Du kannst mir alles später erzählen. Jetzt bist du hier, und das ist alles, was zählt.«

Er nickte mit zugeschnürter Kehle. Sie hatte recht, sie hatten Zeit. Er kostete den Augenblick aus und berauschte sich daran.

Lange sah er sie an und stellte fest, dass sie sich ebenfalls verändert hatte. Es waren fast unmerkliche Kleinigkeiten, eine neue, verbitterte Falte an den Lippen; Müdigkeit, die wie ein Schleier über ihrer Haut lag; ein Schatten in ihrem lebenslustigen Blick. Sie wirkte resignierter als früher. Wie ein zerbrechliches Vögelchen, das vom Sturm herumgeworfen worden ist und jetzt verletzt wieder in sein Nest fällt, stürzte sie sich erleichtert in seine Arme.

»Ja, ich bin hier.«

Er strich über ihre Haut und fühlte, wie sie erschauerte. Isabelles Lippen verzogen sich zu einem Lächeln, und ein Hoffnungsschimmer leuchtete in ihren grüngoldenen Augen auf. Am liebsten hätte er ihr von seinem Zufallstreffen mit Guillot erzählt, das ihn letztlich hierher geführt hatte, aber er beschloss, noch zu schweigen.

Zu Beginn hatte er den Notar nur angesprochen, weil er wissen wollte, ob seine Kinder in guten Händen waren und ob es ihnen an nichts mangelte. Guillot hatte zwar behauptet, er wisse nicht, wo Gabriel und Élisabeth seien, doch seine Haltung hatte seine Worte Lügen gestraft. Alexander, der vermutete, dass der Mann aus Vorsicht zögerte, ihm Auskunft zu geben, hatte auf einer Antwort beharrt. Als Guillot jedoch hartnäckig schwieg, war er zornig geworden. Der Mann wusste, wo seine Kinder waren, und wollte sie ihm wegnehmen. Man wollte ihm das Kostbarste, was ihm noch geblieben war, rauben! Jean Nanatish hatte recht gehabt: Es gab keine Gerechtigkeit mehr auf dieser Welt … Dann musste er eben zu anderen Mitteln greifen! Er würde das Gesetz der Menschen einsetzen, um zu bekommen, was er wollte. Er ließ noch einmal seine Goldmünzen klingeln, nannte Guillot den Namen der Pension, in der er logierte, und ging.

Zwei Stunden später hatte der Notar an seine Tür geklopft. Seine Miene war die eines zum Tode Verurteilten, der aufs Schafott steigt. »Isabelle lebt.« Die Worte hatten ein paar Sekunden in Alexanders Schädel widergehallt, ehe er ihren Sinn erfasste. Wie vom Donner gerührt hatte er Jacques Guillot gebeten, sie zu wiederholen, um sich zu vergewissern, dass er auch richtig gehört hatte. Der Mann hatte ihm dann von den Ereignissen berichtet, die sich nach dem Brand in Red River Hill zugetragen hatten.

Ein paar Einzelheiten waren noch unklar, aber das konnte warten. Auch den Brief, den er in einer Innentasche seiner Weste trug und den Guillot ihm heute Morgen gegeben hatte, ehe er ihn auf der Straße absetzte, würde er Isabelle später geben. Er zog sie an sich und fuhr mit dem Zeigefinger ihr wunderbares Lächeln nach. Sie strahlte noch mehr, und die Grübchen in ihren Wangen wurden tiefer. Liebe und Glück malten sich auf ihren Zügen.

»Love ye …«

Er beugte sich herüber und legte zärtlich die Lippen auf ihren Mund. Ein Gefühl tiefsten Glücks überkam ihn und trug all die Einsamkeit, Verbitterung und Enttäuschung davon, die in den letzten Monaten seine Begleiter gewesen waren. Isabelles Gesicht nahm einen anderen Ausdruck an. Tränen traten ihr in die Augen und rannen über ihre Wangen. Er schloss die Augen, um die Wogen zurückzuhalten, die sein Herz erfüllten und es überströmen ließen, und umarmte Isabelle leidenschaftlich. Aber die Anspannung, die ihn beherrschte, seit er erfahren hatte, dass die geliebte Frau lebte, war zu stark. Endlich gab sein Schutzpanzer, der von all den Prüfungen, die er erlitten hatte, brüchig geworden war, nach. Er umschlang den Menschen, der ihm am liebsten auf der Welt war, und brach in ein Schluchzen aus, in dem sich mit einem Mal all seine Alpträume und seine Leiden Bahn brachen.

Tränen der Trauer und der Freude vermischten sich in einem einzigen Wasserfall der Gefühle. Sein nächster Schritt würde ihn ins Paradies führen, anders konnte es gar nicht sein. Gab es noch ein einziges Tor in die Hölle, das er noch nicht geöffnet hatte? Wenn ja, dann würde er es ohne Zögern durchschreiten, weil er jetzt wusste, dass irgendwo im Labyrinth seines Lebens Isabelle auf ihn wartete und seine Hand nehmen würde, um ihn von neuem ins Licht zu führen.

Durfte er nach all den Jahren und all den Schicksalsschlägen endlich hoffen, auf Dauer Frieden zu finden? Skeptisch drehte und wendete Alexander die Frage. Die Antwort, an die er so verzweifelt glauben wollte, zerfloss auf seiner Zunge und ließ einen bittersüßen Geschmack zurück. Das Leben hatte ihn gelehrt, dem Glück zu misstrauen.

Er wandte das Gesicht zum Fenster, das sie wegen der Hitze halb offen gelassen hatten. Langes Haar, das einen leichten Kräuterduft ausströmte, kitzelte ihn am Kinn. Isabelle pflegte sich die Haare mit einer Abkochung aus Kamille zu spülen. Alexander lauschte dem regelmäßigen Atem seiner Frau und sah in die allmählich heller werdende Nacht hinaus, die alles mit Schatten überzog und miteinander verschmelzen ließ. Der Schlaf wollte sich nicht einstellen, und er dachte an die Ereignisse des Tages zurück.

Die Hochzeit hatte wie geplant in der Kirche von Saint-Étienne-de-Beaumont stattgefunden. Die Verwandten der Braut waren natürlich verblüfft gewesen, als sie sahen, wie anstelle von Jacques Guillot ein Engländer die Hand Isabelles ergriff, die noch schwach auf den Beinen war, aber strahlte wie noch nie. Die Stimmung war ein wenig angespannt gewesen, aber alle waren ihm höflich begegnet. Louis Lacroix hatte ihm sogar eine gewisse Sympathie bezeugt. Die Zeit würde nun das ihrige tun.

Alexander sah wieder das Gesicht Gabriels vor sich, der Angst hatte, er könne erneut verschwinden. Das Kind war ihm den ganzen Tag nicht von der Seite gewichen. Sogar nachdem sie ihn ins Bett gebracht hatten, war er noch zweimal aufgestanden, um auf der Terrasse nachzusehen, ob er noch da war. Schließlich hatte Alexander ihm seine Uhr als Pfand überlassen und ihm versichert, ohne sie werde er nirgendwo hingehen. Dann war der kleine Junge endlich eingeschlafen, den kostbaren Gegenstand fest in der Hand.

Élisabeth dagegen war ihm gegenüber misstrauisch. Bei ihr würde er sich geschickt anstellen müssen. Die Kleine, die jetzt ein Jahr alt war, fuhr zurück, wenn er sich ihr näherte. Im Moment duldete sie nur Frauen um sich. Doch er hatte bereits erraten, dass sie ein Leckermaul war wie ihre Mutter. Wenn er diese kleine Schwäche ausnutzte, würde er sie schon für sich gewinnen.

Dieser Tag war für ihn so etwas wie eine Wiedergeburt gewesen. Sicher, er hatte im Leben schon mehr Widrigkeiten als alles andere erlebt und wusste, dass auch in Zukunft Probleme auf sie warten würden. Aber im Moment besaß er das, worauf es ankam: die Liebe seiner Familie.

Er ließ den Blick durch das fast dunkle Zimmer schweifen, das von einem angenehmen Duft erfüllt war, den Ausdünstungen des Glücks und der fleischlichen Liebe. Isabelles warmer Körper bewegte sich in seinen Armen. Er passte perfekt hinein. Sie hatten sich leidenschaftlich geliebt; und dann, als ihr dringendes Bedürfnis, einander in Besitz zu nehmen, gestillt war, hatten sie die Lust ihrer Umarmungen mit in eine Unterhaltung genommen, in der ihre Seelen miteinander gesprochen hatten.

Ein Gefühl von Erfüllung ließ ihn glücklich lächeln. Ja, es gab doch einen Stern, der an diesem geheimnisvollen Firmament für ihn leuchtete. Kein Zweifel, seine Großmutter Caitlin wachte über ihn, wie seit jeher. Jetzt begriff er, dass sie seine Schritte in die Herberge zum Blauen Hund gelenkt hatte.

Isabelle bewegte sich wieder. Er legte den Arm fest um ihre Taille, und sein Herz schwoll vor Zufriedenheit und Stolz. Doch er war auch besorgt, denn er würde seinem Vater gegenübertreten müssen. Als sie am Abend endlich allein gewesen waren, hatte Isabelle ihm erklärt, Duncan und Coll seien in Kanada. Sie seien Ende letzten Sommers in Québec angelandet. »Dein Bruder hat … nun ja, dein Bruder und meine Cousine sind verheiratet.« Coll und Madeleine? Er war so verblüfft und froh gewesen, dass er zunächst gar nicht gewagt hatte, daran zu glauben. Stattdessen hatte er gelacht. »Es ist sein Kind, mit dem sie schwanger ist?« Dann hatte sie ihm von Colls und Peggys trauriger Reise erzählt.

»*A Thigheanra mhór* …«, hauchte Alexander überglücklich.

»Hmmm …«, stieß Isabelle träge hervor und zappelte unter seinem Arm. »Willst du die ganze Nacht reden und dann den morgigen Tag verschlafen? Wenn du schnarchst, bist du weniger laut.«

»Tut mir leid«, flüsterte er und küsste sie auf den Scheitel, »ich wollte dich nicht wecken. Schlaf weiter, *a ghràidh*. Es ist noch früh.«

»Weiterschlafen? Bald geht die Sonne auf …«

Sie lachte leise, reckte sich und drehte sich so, dass sie einander ins Gesicht sahen. Mit einem koketten Lächeln sah sie ihm tief in die Augen.

»Vielleicht habe ich ja gar keine Lust, noch zu schlafen?«

Sie schlang die Arme um seine Schultern und schmiegte sich an ihn.

»Ich habe den Eindruck zu träumen, Alex. Das ist zu wunderbar, um wahr zu sein. Beweise mir, dass ich nicht träume.«

»A leannan …«

Stöhnend bewegte Alexander sein Bein. Sofort rückte Isabelle ein wenig von ihm ab.

»Oh! Tut mir leid, Alex. Ich hatte nicht mehr daran gedacht.«

»Es geht schon.«

»Hast du immer solche Schmerzen?«

»An manchen Tagen schon. Ich bin in letzter Zeit viel gelaufen.«

»Hmmm … Aber das ist vorbei. Von jetzt an bleibst du hier.«

»Ja …«

Er seufzte bei dem Gedanken, dass er heute beinahe auf der *Suzanna* erwacht wäre. Es hatte nur wenig gefehlt, so wenig …

Ohne auf den Schmerz in seinem Bein zu achten, zog er Isabelle auf sich und fuhr mit den Händen in die goldblonden Locken, die sich auf seiner Brust ausbreiteten.

»A Thighearna mhór! Iseabail, 'tis no dream …« Großer Gott! Das ist kein Traum, Isabelle …

Isabelle richtete sich auf, sodass sie rittlings auf ihm saß. Ein blasser Lichtstrahl, der durch das Fenster fiel, hüllte sie in eine schillernde Aureole. Ihr halb offenes Nachthemd ließ den Ansatz samtweicher Brüste erkennen. Lange sah er sie an. Er konnte es noch immer kaum glauben, dass er wirklich mit der Frau verheiratet war, die da auf ihm saß. Unsicher betastete er ihre rundlichen Schenkel und spürte, wie sie erschauerten und sich an seinen Flanken spannten.

»*Och, no! 'Tis no dream* … Und wenn ich denke, dass ich um Haaresbreite auf das Schiff gegangen wäre …«

»Pssst!«, machte Isabelle und beugte sich über ihn. »Die *Suzanna* ist in diesem Moment schon weit fort und hat einen Passagier weniger an Bord. Und das ist auch gut so. Morgen kommt Coll, um Madeleine abzuholen. Ich kann es gar nicht abwarten, was für ein Gesicht er machen wird, wenn er dich sieht.«

Alexander musste wieder an den Rothaarigen denken, mit dem er in der Unterstadt zusammengestoßen war. Inzwischen war er überzeugt davon, dass er tatsächlich seinem Bruder begegnet war. Er hatte versucht, ihm zu folgen, und war dann vor der Taverne zum Blauen Hund stehen geblieben. Dort hatte er Michel Gauthier getroffen, der ihn wiederum zum jungen Tarieu geschickt hatte. Und bei ihm war er schließlich Guillot über den Weg gelaufen. Alles Zufälle? Isabelle war überzeugt davon, dass Gott dabei die Hand im Spiel gehabt hatte. Er selbst glaubte lieber an eine wohlwollende Hand wie die seiner Großmutter Caitlin, oder vielleicht auch die seiner Mutter, Marion.

Als Isabelle seine nachdenkliche Miene sah, küsste sie ihn zärtlich auf die Lippen.

»Ich verstehe ja, dass es dich nervös macht, nach so vielen Jahren deinen Vater wiederzusehen.«

Nervös? Das war noch milde ausgedrückt! Er hatte eine Höllenangst davor! Doch er empfand auch eine gewisse Erleichterung, seit er wusste, dass Duncan hier war, sodass er sich nicht ganz so angespannt fühlte. Er fieberte ihrer Begegnung sogar entgegen. Bestimmt hatte er auch deswegen nicht schlafen können.

Isabelle spielte mit dem silbernen Taufkreuz, das in dem Kraushaar auf seiner Brust lag, und kitzelte ihn. Er wurde aus seinen Gedanken gerissen und gebot ihr Einhalt, indem er ihre Hand festhielt. Dann küsste er ihre Fingerspitzen, diese Folterinstrumente, und sah sie ernst an.

»Da sind noch Dinge, die du über mich nicht weißt.«

»Dass du einen Zwillingsbruder hattest? Und dass ihr beide euch entfremdet hattet?«

»Dies, und noch vieles andere. Zum Beispiel, wie es mit John und mir so weit kommen konnte …«

»Wir haben doch Zeit.«

»Du hast recht, Isabelle … Aber wir müssen miteinander reden. Durch Schweigen kommt nichts in Ordnung, im Gegenteil. Herrgott! Mein ganzes Leben lang habe ich geglaubt, mein Bruder hätte versucht, mich umzubringen … denn ich dachte, er grolle mir, weil ich durch einen furchtbaren Zufall den Tod meines Großvaters verursacht habe. Das war … dumm, und ganz schrecklich! Ich kann heute nicht mehr glauben, wie meine kindlichen Ängste sich so aufblähen konnten, dass sie unsere Beziehung zerstört haben … und unser Leben …«

Ihm brach die Stimme. Er schloss die Augen, sah Johns Züge vor sich und war aufrichtig froh darüber, dass er sich noch mit ihm versöhnt hatte.

»Isabelle! Es war gar nicht John, der auf mich geschossen hat … *Mo chreach!* All diese Jahre war ich im Irrtum. Und nun ist John tot … und …«

»Er hat sein Leben geopfert, um unsere Kinder zu retten, Alex.«

»Ich weiß! Ich bereue … alles, was ich meiner Familie aus dummem Starrsinn angetan habe. Ob mein Vater mir wohl vergibt?«

»Würdest du deinem Sohn denn vergeben?«

Alexander starrte auf einen hellen Fleck an der gegenüberliegenden Zimmerwand und nickte schweigend. Lange sah er seine Frau an. Das milchige Licht des frühen Morgens ließ ihre samtige Haut beinahe unwirklich erscheinen. Er legte die Hand darauf, streichelte und knetete sie, um die Wärme, das Leben in ihr zu spüren, und schloss die Augen.

»Isabelle, du bist so … so lebendig!«

»Heiliger Himmel, du ebenfalls! Du auch!«

Langsam liefen Isabelle die Tränen über die Wangen. Alexander wischte sie zärtlich ab. Dann ließ er die Finger zu ihrer Brust gleiten, die sich unter ihrem Haar stolz wölbte.

»Alex … Ich möchte noch ein Kind, oder zwei, oder drei … So viele kleine Macdonalds, wie mein Leib hergibt. Ganz egal, wenn sie nur von dir sind.«

Er war gerührt, und plötzlich brach er in ein heiseres Lachen aus.

»Ich möchte der Garten sein, in dem noch mehrere Alexander Macdonalds heranwachsen, die dieses Haus mit Freude erfüllen werden … und mit Fröschen und Raupen!«

»*Mo chreach!* Und genauso viele Isabelle Lacroix', die die Katze am Schwanz ziehen und den Salon zieren?«

Sie schütteten sich vor Lachen aus. Mit einem Mal hatte Alexander das Bedürfnis, sich in die Arme dieser Frau zu flüchten und mit ihr Dutzende von Kindern zu zeugen, wie sie es von ihm verlangte, und mit seiner Familie, die er lieben und beschützen würde, ein ganz normales, ruhiges Leben zu führen … Er drehte Isabelle auf den Rücken und bedeckte sie mit seinem Körper. Die Morgenbrise trug das erste Vogelgezwitscher und die nächtliche Kühle, die immer noch herrschte, herein. Isabelle zog das Laken über ihm hoch und umschlang seinen Nacken. Sie stellte sich vor, sie beide wären Alabasterstatuen, die in ihrer Umarmung für die Ewigkeit erstarrt wären.

»Die Zeit läuft uns davon, Alex. Lass uns genießen, was wir haben, diesen Augenblick auskosten … Ich liebe dich so sehr, Alexander Macdonald …«

»*Tha gaol agam ort, mo chridh' àghmhor …*« Ich liebe dich, mein Herz voller Freude …

Er küsste sie, zog sich zurück und küsste sie noch einmal. Aufstörend sinnlich bot sie ihm ihren Hals dar. Unter ihm zitterte ihr angespannter Körper von Kopf bis Fuß. Er lächelte zufrieden.

»*Mo chreach!* Die beste Kurtisane könnte noch von Euch lernen, Madame.«

»Wie bitte? Und wer hat das arme, naive Wesen, das ich einst war, korrumpiert?«

»Korrumpiert?«

»Verführt, beeinflusst, vom rechten Weg abgebracht. Worüber beklagt Ihr Euch, Monsieur? Ich bin ganz die Eurige ... und habe keinen anderen Wunsch, als es zu bleiben. An dem Tag, an dem Ihr meine Einladung zum Picknick annahmt, habt Ihr mich erobert. Apropos ... ich habe mich immer gefragt, wie du erraten hast, dass ich Essiggürkchen mit Konfitüre ganz besonders gern mag.«

»Weil ich schon wusste, dass du ein Schleckermaul bist!«

Ein lautes Klirren aus dem Erdgeschoss unterbrach ihr Geplänkel. Mit klopfendem Herzen fuhr Alexander hoch. Ein paar Sekunden lang herrschte Stille, und sie hörten ihren keuchenden Atem. Panisch zog Isabelle das Laken bis unters Kinn hoch.

»Bleib hier!«

Alexander zog Hemd und Hose an und verließ das Zimmer. Durch alle Fenster drang die Morgendämmerung ins Haus und erfüllte es mit einem grauen Licht. Alle schliefen noch, und in jedem Zimmer, durch das er ging oder in dem er nachschaute, war es still. Im Salon knarrten die Bodendielen unter seinen Füßen. Plötzlich erstarrte er und biss vor Schmerz die Zähne zusammen. Als er nach unten sah, erblickte er einen Blutfleck, der das helle Kiefernholz verunzierte: Er war in eine Glasscherbe getreten.

Er bückte sich und hob die Scherben auf. Zunächst glaubte er, Arlequine habe ein Glas umgeworfen. Doch dann bemerkte er ganz in der Nähe einen dicken Stein. Als ihm klar wurde, dass jemand damit ein Fenster eingeworfen hatte, richtete er sich stirnrunzelnd auf und schaute hinaus. Wer mochte diesen Stein geworfen haben? Und warum?

Alexander ging nach draußen. Der Tau netzte seine Knöchel, sodass er erschauerte. Er rieb sich die Arme und umrundete das Haus dreimal. Da er niemanden antraf, wollte er schon wieder nach drinnen gehen, als ihn eine raue Stimme anrief und erstarren ließ.

»Aha, der Schwager war also nicht zur Hochzeit eingeladen?«

Einen Moment lang tat sich ein Abgrund in Alexanders Geist auf und riss jeden zusammenhängenden Gedanken mit sich davon. Dann stiegen entsetzliche Bilder vor ihm auf. Er roch beißenden, erstickenden Brandgestank. In seiner Kehle bildete sich ein Kloß und ließ ihn nicht atmen. Er hörte John und Isabelle schreien und verzweifelt um Hilfe flehen.

Er fuhr herum und fand sich einem Mann gegenüber, der eine Pistole auf ihn richtete. Seine Augen lagen so tief in den Höhlen, dass sie nicht zu erkennen waren.

»Eine sehr bewegende Zeremonie, wahrhaftig! Zu Tränen rührend, jawohl … Sehr zu Herzen gehend!«

»Lacroix!«

Angesichts von Alexanders verdutzter Miene verzog Étienne den Mund zu einer grausamen, zynischen Grimasse. Jetzt stiegen in dem jungen Mann Bilder der Leichen von Tsorihia und dem kleinen Joseph auf … von dem kleinen, zerschlagenen Schädel … Rachedurst stieg tief aus seinem Inneren auf und ergriff seine Glieder, die sich in unsäglichem Zorn anspannten.

»Du Dreckskerl! Du bist nichts als ein Hurensohn! Du … du …«

Sein Herz pochte zum Zerspringen, und er tat einen Schritt nach vorn. Étienne wich zurück und wedelte mit seiner Waffe.

»Halt's Maul, englischer Hund! Wenn du still bist, wird dir nichts zustoßen.«

Alexander starrte auf den Finger, der sich um den Abzug krümmte. Er kam wieder zu sich und versuchte, einen kühlen Kopf zu behalten.

»Was willst du, Lacroix?«

»Was ich will? Ahnst du es denn nicht, Macdonald? Ich hätte dich für schlauer gehalten! Für einen Mann, der von den Toten auferstanden ist … Ich hätte übrigens gern gewusst, wie du das immer wieder anstellst. Wer weiß, vielleicht stehst du ja mit dem Teufel im Bund?«

»Du warst dort? Und der Brand … hast du den gelegt?«

Isabelle hatte ihm erzählt, es sei ein Unfall gewesen, Gabriel hätte … Sie hatte nicht erzählt, dass Étienne dabei gewesen war.

»Sicher, ich habe auf dich gewartet. Aber ich kann dir versichern, dass ich das Feuer nicht gelegt habe.«

»Die Kinder … Du hast dagestanden und zugesehen, wie das Haus brannte, ohne den Kindern zu Hilfe zu kommen? Bastard! Du hättest tatenlos zugesehen, wie sie verbrannt wären.«

»Deine Bälger sind aber nicht tot! Und ich habe ihnen kein Haar gekrümmt. Also halt jetzt den Rand!«

»Scher dich zum Teufel, Lacroix! Du hast Tsorihia Gewalt angetan und sie getötet! Du hast meinem Sohn den Schädel eingeschlagen!«

Étienne begriff nicht sofort, wovon Alexander redete. Dann fiel ihm mit einem Mal wieder ein, was dem Brand in Red River Hill vorausgegangen war. Er reckte das Kinn und musterte den Schotten herablassend.

»Ah, dort hattest du dich also verkrochen! Monsieur hat sich eine Mätresse gehalten und gleichzeitig meine Schwester geschwängert! Ich habe ihr die Wahl gelassen. Wenn sie mir gutwillig dein kleines Geheimnis verraten hätte, wäre sie noch am Leben!«

Alexander musste ungeheuerliche Willenskraft aufwenden, um Étienne nicht an die Gurgel zu springen. Er tat einen Schritt auf ihn zu.

»Keine Bewegung! Wir haben schon genug Zeit vergeudet! Jetzt wirst du dich ruhig halten und mir zuhören. … Du weißt ganz genau, was ich will! Ich hoffe für dich, dass meine Schwester dich nicht das ganze Gold des Hollandais' gekostet hat. Für wie viel hast du sie diesem Schwachkopf Guillot abgekauft?«

Alexander biss die Zähne zusammen, ballte die Fäuste und starrte Étienne aus mordlustigen Augen an.

»Wo hast du das Gold gelassen, du Hund? Ich habe die Hütten durchsucht, aber …«

»Ich habe es nicht mehr!«

Alexander nahm eine Bewegung in der Nähe des Stalls wahr. Ein Hund schnüffelte dort herum, Ceannard. Der Kanadier schwieg ein paar Sekunden lang, während die Worte des Schotten einsanken. Dann verzerrten Unglaube und Zorn sein Gesicht.

»Hast du es etwa Guillot gegeben?«

»Guillot hat nichts verlangt. Das Gold ist ganz einfach nicht mehr da, Lacroix.«

»Du lügst! Kein Mensch, der bei Verstand ist, würde ein solches Vermögen weggeben.«

»Ich schon.«

Nervös warf Étienne einen Blick zum Haus und dann zu den Nebengebäuden, wo, wie er wusste, der andere Schotte schlief. Die weiß gekälkten Wände waren mit den Farben des Sonnenaufgangs übergossen, der langsam die Landschaft weckte. Jetzt musste es schnell gehen. Es hatte bis zum Morgengrauen gedauert, bis er sich zum Handeln entschlossen hatte, und nun lief ihm die Zeit davon. Bald würde der Hahn krähen, und die anderen Hausbewohner würden aufstehen.

»Gehen wir hinter die Scheune, da sind wir ungestört!«

Alexander zögerte. Der Hund war zu weit entfernt, um ihm etwas nützen zu können. Obwohl, wenn …

»Setz dich in Bewegung, Bastard!«

Alexander ignorierte den Befehl und pfiff zweimal. Das Tier hob den Kopf, spitzte die Ohren und sah in seine Richtung. Étienne folgte dem Blick des Schotten und erblickte den Hund, der fröhlich bellend losrannte. Das Ablenkungsmanöver war gelungen.

Alexander nahm seine ganze Kraft zusammen und stürzte sich auf den Kanadier. Er packte seinen Arm und verdrehte ihn auf dem Rücken. Étienne stieß einen erstickten Schrei aus. Die Waffe fiel ihm aus der Hand und landete auf dem Boden. Im selben Moment traf ihn Alexanders Kinnhaken. Er geriet aus dem Gleichgewicht, krachte auf die Erde und riss den anderen mit.

Der Hund hatte sie erreicht und umkreiste sie kläffend und knurrend. Alexander fand sich eingeklemmt unter Étienne wieder. Sein schlimmes Bein war in einer schmerzhaften Haltung verdreht. Das wahnhaft verzerrte Gesicht seines Gegners hing über ihm, und seine Faust fuhr auf ihn zu. Der Schlag traf ihn auf den linken Wangenknochen. Die Wucht des Aufpralls ließ ihn stöhnen und hallte in seinem ganzen Schädel wider; und sein Mund war von dem faden, metallischen Geschmack nach Blut erfüllt.

»Was hast du mit dem Gold gemacht?«

Das Klingeln in seinen Ohren und Ceannards wütendes Kläffen waren so laut, dass er Étiennes raue Stimme kaum hörte. Rasend vor Enttäuschung schlug der Kanadier ein zweites Mal zu. Alexander spürte, wie ein scharfer Schmerz durch seine Nase fuhr. Sein Kopf sank zur Seite, und er spuckte Blut. Der Lauf der Waffe, die ganz in der Nähe lag, blitzte auf und zog seine Aufmerksamkeit auf sich. Er starrte darauf und versuchte zu überlegen: Er musste so tun, als ergebe er sich. Étienne packte ihn am Hemdkragen und zwang ihn zum Aufstehen.

»Was hast du mit dem Gold gemacht?«

Seine schwarzen Augen glänzten. Der Mann war offenbar nicht mehr Herr seiner selbst und nicht ganz bei Verstand.

»Ich habe es … weggegeben.«

»Weggegeben?! Du hast die Truhe verschenkt? An wen?«

»An die Orden.«

»Orden?«

»Religiöse Orden.«

Étienne versetzte dem Hund einen Tritt und explodierte vor Zorn.

»Du Teufelsbastard! Du bist wirklich ein Dreck von einem Engländer! Die Orden sind doch Stiefellecker der britischen Regierung und fressen ihr aus der Hand!«

Der Kanadier war aschfahl geworden, atmete schwer und schüttelte ungläubig den Kopf. Er hatte ebenfalls bemerkt, dass seine Waffe im Gras lag, und wollte sie aufheben. Aber Alexander bückte sich zuerst danach. Erneut lieferten sie sich einen Faustkampf. Es dauerte nicht lange, bis Étienne die Oberhand gewann. Endlich bekam er die Waffe zu fassen und setzte den kalten Lauf unter das Auge seines Gegners. Sofort erstarrte Alexander. Étiennes pfeifender Atem verriet, dass er aufgewühlt und unentschlossen war. Alexander wartete nur auf die Detonation, die seinen Schädel sprengen würde. Bedrückt dachte er an Isabelle und die Kinder.

»Steh auf!«

Plötzlich hatte sein Schwager ihn freigegeben und stand auf. Alexander schluckte und gehorchte. Étienne setzte ihm den Lauf der Waffe ins Kreuz und stieß ihn auf das Kornfeld zu.

»Bedaure, dass ich meine Schwester noch einmal zur Witwe machen muss… Aber wenn ich die Schatulle nicht bekomme, will ich wenigstens meine Rache. Für Marcelline.«

»Er hat Marcelline nicht getötet!«, schrie jemand hinter ihnen.

Beide Männer fuhren herum und fanden sich Isabelle gegenüber, die vor Wut außer sich war. Sie kam auf sie zu und hielt das Jagdgewehr in der Hand, das sie stets griffbereit hatte, falls ein tollwütiges Tier ums Haus strich.

»Ist das nicht ein allerliebstes Bild? Mein Schwesterlein spielt Soldat!«

»Ich werde auch schießen wie ein Soldat, wenn du mich dazu zwingst, Étienne!«

Selbstbewusst legte sie das Gewehr an. Dann, als ihr Blick auf Alexanders blutüberströmtes Gesicht fiel, entfuhr ihr ein Stöhnen. Aus seinen schwarzen Augen starrte ihr Bruder sie herausfordernd an. Ein unheilverkündendes Lächeln umspielte seine Lippen. Ein langes Schweigen trat ein, in dem nur das Zwitschern der Vögel zu hören war. Isabelle spürte, wie ihr Finger auf dem Abzug zitterte. Sie holte tief Luft und sah erneut zu Alexander. Beruhigend tätschelte ihr Mann den Hund, der zu seinen Füßen saß. In seinem Blick stand die stumme Bitte, sie möge gehen. Aber nein, sie würde ihn nicht allein lassen, und das teilte sie ihm auch deutlich mit, indem sie entschlossen die Schultern straffte. Dann wandte sie sich wieder ihrem Bruder zu, der sich nicht gerührt hatte.

»Geh weg, Étienne!«

»Erst, wenn ich bekommen habe, was ich will.«

»Rache? Willst du das? Glaubst du etwa, du kannst alles in

Ordnung bringen und zurückholen, was du verloren hast, indem du Alexander tötest? Du träumst ja, Étienne! Dein ganzes Leben hat nur aus Intrigen und Gier bestanden, ganz gleich, ob im Namen von Neu-Frankreich, von Marcelline … oder aus Hass auf meine Mutter. Immer hast du nur diesen sinnlosen Rachedurst in dir getragen. Also erzähl mir nicht, dass es dir das Herz erleichtern wird, wenn du jemanden umbringst, um Marcelline zu rächen. Du kannst es ganz einfach nicht ertragen, wenn andere Menschen glücklich sind, weil du selbst das nicht fertigbringst. Ich weiß nicht warum, aber so bist du schon immer gewesen. Und am allerliebsten hättest du mein Leben zerstört.«

»Ha, ha, ha! Was erzählst du da, Isa? Du fantasierst ja!«

»Tatsächlich?«

Trotzig sah sie ihn an und presste vor Verachtung und Furcht die Lippen zusammen. Der Blick dieser schwarzen Augen, die sie musterten, ließ ihr kalte Schauer über den Rücken laufen. Nervös krampfte sich ihre Hand zusammen, sodass die Waffe, die sie auf ihn gerichtet hielt, ruckte. Ihr Bruder hatte so gar nichts von Charles-Hubert, weder äußerlich noch innerlich. Das erinnerte sie mit einem Mal daran, dass Charles-Hubert nicht ihr richtiger Vater gewesen war. Der Gedanke wühlte sie auf. Tröstlich daran war allein, dass der Mann, dem sie gegenüberstand, nicht ihr leiblicher Bruder war.

»Vielleicht hast du teilweise recht … Du siehst Justine, dieser Xanthippe, sehr ähnlich.«

»Niemand hat je von dir verlangt, Justine zu lieben! Aber du warst ja nicht einmal in der Lage, die Liebe, die dein Vater meiner Mutter entgegenbrachte, zu achten!«

»Vater konnte in diesem Punkt nicht klar denken. Sie hat mit ihm gemacht, was sie wollte, genau wie du! Aber das verstehst du ohnehin nicht.«

»Nein, da hast du wohl recht. Ich werde nie begreifen, wie ein Mensch so böse sein kann. Hast du jemals geliebt, Étienne? Hast du jemals ein anderes Ziel gehabt, als alles zu zerstören?«

Sie verzog das Gesicht und biss die Zähne zusammen. Er dachte über die Worte seiner Schwester nach, ließ dabei aber

Alexander, der sich nicht zu rühren wagte, nicht aus den Augen.

»Ich habe geliebt, Isa. Oh ja, ich habe geliebt.«

Isabelle zog die Augenbrauen hoch, lachte und musterte ihren Bruder verächtlich.

»Ach ja? Und wen? Perrine?«

»Marie-Eugénie, die Mutter meiner Tochter.«

»Das Dienstmädchen der Guillemins?«

Étienne lief vor Zorn rot an.

»Marie-Eugénie war vielleicht ein Dienstmädchen, so wie deine Marie, aber sie war auch die Frau, die ich geliebt habe! Doch sie war deiner Mutter nicht gut genug. Der Sohn eines der reichsten Kaufleute von Québec konnte unmöglich ein Dienstmädchen heiraten, und erst recht keine Indianerin! Undenkbar, skandalös!«

»Marcelline hat mir erzählt, ihre Mutter sei tot …«

»Tot? Gleich nach der Entbindung haben sie Marie-Eugénie verkauft wie eine Sklavin, Isa. Sie ist nicht tot. Deine Mutter hat es ausgenutzt, dass ich mich auf einer Expedition zu den Großen Seen befand, und hat die Guillemins ohne Wissen meines Vaters bestochen, damit sie sich ihrer entledigten. Als ich zurückkam, befand sie sich bereits auf einem Schiff, das ein unbekanntes Ziel in den amerikanischen Kolonien ansteuerte. Ich hatte nur Glück, dass der Käufer das Kind nicht haben wollte. Die Guillemins haben das kleine Mädchen danach bei einem kinderlosen Paar untergebracht. Vater hat das mit Marcelline nie gewusst. Ach, was soll's! Ohnehin hätte er eher mich vor die Tür gesetzt und enterbt, als seine Justine nach La Rochelle zurückzuschicken.«

Wie vor den Kopf geschlagen schaute Isabelle zu Boden. Als sie wieder aufsah, erkannte sie erschrocken, dass ihrem Bruder der Wahnsinn ins Gesicht geschrieben stand.

»Geh fort, Étienne, und lass uns in Ruhe. Was willst du noch von uns? Das Gold ist …«

»Zum Teufel mit diesem verdammten Schatz!«

»Was ist es dann? Willst du dich an meiner Mutter rächen, indem du mir das Liebste nimmst, so wie sie es bei dir getan hat? Suchst du Rache, weil zwei Spitzbuben deiner Tochter Gewalt angetan haben? Oder willst du dich dafür schadlos halten, dass du das Gold des Hollandais' nicht bekommst?«

Alexander schaltete sich ein.

»Ich glaube nicht, dass dein Bruder wirklich auf das Gold aus ist… Er ist vielmehr hinter einem Dokument her, einem Heft…«

Étienne öffnete den Mund, brachte aber keinen Ton heraus. Er fasste seine Pistole fester und hob den Lauf leicht an.

»Wovon redest du, Alex?«

»Von einer sehr interessanten… Namensliste. Als ich sie überflog, habe ich begriffen, dass sie in den Händen eines… böswilligen Menschen eine große Gefahr darstellen könnte.«

»Wo ist dieses Heft jetzt?«, verlangte Étienne mit dumpfer Stimme zu wissen.

»Ich habe es verbrannt.«

»Du Hund!«

Eine schreckliche Detonation knallte durch die frühmorgendliche Stille und weckte den Hahn und die anderen Tiere. Wie erstarrt und mit entsetzt aufgerissenen Augen sah Isabelle, wie Alexander zu Boden sank. Dann, als Étienne die noch rauchende Waffe an den Kopf ihres Mannes setzte, stürzte sie sich schreiend auf ihn.

»Neiiin!«

Mit der ganzen Kraft, die ihr Zorn ihr verlieh, holte sie mit ihrem Gewehr aus, ließ es auf Étiennes Arm krachen und entwaffnete ihn. Stöhnend hielt er sich die angeschlagene Stelle.

»Misch dich da nicht ein, Isabelle. Das ist eine Sache zwischen ihm und mir.«

»Zu deinem Pech bin ich der Ansicht, dass sie mich durchaus auch angeht, Étienne Lacroix!«

Mit diesen Worten kniete Isabelle neben Alexander nieder. Er lag auf dem Rücken; auf seiner Hemdbrust breitete sich ein Blutfleck aus. Aber er atmete noch.

»Alex! Alex! Oh mein Gott, nicht schon wieder!«

Niedergeschmettert, den Blick von Tränen verschleiert, hob

sie behutsam seinen Kopf an und bettete ihn auf ihre Schenkel.

»Wenn du glaubst, ich lasse dich so einfach davonkommen, dann irrst du dich, Étienne! Ich sorge dafür, dass du aufgehängt wirst … hierfür und für den Mord an dem Hollandais und seinen Männern. Und ich schwöre dir, dass ich da sein werde, um zuzuschauen. Ich habe deinen Vertrag mit Pierre gefunden …«

Étienne wischte sich das Blut ab, das über seine Hand lief, und warf seiner Schwester einen halb skeptischen und halb besorgten Blick zu.

»Dieser Vertrag beweist gar nichts.«

»Zugegeben, für sich allein reicht er für eine Verurteilung nicht aus. Aber zusammen mit meiner Zeugenaussage und der von … Oder hast du etwa vor, uns alle umzubringen?«

Schreie und Hundegekläff erhoben sich und kamen näher. Francis, Stewart und Munro kamen um die Ecke des Stalls gerannt. Angesichts der Szene, die sich ihnen bot, blieben sie wie angewurzelt stehen und fluchten. Alles Blut war ihnen aus dem Gesicht gewichen. Die Hunde schwärmten aus, witterten und knurrten Étienne, der versuchte, seine im Gras liegende Waffe aufzuheben, drohend an.

Isabelle spürte, wie feuchte Hundeschnauzen ihren Hals streiften und Schwänze gegen ihre Schultern schlugen. Sie hörte Munro, der etwas auf Gälisch sagte und dann Étienne befahl, sich ruhig zu halten. Francis kam näher. Alexander stöhnte in den Armen seiner Frau, die ihn weinend wiegte und vor den Hunden schützte, die ihn lecken wollten. Der junge Mann aus Antigua bückte sich.

»Lasst mich einmal sehen, Madame Isabelle.«

Francis zerriss Alexanders Hemd. Die Wunde befand sich auf seiner linken Seite, auf der Höhe der Rippen. Vorsichtig tastete der junge Bursche sie ab. Alexander erstarrte und stieß pfeifend die Luft aus. Offensichtlich hatte die Kugel die Haut durchschlagen, war dann an einer Rippe abgeprallt und ein Stück weiter wieder ausgetreten.

»Was für ein unerhörtes Glück!«, seufzte Francis erleichtert.

»Er ist mit ein paar Prellungen und vielleicht einer gebrochenen Rippe davongekommen. Ein richtiges Wunder!«

Isabelle bekreuzigte sich und schickte ein Dankgebet zum Himmel. Alexander, der noch ganz benommen war, griff an seine Seite und verzog das Gesicht, als er seine Wunde streifte.

»Du solltest dich nicht bewegen, Alex.«

»Das … geht schon.«

Alexander biss die Zähne zusammen und setzte sich auf.

»An bheil thu airson raige raithe mhaìrbh bhi air ragair?«, schrie Munro. Soll ich den Bastard abknallen wie einen Hund …

Er hatte Isabelles Gewehr ergriffen, zielte damit auf Étienne, während er auf die Antwort seines Cousins wartete.

Madeleine und Marie kamen aus dem Haus gelaufen, gefolgt von Louisette, Basile und Gabriel. Ein paar Sekunden später tauchte Mikwanikwe auf. Sie trug den kleinen Duglas auf den Armen, und Otemin klammerte sich an ihren Röcken fest. Alexander wollte kein Blutvergießen, vor allem nicht vor den Kindern.

»Lass ihn gehen, Munro.«

»Verschwinde, Étienne!«, setzte Isabelle hinzu.

Hasserfüllt hob Étienne seine Waffe auf und steckte sie in seinen Gürtel. Er sah die ungläubige Miene seines kleinen Neffen und wandte sich rasch ab. Mit einem finsteren Blick zu den anderen, die ihn schweigend ansahen, ging er zum Weg. Dann entfernte er sich.

Munro hielt das Gewehr immer noch auf seinen Rücken gerichtet. Isabelle war wütend. Sie sprang auf und rannte zu ihrem Bruder.

»Komm nie wieder her! Nie wieder! Hast du mich verstanden? Wenn ich dich je wiedersehe, dann schwöre ich, dass ich selbst abdrücken werde!«

Gleichgültig gegenüber ihren Drohungen ging Étienne ruhig seines Weges. Sie hob einen Stein vom Boden auf, warf ihn und traf seine Schulter. Er ging langsamer, drehte sich aber nicht um.

»Wusstest du, dass du gar nicht mein Bruder bist, Étienne Lacroix? Und ich danke Gott dafür!«

Er blieb stehen. Isabelle war totenbleich und keuchte vor Zorn. Sie nahm einen weiteren Stein und holte damit aus, bereit, ihn nach Étienne zu schleudern. Endlich drehte er sich um. Ein zynisches Lächeln lag auf seinen Lippen.

»Merkwürdigerweise habe ich das immer geahnt, Isa. Justine muss Charles-Hubert ganz schön eingewickelt haben, dass er sie in ihrem Zustand geheiratet hat. Du bist wirklich ganz ihre Tochter.«

Dann drehte er sich um und ging weiter. Isabelle stieß einen Schrei aus und warf ihren Stein, verfehlte jedoch ihr Ziel. Dann hörte sie Gabriel weinen und dachte wieder an ihre Familie. Sie wandte sich von der sich entfernenden Gestalt ab und lief zu ihrem Sohn. Der Kleine rannte auf seinen Vater zu. Sie hielt ihn auf und zog ihn sanft von ihm fort.

»Komm, Gaby! Papa geht es gut. Es ist nichts Schlimmes. Aber lass ihn ein wenig zu Kräften kommen.«

Es bedurfte vieler beruhigender Worte, bis sie den Kleinen davon überzeugt hatte, dass sein Vater kein weiteres Mal sterben würde. Schließlich lockte Marie alle ins Haus, indem sie ihnen schöne Pfannkuchen mit Butter und Sirup versprach. Munro warf zuerst seinem Cousin und danach Étienne einen letzten Blick zu und ging dann zusammen mit Francis und den Hunden ebenfalls davon. Als Isabelle allein mit ihrem Mann war, beugte sie sich über ihn, um seine Verletzungen zu untersuchen.

»Die Wunde ist tief, müsste aber eigentlich gut heilen. Kannst du dich ohne allzu große Schmerzen bewegen?«

Langsam rollte Alexander die Schultern.

»Ich glaube schon. Wahrscheinlich ist eine Rippe gebrochen. Aber nichts, was nicht wieder in Ordnung kommt.«

»Und hier hast du auch etwas abbekommen! Wenigstens blutet es nicht mehr.«

Sie verzog das Gesicht und strich über seine angeschwollene Nase und den verletzten Wangenknochen. Alexander presste die Lippen zusammen. Rasch zog sie die Hand zurück und stand auf. Immer noch zornig, ging sie auf und ab. Plötzlich blieb sie stehen und wandte sich zum Weg.

»Er soll es nie wieder wagen, den Fuß hierher zu setzen!«

Dann wandte sie Étienne, der hinter den Bäumen verschwand, den Rücken und trat wieder zu Alexander.

»Du hättest tot sein können, Alex! Wirklich, ich hätte schießen sollen!«

»Es ist doch vorbei, Isabelle. Er wird nicht wiederkommen.«

Der Schotte hatte seinen Nasenrücken inspiziert und verzog vor Schmerz das Gesicht. Aber es schien nichts gebrochen zu sein. Isabelle ließ sich keuchend vor ihm ins Gras fallen. Sie schloss die Augen und versuchte sich zu beruhigen.

»Ist gut, ich fühle mich schon besser.«

Sie war nicht überzeugt davon, dass sie Étienne nie wiedersehen würde. Seufzend biss sie sich auf die Lippen, um nicht in Tränen auszubrechen. Ihr fielen einige Sätze ein, die ihr Bruder und Alexander gewechselt hatten.

»Was ist das eigentlich für eine Geschichte um eine Namensliste, Alex?«

»Ich habe das Heft in der Truhe gefunden ... Van der Meer hatte mir davon erzählt, aber ich hatte seine Existenz ganz vergessen, bis ich darauf gestoßen bin. Auf der Liste stehen die Namen der Mitglieder der Liga sowie die Summe, die jeder von ihnen investiert hat. Ich hatte vermutet, dass sie für deinen Bruder ... nun ja ... einen gewissen Wert haben könnte.«

Skeptischen Blickes untersuchte Alexander die Wunde an seinem Brustkorb. Ein seltsames Lächeln spielte um seine Lippen.

»Du hast das Gold ausgegraben, Alex?«

Zerstreut nickte er und betastete mit den Fingerspitzen seine Rippen.

»Herrgott ... ich kann es nicht glauben! Einen Zoll tiefer, und ...«

»Und was hast du damit gemacht?«

»Womit? Mit dem Heft?«

»Nein, mit dem Gold!«

»Nichts.«

Verblüfft musterte sie ihn. Alexander seufzte. Er hatte keine Lust, über den Schatz des Hollandais' zu sprechen. Nicht jetzt.

»Du hast das Gold gefunden und nichts damit getan?«

»Nun ja… Ich habe ungefähr tausend Pfund herausgenommen, um sie Jean Nanatish zu geben, für sein Volk. So habe ich das Versprechen, das ich dem Hollandais gegeben habe, wenigstens teilweise gehalten. Dreihundert Pfund habe ich für mich behalten. Den Rest… habe ich wieder in die Schatulle gelegt und sie anderswo vergraben… Am Kopfende von Johns Grab.«

»Johns Grab?«

»Ja… von dem ich dachte, es wäre deines. Jetzt ist John der Hüter des Goldes.«

Isabelles Herz hämmerte. Sie sah Alexander an.

»Du hast das Gold wieder vergraben?! Jetzt verstehe ich gar nichts mehr, Alex! Warum hast du es dann überhaupt hervorgeholt?«

»Ich… ich weiß nicht… Ich glaube, ich musste diesen verfluchten Schatz, für den wir einen so… hohen Preis entrichtet haben, mit eigenen Augen sehen.«

Alexander seufzte. Er hatte in dieser schrecklichen Nacht plötzlich das Bedürfnis verspürt, diesen Grund all seines Unglücks zu betrachten. Ohne wirklich nachzudenken, war er davongestürzt, um den Schatz zu heben. Dann, als die Geldstücke klimpernd durch seine Finger geglitten waren, hatte er wieder an das Versprechen gedacht, das er dem Hollandais gegeben hatte. Er konnte dieses Gold natürlich für wohltätige Werke stiften. Aber wie sollte er sicher sein, dass es wirklich den Menschen zugute kam? Auch bei den religiösen Orden gab es Korruption und Gier. Nein, er konnte niemandem vertrauen. Daher hatte er beschlossen, den Schatz in Ruhe zu lassen und ihn an einem anderen Platz, den nur er allein kannte, wieder zu verstecken: unter dem Weißdorn, bei dem… John begraben lag.

Das Heft hatte er unter dem Ledersack, der die Münzen barg, entdeckt. Doch es war Wasser in die Truhe eingedrungen, sodass die Tinte verlaufen war. Nur wenige Namen auf der Liste waren noch zu entziffern. Étienne hatte sie unbedingt in die Hand bekommen wollen, entweder um die betreffenden Männer zu schützen, oder um von ihnen noch mehr Geld zu erpressen, als die Schatulle enthielt … Er hatte das Dokument wieder unter den Ledersack gelegt.

Nachdem er aus Red River Hill fortgegangen war, hatte er immer wieder das Klimpern des Goldes gehört, das ihn geradezu verfolgt hatte. Mit diesem Vermögen hätte er so vieles tun können …

»Um ehrlich zu sein, Isabelle, habe ich lange gezögert, bis ich mich entschieden habe, das Gold dortzulassen. Ich habe daran gedacht … einen Teil davon für die Kinder zu verwenden.«

»Für die Kinder? Aber wem wolltest du das Geld denn geben?«

Sie sah ihn einen Moment lang schweigend an, bevor sie begriff, worauf er anspielte. Dann nickte sie betrübt. Nie würde sie ermessen können, was er erlitten hatte, einsam und in dem Glauben, seine Familie verloren zu haben.

»Und was ist jetzt damit?«

Er zuckte die Achseln und sah zum Haus, aus dem die fröhlichen Stimmen der Kinder zu ihnen drangen.

»Im Moment möchte ich es lassen, wo es ist. Ich habe ein wenig Geld … Munro hat mir meinen Anteil aus dem Verkauf unserer Pelze ausgezahlt. Dann habe ich noch Gauthiers Wechsel … Damit kommen wir aus, bis ich wieder in der Lage bin zu arbeiten.«

Isabelle trat auf ihn zu, legte die Hand auf seine Wange und sah ihm tief in die Augen.

»Einverstanden. Das Gold soll weiterschlummern … lange Zeit. Wenn überhaupt, darf es nur für eine noble Sache verwendet werden.«

Alexander biss die Zähne zusammen. Niemals durfte er Isabelle verraten, dass er daran gedacht hatte, den letzten Teil des Schatzes einem anderen Zweck zuzuführen. In seinen Augen war dieses Ziel gerechtfertigt, aber nobel war es keinesfalls. Es wäre so leicht gewesen, Étienne damit in die Falle zu locken …

22

Im Namen des Vaters, des Sohnes und eines Traums

Seit Minuten betastete er mit zitternden Fingern den Brief. So oft war er schon über die Tinte gefahren, dass sie verblasst und an einigen Stellen sogar völlig gelöscht war. Eigentlich war der Brief nur noch ein Papierfetzen, aber das war jetzt nicht mehr wichtig, denn er kannte den Inhalt auswendig. Darin gestand John, sein Sohn, von dessen Tod er soeben erfahren hatte, ihm alles.

Duncan hörte Stimmen hinter seiner Tür. Seit Tagen hatte er sein Zimmer nicht mehr verlassen. Er faltete das Papier zusammen. Er wusste, wer da gekommen war. Sein altes Herz, das unter großen Mühen das Blut durch seine Adern pumpte, drohte ihm den Dienst zu versagen. Aber er klammerte sich an das Leben und dankte dem Himmel für diesen Aufschub, der es ihm erlauben würde, sein Gewissen zu erleichtern, bevor er zu Marion einging.

Im Haus war es wieder still geworden; die Minuten verstrichen. Kurz glaubte er schon, Alexander sei wieder gegangen. Panik ergriff ihn, und er wollte aufstehen. Doch seine Beine trugen ihn nicht, und er brach stöhnend auf dem Boden zusammen.

»Verflucht!«

Ein heller Lichtstrahl fiel in den Raum und wies direkt auf ihn. Mit einem Mal fühlte er sich leichter. Sanft hoben ihn kräftige Hände auf und setzten ihn wieder auf den Stuhl neben seinem Bett. Er betrachtete die Hände, die sich an ihm zu schaffen machten. Sie waren groß und rau und trugen die Spuren eines harten Lebens. Männerhände, die er nicht wiedererkannte. Er unterdrückte ein Schluchzen.

»Herrgott!«

Als er diese Hände zum letzten Mal in seinen gehalten hatte, waren sie noch rundliche, weiße Kinderhände gewesen, an denen kein Blut klebte. Er klammerte sich an der Weste seines Sohnes fest und weigerte sich, ihn loszulassen, denn er hatte Angst, er könne wieder verschwinden, bevor er ihm alles gesagt hatte. Vorsichtig sah er zu Alexander auf und zog im Halbdunkel des Zimmers die Augen zusammen.

»Danke, Gott, danke!«

Er erschrak, als er seinem lange erwarteten Sohn ins Gesicht sah. In diesen vom Leben gezeichneten Zügen sah er John und Marion und auch sich selbst. Angesichts der blauen Augen, die ihn anschauten, sagte er sich, dass er seine Reise nicht umsonst gemacht hatte. Das hier war alle Mühe wert gewesen. Mit vor Rührung offenem Mund sah er durch einen Tränenschleier hindurch Bilder aus einer fernen Vergangenheit und suchte in dem Mann, der ihm gegenüberstand, nach dem Kind, das er verloren hatte.

»Vater …«, brachte Alexander mit zugeschnürter Kehle heraus.

»Alas … Alasdair … Endlich, mein Sohn!«

Zutiefst aufgewühlt betrachtete Alexander den Greis, zu dem sein Vater geworden war. Die Krankheit hatte seine Züge entstellt, seinen Blick umwölkt und den Klang seiner Stimme verändert. Als er ihm beim Aufstehen half, hatte er seine zerbrechlichen Knochen und die von Alter und Krankheit geschrumpften Muskeln gespürt. Als er jetzt vor ihm kauerte, fielen ihm die Farben des Tartans auf, den er über der sich mühsam hebenden und senkenden Brust trug. Hier, im dunklen Zimmer und fern von den Engländern, drehte er dem Verbot eine lange Nase. Er strich über den Stoff und verlor sich in den Erinnerungen, die die Farben von Glencoe in ihm aufsteigen ließen.

»Dein Bruder Angus hat ihn mir vor meiner Abreise geschenkt. Er ist heimlich in einer Spinnerei in Glasgow hergestellt worden.«

Von seinen Gefühlen überwältigt stöhnte Duncan und klammerte sich noch fester an seinen Sohn.

»Großer Gott, Alasdair!«

Alexander sah aus feuchten Augen zu ihm auf. Sein Vater kam ihm so alt vor. Wie alt mochte er sein? Siebzig? Ein paar Jahre mehr? Seine einst männlichen Züge waren an einigen Stellen erschlafft und an anderen ausgehöhlt. Er wirkte zehn, zwanzig Jahre älter, als er war. Es war ein Wunder, dass er die beschwerliche Überfahrt überstanden hatte.

»Hast du Schmerzen, Vater?«

Ein leises, spöttisches Lachen kam über Duncans farblose Lippen.

»Schmerzen? Ja. Aber vor allem schmerzt mich meine Seele. Mein Herz ist müde und lässt mich im Stich, so wie es bei meiner Mutter war. Ich habe nicht die kräftige Konstitution meines Vaters geerbt, der sicherlich …«

Abrupt unterbrach er sich und hielt die Hand mit dem zerknitterten, verblichenen Papier hoch. Er würde diese Sache bis zum Schluss durchstehen, das hatte er sich geschworen.

»John hat mir alles erzählt …«, sprach er mit zittriger Stimme weiter. »Warum du nach Culloden nicht zurückgekommen bist, und über Großvater Liams Tod …«

»Daran bin ich schuld, Vater.«

Stirnrunzelnd ließ Duncan den Kopf hängen und knüllte den Brief in der Hand.

»Aber das Gleiche behauptet John … Er hat mir gestanden, dass er auf die Schwarze Garde geschossen und damit das Scharmützel ausgelöst hat.«

Alexander erinnerte sich an den heftigen Streit, den er darüber mit seinem Zwillingsbruder gehabt hatte, und schlug die Augen nieder.

»Ich weiß …«, murmelte er. »Mir hat er das ebenfalls gesagt. Aber ich habe auch auf die Soldaten geschossen, Vater.«

Duncan ließ seine dichten, weißen Augenbrauen wieder sinken und schaute nachdenklich drein.

»Zwei Schüsse, es waren zwei Schüsse … Genau das dachte

ich mir. Der Abstand zwischen ihnen war zu kurz, als dass der zweite das Echo des ersten hätte sein können. Dein Bruder hat geglaubt, du hättest erraten, dass er geschossen hat; und umgekehrt war es wohl genauso.«

Alexander nickte und wich dem Blick seines Vaters aus, in dem seine Trauer zu lesen stand. Der Alte legte die Hand auf die seines Sohnes.

»Schön, es war also ein Unfall. Aber warum? Was genau ist passiert?«

»Ich hatte euch gesehen, wie ihr von Rannoch Moor zurückkamt, und bin den Weg hinaufgestiegen, der zum Coire na Tulaich führt, um mich zu verstecken … Da habe ich die Abteilung der Schwarzen Garde gesehen, die aus der Gegenrichtung kam. Ich habe sie aus reiner Neugierde beobachtet … Dann kam mir plötzlich die Idee, auf sie zu schießen. Das war kein Unfall, Vater. Ich wollte Tante Francis rächen, für das, was die Soldaten ihr angetan hatten … Aber … An diesem Tag bin ich dir wieder einmal ungehorsam gewesen …«

Alexander legte sein Geständnis mit fast unhörbarer Stimme und gesenktem Kopf ab. Duncan biss die Zähne zusammen und verzog verbittert das Gesicht. Als er jetzt weitersprach, klang seine Stimme ein wenig barsch.

»Das ist wahr. Mir war aufgefallen, dass die alte Muskete fort war, daher hatte ich das schon vermutet. Ich hätte wirklich nicht übel Lust gehabt, dich wieder meinen Gürtel spüren zu lassen. Du hattest eine ordentliche Strafe verdient! Aber ich hatte deiner Mutter versprechen müssen, nie wieder die Hand gegen dich zu erheben. Wie auch immer, wir haben alle einen Anteil an der Schuld am Tod von Großvater Liam. Doch das war schon schwer genug für alle, ohne dass ich noch Öl ins Feuer goss. Was mich angeht, so habe ich mir immer vorgeworfen, ihn nicht schneller ins Tal gebracht zu haben. Er hatte zu viel Blut verloren … und …«

Er stieß einen langgezogenen Seufzer aus und ließ sich gegen die Stuhllehne sinken. Merkwürdigerweise sprachen weder seine Züge noch seine Haltung von Zorn oder Groll.

»Ach, Alas! Als Kind bist du derart unberechenbar gewesen! Du hattest wirklich eine Begabung dafür, mich in Rage zu bringen. Warum musstest du dich bloß immer in so dramatische Situationen bringen?«

»Du meinst den Unfall, bei dem Marcy und der kleine Brian ertrunken sind?«

»Hmmm … und die Strafe, die du dafür von mir bekommen hast. Aber … ich weigere mich zu glauben, dass diese Schuld, oder auch die andere, so schwer sie auch auf deinem Gewissen lasten mögen, die Erklärung dafür sind, dass du fortgeblieben bist und dich geweigert hast, zu deinem Clan zurückzukehren, Alas.«

Alexanders Kiefer krampfte sich zusammen. Langsam stand er auf und ging vor Duncan, der ihn aufmerksam und mit bedrückter Miene beobachtete, im Zimmer auf und ab.

»Du hast recht, Vater.«

Regungslos sah er aus dem Fenster. Draußen im Garten unterhielten sich die Kinder damit, Insekten zu fangen. Abwesend betrachtete er die Kornfelder, die sich wie lange grüne Streifen bis zum Waldrand erstreckten. Schließlich wandte er sich erneut seinem Vater zu, ließ sich schwer auf das Bett fallen und seufzte.

»Der wahre Grund ist, dass der vierzehnjährige Junge sich eine Geschichte ausgedacht hatte, Vater …«

Nachdem die ersten Worte heraus waren, fiel ihm der Rest leichter. Wie ein Schiff in Seenot, das seine Ladung über Bord wirft, um nicht unterzugehen, schüttete Alexander sein Herz aus und lud seine Bitterkeit ab. Duncan lauschte dem Bekenntnis seines Sohns und spielte dabei nervös mit Johns Brief, etwas, das ihm zur täglichen Gewohnheit geworden war. Als Alexander zu Ende erzählt hatte, schwieg er einen Moment lang. Dann wiederholte er dessen letzte Worte.

»Ein Soldat aus Pulteneys Regiment …«

»Ja, Vater. Und ich habe all die Jahre geglaubt, John hätte …«

Alexander schluchzte auf und vermochte nicht zu Ende zu sprechen. Stumm schaute Duncan aus müden Augen auf seinen Tartan hinunter und strich mit zittriger Hand darüber.

»Ich habe geglaubt … John sei mir böse und wolle sich für den Tod von Großvater Liam rächen. Er kannte mich zu gut und wusste genau, dass ich dir an diesem Tag ungehorsam war und ohne deine Erlaubnis die Muskete genommen hatte … Und in Culloden habe ich mich auch über deinen Befehl hinweggesetzt und mich in die Schlacht gestürzt, weil ich glaubte, Großvater Liam sehe mich, und ich meinen Fehler wiedergutmachen wollte. Die erste Lektion hatte mir noch nicht gereicht! Was für ein Narr ich war! Ich habe rein gar nichts verstanden!«

»Ein Soldat aus Pulteneys Regiment …«

»Vater?«

Besorgt sah Alexander, wie abwesend Duncan wirkte. Sein Vater richtete sich ein wenig auf und sah ihn aus tränenerfüllten Augen an.

»Das war nicht der Soldat aus Pulteneys Regiment.«

Er war sehr blass. Ganz offensichtlich bestürzte ihn etwas. Mit einer Hand knetete er den Brief und mit der anderen sein Plaid.

»Möchtest du ein Glas Whisky, Vater, oder Wasser?«

»Es war nicht der Soldat, Alas …«

»Vater … Ich weiß, dass der Soldat es war. John kann es nicht gewesen sein, da bin ich mir jetzt ganz sicher. Die Kugel kam aus der entgegengesetzten Richtung.«

Duncan schien noch weiter in sich zusammenzusinken. Dieser Mann, der in Alexanders Erinnerungen immer so gewaltig und unverwüstlich war wie der Fels, aus denen die Berge der Highlands bestanden, dieser Krieger, dessen Erzählungen über seine unzähligen Raubzüge auf das Land der Camerons er stolz gelauscht hatte, der Vater, dessen Aufmerksamkeit er immer gesucht und dem er ständig nachzueifern versucht hatte … er war dem Tode nahe.

Tränen liefen über die knittrige, dünn gewordene Haut von Duncans Gesicht und liefen in der tiefen Narbe zusammen, die eine englische Klinge auf seiner Wange hinterlassen hatte … dieselbe Klinge, die 1715 in Sheriffmuir seinen jüngeren Bruder Ranald gefällt hatte. Der Greis hob den Kopf.

»All diese Kriege, all diese Schlachten, um dann in einem Bett aus Scham zu sterben ... Ich habe mutig gekämpft und meinem Namen Ehre gemacht. Aber an diesem Tag ... Oh, mein Sohn! An diesem Tag auf dem Moor von Drummossie, hätte ich zum Wehklagen der Dudelsäcke sterben sollen ... Gott hat mich zum Weiterleben gezwungen, damit ich das langsame Erlöschen unserer Traditionen miterleben konnte, den Tod deiner Mutter und ... Marion hat mir nie verziehen, dass ich John und dich mit auf diesen Feldzug genommen habe. Sie hatte mich angefleht, euch bei ihr in Glencoe zu lassen. Aber ich habe nicht auf sie gehört und euch beide in diesen verfluchten Krieg hineingezogen. Ich wollte euch die Möglichkeit geben, an etwas zu glauben. Doch das Einzige, was ich fertiggebracht habe ... Oh mein Gott! Wirst du mir je vergeben können, Alas? Ich konnte nie so mit dir sprechen wie meine Mutter. Doch ich hätte es versuchen sollen und dir erklären müssen, warum wir dich für einige Zeit weggegeben haben. Die Krankheit hatte schon deine Schwester Sarah getötet und auch Coll und John befallen. Wir haben um dein Leben gefürchtet.«

Duncan schüttelte den Kopf und kramte ein paar Sekunden lang in seinem *Sporran*. Dann ergriff er fest die Hand seines Sohns, bog seine Finger zurück und legte ihm einen kalten, schweren Gegenstand auf die Handfläche. Alexander sah darauf hinunter und erblickte die Wappenbrosche, die sein Großvater ihm vor einem Vierteljahrhundert vermacht hatte. Ein wenig verblüfft schaute er das Schmuckstück an.

»Sie gehört dir, Alas ... Erinnerst du dich noch, wie du mich gebeten hast, sie für dich aufzubewahren, weil du Angst hattest, sie zu verlieren? Du bist nie zurückgekehrt, um sie dir zu holen ... Und ich glaubte, der Grund wäre ... Oh gütiger Gott! Das war ich damals, Alas, nicht der Soldat aus Pulteneys Regiment!«

Der alte Mann schluchzte. Alexander vermochte nichts zu sagen. Er sah seinen Vater wortlos an und fragte sich, ob er fantasierte. Wieder erinnerte er sich an den Moment, in dem die Kugel seine Schulter durchschlagen hatte; in diesem furchtbaren

Augenblick, in dem sein ganzes Leben eine andere Wendung nahm, hatte er hinter dem feindlichen Soldaten seinen Vater erblickt und war dessen verblüfftem Blick begegnet.

Er umfasste die heftig zitternden Hände seines Vaters. Mit der verzweifelten Miene eines zum Tode Verurteilten, der seine Richter um Gnade anfleht, klammerte sich Duncan an ihn.

»Ich habe nie mit jemandem darüber sprechen können, Alas, nicht einmal mit deiner Mutter, die mir ohnehin schon grollte. Aber ich bin derjenige gewesen, der dich in Drummossie Moor verwundet hat, verstehst du? Der Soldat aus Pulteneys Regiment hatte dich anvisiert. Ich wollte ihn erschießen, ehe er auf dich feuern konnte. Doch in dem Moment, in dem ich den Abzug gedrückt hatte, fiel er bereits, von einer anderen Kugel gefällt. Und ich habe dich getroffen, Alas. *Ich* habe auf dich geschossen, dein eigener Vater! Verflucht, ich hätte dich umbringen können! Ich hätte dich töten können!«

Seine Stimme brach. Niedergeschmettert sackte der Vater in den Armen seines Sohnes zusammen, der seinem Geständnis entsetzt gelauscht hatte. Alexander war, als hätte man ihm einen Schwall kalten Wassers ins Gesicht geschüttet. Lange Minuten vergingen, während er mit den Gefühlen, die ihn überrollten, rang. Schließlich kam er zu dem Schluss, dass die Last, die sein Vater mit diesem schrecklichen Geheimnis getragen hatte, seine eigene aufwog. Wie sollte er einem Mann zürnen, der genau wie er seine Last getragen hatte, der mit dem Schmerz alt geworden war und sich mit nagenden Gewissensbissen gequält hatte, bis von ihm buchstäblich nur noch ein Skelett übrig geblieben war? Dann hatte sein Vater also, genau wie John und er, sein Leben auf irrigen Annahmen und bitterer Reue aufgebaut. Das war unglaublich und erschütternd. Alexander drückte Duncans Schulter.

»Da ist nichts zu vergeben, Vater«, flüsterte er ihm ins Ohr.

Der alte Mann rückte von ihm ab. Sein Gesicht wirkte jetzt gelöster, weniger gequält. Er seufzte.

»Ich habe lange nach dir gesucht, Alasdair... Deine Mutter war überzeugt davon, dass du lebtest. Auch ich wollte gern daran glauben. Ich habe gehofft, und zugleich hatte ich Angst davor, den Hass in deinen Augen zu sehen … Nach ihrem Tod habe ich meine Nachforschungen aufgegeben und feige nur darauf gewartet, dass du heimkamst. Während der folgenden Jahre hörte ich von einem gewissen Alasdair Dhu MacGinnis, einem notorischen Viehdieb, auf dessen Kopf ein Preis ausgesetzt war. Man hat ihn mir beschrieben; man hat mir sogar erzählt, er sei in einer Taverne in Dunoon gesehen worden … Ich hatte das Gefühl, dieser Mann könntest du sein. Aber ich habe nichts unternommen, sondern nur gewartet …«

»Das war in der Tat ich.«

Betrübt nickte Duncan.

»Möge Gott mich dafür strafen, dass ich nie versucht habe, mich zu überzeugen … Ich hatte meine Befürchtungen … Als ich sah, dass du deinen Namen verleugnet hast und darauf bestandest, fern von deinem Clan zu leben, hat das meinen Eindruck verstärkt, du wüsstest, dass ich auf dich geschossen habe … Oh mein Gott! Es tut mir … es tut mir so leid, mein Sohn! Ich habe dich ins Exil getrieben, Alasdair!«

Ins Exil? Auf die Flucht schon! Aber ins Exil? Das glaubte Alexander nicht, jetzt nicht mehr. Sein ganzes Leben lang hatte er versucht, vor sich selbst zu fliehen. Seine inneren Qualen hatten an ihm gehangen wie eine Bleikugel an seinem Fuß und ihn nach unten gezogen. Der Eintritt in die Armee war für ihn so etwas wie ein Ausweg gewesen, ein Rettungsanker, den er in einem lichten Moment ergriffen hatte, damit er nicht dem Wahnsinn anheimfiel. Auf gewisse Weise waren es die Worte seiner sterbenden Großmutter gewesen, die ihn zum Gehen bewogen hatten: *Lass dir nicht deine Seele stehlen …* Per mare, per terras, ne obliviscaris; *über Meere und Länder sollst du nicht vergessen, wer du bist*. Diese Worte hatten in ihm weitergewirkt, sein Gewissen geweckt und ihn wieder auf den rechten Weg geführt.

Sogar jetzt vernahm er ganz deutlich die Stimme seiner Großmutter, während er auf das Wappen der Macdonalds hinuntersah, das in seiner Hand funkelte. Die Brosche war schwer, gewichtig wie die Geschichte seines Clans. Sie war sorgfältig poliert worden und glänzte wie ein frischgeprägter Sou. Alexander befestigte sie an seiner Weste und strich mit geschlossenen Augen respektvoll darüber.

»Vater … Exil ist es nur für den, der nichts mehr ist und nichts mehr hat. *Is mise Alasdair Cailean MacDhòmhnuill.* Ich bin Alexander Colin Macdonald.* *Ich bin* ein Macdonald aus dem Clan von Iain Abrach. In meinen Adern fließt das Blut der Herren dieser Welt. *Ich bin* der Sohn von Duncan Coll, des Sohns des Liam Duncan, des Sohns des Duncan Og, des Sohns des Cailean Mor, des Sohns des Dunnchad Mor, und so weiter bis zurück in die Nacht der Zeiten. Nein, Vater, als ich fortging, habe ich mich nicht selbst verloren. Ich habe nur unsere Grenzen weiter vorgeschoben. Ein Macdonald wird – genau wie ein Campbell – immer ein Macdonald sein, ganz gleich, ob er in Schottland lebt, in den Kolonien im Süden oder in Kanada, und er wird sich immer an seinen Kriegsruf erinnern, der allzeit sein Blut zum Kochen bringen wird. Wenn ich die Augen schließe, Vater, dann bin ich wieder zu Hause …«

Alexander legte eine Pause ein und holte tief Luft, was ihm ein Stechen in seiner verletzten Seite eintrug. *Ich bin*, hatte er gesagt. Er hatte sich selbst gehört, wie er mit lauter Stimme bekräftigte, wer er war; und ihm war, als habe er sich dabei selbst endgültig davon überzeugt, dass er für immer ein Highlander sein würde, sogar in diesem Land, das nicht seine Heimat war. Mit ernster Stimme fuhr er fort.

»Du kannst ganz ruhig sein, Vater. Alles, was geschehen ist, was wir erlebt haben, sollte uns nicht mit Bedauern erfüllen … Ich habe durch viele Schicksalsschläge gelernt, dass nichts vergeblich ist und alles aus einem bestimmten Grund geschieht. Was soll ich mich über mein Los beklagen und dem nachtrauern, was nicht gewesen ist? Das Wichtigste habe ich noch … meine Seele.«

Duncan beugte sich vor, stöhnte leise und hielt sich am Arm seines Sohnes fest. Besorgt unterbrach sich Alexander.

* »Mac« bedeutet auf Gälisch »Sohn von« und Donald bedeutet »Herr der Welt«.

»Möchtest du dich ausruhen, Vater? Ich kann …«

Der Greis richtete sich auf.

»Nein, es ist nichts, es geht schon vorüber. Oh Gott! Wenn ich an diesem gesegneten Tag sterbe, dann soll es eben so sein. Ich werde umgeben von den Meinigen sterben, nachdem mein Herz endlich Frieden gefunden hat. Ich gehe als der glücklichste aller Menschen.«

Mit einem Mal zog sich Alexanders Herz schmerzhaft zusammen. Wie ein Ertrinkender, der nach einem Stück Treibholz greift, krallte er die Finger in den Tartan seines Vaters und sah ihn an. Seine Wangen waren tränenüberströmt. Er hatte sich dieses Wiedersehen angespannt vorgestellt, von Groll erfüllt. Und jetzt war alles ganz anders gekommen. Der bloße Umstand, dass er seinen Vater wiedersah und ihn berühren konnte, schien seine Ängste zu lindern und die Wunden des Knaben, der noch in ihm wohnte, zu heilen.

»Weißt du, Vater … Als Kind wollte ich dir immer gefallen und mir deine Achtung verdienen. Ich wollte mich des Namens, den du mir vererbt hast, würdig erweisen.«

Duncan lachte leise.

»Du warst ein kleiner Dummkopf, Alas! Du brauchtest mir doch nichts zu beweisen!«

»Stolz muss man sich verdienen, hast du immer zu mir gesagt …«

»Durch Mut. Und Mut erwirbt man durch Widrigkeiten und nicht durch Selbstgefälligkeit. Das Leben ist eine harte Schule für dich gewesen. Aber du warst ein guter Schüler.«

»Ich weiß nicht. Meistens habe ich, glaube ich, nur geprahlt.«

»Ach, Alas! Immer noch so blind wie früher! Aber kann ich dir das vorwerfen? Schließlich bin ich es selbst gewesen. Auch ich war blind, ja … An diesem schrecklichen Tag auf dem Moor von Drummossie, als ich gesehen habe, wie du mit dem Schwert in der Hand auf uns zugerannt kamst, das Gesicht verzerrt vor Zorn und Siegeswillen … Als ich dich dort im Kugelregen gesehen habe, unter den Unsrigen, die von den *Sassanachs* zerstückelt wurden … Gott im Himmel! Am liebsten hätte ich dich verprügelt, Alas!«

»Ich weiß, und ich hätte es verdient gehabt.«

Der alte Mann lächelte.

»Ja, wieder einmal! Aber zugleich habe ich gespürt, wie mir das Herz vor Stolz schwoll! Nein, das war keine Aufschneiderei! Du warst wie … Cuchulain auf dem Schlachtfeld. Du warst die fleischgewordene Ehre der Macdonalds! Dass mein Blut in deinen Adern floss … Habe ich dir schon einmal gesagt, dass du von allen meinen Söhnen, John eingeschlossen, derjenige bist, der meinem Vater am ähnlichsten ist? … Ich schäme mich, es zuzugeben … ich war immer ein wenig neidisch darauf. Ich weiß, wie sehr du Großvater Liam bewundert hast …«

»Und doch bist du es gewesen, Vater, dessen Blick ich immer gesucht habe.«

Jetzt konnte sich Alexander an diesem Blick sattsehen. Sein Vater schenkte ihm das Stück seiner selbst zurück, das ihm immer gefehlt hatte: seine Selbstachtung. Duncan drückte ihm den Arm.

»Erst heute sehe ich das alles ganz klar, Alas, mein geliebter Sohn. Wie blind ich gewesen bin! Indem ich mich geweigert habe, meine Fehler zu sehen, habe ich mich von der Wirklichkeit entfernt. Ich wollte einfach nicht zugeben, dass es ein Fehler gewesen war, dich nach Glenlyon zu schicken. Marion hat darunter gelitten, und du ebenfalls. Aber ich wollte deinen Verzweiflungsschrei nicht hören. Stattdessen habe ich mir eingeredet, du wolltest mit deinem Widerspruchsgeist, deiner mangelnden Disziplin und deinen ständigen Streichen nur deine Mutter und mich auf die Probe stellen. Viel zu spät habe ich begriffen, wie blind und taub ich war. An diesem Tag auf dem Schlachtfeld von Culloden, in dem Moment, als ich den Abzug drückte und dich verletzt habe, da habe ich mit einem Mal in deinen Augen erkannt, dass das, was ich bisher für Verstocktheit und Ungehorsam gehalten hatte, der Mut war, der dich antrieb und der nur eines zum Ziel hatte, nämlich meine Zuneigung zu gewinnen. Warum nur konnte ich das erst in diesem furchtbaren Augenblick sehen? Ich weiß es nicht… Das Leben schlägt manchmal schreckliche Umwege ein, wenn es uns gewisse Dinge verständlich machen will. So viel Trauriges ist geschehen… aber du hast recht, Selbstmitleid führt zu nichts. Wahrscheinlich ist das alles aus einem Grund geschehen, den wir nicht kennen. Trotzdem… ich kann mich des Gedankens nicht erwehren, dass alles anders gekommen wäre, wenn ich das früher begriffen hätte. Es hätte so wenig gebraucht, um dir zu zeigen, wie stolz ich auf dich war. Drei Worte, nichts weiter. Seit Culloden habe ich jeden Tag gehofft, dass Gott mir die Gnade gewährt, sie dir noch zu sagen. Ich liebe dich, Alas.«

Kurz schwieg Alexander.

»Ich liebe dich auch, Vater«, sagte er dann mit belegter Stimme.

Der Alte nickte und schloss dann erleichtert die Augen. Er fühlte sich von einer schweren Last befreit.

»Weißt du, ich wünschte mir, deine Mutter wäre hier. Ich bedaure, dass sie dich vor ihrem Tod nicht noch einmal sehen konnte.«

»Mir… mir tut es auch leid. Sie fehlt mir sehr. Du auch, Vater… dich habe ich auch vermisst.«

»Ich werde es ihr sagen, wenn ich sie wiedersehe.«

»Das hat keine Eile… Coll hat eine gute Flasche Whisky aufgetrieben!«

Alexander legte die Hand auf die knochige, gebeugte Schulter seines Vaters und setzte ein freundliches Lächeln auf, um seinen Aufruhr zu verbergen. Mit neuer Kraft richtete Duncan sich auf und lachte leise.

»Ich bin schon immer der Meinung gewesen, dass es für meine alten Knochen nichts Besseres gibt als ein paar *dram usquebaugh*! Außerdem habe ich hier Enkelkinder, die zu sehen ich nicht abwarten kann. Der Duft des Gebäcks, das die freundliche Maddy aus dem Ofen gezogen hat, wird sie sicher bald in die Küche locken. Hilf mir auf; ich möchte da sein, um sie zu begrüßen.«

Isabelle saß auf einem angeschwemmten Baumstamm, den die Strömung glattgeschliffen hatte, und beobachtete Alexander, der mit nackten Füßen durch das niedrige Wasser am Flussufer von Beaumont ging. Mit dem auflaufenden Wasser ergriffen die ruhigen Fluten langsam wieder Besitz von ihrem Reich und plätscherten leise um das Treibgut herum. Ein Schwarm kreischender Möwen glitt in einem gelblichen Licht dahin, das nach und nach orange- und magentafarbene Nuancen annahm.

Er ging langsam und blieb häufig stehen, um die Landschaft zu betrachten. Der Wind fuhr in sein sorgfältig über seine Brust drapiertes Plaid und ließ sein ergrauendes Haar flattern. Mit dem auf den Rücken gelegten Arm und der leicht nach vorn gebeugten Haltung und mit seinem Stock aus kräftigem Eichenholz, in den er wunderbar verschlungene keltische Motive zu schnitzen begonnen hatte, ähnelte er seinem Vater. Ja, die Blutsbande … An Gabriel ließ sich schon jetzt hin und wieder die gleiche Haltung feststellen.

Durch die Versöhnung mit seinem Vater hatte Alexander die schwere Last abgeworfen, die er seit seiner Kindheit getragen und die seine Seele immer stärker gequält hatte. So hatte er den Kreis geschlossen. Er hatte das Erbe seines Volkes angenommen und gab es weiter.

Ob tatsächlich ein Fluch auf den Highlandern lag? Wenn ja, mochte Gott ihre Kinder davor bewahren! Alexander hatte ihr davon erzählt, wie die Engländer nach der Niederlage von Culloden sein Volk durch ihre Strafaktionen in tiefstes Elend gestürzt hatten. Die Soldaten hatten die Menschen gejagt und niedergemacht wie wilde Tiere. Frauen und Kinder blieben allein und mittellos zurück und verhungerten oder erfroren. Den Rest hatte Duncan berichtet. Wie Alexander immer befürchtet hatte, hatte Culloden den Niedergang des Clansystems in den Highlands eingeläutet.

Nach den Verfolgungen bemühte sich die britische Regierung jetzt, das von ihr verachtete Volk auf heimtückischere Weise zu vernichten. Sie hatten die Clans ihrer Krieger beraubt; jetzt gingen sie dazu über, die Chiefs zu anglisieren. Letztere zogen häufig eine Militärkarriere in der britischen Armee dem Elend vor, das auf ihren Ländereien herrschte. Da die Obrigkeit es untersagt hatte, die gälische Sprache in ihrer schriftlichen Form zu lehren, wuchs unter den Bauern, die kein Englisch sprachen, eine Generation von Analphabeten heran, die dadurch noch isolierter lebte als die ihrer Väter.

Außerdem war nach dem Krieg die Nachfrage nach Rindfleisch stark zurückgegangen, und die Preise waren gefallen. Doch der Viehhandel war einst die hauptsächliche Verdienstquelle der Highlander gewesen. Die Chiefs, die nicht in die britische Armee eingetreten waren, standen vor dem Ruin. Die meisten hatten ihre feuchtkalten Burgen verlassen und die Sitten und die Lebensweise des englischen Adels aus den Lowlands oder England übernommen. Der Kartoffelanbau ernährte zwar ihr Volk, füllte aber ihre Schatullen nicht, sodass sie andere Einkommensquellen suchen mussten. Da die Preise für Wolle und Tang – aus dem durch Verbrennen Pottasche hergestellt wurde – gestiegen waren, zwangen sie die Bauern unter Berufung auf ihre Feudalrechte, die Täler zu verlassen und sich an der Küste niederzulassen. Sie nötigten die Menschen zum Ernten des Seetangs und konnten zugleich in den grünen Hügeln ihre Schafherden weiden lassen.

So begann der Exodus eines ganzen Volkes. Auch Glencoe entging dieser Entwicklung nicht. In der Hoffnung auf ein besseres Leben beschlossen viele Highlander, in die großen Städte im Süden zu ziehen, wo die Industrialisierung ihnen Arbeit verhieß. Andere wanderten wie Coll mit nichts als ihrem schmalen Besitz und ein wenig Hoffnung in die Kolonien aus. Angus war nach Glasgow zu seiner Schwester Mary gegangen. Von Alexanders Familie lebten jetzt nur noch Duncan Ogs kranke Witwe und ihre Tochter Bessie, die sich um sie kümmerte, in dem Tal. In dieser Lage hatte der alte Macdonald die schreckliche Entscheidung getroffen, den Ozean zu überqueren, obwohl er wusste, dass dann seine sterblichen Überreste niemals auf der *Eilean Munde* ruhen würden, neben seiner Frau.

Isabelle wurde sich mit einem Mal bewusst, dass Alexander sie ansah. Sie trat zu ihm. Gemeinsam gingen sie ein paar Schritte. Hand in Hand wateten sie durch das Wasser und schwiegen lange. Sie lauschten dem Knattern von Isabelles Röcken im Wind und den lauten Stimmen der Fischer, die von einer Pinasse aus ans Ufer drangen. Alexander wirkte gelassen, litt jedoch immer noch unter dem erst kurz zurückliegenden Tod seines Vaters.

Drei Wochen lag ihre Hochzeit jetzt zurück. Eines Tages hatte Coll, der seinem Vater seinen kleinen Morgentrunk bringen wollte, den alten Herrn friedlich und heiter in seinem Bett vorgefunden. Er war im Schlaf gestorben; ein sanfter Tod. Für die Beisetzung hatte Alexander ein Stück Stoff von Duncans Plaid abgetrennt und daraus einen Kilt für Gabriel hergestellt. Er hatte seinem Sohn erklärt, welche Bedeutung dieses Kleidungsstück für die Highlander hatte und betont, dass es nur von Männern getragen wurde.

Der Knabe hatte sich gesträubt; er wollte keinen Rock anziehen. Alexander war furchtbar enttäuscht gewesen, hatte aber nicht darauf bestanden. Doch am Morgen der Beerdigung, die auf dem Kirchhof der Gemeinde Saint-Laurent stattfinden sollte, war Gabriel im Kilt zum Frühstück erschienen und hatte das gälische Gebet, das sein Vater ihm vorsprach, wiederholt, wobei er sich große Mühe gab, die Worte richtig auszusprechen, obwohl er ihre Bedeutung noch nicht ganz verstand.

So schloss sich der Kreis der ewigen Wiederkehr, in dem der Mensch gefangen war. Doch andererseits zweifelte Isabelle keinen Moment daran, dass ihr Mann seinem eigenen freien Willen folgte.

»Woran denkst du, Alex?«

Alexander verhielt den Schritt, hob den Kopf und bot sein Gesicht der sanften Wärme der untergehenden Sonne dar. Mit halb geschlossenen Augen sog er den feuchten Duft des Flusses ein. Wenn die Zeit in diesem Sekundenbruchteil stehen bleiben würde, sagte er sich, wäre er glücklich. Er bedauerte nichts mehr und begehrte nichts weiter als das, was er bereits besaß. Was konnte man sich Bessres wünschen? Vielleicht, dass es nie wieder Krieg geben würde? Gewiss. Aber trotzdem würde es immer

Kriege geben. Der Frieden war nur ein Zwischenspiel. Die Menschen schrieben ihre Geschichte mit Blut.

»Ich dachte ... an den Frieden, diese Utopie.«

Isabelle sah in die Ferne, in Richtung Meer, und seufzte. Ihre Locken wehten in der Abendbrise und vertrieben die wenigen Mücken, die ihr frech ums Ohr summten.

»Ewiger Frieden ... Glaubst du wirklich, dass so etwas möglich ist?«

»Wenn wenigstens alle Menschen sich danach sehnen würden, *a ghràidh* ... Aber der Frieden macht nur das Herz reich und füllt nicht die Geldbeutel. Deswegen wage ich nur, davon zu träumen.«

»Das ist immerhin ein Anfang, oder? Nur wer an seine Träume glaubt, kann sie verwirklichen.«

Er sah sie aus seinen Augen an, die ebenso klar und blau wie der Himmel waren, und verzog den Mund zu einem eigenartigen Lächeln.

»Stammt das von deinem Jean-Jacques Rousseau?«

»Nein, von einer gewissen Isabelle Macdonald!«

»Hmmm ... eine kultivierte Frau mit einem noblen Geist!«

Alexander streckte die Hand nach dem glückstrahlenden Gesicht seiner Frau aus und liebkoste ihre rundliche Wange. Doch dann breitete sich langsam Verbitterung auf seinen Zügen aus, und er seufzte.

»Ich würde wirklich gern daran glauben, Isabelle. Aber das Leben hat mich gelehrt, dass es nicht immer ausreicht, seinen Traum verwirklichen zu wollen. Woher der Wind auch weht, er trägt den Geruch des Krieges heran. Und die einfachen Menschen sind immer die Verlierer, ob in den Highlands oder anderswo, und ganz gleich, auf welcher Seite sie stehen. Wenn die Kadaver zu sehr stinken, wenden sich die Fürsten des Krieges in ihren blut- und schlammbespritzten Stiefeln ab, um andere Orte zu besudeln. Das Volk bleibt allein zurück und kann nur darauf warten, dass die Aasgeier, die jedem Feldzug folgen, alles reinigen. Doch tief in ihrem Herzen überdauern Verzweiflung, Hass und Rachedurst, die einzige Nahrung der Überlebenden.«

»Hast du das nach Culloden so empfunden?«

»Hmmm … Weißt du, Verzweiflung und Hass bringen Menschen manchmal dazu, furchtbare Taten zu begehen …«

Er unterbrach sich, als sei mit einem Mal ein Bild vor sein inneres Auge getreten, und sah Isabelle an.

»Nachdem ich beschlossen hatte, nicht nach Glencoe zurückzukehren, bin ich mit meinem Hund allein über die Heide geirrt. Zum ersten Mal habe ich mit fünfzehn getötet … Er war ein Soldat der Schwarzen Garde, aber trotzdem ein Mensch. Oh Gott! Es war berauschend und grauenvoll zugleich. Ich habe über eine Stunde neben der Leiche gesessen, zitternd, weil ich nicht glauben konnte, was ich getan hatte … Als ich endlich aufstand, habe ich bemerkt, dass meine Hosen feucht waren. Ich hatte mich nass gemacht! Nachdem ich den Toten ausgeraubt hatte, bin ich in die Berge geflohen. Am nächsten Tag habe ich mir die blutverkrusteten Hände gewaschen und bin ins nächste Dorf gegangen, um seine Stiefel und Westenknöpfe gegen eine Schale Eintopf, einen Kanten Brot und ein Pint Bier einzutauschen. Ich hatte mich seit zwei Monaten nicht mehr richtig satt gegessen.«

Stöhnend verzog Alexander das Gesicht. Isabelle sah schweigend zu Boden.

»Kannst du dir das vorstellen, Isabelle? Ich habe für ein Stück Brot einen Menschen getötet! Indem ich diesen Soldaten tötete, habe ich möglicherweise eine Frau zur Witwe und ihre Kinder zu Halbwaisen gemacht, denen wiederum nichts anderes übrig blieb, als Verbrechen zu begehen, um etwas zu essen zu haben. Das ist das unbarmherzige Rad des Lebens, das uns in seinen ewigen Kreislauf zieht. Ganz gleich, was man davon hält, man muss sich damit abfinden, um zu überleben. Jetzt … verstehst du vielleicht, warum der Frieden für mich nichts als ein Traum ist.«

»Vergib mir … meine Unwissenheit.«

Alexander sah, dass er Isabelle, die im Sand von einem Fuß auf den anderen trat, in Verlegenheit gestürzt hatte. Er wandte sich ihr zu und legte die Hand unter ihr Kinn. Ein Seufzer entwich ihrem halb geöffneten roten Mund. Sie spürte, dass er sie anschaute, hielt ihren Blick aber auf den Hornknopf gerichtet, der seine braune Leinenweste schmückte.

Wie dumm sie doch war! Was wusste sie schon von den einfachen Leuten? Diese Menschen, in deren Bauch der Hunger wütete oder die sich in Todesangst in die Hose machten, wagten sie es überhaupt zu träumen, zu hoffen? Die Wahrheit war, dass sie wenig über sie wusste… zu wenig. Sicherlich, auch sie hatte ihren Teil an Schmerz und Unglück getragen. Aber dennoch lagen Welten zwischen dem, was sie erlitten, und ihrem Leben!

»Isabelle«, bat Alexander zärtlich. »*Look at me*. Du bist nicht unwissend, sondern hast Glück gehabt. Und darüber bin ich froh. Ich wünsche mir, dass es unseren Kindern genauso ergeht und sie niemals ihr Blut vergießen müssen, damit andere darauf ein Imperium aufbauen können.«

Er bewegte ihr Kinn, das er umfasst hielt, ein wenig.

»Isabelle… In der Welt, in der wir leben, werden große Reiche unglücklicherweise auf Gräbern aufgebaut. Jeder Kanonenschuss, jeder Stoß mit einem Bajonett reißt eine Lücke in eine Familie oder löscht sie gänzlich aus. Ich habe das erlebt, und als ich hergekommen bin, sogar daran teilgenommen. Um die Schuld von mir abzuwälzen, habe ich mir gesagt, dass ein Soldat eben blind den Befehlen seiner Vorgesetzten folgen muss. So konnte ich ihnen die Verantwortung zuschieben. Aber das ist eine dumme, feige Einstellung… Im Grunde bin ich nicht besser als Cumberlands Männer, die die Highlands verheert haben. Ich bin nicht mehr wert als diese Aasgeier, diese verkommenen Händler, die Profit aus dem Krieg ziehen und wie mit einem Zauberstab alles, was sie auf den Schlachtfeldern an sich raffen, in schöne Zahlen verwandeln, die sie in ihre Hauptbücher schreiben. Und ich bin auch nicht besser als diese Kirchenmänner, die aus Angst, ihre irdische Macht über die Seelen der Menschen zu verlieren, keine Skrupel haben, diejenigen zu segnen, die die Besiegten mit Füßen treten. Der Mensch ist unvollkommen und bleibt ein Sklave seiner Schwächen, ob er nun Franzose oder Engländer ist, Deutscher oder Spanier, oder ob er Gott oder dem Teufel dient. Und ich fürchte, das wird immer so bleiben. Ich schäme mich für das, was ich getan habe, und meine Taten werden mir bis zum Tag des Jüngsten Gerichts auf der Seele liegen… denn ich habe mich nur von meinen Schwächen leiten lassen.«

Er verstummte. Isabelle betrachtete die warmen Farben des Himmels, die jetzt über der Landschaft lagen.

»Ich glaube«, fuhr er leise fort, »dass von allen Kämpfen der schwierigste derjenige ist, den wir uns täglich mit unserem Gewissen liefern, wenn wir etwas zu vergessen suchen, zu dem uns die Umstände gezwungen haben… Aber das Rad des Lebens trägt uns davon.«

Isabelle schaute zu Alexander auf. Tief bekümmert sah er ihr in die Augen. Dann senkte er die Lider.

»Daher müssen wir lernen, unsere Fehler anzunehmen, Isabelle. Wenn ich das von Anfang an getan hätte, wäre mein Leben vielleicht…«

Er unterbrach sich und neigte mit einer seltsamen Miene den Kopf zur Seite.

»Aber andererseits… ganz bestimmt musste es so sein. Mein Weg sollte mich zu dir führen; ich musste das alles erleben, um schließlich bei dir anzukommen. Oh, Isabelle! Ich bin hierhergekommen, um von dir geliebt zu werden. Welchen Weg ich auch einschlage, er führt immer zu dir. Bei all meinen inneren Kämpfen, wenn ich nicht mehr recht wusste, wer ich war, ist die Erinnerung an dich immer mein Rettungsanker gewesen. Daran habe ich mich mit der Kraft der Verzweiflung geklammert, *a ghràidh mo chridhe*… und wenn ich jetzt zurückdenke, vielleicht auch mit ein wenig Hoffnung darauf, wieder träumen zu können. Denn manchmal darf man ja wohl auch von etwas anderem träumen als vom Frieden auf der Welt, oder?«

Mit ernster Miene stand Isabelle reglos vor ihm und ließ die Arme an den Seiten herabhängen. Dann lächelte sie schüchtern.

»Du kannst dir also erlauben, ein wenig zu träumen?«

Alexander tat, als denke er nach. Isabelles Gesicht, das in den letzten Sonnenstrahlen wie von einem ganz besonderen Glanz umflossen wirkte, erinnerte ihn an die Ikone, die er eines Tages im prachtvollen Haus eines reichen Viehzüchters in Ayrshire bewundert hatte. Er war zusammen mit seinen Spießgesellen in das Haus eingebrochen und hatte gehofft, für den kostbaren Kunstgegenstand ein hübsches Sümmchen einhandeln zu können. Aber das geheimnisvolle Lächeln der Madonna mit der goldenen Haut hatte ihn zögern lassen… Schließlich hatte er sich mit dem Tafelsilber und ein paar Schmuckstücken zufriedengegeben.

Oft, wenn er schändliche Taten beging, hatte er sich diese Muttergottes vorgestellt und in der Erinnerung an ihr unergründliches Lächeln Vergebung gesucht. Hatte er das nicht eigentlich schon immer getan, im Lächeln der Frauen, die zu diesem Zeitpunkt sein Leben teilten, nach einem Zeichen dafür gesucht, dass sie ihn so annahmen, wie er war? Er hatte geglaubt, im Lächeln der Frau, deren Gesicht er umfasst hielt, endlich diese Bestätigung gefunden zu haben. Doch mit einem Mal ging ihm auf, dass er sie nur in sich selbst finden würde… indem er seine Grenzen und seine guten und schlechten Eigenschaften akzeptierte… seine menschliche Natur eben. *Errare humanum est*. Irren ist menschlich…

Plötzlich schien alles so einfach zu sein. Genau wie sein Vater hatte er fast sein ganzes Leben gebraucht, um das zu verstehen und Frieden mit sich selbst zu schließen. *Auch Cuchulain war nicht unfehlbar,* hatte ihm der alte O'Shea erklärt. Was hatte er von den Lektionen des alten Priesters behalten? Das Glück liegt in einem selbst; man muss sein Herz nur bestellen. Was für ein jämmerlicher Gärtner seiner Seele er gewesen war! Wohl eher ein Totengräber seines Glücks! Aber wie hätte auch ein vierzehnjähriger Junge die Lehren des Aristoteles verstehen können? Er hatte mehr als zwanzig Jahre gebraucht, um wenigstens diesen Teil davon zu begreifen. Die ganze Menschheit versuchte immer noch, diese mystischen Schriften zu deuten, als läge darin die absolute Wahrheit verborgen. Seine eigene Wahrheit war, dass er stets sein Glück im Blick der anderen gesucht hatte. Doch dieser Blick spiegelte ihm nur das Bild, das er verzweifelt von sich selbst herzustellen versucht hatte, um anderen zu gefallen und von ihnen akzeptiert zu werden. Was für eine traurige Ironie!

All das musste er seinen Sohn lehren.

»Ja … ich glaube, ich kann mir jetzt erlauben, ein wenig zu träumen«, flüsterte Alexander und trat auf seine Frau zu.

»Das würde mir gut gefallen. Und außerdem würdest du den Kindern ein gutes Beispiel geben.«

Er nahm ihre Hände, führte sie an die Lippen und küsste sie lange. Dabei dachte er an Gabriel und Élisabeth und alle anderen Kinder, die noch kommen würden … wenn es Gott gefiel. Mit geschlossenen Augen überließ Isabelle sich seiner Zärtlichkeit. Alexander gab ihre Hände frei, um ihre Taille zu umschlingen und sie an sich zu ziehen.

»Habe ich Euch schon einmal gesagt, wie schön Ihr seid, Madame?«, flüsterte er ihr ins Ohr.

»Ich fürchte, mehr als ein Mal, mein Gatte. Ihr werdet mich noch zur Sünde der Eitelkeit verführen.«

»Und zu anderen.«

»Habe ich denn noch andere Laster?«

Sie schlang die Arme um seinen Hals und kicherte leise.

»Oh ja«, gab er zurück. »Naschhaftigkeit, Lüsternheit …«

»Hmmm …«, meinte sie mit einem leisen, schmachtenden Lächeln. »Da sind nur die Gürkchen mit Konfitüre schuld.«

»Vor allem die Konfitüre!«

Er liebkoste ihren Nacken, und sie erschauerte. Ihre Lippen trafen sich, während das Wasser des Saint-Laurent ihre Knöchel umspielte und sie in diesem Land verwurzelte, das einst den Traum der wagemutigen Franzosen verkörpert hatte und dessen sich anschließend die englischen Krämerseelen bemächtigt hatten. Für diese beiden würde diese hoffnungsvolle neue Welt – ob sie nun Neu-Frankreich, Kanada oder Québec hieß – immer das Land bleiben, in dem ihre Kinder geboren waren und in dem sie mit ihren Träumen aufwachsen würden.

Bei diesem Gedanken umarmte Alexander Isabelle leidenschaftlich. In diesem Moment tiefen Glücks sah er die heiteren Züge seiner Großmutter Caitlin vor sich und vernahm erneut ihre Worte: *Per mare, per terras, ne obliviscaris; über Meere und Länder sollst du nicht vergessen, wer du bist.*

Wie Vieh, das man zur Schlachtbank führt, hatten die Engländer die Männer seines Volkes auf Schiffe getrieben, die in ferne Lande fuhren, damit sie ihre Schreie nicht hörten, wenn sie von feindlichen Bajonetten durchbohrt wurden. Als der Krieg zu Ende war und man die Armeen demobilisiert hatte, waren die Überlebenden in ihre Heimat zurückgekehrt. Aber welchen Empfang hatte man den tapferen Kriegern bereitet! Kaum waren sie in ihre angestammten Täler heimgekehrt, hatte das Elend sie schon wieder vertrieben. Im Namen des Fortschritts hatte man ihnen ihre Würde genommen und sie in die düsteren Fabriken von Glasgow oder an die Küsten getrieben. Die letzten Spuren eines Volkes verwehten. In den berühmten Bergen würde bald nur noch Stille herrschen, in der die einsamen Geister der großen Fiann-Krieger* umgingen und das Echo der letzten Schlacht von Culloden widerhallte.

Culloden… Falkirk, Prestonpans, Sheriffmuir, Killiecrankie, Flodden, Bannockburn, Stirling Bridge… Schlachten, die die schottische Geschichte durchzogen und im Namen der Unabhängigkeit Tausenden von Männern das Leben gekostet hatten. Doch was würde am Ende, wenn die letzten Töne der Dudelsäcke verklungen waren, wenn sich der letzte Pulverdampf verzog und ein Schlachtfeld voll verkohlter, von Kugeln durchsiebter Leichen enthüllte, in der Erinnerung der Welt davon übrig bleiben? Wer würde sich an die Namen der Krieger erinnern?

Nein… Die Niederlage von Culloden war nicht das Ende des Traums eines Volkes. Die Freiheit konnte so viele Gestalten annehmen. Schottland war nur das Stück Erde, das die Highlander hervorgebracht hatte und wo er, Alexander, geboren war. Es lebte auch und vor allem in der Seele eines Volkes, in seiner

* Der keltischen Legende nach grimmige Krieger aus dem Westen der Highlands. (Anm. d. Übers.)

Sprache und seinen Traditionen. Seinem Geist. *Die einzige Freiheit des Menschen liegt in seinem Geist. Kein Gesetz, keine Drohung, keine Ketten können ihn bezwingen,* hatte seine Großmutter gesagt. Das galt auch für das schottische Volk.

Caitlin Dunn Macdonald hatte recht gehabt: *Du trägst das Erbe deines Volkes in dir,* hatte sie ihm vor langer Zeit erklärt. *Es ist deine Aufgabe, es zu bewahren, es weiterzugeben, um unsere Traditionen zu erhalten. In gewisser Weise vertraue ich dir eine Mission an, Alasdair … Dir vertraue ich die Aufgabe an, meinen Traum zu verwirklichen.* Die kleine alte Frau war sich bewusst gewesen, wer und was sie waren, und diese mächtige Waffe hatte sie ihm in die Hand gegeben und von ihm erwartet, dass er sie führte.

Isabelle löste sich ein wenig von Alexander und schaute zu ihm auf. Ihre grünen, goldgesprenkelten Augen, die ihn an seine schottischen Hügel erinnerten, blickten in seine blauen, die sie an die französische Fahne denken ließen. Die sanfte Brise umfloss die beiden mit ihrer Wärme und spielte mit ihrem Haar.

»Ich liebe dich«, sagte er mit unendlicher Zärtlichkeit.

»*I love you*«, flüsterte sie zurück.

Eng umschlungen standen sie da, Distel und Lilie, die sich miteinander verflochten, friedlich, wie eine einsame Insel in den majestätischen Wassern des Saint-Laurent.

Ihre Kinder würden Schottland oder Frankreich wahrscheinlich niemals sehen. Doch sie würden wissen, woher das Blut stammte, das in ihren Adern floss. Schottland würde sich hier verwurzeln, dachte Alexander, genau wie Frankreich zuvor. Man verließ sein Land nicht, sondern nahm es mit sich.

Ja, er hatte es begriffen: So, wie eine Mutter, die ihrem Kind das Leben schenkt und sich dann von ihm trennt, schenkte ein Heimatland seinem Volk seine Seele. Er, Alexander Macdonald, war dafür verantwortlich, diese letztere zu beschützen, und sei es im Exil.

Aus Liebe zu seinem Volk.

Aus Achtung vor dem, was es war.

Damit dein Traum in Erfüllung geht, Caitlin …

Danksagungen

Wie jedes Mal danke ich meiner Familie und meinen Freunden für ihre Unterstützung und ihren Zuspruch. Mein Dank geht auch an Angus Macleod für seine unschätzbare Hilfe bei der Korrektur der gälischen Dialoge und an Michel Gros-Louis für die Erklärung huronischer Tradition. Ich danke Jean-Claude Larouche, meinem Herausgeber, und seinem ganzen Team für ihre wunderbare Arbeit; sowie Bérengère Roudil für die konstruktiven Bemerkungen und die sorgfältige Korrektur.

… von ganzem Herzen
S. M.

Inhalt

TEIL EINS

1764 – 1767
Die Wege des Vergessens

TEIL ZWEI

1767 – 1768
Unter einem unsicheren Himmel

TEIL DREI

1768–1769

Die Rast des Kriegers